四存月刊

北京四存學會 編

貳

廣陵書社

四存月刊編輯處露布

一本月刊月出一冊約五十頁至六十頁不等
一本月刊多鴻篇巨製不能一次備登故各門頁目各自分配每期逐門自相聯續以便購者分別裝訂成書
一本月刊所登未完之稿篇末未必成句亦不加未完二字下期續登者篇首不復標題亦不加續前二字祇於目錄中注明以便將來裝訂成書時前後聯續無間
一本月刊此期登之外積稿甚夥下期或仍繼本期未完之稿或另換本期未登之稿由編輯主任酌定總求先後一律登完不使編者閱者生憾
一本月刊第一期送閱第二期須先函訂購屆時方與照寄嗣後訂購者如願補購以前各期亦須來函聲明始行補寄

本月刊投稿簡章

一投寄之稿或自撰或翻釋或介紹外國學說而附加意見其文體均以充暢明爽爲主不取艱深亦不取白話
一投寄之稿如有關於顏李學說現尚未經刊布者尤極歡迎
一投寄之稿望繕寫清楚以免錯悞能依本月刊行格繕寫者尤佳其有欲加圈點者均聽自便否則亦望將句讀圈清以便閱者
一投寄譯稿幷請附寄原本如原本不便附寄請將原文題目原著者姓名幷出版日期及地址均詳細載明
一投稿者請於稿尾註明本人姓氏及現時住址以便通信
一投寄之稿登載與否本會不能預爲聲明奉覆原稿亦概不檢還惟長篇譯著如未登載得因投稿者豫先聲明寄還原稿
一投寄之稿登載後贈送本期月刊續登至半年者得贈全年月刊
一投寄之稿本月刊得酌量增刪之但投稿人不願他人增刪者可於投稿時預先聲明
一投寄之稿經登載後著作權仍爲本人所有
一投寄稿件請徑寄北京府右街四存學會編輯處收

四存月刊第五期目錄

顏李學

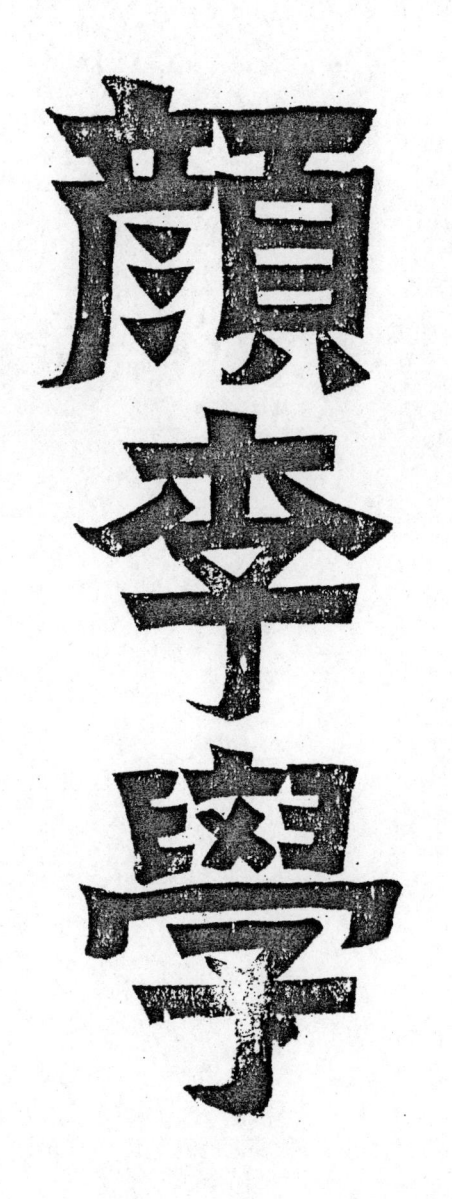

切有味。恕谷無復書辨正。當亦所首肯也。其言曰。倚仗聖言。如嘗得引。倚仗賢師友。如痿得扶。此未獲見先生一言一行。可以恃之不疑。但想倚之不切實耳。梟闆後不再來北。而書問常通。恕谷卒。梟闆聞之。北向慟哭。爲作恕谷先生傳。廉夫兄弟。亦嘗出貲助刊小學稽業學禮錄。廉夫聞言卽解。穎敏克肖其父。恕谷嘗語之曰。子不患不通達。患不誠篤。至誠之道。可以逢時。何者。物以少爲貴。衆人誠而一人詐。則詐占巧。衆人詐而一人誠。則誠共任也。可以免禍。何者。火燒崑崗。玉石俱焚。人謀何施。積德獲天。或可必於冥冥耳。

程啓生。名廷祚。別字緜莊。其先爲新安望族。遠祖元鳳。相宋度宗朝。傳十五世爲啓生祖某。始遷江寧。寄籍上元。爲上元縣人。父京萼。字韋華。能詩工書。遯迹不仕。年近六十。始取妻。生二子。啓生其長也。生有異質。讀書過目成誦。髫齔時不妄語言。好正襟危坐。論古今忠孝大節。家貧。父日書屏幅易薪米。閉戶課子。

教以習灑掃應對之節。客來進雞黍。侍立左右。如古弟子職。凡羣經諸子史漢曙選之書無不讀。年十五有父執過訪。知其才令作古松賦。日未移晷得數千餘言。由是知名。弟名嗣章。丁父艱免喪。始偕出應弟子試補諸生。昏於陶氏。從其外舅得聞顏李之學。時習齋沒已久矣。著閑道錄。上書恕谷致願學之意。書展轉久乃得達。恕谷見書甚喜。復以書。康熙五十九年。恕谷以相宅如金陵。啓生得屢過從問學。讀顏氏存學編。題其後云。古之害道出於儒之外。今之害道出於儒之中。習齋先生崛起燕趙。當四海倡和翕然同風之日。乃能折衷至當。而有以斥其非。蓋五百年間一人而已。故嘗謂爲先生者。其勢難於孟子。而其功倍於孟子。讀其書則其語言行事之實。可得而知也。啟生初名石開。其上恕谷書曰。新安後學程石開頓首再拜。謹奉書恕谷先生門下。開少好辭賦。亦爲制舉文。其於學術之是非眞僞。未有以辨也。弱冠後從外舅陶甄夫所得見顏習齋先生四存編及先生大學辨業。始知當世尚有力實學而纘周孔之緒於燕趙間者。蓋聖教之失傳久矣。數百年來學者不入於朱則入於陸。互起而譁自習齋先生出。舉唐虞三代學教成規。以正流失。廓清紹復之烈。未見有如之者也。先生嗣其後。自當若孟子之遵孔子。不然。則荒塞於戰國之横議。而孔子之道未必尊。師至今爲烈也。夫物盛則衰。以先生師弟得二千載已喪之眞傳。乘數百年將更之氣運。宜一呼而靡然從風。然而應者尙寡。非三代周孔之學必不可行於後世也。靜坐讀講。其習進可以干祿。而退易以自足。二先生所爲教則孝弟忠信禮樂兵農。躬行力學。不得漫然處大者也。又安肯違其所甚樂而從其所不便耶。雖然。勢極必返。願先生省可已之文辭。絕無益之交往。保愛精神。以道自尊。而專肆力於周官三物。旁求同志。益廣其傳。令天下不病於道之難行。而咸信夫古之易復。則先生之無負習齋。而大有功於當時後世者也。

開也。愚弱未能即時北上。擔簦執贄。擬先撰閑道錄。以矢願學之心。謹條錄請
正。臨書不勝瞻依馳溯之極。恕谷復書曰。丁酉十一月朔後八日。安平門人趙
漸逵持一函至。鐙下展讀。則發自金陵。甲午冬書。乙未春附鄴。至今四載始達。
鑒照高遠。辭滾滾如江河。讀已而喜。再三讀不自休。嚮嘗疑天意不可知。今乃
信天之不喪斯文。必然也。不然。足下年才踰弱冠。而卓見聖道如此。豈造物無
意篤生者耶。塨自二十一歲從遊顏習齋先生。爲六藝之學。逼壯出遊四方。交
天下士。如毛河右諸前輩。取其博物。助我躬行。禮樂射御書數。在大小學者。皆
考究今古。稍有實據。因開雕習齋四存及拙著辨業問世。來年更爲易詩論語
等傳注。於習齋之學。益擴充之。似周孔故道。儼在當前。而犬馬之齒。今歲亦遂
忽忽五十有九矣。每午後旁皇惆悵。以遠近問學者。雖有其人。大率一長一解。
求其明於心。行於身。宣暢於言語。發揮於事業。可全以付者。寥寥。甲午冬。武進

惲皋聞至博淹敦廉恥。一聞習齋學遂共學篤行著書禆予不逮殆其人也。然退而思之又悒悒不樂。皋聞少予不及十歲其與陶甄夫方靈皋之與予交年之先後髣髴也。及予老耄而諸君亦就衰矣非後進英奇使聖道相衍遞禪以至無窮者。今乃忽得之足下年少才高議論輝光肆映如偉炬燭天此天特生之以使周孔之傳不至墮地者也。則習齋雖亡而不亡謗陋雖衰而未衰也。慶幸私情冀望無涯。敬裁書而附條答於後以復焉。惜其條答與啓生所爲閑道錄不傳。恕谷之遊金陵歲在庚子。去丁酉書達又三載矣。啓生之書發自甲午。其時恕谷方得惲皋聞於北盡棄其學而學六藝之學。西有銅峰東有洛鐘恕谷序醒菴文集所謂天道人事不謀而合誠非偶然也。啓生既得恕谷復書又數與過從質證是非於是確守其學力屏異說以博文約體爲進德居業之功以修己治人爲格物致知之要禮樂兵農以及天文輿地食貨河渠莫不窮委探原。旁涉六通四闢之書。得其所與吾儒異者。而詳辯之。蓋啓生之學。出入於梨州亭林。而以習齋爲主。故其讀書極博。皆歸於實用。雍正十三年。舉博學鴻詞科。安徽巡撫王鋐以啓生應詔。乾隆元年至京師。有要人慕其名。欲招致門下。屬友人達意曰。主我翰林可得也。啓生正色拒之。以此報罷。又十六年。年七十有七卒。無子。弟嗣章以其子兆晉爲主後。試鴻博時年四十有五。歸卽不再應鄉舉。杜門卻掃。以詩書自娛。而尤注力於易。不喜漢儒互卦卦變卦氣及宋元河雒圖書太極諸說。唯取王輔嗣程正叔項安世及近時李文貞公觀象數書。著易通六卷。大易擇言三十卷。晚年又爲彖爻求是說六卷。同時惠徵君棟昌明荀虞氏易。頗不然之。謂恕谷注易。專由象數以推人事。尙宗漢儒古法。而啓生幾欲廢象。未免爲王程二家所錮。背其師說。啓生聞之。亦無以難也。啓生狀貌溫粹。志淸而行醇。動止必蹈規矩。與人居。不爲崖岸。而自不可犯。晚年以家近青溪自號青溪居士。所著書自易通而外。曰尙書通議三十卷。詩說二十卷。論語說四卷。周禮說四卷。禘說二卷。春秋識小錄三卷。文集二十卷。詩集二十卷。路生沒後。其易學及春秋識小錄。采進四庫書著錄。而論語說系曰。論語者。六經之統會。大道之權衡。所以正教學之是非。而制生人之物則。于不可過者也。自堯舜至周孔。而守一道。在昔爲司徒之命。典樂之設。爲三物之所賓興其在二十篇之中。以文行忠信爲四教。以詩書執禮爲雅言。以孝弟謹信汎愛親仁餘力學文爲弟子之職業。其道易知。其教易從。要在率天下以立人道而已矣。上智由之從容入於聖人之域。而衆不知其所以然。其次則尊所聞。行所知。亹亹于五常百行之間。而亦不見其所不足。無高遠之論。以蕩天下之心。思無疑似之說。以惑天下之趨向。此我夫子之祖述憲章。依乎中庸。而論語之書。所以萬世無弊者也。烏乎。豈易言哉。適道有具。在于禮樂。求仁有方。不離衆書三代而後。無所謂禮樂矣。希夷寂滅之教興。而衆善失其統緒矣。舍陶冶而求利其器用。假他人之鋤耰。以自耕其南畝。夫安知所爲之未盡善邪。且天以聖人爲心。以衆賢衆能爲之股肱耳目。孔門之教。列以四科。所以弘聖道之統也。後之儒者。乃標一名以自異。而謂天下之材。舉不足與於道。天不若是之狹。道統亦不若是之不廣也。漢人有言。孔子沒而微言絕。七十子喪而大義乖。良有以夫。此廷祚於說論語。而尤兢兢也。其自序如此。此可見啓生於顏李之學。抑實有以會觀其通矣。恕谷初在金陵時。有張籲門者。年譜不詳其名與籍。學記以爲江寧人。年最少。且暮請業甚勤。經傳樂律。皆有攷訊。與之語。若以湯沃雪也。恕谷己心異之。已而周崑來。來言其守喪辭昏事。曰今臬司葛公。以不立嗣。叔母爲置篷比至。問之。則故人女也。公不忍納。女畜之。爲擇配。因見委焉。擣出語籲門。其事且曰。子踰弱冠。未有室。今先君亦故人也。以故人女配故人子。甚

而異其名也、

見當愛之物而情之惻隱能直及之、是性之仁、其能惻隱以及物者、才也、見當斷之物、而羞惡能直及之、是性之義、其能羞惡以及物者才也、見當敬之物、而辭讓能直及之、是性之禮、其能辭讓以及物者、才也、見當辨之物、而是非能直及之、是性之智、其能是非以及物者才也、

財色誘於外、引而之左、孃爲不善非才之罪圖言也則蔽其當愛而不見、愛其所不當愛、而貪營之剛惡出焉、私小據於己、引而之右、則蔽其當愛而不見、愛其所不當愛、而鄙吝之柔惡出焉、以至羞惡被引而爲侮奪殘忍、辭讓被引、而爲僞飾諂媚、是非被引而爲奸雄小巧、種種之惡所由來也、

禍始引蔽、成於習染、

繫蹠囹圄數年、而出之孔子之堂、又數年亦可復善、

寡欲以清心、寡染以清身、寡言以清口、

習齋語要上終

習齋語要下

天津徐世昌纂

人之治家、家衆若多使之各舉其職、則人愈多家長愈樂、否則多一人卽多一累矣、

幼者拜長者、向上可也、勿與長者推遜、嫌序齒也、

王法乾曰、骨雖惡肉不得而厭之、肉雖惡、骨不得而怨之、處骨肉之間者、可以悟矣、

君子愛人深、惡人淺、愛人長、惡人短、小人反是、

百庸人服之、不如一君子信之、

情之厚薄若在財物、則貧者盡薄情人矣、

貧儒無宿味、倉卒客至、止能如便、富友殺牛、貧友割雞、各盡其勸而已、如必相

責、則貧富不能相友矣、

孟子曰、必有事焉、心有事則存、身有事則修、至於家之齊、國之治、天下之平、皆有事也、無事則道統治統俱壞、

瞶弒母獲罪、周天子可廢、輒不可廢、南子淫亂、衛靈可誅、瞶不可誅、

天之生人、有一身之人、有十人之人、有百人之人。有千萬人之人、人之治事、有一世之事、有數世之事、有百世千古之事、以一身爲世者、命之曰匹夫、上此則十人百人爲其事、以至於天下千古爲其事、者不畢其事、不安也、故曰宇宙內事、皆吾分內事、

或蓬大而憂貧、先生曰、貪之患也、產乏而求聚、聚而求廣、廣而求益、稱此以往、雖有四海不足也、余嘗言人有不足之心、世無不足之人、天本付以各足之分、故百頃之家足、一頃之家亦足、數畝之家、赤手之家、亦足、甚至乞丐之家亦足

禮爲遞進之途。後儒未敢發明。顏李兩先生乃均於實行之時證之人事與社會相見。而一一措之於安全。分田也。分土也。分人也。各如量與之而不使出入錯迕於其閒。王崑繩所謂安排之蕩蕩平平。約束之齊齊整整者矣。非學與事合。以通天下之志。定天下之業者。其孰能與於斯。

夫社會之於家庭。乃拓都之於么匿。全部分與一部分之相爲比例。其對於家庭持異議者。亦未有舉最小限度之家庭。而一洗去之者也。至社會與國家則各持絕對之說。相爲違覆。爲國家說者。類以國家包社會。儘社會一切人事供國家犧牲而不恤。爲社會說者。則以國家供社會之用。甚且嫉視國家。去之而後快。其名詞其判別。至今日而大顯於時。其事實則自古以來。已屢變不一變。特古書留其意。不存其迹。後人無從考究耳。孔孟之時。人事大備。周旋於七十二國之人情風俗。披百二十國之寶書。訪詢於名公碩學通人之間。眼光所瀏覽者。心思所計慮者。各家學說之比較者。既無一而不備。然後通上下千古。定爲人人共由之通道。因時適應之常經。其說曰國治而後天下平。是據國以進於社會之義也。孟子曰。民爲貴。社稷次之。民卽社會之代名詞。社稷卽國家之代名詞。其曰天子一位。公侯伯子男卿士大夫各一位。以爲此不過社會之一位耳。非以國家爲社會之主持者。乃社會之補助者。然此義既顯。而國家晏然於社會間者數千年。雖義主大同。而小康之世。且優游饜飫。眷戀而不能舍者。則何也。

此其中有通義焉。生是也。天地之大德曰生。聖人之大德曰生。生爲家庭。爲社會。爲國家。庭乎時而持之。亦曰斯民也。以生以養而已。並生並育而已。凡皆以爲民生也。學說之御世者。無絕對之美。天地之大。有憾是也。人之情暢好是奸。天之道物極必反。是以陳義無妨於高。而應物宜劑於平。措世界則期於大同習慣俗雜念頭。

冉有宰予。雖有虧欠處。聖門一推政事之科。一在言語之列。不比後人虛言標榜。書本上見完全也。

凡從靜坐讀書中討來識見議論。便是望梅畫餅。飢食渴飲不得。

宋儒之誤也。講說多而踐履少。經濟事業更少。若宗孔子下學而上達。則反是矣。

講著一書。若全不依此書行。不惟無以服人。己心亦難以安。

今之仕學皆先立黨。所以道愈微。世愈衰。

學之患。莫大乎以禮義讓古人。做程朱動言古人如何如何。今人都無。不思我行之。即有矣。雖古制不獲盡傳。只今日可得可知者。盡習行之。亦自足以養人。況因偏求全。即小推大。古制亦無不可追者乎。若只憑口中所談。紙上所見心內所思之禮義養人。恐養之不深且固也。

靜坐澄心體認天理吾非謂全屏此功也。若不失周孔六藝之學。即用此功於無事時。亦無妨。但專用力於此。以爲學問根本。而又以講說爲枝葉。則全誤矣。以上性理評

學非鈎奇。亦非沽名。鈎奇則異端矣。沽名則小人矣。

六行乃吾性設施。六藝乃吾性材具。九容乃吾性發現。九德乃吾性成就。制禮作樂。燮理陰陽。裁成天地。乃吾性舒張。萬物咸若。地平天成。太和宇宙。乃吾性結果。故謂變化氣質爲養性之效則可。如德潤身。睟面盎背。施於四體之類是也。謂變化氣質之惡以復性。則不可以其問罪於兵而責染於絲也。知此則宋儒之言性氣。皆不親切。

澄徹淵湛者。水之氣質。其濁之者。乃雜入水性本無之土。正猶性之有引蔽習

染也。其濁之有遠近多少。正猶引蔽習染之有重輕淺深也。若謂濁是水之氣質。則濁水有氣質。清水無氣質矣。如之何其可也。

孔孟而前責之習。使人去其所本無。程朱以後責之氣。使人憎其所本有。是以人多以氣質自諉。竟有山河易改本性難移之諺。其誤世豈淺哉。

心之理曰性。性之動曰情。情之力曰才。宋人不識性。並才情俱誤。

宋儒以聖賢所罕言者而諄諄言之。至於何年習數。何年習禮。何年學樂。周孔日與天下共見者。而反後之。便是禪宗。

習禮。習樂。習射御。習書數。非禮勿視聽言動。皆以氣質用力。即此為存心。即此為養性。故曰志至焉。氣次焉。故曰持其志無暴其氣。故曰養吾浩然之氣。故曰。惟聖人然後可以踐形。

魏晉以來。佛老肆行。乃於形體之外。別狀一空虛幻覺之性靈。禮樂之外。別作一閉目靜坐之存養。佛者曰入定。儒者曰吾道亦有入定也。老者內丹。儒者曰吾道亦有內丹也。借四子五經之文。行楞嚴參同之事。以躬習其事爲粗迹。則自以氣骨血肉爲分外。於是始以性命爲精。形體爲累。乃敢以有惡加之氣質。相衍而莫覺其非矣。

古者學從六藝入。其中涵濡性情。歷練經濟。不得躐等。力之所至。見斯至焉。故聰明如端木子。猶以孔子爲多學而識。直待垂老學深。方得聞性道。一聞夫子以顏子比之。爽然自失。蓋因此學好大鶩荒不得也。以上存性編

主盟儒壇者。惟願遠遡孔孟之功。近察諸儒之效。而垂意於習之一字。使爲學爲教。用力於講讀者一二。加功於習行者八九。則生民幸甚。吾道幸甚。

喜精惡粗。是後世之學。所以誤蒼生也。

學者學成其人而已。非外求也。

論說

論眞僞

姚永概

眞僞之別奚自乎。別之於其心。心不可知也。亦曰吾以其行定之。言是也。行亦是也。斯爲眞君子。言是也。行非是也。斯爲僞君子。嗟呼、言與行之相副而不授人隙者。惟聖人爲然。持此術以衡天下。天下無一君子。孟子曰。孔子不得中行而與之。必也狂狷乎。其言狂者。則曰言不顧行。行不顧言。其志嘐嘐然。則曰古之人古之人。果若是、是聖人之所取。而今人之所僞也。是故荀子教人化性而起僞。孟子亦曰。堯舜性之也。湯武反之也。五霸假之也。久假而不歸。烏知其非有也。豈特五霸僞哉。雖湯武之反。亦得以僞被之。中庸曰、或安而行之。或利而行之。或勉強而行之。及其成功一也。君子之教人。皆由勉強以進於自然。是故易之爲卦。盛於中孚。而始基於復。彼小人者。惡君子之不便乎己。思有以鋤之。而無以名也。於是誣之曰僞。詆朱子爲僞學者。韓侂冑也。指眞德秀爲眞小人魏了翁爲僞君子者。槃成大也。且人之初爲君子。豈能遽安且利哉。其行必多可指摘者。一切以僞絕之。避僞之名而不敢爲君子。勢必舉天下爲無忌憚之小人。今有人焉。貪未能絕於心也。而苞苴之來有所憚而不受。好色未能去於隱也。而越禮犯分之行有所憚而不爲。今有人焉。公然納賄於大廷。曰吾不敢欺也。公然縱其淫欲。曰吾自率吾眞也。二人者孰爲君子。孰爲小人。嗟呼、仁皇帝在位六十年。以義理之學爲天下倡。海內之士皆一於正。雖有一二奇衺之人。不敢肆也。及至純皇帝時。諸老先生負聰明、居高位、享大名。以博爲事。號曰、漢學。然所謂實事求是者。第在訓詁考證之間。遺乎躬行實踐。猶未實也。其賢者立身猶有本末。不過鄙宋明之空疏。其不賢者則乘其機而毀儒者、爲僞以便其私。百餘年來士承其說。以道學爲詬病。著書盈尺者。雖行大反乎聖賢。亦得揚眉瞬目。自列於大師。人心既喪。外國交通。挾其藝術。以震鑠我吾國之士。

中無所主。不擇是非。不訊端末。欲盡棄先王之道以從之。亦既數十年矣。學於彼者。亦至夥矣。匪惟無以凌跨乎彼。盡得其術者有幾人乎。徒挾怪異之談。以禍國人。弱益弱。貧益貧。何也。不敢爲君子而不恥爲小人。豈復知有國與民哉。假之爲一己之利而已。是又非曩者諸老先生所及料也。范文正公曰。性本忠孝者上也。行忠孝者次也。假忠孝以求名者又次也。反道敗德。惟欲是從者。下也。人不愛名。雖有刑罰干戈。不可止其惡也。彼眞君子之心哉。

論天變

常堉璋

自春秋書天變、左傳通之人事、以闡其義、漢儒引而申之、陰陽五行、著爲專家、於是天人相應之說、行之二千年不敝也、近世西人科學發明、以爲在天諸曜、各有其運行之軌、軌之參互錯綜、常也、非變也、於人事何與焉、於是向來以占驗言天者、悉失所據依矣、然而舊說因試之有驗、且歷歷不爽焉、或曰、此適相値耳、然何以屢驗皆然、果其有驗而即相値、豈猶得謂之適然乎、吾嘗以爲舊說非盡無稽、而科學之發明、乃猶有未至焉耳、夫大地與諸曜、同運行於太空、固各有其相吸相抵之力、乃始昭布敍列而無紊、即彼此固有至捷之感通也、既已相通、諸曜一有變象、斯地面之空氣亦即變動而異其常、人生大地、萬衆同時、受此變動異常之空氣、粗則灌輸於血氣、微則鼓舞於神明、血氣之徵、在於疾病、神明所發、遂起囂爭、故天變之占、其大者乃在厲疫兵戎、然則天象著於上、斯人事應於下、其爲定數而必不可逃者乎、雖然、人猶可以勝天、未至而啓其機、既動而回其運、皆若有操券可責焉者、豈有他哉、大地空氣、既以感於天象之變而易其常、以通貫於人身、以發皇於衆志矣、則夫吾人自可運用共同之心理、施及於衆生、激盪於空氣、以通於在天之列曜、回還往復、自我執樞而發其機、是故舊說謂天變則人君修德以禳、有易災爲祥之效、而賢君德政、且可致於時和歲豐物阜民康之境、胥此例也、其必屬之人君者、以彼其時、可以致衆心於一途、運一身而及全世也、必䏻之者衆而後所感者大也、然則天人相應之道、特一氣之相感耳、地非氣不運、人非氣不生、氣作於心、心以帥氣、有感必動、天人相應之機在是矣、彼舊說者但知其感應之神、而不徵諸實際、乃託諸虛空玄妙、以自炫其神奇、宜乎治科學者之掊擊矣、異日科學發明、於此一氣相感之中、必更有術以爲神縮張弛而曲盡其幹旋變化之神者、斯則大啓天機之秘、盡洩造化之奇、夫安得旦暮而至也耶、

和平之障碍

郁嶷

頃讀改造第九號吳君統續所著「和平主義失敗之眞因」一文。其開端即曰。「人間生活之現象。常變相因。有戰爭。有和平。……自靜動之義觀之。則戰爭與和平。在人類生活之途術。本同時左右而交進。自剝復之義觀之。則戰

爭與和平在人類生活之途術。乃相與循環而終始」繕論精闢。深愜鄙意。民國八年春。巴黎和會開議之際。美總統威爾遜鑑於世界大戰之慘禍。首倡國際聯盟。欲以維持永久和平。余當時曾搆一文論之。謂國際聯盟即成。僅能得暫時和平耳。而永久和平。決不可望也。証之歷史戰爭與和平。固迭爲消長。據已往以測將來。戰禍之興。尤不能免。所以然者。和平之障碍甚多。欲圖屏除。其道無由。空言和平。徒夢想耳。兹因讀吳君之文。觸動舊感。爰取前作。加以删修。公之於世。庶爲研究斯問題者之一助乎。

和平之障碍。分析言之。固難備舉。然總其大要。略有五種。請依次論之。

（一）國界之障碍。　自十九世紀以來。各國之國家主義。流於極端。天上地下。惟我（卽國家之大我）獨尊。恣肆强權。侵凌弱小。不知所謂正義人道也。凶燄暴發。遂以釀今次之大戰。經此巨創。國家主義之勢力雖減。然不能全滅也。

政治上之國家主義。固不能除。卽經濟上之國家主義。亦無由去。自來國際紛爭。起於經濟上之國家主義者頗多。如一八八九年至一八九八年之德意關稅戰爭。一八九三年至一八九五年之法瑞關稅戰爭。一八九三年之德俄關稅戰爭。其著例矣。故經濟上之國家主義。實爲和平之障碍。非設法排除。則戰爭之起。云胡可免。威爾遜曾見及此。其一九一八年一月八日在國會演說所舉之十四條中第三條云。「凡各國間贊成此和議而協力以維持之者。則應排除一切經濟之阻隔。力謀商業上之平等。」卽欲聯合各國。破除國界。組織經濟大同盟。以爲維持和平之方法也。夫使此主張。能見實行。豈非甚善。然徵之各國實情。不能如願以償也。昔德人利士脫分國家經濟進步之階級爲五。第一漁獵時代。第二牧畜時代。第三農業時代。第四農工時代。第五農工商時代。因各時代之經濟情形不同。而其所採之經濟政策亦異。屬於一二級者。爲野蠻之國家無論矣。在第三級之國家。原料豐富。而工業未興。宜行自由貿易。以謀國內過度生產之輸出。外國必要工業品之輸入。但進一步而移於第四級之農工時代。爲保育初生幼稚之工業。以期異日之大成。則不可不採用保護主義也。若更進而爲第五級之農工商時代。自國工業因前此之保育已完全發達。不虞外國之競爭。則宜復行自由貿易。以圖輸入多量之原料品。輸出多量之製造品。爲循是觀之。今日各國之經濟情形。至不一律。有屬於第三級者。有屬於第四級或第五級者。則其所採之經濟政策。自難强同。即在第三級第五級之國家。雖可用經濟的世界主義之自由貿易。而在第四級之國家。則不能不採經濟的國家主義之保護貿易也。而厲行保護貿易。必起他國之反抗。迭相報復。互築門壍。利害衝突。感情決裂。戰禍之興。無可幸免。則世界和平之局破。人類幸福不可以一息保矣。如英國往者欲實行保護貿易政策。發布航海條例。致與荷蘭大啓戎釁。其前車也。

夫各國經濟情狀不一。實爲經濟的國界不能破除之重因。凡經濟幼稚者。非嚴立國界。加以保護。排斥外勢。不足以圖發展。故幼稚產業保護論。大爲學者所引重。蓋生產之要素三。土地資本勞力是也。其第一要素之土地。苟不適當。雖加十分之保護。固不能望其發達。但因第二要素之資本或第三要素之勞力缺乏。而不能充分發達者。則謀資本之充實或勞力之養成。使其前途。燦爛光輝。必非難事也。然欲謀資本之充實與勞力之養成。則在自由貿易制度下。外國之競爭盛行。其成功不可期也。故國家欲使此種產業之發達。能堪外國之競爭。宜加以相當之保護。譬之草木。嫩芽始萌。不堪風霜。園丁覆之溫室。灌以肥料。浸假而葉出花放。果實纍纍矣。若國家於幼稚之產業不加保護。無異當草木始萌之際。而無園丁之庇護。安有發展之望耶。故一國欲其幼稚產業逐漸發達。不可不因一時之便宜。與以利益保證之特典。或撥助奬勵金。或免其一定租稅之負担。或對於足以與我競爭之外國輸入品。課以相當關稅。保護養育之。徐期後日之大成。實國家應盡之職責。如近世英國著名之自由貿易論者米爾氏。對於幼稚之產業。亦謂宜加保護。其故可識矣。

且不獨產業幼稚之國。不能破除國界。使經濟自由也。即在產業發達如美法日本者。因國內資本家之勢力雄大。亦不能遽撤關稅障壁也。蓋保護貿易以生產者爲本位。保護結果。外力杜絕。國內生產者。獨占販路。高抬物價。常收宏利。若國家一旦撤其保護。任外勢之攻擊。則生產者苦矣。而各國之生產者。類爲勢力雄厚之資本家。彼爲保持一已之私利。於人類多數之幸福。必不暇顧。斯亦經濟的國界不能破除之一端也。

經濟的國界外。尙因國家主義之存在。各國利害關係。不能一致。足爲和平之障礙者亦復不少。觀此次巴黎和會可明也。自古學者所倡保障世界和平之方。有集權說與分權說兩種。集權說者。於世界建設唯一之最高政府。泯絕國界。人類大同。而組織所謂世界政府或宇宙政府焉。分權說者。仍存國界。以獨立之國家爲聯盟之締結。而組織所謂聯邦政府或國際聯盟焉。前者偏於理想。非現在所可望。後者則此次之國際聯盟頗近似之。然於此乃發生難問焉。各國在國際聯盟之下。於共同利害外。仍有其國家自身之利害。當其國家利害與國際共同利害衝突時。自理論上言之。宜舍其國家一已之利害。以全國際共同之利害。猶之個人爲組織國家之分子。其利害與國家齟齬時。不能不犧牲也。然考之實際。各國恐無此讓德也。蓋所謂國際道德者。乃政家欺人之語。自古國際相交。變詐百出。其暫時交好者。實歐陽永叔所稱小人之朋。相合以利。利盡則交疏耳。試覽各國外交史。不出權利結納、恃強淩弱、陰謀利已妨害公益、（指國際公益）數大端。而所謂外交家者。其行蹤詭僻。滅理忘義。能異於蘇秦張儀妾婦之道者。尤無其人也。往事勿論矣。大戰以來。威爾遜曰以正義人道永久和平。昭示世界政家學人。靡然從之。無有異詞。然自巴黎和會開始以來。英美德意日本五國。恃其強權。操縱一切。勢燄洶洶。弱國屏息。如處置太平洋南洋羣島德屬殖民地也。日本則欲攘爲己有。提議廢除徵兵制度也。法意則力倡反對。解決菲麥問題也。意國則欲脫離和會。際如派遣委員之不平等。我國委員發言之受干涉。山東問題之拒絕保留。總其大綱。曾有一焉合於正義人道者乎。曾有一焉爲誠實圖謀永久和平者乎。始基如此。後事可知。故世界和平。而築於國家主義之上。夏冰秋露。決不能久也。

（二）族界之障碍　前言國界足爲和平之障碍矣。而族界之爲障碍也尤深。蓋國家爲政治的團體。使政治的關係。一旦破裂。國家即難存在。故歷史上之國家因政治關係破裂而滅亡者多矣。而民族不然。苟其文化稍能樹立者。必不滅亡。如猶太波蘭之民族。其國早亡。而其民族則巋然猶存。今且應運乘機。有復建國家之能力焉。蓋一民族有其固有之特性。雖有强力能攘奪其政權。不能滅絕其特性也。所謂特性者。有同一之言語風俗宗教氣質。以爲其摯深相結納之具者也。此其特性。經彼遠祖戮力創遺傳之千載。遞演彌深。牢不可破。交通日進。異族相接。利害各別。競爭常起。甲民族之勢强。則取乙民族而統治之。浸假勢衰。乙民族又崛起獨立焉。强弱相併。迭爲消長。史乘所昭。可考而稽也。大抵一國家而有數民族者。其法制之立。必不平等。蓋法制爲社會之反影。各民族既因性習不同。而各成獨立之社會。則法制之立。宜於此者。必反於彼。欲兼收幷納。調劑其平。殊無其道。故其民族勢力雄厚者。常操縱法制。取便己私。枯菀既分。而他民族之不平起矣。故一國家而擁有多數民族者。恒因此分崩析裂阻碍和平徵之往乘如一八三〇比利時之獨立一八七一年德國占領法國愛爾薩斯羅倫兩州之結怨一九一四年奧塞兩國因南斯拉夫問題之衝突皆以族界之障碍爲戰爭之引線大戰以還威爾遜雖力倡民族自決主義然收效甚微試披地圖今世列强仍統治多數之異族英之於印度日之於朝鮮其尤著者既無同化之力又無舍棄之心則利害相反蠢焉思動亂機四伏有觸即發永久和平庸可期乎

（三）種界之障礙　交通發達人種接觸愈益頻繁有無相通智識交換各竭才能共謀福利本人類應有之職責由國際分業之原則以言不僅生產之移轉應自由即人口之往來亦不能加以限制也如甲國人口繁多舉其過庶者移植他國自甲國言之因過庶人口得銷納之地可免國內社會問題解決之困難自他國言之因得多數勞力之供給富源開發收利甚宏故盈虛相劑

交互爲用。最足致世界之和平。增人類之幸福也。美國當開闢之初。地屬荒原。建設百端。皆需勞力。其始取材奴隸。供其驅策。及千八百八十三年。奴隸解放條例頒布。非洲奴隸之供給斷絕。勞動需要。於以大增。且因加州金礦之發見。鐵道之建設。所需勞力尤巨。故美政府當時對於華工。特別優禮。以廣移住。美國物質上之建設。所由有今日之盛者。皆華工血汗之賜也。然其後建設成功。排斥遂起。非法虐待。慘不忍聞。其國家既制爲苛律。束其自由。其政黨復列爲黨綱。一致排斥。夫美國素以自由平等爲建國之精神。其獨立宣言中。曾反復聲明。乃於華工殘暴如此。其他若英屬之澳洲坎拿大。其排斥我國人也。無所不用其極。更不足道矣。且不獨我國人也。凡屬有色人種。皆在排斥之列。即日本素以文明自詡者。亦不見容。彼土近者加洲排日之激烈。其明徵也。夫歐美人之人種偏見。牢不可破。差別待遇。彌進益厲。其爲世界和平之障碍。可勝言哉。考人種差別待遇所由起。觀彼種學者所主張。略有兩端。第一白人文明燦爛光輝。非有色人種所可比望。故其待遇不能平等。第二亞洲之民。堅忍耐勞。庸直低廉。侵入彼土。勢力膨脹。其國勞工。不能與抗。欲求自衛。對於殊種。宜加裁制。然自余觀之。白人種之文明。物質文明耳。經此大戰。其過重物質之弊。方爲識者所病。若夫精神文明。則揆諸亞洲有色人種。實有遜色。戰後崇拜物質之一元論。已漸失勢。而精神文明之二元論。曙光浸啓。必有取而代之之一日。彼白人者。又曷足驕乎。至若第二經濟上之理由。尤背正義。吾國勞工。前此之供獻彼種者。爲功甚巨。而鳥盡弓藏。秋扇見捐。揆諸公理。寧可謂平乎。且白人旣以不平等之待遇。臨有色人種。吾有色人種。苟起而報復之。則世界和平。不將因以攪亂乎。乃巴黎和會開議之時。日人人種差別撤廢案。甫經提出。即設法使其撤回。夫人種障礙。不加排除。而徒望和平。是卻行而求前也。庸有濟乎。

（四）人類自利性之障碍。　人性無不自利者。居獨處。則利其身族黨林立。則利其家。雖其所利之廣狹有不同。而要其自我之偏見。周窮老而不滅也人方襁褓。目見可喜之物。則手舞足蹈。悉欲攘據。及其漸長。思想發達。則不第目所經見者。急欲得而甘心焉。即意所冥想者。亦思現諸事實。餉吾欲焉。其能如基督之博愛。釋迦之無我。泯絕人己。宗尚大同者。千萬人中。或有一二。非所望於凡民也。故霍布士謂人爲自營之虫。未有國家以前。人類各肆其慾。相侵互角。而當其時之社會。常在戰爭狀態。有國家以後。雖立法範。裁強扶弱。然專慾之橫肆。亦有時而烈也。日哲加藤弘之。則謂人類之自利性。自其遠祖以來。綿演賡續。蒂固根深。靡能撼移。有時舉動。類乎汎愛。而窮其究竟。無非出於自利耳。如素封之家。博施濟衆。汎愛也。然因此貧民感其恩澤。社會頌其義聲。名播四遠。譽望日隆。是亦謀所以自利耳。夫人之自利。能有程限。意得志滿。輒以自止。則所以爲和平之障礙也。尚淺。而考之實際。得隴望蜀。所獲彌多。所欲彌甚者。比比皆然。蘇子瞻曰。民方其窮困時。所望不過十金。計其衣食之費。妻子之奉。出入於十金之中。寬然而有餘。及其一旦稍稍蓄聚。衣食既足。則心意之欲。日以漸廣。所入益衆。而所欲益以不給。不知罪其用之不節。而以爲求之未至也。是以富而愈貪。求愈多而財愈不供。會滋生。曰物生而有耆欲。好盈而忌闕。是故體安車駕。則金輿鏓衡不足於乘。目辨五色。則黼黻文章不足於服。於是八音繁會不足於耳。庶羞珍膳不足於味。窮巷甕牖之夫。睇睨金紫。物以移其體。習以蕩其志。向所搤捥而不得者。漸乃厭鄙而不屑御。旁觀者以爲固然。不足訾議。故曰。位不期驕。祿不期侈。彼爲象箸。必爲玉杯。積漸之勢然也。由是觀之。人性自利。大抵皆然。既無道以剷除。而利慾之熾。繼長增高。固有終極。固古今中外之名哲所公認矣。徵之歷史。如拿破侖威廉二世稱霸歐陸。已極人世之尊榮。乃貪得無厭而起統一世界之雄圖。漢武帝席文景豐盛之業。際國家太平之時。尚欲窮兵黷武。耀威域外。秦始皇收統一六國之功。建子孫萬世之基。尚欲封禪海上。妄求不死。則得隴望蜀。慾壑難塡。而人類貪得自利之心。實亘古無滿足之時也。然我旣自利。人亦有然。宇宙事物。充欲者有限。而人類自利。則貪得無厭。以宇宙有限之事物。供人類無厭之需求。斯戰禍之與。决不可免。昔康德著永久和平論。力謀戰禍之消弭。然亦謂和平非自然的狀態。而人類之對敵行爲。常自活動。不易防過。則世之想望和平者。不過欲以人爲之方法。制自然之淫威。其功效亦僅矣。

（五）治亂循環之障礙。日中則昃。月盈則虧。雨暘晦明。四時遞嬗。天道之循環也。滄海桑田。草木榮枯。地理之循環也。揆諸人事。何獨不然。子雲有言。隆隆者滅。炎炎者絕。高明之家。鬼瞰其室。治久必亂。亂極斯治之理。固歷史所屢見。雖有大力莫之或易也。時無間乎古今。地無分乎中外。曾有一國焉長治而不亂者乎。抑有一國焉長亂而不治者乎。此其理。英哲赫胥黎論之審矣。其言曰。大亂之後。景物蕭寥。無異新造之國者。其流徙而轉於溝壑者衆矣。洎新治出。物競平。民獲息肩之所。休養生聚。各長子孫。三十年以往。小邑自倍。以有限之地產。供無窮之孳生。不足則爭。干戈又動。周而復始。循環無端。此天下之生。所以一治而一亂也。又曰。人治者所以平物競也。而物競乃即伏於人治之大成。此誠人道物理之必然。赫氏之說。余篤信之。徵諸史例。尤不爽毫髮也。由巳往而測將來。大戰之後。國力消耗。人心厭亂。競圖治理。暫時和平。庸可保持。一旦羽毛漸豐。必思高舉。亂機潛伏。有觸斯發矣。余嘗謂古今東西之歷史。一戰爭之紀錄也。所謂和平者。不過爲戰爭之預備耳。故余之宇宙觀。恒主輪化論。盛衰倚伏。治亂循環。此天地之所以可大可久也。淺者不察。或執其由盛而衰由治而亂之一端。主張退化論。或執其由衰而盛。由亂而治之一端。主張進化論。割裂支體。徒滋迷離。抑何傎歟。
上舉五端。如國家、民族、及人種之障碍。因交通日進。人羣共處。情感漸篤。知識交換。文化平等。或有排除之時。惟人類之自利性。與治亂循環之理。乃原於先天之自然的法則。非人力所能轉移也。永久和平云云。誠如毛奇所識。乃夢想耳。夫永久和平。既不可期。吾人宜深警惕。而謀所以自衞之策。否則。酣嬉積薪之上。歌舞昇平。馴致外侮紛集。防禦無術。即暫時和平。亦不可得矣。語云。安不忘危。矧今日之世界。未可謂安者乎。邦人君子。尙其深念之。

四存月刊

本會出版部啓事

一、

本出版部發行四存月刊及四存叢書月刊現已出至第五期叢書甲種爲顏李全書刻正籌備編印不久即可發售預約如承　賜予訂閱或代爲寄售均極歡迎

二、

本出版部於發行月刊叢書外並代售各項書籍但以著作者或校刊者與本會有關係爲限凡本會職員評議編輯講演及會員等如有自著或自刻書籍委託本出版部寄售者均可代爲辦理

三、

本出版部寄售書類現已有數十種下月當將錄登入月刊以供衆覽

專著

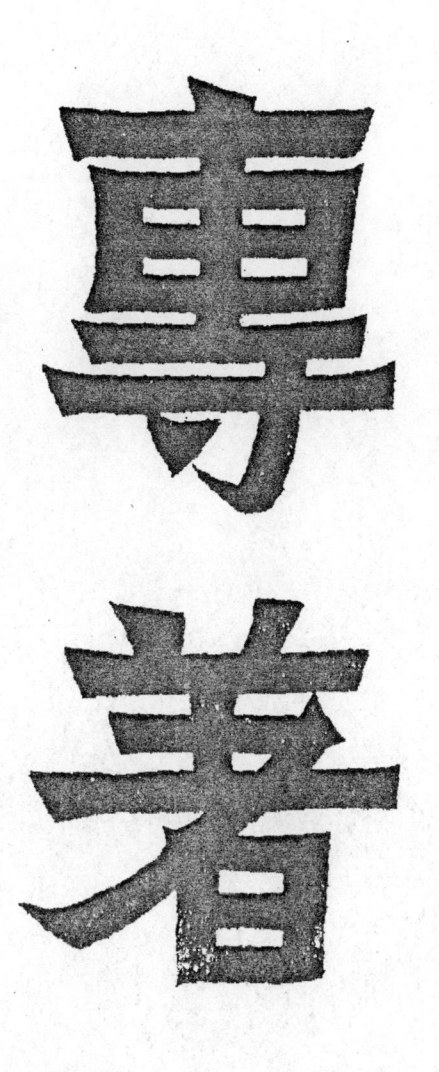

知、以功爲己、故謀用是作、而兵由此起、此節與現代所稱世界大同主義略同

老子云、小國寡民、使有什伯人之器而不用、使民重死而不遠徙、雖有舟輿、無所乘之、雖有甲兵、無所陳之、使民復結繩而用、甘其食、美其服、安其居、樂其俗、鄰國相望、雞犬之聲相聞、民至老死不相往來、此節與現代所稱新村主義略同

老子之所謂小國寡民、非謂小也、卽小可以喻大、故又曰、治大國若烹小鮮、執一例百、自分析方面言之也、禮運之所謂大同、則包舉宇宙萬有、而標其新義、自綜合方面言之也、老子所謂理想國家、其要不外反樸還純、未免偏重歷史循環之說、老子者、周柱下史也、其所稱引道德五千言、皆上世爲治之大經、老子特緒而出之、故孔子謂爲述而不作、蓋亦證其爲往古之治具焉、至禮運所稱大同之世、實感發於大道既隱天下爲家之後、欲求大道之復行、知不能不選賢與能、講信修睦、爲今後之治具、故儒家有爲法、蓋已明乎歷史進步之理、

知人類物欲既日由簡而進趨繁賾、政治動息、自不能不與之相爲表裏、步趨一致、及夫日進不已、抵於大同之世、則一切治具皆無所用之、而人類所恃以爲長治久安之計者、無他、惟人各保有其道德觀念而已、

抑有進者、道家無爲法、其陳義雖甚高、而立說究涉空洞、非如儒家陳義立說、皆能見諸實施、就論方法、亦較具體、至其具體方法、實根本於個人之自修其身、廣其義而致治之隆、不難立見焉、中庸稱凡爲天下國家有九經、獨以修身爲首、大學以齊家治國平天下、特爲修身之效、至其倫常綱紀、孝弟忠恕、實天下共之、故修身之義、初不限於在上者之一人、故大學曰、自天子以至庶人、壹是皆以修身爲本、中庸曰、斯禮也、達乎諸侯大夫及士庶人、又曰、天命不於常、道善則得之、不善則失之、孟子曰、聞誅一夫紂矣、未聞弒君也、是考之古代社會、政治之表象、雖不無階級異同、而察其倫理道德之內觀、則一焉、特彼在上

則水不能制沙。沙乃起而用事。而橫決遷徙之變以興。顧此中淸水力之大小。則又有辨焉。大氐滹沱水力大。於永定。淺不盈尺。尙足以行平地。永定則不能。二水力之强弱。可以此判。特沙多而水苦少耳。治河水淸而駛。又合於出山之口。宜可以補救矣。不幸治水太微。僅當滹水十之一。不起抑之。適以助之。倘滹沱之淸稍過於濁。其患必不至於此也。今有一勺之水。泥沙居其强半。再注以一勺淸水而滯者可動。三注以一勺而濁可變淸。四注以一勺而濁幾渾於無形矣。知此者可與治濁河。治濁無它。引淸以消濁。實爲古今第一良策。古之治水者。亦有藉淸刷濁。藉淸敵濁之論。其實曰刷曰敵者失其義。曰消曰納。方得其眞耳。此卽水性而言。昔人所不甚注意者也。滹沱自古無下尾。故亦自古無修治。然在上古黃河北注之時。猶可言也。黃河南徙以後。漳淦各獲安居。惟滹沱自正定以東。橫行陸地。諉於無策。不爲之所。縣歷數朝。甯非異事。蓋黃河北注之時。河於大陸以上合漳。漳水一曰徑。言不遵其道也。一曰衡。言橫行也。往嘗疑漳於今合衞之後。並非氾濫難制之水。何以古之深冀趙諸州。被其毒者如是之廣。繼始知漳於古入河。以濁濟濁。故氾濫特甚。今以合淸自見安瀾。爾時滹沱東必合漳。助以爲虐。有固然者。其時自眞定以東。旣合於汎濫之滹。故可無下尾也。漢以後合漳之時爲多。其時漳溢合流。河小水大，而漳又溺合之以滹。仍近以濁濟濁之弊。其患自不能免。淸以後漳與滹分。溢行滹瀆。但有淸水。故乾隆五十九年。此據骨文正奏疏 自藁城東至冀州邵村合溢以後。非遇異漲。自保無虞。諺謂滹沱曰上自平下至衡。不受約束。任爾橫行。平山上之不橫行也。以在山之故。衡水下之不橫行也。以合溢之故。可知入溢。卽不得橫行也。治河者亦有合溢則安。離溢則危之語。崔述齋語也 究其所以爲安。則亦莫能言者。是非滹神之畏溢神也。仍是以淸消濁之爲用耳。然至衡冀以合溢。則正定以東中間數縣。仍棄以與水。以便橫行。其爲合也。亦已晚。已既知合淤則安。胡不使之早合。既知橫行之患。胡不早開河槽。既知合淤則不淤。胡不早設隄岸以收束水刷沙之效。乃歷代治河者。但知古無下尾。遂不敢設隄開槽。以變夏商之舊。抑知昔之不設隄槽者。以其任意遷徙也。合淸以後。水自順其常性。由地中行。顧猶泥古害今。不爲之所。亦適見其疏於講求而已。或曰。信斯言也。早合淤則早安。則曾文正邵村之道。在所必取矣。曰否否。自藁城至冀州邵村。凡一百八十里。中逕三縣。道路緜長。以遠近上游而論。尚不及乾隆五十年河決廣陽隄由甯晉入滏之道。尤在上游。且較近七八十里。滹之出平山以東下也。與永定之出石景山也略同。以濁河而遇平地。猶虎之傅以翼也。大氐出山左近。至多不過五六十里。或尚可保。遠至百里。即難保其無患。縱能平時獲安。而異漲仍莫能禦。邵村一道。亦不得已之下計。非所語於根本之圖也。苟知濁河必濟以

清。但能引清使合於出山以後數十里之內。是之謂扼其咽喉。操縱由我。然而
斯言也。以治永定則咄嗟可辦。以治滹沱則良法難施。蓋其上游距淀至近。亦
在百里以外。與不可行平地不可過百里之兩大患。直欲避而無雙。以云自古
無治法。誠限于地非盡人謀之不臧者。顧白英之于南運。郭守敬之于通惠。皆
以人力而補天功。亦患水性之不盡諳耳。今既知制濁不易之方矣。即斡旋運
用。存乎一心。彌補缺陷之策。亦何妨俯拾而即是。今查藁城至甯晉葫蘆灣。有
所謂王莽溝者。上遊所逕趙州之宋城（即漢宋子縣）。晉縣之武邱南（即漢之敬武縣）。碻為漢
之太白渠故地。其南更名濂河。至甯晉之侯家口葫蘆灣以入淀。而藁城以東。
見諸光緒初之檔案者。（光緒初滹水歸槽藁城西則南入泊城東則歸本河）其地形又南高而北下。北泊
亦久淤為陸。滹沱於藁城南北均有決口。足知南北平衍。初無懸殊。若於甯晉
之侯家口導淤西北。以注藁城之東。俾入滹沱。以資消納濁性。改昔之上游為

鹽。竟釀大案。衷蘭等縣。侵至一百數十萬之多。是也。一曰商人報效。軍需河工及慶典皆有之。有始不收而終收者。有收半者。有全收者。皆鹽商廣東兼有洋商。合計亦數千萬。一曰發商生息。凡年例支銷之外。應添支欵。則由各省奏請。借帑生息。如山東因城工借帑二百萬。生息每年得銀二十四萬兩之類。其初旗綠營及內務府爲多。後則緝捕銅本書院及各省公用之欵。皆取資於此。一曰公攤養廉。凡河工軍需等項。例不能銷。及彌補虧空賠欵者。皆取之。此名曰按廉捐攤歸欵。甚有州縣一缺。所攤之數。浮於養廉者。實一弊政。一曰關稅加盈餘。粵海關四十一年收四十餘萬。五十九年遂至一百一十七萬。功令以近三年爲比較。收稅者貪多求勝。而貸亦充盈也。舉一關以例其餘。一曰鹽斤加價。有加數文者。有加一文者。有加半文者。其初皆因事而起。後就循爲例。數亦不貲。故能用欵多而不匱。而例入所盈。每歲率在八百萬以上。歸政之年。庫存七千餘萬者。以此五十六年各省實徵歲入銀四千三百五十九萬。歲出銀三千一百七十七萬。而糟粮兵粮不與。此乾隆中財政之大概也。

按乾隆五年諭曰。國家一應賦稅。無論正雜羨餘。凡徵之官府者。均係出之閭閻。究其實乃以天下之物力。供天下官弁兵民之用。為上者不過為之權衡調劑於其間。若經其事者稍纖毫假借。則大不可。是泰西理財之說。與此暗合。

按乾隆中官員各項陋規取之商民者。日以加多。十年。陝西布政使慧中有請裁撤解錢糧平餘之奏。諭曰。各省皆然。不獨陝西。是各省錢糧平餘。實已成為習慣。而各省浮收之案。亦屢見。廣東以徵糧浮收。逮歷任糧道。江蘇高郵句容以丁漕浮收。至讁總督。然各省皆如是。特發覺者少。不發覺者多。五十三年。湖廣總督舒常奏。兩淮鹽引向在湖廣行銷。每年正額七十八萬餘道商人按引捐輸以備應酬之用。名爲匣費。近因漢口店商經理不善。任意開銷。以少報多。浮費日重。商人等不能獲利。配運不前。現該省匣費已令全行禁革。按雍正中匣費已提歸公。乾隆初湖廣總督孫嘉淦又奏匣費開支。兩湖督撫以下養廉公費清單。則舒常所奏。又匣費外之匣費也。六十年。閩浙總督伍拉納以在任七年收鹽務公帮陋規銀十四萬而伏法。則鹽務陋規之多可知。乾隆初年陳宏謀有參滸墅關家人得銀四萬之奏。可見其時凡關稅雜稅徵額外。皆爲各員得項。是以末年督撫過有處分。有加數倍罰養廉者以此。又按乾隆末尹壯圖參各省虧空。以見於奏報者證之。國泰之案。山東二百數十萬。伍拉納之案。福建二百五十餘萬。雲南百餘萬。浙江亦二百餘萬。其未發覺者。更不可數計。其時治虧空特嚴。山西巡撫和其衷。湖南巡撫李因培。皆爲屬員彌補虧空。或棄市。或賜盡。而虧空返甚者。固由攤欵之多。而上下趨於華侈。不惜物力。務工酬應。亦財政一大蠹。浙江南巡。斥王亶望供餉之華。廣東巡撫王檢貢珍珠一匣。明諭還之。非不力戒華靡。而兩淮鹽政商人一日供應。鹽政五十金。阮光平來朝。驛站供應一日至費四千兩。浦霖被劾。屬員有元狐珍珠之饋。李侍堯之獄。屬員例饋動至數千兩。其派買參貂。派買金珠者。皆見奏報。蓋區夏無警。貲力饒足。爭以飾厨傳講酬應爲能事。有不期華侈而自至者。此虧空之本也。

按商人報効。以乾隆六十年戶部議覆兩浙鹽商報効考之。係分六年攤完。且給奬叙。是亦捐例之類也。

按自道光以前歲入之數。皆沿乾隆初年之制。茲將額徵有定者列表。

乾隆十八年歲入表

省分　地丁　漕粮　兵粮　鹽課　關稅

汝止惟幾惟康（幾危也康安也思安思危）其弼直（直惡之壞字弼直輔德也）惟動丕應（輔之以德乃動而天下大應也）徯志以昭受上帝（徯意以昭待上帝命）天其申命用休（天將重命以福祿也用以也休福祿也）

闓生案此篇皋陶禹皆責重帝躬帝則曰亦須良輔一篇之大意如此故曰君臣交儆也。

帝曰吁臣哉鄰哉鄰哉臣哉禹曰俞

闓生案帝言此所以責難於臣也。先大夫曰此亦帝言未終而雜入禹言。

帝曰臣作朕股肱耳目予欲左右有民汝翼予欲宣力四方汝爲予欲觀古人之象日月星辰（古人謂堯也法堯之象日月星辰以名章服也）山龍華蟲作會宗彝藻火（山龍背華蟲黃作會黑宗彝白藻火赤凡五章華蟲雉也會繪也彝系恭也）粉米黼黻絺繡（粉米黼黻自天子至士皆同不爲章）以五采彰施於五色（彰明也）作服汝明予欲同（依鄭本校）六律五聲八音七始（依漢書校七始天地四時人之始也）訓以出納五言（訓順也）汝聽予違汝弼汝無面從退有後言欽四鄰（欽四鄰敬四輔也前疑後丞左輔右弼謂

之四鄰

闓生案。此節承上文責難於臣之意而言之。以股肱耳目四字提起。翼爲股、肱也。明聽耳目也。然帝意當亦以有民四方爲重。而作服聲律爲輕。特就股肱耳目而分別言之。又其事繁碎。故其詞較多。欽四鄰。猶云欽哉。四鄰即敬哉有士之例。戒臣鄰當各盡其股肱耳目之用也。

庶頑讒說（諸衆邪嬖）若不在時（或不在善）侯以明之（侯射侯也）撻以記之（罰扑刑）書用識哉欲並生哉（生治也）工以納言（工官也）時而颺之（善乃颺之）格則承之庸之（承庸也）否則威之

闓生案。此節明賞罰勸懲之效。又案　先大夫曰。史記釋此文云。君德誠施皆清矣。疑古經止若不在時句。若、順也。不、否也。時、是也。言順否皆在於己。猶邇可遠在茲。故史釋以君德誠施皆清也。侯以明之以下。史記所無。文辭不能奧深。或漢時書說。而後人誤合於經。下文海隅蒼生。共惟帝臣。及此否則字皆非尚書文法無逸否則皆讀丕則與此不同也學者熟讀上下文當自有辨附記於此。

禹曰俞哉俞哉者口諾而心不然之詞帝光天之下至於海隅蒼生萬邦黎獻共惟帝臣惟帝時舉敷納以言明庶以功車服以庸誰敢不讓敢不敬應此上四十三字幷史記所無其詞平淺疑亦漢經師所記其文氣與上下有辨帝不時敷同日奏罔功時敷者善分也言帝不善分別使善惡同時幷進則無功也

闓生案帝意臣鄰咸盡其職則君德下施而天下咸清禹謂不然亦當善爲分別若善惡幷進則罔功矣帝意責難臣下禹仍歸重帝躬與前文意義一貫。

帝曰史記補無句若丹朱傲傲慕同字丹朱傲卽胥放在丹水之浦卽楚詞之澆也或以爲堯子丹朱謬甚惟慢遊是好傲虐是作罔晝夜頟頟罔水行舟朋淫于家朋與風同放也用殄厥世以上幷見楚詞予創若時創懲也

闓生案。先大夫曰。此帝答禹言。雖務施德。若丹朱㬟所為。予亦不能順之。禹曰。予娶塗山（依史記校）辛壬癸甲。啟呱呱而泣（史記辛壬娶塗山癸甲生啟娶二日而往治水生子二日又往治水非一時事闓生案古書殘缺難明史記所言亦頗費解竊謂辛壬癸甲當係紀年非紀日蓋娶後三年始生啟耳）予弗子。惟荒度土功（以故大成水土功）弼成五服。至於五千（至五千里）州十有二師（五里為邑十里為都十都為師）外薄四海。咸建五長（五國以為屬屬有長）各迪有功（各導為善）苗頑弗即工（苗衆弗就善）帝其念哉。帝曰。迪朕德。時乃功惟敘（導吾之德乃汝功序之也）

闓生案。先大夫曰。禹言不獨丹朱㬟也。自水土平後。九州承化矣。苗衆乃不用命。然則君德雖施。豈能遽清平中上分善惡之指也。

皋陶方祗厥敘。方施象刑惟明。（皋陶於是敬禹之德令民皆則禹不如言刑從之舜德大明方施旁施也象刑所謂虞舜畫象而民不犯也）

闓生案。文以皋陶起。仍以皋陶結束。

魯禍以兆此史公所爲謹記也宋武公十八年當魯惠公二十一年惠公卽位四十六年至隱元年而仲子卒仲子卒時年方二十有七度其年歲則魯世家所載息長爲取宋女殆得其實也穀梁謂仲子爲惠公之母孝公之妾蓋據僖公成風爲例不知文九年經亦以僖公成風並列非以成風爲僖公母目爲僖公之成風說者多誤解之並以此經爲惠公之仲子則不詞矣微左氏孰與正之蓋傳同之與親見其得失不同每如此

及宋人盟于宿傳　左氏於此等紀載往往事覈文簡例以盟蔑稱公蓋非公自與盟可知春秋列國會盟自有往來慣例縱非國君命卿自往豈遂涉及卑微公羊謂內之微者及之穀梁謂內外皆卑者與盟且謂卑者之盟不日專於此等處求書法其識已陋然公穀皆不見左氏固宜有是後世左氏已盛行而治春秋之學者猶復不信左氏唐之趙匡謂不書公爲示恥宋之劉敞謂恥與

下士爲盟葉夢得以不書公爲殺恥皆承公穀之誤而加甚者是時隱公方欲授桓爲其少故而先自攝高閌乃謬謂桓爲宋出隱公懼宋而與之合故有是盟信如斯言則是隱公有終身爲君之志且隱欲結宋拒桓以自固讓桓非其本志而春秋三傳之所載皆爲不得其實矣夫豈其然哉是又與於穿鑿之甚也陳傳良以爲憂參盟故錄其所從始亦非經指

公子益師卒傳　左氏全書無以書日不書日爲義例者此傳所載蓋考於舊史而知之乃紀事之文非義例所繫也隱公成父之志欲立桓公爲君故其攝位十一年事事謙退雖改葬惠公亦令桓公主喪衞侯來會葬而亦不見避君位也此衆父卒而不與小斂非薄待衆父失君臣之義蓋亦以不敢當人君之禮故耳此乃前古未有之例讓爲美德史氏不忍沒君之美照常例書則無以成公意衆父又孝公之子惠公之弟於隱公爲叔父其位又卿也亟之重臣例

不能沒其卒而不書於是變其文以不日別之一若公於衆父是日卒謙退不與小斂史臣亦不敢知其卒日者此史氏尊君之美意也故孔子修春秋時因之賈逵謂不與大斂則不書卒以此爲義例之一殆未得左氏此傳之指至春秋不以日月爲褒貶則先儒已有定論穀梁之不日卒惡也適足證其口說傳聞之不如親見耳乃呂朴卿猶以此致疑左氏謂公孫敖卒於外而公在內叔孫婼卒於內而公在外其不與小斂明矣何以書日已自不明左氏之意烏足爲左氏病哉

紀裂繻來逆女傳　紀子帛莒子盟于密傳　合觀此二傳復觀春秋書伯姬歸于紀則杜元凱之注左氏說殆可從左氏文簡而意盡隱公攝位頗欲善鄰觀前之盟郲盟宋盟戎可知左氏於蔑之盟明著之曰公攝位而欲求好於邾則此時魯新與紀昏借紀以結莒好自爲情理所宜有左氏復明著之曰魯故

尙復有何可疑八年浮來之盟傳云以成紀好亦與此事相首尾至紀子帛之書字與儀父書字正同春秋之義凡主盟主兵者書皆居首故齊侯可居宋公之上邾鄭伐宋亦邾居鄭上紀爲侯國莒爲子國裂繻又紀卿也紀爲主莒爲從春秋又魯史也嘉紀侯之意何不可字裂繻裂繻又主是盟也何不可列於莒子之上衡以春秋義例豈遂乖異而諸儒狃於名分之辨謂大夫無列在諸侯上者遂欲盡駁左氏不知左氏此文與隱公前後諸事意義一貫殆非後人所羼入杜氏謂莒魯有怨疑是左氏古說而杜注采之莒魯之怨今雖不可考矣而紀之爲魯盟莒敦睦鄰好用意殆無可疵議公穀不見左氏其所據春秋古經作履緰作伯乃文字之異同趙坦曰裂作履聲之轉繻作緰古今字伯帛古通假鄭氏經禮亦以子帛爲裂繻字則其說古矣以文義論亦不似闕文公羊曰無聞疑以傳疑也穀梁晚出求其說不得故兩存之其傳曰紀子伯莒子

三十布旭一布旭約華量三斗餘	莖	三千一百五十八	二千六百五十三	一四二、	一五、	五、一	一九五、	二、	八、二	三、五	六、九	二、四	九六三、
	共	四千九百五十八	四千一百八十三	一七二、	四八、	七、八	二八八、	二六、	九二、	七、一	二一一、	二五	九六九、
大麥四十布旭	實	二千〇八十	一千七百四十七	四六、	三五	二、九	九、八	一、一	一、二	四	一六、	〇五	一一八、
	莖	二千四百四十七	二千〇八十	一一一、	一三	三、二	二五九、	三、九	八、	二、九	四、七	三、六	五六八、
	共	四千五百二十七	三千八百二十七	一五七、	四八	六、一	三五七、	五、	九、二	六、九	二〇七、	四、一	六八六、
豆三十布旭	實	一千九百二十	一千六百十三	五八、	七七、	四、四	二四三、	〇、六	二、九	四、二	二二八、	一、一	〇、四
	莖	二千二百四十	一千八百四十八	九九、	一九、	四、九	四二八、	一、七	二六三、	五、七	六、三	四、三	六、九
	共	四千一百六十	三千四百六十一	一五七、	一〇六、	九、三	六七一、	二、三	二九二、	九、九	二九一、	五、四	七、三
紅萊服	本	三万八千只十	三千一百十二六	二一八、	六三、	一五、二	一〇八六、	一、七	二五五、	五、七	二二四、	一〇九、	二、六
十七噸一噸約中國一千六百斤	葉	一万一千四百廿四	一千五百三十一	一四六、	四九、	五、七	四〇二、	七、五	四八五、	三、八	一〇七、	一一二、	五、一
	共	四万九千五百〇四	四千六百五十七	三六四、	一一二、	二〇、九	一四八、八	二四五、	七四、	九、五	三三一、	二二一、	七、七
番薯六噸	本	一万三千四百四十	三三六〇、	一二七、	四七、	二七、	七六五、	三、八	三、四	六、三	二一五、	四、四	二、六

飼牲畜草一噸半	三三六〇、	二八二三、	二〇三、	四、九	五、七	五〇九、	九、二	三二、一	一四四、	一二三、	一四六、	五六九、
苜蓿二噸	四四八〇、	三七六三、	一五八、	一〇二、	九、四	八三四、	五、一	九〇、一	三一八二、	二四九、	九、八	七、

右表所列、皆常種之物也、中國北方常種者、如黍粟玉蜀黍等、華氏表皆不之及、他書中亦未見化分黍粟之各質者、惟有玉蜀黍一種、今補列之、

玉蜀黍	鉀二養	鈉二養	鎂養	鈣養	燐二養五	硫養三	矽養二	綠氣
實	二七、八	三、九	一五	二、五	四六、八	一、五	一、六	
稈	三六、三	一、〇	二五五七、	一〇、八	八三	五、二	二〇、八	

綜上表而攷植物之質、大概麥類矽養爲多、鉀養燐酸次之、根類多鉀養、鈣養燐酸次之、菽類多淡氣、而鉀養燐酸亦復不少、明乎此、而某植物之宜何泥土、與何肥料、可以攷見、而泥土之所以爲肥爲瘠、亦大略可知矣、

論水

植物之生長資乎泥土固已然泥土之中有爲植物能用之質有不能用之質二者或名之爲靜質爲動質能用者能消化於水者也不能用者反是故助泥土以生植物者莫要於水水爲天地間最多之物地球表面水居三分之二陸地含水百分中二十分至四十分動植物含水百分中五十分至九十分水在土中以其重性而能流下又能隨微管之吸而上升故其爲益於植物之功用在能消化他質以供植物之吸食蓋植物之葉有孔以吸炭气根有管以食土中諸質其孔管皆極細微堅定之質所不能入故植物所食之質必待消化於水定質之爲水消化者其類甚多而最易見者莫如鹽與糖鹽與糖入水卽化者也然取消化糖鹽之水曝而乾之則糖鹽仍在是故雨水挾炭酸气入土消化土中之鑛質而成流質使植物根鬚吸入體中以滋養其生植物又由枝葉

將水汽放出而留其定質以爲莖實潛移默運之用流行不息之機皆水爲之也

論光熱

泥土冷熱亦大有關於植物由植物所食土中諸質熱則消化冷則不化也熱之由來有二一爲日光之熱一爲物化之熱植物所以放水气而留定質者皆恃乎日球之光熱植物久不見日光必不能生即生亦必不茂故栽種植物必選多日光之地且宜疏不宜密密則不惟所資土中之食質不足難通空气又因少受日光質必脆弱密植之稻麥易爲風所偃折即其理也且日球所射之光常含有熱力使空气因而漲縮光射於地能使土性感熱發漲而空气隨光力入土與土中本有之气混合以消化他質滋養植物故農家深耕易耨使土輕鬆皆欲其接受光熱也種樹之法掘地爲坎暴露一口然將下種亦欲使太

一方攤在褥內縫住。冬月置牀席上。令人夜則壓而臥之。或鋪於雞犬窩中。亦得。開春播種。爲益甚多。

古人凡五穀作種者。牽馬令就穀堆食穀數口。仍以馬踐過。則無蚄（音方子虫之害稼者）等蟲。又下種剉入馬骨及牛羊猪骨少許。極妙。種必先溲。（溲浸也）用雪汁三斗。煮三沸。取汁浸附子每汁一斗。投附子五枚。浸五日。取出附子。晒乾。猶可用。仍擣馬牛羊猪等糞。投汁中攪之。溲穀種。當乘天晴燥時暴之。易乾。或薄布勸翻。亦易乾。天若陰雨。俱不可溲。晒乾復溲。溲五六度。令雪汁盡。他日耐旱。又不生蟲。取收必倍。蓋馬矢能辟諸蟲。雪汁能耐旱。附子氣燄能殺蝗而旺稼。雪必用臘雪。臘月得雪。多貯甕中。須以穀草四圍裹之。以防凍甕。若用臘日雪更佳。冬至後第三戊日即臘日也。

祖同謹案選種之法。農者所重。日本農學家稻垣乙丙曰。凡種子皆須暴乾收貯。貯種之處宜高燥之地。否則屢變其質。種時或不萌也。選種之法。大抵小粒不如大粒。輕者不如重者。以篩別其大小。以鹽水鑒其重輕。法以種子傾入鹽水中。去其輕浮者。取其重沉者。所謂穗大而粟穎實者也。用極乾穀糠拌勻。於烈日之下。每月攤晒者。欲其乾也。攤於礡中或鋪於雞犬窩中者。欲其暖也。雪不傳熱。能保存固有之溫度。雪本空中之雨水凝結而成。富於養分。故浸種以雪汁爲佳。如稻種且須浸之。俟萌芽而後種。今之池浸法是也。

種棉第四

諺云。種棉時。曰、穀雨以前十日。早穀雨以後十日。晚大抵穀雨前後三二日爲宜。此其大較也。至于地有黑土、沙土之異。又未可執。黑土發苗緩。宜早種。沙土早種恐風打。宜略晚。是在斟酌行之耳。　棉子必以灰搓之。須極疎散。顆顆不粘方好。若數子粘成一塊。既費種且難撒勻。生出苗叢擠。亦難鋤。撒棉子於隴。以手攄較之。用糞耬疎散而苗肥。若地不甚濕。可用糞耬下之。取其子落濕處。上蓋浮土。只可一二指許。厚則難出。出亦不旺。故隴深。但以鞋底曳之。後以小砘砘之。畏土深也。　鋤棉有淺深。大約初次留苗淺鋤。只用撥開一二次。仍淺。三次深鋤。四次又淺。深則畏傷根。或風雨搖毀。鋤數不厭多。愈多愈佳。吾里有鋤九次十次者。其苗耐旱甚茂。棉朵亦厚。取得一倍常。　鋤時留苗疎密。視乎地。地肥壯宜少疎。地瘠磽宜少密。　棉苗長成。必打尖。蓋棉不徒願其豎長。尤願其橫長。橫長則膊長。坐桃亦多。伏時掐尖。有未成科者。稍待時日。諺云、立了秋。一齊揪。掐尖不可顧惜。但相棉力將盡掐之。若力正盛長掐之。則易至生風杈。欲察其力之盡否。看其尖莖肥盛而嫩。此力未盡也。若尖莖細弱。則力將盡矣。棉之風杈。有因掐尖過早而得者。有因坐桃無幾、雨水過多而得者。必須科科拿剪里中老農。有遇棉生風杈者。不惜僱人拿剪。俾棉力單注于干。朶取獲亦倍。渠言多鋤。尤爲得力也。

祖同謹案、棉錦葵科植物也。我國古無此種。皆以麻葛爲衣。後得其種於南荒淡熱之地。始廣種之以代麻葛。草本者高約二三尺。葉作掌形。色青而多缺刻。莖赤而細。花色或黃、或白、或紅、或絳。七八月間。有實如桃。其名曰鈴。所謂生桃也。植美棉簡法云。（直隸臬署譯）下種約在三月間。美徐瑟甫未曼云。播種始自四月。約合我國三月。皆在穀雨前後。黑土爲腐植質土之養分。發苗緩。故宜早種。砂土疏鬆。易罹風害。故宜遲種。（黑土沙土注詳地無開曠穴）八種美棉簡法又云。種棉宜先將地土犂鬆。凸起成行。每行約隔三尺半。鑿淺孔。用手密放棉種。與撒棉子于隴。以手摅之意甚合。今普通種棉之法。未種之先。首以肥水將種子浸軟。然後和灰播之。以點種爲最善。每穴入種

論語大義

齊樹楷

前義

前義者。欲讀此書。當先知箸者之意。如有不知。雖疏注紛如。等於扣槃捫籥。古人之於詩文。或其他書册。倘有讀法。或略例。至於經則無之。說之不明。只此之由。茲先將讀法及書中大義略述於前。學者致思。或易有從入之塗歟。

古人箸書、序皆在後。然其所以讀此書之意。及讀此書之法。亦未必盡情發露。茲之前義。雖即後序之意。然實論理學之前提。譏事者之先決問題也。但全書通曉後。乃益明了耳。

治經者之說曰。不通羣經。不能通一經。不通衆義。不能通一義。余言論語之前。亦欲擬一格言曰。不知世界現象。不知聖人之如何觀象。不知人類現象不知聖人之如何懸象。不知歷代變象。不知聖人之如何造象。知其造象。乃知其取義。知其取義。乃知其立言。論語末章曰。不知言無以知人也。此聖人之微指也

立言之人。無非自負先知。思以其說易天下。總其要而分之。不過二派。曰性派。曰法派。無論何家。無論何學。無論何道。以此判之。其行之之方。則不外伸張本義。排除障碍。二者。其障碍之能否排除。視其本義之能否貫澈。尤視其本義之深博無涯。變化無方與否。一義之拘。新陳代謝。此起則彼伏。不足語於世爲道。世爲法。世爲則。然視丘垤而知泰岱。視江河而知滄海。不知諸家。不知孔子之大也。此反証類証之義也。

孟子曰。頌論古人。誦其詩。讀其書。不知其人可乎。是以論其世也。上孟下孟主 襃埒任沐章 之前一章 世。即今之所謂時代。自今日溯往古。可分爲三。曰家庭主義時代。曰國

家主義時代。曰社會主義時代。際何時代。即爲何時代之人。即講何時代之學。其間之標舉主義者。或拯救時弊。或開闢先幾。所言所行。足以震撼宇宙東西學者。亦大有人。然盛于一時。轉瞬而新說出。舊說之被批駁者無完膚矣。惟孔子。則無論何時代。均有確適於時之義。顛撲不破。所爲順時匡時先時者。好學深思。自能心知其意。孟子曰聖之時。誠知孔子矣。

易繫詞曰。易之興也。其當殷之末世。周之盛德耶。是故其詞危。論語當列國時。其詞亦危。是以正言若反者。微詞見意者。往往有之。然顯言者多。不如春秋之推見至隱也。（推見至隱者言推顯現之事而至於隱深之處也與易本隱以之顯句爲對文）春秋之時。國家主義。甚爲洶湧。孔子以大道之行爲職志。而諸侯持世於當時。不得不以吾人之定制。差等而升降之。譏貶緣事起。時之人皆知懼而已。於排國家進社會之眞義。實未之知。蓋春秋名詞。均國家之事與文。其義則費而隱也。若論語名詞。顯與指出。自易明矣。

何也。孔子言正名。於名詞特爲審愼。後人不知其言言精確。不可移易。反推之於依稀彷彿之處。以借爲攀緣依附之階。如孔子之言道德齊禮。皆所以維社會者。而後儒乃以爲治國之具。孔子言天下平。平天下。乃社會主義之極致。後儒亦附會於國家。以之遊說帝王。使欣然而師尊孔子。廟食萬世。於表章聖人之方法。則善矣。然其眞義。則因之以晦。晦而使之顯。仍即正名之意。於論語中名詞。確指其實。不令稍有含混。乃爲得之。

孔子之道。以家庭基礎。行社會主義。然其行之也。則以個人爲單位。是以始曰克已。終曰成已。其成之也。則以尊師爲先導。故曰可以爲師。曰必有我師。師也者。孔子所標以代君行道者也。然以教未大行。不能遽去國家。有待之時。倘將東民之國家。研究其爲之之法。進一步。則以師束之可矣。至人皆堯舜

譯稿

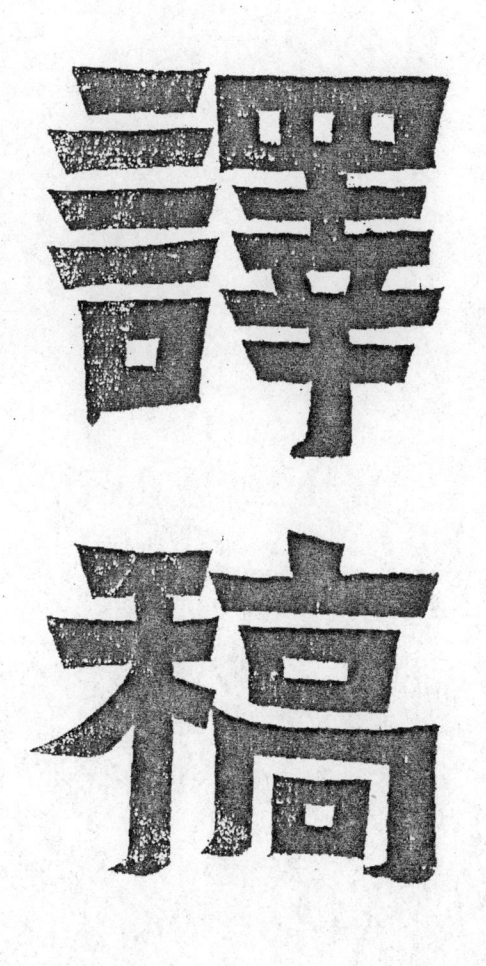

牛津劍橋兩大學之外組織特別者尙有倫敦大學該大學昔日僅爲欲得學位者考試之場今則亦成特別組織全校分爲三大部第一外事部司學位考試之事第二大學通俗講演推廣部此部在他國爲特有此志者之事業此則作爲大學之本業第三內事部乃大學之本體該大學亦係合併新舊二十餘校而成共分八科各分科均置校長Dean二十餘校之中以工業教育爲最盛然程度高下不一然第一部以考試爲務定有一定之標準應考者之程度不能不與之相符故舊日二十餘校中程度低下者今亦漸漸提高大學分科爲法醫文理農工音樂與經濟商業與財政其分科之多爲他國所無倫敦大學本部校址在皇家花園以內該校定制凡在此半徑三十英里以內者之學校均得加入大學除農校在六十里以外不在此例外其餘視學校所在地之距離定大學之所屬然其後所屬學校中又有獨立自成一大學者如維多利亞

大學之滿車氏特之歐溫專門學校利賓之么克佘耶專門學校利物浦之大學現已均成爲獨立大學惟分科尚未完備滿車氏特大學有醫學教育學兩科利賓大學有醫科利物浦有工科均之爲單科大學又伯敏罕大學最重商業學因之特設畢業稱號

以上三大學之外尚有大學甚多但皆無宗教之關係專注重研究專門學科現在著著進行絕無彷照牛津劍橋兩大學之組織者人稱之爲新式大學至牛津劍橋既尚保持其宗教的貴族的之特色但近日發起大學通信講演事業等以期與一般國民精神相接觸特不如後進大學之順應時勢耳

歐洲大陸大學均屬國立惟英國不然倫敦大學政府尚予補助伯敏罕大學則由本市補助及富豪貴族教主之捐助其餘各大國大都如此故英國大學饒有自由獨立之風無絲毫官僚氣習此則與歐洲大陸大學不同之點也

四　美國大學

美國以英國植民地立國其大學頗有英國之風全國大學五百處州立者占一百九十其餘均屬私立如哈佛哥崙比亞張斯號不肯氏玊郎都斯垣否得耶魯可奈兒普林斯頓苦拉苦等大學均私立中有名者美國富甲全球其大學中富豪捐欵之多亦爲世界第一州立大學經費亦甚[illegible]但時時爲政爭之器具職員之位置頗受影響反不如私立者之獨立自由也

美國大學之組織亦有一種特別情形合全國各大學無一組織相同者分科之數各不一定一校之中程度種類學科亦參差不齊美國之考類畧與英國牛津劍橋所屬之考類畧意味頗殊乃係一種專門學校及高等中學耳帷波士頓研究科爲大學教育中最高部分尙近於歐洲大陸之風入此科者須在小學八年中學四年專校四年較他種校科限制稍高統觀各大學之組織尙

未完成大學之品格其應行改革之點屢引起種種之議論多有以效法德國爲言者乃國人偏於保守性質甯以能作適與本國合宜之大學自負取法德制頗難實行

然論其成績大有可觀研究之方面既多發明發見之事理亦夥其研究實驗心理學尤凌駕德國之上也

美國設大學之始本取法於英國之舊式大學乃屢變而去英愈遠不但考類似之性質與英不同其一種平民主義亦決無英國宗教貴族之氣味如教授宗教一事除宗教學校尙有之其餘概取政教分離之方鍼不授宗教歐洲大陸大學之神學科美國獨無之直可謂英國舊式大學爲貴族而設美國大學係爲平民而設也

美國大學有所謂苦學生者然殊不見其苦學生在休學之暇或暑假年假期

第八　一八四八年之憲法

路易腓力布」退位後、即有假政府之組織、假政府宣告廢王政、採共和政、而召集依普通選舉選出之國民會、一八四八年十一月四日之憲法、爲此國民會所議定、其主義頗有類似革命時代之憲法者、即首列國民權利之宣言、而議會取一院制、每三年改選、爲常時不絕之開會是也、惟執政機關、於合議制政府之弊、既爲從來經驗所習知、故改用單獨制之政府、選大總統使當其任、而以大臣爲之輔弼、大總統由國民中以普通選舉法直接選舉之、且自對國民負責、其任期四年、不得再選、

依此憲法、雖於千八百四十八年十二月十日、「路易拿波崙」當選爲第一次大總統、但未幾、而大總統於議會、爲激烈之衝突、大總統遂由一八五一年十二月二日之「苦迭打」、破棄憲法、而散解立法議會、

第九　一八五二年之憲法

依此「苦迭打」而成之一八五二年一月十四日之憲法、其表面取共和、而實際爲專制的個人政治也、頗與共和八年「康秀路」政府之憲法相類、先是一八五一年十二月二十日由國民決議、以對六十四萬票七百四十四萬票之多數舉、制定憲法之全權、委任於「路易拿波崙」、大總統雖以十年爲任期而行選舉、但於任期將滿前、有對於國民指定後任被選候補者之權利、議會雖依普通選舉、而法律之發案權、專屬於大總統、爲大總統法律發案之機關者、卽國務參事會、是由大總統任命之議會、僅於先提付參事會、得其同意時、有發議修正法律之權而已、議會之外、擁護憲法者、別有元老院、元老院議員、除高級官吏、其職務上當然任此者外、亦皆由大總統任命、大臣不得出席於議會、彈劾大臣之權、惟屬於元老院、議會不得爲質問之事、且無建議之權、

第十　第二帝政憲法

一八五二年之憲法、表面雖爲共和政、而實際至近帝政、是恰如共和八年之憲法、共和八年憲法、未幾而成「拿波崙」之帝政政府、一八五二年憲法、亦未幾而變爲帝政憲法、此憲法於一八五二年一月制定、卽於是年十一月五日、以元老院令追認之、且於是年十一月二十一日之國民決議、以世襲之皇帝代任期十年之大總統矣、是爲第二帝政政府、自是以後、迄一八六〇年、法國卽在此專制的帝政之下、迨一八六〇年以後、國民對「拿波崙」第三之外交及經濟政策、反抗漸强、皇帝爲緩和反抗計、自覺有容納人民希望之必要、乃行種種改革、以漸近于立憲主義、卽先于一八六〇年一月二十四日以勅令承認議會對於答復勅語、得爲上奏之權、並規定以無定部大臣、爲對於議會之政府代表委員、嗣於一八六六年七月十八日、以元老院令、稍稍擴張議會之修正權、一八六七年一月十九日、承認以質問權代上奏權、各國務大臣得依皇帝之特別委任、於議會陳述其意見、一八六九年九月八日、以元老院令認議會之法律發案權、國務大臣組織內閣、無論何時得爲出席議會之陳述者、元老院職務非復爲保護憲法、而純然爲立法部之一院、最後以一八七〇年五月二十一日之元老院令、總括所有之修正、並加認定大臣對於議會之負責、益以一八五二年憲法中尙有効力之餘部、共得四十五條、作爲統一之憲法、第二帝政政府之憲法、至是始成爲一成文法典矣、是爲一八七〇年之憲法、

第十一　一八七五年之憲法

一八七〇年憲法成後四月、德法戰爭不利、「色丹」大敗之報至、遂於一八七〇年九月四日、宣布共和政於巴黎、組織假政府、俾至平和回復、執行國防及

實爲希臘法中之最完美者。氏創設法庭。凡屬人民。皆有起訴之權。希臘之有遺囑。亦氏所首創者。田產無嫡嗣繼承。則歸子女平分之。禁止債權者以債務人爲奴隸。未成年者須指定監護人。收養人子。法所不禁。且許收養之子與自生之子有均等繼承財產之權。貸款利息。一經確定。不能增加。其處罰毀謗與盜賊。如埃及法律所規定者。蓋皆取法於埃及者也。迨至羅馬克服希臘止。梭倫法律爲雅典法律之根本。僅經兩次之修正。梭倫死後將百年。亞利斯梯底 Aristides 曾修正之。更經五十年。波利克來斯 Pericles 又修正之。其後希臘諸國之法律。大都祖述於梭倫法典。伊奧安人 Ionian 人之法律。尤其著者。至其影響於羅馬法。亦非淺鮮也。

馬基頓克服後之埃及

紀元前四百年。希臘大亞里山大 Alexander the Great 統轄亞非二洲之文明諸國。埃及受治於希臘都蘭米王朝者。歷四百年。

迄至女王克留巴他拉 Cleoparra 自殺。埃及爲羅馬奧古斯都帝所征服。始脫希臘之羈絆。希臘兵隊。駐守埃及之時。抄錄埃及之遺囑。及其他法律文件。其內容多與紀元前三百年時之希臘法律相似。其遺囑有與近世相同之處。即立遺囑者。在其所立之遺囑中。必聲明其心神健全。完全瞭解也。

(二)羅馬法律史之分期

二期　羅馬法之流傳。迄於近世。其歷史可分爲二大時期。即羅馬法爲城市法時代。與羅馬法爲世界法之時代是也。此二大時期之羅馬法律史。所不可忽者。即羅馬朝代之分析。政治之變遷。與夫羅馬就衰後。近世國家之勃興。尤宜注意者。即古今法律之聯絡關係也。

城市法時代之羅馬法　第一時期始於紀元前七百五十三年。羅馬之建國。終於紀元前八十九年。羅馬之統一意大利。此爲古時羅馬法時代。包括王政終期。共和時代。但最後五十年不在其中。

世界法時代之羅馬法　第二時期。始於紀元前八十九年。此時羅馬併吞意大利。其法律乃一變而爲屬地的及國家的。共和時代之最後五十年。及帝國終期。以至於紀元一千四百五十三年之見滅於土耳其。皆在此時期之內。而條頓野蠻人之克服西歐羅馬帝國。羅馬法頻遭阨運。保殘喘於中古。復盛行於近世。經此條頓法律與羅馬法之混合。諸文明國之法律。於焉勃興。凡英美法律與法蘭西德意志西班牙意大利各國法典之發達。亦包括於此時期之內也。

第一編

羅馬法爲城市法——古時羅馬法（紀元前七百五十三年至八九年）　六百五十餘年之時期　羅馬法爲城市法。即古時羅馬法。垂六百五十餘年之久。此時期包括傳聞時代之羅馬王政與有史時代之羅馬共和。但共和之最後五十年。不在其內也。當紀元前八十九年時因國內戰爭之結果。意大利人乃取得羅馬市民權。自此以後。羅馬法遂一變而為國家的性質。非若前此之僅係一種城市法也。

（一）羅馬王政（紀元前七百五十三年至五百十年）

半傳聞時代之古時羅馬法。　相傳羅馬建國於紀元前七百五十三年。有羅慕路者 Romulus 為羅馬開創之人。建設王政政府。垂二百五十年之久。此半傳聞時代。即古時羅馬法或古時市民法之始期也。

羅馬古時之信史　英儒佐治陸意士 Yeorge Iewis 意大利人白土 Pais 及法蘭西人郎布兒 Iameert 均力詆羅馬王政時代與共和初季之歷史為不可信。其所持意見。為後世歷史家所決不能排斥者。古時羅馬歷史傳聞與

演說

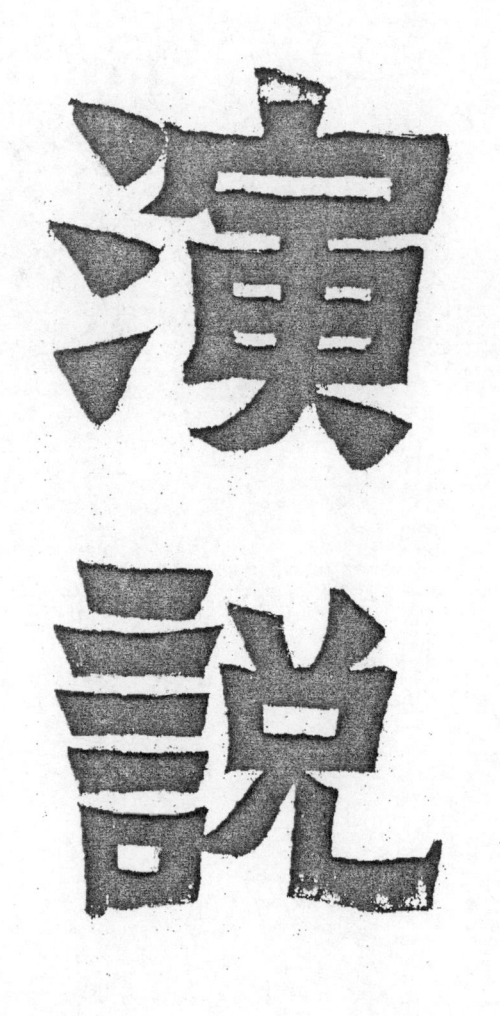

戰後之歐洲大勢

在四存學會七月十五日定期講演會演說

靳志

今日四存學會講演之期、謝君菊農以志新歸自西歐、海外聞見較眞、囑將歐洲現下情形、報告國人、竊以歐戰以來、原氣損傷、政治經濟社會道德方面、無不創痛深鉅、迥異往昔、恐永不能恢復原狀、而將另闢一新局面、談歷史者、大概分爲上古中古近世三大部分、此非僅依朝代之遞遭、强爲區畫、蓋每遇大兵大疫、其影響及於世界者、至爲深切著明、即如由三代而戰國而兩漢而魏晉以降至五代有唐、其政府搆造之形式、固各有不同、然其眞正變遷之故、則在於政治思潮流轉、經濟實力消長、以及社會隆替、道德升降之中、故能各自成爲朝代、前後不相沿襲也、查歐洲近世史發源、纔及百年、此百年中、以科學之發明、而適用於工商實業、故物力驟爲發展、而人民生活程度、繼長而增高、其結果則爲資本與勞動家對峙、爲社會階級競爭之源、製造品與原料對峙、爲世界經濟各國互相依賴之本、英國之富在於使屬地輸入原料、而本國製造熟貨、及資本家倡建企業、而勞動家供其驅使、自歐戰以來、民窮財盡、綱紀傾覆、俄國首倡均貧富、以勞動家而占據工塲、而財產主權因之破滅、交通破壞、輪運維艱、積貨難售、原料不至、人民失業、商務停滯矣、然富强之餘、奢靡相尙、供給雖見缺乏、需要則進而未已、無以應之、則增加紙幣、因而幣價跌落充斥市面、故目下生活程度、較戰前增加五倍至十倍不等也、歐洲近百年之富庶興盛、由於驅使科學發展工商、其政治社會之一切構造、均由此而出、全係人爲、並非天然、故利在則合、利去則分、日來財力窮竭、社會渙散、勞動家以下犯上、欲取資本而代之、凡從前政治經濟社會道德上之各種習慣、視爲天經地義者、俄國首倡全數否認之、其他各國、如英如法如美、雖不至蹂躪俄國覆轍、而其勞動家亦無不要求加增工價、減少作工時間、罷工風潮、變而加厲、風靡草偃、與古訓所謂生衆食寡爲疾用舒者、適成爲反比例、故歐洲學者、緦緦憂慮、以爲僅在發達物質方面着想、必難挽救危亡、蓋物質發達愈甚、則社會競爭嫉視、亦因而加厲也、因思中國以四千年古國、實業彫敝、向來爲世所詬病、然而屢蹶屢振、富庶加天下、蔚爲東方大國、使非有特別優長之處、何能久立於世而不敗乎、志愚以爲歐洲政治社會之搆造、以個人爲本位、而中國則以家族爲本位、個人制度、在於自由獨立、然我躬不閱、遑恤我後、故一遇艱危、則瓦解土崩、一敗而不可收拾、家族制度、義取互助、窮而益堅、至死不散、故雖遇兵荒癘疫、流亡幾盡、而生聚教養、勞來安集、不數年而仍復舊觀、試觀於周秦之際、南北朝五代之間、明末流寇、太平戰征、無不民生彫敝、赤地千里、而卒能再蹶再振、死而不僵、一如樹木、其根本深固者、雖枝葉摧殘、而生機不泯、終有發展之一日、故歐洲學人、咸以爲歐洲於物質發展、已達極點之後、遭此斲摧喪、使非於道德方面另求立國之道、恐不足以收拾渙散扶持傾危、其道云何、舍我孔孟修身齊家治國平天下之道、其誰屬乎、近者法國在巴黎大學內、設立中國高等大學院、又特贈徐大總統博士學位、志愚以爲此即歐洲趨向中國文化之表示也、志自比利時歸國、道出巴黎、躬際其盛、茲僅將巴黎大學校長演說譯出、爲諸君一讀、則知此非國際贈答之虛文、而爲歐戰以後各國趨向遠東文化之先兆也、其演說如左、(另見附錄內茲不再錄)

論公私（在四存學會七月十五日定期講演會演說）

吳傳綺

中國之壞。壞在一私字。人人自私自利。無論講中學不可。講西學亦不可。何也。世界文明。明字由公而生。若徒尚物質文明。人心私意一動。是非易位。軀殼雖似。精神已差。作出事來。大悖萬國公是公非之理。不平則鳴。衆論紛紛。如此而謂之文明。能不令人齒冷耶。吾謂一國之成敗治亂。可以人心之公私定之。私則必敗必亂公則必成必治聖賢大公無我之說正未可謂爲不合時宜也四存首存人人爲高等動物一失其眞便爲低等動物逸居無敎近於禽獸則不得爲人矣性爲人人所同具本是至公無私近人規利目前天性喪夫是性已不存矣學說分中西兩途存中學宜兼言西學以西學證中學則中學益明近人只知變法爲學西學而又不明西學之眞理是學已不存矣治對亂言試問今日政治倣效西人較之昔時爲進化乎爲退化乎然則顏李之學說在今日須當研究誠不容緩之舉也孟子一書痛斥言利最切時弊顏李二先生爲前淸之孟子平日注意兵農禮樂諸端正今日切時有用之學各科學之源皆出於哲學哲字爾雅釋言訓爲智佛家大智慧儒家稱聖人皆謂其通哲學也書傳聖無所不通也哲學新譯之論姑不具述但孟子所謂博學於文約之以禮庶乎近之博文治科學也約禮治哲學也又舊說天德王道似乎不適用於民國其實王

字即俗旺字王道者旺道也旺道即公理戰勝之謂現在中國果能人人主持公理存之於心是謂天德見之於事是謂旺道全國之人化除私心吾國不蒸蒸日上吾弗信也

藝文

禹論

孫雄

古有非堯舜薄湯武者矣。獨未聞有非薄夏禹者。蓋禹之功德。實足以利濟萬世。使黃炎之子孫。普受其福。而非堯舜湯武所可及也。堯之時。洪水氾濫。獸蹄鳥迹之道。交於中國。迺舉舜而敷治。舜既嗣堯。首命禹平水土。然後中國可得而食。孔子論堯曰。民無能名。論舜曰。無爲而治。褒美之中。若有微詞。而獨於禹曰。吾無間然。蓋謂堯舜之功。皆禹之功也。左傳劉子有微禹其魚之歎。孟子歷數古今之一治一亂。而於篇末結論。獨稱禹與周公孔子爲三聖。堯舜湯武且不得與其列。孔孟尙論古人。俱有閎識。孤懷寄於言外。是豈一孔之儒所得而見及哉。且夫禹之功德。不僅在治水也。彼誠見禪讓之不易得人。而當元首更迭之際。岳牧之薦。固不能無擁戴之私。即朝覲訟獄謳歌之傾嚮。亦未必出於吾民之眞意。而南河陽城箕山之退避。雖無居宮逼子之嫌疑。論者且以受終之捷徑讖之行之日久窺竊神器之徒。咸將憑藉勢力假借名字。紛然竝起。而吾民耕田鑿井出作入息之幸福。且消歸於無何有之鄉矣。故甘冒德衰之譏。毅然易傳賢爲傳子。以杜亂萌而安氓庶。蓋治水所以救民。易傳賢爲傳子。亦所以救民也。治水而九州奠六府修。民乃無懷襄昏墊之患。傳子而宗社安。兵戈息。民乃無鋒鏑溝壑之悲。至於子孫之不能永保。弔民伐罪之更代而興。此乃一定之理。在禹固深知之。故初不爲萬世一系之計。但期以仁易暴。吾民又得數十百年之安居樂業。休養生息而已。此其大公無我之心。亦足昭告皇天后土矣。矧使爲湯武者。惟以勝殘去殺救民水火爲心。事定之後。仍奉前王之遺裔。戴爲共主。則安邑姒氏之統緒。雖至今存可也。嗚呼、此湯武之所以有慙德。而禹之神功聖德。所以不可及歟。孟子天與賢則與賢。天與子則與子之說。微近於模棱。而其引泰誓云。天視自我民視。天聽自我民聽。則其理固確乎不易。夫小民何知。惟冀安耕鑿而登袵席而已。唐韓昌黎氏云、禹之傳子也。憂後世爭之之亂也。洵爲破的之論。近人唐氏文治謂韓氏未知禹大公之心。詰以堯舜何以不憂後世。而其說窮矣。吾謂禹之與堯舜其異同之點。正在此幾希之間。堯舜必以公天下爲大公。蓋猶有名之見存。禹則不必以公天下爲大公。但求吾民之安。而并無所謂公私之見也。孟子云、以天下與人易。爲天下得人難。旨哉言乎。徒弋禪讓之美名。不能爲天下得人。而輕以天下與人。受之者亦不自揣功德何如。祇知乘時會以攫取權利。遂使萬民塗炭。四海困窮。是不僅爲禹之罪人。且爲堯舜之罪人矣。雖然、易傳賢爲傳子。有禹之功。有禹之德。有禹之志則可。若無禹之功與德與志。而欲效秦皇漢武爲子孫帝王萬世之業。則惟有分崩覆滅。自同於篡逆而已矣。悲夫悲夫。

許節母張夫人傳

林紓

杭州許生以栗、孤猾拔俗人也、能文、習北魏書、善爲擘窠大字、己未秋、來從余講左史、南華、及漢魏唐宋之文、禮余甚恭、一日出其母夫人花卉畫冊、幽妍流媚、似惲冰、其家法、仍南田也、余爲綴小跋、生乃更出夫人臨命時遺詩並夫人事略、求傳於余、余曰、吾文猶引重之馬、所載以行遠者、必忠孝節烈之人、今母節如是、則載以行遠、吾職也、夫人氏張、諱崇蕙、字佩芬、號芝蘭室主、安徽之歙縣人、父雲陔、及諸兄、皆負清望、爲歙聞家、夫人生有至性、以孝行稱於宗族鄉黨、能詩善畫、既歸許君滄江、生二子二女、長即以栗、許爲衣冠右族、顧乃赤貧、許君以鹺尹需次淮左、月俸僅數十金、夫人奉姑教子、家政井井、一本勤約、間及岐黃之術、鹺尹君虛劣善病、夫人恒爲處方、然終沈廢不起、卒時年甫三十有二、夫人既孀、然孳從仍推主家政、奩資因之而盡、兒小雲勸歸母家、夫人曰、衰姑安可離也、孀而鞠孤、吾正欲其飽歷艱難、寧忍以諸兒溫飽故、累及外家、且貧罄吾分、鬻畫可以自活、吾不忍爲口腹計、舍羣從而自私也、栗方四歲、夫人即授以毛詩、枕上喃喃、課其背誦、七歲通四聲、十二能成尺牘、十八歲七經咸成誦、十九與弟以松同入邑庠、顧科舉廢、夫人乃遣二子入新學校、奉其姑

太夫人隨其叔氏趣安徽永豐任、丁未永豐大疫、 太夫人及其次女和咸病、夫人日夕侍老姑疾、姑愈而和殤、夫人大慼、時滬上親族延聘爲女校畫師、冀以寬其悼女之慼、夫人以衰姑在養、不忍遽出、謝卻之、時以栗方就幕濟寧、夫人竟嬰疾不起、彌留手書一詩、寓其兄小雲、有臨危無別語、乞憐埋枯骨字、畫清矯不俗、蓋其神志定也、復爲生輓一聯、口授遺囑十餘事、令長女幼芬筆記之、皆敦勉以栗兄弟以立身行己之要、歿時年四十有四、芝蘭室詩稿一卷、遺畫多流散大江南北、以栗所藏者寥寥然、夏劍丞、著江右詩人也、禮重夫人清節、舉所藏畫册十二幀歸之以栗、一時名流題詠都遍、以栗爲京兆尹秘書、

娶孟氏、生子道通、以松供職湖北財政廳、娶魯氏、生子道融、女以鸞、適四川張氏、孀矣、

林紓曰、吾友袁珏生太史祖母左太夫人、以花卉翎毛名天下、就養閩中、閩人得左夫人畫、寶之如拱璧、其貴重幾過南樓老人、今張夫人畫名如之、具惲冰之神韻、柔脆中却見氣幹、蓋寓風節於畫幀中矣、王石谷斥南田以好爲花卉、故山水中用筆微患柔脆、然則花卉之筆、固宜柔脆、而夫人風節、竟流露於柔脆之間、何也、間氣所鍾、唯神會者始能測微、世之有識者、當不以余好打妄語也、

釋文偶義序　　吳傳綺

辛亥夏、余赴中央教育會、留北京、凡書籍及舊稿、存安慶皮箧一室、値國變、書籍版本佳者、悉被人竊去、稿紙棄屋隅間、雨漬黴爛、加以蟲蝕、字迹漫漶、不復

可識內有手抄說文二種尚可辨認亟取而補綴之蓋昔日治說文艱於記憶迺分別抄錄古籀異同爲一部重言形況爲一部單辭形況爲一部聲訓爲一部審音爲一部對文爲一部託名標識爲一部疊韻連語爲一部長言短言爲一部字義相類者爲一部壞字沿誤者爲一部一字誤而二者爲一部如帥悅之類誤字爲一部隨讀隨記稿積多束未解問字之方聊事剟錄之畢藏以備遺忘弗持以示人也刼後僅存對文及字義相類者二種因最爲一書名曰釋文偶義不曰說文而曰釋文者以所錄或援據他書非盡許書也特所引書仍以不背許訓爲主大旨務取分別其不應分別而分別者則錄而詳其駁義凡可以相儷成文可以連類而及者不問其爲引伸爲叚借爲別義皆集錄而爲一條或敎合兩義或敎合數義或互相轉注兩兩比例或審同辨異或觸類引伸有同義異字者因一義而連錄數字有同字異義者因一字而附解數義經傳釋

字義之儷舉者亦引之類而列之比而觀之相類者於同中得其會通相反者於異中博其旨趣對文整齊有舊文本如是者有新集合者餘則以義相連次其重複而可以互相發明者則並存專以備參考所引之書人非一人說非一說其有異同牴牾非自相矛盾也每條各有取義彼與此文偶此又與他文偶也又段氏說文注有補所不當補改所不當改者茲以合於偶義取之其是否應補應改弗顧也許書部分遠隔而文義可參觀者則交會而對合之就析言一方面注意不就渾言一方面注意或本爲一而俗分爲二或本爲二而俗合爲一皆詳言之通之甚寬析之甚細而單詞片義縱屬要理概置弗錄此偶義之所以名也偶當作耦義當作誼今不从本訓而从俗者取其便也有客見數條似爾雅問曰是書仿爾雅乎余曰非也爾雅主謂雅是書略从俗且是書以說文爲主而旁採爾雅爾雅不釋本名而專釋異名說文不詳別義而專詳本

義爾雅釋文章詞人所嗜也說文釋文字學人所嗜也是書取偶義而捨奇義是文字中兼有文章學人略備參稽詞人最多裨益然則集腋不足以成裘而駢脅亦可以觀美矣矧此一小部頗有方以類聚物以羣分同條牽屬共理相貫之指讀之者縱無所擴充而為碑碣之文其辭翰必美較之昧於六書者不大相逕庭乎俗人讀書多囫圇之弊如稼穡畎畝之類隳間如何分別皆不能答有是書而豁然易解矣客又曰近人喜歡文便利苦中文艱深咸思棄而之他有心人謀教育普及不得已而降格趨時子以為何如余曰教育普及與讀古書自是兩事不可相提並論教育普及為中學以下計讀古書為中學以上計欲讀古書不治小學如重門局鎖無鑰啓之終無由入若此而欲保存國粹不啻南轅北轍凡字之愈近今者愈與古遠徒欲便俗舍故謀新一言以蔽之曰終其身不能讀古書而已至於幼學識字姑取易曉吾亦不責其遽通六書

也客又曰俗字可用似亦當用余曰俗名用俗字固是通人然俗字大都爲古所有不過展轉音訛耳古音無平上去入之分爾於四聲往往另造一字以適俗用字日增多古義浸失如錗爲今之歪字或叚借咼亦可毀爲今之丟字或讀投如今音（丟音）亦可⿰黑㐬爲今之掟字或作㪇亦可八爲今之把字把與人物即八爲分別之義其他似是者難以枚舉至於化學原質諸字所製與六書形聲合則又不可以俗字目之矣客又曰當時不用之字似可作廢何必拘拘於本字本義余曰古書今不能一讀概作廢可乎讀古書不解本義處處窒礙如横字本義闌木也俗用爲横直字而不知古借衡爲衡直之衡横爲闌木則衡者直者皆是今相沿以横爲衡他字似此者甚夥自謂字字皆識之人遇古書而不能通矣甚至誤解滋謬古書誠可廢而不讀矣謂求本字本義爲迂是以古書爲不必讀吾復何說甚至謂本字本義已在天然淘汰之例然則事理之是

者日就淘汰事理之非者日見發達世界文明顧如是乎是書專取存古不取宜今雖間用俗字便讀意仍使人由今以溯古讀者苟於俗說漸能矯而揉之隱而括之未始非小學之幸也夫累𥕛不分僮童互易承訛襲誤積習生常祗求通俗去古愈遥抑或逃難鑿空怪舊藪而善野書是末師而非往古科舉時代識字人已少近日尤甚勸以治說文則偷懦憚事而不肯為經史百家之文字讀之動多扞格號稱多材能文之士且不識何字為本字何義為本義遑論其他遇有疑難茫乎無所闚惟恃檢查新舊字典為能事偶得一義不辨叚借引伸古書久為此輩廢矣緊維三皇無文五帝以下始有文字古今字詁不同幸有許書而本字本義尚有迹可求今之人乃置許書而不顧不亦慎乎吾故以是書動之俾易瀏覽妃合會對增興典趣稽考詮釋不求完備義相連綿者多經傳之字披文析理由是漸窺訓詁之門徑而有治經之意因此而識彼舉

一以反三尋常通用之字一旦忽有異聞則精神爲之一振而輕憑臆解之弊可以除若以爲箋記語零碎未克詳賅進而窺許書之全豹是則作者之用意也是書煩言碎詞均在所取純駁互見阡涂未廣不足登大雅之堂然儷句類釋且演說文之語多究與羌無故實者異禮記中庸曰其次致曲曲者小小之事也殆卽是書之謂歟中華民國三年四月十九日吳傳綺識

宋拓蜀石經跋

劉體乾

石經肇於東漢熹平石經無注久毀宋時得殘拓數葉已極珍貴當時多覆刻本如越州石氏錦官城蓬萊閣之類清孫淵如黃小松所得之尚書論語各二紙自以爲原石其實卽宋刻本翁正三又覆刻于江西蔡松原所得之殘葉錢梅溪之雙鈎本刻石更無足論矣唐開成石經亦無注雖存西安然已斷裂多爲後人補鑿魏三體石經光緒中葉山東黃氏曾得片石論者謂其字體僞造卽此片石中亦有

誤字錯廣政石經共十經經註並刻左傳刻至十七卷十八卷以下及公穀皆宋刻至皇祐始畢工孟子席益補刻今無片石殆殘燬於宋末元初曹學佺四川名勝志謂合州賓館有禮記數段張從伸錦里新編謂乾隆時修城得有殘石數十片皆不足據北宋嘉祐篆楷二體石經乾隆中僅存周易周禮尙書數石近亦不知尙在否搨本流傳之多者以山陽丁儉卿所得爲最有二百餘葉南宋高宗御書石經石亦殘缺仍有在杭州者本朝石經蔣衡湘帆所書雖刻石太學當時卽有異議無關經學此歷代石經之大略也蜀石經元明著錄無聞最初乾隆年吳縣陳芳林有左傳二十卷三十五行黃松石小松之尊人有毛詩召南及邶風一萬二千五百餘字趙晉齋有周禮夏官三十六行此三殘本屢見著錄洪楊亂後不知流落何許毛詩左傳陳雪峯曾以影寫本刻木近亦罕見宣統庚戌十月徐積餘自京師返金陵告余云有蜀石經左傳卷十五一册五

十三葉又半在陶榘林處又有周禮卷九卷十一册七十五葉又半首尾略缺穀梁卷九二葉在陳詒重處託翰文齋書賈求售盍卽楊幼雲舊藏後還張叔憲庚子還李亦元者也越日大雪聞陶榘林自九江來省冒雪往觀旣屬張東甫購得之辛亥正月入都詢翰文齋周禮穀梁賈人韓子元支吾其詞二月再入都晤羅叔韞云周禮穀梁皆在翰文齋何云無之遂同往海王村韓子元不能復隱允如其價出周禮交余云穀梁尙在陳詒重所一二日內當取來交余旋以事往湖南月餘返北京再問穀梁韓子元云伊欲另售與劉聚卿故不卽交五月余再至長沙言其事於瞿止盦相國相國爲電其次郎希馬使以已意言于詒重且云左傳本在余處使三經劍合亦佳話也詒重復電始以穀梁交希馬非相國厚愛則幾不爲我有矣九月長沙之變倉卒來滬亦携以行壬子正月又收得周禮卷十二二十二葉公羊卷二十九葉卽陳頌南舊藏也經注

都四萬六千四百餘字皆道光咸豐間所出在諸家著錄之外者也今冬寂居無俚因述其緣由如此至經注與今本多異同吾友繆筱珊曾爲作校記茲不贅言丙辰十月廬江劉體乾跋

李恕谷先生生日詩 并引　　孫　雄 師鄭原名同康

辛酉三月二十四日爲蠡縣李恕谷先生生日四存學會會長李公見荃召集同人設位致祭謹賦七律四章

實學眞傳宗孔孟。空談缺憾補程朱。通才原不分文武。至德先須辨智愚。堂廡能升。馨俎豆。町畦獨闢埽榛蕪。天傾地裂今何世。旋轉乾坤賴碩儒。

書成傳注悉良箴。禮樂兵農奧旨尋。蠻貊可行惟篤敬。性天不語下砭鍼。四存師訓。勤胝沬。六德儒修矢影衾。下學方能臻上達。漫求隱怪詡艱深。

從來入德重彝常。肸蠁精誠格昊蒼。按日程功分射御。聞風興起萃縫章。望溪異派能融合二曲研幾近渺茫聖學踐形斯盡性巖巖萬仞衛宮牆顏李同逢覽揆辰（習齋先生生於三月十一日）氣淸天朗物華新降靈河嶽先旬日縮壽尊彝頌晚春布算待逢三月閏（先生實生於閏三月）希賢莫負百年身尼山命脈千鈞繫儒術能遙天地人

紀文達公生日詩並題閱微草堂硯譜之後 有引　孫雄

任邱李君蒓圃以閱微草堂硯譜印本見貽前有紀文達公洗硯圖其畫像面貌意態與余有相似之處蒓圃賦詩見贈因病久未奉和辛酉六月十五日爲文達公生辰於瓣香室設像致祭謹賦長歌以酬蒓圃並題硯譜之後

李侯惠我洗硯圖河間遺像桂巖摹覃谿題詩墨卿額秀眉明目鬑鬑鬢李侯笑謂河間像盎然書味眞碩儒鄭齋風貌頗神似毫添頰上如相呼前身明月

生有自脫胎換骨疑仙乎小子避席謝不敏以雞比鳳言何誣惟公降嶽植盛
世右文稽古追唐虞館開四庫羣彥集琳瑯天祿羅藏儲皤皤閣老作領袖發
凡起例分瑕瑜大含元氣細無間山輝羣玉淵懷珠爬羅剔抉成鉅著經史子
集堅城郛明良堂陛慶一德從容翰墨相嬉娛書成再拜獻丹陛誠惶誠恐帝
曰俞淵律瀾匯分數閎璇題炳煥頒天衢百餘年來漸散佚流傳瀛海煩鈔胥
西鶼東鰈誇秘寶印行不惜錢萬銖我聞如是姑妄聽餘事小說窮虞初岸舟
齋扁題米老大樹老屋躭幽居九十九硯手把玩纍纍紺碧光氣殊曼倩偷桃
墮化石水舂沙蝕潤不枯均文達硯銘中語八十老人喜搗濂霜毫靈液常需濡雄也
生晚國日蹙道喪文敝經術蕪鐘虡潛移天澤靡移山徒笑愚公愚藏身入海
歸不得摩挲祖硯空躊躇倘與前賢較身世已嘆今吾非故吾況慙學術益荒
落寧止小巫見大巫心香一瓣願永爇月圓人壽賓朋臚盧陵山谷生日近三

壽作朋德不孤停觴更憶香顯叟登高能賦古之徒祖芬克紹有述作門材蔚起知津徐北方學者執牛耳南皮相公推鳳雛老成典型不可作李侯與我同嗟吁我謂李侯勿悲嘆彭殤等視齊悲愉上壽惟有三不朽英名常與天壤俱王侯將相塵土耳竊鉤竊國予何誅且繙四部滌筆硯安貧樂道勤菑畬

題陳可園先生遺象　七古　樊增祥

有淸右文經學昌十九俱出上下江國史儒林萬丈光終以可園始顧黃其文雷霆下取將其影電攝懸禮堂經明行修達家邦嗚呼斯文天不亡

談叢

瞰晴空平沙雪色千嶂外大地煙痕一燈中層下詩情懷杜叟西來禪意問支公誰家漏洩春光早暖窖梅花孕淺紅又古吳秋槎王文堉題云秋煙秋樹鬱蒼蒼乘興清游到上方三五僧棲高閣靜百千佛笑兩生狂烹茶香散諸天外潑墨詩留峭壁傍同聽鐘聲塵夢醒舊題痕已歎滄桑錄訖下山時已亭午過城內觀趵突泉至則轂擊肩摩游人甚衆按泉爲濼水發源處趙子昂詩云濼水發源天下無平地湧出白玉壺即謂此也曾南豐云趵突之泉冬溫泉旁之蔬甲經冬常榮故又謂之溫泉其注而北則謂之濼水以此泉自渴馬之崖潛流地中至此始出蓄之久故發之暴耳泉周圍石砌方池廣約半畝中有三泉噴溢直上距水面約二尺許跳浪濺珠汩汩有聲池中立石碑三曰趵突泉曰第一泉曰鳶飛魚躍北爲龍王殿南有亭爲游人憩息所內有梨花大鼓因小座瀹茗泉極清冽味與玉泉山水可相伯仲也移時回棧呼湯餅充饑食之甚

甘仲英哲甫謂余今竭一日之力欲探濟南三勝子其末可少息飯後仍乘車至大明湖考水經注云濼水北爲大明湖西即大明寺寺東北兩面側湖此水便成淨池也上有客亭左右楸桐負日俯仰目對魚鳥水木明瑟可謂濠梁之性物我無違矣今則衆泉滙注彌望浩淼面積約十餘里水勢直繞城東西北三面似較之水經注所云闊大當倍昔時明李太宰裕謂湖占城內地三分之一良以此耳遂僱畫舫放乎中流見湖內分築小堤堤上植楊柳蘆葦爲界蒲抽似劍荷小如錢澄波蘸綠染人衣袂臨流俯視但覺天光雲影共我徘徊眞疑春水船如天上坐也行未幾已見有亭翼然聳立水涘問之榜人即歷下亭也斯亭當即水經注所謂客亭蓋自少陵題詩在上亭遂並垂千古矣下船徐步見門外懸一聯即係用杜詩海右此亭古濟南名士多二語亭上楹聯云宛在水中央有此翼然因自古句留湖一半未能抛却到如今客廳聯云風雨送

新涼看一派柳浪竹煙空翠染成摩詰畫湖山開晚霽愛十分紅情綠意冷香飛上浣花詩又一聯云勝境畫圖開憶杜老當年豪氣縱橫空北海酒痕襟袖在自杭州到此風光明媚似西湖迴廊一聯云抱樹石泉流喜平分人影衣香風月都教山水占憑欄魚鳥過覩四面柳塘蓮漵漁樵還讓鷺鷗來樓上聯云獨上高樓攬山色湖光勝槩誰家畫舫正清歌美酒酣時余無以名狀茲亭之勝惟熟記聯語以當吾之品題可乎已復登舟至北極樓樓結構踞地最高遠眺佛山青送排闥俯瞰湖水碧繞修廊振衣千仞頓覺滿城風景入我懷抱昔人詠大明湖詩云四面荷花三面水一城山色半城湖僅一湖也而山而城而水而荷殆無一不爲人獻其媚者所謂天作而地成之非耶已復至慧泉寺枕流架屋局勢甚小略一騁目隨即返舟又東至張勤果公祠公名曜像貌魁梧戰功卓著髮捻之亂曾帥師往來汝潁間時先君家居倡辦團練以衛桑梓常

帶鄉團助之克復汝南匪巢如閻灣王霍等寨後撫山東功德在民歿後勅建專祠禮也祠內引水爲池雜植花木兼建戲樓以爲春秋報賽之所亦盛舉也由此再東爲李文忠祠公合肥人由名翰林出入將相早歲盪平粵寇暮年議和聯軍功在社稷以一身係天下安危者數十年甲午一役詆諆者衆然老成謀國不求人知而人亦無不諒之所謂鞠躬盡瘁死而後已而成敗利鈍所不計也公歿而繼公起者誰歟所謂伊人在水一方吾得勿溯洄從之耶最後遊城西北隅見洲渚寬平廟貌巋然者是爲鐵公祠公於靖難之役死事最烈迄今數百年讀史者尤復痛心故瞻拜遺像彌令人肅然起敬楹聯云鐵板下山城逼餘蘆荻秋風猶似戰聲聞鼓角銀塘開水府看取荷花曉露最難淸氣得乾坤又一聯云盛兵當東南要衝熱血濺燕藩與蹈白刃諸公同完大節使者乃忠貞未裔崇祠祀湖址爲以紅蓮藕柄如見丹心忠烈之節槪確乎不拔歟

說災異

謝宗陶

事物之不習見者曰異。不知其所以異而異曰災。於是國家將興。必有徵祥。國家將亡。必有妖孽。遂成不易之論。一或議之。羣以爲不經。則以積漸然也。夫事各有原。物必有理。窮其原而明其理。斯無足異矣。而小知語以大知。其以爲狂而不信也亦宜。是故物之格也彌精。則其致知也愈遠。知固無涯者也。而知與不知之間。乃恒有其盈虛消長之道。一進一退。無與同時幷存。舉不可知之數。名之曰天。則充塞宇宙間者皆天也。及乎由不知以進於知。而人定勝天矣。故人類歷史者。不啻天人彊圉燹鬬之跡也。科學者。求知之利器也。然吾國災異之說。由來久遠。春秋記災。漢書志天。自餘天變地異。歷代史不絕書。下而至於和乖之氣。足爲家庭祥戾之徵者。又復入人特深。其間事實驗應。有若景形鄉聲。歷歷不爽。滋足惑焉。儻所謂科學者是耶非耶。科學者知之爲知之、不知爲不知者也。萬象森列。科學無由盡知也。然其所謂知必有所據。非可以想當然也。夫天有常道。地有常數。日月遞炤。列星隨旋。則天地所守者爲經。而其相通者。亦蓋各有其系耳。必舉遠無至極之天。以與塊然中處之人。謂其上下常變之間。相應若合符節。是果何所據哉。且積人民而立之國。作之君。治亂興衰。人事而非天道也。修道不貳。則天不能禍。禹以賢治。桀以暴亂。故聖人在上。能者在職。庶績咸熙。天下有不平者乎。若夫男女淫亂。禮義不脩。而家不敗者。未之有也。故曰、禍福無非自己求之者。天何與焉。其於渺不相及者。信之而不復求其樞機。於信而有徵者。略之而不復察其因果。蓋皆闇於科學之故也。然災異之說。得以盛行者。猶有說焉。嘗言天子有逆鱗。徑尺。觸之則死。雖有骨鯁之臣。幾諫危言。罔知忌諱。終不若挾天寓警之爲愈。而天子者。鑒於不可得罪於天之訓。亦必故示悚惕。俾身作則。使臣下毋敢違於我。上徵下應。歷代相承。故自來史書災異。皆臣假以諷君、若持以馭下之術而已。此其上所以文之也。天視自我民視。天聽自我民聽。是以稱天道。不若即言心理爲易見。當夫國家承平之際。人心寧貼。但知有祥。其於災也。或視而不見。或見之而不之異。則景星慶雲爛日皆是。殆無一非祥應。精神鼓舞。意志便其日即於同心同德。而衆志成城。天下益大定矣。及至其將叛亂也。人多放焉思逞。惟恐不亂。物之祥者且妖視之。況其否者乎。於是星隊木鳴。一或出現。即足與波助瀾。促成騷動之機。使其離心離德。而愈不可收拾。則吉凶之判。僅在一念之間。此其下所以神之也。而設使君人者。不待天爲之警。自寡其過。布澤施仁。以維持人心于不敝。則所謂異者。不過天道之常。於人事何有焉。雖然。今之學者。以爲天地之間。既有相通之處。人生於地。或可因地而通於人。果日科學日精。此中消息。必有能發其覆者。是科學又將集天地人而以一貫之。但災異之說。亦庶幾息矣。

附錄

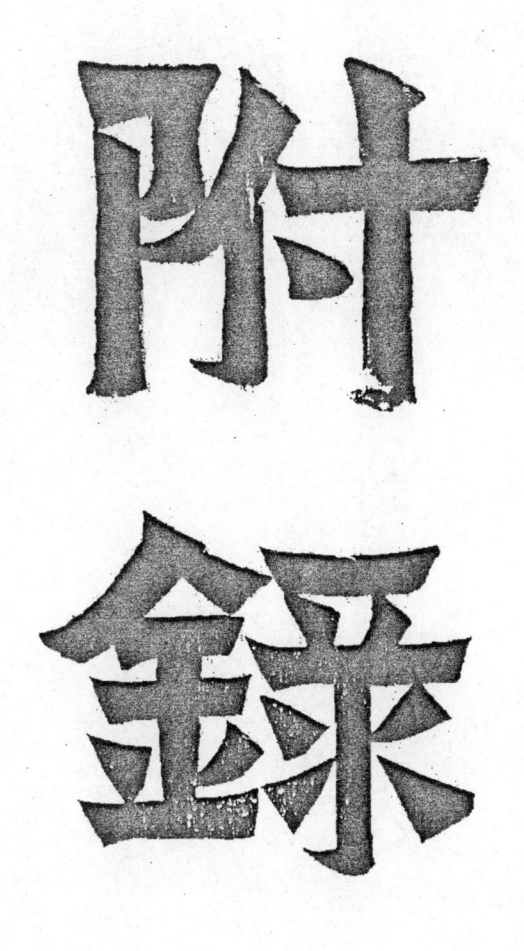

巴黎大學贈授　徐大總統學位紀事　（譯巴黎國際叢報）

中華民國徐大總統因巴黎大學贈送學位特派朱啓鈐爲專使親赴巴黎接受證書徐大總統揀派之得人巴黎大學歡迎之盡禮兩相濟美足使法華兩國邦交益爲親善朱代表到法以來各界歡迎昕夕少暇如法華經濟協會文人協會法國翰林院之類未易一二詳述今謹就受學位禮節及其演說詳陳於下

巴黎大學在歐洲大學中最爲先進代表歐西文化歷史美術光榮百代是日會場既極莊嚴又復歡動到會者有前任總統布丸加利君其現任總統亦派其秘書長爲代表軍界偉人加佛氏饒福爾貝旦諸君兩院議員及各大學教授無不爭先恐後參與盛舉乃由文科大學領袖教員布玉歐君宣告開會其演說如下

中國爲世界文化最古之國而欲代表中國之古文化則

徐大總統爲最相宜之人故巴黎文科大學以名譽博士學位奉贈之

徐總統生於一千八百五十五年幼年嗜學在河南地方研究哲學歷史於三十一歲通籍入翰林未久入樞垣歷任顯職聲聞益著雖簿書繁賾而仍不廢研求文辭詩歌著作甚富其思想之深邃詞藻之富麗爲時輩所未易企及蓋

徐總統本以實行家而又與文學家合而爲一以政事爲學問且以學問爲政事也年來

政局變遷國事艱難而萬幾餘暇仍能以文字遊衍以晚晴簃詩社羅致老師宿儒選刻有清一代遺詩附以自著其著述中最重要者爲東三省政略收羅宏富考證詳贍體大思精光熖萬丈爲歷史中有數著作

巴黎大學校長亞伯爾君演說

朱總長今日代表中國大總統而中國大總統則代表東方文明之故國東方古文明根本於人權公道及文學哲理美術而發起於四千年以前其時歐西各國榛狉未闢而堯封禹域已車書同軌文物昭然然則中國實爲世界文化之祖吾輩瞠乎其後矣今巴黎大學以名譽博士學位敬獻於中國大總統名下

大總統不嫌菲薄俯爲容納特派朱總長來法代爲接受朱總長幼年勤學雅好新知凡關於歐洲科學政治宗教歷史及輿地無不悉心研究亦爲歐風東漸之先覺其後歷爲交通內務總長國務總理參議院副議長政聲藉甚而與

徐大總統個人交情尤爲融洽此次派爲代表可慶得人蓋聞世界雖大惟科學足以縮小之河海陸之運輸隧道之穿鑿以及航空無線電各種建設實可謂上奪造化溝通四海十年以前海客談瀛言及中國者則以爲莫須有之鄉世外仙山望不可即迨法國路易第十及路易第十四時代中法使信始互有往來而隔閡仍屬不少今日則近若比隣

聲息相接而其最須注意者非僅在於物質上之交通而在於精神上之交通今日一堂聚會其宗旨在於交換智識聯絡情意則雖謂爲中法兩國學問與道德上之接近可也中法兩國相同之點在於尊重文學美術哲理一千九百十一年中國帝制湯覆共和政造班樂衛君首先開會慶祝以爲平等自由法風東漸盧梭孟德斯鳩福祿特爾法國第十八及第十九兩世紀文學家之學說實爲中國改革之起源福祿特爾曾謂世界民族之歷史均不如中國歷史確實蓋中國歷史非只關於人道地道而天道亦在其內天之歷數既在君后之躬故春秋記災異凡日月食彗星出無不悉載而法國星象家以科學案之無不符合云云有清以來蔑視科學日趨文懦逼處魚肉爲虜而中國人民保存成性深閉固拒亦爲積弱原因年來輸入歐風啓瀹新知已大改舊觀然其擅長之處仍在於道德高上足以稍助科學之不足實爲吾人所朝夕企仰者也孔子者述遠在耶蘇紀年六百載以前聖道昭明炳如日星第十八世紀法國某哲學家曾於座右懸挂孔子圖像擇其嘉言書紳爲佩是以知中法兩民國其前途尚向希望確有相同之處即融和精神與實際兩項教育一鑪而冶之是也所謂實際教育者工商業通用各項科學亦謂事物科學所謂精神教育者文學美術與哲理亦謂人類科學心性爲主事物爲賓體用兼賅本末互用此爲世界人類最後之希望亦即爲中國最古之學說當耶蘇紀元

第二世紀即中國周秦之間中國曾建築萬里長城阻止强暴之侵入然時至今日强凌弱衆凌寡非長城所能隔絶故中國決意與法國同心携手另建聰明上道德上之長城以期戰勝武力蓋科學之價值視用之者之道德爲轉移倘無道德爲其主體則科學可以爲善亦可爲惡歐戰以來殺人利器均由科學發明而製造之故中法學人詢謀僉同以爲科學者當爲自由及人權之保障而不應爲强暴之爪牙中國於一千六百八十九年與俄國締結和約刻石勒銘其詞曰兵猶火也一星燎原始作俑者其無後乎云云故欲求世界和平中國實爲先知先覺今者

徐大總統撫馭中夏寓民軌物吾人深望此次大會將爲中法兩國智識道德上結合之始基如一千九百十一年成立之法華聯進會一千九百十六年之法華教育會及一千九百二十年巴黎之中國大學院皆爲上項進行之輔助辦法歐洲智育以羅馬希拉爲根基而中國文化尚在羅馬希拉之先反爲歐美所疏略故今日當務之急應於歐美各國編設中國大學院而中國方面亦應建設近世科學學院以期溝通中西互相輔助巴黎大學希望中國政府對於法國及其各國此項建設竭力獎勵務期逐漸擴充達到目的中國四千年歷史其學術之遞遭文質之沿襲均在四庫全書之中集其大成昭示後世學海浩瀚津筏有在巴黎中國大學院將備置一分以便歐西學者漁獵其間其主

要宗旨有四（甲）尋求眞理（乙）締固邦交（丙）交換智識（丁）發展情意聞之聰明睿智爲中國歷代元首應具有之資格一千七百四十三年中國某帝刊行詩集一部福祿特爾極爲贊賞曾題爲詩歌其中有云黃河之水如天長西與賽因遙相望山川鬱勃多奇怪付之詩書生光芒今

中國大總統以文人撫馭神洲注意文教實與古先帝王後先輝映雖今日無福祿特爾爲之歌頌功德勒諸金石然巴黎大學以名譽博士學位相贈或亦足以表其敬仰下忱且對於中華民國及其大學校特示親愛之雅意云爾

朱專使演說

徐大總統政務賢勞不能親來貴國接受學位啓鈐忝爲代表其第一職務在於敬申謝意啓鈐久隨

徐大總統深知其對於此次贈送學位不但視爲個人光榮乃視爲中法親善及中西文化溝通之基礎貴校長曾謂科學足以縮小世界啓鈐以爲水陸天空得科學之發明其交通固爲迅速而思想之交通尤爲神妙今日國際之間只須互相敬愛及具有親睦善意不難使之通力合作相得益彰惟欲使其互相親睦必先使其知彼知己

徐大總統以爲欲知中國之人莫如遍讀中國之書因特創宏業刊印四庫全書遍贈友

邦其他方面則在歐內建設中國高等文學院使智術上道德上之兩大潮流貫輸於歐西而其最先入手處則不能不有望於貴國蓋貴國自由平等親愛三大主意爲貴國革命之根基亦即爲吾中華民國所自出中國尊重此三大主意並非始自今日古訓所云四海之內皆兄弟又云民爲邦本是已巴黎中國高等大學院於一千九百十二年成立蒙貴國政府及巴黎大學多方臂助其最足欣幸者則爲該校校長之得人校長班樂衛君學問聲望實吾國人士所深敬仰貴校長曾談及智術上道德上之萬里長城竊以爲巴黎高等大學院即此項長城之始基矣今日良會中西兩大民國思想互通精神默照將來啓鈐回國必將此項情形及諸君之高言名論一一轉達啓鈐仍有最後之言中國自古立國敬愛和平鄙棄武力道德方面程度甚高惟實際方面未能適用耳輸入歐西科學以匡救不逮實爲當務之急貴校長曾謂科學之價值視其有無道德爲轉移蓄科學以道德爲本則科學適爲人權公道之用而所謀者無非公益也啓鈐以爲倘以代表歐西文明之法國與代表遠東文明之中國互相提携將來必能達到人道主義而克成厥功也

陳公使演說

徐大總統以政治家而兼文學家凡我國人所共欽仰今日在巴黎接受學位聲譽益隆

而錄以駐使得預盛會實不勝榮幸之至巴黎大學源始於第十二世紀各國學子負笈來游美術法律哲理神學均由名家教授薪火遙傳光耀後裔雖兵火屢驚而黌舍獨在歐戰經歷五載人生彫獘而黌舍猶在學子莘莘一如曩日其最爲滿意者則爲中國學生較昔年加多而中國高等大學院之設立又爲溝通中西融化新舊之機關也

徐大總統秉政治文學而爲一壯年通籍早露頭要文治以外又秉武備輿論翕然全國依重中東戰後出爲東三省總督吏治昭然在人耳目民國改造爲國務卿雖中間退居林下而軍國大事常備諮詢迨一千九百十八年遂被舉爲中華民國大總統然萬幾餘暇不廢涉獵著作之富非時人所及今試舉其最近著作如歐戰後之中國一書貫通中西體大思精甚罕巴黎大學院有人譯成法語也

朱專使幼年即研究科學老而益篤長於政治上之管理法而尤留心於市政北京市政改良馬路四通公園修潔皆朱專使之所賜其對於學務尤有遠識今日代表來法與班樂衛君之壯遊東亞互相對鏡皆足以輔助邦交促進文化也

班樂衛演說

鄙人以中國大學院院長名義得預今日盛會竊以爲此次盛會不但爲法華邦交親善之表示乃爲東西文化溝通之始甚當第十八世紀法國已與中國日本互換駐使至於

法國革命本起源於哲學家之理論而此項理論則早爲中國古訓所言及故當滿清之亡民國改造之時法國人民首先致賀志趣既同聲氣斯應云云

中華民國十年八月壹日初版發行

編輯者　北京西城府右街　四存學會編輯處　電話西局二四〇八

發行者　四存學會　北京西城府右街　電話西局二四〇八

印刷所　前門外萬源夾道　武學社印刷局　門牌六號

總發行所　北京西城府右街　四存學會出版部　電話西局二四〇八

分售處　四存學會各分會　國內各大書坊

第五期

中華郵務局特准掛號認為新聞紙類

本月刊價目

期限	本數	價目
一月	一本	二角
半年	六本	一元一角
全年	十二本	二元

郵費

區域	本數	郵費
本京	一本	一分
	六本	六分
	十二本	一角二分
各省	一本	二分
	六本	一角二分
	十二本	二角四分
外國	一本	八分
	六本	四角八分
	十二本	九角六分

廣告價目

篇幅	期限	價目
全幅	全年	四十八元
	半年	二十四元
半幅	全年	六十四元
	半年	十二元
四分之一	全年	十二元
	半年	六元

報資務請先惠凡價在一元以上均不收郵票

廣告概用白紙黑字登載在一年以上者價可從廉

四存月刊編輯處露布

一本月刊月出一冊約五十頁至六十頁不等

本月刊多鴻篇巨製不能一次備登故各門頁目各自分配每期逐門自相聯續以便購者分別裝訂成書

一本月刊所登未完之稿篇末未必成句亦不加未完二字下期續登者篇首不復標題亦不加續前二字祇於目錄中注明以便將來裝訂成書時前後聯續無間

一本月刊此期所登之外積稿甚夥下期或仍續本期未完之稿或另換本期未登之稿由編輯主任酌定總求先後一律登完不使編者閱者生憾

二本月刊第一期送閱第二期須先函訂購屆時方與照寄嗣後訂購者如願補購以前各期亦須來函聲明始行補寄

本月刊投稿簡章

一投寄之稿或自撰或翻譯或介紹外國學說而附加意見其文體均以充暢明爽爲主不取艱深亦不取白話

一投寄之稿如有關於顏李學說現尚未經刊布者尤極歡迎

一投寄之稿望繕寫清楚以免錯悞能依本月刊行格繕寫者尤佳其有欲加圈點者均聽自便否則亦望將句讀圈清以便閱者

一投寄譯稿幷請附寄原本如原本不便附寄請將原文題目原著者姓名幷出版日期及地址均詳細載明

一投稿者請於稿尾註明本人姓氏及現時住址以便通信

一投寄之稿登載與否本會不能預爲聲明奉覆原稿亦概不檢還惟長篇譯著如未登載得因投稿者豫先聲明寄還原稿

一投寄之稿登載後贈送本期月刊續登至半年者得贈全年月刊

一投寄之稿本月刊得酌量增删之但投稿人不願他人增删者可於投稿時預先聲明

一投寄之稿經登載後著作權仍爲本人所有

一投寄稿件請徑寄北京府右街四存學會編輯處收

四存月刊第六期目錄

譯稿

祭李先生文

河南張省昰勸告本省各校學生文

圖時先生五十三歲為康熙四十九年在陝西富平楊公署
執鞭而肅者其門牌也恕谷後集有傳

顏李學

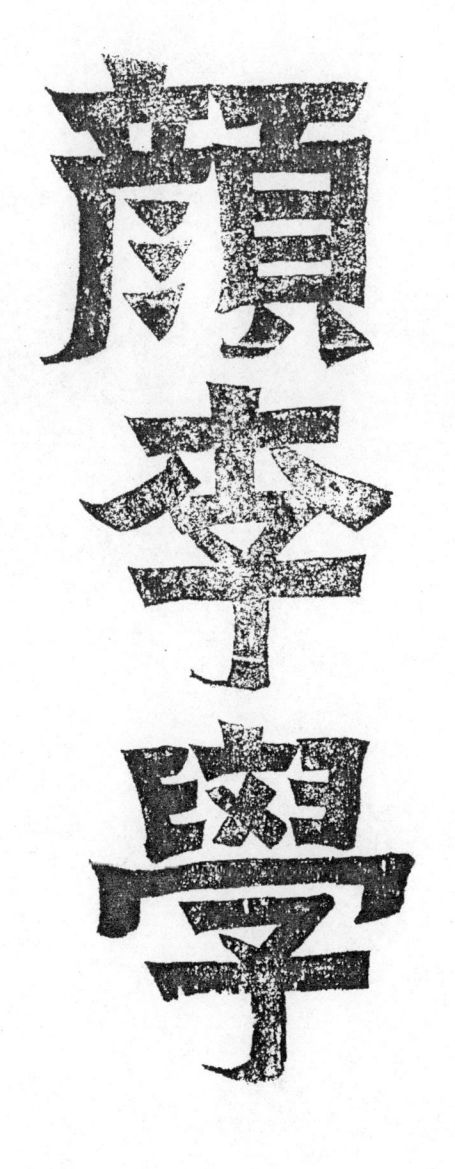

當子易成公之德。顏門瞿視曰。吾累然衰服而議昏耶。且二兄不在。請勿言。謙曰。令兄雖出。有母在堂。況喪服越小祥久矣。許之以待服闋合巹。不亦可乎。顏門曰。許之即喪昏矣。必不可。恕谷曰。家室之願。人情不遠。且臬司備故人弱息擇賢而厚其妝奩。以子婿禮爲人將。謂富貴不可算。慮無不投。覺恐後者。而顏門獨懷親守禮。毫不爲動。此豈今人所有乎。喪不奪於人。則仁。遇財色能斷。則義。確不可拔。則勇。兼此三者。此希賢希聖基也。於是序其事。作贈言以勉顏門。

啓生跋贈言後曰。顏門於同儕素稱愿。然雖有大志。時人未之許也。恕谷先生來金陵。講業問道者無虛日。而顏門與焉。夫先生之學。追聖軼賢。其論道之始卒。非好學深思者。或痼於舊說而疑之。顏門獨以年少往來寓室。從遊靡倦。必其好之篤而信之專也。嗚呼。此可以觀顏門之志矣。先生以成就後學爲己任。尤樂得人之善而道之。顏門辭昏一節。洵爲人所難能而得之年少。爲先生取誠不虛讀此序許以大節期進其道。惓惓然信乎大賢之用心也。因樂聞而系語於其後。恕谷歸後數年。啓生崑來籲門各有書候恕谷。籲門書言願表章顏先生之學。望聖道明行。其素志也。又帶白金二兩倩人鈔恕谷諸著。謀於甯中刊行。

戴子高名望。德淸人。倜儻有大志。初致力於考據詞章學。繼從陳碩甫先生奐宋于廷先生彩鳳遊。通知西漢經師家法。後見顏李兩先生書。讀而好之。約邑人程履正貞共相砥礪。流離造次。未肯或輟。間嘗以兩先生學主實用。竟湮沒不章。條其言行及師承授受本末。成顏氏學記十卷。其自序曰。望年十四。於敝簏得先五世祖又曾公所藏顏先生書。上題識云康熙戊寅某月日在桐鄉李子剛主所贈也。望讀而好之。顧亟欲聞顏李本末。汛其書。詢諸吾友程貞履正。履正則取毗陵惲氏所撰李先生狀示予。又得見王崑繩遺文有顏先生傳。始驚歎以爲顏李之學。周公孔子之道也。自陳摶壽崖之流。以其私說簧鼓天下。聖學爲所汨亂者五百餘年。始得兩先生救正之。而緣陳舊錮者至今不絕。何其敝與。始履正亦惑於其說。既得存學編。慨然有開物成務之志。遂盡棄其學而學焉。既又於丁巳秋得李先生論語大學中庸傳注傳注問及集。悉舉以畀履正。然猶闕大學辨業學規纂論學及諸經傳注。望於顏氏之學。雖好之不若履正專。始得顏先生書之歲。以訖丁巳中。更習爲詞賦家言形聲訓故校讎之學。丁巳後。得從陳方正宋大令二先生遊。始治西漢儒說。由是以闚聖人之微七十子之大義。益歎顏先生當舊學久湮。奮然欲追復三代教學成法。比於親見聖人。何多讓焉。故遂欲與履正條其言行及授受原流傳諸將來。不幸更喪亂。鄉所得書盡燬。履正居父喪以毀卒。每舉顏李姓氏。則人無知者。會稽趙撝叔當世之方聞博學振奇人也。聞望言慫焉如已憂。於京師求顏李書不可得。

則使人如博野求之。卒不可得。戊辰春京師大姓鬻書三十乘於喬氏。喬氏以簿錄遺撝叔。按簿而稽之則得焉。因喜過望。攜書歸馳傳達金陵。望既復全見顏氏書而李氏書雖頗放失。視舊藏爲備。於是卒條次爲書。自易直剛主外崑繩啓生皆有遺書可考。惟李毅武以下無有。則記其名氏事實。爲顏李弟子傳附其末。書成命曰顏氏學記。凡十卷。其言憂患來世。正而不迂。質而不俗。以聖爲軌。而不屑詭隨於流說。其行則爲孝子爲仁人。於乎如顏氏者。可謂百世之師已。其餘數君子。亦皆豪傑士也。同時越黃氏吳顧氏燕秦閒有孫氏李氏。皆以耆學碩德負天下重望。然於聖人之道。猶或沿流忘源。失其指歸。如顏氏之摧陷廓淸。比於武事。其功顧不偉哉。世乃以其不事述作。遂謂非諸公匹。則吾不知七十子之徒。與夫孟荀賈董諸子。其視後儒著書動以千百計者何如哉。語曰。淫文破典。孔子曰。天下有道。則行有枝葉。天下無道。則辭有枝葉。敢述聖者之言用告世之知德君子。子高論習齋之學。確守聖門舊章。與後儒新說異者。大致有三。其一謂古人學習六藝以成其德行。非專恃書冊誦讀也。孔子不得已而周流。大不得已而刪訂著書立說。乃聖賢之大不得已。事奈何舉聖人參贊化育經綸天地之實事。一歸於章句。而徒以讀書纂注為功也。其一謂氣質之性亦善。孟子明言為不善非才之罪。非天之降才爾殊。乃若其情則可以為善。又曰形色天性也。若氣質有惡。是天之降才即罪才矣。況曰性善。謂知愚之性同是善耳。亦非謂全無差等。孔子曰性相近也。習相遠也。性之相近如真金多寡輕重不同。而其為金相若也。唯其差等。故不曰同。唯其同一善。故曰近。其引蔽習染以至聲色貨利無窮之罪惡。皆遠於善。即所謂倍蓰無算不能盡其才者也。其一謂聖門弟子不可議。諸賢一月至仁。一日至仁。皆不易學。後儒乃曰或月一至仁。則猶曰至矣。或日一至仁。則但時至刻至矣。子路鼓瑟不合雅頌。門人不敬孔子。卽不謂然。孟子謂游於聖人之門者難爲言。舉七十子之服孔子。其辭不遺一人。後儒侈言性天。薄事功。動詆宰我樊遲冉有季路。是其自視賢於孟子遠矣。子高生有奇慧。善談辨。精校勘。中更喪亂。顚頓狼狽哭泣之餘。未嘗廢學。學益進。同治紀元。大軍克金陵。曾文正公延校所刊各書。未幾遂卒。年僅三十有五。所作書顏氏學記。外有論語注二十卷。管子校正二十四卷。謫麐堂文集二卷。詩二卷。

師承記一終

師承記二

天津徐世昌纂

鍾錂。字金若。博野諸生。父九經。字行一。習齋嘗爲行略云。家貧藉課徒養親。不足。轉而行賈。嘗取息錢市藥物爲生計。鄉人乞假。不問有無。曰吾不忍以活人者坐視人死而不救。將卒。遺言盡以施人。不留一物。停戶在堂。盛暑蠅蚋營營戶外不入。子二。欽。稽田。錂顯。學。其從習齋游學。猶父志也。習齋敎漳南書院。錂實從。習齋卒。門弟子行禮。禮器禮位。皆錂爲之陳設。錂佩刀侍。習齋與客語。市肆。客曰。若能舞耶。錂謝不敏。習齋目之曰。能舞何爲讓。應。錂長跽請罪。客爲勸拔不敢起。久之。習齋曰。起舞。刀。錂再拜稽首。然後起舞。時稠人廣衆。觀者如堵。莫不嘉歎。以謂聖賢師弟子之禮。猶存於今日。於是南中學子多聞風興起。錂美髯鬚。垂腈。聲如洪鐘。道貌岸然。見者起敬。雍正紀元。功令講約以諸生學行兼優者充之。邑侯趙某。延錢從事。每月吉。侃侃宣講。一市皆服。趙詢以地方利弊。爲條列十事上之。趙委心聽納。終未嘗私見於室。趙曰。是博陵之澹臺子也。丁母艱。蔬食寢苫。時方冬。年六十四矣。人以爲難。又十餘年。年七十九卒。門人私謚孝端先生。子淑。字子能。從恕谷問學。恕谷又使教其少子習禮。孫敬承。錢初亦嘗爲恕谷孫子師。幼負經世大略。老而不遇。恕谷稱其學行。爲顏先生門下一人。錢從學稍晚。習齋得之甚喜。約爲學適道之方。爲題其日記冊端。而自叙。王法乾之沒。愧不德無能振鼓。二三子唯剛主可與交修。不常左右。近剛主弟培從子修已。時時淬厲起予。稍用爲快。而吾子又能自强。新歲不奮。頓使衰萎。氣蒸神健。冊端所題。一曰勿欺。幽獨如對父師。二曰敦本。孝弟篤於家庭。三曰自立。言行勿隨流俗。四曰日新。時省過而改之。時思善而遷之。五曰務實。痛戒詩文棋畫。須求身世有功。顏李教學之員程。約略如此。即孔孟所傳作聖之非天降災。吾未見餓莩之續路也。若役心以貪。又焉往而不貧哉。
知己閒蠢規過之義。忌隱忍。隱忍之久。成積輕。積輕之心生。而交不固矣。
忠臣視其君重於己。孝子視其親重於己。賢妻視其夫重於己。
躬行之而風俗式範。德至焉而天下雲從。吾仰之愛之而不能爲也。
郭氏子爲後趙氏。先生曰。不絕本宗。伊言欲走趙族不肯。曰。汝必利其產。伊言未也。曰。汝必不養今父母。伊言受產者宜養。先生曰。否。郤產以見歸宗之决。養葬今父母。以報撫育之恩。斯義無憾矣。
執事與人之外。皆居處也。則凡非禮勿視聽言動具是矣。居處與人之外。皆執事也。則凡禮樂射御書數之類具是矣。居處執事之外。皆與人也。則凡君禮臣忠。父慈子孝。兄友弟恭。夫義婦順。朋友先施具是矣。
周公之制度。盡美盡善。蓋使人人能兵。天下必有易動之勢。人人禮樂。則中國必有易弱之憂。惟凡禮必射。奏樂必舞。使家有弓矢。人能干戈。成文治之美。而具武治之實。無事。雍容揖讓。化民捍𢧵之氣。一旦有事。坐作擊刺。素習戰勝之能。

上有父而我爲之子。事父未能。非所以事父也。下有子而我爲之父。教子未能。非所以教子也。

六藝所以盡子臣弟友之道也。有事君父之禮。樂君父之樂。射以敵君父之愾。御以代君父之勞。書數以辨君父之事。

人子見父母與人忤也。必曲解之。非爲人也。安吾親而已矣。

選舉。卽不能無弊。而所取爲有用之才。科甲卽使之無弊。而所得皆無用之士。

蕭治台言其叔時怨子弟。子弟默然受言。終子弟辨無過。輒自認誤。先生曰。君子也。人已兼照乎。恕以施者。聖人也。施不無偏。忤物還自返者。君子也。

氣數者、無作用之天。聖賢者有作用之氣數。

吾心作善念。吾身作善事。則一身之氣理皆善。善與善召。而氣數之善皆來集。此降百祥之說也。吾心作不善念。吾身作不善事。則一身之氣理皆不善。惡與惡召。而氣數之惡皆來集。此降百殃之說也。

一身智仁勇足以整理一家。是謂修齊。一家智仁勇足以型式一國。是謂齊治。一國治仁勇足以鎭撫四海。是謂明明德於天下。

欲之當制。莫甚於色。倫之當明。莫切於夫婦。其道自不邪視不妄思始。

冠所以重元首。故周冕華而不以爲靡。

作知縣。不愧爲唐虞一邑。作吏胥、不愧爲唐虞一職。

作事有功。快有功而不居。更快。爲德見報。佳。爲德而不見報。更佳。

不知聖人之言。證以聖人之行。不見聖人之行。證以聖人之言。

不暴己之長。不形人之短。不揚生人之過。不發死人之私。

西漢爾何。仁者不憂也。張良知者不惑也。韓信勇者不懼也。

一人昏其德。爲昏德。衆人昏其德。爲汚俗。

魚龍生河海。與人並育不相害。而伏羲網之。孔子釣之。蓋天地之性人爲貴。殺至賤以養至貴。義也。取之有節。用之以禮。斯仁行其中矣。此聖人造乾坤差等別之道。

離騷之人。吾欽其忠。而惡其文之糅雜。左氏之理。吾愛其靜。而惡其辭之浮夸。

族人與吾同祖。正如四肢手足。雖有歧形。實一體也。一體相戕。吾祖宗之神。得無傷乎。彼不知爲一體。吾知之。彼不暇思祖宗。吾思之。

闊公教法。開而達。强而弗抑。古人獎人常過其量。良有深心。吾坐反此。不能成人材。

至因而應之。但可以救一時。則執過而存之之義。以與爲委蛇。所謂知其不可而爲之者也。聖人不得志當世。其人皆自成比戶可封之本懷。又扭制於時代。隱忍而不敢發。身之所居。日用所行事。皆社會也。所言所著書。皆借國家以資保護者也、而不得行道。甯隱勿見。寧退勿進。是即甯社會勿國家。不容以言語求之。惟應讀之於行事者也。易曰其詞危。論語曰危行言遜。其意若曰凡吾所爲者極難耳。明乎此。而孔孟之道無餘蘊。而顏李之道無餘蘊矣。

試本此義以觀顏李之於國家。顏李之道。皆未施於國家。但有儲以待用者。而已顏先生存治一書。法古者也。會典大政記。應時者也。大政一書。今未之見。存治之設施。井由學校。皆爲民耳。事業則國家。政策則社會也。文詞則國家。實際則社會也。即其泥於封建。似爲國家主義。李先生急起救正之。然亦懲於明季流寇之戕民害物。激而爲言。其意止以爲社會人之安寧計耳。

夫人之性。不主故常。好變者也。衣服冠履之制。其事易。則數年數十年而變。身體之造作較難。則數百年而變。髮膚腰足是也。國家又龐然大矣。轉移既難。改革不易。一有變動。殺人流血。動輒經年。然以好變之人性。促迫之。涓涓之流。積爲大勢。衝激波蕩。潰隄決防。游弋之性既殺。始漸歸於壑而安流。或雜以外力撓濁之。亦且蕩軼數百年而不能以遽靖。形式則分久必合。合久必分。運用則弛久必張。張久必弛。見於中國者。爲征誅揖讓。共和列國之流轉。見於外國者。爲君主民主君民共主貴族之流轉。甚且爲社會國家之流轉。或變之即成。或變之不成。未有千百年而不一試者。披歷史觀之。無中外。無東西。一也。無學說無事實。一也。

有其變而不知。知其變而無以遇之。均非所以語聖賢。聖賢者。通其變而化裁之推行之者也。古有三統。孔有三世。顏李有三術。皆順乎時而應之。以御無窮之世變者也。李先生嘗答齊中岳問治術曰。古今治術不越王道清淨刑名三者。夫清淨。社會主義時代之物也。刑名。國家主義時代之物也。王道則通乎社會國家。而無乎不宜之物也。名曰王道。名詞之未確。專制時人之所稱。如此而已。實則正義公道之謂。李先生之論治國。固如此矣。

再即其事實觀之。則退守多而進征少。隱居多而仕顯少。是即社會多而國家少。顏先生游漳南而正書院。則教育之改造也。游豫南而服李子青朱越千。則豪傑之交遊也。李先生北歷燕齊。南居江浙。所到皆諮訪人才。倡明聖道。明辨學術。無非社會所有事。即與國家中人相往還。則勸之以與社會接近也。不則使去國家而爲社會之人也。語索公曰。君國戚而貧可賀也。贈吳公歸里序云。今茲歸也。可謂進退以道矣。傳郭子固黃世發也。一莅京西牧馬。刈芻卒時。錢不滿百。一則在任種樹灌園。自以爲傭工。免忝愧。而不敢言爲政。斯亦略舉一二以見意耳。令國家之人咸如此。其與社會相異者幾何。其猶有人之所謂國家者幾何。即李先生佐人令富平小試其國家之術。而禁鬬爭。斷賭博。勤聽訟。減催科。抑强恤弱。不虧市價。何一非社會之事。社會之人至不齊矣。鬬爭也。賭博也。無理訟爭也。不顧公共也。何時蔑有。何地蔑有。禁斷而聽之者。乃社會所需要。非僅行使國家法令以强制者示其權力。斷斷然矣。以孔子爲魯者證之。鬻馬牛者不儲價。賣羔豚者不加飾。男女別途。客至如歸。所用者國家。所成者社會。先聖後聖。其揆一也。

即李先生治國之書首尾完具者曰平書。訂曰擬太平策。似以國家主義爲發揮。然平書之重要節目。以分民分土建官取士爲國家建設之要端。而分民一事。全書冠首。其所分之民。曰士農軍工商。曰役僕優倡乞。非民者曰盜賊。其經理之法。以十家起數。而統攝之者則爲鄉。鄉正以宣教聽訟。鄉畯以課農治水鄉巡以察盜賊。修封域。至於詰奸民也。去遊民也。棲行旅也。恤窮乞也。除不肖之僧尼也。均自一鄉起。而社會情狀。思過半矣。

太平策首天官而建官一節。尤爲首務。所建之官。最下級爲保長。爲里師。其所職。則出民入民以課農。蠶織以課女功。桑麻園藝牛馬雞豚以課生產。令子弟入校以課學。其上邑宰鄉正。層層轄之。由外而內。分設上級官。盡相維相制之義。以一途爲升降。不雜以他途。各達其最高之官而止。事專任久。則精。不凌越躁進。則靖。無冗濫徒食之人。則清。自來議官制者。未有能及其明確者也。而制祿一端。依孟子祿足代耕之法。米若干石。錢若干串。帛若干端而已。雖官場而與社會甚近矣。

與建官相表裏者。厥惟春官之敎士。頒三物敎法。使各敎其所治。自里學邑學鄉學縣學。以漸達太學。敎成後。各入縣署分科。以禮樂兵農工刑別之爲吏。其有天文地理醫卜水火專科者。亦各以性質分隸之。教鄉民禮樂兵農等事。督保長里師邑宰。以維民治。所學者大而不卑小官。使之明習鄉情。不隔閡於事務。且其人既久於社會。必不至輕自高異。漸遠人情。以取複雜之社會。猶駕輕而就熟也。所謂社會中人。乃能治社會者如此。

而夏官之均田。秋官之出兵。表裏相需。尤爲社會家所求其法而不得。徵兵家擬其事而不知其意者。自百畝受田之制廢於秦。而人人思慕之以爲王者之政。莫善於此。此之不能。而均田之說興。而限田之說亦興。然均委曲繁重。不能以遽行。田既不均。而欲行徵兵。則貧富不等。而法不易施。富免貧勞。而人之不平益甚。近日社會家。對於經濟。設爲種種方法。以泯自由競爭之迹。而於兵則思所以去之。不知天之生人。不能無暴虐者。豺噬於其閒。即不能無以制其爪牙。而使之不得發。兵之不能無者。勢也。其不能不人人爲兵者。亦勢也。兵出於田。謂兵爲賦。則授田均田限田之法。徵兵家所未及思。社會家所不及知。而太平策以二事分隸兩官。日課所以推行之。其爲社會計者至深矣。

夫國家者。千百社會中之一社會而已。入國家而執政者。自爲社會人。而不失社會之狀態。則能保國家。否則忘其本然。自謂尊榮。令社會人目爲官僚。目爲國蠹。未有爲之而不敗。敗焉而猶有可以自全者也。數千年君主時代。如在位者來自田間。則政淸人安。奮爲小人。則保惠不侮。享國長久。易世驕惰。國運隨之。天之愛民。不使一二人肆於民上。人之責人。不容爲我者轉而虐我。不降國家而儕於社會。不降國家之人而儕於社會之人。其國家未有一日安。亦未有不爲社會所排擯。而至於剷迹滅影者也。然苟無國家。彼社會人能安寧否耶。社會之人。至不齊也。窮其形狀。則什百千萬而未有已。有不循理者。始有審判。有好陵人者。始有法制。有好侵奪作亂者。始有兵卒。而於是有官有長。而國家成。國家者。人所以自爲者也。如統其兵卒其官者。出入必淸。舉措必公。存發必平。則人亦無責。不至以苛細纖之迨人。而操之者。反乎人之心。而人又無可如何。以制其命而保吾命。而易之者。遂紛至而沓來矣。國家有然。與國家相依之學術宗教。挾國家以爲重者。咸欲推翻之以爲快。有教皇之加冕。而科學之破迷信者出焉。有漢武之崇儒。而太史公之譏孔子者出焉。不悅於舊學而毀聖賢。不悅於文章而倡白話。其事皆緣國家之尊崇。連類而推及之。必國家之事。有大拂乎人心者。而反動之力。乃至於此。夫亦不可不深長思矣。

孔子者。求社會之安寧者也。子路願聞子志。而老者安之。朋友信之。少者懷之之言。如聞其聲。即如見其心。如人之安寧。必待國家也。則以保國家者保人民。如國家不能保人民。且適以害人民。而人民更有不待國家而自得其安寧之術。則不必泥以待之。而有使人自爲者矣。所謂時也。顏李兩先生。儕國家於社會。而以社會之道爲國家。謂之社會可也。謂之國家可也。而其不得行道寧社會。勿國家。專謂之社會亦可也。所謂通也。至以家庭爲根據。以奠國家。以維社會。則孔孟絜矩之義。老老長長恤孤而天下平。顏李不再發明。以其亘萬古而不可易也。

夫秦之後。淸之前。以一統之故。而國家主義時繁瑣之制。悉不能行。人民除納賦外。均自生自活於其間。入於社會時代之狀態。然亦因國家政治之簡單。不能進而幾大同之治。今則民主已成。世界亦將隨人心之變。而與之俱變。其變而社會耶。國家耶。家庭耶。前儒之說。果能範圍不過曲成不遺與否。要其事以驗之。學以儲之。事與學合。以制此轉變無方之人類。終千萬禩而不離其宗。則可知者矣。此顏李之學。貫注於永永無極之世者歟。

古人是讀之以爲學、如讀琴譜以學琴。讀禮經以學禮。博學之是學六府六德六行六藝之事也。只以多讀書爲博學、是第一義已誤。又何暇計及問思辨行也、

上下精粗。皆盡力求全。是謂聖學之極致矣。不及此者。寧爲一端一節之實。無爲全體大用之虛。如六藝不能兼。終身止精一藝可也。如一藝不能全。數人共學一藝。如習禮者某冠昏某喪祭某宗廟某會同亦可也。

孔門以讀書爲致知中之一事。且書亦非徒佔畢讀之也。曰爲周南召南。曰學詩學禮。曰學易執禮。是讀之而即行之也。曰博學於文。蓋詩書六藝以及兵農水火。在天地間燦著者。皆文也。皆所當學之也。曰約之以禮。蓋冠昏喪祭宗廟會同。以及升降周旋衣服飲食。莫不有禮也。莫非約我者也。

凡理必求精熟之至。是謂窮理。凡事必求謹慎之周。是謂居敬。

以上顏習齋先生

李先生曰。學在好。不在質高。

人知學之美。而不知問之益。海內賢哲。窮年所學者。吾一問而得之。其益豈不大哉。

讀盡論語。非讀也。但實行學而時習之一言。即爲讀論語。讀盡禮記。非讀也。但實行毋不敬一言。即爲讀禮記。故學不在誦讀。

讀書不解。不如反而力行。行一言。解一言。

天下皆壯人也。自有理學書生二派。而皆成儒人。

紙上之閱歷多。則世事之閱歷少。筆墨之精神多。則經濟之精神少。

寬以居之。阿房容五千人。寬故也。學者始見一理。即拘而不廣。是執德而不能宏也。

學必自治而後治人。
學者非以忘爲不助。即以助爲不忘。
宋儒解不違仁爲無私欲未盡也。但無私欲不足以言仁。存心養性。在於刻刻以敬。所謂參前倚衡也。
博學詳說以文。朝乾夕惕以禮。
爲學先立品制行。以圖經濟。徒事學問博洽。非學也。
怨天尤人者。必不下學。下學者必不怨天尤人。
身之不莊。即學之不振也。
宋儒養心。必養爲無用之心。致虛守寂也。修身必修爲無用之身。徐言緩步也。
爲學必爲無用之學。閉門誦讀也。
學術不可偏。偏於立禮。必流清靜空虛。偏於致用。必流雜霸技克。

學求有用。當人先求有用。

學者存心。惟宜欽敬。不可先求自得。

人倫著。禮樂興。布之則爲政。導之則爲教。先傳後受。則爲學。道雖傳於天。事必習於學。

有事習勞。可以養生。可以爲學。

吾學須胸中時有新機。學業時有增益。始能常遊賢聖之途。若但荏苒。故吾即易墮落。

學莫先於治生。不治生則無以養廉節。無以長學問。

學、學其所行。行、行其所學。

學者能卓然奮立。以我爲萬世必不可少之人。無窮無達。致和致中。自刻刻性命作主。自不與偷交鬭圭露角。

論說

春秋周論

吳廷燮

太史公曰厲幽之後。王室闕。侯伯彊國興焉。天子微。不能正。非德不純也。嗚呼。是說殆非也。當是時天下强國莫如晉楚。然桓伯詰伐穎。則晉平謝過。王孫折問鼎。則楚莊息兵。齊俘之辭。鄇田之爭。雖驕侈之强侯。跋扈之世卿。莫敢難也。敬王入周。至爲微弱。然富辛石張告晉而魏舒且合天下諸侯亟成之。劉文公以會召陵者伐楚。即許蔡頓胡夙未服晉者亦並至焉。非王靈不可振也。魯隱告糴。齊環成郲。晉人請略秦師免胄。則共主之義猶未廢也。而終春秋之世號爲守府者何哉。或曰。自豐鎬歸秦。溫原入晉。虎牢賜鄭。酒泉予虢。周之封圻日以削弱。虞虢滅則北壞藩籬。申呂亡則南無門戶。以平原叢爾之地。居四達之衢。北有晉。西有秦。南有楚。皆足以制其强弱。控其要害。此東周所以不競也。嗚呼。爲是說者。蓋就形勢言之也。如以形勢論。則面山背河。左伊右洛之封域。非不雄壯也。轘轅伊闕。塞南國之咽喉。三塗太室。據中夏之背脊。地非不廣且險也。夫晉武獻以翼沃百里之地。尙能兼幷同姓。廣啓北土。若敖蚡冒以丹陽五十里之國。亦能剪滅諸姬。奄有南海。而謂東周六百里者。不足有爲乎。或者又曰繻葛敗於鄭。子突死於衞。富辰見獲於狄。劉康喪師於戎。其用兵也。十出九敗。又安能正九伐之法以淸亂略乎。是又不然。夫桓文五霸之强者也。桓伐魯而敗。文圍鄭而不克。二君非必戰無不勝也。然召陵之盟。强楚折服。踐土之會。齊秦偕至者。二君以禮招以德攻也。尙得謂周衰以兵弱乎。夫王霸無異術。正已而後能正人。周之衰其故有三。一曰兄弟不靖。子頹之亂。虢鄭胥命於弭。爲國誅而惠王入。子帶之亂。晉文圍城於溫。隰城殺而襄王入。景王之崩。子朝子猛爭立。連兵五載。國分東西。甘尹單劉。更相攻擊。非晉前使荀躒致九州女寬守闕塞。則尹氏必不能出奔。非晉後爲狄泉之會。胥靡之戍。則儋翩亦不能遽靖。故惠錫鄭虢以爵鑑。襄酬晉文以土田。而劉子萇宏與晉卿深相結者。亦勢所不得不然也。向使周爲棠棣之義。君臣同德。上下無猜。則又何至假晉鄭之力乞郊犨之救哉。一曰刑政不明。頃之世。王孫蘇與周公閱爭政矣。定之世。王叔陳生與伯輿爭政矣。殷肱大臣。勢成水火。爲君者辨是非而誅之可也。王皆不問。反聽趙盾士匄評曲直於王庭焉。紀綱亦何在乎。甚至佞夫括瑕之放殛毛過原絞之廢立。以內史生殺之柄。幾服篡弑之賊。王亦不之正。又何論齊晉摟伐吳楚僭王之非禮乎。一曰賞罰不當。桓王之初。嘗以秦師圍魏。命虢仲伐曲沃。是猶能用諸侯之兵也。爲桓計者。於魯隱宋殤之弑。宜正羽父華督之罪。明告天下。命周虢二公。合諸侯以致討。微特魯軌宋馮。不敢保逆抗順。即梟雄之寤生。好戰之祿父。亦豈敢藐視王命哉。大義既伸。罪人斯得。然後修車攻馬同之績。振江漢常武之烈。四討不庭。安必中興之業。不再見於東周乎。乃始而求車。終而錫命。舍亂賊不討反用師於世有勳勞之鄭。魚麗之拒。祝聃之射。莊心固不服也。曲沃以支庶弄兵。謀奪宗國。桓王立哀侯以主祀。命荀賈以致伐。猶天子當陽方伯討罪之義也。迨禧貪武公之賂。列爲諸侯。一軍爲晉無衣作歌。於是不義諸侯不復畏天討矣。大如晉楚者。則滅弱小以自廣而兼并之機兆。微如曹邾者。則附强霸以自立。而合從之勢成。盟主盛而天子之權失。此亦周王不能自保其名分之咎也。後人徒見伐凡伯。狩河陽。遂謂春秋諸侯之罪。不可勝誅。不知桓莊而後。王室斜亂。戎狄交侵。而周祚猶延於七百者。皆諸侯之力也。豈得謂周德爲純哉。

歷代州域政權考略

吳廷燮

按唐虞四岳。周之九牧九伯等。皆如清督撫而無分司。秦罷侯置守。三十六郡皆直隸京師。以守治民。尉掌兵。御史監之。此中國第一次中央集權之制。漢初。

諸王國備丞相列卿其後削弱諸國以郡守國相理民惟置刺史秩六百石前漢末議者謂春秋之制。以貴統賤。不以卑臨尊。始升州牧爲中二千石則下御史大夫一階直如清之總督。後漢建武末改州牧爲刺史。靈帝時。又升爲州牧。後併置刺史。魏於刺史外別置都督諸州軍事。多領將軍。始授者爲鎮東鎮西四將軍。再進四征。勳望崇者則爲三公。如郭淮以司空督雍涼王淩以太尉督揚之類。如今總督如大學士。晉初。都督刺史仍分置。（路如康熙初各省分置總督巡撫以都督治軍事刺史治民事）都督多宗王及太宰以次八公。刺史則庶姓爲之。（太宰太傅太保大司馬大將軍大尉司徒司空爲八公）刺史又多兼都督。南渡於荊兗益廣等州置都督。荊督八州。兗督徐兗二州益督梁益二州。凡受督之刺史稱都督爲統府。如上司。（與清巡撫受督節制而文移平行者不同）都督即軍號爲府征鎮安平將軍以次遞進拜公則除軍號置長史司馬主簿參將等官都督所兼之本州刺史。別置官屬別駕治中從事之類。蓋一以治軍一以治民不相參也。都督兼官在荊州曰南蠻校尉。在廣州者曰平越中郎將。皆別置官屬理蠻越事。亦有專置不兼者南北朝略同。惟宇文周改都督爲總官。隋大業初懲漢王諒之變。盡廢諸州總管府。復禹貢九州之舊。以御史臨州。此中國第二次中央集權之制。撫馭不久。遂爲唐代。唐武德之始。復置諸州總管府。以尙書省行臺統之。行台備六部諸司。置尙書三人至貞觀初而行臺廢。改總管爲都督。旋又盡廢腹地都督府、惟置四隅臨邊之幽幷荊揚涼益廣越諸督府。又區爲大中下都督。即以刺史兼之。刺史不別置府。如幷汾四州都督即領幷州刺史此中國第三次中央集權之制。高宗中宗時。議者以天下三百餘州。直隸京師。督察不便。於是景雲而後。有十道按察採訪使之置。邊州捍禦戎狄。統督軍事。則置十鎭節度使。皆以所管首州長史刺史或都護領之。至德而後。中原宿師。盡分十道諸州。置節度使。改採訪使爲觀察使。以節度使兼之。又領計度營田等使。近邊者加押蕃落使。近海者加押蕃舶使。平盧則加領押新羅渤海兩蕃使。盧龍加押奚契丹兩蕃使。西川加領西山八國雲南安撫使。東南諸道不臨兵衝。則專置觀察使。而兼都團練之名。以理兵。（節度如總督理兵及邊事觀察如巡撫理民事）節度觀察兩使皆加尚書常侍等官兼御史大夫中丞。勳望崇者加平章事。三公三師。亦有自宰相出鎮者。元和而後。將相多迭爲出入。杜佑祖孫李吉甫裴度父子之類。多著名績。黃巢之亂。以方鎮畀羣盜。唐遂以亡。五季專用武人。宋初因之。太平興國盡以方鎮支郡直隸京師。各州之領節察兩使者。皆如郡守。而設諸道轉運使。以總錢穀吏治。後又置提點刑獄。以治盜。宋人稱爲漕憲兩司。此中國第四次中央集權之制。行之未久。至仁宗時。已苦於諸州無兵。諸邊無備。文武無統。府慶歷初。遂置河北河東陜西諸路經略安撫使。以統兵民。河東經略安撫使領二十餘州。則大於唐之方鎮。南宋因之。又置制置使。金制同北宋。元置行中書省。

而分置諸道宣慰使都元帥府。以領諸路。每路又分領府州。別置行御史臺。以監行省。大約外官重疊之弊。無過於元者。明洪武十三年。廢諸行中書省。改爲布政司。以元行臺所屬肅政廉訪使爲按察司。分元行省統兵之權。別置都指揮司。三司角立。皆內隸於六部。此中國第五次中央集權之制。永樂以後。各省多派尚書侍郎等官鎭守。宣德正統間。苦文武不協。兵民無統。無以禦外安內。又改各省鎭守大臣爲巡撫。加提督及贊理軍務重之。以都御史之權。（自僉都副都可進至右都）後又置薊遼宣大陝西三邊兩廣四督。廣督兼廣東撫。以控邊海而節制廣西巡撫。此唐至明州域政權之可考者也。

按純平中央集權者。北宋是。雖設經撫。而經撫自治之府州。仍屬轉運使提點刑獄。爲帥臣者。並無節制漕憲之權。且有受漕憲考核之事。 純平地方分權者。元是也。元程鉅夫奏各行省丞相皆自命政府。專擅自恣。非汰行省分設宣慰司不可。是洪武之改行省爲布政司。仍用元人議也。

專著

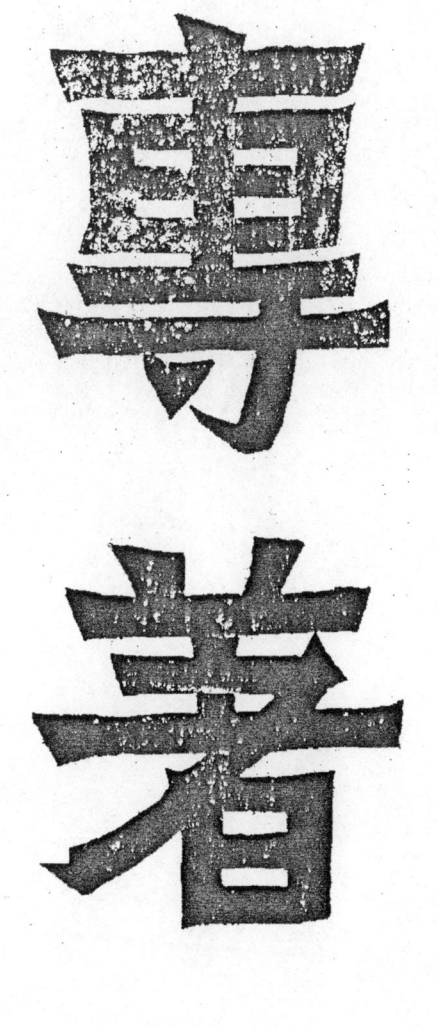

本先覺覺後覺之資。或能爲人格上有力之感化。故責任尤爲重大耳。中庸曰。君子之道。本諸身徵諸庶民。又曰。君子動而世爲天下道。行而世爲天下法。言而世爲天下則。君子不動而敬。不言而信。不賞而民勸。不怒而民威於鈇鉞。君子篤恭而天下平。論語曰。君子篤於親。則民興於仁。又曰。君子之德風。小人之德草。草上之風。必偃。則人格感化之義。又道德治國之微旨焉。

下篇

自來研察中國學術文化組織之大綱。其法不外經經而史緯之。經之所以爲經在道。實爲一貫自古及今未之或易也。夫既如上述矣。請更申言歷史上之因果。俾知中國政治之興衰。莫不視道德爲上下焉。上古狉獉之時。衆生芸芸各遂其自然之道。以爲存生。其生活狀態。僅於易經象辭及道家所陳蘧除葛天之治。略可推知。年代悠遠。書契多闕。莫可得而徵也。故孔子刪書。斷自唐虞。

其上則有黃帝神農。爲古代文明之蘊始。及唐虞之際。羲和作曆。禹治山川。稷教稼穡。臯陶作士。而政治之形式乃粗具。然封禪揖讓之世。領袖國民者。實天與而民歸之。初無君人世襲之制。有天下者。既不以君位爲可樂。被其化者。亦莫識其天子之所由。康衢之歌曰。日出而作。日入而息。鑿井而飲。耕田而食。帝力於我何有哉。是禪代之制。與今之民主政治略同。

三代以降。人欲浸繁。爭奪漸起。封建之制作。於是大人世及以爲禮。而禮治出焉。禮者承天之道。以治人之情。坊記曰。禮者因人之情以爲節文。以爲民坊者也。哀公問曰。民之所由生。禮爲大。非禮無以節事天地之神。非禮無以辨君臣上下長幼之序。非禮無以別男女父子兄弟之親。禮運曰。禮者君之大柄。所以治政安君也。蓋是時百姓不親。人道漸澆。故君人者推原於倫理之要道。而以禮制之。以弘法治之用焉。禮察云。禮禁於將然之前。法禁於已然之後。禮云禮云。貴絕惡於未萌。而起敬於微眇。使民日徙善遠罪而不自知也。則禮治之興。實法治之肇端也。樂記曰。禮節民心。樂和民聲。政以行之。刑以防之。禮樂政刑四達而不悖。則王道備矣。又曰。樂至則無怨。禮至則不爭。揖讓而治天下者。禮樂之謂也。故周禮六篇。無一非先王之法言。而孔子論治。謂興於詩。立於禮。成於樂。禮治之世。三代爲盛矣。

周道衰。禮樂廢。封建之弊。諸侯相侵奪。上下僭越。彝倫攸斁。而禮不下庶人。刑不上大夫。政治現象。既失統一。禮教功用。漸感不周。而名法之學。遂代之而興起。楊朱墨翟之說。各有精義。其別墨者流。以堅白異同之辯相訾。遂成名法學之起原。斯時則有惠施公孫龍愼到田駢尹文尸佼商鞅申不害韓非之徒。皆主正名定分。綜覈名實。而以賞罰法度爲用。尹文子曰。名以檢形。形以定名。名以定事。事以檢名。善名命善。惡名命惡。使善惡盡然有分。尸子曰。君人者茍能正名。愚智盡情。執一以靜。令名自正。賞罰隨名。民莫不敬。又曰。正名去僞。事成若化。以實覆名。百事皆成。又曰。是非隨名實。賞罰隨是非。（與儒家論語名不正則言不順言不順則事不成荀子是非不亂則國家治同旨）是蓋本正名以立法而建法治國之基礎焉。其立法也愼子曰。法者所以齊天下之動。至公大定之制也。尹文子曰。萬事皆歸於一。百度皆準於法。歸一者簡之至。準法者易之極。如此頑嚚聾瞽。可與察慧聰明同其治。韓非子曰。憲令著於官府。刑罰必於民心。又曰。設柙非所以備鼠也。所以使怯弱能伏虎也。立法非所以備曾史。所以使庸主能止盜跖也。是其建立法之精神。固將以政治之統一。謀社會之健全。使暴君不能私。儒君無所圯。故說者謂名法之學。實開君主立憲開明專制之濫觴焉。其義亦未可厚非矣。是時收其效者。實爲有秦。秦孝公任商鞅爲政。變法修刑。內務耕稼。外勸戰死之賞罰。賞厚而信。刑重而必。行之既篤。秦大富强。及始皇之世。任用李斯。兼并六國。法下游。變南注爲北注。於滏水舊河築滾水壩。改爲減河。以備滏之異漲。於新河口修爲閘座。以防滹沱異漲倒灌滏河。（凡異漲不過數日）此故渠長不過百五十里。滏水安流。當不必大施疏鑿。而滹沱坐享調劑之利。藁城以下。酌定一槽。俾上游寬而下游窄。（藁城以上建瓴勢猛故河道必寬以下平衍故可漸狹也）以收束刷之功。通築兩隄。以資捍禦。而束河身。此亦千年不弊之策也。或曰滹既善淤又善遷徙。善淤則不利河槽。善徙則設隄無用。可奈何。曰否否。善徙者濁。非水也。滏入則濁消。云何能徙。善淤亦濁也。滏入則濁去。云何能淤。且下游合滏。既能不淤。上游之合亦猶是耳。子牙下游之新淤。皆以減河過多。水少力弱之故。屢見檔案。可考而知。足知滏滹一合而百病可蠲矣。又或以水不受束。沙不受刷爲慮。抑知濁河之最忌束刷者。言乎其獨行耳。蓋束水必資窄隄。而北方濁河。伏秋浩瀚。隄窄則必不容。適資潰決。漲過則歸槽停淤。疏浚難施。究夫既合清水以後。但慮以散漫停淤。

束之方唯恐不謹。亦安有不能刷沙者。試觀滏滹既合者。於今數十年矣。若不深通。早徙它道。顧何以安然無恙乎。豈非彰明較著者哉。惟滏流不及潞河之大。其果能永保安流。未敢遽定。倘恐滏流不足。則又有可以濟滹者。則滋河是也。蓋滹處滋滏之間。其在於古。滋本合滹。載在漢志水經。後世入沙。始與滹分。今也滋滹二河。在正定西。相距僅二十五里。若自正定之西杜村。引滋而南逕柳樹科吳興岸下城西至柳林舖鐵路下。以合滹沱。其舊河仍存。以爲減河。施功不難。可以濟滹。蓋治水之道。合則猛。分則弱。惟濁流之行。則利其强不利其弱。是以漳水在廣平境內。分流四出。頻見遷徙。自合衛於舘陶。而漳流順軌。即昔之滹沱。以有完固口鐵燈竿之分支。不久卽旋淤。僅存臧家橋一派。而衡武河獻諸境。反不淤塞。大城張家莊以下滹沱。昔分正支二派。乃正流淤而支流亦淺。此叅取沈聯芳說 蓋濁流水大則通。水小則滯。不知者以分殺爲得計。而效適得其反。但令滋水較滹稍清。仍以合于正定爲最宜。彼以水歸一河爲憂慮者。皆不知水性者也。夫河出平山。不過數十里有滋水以爲之合。又行三四十里。有溢水以爲之合。然後開槽設隄。酌增減河。以備不虞。又改其入河之口。以求暢利。偏災雖不敢言無。而南運河之成效。可以預期。斯不僅百世之利也。雖然世之可與圖成者多。而可與慮始者少。束水刷沙之法。至明代而始傳。南河放淤之法。至清初而始著。而引清消濁之說。倘行而有效。可以爲凡治濁河之規範。自非深維古今者。其不以爲安言乎哉。

附滹沱河防表 表列後

永定河論

永定河。水經以前。於古無徵。金遼以上。不號大川。特附潞河以行之支津耳。魏晉迄唐。有灌溉之益。無潰決之虞。氾濫爲患。昉自叔季。萌於遼金。顯於元明。而劇於有清一代。其上游萬山叢薄。欲爲患而不得。自出石景山以下。地平土疏。恣所墊溢。自出山至入海。僅二百餘里。而君臣交儆。智力兩窮。幾無甯歲。蓋將三百年於茲矣。其出山故道。魏晉以前。以高梁河爲經流。由梁山北麓東出。逕昌平以合潞。其道蓋在今都城之北。據劉靖碑云車箱渠自薊西北逕昌平東盡魚陽潞縣云云可知魏晉以前永定故道在今京城之北矣故水經云又東南出山過廣陽薊縣北酈氏反以經爲誤蓋据當時水道以駁古也魏晉以後。由石景山北合清泉河。屈曲逕薊南以東。合於潞。其道蓋在今都城之南。下迄隋唐。經流無改。遼金以後。始自石景山南出盧溝橋下。東南至看丹口。迴環東趨。至通州南之高麗莊。以合於潞。金元以來。河決不治。遂成二流。一東出爲高麗莊合潞之正流。一南出至霸州。以合巨馬下游。即今白溝河是爲西南水患之始。明代以來。合潞之東道不通。惟南下以合中亭玉帶諸河。是爲淀池受淤之漸。至清代而河患益亟矣。康熙三十七年。改道東下。下游開郎城河以入三角淀。是清代改河

直隸	二百四十一萬	無	一十萬	六十萬	二十一萬
盛京	三百		七萬		
山東	三百三十四萬	三十四萬	一十五萬		四萬
山西	二百九十七萬		一十六萬	四十二萬	
河南	三百三十萬	二十二萬	二萬		
江蘇	三百三十七萬	一百七十一萬	四十三萬	二百一十七萬	七十七萬
安徽	一百六十八萬	五十六萬	二十七萬		六十萬
江西	一百八十七萬	七十五萬	一十二萬		四十五萬
福建	一百一十七萬		一十六萬	三十九萬	三十三萬
浙江	二百八十一萬	八十五萬	二十七萬	七十三萬	三十萬
湖北	一百十萬一	三萬	一十五萬		九萬

湖南	一百一十六萬	一十三萬	一十四萬		一萬
陝西	一百五十三萬		一十六萬		
甘肅	二十五萬		五十萬	七萬	
四川	六十五萬		一萬	八萬	一十八萬
廣東	一百二十五萬		三十四萬	四十七萬	六十五萬
廣西	三十八萬		一十三萬		一十萬
雲南	一十五萬		二十三萬	二十六萬	
貴州	一十萬		一十五萬		

按屯賦學租雜稅茶礦等。及捐攤各欵皆不列。地丁鹽關自千萬以下亦不列。耗羨見前茲不贅錄。大約以後關稅時有增減。鹽務則有增無減。又鹽務雜欵頗多。茲亦不列。

嘉慶時之財政

乾隆之季。戶口蕃滋。國用民用。日趨華侈。五十八年。戶部奏上民數三萬七百四十六萬有奇。諭以較康熙末年增十五倍。國家承平日久。一人耕而供數十人之食。有牧民之責者。務當剴切化導。俾皆服勤稼穡。惜物力而盡地利。故其時開新疆之屯。弛盛京流民墾地之禁。礦金採煤。以謀本富。蓋已屢慮於民生之過繁。物力之難繼。財政之將匱矣。嘉慶元年。以歸政禮成。特令普免錢糧一次。其時紅苗未平。教匪又起。國用始匱。三年。以蔣賜棨請開川楚事例。視川運例加一成。以濟軍需。十年。以軍需河工。又開豫東事例。共收七千餘萬。而十九年正月。以乾隆四十六年增兵之案。至今甫三十餘年。已用七千餘萬。逾於所存。復詔議酌汰增設各項。仍復舊制。請查倉庫催積欠。整鹽務。裁定新疆用欵。核減軍需報銷之旨。亦先後下。初年以陵工軍需用欵煩鉅。乃令東三省餉欵動盛京庫存一千萬兩十九年。廷臣多條陳阻捐例者。以用款無出駁之。計財政受虧有數大端。一曰軍務。川楚之役。至逾二萬萬。黔苗艇匪豫東之役。糜款均鉅。一曰河工。自曹工決後。歷次河工用款積至數千萬。南河每年搶修各工。率至一百五十萬。照舊增兩倍。一曰錢糧積欠。如十七年。各省錢糧雜稅等欠至一千九百餘萬。安徽山東各至四百餘萬之類。每年皆有。一曰紋銀出洋。十九年二十年兩次諭旨。謂洋商偷運紋銀出洋。歲百數十萬。其時鴉片入口已盛。總在千萬以上。實不止此。故一切經費皆有竭蹶之慮。而南漕運京輸納州縣有費。幫貼旗丁有費。度黃盤壩起駁有費。交倉有費。合公私所耗。率以數石而致一石。尤財政之蠹。然寬恤民力。仍守舊典。二十四年以六旬萬壽普蠲積欠。四川貴州無民欠者免錢糧十分之二。倘引未能如乾隆恩詔爲歉。凡請漕糧加耗抄田增賦在皆報罷。進貢等皆嚴禁。其供不時之用者。自捐例外。惟生夔曰戞擊鳴球搏拊琴瑟以詠（曰爰也猶於是也鳴球磬也搏拊以韋為之裝之以糠所以節樂）祖考來格虞賓在位群后德讓下管鼗鼓（管鼗鼓以下乃堂下之樂下堂下也）合止柷敔（合用柷止用敔）笙鏞以閒（笙東方樂鏞西方樂）鳥獸鎗鎗（鳥獸翔舞）簫韶九成（九成九變也）鳳皇來儀（儀向也）夔曰於予擊石拊石百獸率舞（引夔言以終篇）

闓生案。此舜德之成也。特假韶樂以侈極言之。蓋堯舜之德之盛。非言詞所能摹擬肖似。故假樂舞之美以形容之。而其本量自見。即以收拾通篇。亦文章之曲致也。又案古樂之廢久矣。韶之盡善盡美。後人無由窺見。涵泳此經。尚可想見後聖千載聞而忘味之情。亦云至矣。

庶尹允諧帝庸作歌曰（庸用也）勑天之命（勑陟同得也）惟時惟幾（惟是幾危）乃歌曰股肱喜哉元首起哉百工熙哉（喜起熙皆興也）皋陶拜手稽首颺言曰（颺揚也）念哉率作興事（率勸勉也興事善事也猶孔悝銘作率慶士）愼乃憲（憲法也）欽哉屢省乃成（敬考其成）欽哉乃賡載歌曰（賡更也載

也爲 元首明哉股肱良哉庶事康哉又歌曰元首叢脞哉叢脞細碎也 股肱惰哉萬事墮哉墮壞也 帝拜曰俞往欽哉

闓生案。郅治之隆。及君臣相得之美。非語言文字所能盡。既以詔樂形容之矣。猶以爲未足。乃復著帝與皋陶之賡歌。以極其趣。文情洋溢。渢渢移人極具箏歌疊舞之妙。即以代後世史家之論贊也。

禹貢

闓生案。此篇神禹經營天下之大略。千古以來言地理學者。不能出其範圍。亦亙古訖今未曾有之大文字也。　又案。此蓋禹當時治水之簿籍。後因潤色成篇。書序及史記漢書。皆稱禹任土作貢。然則此文殆禹所自譔也。　又案。堯典禹謨。爲千古傳記之祖。此篇爲千古典志之祖。皆可爲萬世模楷。

禹敷土敷治也 隨山刊木刊山表木 奠高山大川奠定也

闓生案。此爲全篇總冒。以下分叙九州。

冀州（禹行自冀州）既載壺口（載事也壺口山名在今山西吉州）治梁及岐（梁山在今陝西韓城縣岐山今鳳翔縣）既修太原（修治也太原今府）至於岳陽（岳太岳也在今霍州山南曰陽）覃懷底績（覃懷地名今河南武陟縣底績致功也）至于衡漳（衡古橫字漢志信都故章河東入海今直隸冀州）厥土惟白壤（壤性和美）厥賦惟上上錯（賦第一等錯出第二等）厥田惟中中（田第五等）恆衛既從（恆水在今曲陽衛水在今靈壽從順也）大陸既作（今鉅鹿縣）島夷皮服（海曲爲島北島寒故皮服南島暖故卉服）夾右碣石入于河（碣石在今撫寧縣山綃夾水陘陘右陘首也記島夷入中國之道）

濟河惟兗州（兗州在濟河之間惟爲也）九河既道（九河徙駭太史馬頰覆鬴胡蘇簡潔鉤盤鬲津也道通也）雷夏既澤（雷夏在今山東荷澤縣）灉沮會同（自河出爲灉濟出爲澭澭即沮也會同以朝聘之名爲喻也）桑土既蠶是降丘宅土（桑土宜桑之土是于是也於是民得下丘居土）厥土黑墳（墳膏肥也）厥草維繇（繇茂也）厥木維條（條長也）厥田惟中下（第六等）厥賦貞（貞當也州第九賦與州相當亦第九）作十有三載乃同（作治十三年賦法乃同於他州）厥貢漆絲厥篚織文（貢者百工之府受而藏之其實於篚者入于女功故以貢篚爲別）浮于濟漯達于河（漯水出今朝城縣至高苑縣北

入海每州皆紀水道皆泝流至河蔡說以爲九州漕運之道是也

海岱惟青州東至海西至岱嵎夷既略嵎夷今登州地略治也濰淄其道濰水出今莒州至昌邑入海淄水出今萊蕪縣至博興縣入濟厥土白墳海濱廣斥斥鹹鹵厥田惟上下第三等厥賦中上第四等厥貢鹽絺海物惟錯海物海魚也魚種類尤雜故曰錯岱畎絲枲鉛松怪石畎谷也岱山之谷出此五物皆貢之萊夷作牧牧讀左傳牧隰皋之牧水去而萊夷之地始可井牧也浮于汶達于濟萊蕪之汶在徐此青州之汶出今臨朐縣至安邱縣入濰

海岱及淮惟徐州徐州界又南至淮水淮沂其乂沂水出今沂水縣南至邳州入泗乂治也蒙羽其藝蒙山在今蒙陰縣羽山在今江蘇海州南藝亦治也大野既豬大野澤名今鉅野縣也豬都也東原底平東原今東平州厥土赤埴墳埴戠同戠亦赤也赤埴言色墳言性草木漸包漸包稹緻相包裹也厥田惟上中第二等厥賦中中第五等厥貢惟土五色虞未有社五色蓋備丹艧塗塈之用羽畎夏翟羽山之谷夏翟雉具五色者嶧陽孤桐嶧山在今邳州西北孤桐桐之特生者泗濱浮磬泗水過呂縣曰呂梁在徐州東南水出磬石磬卽石也淮夷蠙珠暨魚淮水中出玭珠玭蚌之有聲者說文蠙夏書玭字也暨與也厥篚玄纖縞玄赤黑色縞黑經白緯曰纖白經黑緯曰縞三者皆以色言皆繒也浮

於淮泗達于河（河說文作菏水經注同　菏水出湖陵今魚臺縣）

淮海惟揚州（揚州界自淮而至海以東也）彭蠡既豬（彭蠡今江西湖口縣東）陽鳥攸居（陽鳥鴈也此略如詩之興象不臨治水之迹）三江既入（三江分於彭蠡爲三孔東入海）震澤底定（震澤太湖也在今江蘇吳縣）篠簜既敷（篠竹箭簜大竹）

厥草惟夭（夭長也）厥木惟喬（喬高也）厥土惟塗泥（漸洳也）厥田惟下下（第九等）厥賦下上

上錯（賦第七雜出第六）厥貢惟金三品（三品金銀銅）瑤琨篠簜齒革羽毛惟木（瑤琨美石似玉惟與也）

島夷卉服厥篚織貝厥包橘柚錫貢（海島之夷服其卉服以織貝入篚包橘柚而入貢也錫貢猶語錫命貢也）

沿于江海達于淮泗（不言河者因于徐也）

荊及衡陽惟荊州（荊州界自荊山至衡山之陽）江漢朝宗于海（二水經此州入海宗亦朝也朝宗會同皆借況詞）

九州孔殷（九州漢志在尋陽南今湖北蘄州也東合爲大江）沱潛既道（水自江出爲沱漢別爲潛）雲土夢作乂

（雲土夢二澤名雲土即雲杜也）厥土惟塗泥厥田惟中下（第八等）厥賦上下（第三等）厥貢羽毛齒革

惟金三品（惟與也）杶幹栝柏（杶椿也幹柘也柏葉松身曰栝栝即檜字）砥礪砮丹（砥礪磨石砮石可以爲矢丹丹砂也）

惟箘簵楛惟與也箘簵竹名楛木名皆可以爲矢　三邦底貢底致也　厥名包匭菁茅匭纏結也菁茅茅有毛刺者

厥篚玄纁璣組玄纁璣三色也璣珠同字蒼艾色也組文也　九江納錫大龜錫猶貢也　浮于江沱潛于

漢潛也遊　逾于洛至于南河

荊河惟豫州豫州界自荊山而北至于河　伊洛瀍澗既入于河伊水出河南盧氏縣東北洛水出今商州瀍水出穀城縣

澗水出新安縣皆入洛　滎波既豬滎波沉水溢出河爲澤者在今滎澤縣　導菏澤菏澤在山東定陶東　被孟豬孟豬在今

河南商邱縣被及也　厥土惟壤下土墳壚墳起也壚疏也　厥田惟中上第四等　厥賦錯上中第二等雜出第

一等　厥貢漆枲絺紵枲絲也　厥篚纖纊纊絮也　錫貢磬錯磬石也磬錯右錯也錫貢複語卽貢也　浮于洛

達于河

華陽黑水惟梁州梁州界自華山之南至于黑水　岷嶓既藝岷山在今四川茂州東北嶓冢山在今甘肅秦州　沱潛既

道二水亦謂自江漢出者　蔡蒙旅平蔡蒙山名在今四川雅州府北旅平治平也　和夷底績和上夷所居地和卽桓水出蜀州今

保縣威州界入南漸　厥土青黎黎小疏也　厥土惟下上第七等　厥賦下中三錯第八等雜出第七第九也　厥

而與之盟或曰年同爵同故紀子以伯先也亦疑以傳疑之意雖不可通亦未
敢徑言經有闕文蓋其愼也二傳皆不能釋此經幸左氏明著之乃猶紛紛奮
其私臆欲於數千載後懸斷數千載前之事實亦可謂不信而好古自戾於孔
子者也春秋桓十三年書公會紀侯莊四年書紀侯大去其國三傳皆同齊之
滅紀公羊以爲哀公烹乎周紀侯譖之賢襄公復九世之仇與史記齊世家所
載哀公時紀侯譖之周周烹哀公正同哀公爲太公四世孫在春秋前則紀之
爲侯久矣安有如何休所云紀本是子爵因天子將娶于紀加封百里進爵爲
侯者程子知其說之不可通而不信左氏故變文言之曰當云紀侯某伯莒子
盟于密吳徵亦云子伯二字或是侯字之誤愈近理乃愈支離程端學又云此
必孔子革削以後之闕文先儒傳授承誤而不敢增如斯小事無關春秋宏旨
而諸家聚訟幾成千古一大公案皆因不能信而好古之故卓哉孔子詔我以

讀書之途經也吾輩今日讀書不從信而好古四字入手決不能深通古人與旨與其多讀後代諸儒論說而茫然無所適從何如即最古之書而精研之乎願與今之治經者參一解也

君氏卒傳　公穀此經皆作尹氏先儒多從公羊譏世卿之說幾成定論趙氏經筌謂君氏不成稱謂古無是言歐陽公宋之大儒亦謂一以爲男子一以爲婦人得于所傳聞者蓋如此兩存之而不敢加論定僕亦初從公穀後聯貫左氏全文反覆讀之而有以知其不能也隱公成父志讓桓不敢尊其繼室之母爲夫人春秋於無法可書之中不得已爲之變例書曰君氏蓋與公子益師卒之不書日用意正同事起於特例則君氏正自古奧有味不得目之爲不詞獨傳文與凡例相近是否眞出左氏之手尙未敢遽爲斷定要必爲左氏說無疑以其意義足與左氏所載隱公諸事相發也公穀之爲尹氏蓋所據春秋古經

原文殘闕減君字之半求其所不得而從爲之辭此以傳聞不如親見之一證
至季本謂即隱公曰鄭與尹氏歸之尹氏則此等無足輕重之人春秋豈勝書
乎又其不爲深辨者也

鄭武公莊公爲平王卿士一段　鄭自桓公以厲王少子宣王庶弟初封於鄭
於周室最爲懿親世爲卿士有左右王室勳勞至莊公猜很多才專橫不法平
王末年鄭已與周室兆釁至桓王時其釁遂成是後王用虢公與鄭伯分政鄭
猶挾天子令侵伐諸侯頻失朝禮與王積不相能遂有戰于繻葛之事成周之
所以變爲春秋馴至天下無王五霸摟伐者固由周政不綱時勢之遷流使然
而鄭莊實爲罪首春秋之所以託始隱公殆爲此歟此傳爲周室東遷變爲春
秋開端最著之事不獨爲鄭伯敗王伏脈可謂褒貶大義矣乃左氏則無一語
直責鄭莊抑若不知周之爲天子鄭之爲諸侯也者則何以故蓋鄭莊之心弁

髦典章覩天子若等夷故直取其心迹著之雖周之所以失鄭亦由桓王不善馭下所致內含交譏之意而貶黜微旨偏屬鄭莊比於正言相責爲尤深矣曰鄭武公莊公爲平王卿士則名分之辨已嚴此左氏史筆扼要之語固不在多古之立言者精之又精一語皆抵人千百以此意求之則後世可棄之書多矣以後世讀書之意求之殆必事事爲前人所詳告而後可此尙何待於深造何以見學問爲自立之道不獨讀書爲然凡天下之事理固多藏於隱奧隈曲非有深識卓見烏能窺尋而欲預儲其識見舍古文高文將於何處求之自古人之文義不明而吾國士大夫始多蹈常習故之爲此殆吾國退化一大原因歟曰王貳于虢與文十四年傳王叛王孫蘇同一語妙皆以謬悠之詞寄其悲憤之旨曰王曰無之措語亦妙則王之畏鄭非獨勢力不敵並不敢自承爲有可知也而王之欲畀虢公政爲實有萬不能忍之隱衷又可知也曰周鄭交質周

則自求有師。德無常師。人無不成。而國家無用師。亦漸歸無用。是大道之行也。若社會組織須破除家庭而後成。則非孔子義矣。（茲所言家庭範圍甚狹。只言父子之親。夫婦之愛。兄弟之情而已。）

夫社會組織。孔子正自秩然。里仁十室成鄉治也。無貧無寡。亦國謀也。老安少懷。周急不繼富。以至冠婚喪祭之禮。射御書數之文。整飭社會。均以家庭爲本據。其實制則周之授田。一夫百畝。其精義則欲平天下。先治其國。制無或疏。義亦無或頗。不獨親其親。非不親其親之說也。不獨子其子。非不子其子之說也。女必有歸。不於有歸之外。再標異義。使後世之信孔子者。怪孔子其斯爲孔子之道歟。

自漢以後。經乃稍出。自漢以後。義乃漸汩。其間非無深通大義之儒。或阻於時代而不敢言。如董江都揚子雲邵康節等。或以其異己而不欲言。如莊周司馬子長。子長於孔子之道其明透非儒者所及其他解釋聖言。迄淸以前之儒者。通孔子大義者不多見。時代囿人。非諸儒過也。惟依傍注解者。卒不能自存心得。是以前儒所說。除有合者引爲佐證外。其餘一概閣置。另尋眞諦。深思自得之。乃知其非妄語矣。然非民主制成。將君主時之束縛。盡與解除。烏能縱吾思力以發之耶。

後人泥於時代。於孔子之說。以所居時律之。於是不可通者。輒疑其書之有僞竄。或以爲說之未該括。蔽於已者。未開而不知悟也。如泥於死君之義。則管仲之仁不可通。泥於叛逆之文。則往公山。應佛肸之事不可通。遂以爲僞書而擯之。其泥於國家主義者。又以爲孔子泛言天下。使人不知有國家。倡言人治。使人愈遠於法治。此外致疑致詰之說。尙不一而足。論語之義旣昧。人即以孔子之學。不周於世用。或求之老。或求之佛。或求之西國之哲。或且崇信耶教。以爲廣漠。愈進而愈遠矣。是不可不知返也。

世界至今東西學說。將有匯於一軌之勢。如有能突過先聖者。其說其法。更進而上。吾自當棄所學而從之。若其不能。則說之新者。行之不當。自應將淆亂之群言。衷之孔子。而學歸於一。然吾孔子之義。吾國人不自闡明。又何能使萬國競爭表見之衆多學說。納之孔域。茲不避謬妄。不顧譏議。奮發而作此編。亦不得已之義也夫。

此而稽終、百物亦由是而成終也、段氏說文注亦謂冬之言終、蓋皆本古篆意而釋之也（冬字古篆已見上注）所謂中者、就物之藏言之也、鄉飲酒義、冬之爲言中也、復繼曰、中者藏也、尚書大傳、冬中也、万物藏於中也、兩說皆言中、幷言藏、大氏事物之理、皆以內爲中、人以心爲中、禮記樂書、四暢交於中、正義、中心也、心在身內爲中、故稱心者曰中心、亦曰中藏、是藏與中、又若有同名者、又案終與始爲對文、凡物之成皆曰終、後漢張衡傳曰、冬者五穀成熟、物備禮成、是物成於冬、非猶春之發生於始也、故冬之言爲終、中與外爲對文、凡物之藏、必於中、管子形勢篇曰、冬者陰氣畢下、故万物藏、是物藏於冬、別於夏之吁荼於外也、語本尚書大傳、見後夏字注、故冬之言又爲中、

夏　夏古作𡕰、說文、𡕰中國之人也、段注謂別於北方狄、東北貉、南方蠻閩、

西方羌、西南僬僥、東方夷也。字从夊从頁从臼。臼象兩手、夊象兩足。據此則夓為象形字。為中國人之稱。夓字古義、如是。故今之稱中土者曰中夏。亦曰華夏。自後人引申其義而釋曰大。(說文段注)并以名春夏之夏。而夏字音始異。讀義亦有古今之殊。(今讀華夏之夏為上音、春夏之夏為去音、古無是分別)禮記鄉飲酒義、夏之為言假也。案假亦大意。書大禹謨、不自滿假。詩思齊、烈假不瑕。傳皆釋假為大。禮記禮運、是為大假。注、假亦大也。是大與假、為疊文也。方言一、自關西秦晉之間、凡物之壯大者而愛偉之、謂之夏。周鄭之間謂之假。是假、與夏、本同釋也。而皆以名大。故夏之言假、不啻夏之言大也。又案假亦同暇。有寬假之意。釋名釋天、夏、假也。寬假万物使生長也。尚書大傳、夏者假也。吁荼万物養之於外也。尚書多方、胥暇之子孫。本亦作胥夏。鄭注、夏之言暇。無逸、至于日中昃、不遑暇食。漢靈臺碑作日稷不夏。是夏與暇、又通、用也。背假、寬假、詞異義同。鄉飲酒義。言夏之言假、復繼曰養之長之假之仁也。意蓋謂假之使養。假之使長。夏之所有事亦似有背假意者。故夏之言假。又不啻夏之言暇也。此皆夏引申之義也。然於萬物之長養而時日寬假。亦止見夏義之大。

又案夏采色也。周禮染人秋染夏。注染夏者染五色。謂之夏者。其色以夏翟爲飾。夏翟鳥也。禹貢徐州之貢羽畎夏翟。夏翟羽色。亦稱夏采。又素問六元正紀大論物成於差夏。注差夏立秋後十日也。

陰陽　陰陽二字之意甚廣。自二氣之流行言之。則闔者爲陰。闢者爲陽。自一地之所在言之。則闇者爲陰。明者爲陽。陰古作侌。小篆作霒。陽古作昜。小篆同。說文云部。（云古雲字）霒雲覆日也。段注霒者雲覆日。昜者旗開見日。阜部陰闇也。陽高明也。是侌昜二字爲明闇之稱。實最初古意。自後人引申爲兩儀字之用而字各加阝因襲既久遂若以二氣之說爲陰陽二字之定義段注又曰造化陰陽之氣不可象故侌與昜與陰易與陽皆假雲曰山阜以見意（謂古字侌昜从云从日今字陰陽皆从阜）段氏此說亦主二氣而言而致之載籍正不盡如是大氐古人於日所照處皆曰陽穀梁傳水北爲陽（謂水之北岸也北岸見日故北爲陽）山南爲陽釋名釋天山東曰朝陽山西曰夕陽由斯以推則詩卷阿於彼朝陽公劉度其夕陽朝陽夕陽亦各就東西方位日所照處言而日所不照處則曰陰周禮大司樂陰竹之管注陰竹生山北者山虞仲夏斬陰木注陰木生山北者山北日所不照處也而物多以陰名是釋陰陽二字必兼本義及引申之義而其義始備又案詩七月我朱孔陽傳陽明也春日載陽注陽溫和也一詩陽字二義兼用

又案釋名釋天陰蔭也氣在內奧蔭也陽揚也氣在外發揚也又陰陽猶

讀經救國論自序

孫雄 原名同康

中國之學無不根抵於六經孔子删定贊修乃成至聖孟子論學論治必引詩書以爲左證苟無經訓聖賢且失其根據之地吾不知國將何以爲國人將何以爲人光宣之交振興學校醉心於歐化者競倡廢止讀經之論不佞時方主講京師文科大學悄然憂之以爲亡國之朕曾於宣統三年六月中央教育會苦口力爭彼時强者怒於言弱者怒於色咸以不識時務嗤之曾不數日清社屋矣共和建國於今八年政散民囂兵驕將惰天不厭亂國其將傾杞人之憂曷其有極孟子有言經正則庶民興庶民興斯無邪慝矣竊謂今日種種詭異之學說變亂之禍徵求之於羣經中靡不有駁正之論挽救之方不啻燭照數計而龜卜焉蓋六經之道實如日月經天江河行地盡人莫之能外政體雖可變更世運縱有嬗易且經藉之義藴則萬古常新董生所謂天不變道亦不變

孔子所謂至誠之道可以前知其或繼周者雖百世可知也然則居今日而欲救國舍讀經何由哉太倉唐蔚芝氏文治桐城姚叔節氏永槩皆當代之通人而不佞之益友也唐氏釋經正民興之義云經者何聖道也聖道亘古常新而有賴乎君子之反之者蓋處士橫議荛言龐雜以僞亂眞以邪干正則聖道因之晦蒙有以反之而大經始正於天下也易曰反復其道傳曰撥亂世反之正世界之由剝而爲復撥亂而爲正者實賴聖道以爲之主君子則躬行以提倡之於是經正而學術純人心靜淑氣溢於寰區庶民皆興起而爲善矣姚氏之訓其門弟子也謂五倫去而中國無舉六經去而中國無禮樂無政刑無史無文字國不國矣又謂讀一句得一句之益讀一經得一經之益聖人復起不易斯言也爰條舉經文分別部居爲類凡六曰政治曰倫理曰理財曰教育曰兵事曰外交均於經文之下節採漢宋諸儒及近世經生耆碩之說更以己意疏

通而證明之意在發皇絕學鍼砭世弊而於時政之藹軼風會之澆漓尤不惜苦口危言再三忠告竊附於言者無罪聞者足戒之義冀幸世之一悟俗之一改爲遂名曰讀經救國論而述其緣起如此己未十二月常熟孫雄自序

毛詩評註 自序

李九華

余生七歲而入學、十三歲而六經畢、八歲時從　先君子受毛詩、稍解其義、未之深究。然自是即喜讀詩歌、把卷吟哦、意若有會、則於篝燈夜讀時、戲倣鳥獸草木之圖形以自嬉、古代之都人士女、亦每以意繪之、雖未能工、肖而與之所在、不少厭倦、亦因是以助記誦、積三十餘年而不能忘。年十有七、出就外傅、從齊師隱齋遊、爾時當代之士、方斤斤於科舉之文字、師獨以經義相勗、以儒行相琢磨、師故藏書甚富、因得以進窺漢宋以來經學家言、而尤服膺於李恕谷先生之諸經傳註、以為上接孔孟之傳。則於課餘作經義策論數首、輒蒙吾師優獎、以為年少英才、殊未可量、而 九華 亦厚自期許、不屑屑以文字見稱、故幼時文藝、率已焚棄、無復存者。慨自世變浸繁、禍亂日亟、既自問平昔之所學、不足以周世用、乃盡棄其幼時之所誦習、以從事於地輿曆算聲光化電等學科、流光荏苒、蓋又已二十年矣。世風日以頹、吾學日以雜、故者旣以拋、新者旋以綴、莽莽乾坤、澄澄今古、物質其糟粕耶、經傳其精液耶、古聖人溫柔敦厚之教、豈遂永沉淪於刼奪欺詐之狂風駭浪中而一往不復耶。天欲顯之、必故晦之、天欲昌之、莫或亡之、彼世變之遷流、終必有溯其源於經訓之一日、惟今日尙非其時耳、今非其時、而吾爲此學於舉世不爲之時、不已傎耶。曰、唯唯否否、士各有志、學非一端、吾之學詩、以淑吾性、以陶吾情、知我與否、所不敢聞。惟望世之爲詩學者、於毛傳析其義、以詩志窺其旨、則吾心滋慰、若徒斤斤於文字、抑已末矣、然卽以文字論之、不猶愈於近世之詩詞萬萬耶。今所爲詩、分卷若干、曰國風曰雅曰頌、興觀群怨之旨也、附圖一卷、資多識也、訓詁本之漢儒、詩義詩評則參以近代諸儒之說、而音釋則悉衷於李恕谷先生之詩經傳註、述所學也。竊比於述而不作之旨、期以免不學面牆之譏云爾、此吾學詩之志也、

譯稿

內或充家庭教師或作講習會講師以及圖書館員新聞記者書籍行商保險公司勸導員泅水場監視人伺候餐飯農圃帮手挖取牛乳等職業稍得酬報即以之資助學費據哥崙比亞大學調查該校學生在假期內所得之各種酬金約十五六萬元蓋美國青年人人有以勤勞爲神聖之信心而特以自誇者也

大學本以修學爲主過好勤勞却有妨學業之進步識者早慮及此處有貼費之制度貼費與英國名同而實異意在奬勵學術貼費之法頗有限制大學畢業生及肄業生給 Scholship 以一年爲限不再接續其給 Ferlowship 者往往至數年之久其金額每年自二百四十元至一千六百元平均每年一千元然有時學校仍向之徵收學費或令其擔任授課與英國牛津劒橋津貼之性質不同哥崙比亞此項貼費名額八十名年約支出八萬元加崙比亞大學名額三

十名年約支出三萬元此項津貼來源大抵由富豪捐助美國富翁捐助學校之欵往往指定用途如寄宿舍係某人捐辦某圖書館實驗室係某人捐助皆由捐欵人指定惟捐助學生資費一項爲數尤多得此項津貼者以考類齒之學生居多數乃使世人共曉以引起外界之同情原夫捐款之人多半非專門學校及大學畢業之人然動捐巨欵造成著名之建築蔚成高尙之事業如波士頓之堪不利齒東洋博物館及美術館哥崙比亞之阿非利建築圖書館可奈兒之活威得廳史圖書館等凡類此等有名之建設不勝枚舉其築室之中並收藏貴重之物品合東洋歐洲古今貴重稀奇之物品往往歸其貯藏即德國視之亦有遜色意大利至有美術品禁止輸入美國之警告如東洋各國在本國研究美術反不如該大學美術館研究之美備亦足見其規模之宏闊事業之遠大矣

美國大學多屬男女同學其國內女大學生之多亦屬一種特色國內其專門學校及大學四百九十四校其中男女同學者三百五十二校專收男生者一百四十二校專收女生者一百八校據一千九百九年調查全國大學生人數男生十二萬五千八十人女生六萬四千三十人女子受大學教育者之多可稱世界第一據美國教育經驗家言女子能力並不劣於男子且專心勤學之志氣尤强於男子女子在大學肄業時期身體亦不受損害歐洲惟英國最重女子教育倫敦大學且給女子學位牛津劍橋亦有女子專門學校其餘新式大學大都許女子入學然獨立之女子大學尚不如美國之盛大陸諸國更覺瞠乎其後此亦國土民情之關係未可强同者也

美國學生之生活亦自有美國之風英國中等學校苛待下級生之惡習德國學生飲酒決鬬之風美國概無之學生不問居寄宿舍與否同學與同學又師

與弟之間交際均甚親密各具一種向上之風氣因而養成學生獨立自修之習慣所有種種之會合研究娛樂無非爲陶冶高尙之人格英國大學養成紳衿之思想蓋尙能承繼之尤有一種特色即運動遊戲之風較他國爲獨盛如打球競漕長距離競走學生多熱心爲之旣拋荒學業而不惜開運動會時贈給美達兒賞金出論文得學位以及各種表彰學生往往終日耗力於運動之場遂有以所謂運動屋終其身者此等趨向於身體旣有裨益但荒廢學業長粗野之氣習流弊亦屬無窮近來大學教授屢加以批評指斥威爾遜總統前在普林斯頓大學總長任內曾有言曰美國多數大學專以餘興代本物以了事而已蓋深病運動之有害學業也此等弊風現已爲國內有識者所公認假爲不從提高入學學力方面加以補救將不能維持大學之品位前所云大學研究科程度固高矣然迄未通行於各校其得文學士理學士學位者僅比於

國政、迨休戰條約成後、即爲召集國民會而行選舉、依普通選舉選出之議會、以一八七一年二月十三日、集于「白露都」、選「迭約路」爲「執行權之首長」(Chef bupouvoir executif)當時議會之多數、固猶爲王黨所占、顧因黨派中之不一致、不能建立王政、於是姑爲共和政之維持、然其多數、仍欲待機會以再樹王政、乃自延長其全權、迄於平和回復後、尙繼續於國民會、國民會後移於「白露沙閣」、依一八七一年八月十三日之決議、以共和國大總統之稱號、與「迭約路」、而確定其權限、即大總統有自臨議會發言之權、及任命大臣之權、惟大臣及大總統、對於議會而負責任、

至一八七三年五月二十四日、「迦路」因國民會之不信任投票、去其職、「馬庫蒙」代爲大總統、國民會謀再建王政、不成、依一八七三年十一月二十日之決議、以七年間之任期、委「馬庫蒙」以執行權、而同時國民會選委員三十

人、當憲法草案起草審查之任委員之審查經過一八七四年之一年、至一八七五年一月、始移交本會議之審議、於是遂制定之、即今日之現行憲法也、其國民會於制定後之同年三月八日解散、

一八七五年之憲法、與以前諸憲法異、蓋非由唯一之法典而成、乃成於三種之法律也、如左列、

一　一八七五年二月二十五日之國權組織法

二　一八七五年二月二十四日之元老院組織法

三　一八七五年七月十六日之國權相互關係法

此諸法律、其後經二次之修正、（一八七九年七月十九日二十一日法律、一八八四年八月十三日十四日法律、）

一八七五年之憲法、其從事議決之議會、王黨實居多數、然以當時之情勢、不

容立王、乃不得已而仍取共和制、有此政治上之特別情況、故其憲法、大體雖爲民主的、而又有君主主權的傾向、例如以大總統爲不可侵之元首、即其最顯而易見者也、其他如議會之二院制度在法國、亦爲君主時代之遺傳、法國憲法亘百年之變轉、以一八七五年之憲法告其終局、當時制定憲法者、寧有以此爲永久憲法之意、不過冀得一時之平安耳、然而爾來又經數十、共和之基礎、終已不可動搖、王政復活、其自今以往、只成爲過去之迷夢也矣、

譯者案「假政府」即臨時政府、非吾國歷史所謂僞政府也、

考周禮。勸農有政。山林川澤。各設專官。法至良意至美也。降及後世。農政不修。在上者既無提倡教導之方。一任農民之自爲。于是農業日益腐敗。馴至饑饉頻仍。哀鴻遍野。近雖有農校及農會之創設。亦不過空有其名。徒摭拾外人之皮毛。毫無成効之可言。此誠吾國之遺憾。吾人、所宜反省者也。吾國地廣人稠。土質肥沃。實一天然之農國。較之瑞典、誠有天壤之別。使當道者。對于農事之設施。盡心研究。竭力提倡。則收効之速。必有十倍于瑞典者。否則徒有農而無政。則民食將日趨于艱難。社會之秩序。亦將日就紊亂。可不懼哉。

雲南府之氣候及病理誌

瓦賚(Valet)博士述
徐廷瑚譯

雲南府平均高度約一千九百粎。其氣候爲溫帶氣候。與法國南部之氣候相近。其一年中之極端溫度。約有三十四度之出入。一九一九年二月四號。其溫度爲攝氏零下二度六。同年六月二十四號。爲攝氏三十一度半。至冬季嚴寒徹骨。得傒病者頗多。然在此季死亡較少。

三四月間、暑氣初來。往往發生種種惡疫。如瘧疾、肝症等。且在此季節中時起狂風。致誘起筋絡膨脹及昏迷等症。極害身體之健康。在外國人尤甚。

夏季雨量最多。在一九一九年比平時雨量較少。此時代發現消化管病及其他之皮膚病。

雲南府雖已入熱帶。有以上種種弊害。然其氣候頗良好。如能將地方衛生事業及醫院等加以改良。則雲南府實一天然療病所。

風雨表壓力 十時	十六時
611.10	608.27
610.38	607 39
609.76	606 49
608.82	605.99
608.41	605.61
606 40	605.99
607.11	603.03
607 82	605.74
610 6	608.16
612 27	609.56
612.59	609.84
611.7	609.15

氣象觀測表

(一九一九年雲南府)

月份	平均溫度	雨 m/m	雪	主風力
正月	11.67	11.4	,,	S.M.
二月	11.57	1.4	,,	S.W.
三月	15.61	15.61	,,	S.W.
四月	17.28	23.9	,,	S.W.
五月	20.44	77.6	,,	S.W.
六月	22.09	111.17	,,	S.W
七月	20.34	314.9	,,	S.W.
八月	20.29	310.9	,,	S.W.
九月	18.56	91.7	,,	S.W.
十月	16.36	36.2	,,	S.W.
十一月	12.34	134.0	,,	S.W.
十二月	10.53	9.0	,,	S.W.

最低溫度　二・六(二月四日)

最高溫度　三一・五(六月二十四)

每日最大雨量　一一三・六 m/m (八月七日)

每年平均溫度　一六・四二

夏季平均溫度　一九・八三　（四月至九月）

冬季平均溫度　一三・〇一　（十月至三月）

觀法國病院中患病者之一般情形。足與吾人對於雲南府病理上一好感。

此病院自一八九九開始。院中人員有法國醫士一名、安南醫士一名、及看護夫數十名、有床三十四具。此病院收一等二等納費病人。及貧寒病人。一九一九年、入院者三百九十一名。內歐洲人七名。亞洲人三百八十四名。

受診治者之數目　一一六四九。內歐洲人九九名。亞洲人一一五〇。

死亡者　共二九名。內歐洲人一名。亞洲人二八名。

受外科施術者　一三二。見輕者二〇名。死者二名。全愈者一一〇名。下表所以指示此等病人之類別。

眞實史傳聞時代與徵信時代界限不淸。故在今日。欲將傳聞時代與徵信時代。截然劃分。頗爲不易。但羅馬古代歷史。亦有確鑿不誤之事實焉。爲古時羅馬確行王政政體。（傳言滅於紀元前五百十年）其貴族與平民曾經一次之戰爭。共和時代之機關。有元老院及二立法會議。即兵員會與公平會是也。此三種機關。當王政時代。業已成立。以上所舉。皆歷史上可信之事實也。

皇帝勅法　法律家龎布尼亞氏 Ponponius 探討羅慕路帝及其後諸帝所頒之法律。彙刊成編。名龎布尼亞氏法。乃私家著作之一種。凡古代勅令之具有法規或明命令之形式者。悉皆抄錄。據龎氏自言其所採集。直至韓德連帝 Hadrian 時之法律皆備焉。氏亦韓德連帝時之人也。

皇帝勅令多爲羅馬法之淵源。乃無容疑者。勅令中特定之條欵。往往推廣其適用範圍。如契約私犯。乃根據於都留帝 Seruius Tuilius 之勅令中者。但皇帝勅令。爲命令的性質而以公布施行者。間有銘刻成章。故得保持永久。至純粹經國民立法機關所議決之法律。當立法　採諸皇帝之時。固爲不可能之事實也。欲攷究皇帝勅令。須於共和末季及帝國初期之學者著作中求之。

王政時代之法律僅爲古時市民法　當王政時代。羅馬私法。僅爲支配羅馬市民者。而不及於在羅馬無審判籍之外國人。故名曰民法。或羅馬市民法。攷其名義。尙具有他種性質。即表示此種法律爲一種城市法。嚴格言之。即地方法也。

第二章　羅馬共和(至紀元前八十九年)

有史時代之羅馬古時法律　自羅馬王政亡於紀元前五百十年。以至於紀元前八十九年羅馬合併意大利後。可謂共和時代之羅馬市民法有史時期。亦即古時羅馬法之有史時期也。

第一共和初期、即共和之最初五十年、此時義大利中南二部、尚未歸服於羅馬、管理外國人之大判官、尚未設置、此時期之歷史、僅可謂羅馬市民法之歷史、

特奎朝 Tanouim 之被逐、貴族平民階級之爭、共和之成立、　因特奎帝被逐之結果。羅馬人民。甚惡皇帝之稱號。當王政顚覆之時。羅馬以彈丸小城。與環鄰及親王等相爭存。至貴族平民戰爭以後。而共和始抵於成。貴族者本元老之子孫。平民乃群黎庶衆之義。其字義乃譯自希臘文者。當共和初季。二百餘年間。平民爲政治上經濟上之奮鬬。卒獲得政治上社會上之平等。待過且設官以保護之。即所謂保民官是也。每年由平民公選。在任期內。不可侵犯。凡羅馬城內之立法行政事項。保民官有拒絕否認之權。

十二表法爲羅馬共和有史時代法律之始　紀元前五世紀之中期。所成

立之十二表法爲羅馬共和時代法律之始。但當往 Yandy 教授曾以十二表法之是否可信。發爲疑問。而勒盧士 Lelus 排士 Paj 及盧布 Tamtert 均以十二表法爲未可信。學者之攻擊十二表法爲虛僞者。其說不一。有謂十大立法並無其事。有謂十二表法非共和初季所編輯。乃共和末世之一種可疑的攷古著作也。

十二表法之是否可信。久爲學者所爭論。迨至紀元一九〇一年法國巴黎大學教授基拉 Yiraub 乃辯明十二表法確有可信之證據。對於反對派所持之理由指駁無遺。

十二表法紀元前四百五十年　四百四十九年十二表法之所以編製者。蓋因當時平民竭力要求成文法之成立。因保民官聽林底留氏 Teuentlis

演說

四存學會河南分會開成立會演說詞

李見荃

河南爲理學之邦最著者程氏兩夫子大程子於禮樂制度行師戰陣山川險易靡不究晰二程子年十八即以諸葛自比且安貧樂道難進易退菽水不繼而事親曲盡其歡其志趣行誼與淸初之顏習齋李恕谷兩先生大抵相同所不同者學說耳程子敎人多言居敬窮理希賢希聖希天徹上徹下於中庸爲近明體之意居多顏李敎人多言九功三物修身齊家治國平天下徹內徹外於大學爲近達用之意居多體用一原不可偏廢而各有適當之時機宋承漢唐人人習爲記誦詞章獵粗遺精無二程則身心性命之旨不著天下無眞儒民國初建不孝不弟不仁不義之說徧天下且遊手好閒碌碌無所短長無顏李則六德六行六藝之旨不著天下無眞儒並無僞儒程子之學風行已久顏李之學二百年來若續若斷今日始大放光明

徐大總統提倡於上張鳴岐先生推行於下旣已集合同志創四存學會於京師未幾長豫商之趙周人督軍復設分會於汴此外各省亦多響應扶世翼教有不期然而然者非有所左右於其間也顧或謂程子半日靜坐半日讀書朱子宗之顏李譏之豫人而崇尚顏李若程朱何不知子張子夏論交不同同爲聖人之徒朱子與陸象山論太極不合及在白鹿洞請象山講君子喻義章聞者感泣李恕谷與方望溪論程朱不合卒爲良友至欲互易田宅爭是非不爭意氣獻可替否不害其爲和也志皆聖賢之志才皆豪傑之才爲顏李者必能爲程朱爲程朱者亦必能爲顏李使其並生一時必有引爲同心相視莫逆者何必從數百年後代古人分門戶耶

大總統嘗謂四存學會當多購宋儒及明清理學諸公遺書以備觀覽旨哉斯言可以化出奴入主之私見矣且物以罕而見奇前清初造文運昌明靜坐讀

書之人所在多有故顏李以爲未足欲更進之使其時莘莘學子非奔競即囂張偶有半日靜坐體驗身心半日讀書服膺古訓是僅存之碩果迴瀾之砥柱顏李方馨香祝之何忍更加訾議也今日歐戰告終人知醒悟吾道之東漸西被正在此時倡我學術爲彼先導在實行不在空談在精神不在形式無論學顏李學程朱皆可成德達材正人心而維世運他日禮樂兵農英賢輩出薄海內外文化大同則斯會之設爲不虛而嶽降嵩生亦不致有今昔懸殊之感也

說學（在四存學會河南分會成立大會講演）

謝宗陶

詩云、風雨如晦、雞鳴不已、當此舉世蜩螗之時、吾儕方孜孜焉設會求學、今日開成立大會、適值風雨交作之日、事時相應、古今殆有同慨、爲足異也、又云既見君子、云胡不喜、鄙人以後生小子、不遠千里而來、得與盛會、何幸如之、顧今日巍巍大人與鄉前輩老先生坐而論道、寧有後學置詞餘地、乃承命不獲已、敢將一知半解、冒昧陳述、以就正於諸先生有道之前、若夫顏李學術之如何切近實用、與近世實驗派相類、與夫如何約束身心、與前代程朱學無忤、諸先生反覆申言、既闡發而詳且盡矣、毋待 鄙人重爲贅述、茲者吾儕設會、果爲何事、以學命名、顧名思義、則學之一字、有不可不講也、人生爲何當有學、不可一日輟、係屬教育哲學問題、請於異日論之、本日所欲言者、即學之綱領及其分類而已、考顏先生悟堯舜之道、在六府三事、周公以三物教萬民、因著存學編、李先生本其意義、著論學二卷、以補存學所不備、並有大學傳註及辨業諸作、對於學之內容、論列綦詳、實足以上承道統、下啓後世、吾國庠序之教、由來久矣、詩書雖闕、先王學事、可得而聞也、而其精蘊所寄、厥爲大學一書、請試本大學之旨、附以周孔顏李遺訓、爲學字加以註脚、第不識果能有當否耳、嘗謂自古以天地人爲三才、通此三者爲王、亦正儒者之事、是則學所取材、端在於茲、惟天則蒼蒼、地則摶摶、其間芸芸衆生、爲無量數、不有所寓、以爲學知之準、雖欲學而知之、烏從而知之。今姑以性天相通、而以性寓天、以物地所生、而以物寓地、以人必羣居、而以羣寓人、從而爲之說、夫性原相近、習乃相遠、習之不以其道、則放僻邪侈、無所不爲、君子畏其流於惡也、必有道以繕之、孟氏欲人之盡性而樂於善、道性善以復之、荀子欲人之化性而勉於善、倡性惡以激之、立言雖殊、而敎人以善無異也、子思獨得正傳、率性以中庸之道、欲其隨時處中、而不失諸一偏、致情於中和之德、使其內蘊外發、無往不得其宜、所謂止之於至善也、蓋性命乎天、爲體、情發於外、爲用、喜怒哀樂愛惡欲、無一非出於自然、馳驟之固非、束縛之亦非、甚而賊滅之、如禪宗之說者、尤其誤矣、要在導之以正、使其發皆中節、無過當不及之弊、故善用情之愛哀者斯成仁、善用情之怒惡者斯行義、善用情之喜樂者斯爲禮、善用情之愛欲者斯得智、善用情之愛惡者斯能信、是情能守乎中、性自得其常、性情相通、如表有裏、反而行之、惡由是起、君子修正心誠意之學者、皆有以繕其性也、心身之主、性之所寄也、意心之發、情之所動也、毋自欺以誠其意、無所辟以正其心、則性情各得而至於道矣、是故修道之教、其術在戒懼、愼獨、其旨在中庸、及其修養有成也、則爲六德智仁聖義中和、不外止所當止、智曰不蔽於物、仁曰汎而愛衆、聖曰大而能化、義曰剛强果斷、中曰無僞無私、和曰愷悌慈祥、蓋皆善用其情、以約束之、整整齊齊而已、此對性之學、亦即對天之學也、天生萬物、各有所用、器而使之、概無棄材、溯自原始時代、物力彌漫於天地之間、隨處衝突、爲民蟊蠹、嗣後智識漸開、聖人迭出、通德類情、創作致用、而物力遂伏、人力得信矣、故昔時耒耜舟車之作、金木水火之用也、近世輪軌機械之創、汽力磁電之用也、雖其馭制種類、有彼此之不同、然所以興其利、祛其弊、使之爲我用而不爲害於我則一、且科學日精、而製造愈巧、文化大備、而需要益繁、於是供求交相演進、互爲因果、至於今日、殆無物不可置諸服御之下者矣。大學致知格物之說、歷來解釋、因人而異、顧窮物之理以爲知、備物之品以致用、未始非即指此唯物之學而言、李先生訓物字爲三物、實已含有斯意、古者稱禮、樂、射、御、書、數爲六藝、藝者本技能以用物之謂、凡此六者、蓋無一不須物爲之藉、不過當時事簡用純、處世爲人、得斯六藝已足、然水火工虞兵農之類、且復視爲專能、固仍包括藝屬之列、近來科學發明、聲光化電、俱爲效用、於是水陸空中、爭奇鬥勝、遂有日新月異之勢、則以古今形勢不同、非足爲古聖先哲病、亦無須强以六藝、故爲比引、要其本、制、用、之旨、則先後無殊、不以、持術之精、麤、閒物之豐、嗇、爲之區、優劣、也、但吾國古時遺訓、用物則曰惜物力、用足則已、不欲甚耗天下之材。制物則曰養天機、適可而止。不欲盡洩造化之妙、今也徇欲鬥智、無所不用其極、是又其精神各有所寄焉耳、此對物之學、亦即對地之學也、人不可離羣索居、而各有所欲、不能無爭、爭則亂、智者輩出、思有以平之、於是楊朱主爲我、以爲人各全其我、則羣自不外矣、墨翟主兼愛、以爲衆能保其羣、則我在其中矣、此修己也、黃老尙無爲、若曰不識不知、民自相安、申韓尙法治、若曰信賞必罰、民乃知畏、此治民也、雖其持論立言、不無足信、而各守一隅、咸失於偏、故起而行之、遂有顧此失彼之患、若夫歐美學說、亦至夥也、有個人主義、而父子不親、有國家主義、而民亡無日、有過激主義、而賢愚不分、勤惰無別、率皆出於一時反響、競趨極端、以爲求欲、後藟乃不可勝計、且夫覆載之中、人與人同居、團體與團體並列、是天下所謂事者、不過身家國三者相互關係、即所謂羣已權界已耳、必有術焉、足以泯其抵觸、使之各得其所、於過者退之、不及者進之、鑒公持平、以底於均、則天下無餘事矣、惟儒道有焉、儒之籌於楊墨道法者、亦曰至正至中、無偏無倚順乎人情而已、撮其大凡、約有數端、首爲辨義利、人欲無涯、物力有限、餌之以利、終有時而窮、範之以義、則悠遠無極、故曰不以利爲利、以義爲利也、次則行忠恕、爲人謀而不忠、斯人必不我忠、己不欲而施人、則人將以施我、往復之機、捷於影響、是蓋莫若盡其在我之爲愈、故曰所藏乎身不恕而能喻諸人者、未之有也、次則別親疏、人莫不欲於其近者親之、於其厚遇之者厚報之、故用情當由近及遠、各如其分、不當於其厚者薄、薄者厚也、故曰、好人之所惡、惡人之所好、是謂拂人之性也、終則扶危弱、栽培傾覆、弱肉強食、縱合物競之理、終乖好生之德、故必興仁敎讓、然後危者弱者、得以並存、故曰以能保我子孫黎民也、茲四術者、身修於是、家齊於是、國治天下平於是、一言以蔽之、曰本絜矩之旨而已矣、循是道以修身、其發爲動作也、即爲六行、孝友睦婣任卹、孝以事父母、友以敬兄弟、睦以敦宗族、婣以協鄙戚、任以交朋友、卹以濟貧困、則倘義行恕親近扶危諸端、皆在其中、而所謂親九族平百姓協萬邦者、亦莫不由是道耳、蓋積人成家、而國而天下、其間利害關係、恆在彼此衝突之列、不使強凌弱、衆暴寡、各守其分、以安居樂業、互為扶助、以除亂息爭、期於安排之蕩蕩平平、吾國儒道之精端、在於斯、此對羣之學、亦即對人之學也、總而言之、性學徹於內、所以約束身心、即正德之謂、物學徹於外、所以征服自然、即利用之謂。羣學徹於左右、所以安排事物、即厚生之謂。於性亦曰形上之學、於物於羣亦曰形下之學、不特古大學之學術、不能外是、即今世之大學、分門別科、功課浩繁、然約而計之、皆可歸納三類之中、無所遺漏、從知古聖所稱三物三事者、實舉世間一切學科、包而有之、雖古今中外、無以易也、茲所言學之綱領、及其分類者如此、但正心誠意則存性、修身則存人、齊家治國平天下則存治、故學之能存、其庶幾可以三隅反歟、抑有進者、吾國自秦焚書以降、學術喪失、多缺、歷代相沿、惟知趨重性靈之學、即大學篇內誠意以下、皆有發明之文、格物致知、獨付佚失、寖至創造日稀、漸淪文弱、泰西各國、恰與相反、日徒注重用物之一途、固製作巧奪天工、而人心日險、構成大戰、或未有已、現在大陸各國、咸覺昨事之非、謀有以矯正之、法國巴黎大學、特設中國學院、此次贈送徐大總統學位之際、各界演說、羣紛紛以提倡道德爲詞、足以覘其思想之近嚮、蓋物質文明與精神文明、本宜交相爲用、並重而不可一闕、東西各邦、於其試驗之餘、益各見其短長、而知所去取、則此後之新文化、固將冶物質精神於一爐、而陶鎔之、殆猶不外本吾國古代三物三事之全、以發揮光大之耳、而我學會適於此時、組織成立、將以起舊文藝、使之復興、引新科學、相與調劑、藉樹戰後未來文化之基礎、任重道遠、吾儕可不勉乎哉、鄙人不敏、願執鞭以隨諸先生之後、

六府三事　　吳傳綺

余前曾演說周禮鄉三物請正於諸公今日因顏李二先生常言六府三事略就所見再陳於諸君子之前大禹謨集傳六府即水火金木土穀也六者財用之所自出故曰府（王氏炎曰謂之府天地之藏其出不窮者也）三事正德利用厚生也三者人事之所當爲故曰事孔子祖述堯舜自然以六府三事爲重迨至今日新學盛行更覺得六府三事洵爲永垂萬世之學水學如瀑布激機之類火學如電燈電話之類水火學如汽車火輪之類金學如各種礦物之類金兼水火學如磺強水硝強水硫酸之類（化學非有此數種不行）金兼木學如鐵路之類金兼火學如鎗礮之類土木列於大學工科種植則期於農林進化較之舊說水克火以烹飪火克金以煅治金克木以成器木克土而生五穀之義實爲周備是故今日不講科學則已一講科學而六者悉能賅括靡遺所謂物質文明不外是矣三事一曰正德姑無論哲學所言即西人之善政觀之如自治議會之類取諸公論求之公

理何一非正德之事中國父慈子孝兄友弟恭夫義婦聽爲本國國粹之精要西人亦常歎服焉吾人安可不講求耶一曰利用科學則講明哲學利用則事事歸於實用集傳所謂工作什器商通貨財之類講得最好觀近日西人富强之術皆由於此二字之妙理神明變化而來一曰厚生孔子足食先於足兵之義即本於此蓋富而後强千古之定理也西人惟日孜孜皆是厚生之事衛生亦厚生之一種人人衛生即人人厚生蓋衛生斯能厚生耳顏李二先生主張六府三事之時輪船未通似已逆知西學矣今日研究六府三事之旨無異西學此豈顏李所及料乎抑亦明哲先見有以致之云爾故本會宗顏李學說即可以講西學西學合於二先生之教今已證明二先生之教合於孔子之道即合於堯舜之道有斷然者

藝文

盧江姚氏譜序

吳闓生

盧江姚氏續修其家譜而介其宗人邑子孟振屬闓生爲序姚氏居盧江五百年其先自宣城來遷明季兵燹譜牒亡失有南貞者倉卒入祠徧錄木主而籍之有淸定國族子弟據南貞所錄木主名字妃匹生卒時月參以冢墓碑碣篹繫世系始刱爲譜其後國家太平孳息益蕃譜亦數修雖兵燹流離稍稍分散而其宗之賢者時勤勤以譜牒爲重不敢墜失也夫姚氏肇姓久遠自二妃嬪於有虞受命有天下其後世守宗祀弗衰傳所謂盛德必百世祀也漢之平期唐之廉崇代有功業載諸史策盧江之姚實其支裔至今梁國公詔勅猶藏於其家世澤緜遠而後嗣又能繼守弗湮可謂難矣嘗謂吾國一宗法社會之國也自三代以來受姓立宗莫不拳拳以保世胄而其中更淪替斷續紛散不可紀者則必由於兵革之禍焉是故秦漢之亂三代之宗法失五季之亂魏晉隋

唐之門第亡晚近闖獻洪楊之亂而宋明以來之譜系墜兵戎之釁不獨居民有流徙死亡之痛而千數百年相傳之世祚亦因以斬絕而不存豈不哀哉能於危急存亡之際兢兢挽其廢墜而留之則孝子仁人之用心而後嗣之所利賴者已昔姬傳先生嘗謂今世無千歲以上之家譜然耳目所及桐城一縣耳如　先大夫所序野廟王氏及余所聞慶傳史氏其世系皆千餘歲不絕姬傳所言固未足深據也今盧江姚譜雖未及千歲而自明以來固班班可紀觀南貞籍錄宗祏於戎馬倉皇之日其用意抑何勤也夫先澤未湮又有賢雋子孫以相踵續其道固將永世而弗諼豈遠千載乎而獨無如大亂之猝起於不可禦何也今者國事紛紜未知所届吾炎黃神明之胄胤猶將繼繼繩繩於億萬斯年而不墜乎蓋不獨一家譜牒之存亡爲足繫懷思也已孟振賢者而負時望故於其來請也爲引斯義以貞之

饒陽王君墓表

常堉璋

吾饒人多以行商塞外致富、近數十年蓑劉莊王氏尤盛、王氏之業北自蒙古、南迄山東、列肆以百數、主肆事者率以其羣從子弟、王君蔭穀尤佼佼也、君諱淑、字蔭穀、所主之肆在密雲、密雲當京師出塞之孔道、適居王氏南北列肆之中、北至熱河以東迤北、南至京津山東、千數百里、居貨轉輸、儼然樞紐、故列肆之消長、一視君肆爲轉移、其所取舍趨避、尤以君之意向爲準、而君固明敏勤幹、又熟究國內外商情之消息盈虛、抵隙導窾、迎距操縱、數十年不輟、於是王氏之業以大、而君垂垂老矣、君於商雖逐利若弗及、而處世接人、則慷慨好施、人亦服其義而榮爲之盡、光緒三年歲饑、里有貧不能自存而鬻其妻者、別離之際、哭極哀、君爲出貲、使作小負販、夫婦得完、其家至今稱小康、有晉商沒於密雲而浮厝者、其家人誤啓饒陽趙氏之柩而遷焉、訟久不解、君居間一言而罷、有稔君者嘗曰、君未嘗讀書、而料事發議、雖深於學問者不能過、然君固自恨不學、常嚴督二子就學、其延師尤致敬盡禮、仲子樹芳、有聲學校、今方爲勸學員於本縣歷七八年、而頌聲翕作也、吾饒小邑耳、地瘠民稠、歲有滹沱爲患、而人物康阜、富者以時輩出、數百年不敝焉、則以人習於商、營業塞外者數常以萬計、蒙古廣沃而獷榛、易因緣以爲利、語所謂殖民者非耶、而今且寖衰寖微矣、豈非以外人接觸、絀於商戰之學術也乎、然則君之致恨不學、其所見豈復可及、此又不僅吾一邑之得失、顧安得盡人如君者、相與發憤而興起也哉、君卒於清宣統二年、壽七十有四、子二、樹芝、樹芳、縣學附生、直隸法政學堂畢業、奉天候補推事、饒陽縣勸學員、孫五某某、曾孫五某某

王君式文傳　賀葆真

王君諱儀型、字式文、滄州諸生、桐城吳至父先生主講保定蓮池書院、門人從

之者爭爲詞章之學獨君與同縣張君以南化臣肄習三禮及秦氏蕙田之書化臣兼及政治式文則專精禮制吳先生每激賞之及蓮池改建文學館先大夫掌館事式文復負笈以來式文時年且六十而精力過絕人鉤稽羣籍窮日夜不厭同學者多少年未及其年之半羣推爲祭酒式文晚而治小學音韻之書尤精唐韻嘗遊濟南見膠州法曉山偉堂出質所學恨相見之晚京師立讀音統一會式文充講員與王照高步瀛輩終日强辨皆爲所折服歷充淸河武昌各陸軍中學敎員革命軍起式文自武昌間關北走所藏書盡散佚著述亦多殘缺歸而貧甚寄跡天津生平著述不復能繕寫惟抱所考竹書紀年纂輯不輟葆眞時爲之搜采羣書供其參攷至是而書始成明年來都門葆眞請錄其箸述之尤精者將付剞劂式文曰余生平著書雖多可存者惟音學及所輯古紀年音學有膠州法君之書在紀年實多所瓡獲可正太史公書及他古史

之僞誤而與古人所紀甲子之數一一脗合世謂竹書晉人僞造不知此眞先秦古籍至南宋始亡軼耳南宋人以其書亡軼乃搜集古紀年之散見羣籍者復雜取他書附益之以行於世遂無人知有古籍矣余見北宋以前人所徵引蓋無不合故余此編自晉太康以迄北宋人所著書凡所采引悉編次之成竹書紀年五卷復以所采引依原書彙錄之以備參攷汲冢之舊與他書牴牾者則以案語詳之而近代編注紀年之書復一一指其疵謬而是正焉又附周代年表諸侯世系考以資攷證凡十五卷後學觀之於讀史或不無小補吾死此書存不恨矣葆眞歸而錄其書未竟而式文卒年七十民國六年某月日也式文所著書都爲八編考經之書曰經編攷史之書曰史編音學之書曰均編而殿以我編我編者日記遊記弟子籍之類是也其立名新穎如此

題丁少山待詔臨桂未谷說文統系圖　柯劭忞

六經掇拾秦燔餘。萌芽古學何平初。建武重開登衛賈。遺文秘籍重爬梳。召陵祭酒最晚出。思導衆水從尾閭。十四萬言詁訓在。陋儒穿鑿俱掃除。顏推亡式傳授絕。而況後世非原書。吾邱學古學張有。陽冰停改垂兩徐。作者七人歷千祀。推以統系誰敢居。邇來文字變已甚。竟祧倉頡尊佉盧。君摹此本有深意。尋源要溯崑崙墟。金泉書院昔諸予。著書未就今何如。可憐同志日蕉萃。閉門我尙箋蟲魚。

前韵奉酬北江先生　　李葆光

驚沙。貫九衢。恐奪素衣潔。斗米。混末曹。敢忘高士節。歲晚大道荒。時危異論出。是非素與丹。紛如花散纈。至人守所闚。竽門獨操瑟。宵醉苦一身。實望衆生活。悲風。擊地號。急霜掃萬物。夢醒金沸天。毒舌覆明月。前宵月蝕匏繫道未行。兩鬢漆點雪。健筆五雲飛。捷思春波滑。滿目橫妖氛。誰辨神仙窟。斯文在大空。原是

天地骨未傷秦火焚二氏更逼切日月可倒行瑯環終不滅堪笑讕言輩坐井
闚先烈螳臂抗車輪爐火擲毛髮焦爛不旋踵誅討吾豈屑大海蚌珠沈有光
雲外發燭龍翔昆岡下照九州徹所願匄南針與世覺迷轍拜舞法壇前密叩
不傳訣肆馬得一顧立與駑駘別

游藝園賞菊再次前韻呈北江先生　前人

飛梯上九天刮月取其潔來作菊花魂抗此凌寒節分苗及春闈度夏抽莖出
爛滿霜後華拂砌如裙纈龍門有孤桐抱響中琴瑟老檜在聖鄉挺幹千年活
眼見菊齊美爽氣壓萬物萬物何慘悽干戈渺歲月赤日琉璃河白刃燦如雪
百穀飽馬腸田徑殘血滑哀哀無告民偷息竄山窟弔伐果是非腐儒痛至骨
鄉國旱雲高喪亂迭迫切身如空際燈分隨雨點滅歌舞盪兵氛丹青寫英烈
曾與肖像游園等處多有售者
論功復此回吾命延一髮花底仍開尊四座飛金屑咄爾抱

寒根盡向塵外發。久涵人海中淸意。何由徹。簷隙膝梁篙門前。交亂轍。流涕收
殘英。拂衣與世訣。並植天柱旁。芳味誰能別。

秋江釣艇爲世緗作　戊午　鄧毓怡

雨餘山色似新妝。風過林梢送晚涼。脫却綠簑還戴笠。垂竿不釣看秋光。
七里灘聲富儗春。白雲紅葉擁山村。客星那用中朝識。罷釣歸來早閉門。

自題詩抄　辛酉　前人

不嫌作字縮秋蛇。隨便題箋染墨鴉。（病後長工書並時以舊箋抄寫故云）差覺中年通世故。轉羞
少日接才華。子雲覆瓿憂千載。太史藏山貴一家。何似樂天求適意。（白詩屢言適意）任
敎詩淡比黃花。

白海棠絕句　前人

梨李丰姿總不同。淡妝和月倚東風。是誰奪我燕支去。輸與櫻花爛縵紅。

孝友箴　並序　陳詒紱

上天下地之宇。古往今來之宙。超乎禽獸夷狄。皆謂之人。誰無父母。誰無兄弟。何今世乖戾者流。稍能自立。不念父母之恩。兄弟之情。默計夫妻子女可以生存。遂妄言曰。我今戚屬僅此數人。我無累於人。人何累於我。神出鬼入。或借他事離父母別居者有之。或因小故辟兄弟遠出者有之。噫。其形人也。而性情則禽獸夷狄也。吾爲此懼。用作箴辭。既以儆己。又以誡人。

反哺林烏。不離於裏。人所由靈。賢而已矣。曾參耘瓜。仲由負米。全受全歸。敢告孝子。

三荆同株。接蕚均芳。樹猶庇本。人何參商。姜肱大被。蘇軾聯牀。友於之訓。永矢不忘。

談叢

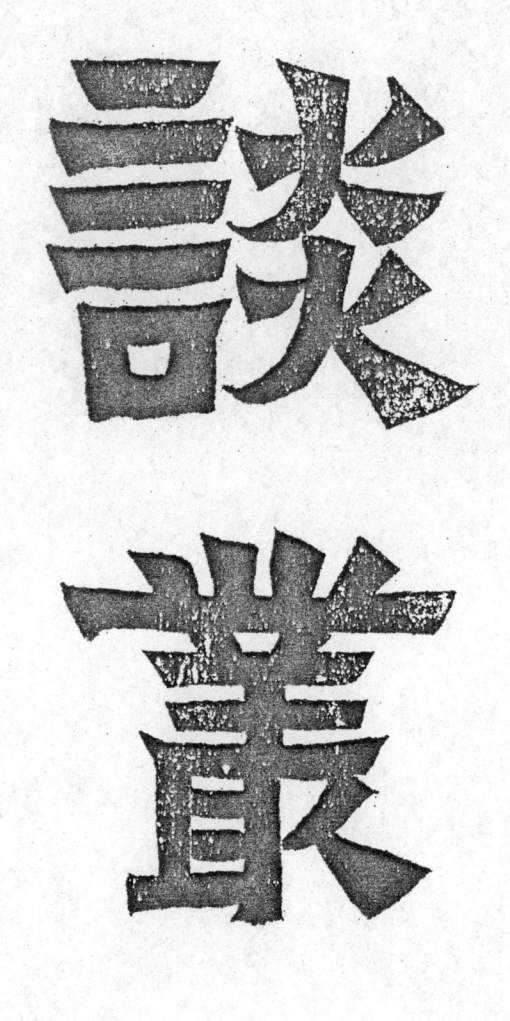

雄白先生日記

張宗芳摘錄

太史公網羅舊聞。貫通三古。始黃帝。終漢武天漢四年。總二千四百年之事。而作史記。宏深博大。王道浹。人事備。九流諸子。無不咸該。名雖爲史。實自成一家言。後世諸史。莫能望其項背。班孟堅譏其先黃老而後六經。後人以爲發憤而作。魏氏禧謂其僅工于文詞。趙氏翼又以不載有用之文爲病。不知史記乃古今之公史。非一國之私史也。私史爲一朝之紀載。與國家相關之處。一言一動。皆當詳其本末。即臣下奏議。亦宜備載。以爲考証。至若公史。則所紀者必古今之公。必於關繫萬世全局者。方能下筆。上下千古。包括靡遺。窮其原因。悉其究竟。然後成不朽之業。其業既難。其例自異。私史之宗旨在一朝。公史之宗旨在萬世。公史非私史所能及也。一國志乘。不詳一縣。郡縣志乘。不詳一家。所據大也。古今公史。豈能以私史相繩哉。孔子成春秋。春秋天子之事。非魯國之書也。

公史也。太史公成史記。史記古今之通義。非漢室之書也。公史也。孔子因春秋
而作春秋。太史公因史記而作史記。史記繼春秋而作也。褒貶寓焉。賞罰寓焉。
必知史記爲公史。然後可與言史記。

讀史記宗旨有二。曰筆法。曰事蹟。事蹟或有牴牾。若筆法則微而顯。志而晦。婉
而成章。盡而不汙。懲惡勸善。春秋後之絕作也。

史記事蹟牴牾之處。亦春秋信以傳信。疑以傳疑之義。穀梁氏有言。覩遠者未
必察形。公羊氏所謂所見所聞所傳聞異辭也。

史記暗寓春秋三世之義。傳聞異辭。故唐虞夏殷諸臣。附見本紀中。若後人爲
之。則皋陶益稷伊尹。必各有傳。雖書缺有間。而尚書所載。固可採取也。

瞽叟喜象憎舜。及堯事以九男妻以二女。將加諸上位。堯之於舜可知矣。乃完
廩浚井。叟猶以殺舜爲事。設令舜不幸死。叟將不畏堯法令邪。意當時制度未

定。君不甚貴。民不甚賤。天子之命。未甚下行。故吏得以肆行無忌耳。孫介翠評

作士制五刑知堯時尚未立

史記有三世。夏殷以前。傳聞世也。周所聞世也。秦漢所見世也。史記之義。迪乎春秋。

周宣中興。功施爛然。然其事實多可議者。意其始亦必勵精圖治。迨事功既就。亦漸即宴安。姜后之諫宴朝。可爲顯證。當時必有非口舌所能爭者。故始爲脫簪之舉。夫妻之間。儘可婉諫。非萬不獲已。何至待罪永巷而後感王心邪。王心必待罪而後感。則王之志亦已荒矣。求之後世。極似唐憲宗。車攻吉日江漢常武諸詩。頌美之詞。恐不足爲據。

契至湯十四世。稷至武王十六世。伯翳至始皇雖不可知。然考其時。應亦三四十世。道雖不同。而其積累以成王業。則一。秦楚月表所謂一統若是之難也。夫

春秋之義。故宋新周。五德循環。周而復始。書終秦誓。聖人有深意存焉。當時必有秦不得繼周之說。班固曰周厤已移仁不代母秦直其位呂政殘虐知西漢時亦必多有此言故史公於始皇紀前特立秦紀。明秦得天下。亦由積累而然。天命攸歸。非人力所致。而秦之宜繼周。即於言外見之。索隱謂宜降爲世家。殊爲不知言。

肉林酒池。甚無足取。紂即無道。何至樂此無謂之事。意亦形容其多。如有酒如澠有肉如陵之類。所謂不如此之甚也。

劉子玄謂殷周先世。宜立世家。所載殊謬。紀傳之設。皆紀有事之人。因其子孫即可見其祖父。殷周先世。無事可紀。豈可漫爲著錄。舜世爲庶人。信如是言。則舜紀之外。將別爲瞽叟橋牛立傳邪。

史記有二例。一詳一簡。詳則詳舉其一生之事。如曹參世家。歷敘其大戰若干。小戰若干。得城若干。獲首若干是也。簡則舉一以例其餘。如留侯世家。與上從

附録

彭雪翁詩七首

謹案雪翁名通，孫徵君門人。蠡縣劉村彭氏。餓夫彭之燦之侄。散逸翁彭之炳之子。工詩善畫。恕谷後集彭山人傳所謂以高嘯簡傲遨遊人間者也。茲由山人七世孫彭法三君銓。於其族譜中檢得詩七首寄下。亦吉光片羽之僅存者。急登月刊。以誌嚮慕後學齊樹楷謹識。

靜坐五首

影滿棠梨日巳長。勾簾風細紫蘭香。午窗睡起無他事。胎息閒中有祕方。其一

獨坐空庭一事無。春風秋雨自團蒲。而今始解閒非偶。到得人間幾丈夫。其二

靜極初生動即消。無端風雨入渭宵。誰知擾擾塵氛內。自有元聲在寂寥。其三

乾坤蕩盡一身孤。誰識高陽舊酒徒。自是年來老耳閉。紅塵牛馬任人呼。其四

落落清樽致自豪。乾坤蕩盡只詩瓢。依人未若從吾好。友善何如論古高。其五

題畫

雲開見山高。木落知風勁。亭下不逢人。夕陽淡秋影。

又

松下孤石坐。草閒微有霜。同此不同人。雲鳥自南翔。

公祭李先生祠祝文

蠡縣齊家莊臨豬龍河爲李先生所遷之新居當時弟子馮辰劉調贊等築道傳祠其地後於火今　徐大總統捐金屬樹楷等重建新祠於村之東偏附高等小學其中落成於八年之夏今夏始行入祠禮招考生徒開學上課此入祠時之祭文也

嗚乎。先生沈埋數百年。今日乃得從祀孔廡。於齊家莊新居之側。建此數十楹。以奠精神而延學脈。先生之始從顏先生也。即以挽氣數爲授受。其名言曰。學者勿以轉移之權委之氣數。一人行之爲學術。衆人從之爲風俗。風俗之於人。溥地方。貫國家。籬盪乾坤。轉旋日月。然其作始。不過一二人倡之。今日學術。可謂兩截矣。實之名而蹈於虛。鶩之行而即於雜。學校非書院。與先生同也。科學分門。與先生同也。人守一學。與先生同也。而教者學者。仍以虛而不實者爲之。俾畢業學校者。窮枯而不能施於用。終不如自農自工者之猶足有爲。此其故由於吾國前儒之弊之留貽者半。由於外國空研學術之弊之傳染者半。此先生神明之必欲匡正者也。自學術分科。人趨物質。一切學目。可以開智識。而不能育道德。智識愈開。道德愈荒。年未成童。已講手段。及其入世。沉迷於巧詐浮靡。而侈然自以爲能。前車已覆。後車並不知有所鑑。溺於色。溺於貨。溺於勢。素所稱高官偉人。與夫逐逐營營。已仆而又來者。多於鯽。而愚於禽獸。不知其爲誰氏。幾於舉國之若狂。又先生神明之急欲挽救者也。今大總統徐公。惄然心傷。恐吾國人之遂淪胥。不能返表章先生學術。既明令從祀。又在、博野習齋故址。葺顏先生祠而新之。而於吾蠡齋家莊道傳祠遺址之旁。重建先生祠。以安先生之靈。並附高等小學校其中。招學生入校。確遵先生教法。以術闡先生之道。而先生孫子。於貧乏難自存之中。出其地二十畝爲祠址。吾省軍民最高長官。吾縣長官。與紳士之有心斯道者。相率集貲謀勞。萃力舉之。經營兩載。告厥成功。迎神入祠。鑒觀在上。嗚乎先生北遊燕齊。南居江浙。西歷秦晉。無日不以顏先生愛人才明聖道之旨爲歸。至不得已而家居著書。留後世。期有興起者傳焉。當日嘗痛言之謂此星星之火。或可燎原。將以成風俗而不可禦也。今者質固之祠。草創之學校。亦先生靈爽所式憑。何以潛移默護。成此紹先啓後之學生。俾之延道脉以轉移世運。嗚乎創道者難。承道者尤難。創之者艱苦卓絕。承之者困心衡慮。堅志焦神。及其既成。足以正人心。消浩刼。要無非前人之精誠光氣。陶鑄於無窮。先生在天之靈。何以佑之使無負。永斯文於宇宙也耶。瓣香酹酒。庶鑒在茲。嗚乎尙饗。

河南張省長勸告本省各校學生文

吾豫爲自古禮教之邦春秋時亂賊糾紛尼山一席昌明聖道三千七十子之徒出自豫省者十之七八闕里遺籍斑斑可考漢唐以來名儒名臣史不絕書至趙宋繼統建都汴梁理學輩出鼓鑄羣才以故河洛淵源繼往開來上承孔孟下啓濂閩道德文章照耀今古歷代帝王師儒奉若神明是吾豫人士在歷史上稱爲第一璀璨文明之時代凡我同人諒所共知共聞自共和肇建世道淪胥詩書之澤日湮學校之風日變然吾鄉先賢先儒之遺範浸潤於人心風俗者至今猶未泯也鳳臺賦質迂疏不合時宜此次回豫原冀與邦人諸友英俊少年講求穩健之人才規復儒宗之正軌無奈師旅飢饉建樹毫無淸夜捫

心汗顏無地近復以學風日烈貽人口實撲厥由來不過一二人藉端生事推波助瀾遂使青青子衿相率而軼乎範圍之外佻兮達兮在城闕兮豈青衿之性使然耶夫孩提知愛稍長知敬仁義根乎天性何竟囂張乃爾也弊在養蒙不得其正以至於此耳嘗讀易至蒙卦云蒙亨匪我求童蒙童蒙求我求我云者即安心求學誠心求教之謂也而其彖辭則曰山下有險險而止者何也坎下艮上曰蒙坎者險也童蒙無識有感斯動故謂之險險而止即艮卦所占君子思不出其位之謂也思而一出其位則險矣此中轉險爲亨之關鍵全視養蒙者之宗旨若何耳故又曰蒙以養正聖功也君子以果行育德是蒙之可與爲聖而爲聖之必賴於君子者彰彰明矣君子負養蒙之責即當盡育德之功育之云者即歐西哲學家所謂德育智育體育是也中外一理未有不以德育爲先而能引蒙以時中之德與聖賢之行者也禮記云父生之師教之以是知

師敎之功與父兄等試問入學校者誰無父兄而[illegible]令最親最愛之子弟出就外傅以求學而轉蹈危險之機乎誰爲師長誰無子弟而忍令人家父兄所委託於我求學於我之子弟隨波逐流陷爲天下輕薄子乎此中是非得失不待智者而決之矣鳳臺 夙承 庭訓世襲書香與讀書士子向有相親相愛之緣詩之言曰心乎愛矣遐不謂矣愛之深斯言之痛古者官先事士先志禮經著有明文孟子論士亦以尙志爲主事與志雖截然兩途而居仁由義大人之事已備伊古以來大聖賢大豪傑勳名垂竹帛而道德冠古今者皆出此數十年闇室潛修讀書養氣而來斷未有羽毛未豐而能雄飛萬里根基未固而能牆高數仞以與聖賢豪傑共享盛名於天下後世者也曾子曰士不可以不宏毅任重而道遠夫任既重矣道既遠矣豈區區急功近利者流所能勝任而愉快必須上下古今放寬眼界讀書爭千古不爭一時斯謂之宏堅忍卓著豈起脊

梁做事務實學不務虛名斯謂之毅如諸葛武侯儒而俠者也草廬抱膝祗此謹慎二字遂建三分之業馬伏波俠而儒者也誡子姪一書祗此敦厚謹慎四字屹然東漢名臣此其彰明較著者以此類推古今一轍無煩贅述鳳臺豫人也謬綰鄉符固有振興學校之責時踰花甲又當可畏後生之年子輿氏之言曰越人彎弓則談笑而道其兄彎弓則涕泣而道疏戚不同情詞自異鳳臺與在校諸生固相親相愛而視同骨肉者也茲特倣子輿氏垂涕而道之義冀與我英髦後進共循乎先聖先賢之規自今以往庶幾乎敬業樂羣勸善規過以仰副父若兄期許之苦衷焉此則區區微悃所三薰三沐而盼禱之者也鳳臺事務叢忙不能時親雅範迺筆之於書以備討論願與同人共勉旃

中華民國十年九月壹日初版發行

第六期

編輯者　北京西城府右街　四存學會編輯處　電話西局二四〇八

發行者　四存學會　北京西城府右街　電話西局二四〇八

印刷所　前門外萬源夾道　武學社印刷局　門牌六號

總發行所　北京西城府右街　四存學會　電話西局二四〇八

分售處　四存學會各分會　國內各大書坊

中華郵務局特准掛號認爲新聞紙類

報費務請先惠凡價在一元以上均不收郵票

本日刊價目

期限	本數	價目
一月	二本	二角
半年	六本	一元一角
全年	十二本	二元

郵費

區域	本數	郵費
本京	一本	一分
	六本	六分
	十二本	一角二分
各省	一本	二分
	六本	一角二分
	十二本	二角四分
外國	一本	八分
	六本	四角八分
	十二本	九角六分

廣告價目

篇幅	期限	價目
全幅	全年	四十八元
	半年	二十四元
半幅	全年	六十四元
	半年	十二元
四分之一	全年	十二元
	半年	六元

廣告概用白紙黑字並概任一年以上者價目從廉

四存月刊編輯處露布

一本月刊月出一冊約五十頁至六十頁不等

一本月刊多鴻篇巨製不能一次備登故各門頁目各自分配每期逐門自相聯續以便讀者分別裝訂成書

一本月刊所登未完之稿篇末未必成句亦不加未完二字下期續登者篇首不復標題亦不加續前二字祇於目錄中注明以便將來裝訂成書時前後聯續無間

一本月刊此期所登之外積稿甚夥下期或仍續本期未完之稿或另換本期未登之稿由編輯主任酌定總求先後一律登完不使編者閱者生憾

一本月刊第一期送閱第二期須先函訂購屆時方與照寄爾後訂購者如願補購以前各期亦須來函聲明始行補寄

本月刊投稿簡章

一投寄之稿或自撰或翻譯或介紹外國學說而附加意見其文體均以充暢明爽為主不取艱深亦不取白話

一投寄之稿如有關於顏李學說現尚未經刊布者尤極歡迎

一投寄之稿望繕寫清楚以免錯誤能依本月刊行格繕寫者尤佳其有欲加圈點者均聽自便否則亦望將句讀劃淸以便閱者

一投寄譯稿幷請附寄原本如原本未便附寄請將原文題目原著者姓名幷出版日期及地址均詳細載明

一投稿者請以稿尾註明本人姓氏及現時住址以便通信

一投寄之稿登載與否本會不能預爲聲明奉覆原稿亦概不檢還惟長篇譯著如未登載得因投稿者預先聲明寄還原稿

一投寄之稿登載後贈送本期月刊繼登至半年者得全年月刊

一投寄之稿本月刊得酌量增刪之但投稿人不願他人增刪者可於投稿時預先聲明

一投寄之稿經登載後著作權仍爲本人所有

一投寄稿件請逕寄北京府右街四存學會編輯處收

四存月刊第七期目錄

演說

藝文

顏李學

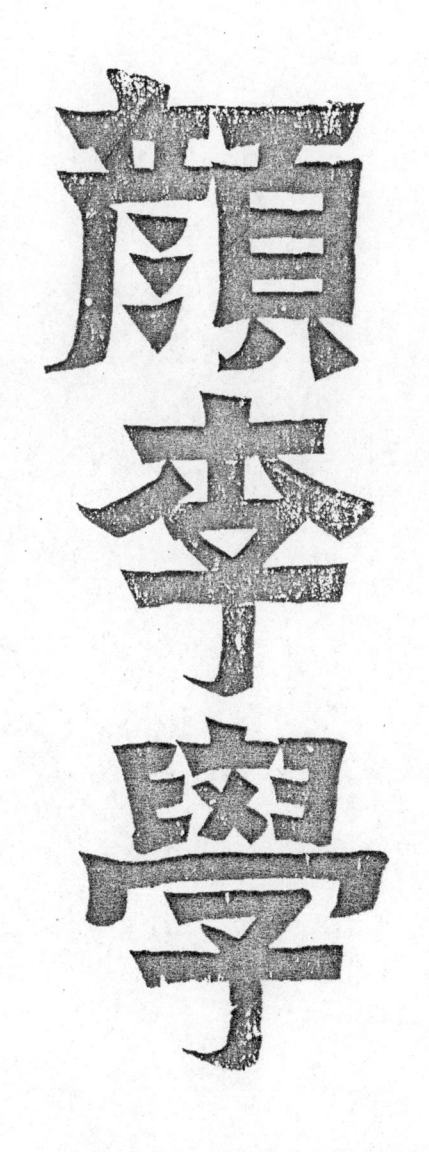

基堯舜禹湯文周以來郅治之法。其造端亦舉不能外此也。習齋特爲鍾錂揭之。鍾錂既爲習齋輯言行錄闢異錄記餘。其所自著有哀感錄女範淑烈集農書一隅集三書。

漲辰。字拱北。一字樞天。清苑諸生。習齋嘗寓書問學。習齋報書。稱爲上天先聖惠我良友。後從恕谷游。先共學。終以師事。恕谷所著書。多辰爲敘而行之。其所自著有士喪禮學規家勸等書。與威縣劉調贊同稱高第弟子。道傳祠亦二人所葺。恕谷卒。辰率門人行奠禮。自爲誄文。頗能窺見其師教本末。辭曰。嗚呼。唐虞三代不復見於後世乎。天胡爲而生先生耶。唐虞三代將復見於後世乎。何先生抱明德親民之具。遂溘然長逝耶。先生幼承孝慤先生家學。以正直忠孝爲本。既冠。從習齋先生游。得周公久湮之墜緒。以三事三物四術四教爲傳習。慨然欲見之斯世。心性則敬畏淸明。既如臨深履薄。復如海闊天高。躬修則肅九容嚴四勿。恭和勤敏。大業克敦。小物不遺。每雞鳴蚤起。終日不懈。置日譜記身心言行得失。時刻攷究。不少寬假。凡冠昏喪祭燕與相見諸禮。酌古準今。隨時習行。持家甚嚴。而孝慈友恭。胥盡其道。居家甚儉。而周急急難。傾囊不吝。且善體易道。作事刻刻變化。而典常不紊。交人善取所長。至於表前聖旣晦之旨。辨後儒似是之非。平心以剖。易氣爲析。嘗言聖經言道已盡。出乎此非異端則支離。且自守甚嚴。一介不妄取與。公卿前席。唯論道德。而勢位赫奕。漠然無所動於中。王侯下聘。引疾固辭。唯日夜以承先啓後爲孜孜。有來學者。殷勤提誨。因材施教。咸欲躋之聖域。從來稱道學者。不諳經濟。能幹旋者。不究身心。先生一源共委。兼綜條貫。於先聖明親至善之道。備體諸身。如有用者。舉而措之耳。而竟齎志以沒。先生在天之靈。尙其左右上帝。俾斯道大行。斯民蒙福。庶生前不遂之志。百世以俟聖人君子。終有得遂之一日乎。始辰設館蠡窩。恕谷聞名已久。遙贈以訟過則例。辰來書問學。恕谷答書若譏若誘。辰遂來拜。共學爲日記互糾。又三年。乃正師弟之名。恕谷答書辭云。捧讀來翰。幷展佳什。篤崇實行。潤以詞章。瞻覦數百里內。少其倫比。故友閻百詩嘗謂朝得一士。暮以告人。㤗則更甚。平生偶獲佳品。輒薰之沐之。首戴而肱持之。况今顏先生王法乾相繼舍我。左右將伯無人。若得足下一勁輔。講學力學。先聖世道。皆與有慶。因憶昔往謁習齋先生。先生出足下書。冀望揄揚。既而再三見問。足音杳然。竊歎後儒率心中一涉想。筆下一成文。叫傍一著論。精力已畢。今閱來敎。乃知爾時特以貧累。既閣錯過。自古聖賢。無有不資朋友而成者。故直列一倫於君臣父子間。孔子大聖。而於子產晏嬰兄事之。漢儒甚重遊學。至於擔簦都養。司掃除。不告窮瘁。宋儒若程張朱陸。俱重聲氣。㤗於先正。無能爲役。少年食糠覈。衣鶉結。貧甚。然不敢自棄。入泮後。始從顏先生遊。三四十里徒步往來。既而走四方。凡海內道學才儁通儒文士無不委曲納交者。是以極愚至陋。而於身心頗有功力。經濟頗有見解。禮樂兵農經史頗有論著考古幾過萬卷。明友之力居多。而因深信五倫百行皆此一倫成之也。嗟乎。人僅欲爲鄉黨自好者。閉門無交可也。若如大論盡性至命。參贊化育。繼往開來。舍朋友其何以哉。且今時較古更急。古學未墜。而孔子猶周流天下。以廣考究。稱孔文子曰好學下問。故今論人必曰學問。今則學術失傳。異言喧豗。歧途眯目。而欲不博學審問愼思明辨。輒言篤行。恐誤者不尠矣。足下天分甚高。而又不憚下問。剋期命臨。少俟秋爽。竊寓去敝咫尺。方將妄託於老馬識路。敢辭往來。其卜日卜夜。爲辰晚年失明。多倩人代書所輯諺語。即以倩人諺語爲名、

劉調贊。字用可。威縣人。少即能詩。白宗伊傳恕谷所著大學辨業。聖經學規纂於調贊。調贊再四誦讀。豁如夢覺。又得四存編。習齋年譜。及恕谷他著。讀之。日

夜維念幾至廢寢。每滅燭強臥。則思古人爲學。即學即用。何其切。今之人學非所用。用非所學。不覺憤然起坐。又念生幸與顏李二先生同時。地相去如是之近。不與擔簦請業。負此生矣。又躍然離牀立。往往終夜不寐。因賦詩二章。介宗伊寄恕谷。以矢願學之誠。恕谷覽詩甚喜。復聞調贊年尚少。亦賦詩答之。未幾調贊遂介宗伊執贄門下。恕谷教調贊以習幼儀爲主。辨學術爲急。武備亦宜講求。率之學士相見禮。祭禮。彈琴挽弓演數。立日記。攷糾功過。復教以愼獨謹微。習勤。曰執事專一。而又能肆應。乃可言經濟。調贊天資穎敏。能琴解歌吹。道傳祠成。將以三月上辛致祭用樂。恕谷自爲祝文。命調贊撰樂章。先升歌三終。第一解聖道昌明。第二解治法醇備。第三解樂天安命。以琴和歌。次笙入三終。第一奏黃鐘正宮。第二奏大呂變宮。第三奏林鐘淸宮。以笙笛吹之。次合樂三終。第一闋迎神引。第二闋饗神曲。第三闋送神歌。以笙笛合歌。鼓板節之。先是調贊擕冀州趙本中並調贊之族子逊舜。同來受學。及祭調贊。司琴趙本中吹笛。劉逊舜鼓笙。抑揚亢隊。終和且平。甚可聽也。恕谷祝文曰。我先生以禮樂立敎。直紹周孔。然禮固實體於冠昏喪祭。而樂則失傳已久。及燕如浙問律呂。歸撰勺舞。先生顧而樂之。乃先生沒後。威縣有劉調贊者。來學於燕。能心通禮樂之誼。能琴解歌吹。今東莊祠成。續修春秋。敬撰侑神樂章。以安我師心。尊我師道。想神聽之。喜可知也。庶來格歆歆乎。恕谷甚奇調贊。調贊初來學。年方二十四。恕谷答詩。即有雄才欲負千秋業。高足應登萬仞岑之語。其來詩讀四存編曰。茫茫墜緒幾千秋。大道而今得所由。漫向浮文爭巧技。好從實事問良謀。杏壇德行推顏閔。洙水達材在賜求。不有博陵先覺者。辭章應供一生休。讀大學辨業平書訂曰。遙瞻北斗肅冠裳。賴有叢吾大道光。正德厚生追二帝。兵農禮樂溯三王。學功釐定千秋穎。治術宏開萬世昌。何日鼓南仍北面。一時頓解九氣數益薄。人材難得。生三代而思五臣。不能借也。生兩漢而求伊萊。十亂亦不能借也。居今而求三傑二十八將。其將能乎。故才不必德。德不必才。才德俱無。一長亦不忍棄。

治世之官詳於下。亂世之官疊於上。詳於下、則教養舉。疊於上、則掣肘成。下多一官則民多一親。上多一憲。則官多一畏。多親而政事成。多畏而賄賂通。

天無曠澤。地無曠力。人無曠土。治生之道也。家無三曠。則家富。國無三曠。則國富。

改過遷善。所以自治也。移風易俗。與天下同改過遷善也。然改過遷善而不體乎三物。終流於空虛。移風易俗而不本乎三重。終失之具文。

朱立一言。用習禮等功。人以爲拏腔做勢。如何。先生曰。何必避。甲冑有不可犯之色。衰麻有不可笑之容。拏得一段禮義腔。而敬在乎是矣。做得一番韶武勢。

而和在乎是矣。後儒一掃腔勢。而禮樂之儀亡。
一日行習禮樂。一日之唐虞。一月行習禮樂。一月之唐虞也。一人行習禮樂。一
人之堯舜。人人行習禮樂。人人堯舜也。
剛主佐政桐鄉。先生贈言事必矯俗。則人不親。行稍隨俗。則品不立。二者善用
之。其惟君子乎。
丹朱驩共。僅足成一代桀紂君臣。堯一讓舜。而氣運虞夏矣。堯之先天而天弗
違也。
三皇五帝三王周孔。皆教天下以動之聖人也。皆以動造成世道之聖人也。一
身動、則一身强。一家動、則一家强。一國動、則一國强。天下動、則天下强。
改心之過。遷心之善。謂之正心。改身之過。遷身之善。謂之修身。改家之過。遷家
之善。謂之齊家。改國與天下之過。遷國與天下之善。謂之平治。

行乎禮。則閨門之內。儼若朝廷。不亦貫乎。體乎仁。則萬物皆備。天下歸仁。不亦富乎。

威不足以鎮人。而妄夷之。惠不足以感人。而妄市之。不智也。禍於是伏焉矣。

羲皇上人。無機心。無飾雕。無牽繫。穆穆屯屯。所謂欲與天地不相似不可得也。

有財足以廣身之施。無財不足以損身之樂。以財發身也。有財適以益身之愚。無財又以戕身之命。以身發財也。

世情任其險阻。君子惟持之以平坦。世情任其刻薄。君子惟將之以忠厚。

善治水者。不與水爭地。因其流而導之。

賭博之不才。去盜一間耳。皆非其取之也。昔先王之治。男女分途。路不拾遺。學者即不及聖人。何遽不及聖人之民。人能充路不拾遺之心。無所往而不爲義矣。

君子以所不及尊人。小人以所不及疑人。惡人以所不及忌人。

法弊滌弊則法常行。弊生變法則法即弊。

宥者無不容。密者無不精。聖賢成法。多用力於無事之時也。

順情中度之爲禮。反性賊情之謂率。禮全情於未遷。律制情於已放。故禮導其順性。律懲其反禮。一也。

治世之民愚。愚正其智也。亂世之民智。智正其愚也。

天下小過。聖人必爲提撕。恐陷於惡也。天下大壞。聖人必爲包荒。恐絕於善也。

故陶詩云。亟亟魯中叟。彌縫使其純。

謂門人曰。君子於桓文也。賤其心而取其功。於程朱也。取其心而賤其學。

語塨曰。春秋惟當以道致霸。戰國必當以道致王。孔子欲爲尊攘事。故仁管仲。

孟子無須此矣。故卑之。易地皆然。

兵農禮樂。欲爲一事。必涉其藩籬。入其閫奥。有法有略。有謨有爲。但虛心而不實研。臨事未有不爲田父之紿者。

每一學習成。必須苦詣。未聞法宋儒專以緩步徐行講儒者氣象。而六藝即可就也。

孔子曰爲仁由己。非以由人。師友特助我者耳。由之者九分。助之者一分也。若專倚師友。則己安在。

學者務身心一齊修整。九容肅怡。天君湛如。積至夢寐皆屬清明。而又學爲有用之學。則聖道不遠矣。

不知不能行。不行不可謂眞知。

學夷齊易。學孔子難。勿以難而蹶其君子乎。

古學問二字相連。今人不好學。尤不好問。予每交一人。必求盡其長。勉於問也。

學習之事。須日有新境。若祇如故。即易退墮矣。

後世之學。學習事少。繙閱事多。自幼爲之長。未能脫。吾人精力有幾。可擲之獻紙渝墨中乎。

學戒務名。以吾學之成已成物。皆天性不容已之事。若意移於務外徇名。則天性之誠。必浮必漓。將爲鄉愿爲華士。

有事可以驗學。乃反忘學。恥也。

書理即世事。世事不透徹。書理亦必多蒙混。

時習章、記者置之論語首。是爲孔子寫照也。說學不厭也。樂、教不倦也。不慍不怨天。不尤人。下學上達。知我其天也。

學術不可少偏。近聞習齋致用之學者。或用之於家產。或用之於排解。少不迂闊。而已流雜覇矣。故君子爲學。必愼其流。

聖學踐形以盡性。耳聰目明。踐耳目之形也。手恭足重。踐手足之形也。身修心睿。踐身心之形也。形踐而仁義禮智之性盡矣。

學禮樂兵農。而身無之。非爲利。則無用。

今日舍進德修業。更無他學。

書不在章句。讀不在佔畢。

吾儒之學。在時有所事。物不用則蠹。人不事事亦蠹。論語言請事。孟子言必有事是也。

吾心刻刻不離仁義。吾身刻刻力行子臣弟友。吾學禮樂。斯須不去身。心自無奔放。身自不廢弛。事自少錯誤矣。

學貴確乎不拔。而又隨事處中。則得之矣。

孔子學於識大識小。論語言學詩學禮爲有。後世以誦讀爲學。以講論天性爲學者。

以上李恕谷先生

第二章　立身

顏先生曰。理欲之界若一毫不清。則明德一義先失。刑于之際。若妻子未化。則親民一義先失。又何以止於至善乎。努力做去。定要在此處求自慊。乃是學者。

天行健。天之誠也。人能長思致其敬。而無怠惰之容。則幾於誠而同於天矣。

爲人子者。不可因親之怒。即不近前。必愈加言笑。致親之悅。然後已。

善惡要知。更要斷。知一善則斷然爲之。知一惡則斷然去之。

惡人之心無過。常人之心知過。賢人之心改過。聖人之心寡過。寡過故無過。改過故不貳過。僅知過故終有其過。常無過故怙終而不改其過。

顏李遺著

習齋先生手抄禮文

子朱子曰。凡禮有本有文。自其施於家者言之。則名分之守。愛敬之實。其本也。冠昏喪祭。儀章度數者。其文也。其本者。有家日用之常體。固不可一日而不脩。其文。又皆所以紀綱人道之始終。雖其行之有時。施之有所。然非講之素明。習之素熟。則其臨事之際。亦無以合宜而應節。是亦不可一日而不講且習焉者也。三代之際。禮經備矣。然其存於今者。官廬器服之制。出入起居之節。皆已不宜於世。世之君子。雖或酌以古今之變。更爲一時之法。然亦或詳或略。無所折衷。至或遺其本而務其末。緩於實而急於文。自有志好禮之士。猶或不能舉其要。而困於貧窶者。尤患其終不能有以及於禮也。熹之愚蓋兩病焉。是以嘗獨究觀古今之籍。因其大體之不可變者。而少加損益於其間。以爲一家之書。大抵謹名分。崇愛敬。以爲之本。至其施行之際。則又略浮文。敦本實。以竊自附於孔子從先進之遺意。誠願得與同志之士。熟講而勉行之。庶幾古人所以脩身齊家之道。愼終追遠之心。猶可以復見。而於國家崇化導民之意。亦或有小補云。

康熙三年歲次甲辰八月戊寅後學顏元謹錄

議就四龕當以高祖考妣居中而曾祖考三龕以昭穆分列於側後考古禮官師祭二世今時王制亦云士民祭二世品官方許祭四世宋儒所謂雖善不尊况并列四龕制亦不善乎元家祠惟祖龕南向禰龕側設二世而己祔無後主亦宋儒未達齋祭精義處禮近墨學但無主者全無祭亦覺不安觀古先王國屬邑屬恐族亦當設屬瘞今既無考只墓頭節祭可也

通禮

此篇所著皆所謂有家日用之常禮不可一日而不脩者

祠堂

君子將營宮室先立祠堂於正寢之東

祠堂之制三間外為中門中門外為兩階皆三級東曰阼階西曰西階階下以屋覆之令可容家衆敘立地狹者止立一間不立庫廚東西壁置兩櫃藏遺書衣物祭器亦可

為四龕以奉先世神主

祠堂之內以近北一架為四龕每龕內置一桌大宗及繼高祖之小宗則高祖居西曾祖次之祖次之父次之繼曾祖之小宗則虛高龕繼祖之小宗則虛高曾龕繼禰之小宗則虛三龕非嫡長子不敢祭其父

旁親之無後者以其班祔

伯叔祖父母祔於高祖伯叔父母祔於曾祖妻若兄弟若兄弟之妻祔於祖子姪祔於父皆西向主櫝並如正位姪之父自立祠堂則遷而從之程子曰無服之殤不祭下殤之祭終父母之身中殤之祭終兄弟之身長殤之祭終兄弟之子之身成人而無後者其祭終兄弟之孫之身此皆以義起者也

補註

按祔位有一祔祭有二蓋四龕神主以西為上四親以次列之祔位皆西向以北為上此合男女而言也至於祔祭小小祭祀只就其處四龕神主不動但祔祭神主則以東西分男女祭伯叔祖考祔於高祖考西邊東向祭伯叔祖母祔於高祖妣東邊西向祭伯叔父祔於曾祖考西邊東向祭伯叔母祔於曾祖妣東邊西向祭兄弟祔於祖考西邊東向祭兄弟嫂妻婦祔於祖妣東邊西向若大祭祀則出四龕神主於堂或正寢惟高祖在西邊南向高祖妣在東邊南向曾祖考祖考與考皆西邊東向曾祖妣祖妣與妣皆東邊西嚮祔祭在

置祭田法貴多其道近世子孫分居者祖父母父母有養老地卒後可因以爲祭田富而賢願入田爲祭田者或立家法入學中會出仕各置祭田若于或族人無後者當以其産爲之立後如人不絹或無可立則以爲祖祠祭田

神主若伯祖則祔於祖考之上叔祖則祔於祖考之下伯祖母則祔於祖妣之上叔祖母則祔於祖妣之下伯父則祔於父之上叔父則祔於父之下伯母則祔於母之上叔母則祔於母之下正位神主與祔位神主皆分男女而言也

置祭田

初立祠堂則計見田每龕取其二十之一以爲祭田親盡則以爲墓田後凡正位祔位皆放此宗子主之以給祭用上世初未置田則合墓下子孫之田計數而劃之皆立約聞官不得典賣

具祭器

牀席椅桌盥盆火爐酒食之器隨其合用之數皆具貯於庫中而封鎖之不得他用無庫貯於櫃中不可貯者列於外門之內

主人晨謁於大門之內

主人謂宗子主此堂之祭者晨謁深衣焚香再拜

出入必告

主人主婦近出則入大門瞻禮而行歸亦如之經宿而歸則焚香再拜遠出經旬以上則再拜焚香告云某將適某所敢告又再拜而行歸亦如之但告云某今日歸自某所敢見經月而歸則開中門立於階下再拜升自阼階焚香告畢再拜降復位再拜餘人亦然但不開中門○凡主婦謂主人之妻○凡升降惟主人由阼階主婦及餘人雖尊長亦由西階○凡拜男子再拜則婦人四拜謂之俠拜其男女相答拜亦然

補註

按本註瞻禮而行男子唱喏婦人立拜或問古者婦人以肅拜爲正何謂肅拜朱子曰兩膝齊跪手至地頭不下爲肅拜張子曰婦人之拜古者低首至地肅拜也用肅遂屈其膝今但屈其膝直其身失其義也○元按分註出入必告之禮謂餘人亦然但有升自阼階西階之別竊謂一家之人惟主人出入當告廟餘人則不得告蓋宗子爲家長餘人平居出入惟告家長而已餘人出入亦同告廟是僭也若子及孫弟及侄將有重事如親迎承使就師應試出任之類自宜主人告某之子弟姪孫某今將以某事往某地謹率以告其反也曰某自某地歸敢率以

學樂錄

蠡縣李　塨著

河右先生札云寄至學樂一帙大妙不謂通人之學能推廣未備發攄蘊變至此此道爲千古來第一難事能涉其藩籬已誇神絕况能排闥入室直窮其奧爾爾方信杜夔荀勗尙非雋物必如恕谷者眞蓋世豪傑也自先父先伯兄亡後此祕亦浸失其傳故寧府五聲圖記歌訣于樂律最屬肯綮而恍惚不能了了多方推測一往鶻突每一念及輙迷悶欲死今得恕谷闡發千年之祕爲之一開實天地造化特鍾其人以使萬古元音仍在人間暫宗先師必稱慶地下而世莫知也老眼覩此可以含笑入崦嵫矣擬寄完此帙惟恐浮沈且必有底本可留此在案几以備繙考第不知來著樂錄有多少其宜先流布者或刻於南或刻於北亦須早定且示我也　宮調圖所分四調

妙絕七調全圖皆有實落且使歷代謬樂曲調有暗合處皆歷歷指出所謂合同而化非直通樂原不能到此奇矣奇矣　十二律旋相爲宮隔八相生諸圖器色七聲旋宮相生圖俱發天地之房　五音七聲十二律器色旋宮相生圖俱一理分剖而盡其變化坐而言之起卽可行楊忠愍先生親見虞舜吾謂恕谷必當親見后夔矣此非誇言也

塨學樂河右先生一年餘矣雖窺涯岸未盡精微也其明年春卜旋里乃將五聲歌訣及旋宮相生諸義修札求剖而怱怱拜别受言未悉鬱壹於心端月念七日拏舟北上一路沈吟似有所得若相生圖則四易稿而乃成焉因具錄如左以備就正或天地元音從此大明雖在愚劭鬼神亦通也康熙三十八年二月念四日識於丹陽舟中

竟山樂錄曰寧府樂錄有五聲圖訣其圖已亡第記其訣于此以備參考　五聲歌訣

傳自唐人五調家字譜

訣曰要識宮曲一清三濁卑不踰尺高不越腹樂錄曰腹爲中聲宮四中聲也商之所記兩濁兩淸下從火立上用金成樂錄曰徵爲火商爲金何以爲角三淸一濁物作下止民乃上觸樂錄曰羽爲物角爲民羽者止也角者觸也徵聲最激全有四淸宮懸甫接徵招可聽

訣言難明埰屢問河右先生先生曰此已失傳但取爲證耳埰今臆擬爲圖以明之具後

宮調圖

角　商變宮　宮　羽變徵　徵

宮之宮　二尺三　一上　乙　四低四以次高　四六一　凡　三工二

宮之商　高四以次低

一尺　上（低上以次高　高上以次低）四　乙　一四　二六三　凡　三工二

宮之角

尺（低尺以次高　高尺以次低）四　一上　四　乙　三六二　凡　工一

宮之徵

四尺一　三上二　乙　三四二　六一　凡　工（低工以次高　高工以次低）

一清三濁者言宮之宮曲只用佪清聲而上尺工皆作濁用也兩濁兩淸者言宮之商曲用佪仩淸聲而尺工皆作濁用也三淸一濁者言宮之角曲用佪仩伬淸聲而工濁作用也全有四淸者言宮之徵曲　佪仩伬之淸聲皆用也盖四調以次而高也。此一則戊寅受之河右者

樂錄曰宮調卑角高宮宮四而下有羽徵角三聲宮四而上有商角徵羽四聲合此九聲以爲宮調言宮之宮如此也則推之宮之商調下徵上商九聲是商

論說

大總統致四存學會河南分會訓辭(代論)

學術之盛衰與世運爲推遷無古今中外一也吾國今日政治之不能躋於上理揆厥由來非止一端而士大夫之不講求學術後生小子無所模範遂致末由正其趨向而齊其風尚其所繫者實大原伯魯之不悅學君子知其必亡豈不大可懼哉余曩取顏習齋先生存性存學存治存人之旨立四存學會於京師蓋以顏先生實繼夏峯而闡播儒脩發揮道義力戒空疏實徵踐履可放可卷可經可權爲北方二百數十年來理學之祖其弟子李恕谷氏復以堅苦卓絕之行篤信謹守又從而光大之學問與事功表裏經緯體用兼賅竊願承其軌範導學子於康平博大之域淬厲精神奉兩先生不墜之緒以立身而濟世亦一時之良會也中州大吏暨其地之賢士大夫本余之意設四存分會於省垣具書來報既深幸吾道之不孤遂不能無一言以爲諸君告夫人之有賴於

學與學之有益於世約言之則自言語食息動作之常以逮耕稼技藝生事之賾博言之則自孝弟忠信禮義廉恥之教其行以及兵農禮樂射御書數之制爲用無一事之非學無一人之可忽而學之爲用化野爲文易亂爲治馴獷悍爲愿愨變澆薄爲敦龐含育羣倫轉移風氣儒者之功用實足以抉先聖制作之精心立後世師承之極則此顏李兩先生之所以足重於今也其志則在於開物成務其效則在於康世濟民不空談性命不高標義理不徒講詁訓不泛鶩詞章字字探其本原事事要諸實用讀其書始知古人無無用之學益可信其學之用即有效且其立教之程在當日已有與今學堂分科專習之旨暗相吻合者今之學術雖日出新異窮極變化幾於入巧極而天工錯而閎博正大可以坐而言即可以起而行則兩先生之說誠顛撲而不可破今之學說則又泛濫而必求諸歸者也中州自伊洛諸儒講學施教遂爲理學名區明清兩朝

名儒輩出後先相望鄒人生長是邦與其士夫相習尤喜其敦樸篤實之風崇信道義不尙浮華謂爲去古未遠可以語道今者諸君子旣設四存分會於斯當思此命名之意求顏李兩先生之所以足重於今與鄒人之所以重兩先生者毋標榜毋偏畸一物不知儒者之恥天下之大匹夫有責講貫誘掖斆學相長尊經治生勵行知恥盡挽空文之失不薄一藝之微庶舊者不以拘墟而致誚新者不以蕩佚而失歸於以居賢善俗成德育才斯爲善學兩先生者諸君子其益勉之

論國家與社會

李見荃

自禮運有大同小康之說、論治者以社會爲大同、國家爲小康、因之傾向社會、反對國家、至欲以破壞爲建設、不知國家社會可合不可分、專言人民、則爲社會、兼言政府、則爲國家、堯舜禹湯文武、無不兼社會主義、水火金木土穀、貧民生計也、八年三過、日昃不遑、眞勞動家也、愚夫愚婦、一能勝予、又社會之無階級也、然有社會之實、無社會之名、居百官萬民之上、操命德討罪之權、以智治愚、以賢治不肖、一仍國家之定制、始能整齊萬物、從欲以治、倘使退處田間、與齊民爲伍、組織社會、元愷不登、伊呂不出、而共驩苗蘇葛伯崇密之君、紛然並起、作威肆虐、惟所欲爲、是召亂也、小康且無望、何論大同、是則社會者關雎麟趾之意、國家者周禮周官之法、合之雙美、離之兩傷、有斷然者、漢唐以降、古意浸微、創業之主、猶知愛民、叔季之朝、惟知逞己、以社會供國家之誅求、不能以國家爲社會之保障、民不堪命、或者創爲新說、欲脫離國家之關係、以社會易之、顧既爲社會。必有主持社會與佐理社會之人、有政府、有百司、有郡縣之吏、有紀綱法度禮樂兵刑、與國家何異、否則國家不皆堯舜之君、故國家不能長治、社會不皆堯舜之民、社會又豈能暫治、內訌不息、外侮且從而中之、是自壞長城也、天下之生、一治一亂、治世所重在道德、亂世所重在利權、上下交征、遂成爲泯棼之世界、將欲撥亂反正、亦正人心而已、人心者政治風俗之本原、在上者勿存自私之見、用人行政、務洽輿情、在下者勉爲有用之材、士農工商、各勤本業、一則好民所好、惡民所惡、一則無敢作好、無敢作惡、社會精神以國家之制度行之、同心同德、與世界相周旋、小康在此、大同亦在此、唐虞三代之隆、不難復見矣、

專著

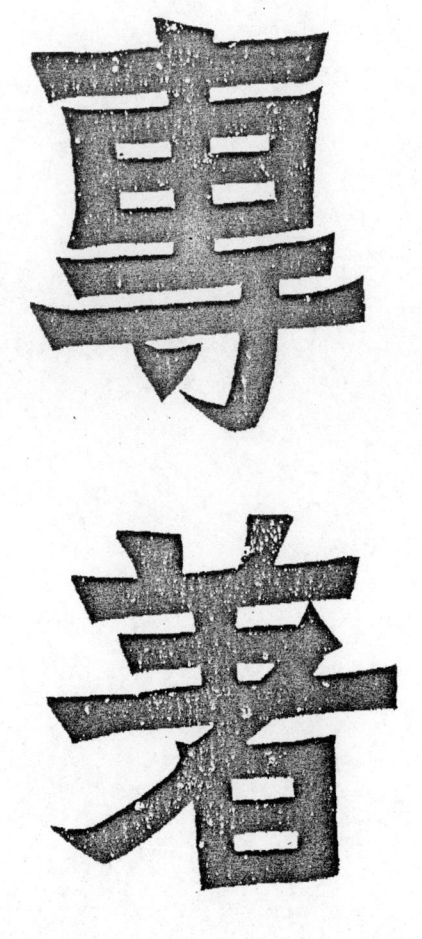

令出一、遂成大一統之局、而李斯懲異說之蜂起、信古之無徵、掃滌羣言、別黑白而定一尊、禁非今而罪是古、是將以政治之統一、進而求學術文化之統一焉、亦法治主義之奉行最力者歟、

漢傷秦代法甚之弊、至以法馭道、倒果爲因、使法令滋彰、盜賊多有、乃盡反其所爲、臨之以簡、高祖入關、約法三章、曰殺人者死、傷人及盜者抵罪、是時張良之徒、習爲黃老之言、崇尙虛靜、故爲政一取寬大、而大亂之餘、禮法失序、武人論政、儒冠可由溲溺、廊廟之會、時有拔劍擊柱之臣、於是叔孫通定朝儀、蕭何明法令、禮法具備、治具乃復斐然、至漢武帝罷黜百家、專崇儒術、以經明行修取士、時董仲舒以天人之策、闡明倫理道德之大歸、其言曰正其誼不謀其利、明其道不計其功、又曰仁以安人、義以正我、蓋亦重申以道爲治之說、開宋儒理學一派之先河焉、逮及東漢、尤重經術、太學諸生常數千人、朝野上下皆以

名節相高故漢代政治風俗蔚然大觀其所以成爲歷史上一大關捩者爲能禮法並施政學一貫而統一之局遂垂五百餘年

漢末政治失柄兵革繁興羣雄角立一時才俊咸馳騖于戎馬之間於是魏晉以來聰明宏達之士無不厭亂憂生乃襲道家末流之論（由黃老流於老莊）務爲淸談不斬實用阮籍劉伶之徒皆以輕視禮法脫略形檢自號爲知道浸假成風朝野一體而同時印度佛學亦乘間以入中國晉室東遷華夏淪於胡戎南北朝之際釋乃浸盛於老時南方則有道安惠遠輩輸入佛籍北方則有佛圖澄鳩摩羅什之徒繙繹經典佛學盛行政治亦相與左右自今日觀之中國是時蓋已兼並印度哲學使與中國同化而建立東方學術文化之大宗焉政治者之提倡不爲無功矣然援出世之法爲治世之用當時爲政者實未之或思梁武以萬乘之重捨身同泰石虎以黠桀之雄頂禮圖澄好佛而至於佞佛將率天

下以從之蓋亦弗思之甚者矣是時釋道雜糅道德倫理日亡於人心故政治現象亦日就紛亂四百年中九州無定主自後思之益可見儒效之大矣當楊隋之際世衰道極天下多故豪傑競起王通講學河汾祖述儒說著中說續經若干篇上紹周孔荀孟陳先王之道其說略曰天下皆憂疑吾獨不憂疑樂天知命吾何憂窮理盡性吾何疑於時往來受業者蓋千餘人既沒弟子私諡曰文中子及李唐定鼎以武戡亂以文治國而文中子之徒李靖魏徵房玄齡杜淹等輩出皆能力樹師說以儒道佐世治並爲一時名將相故河汾講學實開有唐三百年爲治之基自後雖釋老之學間出並盛而不使闌入政治之途且經術與文學沾溉於後人尤遠宋承五季之後察夫治亂之跡益知儒術之重太祖好用儒臣趙普自謂能以半部論語相天下其言蓋甚可思洎北宋之末理學大盛濂周敦頤洛程顥程頤關張載閩朱熹諸子相率以斯道自任闡明孔孟之

道謂之道統（黃榦曰道之正統待人而傳由孔子而後曾子子思繼其微至孟子始著孟子而後周程張子繼其絕至朱熹始著）其學初不免爲釋老所影響而終能反求諸六經以義理爲本以倫理實踐爲歸爲儒氏之功臣焉當時數子雖多未大顯於時而講學成風門人徧天下其於世代之汙隆氣化之榮悴所關甚大史謂理學之興宋雖弗究其用後之欲復天德王道者必來此取法亦非過甚推崇之論故由唐而宋可謂儒道盛興之期而太平之局亦賴以撐拄支撑而稍永焉

元明之際理學之傳統未絕在元則有姚樞許衡劉因吳澄之徒紹程朱之學在明則有王陽明（守仁）紹陸氏之學陸氏在宋與朱子並時其論學與朱略異然大體皆本中庸所稱尊德性而道問學朱先問學而陸先德性（時稱朱陸異同）陸氏之言曰苟知道者六經皆我註脚其持論如此王氏之學雖宗陸氏而思想超拔主張心理合一知行合一所以促思想之自由厲實踐之勇力其義甚精洎晚

息加價公攤各項捐攤養廉初年已禁之後不能行。四川捐輸津貼見於七年諭旨者。收八十餘萬。謂宜停止。計嘉慶十七年歲入銀四千一十三萬有奇。歲出銀三千五百一十萬有奇。此嘉慶中財政之大概也。

道光時之財政

道光之初。歲入絀收。國用不給。三年。戶部奏上近三年出入比較清單。言歲入每年皆有缺少。各省額支。勢不能減。無定額者。任意又加。遇有要需。必無從籌措。請飭各直省力節經費。不得例外請支。而各省所征錢粮。或以熟爲荒。稅課或徵多解少。病國滋大。因飭力除錢粮以完作欠之弊。整頓鹽務關稅銅政。爲開源節流之計。向之公攤養廉鹽商報効者。皆反爲官商之累害。及於國。是年四月。遂免福建剿辦台匪軍需攤扣未完銀一百七十九萬兩。七月。免河南攤川楚二成軍需銀六百四十九萬兩。各省均有所免。合計在數千萬以上。淮商以引課滯銷。亦令停止報効。前後蠲緩數逾千萬。各省積欠亦日多。二年。戶部奏催各省欠解銀六百三十二萬。三年。又奏催節年未完雜稅銀二百三十一萬。其後有增無減。民欠則每年率二百萬。上下積至五六年則千餘萬。有大恩詔則豁免。此皆有關於歲入者。其恃以應急者。惟捐例為多。常捐。如蘇州藩庫。自嘉慶五年至道光四年。收捐監銀三百七十六萬。安徽則收一百七十四萬。雲南則收四十七萬。大省如江蘇。中省如安徽。邊省如雲南。合計總在五千萬以上。軍需河工賑濟。多於此。籌撥歷次特開捐例在數千萬以上。其各省隨時增常年之用者。率資之生息。計用項多者。有數大端。如軍需回疆張格爾之役。先後撥銀一千一百一十六萬。粵浙海疆之役。亦千數百萬。河工王營減壩大工。撥至四百六十萬。其後祥工年工。均糜鉅款。以道光二十五六七年計之。每年河工自例支外。多者撥五百餘萬。少者四百餘萬。則歷年河工糜款之鉅可知。漕運以河淤運阻。糜費不貲。而紋銀出洋。每年竟越三千萬。壬寅江寧之約。償款又二千一百萬。銀庫虧短九百二十五萬。皆前此未有者。其時上下以度支告匱。民生日困。皆注意於謀本富保利權。於是增墾新疆之田。議展奉天之邊。改鹽法行海運。裁節經費之令再三下。而鴉片之禁。遂以財政而啓兵端。五口通商稅款稍增。而紋銀出洋。亦愈鉅矣。至於增官添兵皆籌相抵之款。刪節諸度。一如康熙之舊。官吏之取於民者。湖北等省漕糧有一石而折數千至二十千者。蘇浙辦災辦賑。皆請以漕重而辦例災。見同治年江蘇督撫奏。其他河工人員之浮糜。各省陋規之繁多。驛站供億之華侈。見於章奏者不可枚舉。以道光二十二年歲出入計之。直省歲入地丁鹽課關稅共銀三千七百一十四萬。歲出三千一百五十餘萬。部庫歲放九百餘萬。此道光中財政之大概也。

按道光中各項入欵延欠之多。爲以前所未有。十九年六月。戶部奏查明積年欠解銀數。除鹽務懸引未完及帑利等款分別展緩者外。拖欠有二千九百四十餘萬兩之多。請飭各直省督撫將軍府尹鹽政監督暨該管司道。認眞稽考。將未完各款。逐一淸釐。應解者按限起解。應撥者迅令入撥。不准通融掩飾。以此觀之。是此項欠款。又在官而不在民。亦國庫受虧之一大端矣。

按道光中用款之多。以二十一年二十二年爲最鉅。二十一年十一月戶部奏各省辦理軍需河工災賑。一年有餘。請撥銀兩至二千一百餘萬之多。除動用地丁鹽課關稅外。實撥內務府廣儲司及部庫銀七百三十萬兩。次年有江寧償款之約。又二千一百萬。雖分期清付。而此兩年用款之鉅。爲道光中所未有。前代每竭左藏以供內儲。此則發內儲以供國用。求之歷史。蓋所罕覯。

按道光中整理財政。自丁禮鹽課關稅外。錢法亦爲大宗。禁私鑄。禁小錢。皆循定制。而滇銅解運寖少。京外鼓鑄不敷。動煩朝廷催督。計臣籌慮。有請東貢璆鐵銀鏤砮磬（璆馬鄭作鏐云金之美者鏤剛鐵可以刻鏤砮石火燒成鏃剛利者）熊羆狐狸（皆宜為裘）織皮西傾因桓是來（織皮西戎之國西傾雍州山桓是隴阪名是阪也桓曲也因由也）浮於潛逾於沔入於渭亂於河（潛以至漢上去沔爲近故舍舟陸行以入沔由褒逾斜北達渭不言達者以褒斜間絕水百餘里也絕流曰亂亂於河則由汾以達都矣）黑水西河惟雍州（雍州界自黑水而東至於西河）弱水既西（衆水皆東此水獨西故記其西下也）涇屬渭汭（涇水出今甘肅平涼府至陽陵縣入渭渭水出渭源縣至華陰縣入河屬注也汭釋文作內入也涇屬渭汭言涇注渭以入河也）漆沮既從（漆水出今陝西邠州沮水出今中部縣）灃水攸同（灃水出今鄠縣北入渭）荊岐既旅（荊山即北條之荊在今富平縣南岐山在今扶風縣西北）終南惇物至於鳥鼠（終南惇物皆在今郿縣鳥鼠在今甘肅渭源縣西）原隰底績（原隰在今邠州三水）至於豬野（在今甘肅鎮番縣）三危既宅（三危在燉煌縣南）三苗丕敘（丕敘大順也）厥土惟黃壤厥田惟上上（第一等）厥賦中下（第六等）厥貢惟球琳琅玕（球美玉琳美玉琅玕珠也）浮于積石至于龍門西河會于渭汭（積石在今河州西北龍門今陝西韓城縣北西河會之西河會至也）織皮崑崙析支渠搜西戎即敘（崑崙在臨羌今甘肅西寧府西析支在河關今河州西千餘里渠搜今陝西懷遠縣北三山民皆衣皮故以織皮冠之皆西戎）

也即敘者就而序之

闓生案敍九州既竟。連及西戎諸國。三面邊海。惟西方無界。故聲教所被、無所既極。約略舉之以見意。即以結束前文。體勢雄遠。所謂筆所未到氣已吞也。以上爲第一章。

導汧及岐此下導九山也岍山今陝西隴州吳嶽山至于荊山。岍岐荊皆雍州山逾於河山逾之也壺口雷首此下皆冀州山雷首在今蒲州至于太岳底柱析城底柱在今陝西平陸縣東河中析城在今山西陽城縣西至于王屋上屋在今山西垣曲縣東北太行恒山太行在今河南脩武北恒山在直隸曲陽西北至于碣石入于海入于海渭山脈入海史記所云中國山川東北流尾入于渤碣也此北條也

西傾朱圉鳥鼠至于太華西傾以下雍州山朱圉在今甘肅伏羌鳥鼠同穴一山名稱鳥鼠者省文也太華在華陰縣南

熊耳外方桐柏至于陪尾此下豫州山熊耳在河南商州外方在今登封桐柏在今唐縣陪尾在今湖北安陸縣此中條也

導嶓冢至于荊山嶓冢即梁州之嶓荊山南作荊山在今湖北南漳縣北內方至于大別內方在今湖北鍾祥

縣北大別在今漢陽縣北岷山之陽至于衡山衡山今縣過九江至于敷淺原敷淺原在今江蘇德安衡山敷淺原均在江南不得言過九江此過者承大別爲文岷山接于嶓冢而地脈講于衡山爲南條之駢枝其分自嶓冢起故因嶓冢而及之駢枝已耳乃復接言正條故復言大別之過九江而爲敷淺原乃南條之正幹也此南條之山也

圖生案。以上導山。爲第二章。

導弱水至于合黎餘波入于流沙此下導九川也合黎在今甘肅高臺縣東北流沙在今甘州衛西北

導黑水至于三危入于南海鄭云益州滇池有黑水祠黑水出其南脇今中國無也

導河積石至于龍門漢志積石山在西南羌中河水行塞外東北入塞內行九千四百里入海南至于華陰東至于底柱又東至于孟津孟津在今河南孟縣東過洛汭洛汭在今鞏縣北至于大伾大伾在今武陟北過降水地志在信都今案疑當在鄴至于大陸在鉅鹿又北播爲九河播散也同爲逆河入于海下尾合名逆河言相逆受也史作迎河入于河史云入國渤海此北條也

嶓冢導漾漾水出氐道今甘肅和縣東流爲漢東至武都爲漢今甘肅成縣也又東爲滄浪之水湖北武當縣北過

三澨（在今宜城縣）至于大別南入于江（今漢陽縣）東匯澤爲彭蠡東爲北江（漢源於北入故云北江）入于海（入海在今通州）

岷山導江（漢志岷山在西徼外江水所出東南至江都行二千六百六十里入海）東別爲沱（漢志江原郡水在今四川崇慶）又東至于澧（澧水出今湖南桑植縣西）過九江（在尋陽南）至于東陵（當在今安徽池州府）東迤（南江經貴池青陽南陵而東迤行山陰中故曰東迤）北會于匯（此中江也匯者淮之借字出今石埭東南北入江今名淸弋江至魯港入江者也）東爲中江入于海（江會淮水乃至蕪湖而分爲中江江漢者南條水也）

導沇水東流爲濟（濟源爲沇出王屋山今山西垣曲縣山也）入于河（東南至今河南武陟縣入河）溢爲滎（軼出滎陽北地中滎陽今縣）東出于陶丘北（在今山東定陶縣西）又東至于菏（菏水上承泲水在今河南蘭儀縣地）又東北會于汶（東北過山東壽張縣合汶水在今東平州地）又北東入于海（入海在今樂安縣）

導淮自桐柏（今河南桐柏縣）東會于泗沂東入于海（在今山東安東縣）

導渭自鳥鼠同穴（在今甘肅渭源縣分爲二山者非）東會于灃又東會于涇又東過漆沮（漆沮二水）

纤入洛故北洛水一名漆沮至華陰縣入渭入於河在華陰

導洛自熊耳東北會於澗瀍又東會於伊又東北入於河澗瀍皆會於穀水與伊水皆至洛陽縣入洛下鞏縣東入河渭洛沛淮皆中條水也

闓生案。以上導水。爲第三章。

九州攸同四隩既宅四隩四方土也宅居也九山刋旅刋旅者表道也九川滌源滌斥也斥開也九澤既陂陂披同字披散也四海會同六府孔修水火金木土穀甚修治庶土交正衆土交正厎愼財賦厎致也愼貢也咸則三壤成賦則準也三壤上中下三等中邦錫土姓中邦目下五服也諸候胙土賜之姓氏祇台德先不距朕行台我也言自我德首倡天下皆不違我道也

闓生案。此爲第四章。乃全著中樞紐。承上起下。綜括之文。水土既平。則制貢胙土爲要。皆舉其尤大者而言之也。中邦錫土姓。猶孟子中天下而立之義。祇台德先二句。乃禹功所以能成之故。特於此揭而明之。苟非以德爲先。化成天下。將所至爲人所距。禹亦西夫耳。安能成此震天爍地之偉績乎哉。左傳云美哉禹功。明德遠矣。亦以德爲言。蓋知神禹之志者也。又案此文台字朕字亦此篇爲禹所自述之明證。

五百里甸服天子之國以外五百里百里賦納總總所刈禾也二百里納銍銍斷去藁也三百里納秸服秸又去穎也服列也列即裂字謂禾穗也四百里粟五百里米五百里侯服何服外五百里百里采采事也官采曰寀二百里男邦男任也三百里諸侯此分侯服爲三等五百里綏服綏安也侯服外五百里三百里揆文教揆然奮也二百里奮武衛五百里要服要幽也幽遠也綏服外五百里三百里夷二百里蔡夷易也無中國禮教易而已蔡放也蔡與流皆所以處罪人五百里荒服幽服外五百里三百里蠻二百里流蠻之言緡也甚於夷矣

闓生案此爲第五章。皐陶謨所謂弼成五服至於五千者是也。

東漸於海西被於流沙朔南暨聲教漢書云欲與聲教則治之不欲與者不强治也是訓暨爲與與讀爲豫此十四字當

鄭交惡則八字已爲此案定讞此亦左氏之史筆也君子曰以下不論其義之不當質而斤斤較量於信與不信若與本事絕不相涉而神味雋永邈不可攀此曾文正所謂詼詭之趣也史記中此等尙少獨左氏擅長若有一語平實則全失語妙他人執筆亦能爲之矣語曰文以載道此等文所以爲高峻者更尙有深恉可尋凡君子立言皆有救世微權故於惡之不至已甚者常思痛繩之以戢其後若如鄭莊之雄猜明知而故蹈復與之正言莊論則凡所力與剖辨者皆其所飫聞饜見而鄙夷之以爲庸夫之論甚或反以觸其怒者千古姦雄如出一轍後之儒生不明此義致猝投禍亂以枉其才者何可勝道不惟不能沮遏邪謀適足爲所竊笑而益其鴟張耳故不如置之不論而別寄吾遐思以生其睪然高望之懷或徐以憬悟而知所返也呂祖謙以左氏不責鄭之叛周而責周之欺鄭爲左氏罪又謂左氏生於春秋時爲習俗所移不明君臣大義

視周室如列國淩稚隆以君子不曰尊卑無辨而等而夷之曰二國爲言之不倫皆不足與知此義雖然此就傳文本指言之也若以左氏之閎識而論則生當君主之時尙能以周鄭並稱直言正辭而不稍參以猶豫則苟使生於今日更以世界之知識益所未備而時局之痛迫於心者又有以激發之其通識卓見爲何如夫豈咫聞尺見之士時移勢易而尙篤守故轍終古不化者所能望其彷彿哉

宋公和卒傳　公羊於葬宋宣公傳曰君子大居正宋之禍宣公爲之也持義精當最得春秋之指故後之儒者多從之而左氏則曰宋宣公可謂知人矣立穆公其子饗之命以義夫其詞若與公羊相反實則公羊正言之左氏正言若反其旨一也何以故宣公之立穆公無論當否然既立其弟穆公則其子與夷決不復享有君位此恆人所能知也且既立穆公而其子仍得爲君苟其子之

才足勝君位則宣公之讓弟於義爲無取矣苟其子不才則穆公感於宣公之讓已復讓其子不問其才不才而舉君位授之第以是報宣公之私恩不爲國家根本計亦於義爲無取此亦粗明義理者所能知也立穆公而其子饗之則其命之不義已可決知安有宏識如左氏備載鄭人之欲納公子馮馮之與衛州吁相結殤公之立十年十一戰民不堪命華督之弒殤公召立莊公馮於鄭而持論若斯之謬者不言宣公之讓穆公於國事有何裨益而第曰其子饗之所以深著其讓之不義也引詩殷受命咸宜百祿是荷舉其相反者爲贊所以深誚之也殷代以兄終弟及爲常時勢不同未可貌襲左氏蓋深知兄終弟及之制不宜復行於周代有其行之必兆亂萌觀春秋列國多父子相繼可以考知其時勢此亦吾國古今變遷之一事舉殷詩以相譏誚謂非左氏之宏識乎傳中詳載穆公與孔父問對之辭亦以著天下之事以實際利弊爲衡其言之

娓娓動聽而引義又至精者茍施之非其宜則適足以致敗此左氏之誇也凡深識之君子不可以美言飾說相欺其本原即在於此若如後世理學家之論事必且視此爲不朽之名言人之識量相懸豈不遠哉史記宋世家載此事全約左氏傳文而其後贊曰春秋譏宋之亂自宣公廢太子而立弟國以不寗者十世曰十世則幷後日宋萬弒閔公於蒙澤立子游蕭叔大心及戴武宣穆莊之族殺子游立桓公等事亦以爲宣公之讓所致葢深得左氏微恉矣天下大利大害兆端甚微在於毫芒洎其成也如江河之浩浩而不可禦君子之論事也常能沿流以溯原操本而知末雖利弊著於十世之後茍尋跡以求無不可得所自起觀於宋宣之已事區區一侯國其變端且有如此況以天下之大事變之多非有深識之君子孰能預覩於杳冥芒昧之中士茍出而斷國論豈可不深究其利病得失所在而第炫於議論之閎辨遂謂爲深中事理窾要篤信

毛詩評註「四存中學校經學講義之一」

蠡吾李九華述學

國風一

周南

關雎后妃之德也風之始也所以風天下而正夫婦也故用之鄉人焉用之邦國焉風風也教也風以動之教以化之詩者志之所之也在心爲志發言爲詩情動於中而形於言言之不足故嗟嘆之嗟嘆之不足故不知手之舞之足之蹈之也情發於聲聲成文謂之音治世之音安以樂其政和亂世之音怨以怒其政乖亡國之音哀以思其民困故正得失動天地感鬼神莫近於詩先王以是經夫婦成孝敬厚人倫美教化移風俗故詩有六義焉一曰風二曰賦三曰比四曰興五曰雅六曰頌上以風化下下以風刺上主文而譎諫言之者無罪聞之者足以戒故曰風至於王道衰禮義廢政教失國

異政家殊俗而變風變雅作矣國失明乎得失之迹傷人倫之廢哀刑政之苛吟詠性情以風其上達於事變而懷其舊俗者也故變風發乎情止乎禮義發乎情民之性也止乎禮義先王之澤也是以一國之事繫一人之本謂之風言天下之事形四方之風謂之雅雅者正也言王政之所由廢興也政有大小故有小雅焉有大雅焉頌者美盛德之形容以其成功告於神明者也是謂四始詩之至也然則關雎麟趾之化王者之風故繫之周公南言化自北而南也鵲巢騶虞之德諸侯之風也先王之所以敎故繫之召公周南召南正始之道王化之基是以關雎樂得淑女以配君子憂在進賢不淫其色哀窈窕思賢才而無傷善之心焉是關雎之義也（詩序）

關關雎鳩在河之洲窈窕淑女君子好逑　鳩洲逑韻（詩經傳註）

（註）關關和聲也雎鳩王鳩也鳥摯而有別水中可居者曰洲窈窕幽閒也

淑善逑匹也毛傳

雍州東據河禹貢註　善心爲窈善容爲窕王肅註

按淑女謂太姒君子謂文王也

(評)只關關二字分明寫出兩鳩來　先聲後地有情若作河洲雎鳩其鳴關關意味便短　窈窕二字形容淑女說盡矣卻又不盡妙　只窈窕淑女二語已足不必更加奉神靈正綱紀等語詩志

參差荇衡猛反菜左右流之窈窕淑女寤寐求之求之不得寤寐思服蒲北反　悠哉悠哉輾轉反側　流求韻得服側韻詩經傳註

(註)荇接余也流求也寤覺寐寢也服思之也悠思也毛傳

臥而不周曰輾鄭箋

按流流動也此以荇菜之左右流動興求淑女者之寤寐難忘也悠長也

懷人則時覺長也

（評）參差字工細左右字從此二字生出　流字字法　求之不得中間加一轉筆委婉紆折　求之思服一事分作兩層意思便深厚　末二句筆勢一颺一頓一曲一直唱歎深長此謂君子思淑女也若作宮人輾轉反側便無謂（詩志）

參差荇菜左右采之窈窕淑女琴瑟友之參差荇菜左右芼之窈窕淑女鐘鼓樂之　采友韻芼樂韻（詩經傳註）

（註）芼擇也（毛傳）

友愛親也（廣雅）

按友字係以名詞作動詞用與論語無友不如己者義同

（評）只友之樂之二語已足不更作渲染酣暢語此之謂古淡之音　兩疊

[illegible]動[illegible]底也。至植物萌芽時所需者爲地中之熱。然地中之熱。一由藏蓄日光之熱。一爲物化之熱。物化之熱者。物與物化合所生。此也積物腐敗發酵之時。必能生熱。由溼氣與物化合也。西人欲花早發者。以發熱之糞糞地。用玻璃罩罩之。糞與養氣合而生熱。熱愈盛。花愈早。亦可見熱之功用矣。是故土中靜質之化爲動質。而爲植物所用。大率恃乎熱力。若夫泥土收受光熱之度。則深色者多於淺色。乾土又多於溼土。以深色者返照少。淺色者返照多。溼土多水。得熱則化汽以散之。故其地易冷。不宜植物。此排水法之所以生也。

補益泥土

植物之生長。恃乎泥土與水與日之光熱。其所以生長之理。由其根莖枝葉。吸食空氣與泥土之各質。以上既略述之矣。然植物爲動物所食。而植物所食取之泥土空氣。使動植物之全體。復歸原土。則土不惟常餘生質。而且歲有增益。

是何也。則以動植物所食者。復有空氣中諸質也。然而食某地之植物者。其體未必歸於原地。爲牛羊之乳肉毛革。皆將消化於他地者也。僅以食植物者之糞。還於田中。其數能有於幾何。且田中所產之植物。如穀實果實等。亦恒運售於他地。農家即留其根莖枝葉以還之土中。其所補又能幾何。雖勤於耕犁。可使土中靜質。變爲動質。以供用而出者多。而還之者少。其勢亦終歸不給。植一物於田。數年而此物之食質盡。易植一物。食其所餘之質。數年而又盡。年復一年。地之不瘠者鮮矣。是故補益泥土之法。又農家所不可不急講也。

補益泥土有數法。而其要義有二。一則泥土自有食質。常用人力以補益之。一則泥土少可用之質。而加增其質以補益之。以人力補益者。溝渠灌溉與耕耘之法是也。加增其質以補益者。即前所謂以沙與膠土相合及施用肥料之糞是也。

論溝渠

下濕之地、積水停滯、土常溼冷有毒、不宜植物、故當用排水之法。有埋管與開溝二者、以洩宿水、以通新氣、特埋管需費頗鉅、中國未興、開溝乃農家所常用、而各國開溝之法、則掘通深溝、置礫石、或荊棘乾柴於其中、上覆以土、使地中積水、可以滲出、而空氣得以入土、總之要理、蓋有數端、一、因地有死水、則空氣不能透入土內、變化反常、而多生物酸質、不宜植物、開溝則死水盡去、能使空氣含淨養氣入土、變化其酸質而爲有用之質、又能變土內靜質爲動質、以培養植物、一、因植物常需光熱、地有積水、則日光之熱、及熱風熱雨等、僅及地面、不能透入土內、以助植物之生長、開溝則可去此弊、能使產物多而結實早、且所產之物、勝於冷地、故地有死水、結下等之實者、有溝即能結上等之實、一、因積水之地、泥土之質、以水多而淡、故植物必多吸水、方能足其食質、而根幹枝葉。遂常患冷。開溝則水去而泥土質濃。植物之食易足。而熱度亦多。一、因地內所壅肥料。亦常籍空氣以消化之。乃適植物之用。若地過溼。則土內消化不能合宜。生物必不茂盛。開溝通水。肥料乃不枉費。一、因積水之地。常變氣而結鹽。遂成斥鹵。不生植物。開溝則地中之水。不待變氣而自消。故無潟鹵之患。至於冲去土內毒質。減去膠泥黏性。亦其大益。不可不知也。

論灌溉

所以用灌溉之故、因物植之生、水爲最要也、植物需水之理。前已述之。用水以溉田畝。夏日則能令植物受滋。冬日則能令植物成肥。故其法可常用。然須知、水之有宜有不宜。雨水、河水、皆最宜者也。城市之溝水。含有鹽類與肥質。亦屬相宜。若自鑛坑流出。及製造局放出之水。則中含毒質。爲不可用。井水、泉水灌溉亦皆可用。惟嫌其性寒。當蓄於池中數日。然後用之。又法人言土地百分有寒、暖、又猶隱顯也。詩公劉。相其陰陽。大戴記文王官人、考其陰陽、相指地言。疏謂相其寒暖。考指人言。注謂考其隱顯。又陰私也。陽僞也。國策西周策。陰合于秦。秦策齊秦之交陰合。陰合謂私合也。漢書田儋傳。儋陽爲縛其奴。陽縛即僞縛也。陽假借作佯。又陰陽猶言小大。秦策天下陰燕陽魏、謂天下小燕而大魏也。

寒　寒古作𡨦。从人在宀下。以茻薦覆之。而下有仌。古冰字今字作寒。說文。寒、凍也。段注。凍作當冷。案寒與涼冷字意大同。而有程度淺深之異。素問至眞要大論。積涼爲寒。書洪範疏。寒是冷之極。二書釋寒字意甚明。禮記月令之記季冬也。曰寒氣總至。呂覽有始。北方風曰寒風。後漢張衡傳注。北極之山曰寒門。蓋皆本冷極爲寒之意爲意。古人詞賦有曰薄寒、輕寒、嫩寒。者是又出騷情古意。以寄一時之興。而非寒字正義。讀者勿以辭害意。

也可。

又案寒、薄也。左氏閔二年傳、雖知其寒。惡不可取。注寒爲薄。謂君心之已薄也。又寒、歇也。哀十二年傳若可尋也。亦可寒也。注寒爲歇。謂盟之可歇絕也。又寒有戰慄意。文選高唐賦。寒心酸鼻。寒酸對文。注謂寒爲戰慄。又寒有寂默意。後漢杜密傳。隱情惜已。自同寒蟬。謂默不一言。如寒蟬之噤不作聲。

暑　說文、暑熱也。从日者聲。段注、暑與熱渾言則一。析言則二。書洪範疏、暑是熱之極。段注書疏。說是矣。然暑字義猶不止此。釋名釋天、暑、煮也。如水煮物也。熱、爇也。如火燒爇也。據此則暑之義主溼。熱之義主燥。暑熱兩義分疏自明。詩雲漢、蘊隆蟲蟲。毛傳謂蘊蘊而暑。隆隆而雷。蟲蟲而熱。暑熱對舉。而曰蘊蘊。曰蟲蟲。亦以暑義主溼。熱義主燥。禮記月令、季夏之月。

土潤溽暑言暑復言溽似與專言暑有別實則說文水部解溽字亦曰溽溽暑溼暑也是暑爲熱之極而復爲溼氣鬱蒸而成而暑字義方明

景

景古與影通自葛洪字苑加彡作影別爲一字乃專以景爲光景之景非古義矣本書天篇景影幷列又景曜連文則釋本篇景字純主古義或專從本字讀光景之景似均未合說文景日光也从日京聲段注日月皆外光而光所在處物皆有陰光如鏡故謂之景後人名陽曰光名光之中陰曰影荀子解蔽濁明外景清明內景注景光色也案荀氏所稱之濁明清明即段氏所指之陽光陰光也而皆稱曰景與尋常所稱之光景字自有不同段氏說雖復連及影字而又與他書所稱之日影月影迴爲二物又案文選西京賦流景曜之韡曄注景光景也此光景字蓋亦分指日月之陽光陰光與濁清之外景內景言與他書泛稱之光景字亦迴不相同

然則本篇景字從本字讀。景可從古義讀影。亦未爲不可。但即讀曰影。亦須知所指爲日月之陽光陰光與濁淸之外光內光。不得認爲形影之影。又案景字引伸之義有、釋曰慕者、故人於己所欽仰之人曰景仰。又曰景慕。有稱曰大者。有稱曰明者。詩楚茨篇以介景福。烈祖篇景員維河。傳與箋皆釋曰大。車舝篇景行行止。傳釋曰大。箋釋曰明。又爾雅釋天。四時和謂之景風。（淮南天文西南風爲景風）論衡指瑞。四氣和爲景星。（白虎通封禪月或不見景星常見可以夜作有益於人民案此以景星爲大星）古微書以色氣光明之雲爲景雲。後漢郎顗傳注。謂景雲爲五色雲。又曰慶雲。凡此。又皆以和靄慶瑞之氣之見於天地間者爲景。讀者會其意焉可也。

曜

釋名釋天。曜、耀也。一切經音義。耀古文曜。說文。耀、照也。據此則曜古作燿。後乃別爲一字。穀梁序。七曜爲以盈縮。素問天元紀大論。七曜日月五

譯稿

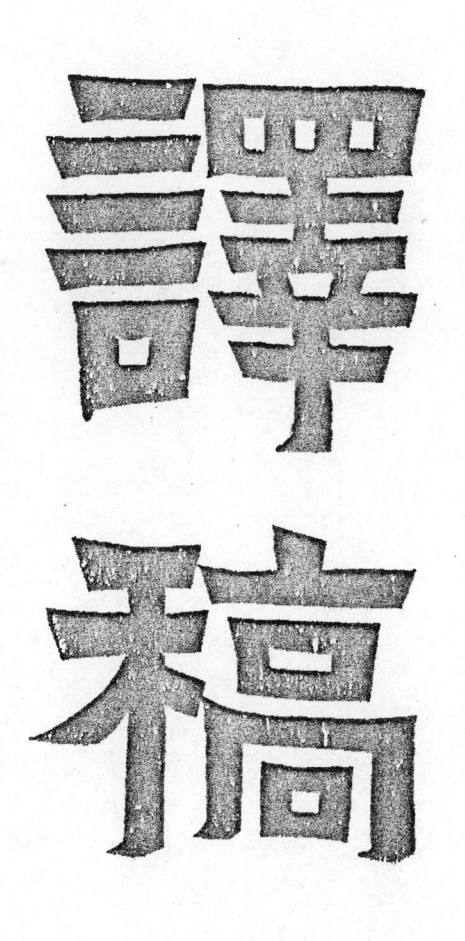

哲學初步原序

是書之旨。乃就科學問題、及其所擬爬梳方法。餉初求哲學者。以綜練之指導者也。而於歷史一端。特置論列。良以學派遞承。既與思想進化之時代相對峙。則本題各類中之紀年事例。自不可不講耳。

是故於此不足百二十八張之崖略內。所紀述者。不爲不多。衍而繹之。殆各足以自成篇幅。但作者之希望。欲於一簡易範圍、縝密結構之中。爲哲學立一導言。務期符於明著、透徹、以及哲學家奉爲圭臬之忠信眞理、諸原則。而凡於是作爲重要者。尤不使其或涉闕漏云爾。

哲學初步目錄

上卷　哲學與其支別

下卷　哲學問題及其學派

第十章　緒論

第十一章　形而上問題

第十二章　倫理問題

第十三章　知識原由問題或知識之學理

哲學初步(A Primer of Philophy)

英國瑞潑提(A.S. Rapport)原著　謝宗陶譯

上卷　哲學與其支別

第一章　緒論

有嘗議焉。以爲哲學者。惟上智爲能獨到者也。或以爲其爲學也。但求步武二三無用之輩。求其所爲。則空自鉤心鬭角。以謀解決其附天合地之問題斯已矣。又以爲其所言者。殆屬懸臆虛像。以玄理爲之境域。略無實用於人生也。此其說皆誤也。

夫居人於萬物之靈者。思維及理解之能力也。禽獸能視、聽、記憶也。然彼所用其功能。不過爲目前之需耳。至於人、則見夫人生及自然之現象。意像觀念油然以生。於是考求事實、現象之關係、以觀察其全體、斯萬物得以照然喩解矣。

當人若是之爲者。吾謂其曰「哲知」(philosophize) 然吾人究若何、抑何時、而哲知耶。吾人且設思一具體或抽象之事物。更試答以下之數問。

(一)吾心所思辨之特殊事物維何。

(二)此項事物、及觀念之起源維何。

(三)其對於他項事物、及觀念之關係維何。

換言之、即吾人思辨於本質或自然、以及事物暨觀念之起源、與其關係、而已。然此則人人有時爲之。故凡具思想之常人。苟其不爲感覺快樂所服、物質享用所奪者。皆可爲若許哲知、即未始非一哲學家耳、雖然、彼具思想之常人固亦常思維、及回憶矣。亦常考察、或疑慮矣、對於萬物、並能篤信固守其主見矣、而衡以吾所謂嚴格觀念之哲學家。則猶未也。猶之平居而能整治殘碎玻璃、或修理失序筦籥者。不得遂稱其爲玻璃匠、筦籥師也。夫專門之玻璃匠、或筦籥師者、惟以此爲其畢生之專業。不爲有相當陶鎔。且因時習關係。其於工作、確爲有濟而適宜者。始足當之。是以能知應用之規矩準繩。而以微勞得厚報。爲無技能之人所不能。至專門之哲學家。亦蓋舉萬物本性。以攻讀之、研究之、理解之、爲其一生唯一之宗旨。思想、其工具也。惟其歷諸習行。其所得察物之才也亦益敏。是故爲哲學家者、必就其究心之問題。致前人所已思已言者。盡聞知之。例諸百工對於所業內容、及其輓近創制。多能諳悉。亦且不得不爾者。初無異也。但吾人應爲哲知。以何故耶。爲之、又何得耶。質諸亞力士多德。（Aristotle）首使斯民哲知者。驚異是已。四顧森羅萬象之宇宙。旁察瞬息千變之人生。則人無不爲驚感所懾讋。不禁惟何爲、何故、何處、是問。故萬有之宇宙者、其隱謎也。試破此隱謎者、哲學也。而所以致其樂此不疲者。利用主旨是已。人有恒言。幾何學導源於埃及人者。正以奈爾河逐年汎濫之餘。個人財產、皆有正界之需耳。略爾底亞游牧之民、事天文學者、正將賴以導其牧者耳。則人必試破人生之隱謎。亦正欲於其人事、或精神之事業。得以知其所當爲當守者。蓋人心莫不欲釋疑祛惑。以求得一明確之世界人生觀耳。顧所謂問題者、亦至繁不同矣。由地以上接星辰。繫焉之天。事物待人智講求者。殆無量數。其爲蒙昧者、更如平沙之無垠。乃人心惟日孜孜。必思於沙中以求得沃土者。即將以進窺天地之秘。而有以發其覆。以裨益人類焉耳。將欲屏除蒙昧。於是求知之念遂生。所以求知者。正欲得獨立不依之知識也。夫蒸民求知之念。與生俱來。深入心性。不可以拔。其爲衝動也。至奮至發。隨理性發生而益强。人之能與知人生存在之根本原理、與夫萬物之原因關係者、以此。人之所以能哲知者、正以此。及其蒙昧已啓。疑慮斯生。而意像觀念既成。眞理遂以膺服。則其所獲之眞理。乃不能徒以抽象理論之狹域自限。又將施之於實用人生矣。是以哲學者、乃向往而致力於萬物妙微之學問、以使事理調和、言行壹致者也。故攻昧求實、以剏似是而非之紕繆者。即人生之主旨也。

至於哲學名詞之來由沿革、試述於次。據希臘史學家希柔斗塔氏（Herodotus）之言、客柔薩斯（Crœsus）語於叟龍（Solon）曰、吾聞之、爾嘗周遊列國、以哲知矣。此言蓋求得知識之謂。皮葸扣氏（Pericles）則用哲學名詞、以爲促進文化之表示。然無論如何、此字本旨不能外自維蒙昧、及渴求知識之意也。皮塞高瑞氏（Pythagoras）（但毋寧謂爲亞力士多德之言爲愈）有言曰、智慧爲上帝所獨擅。人但有奮勉以求知耳。故其所能爲者、愛慕智慧、以及向往知識、窮究眞理而已。云云。夫若是之心境、哲學及哲學家二字、適足以爲其詮釋。蓋非老司、（φίλος（Philos））希臘文詁爲愛慕者、蘇費亞（σοφία（Sophia））爲智慧。而蘇佛司、（Sophos）亦曰智者、乃指能以技術或職業出衆者而言。緣此項名詞。當初凡具有精力或心智成就者。諸如樂師、庖人、航者、木匠、之類。俱可適用。及後乃漸爲工於勞心之人所專有矣。是故蘇格拉底（Socrates）常以哲學家（或愛智者）自稱。蓋欲示別於詭辨學派。（Sophist）（或售智者）良以若輩行同市儈。凡其所以周遊國內、講求學術者。無非爲漁利是圖。又從而沽之者。亦惟志乎生財之道而已。

然則哲學所講求者。殆一切可能問題也。質言之、宇宙是也。茲姑就所研究之形式及主旨。將其問題區分三類。

（一）一元問題。（Unity）或根本原理。即創造萬能之力所以覆載天地者也。是之謂形而上學。

（二）萬象問題。（Plurality）即世界繁華之現象也。是之謂物理學。

（三）個性生物問題。（Individual Creature）就中吾人獨居重要。（註一）

心理學、亦曰人生心靈之學問所講求者。更爲、（一）關於如何思維、及如何因思而得正確斷定之方法。此之爲論理學。蓋以啓發眞實之觀念、爲其主旨者也。（二）關於感情。此之謂美學。所以啓發美之觀念者也。（三）關於欲望。此屬倫理範圍。乃討論善良之觀念者也。

蘇利氏（Sully）有言曰。關於認識之心理學。所以樹論理科學之基礎。在示吾人以規矩。使由之而知爲正確思解者也。關於感覺之心理學。所以厠美術於科學之列。在選求眞實客觀準的。以定何者爲美、何者足値愛慕者也。（註二）凡人樂善之行爲。必爲本分所節制。本分實爲法律之導源。故法律者、不出於天然、即爲人類理性所成也。於是吾人乃有所謂法律學。至討論個人相互關係之問題。又爲哲學科目之一。謂之社會學。而所謂史學者、亦在其中焉。夫然、吾人於哲學有以下之科目。

（一）形而上學　(Metaphysics)

（二）物理學　(Philosophy of Nature)

（三）心理學　(Psychology)

（四）論理學　(Logic)

（五）美學　(Æsthetics)

（六）倫理學　(Ethics)

（七）法律學　(Philosophy of Law)

（八）社會學及史學　(Sociology and Philosophy of History)

（註一）人類學者，(Anthropology) 所以講求人類生命之存在，及其進化，於身體生命心靈生命，兩並及之，前之學既謂之生理學，(Somatotogy of Physiology) 後之學謂之心理學，(Psychology)

（註二）見人類心靈 (The Mind) 第十二號

提議之結果而遂抵於成。據拉丁歷史家言。當時羅馬曾派員至希臘研究西
逆密法律。Hellemic Law 所至之地。即瑪克拉克拉西亞 Magna Graecia 爲意
大利南部之希臘殖民地也。希臘文明與羅馬相接觸者。以是地爲先河。十委
員既歸。稱爲十大製憲家。就中以克勞都氏 Appius Clandius 爲最負盛名。十
委員均派令編輯法典。而法律遂變爲成文的確定的。當紀元前四百五十年
首先成立十表。四四九年更成二表。此十大委員所編定之十二表法。可謂示
國民以一種公平之法律也。

現時十二表法之所存者。皆賴五六世紀時拉丁學者之解釋轉相抄錄。日新
不減。至其內容之所規定。直至共和末季。並未加以何種之修改。西西勞 Ciles
嘗謂。當彼之時。官家並無存保法律之機關。全賴私家之記載。夫紀元前一百
年前之法律。乃羅帝大法典之根本。吾人欲加以攷究。悉賴基督降生前後之

私家箸述也。

十二表法之性質　十二表法者。即羅馬當時所行之不成的習慣而爲成文的編輯者也。據近世往國箸名羅馬法大家布郎氏 Bruns 所言。其內容多取法於希臘。吾人試將希臘法律與羅馬十二表法爲比較之研究。如希臘之高特納表。Gróíyna 此表併西連密法律亦包含其中。可知此種法律較十二表法爲尤古。西氏之言蓋不誣也。但就形式上攷查。十二表法所含希臘法律之形質。概不多見。羅馬法特別之處。即羅馬之家長制度。予家長以特別權力。及其關於訟訴手續須合於法定方式是也。

十二表法所載者。皆市民法。當時世界交通不便。商務不繁。故法律行爲之在十二表法。僅佔一小部分。其大部分皆係關於土地及市民財產之規定耳。而服從此法者。亦惟市民而已。

十二標法後三百年間羅馬法之進步　十二標法成立以後之三百年爲解釋十二標法時代。當共和時代。私法事項之變遷。實爲非常之事。因羅馬國力增强。開疆拓土。商業日繁。而新法之需要日亟。至新法之成。完全賴於法律之解釋。解釋之方法有二。或就十二標法原有之規定。爲論理的推演。或就十二標法之精神。而處擬法律。於是新法律行爲就此二種解釋。而可以認爲合法的成立。例如古法之假買賣式。(Mancipatio)本古時買賣交易之一種方式也。因此方式。而新法律行爲之抵押借貸。皆可認爲合法。蓋以財產抵借債務人履行債務以後。債權人須返還債務人之抵押品。因有交付之手續。遂適用假買賣之方式。

市民法但支配羅馬市民。執法者係羅馬城中之大判官(Praetor urbanus)設立於紀元前三六七年。民法之性質　市民法僅止支配羅馬市民。故名爲民法。司法者即市民大判官。此大判官設立於紀元前三六七年。市民法乃完全保護市民利益者。外國人及羅馬外省人。均不能聽其支配。故凡外國人或外省人。皆不能在市民大判官前起訴也。

當共和時代。羅馬法乃屬人的非屬地的。羅馬人任至何處。皆受羅馬法之支配。聽其地已屬於羅馬。及羅馬征服之各省。該地長官對於居留之羅馬人。須適用羅馬法以裁制之。此市民法亦名爲癸利特來法，(Auiuiltug Tiacs)其性質爲剛性的。屬人的。重方式的。取其內容之確定。不論任得解釋。不能變更其絲毫。但可就其精神。使新發生之事項。適合於法律之方式耳。

大判官法律之產生。(Jus honorar um) 自紀元前設立大判官以來發生一大結果。即大判官法律或告令法是也。蓋大判官依其職權以處理其官廳之事務。當然有必要之命令發佈。其始也大判官發佈告令。乃行使其最高職權。久則習爲平常。且此種權力。關係重要。支配外國人之法律。頗大判官有發佈告令之權。而始行發達。因成爲羅馬法上最公平之一法部。始則大判官法者。僅大判官須行之告令。其後地方長官如省總督。所發佈之告令。皆屬於大判官告令法之內。

二 共和後半季外國大判官設立以後萬民法時代之起始萬民法者市民法之補充法也

羅馬克服中南兩部意大利　紀元前四世紀時。羅馬始併合意大利。第二次沙尼締 Samnite 大戰以後之五十年。意大利人民悉爲羅馬所征服。雖以意皮留王 Edirus 斐盧氏 Dhyrres. 所統帶之希臘軍隊。亦不能抵禦羅馬之南侵。紀元前三二六年至二七二年間。羅馬併吞昆巴尼亞 Campania 烏撫利亞 Amtsia 盧開尼亞 Lncania 意杜利亞 Etwria 皮西納姆 Dicennm 及德容特姆。Tarentum 於是意大利由盧比公 Rudicsn 以至於西西利海灣。Sicilian Straits 均入羅馬之羈絆。因併吞意大利。遂發生極劇裂之戰爭。即與迦太基之比尼嚆大戰是也。以漢尼巴之英勇。亦無濟於迦太基之滅亡也。但羅馬雖兼併意大利。而待遇意大利人民。仍以外國人視之。及合併後將近二百年。意大利人始取得完全市民權。

商業之進步紀元前二四二年外國大判官之設立　羅馬法本剛性的重形式的地方法律。而一變為世界的論理的非形式的法理。果經何種變遷而至於此也耶。答此問題。即因商業增繁。大判官處理商業上法律行為。則引用萬民法中之規定。蓋羅馬土地日拓。商業進步。外人之僑居於羅馬者亦日多。法律行為。遂踵事增繁。紀元前二四二年。即當十二表法頒行後之二百年。專為處理外人事項而設立大判官。即外國大判官是也。凡外國人及外省人之

演說

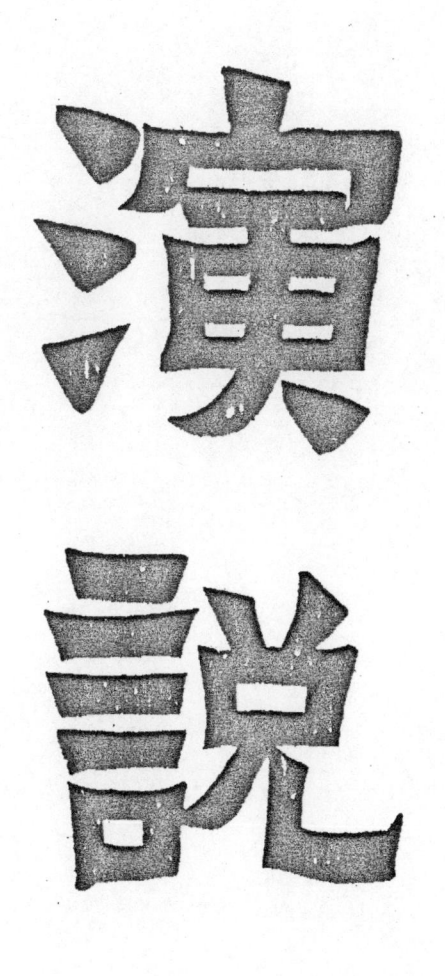

列子書中之宇宙觀

在四存學會七月十五日定期講演會講演　傅銅

列子書中有一種宇宙觀焉。西洋無之。中國有之。而盛行於印度。其名若何。曰『輪化論。』吾以之爲東洋哲學之一大特色。吾今日將于莊子、老子、及印度之輪化論。皆少有所述。而獨以『列子之宇宙觀』標題者。以吾述列子之宇宙觀較詳也。吾將引胡適之先生之說而並論之。其理由有二。(一)兩說相較則意易以明。(二)吾本因讀適之先生之書有感而作此篇也。

胡適著「中國哲學史大綱」第九編第一章第二節謂莊子之哲學起於萬物變遷之一問題。『萬物生於有有生於無』爲老子對於此問題之解決。孔子之『易』即孔子研究此問題之結果。孔子謂萬物起於簡易而演爲天下之至賾。又謂剛柔相推而生變化。此卽孔子之進化論。但老子孔子之進化論皆不完備周密。而列子莊子二書中則有詳細之進化論。其第三節論列子書中之生物進化論其第四節論莊子之生物進化論。吾謂莊列之說如可謂爲進化論。亦可謂爲退化論。進化論或退化論。皆祇可解其說之偏。若論其說之全。則無論謂爲進化論或退化論。皆不能通。若欲名之。則「輪化論」較爲近是。不惟莊列二子之言足以證吾說。即適之先生之言原所以釋莊列之說同爲進化論者。亦足以證吾說。

、「輪化論」之名非吾所創也。吾得之於井上圓了之世界輪化說。其說見於其所著之「哲學新案」（此說頗長。吾已譯爲華語。擬於他日摘要公之於世）今請略述其大意。以與列子之說相比較焉。

吾人開眼則見森羅萬象之當前。此皆非太初之所有也。前此之地球有一切動植皆未出現之時焉。即地球之自身亦爲液體。而非固體。其熱度甚高。不但生物即山川海陸亦均未成形。溯而上之則地球爲高熱之氣體。更溯而上之則日月星辰皆未分立。不過以最稀薄之氣體浮游於無限之中而已。此卽所謂「星雲」。熱度減則運動增。運動遲則熱度高。此物理學家之所證明也。星雲雖最熱。而以漸起回轉。運動不息之故。熱度以次第減。遂成球形。回轉之際一球碎爲數球。各球復各碎爲數球。遂有今日之諸天體。其分化之理。皆可以物理學與器械學說明之。地球成形之後。依同一之規則。由其自體分出月球。一家相聚。團欒爲樂。卽吾人之太陽系也。地球之熱度漸減。由氣體而爲液體。由液體而爲固體。遂有山川海陸之別。草木鳥獸之分。是爲宇宙之進化。地球運轉不息。將來其熱度以次第減。必變爲冷體。有如月球。卽太陽亦次第放散其熱。漸漸熱爲冷體。將來地球、太陽、及其他諸天體。互相衝突。必碎爲微塵。而復歸於太初星雲之狀態。是爲宇宙之退化。凡此皆科學家之所報告。非吾人之所臆斷也。

　　唯是世界來自星雲。此星雲之前若何。世界復歸於星雲。此星雲之後何若。歐美之哲學家雖多。然尚未有人焉論及於此。夫前一星雲之前。與後一星雲之後。固非實驗之所能及也。然吾人於肉眼之外更有心眼。感覺的顯微鏡之外另有論理的望遠鏡。況近世諸科研究之結果有可藉爲上出乎前一星雲之前而下入乎後一星雲之後之飛行機焉。此飛行機唯何。曰物質。不滅。勢力。恆。存。因。果。承。續。之。三。大。法。理。是。

　　此三大法理者科學家之所信也。物質與勢力既皆不生不滅。不增不減。永久存在。則前一星雲之前與後一星雲之後。即不但亦有物質。亦有勢力。且其量亦必與現在相同。世界依因果之法則以爲變化。因果既承續不斷則前一星雲之前與後一星雲之後。亦必有與現世界相似之變化。故不但前一星雲之前亦有世界。後一星雲之後亦有世界，其世界亦必與現世界相若也。前世界之前亦有世界前前世界之前亦有世界要之現世界之前與現世界之後皆有無限之世界其世界皆與現世界相若每一世界之中皆一大進化一大退化如明暗之相前後如寒暑之相循環又如輪轉故謂之輪化。

世界之所以輪化非因有造物之主宰實世界之自化蓋世界一大活物非死物也人之以世界爲死物者猶人之益以人爲死物也生物與無生物之間無劃然之區別有機物與無機物之間無判然之界限生物可變爲無生物無生物亦可變爲生物有機物可變爲無機物無機亦變爲有機物世界之界界有進化退化猶草木之年年萌芽年年生葉年年開花年年結實年年凋落年年凋落後復萌芽爲人類其世界之花乎草木年年有開花期世界亦界界有開人期進化論之論應化也分爲個體的應化與種族的應化之二種其論遺傳也亦分爲個體的遺傳與種族的遺傳之二類自世界輪化說言之則個體

的。與。種。族。的。應。化。之。外。又。有。世。界。的。應。化。個。體。的。與。種。族。的。遺。傳。之。外。又。有。世。界。的。遺。傳。世界上至難解之問題若運動自何時開始生物自何時發生精神之本源何在先天性先在性之由來何若等皆從來所視爲宇宙之謎。造化之秘者也數千年來異說百端莫衷一是論波滔滔無所歸着。若臨之以世界輪化之說則皆可迎刃而解焉。

此非上氏世界輪化說之大略也。取列子一書與此世界輪化說較其相似之處甚多。約略舉之計有十點。

（一）上述之輪化論分世界之物爲二類。一有變化。一無變化。有變化者爲吾人所見之物。無變化者爲物質與勢力。列子書中亦有此分類。天瑞篇曰。

有生、不生。有化、不化。

又曰。

（未完）

學顏李

在四存學會九月十壹日定期講演會演說

張斌

今日恭逢丁祭。聚衆多同志相與祀先聖昔賢於一堂。樂何如之。顧其得此聚者。以有四存學會也。學會之設。昌明顏李兩先生之說也。顏李之學。卽周孔之學。吾人不敢遽企及於周孔。故以顏李爲入德之門。然於顏李之書。嘗日取而誦習之矣。而嘗自設一問曰。顏李之學。果如何乎。學顏李者。當如何以致其力乎。則茫然莫以對。無已。以概括語應之曰實學實用也。又進一問曰。將如何以實之乎。益茫然莫以對。是豈非於未學顏李之先。覺曏昔之學。或流於空疏。爰取其學以劑之。今仍復渾淪不亦流於空疏乎。居恆深自究察。蓋無析、分之、功、也。夫顏李兩先生於宋學鼎盛之際。力闢誤謬。而以周孔三事三物六藝四教之學號天下。其破他說則創也。其傳周孔。則承也。故嘗妄謂兩先生之學爲創。承。並重之學。創卽作。承卽述。孔子曰。述而不作。孔子蓋謙不當作。非示人以吾學僅述而不作而止。更非詔後世學者僅以述而不作而止也。顏李深知。孔子。之意。故以。創。承。學孔子。吾人今日之學。顏李亦當以創。與承。學。之惟創始於承。而承終於創。取其學以自繩自飭。承也。宏其學以救一世之偏。創也。此其步武。可分爲三。一曰。拓、容、積。學術者萬事萬物羣情衆理之結晶也。其涂闊。其量宏。則人人可由之。顏李以明道救時爲心。其功卓。其志苦。則人人可來之。孟子之拒楊墨。蓋確見其無父無君也。而拒之。顏李之闢釋老。蓋確見其絕世棄物也。而闢之。苟不如是。當有以納之矣。今日衆說雖尨。必自有其封疆。苟欲大吾之學。在已必廣通衆說。有以服人。而於其堂其構。又身親而目察之。是其是。正其非。是者不妨舍已以從。非者必驅同虎豹。舉學問之事。而與當世共之。夫如是始能使之心折而伏首。故一。須容納。一。須調和。若一切唾棄。僅守吾說而終身焉。吾已見薄於人矣。遑云辟闢。極其至。吾之學不過爲限定人數所私有。不惟隘已之見。小已之容。且恐隨天演界以奄忽矣。創於何有。承於何有。一曰。富、術、藝、學以治生。能治生始能明道。能明道始能救時。顏先生曰。自古無袖手空齋。不謀身家之聖賢。故於二十二歲學醫。曰、以貧爲養老計也。其後尋親關外。資斧取給於醫卜。醫卜小道也。顏先生且爲之。吾人居今。除力所當爲而外。其他視力之能及者。須分別爲之。多一術卽多一生計。多一業卽多一學問。勿高居。勿峻已。勿持曠論。勿慕虛榮。雖不能舉天下事盡能之。苟能之者較多。俾人見吾之學果足以用也。則向慕而來者必衆。再進而改正乎當世。預備乎將來。明示人人以五衢通塗。則吾學可廣而吾道可宏。若封已而自足焉。其所能、乃不克盡於米鹽。每爲家人婦稚所笑。又何云乎創承哉。一曰。制、程、式、凡爲一學。精神其髓也。形式其表也。髓實則體強。表著則人從。向之學者。每持精神論。鄙形式而不肻爲。或已有得而默不示人。此大誤也。宗教家之傳教。必以拜神祈禱爲先。蓋謂非此無以表現精神。更非此無以示人以法門也。愚謂學顏李。固必具其精神矣。而其應世接物立己處人之道。急應分類制式。某如何。某如何。日夕遵守不替。兩先生每歲之初定常儀功。吾人亦效爲之。制、一、顏、李、學、式、之、儀、功。既以長己德。又可示人以程。雖曰形式。而於播揚其學。裨補實多也。由上三者言之。拓容積學不限一方也。富術藝。功不流空曠也。制程式。行不入岐涂也。既能承述。又可創作。然後守以堅卓。進以奮厲。婆心苦口。持以度人。顏先生又曰。明此道於天下後世。不得不通聲氣。廣交遊。有從者此道傳。有排者此道亦傳。若然則世人之知我也可。罪我也可。雖譏笑侮焉。又何恤乎。完一己之眞。促人人之眞。乃學會之責。實吾輩之責。倘亦我

大總統提倡顏李之苦心乎。斌識淺學末。今日所云。但爲商榷。絕非演講。倘蒙

諸君子示以方策。俾有所由、尤幸矣。

藝文

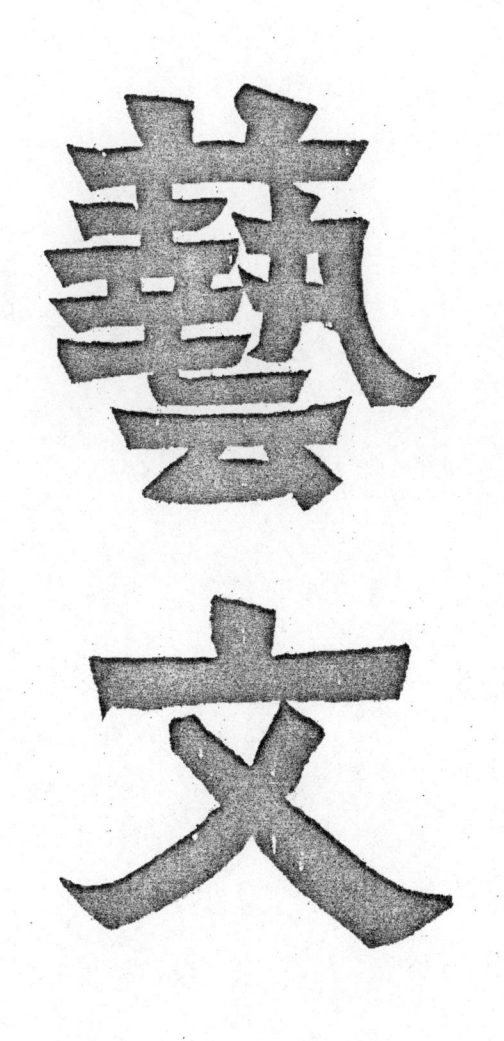

通縣王君墓銘 丁巳年作

吳闓生

君諱某字某生清末季嘗憤時俗窳敝思有以矯厲之聞革命說則大喜武昌事起君與其徒楊兆林王斌謀以通縣在肘腋下洞腹潰胸可一舉而定乃陰部署刻符節置旂幟槍械未發而覺兵圍其第君與少子丕承及楊兆林王斌等在事凡七人皆被執就鞫慷慨不屈翌日縻之縣東門外殲焉年五十六矣辛亥十一月二十九日也先民之締造共和勤矣碎首糜身飲鋒鏑相率蹈百死不顧藉者亦曰求斯世之安寧已耳五六年來國內之擾攘益棼而生民之顑頷顚連於水火之中者其痛苦乃益不可紀極是眞發難首義者之初心所萬不及料者也夫以後來者之不能善事而追咎夫貽謀之不臧固非前人所能任然而出生入死劇谻萬端以博此一日之小愒乃瞶焉分崩蕩析之無遺甚且反求其故而不得死者有知獨何能泰然於地下邪後之君子過前賢之

墓壠撫其遺烈所留貽亦愀然思所以自謀而毋重先靈之隱痛也君子三人不顯丕謨丕承以某年月日葬某所謁銘銘曰

古。之。喆。人。何。嘗。惜。死。死。亦。何。難。處。死。難。耳。君死名立其死不磨不圖其繼吁君謂何誰肇厥機爲此搶攘刻銘頌君憤薺圠坱

陳可園傳　　武錫珏

先生諱作霖字雨亭江甯陳氏隱居不嗜仕進嘗拓宅後隙地數畝蒔花木築室講學其中顏之曰可園學者稱可園先生晚遂自號可園老人曾祖諱某以諸生入祀鄉賢祠祖某某官父某某官數世以來或仕或止皆種德績學以世其家先生幼聰敏嗜學若出天性年十五補縣學生員當是時粤匪踞金陵江淮之間靡然騷動先生奉親屬流離轉徙衣食於奔走蚤作而夜思暇輒假書戚好且錄且讀成册者百餘而學以大進遂以光緒元年領鄉薦而名聲亦傾

動一時爲是後應禮部試連不得志於有司遂厭薄進取慨然以著述爲已任尤惓惓於鄉邦文獻朝夕諏稽搜遺拾墜成大事記一卷兵志攷一卷名宦鄉賢孝弟三傳各一卷軍制攷一卷先正傳三卷孝友傳一卷仕蹟傳一卷江蘇兵事紀二卷古蹟志十卷先賢傳十一卷列女傳一卷雜人傳一卷金陵通紀十六卷通傳四十九卷先正言行錄四卷元甯鄉土志六卷運瀆志一卷鳳麓志四卷東城志略一卷物產志一卷南朝梵剎志二卷歷代遺民傳四卷文彥傳一卷又成金陵陳氏攷一卷陳氏宗譜四卷可園備忘錄四卷藏書跋尾五卷書目二卷文存十六卷詩存二十八卷詞存四卷養和軒隨筆二卷炳燭里談三卷一切經音義通檢四卷課孫史略一卷古文辭選四卷唐詩無雙選一卷壽藻堂外稿二卷文集二卷詩集六卷瞽說二卷可園詩話八卷嗚呼可謂勤矣金陵襟帶長江擅石城鍾山之勝靈淑秀傑之氣昔賢曾歎其鬱葱歷代

以來文物之盛甲大江南北乾嘉之際桐城姚先生姬傳主講於斯學者輻湊麕集餘風流衍徧天下而管異之同梅伯言曾亮皆江甯人於姚先生弟子籍中所學尤過絕倫等是後歷嘉道咸同四世數十年雖中更寇亂尙蔓延綴屬不至歇絕也至曾文正督兩江一時幕府賓從與所延致文學賢能之士尤多若戴子高張文虎汪梅村士鐸洪琴西汝奎皆文正公所羅致先生年輩故與諸公相接屬而著述尤盛四方人士遊客金陵者咸以望見顏色得聆緒論爲至幸有清之季諸先生皆老死獨先生一身繫東南文學重望故於先生之卒識者罤焉惋惜謂碩學耆舊盡矣其卒也爲某年月日壽八十有四子詒綬詒謹篤學著有一切經音義彙編十二卷石城山志一卷鍾南淮北區域志一卷續金陵通傳一卷孫祖同國立北京大學校文學士善文辭皆能世其家學云贊曰先生晚年深於易余讀先生所爲文集其說易剝卦上九爻辭反覆於剝

復循還陰陽消長之間而慨想乎秦伏勝隋王通其自命蓋可想見　斂文喪詩恃以守　待後者亦碩果之僅存耳彼識時務熟趨避者顧欲滅絕吾國數千年文學以放其無等欲獨何心哉

贈蒲圻王子丹隱居　　柯劭忞

巴陵之北湖山隩。葉令翁官昔高蹈。擢矜折鍛謝浮名。道書一拳擘精妙。薜荔朝搴泛瑟帷。虹蜺夕貫燒丹竈。山深無人溪路澀。彷彿文貍從赤豹。昨款松關留信宿。夜壑風生吟萬籟。前山落月與雲齊。獨倚霜簷展清眺。君言麋鹿心性野。不願爲犧薦宗廟。賤子迷方何足論。先生絕俗安能到。吾之友曰蓋使君。學道早學邱眞人。童顏不老有仙骨。至今吏綱嬰其身。何時偕入華嚴洞。採藥名山訪隱淪。

謝邁度遊山歸迓之以詩　　李葆光

有手不搖溯上觽有弓不射山中虎無端寸廩滯京曹日或一餐雜紅腐刺敝那有門可投棗陰滿院睡至午身如病鶴懶不飛世人誰復造我宇巨靈仙掌插雲天指紋千叠聯迴川神驅鬼曳瞬萬里化作君形此鏇間怪道詩思忽龍躍筆鋒猶挾山頭煙驚君才祝君壽四郊鬱鬱藏機轂雨注風穿巢已漏暫携諸雛伏石竇童瓦兒磚忍莫究時來一鳴徹宇宙

次韵答子健　吳闓生

誰能畫地爲長城斬羈截鞅捐纕纓強策疏庸追衍雅扶曳踦輪鞭跛馬蹀躞京國俄十年孱軀惰骨勤包纏犧尊所餘棄溝斷何由拔置南山邊南山老柏干霄上翠蘙排空絡珠網密葉分香鳳偃翻古幹溜霜蛟屈強棟家幹國原區區天公不覆東南隅傛然雷雨周六虛九淵自抱驪龍珠可憐尺壤爭膏腴空使楊朱泣路衢去有善卷來蒼舒吾處身若橛株拘以我參夫二子乎（句用呂氏春秋）

直宿西苑次韻答葆之 癸丑舊作　　前人

液池春漲雨冥冥入夜晴光轉曲亭花影隔簾間有態竹風迴檻醉能醒飛龍蜿蜒元無恙語鶴淒涼不可聽欲問風波明日事夜深禁墻響疎鈴

金陵城上聞鍾　　步其誥

坐觀風物正茫然何處鍾樓破晚烟零落餘音百八杵興亡往事二千年江潭春色猶如畫鍾阜晴雲自一天異響未須爭乳乳定林今已不成懸 定林寺大鍾二相傳即景陽鍾也鍾乳百八乳乳異響

幸酉六月二十一日爲歐陽文忠公生日偕惠芬遊北海觀河花又至十剎海會賢堂茗坐移時乘興往高廟訪西涯故址歸途成詩三章

孫雄 師鄭

金鼇玉蝀間荷花十萬柄團城氣森肅寂靜宜養病我來值、盛夏驟雨跳珠迸籠霧。碧沼寒。迎風曲臺淨。緬懷六一翁。雅望挹無竟。襟帶兼老莊。著述邁管孟。異同班馬評。淸任夷尹聖。文章革浮靡。道德鎭流競。擬以君子花。長生壽遐夐。誕日相後先。淸風共輝映。人物並二難。功德孰後勁。嗟余懵不學。馬齒過知命。忘機谷號愚。請業鄉求鄭。私淑在廬陵。潔芷屢修敬。拜公龍鸞姿。適我麋鹿性。携家作淸遊。汎汎如鷗泳。時宜苦不合。朝雲佐絃詠。歸途互唱酬。紅霞照明鏡。

公昔當夏日。有暇卽學書。自得靜中樂。變動周六虛。攜翰若飛隼。運腕能自如。雷霆驚且疾。雨雹盈庭除。熟視若無覩。游心與道俱。自成一家體。獨臥幽人廬。平生恥摹仿。奴書羞壘緒。論詩有妙悟。汝陰方退居。豪邁數子美。淡遠推聖俞。淡味耐咀嚼。豪氣騰江湖。白髮愁送春。句和謝伯初。謫宦萬餘里。猨啼腸爲枯。公名磊天地。餘文特緒餘。己足俯儕輩。雲氣由龍噓。屹然見砥柱。獨障羣流趨。

壽蘇西陂始。壽歐西溪創。歐蘇本師生。孔顏相揖讓。沆瀣一氣融。旗鼓千載抗。

覽撥判冬夏作牧峙且望梧門與潁叔繼起富賡唱梅伯言邵位西隱郎官祁文端曾文正位上相並有壽歐詩亹亹德音暢升香蘊藻薦傾誠葵藿向吁嗟今何世沸羹傷板蕩諸侯大放恣後生習誕妄原伯不說學微子嗟淪喪畜德與能文世棄供覆醬公靈在九天下視應愴悢緬生攄蓄念思古駐幽曠迴車弔西涯垂柳陰如障彈指三百年潭水流無恙相業休復論徒供世嘲謗秋氣漸侵人蓮沒清蒲颸喁于且自樂與世兩相忘

幸酉六月歐公生日從鄭齋夫子往遊北海又至高廟訪西涯故址歸巳薄暮謹賦七古一章　張元默蕙芬

六一先生人中龍四十作記稱醉翁生日喜與荷花近曲翻金縷杯碧筩荷風送香氣疏放離宮小憩幽襟曠銅駝臥棘漫生悲玉鷺眠花不驚浪巾車早出侍清遊瓊島春陰十二樓金風蕭颯釀秋意一雨被盡羈人愁迴車更訪西涯

迹左徒故宅憑傳述廬陵而後有長沙天愛名賢付仙筆季夏生日多詩人歐李相差僅一旬(茶陵生於六月九日)前有山谷(六月十二日)後賓谷(六月十一日)西江詩派瀠瀾淪抱經(六月三日)遺著稽縑帙貞愍(六月九日)忠魂寄綃疋更有閨媛方白蓮(六月二十四日)巧與荷花共生日我熟鄭婷略知詩仰止前賢類管窺嘉祐詩文推雅正貞元朝士少留遺嗔色催人越吟苦歸途戴笠隨臣甫吾儕人海一鷗浮惟有文章壽千古

廉孝子哀辭　陳詒紱

廉孝子。綑同其名蘭如其字直之甯河人也。幼有至性。事父母以孝聞。年十三。入杭州測量學校。卒業後。始課生徒。旋授本學校製圖之聘。束修所得。無豐約悉以奉親。不數年。歸里侍養。父病革。孝子百計不愈。遂刲股並藥進。焚香禱天。願身代父。孝子果病而父竟三十五日前卒。嗚乎。今日者世衰道微。子弒其父者有之。即不然。棄其親而不顧。比比皆是。有如反哺之烏者乎。有忍痛刲肉療親者乎。有願舍其妻子、甘心求死、隨父於地下者乎。若孝子者。可以風其矣。辭曰。

辭聘歸侍。實孝子之意。親亡身存。非孝子之志。解一 父病未瘥。兒心先傷。刲肉潛藥中。難成續命湯。解二 滄海可枯。泰山可碎。不可乾者。乃孝子之淚。解三 死背吾母。生背吾父。酬生死。心良苦。解四 與其生思父。曷若死侍母。死皆有後先。終歸一杯土。解五 父簀易。兒疾嬰。夢呼父。父不應。解六 父緩行。兒追隨。九京下。永不離。解七 憒亂中。時反覆。握妻以手無私屬。勉勖事母乃瞑目。解八 天悲其志。天益其疾。距父之沒。三十有五日。解九

談叢

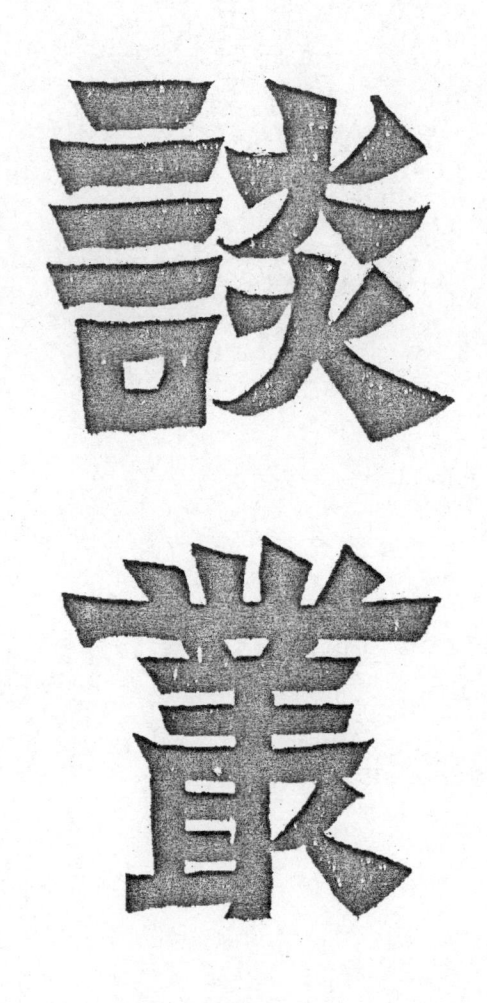

路殆能道出古人心事隔壁爲佛公祠亦前清名臣有功於山東者遊歷既遍兼購墨搨數本遂相與刺棹廻舟夕陽明滅野航容與余三人盱衡古今上下議論情思甚暢而廻顧鄰舟或煑茗淸談或扣舷高歌或則搴蒲汀畔或則垂釣柳陰遊客如織各適其適一如助余三人之樂也已既而停橈馬頭呼鵲華居進晚膳鮮魚白蒲菜蔬亦佳余久已戒酒至此復盡一觴泊回棧已滿下十鐘矣二十五日早八句鐘二十分乘汽車赴泰安路遇遊泰山者甚夥有劉君子林者山西人久在東省候補云春月山花始放正可遊覽惟現値久旱四山霧靄觀日出恐不及秋時淸澈耳過萬安車站云距此數十里有靈巖寺峯巒幽邃頗饒形勝歷代名人題詩最多以匆遽未獲同遊爲憾至長清站道傍山麓苦崎嶇行綏甚至此兩面山勢環抱如入峽中或凸若覆釜或凹若馬鞍或突若饅頭或橫若虹臥千態萬狀其山脈均由泰山來也幾如山陰道上令人應接不暇矣十二點十分到泰安住金源棧卽有脚行夫役隨後代僱筍輿按筍輿形如竹兜桿長六尺許穹其坐處若弓橫置絡兩桁坐之舁夫以韋繫兩把側足橫行磴上俾乘者無俯仰之勞看山有左右之適世傳泰安舁夫能力甲於他省非虛語也吾輩上山非此不行以故索價獨昂經棧主再三磋商議定每人日給銀幣一圓王黃二君貌淸癯三人一乘以余體胖非五人輪班不可姑允之午膳後各乘筍輿上山路過梳粧樓相傳爲碧霞元君得道之所須臾至岱宗坊坊在泰山南趾登山者均以此爲先路之導焉坊東爲酆都廟內祀酆都大帝配以冥府十王道經云酆都爲陰氣之主又曰十王之中七曰泰山故建廟山麓以崇祀事階下有古柏柏頂楨檜一株寄生也是名飛來柏北上爲玉皇廟上祀玉皇下爲三元洞凡朝山者均至此拈香頂禮然後上同人

來時棧主昇夫諄囑多購寶錠香楮等物覘其意似以多爲貴必不可少者同人姑徇其請至是竭誠進謁衆乃悅此故習慣使然亦入鄉問俗之遺意歟廟內黃楊二株大逾拱把靑葱可愛道人啓東廂一小門內爲孫眞人坐像眞人係直隸阜城籍康熙二十四年涅槃於茲周身骷髏手足完好依然端坐蒲團惟面目槊成金像以壯觀瞻眞人其有道者歟胡以血肉之軀乃能歷久不磨如此而世人顯攘攘輭紅塵中日疲精敝神於得失利害之途以戕其生而亡其身亦獨何哉由玉皇閣北上里許爲王母池圖志一名瑤池又曰虬在澇道里記云在白鶴泉東北飛虬嶺下水經注謂古者帝王升封咸憩此水上俯視澗中鉅石磥礧夏間驟雨盛漲似挾山水以俱下者今則溪澗不毛矣豈泰山之雲竟不能爲崇朝雨乎西北爲王母殿殿東跨澗爲王母樓後殿有八仙像塑甚精緻面目如生他處所僅見也前院爲放生池階下有洞內鐫宋皇祐五年碑記山東爲爭靑島事學潮未息是日女校學生多半放假來遊國家內政不修以致外交失敗而裙釵者流至不惜廢學爭之不亦大可哀乎再北爲山西會館東院漢柏一株唐槐二株古幹槎枒勢欲拏雲西院馬尾松一童童如蓋枝蹤垂地盆內子午蓮正放花白而小朵如碧桃蕊紅黃色一日夜開合兩次比之合歡知時芙蓉三變化工造物之奇有如此者已至道院茶話並詢前途各形勝坐少時遂行頃之遙望丹崖壁立昇夫指曰此一天門也題瞻巖初步四字北上一坊題曰孔子登臨處廟額曰紅門宮即元君廟也對面爲飛雲閣且止亭更衣亭由此北望南天門惟見一線鳥道直插天外隱約中石磴齒齒階級路可辨認心搖目眩者久之幾疑爲蓬島仙境可望而不可即矣再北爲萬仙樓額題仙骨風流北面顏曰謝恩處以淸高宗東巡登岱令羣臣自此

容言天下事甚以非天下所存亡者故不書管宴列傳是以不論其佚事是也通書皆可以此觀之

周厲王發龍漦化爲玄黿童妾未齔而遭之及笄而孕生子是爲褒姒按厲王發龍漦時當在流彘之前童妾及笄生子則在共和之時宣王在位四十八年褒姒之生已五十餘歲矣年長色衰能入後宮乎況伯服爲褒姒之子考其年尤多不符年湮代遠所謂傳聞異辭也

秦得諸侯地往往出其人而以己民實之惠文十三年張儀伐陝出其人於魏昭襄二十一年魏獻安邑出其民赦罪人遷之二十六年遷罪人於前歲所拔趙之二城二十七年遷罪人於南陽二十八年遷罪人於鄢鄧取其土不取其人以絕其反側之心西人殖民之法類此

項羽起自匹夫不藉尺寸以滅暴秦宰割天下而封王侯位雖不終已儼然帝

王氣象魏豹之徒皆遵其命高祖亦嘗仰其指使聽其約束史記不以成敗之見列之本紀誠爲卓識漢高曰吾與羽約爲兄弟高既立紀羽獨可傳乎傳者人臣之傳也羽未爲高祖臣豈可紀高而傳羽漢書因尊王之故列羽於於傳殊爲失宜後世開國之始其割據之臣如公孫述竇建德王世充張士誠陳友諒輩皆宜列之本紀以紀其實況史記爲古今公史豈可徇一姓之私乎項羽漢高皆英雄也而兩人自別項羽之英雄眞漢高之英雄假項羽謂秦始皇可取而代漢高則曰大丈夫當如是有豔羨之意漢高入關欲止宮休舍項羽則燒秦宮室優劣於此可見史記敘項羽之武勇材力而高紀則歷陳其祥瑞異兆謂羽爲天亡謂高爲天授下筆極有斟酌陳涉世家載其篝火狐鳴正與高紀相對范增說項梁立楚懷王以鎭撫江東子弟與陳嬰屬項梁蕭曹讓劉季同一故智項氏視懷王早己若有若無懷王知之故遣沛公入關而不遣項羽謂沛公長者託

詞也實奪羽之權　項梁初死即幷項羽呂臣軍自將之其忌項氏深矣及遣羽救趙又以卿子冠軍爲上將諸別將之屬項氏者（當陽君諸人）皆屬卿子冠軍即所以卿子冠軍圖項羽也兵貴神速而留安陽四十六日正以外結齊援而圖羽耳先闕秦趙卿子冠軍之飾詞也非不欲救趙乃不欲羽之救趙也不然田榮與楚有惡而使其子相齊非欲結齊以圖羽而何况羽與漢戰終歸漢王父母妻子羽非忍人何獨卿子冠軍之子獨追而殺之邪

孝武本紀集解索隱俱以爲褚先生所補考證謂全用封禪書愚謬陋妄恐少孫亦不至如是今按是編全襲封禪不易一字無論爲何人所補而其授人以攻擊之隙則殊不可解太史公自序外攘夷狄內修法度封禪改正朔易服色作今上本紀或史公原文必多載鬼神事與封禪書相同後人見其殘缺遂以封禪補成之與若讀毫無依傍即移彼就此恐褚先生不如此之愚後人亦不

如此之愚也

十二諸侯年表敍周魯齊晉秦楚宋衞陳蔡曹鄭燕吳十三國索隱謂十三國而十二者吳爲夷狄又伯在後也非是世家首太伯則史記本不夷狄吳且夷狄吳而不夷狄秦楚亦覺不類今按六國表不數秦秦列第二以秦繼周爲天子也春秋託王於魯此表以魯次周即託王之義託王故不數魯以六國表觀之當如此例不數魯非不數吳也

項羽渡河救趙破章邯秦精鋭盡於外守備空虛故沛公得入咸陽適乘其隙非戰勝攻取之力也使非羽牽秦軍沛公必不敢正面西向羽曰始滅秦者藉與諸侯王之力蓋實錄非虛詞太史公謂羽將五諸侯滅秦又曰虐戾滅秦自項氏皆推本之言

天下非漢之天下也漢王倖而得之馬遷作史率多微詞秦楚月表謂作難發

附錄

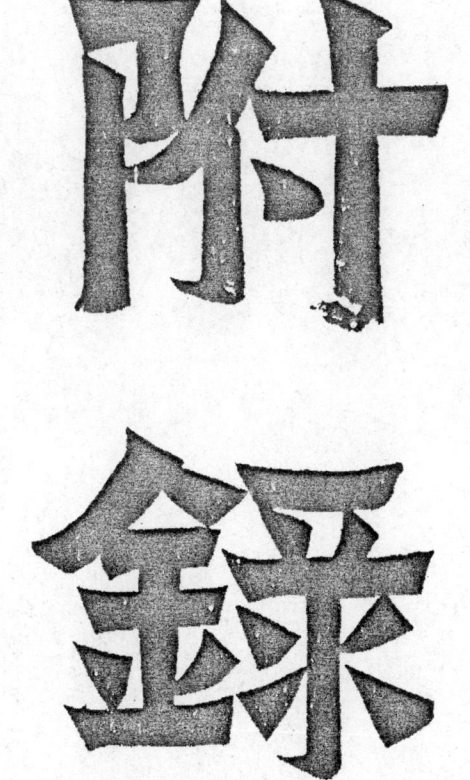

河南四存分會開成立大會記

分會來稿

民國十年八月二十三日即陰歷七月二十日河南四存分會在省垣二曾祠開成立大會門首紮松坊一座榜曰四存學會河南分會喬皐璀璨氣象一新會場設祠内之瓣香樓樓五楹三面臨湖極軒敞約容四百餘人場内督軍席省長席北京總會會長席北京總會代表席以次來賓席會員席整齊嚴肅秩序井然上午九句鐘後風雨交作發起人及會員均冒雨前來十一鐘督軍趙公省長張公同時蒞會國旗飄揚簪裾雲集一時簽名到會者約三百餘人易同人于野利涉大川利君子貞此即君子中正相應之一證詩有之曰風雨如晦雞鳴不已既見君子云胡不喜援古證今後先有同揆焉既而奏樂督軍省長率同全體會員致祭於

至聖先師以河南歷代先賢先儒及顏習齋李恕谷兩先生配享行三跪九叩禮禮畢退入休息室小憩遂奏樂振鈴開會其程序則先由臨時主席李君學鈞報告開會宗旨次由督軍省長派代表劉君龍光宣讀大總統演說詞又次由督軍省長演說又次則北京總會會長李君見荃暨總會代表謝君宗陶呂君繼曾張君家駿演說又次來賓暨會員演說一時崇論宏議聽者鼓掌贊同聲與風聲雨聲湖波震盪聲相應和似天亦助斯文之善鳴者此固先聖先賢暨歷代諸大儒道統命脈之所繫而亦我

大總統守先待後維持風化之苦衷所默爲感召者也演說既畢推舉會中職員正會長推張君縉璜副會長推畢君太昌武君玉潤胡君遠燦名譽會長推趙督軍張省長暨李君見荃魏君聯奎史君緒任王君士傑李君時燦楊君捷

三張君樊堂王君宗祐講長推王君士傑兼任學務會監推張君之銳李君步青陳君善同王君光鑠孫君世偉事務會監推裴君其勳胡君大同龍君敏修柴君得貴許君得勝評議員推王德懋路蔭壽李鴻壽周燠圻李學鈞常秀山杜憲康世華孫正宇彭葆珊王幼僑王樹玉王靜瀾段樹德郭景岱胡鼎元趙文林李國琪趙灝儒諸君等濟濟一堂文武兼資自此以往琴書劍佩互相研究文武合一之規吾豫其庶幾乎遂奏樂散會幷宴北京總會會長及代表於擬峴山館此一會也軍省兩長仰體

大總統崇儒重道之旨嘉惠士林組織河南分會以維世道而正人心舉先聖之大經大法與近今之時務科學合一爐而冶之改良社會陶鑄人材此其權輿歟爰爲記其顛末如此所有各演說詞臚列於後

河南趙督軍倜演說詞一

自來風俗人心之良窳恆視學術之純駁以爲轉移學術一乖則風俗人心勢必日就衰頹而莫可究詰兩宋以還宗漢學者詆宋儒爲迂拘宗宋學者薄漢儒爲淺陋迨南宋之季江西頓悟永康事功永嘉經制皆於新安而外各樹一幟明清兩代名儒輩出而餘千河津新會姚江夏峰睢州梓亭三魚雖別戶分門不無異趣究其卓然能自樹立均不失爲振古之豪傑足以肩道統而正頹風顏習齋先生特秉異才慨末學之空虛爰著存性存學存治存人四編以爲救時良藥李恕谷先生起而承之以實心求實學於實學課實用淵源薪火相得益彰洵足爲孔孟之功臣程朱之諍友也晚近以來新舊過渡維新者探西士之皮毛而昧其旨趣守舊者襲古人之糟粕而棄其精華宜乎彼此相譏而

均無以相勝也今

大總統剛健中正文武兼資而於文治一途尤注意焉省長張鳴岐先生去歲在參議院府奉

大總統委託在京設四存學會闡明顏李兩先生之學遠近學者風靡雲集甚盛事也嗣

鳴公再長河南益以興起斯文爲己任前此商之鄙人在豫省設立四存學會分會一時邦人君子罔不傾心贊助樂與觀成茲於本日開成立大會所有耆儒碩學以及後起英才聚會一堂商量邃密鄙人投筆多載悔不十年讀書然

崇拜前賢固與

諸大君子有同志也竊願

諸大君子追美前修正誼明道兵農禮樂爲國儲材俾河雨嶽雲大放光彩上以副

首座重道尊儒之雅意即以慰

省長扶衰救敝之深心大道之行豈異人任鄙人不敏亦將於把劍談兵之餘暇學說禮樂而敦詩書當亦

諸大君子所樂許也

趙倜謹述

河南張省長鳳臺演說詞二

學會以四存名自我

大總統創始根據顏習齋先生四存編而名之者也鄙人曩歲在京仰承
主座鈞諭於首善之區組織斯會冀爲天下倡規模粗具而長豫之命下迨蒞豫後原擬開一章明義即設立分會
以爲各省先無奈旱魃方張救死不贍奚禮義爲以故延緩至今幸託天福差卜有秋難徭兩減收似猶無碍進
行況山西督軍早著先鞭吾豫號禮學名邦且爲顏李兩先生舊遊之地與鄉先哲李禮山竇默菴許酉山朱主
一之數公者同堂授受或書札往來衣鉢相傳迄於今幾三百年矣其流風餘韻猶傳述於兩河嵩嶽之間至共
和肇造國粹式微並吾鄉所最崇拜之學說如伊洛淵源者亦皆數典忘祖相率而趨於囂張奔競之途噫嘻危
矣周人將軍以書生從戎固深於學者也詢謀僉同思有以挽頹風而樹之鵠適於省城二曾祠添設分會一切
章程大致與北京相同聲應氣求道不孤矣凡我鄉積學之士與一般耆舊老成棲遲泉石而澹於仕進者皆致
請來汴藪泉碩果山斗儲然藉魯殿之靈光樹嵩河之峻望禮經云相觀而善之謂摩吾豫其庶幾乎顧或者曰
吾子之爲此會也迂且固夫時至今日生民之禍烈矣天變垂於上人禍興於下內憂外患岌岌其危臨渴求泉
與時何補余應之曰迂則迂矣顧當此大廈將傾之際而猶嬉戲處堂不務所以撑持之方勢必至棟折榱崩如
土委地而後已夫河汾一席安樂一窩大抵皆運際迍邅而其志不衰其學彌固唐宋濟世之才由此其選也彼
世之不迂不固而與世浮沈卒至身敗名裂者其爲人賢不肖何如耶或又曰亂需才才需養吾聞命矣惟治世
之才多平庸亂世之才多魁傑宋南渡後陳同甫致朱子書云當此之時而爲誠意正心之學者皆痿痺不着痛

痿之論詞雖過激蓋亦識時之彥耳今何時哉自歐風東漸士習銳新談天雕龍自命不凡之徒盈天下一旦而爲之說時教禮飲才就範俾束縛於禮義之中不將挫其銳而弱之骨耶余則曰汝言過矣夫兩露冰霜天地之化工也孝弟忠信禮樂兵農聖賢之鑪冶也才勝德則狂德勝才則聖顏李之躬行實踐實爲古今大聖賢大豪傑旋乾坤之眞骨髓即此庸德庸言而宇宙非常之業與蓋世之雄基此矣馭天下之至巧以至拙鉗天下之大智以至愚勿矜奇勿立異中庸不可能汝其深長思之抑又有執運數之說以質於余者曰姬姓中衰周召共和詩小雅十月雨無正大雅民勞板蕩諸篇皆共和十四年事也山崩川沸陵谷變遷蹲沓背憎風雲詭譎其菑害紛乘有如此者盈庭發言謀夫孔多哲謀肅艾淪胥以敗其紀綱紊亂有如此者夫周召勳留也蘇公家父尹吉甫之流皆當時碩輔也顧何以元老在朝朝夕諷誦而蜩螗羹沸如故耶數之所在理亦絀焉仁義道德如氣數何余曰否否自古言數者莫如易其次則皇極經世然易經六十四卦三百八十四爻無一卦不終吉無一爻不悔而貞也邵康節以元經會以會經運以運經世述皇帝王霸之迹歸於大中至正之規天定勝人人定亦勝天此心此理亘古不磨泥於數則人心滅而天理絕矣就顏李往事而論遼東尋父遺骨歸墳石室著書王侯折節即此犖犖數端而精誠所感可以貫金石可以質帝天孟子云天不變道亦不變於此時也無論世變者何而我行我素惟抱此堅苦卓越之心以助其爲聖爲賢之學而氣數之說不與焉讀孟子將降大任一章當可恍然悟矣問者唯唯余更爲進一解曰豫省介南北之衝譬如春秋之鄭亟應培植人才以爲自强自立之基讀鄭風緇

衣諸什適館授餐禮賢也風雨雞鳴世亂思君子也靑衿佻達思來見以肅校風也以鄭例豫不有賢才何以圖存至顏李四存編與程朱偶有異同概無庸深論三代以下師儒講學除尼山一老廣大精微無可訾議外其餘則見仁見智總不免語未精而擇未當之偏但願我同學之人知行並進異途同歸不爲權利所觸不爲潮流所搖斯成德達材不遠矣嵩嶽峨峨河水洋洋地靈者人亦傑尙共勉旃毋怠毋懈

河南分會會長張縉璜演說詞三

自伏羲一畫開天而形上爲道形下爲器大壤間乃誠爲有情之宇神農黃帝代興於是耒耜舟車弧矢之作事物日出而愈新古聖人前民利用創制顯庸所以通神明而類萬物者蓋均本此道藝一貫之旨一奏夫開物成務之功耳夫三代而上政學之界不分作君作師理無二致故後儒謂堯典一書開萬世道學之源以欽恭二字爲學始終之要其曰克明峻德以親九族身脩而家齊也曰九族旣睦平章百姓家齊而國治也日百姓昭明協和萬邦則國治而天下平也當年道統之傳執中一語獨標心法而其見於設施者要惟是金木水火土穀之六府正德利用厚生之三事用以平地成天利賴萬世蓋政學極軌陶唐氏獨有千古矣周公以周禮致太平夜繼日坐待旦用心可謂勤矣而見於事業者不過以三物敎萬民而賓興之六德也六行也六藝也皆以納民於軌物而不使稍越夫範圍在當時稱周公者曰多材多藝卽後世頌周公者亦曰兼三王施四事蓋未有不徵之於事實而能推之民物而皆準者也至孔子以東魯布衣祖述堯舜憲章文武而半生連蹇不獲一行其道退與諸

弟子講學洙泗於是政學之界始分遂爲古今道學家別創一局然四科設教直合德行政事諸賢而一爐陶冶之及門中某也治賦某也足民某也禮樂德即教教即治道仍一貫素王之業俎豆千秋非倖事也後百餘年而孟子生辨義利稱堯舜盡性踐形知言養氣年四十而不動心見道亦云卓矣而其論治也樹桑農田因其時務斤斧數罟定其制王齊反手固實有可以見諸行事而不僅託之空言者而勞筋骨餓體膚動心忍性以增益其不能又恆以堅苦卓絕之行詔示後學其歷敘道統由堯舜而至湯文武見知或聞知獨孔子以後歟爲無有子輿氏殆隱然自居而溯惜此後傳道之無人也自秦政焚書經籍蕩然而聖學遂夷於灰燼漢儒抱殘守缺鍼俗學之膏肓啓古壁之綠竹經生家法衍爲支派而經學賴以不墜魏晉而後俗尚清談佛教盛行六朝以還溺於詞章士氣愈靡而經道益晦唐韓愈氏因文見道力挽狂瀾觝排異端擯斥佛老原道一篇有功聖學其偉至有宋二程崛起倡道河洛表章大學中庸其生平爲學由踐履入標居敬窮理爲講學宗旨至朱子出益倡其學而光大之著書立說羽翼經傳此程朱之學所以爲道學嫡派也元明而後碩儒輩出大都一守程朱家法清初孫夏峯先生以畿輔大儒講學蘇門中州人士翕然宗之同時顏習齋李恕谷兩先生挺生北方卓然自立習齋之學始宗王陸繼歸程朱嘗立道統龕與堯舜周孔並祀日必靜坐驗未發之喜怒哀樂覺脩齊治平此外更無餘事是習齋之學原自程朱入也嗣又悟堯舜之道在六府三事周公之道在三物教民孔子以四教詔弟子身通六藝者七十有二人於是著存性存學存治存人四編藏之名山傳之其人以待世用一篇之中三致意焉李恕谷

爲習齋高足弟子幼承家學敎孝弟主忠信言動造次必依於禮長而學數於劉見田學射於趙錫之郭子固以及學書學琴學樂又嘗從趙䨓翁王五張公書白毛大可諸先生游要其歸主於習齋之學是恕谷之學由習齋入亦卽由程朱入也近今學術敗壞極矣親孝悌爲迂談易文字以俚語不惜舉先聖禮敎之防文化之美一切澌滅殆盡而譚平民之治者且附會並耕而食饔飧而治之說相率羣入於詖邪一途誠得顏李兩先生之學講明之切究之合道藝賅體用胥一世之人羣知返躬切已致力於明德新民以求至善之歸而天下國家有所倚賴矣顧或者疑顏李學說與程朱宗旨微有不同者不知聖門四科各不相謀茅學焉而得其性之所近耳程朱之學由義禮入者也故必勘之於心身顏李之學由道藝入者也故嘗課之以行習一於聖學窺其精深一於聖學得其篤實季必由篤實而後造精深不惟不相背而適以相成昔人謂學孔孟者以程朱爲階梯吾則謂學程朱者須以顏李爲階梯誠以四存之學非顏李獨創之學而實程朱相傳之學且非獨程朱相傳之學而已亦實堯舜周孔以來遞嬗之學者特其說自顏李發明之耳現顏李之先亦非無提倡此學者胡翼之敎授蘇湖嘗爲經義治事齋以敎士矣經義齋擇疏通有器局者居之治事齋者人各治一事又兼一事如邊防水利之類科條纖悉備具其與陳尙書院以文事武有經史藝能課士者將毋同則居今日尙言學並顏李之名而亦渾之可也故知講學者枝派雖殊淵源則二甚未可執入主出奴之見自囿而適以自小也今

督軍省長嘉惠鄉邦仰體

大總統崇學術道之心採取北京四存學會章程於河南設立分會冀收兩河英耆與青年學子彬彬然共勉爲體用兼備之儒法至良意至美矣所望會友輔仁樂羣敬業不蹈東林門戶士見並戒願厨標榜之風實事求是儲於待用以學顏李可以學程朱可也卽以學堯舜因孔亦無不可也行見學術正而風俗醇人才蔚而國運昌庶無負選士作人之深心也

中華民國十年十月壹日初版發行

第七期

編輯者　四存學會編輯處　北京西城府右街　電話西局二四〇八

發行者　四存學會　北京西城府右街　電話西局二四〇八

印刷所　武學社印刷局　前門外萬源夾道　門牌六號

總發行所　四存學會　北京西城府右街　電話西局二四〇八

分售處　四存學會各分會　國內各大書坊

中華郵務局特准掛號認爲新聞紙類

報費務請先惠凡價在一元以上均不收郵票

本月刊價目

期限	本數	價目
一月	一本	二角
半年	六本	一元一角
全年	十二本	二元

郵費

區域	本數	郵費
本京	一本	一分
	六本	六分
	十二本	一角二分
各省	一本	二分
	六本	一角二分
	十二本	二角四分
外國	一本	八分
	六本	四角八分
	十二本	九角八分

廣告價目

篇幅	期限	價目
全幅	全年	四十八元
	半年	二十四元
半幅	全年	二十四元
	半年	十二元
四分之一	全年	十二元
	半年	六元

廣告概用白紙黑字登載在一年以上者價可從廉

四存月刊編輯處露布

一本月刊月出一冊約五十頁至六十頁不等

一本月刊多鴻篇巨製不能一次備登故作門頁目各自分配每期逐門自相聯續以便購者分別裝訂成書

一本月刊所登未完之稿篇末未必成句亦不加未完二字下期續登者篇首不復標題亦不加續前二字祇於目錄中注明以便將來裝訂成書時前後聯續無間

一本月刊此期所登之外積稿甚夥下期或仍續本期未完之稿或另換本期未登之稿由編輯主任酌定總求先後一律登完不使誦者閱者生憾

一本月刊第一期送閱第二期須先函訂購屆時方能照寄補後訂購者如願補購以前各期亦須來函聲明始行補寄

本月刊投稿簡章

一投寄之稿或自撰或翻釋或介紹外國學說而附加意見其文體均以充暢明爽為主不取艱深亦不取白話

一投寄之稿如有關於顏李學說現尚未經刊布者尤所歡迎

一投寄之稿望繕寫清楚以免錯悞能依本月刊行格繕寫者尤佳其有欲加圈點者均聽自便否則亦望將句讀圈清以便閱者

一投寄譯稿並請附寄原本如原本不便附寄請將原文題目原著者姓名并出版日期及地點均詳細載明

一投稿者請於稿尾註明本人姓名及現時住址以便通信

一投寄之稿登載與否本會不能預為聲明並不檢還原稿亦概不檢還惟長篇譯著如未登載得因投稿者豫先聲明寄還原稿

一投寄之稿登載後贈送本期月刊續登至年者得全年月刊

一投寄之稿本月刊得酌量增刪之但投稿人不願他人增刪者可於投稿時預先聲明

一投寄之稿經登載後著作權仍為本人所有

一投寄稿件請徑寄北京府右街四存學會編輯處收

四存月刊第八期目錄

四存月刊

四存學會河南分會開會演說詞

顏李學

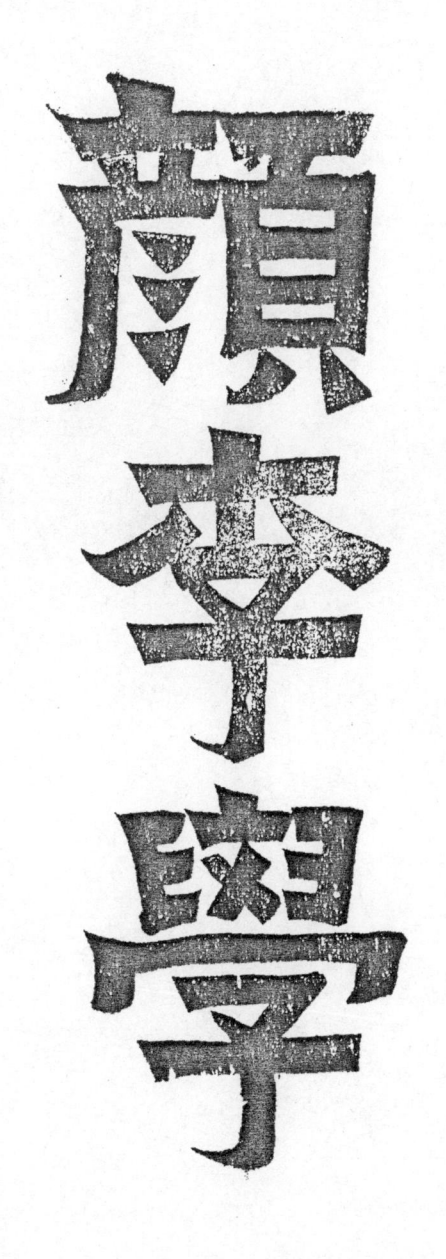

廻腸。所著書有士相見禮儀注。冠禮儀注。

陳蓮宇。名世琯。字秉之。海甯人。父詵。官至禮部尚書。諡清恪。清恪之父。承學於念臺劉先生。劉先生沒。黃梨洲傳師說以教浙東西。清恪從梨洲受學。嘗謂四子書諸經之膏液。近體諸身。然後知須臾不可離。作四書述。律者聖人以不忍人之心。著之爲精義之學者也。作讀律述。孔子學易期於寡過。人事萬變。包於六位。隨時隨事。必有合焉。作玩辭述。蓮宇幼承家學。戰戰慄慄。惟懼蹈於非義。有負先人志事。著學辨質疑。康熙五十二年成進士。授編修。五十九年。提督順天學政。校士眞定。見衡水王宗洙所條陳。以爲嫺經濟。聞於朝。用拔貢越格授城都令。又與劉廷忠辨性。廷忠呈辨存性編。歷歷能言其大旨。蓮宇心焉識之。及案臨保定。傳博野儒學教官。曰。曾覽習齋四存編。傳道大儒也。其令博蠡二縣投公呈。吾將請與朝奉先生祠文廟鄉賢。既舉行。且面誨諸生。諄諄以習齋學行爲的。又使人恕谷。求所著書。恕谷時居母喪。不能往。會遺之書曰。塨罪逆深重。讁居倚廬。本不當喪顏仲有辭說。但念閣下高樹道幟。表彰人倫。儆師顏習齋先生。入博蠡二邑鄉賢。拔王五公曾孫補諸生。又屢承注問。詎不敢忘。謹詳赫曦令馮生代往叩謝。並質學術。伏讀閣下批公舉習齋呈云。三物禔躬。兼通六藝。則於顏先生論學大旨。固已同心許可矣。竊思聖賢祇有下學上達二者。尊著辨學質疑曰。孟子性善。最的。程朱言氣質之性有惡。而曰淸固水。濁亦不可謂非水。不知黃河之水濁矣。乃泥沙闌入。若汲而澄之。本體自淸。伊尹曰。習與性成。孟子曰。陷溺則惡之咎在習。非性之才情有不善也。亮哉斯言。以爲才情皆善。是習齋存性編理氣皆善之論矣。蓋才卽形色。卽氣質也。歸咎於習。與存性編歸之引蔽習染者。又合矣。何閣下上達天性之見。迥出先儒如此也。學辨質疑又曰。格物卽格身心意如家國天下之有名目條件者。若於此外窮事物之理。如姚江所謂格庭前竹者。聖賢必無此無用之學也。拙著大學辨業。專論格物。閣下乃先得我心矣。蓋物卽身心家國天下之物也。格至也。學習其事也。誠正修齊治平行其事也。故經曰欲誠正修齊治平。先致知格物。格致而後誠正修齊治平。各有功力節候也。然學學其所行。行行其所學。祇以身心家國天下之物也。固無泛濫於草木萬彙以爲窮理者。至曰有名目條件者曰物。此語更精。蓋名目條件固無外仁義理智子臣弟友禮樂兵農。如周禮所謂三物者。乃歎閣下之於下學。確有憑據。視捕幻影理亂絲者。相去萬萬也。豈堯舜周孔之道。將大明於世。而特鍾於閣下耶。前聞衡水小徒劉廷忠呈存性編。博野廣文呈習齋年譜。馮生又呈小學稽業學禮二種。近肅甯黃令索去四存編辨業學規論語大學中庸傳注恕谷後集共十一帙。獻上。令又將論學二則傳注問一册奉覽。惟求閣下嚴加批削。誨其剌謬。示下。使聖道不至歧途。非但塨一人之幸。而天下萬世之幸也。敢以手額不盡。蓮宇復書。略曰。憶弱冠時。曾於萬季野先生講座。得瞻光霽。今二十年矣。校士餘旬。備聞先生躬行實踐。凡禮樂諸大猷。無不深究原委。可措施行。誠聖門之羽翼。而後學之津筏也。所示論學傳注二種。言之至理。洞見閫奧。歲試竣事。再過保陽。當細領大教。奉爲指南。曷勝顒望。蓮宇後仕至文淵閣大學士。兼管禮部。乾隆二十二年致仕。數歷內外。當道守官。赫赫不阿。方望溪嘗謂蓮宇長諫垣。其氣象規模。與念臺劉先生爲近。乃歎清恪公之教行於家。而劉先生之風。能使異世下聞而興起也。卒年七十有八。

于襄勤。名成龍。漢軍鑲黃旗人。李柱山。名應薦。山東日照人。趙用九。名旭。河南修武人。康熙十五年進士。羅穀亭。名士吉。廣東南海舉人。四人嘗懸扁旌門。用九兼有餽儀。習齋具受而不報。會習齋有中州之行。用九欽取河南監察御史以去。習齋北歸。遺書曰。某生於世。一無所知於人。亦一不願人知。五十有八載矣。初聞執事過蠡人言。有下垂撫惜之意。又聞博邑維明府亦有薦。遂舉家有祁陽之行。以古人云無其實而竊其名者爲不祥。避不祥也。亦幸蒙憐而釋之。踰年而歸。不意執事之愛物也。異常情。於瓦硼土瓮人所鄙棄者。偏滌濯而樽俎之。薦之府道。薦之兩院。以致憲獎下頒。金扁盈門。並蒙執事厚賜草茅下士。寸長無稱。何以堪此。徒增出入愧汗。寤寐感恩。兩念叢積於方寸耳。又守先端惠不入公門之戒。未能匍匐拜瞻。一吐景慕感佩之私。客歲之春。欽取命下。聞之雀躍。庶幾榮行之日。某於蠡境外修百錢故事。執事笑納一錢。或可少慰區區也。不料友人迫爲中州之行。某恐負酉山先生於地下。急往哭之。留寸函道意。竟亦沉閣。使萬斛積忱。毫不得達於執事。悵惘云何。遊貴省。得遇林泉高賢。或退君子。如耿逸菴張超菴梁伏村諸名士。無不逢人說項。且云僕杜門守拙。

公之政績。卽不悉知。如立農師重講諭。贖旗人揚善類諸大政。輒欲致一邑之唐虞。眞足以法今傳後。況今日密邇楓宸。躬當言路。其澤被蒼生。期致天下之唐虞可知也。茲因馬生之便。敬候起居。謹呈拙著。併求斧政。臨池北望。瞻依之至。習齋之尋父東歸抵家。立主已葬。卒哭。穀亭具牲來弔。祭成禮。習齋往縣謝。致昨二方望署門稽顙拜而還。不入見也。再踰年。穀亭致仕。習齋往謝。穀亭尋來拜謁。深以習齋之學爲是。作喚迷途序。穀亭爲博七年。嘗値大蝗。率民捕蝻。竭誠致祭。忽有烏千餘。遍地食蝗盡。一夜無跡。至秋大熟。穀多雙穗。人稱異政。所感召。其他治績。具詳習齋誄文。曰爲政勤民。七載憂辛。先淸牌甲。偏審躬臨。奸隱盡剔。老穉寃伸。捕蝻百石。功及四鄰。逐約講諭。嚴冬夜巡。節孝旌表。咸蒞其門。凶頑電懲。幾盡小人。旰衡昭代。無邁公勤。忽志歸養。乃致爲臣。荷公禮遇。光賁先君。數致膳肉。表闡序文。誤施傷鑑。愧我庸昏。六年拙守。接公未頻。莫贊公政莫啓公心。謝任之後。旅館方親。兩臨王舍。一屆餞尊前日斯地辱公之駕。今日斯室駐公之雲。公果逝耶。來格來歆。毅亭之爲博野。用九爲蠡。習齋反宗去蠡久矣。用九請見恕谷。恕谷辭以非公。會蠡人士公舉習齋賢孝。而深州國公玉亦奔走謀徧揚。當道用九取恕谷所開習齋爲學持躬十五則。上之。時李柱山方爲學院。于襄勤方爲撫院。巡撫直隷。有兩于成龍。一字北溟山西永寧人。沒諡淸端。恕谷所歎道行之難偶合者也。先襄勤任。參汗吏。拏衙蠹。禁雜派。端佐貳。恕谷稱爲錚錚然。養如頒農政。旌力田。禁遊惰。置義倉。練鄉兵。汰冗役。淸醼弊。敎如舉逸賢。旌孝弟。選敎官。隆鄉約。遏異端。皆可行者。而守節不欲自往建白也。恕谷時甫二十二歲。守習齋不交時貴之戒甚力。其後有見於孔子際可公養與習齋辨義利取與微有不同。爲行道計。每思及之。輒歎偶合之難。淸端蓋一時大吏中可與有爲者也。

王法乾。名養粹。蠡人。與習齋共學四十年。先習齋卒。法乾少狂放。十六歲補定州衛諸生。文名藉甚。嘗以其文就正李孝慤。孝慤語以道。奮然曰。不作聖非人也。遂焚帖括。讀經學禮。朔望率家人拜祖祠父母。相其生母拜嫡母。習齋聞而納交。共爲日記。約五日一會。會日焚香四拜孔子。已。客西主人東。再拜。主人爲客正坐。客一拱。主人下。與客揖。客爲主人亦如之。既就坐。質學行。勸善規過。所見時有同異。要其歸。力行志爲聖學。大概相同。其異者。制行習齋近狂。法乾近狷。論友習齋主節取。法乾主擇交。爲學習齋壹意周孔正學。法乾始依違於程朱。繼漸染於莊老。習齋專力習行。法乾兼事誦讀。論春秋衛出公輒事。習齋曰。蒯聵弒母獲罪。周天子可廢輒。不可廢。猶之南子淫亂。衛靈可誅。蒯聵不可誅。法乾曰。蒯聵殺南子。亦大義也。故春秋猶書世子。習齋曰。此微有辨。若光武之廢呂后。則可。母子之際。不忍言也。法乾曰。淫人男女皆可誅。習齋曰。固矣。若吾爲齊太語搽曰。猶是事也自聖人爲之曰時宜。自後世豪傑出之曰權略。聖人純出乎天理。而利因之。豪傑深察乎利害。而理與焉。

文墨之害。中於心則害心。中於身則害身。中於家國則害家國。

人才無用矣。厭其無用。即已才无用。世路不平矣。怨其不平。即已情不平。

有一夫不能下。亦傲惡。有一事不耐理。亦怠惡。有一行不平實。亦僞惡。有一錢不義得。亦貪惡。

把總趙玘光來拜。去。謂儼曰。汝今日見吾會武夫之辭氣乎。對曰。異乎日矣。先生曰。因事致禮。因人致對。竊有慕焉。友人不知吾者多矣。

人使之才易。使人之才難。

數子十過。不如奬子一長。數過不改也。徒傷情。奬長爲勸也。且全恩。

大人自恃其聰明。則不能用人。小人自恃聰明。則不能爲人用。

三代之良法。漢莫及焉。漢之良法。唐莫及焉。唐之良法。宋莫及焉。宋之良法。明莫及焉。漢之舉孝廉。重守令。三代餘意也。唐失之。唐之立府兵。節度自徵士。三代餘意也。宋失之。宋之十科舉士。郡守生徒自聘師。三代餘意也。明失之。喪中奉主於殯宮。喪畢奉主於廟。而墓不與焉。人之死。形歸幽窀。神返室堂。孝子尙神不尙魄也。故曰廬墓非古也。

廬者。近世孝子不得已也。自家無禮法。人無禮度。中門不窺內外界嚴。孝子能皆守之。則患有奪喪之人。大喪廢業。非杖不起。孝子能自遂之也。未必家政可自信之也。未必兼爲人信之。言而不語。問而不對。孝子能自守之也。未必保人使之遂其家。有喪君命。三年不過其門。孝子欲自安之也。未必吏治能使之安。則患有奪喪之事。所讀惟喪禮祭義。所思惟父母罔極。孝子之志。自一之也。而聲入於耳。形入於目。鄰情眷誼。旁人歌笑。皆足以雜孝思。則患有奪喪之情給法乾書云。天生吾二人於咫尺之近。而以傲岸不能相助。是謂褻天。吾二人既有志聖人之道。而以傲岸不能虛心以相下。是謂侮聖。

備嘗吾友之苦。故視友至重。備歷得友之艱。故知交友最難。

人非人不生。生於人之身而爲之子。則必有父。人非人之世不生。生於人之世而爲之臣。則必有君。

荆公之所憂。皆司馬韓范所不知憂者也。荆公之所見。皆周程張邵所不及見者也。荆公之所欲爲。皆當時隱見書生所不肯爲不敢爲不能爲者也。烏得不亂。公之政於當時。貶公之名於後世。

我爲轉一世之人。必不爲一世之人所轉。我爲轉數世之人。必不爲數世之人所轉。是猶提舁者然。我踞於物之上。始能提其物。我立於物之外。始能舁其物。使我比於物。入於物。而能提且舁者。未之有也。

祁姚儒而帝。姒子姬儒而王。臯伊傅周儒而相、惟夫子儒而師。三皇五帝如天地之春也、三王如天地之夏也、夫子則如秋而近冬矣、皇帝之道如蕃類之甲而苗也、三王之道如蕃類之茂稼堂堂也、夫子之道則如結實而收矣。

朝廷大政、天下所不能辦、吾門人皆辦之、險重繁難、天下所不敢任、吾門人皆任之、吾道自尊。

禹之治水、非禹一身盡治天下之水、必天下士長於水學者分治之、而禹總其成、伯夷之司禮、非伯夷一身盡治天下之禮、必天下士長於禮學者分司之、而伯夷掌其成、推於九官、羣牧咸若是。

子產云、歷事久、取精多、則魂魄强、今於禮樂兵農無不嫻、即終身莫之用而沒、以體用兼全之氣、還之天地、是謂盡人道而死、故君子曰終。

怠惰之容不設於身淫肆之言不出於口放僻之念不生於心君子人與君子人也

見人須著力靜中得力多從今須檢點刻刻莫輕過 一經慎言

寡欲以清心寡染以清身寡言以清口

吾人遷善改過無論大小皆須以全力赴之方是主忠信從義之學

志氣如刀集義如磨刀常磨則鋒芒常鋭不磨則鈍矣一不義事之傷之則刀摧折矣

人有不足之心世無不足之人天本付以各足之分役心以貪焉往而不貪乎

養身莫善於習勤夙興夜寐振起精神尋事去做行之有常並不困疲日益精壯但說靜息將養便日就惰弱故曰君子莊敬日强安肆日偷

凡冠不正衣不舒室不潔器物不精肅皆不恭也

遇人不能言、言時不輕發、則口過遠矣。

人能就各人身分、各人地位、全得各人畚性、不失天賦善良、則隨在皆堯舜矣。仰不愧、俯不怍、此氣眞覺浩然。若陷色惡、便爲色害、不能浩然矣。陷財惡、便爲財害、不能浩然矣。陷機械殘暴、則又害其浩然矣。其直養之法、一在平日兢兢愼獨、一在臨時猛省決斷。

諸欲之引人、惟色爲甚。淫凶之夫、強暴以求之、白刃堅梃、不以懾其志者、是貞女也。邪蕩之女、豔冶以誘之、千嬌百媚、不以亂其心者、是丈夫也。

聰明人不足貴、只用工夫人可敬。善言不足憑、只能辦事人可用。

改過遷善、做聖賢第一義也。規過勸善、交朋友第一義也。納諫從人、做經濟之才第一義也。

靜坐是身心俱不動之謂、空之別名也。習恭是整修九容工夫、與靜坐天淵之

謹守之士患其拘執進以勇爲不可及矣豪傑之士患其粗暴濟以愼密莫與敵矣

君子須有氣量包人盡人而不盡於人

以大人自命自然有志自然心活自然精神起

世人之所怒亦怒之世人之所憂亦憂之世人之所苦亦苦之何以言學哉故君子無累

人有好善的念頭是天生秉彝之偶動不可謂之志日夜專向一事用功終身不倦者乃是志

人欲之動如媚臣佞士之移人於不覺如醇醪驕豢之啖人以難置如白刃深淵足以奪人之魄如囹圄桎梏足以挫人之氣如神龍猛虎之難捉如孟賁夏育之難伏如是而能窒之非天下之大勇不能也如是而能寡之非天下

之大賢不能也如是而能無之非天下之至聖不能也可畏也哉

志乎正不正不敢志焉志之久則所志無非正矣習乎善不善不敢習焉習之

久則所習無非善矣

廢棄之人未嘗無善但口言之不力行心思之而不加功耳

人欲汚心之塵垢也天理洗心之清凉也而持敬則淨拭之潤巾也

當憂不憂當怒不怒佛氏之空寂也憂則過憂怒則過怒常人之無養也惟平

易以度艱辛謙和以化凶暴自不爲憂怒累

子路告過則喜大禹聞善則拜是何等了脫何等謙光何等愉快再追思其未

告未聞之前是何等工夫何等心法再推思其旣喜旣拜之後是何等奮發

何等力量吾輩自不容一毫自鬆一毫自滿一毫自恕矣

立言但論是非不論異同是則一二人之見不可易也非則雖千萬人所同不

顏李遺著

叔祖叔父從兄亦若是但稍前偏跪主人之告不上卑而己若俱在當告之列是廟有二主也非所以重宗也觀古人曾祖之小宗卽不敢祀高祖至於次子卑不得祀其父名分何其嚴而可以餘人尊告故 ○ 又按肅拜之禮二先生不知孰是亦未知其何所據而各異其說但以今日觀之男子之拜鞠躬伏興又鞠躬又伏興又鞠躬乃成再拜之禮婦人只一立拜伏地速以首叩地四興又一立拜。便是四拜更無許多起伏之勞有端肅不動之意恐古者肅拜卽是如此亦陽動陰靜之義若亦如男子一伏興又立拜又伏興則婦人弱柔之質兼以四拜之繁又焉能與男子之再拜同時舉跪或至如未子兩手至地頭不下之說張子固已前斷其失義又何傳其誤乎某家只從俗男子再拜婦人四拜男子四拜婦人八拜其起伏行止適相稱未知是否俟知禮君子再質之

正至朔望則參

正至朔望前一日灑掃齊宿厥明夙興開門簾每龕設新果一大盤於桌上每位茶盞盞酒盞盤各一於神主櫝前設束茅聚沙於香桌前別設一桌於阼階上置酒注盞盤一於其上酒一瓶於其西盥盆帨巾各二於階下東南有臺架者在西爲主人親屬所盥者在東爲執事者所盥巾皆在北主人以下盛服入門就位主人北面於阼階下主婦北而於西階下主人有母則特位於主婦之前主人有諸父諸兄則特位於主人之右少前重行西上有諸母姑嫂姊則特位主婦之左少前重行東上諸弟在主人之右少退子孫外執事者在主人之後重行西上主人弟之妻及諸妹在主婦之左少退子孫婦女內執事者在主婦之後重行東上立定主人盥帨升搢笏啓櫝奉諸考神主置於櫝前主婦盥帨升奉諸妣神主置於考東次出祔主亦如之命長子長婦或長女盥帨升分出諸祔主之卑者亦如之皆畢主婦以下先降復位主人詣香案前降神搢笏焚香再拜少退立執事者盥帨升開

瓶實酒於注一人奉注詣主人之右一人執盞盤詣主人之左主人跪執事者皆跪主人受注斟酒反注取盞盤奉之左執盤右執盞酹於茅上以盞盤授執事者出笏俛伏興少退再拜降復位興正位者皆再拜參神主人升搢笏執注斟酒先正位次祔位次命長子斟諸祔位之卑者主婦升執茶筅執事者執湯瓶隨之點茶如前命長婦或長女亦如之子婦執事者先降復位主人出笏與主婦分立於香桌之前東西再拜降復位興在位者皆再拜辭神而退冬至則祭始祖畢行禮如上儀○望日不設酒不出主主人點茶長子佐之先降主人立於香案之南再拜乃降餘如上儀○準禮舅沒則姑老不預於祭義曰支子不祭故今專以世嫡宗子夫婦爲主人主婦其有母及諸父母兄嫂者則設特位於前如此

原本此下

解盛服遵本朝之制自不敢錄司馬註影堂雜儀已見前及后祭禮不贅○元按楊氏復曰先王云元旦則任官者有朝謁之禮恐不得專精於祭事某鄉里却止於除夕前三四日行事此亦更在斟酌也據此則朱子蓋心知除前之祭非是而未定其日故云更在斟酌也懇謂國家祭用孟月士庶用仲月元旦之祭似亦宜推此行之定於新正初五日蓋朝謁設齊三日則可祭也若除前三四日行之不惟嫌於先君未新歲而行新歲之禮亦屬假矣○又按望日不出主不設酒主人點茶再拜除如常儀是猶隔門而拜親飲親也可乎哉

補註

大祭祀則出主於堂於正寢並祔位神主亦有重列者若太伯叔祖祔於曾祖伯叔祖祔於祖之類是也祔正位者考以東爲上若太伯祖父在曾祖考之左太叔祖父在曾祖考之右是也妣以西爲上若太伯祖母在曾祖妣之右太叔祖母在曾祖妣之左是也祔側位者以北爲上若伯祖父在祖考之上叔祖父在祖考之下伯祖母在祖妣之上叔祖母在祖妣之下是也但神主位次則男西女東子孫位

次則男東女西此陰陽之制也○元按重行東上西上之說似不必解故於補註刪其半惟四而言及大祭神主之重列則遷主於堂寢之祭與前即龕小祭自是不問但所言考以東爲上妣以西爲上爲祔正位考妣俱以北爲上爲祔側位是曾祖考妣俱南面而祖與考始側列其與前惟高祖考妣西東邊南向曾祖考妣以下皆東西向之文又何相背也存之備考

俗節則獻以時食

節如清明寒食重午中元重陽之類凡鄉俗所尚者食如角黍凡其節之所尚者薦以大盤間以蔬果禮如正至朔望之儀○問俗節之祭如何朱子曰韓魏公處得好謂之節祠殺於正祭○元按原本此下有答張南軒游氏叟二條及此條七月十五日不用浮屠之語愚以爲不用浮屠自不用說俗節當祭隆殺之節只朱子三語已足見奚故刪之不錄

有事則否

如正至朔望之儀但獻茶酒再拜訖主婦先降復位主人立於香棹之南祝執版跪於主人之左讀之畢興主人再拜降復位餘並同○主人生嫡長子則滿月而見如上儀但不用祝主人立於香桌之前告曰某之婦某氏以某月某日生子名某敢見告畢立於香桌東南西向主婦進立於兩階之間抱子再拜主人乃降復位後同○

冠昏則見

原本此處有本篇二字不知何謂

祝版用版

長一尺高五寸以紙書文粘於其上畢則揭而焚之其文曰維某年月日孝子某敢昭告於某考妣某某氏某事云云謹告但於高祖考妣自稱孝元孫於曾祖考妣自稱孝曾孫於祖考妣自稱孝孫於考妣自稱孝子有官封謚則皆稱之無則以生時行第稱號加於府君之上妣曰某氏夫人凡自稱非宗子不言孝告事之祝四代共爲一版自稱以其最尊者爲主止告正位不告祔位茶酒則並設之○元按原本前有授官貶官追贈等祝式但後有焚黃之儀俱非今日所須不錄

分註南云主人立於香案之南恐嗇是兆字之吳又疑生凡子皆宜告祠但其禮殺於嫡長子或帶於晨謁中朔望祭拜中口祝告之亦可又生嫡長子滿月之告曰名某是己有名矣吾鄉一人凡爲子孫行名須爲數名拈爲鬮祝於先靈前而投一器中取之得者以爲名此見人子不自專之義其鬮甚好或於告祠之祭起之亦可故備錄於此以備用

或有水火盜賊則先救祠堂遷神主遺書次及祭器然後

及家財易世則改題主而遞遷之改題遞遷禮見喪禮大祥章大宗之家始祖親盡則藏其主於墓所而大宗猶主其墓田以奉其墓祭歲率宗人一祭之百世不改其第二世以下祖親盡及小宗之家高祖親盡則遷其主而埋之其墓田則諸位迭掌而歲率其子孫一祭之亦百世不改也○或問而今士庶亦有始基之祖莫亦只祭得四代四代以上則可不祭否朱子曰而今祭四代已爲僭古者官師亦只祭得二代若是始基之祖想亦只存得墓祭○楊氏復曰此章云始祖親盡則藏其主於墓所而喪禮大祥章亦云若有親盡之祖而其別子也則祝版云云告畢而遷於墓所不埋夫藏其主於墓所不埋者則墓所必有祠堂以奉墓祭

補註改禰爲祖而遷於祖之龕改祖爲曾祖而遷於曾祖之龕改曾祖爲高祖而遷於高祖之龕處東一龕以俟祔主奉遷高主埋於墓側則大宗之家墓有二祭家有四祭繼高小宗墓有一祭家亦四祭繼曾小宗家三祭繼祖小宗家二祭繼禰小宗家一祭無墓祭○改題遷主如朔日之儀但先別設一桌於龕東置淨水粉盞刷子硯筆墨於其上告畢主人進奉主於桌上執事者洗去舊字別塗以粉俟乾命善書者改題之洗水以洒祠堂之四壁主人奉主遞遷而西乃降復後同若有親盡之祖而其別子也則祝版云云告畢而遷於

而下有宮羽徵三聲商上而上有角徵羽宮四聲宮之角調下羽上角九聲是角尺而下有商宮羽三聲角尺而上有徵羽宮商四聲宮之徵調下宮上徵九聲是徵工而下有角商宮三聲徵工而上有羽宮商角四聲也

卑角高宮者角爲尺宮爲四謂高不過四至四則四六工尺又以次而卑也下徵上商者徵爲工商爲上謂高不過上至上則上四六工又以次而卑也下羽上角者羽爲六角爲尺謂高不過尺至尺則尺上四六又以次而卑也下宮上徵者宮爲四徵爲工言高不過工至工則工尺上四又以次而卑也蓋歌聲器色至頂高則由高而返卑觀時下四字調譜四上尺工六五上尺工頂高矣而即繼以工尺上四返而卑焉可見也

附時下四字調譜

四上尺工六五上尺工工尺上四合工六尺六工工尺上四合工合四

樂錄宮之商曲曰至低至高無非以上字掣調則推之宮之宮頂高至卑皆以四字矣而宮聲訣又云卑不踰尺者何也蓋此言審曲之法也夫審曲之法可以掣調字知之亦即可以此由卑至高自高返卑之有定者知之故歌訣曰要識宮曲商之所記何以爲角徵招可聽而采衣堂論樂曰此皆不俟掣調而節知爲調中之聲所謂領調不止一聲調中之聲又不止于領調之字者皆言審音之法也樂錄四字調爲四上尺工六佪仩伬仜九聲此又云宮四而下有六工尺三聲宮四而上有上尺工六四聲合本四二聲爲九聲而復分宮之宮宮之商宮之角宮之徵爲四種似有不同然實一致者蓋總此四上尺工六五字除一領調字餘字自領調一聲遞高又自領調一聲遞低圓轉爲用耳他調皆倣此

七調全圖

宮調

角　商變宮宮　羽變徵徵

尺　上乙四　六凡工

宮之宮以四掣調宮之商以上掣調宮之角以尺掣調宮之徵以工掣調

變宮調

角　商變宮宮　羽變徵徵

工　尺上乙　四六凡

變宮之宮以乙掣調變宮之商以尺掣調變宮之角以工掣調變宮之徵以凡掣調

商調

角　商變宮宮　羽變徵徵

凡 工 尺 上 乙 四 六

商之宮以上挈調商之商以工挈調商之角以凡挈調商之徵以六挈調

角調

角 商 變宮 宮 羽 變徵 徵

六 凡 工 尺 上 乙 四

角之宮以尺挈調角之商以凡挈調角之角以六挈調角之徵以四挈調

徵調

角 商 變宮 宮 變徵 徵

四 六 凡 工 尺 上 乙

徵之宮以工挈調徵之商以六挈調徵之角以四挈調徵之徵以乙挈調

變徵調

論說

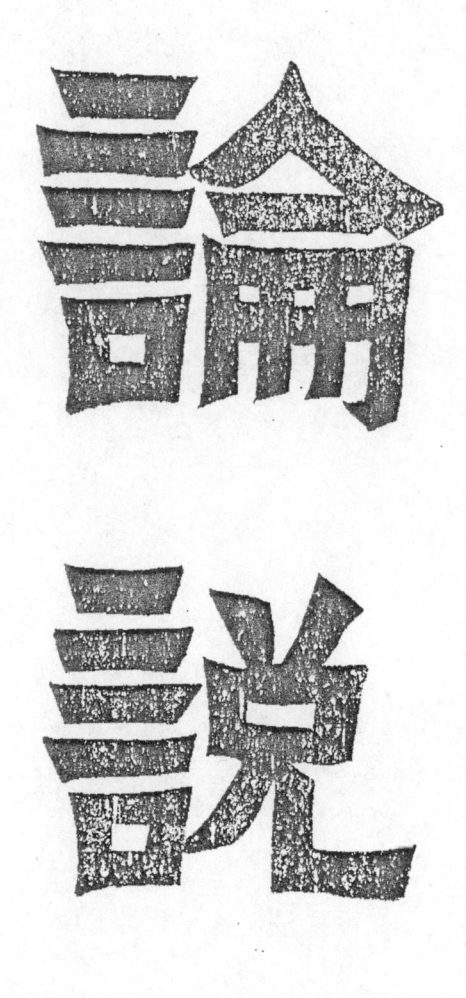

論新疆伊犁形勢

吳廷燮

伊犁舊郡山河四塞川原饒沃外接康居大宛內衛安西北庭據全疆之上游爲西北之門戶自來用武之國漢得烏孫則可以東擊鹿蠡西斬郅支說者謂斷匈奴右臂後漢得烏孫則班超遂平西域唐平賀魯置崑陵濛池都護而北之葛邏祿西之昭武九姓南之吐火羅諸國遂羅置州郡今裏海以東地中海以北皆爲之屬則伊犁之足以控西極而通今突厥之道也契丹之西耶律達實西至起兒漫還都於虎兒斡思朵說者謂卽今伊犁其拓地東距火州南抵斡端西極塔什干北至塔剌斯則是東南得今新疆全境西北且併俄之仙米怕費爾干諸省全得之固善用伊犁者也元太祖西征得阿馬里而南至塔什干及鐵門其後北出之軍遂追茂里於欽察南出之軍遂至忻都今之印度俄羅斯皆有元人車轍馬迹而西往之始寔道五城趨亦列以擣西遼之都則今

伊犁也外裔得之若柔然得烏孫故地則臣西方諸國西突厥亦居此而用兵於伊吾蒲類為患於安西北庭役屬西域以至西海故賀魯之叛庭州以東皆為震動無他十姓之强以地居伊列左右扼西域之形勢也突騎施得弓月伊麗則唐之安西北庭時嚴警備娑葛之變且分道出安西撥換覆牛行獎之師蘇祿之怒且舉兵掠四鎮有趙頤貞之圍當神龍以後至開元天寶安西北庭將帥之經營廟堂之措置西事者大都皆為突騎施也唐之末葛邏祿又得十姓故地而突騎施返為之臣大食之盛傳之者曰東距突騎施而康石臣之時突騎施已徙焉耆合娑備為今喀喇沙爾迪化地則伊犁又屬大食故得以臣服康石瀕陵吐蕃也明瓦剌居此故額森得以誘脅諸部窺伺塞下其後雖為吐魯番所侵而和碩汗之居烏魯木齊者且能逾流沙而干青海至清順治康熙雍正之朝綽羅斯居此日以盛強喀爾喀之敗竄衛藏之殘破青海之煽動

回部之脅制皆噶爾丹諸酋之爲三朝肝食九邊騷動綽羅斯據伊犁而善用之也故土爾扈特之逼徙哈薩克之服役雖俄人亦坐視而無如何良以據形便之地用頑健之衆又兼東得額爾齊斯南得回疆之饒故以食以戰無不給也乾隆之定伊犁內之回疆外之哈薩克皆受約束供徵調與郡縣無異今倭人之論曰設乘得伊犁之威遂南略印度西招波斯舉今葱嶺以西雪山以北若所謂浩罕基發布哈爾巴達克山博羅爾坎巨提諸部悉置兵吏而守之則印度可得而無英人之憂波斯可下而掣俄人之勢可以復唐元疆理之盛何致舉有用之地有用之費糜之百年反總總焉慮人之相逼哉嗚呼乾隆之代有議招五印度者矣道光之初有請用師浩罕者矣然我之規模固曰先治內後治外也豈非天哉同治回變伊犁最後陷光緒之復以重金索之俄今界約屢易四面臨邊非特無唐昆陵濛池之雄抑且非烏孫之舊矣昔爲全疆中權

之地今則西鄙而已可勝慨乎

論漢代開拓邊域之盛

吳廷燮

漢初匈奴强盛邊域受侵武帝用兵開拓劉子駿毀廟議孝武皇帝愍中國罷勞無安寧之時乃遣大將軍驃騎伏波樓船之屬南滅百粵起七郡北攘匈奴降昆邪十萬之衆置五屬國起朔方以奪其肥饒之地東伐朝鮮起元菟樂浪以斷匈奴之左臂西伐大宛并三十六國結烏孫起敦煌酒泉張掖以鬲婼羌裂匈奴之右肩元朔二年遣衛青出雲中擊匈奴之樓煩白羊王收河南地置朔方郡領縣十今內蒙鄂爾多斯部地五原郡今內蒙烏拉特等部地元狩三年遣霍去病出北地二千餘里斬三萬其秋匈奴昆邪王殺休屠王降置五屬國處之以其地爲武威酒泉郡六年又分置張掖敦煌武威酒泉張掖敦煌皆與今甘肅縣名同地志武威張掖酒泉並縣十敦煌縣六皆較今縣爲多張

掖有居延縣爲今額濟納旗地四郡北境盡瀚南之額濟訥阿拉善兩旗游牧與外蒙札薩克圖汗三音諾顏兩盟地接凡四郡是謂裂匈奴右肩揚雄言秦不敢窺西河者卽其地也六年路博德等平南越以爲南海蒼梧鬱林合浦交趾九眞日南珠厓儋耳九郡交趾今越南東京及河內等省九眞今越南西京及義安等省日南今越南海防等省南海今廣東南海番禺等縣鬱林今廣西桂平等縣蒼梧合浦今地名同儋耳今廣東儋等縣珠厓今瓊山等縣定西南夷爲武都今甘肅階文等縣地牂柯今貴州越嶲今四川西昌等縣地沈黎四川康定等縣地文山今四川文山及松潘縣之土司地郡平東越徙其民江淮之間置冶縣今福建元朔二年遣將軍郭昌平西南夷未服者爲益州郡今雲南昆明等縣領縣十四三年將軍楊僕等平朝鮮以其地爲樂浪今朝鮮平安等道玄菟今奉天興京等縣及吉林西南境臨屯治東暆今漁潤河諸羅東山

等地兼得奉天長白吉林和龍等縣地 直番四郡是謂斷匈奴左臂又遣趙破奴破樓蘭姑師今新疆焉耆西南境 太初二年將軍李廣利平大宛今俄費爾干省 則烏孫康居等城郭三十六國皆臣漢今新疆哈密以西至伊犂疏勒踰蔥嶺邊俄塔什干等處 宣帝置西域都護盡護南北兩道屯田莎車今新疆葉城 甘露三年匈奴呼韓邪單于降遣子入侍二年款五原塞三年來朝稱臣不名待以客禮遣衛尉送居光祿城及郅支單于西徙呼韓邪遂以歸庭自後終前漢世匈奴臣漢不叛是外蒙之地亦爲漢有建昭三年西域都護甘延壽陳湯等誅郅支于康居則兵威越今俄之七河諸省罽賓大月氏安息之屬皆朝貢今之阿富汗波斯諸國亦屬漢又置護羌校尉領西海諸羌今青海蒙部及玉樹土司等地 護烏桓校尉于上谷領烏桓諸部自今內蒙錫林郭勒盟至哲里木盟皆烏桓地 是今甘肅河西西至新疆南至青海川邊以達雲南貴州

外薄越南東至吉林朝鮮皆漢代所開至十六國慕容寶之衰樂浪諸郡始入高麗而武帝以濊地爲蒼海郡則在今吉林琿春一帶東窮海濱後漢建武二十四年匈奴呼韓邪單于比款塞二十六年立南單于庭于五原西部塞外置護匈奴中郎將於西河美稷以護之烏桓鮮卑亦相率內附復置護烏桓校尉並領鮮卑永平十二年哀牢王內屬置永昌郡通博南山度蘭倉水同時蜀郡汶山以西白狼槃木唐菆等百餘國口六百萬以上舉種內附（後賜金印紫綬）屬蜀郡西部居旄牛之都尉永元中復道西域都護自條支以東五十餘國皆納質內屬竇憲合度遼將軍及南單于兵滅北庭勒石燕然徼外敦忍乙王慕延撣國王雍由調均遣譯奉獻皆賜印綬則西至今西藏南至緬甸野人山諸地（雍由調爲漢大都尉皆爲漢吏）疆土之拓可謂遠矣

專著

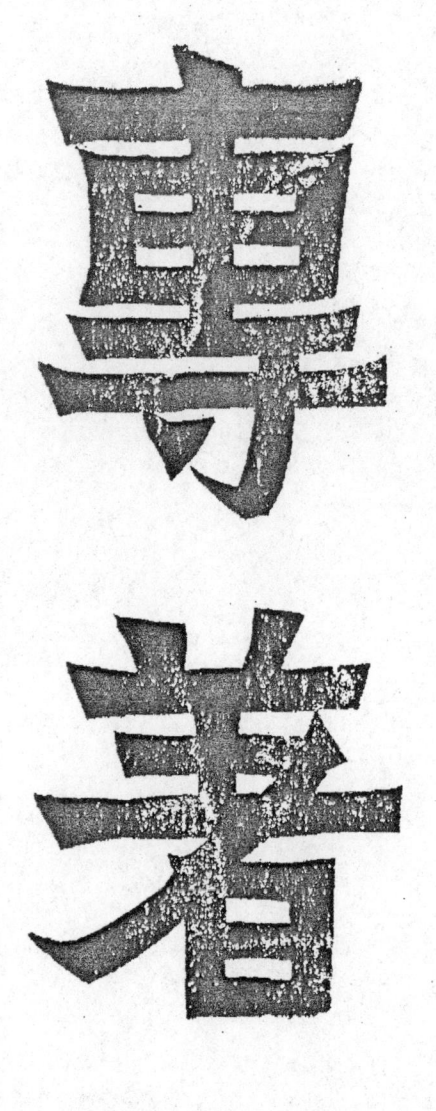

明王學極盛而弊學者習於束書不觀游談無根於是清初顧炎武黃宗羲王夫之顏元諸大儒輩起重整漢學旗鼓以矯宋學末流空疏之弊其立義皆重通經致用與夫研考歷代得失爲經世之務而大要皆以躬行實踐爲歸顧氏之言曰古今安得有所謂理學也經學卽理學也黃氏以爲但拘經術尙恐不適於用欲免迂儒必先讀史顏氏謂書本上見心頭上思可無所不及而最易自欺欺世蓋顏氏論實踐實有較求諸經史尤爲切要者焉間嘗考之顏氏之學最能取適於今之世觀其教弟子六藝並施禮樂射御書數弟子必執其一習勤觀念殊有類於今日職業教育之旨其言曰養身莫善於習勤夙興夜寐振起精神尋事做去又曰人之歲月精神有限誦說中度一日便習行中錯一日紙墨上多一分便身世上少一分又曰生存一日當爲生民辦一日事由是言之清初學派不但有裨於政治亦且隱示近日學術文化之動機矣

結論

就上項所述中國學術文化之特徵及歷史上之因果以窺將來則知夫中國道德倫理諸說學決不僅足解決中國政治上一切問題實施諸世界各國之各種問題而無弗應質言之中國之所謂道實爲世界之道非直中國之道也聞者或不以吾言爲夸乎中國之學說實能折中羣言以定一是者也世界思想言論之深所懷疑中國古哲立身於數千百年之上毅然言之而無所疑此無他道在故也今中國所缺乏者物質之學耳若夫捨物質以言精神則歷代賢哲之所遺蒸民之所習未嘗不足爲全世界同類維持其新生命而出此同類於物質罪惡憂傷恐怖之中今世界學者之唯一責任惟在鈎通東西學說以爲樴蝠會古今治體以爲縱於以求世界同類正確永久之幸福焉則請貢中國古哲之言其有裨今日戰後之世界者四端以爲結論

（一）非兵　中國歷代崇尙文治東國主義素爲聖哲所不道世變相因兵革間起輒有戰以止戰殺以止殺之論然大抵皆認用兵爲變故而非人類社會所當有故兵者或備而不用或有而弗備舜禹之伐有苗陳干羽以爲師旅王者之師殆有征而無戰衛靈問陳孔子對以俎豆之事梁襄問定天下孟子對以不嗜殺人儒者之言亦粹然以可味老子曰兵者不祥之器君子不得已而用之殺人以悲哀泣之戰勝以喪禮處之莊子天下篇曰見侮不辱救民之鬥禁攻寢兵救世之戰道家於此蓋有同心矣若夫孟子論戰謂天時不如地利地利不如人和得道者多助失道者寡助孫子論勝謂上兵伐謀其次伐交其下攻城則實默契夫此次歐洲大戰之結局利勝焉吁亦異已

（二）好讓　中國民族夙以過愛和平見譏於世界策世之士或且以此爲中國今日積弱之由不知尙柔好讓之風亦數千年道德倫理工夫涵養得來其

値正未可輕視今吾之所深信者姑不謂此風之能强中國而深信此風之能强世界能强人類世界人類皆强中國又安得而自外也故讓者今日救世之急務也孔子之稱文王三分天下有其二以服事殷以爲至德又曰泰伯其可謂至德也已三以天下讓民無得而稱焉孟子稱太王之事獯鬻謂能以大事小莊子稱堯讓天下於許由許由不受恥之逃隱夫人與人之間天下國家而可讓則今日國與國之間又何爭焉老子曰曲則全枉則直知其雄守其雌又曰人之生也柔弱其死也堅强萬物草木之生也柔脆其死也枯槁又曰天下莫之能勝其無以易之是又以物理之恒情推知人道之精義矣老子又曰夫惟不爭天下莫能與之爭又曰天下之至柔馳騁天下之至堅又曰大國以下小國則取小國小國以下大國則取大國是又今日之欲爲帝國主義者所當深悟明辨者也

(三)重農　中國古代以農立國土地分諸人民政府收其什一三代田制略有出入夏五十而貢（一家受田五十畝）殷七十而助（一家受田七十畝）周百畝而徹（一家受田百畝）貢者校數歲之收穫以爲常而歲以什一貢其上豐年饑歲不無失於奢絀至助徹之義民有私田國有公田攷諸井田之制其理益辨方田爲井井九百畝其中爲公田八家皆私百畝同養公田公事畢而後治私事故詩曰雨我公田遂及我私是人民但貢其勞力一部份於國家其餘皆自盡地力以爲生活自周以降井田雖廢而田制要主普及而非可專有孔子曰有國有家者不患寡而患不安不患貧而患不均蓋均無貧和無寡安無傾歷代經制皆宗斯義也其所以維羣衆之生活而弭社會之不平也且中國四民之序曰士農工商農居士之次工商莫之比重故相傳以農爲本富商爲末當今世界社會生產皆趨重於工之一途其亦少思民食爲重之道歟

(四)崇實　中國物質文明發達甚早軒轅作指南刻漏亦科學應用之奇其後聖哲感於物質文明之發達實爲人類幸福之危機故儀狄造酒禹疎儀狄紂爲象箸箕子刺之奇技淫巧古人所禁非絀智也謂其苟無當於人生實用徒長人類物欲之威而啓殺伐寇賊之端所以勿尚也老子曰不尙賢使民不爭不貴難得之貨使民不爲盜不見可欲使民心不亂又曰民多利器國家滋昏人多伎巧奇物滋起又曰五色令人目盲五音令人耳聾五味令人口爽馳騁畋獵令人心發狂難得之貨令人行妨是以聖人爲腹不爲目其持論雖不免極端要亦有所謂而言之也至莊子稱漢陰抱甕灌園欲廢桔槔之用墨子稱嘗爲木鳶三年成飛一朝而敗則又古哲崇實黜華之緒餘焉

以上四端實吾國聖哲遺留之美德吾人所當引伸其用寶而勿失者也而或者難之以爲道則高矣美矣然之道也實昧夫生物進化之原則與天行適成

相反不知反之者所以葯之也葯所以爲疾也夫民生而有疾有老有死亡亦天行也然而藥之者人力也因人力以求天行者之或免焉力不逮而不知止則人之志也其幸而幾焉則人道之戰勝也夫惟人力可以征服天行是則人與物之辨也物之也力不足征服天行乃不能自率其性此猶物之不幸而致疾也而人又烏可以而勿藥也藥之者何物人道主義是也墨子曰士無門或曰狗豨猶有門安有士而無門也墨子曰傷矣哉言則譬於湯文行則譬於狗豨傷矣哉是又物與人之辨也故曰中國之所謂道者無他卽世界之所謂人道也

之初次而三角淀淤三十九年改道自柳岔口南入辛章河是清代改道之二次而東淀亦淤雍正四年別開一道仍入三角淀爲清代改河之三次乾隆十六年下游改趨葉淀爲清代改河之四次十九年又改道自賀堯營開隄放水下游入沙家淀爲清代改河之五次三十七年條河頭導使東流自毛家窪入沙家淀爲清代改河之六次嘉慶六年由條河頭入毋猪泊以達沙家淀爲清代改河之七次道光十年築隄使河由中洪下至雙口以合鳳河爲清代改河之八次此外由河衝決旋徙旋改以及改而不及一二年者不與焉大約改道之舉皆施功於下游而不及上游宗旨所在皆南避淀池東避運道其收效也康熙三十九年之役行之二十三四年雍正四年之役行之十一二年乾隆十九年之役行之近四十年此外或苟且補苴或無裨久安能持至三五年者鮮矣道光四年之役以減河爲主論者謂安瀾八年實亦以淀爲壑苟濟一時非

經久之計也蓋綜清一代治永定諸說而約舉之其近理者大別凡五一主復明故道者孫家淦陳儀諸人是也孫家淦於乾隆四年請復故道疏云乾隆二年大學士鄂爾泰等于金門閘建石壩一座下挑引河本係永定河之故道惜壩身過高不能過水三年臣等議于閘之下游長安城地方添建草壩壩身仍失之高不能過水而下口致流於鄭家樓等處自去秋今秋兩汛下口經過地方仍有未妥蓋河自鄭家樓逆折而北歷龍河鳳河啞吧河之清水俱有壅滯且去北運太近若欲挑水南行不惟地已淤高而仍係東淀下游淤勢何所底止去冬曾稟請於渠淀東引入西沽之北而入口處仍迫近北運終非長策非於上游放水不堪經久臣看得金門閘之引河有東西二股自畢家莊分流其東股由金津水窪入淀渠頗深通惟所歷村莊太多水勢不能寬展其西股俱行黃埒下口入中亭河百餘里內止土莽店一處逼近河岸又中亭入淀之處

止有范家口蘇家橋尙須保護其餘均無妨礙河身寬大兩岸開展係明代故道實足容納全流應於兩股分流處將東股之口築高數尺遇異漲則兼資消減尋常汛水則專走西股蓋下游已無可行之路上游現有天然之河開隄放水則費小而害輕築隄束水則費大而害重熟思審處止有此策陳儀之言曰畿輔全局之水莫不畢瀦於兩淀以達津而入海則淀之通塞淤暢其關係於通省之利害者綦重康熙三十七年以前渺然巨浸二三百里自撫臣于成龍祇計一河不計全局遂改渾河南行之故道東行柳岔口以注東淀於是淀河病而全局皆病即永定一河亦自不勝其病淤高橋淀而信安堂二鋪遂成平陸淤勝芳淀而辛章策城盡變桑田故曰淀病也淀以翕受爲功容納之量隘於下則灌輸之勢停於上伏秋汛漲淀失所受則衝潰隄岸在在堪虞故曰全局皆病也永定本向南流逕固霸二境以會玉瀦河蓋率其自然之性河未嘗

淤淀亦未嘗淤也故治之之法仍當順其南下之性而利導之多其分釃之渠以減殺之世宗常降諭旨令引渾河別由一道入海毋使入淀可謂探本窮源之論矣葢淀爲定水無冲刷之力故沙入而沈河無停流有滌蕩之功故泥衝而散永定南入淸河自明以來百有餘年矣舊所經由之處沙痕的礫岸迹分明蘇家橋以北崖高底深牤牛河借以行水者卽其故道也河善淤埶河以此道廢棄已四十年而經久不湮歷歷如是葢下口暢則上流疾此卽利于入河之明驗矣雍正四年雖于郭家務改挖新河而下口仍然歸淀故經王慶坨則王慶坨淤入三角淀則三角淀淤沂則𩣑𩣑及于楊家河矣楊家河乃通省河道之尾閭此河一淤則通省六十餘河之水無路歸津害有不可勝言者故籌今日之利害莫如順其南下之性以入玉帶河或謂濁能淤淀亦能淤河玉帶一淤則西淀之水無所歸矣是大不然玉帶西受數十河之水渠深流急泥澄

沙散已失其渾濁之性矣即如滹沱漳水濁泥豈下於永定而滏陽衛河其寬深亦不逾於玉帶滹沱入滏而滏未嘗淤漳入衛而衛未嘗淤則永定之入玉帶豈足慮乎或謂河流湍悍土性疏惡不隄則氾濫爲固霸諸邑患隄之則築墻以束水是又不然昔渾河南行之時河身不過數十餘丈溢漫不過一二尺旋長旋消爲期不過二三日非如黃河之滔天巨浸也特以東折既遠其性入淀又窒其歸强束長隄適足激之使怒耳今若順其南下之性多其分釃之渠寬築陂陀之泊岸緩受其怒流甯厚勿高建護村之月隄預防其衝擊甯缺勿合縱過異漲仍不失一水一麥之利亦何負於民哉主復故道之說凡若此乾隆五年高宗果用家淦之說毅然行之放水後上嘉家淦之敢任家淦亦頗自嘉未幾淹沒田廬甚衆廷議速塞上亦自知鹵莽乃塞之自是以後莫敢言復故道者蓋明代故道不設堤岸漲時任其游瀁於固霸文大之間泥留田間淸

水歸河故淀不能淤乾隆初河廢已久村落悟增設隄則張莫能容不隄則民與爭地且淀已受淤非復明代淀池之舊時方苞論與陳儀相近獨不敢主復故道謂縱不畏難不惜費復於此時亦不能獲久安之利實爲遠見蓋成迹雖循而不揆時勢亦不無功所謂徒善不足以爲政也一主別道避淀者淸世宗怡親王朱軾方苞是也自康熙三十七年改道以後先淤三角淀而高橋勝芳諸淀以次被淤大淸河達津之路爲之壅塞世宗面諭怡王朱軾令別由一道引渾河以避淀池怡王等議由柳岔口引渾河北繞王慶坨之東北入三角淀仍於淀內築隄使河自河而淀自淀河身務須深浚使河水低於淀水仍設淺夫隨時挑濬亦請歲支挑淺銀五千兩上從其議遂於柳岔口北改爲下口並築南北大隄南岸自冰窖村至王慶坨北岸自何麻子營至范甕口下游達三角淀其時方苞之言曰自前明以至康熙三十七年渾河之水未嘗不由淀以

達運河而絕無塡淤其故果安在哉議者謂故道南入會同河流淸而甚駛故無停淤此得其一而未知其二也河流雖駛能蕩刷泥沙不停耳能使泥沙別出兩淀之外哉葢伏秋而外渾河本不甚大其盛張惟伏秋爲然河行固霸時其道本無隄岸故散漫於二邑一二百里之間土人謂之鋪金地者皆泥沙之所停也停於二邑之平地者多則會於淸河而入淀者自少故三百餘年雖少淤淀底而不見其形自故道既改渾河之泥沙無纖微不入於淀故三十餘年而塡淤過半淀既半淤此時雖復故道而由會同河入淀之道及兩淀之中必所在淤塞矣雖歲加挑浚人力有限十年之後終不能免全淀之盡淤其患恐更有不忍言者今欲爲永之計必別開河道使濁流不入淀池留兩淀之未盡淤者以受會同淸河及子牙伏秋之張庶可得數十年之安若更時時修築挑築不失其宜未必不可永無患也愚意欲循三角淀之外迤邐而西別開一河

磬折以入丁字沽去三岔口海河不過十餘里開拓運河西岸之隄使見河寬闊足以容納衆流庶可保無虞矣主別道避淀之說凡若此是後東西淀雖暫免墊淤而本河之汛溢淤墊究莫能免不十年而下游之長洵河淤淺不堪行水乾隆初乃於上游開四壩四引河下游改流由鄭家樓以入葉淀而患乃稍息（按雍正四年之役下游入三角淀淀南距清河下口密邇不獨自淤且妨及東淀當日若用方氏之說改道葉淀較三角淀之道必稍可經久云）是知避淀之說雖當而別道孤行其仍不能久自若也一主逼隄勻沙者顧琮是也雍乾之際人謍于成龍改道之非皆以明代故道不設隄岸爲得計其時持此最力者厥爲孫家淦其言曰永定子牙之故道向皆無隄是以泥留田間而水不淤淀自永定築隄束水而勝芳三角等淀皆淤溢與滹台流爲子牙河自子牙築隄束水而台頭等淀亦淤故家淦之請復故道也仍襲不設隄岸之故智而不知時勢不可強同當時河臣中師其意而不泥其迹者惟顧琮一議爲

南各省禁用洋錢者。兩廣總督鄧廷楨奏。洋錢一項、江浙閩粵之間。輾轉流遷、行使最便。流布已久。一旦驟行禁止。勢有不能。廣東謂之爛板。江浙則用光面。奏入。諭斥之、前湖廣總督林則徐。亦有請鑄銀餅之議。未行、即光緒中鑄銀元所由仿。其時又有建議請行鈔票者。魏源諸人皆駁之、然咸豐中遂行鈔票矣。

咸豐時之財政

咸豐之初、粵西役起、豐工又決。用款無限、三年。金陵不守。北方被兵。軍費愈重、軍興三載。撥餉二千七百餘萬。廷議上籌款各條、注重捐輸、有加廣中額之制。其時行鈔票。鑄大錢鐵錢。皆無效、甚且累商民興大獄。如陝西官錢局及戶部五字鈔票之案鈔票大錢不能流通典商歇業者無算廉俸兵餉減成。所得無多。開礦之令屢下。亦鮮收利者。預借山西等省地丁。止行一年。其所賴以供軍饋平寇亂者、惟兩大端。曰捐輸、曰釐金。

捐輸以各省永廣中額一名三十萬計之。約逾一萬萬、（咸豐九年福建捐輸統計四百五十七萬有奇永廣中額十名光緒元年雲南統計捐銀一千零七十萬有奇永廣中額十名以此推之則永廣一名亦有在百萬者蓋雲南在例停之後故如此各省永廣中額一名率逾三十萬）而加會試中額及廣一次舉額、並加府州縣學額者。不盡與焉。釐金始於咸豐三年。雷以誠行之江蘇、其後各省踵行。供軍者率取諸此。前湖北巡撫胡林翼以湖北一省。歲籌餉至四百餘萬。亦以釐金為大宗、湘軍之用師、江安各省。奏明取給於湖南釐金。以後來釐金歲收數計之。咸豐中此款所入。歲亦在千萬以上。此外若漕折、（自軍興後除蘇浙外皆不辦漕湘鄂等省皆收折價湖北歲提歸公及節省銀七八十萬他省稱是合之亦成鉅款）若四川按粮津貼。皆給臨時之用者也。出款鉅者。軍餉至數萬萬。庚申英法償款。又幾二千萬。河工亦數百萬。（初年豐工亦糜鉅款自銅瓦廂決後度支無力辦河工任之）其可計者。江南大營餉月五十萬、浙餉供皖南防軍者。月三十萬。湖北湖南供出境之軍者。月億數十萬。而北路征軍之餉、與各省自辦防者。不與焉、其各省之取於商民者、尚有日捐、有鋪捐、供兵差者。直東山西河南陝甘諸省。有差徭。四川雲南。有馬夫局。歲費多者百萬。少者數百萬。山西陝西。後來均減差徭之奏。皆謂初辦之時。十倍於今之定額。則數目之鉅可知。十年蘇常淪陷。南漕不至。津滬皆辦採買。又開米捐事例。京餉依山西山東數省。度支匱竭。爲一朝所未有。論者多謂其時財政。各省皆自專之。然如廣東釐金未報支數。則戶部奏詰。各省亦有以催徵短絀。謫降藩司以下多人者。財政之權。計臣亦未盡失。至於淮鹽路阻。而川鹽東行。潞鹽南下。分計若有嬴絀。合計實無損益。如苗沛霖李世忠屯據江淮之間。或自捆鹽行銷。或强收鹽稅。皆有損國政者。各省團練派捐。尤不可名計。自雍正後。度支出入。皆有定程。至是而大異。差徭團捐。又皆今日地方稅之濫觴。西人言國民盡納稅之義務者。斯時捐稅若近之焉。又其時屢議開荒。新疆以無大段荒地奏覆。而奉天東邊吉林之五常堡等處。黑龍江之呼蘭等處。皆從此墾闢。有奏報丈放者。有流民私墾者。有裨本富至大。至今賴之。此咸豐中財政之大概也。

同治時之財政

同治之初。兵事孔棘。度支所亟。重在軍費。寶鈔大錢。卒皆停罷。釐金捐輸。濟用如前。元年。諭淸查錢糧。二年。催解京餉。三年。停山東畝捐江南糧捐草捐花捐布捐。是年七月。內閣戶部會奏。准各省軍需開單報銷。八年。諭整頓丁漕。十二年。戶部奏准封存四成洋稅。而汰減釐卡。核減浮收之旨。亦先後下。其時甚定江浙。蕭淸齊豫。迨於末年。陝甘雲貴。悉奏敉平。而軍費之繁。遂與一代相終始。以故大學士曾國藩李鴻章左宗棠所奏同治年軍費計之。湘軍四案五案合之剿捻軍需第一案。共請銷三千餘萬。（此爲曾軍支數）蘇滬一案二案合之淮軍西征兩案。共銷一千七百餘萬（此爲李軍支數）左軍西征兩案。共請四千八百二十餘萬。尙不盡備而已及一萬萬。此外若福建援浙軍需。合之本省及台灣軍需。截至三年六月。已逾六百萬。雲南自同治二年至十二年。請銷軍需一千四百六十餘萬。是合各省計之。必在數萬萬以上。河工。山東河南亦屢有事。然所費不及道光中一次大工之什一。如山東侯工二十餘萬。賈莊各工九十餘萬之類。區夏再二用兵。久者田爲荆棘。額賦每絀。入款之少。此爲大端。釐金。洋稅之入。則道光前所未有者。今就末年歲入計之。地丁實徵二千萬有奇。較道光以前減三成。鹽課。鹽釐等八百萬有奇。常稅二百萬有奇。漕折二百萬有奇。洋稅一千二百萬有奇。釐金一千五百萬有奇。四川按糧捐輸。津貼一百八十萬有奇。盈虛相抵。視道光前尚多二千餘萬。其新增用款。自防軍餉外。爲長江水師歲一百數十萬。閩省船廠。歲撥數十萬。神機營歲一百餘萬。稅務司經費歲一百餘萬。而各省局卡之費不與焉。征軍之餉。則甘肅各軍歲撥至八百萬。然鮮解足者。三年金陵既。復左都御史全慶首請裁釐金、其後部議、但令減局卡、裁苛細捐輸事例。名目尤多、甘米捐減折最甚。實亦無裨。度支。蘇浙漕粮汰減浮賦。蘇松太杭嘉湖減十分之三。常鎭減十分之一。乾隆以後。未有之盛舉也。故大學士祁寯藻之再起。請停開鑛、黑龍江將軍德英。以東荒叢盜。請停開荒。奉天東邊勘丈之舉、將軍以地廣民頑、不敢竟其事。故雲貴總督岑毓英。以荒田難闢。請緩徵賦年限。皆先後報可。十三年、以台灣事起、又急海防。而賠日本者四十萬。議修園籞。以廷臣之諍而止。其時漕鹽關釐報明。羨公費之屬。多列外銷。凡蘇浙各省之減定漕收。兩淮各處之清理。鹺務以及釐稅雜捐。留歸本地方用者。亦鉅上下之財、皆有餘裕。京外司計者。不盡重在精核苛求。而事亦無不舉。勇餉製造有加。而廉俸例餉有減扣。歲出在七千萬上下。欠餉之停發者。蓋亦在數千萬焉。此同治中財政之大概也。

按同治中因減蘇浙漕糧附及者有兩大端。一曰核減浮收。同治三年。浙江奏減杭紹嘉湖四屬浮收銀五十七萬兩。五年七月。江蘇奏蘇松常太倉四府州漕米項下。減浮收米三十七萬四千餘石。減浮收錢一百六十七萬六千餘串。地漕項下。減浮收錢四十餘萬串。江寧安徽江西亦均因之核減浮收。約歲爲民省銀錢總在數百萬以上。一曰改定收數。自乾隆嘉慶以來州縣徵錢糧多私收折價。一石折價有至二十千者。京外臣工屢陳折收之議。二十九年廷旨令議折漕。兩江總督陸建瀛奏沮之。諭仍令禁州縣浮收。咸豐八年。湖北巡撫胡林翼始定核收漕糧銀錢數。每石多不得過六千文。其與人書。自謂近於加賦。十一年。山東巡撫譚廷襄奏定漕糧每石收錢六千。至是江蘇遂奏定漕米每石年內收四千五百文。年外收五千文。其後尚有所減。江西屢經更定。至同治十二年。定爲漕米每石收錢三千四百二十文江寧與江蘇相類。河南先已奏明。每石折價三兩。安徽每石折價二兩二錢。而軍餉公費。往往取給。時又有劾江西爲加賦者。而不知實本江蘇成案也。

光緒時之財政

光緒之初、恢復新疆。籌辦海防。議練東三省兵。經費日增。領度支者。致慮匱乏。二年十一月、戶部遂奏抽釐捐輸。日見衰耗。本有正供。半屬虛懸。上整頓丁漕鹽關釐金交代防營開支各條。爲裕源節流之計。其時西師出關、未告全功。而晉豫賑務又耗鉅萬。五年八月。翰林院侍讀王先謙奏。舊入之款、如地丁雜稅鹽務雜款等共四千萬。今止入二千七八百萬。新入之款。如洋稅一千二百萬。鹽釐三百萬。貨釐一千五百萬。舊出款。如兵餉河工京餉各省留支四千萬。今只支二千四五百萬。新有出款。如西徵津防兩軍約一千萬。各省防軍約一千萬。謂尚有贏餘。戶部奏新增洋稅。以供機器海防之用。舊有入款供應支者實

急讀之乃得東西各爲斷被言之朔南無文古人文句參差也暨聲教蒙上東西朔南言之非專承朔南　訖于四海訖竟也

禹錫玄圭告厥成功史記於是帝錫玄圭於禹以告成功於天下

闓生案此總結全篇乃史官之詞禹錫玄圭告厥成功以倒載之勢作收所謂告厥成功者卽上文全篇之所云自禹敷土以下以至於朱皆禹之所以告成功者也

甘誓

闓生案此篇爲誓誥之始其詞簡嚴特有駿邁之氣。

大戰于甘甘水名有扈南郊地在鄠縣西　乃召六卿王曰嗟六事之人事職也　予誓告汝有扈氏威侮五行威侮暴逆之　怠棄三正天用勦絕其命剿天也　今予惟恭行天之罰恭共之借字共也　左不攻于左左車左攻亦共之借字墨子作共　汝不恭命右不攻于右汝不恭命御非其馬之正正政同字非違也　汝不恭命此申六卿之詞言軍吏有不共者皆汝不共命也　用命賞于祖不用命戮

于社予則孥戮汝

湯誓

闓生案。誓師之詞。與甘誓同。甘誓以告臣下。此篇以告庶民。甘誓以君討臣。故其詞徑。此以臣伐君。故其詞婉。即述桀之罪。亦若含茹有所不欲盡。則猶忠厚之遺。視成周有閒矣。

王曰格爾衆庶悉聽朕言非台小子敢行稱亂（稱舉也）有夏多罪天命殛之

闓生案。開首先自謙遜。極婉約之致。

今爾有衆汝曰（女曰者如曰也聞而未審之詞）我后不恤我衆舍我穡事而割正（從史記及舊傳校割害之借字害何也正征之借字言舍我農功而何征也）予惟聞汝衆言（惟雖也）夏氏有罪予畏上帝不敢不正

闓生案。先就衆民之意設爲一難。以見其必不得已之故。大誥庶邦君罔不反曰艱大一段意與此同。

今汝其曰（其曰猶言曰也）夏罪其如台（如台奈何也）夏王率遏衆力（率語詞遏止也）率割夏邑（割害也）有衆率怠弗協（協和也）曰時日曷喪（時是也）予及汝皆亡夏德若茲今朕必往

闓生案夏桀之罪并不深斥但舉民欲偕亡之言則其惡已見矣此古人高渾處亦深厚處夏德二句斷決。

爾尚輔予一人致天之罰予其大賚汝爾無不信朕不食言（食偽也食言偽言也）爾不從誓言予則孥戮汝罔有攸赦

盤庚上

闓生案盤庚三篇今文合爲一篇然紬繹其文三篇詞義分割井然今文合爲一者蓋不別標題而合之爲一卷耳於三篇義旨初無變也史記云帝小辛時殷復衰百姓思盤庚乃作盤庚三篇漢藝文志大小夏侯章句二十九

卷。歐陽章句三十一卷。是史公已言三篇。而歐陽已分三篇爲三卷矣。今依通行本仍列爲三篇。以便循讀。○又案首篇未遷前所誥。次篇在方遷時。三篇則既遷後。各有意義。條列甚明。首篇乃因民之不願遷者。率衆流言。故但斥責告儆之。未有一語及于遷事。俞蔭父乃謂此篇爲遷後之詞。當在三篇之末。眞謬說也。

盤庚遷于殷民不適有居適往也有詞也民不肯之往其處率籲衆戚籲和也慼戚同字衆戚猶周書大武篇之四戚謂內姓外昏友朋同盟也下文至于昏友是其證出矢言矢言即流言也曰我王來王謂祖乙既爰宅于茲爰宅定居也茲謂耿也重我民無盡劉劉流也不能胥匡以生卜稽曰其如台言先王祖乙之始來既定居于此耿猶重我民不欲遷不遷則不能相救以生故決之於卜曰其奈何此遠祖乙遷耿時事也先王有服服事也恪謹天命言卜也茲猶不常寧不常厥邑于今五邦五邦商丘亳囂相耿言先王有事恪謹天命猶之於卜猶不常安不常厥邑于今已五遷矣今不承于古言不卜罔知天之斷命斷制也今既不卜莫知天所制命矧曰其克從先

王之烈烈亦也烈餘也既不知天之所命亦曰從先王之餘烈而已謂仍宜居耿也若顛木之有由蘖木生條也若已仆之木而更生也天其永我命于茲新邑茲新邑謂耿也紹復先王之大業底綏四方致安四方也以上皆民勸王勿遷之詞

闔生案先陳民之矢言主張勿遷。其詞亦娓娓動聽。

盤庚斆于民斆教也謂教令由乃在位以常舊服正法度由從也常守也教民從其在位者以守先業定法度曰無或敢伏小人之攸箴曰盤庚之言也伏服同服從也箴刺也小人所刺即上矢言王命衆悉至于庭

闔生案提振而入。甚有聲勢。最能寫出盤庚威嚴意度。○又案民之流言雖曰胥怨。其率籲衆慼。必有領袖之人。王命衆悉至於庭。必不能胥流言之民而悉召之。所詔者即此爲領袖者。猶今世政黨之所謂黨魁者也。以下所言皆爲此爲黨魁者而發。魁率從則其衆無不聽矣。

王若曰若曰者小辛時追述盤庚之意而作也格汝衆予告汝訓汝猷黜乃心無傲從康猷可也黜抑下

也（傲驁同妄也從康者縱佚也）

闓生案。將欲詔之。先令自黜其心。毋妄縱佚。蓋凡爲黨魁者。必倨傲縱佚。不受善言。故首戒之。

古我先王亦惟圖任舊人（圖謀也先王亦惟謀任舊人）共政王播告之（共猶授也授政則王偏告之）修不匿厥指王用丕欽（修攸同語助詞不匿厥指所謂播告之也欽敬也此與下二句對文成義言王不自匿其指王是以與民亦罔有逸言民俗是以變也）罔有逸言民用丕變（逸言過言也即失言之類）今汝聒聒（聒聒當爲𦧇𦧇拒善自用之意）起信險膚（起猶更也信讀爲申險膚邪說也）予弗知乃所訟（訟讀辯也）

闓生案。此黨魁輩。亦國家舊人。但與盤庚不一心耳。故以圖任舊人意起。後又曰人惟求舊。又云古我先王暨乃祖乃父胥及肆勤。世選爾勞。予不掩爾善。皆爲此輩舊人而發也。蓋望其幡然改圖。與君上同心一德爾。一篇意指在此。

非予自荒茲德（茲德圖任舊人之德）惟汝含德不惕予一人（含藏也惕讀施易之易施易者移與也非我荒棄茲德乃汝含藏恩惠不移與我耳）予若觀火予亦拙謀（拙炪之借炪火不光也火以比浮言炪謀言欲撲滅之）作乃逸（作謂起行乃始也必起行而遷始能安逸也）

闇生案前陳上下相得之美。此咎其不相得之失。而要之以起行乃安逸也、

若網在綱有條而不紊（喻民與婚友唯貴戚是從）若農服田力穡乃亦有秋（此中作乃逸之義下文施實德於民云云中若網在綱之義惰農自安四句中服田之義火之燎原中觀火之義也）

闇生案此亦告黨魁之詞言汝輩以勤勉爲民表率則民自無不從矣。

汝克黜乃心施實德于民至于婚友丕乃敢大言汝有積德乃不畏戎毒於遠邇（不乃以下十七字爲句言汝能如此方可大言而無媿戎大也戎毒猶詩之言戎疾）惰農自安不昏作勞（昏勉也）不服田畝越其罔有黍稷（越於是也其猶將也）

闇生案反復以中喻之

汝不和吉言于百姓。和宣也吉言好言也惟汝自生毒毒言自作孽乃敗禍姦宄以自災于厥身乃既先惡于民先惡者謂爲惡之先導也乃奉其恫奉承也恫痛也自災先惡奉恫皆承生毒之喻汝悔命何及命依漢石經相時憸民視此散民散民謂不足數者猶胥顧於箴言其發有逸口此倒句也言此散民其發有逸口之時猶相顧于箴言而有戒心也逸口謂遐逸之言矧予制乃短長之命況我制汝生殺之命汝曷弗告朕而胥動以浮言恐沈於衆沈讀爲慴恐沈猶恐懼若火之燎於原不可嚮邇其猶可撲滅言不可撲滅則惟汝衆自作弗靖惟是也靖善也非予有咎

闓生案此節乃嚴詞以痛斥之責其流言煽衆之罪。又案悔命何及今本作悔身何及。蓋假身爲信。語助詞。古讀身與信同聲。故又借爲屈伸之伸。國策忠自中而信自身。淮南子身君子之言信也中君子之意忠也。皆其證。又魏策臣以爲身便利於事。身便利猶云誠便利也。一本於便下加而字。非是。

遲任有言曰人惟求舊器非求舊惟新遲任古老成人惟宜也

譯稿

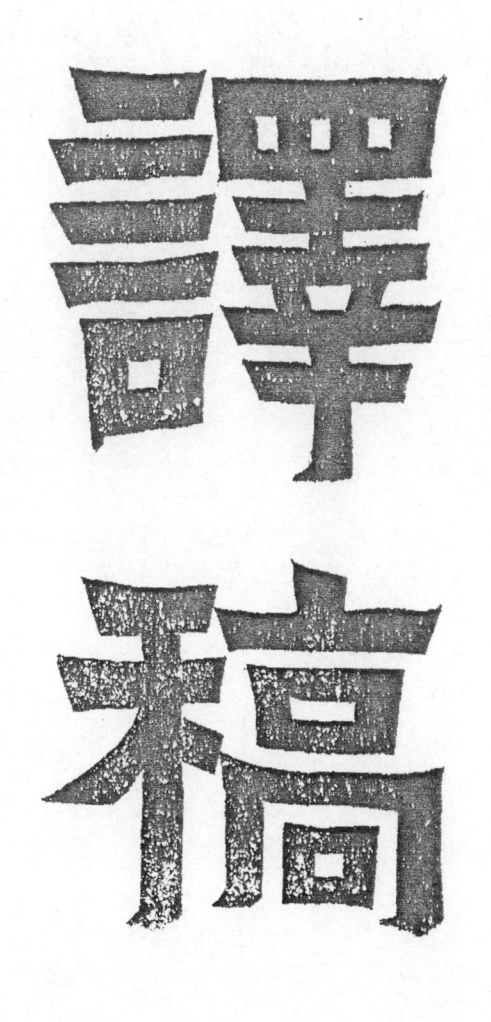

訴訟悉由其裁判提議之結果、遂抵於成、據拉丁歷史家言、當時羅馬曾派委員至希臘研究西林尼法律、hellenic law 委員所至之地、即大克拉西亞、magna graecia 爲意大利南部之希臘殖民地也、希臘文明與羅馬相接觸者以是地爲最早。十委員既歸、稱爲大製憲家、就中以克勞迭氏、appius claudius 最負盛名、十委員被派編纂法典、使法律爲成文的、爲確定的、紀元前四百五十年、首先編成十表、紀元前四四九年。更成二表、實示國民以一種公平法律也。現時十二表法之所存者。皆賴五六世紀時拉丁學者之解釋、轉相抄錄、日新不滅。其所規定之事項、至共和末季、亦未嘗加以何種之更改、西西擾 cicero 嘗謂、當彼之時。官家並無保存法律之機關、全賴私家之記載、夫紀元前二百年前之法律、乃儒帝法典之根本、吾人欲加以研究、全賴基都降生前後時之私家著作也。

十二表法之性質　十二表法者。乃就羅馬當時所行之不成文的習慣而爲成文的編輯者也。據近世德國著名之羅馬法家布命氏 bruns 所言。其內容多採取於希臘。試與希臘法律爲比較之研究。如高特納表。lalle of garliyn。此表包含西林尼法律。較十二表法爲尤古。而益知布言之不誣也。然就十二表法之形式上攷查之。所含希臘法法律之性質。概不多見。羅馬法特殊之點。即羅馬之家長制度。予家長以特別權力。且羅馬法上之訴訟手續。亦須合於法定方式。

十二表法所載者。皆市民法。當時交通不便。商務不繁。故法律行爲之在十二表法。僅佔一小部分。此外皆係關於土地及市民財產之規定耳。

十二表法後三百年羅馬法之進步　十二表法成立後。三百年間。皆爲解釋十二表法時代。共和時代。私法事項之變遷。實爲例外。因國力之發展。應酬羅馬法開始支配外國人及萬民法與市民法之分　自設立外國大判官以後。其所引用之法律、遂爲市民法之補助。即所謂萬民法是也。萬民法之惟一淵源。即大判官法。蓋大判官可創設新法律。再經法律上之手續。以承認之。而新法律於是成立。承認云者。即承認其合於訴訟方式與否耳。

自此以後。羅馬法之進步。如平行綫。然有舊民法爲市民法是也。有支配外國人之法律爲萬民法是也。凡古時條例及習慣具有法力者。皆屬於市民法。故市民法大都皆經立法手續而成立者。萬民法者。乃保民官所訂之新法律。間有抽象的選擇於市民法中者。大部份皆取於法環鄰各國之通行法律。就其精神上之淵源。以研究之。大都皆取法於希臘者。羅馬人與非羅馬人間之法律關係。均聽萬民所支配。與今日之國際法頗相似也。

自共和末季以至帝國時代。市民法與萬民法分途並進。其後市民法漸失其

地方的形質及其方式的必要而爲萬民法所同化二法合一遂爲世界的法理自此以後羅馬法遂變爲普通法而非地方法矣

法律智識之普及教師專秘之消滅法學家之發達　法律之實習及運用久爲教師之神秘事業逐漸普及於平民於是由教師專有的而變爲公開的當紀元前四世紀時法定訴訟已歸消滅法律事業之公開始於此時當三世紀時平民法律家高隆愷尼亞斯coruncanius 已奮力爲法律公開之運動氏以法律爲人民必具之智識及至紀元前一世紀時凡對於法律陳述意見或解答法律疑問者名爲曰利司康桑耳特 jwrisconsults 且取得此種資格者不限於教師其後凡任國家重要職務者必須有曰利司康桑耳之經驗

法律家發達以後其職務與現時之律師相同提出法律意見書出庭爲辯護

普魯士邦新憲法與波蘭國新憲法（條文譯自日本國家學會雜誌）

鄧毓怡

德意志聯邦內之普魯士邦新憲法。去年十一月公布。波蘭國新憲法今年三月公布。二者一為戰敗後改建共和之邦憲。一為復國後新建共和之國憲。其內容雖大殊。要皆歐洲—世界憲法史中之新產物也。吾國建共和制。今已十年。根本大法。擱置未就。邦人君子。要然在心。最近省憲之議。亦復飈起。是佗人成績。正吾國所亟宜攷鏡。而共和聯邦之憲典。尤我忩攷所急需。迻譯而加以平判。實學人不可緩之責矣。今各譯其全文。列首篇。次乃比證同異。述其由來。終則徵以莞見。論吾人取舍之所宜。顧不敢稱論著者。以譯文居篇之太半也。所望治斯學者。指摘而教益之。一九二一年十月。毓怡識。

普魯士邦新憲法譯文

普魯士自由邦憲法

一千九百二十年十一月三十日

普魯士國民。由制憲亦議會制定次之憲法茲公布之。

第一章 邦

第一條 (一)普魯士爲共和政體德意志國之一邦。

(二)依德意志憲法須變更領土時普魯士之同意。以法律行之、

(三)邦旗用黑白二色。

(四)公事之文字及辨論用德意志語。

第二章 國權

第二條 國權之主持者爲國民全體。

第三條 國民從此憲法及德意志憲法之規定。直接由國民投票。(國民動

議國民表決國民選舉）間接由依憲法設置之諸機關表示其意思。（註一）

第四條　（一）年齡滿二十歲以上之德意志人無論男女凡在普魯士有所者皆有投票權。

（二）投票權普遍且平等以秘密直接行之　投票之期日須星期日及一般之休息日。

（三）詳細法律定之。

第五條　左揭者不得有投票權。

一　禁治產者又因精神衰弱被保護者。

二　喪失公民榮譽權者

第六條　（一）國民動議得爲求左之事項行之。

一　憲法之改正。

二　法律之制定改正及廢止。

三　邦議會之解散

(一)國民動議。提出于內閣。內閣附以巳之意見。即時提出于邦議會。屬第一項第二項時。國民動議須附帶法律草案。　國民動議屬第二項時。非有投票權者二十分之一。其提出不能有效。屬第一項第三項時。非有投票權者五分之一其提出不能有效。

(二)關于財政問題。租稅其他公課法及俸給規定。不能爲國民動議。

(三)國民表決于有國民動議時。及其他憲法所定時。行之　國民表決非

(四)逾有投票權者之過半數不生效力

(五)國民表決于邦議會從國民動議時。即不行之

(六)凡可決改正憲法解散議會之動議須有有投票權者過半數之同意

演說

生物者不生化物者不化、

（二）上述之輪化論謂世界無時不變化、列子書中亦云然天瑞篇曰。故常生常化常生常化者無時不生無時不化。莊子秋水篇亦曰。（無動而不變無時而不移）

（三）關於萬物變化之原因上述之輪化論極力排斥神意論列子書中亦有此意說苻篇曰。齊田氏祖於庭。食客千人。中坐有獻魚鴈者。田氏視之。乃歎曰。（天之於民厚矣殖五穀生魚鳥以爲之用）衆客和之如響。鮑氏之子年十二。預於次進曰（不如君言天地萬物與我並生類也。類無貴賤。徒以智力大小而相制迭相食。非相爲而生之。人取可食者而食之。豈天爲人生之。且蚊蚋噆膚。虎狼食肉。豈天本爲蚊蚋生人虎狼生肉哉。）

（四）自化之（自）字其解不一。上述之輪化論以因果律解之。以因果律言則一切現象皆然其所不得不然。列子書中所說之（命）與此相似。力命篇曰。

召忽非能死。不得不死。鮑叔非能舉賢。不得不舉。小白非能用讐。不得不用。

又曰、

然則管夷吾非薄鮑叔也、不得不薄、非厚隰明也。不得不厚。

天瑞篇曰、

生者不能不生。化者不能不化。故常生常化。

（五）上述之輪化論以為現世界來自星雲、由氣體變為液體由液體變為固體列子書亦有似此之思想。天瑞篇曰子列子曰、（昔者聖人因陰陽以統天地、夫有形者生于無形。則天地安從生、故有太易有太初有太始有太素。太易者未見氣也。太初者氣之始也、太始者形之始也。太素者質之始也。氣形質具而未相離。故曰渾淪。渾淪者言萬物渾淪而未相離也。）

（六）上述之輪化論謂現世界將來必壞。列子書亦有此說、天瑞篇曰。杞國有人憂天地崩墜。身亡所寄。廢寢食者。又有憂彼之所憂者。因往曉之曰、（天積氣耳。亡處亡氣。若屈伸呼吸。終日在天中行止。奈何憂崩墜乎。）其人曰。（天果積氣日月星宿不當墜耶。）曉之者曰、（日月星宿亦積氣中之有光耀者。只使墜亦不能有所中傷。）其人曰。（奈地壞何。）曉者曰、（地積塊耳。充塞四虛。亡處亡塊。若躇步跐蹈。終日在地上行止。奈何憂其壞。）其人舍然大喜、曉之者亦舍然大喜。長盧子聞而笑之曰。（虹蜺也。雲霧也。風雨也。四時也。此積氣之成乎天者也。山岳也。河海也。金石也。火木也。此積形之成乎地者也。知積氣也。知積塊也。奚謂不壞……天地不得不壞。則會歸於壞。遇其壞時。奚爲不憂哉。

（七）上述之輪化論。以沒吾人之太陽系非世界之全體。此外尚有許多天體。列子書中亦有此說。天瑞篇曰。

夫天地者。空中之一細物。有中之最巨者。難終難窮。此固然矣。難測難識。此固然矣。

（八）上述之輪化論。謂唯有生有現世。有物質。現世之前亦有物質。現世有勢力。現世之前亦有勢力。列子書中亦有似此之說。湯問篇曰。

殷湯問於夏革曰。（古初有物乎。）夏革曰（古初無物。今安得有物。後之人將謂今之無物可乎。）

論學術之運數與學術之轉移　胡遠燦

今日是四存學會開會演說之期遠燦躬逢其盛何幸如之（頃聞）才庸識淺何敢妄談然學問之道見淺見深均可直抒所見就正有道謹卽學術之運數學術之轉移聊貢芻言以備採擇竊以上古無學術之名也自伏羲氏一畫開天堯舜禹湯文武周公前創後因而學術之事始興至春秋孔子生集羣聖之大成講學杏壇實爲萬世師表秦始皇焚經坑儒實學術一大阨運漢武獨尊孔教而學術始得大行於天下惟學術愈晦而愈明學術亦愈出而愈歧楊墨佛老漢唐宋儒或爲異學或爲末學或爲僞學均非聖賢之學聖賢之學惟程朱獨有心得惟顏李能繼程朱以心得而身體力行耳惜乎顏李之學當時未得大顯於世實以科舉之學舉世入於沉痾而不知返四書甫能成誦五經尙未卒讀輒卽揣摩八股伏案苦吟自幼歲以至老死其心目中雖以獵取功

名爲務他非所知幸而志得意遂而其所行之事與其發之於言筆之於書者前後判若兩人學術壞則治術乖治術乖則邦本搖無惑乎中國之積弱不振也前清之末亟欲變法自新而西學遂浸灌於中國夫西學實業可以生財西學理化可以創物誠大有益於中國自當以彼之所長補我之所短然所謂廢科舉者非廢四書五經張文襄奏疏內固已鄭重言之必舉歷代聖賢垂學術如日月經天江河經地可歷萬古而常新者偏鄙之爲迂拘斥之爲腐舊一筆抹淨一刀斬除使天下之人非漸趨於父子平權自由結婚公產公妻不止新則新矣世道人心尙堪問乎孟子曰人之所以異於禽獸者幾希此言何不深長思耶

大總統爲學術計爲天下萬世世道人心計既有顏李入祀聖廟之命復有設立四存學會之舉夫顏李之學孔孟之學也何以不設孔孟學會治疾者急則

先治其標治水者盛則先治其流隣語以廣大精微之道人多疑其迂遠而難期必有合乎時宜之學術始能生人之感悟使人之易從顏李兩先生若於數百年以前早知數百年以後非此躬行實踐經濟作用之學術不足以作中流之砥柱挽既倒之狂瀾也然非大總統崇儒重道極力表彰恐天下學人能知顏李姓名者千不獲一當望其潛心於顏李之學上尋孔孟之眞傳以成唐虞三代之郅治乎自京師總會成立而河南山西等省亦相繼設立分會是顏李之學已將大顯於兩間遠燦竊以欲講學術先講存心口道聖賢之言身冒聖賢之行而對屋漏或生放肆之心對妻孥或生淫僻之態是直顏李之所謂人妖也所望我會同人勿僞飾勿淺嘗先用存心工夫再以存心用存人存性存學存治工夫顏李之學與晃聖道大放光明中國大有轉機也即使不能驟興是天未欲平治天下而吾人亦當奉顏李爲依歸努力前修使顏李學術留此

一綫不絕并使
大總統覺世深心可告於天下萬世也況積極進行日起有功李先生有云塨
所憂者不在同調之寡儔而在此道之淼泯孟子曰至誠而不動者未之有也
一二人行之爲學術千萬人行之即爲風俗遠燦願與諸君共勉之管見如此
敬質高明

藝文

鄒君墓表

吳闓生

君諱開元字開元麻城人幼孤育於叔父貧不能具耒耜見有肩輿過隴上者慨然太息曰嘻彼富者固如是乎已而負博進不能償泣與叔父訣遂脫去徒行千八百餘里踰漢沔沂江湍西入蜀中塗風雨飢踣道上憩人家茆簷下主人哀之留一宿贐錢四百挾笠以行至巫山東巫溪駐焉至則芒然無所向舍於神祠賃舂自給閒買舟北上三十里至大甯大甯產鹽地主者多楚人憐其鄉里少傾之傭於某氏月給錢一緡二年積四十餘緡乃立肆市廛鬻薪燭楮炭酏醨之屬朝營夕稽簿籍不去手既而婦向太宜人來歸夫婦力作劬勞靡閒大宜人尤工心計時物貴賤嘗試販鹽所獲倍差以告君於是罄所有以貯鹽時粵盜據金陵淮鹽不通於楚價翔踊夔巫又綰川楚之衝君得坐收其利不數年遂至鉅萬於是富甲一方錢貨累積如雉堞賈鹽者數十百家咸出入鄒

氏適有無藝稅榷。每肩輿往來。變巳。間僕從如雲。勢甚盛也。然君廉隅自飭。望之循循若儒素。嘗有友寄千金於肆人。莫之知。友卒。往弔畢。以畀之。既富以三千金寄其鄉。治麻城田宅。所負博進。權子本倍償之。所宿釁下主人者。浮賂報焉。某年月日卒。年幾何。子某某。夫貧富何常之有。古者徒手起家。至數百大萬者衆矣。世益進。謀富之機日益廓。山海所環。舟車所達。皆力徵經營。地願用之者。如何耳。今也居會同之際。而舉國患貧。不亦爲前人所竊笑乎。表於君。所以爲貧者告也。

名賢生日詩自序 辛酉

孫雄

生日追祭之禮。始於南朝之臧榮緒。史稱榮緒惇愛五經。嘗以宣尼生庚子日陳五經而拜之。溯先民之有作。因覽揆而薦馨。意至厚也。前賢生日之可攷者以屈靈均及鄭康成爲最古。庚寅吾降。載在騷經。近世鄒叔績氏以殷厤推校周顯王二十六年戊寅入第七蔀九歲人正庚午朔其月庚寅二十一日爲屈子生辰又從是年推至楚懷王十六年作離騷之歲屈子年三十一故云年歲方壯至秦昭王三十年卒年六十有七鄭君生日見於太平廣記所引別傳謂於永建二年七月戊寅生胡墨莊氏莫子偲氏以范書順帝紀是年七月書甲戌朔推之知戊寅爲七月五日本傳載君以獻帝建安五年六月卒年七十有四是年歲在庚辰上溯永建二年丁卯正七十四年也之兩賢者實爲吾國經學文學之大師而其忠謇之忱高尚之節尤足炳史册而光日月百餘年間如沈文忠郭鎬仙均追祭屈子祁文端胡竹村陳石士錢衎石潘文勤均追祭鄭君並各爲詩文以紀其事至歐蘇兩文忠生日之祀由宋牧仲畢秋颿曾賓谷法梧門翁覃谿何子貞曾文正邵位西諸公之提倡其舉行之歲較屈子鄭君爲早故詩文之散見者尤多而東坡生日之詩尤爲覼縷難盡網羅放失景仰

老成彙爲一編用資考鏡固亦後學之責也辛亥國變以後不佞養疴都門惟以文字自遣嘗輯名賢生日詩四卷自屈子鄭君以降迄於近代之胡文忠翁文恭凡三十一人四卷中詩文及詞都凡三百五十餘首有清一代名家集中凡因前賢生日而有作者茲編最錄略備卽生存人所作及拙稿亦附著焉蓋以名賢生日爲主初不以標榜爲病也至名人之有生日可考而未經詠歌紀述者則別爲名人生日考四卷附載其生日見於某書併略述遺聞軼事以供詩料又排比四時之月日爲名人生日表表中所列凡五百四十餘人編次甫竣就正於樊樊山郭春楡兩前輩極荷稱許並惠題詞寒山稊園兩詩社同人多欲假觀錄副因以生日詩四卷付印用代鈔寫之勞而以生日表附於後方至生日考四卷則尙擬旁搜補輯故付印不妨稍遲自愧見聞謭陋行篋書籍無多表中缺漏譌誤在所不免惟冀大雅君子理董而補正之耳十餘年來神

州陸沈綱紀廢墜風雅道熄論語爲新當世才智之士方竭其耳目心思裨販夫政法經濟之說以炫庸俗之聽而攫權利之私後生小子遂習於諺誕動云昔之人無聞知不依目擊橫流蟄居人海迺爲此雕蟲瑣瑣之役其見棄於世宜矣然吾聞逸詩有云昔我有先正其言明且清國家以寧都邑以成庶民以生先正之關繫於邦國民生如此其重若屈子鄭君之學問文章風節固已敻絕等倫宜爲千秋萬禩所尸祝即降自有宋歐蘇諸賢以迄於近代咸同老輩此數十人者亦均能砥學礪行待後守先生有自來死無所憾卓然具先正之典型凡今之人苟能讀其一書效其一節即可存人道於將絕挽風敎於既衰然則世之秉國鈞者苟欲寧國家而阜民生正未可忽視乎此編也共和十年・二月常熟孫雄自序

題陳可園先生遺像

趙衡 湘帆

耆而次𪗋碩碩其膚身不滿七尺而目營八區若佛仔肩傴僂上𤸪形像未也。斯謂通天地人之儒世不我售粜食花書吾道渠非抑我時徂窮冬不生作瞰日旴無往不復適會其初在易象於卦爲遯聖人奚所取義而有感於時乎我有所不爲人以爲愚我直道而行人以爲迂人有兩目罔弗見前而後不圖美陰來蟬螳蝡覬覦鶺利其從不虞彈狙得馬失馬福禍斯須殃慶牍所積善不善之餘大亂降止悔可追與在晦宜養背之則瘉夜行不戒遇鬼載車有鵬入室鼠城社狐義和奚往噂喈金烏何不祥陰森若是而弗出爲驅除明入地中文王於是焉囚箕子於是焉奴演易陳範上媲典謨天不喪文生德於予蒙難艱貞今古同符顏習齋先生有言著書者聖賢大不得已所出之一涂也寫定爲卷二百其都以藏其家以傳其徒用之則行人我何殊舉而措之裕如予之而取諸其懷如有孫繩有子步趨世其家學永永不渝壽登大耋歸於其居石頭山麓、有儼者、瑜逑茲遺像、奕世楷模。

聞先生之名、舊矣、數千里、南北相望、無因緣一會晤、商所學、偶於人家几上見先生所爲壽藻堂詩集、喜其感事有句云、兩年艸艸、眞兒戲、一夢模糊說太平、常諷誦之、愈覺其旨、陳君有稻孫者、家歲來京師、止編書室、與予同事。已又同有事於四存學會、匆匆廣衆中、一再相語、亦未嘗聞其家世也、夏五月、稻孫奉先生遺像求題。又出眎先生所自爲墓志、始驚悉稻孫卽先生之長君、先生已於前年物故。而書墓志者、先生之弟逸園先生、與予同舉光緒戊子鄉試。固通家也、稻孫有子曰祖同、今敎習四存學校、會予季鍾渤適在校肄業、又有賓主人之誼。稻孫閒嘗從容語予。其師弟子二人、游處相得、正驩也、自古謂友朋、應求相通、以聲氣、予與先生、憶自始出門時、聞名輒心爲向往。今雖不可終見。而見先生之子。見先生之孫。與先生之弟。同舉亦爲往而不可見先生也。此所謂聲氣非耶。題先生像羅縷至此。予亦不自知何以然而然也。辛酉重九後又九日趙衡記。

送孫鄭垣歸里（府光緒庚子作）　　孫松齡

亂雲隨下低。破葉風前舞。歲晏百無色。思君重內憮。沈吟閩西軒。與起顛昏午。
別離自昔悲。況在新知講。相傾空萬千。相見無三五。平生慷慨心。盡此片時吐。
一疏恐久憾。方寸迴縷縷。聖教區四科。文學爲大主。深造底自得。言行逢源取。
旁通及政事。儒術何曾腐。酷哉祖龍炬。漢定勤苴補。作聖功飛全。尊經力則溥。
專一名我家。求義而得府。宋人胡自外。理學標其戶。信已不信書。所斷齊飛武。
靜坐便畏事。師孔非繩祖。貽誤沿二代。屈指元明數。文教未當滅。熙朝復稽古。
亭林自立幟。閻風題举士。實事競求是。說經發久瞽。吾鄉顏李賢。敬靜勤分剖。

所憂天下。飢劬勞學。毋乳其論。生未達其操。驚兩廡。吁嗟先正。功變齊今至魯。師師暨我。躬受天施。太膴尙無獲。簀虧日見。丕基樹。奈何遂舍去。忍裕人間蠹。伊小子不肖。心茅諸塞杜。早歲拜恕谷。謂可起沈瘉。服膺及三載。吾師見東甫。（謂鄭先生某）側聆大義。敷如水梳。神禹因叩上達。由知須下學。苦治藝進。以經綸力。敢不努。所悲前路修。獨行常踽踽。世人老於事。精專摹媚嫵。詎肯逐人愚。低心相勵鼓。晚獲吾子交。神會眞罕伍。出言謬見賞。信倚如肝腑。不賢那有是。自下廿偪僂。私幸德有鄰。同袍謀禦侮。忽聞將分手。如飛鎩雙羽。無已且獻言。憂焦不猶愈。闕乃析疑。方敬爲立身。柱廣收天下英。異日皆吾輔。細閱世間事。有爲先絜矩。時危急保身。時靜勤述詁。文章雖小技。隨俗宜綸組。身顯學乃昌。愼勿甘草莽。斯道無蠹藏。斯言止虛簿。歸來有餘師。何庸隘環堵。去去勿復怨。忖心但自撫。窮當長相思。達當圖後聚。

次均和答北江先生　李徠光

幾然而長鬢色烏琴中之人非子乎文采星月雲間敷生非其時寸土無械佗稱帝以自娛鄒衍所至王先驅險絕不擿龍頷珠冥冥自比仙人皃我醉仰天忽大呼兵甲未解禾苗枯風塵閉煞吳專諸誰迴天地太平初眼中餘子皆區區顛起安石山東隅

前韵答子健　吳闓生

仰天拊缶歌烏烏人生富貴何爲乎手領東方千萬騎歸來祇合詫羅敷知君端居百事無但有文字相與娛飛廉後屬蒙先驅繁星落手爭跳珠旁人卻顧如鶩皃山頭李白遥相呼寧從人海分菀枯自摩明水濡方諸吾今解縛遊物初己罷驂龍騰八區世上英雄工駕馭莫將蠻語矜陬隅桓公謂孟嘉曰人不可以無勢我乃能駕馭卿

談叢

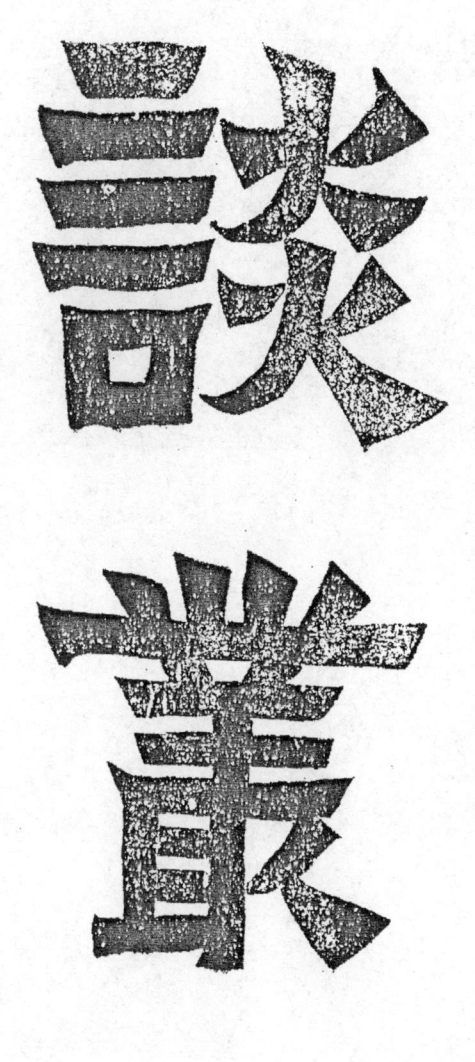

于陳涉滅秦自項氏言漢之因人成事也復歷引唐虞三代及秦之王皆積累數十年或數百千年然後在位以形漢得之之易又推其故由于秦自爲驅除而以天命終之明非人力所致不足之意隱然言外矣

高祖二年立孝惠爲太子六年尊太公爲太上皇呂后之立史雖不載然史於帝微時即書呂后爲后以二年呂后兄周呂侯之語考之似在蜀時已封王后而劉媼始終未尊爲太后高帝之處父母妻子如此

高祖孰與仲多之言鄉曲人之所羞而公然道之不爲怪家令說太公奈何令主拜臣其後高祖朝太公擁篲迎門舜南面而立瞽叟北面而朝之齊東野人之語不圖眞有此事高祖心善家令言賜金五百斤然則家令之言固有意逢迎高祖矣孰與仲多之後而家令即有此言其逢迎可知

吾翁即若翁必欲烹若翁幸分我一桮羹稍有人心者所不忍言而太公竟以

此得全非項羽之不忍亦非項羽之畏取怨乃羽本無殺太公之心特借以試高祖高祖置若罔聞羽亦無如之何矣羽如以他肉詐爲太公以遺高祖不知其究竟如何

虞兮鴻鵠二詩世謂其相似其實垓下之時英雄失路其詩於悲凉之中寓悱惻之情千載下讀之猶令人爲之感泣高祖則欲立戚氏而不能牽於呂后無可如何旣畏其妻又愛其妾作兒女子涕泣呂氏眞爾主矣一語眞是村夫愚婦之言鄙齪情形如見

扶蘇諫始皇以諸生誦法孔子與漢元之諫漢宣相似始皇不聽亦卽漢家自有制度之意非不尙儒術時未至而爲權宜之計也使監蒙恬軍俾習威令以救其仁柔之失乃始皇不久卽死扶蘇終不得立而秦遂亡亦天之不祚秦耳

曾文正公謂史記八書頗病其略竊以爲不然史記爲萬世公史故於制度沿

革不甚措意特詳其所以盛衰之故而著其微旨若班史則旣爲漢書於漢制自不宜疏略例則然也漢之禮遠遜於秦史公爲漢臣不得不抑秦尊漢其論秦曰雖不合聖制其朝廷濟濟依古以來古卽古聖之制禮者也謂之依古實與而名不與也謂秦不合聖制而漢則大抵襲秦故合聖制乎又謂自天子稱號下至僚佐及官室官名少所更改所襲止此以見漢之僅襲秦之皮毛而遺其精義也篇首曰洋洋美德乎宰執萬物役使羣衆言禮之重如此以形漢禮之失終之以武帝改正朔易服色封泰山而不言其制且謂之定儀而不曰制禮以見其爲儀文之末不足與於禮之本原也善否可不問而知矣

樂書之旨較禮書尤爲微婉以虞夏賡歌成王作頌明作樂之理復推言之君子以謙退爲禮減損爲樂以明武帝之失其旨也言仲尼不能與齊優遂容於魯以明使李延年爲協律都尉之失其人也栽趙高之言譏公孫弘之依阿上

意也謂成王戰戰恐懼善守善終譏武帝無儆戒之意也漢樂十九章及靑陽朱明諸詩皆鋪張之詞不載删之也獨載天馬二詩舉其甚以例其餘也禮樂大政而武帝以私意行之故詳波黯之言以鳴憤因附載公孫弘之語以見當時諸臣之無足與於禮樂事者與平準書烹弘羊天乃雨之意相同不加議論而褒貶立見

文王之後道在孔子孔子成春秋以爲萬世綱紀所以爲素王也史記世家即寓以春秋治天下之義周紀平王四十九年書魯隱公即位敬王四十一年書孔子卒秦紀悼王十一年書孔子卒齊釐九年魯隱公立燕繆侯七年魯隱公元年也獻公十四年孔子卒蔡宣侯二十八年魯隱公初立曹桓公三十五年魯隱公立陳書隱公立孔子卒衛書孔某卒晉書孔子相魯孔子卒鄭書孔子卒或紀春秋之始或紀春秋之終經緯萬端皆以春秋爲本此史公之微旨也

趨庭雜記

陳詒紱

乙卯歲予謀食羊城甫至卽思歸省親時作孺子泣人曰家有兩弟侍養君何患焉予竊謂不然昔聖人之繫易也乾爲天爲父坤爲地爲母人各有天地卽人各有父母責任得分而思慕不得減也

禮曰出必告反必面是孝子之於親有依依不忍離者也今人不然是有父母而若無者而父母之於子則未嘗頃刻忘之倚門而望人人皆然此亦極小事而人每忽視之其餘之不能體親心者多矣

甚矣今之不古若也姊姒若讎敵兄弟若參商親友中各有其黨與我好者爲好人與我壞者爲壞人所議論者止有貨利害而無公是非吾勸我兄弟守友于之家訓不可使讒人有一隙之乘

今之所謂世故人皆機械耳予性拙直不合時宜家君嘗曰我一生與人無

機械心無論何人以何心來我只以一忠直待之彼機械者亦徒勞而無功久之機械皆化而爲誠矣

忠厚刻薄是各人之性情非各人之學識也人每謂學忠厚勿刻薄亦勸世之苦心彼刻薄者何不知忠厚爲美德間或强制性情恐終不能變也

家君嘗曰子之事親承歡在平日自爾客粵東有人慰我曰先生倘康健子可遠遊試思爲人子者必待親不康健時始歸謂之待養不可謂之待疾其可夫子之於親至待疾時情狀可設想乎予由此不作遠遊之計

讀史記高祖功臣年表子孫驕溢忘其先淫嬖予深味此言人苟反祖宗所爲固屬不肖即仿祖宗所爲一有不及亦爲不肖

今世稍有資財而欲獲福者往往矜言設善堂行善事親族之貧乏概置不問予謂是在要人言而非實心爲善也蓋爲善在實不在名在心不在錢心存善

附錄

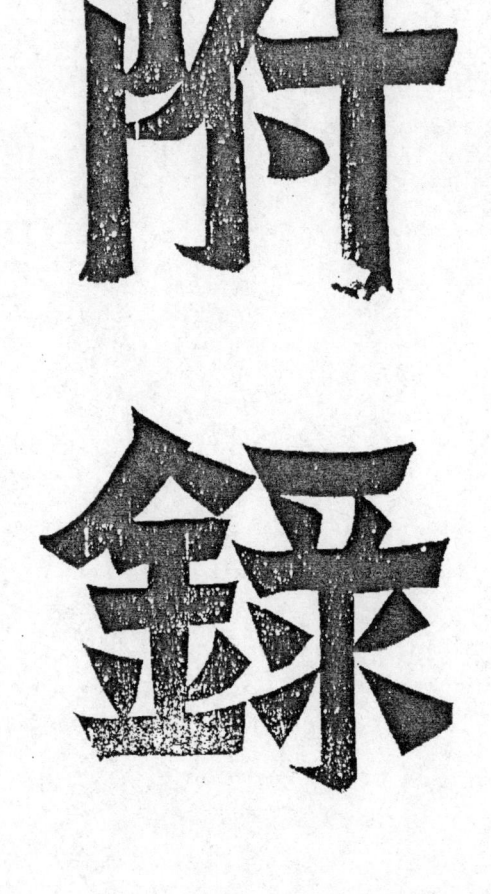

河南四存學會開會演說詞　　裴希度

希度天資未及中人學識亦復譾陋今日聊貢一得於　諸位先生友朋之前尙希明教竊以古今學術浩如淵海且幾經變遷賾分門戶千言萬語勢難罄述茲僅以縱橫二圖發明之

一縱圖

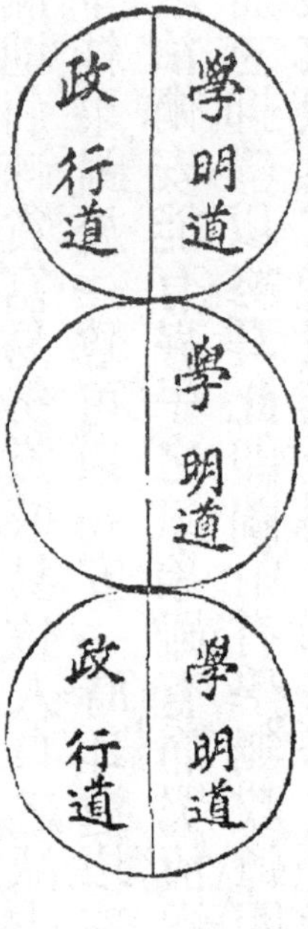

右圖上圈係表明自伏羲至周公之時代此時代中聖人得位得權以有權位之人精心講學八卦十六字曰新無逸之說炳如日星故能施之於政盡善盡美所謂立人之道曰仁與義者既明而且行此時教佃教稼明倫有井田之制以均民食有比閭族黨州鄉之制以和民情有守望追胥之法以防民患有庠序學校之教以培民材故此時之民于于皥皥康樂和親其社會

景象有爲歐美各國所析羨而不能及者自秦以來則每下愈況奚中國係表明自孔子至明清諸儒之時代此時代中聖人無位無權不得已而講學名山學雖優而不能施之於政道雖明而不能見之於行當位得權者往往治法苟且大半衍嬴秦之緒餘於是社會生活程度漸致懸殊情意大乖而所以敎道調濟之方又缺而不備故少者數十年多者百餘年必有大變亂大戰爭到處干戈滿地荊棘貧富易勢貴賤易位人口之減少過半田里之耕居有餘然後戰爭結果歸於一尊可以苟安一時耳進以三代之治固謙讓未遑也無明備之治術安能有昇平之氣象雖有痛哭流涕之賈誼慷慨上策之王通亦終齎志抑鬱以終耳此即圖中有學無政道明不行半實半虛之象其道之不隨政以俱亡者以孔子刪定纂修傳道之精神既歷千古而不磨而諸儒拳拳守道其功夫又往往老死而不惰也然亦如一髮之係千鈞危乎殆矣今

大總統既得位得權提倡實學講明大道於首善之地我有權位之

督軍省長復賡和於中州父母之邦則將來政學合一道明而行與三代以上同

其文明同其昇平可以預卜豈特中州父老子弟之幸亦全國蒼生赤子之福此即圖中第三圈之企望也希度亦蒼生之一將奉老母携幼息沾沐洪恩于無旣安得不馨香頂祝之

二横圖

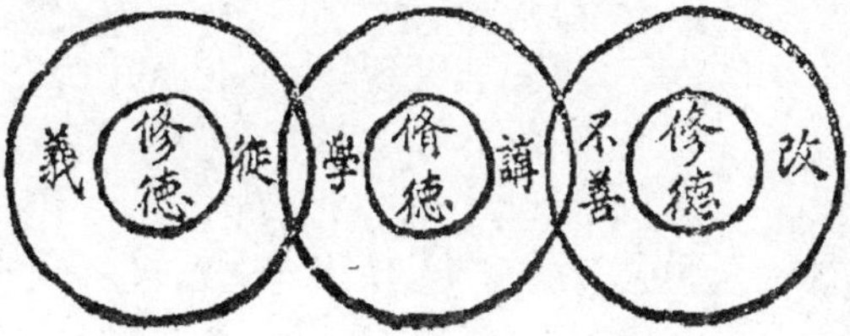

右圖係遵魯論之不修章演繪德者本也天下之大本在中故以修德爲本而居各圈之中學不講則道不明何者爲義何者爲不善則無以抉擇而或得其反徒講學而不能徙義改不善則言行不顧又豈得爲君子故講學居兩圈之中且與兩圈左右貫通之以見知行合一之實用此亦自然之序今日到會　諸公對於此圖慊然無愧者雖未必無其人究之以孔子之聖尙以是爲憂則吾人之不敢不勉當亦　諸公所同認竊願追隨　諸公之後相與砥礪修德以立本講學以明道致用勇於徙義急於改過以成己成人庶幾不虛有此會而二曾祠之樓閣橋亭將與鵝湖白鹿洞後先輝映史册而其效或且過之豈不懿歟

中華民國十年十一月壹日初版發行

第八期

編輯者　北京西城府右街四存學會編輯處　電話西局二四〇八號

發行所　四存學會　北京西城府右街　電話西局二四〇八號

印刷所　開通印刷局　前門外萬源夾道六號　電話南局四〇四一號

總發行所　北京西城府右街四存學會出版部　電話西局二四〇八號

分售處　四存學會各分會　國內各大書坊

中華郵務局特准掛號認為新聞紙類

本月刊價目

期限	本數	價目
一月	一本	二角
半年	六本	一元一角
全年	十二本	二元

報資務請先惠凡價目一元以上均不收郵票

郵費

區域	本數	郵費
本京	一本	一分
	六本	六分
	十二本	一角二分
各省	一本	二分
	六本	一角二分
	十二本	二角四分
外國	一本	八分
	六本	四角八分
	十二本	九角六分

廣告價目

篇幅	期限	價目
全幅	全年	四十八元
	半年	二十四元
半幅	全年	六十四元
	半年	十二元
四分之一	全年	十二元
	半年	六元

廣告概用白紙黑字登載在一年以上者價可從廉

四存月刊編輯處露布

一本月刊月出一冊約五十頁至六十頁不等

一本月刊多鴻篇巨製不能一次備登故各門頁目各自分配每期逐門自相聯續以便購者分別裝訂成書

一本月刊所登未完之稿篇末未必成句亦不加未完二字下期續登者篇首不復標題亦不加續前二字祇於目錄中注明以便將來裝訂成書時前後聯續無間

一本月刊此期所登之外積稿甚夥下期或仍續本期未完之稿或另換本期未登之稿由編輯主任酌定總求先後一律登完不使編者閱者生憾

一本月刊第一期送閱第二期須先函訂購屆時方與照寄嗣後訂購者如願補購以前各期亦須來函聲明始行補寄

本月刊投稿簡章

一投寄之稿或自撰或翻譯或介紹外國學說而附加意見其文體均以充暢明爽為主不取艱深亦不取白話

一投寄之稿如有關於顏李學說現尚未經刊布者尤極歡迎

一投寄之稿望繕寫清楚以免錯悞能依本月刊行格繕寫者尤佳其欲有出圈點者均聽自便否則亦望將句讀圈清以便閱者

一投寄譯稿並請附寄原本如原本未便附寄請將原文題目原著者姓名幷出版日期及地址均詳細載明

一投稿者請於稿尾註明本人姓氏及現時住址以便通信

一投寄之稿登載與否本會不能預為聲明奉覆原稿亦概不檢還惟長篇譯著如未登載得因投稿者豫先聲明寄還原稿

一投寄之稿登載後贈送本期月刊續登之半年者得全年月刊

一投寄之稿本月刊得酌量增刪之但投稿人不願他人增刪者可於投稿時預先聲明

一投寄之稿經登載後著作全仍為本人所有

一投寄稿件請徑寄北京府右街四存學會編輯處收

四存月刊第九期目錄

顏李學

顏李遺箸

論說

專箸

譯稿

演說

顏李學

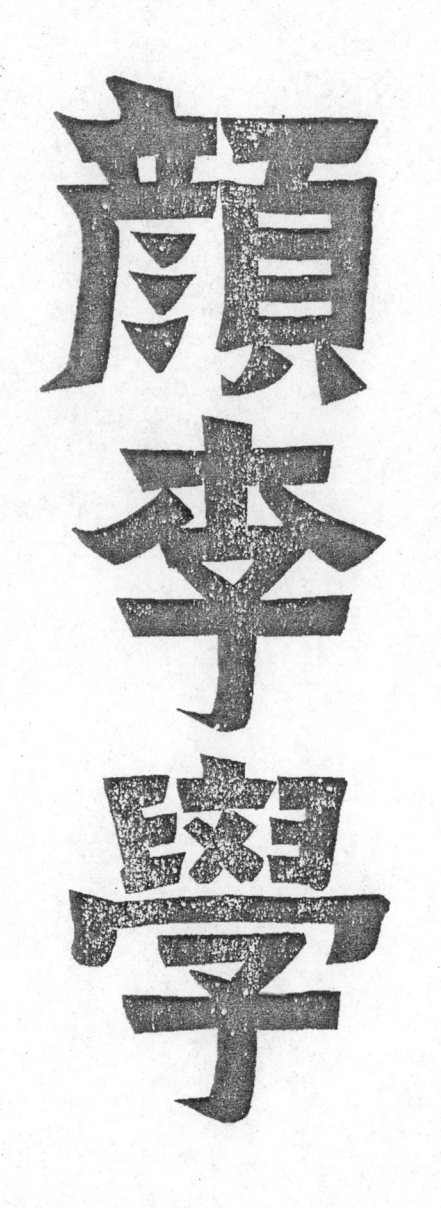

史。將不書崔杼弑君乎。法乾曰然。習齋曰否。君爲桀紂。臣則湯武。若猶然君父也。惡得以一婦人故弑之。且吾子而爲管仲也。將相桓乎。抑誅桓乎。爲孔子作春秋。將錄桓天下受賜之功乎。抑誅桓禽獸之行乎。君子不窮人之隱。論事當權其大小。吾子所言。正子路之見。非夫子見小君之誼也。法乾曰。設有無倫之君而用我。將爲之臣乎。習齋曰。君子隨時處中。定公逐兄自立。孔子不仕。及其晚年歸而用魯。陽貨饋豚。亦遂往見。法乾曰。爲崔杼則何如。習齋曰。殺其妻棄官而逃。終身不仕其國可也。法乾又問。孔子藉季氏維魯。至墮三都。荀彧藉曹操維漢。反爲操用。以爲彧之時難於孔子。設孔子而當彧時。恐亦不免。習齋曰。聖人誠能動物。非若後世權謀術數所能比。用魯三月。而公私强弱之分已定。久之而道魯朝周。又久之而天下宗周。禮樂中興。則東周之業成矣。女樂之間。天厭周德。非齊人也。法乾嘗論積德如積財。大賈不遺細利。故能成其富。君子不遺小善。故能成其德。人必先自功也。而後人怨之。先自長也。而後人短之。先自是也。而後人非之。又論仁與戾以類相感召。婦人性陰。可束不可順。骨肉無間之可離。肉雖惡。骨不得而怨之。骨雖惡。肉不得而厭之。習齋皆取其說著之日記。又書法乾姓字與李晦夫六字於筆筒。每坐一拱。敬對之。晦夫者。孝慤字也。朱媪之喪。習齋不至以毀滅生。爲之服期。習齋既知非朱氏子。待翁卒乃歸宗。義服大功。其義皆自法乾發之。法乾又言食先祭。敵客客先自祭。降等主人先祭。客從之。侍君食。君獨祭。命之祭。乃祭。凡食自祭非禮。嘗與習齋定五祀主行家禮。纂灑掃應對學儀。作勺詩舞節。鄉里有兩聖人之目。法乾生平致知。稍遜於習齋。而力行相等。非誼道所在。未嘗一與接。搆嘗見人有祝子持準提戒者。詰之曰。噫異哉。自古文王則百斯男。欲祝子不法文王。而佞無後之佛。何爲其然也。或盜其柴米。有告之者。曰我固周之。歲祲絕炊。曰今乃得貧之益也。

家一蹶死。曰。吾每念命蹇嘗蹷牛。今乃甦蹶。幸也。其善處拂逆如此。法乾既卒。習齋哭之慟。曰。此後再無以聖勉我者矣。爲之持服往送其葬。屬其門人王懷萬教其孤溥。父蘊奇字廷獻。亦諸生。習齋與法乾共學四十年。始終不免辨難。廷獻則所言皆合。習齋自歎生平知己交友中言若同口而思與同心者。在博野則魏帝臣。在蠡則王廷獻。法乾有從兄曰純粹。取恕谷之女兄爲室。恕谷又室法乾女弟。廷獻之次女也。早卒。孝慤謂廷獻曰。婿則猶是也。而君女亡矣。俗以婿續取爲續女。歸寧。非禮也。廷獻然之。女未于歸時。積有糧數石。廷獻送歸李家。孝慤曰。君女在時。未聞有是也。斯君家物耳。廷獻曰。亡女爲李氏之鬼。其遺物豈王氏之物哉。卒致之。廷獻性仁厚友于弟。純粹字效乾。亦有學。習齋稱其老成。法乾之弟又有字順乾者。軼其名。其班在六。法乾稱其剛決。蓋亦嘗與於習齋講學之會。其後有所不悅於習齋。憤欲罷會。習齋爭以書。謂不敢以負順乾者因而自負。並負其父三戴寵遇。並負其兄相處如一人不介形迹之教。魏帝臣名弼直博野諸生善周旋。有威儀。喜賓客論議斐然。竟日無一鄙語施目藥。遠來者嘗僕馬居數月。疾已竟去不取直。妻宋氏。敬相待如賓。妾祝氏事宋有禮。宋死。祝亦哭泣病死。晚歲聞習齋講學。知其貧時致薪米，加珍羞焉。或來訪。習齋飯以脫粟。忻然曰。是以君子待我也。習齋構室。致之榱橑。習齋之遊左尋父。使人追躡諸百里外。及其奉父主歸來。又躬親與弔奠，其致敬禮如此。及帝臣沒。習齋爲文祭之。知遇之感。至引管仲生我父母知我鮑子之言爲比。帝臣蓋壽至九十餘。長習齋二十五歲。嘗謂習齋生世九十年。終日言而不厭者兩人。前則田見之。後則顏渾然。習齋亦謂生世六十五。知己兩人。蠡則王廷獻。博野則魏帝臣。及其疾革。習齋來視。張目曰已矣。一死一生。乃見交情。蓋傷生平所交之多。而此時惟習齋至也。

郝文燦。字公函。肥鄉人。嘗寓書從習齋問學。後遂敦請主教其漳南書院。其受業弟子。有郝也廉、郝也愚、郝也魯、苗尙信、白宗伊、李宏業、韓習數七人。諸郝與公函不知何屬。要其子弟行也。習齋之沒。執喪門人有郝品、郝夢祥、郝夢麟者。又不知與諸郝何族屬。公函何輩行也。始公函具書幣往聘。所遣价苗尙儉、尙信。蓋其兄弟行也。白宗伊字任若。既從習齋肄業書院。後又與李恕谷往來。劉調贊之執贄門下。實宗伊之。白宗伊家貧。恕谷屢資助之。又假之財。藉賣筆爲生。因以傳播習齋之學。習齋嘗告公函。責子弟不宜過詳。謀道謀食。儒與釋老之分。又作事古人尙敏。今人尙緩。時有不同。公函從習齋學。士相見禮。又於恕谷時來論學習禮。習齋旣以水患歸去。三年不息。益甚。公函屢請不再往。一日寓書至。後附一契。公函署曰。顏習齋先生。生爲漳南書院師。沒爲先師。文燦所贈莊一所。田五十畝。生爲習齋產。沒爲遺產。習齋初至書院。率門弟子釋采孔子。其文曰。維丙子年五月十一日丙寅。保定府博野縣奉教弟子某。謹以庶饈清醴。敬修釋采之儀。昭告於我至聖先師孔子之神前曰。茲廣平府肥鄉之屯子堡生員郝文燦．居民楊進文等．公建義學。設師徒之食田百畝。亦奉當事之憲令。如他鄉例事耳。文燦則不欲以他鄉例事視此學。將欲明道淑俗。振吾夫子之道於萬一．聞名卿巨儒。輒求扁額對聯。以務表異此學。於以鼓興師生之氣。而使之卓大其志。是以題表者甚多。而故刑部侍郎許三禮。以大儒顯當世也。題曰漳南書院。今天下之爲書院者四。曰關中。曰嵩陽。曰上蔡。曰汴梁。而許公儼然通此學而五之矣。是以文燦重其事。而必再三禮聘。致某於五百里外。某懼負此名。並負文燦意也。令諸生郝也魯苗尚信等七人，束修而求。並從某來者鍾錂重光。爰舉釋奠。率之拜見於先師。謹始也。尙其啟牖愚衷。使羣蒙之學德日新。或彷彿吾夫子闕里之一二。則某或幸告無罪也。伏惟尙饗。

朱寧居主一父子。明宗室也。習齋之南游中州。聞主一名。反至湯陰。往訪之。既與其父子習禮。主一送至磁州別。去後。又率其少子本良。不遠千里至博野。具贄從游。習禮樂書數。考水火諸學。適恕谷來。又踵至恕谷齋。見其兄弟怡怡。上下得所。太和在庭除間。爲之睪然神往。留二旬乃去。習齋沒後。又率其子來從恕谷問學習禮。恕谷稱其從事聖學甚力。及其卒。恕谷聞之。往弔。又一年。反至郾城。枉道往奠。並弔其子和禮主一。嘗言明亡天下。以士不務實事而囿虛習。其禍則自成祖之定四書五經大全始。三百年來。僅一陽明能建事功。而攻者至今未已。皆由科舉俗學入人之蔽已深故也。識者韙之。其爲大學辨業題辭。因推究世運之升降。與人才之盛衰。皆原於學術明晦。而以恕谷大學辨業及所纂學規。爲鑄人之笵。指道之車。蓋其服膺者至矣。習齋與其父寧居書。及沒後祭文。稱爲兼任聖賢豪傑。主一亦未嘗一日不思行所學也。昔主一從習齋習禮竊疑人以拏腔作勢習齋曰。是何必避。拏得一段禮義腔。而敬在是矣。作得一番韶咸勢。而和在是矣。後儒避腔勢而一掃去之。禮樂之儀從與俱亡矣。此漢後爲學之通弊。又不獨明代然也。

李子青字木天。蔚水人。爲任俠鄉里。既與習齋校力不敵。因率其三子再拜從遊。習齋教之折節學禮。後卒爲善士。有聞於時。恕谷覓繩皆與有往來交好焉。三子名珖順貞。

五公山人名餘祐。字介祺。新城王氏。明諸生。入國朝。隱居五公山之雙峰。因號五公山人。習齋嘗偕王法乾往訪問學。恕谷亦嘗從習齋至五公山。五公間亦過習齋。恕谷二人書齋相與論學論治。貿所著各書。張涵白規習齋固執。兼輕信人。五公曰。流丸止於歐臾。流言止於智者。習齋服爲讜言。嘗有書答五公云。承諭眞實經濟。推廣仁人孝子之心。又謂有心者當自喻。僕雖不敏。敢不勉力。

天生王者。其氣爲主持世統之氣。乃足繫屬天下。非其人不與也。

五霸者實德未修。雖天下服而不敢帝不敢王。名之曰霸而已。諸儒者實學未至。雖天下宗之而不敢聖不敢賢。渾之曰儒而已。

藝之小者。令子弟之長者習之。藝之大者。令子弟之幼者習之。

天下懔王。一國懔君。一獄懔史。

父子。人之相生也者。教之孝慈。兄弟。人之同生者。教之友恭。夫婦。人之從生者。教之義順。君臣朋友。維人之生者。教之令共與信。

左戰而右翼之。則左正而右奇。右戰而左翼之。則右正而左奇。前後之相應。內外之相接。無非前。無非後。無非左。無非右。無非正。無非奇。如循環。如鬼神。如天地。分張之可圍敵之弱。合衡之可破敵之堅。攻之不可入。入之不可出。居則爲營。戰則爲陣。

預養饑饑而賈千里則愚。預服嬰兒而役孟賁則怒。

家有塾。黨有庠。州有序。國有學。浮文是戒。實行是崇。使天下羣知所向。則人材輩出。而大法行。而天下平矣。故人材王道相爲生。

千萬人中不見有己。千萬人中不忘有己。

讀聖人書。要爲轉世之人。不爲世轉之人。

相保一時之治亂。史關千古之是非。史之集思廣益。與爲相同。

化人者不自異於人。

習齋語要下終

恕谷語要上

天津徐世昌纂

人知學之美。而不知問之益。海內賢喆窮年所學者。吾一問而得之。其益豈不大哉。

改過不畏難。畏難則過不改矣。

行有幾微不能告人。卽不顧言。言有纖悉迴護。卽不顧行。

苟且則近利。文過則作僞。

父母有一分不慈。卽子有一分不孝。

今人兄弟不和。一曰責望。人責友寬而兄弟刻。以其親也。不知親則愈不可刻矣。一曰較利。曰均子也。何偏受其豐。不知天下之偏豐者多矣。能盡與之較乎。而乃忌嫉同氣也。知此則知。去此則仁。人勿與尊長辨理。分卽理也。無分則無理。

敬耶神欽鬼歟。肆也神慢鬼淩。敬肆禍福之機也。

將詣習齋。忽大風。家人阻之曰。豈有求教而憚風乎。行。

讀書不解。不如返而力行。行一言。解一言。

有功而喜。不如無功。有德而矜。終於無德。

天下皆壯人也。自有理學書生二派。而皆成懦人。

君子接人。雖正衣冠尊瞻視而甚逸。率性故也。小人接人。雖脫帽露頂戲侮放誕。而甚勞。機械故也。

窮居而慷慨悲歌。上者屈賈。足以自戕。下者悲歌久則變節矣。

行小祥禮。祝曰。稱心始語。視地乃行。四弟無故。考其式寧。

人訣我。心亦非之。而未必怒也。人責我。心亦是之。而未必樂也。此則不能遠佞矣。

惟聖人然後可以踐形。踐形者。踐其𠤎乂哲謀聖。以全形色之天。形色全則性全矣。

道猶路也。書所以指路也。天下羣欲爲指路之人。而不爲行路之人。將指之誰而行乎。

健夫問五經。曰。詩以作樂。書之要在六府三事。六府恐廢闕。故修三事恐偏戾。故和。禮必實行。故孔子執禮。春秋孔子之政事。易是道於象詔之寡過也。今世之學。徒事記誦。與古逈異。古四術三物。仕即其學。學即其仕。今學徒佔畢，非所用。用責幹濟。非所學。而世事壞矣。

閱賁誼新書至史佚曰。動莫若敬。居莫若檢。德莫若讓。事莫若咨。曰四語可以終身矣。

好問好察。聖所以益聖。冥行恥問。愚所以益愚。

三代以前。不言性而性存。宋明以後日言性而性亡。

多言則愚。寡言則智。

先生謂習齋曰。伐善斯爲不善。施勞即已無勞。習齋曰然。

習齋過先生。見諸友歡聚。謂曰吾當勉於狎足成歡。子當勉於莊足成禮。

思向之爲舉業也。顏先生責以庸腐。錫之亦譏聰明退。及中後。錫之來晤。驚曰。聰明復矣。乃知舉業聰明。則世事不聰明。時文不庸腐。則世事庸腐。甚矣。時文之害世也。

伯夷非沈隱可託。伊尹非雜霸可託。柳下惠非鄉愿可託。孔子非經生可託。

人一臨財。即財大身小。身本小也。

去浮而靜。去險而宏。去冷而和。

虞龍章問學曰。子臣弟友之道。禮樂兵農之學。位應何道。即道其道。才近何學。即學其學。

虛憍非氣節。氣節非虛憍。苟卑非含容。含容不苟卑。此君子小人之分也。

崑繩請學禮。先生曰。禮一而分有四。心禮。致中齊明是也。有身禮。非禮勿視聽言動是也。有隨時而行之禮。冠婚喪祭士相見是也。有待用而行之禮。朝廟宮府軍禡是也。

性見於行。則子臣弟友。行實以事。則兵農禮樂，

去聖既遠。路岔論歧。非遍質當代夙學。恐所見猶涉偏。

以禮治內。則爲主敬。以敬範外。則爲循禮，

存理之功。多於遏欲。臨波之築易潰。先時之防可堅也。

崑繩仿日譜立省身錄。宗夏恐立譜有礙。先生曰。以爲日省則無心之過將叢

耶。是則眞君子矣。天下惟君子日在過中。

崑繩言。心欲持敬而時畏外物震之。若何。曰。此物大而我小也。

益修問仁。曰。非禮勿視聽言動者。視聽言動必以禮也。若不視非禮。而亦不視禮則二氏矣。一部周禮盡行。天下有不歸仁者乎。

隱士好淸虛。道學談心性。文人以窮二氏之書爲博。孤臣孽子。怨憤歸空。皆與佛老爲緣者也。

聚五問從事聖學之方。先生曰。以禮博文。學禮也。約禮。行禮也。齊明內養以禮也。非禮不動。外持以禮也。聚五欣然願學。

益修言少時曾有日記。或謂有心則私。乃止。先生曰。此姚江禪障也。謂人有心爲人欲不可。有心爲天理亦不可。

徐仲容言漢儒之於聖學。驛使也。宋儒。則驛使改換公文者也。先生是之。

顏李遺著

司馬氏居家雜儀此章乃家居平日之事所以正倫理篤恩愛者其本皆在於此必能行此然後其儀章度數有可觀焉不然則節文雖具而本實無取君子所不貴也故亦列於首篇

凡爲家長必謹守禮法以御羣子弟及家衆分之以職謂使之掌倉庫廐廚舍業田園之類授之以事謂朝夕所幹及非常之事而責其成功制財用之節量入以爲出稱家之有無以給上下之衣食及吉凶之費皆有品節而莫不均一裁省冗費禁止奢華常須稍存贏餘以備不虞【補註】此節言家長御羣子弟及家衆之事

凡諸卑幼事無大小毋得專行必咨稟於家長易曰家人有嚴君焉父母之謂也安有嚴君在上而其下敢直行自恣不顧者乎雖非父母當時爲家長者亦當咨稟而行之則號令出於一人家政可得而治矣【補註】此節言卑幼事家長之道

凡爲子爲婦者毋得蓄私財俸祿及田宅所入盡歸之父母舅姑當用則請而用之不敢私假不敢私與【補註】此下九節猶小學言父子之親

凡子事父母孫事祖父母同婦事舅姑孫婦亦同天欲明咸起盥音管洗手漱櫛總具冠帶昧爽適父母舅姑之所省問丈夫唱喏婦人道萬福此即禮之晨省也父母舅姑起子供藥物藥物乃關身之切務

（人子當親自檢數調煮不可委人脫若有誤則有禍不測）婦具晨羞供具畢乃退各從其事將食婦請所欲於家長退具而供之尊長舉筯子婦乃各退就食丈夫婦人各設食於他所依長幼而坐其飲食必均一幼子又食於他所亦依長幼席地而坐男坐於左女坐於右及夕食亦如之既夜父母舅姑將寢則安置而退（丈夫唱若婦人道安置此即禮之昏定也）居閒無事則侍於父母舅姑之所容貌必恭執事必謹言語應對必下氣怡聲出入起居必謹扶衛之不敢涕唾喧呼於父母舅姑之側父母舅姑不命之坐不敢坐不命之退不敢退○凡子受父母之命必籍記而佩之時省而速行之事畢則返命焉或所命有不可行者則和色柔聲具是非利害而白之待父母之許然後改之若不許苟於事無大害者亦當曲從若以父母之命爲非而直行已志雖所執皆是猶爲不順之子況未必是乎凡父母有過下氣怡色柔聲以諫諫若不入起敬起孝悅則復諫不悅與其得罪於鄉黨州閭寧熟諫父母

怒不悅而撻之流血不敢疾怨起敬起孝楊氏復曰父母有過下氣怡色柔聲以諫所謂幾諫也父母怒而撻之猶不敢怨況下於此者乎諫不入起敬起孝諫而怒亦起敬起孝敬孝之外豈容有他念哉是說也聖人著之論語矣凡爲人子弟者不敢以富貴加於父兄宗族○凡爲人子者出必告反必面有賓客不敢坐於正廳升降不敢由東階上下馬不敢當廳凡事不敢自擬於其父○凡父母舅姑有疾子婦無故不離側親調嘗藥餌而供之父母有疾子色不滿容不戲笑不宴遊舍置餘事專以迎醫檢方合藥爲務疾已復初顏氏家訓曰父母有疾子拜醫以求藥蓋以醫者親之存亡所繫豈可倣忽也○元閒有病附之庸醫比之不孝不慈顏氏家訓拜醫之禮近世猶有知之者今日則有馬借乘矣然禮醫尤必擇醫擇必任醫禮之不重無以感醫之心擇之不審無以得醫之良任之不專無以盡醫之才要在求迎之先審之訪之務請明理知脉之儒醫或老醫斷不可服集市之貨藥信巷衢之遊夫自蹈不孝之罪既迎來當如拜師之義又不可輕信人言或以小不效而易醫或以不速效而輟藥皆任醫之過也愚故曰任醫如任相又曰孟子云送死可以當大事猶不如治病可以當大事然又必自能知醫而後可以得良醫而後可以任良醫也故先儒云爲子者不可不知醫此理吾家當世世著爲訓凡子事父母父母所愛亦當愛之所敬亦當敬之至於犬馬盡然而況於

人乎○凡子事父母樂其心不違其志樂其耳目安其寢處以其飲食忠養之幼事長賤事貴皆放此（劉氏璋曰樂其心者謂左右侍養也晨昏定省也出入從遊也起居奉侍也必當隨討其心之所好者所惡者何在苟非悖乎大義則雖不可從所以安固老者之行以適其氣也樂其耳目非聲色之末也善言常入於親耳善行常悅於親目皆所以樂之也安其寢處者謂堂室庭除必完潔草薦氈褥衾枕帳幄必修治之類）凡子婦未敬未孝不可遽有憎疾姑教之若不可教然後怒之若不可怒然後笞之屢笞而終不改子放婦出然亦不明言其犯禮也子甚宜其妻父母不悅出子不宜其妻父母曰是善事我子行失妻之禮焉沒身不衰

【補註】（此下一節猶小學言夫婦之別）凡爲宮室必辨內外深宮固門內外不共井不共浴堂不共厠男治外事女治內事男子晝無故不處秘室婦人無故不窺中門男子夜行以燭婦人有故出中門必擁蔽其面（如蓋頭面帽之類）男僕非有繕修及有大故（謂水火盜賊之類）不入中門入中門婦人必避之不可避亦必以袖遮其面女僕無故不出中門有故出中門亦必擁蔽其面雖（小婢亦然）鈴下蒼頭但主通

角　商變宮　宮　羽變徵　徵

乙　四六　凡　工尺　上

變徵之宮以凡掣調變徵之商以四掣調變徵之角以乙掣調變徵之徵以上掣調

羽調

角　商變宮　宮　羽變徵　徵

上　乙四　六　凡工　尺

羽之宮以六掣調羽之商以乙掣調羽之角以上掣調羽之徵以尺掣調

國語有七聲之說今因五聲歌訣擬爲七調如右

宮調圖詳前至于變宮之宮則爲下工上乙亦爲卑角高宮以旋宮也九聲乙下有四凡工亦爲羽徵角三聲乙上有尺工凡四亦爲商角徵羽四聲一清三濁變宮之商則爲下凡上

尺九聲尺下有乙四凡三聲尺上有工凡四乙四聲兩淸兩濁變宮之角則爲下四上工九聲工下有尺乙四三聲工上有凡四乙尺四聲三淸一濁變宮之徵則爲下乙上凡九聲凡下有工尺乙三聲凡上有四乙尺工四聲全有四淸皆如宮調圖推之下五調亦如此推之

七調皆無羽者樂錄云羽無淸聲以聲近宮壓于本宮不能領調也故七調各四而止四七則二十八調矣至羽本調樂錄又曰其調但可應宮商角徵四調而不能以六字自爲領聲則羽本調亦多不用矣去羽調四調則四六二十四調矣隋唐後以四聲乘十二律爲四十八調去五律爲二十八調又去一律爲二十四調蓋正十二律五淸不立調以七律爲七音而得七調七調不用羽調而得六調六調中又各止用四聲之法所謂天地元音暗相合者但行不著習不察遂誤指爲他鹿焉迷離耳

隋唐間又有將十二律去五調以七宮乘七調爲四十九調者其去五律則有合五淸不立調之法矣其以七宮乘七調則又有合二變不闕七聲並用之法矣總之聲律自然之理人在暗中摩揣亦有相著者

附時下七調譜

四字調見前

乙字調

乙尺工凡四乙尺工凡凡工尺乙四凡四工四凡凡工尺乙四凡四乙

上字調

上工凡六乙上工凡六六凡工上乙六乙凡乙六六凡工上乙六乙上

尺字調

尺凡六五上尺凡六五五六凡尺上五上六上五五六凡尺上五上尺

工字調

工六四乙尺工六四乙乙四六工尺乙尺四尺乙乙四六工尺乙尺工

凡字調

凡四乙上工凡五乙上上乙五凡工上工乙工上上乙五凡工上工凡

六字調

六乙上尺凡六乙上尺尺上乙六凡尺凡上凡尺尺上乙六凡尺凡六

樂祿隔八相生圖所排五音二變原尺黃鐘一調非七調俱全之圖也若或以爲七調並列則中呂甤賓二本調亦自有下生不得曰下生窮矣又樂錄旋宮圖以每律本音列于下而又遞下直列七音爲圖遂謂中呂七律而窮甤賓六律而窮皆無淸蓋以變徵羽聲頂高云然耳然樂錄七調圖中呂甤賓實皆具正淸十二律恐觀者執一以爲兩岐今更爲後圖似爲無礙且相生旋宮二圖

論說

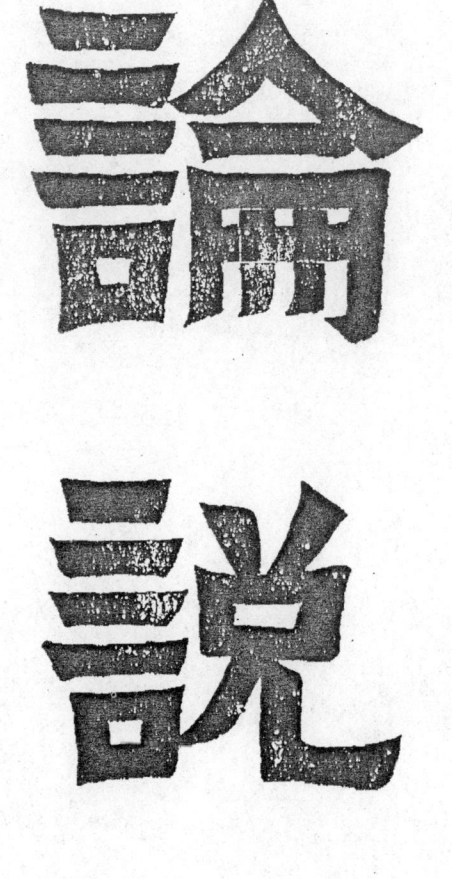

論唐代邊功之盛

吳廷燮

唐初承隋之後突厥盛强高麗不賓中國勢弱太宗貞觀四年遣大總管李靖等平突厥擒頡利可汗置定襄雲中兩都督府定襄領州四雲中領州五始有漠南地定襄雲中皆今綏遠道地九年平吐谷渾封其太子順爲西平郡王遂有青海地十四年平高昌置西州庭州即今新疆迪化一道十八年滅焉耆二十年平龜茲皆置都督府與內附之毗沙疏勒二都督府號四鎭爲今新疆阿克蘇喀什噶爾兩道地二十二年平薛延陀置逹渾都督府以治薛延陀部爲今外蒙南境地其年中郎將王玄策又以泥婆羅今廓爾喀吐蕃兵平中天竺降城邑五百八十東天竺獻異物則兵威直至今之印度又以回紇諸部置都督府七曰瀚海以回紇部置俄色楞格城燕然以多濫葛部地置俄多羅三色吉城金微以僕固部置俄楚庫幽陵以拔野古部置俄巴爾古錫穆城龜陵以同羅部落置俄多古薩河盧山堅昆以結骨部置俄托穆斯克州八曰臯蘭以渾部置高闕以斛薩部置俄烏伯河鷄田以阿趺部置俄薩達里莽阿斯城榆溪以契苾部置鷄鹿以奚結部置

蹛林以思結部置寘顏以白霫部置俄尼布楚以北地燭龍以俱羅勃部置統以燕然都護府置郵六十八

顯慶二年平西突厥阿史那賀魯置崑陵濛池都護府二分碎葉川東西置崑陵在東濛池在西今吹河曰伊西庫爾湖亦曰特穆爾圖泊在俄仙米烈提斯克旬延潔山嗢鹿雙河鷹娑鹽泊大漠玄池都督府八嗢鹿鷹娑今新疆精河焉耆等縣地陰山大漠玄池在新疆塔城等縣而以所役屬諸國盡波斯皆置州縣

州八十八縣一百一十統以都督府十六曰月氏以吐火羅葉護阿緩城置今布哈爾阿富汗之交大汗以厭達部活路城置今帕米爾條支以訶達羅支國伏寶瑟顛城置今布哈爾西南境天馬以解蘇國數滿城置高附以骨咄施沃沙城置今巴達克山修鮮以罽賓國遏紇城置今阿富汗寫鳳以帆延國羅爛城置今阿富汗西境悅般以石汗那國豔城置今布哈爾地奇沙以護時犍國遏密城置今阿富汗姑墨以怛沒國怛沒城置今布哈爾忒爾迷城旅獒以烏拉喝國摩喝城置崑墟以多勒建國低寶那城置至拔以俱密國褚瑟城置今浩罕地烏飛以護密多國摸逵城置今布哈爾王庭以久越得犍國步師城置波斯以波斯國疾陵城置今波斯十六都督府而康者柘支亦直康居今薩馬兒罕大宛今塔失干二都督府是自阿爾泰山以南南盡新疆省西括俄之費爾干諸省迄波斯皆

爲郡縣五年蘇定方又平百濟（今朝鮮全羅道）置熊津馬韓東明金漣德安五都督府龍朔元年總管鄭仁泰等又滅鐵勒之衆于天山三年總管孫仁師等征百濟叛人敗日本之師于白江是年二月改燕然都護府爲瀚海都護府領磧北諸蕃磧南則統于雲中都護府總章元年總管李勣等滅高麗置新城等都督府九（按百濟高麗地後多入新羅）南蘇等州十四調露元年裴行儉伐西突厥俘可汗都支長壽元年總管王孝傑破吐蕃復四鎭置安西都護府於龜茲開元十年黑水酋倪屬利稽來朝尋置黑水（今黑龍江愛琿之左右岸地）都督府監以長史二十七年北庭都護蓋嘉運擒突騎施王吐火仙天寶六載安西副都護高仙芝平小勃律執其王送京師置歸仁軍拂菻大食諸胡七十二國皆來歸附七載北庭節度使王正見伐突騎施城分兵鎭怛羅斯城抵西海（今裏海）安西節度使高仙芝執突騎施可汗及石國王（即拓支）十載哥舒翰破吐蕃洪濟諸城收九曲故地列郡縣置

神策軍於臨洮西澆河郡於積石西及宛秀軍（今青海土司地）劍南亦拔吐蕃摩彌城置保甯都護府塹弱水爲蕃漢之界（在今察木多一帶弱水即瀾滄江）而東方之新羅渤海奚契丹黑水靺鞨等皆置州府（新羅曰雞林今朝鮮慶尚等道渤海曰忽汗今吉林全境及奉天東北黑龍江南境俄東海濱省奚曰饒樂州九今內蒙翁牛特等地契丹曰松漠州十今內蒙敖漢奈曼等地）極東北之骨利幹亦置玄闕州則爲俄之伊聶謝斯科而劍南江南嶺南之羈縻州尚不與焉邊功殆盛于漢至德以後吐蕃陷河隴四鎭十八州大中以後仍收復置歸義節度使則唐之對于邊藩兵威猶振也

論儒釋道三教源流及其與今日時局之關係

周黎霖

社會有極繁雜之變化聖賢設教乃不得不獨僻畦徑範圍紛岐萬變之人心今日世界文明無不源泉於東亞而東亞文明之中心點爲儒釋道釋道之不如儒固矣然之二氏者固各本其精深淵博之見解獨大造蒼茫發抒一部分之眞正理境以獨樹一幟於天壤雖克己未能復理要亦有益於世道試觀儒教之孔子曰喜怒哀樂謂之中發而皆中節謂之和道教之老子曰無欲以觀其妙欲以觀其徼釋教之釋迦牟尼曰無色非空無空非色立言曾各不同大抵皆以遏欲存仁之共同主旨啟牖羣黎道在一時功垂萬世是實事之昭昭在人耳目間也間嘗痛哭流涕於今日之世變者矣黨派錯雜門戶紛紜莫不以個人私利爲共守之信條彼狡詐者流且播弄其學說主張作營私手段供勢位富厚盤據剝削之武器甲扑乙起滔滔皆是例如數學之循環小數者然

人心至此天下事尙堪問哉憂時之士志切維新或歸咎於政法不良日從事於儀式無爲之紛更孰知望治愈殷去治愈遠爲略跡誅心之論不得不三致慨於儒釋道各家敎義之久不復明於天下使天下存仁者少從欲者多有以至於斯也民國紀年已十有一矣國本在風雨飄搖之中民命遑彫殘零落之象有史以來未有目不忍見耳不忍聞如今日時局之甚者爲澈底澄淸之計須培殖多數國民遏欲存仁之玉液金丹將三敎精神作普通敎義棄其糟粕食其菁英國民旣厚於道德觀念政法自措施咸宜治大國若烹小鮮太平之業反掌可期是則願與天下人共勉之也

專著

歐戰後之中國序

戊午之秋予初膺大任其時歐陸兵禍甫戢世局一新造端萬緒吾國雖預茲役而戰前寡所規畫元氣久瘵補苴不遑予旴衡大勢以爲鉅難新夷舉世之屬望於吾國與夫吾國之相需於人及其所以自謀者皆必有在反覆深維制治之術卒無以易於仲尼富教之說然義蘊雖昭而時會易失非戮力兼進急起直追罔能有濟與其焦思勞慮不如筆之於書之可以諮諏謀度也爰以暇日隨筆撮寫付諸記室加以編次訂爲斯篇嗟呼世界大同人類繁賾糾結之事殆日進而未有已也獨見之明同於蠡管所願與憂世君子共商搉焉天津

徐世昌

第一章　戰後世界之觀察

第一節　戰役與經濟之影響

從前拿破崙戰役時世有三金戰爭之說今次歐洲大戰中世又有三　戰爭之說何謂三金戰爭昔有問於拿破崙者曰此後戰爭第一要件爲何曰金力問第二亦曰金力問第三仍曰金力一若戰爭之所需除金力外不復有要件故有三金戰爭之說也何謂三　戰爭卽今次戰役列國嫛於所需兵員之多軍需之鉅知一國欲求勝利第一『人』第二『金』第三『物』　三者缺一不足以言戰因其歐文首字均爲　故有三　戰爭之說也二說方式雖微有不同要皆足以證明戰役與經濟之影響實至大也方今戰後各國政治上之變遷社會上之騷動思想上之動搖大半均起因於經濟上之不安寧之靜之仍惟藉新經濟基礎之確立或舊經濟狀態之恢復以爲轉移而和約中疆

域之分割如法德間之沙河流域問題波德間之西勒西亞問題意塞間之阜姆領有問題當時在和會中所以爭執最烈者不僅爲政治上之關係亦多含有經濟上之意味焉茲姑先就上述三　戰爭之說條舉今次戰役中各國人力物力財力之損失然後再推論其與經濟界之各項影響如左

一人力之損失　生產之要素有三曰原料曰資本曰勞力惟近年歐美各地勞工不足世界之講經濟學者又視勞力一項爲要素中之要素葢苟無勞力則雖有原料而不能成其用有資本而不能生其利也此次歐戰雙方動員總數六千萬人中戰死之數約七百八十萬占總數百分之十三負傷之數約一千八百七十萬占總數百分之三十（內殘廢者占負傷者百分之三十約六百餘萬）而死傷合計實達二千六百五十萬之鉅占總數百分之四十四夫動員令所召集者皆一國之壯丁交戰以來各國之壯丁殆全被徵調若全國壯丁

闓生案。此下又溫話以撫慰之。蓋恩威幷用。乃駕馭黨魁之法也。此句領起下文。人惟求舊者。言吾惟爾輩舊人爲用也。器非求舊惟新。又寓舊地當遷之義。地亦器也。

古我先王暨乃祖乃父胥及逸勤（逸當依蔡邕作肄肄勞也相與勞勤也）予敢動用非罰（言無故不敢罰汝）世選爾勞（選任也）予不掩爾善（汝有善必賚汝）茲予大享于先王爾祖其從與享之（言此者所以勸其返本之思）作福作災予亦不敢動用非德（言禍福者汝自召我亦不敢枉法以寬宥汝也）

闓生案。此節尤爲懇切曲至。以其先世之服勞於王家者感動之。冀其改而向善也。末句又微加警戒。言汝終不改善。則吾亦不能曲庇汝矣。

予告汝于難（難患難也于猶在也）若射之有志（志埻的也）汝無老侮成人（老侮依唐石經）無弱孤有幼各長于厥居（長猶主也謂表率之）勉出乃力聽予一人之作猷（猷已也作猷猶作止也）

闓生案。告汝于難。若射之有志者。方今危難。舍謀遷無以自救也。汝無老侮成人無弱孤有幼者。所以箴黨魁者之驕恣。所謂汝猷黜乃心無傲從康也。各長于厥居。勉出乃力。亦指黨魁而言。

無有遠邇用罪伐厥死（伐猶罰也）用德彰厥善邦之臧惟汝衆邦之不臧惟予一人有佚罰凡爾衆其惟致告自今至于後日各恭爾事（恭共同字）齊乃位（齊肅也）度乃口（度敎同字閉也）罰及爾身弗可悔

闓生案。以嚴重之筆作收。與發端處相稱。〇又案。尚書之文。多如姚惜抱所言。統二氣之會而弗偏。未可以陰陽剛柔分者。獨此篇盛氣驅邁精爽嚴悍。毅然陽剛之文。

盤庚中

闓生案。此篇爲將遷時所誥。今予將試以汝遷。乃一篇主句。而暨予一人猷同心。則意恉之所注也。

盤庚作（作起而將遷之詞）惟涉河以民遷（惟謀也）乃話民之弗率（話會合也率順也）誕告用亶（大告以誠）其有衆咸造（造至也）勿褻在王庭（勿忽之壞字褻媟同忽媟者輕慢也）盤庚乃登進厥民曰明聽朕言（明勉也）無荒失朕命（荒廢也失忽也）

闓生案。此節總冒以忽媟二字爲案。以其忽媟不莊。故後半專以神權恐猲誘導之。亦因殷人尙鬼。使知神后祖宗之鑒爽。旦夕憑依。庶可以生其敬畏也。

嗚呼古我前后罔不惟民之承（承拯也之猶是也）保后胥慼（保附也附於君而相親）鮮以不浮於天時（鮮讀爲斯浮罹也斯用不罹敗于天災也）

闓生案。保后胥慼。爲一篇柱意。所謂暨予一人猷同心者也。

殷降大虐先王不懷（懷安也不敢安）厥攸作視民利用遷（其攸作示民者利用遷也）汝曷弗念我古后之聞承汝俾汝（拯汝助汝）惟喜康共（喜興也康大也共法也以興大法）非汝有咎比于罰（比同也非謂汝

（有罪而遷徙汝同于責罰也）

闓生案。前篇但責不當流言。并未告以必遷之故。此篇乃續明之。

予若籲懷茲新邑。亦惟以汝故。以丕從厥志（若如此也籲和也懷柔也從順也新邑謂亳厥志亳民之志也言我如此懷柔亳民亦以汝等將遷之故用大順適亳民之志使主客安和耳）

闓生案。遷亳必先懷柔亳民。方得主客相安。此於誥詞中連敘及之。以見當時籌策周至。

今予將試以汝遷。安定厥邦（一篇主句）汝不憂朕心之攸困。乃咸大不宣乃心。欽念以忱。動予一人（欽興也忱枕同字興念以罄動于我）爾惟自鞠自苦（此爾自取窮苦）若乘舟。汝弗濟。臭厥載（臭當作臬及也）爾忱不屬。惟胥以沈。不其或稽（稽留也）自怨曷瘳（譬如乘舟而汝不濟及其既載汝心不屬於舟楫惟相與沈溺莫之能留矣雖自怨悔何益於困苦乎）

闓生案。乘舟弗濟。上篇之所告誡也。臬厥載而忱不屬。惟胥以沈。則此篇之所示儆也。凡文章各以時發各有所指切不能少爲移易乃古人之至文。如僞書所載。漫無主旨。篇篇雷同。詞義皆可互易。故一望而知其妄矣。

汝不謀長（不爲長久之謀）以思乃災汝誕勸憂（誕但同字勸憂所謂樂禍也）今其有今罔後（述勸憂者之心理如此）汝何生在上（汝何以生在上乎上謂上天也）

閭生案。不欲遷者。皆畏難苟安者耳。故特揭其心理而直斥之。今國家之患難。遠過于殷。乃謀長思灾者絕鮮。大率皆玩憂樂禍有今罔後之流。讀此又不可不爲之猛省也。

今予命汝一無起穢以自臭（一語詞）恐人倚乃身迂乃心（倚奇同迂邪也恐人奇邪汝而爲人所利用也）予迓續乃命于天予豈汝威用奉畜汝衆（奉助也畜養也）

閭生案。予豈二句。溫婉。結前文罔不惟民是承之意。以下則專假神權以誘導之矣。

予念我先神后之勞爾先予丕克羞爾丕不同字羞養也用懷爾然懷和也然詞也言我念汝先人有勞子我先君而我不克養爾是用欲和諧爾也

闓生案此語束上郎以起下乃文中之鈐轄也。

失于政陳于茲陳久於此而不徙高后丕乃崇降罪疾丕斯也崇益也曰曷虐朕民汝萬民乃不生生暨予一人猷同心乃猶若也生生猶烝烝進進也猷語詞汝萬民若不能烝烝然與我同心以遷先后丕降與汝罪疾曰曷不暨朕幼孫有比故有爽德先后斯降罪疾于汝曰汝何不與朕幼孫相比而故有貳志乎爽貳也德志也自上其罰汝汝罔能迪迪逃也古我先后既勞乃祖乃父汝共作我畜民畜好也汝有戕則在乃心則賊之借字我先后綏乃祖乃父綏告也乃祖乃父乃斷棄汝不救乃死茲予有亂政同位政正同正君也具乃貝玉具共置也若我有亂君同位共置汝之貝玉乃祖乃父丕乃告我高后曰作丕刑于朕孫汝祖汝父斯乃告我成湯曰此實作大害于我子孫迪高后丕乃崇降弗祥迪語詞高后乃益降罪疾不永長也

闓生案。語意刻至警切。往復委宛。足使聞者感悚儆擾。即前篇大享于先王爾祖其從與享之意。而推極言之。曲暢旁達。千古以下。無此聳動篤至之文。

嗚呼今予告汝不易（今予告汝以不易）永敬大恤（敬矜也長矜此大憂）無胥絕遠汝比猷念以相從（比依漢石經猷道也念告也汝當比次相導告以順從我）各設中于乃心（設合也漢石經作翕合中者和衷也衷善也和衷和善也）

闓生案。篇首保后胥慼四字。已盡一篇大指。暨予一人猷同心保后也。永敬大恤無胥絕遠比猷念以相從。胥慼也。慼字蓋兼親戚憂戚二義。永敬大恤。乃憂戚之意。無胥絕遠。乃親戚之意。此文實兼盡之。

乃有不吉不迪顛越不恭暫遇姦宄（乃有不善不道縱橫不共命詐欺隅嗟姦宄之人顛越不恭縱橫不承命也恭共同字暫漸同字詐欺也遇讀隅嗟即姦邪也）我乃劓殄滅之無遺育（我乃刑殄絕滅之使無有遺種育稺也猶種也）無俾易種于茲新邑（易種轉生種類）

闓生案。通篇皆巽語曲喻。至末乃嚴毅作收。亦仁威并用之意。前路藏鋒不露。及是乃圖窮而匕首見也。

往哉生生（往哉其烝烝乎）今予將試以汝遷永建乃家

闓生案。重言將試以汝遷者。乃此篇之主旨也。

盤庚下

闓生案。此篇爲既遷之詞。全篇分爲二章。前章申釋必遷之故。後章綢繆善後之策。前章告百姓之詞。後章告邦伯師長百執事之詞也。

盤庚既遷奠厥攸居（定邑里所居）乃正厥位（正廟朝之位）綏爰有衆（綏告也爰于也）曰無戲怠懋建大命（懋勉也）

闓生案。發端凜然。神直貫篇末。

今予其敷優賢揚歷（敷溥也優賢揚歷依夏侯等書定正歷相也謂賢者優進之助佐者揚舉之）告爾百姓于朕志（使以朕志溥告百姓也）罔罪爾衆爾無共怒協比讒言予一人（共怒與協比讒言對文此古人奇句）

而不疑哉欲預儲此識則左氏殆最足究心之一書也後儒不知左氏文義多駁此傳呂祖謙謂左氏公羊論皆未確宋是殷後或傳子或傳弟宋之禍在穆公而不在宣公黃震謂左氏之說不可全廢宣公遜穆公穆公終以遜宣公之子穆公不可謂非賢宣公不可謂不智其後馮之弒逆罪在馮爾豈可盡沒其賢反加以始禍之名皆爲迂論不足以發明左氏邵寶曰宣公之知人固不係於其子之饗不饗今以其子之饗而蔽宣公之知人命以義者固如是哉則又致疑於左氏而不得其解者也正言若反亦千古文字之一秘訣太史公之述漢事凡不可明言者皆用此法故其文至爲微妙難識凡左氏傳中事實詳確而議論若近乖謬者皆當以此意求之不則左氏之好惡真爲謬於聖人不可傳載之以告萬世矣而豈其然哉

衛州吁弒其君完傳　宋公陳侯蔡人衛人伐鄭傳　翬帥師會宋公陳侯蔡

人衛人伐鄭傳　衛人殺州吁於濮傳　衛人立晉傳　葬衛桓公傳　此春秋書弑君之始殆孔子褒貶大義所寄故書之特詳公羊曰言之重焉詞之複焉其中必有大美惡焉最爲春秋古義凡春秋所書一事而兼具終始者皆當以此義求之不獨春秋爲然古人文字簡奥凡所重複層疊往復百折而不厭者皆必有深意寓乎其中即至一句之微今人一二字可了者古人往往連用數字或十數字亦皆其意之所極竭盡無餘者也依此而求古書雖極重滯之句蹇拙可笑乃倍有精美不盡之味咀之而愈出太史公書往往一事而前後屢見以爲全篇樞紐其於造句或累二十餘字至三四十字始竟皆此秘也雖復易書詩諸經簡奥至矣而往復層疊處至多殆斯文一貫之秘傳不解此秘文體始入卑近而古人所謂道與文并至者乃夐乎不可幾矣凡春秋所屢書不一書者左氏皆以大文闡發之窮其原而竟其委此太史公稱左氏懼弟子

人人異端各安其意失其眞之論所以爲閎識而劉子駿謂左氏好惡與聖人同之一言所以爲不可易也公穀二家雖傳聞與親見不同要其掇拾於散亡之餘多錄秦以前先師舊說足與左氏義相輔弼今日而治春秋殆不可不別具隻眼深窺三傳也後儒不知左氏書中有爲後人竄入者且不明左氏立言之法旣羣疑其謬妄又病公穀二家之多穿鑿附會以失眞也於是盡棄三傳援春秋屬辭比事之義連綴經文而讀之自以爲能捨傳從經究而錯謬不可通乃愈甚而其言之犂然有當於人心者要仍亦不能離乎三傳也義爲空名本無定在附於事而後顯不讀三傳憑虛臆測則春秋所謂義與不義烏由而見卽如衞州吁之亂但觀春秋則聖人之誅亂賊諸侯之黨惡衞人之能定亂立君其大略固已可概見然不讀左氏則桓公完之立由於夫人莊姜無子以戴嬀子爲已子州吁之弑桓公由於爲嬖人子而有寵好兵石碏之純能力諫

於事先能定變於事後禁子厚之黨州吁而不可桓公立逆覩亂萌退老待時力不能誅州吁而假手於陳并及其子與其設謀運計之深秘州吁藉修先君之怨爲名以求寵固位鄭欲納公子馮於宋州吁因告宋使共伐鄭陳蔡之方睦於衛宋之乞師於魯魯公子翬之固請會師諸侯伐鄭之不能大得志與州吁之未能和民石碏始得所假手一事而備衆因烏能盡知而藉石碏之諫著莊公速禍之由復藉衆仲之言論定州吁因暢發弗戢自焚亂成不免之旨以垂炯戒而沿萬世蓋得孔子不言之微意故知凡言不讀三傳而治春秋者皆囈言也夫不讀三傳不可治春秋理至章顯而唐宋以來儒者猶或不能解此則甚矣讀書之難也州吁不書公子與齊無知不書公孫爲一例左氏不詳著者蓋以非褒貶義例所擊也孔疏謂州吁不稱公子直是告辭不同史有詳略自莊公以上弑君皆不書氏雖告辭不同之說未必果當要亦以非褒貶義例

釋左氏公羊謂以國氏爲當國穀梁州吁作祝吁祝州一聲之轉其云以國氏嫌也弑而代之也嫌卽嫌其代之以下句足成上句此古人造句之法范甯注凡非正嫡則謂之嫌節外生枝非穀梁義下文祝吁之挈失嫌也卽謂祝吁見殺失其代君乃訓釋經文全句之義非僅釋祝吁二字故倍覺精美可味文十四年齊公子商人弑其君舍穀梁傳曰商人其不以國氏何也不以嫌代嫌也商人成乎其爲齊君故文十八年經書齊人弑其君商人祝吁不成其爲衛君故經書衛人殺祝吁于濮此穀梁子嫌代與不以嫌代嫌之說所由判也公羊所云當國卽穀梁代之之意未成爲君又實已取代君位故變其文曰當國蓋措辭之謹如是後人以當國爲執政權殆文字之沿習承用而遞變者非公羊此傳本恉也公羊於鄭伯克段于鄢傳以段不稱弟爲當國其地亦爲當國其時鄭伯尙在力能克段與此傳義似小異吾以此疑公羊春秋之非成於一人

二傳非有異義而穀梁爲精顧尙皆非左氏義左氏云公子州吁嬖人之子以春秋所不書者左氏乃正言之而不諱則其不以以國氏與不以國氏爲春秋之一書法可意知矣既非春秋書法所繫則固可據舊史書之無煩孔子之筆削也孔疏赴告不同文有詳略之說詞若較淺義殆不無可取顧舊史亦秉周禮其立文詳略互異是否僅據赴告不同抑尙別有事實可據今不可考矣由屬辭比事之義觀之則孔疏自莊公以上弒君皆不書氏以說殆爲得其大凡劉敞以不稱公子爲未爲大夫顧棟高深取之其說蓋略本之公羊公羊於俠卒發其義曰俠者何吾大夫之未命也未命則不書氏非有褒貶衛以州吁無知及無駭翬柔挾溺義皆可通殆古說之僅存者歟穀梁於無駭俠卒皆發隱不爵大夫之義左氏於無駭卒衆仲亦以賜族爲言雖三傳之義未盡密合要其說爲相近也穀梁於殺祝吁傳曰其月謹之也於葬衛桓公傳曰月葬故也

疑皆非經恉凡經所書月日固皆孔子所謹記甯獨州吁爲然且凡葬必有月其日與不日特史文詳略之異何故與不故之有乎穀梁又云于濮譏失賊也討賊宜速今積月逾年始得戮之于濮故此言最爲可味然亦非左氏義左氏載石碏之謀誅州吁其難如是蓋不含譏失賊之意且引君子之言稱石碏爲純臣許以大義滅親以發明孔子微恉其嘉之至矣然則經書衛人不書石碏何也石碏之能討賊固合於衛民之公意非獨力所能成左氏謂州吁未能和其民殆亦深著斯義以衆爲詞此春秋之所以爲大也深觀左氏而春秋之旨乃益明公羊以稱人爲討賊之辭得經恉矣衛人立晉公羊以爲衆立之之辭穀梁以爲衆辭亦皆深得經恉吾疑左氏此傳至宣公卽位句止其書曰衛人立晉衆也八字乃後人援二傳之文以羼入左氏者非左氏本書然也二傳得之傳聞故以明著衆辭爲深得春秋書法左氏親見孔子具論本事凡事之所

詳載皆義之所章顯曰衞人逆公子晉于邢非衆而何若復明著之曰衆淺矣其不曰公子邢即位而曰宣公即位者所以起後文所載宣公諸事與全書相綜貫且以著邢之卽爲宣公也其文法精密雖至小處亦如是凡左氏全書無一閒文剩語不解此義不能識左氏之孰爲正僞也公羊又曰衆雖欲立之其立之非也穀梁曰春秋之義與正而不與賢雖不必果爲此傳本恉然固春秋之大義亦左氏所深然何以言之聖人之意以廓然大公爲量者也豈眞欲列國諸侯代代相承而於人之父子兄弟有所輕重厚薄於其問蓋欲厲救世微權此外固別無良策也前聖人於君位所以創爲父子相繼者固以時勢遷流所極非此無以厝邦國於安甯非盡以成一家之私樹深固不可拔之基業也春秋之世列國兵爭君位一有不當亂輒數世不休甚且兵連禍結危及鄰邦安得不思患而預防之以此義引之至於極端苟所立爲不宜立微論非賢即

沙二十分者則十五日一灌溉若有沙八十分則五日一灌溉總之灌溉之法於旱暵之時能使植物需用之水常足又水中亦含有食質可以滋養植物之生故乾燥之地最宜用之

論耕作

沙土膠土由石類糜爛而成草煤土由植物腐朽而成皆不能直供種植者之用常須耕而反復之使遇空氣以成其變化遇氣愈多則土粒愈細故耕田之益一能使泥土肥沃蓋土分面泥底泥二者不耕之土氣水光熱所不能入雖有可用之質亦不能消化以供植物之用既耕則地鬆而柔空氣中養氣得入其間而化地中獨質爲合質又能使植物及他生長質易腐而成炭養氣藏於地中泥土既得淡養氣於空氣其中又自有炭養氣遂愈使靜質變爲動質以供植物之食且新耕之土一遇空氣即成淡輕氣亦植物所需之最要者也一

能令土潔淨最害農家之植物者莫如蔓草蔓草與苗爭地則能奪禾苗之食且使禾苗之根無地可容故農人須以犁發土復以耙與輥軸擊碎之使草根盡露耙易勾出乃聚集而曝之或焚之其偶有生者又於春夏之交草未實時耘耨而芟夷之則草盡去而土潔淨矣一便於種子之生長凡種子中皆有胚胎皆有養胚胎之質然必得溼氣熱氣養質乃能消化以供胚胎之用而萌芽以生既生之後根末常有微毛以食土中之質新葉常藉日光以吸炭氣若泥土成塊而不細碎則種子落於空隙不能得氣難於萌芽即有萌芽而土塊堅硬根不易入其微毛與泥土不相切不得食質新葉因土塊過多難得日光亦終枯死故種植家既耕田後又用耙耮之法於二寸至三寸間攪擾土壤破碎土塊以平坦表面之凹凸務求泥土極其勻細者所以使子易生長根易運行也至秋日耕田之益一因收獲之後土乾易犁二因泥土既反而𠕇雨水霜露

能變無用之質爲有用三因草在秋時易於除滅四因蟲豸至秋而蟄反於地面則冬必凍死且既經秋耕則春日不必重耕僅以耘耙除草足矣緣重耕則反使細泥下覆也然此法惟於膠土最宜若溼土或沙土則宜用春耕惟沙土當暮春時地面太乾亦不宜耕耳

深耕之法於農人有大利益蓋土田雖不加廣而加厚則植物可食之質亦多猶加廣也惟此法須分別土質用之若面土底土同質或膠泥面層下有沙土沙土面層下有膠泥均宜深耕使彼此混淆相濟爲用可得大益若面層下有冷溼之土或含有毒物或爲礫石則深耕反招損害不可用也

論糞壅

泥土中本有滋生植物之質而爲水所沖爲植物所食爲牲畜所用則所餘無幾故必施肥料以糞壅之肥料者合有培養植物之質可以補泥土之食質者

也其最要者有三質一淡氣一燐酸一鉀養植物莖葉之何以繁茂粒實之何以堅好皆恃此三質之作用而含此三質之肥料可分爲二類凡得之於動植物者爲有機肥料如人便獸糞鳥糞蠶沙骨粉乾魚酒糟油糟（榨油所餘之糟如豆餅棉子餅等是）及青肥堆肥等類是也其得於鑛石中及焚燒動植物所餘者謂之無機肥料如石灰石膏草木灰骨灰等類是也

糞壅之法當察泥土中所少之質而施之凡泥土所以爲瘠薄者非必全無可用之質也於植物所需各質一有不備即爲瘠土如土內滋生植物之質一多一少則生物必不能茂盛此多不可以補彼少也故施用糞壅又欲使土內各質配合相稱此非用化學分析之法殆無以知之然觀前述諸表已可知某土所有某質之多少某植物所含某質之多少矣若更攷某肥料所有某質之多少則何種土之宜何肥料與欲種何植物之宜施何肥料亦可推知也

肥料内質

泰西農家言肥料者又分爲常用肥料製造肥料二種製造肥料者以化學製成之肥料也此法興於近數十年平以輔常肥料之不給然吾華化學未興不能自製其價値又昂購用亦費且近今更有謂僅用化學肥料栽培植物則三四年後收量漸減至視初年減其半額者故今不論製造肥料而但論常用之

肥料

常用之糞農家所自有者如牲畜之溲溺與其臥藉之蓐草皆是其糞能供植物以燐酸其溲與蓐草能供鉀養溲中又多有淡氣乃天然壅土之佳料也家畜糞溲每千分有肥質若干美人啤耳常分析表列之今錄左

	牛糞	牛溲	馬糞	馬溲	羊糞	羊溲	豕糞	豕溲
水	八六〇	九一五	七五〇	九〇〇	六四〇	九五〇	七六〇	九七六

定質	一四〇	八五	二五〇	一〇〇	三六〇	五〇	二四〇	二四
定質內有								
淡氣	三·六	九	六	一一	六	八	七	三
燐二養五	三		四		五		五	一·二
鉀二養與鈉二養	二·二	一六	三五	一四	三	八	六五	二

就表觀之可知糞中多燐二養五而溲中多淡氣與鉀二養此其大較也然家畜糞溲其所含各質之多寡又常視飼料而差異如以淡氣雜質且易消化之物飼畜則畜溲中淡氣必多若止能運化其半則溲中或不及糞中之多若以珠米油餅洋芋等爲飼料則溲中淡氣自多矣故糞溲內淡氣燐二養五鉀二養之數與其功用之優劣皆視飼料爲準則而家禽中肥質最富更優於牲畜者亦以飼料既異則肥料因之而異也家禽之糞其可分析者表如左

物質共百分	雞	鴨	鵝	鴿
水	六〇。八八	四六·五六	七七·〇八	五八·三二
生長質	一九·二二	三六·一二	一三·四四	二八·二五
生長質中淡輕$_{三}$	〇·七四	〇·八五	〇·六七	一。七五
燐養雜質	四·四七	三·一五	〇·八九	二·六九
鈣硫養$_{四}$				一·七五
鈣炭養$_{三}$	七·八五	三·〇一		
鹻類鹽	一·〇九	〇·三二	二·九四	一·九九
沙	六·六九	一·〇七五	五·六五	七

飼料內質

糞溲之佳惡胥視其所食之物然則何飼料之有何質亦不可不知也華靈呑

有化分飼牛食料表中列淡氣燐酸鉀養之分數今錄下

食料	乾質	淡氣	鉀養	燐酸
去皮花子餅	九一八	七〇·四	一·五八	三·〇五
去皮果子餅	八八七	五〇·五	一三	二〇
去皮萆麻餅	八八三	四三·二	一二·五	一六·二
花子餅	八七八	三三·三	二〇	二三·七
黃豆	八五七	四〇·八	一二·九	一三·一
豌豆	八五七	三五·八	一〇·一	八·四
穀芽	九〇五	三七·九	二〇·八	一八·二
糠	八六〇	三三·二	一五·三	二六·九
米粉	九〇〇	一九·一	六·一	二三·八

無轉換而自然流宕　窈窕淑女一連說了四遍重疊反復有津津亹亹之神（詩志）

關雎三章一章章四句二章章八句（毛傳云興也）

（總評）孔子曰關雎樂而不淫哀而不傷二語已盡此詩之妙不傷者舒而不迫不淫者淡而不濃細讀之則有優柔平中之旨潔淨希夷之神　寫哀極緜曲之態寫樂用平直之調　輾轉反側琴瑟鐘鼓都是空中設想空處傳情解詩者以爲實事失之矣（詩志）

葛覃后妃之本也后妃在父母家則志在女功之事躬儉節用服澣濯之衣尊敬師傅則可以歸安父母化天下以婦道也（詩序）

葛之覃兮施（以豉反）于中谷維葉萋萋黃鳥于飛集於灌木其鳴喈喈

萋飛喈韻（詩經傳註）

（註）覃延也葛所以爲絺綌施移也中谷谷中也萋萋茂盛貌黃鳥摶黍也

灌木叢木也喈喈和聲之遠聞也毛傳

黃鳥即今之黃雀段玉裁註木族生爲樌（樌或作灌）爾雅

（評）首三句寫葛幽蔚在目後三句娟娟充悅　飛集鳴三項略一點逗物

色節候宛然如畫　葛鳥平分雙對雙叫別調　妙在與葛事全不相干閑

情活趣詩志

詠絺綌及葛詠葛因及黃鳥之飛鳴此文外曲致也不別爲義馬通伯

葛之覃兮施于中谷維葉莫莫是刈是濩爲絺爲綌服之無斁音亦

莫濩綌斁韻詩經傳註

（註）莫莫成就之貌濩煮之也精曰絺粗曰綌斁厭也毛傳

莫莫茂也廣雅

(評)正寫治葛只是刈二句　末句樸厚說於老嫗皆知其德性格醇亦於是俱見矣志詩

言告師氏言告言歸薄汙我私薄澣我衣害戶葛反　澣害否歸甯父母氏歸私衣否母韻詩經傳註

(註)言我也師女師也婦人謂嫁曰歸汙煩也私燕服也害何也甯安也毛傳煩煩撋之用功深澣謂濯之耳鄭箋

按言作語助詞解亦通爾雅言閒也謂閒厠言詞之中也

(評)汙字字法　薄汙薄澣瑣屑分明　害澣句只是轉韻喚起歸甯父母爾說者必為之解固已　末二句另換一韻一叶一收風調高絕父母字倒點作煞正是極鄭重極高興處　借澣衣歸甯作結正為治葛點染生色餘波迴照有不即不離之妙志詩

葛覃三章章六句朱云賦也

（總評）通篇平平實實卻居然中宮國母氣象　黃鳥鳴木不必目覩其景正好借作治葛以前襯托澣衣歸甯不必實有其事恰好借作治葛以後烘染詩志

卷耳后妃之志也又當輔佐君子求賢審官知臣下之勤勞內有進賢之志而無險詖私謁之心朝夕思念至於憂勤也詩序

采采卷耳不盈頃筐嗟我懷人寘彼周行戶郎反　筐行韻詩經傳註

（註）采采事采之也卷耳苓耳也頃筐畚屬易盈之器也懷思寘置行列也

思君子官賢人置周之列位

頃筐欹筐也韓詩

按此係后妃代大夫妻設想嗟其所懷之人因朝廷用賢置於列位故有

是行役之苦而動在家者之思念也

（評）和平安雅於此可見古人詩志

陟彼崔嵬我馬虺隤我姑酌彼金罍維以不永懷　嵬隤懷韻詩經傳註

（註）陟升也崔嵬土山之戴石者虺隤病也姑且也人君黃金罍永長也毛傳

石戴土謂之崔嵬爾雅　金罍大夫器也韓詩說

按此言大夫妻冀勞臣在外或能念此自寬也我者我其大夫也

（評）登高豈能望人飲酒豈能解憂憂思之極聊作寫言故應如是詩志

陟彼高岡我馬玄黃我姑酌彼兕觥古音光　維以不永傷　岡黃觥韻詩經傳註

（註）山脊曰岡玄馬病則黃兕觥角爵也傷思也毛傳

按上能知其下之勤勞則雖勞不怨后妃代大夫妻設想望其所懷之人雖勞勿傷可謂細意慰貼矣

（評）玄黃字奇坤爻詞其血玄黃非謂玄馬而黃也　懷傷不辭但求不永可謂微婉之極中間疊二長調意興玲瓏詠歎盡致詩志

陟彼砠矣我馬瘏矣我僕痡矣云何吁矣　砠瘏痡吁韻傳註

（註）石山戴土曰砠瘏病也痡亦病也吁憂也

按此係后妃深憫行役者之勞苦以勞其妻也吁歎聲

（評）添出僕痡是加一倍寫法　云何吁矣作兩句讀頓挫嗚咽所謂短歌微吟不能長　四矣字急調促節詩志

急管繁絃舊評

卷耳四章章四句朱云賦也

（總評）一篇寒冷無聊之況中有一段說不出的光景而思意含蓄纏綿無盡七我字婉而摯詩志

樛木后妃逮下也言能逮下而無嫉妬之心焉詩序

南有樛木葛藟纍力追反之樂只君子福履綏音雖之　纍綏韻傳註

(註)南南土也木下曲曰樛南土之葛藟茂盛履祿綏安也毛傳

只語助詞君子謂妃后也朱註

(評)樂字渾妙　福履字新　起二語形容逮下工麗之極詩志

南有樛木葛藟荒之樂只君子福履將之　荒將韻傳註

(註)荒奄將大也毛傳

按草掩地曰荒

(評)荒之將之用意字法詩志

南有樛木葛藟縈之樂只君子福履成之　縈成韻傳註

(註)縈旋成就也毛傳

樛木三章章四句毛傳云興也

(總評)換字不換調一節深一節風體往往有此　此詩美后妃逮下也但必謂衆妾所作則泥矣詩志

螽音終斯后妃子孫衆多也言若螽斯不妬忌則子孫衆多也詩序

螽斯羽詵詵所巾反兮宜爾子孫振振兮　詵振韻傳註

(註)螽斯蚣蝑也詵詵衆多也振振仁厚也毛傳

蜤音斯螽蚣音嵩蝑也爾雅　詵與駪莘甡　等字聲義相近說文

螽蝗屬斯語詞爾指后妃也傳註

按振振依唐韻集韻並之人切音眞厚也左傳均服振振與此音同

螽斯羽薨薨兮宜爾子孫繩繩兮　薨繩韻傳註

(註)薨薨衆多也繩繩戒愼也毛傳

譯稿

日本之高等學校畢業生考類齒與研究科限界又不甚分明入研究科者不必爲考類齒之畢業生大學教授往往兼考類齒之教員講授普通學科考類齒之教授法用問答體與普通學校相同惟研究科始有自由講義體之教法是可見考類齒並非以研究學術爲主之大學入研究科既不限定專門學校之畢業生其程度自不能齊學生之素養既劣教授亦因之不能十分透澈管理加奈冀獎金者常停發華盛頓大學獎金即緣該大學學生素養不完全之故

美國大學有一大缺點俗所謂八百屋者言大學教授作事之忙碌也美制大學教授須兼充各種委員擔任許多職務委員會每月須開數次其中尤以募欵爲重要事務大學總長位置有以善募多款而得之者忙於作事則荒於講學此不待言而明者研究科不使爲正當之大學而使之獨立因由有種種之

歷史及事情亦由於經濟之困難此間所同情者皆在普通之考類齒無考類齒則不能得捐欵故欲求大學之獨立殊屬綦難美國教育界久已倡議在華盛頓首都設一完全大學經費由國庫支給屢被各著名大學阻撓未能實行也

已完

四存學會啓

逕啟者本會出版部新修房室業已整齊除發行本會出版月刊及印行顏李遺書外並代會員寄售各種書籍茲查送會寄售者如桐城吳先生及武强賀先生所著經學詩文集併今　大總統所著畿輔先哲傳顏李師承記等業經萃集不下數十種相應通知各會員請煩查照如有印行自己著作或藏刻古書無論新舊送交到會均可一律寄售即舊書等類亦可代爲流通至寄售章程請　移玉本會出版部與當事人接洽可也此佈

訂立法律文書如契約遺述之類西西勞解釋羅馬律師意甚詳確其言曰所謂律師者必通曉法律及民間習慣得陳述意見得提起訴訟及指導訴訟當事人皆律師應有之職務也

第二編　世界法時代之羅馬法（紀元前八十九年至今時）

二千年之時期　羅馬法進而爲世界法迄今二千年矣自羅馬共和時代之最後五十年及一千五百年間之羅馬帝國直至一千四百五十三年土耳基取得康士坦丁堡止概屬世界法時代而儒帝以來羅馬法之變遷因革傳流於近世而成爲今日之民法亦屬於此時期之中

第一章　羅馬共和時代之最後五十年（紀元前八九年至二一七年）

紀元前八十九年羅馬併吞意大利羅馬法之施行區域日廣羅馬法由地方的進而爲國家的　紀元前九十年至八十九年羅馬與義大利人戰爭之

結果意大利與其他羅馬人完全取得羅馬市民權此時羅馬合三十五種民族而成國羅馬之統一意大利即羅馬戰勝意大利最後之結果也當羅馬和時代之最後五十年至紀元前二十七年奥古斯都帝建設羅馬帝國時凡拉丁人民及意大利半島之人皆取得羅馬市民籍故羅馬市民籍與羅馬法同時拓張其領域意大利半島皆羅馬國之領土矣

（一）共和時代羅馬法之淵源

三大淵源　羅馬共和時代之法律淵源即議會之立法大判官及其他保民官之告令與法律家之意見及著述是也

（甲）議會之立法（　　）

羅馬法最古之淵源即經各種立法會議所議決之法律是也羅馬會議之重要者可分爲四種（一）苦米梯阿苛利亞達　或名貴

其他事項依有效投票之多數决之　投票惟記可否

（七）國民動議及國民表决之手續以法律定之

第七條　邦之最高執行統轄官廳爲內閣

第八條　（一）司法權獨立惟依從法律之裁判所行之

（二）判决以國民之名宣告之及執行之

第三章　邦議會

第九條　（一）邦議會以普魯士國民公選之議員組織之　議員爲全國民之代表者國民依比例選舉法選舉之

（二）年齡滿二十五歲以上有投票權者得爲被選人

第十條　議員應致求國民之福利依自由之心意而加表决不受委任及訓示之拘束

第十一條　(一)邦及公共團體之官吏傭員及勞動者不必因行議員之職務而請假

(二)於將爲議員候補者時與以準備選舉必要之休假

(三)俸給及工資繼續給與之

(四)依德意志憲法第一百三十條屬於宗教團體之權利不以前數項之規定而受妨害

第十二條　(一)選舉之效力于邦議會附設之選舉審查裁判所審查之　議員之喪失資格與否亦于選舉審查裁判所決之

(二)選舉審查裁判所以邦議會自其議員中選舉者及高等行政裁判所長官自其裁判官中任命者組織之與議員有同一之任期

(三)選舉審查裁判所由議員三人裁判官二人依公開之口頭辦論決定事

件

(四)於選舉審查裁判所之辨論外其手續以高等行政裁判所之命裁判官一人處理之其裁判官不必為屬于應決定該事件之裁判所者

(五)詳細以法律定之

第十三條　邦議會以四年之任期選舉之　新選舉須于期滿前行之

第十四條　(一)邦議會之解散于議會自行議決時又由內閣總理邦議會議長及參議院議長合成之委員會議決時又有國民表決時行之　國民表決亦得由參議院之議決使行之

(二)由邦議會之議決而解散邦議會須有法定議員數過半數之同意

第十五條　邦議會解散後六個月以內須行新選舉

第十六條　新議會之任期係舊議會解散者自新選舉之日開始其他自舊

議會任期終了之日開始

第十七條　(一)邦議會集會于內閣所在地

(二)邦議會每新選舉之後自任期開始之日起算于第三十日開第一期會議但內閣不妨提前招集之

(三)此外邦議會每年于十一月第二火曜日開會　有內閣或邦議會議員五分一以上之請求時邦議會議長須提前招集之

(四)邦議會自定其閉會及開會之日

第十八條　邦議會自選舉其議長代理議長及其他理事部員

第十九條　會期與會期之間又新選議會未開會前最終會期之議長或代理議長繼續其任務

第二十條　議長依據邦之豫算以與國務員同一之權限管理關于邦議會

演說

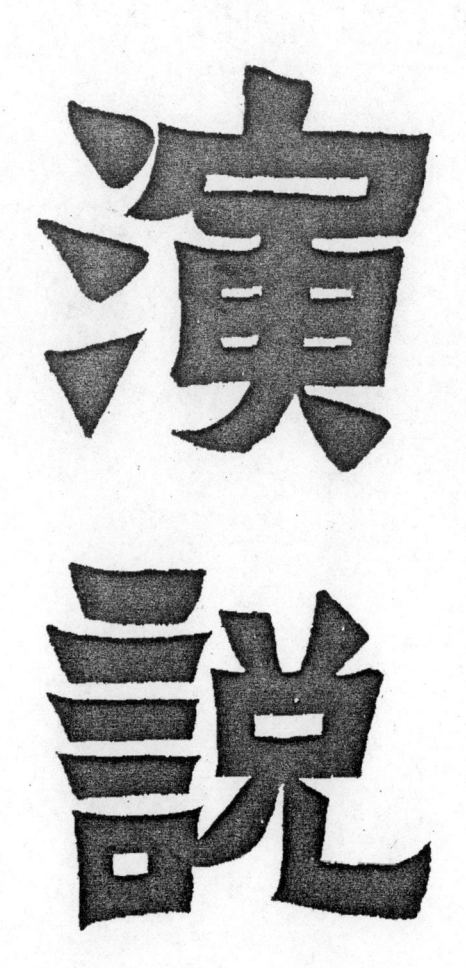

顏李之學與法蘭西學術

李石曾

今承四存學會之約。命以演說。余於中西學術兩無研究。諸君又皆學者。豈敢言演說。不過談話而已。余二十餘歲即往法國。或事或學在外約二十年。本擬將法儒學術與顏李同者。約略言之，及到學會又發生三種感想。一是紀念。一是慚愧。一是希望。

所謂紀念者。余於顏李學術。雖未深究，而師友中治顏李學者頗多。況又身處顏李之鄉。自多接觸之機會。憶余十五六歲。受業於齊禊亭先生。先生之先人曰琳玉者。顏李皆有交誼。而李先生有齊琳玉傳，又與之爲婚姻。李先生之次子習中。齊璲侯之婿。璲侯禊亭先生之幾世祖也。禊亭先生家藏有李先生手迹。名麗家蕞草。是以先生嘗言顏李之學。又提其要曰主動。曰求實。又嘗以主動求實之精神。溝通中西學術。吾于精神上受其影響者甚深。吾往法國學農工。亦主動求實之所爲也。此紀念者一。吾家省吾先生，素學顏李。爲官終身，家無蓄積。而刊印李先生春秋傳注，鈔存李益溪先生灰畫集，則不惜貲財。今日齊君曉山排印灰畫集。即以此爲底本。此紀念者一。吾友齊君璽齋學顏李學。常有移民論。繙爲白話。以勸鄉人吾之遠遊。與勸鄉人遠遊。亦受此影響。此吾紀念者又一。吾遊法蘭西二十年。因吾直接間接之介紹而赴法者二千人。吾鄉居十分之一。各省十分之九。此事前後所經過。或工或學各事。無一不有誰爲助之。即熱倡顏李學家之徐東海先生也。此學會爲東海先生所倡，而今日談話感觸之餘。不覺重行提起。此吾之紀念者又其一。

至所謂第二感想。則以如上所述。與顏李學派。有如此之接近。而未能深究。即余居法國二十年。與法蘭西學術，亦有種種接觸之機會。而亦未深究。感想之餘。實覺赧然。此非泛泛遜歉之詞。實有觸于心。動于不容已也。然以「主動」

求實」「環境」之影響。不願專力爲近于玄妙之學說。而時時以事物爲的之故。由中而法。由法而中。奔走於學術工業及中法教育。其間人士之聯絡。學術之傳播。感情之交接。人民之移往。亦不無微效。此亦于無意之中。暗與顏李學有相似之處。於是慚愧之中。又發生一種希望。

吾之希望。則在介紹東西學術于多數之人。自知力甚薄弱。無論專究何種學術。均所祄有限。不若作一介紹人。於學術上作溝通。於情感上作接洽。至所欲致力于法蘭西學術之介紹者。則以此種學術之特長。爲實學。爲徵實之學。爲物學。而非超物之學也。顏李爲東方徵實之學。能與西方徵實之學相接觸。其偉大之結果。必有足以副吾希望者。

吾之言此。固非欲强爲附和。亦非敢出于貢諛。如顏李學術。乃出于二百年前。雖禮樂農工。分門教授。其不如西學今日之詳析。亦所當然。但其精神相同之點。則見之頗確。此則欲于今日略爲伸論者也。

顏習齋先生有云。無事則道與治俱廢。故正德利用厚生曰事。不見諸事。非德非用非生也。德行藝曰物。不徵諸物。非德非行非藝也。又云。人心眞理。卽人身眞理。李剛主先生亦云。仁不過乎物。孝不過乎物。凡天下之人。天下之政。天下之事。未有外於物者也。」此與西學中「實驗哲學」「唯物哲學」之理相近。二者皆法蘭西學術之特長。茲舉以爲例。

法國哲學數學大家戴楷爾先生。爲西方學術界最可紀念之一人。其最要之言曰。「非確徵諸實。勿信以爲眞」。此言其理也。其言人與物。則謂生物與人。有符合於機器之理。此所謂惟物說也。又如孔德先生。名其學說曰實驗哲學。以學術徵實爲主義。分其學爲天文算學物理化學生物學社會學。闡明學術進化。由空理而至于實驗。此爲經過之階級。其言政也。亦有所謂實驗政治者茲不贅。

習齋先生存性編有云。理氣皆天質。氣雖殊。無惡也。惡也者。習也。染也。又云。一身動則一身強。一家動則一家強。一國動則一國強。天下動則天下強。李剛主先生亦云。動機相感。一陰一陽皆以動而生物。物不用則腐。此則近於『環境』之說。與『用進廢退』之公例。上二語。爲法國陸謨克先生之要言。陸先生生于達爾文前五十年。乃進化學名理之大發明家也。

以上顏李學術。與法蘭西學術相近之點。有如此者。但吾非謂其盡同。亦非如宣揚國粹家之自得曰。彼西方之學術。我皆有之。此則過于拘牽。非吾之意。吾僅述其相類之精神耳。

但吾更欲于法蘭西學術介紹一言。則其學術頗多偉大發明。如算學有戴楷爾。班克瑞等之大發明。化學中鹿華西物質不滅之公例。裴在洛有機化學之化合。巴斯德之生物化學。物理學中居禮類雷母生物學之陸氏進化學哲學羣學之孔德學說。以至機器之汽爐。無線電飛艇之屬。亦皆法蘭西之產物。爲世界之共重。而以生動。精實。爲特長。足以救吾國學風枯寂虛浮之短。顏李之學。生動而不枯寂。精實而不虛浮。吾是以兩兩比照。欲諸君知己之長。取人之長。吾于學問甚荒。比較之中。難言無誤。但對于四存學會四存學校羣賢。則抱無窮之希望。以爲致力顏李學術。將來再推廣擴充。兼採法蘭西學術之長。其成就之偉績。必大可觀。此尤殷殷期許者也。因此希望。而極欲聲明者。又有二焉。

第一聲明。即吾言非應酬世故。以演說塞責。實欲諸君勉於顏李與法蘭西學術之『實』字。其方法有二。惟會校諸君采之。

甲。旅法多顏李之鄉人。（非有地方之見。亦環境之便耳）其數不下一二百。

且不乏主持學會者之友人，願會校與之接近。爲兩學溝通之介紹。

乙、于會校中加研究法國文字。與法國學術之機會。加法文課程。其權輿也。

第二聲明。則吾之言。既非欲揚國粹家。又非欲頌揚時賢。以學之不合于古。不合于時。何須有此聲明。然今日學會。實由東海先生提倡。至吾所切望者。則不惟依賴勢力而存在。祝其于强助之外。更加以鞏固昌明。即使毫無强力之援。而亦卓然自立。此顏李所謂動而愈强。亦會中羣賢自强不息之結果也。

河南四存分會演說詞

李見荃

吾豫承今 大總統之意。設立四存分會。有長官主持於上。諸君子提倡於下。每月開課。每星期開會。敦詩說禮。師濟一堂。不數月間。風氣爲之一變。自夏峰先生講學蘇門以來。今日復逢其盛。論語曰。德不孤必有鄰。易曰。同聲相應。同氣相求。詩曰。風雨如晦。雞鳴不已。此誠由剝而復。由否而泰之機也。何則。學術之明晦。天下之治亂因之。中國數千年來。以孔孟爲師範。以六經爲教科。人倫明於上。風俗淸於下。自漢唐宋明以及前淸。雖代有廢興。文物聲明。要爲各邦之冠冕。自歐風東漸。學者震其富强。遂謂一切學說。皆過於我。棄所學而學焉。始而廢經。繼且議及孔子。張冠李戴。削足適履。舉先王之紀綱法度。鄙夷而破壞之。天下遂囂然不靖。惟講學則羣言淆亂。衷諸聖。諸子百家。若者得聖人之一端。若者爲聖人所吐棄。皆了然於胸中。詖淫既息。經正民興。孟子所謂知言者此也。管子曰。禮義廉恥。謂之四維。四維不張。國乃滅亡。是義利者。君子小人之所由分。卽國運興衰之所由判也。武侯澹泊明志。王沂公不求溫飽。介節高風。可師百世。故能處爲名士。出爲名臣。自競爭權利之說興。熏心富貴。役志紛華。憧憧往來。非求卽忮。或以智取。或以力爭。生民之禍。於是乎烈。惟講學則證今考古。既有以濬其靈明。涵育薰陶。復有以養其德性。博學篤志。切問近思。仁在其中。居心正大。自然舉事光明。窮不失義。達不離道。當大任而不愧。孟子所謂養氣者此也。知言卽道之所以明。養氣卽道之所以行。人人從事於此。成德達材。何外患之不可除。內訌之不可息。則斯會非河南一省之關係。天下之關係也。鄙人蹉跎歲月。一無所能。惟此維持世道之心。自信不居人後。今幸與諸君子晤對一堂。謹述管見。就正高明。竊願互勉交修。共肩斯任。庶幾星火燎原。斯道有昌明之望也。

名賢軼著

吳摯甫先生軼箸

題王晉卿注墨子

今墨子出道藏而王君晉卿好其書余讀之苦其缺脫錯互其可讀者其文多剽輕猥近又頗雜漢後人語劉向所校書輒刪除復重今墨子書復重異甚要向所未見墨子之道見擯於孟子而名於後世至與禹仲尼并稱韓退之王介甫皆嘗有取於墨意其言必深博沈奧以有立而顧若是自戰國時有墨經有別墨當時稱墨子之言以爲不辨爲其學者有腹䵍孟勝田襄子五侯相夫氏苦獲已齒相里勤鄧陵子之屬迭傳其所謂鉅子者今皆不見於書顧反捃拾尸子韓非呂覽以附益其言稱魯陽文君楚惠王子夏之徒以自引重自太史公不能言墨子年世若所與游名人貴公具在書如此史公豈得不見之且其言抑何辨也吾意是書眞出墨子者少墨子亡久矣漢志墨子七十二篇至唐

楊倞時乃三十五篇而杜佑言兵家拒守已不稱墨有宋逮明其存者十三篇耳而有經有論與今書絕不類退之介甫所讀墨蓋此也宋館閣書目有墨子六十一篇亡九篇陳振孫言其脫誤不屬然不言復重世愈遠古書愈益少宋之墨不應特多於唐此好事者依附而妄增益之晰也今道藏本五十三篇而亡者八篇多復重其信爲宋館閣書以不吾無以明之書之正僞難辨矣退之讀鶡冠子取其辭而柳子厚以爲駁書吾爲是說蓋不復强晉卿使同已也先生子辟疆云先公晚年頗嗜墨子手寫諸篇又詳爲之解釋此文蓋猶初時之說

都司白君墓誌銘

咸豐三載都司淸苑白含章字可貞從故大學士侯琦善出師湖北援揚州與粵賊搏於寶山力戰死之上聞褒卹如例易州張生廷楨與白氏世姻也以狀來乞銘銘曰

大鑪鑄人如金受冶孰錚有聲厥惟健者胡每不祥而擢於剛匪剛匪壽匪邦
于光觥觥白君古豪傑徒釋書而射以善射著爰始擢用不食於家自微而鉅
以次臍譽洊升守備洎國多故道光中年海氛成霾英人蹶張大艘峨來君躍
而登抗辯雄哉辯協謀矣英無尤矣君之才辯時譽歸矣相侯琦公款夷面覿
夷語驕蹇公噤不復君乃大憤以爲國辱有刀在脇欲剚其腹公慮挑釁止之
以目嗣涉夷事屏君弗與君嘿發憤涕下如雨洎官都司益失夙心甘爲國殤
以救蒸林洪秀全反蔓西剡南君聞悼歎中寢而興持丈二殳冀清醜凶淮海
維揚控大江東猝與賊遇賊熸愈洶內薄城隅蹟礮而終臣身雖終臣鬼則雄
天陰呌號助國抗稜嘯歸君喪綬昌易昌皆君猶子闡君之光帝褒精忠下詔
太常君行高世詎惟大節撫君遺事乂孰與匹或殺運丁僉譁幾殆君往諭止
家嵒人誠或訏不軌誣致之死君立平反戶謳豈弟天誘其成鑿此堅定失足

滄澥分死而生隕發輪艘轉殆爲平胡佑不卒委命堅城嗟乎君初赴軍婚始
及月臨出訣婦以二親說女代我職雖死猶活君志卒讐婦代有終以逮君子
子順婦貞維君是從娶張繼石子曰際昌君今瘞窆有煒幽宮我銘以貿凡百
職事下徹九幽與天罔極

孫佩南先生軼箸

古文周易跋

昔朱子守臨漳日有四經四子之刻四子即今所謂四子書也四經則易書詩春秋而易用呂氏考定古文兼附音訓蓋欲使學者玩心全經涵泳白文而勿泥於象數訓詁其意善矣顧原本今不可見予嘗得一明刻本爲武昌朱廷立校刊其篇章分析如右今輒爲繙刻以貽學者又附刻音訓於後以符朱子之舊云按古周易十二篇見漢書藝文志顏師古注云上下經及十翼故十二篇班氏以爲宓戲氏始作八卦文王重易六爻作上下篇孔氏爲之彖象繫辭文言序卦之屬十篇又曰孔子晚而學易讀之韋編三絕而爲之傳傳即十翼也故周易有經有傳其來舊矣先儒謂以彖象文言雜入卦中自漢費直始漢末鄭康成之徒始合經傳爲一至王輔嗣注易乃悉分彖傳象傳以附經故曰古

經始亂於費氏而卒大亂於王弼唐人爲周易作正義用王韓注本而十二篇之易遂亡夫經遭秦火易以卜筮獨存不幸更爲漢儒所亂致後世學者不獲見商瞿以來相傳舊文有宋大儒始起而釐正之乃近日言經學者動欲尊漢抑宋於宋儒所訂雖是而亦幾沒其考證之巧人心之陷蔽若此可勝歎哉明刻繫辭上傳移天一至地十與天數五地數五二節於大衍章首雖本漢書律數志與音訓本同然非繫辭傳舊文次第今則仍從古本非敢擅改經文也其他經傳正文悉依內府仿宋槧周易本義校正亦間與新刻音訓不符如屯六二屯如亶如今仍作邅謙上六利用行師征國今本仍有邑字與唐石經合此類頗多讀書當自能辨之光緒癸卯春正月榮成孫葆田謹識

古文尙書跋

辨東晉晚出古文尙書之僞者自朱子始九峰蔡氏承師命作集傳於漢儒伏

生所傳二十八篇則註曰今文古文皆有於梅賾所獻增多二十五篇則注曰今文無古文有雖不以二十五篇爲僞書而使學者知有今文古文之別其用意亦可謂善矣陳振孫直齋書錄解題於尙書正義前載有書古經四卷序一卷謂爲朱晦庵所錄蓋卽臨漳刻本而元書則今不可復見其篇次不知與僞孔傳有異否也茲刻用趙氏分編今古文例仍附書序於後而一題曰古文尙書其義實不悖於朱子按漢儒鄭康成所註三十四篇亦曰古文尙書實卽二十八篇內分出盤庚二篇與康王之誥一篇又大誓三篇爲三十四而大誓後得亦漢代僞書近世諸儒或從而信之亦過矣恭讀四庫全書提要云書小序之依託五行傳之附會久論定矣古文之辨至閻若璩始明朱彝尊謂是書久頒於學官其言多綴輯逸經成文無悖於理汾陰漢鼎良亦善喻吳澄舉而刪之非可行之道也又論書纂言云古文尙書自貞觀敕作正義以後終唐世無

異說宋吳棫作書裨傳始稍稍掊擊其專釋今文則自澄此書始考漢代治尚書者今文古文本各爲師說澄專釋今文尙爲有合於古義非王柏詩疑舉歷代相傳之古經肆意刊削者比也今按王柏詩疑外又有書疑四庫書並列存目提要云其併舜典於堯典除姚方興所撰二十八字合益稷於臯陶謨此有孔穎達正義可據者也茲刻與王氏偶同非用其例至金縢篇自武王既喪以下詞氣與古文頗異而史記以秋未穫爲周公卒後事故先儒疑此篇爲亳姑逸文否則當有脫簡今姑別行以待攷定又近日桐城吳氏寫定今文二十八篇於康誥篇首爲三月一節註云疑爲大誥篇末簡愚嘗反復推究而歎其說之不可易也蓋周公之居東乃營洛邑以偪殷正合古兵機而後世屯田之法亦起於此故大誥篇中以堂構播穫爲喻及武庚既平因以東都爲朝會諸侯之所故有召誥諸篇特書缺有間學者遂莫能心知其意耳吁非有卓識如朱

子亦安能破千古拘墟之見哉

子既校刻周易十二篇謹遵御纂周易折中校正書則分今古文與僞古文爲上下册與通行本不同初擬附刻惠氏棟古文尙書攷戴氏祖啓尙書協異用便學者究尋會以事繁工不果附識於此以質當世通經好古之君子

光緒癸卯夏五月榮成孫葆田謹跋

吳辟疆用韓退之山石韵見示依韵酬之

闚幽汲遠窮渺微與世背若東西飛老馬齕草常苦瘦蠹魚食字寧能肥卿雲遷愈去千載强言我貴知者稀搜抉怪奇姑自娛那知炊斷來朝饑桐城吳君君子子秦王眞氣驚牖扉肝腎已作鐵磁吸耳目尙隔煙霧霏鬭文戰藝日百合短兵渠可斫重圍嗟予薄游經歲載沙塵滾滾緇征衣燕市狗屠不可作胡爲塵網猶絏鞿吳君吳君眞健者吾生舍子行安歸

依前韻再和辟疆

三星月宿光渺微游魂墜空停不飛已共退之偕坐𡿺予命坐磨𡿺宮致希蔡澤同鬰肥跳躑窩谷逾卅載荊棘路塞夷途稀西山薇蕨不可采於陵半李寧療饑抗迹瀛環睎蹋衍七萬餘里如庭扉樊棘青蠅忽見詆歸來埋首潛煙霏歲月𢧐𢧐不我待轉看宰木森成圍昨夜秋聲驚戶牖西風颯颯吹征衣彭聃殤子本齊一浮游塵世猶縶羈膶州相女徒紛糾靈均何用招魂歸

談叢

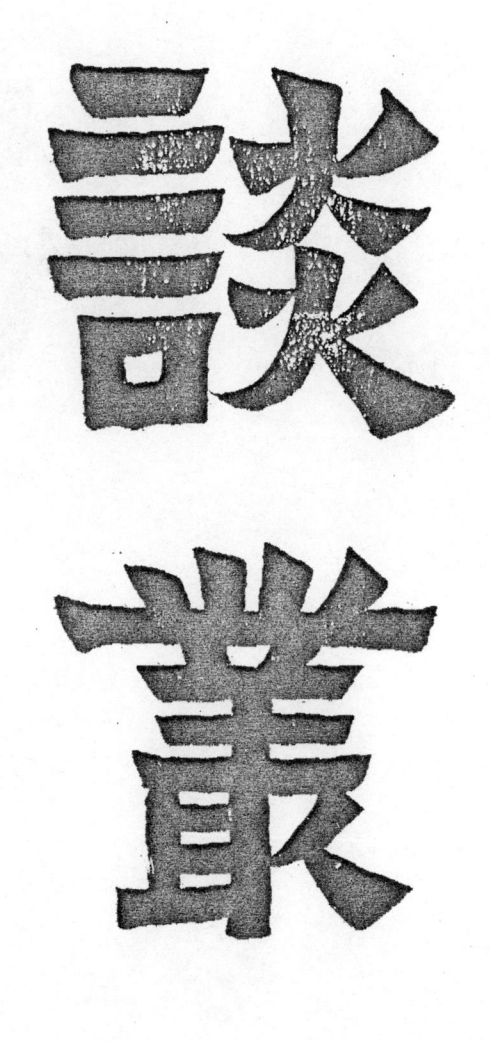

羣經讀法（讀字循俗用之其實非學非行不能通一經也）　齊樹楷

經者孔子所傳窮天人萬物之奧而範圍乎人事以樹百世之極則者也乃自來讀經者各本其授受情形與其性之所近衍爲流派互相攻擊及外至者乘而likely之則又孔子之道不足以馭變易之事物於是求之佛求之耶求之西哲徬徨四達終迷歧路或且失其故步匍匐而歸僨也何如

夫吾亦不能謂人之爲學拘守故舊執一不化暖暖姝姝以保持一先生之言雖有他樂不敢請也然取人爲善必先有能問能察之本羅列庶饈百味必先有能容納能銷化之腸胃而後不致以積聚爲吾患而後能融合粱肉充益吾身孔子之經厚吾腸胃者也讀之而汁多再以之收集其他藥料或養料方爲有益耳

但如自來讀經者之法以所習爲主未成一統合之方今之時雖欲不廢經亦

鮮有從入之途以資深造專治一經或專治一經中之事專從治經者一家之說枝節爲之烏能有見於孔子之大亦烏知孔子之著經固全局籌維非一局部之學所能囿乎

孔子之於經刪詩書定禮樂贊周易修春秋雖曰述而不作而取前言往事以垂我法即無述之非作其三傳中之左傳亦自作者卒後之文後入所增公羊穀梁門弟子傳其言義者也大學孝經傳於曾子爾雅傳於子夏中庸出於子思均發明孔子之道孟子後聖知孔子之眞皆能得孔子之全模者

是故讀孔子之書須玩全經不探其全則蔽於一而囿於執學孔子之道須凝至道不見其大則著於說即貽之咎夫至道何以凝至德爲之也孔子曰躬行君子吾未有得大學致知在格物無論訓格爲去爲來爲至爲格三物皆躬行也舍躬行而別求其方烏可哉後世以四科窺孔子但即門弟子之一體窺之

而又不得其入室之方非智足知聖者也過言學聖過言作聖孟子贊爲生民未有而詳言其學以系統示之則本於心體於身爭以口舌窺以目耳無有一當姑即孔子之道分述之

一曰形而上之學　易曰形而上者謂之道形而下者謂之器形而上乃人所不見者也斯學孔子自言之曰下學而上達知我者其天乎子貢亦言之曰夫子之言性與天道不可得而聞也天道分二義天爲一事天道另爲一事天之道乃與性同茲將孔門形而上之學分言於下

先言天　孔門言天有二一有對之天與地並言者也一無對之天專言者也有對之天乃積氣之天與地合而生物所謂昊天旻天蒼天等是也專言之天亦有別敬天之怒敬天之渝怒則風雷渝則震㷸地以上之天也明明上天照臨下土日月所麗之天也文王在上於昭於天人神交通之

天也誠者天之道維天之命於穆不已人所不見之天也上天之宰無聲無臭則天以外尚有主宰與所謂上帝者同易曰大哉乾元萬物資始乃統天天受乾元之所統也先天而天弗違天且弗違是必有主宰是綱維是者乃能從吾命而爲旋轉此雖與佛言諸天有異而天之確有區別則見於經者一一可指而盡人合天之道可於是而得其凡矣

漢儒亦知孔子之言天而流於讖緯則術而非道宋儒亦好言孔子之天而推之義理則虛而不實近日佛道各家或排孔或援孔排者不必言援者只以中庸易經爲與之相近不知書之洪範詩之豳風春秋之紀時禮記之月令周禮制官以天地四時爲紀左氏傳天文象緯物異之所書皆與天息息相通無非上達之旨所隨時發露者也此其意可以搜尋系統集爲一書然如此則導人以知而人終以不行而毫無入處不可爲也

以西儒陸克盧騷學說印證顏李

李見荃

儒哲學案云陸克氏以德育置於教育之最先反復論涵養善良之德性啓發高尚之情操諸事而其主義所在則在於喚起好名知恥之心而以養其德性也

氏之智育以實利爲主非養文學亦非陶冶理學也在於社會角藝場計算其利益處置其財產執行其職業則教一市人亦令其知識周徧故氏於無關生計之科學皆排斥之不以實利之知識易浮華之修辭閑雅之詩歌也

其教兒童之宗旨鍛身體以使耐苦練心意以使活潑養成樂善惡惡之習慣貴名譽重廉恥使他日入社會角藝場爲衆人尊崇之紳士養成完全之貴人者氏之宗旨也

按文字即詞章也理學即性理也陸克氏以此爲戒專爲有用之學且先以

德育所謂正德利用厚生也身欲耐苦意欲活潑皆實地練習之功頗與顏李相合

又云盧騷氏之大旨以爲兒童之心皆無惡而純善也故任其自然則無不純善及爲人所動乃漸致不良故人之性皆善而社會則醜惡人性醜皆由社會來也故於兒童須善保護無使觸社會之惡

按顏先生致陸桴亭書云人之性命氣質雖各有差等而俱是善氣質正是性命之作用而不可謂有惡其所謂惡者乃由引蔽習染爲之祟也今觀盧騷所言若合符節

管叔不再傳而絕然東征之變幾危周室不得不載文王十子武王有本紀衛
管蔡曹皆有事蹟可紀其餘四叔俱無可表見旣不能別爲立傳又不可附之
周紀因管蔡事少乃連類而及先序列其名篇末復詳其有無專文以明其世
紀旣免遺漏又無重複則管蔡世家卽可謂之文王諸子世家也
陳杞世家後附唐虞君臣後裔之譜系臯陶後無譜之英六及垂益夔龍之後
無見不知所封者亦復附列於篇神明之裔不忍使之湮滅無聞亦與廢繼絕
之義也此篇與管蔡同例此篇謂杞小微無足稱述則管蔡三國亦無足稱述
可見管蔡世家謂爲輔弼是以諸侯宗周故附之世家言以見陳杞之亦以爲
周輔弼而見也合觀之其義自明
晉卓子史記作悼子案卓子已立爲君或卽論爲悼子與
箕子陳鴻範九疇武王封之朝鮮以示不臣也爲之立傳嫌與周臣無異若列

入東夷則與匈奴大宛並載亦太不倫於宋世家首附入箕子比干之言不爲另立標目復取孔子三仁之語以爲贊非惟體例之精而微子之心亦大白於天下

宋宣公立穆公公羊譏之宋襄公敗於泓公羊以爲正史記取爲宋贊知太史公深於春秋也

子臧季札皆守節之士然其過大有不同子臧逆宣公喪時負芻雖篡固儼然君也子臧守節固當晉謂子臧反曹伯歸子臧固有大功於曹若季札則非子臧比也壽夢卒諸樊探先君意授國於札札不受而隱然既兄弟迭爲君兄終弟及則爲季札者受之亦不爲過乃執有國非吾節之義坐視王僚之亂而終不肯立光謂專諸曰季子雖至不吾廢也是光尙有畏季子之心夷昧死而季子不立光與僚必不相容是成吳之亂者季子非可與子臧並論也穀梁謂魯

隱公可謂輕千乘之國蹈道則未吾於季子亦云然當廉恥道喪之時而獨能以讓國爲意廉頑立懦宜爲春秋所許也

息夫人之事左氏與列女傳不同史記蔡世家息夫人蔡哀侯不敬息侯怒請於楚虜蔡侯以歸無繩息嬀於楚子之事楚世家亦不言成王堵敖爲息嬀之子今按左氏莊十年楚以蔡哀侯歸十四年入蔡以悅息嬀滅息雖不見經以時考之當在十一二年文王十九年卒堵敖立欲殺成王成王弑之堵敖成王既皆息嬀之子則被弑與弑君者皆年未十齡之童子也有是理乎（史記云堵敖在位五年按楚俗未成君者曰敖既云在位五年則成君明矣成君不得謂之敖左氏表謂即弑於文卒之年較爲可信）決不可信

夫椒之役使吳聽子胥越之爲越未可知也然勾踐英鷙很戾有種蠡之佐有三江五湖之險甲盾五千保於會稽必皆精銳之師勾踐將燔妻子以決死背城借一恐吳亦未敢必勝故吳之釋越非憐越也亦非太宰嚭之故也乃吳仇

已報而越又未可驟得故許之平以市恩於越釋越非吳之失許惟其釋越之後吳王之志荒伐齊會晉疲于兵革使越得乘隙以沼吳乃爲失計之大者耳秦滅六國數十年而後成功越之入吳得而不有迨其旣燼然後取之勾踐亦人傑吳豈能一戰滅之哉

梁惠王不用孟子固也商君本魏臣不用入秦秦以覇及惠王立走魏魏如用鞅則鞅以治秦者治魏必有可觀乃怨其欺公子卬之故至而不受旣失於前又失於後可謂天奪其鑑

貧賤驕人之言誠爲戰國處士習氣不可爲訓然以視伺候公卿之門奔走形勢之途者相去不啻霄壤矣子方固後世所謂獨行之士也

趙武靈王畧中山之地北至無終西至河登黃華變胡服習騎射志可謂壯矣考其變法之始謀之于樓緩肥義使王緤告公子成復自往請之俟其許諾然

附錄

教務上經過之情形

四存中學校第一週年紀念日展覽會會場報告

李九華

吾人凡作一事必有一事之標準以爲的所謂主旨者是也主旨旣定循序而進由勉强以幾於自然若網在綱有條不紊若農服田力穡乃亦有秋其獲益有不期然而然者是謂功效然而利之所在害亦隨之稍有不愼弊竇且層見迭出不可遏抑是謂缺憾謀事者洞悉於利弊之所在預有以杜其弊使仍本其主旨以進行以期漸臻完善之域是謂希望古人有云希望者成功之母凡事如是卽求學亦何莫不然溯自本校創立以迄於今轉瞬已一年矣本校之主旨安在學會學校同人及本校諸生皆能言之惟學生家長或尙有未能熟悉者今請更鄭重申明之曰本校之主旨有三一在本顏李之精神勤苦耐勞以求實學一在德育與智育體育並重一在添授經術以爲人道與文學之根柢本校成立之始卽本此主旨以進行是以訓話不憚其煩勞講經務求其切

實又於課餘監視學生閱書平時使學生練習作事自習時視察學生溫習各種學科一年以來功效雖未大著而稍見進步者亦有三端一學生之氣漸由躁而靜二一部分之學生漸由惰而勤三文字上亦少收經學之益雖然凡我同人安敢自足本校之功效未著而缺憾且不止三端試舉其大者一一部分之學生犯規之事過多訓誨不悛記過不改一一部分之學生自習曠課早課晚來一一部分之學生費用過度不謹不廉凡此數端雖亦普通學生所不能免而在本校同人視之引爲遺憾未免疚心是以本校同人對於將來之希望亦有三端一請學生家長時賜教言以期學校與家庭互相聯絡一請學生家長於學生敦品立行各節注意提倡三請學生家長於學生請假時期務須異常慎重護惜光陰此鄙人及本校同人所希望於諸位先生以爲本校之補助者也總之有希望而後可以望成功有補救而後可以無遺憾有成功而無遺

憾乃可以達同人等所抱定之主旨方不負
大總統創辦本校之盛意及學會同人維持本校之苦心鄙人忝任教務故所
言只限於教務上經過之情形及其希望謹述所知敬祈賜教

中華民國十年十二月　日初版發行

編輯者　北京西城府右街四存學會編輯處　電話西西二四〇八號

發行所　四存學會　北京西城府右街　電話西局二四〇八號

印刷所　本學會

第九期

總發行所　北京西城府右街四存學會出版部　電話西局二四〇八號

分售處　四存學會各分會　國內各大書坊

中華郵務局特准掛號認爲新聞紙類

報資務請先惠凡價目一元以上均不收郵票

本月刊價目

期限	本數	價目
一月	一本	二角
半年	六本	一元一角
全年	十二本	二元

郵費

區域	本數	郵費
本京	一本	一分
	六本	六分
	十二本	一角二分
各省	一本	二分
	六本	一角二分
	十二本	二角四分
外國	一本	八分
	六本	四角八分
	十二本	九角六分

廣告價目

篇幅	期限	價目
全幅	全年	四十八元
	半年	二十四元
半幅	全年	二十四元
	半年	十六元
四分之一	全年	十二元
	半年	六元

廣告概用白紙黑字登載在一年以上者價可從廉

四存月刊編輯處露布

一本月刊月出一冊約五十頁至六十頁不等

一本月刊多鴻篇巨製不能一次備登故各門頁目各自分配每期逐門自相聯續以便讀者分別裝訂成書

一本月刊所登未完之稿篇末未必成句亦不加未完二字下期續登者篇首不復標題亦不加續前二字祇於目錄中注明以便將來裝訂成書時前後聯續無間

一本月刊此期所登之外積稿甚夥下期或仍續本期未完之稿或另換本期未登之稿由編輯主任酌定總求先後一律登完不使編者閱者生憾

一本月刊第一期送閱第二期須先函訂購屆時方與照寄嗣後訂購者如願補購以前各期亦須來函聲明始行補寄

本月刊投稿簡章

一投寄之稿或自撰或翻譯或介紹外國學說而附加意見其文體均以雅潔明爽爲主不取艱深亦不取白話

一投寄之稿如有關於顏李學說現尚未經刊布者尤爲歡迎

一投寄之稿望繕寫清楚以免錯悞能依本月刊行格繕寫者尤佳其欲有加圈點者均聽自便否則亦望將句讀圈清以便閱者

一投寄譯稿並請附寄原本如原本未便附寄請將原文題目原著者姓名幷出版日期及地址均詳細載明

一投稿者請於稿尾註明本人姓氏及現時住址以便通信

一投寄之稿登載與否本會不能預爲聲明奉還原稿亦概不檢還惟長篇譯著如未登載得因投稿者豫先聲明寄還原稿

一投寄之稿登載後贈送本期月刊續登至半年者得酌贈全年月刊

一投寄之稿本月刊得酌量增删之但投稿人不願他人增删者可於投稿時預先聲明

一投寄之稿經登載後著作權仍爲本人所有

一收投寄稿件請徑寄北京府右街四存學會編輯處

四存月刊第十五、六期合訂目錄

顔李學

顔李遺著

論說

專著

四存月刊

顏李學

竝何爲立廟後乎。立廟後。何以至東序授醯醬薦豆乎。古文尚書自漢孔安國送官府。至晉中祕尚存。惟先傳。東晉梅賾始得安國傳奏之。非獻古文尚書也。季野曰。何見。恕谷曰。見隋書。論及聲均。恕谷曰。古無四聲。有之始齊周顒。古惟分宮商五均。不分平入四類。季野憮然曰。吾何以未考也。歸檢之信。益從臾王尚書來拜。且請筵。謀延入其府。同修明史。恕谷辭謝。無何季野卒。其事遂寢。恕谷聞往哭之。則柩已行。設位哭奠。已復爲立傳。稱其蒞會講學。凡宮闕地理倉庫河渠水利選舉賦役朝儀兵刑諸端。不繙書。每會講一事。口如瓶注。溫睿臨札記何代何地何人年月日事起訖。毫釐不失也。又稱其於講會相推。謂吳越文人。爭尚浮夸。季野耆宿。褎然厭於上。公卿趨其餘風。闞野人一言。傾心折服。舍已從之。是一端也。幾於大舜。先是季野閱恕谷所持往辨業。竟歎息起立曰。以六德六行六藝爲物。學習爲格。萬世不刊之論也。先儒舊解。固泛而無當矣。

恕谷曰。昨有人詰塨云。子謂農工商亦非士分業。然則大學尙有遺理乎。塨曰明德親民。德行六藝。何理不具。然理雖無所不通。而事則各有其分。如冉有足民。豈不籌畫農圃之務。而必不與老農老圃並耒而耕。而安得兼習胼胝之業歟。且言此者以學乃實事。非託空言。空言易全。實事難備。故治賦爲宰。聖門各不相兼。況學外紛瑣者乎。不然。心隱口度。萬理畢具。然試問所歷亦復有幾。則亦徒歸無用而已矣。季野曰然。恕谷記所問答於論學。他所論著。間亦多采季野之說。恕谷之不宿已見與人爲善又如此。　溫睿臨。湖州人。嘗來拜。恕谷贈以論學。又有溫隣翼者。嘗送紙刷印大學辨業。自是辜辨業者杳。至隣翼與季野王崑繩皆有往來。同與於馮氏兄弟之會。聽恕谷講學。已皆曰然。道誠在是矣。疑隣翼睿臨字也。王崑繩有題隣翼小像記云。溫子鄰翼客京師。取右丞山中習靜二語。圖小像鹿皮。藉大石箕踞坐。左手撫書帙。右拈鬚。目炯炯。有俯視

一切之概。長松三。蔭其左。一童子挈筥自松間至。槿花靡靡滿其前。噫。滋子之寄概深哉。我觀滋子識高氣雄。議論往往絕流輩上。夫今之游長安者何如人哉。而滋子顧挾其高且雄者以爲游。其遇不遇蓋可知矣。雖然。槿之榮落靜者知之。動者亦槿耳。君子之德比松柏。清也。清則孤。孤則雜衆卉而不亂。滋子自立於清而靜以觀天下之物。非所謂出汙泥而不染者乎。遇不遇又何傷。然則隣翼蓋亦當時有名士也。

胡朏明。名渭。既與萬季野會恕谷金氏之筵。以恕谷所言爲然。因以所著易圖明辨質恕谷。言今易註。首河圖洛書。（古河圖洛書周秦時已亡）先天八卦方位次序。六十四卦方位次序。皆本之道家魏伯陽參同契。陳搏僞龍圖。劉牧鉤隱圖。變幻誕謾。蕪穢聖經。恕谷曰。此皆聖學不明所致也。學明則經正。修己治人之事。惟日不足。而暇造此幻渺之具耶。恕谷取其說著之論學。而日譜記曰。閱胡朏明易圖

明辨。言先天河圖洛書之非。遂以所著大學辨業學規纂論學質胐明胐明爲題其端曰。天下之事定於一。苟有二。則殽而爲百千。亦何不可者。自程朱改竄大學后。乃至有十餘家。學者將安所適從。勢亦不得不仍遵古本矣。語云九變復貫之言之選。恕谷之謂也。格物解及學規纂。與人論學。皆躬行心得之言。非耳目剽竊者所能道也。總以救靜坐觀空泛濫誦讀之弊。其足翼聖道而扶微學。又何疑焉。其心折恕谷之學如此。

吳匪庵名涵。浙江石門人。與恕谷相識。自宋豫庵見所著閱史郄視。錄存跋其後曰。予每謂天下無無用之學。其學而無用者。惟佛老二氏與帖括而巳。蓋空談性命。則必以事功爲粗迹。高語文辭。則必以綜理爲瑣物。宇宙河決魚爛。率必由之。今讀恕谷先生閱史郄視。實獲我心。苟欲澄敘官方。振興士類。以此書爲正鵠可也。會恕谷以會試入都。延之府第。教諸子關杰用楫師栻以六藝之

學。又一年。恕谷復入京。仍館其家。會病。匪庵退朝。親調藥餌。命僕從具養疾物甚備。日來牀前問視。且偕徐少宰果亭來視。恕谷病中。著養生論人論闢佛論。伏枕口授於人。錄出。匪庵見之曰。先生沈病而神識淸定如此。四德根心深矣。每在朝端。與果亭語公卿曰。今有李恕谷者。學山文海。元元本本。不世之人也。同捐俸爲刊所著大學辨業聖經學規纂論學。匪庵訂之曰。六藝必宜復。不則天下無强立之一日。會李文貞巡撫直隸。朝廷謀聘學問人備顧問。文貞薦恕谷。匪庵以告。恕谷曰。迂拙非其人也。閣下善爲我辭焉。是時匪庵已由司寇進位少宰。歲在癸未會試。例充總裁。索觀恕谷新藝。恕谷以禮當避嫌。亦辭不與。其年匪庵以疾乞假歸里。恕谷聞之。再入京。匪庵餽葛綢爲別。恕谷本贈言之誼。爲文道行。稱休休容人。有古大臣風。又稱其善始善終。進退以道。先是恕谷家居。匪庵來請入京。往辭習齋。習齋屬以勿染名利。恕谷曰。非敢求名利。將以

有爲也。先生不交時貴。堘不論貴賤。惟其人。先生高尙不出。堘惟道是問。可明則明。可行則行。先生不預鄉人事。堘於地方利弊。可陳於當道悉陳之。先生一介不取。堘遵孟子可食則食之。但求歸潔其身。與先生同耳。蓋恕谷與公卿貴人交。向執不先往見之義。後爲明道計。但賢而樂延訪者。不復拘滯先後。況知己如匪庵。與恕谷爲揚道之交。其卒也。恕谷思之。自謂終身不能忘。往館其第時。嘗一夜相與談國家政事。恕谷爲歷陳古今世運升降民物息耗之所以然。兵農禮樂。應如何措置。匪庵輒爲躊躇抵掌而起。迫欲見諸行事。旣噤不得施用。乃乞假歸里。恕谷送之言曰。位躋九列。家無負郭百畝之田。又稱其扈駕南巡。白近侍過。幾罹禍。九江謀移關塞外。夷人請隙地樹。皆駁之。風裁侃侃。然曰若吳公者。可以相。皆微辭也。而匪庵往送恕谷歸里詩。以開絕學望之。二人相知之深。蓋非他人所能共喩也。

師栻。字次張。關杰。他書或者作關棏。與用棏

皆匪庵子也。師栻則其從子從恕谷學數學樂學禮。師栻尤善問難。恕谷爲作律呂問。示之。師栻言不愧衾影甚難。恕谷曰。勿言不愧。且求先愧。時時內省。有過斷以改。復久之自得不愧。若今人寢興憒然頹然。不知有愧。何由得不愧。師栻復問學記言入學者一年視離經辨志。鄭注離經斷句也。非讀書乎。恕谷曰。讀書亦學中所有。但不專以此爲學耳。然鄭注離經殊非是。古無經名也。自孔子刪修後。乃漸有之。周之盛時。詩采於太史。書司於史官。易掌太卜。禮在政府。皆不名經。安所爲離斷經句者。蓋離麗也。經常也。謂使之麗於常道也。觀下文操縵博依雜服興藝爲教。而以呻呫爲戒。亦可知古人之常學矣。

王顥庵名揆。字藻儒。太倉人。恕谷庚午鄉試中式主考也。副之者爲郫城魏希徵子相。同考官爲閻喜孫袒次年。恕谷入都。謁魏子相。閽者曰。役主命候久矣。延入相見甚歡。退謁顥庵。閽者辭色亢。去之。遂不復往謁。恕谷數遊京師。與諸

名士萬季野胡朏明王崑繩輩往來。名聲籍甚公卿間。徐少宰果亭吳都憲匪庵首爲延譽。額庵知爲庚午所取士。怪其不以門生刺來謁也。詢得其故。自引過責罰者。恕谷聞之。復修刺上謁。額庵喜甚。索觀其著作。一日從容語恕谷曰。方今翰苑乏人。僕開列君名。主試者必中君以貲館選。恕谷力辭。會皇子三王謀延恕谷。使人問行蹤於額庵。恕谷答言。草野非王前器也。先生其善辭之。又七年癸巳。同邑王之臣成進士。額庵使歸傳語。將薦恕谷學行於朝。是時恕谷專以著述爲事。久已絕意仕進。復具書辭曰。塨向以家貧親老。食力四方。以求菽水。客歲歸里。老母七十有餘。羸弱多疾。動須扶掖。飲食疴癢。跬步難離。日謀北上。叩謁鈞衡。尚未得遂。昨王之臣來自都門。傳諭清問。不以迂遠爲罪。且欲提拔薦剡。置之華顯。感何可言。但惜塨非其人也。骨相多屯。面目皴野。如溪壑山豕。惟知豐草長林。引置庭除。必且驚愕。失其魂魄。況進之清廟明堂乎。此萬

不可隕越者也。琳行年已五十又六。功名富貴。極知非分。一無越思。惟學問積習。緣於性成。自覺於堯舜周孔之心源。粗有所見。於三古所傳之易詩書春秋禮樂。微有所解。近者禮樂六藝。皆有所著述。易經大學中庸已注訖。論語正在詮訓。而貧乏迂闊。言之則聽者稀。付之棗梨則無力。恐一旦湮墜。遂委泥沙。以夫子之德量名位甲天下。若不嫌謭劣。取小著種種。賜觀以定是非。使得折中以質後世。即白骨而附之肉矣。固不必强納之清華。使迂蹤不通世事之人。動輒觸戾也。謹將易註間鈔數紙先呈。惟乞坐論之暇。少垂觀覽。指其瑕纇。是幸。

又十年。恕谷爲壽太倉詩二十均。有佐斗心如日。擊天發已霜之句。顧庵嘗以請建國本獲罪。詩蓋詠此。先是康熙末年。顧庵以上春秋高。儲位未定。上疏請建太子。疏留中。後五年。復申前議。適有御史柴謙等十三人。亦上疏言此事。天子震怒。謂其植黨希恩。謫戍軍台。姑念年老免行。著其子奕清隨諸御史往。爲

又贖罪。顧庵旣罷相。閒居京邸。恕谷聞之。入京省視。顧庵出示其請建儲五疏。且謂獻歲某年八十。敢乞一言以垂不朽。恕谷之詩。蓋深許之。此顧庵晚歲大節也。

許酉山。名三禮。河南安陽人。恕谷先生初遊京師。從友朋問仕京朝有學行之人。或與以酉山所著聖學直指。略云。聖道一中。原通天地民物爲一。全體大用。撲文奮武。皆吾心性能事。但自孔子沒而中行絕。狂狷兩途。分任聖道。乃氣數使然。不可偏重。狂者如張良韓信房杜諸人。皆能開闢世局。造福蒼生。然求其言行之盡規規聖道不能也。狷者不爲。如程頤朱熹陸九淵諸人。不義不爲。主持名教。然欲其出而定鼎濟變。如古聖之得百里朝諸侯有天下。不能也。二者分承協任。庶見聖道。若但認孔子爲一經學儒生則非矣。又云。宋儒以理註天。且云心中有天。似諱言蒼蒼者。則貫天人之學絕。又率不信鬼神。似以心外無

鬼神者。則幽明之學絕。恕谷讀之。竊服其偉論。會楊太僕湛子來拜。極言酉山學品。遂往拜求教。酉山曰。道原於天。終於天。小心翼翼。昭事上帝。功力也。文王陟降。在帝左右。歸結也。天行健。以生生也。君子自強不息。以行仁也。今儒者遺置天地民物。但言明心見性。祇爲藏儒巾之禪和子而已。又曰。中庸祖述堯舜一節。聖人像也。頂天塞地。孟子居天下廣居一節。賢人像也。塊然中處補格物傳窮理明理。後儒像也。既細且虛矣。恕谷歸思酉山學見其大。當希之以實。乃上書曰。塨嘗問道於博陵顏先生習齋。今遇有道。所見多合。故不敢不盡其愚。以求指示。後儒之學所依據者。曰尊德性。曰道問學。德性。中庸自註之矣。曰智仁勇。易言君子四德。周禮六德。臯陶言九德。洪範三德。孟子以仁義禮智統之。直指曰。形色天性也。惟聖人然後可以踐形。踐形者。踐其肅乂哲謀。以全形色之天。形色全則性全矣。故孔子詔爲仁也。曰非禮勿視聽言動。曰居處恭。執事

敬。與人忠。論崇德也。曰主忠信徙義。要使躬行日用。事事自强不息。念念參前倚衡。是之謂先立其大。未嘗有所謂靜坐觀空。致思於無極太極生天生人之始。以爲尊德性也。即力久上達。如孔子五十知天命。亦聽其自致耳。而其始固立焉學焉不之驟也。故曰下學而上達。其教人也。罕言命仁。性天不可得聞。孟子雖不得已與亂性者辨。而皆就才情言。非專以言性立教也。乃後儒或以頓悟爲宗。或教人以性爲先。閉目靜坐。息念觀空。帝王孔孟。何嘗有此。誠先生所謂戴儒巾之禪和子也。是後儒之尊德性。不可即謂古聖賢之尊德性也。大戴禮保傅篇曰。古者年八歲出就外舍。履小節。學小藝。束髮就大學。履大節。學大藝。故內則臚列爲學次第。自能食食。以及四十出仕。皆修己治人之事。周官取士。六德繼以六行六藝。曰孝友睦婣任恤。禮樂射御書數。孔門傳習。由以兵求足民。赤以禮樂。未嘗有所謂先讀某書後讀某書。訓詁翰墨也。即有時誦讀。則

以敬勿以憂舜遭人倫極變而夔夔齊慄惟將以敬敬則心有主敬則氣不耗
不能可益患難可平禍外加憂憂何解於禍
晤靈皋接其孝友促我浮薄挹其切偲劑我冷峭
道迎善氣而回天地之慘機
越人有爲水學者聞銀夏之間有瀚海焉具天潢轆轤而不施於用歸泛黃天
蕩洑不籔羝革而嘘之抱以泅又不得漁者操刀往來如飛嘻而曰噫來洑卬
舟遂置其夙昔而從焉
公諛少任俠與其邑貴顯輩過從怨遭事齟齬瞿然曰今而知忠恕而不忠恕
之毒鉅也遂掃軌杜足庇堂顏曰忠恕課子孫耕讀不出戶者三十四年於茲
矣爲予津津道不敢盡昔兩人言虎其一傳聞虎事甚悉背建破衝晝地卜食
聆者以爲博其一夙被虎噬談之色端神懼聽未終皆毛髮淅灑儆罔靡徙而

退於戲躬歷之感人如是夫

下陂之車東逝之水無人挽回滔滔安底

堯舜傳中因天性而成德行道人倫著禮樂興布之則爲政利導之則爲教先

傳後受則爲學然而道雖原於天事必習於學任天難概下學何幾

自秦火後而學術劃然一變古聖口傳身示之實迹無從授受不得不尋之載

道之籍如所謂經書者既尋之經書遂因而習行少講說多德行讓之長者如

陳實荀淑等政事讓之雄豪如周亞夫霍光等而專以箋注經傳爲儒者用是

而塞天地橫四海之聖道謹存一綫

後儒率心中一涉想筆下一成文吽旁一著論精力已畢

論人學必曰學問今則學術失傳異言喧𧄼岐途眯目而欲不博學審問愼思

明辨輒言篤行恐誤者不尠矣

佛氏明心見性則腐草之螢熠燿之光幾幾乎明滅不定
必甘脆而腹始快其人必无心必羅紈而體乃適其人必无身
縱不羅列服不鮮粲瞻覷旁人未免忸怩嗟乎是爲他人食食衣衣也
孔子曰爲仁由己非以由人師友特助己者耳由之者九分助之者一分也若專以師友則己安在如人修容整巾束帶靧面盛服拮据在我而友其鑑也未聞以鑑爲巾帶服飾也
人心有三境曰明曰昏曰妄而三境有九境有明之明如日月高懸堯舜周孔也有明之昏有明之妄賢者亦時有之有昏之昏庸愚也有昏之明本性不息者也有昏之妄愚而謬作者也有妄之明佛老也有妄之昏糊塗異端也有妄之妄異端而魔者也
敎子曰適己自便天災人禍準已及人天休人集

人之靈曰心而頭手足視之皆蠢也天地之心曰人天地萬物各專於一不靈於人也然人靈乎曰惟首出餘淪於物矣堯舜湯文靈而在上孔孟顏曾齋靈而在下故孟子曰舍我其誰也噫任何其重臯陶曰兢兢業業曾子曰如臨深淵如履薄冰丁未元旦琹撰人說

厥初生民渾渾沌沌而已有夫婦父子有兄弟有朋友朋友之盡有君臣誅取禽獸茹毛飲血事執次序爲禮前呼後應鼓舞相從爲樂挽強中之爲射乘馬隨從爲御歸而計件錁於册爲書數因之衣食滋吉凶備其倫爲人所共由其物爲人所共習猶達路然故曰道

公西子曲禮精熟夫子遜其能可謂禮聖

孝有禮則事親之事立忠有禮則事君之事立信有禮則交友之事立廟會同贊助有禮則爲相之事立

孝弟忠信四民所同也兵農禮樂士所獨也何者士固儲其學以待爲民上而任經世之責者非若農工商徒自善而可已也乃今明道學者祗務讀書高其立行語兵農禮樂輒曰出位豈知學爲上正士之位歟不學爲上之事不惟失聖學併有歉於士矣

爲學則安今人而棄古人論學又尊古人而小今人此學者之大病也

古學實不能盡廢使盡廢而尚可成人世則古之立學法者必非聖人使今世行其事而盡外於古法則古聖之立學教也必非性道

以禮學禮則爲博文行禮則爲約禮以禮自治則爲明德以禮及人則爲親民時時戒愼使此心淸而不沬虛而不滯誠而不僞振奮而不委靡此古人所謂齊明也所謂禮中也

好生曰六藝取士不能無僞予曰修其天爵以要人爵周末取士流弊也然尚

必修其天爵以要之勝今之全不必修天爵而得人爵者多矣况人性皆善僞非本然而學教有法考核有法人不皆僞而僞實難售也

今之爲道學者尙多致意德行而六藝則幾廢置矣故顏先生特表六藝如孔門教仁孟子則並言義以闢利皆隨時以救世也

古者殺靑繁難非若後世楮翰易成易積又典策藏於朝廷學士習行皆以身相授受不重佔畢故易代更制則習之者少而往籍易湮孔子言夏殷之禮不足徵是也

空言易全實事難備故治賦爲宰聖門各不相兼

人日讀書傳亦知射曰志正體直而與之決拾顛倒錯互遂可謂曉知射之理乎亦知樂曰以和爲主而宮商音律入耳茫然遂可謂曉知樂之理乎故古人明理之功以實事不以空文

中論曰恭恪廉讓藝之情也中和正直藝之實也齊敏不匱藝之華也威儀孔時藝之飾也通乎羣藝之情實者可與論道識乎羣藝之華飾者可與講事事者有司之職道者君子之業先王之賤藝者蓋賤有司也君子兼之則貴也故孔子曰志道據德依仁游藝藝者心之使也仁之聲也義之象也其言甚明

彭翔千曰超嘗靜以存心矣敢問是提此心乎是以心提理乎予曰置理而空提此心者異端也以心提理者似之矣而有辨也蓋人心有三境而敬功則一有無念無事時有有念時有有事時無念無事之敬萬理畢具而無理之可名也有念有事之敬則隨其念與事之理而致愼焉或喜或怒審察而出又不可以提理言也戰戰兢兢戒懼愼獨無息無處不然久而齊明之至直徹本始是爲知天知命動與天游是謂合天立命而上達在是矣此聖賢心性之正功也以知覺作用爲心性不知有仁義禮智渾圓靜坐萬念皆空久而澄澈之極幻

爲作用此異端心性之功也聖學戒愼異端恣肆聖學本天異端遁大聖學體
實而用實異端體空而用空
孝弟忠信體也兵農相禮用也能孝弟忠信而不能兵農相禮不失爲善士能
兵農相禮而不能孝弟忠信終陷於小人體自重於用矣而迂士則高其守智
巧或用其才孔子亦皆取之
三十而立則聖人規模已定矣誠正修齊治平皆能矣而尙遲二十年始自信
曰知命後儒身分較聖人之立何如而動曰知天命耶
下學不眞則上達不的
世豈有不用心格物而物即能格者心自主於內也但未格物先求光明此心
則已躐必先光明此心然後格物則已傎
心之具而無其儀於何見心然亦誰曰儀之徒具而可無心者變演則徒扮其

帛長尺二寸所以裹手者也深衣一大帶一履二袍襖汗衫袴襪勒帛裹肚之類隨所用不拘多少劉璋曰古者人死不冠但以帛裹其首謂之掩蓋以襲斂主於保庇肌體貴于柔軟緊實冠則磊嵬難安竟如襲以常服上加幅巾深衣大帶及履既合于古又便於事副巾所以當掩也其制如今暖帽深衣帶履自有制度若無深衣帶履止用衫勒帛鞋亦可其冠帶靴笏俟葬時安於棺上可也

沐浴飯含之具

以桌子陳于堂前西壁下南上錢三實于小箱米二升以新水淅令精實于盌櫛一沐巾一浴巾二上下體各用其一也侍者以湯入主人以下皆出帷外北面○元謂侍者俱用服親者

乃沐浴

侍者沐髮櫛之晞以巾撮爲髻抗衾而浴拭以巾剪爪其沐浴餘水並巾櫛棄于坎埋之

襲

侍者別設襲牀於幃外於薦席褥枕先置所陳襲衣於其上隨舉以入置牀之西遷尸於其上悉去病時衣及復衣易以新衣但未著幅巾深衣履

徙尸牀置堂中間

堂中南首卑幼則各於其室中間

乃設奠

執事者以桌子置脯醢升自阼階祝盥手洗盞斟酒奠於尸東當肩巾之親戚爲祝〔劉註〕奠謂斟酒奉至桌上而不酹主人虞祭然後親奠酹也

主人以下爲位而哭

主人坐於牀東奠北衆男應服三年者坐其下皆藉以藁同姓期功以下各以服次坐於其後皆西向南上尊行以長幼坐于牀東北壁下南向西上藉於席薦主婦衆婦女坐于牀西藉以藁同姓婦女以服爲次坐於其後皆東向南上尊行以長幼坐于牀西北壁下南向東上皆藉于席薦妾婢立於婦女之後別設幃以障內外異姓之親丈夫坐于幃外之東北向西上婦人坐于幃外之西北向東上皆藉以席以服爲行無服在後○若內喪則同姓丈夫尊卑坐于帷外之東北向西上異姓丈夫坐于帷外之西北向東上○三年之喪夜則寢于尸旁藉藁枕塊羸病

者籍以草薦可也期以下殯于側邊男女異室外親歸家可也

乃含飯

主人哭盡袞左袒自前報於腰之右盥水之箱以入侍者插匙于米盌以從置于尸西徹枕以幎巾入覆而主人就尸東由足而西牀上坐東面舉巾以匙抄實下尸口之右并實一錢又於左於中亦如之主人襲所袒衣復位【補註】或問飯含之義曰檀弓云不忍其口之虛故用此美潔之物而實之

侍者卒襲覆以衾

加幅巾充耳設幎目納舄乃襲深衣結大帶設握手乃覆以衾〇溫公曰古者死之明日小斂又明日大斂顛倒衣裳使之正方束以絞紟韜以衾冒皆所以保其肌體也今世俗有襲而無大小斂所闕多矣然古者世襲衣三稱諸侯七稱公九稱小斂尊卑通用十九稱大斂丈夫五十稱君百稱此非貧者所辦也今從簡易襲用衣一稱小大斂皆據死者所有之衣及親友所襚之衣隨宜用之若衣多不必盡用也高氏曰襲數不同大祗衣食惟欲其厚耳豈徒以設飾哉蓋人死斯惡之矣理也人不忍言也但制爲典禮便其衣食而已楊氏復曰按高氏一用禮經而襲斂用衣之多故襲有冒小斂有布絞大斂有布絞布紟所以保其體肌者固也司馬公斂從簡易而襲斂用衣之少致小斂雖有布絞而襲則無冒大斂則無絞紟此爲疎略先生初述家禮皆取司馬公書儀後與學者論禮以高氏喪禮爲最善遺命治喪俾用儀禮此可以見其去取衷折之意也況夫古者襲斂用衣之多故古有襚禮衣服曰襚士喪禮親者襚庶兄弟襚朋友襚又君使人襚今世俗有襲而無大小斂故襚禮亦從而廢惜哉然欲從高氏之說則誠非貧者所有如司馬公之所憲者但當量其力之所及可也恐故於襲小斂大斂之下悉述儀禮並高氏之說以備參攷

置靈座設魂帛

設帛於尸南覆以帕置椅卓其前結白絹爲魂帛置卓上設香爐合盞注酒果於桌子上侍者朝夕

設櫛類奉養之具者如平生○溫公曰古者鑿木為重以主其神今令式亦有之然士民之家未嘗識也故用束帛依神謂之魂帛亦古禮之遺意也○元按此戒畫影及以衣冠裝飾人之論今已無二弊故刪去下段○高氏曰古人遺衣裳必置於靈座既而藏於廟中恐當從此說以遺衣置於靈座而加魂帛于其上可也［補註］靈座魂帛皆設於帷外卷首圖設於帷內恐非謂之重或主者始死有柩而又設重所以為重也即有廟而必立主是為主也刪去重復

立銘旌

以絳帛為之廣終幅三品以上九尺品以下八尺六品以下七尺書某官某公之柩無官即隨其生時所稱以竹為杠如其長立於靈座之右禮檀弓云銘明旌也以死者為不可別也故以其旌識也

不作佛事

溫公曰世俗信浮屠誑誘飯僧作道場云為死者滅彌大罪惡必升天堂受種種快樂不為者必入地獄剉燒舂磨受無邊波吒之苦殊不知人生含血氣知痛癢或剪爪剃髮從而燒研之已不知苦況於死者之形神相離形則入於黃壤朽腐消滅與木石等神則飄若風火不知何之借使剉燒舂磨豈復知之且浮屠所謂天堂地獄者計亦以勸善而懲惡也苟不以至公行之雖鬼可得而治乎是以唐盧州刺史李舟與妹書曰天堂無則已有則君子登地獄無則已有則小人入世人親死而禱浮屠是不以其親為君子而為積惡有罪之小人也何待其親之不厚哉就使其親實積惡有罪豈賂浮屠所能免乎此則中智所共知而舉世滔滔信奉之何其易惑而難曉也甚者至有傾家破產然後已與其如此何若買營墓而葬之乎彼天堂地獄若果有之當與天地共生自佛法未入中國之前人死而復生者亦有之矣何故無一人誤入地獄見閻羅等十王者耶不學者固不足與言讀書知古者亦可以少誤矣○此處集覽十王解刪去之

執友親厚之人至是入哭可也

主人

未成服而來哭者當服深衣臨尸盡哀出拜靈座上香再拜遂弔相向哭盡哀主人亦哭對無辭

○厥明謂死之明日也執事者陳小斂衣衾以桌子陳於堂東壁下據死者所有之衣隨宜用之若多則不必盡用也衾用複者絞橫者三縱者一皆以細布或采一副之而折其兩端為三橫者取足以週身相結縱者取足以掩首至起而結於身中高氏曰襲所以衣尸斂衣則包之而已此襲斂之辨也○小斂衣尚少但用全副細布折其末而用之凡斂欲方半在尸下半在尸上故散衣有倒者惟祭服不倒凡鋪斂衣皆以絞紟為先小斂美者在內故次布散衣後布祭服大斂美者在外故次布祭服後布散衣也斂以衣為主小斂之衣必以十九稱大斂之衣多至五十稱夫既襲之後而斂衣若此之多故非絞以束之則不能以堅實矣楊氏復曰按儀禮記喪小斂十九稱絞橫三縮一廣終幅折其末絞所以收束衣服為堅急也以布為之縮縱也橫者二副縱者一副折其末今可結也【補註】衾用複者複謂裌也

設奠具括髮麻免布髽麻括髮謂麻繩撮髻以布為頭繩也免為裂布或縫絹廣寸自項向前交于額上卻繞髻如著掠頭也髽亦用麻繩撮髻竹木為簪也皆設于別室

設少斂牀布絞衾衣設小斂牀施席薦褥于西階之西鋪絞衾衣舉之升自西階置于尸南先布絞之橫者三於下以備周身相結乃布縱者一於上以備掩首及足也衣或顛或倒但取方正唯上衣不倒

乃遷襲奠執事者遷置靈座西南另設乃去

遂小斂侍者盥手舉尸男女共扶取之遷于小斂牀上先去枕而舒絹疊衣以籍其首乃卷兩端以補兩肩空處又卷衣夾其兩脛取其方正然後以餘衣掩尸左衽不紐裹之以衾而未結以絞未掩其面蓋孝子猶候其復生欲時見其面故也斂舉別覆以衾

主人主婦憑

尸哭擗 男婦東西如其位○凡子於父母凴之父母於子夫於妻執之婦於舅姑奉之舅於婦撫之於昆弟執之凡凴尸父母先妻子後〔補註〕擗拊心也

袒括髮免髽於別室 男子斬衰者袒括髮齊衰以下至同五世祖者皆袒免於別室婦人者髽於別室溫公曰古禮袒者皆當肉袒免者皆當露髮今袒者止袒上衣免者為主人不冠齊衰以下去帽著頭巾加免於其上亦可也婦人者髽也當去冠梳楊復曰世俗以髮為小斂失此變服一節在禮開喪奔喪入門詣柩前再拜哭盡哀乃就東方去冠袒括髮又哭盡哀如小斂之儀明日後日朝夕哭猶袒括髮至家四日乃成服夫奔喪禮之變也猶謹其序而況處禮之常可欠小斂一節又無袒括髮乎此則孝子之禮者所當謹而不可忽也劉氏問喪註曰已冠者為喪變而去冠則必著免蓋雖去冠猶嫌于不冠故加免也童子初未冠則雖為喪亦不免以其未冠故不嫌于不冠也若為童子而當室則雖童子亦免以其為喪主而當成人之禮也蓋問喪亦指齊衰以下者言也

還遷尸牀于堂中 執事者徹襲牀遷尸其處喪者復位尊長坐卑幼立

乃奠 祝帥執事者盥手舉饌至靈座前祝焚香洗盞斟酒奠之卑幼者皆再拜

主人以下哭盡哀乃代哭不絕聲 ○按代哭乃更代而哭如斬衰哭畢齊衰哭次期者哭次九月五月三月者哭或內親哭畢外親哭或尊長哭畢卑幼哭蓋至是死始二日孝子雖二日不食其哀正盛古人懼其滅性故制為哭不絕聲以重其哀又因立代哭之禮於重哀寓節哀之意諸家解禮者多誤為替代之代至謂使僕從代哭是使人假為哭聲有何義意且令不哀者哭亦烏用此聲為哉愚故忘其固陋僭正之

厥明 死之第三日也溫公曰三日而斂者候其復生也三日而不生則亦不生矣故以三日為之禮也今貧者喪具未辨或漆棺未

乾雖過三日亦無傷也世俗以陰陽拘忌擇日而斂盛暑之際至有汁出蟲流豈不甚悖也哉執事者陳大斂衣衾以桌子陳於堂東壁下衣無常數衾用有綿者【高註】大斂之絞縮者三蓋取幅一布裂為三片也橫者五蓋取布二幅裂為六片而用五也以斂衣多故每幅三折用之以為堅之急也衾凡二一覆之一藉之楊註紒單被也設奠具舉棺入置於堂中少西執事者先遷靈座及小斂奠於旁側役者舉棺以人置於牀西承以兩凳若卑幼則於別室侍者先置衾于棺中垂其裔於四外○檀弓曰飯於牖下小斂於戶內大斂於阼殯于客位祖于庭葬于墓所以即遠也衍子曰喪禮之凡變而飾動而遠久而平故死之為道也不飾則惡惡則不哀遷則玩玩則厭厭則忘忘則不敬乃大斂侍者於子孫婦女俱盥手掩手結絞共舉尸納于棺中實生時所落齒髮及所剪爪於棺角又揣其空缺處卷衣塞之務令充實不可搖動謹勿以金玉珍玩置棺中啓盜賊心收衾先掩足次掩手次掩左右令棺中平滿主人主婦憑哭盡哀婦人退入幕中乃召匠加蓋下釘徹床覆柩以衣親取銘旌設跗于柩東復設靈座于故處留婦人兩人守之溫公曰凡動尸舉棺哭擗無算然殯斂之際亦當輟哭臨視務令安固不可但哭而已按古者大斂而殯既大斂則累墼土塗之今或漆棺未乾又南方七多螻蟻不可塗殯故從其便【補註】按立氏儀節蓋棺徹大斂牀又斂于阼者未忍即離主人位也主人奉尸斂於棺則於西階上賓之此所謂殯之也設靈牀於柩東牀帳薦席屏枕衣衾之屬皆如平生時乃設奠如小斂之儀主人以下各歸喪次中門之外擇朴陋之室為丈夫喪次斬衰寢苫枕塊不脫絰帶不與人坐言非時見乎毋也不及中門齊衰枕席大功下以異居者既殯而歸居宿於外三月而復

寢婦人次于中門之內別室或居殯側去帷帳衾褥之華麗者不得輒至男子喪次止代哭者厥明死之第四日也成服五服之人各服其服入就位然後相哭相弔如儀楊氏復曰三日大斂可以成服矣必四日而後成服何也大斂雖畢人子不忍死其親故不忍遽成服禮生與來日死與往日取此義也【補註】按丘氏儀節是日夙興具服各就位男位于柩東西向女位于柩西東向各以服爲次序舉哀相弔諸子孫就祖父前及諸父前跪哭皆盡哀又就祖母及諸母前哭亦如之女子就祖母及諸母前哭遂就祖父諸父前如男子之儀主婦以下就伯叔母哭亦如之訖復位接入哭弔弔儀出大明集禮今采補入

其服之制一曰斬衰三年斬不緝也衣服皆用粗極生布旁及下際皆不緝也衣縫向外裳前三幅後四幅縫內向前後不連每幅作三輒輒謂屈其兩邊相著而空其中也衣長過腰足以掩裳上際縫外向者有負版用布方尺八寸綴于領下垂之前當心有衰用布長六寸廣四寸綴于左衿之前左右有辟領各用布方八寸屈其兩頭相着爲廣四寸綴于領下在負版兩旁各負版一寸兩腋之下有衽各用布三尺五寸上下各留一尺正方一尺之外上于左旁裁入六寸下于右旁裁入六寸便於盡處相望斜裁却以兩方左右相沓綴于衣兩旁垂之向下狀如燕尾以掩裳旁際也冠比衣裳用布稍細紙糊爲材廣三寸長足跨項前後要以布爲三輒皆向右從縫之用麻繩一條從額上約之至項後交過前各至耳結之以爲武屈冠兩頭入武內向外反屈之縫于武武之餘繩垂下爲纓結于頷下首絰以有子麻爲之其圍九寸麻本在左從額前向右圍之從頤過後以其末加於本上又以繩爲纓以圍之如冠之製要絰大七寸有餘兩股相交兩頭結之各存麻本散垂三尺其交結處兩旁各

綴細繩繫之絞帶用有子麻繩一條大半要經中屈之爲兩股各一尺餘乃合之其大如經圍腰從左過後至前乃以其右端穿兩股間而反插于右在經之下苴杖用竹高齊心本在下屨亦粗麻爲之婦人則用極粗生布爲大袖長裙蓋頭皆不緝布頭絹竹釵麻屨衆妾則以背子代大袖凡婦人皆不杖其正服則子爲父也其加服則嫡孫父卒爲子是曾高祖承重也者父爲嫡子當爲後者也其義服則婦爲舅也夫承重則從服也爲人後者爲人後父也爲所後祖承重也夫爲人後則妻從服也妻爲夫也妾爲君也○問周制有大宗之禮立嫡以爲後故父爲長子三年今大宗之禮廢無立嫡之法而子各得以爲後則長子少子不異庶子不得爲長子三年不必然也父爲長子三年亦不可以嫡庶論也朱子曰宗法雖未能立然服制自當從古是亦愛禮存羊之意不可妄有改易也如漢時宗子法已廢然其詔令猶云賜民當爲父後者爵一級是此禮猶在也豈可謂宗法廢而庶子皆得爲父後者乎○楊氏復曰喪服制度惟辟領一節沿襲差謬自通典始接喪服記云衣二尺有二寸蓋指衣身自領至腰之長而言之也用布八尺八寸中斷以分左右爲四尺四寸者二又取四尺四寸者二中摺以分前後爲二尺二寸者四此即尋常度衣身之常法也合二尺二寸者四疊爲四重從一角當領處四寸下取方裁入四寸乃記所謂適博四寸註疏所謂辟領四寸是也接鄭註云適辟領也則兩物即一物也以此辟領四寸反摺向外加兩肩上以爲左右適乃疏所謂兩相向外各四寸是也辟領既反摺相外加兩肩上故前後左右各有四寸虛處皆謂之闊中疏所謂闊中八寸是也此則[illegible]身所用布與裁之之法也 又云加辟領八寸而又倍之者謂別用布一尺六寸闊八寸縱摺而中分之其下一半裁斷左右兩端各四寸除去不用只留中間八寸以塞元裁辟領各四寸後脊相並處此所謂加辟

右商之角太簇之角三清

五中呂	四姑洗	夾鐘	三太簇	二夷則	林鐘	一六低六以次上 蕤賓
凡	工	尺	上	乙	四	六
黃鐘二	應鐘三	無射	南呂四	五		大呂高六以次下 一六

右商之徵太簇之徵四清

角音

角	商	變宮	宮	羽	變徵	徵
三蕤賓	二中呂	姑洗	一六低尺以次上 夾鐘	五南呂	夷則	四林鐘
六	凡	工	尺	上	乙	四

四　五　無射 高尺以次下 一六　二　三

右角之宮夾鐘之宮一清

二 蕤賓　一六 低凡以次上 中呂　姑洗　五 夾鐘　四 南呂　夷則　三 林鐘

六　凡　工　尺　上　乙　四

五　一六 黃鐘 高凡以次下　應鐘　二 無射　三　四

右角之商夾鐘之商二清

一六 低六以次上 蕤賓　五 中呂　姑洗　四 夾鐘　三 南呂　夷則　二 林鐘

六　凡　工　尺　上　乙　四

大呂 高六以次下 一六	黃鐘 二	應鐘	無射 三	四	五	

右角之角夾鐘之角三清

五 蕤賓	四 中呂	姑洗	三 夾鐘	二 南呂	夷則	一六 低四以次上 林鐘
六	凡	工	尺	上	乙	四
大呂 二	黃鐘 三	應鐘	無射 四	五		太簇 高四以次下 一六

右角之徵夾鐘之徵四清

徵音

角	商	變宮	宮	羽	變徵	徵
三 ○鐘	二 蕤賓	中呂	一六 低工以次上 姑洗	五 無射	南呂	四 夷則

四 六 凡 工 尺 上 乙

四 五 應鐘高工以次下一六 二 三

右徵之宮姑洗之宮一清

二○鐘 低六以次上蕤賓一六 中呂 五姑洗 四無射 南呂 三夷則

四 六 凡 工 尺 上 乙

五 大呂高六以次下一六 黃鐘 二應鐘 三 四

右徵之商姑洗之商二清

低四以次上○鐘一六 五蕤賓 中呂 四姑洗 三無射 南呂 二夷則

四 六 凡 工 尺 上 乙

論說

論焉耆形勢

吳廷燮

焉耆舊郡。控引南疆。襟帶山河。極爲形勝。漢開西域。置渠犂屯田。後漢班超之恢西域。首誅焉耆及尉犂王。蓋地居北道之首。不先得之。無以通兵於龜茲諸國。晋張氏苻氏之拓西城。焉耆皆首先歸附。唐之得西域。郭孝恪亦首下焉耆。而西域之叛王莽。與永平之攻都護。延光之拒班勇。皆焉耆始禍。晋時焉耆王會且能幷兼龜茲。以自强大。則其地誠足有爲。唐毀碎葉。以焉耆備四鎭。蓋以當北庭之西南。安西之東北。防遏吐蕃。制馭突騎施諸部。皆收形便之用也。元太祖之下西域。郭寶玉收別失八里。及至元之代。外禦海都。內防阿魯忽。嘗以此爲重鎭。本紀所載。置驛設官。開治興屯者。至爲詳晰。明亦力把力幷有其地。爲西域大國。有清以來。準部迭據此地。以爲牧場。回部爲之役屬。亦如西突厥之雄制西域。必得焉耆。乃可以遮閡中國。統一城郭也。乾隆之平西疆。大小和

卓之變。大兵累由此趍庫車。三十七年。土爾扈特之來歸。大小裕勒都斯。分部列庭。蒙牧回耕。稱爲重鎭。同治回變。庫車旣失。郡境亦付淪胥。光緒之復。回逆白彥虎盤踞開都河。以抗王師。劉錦棠由托克遜抵曲惠。以一軍取道烏沙塔傍博斯騰泊。出軍庫爾勒之背。爲奇兵。而自統軍向開都河。爲正兵。彥虎先遁。遂收郡城。尋克庫車。不一月而東四城全復。此又爲南疆要害之明證也。又史言郭唐孝恪之討焉耆。其都城周三十里。四面大山。海水繞其外。特險不爲虞。孝恪倍道絕水。遂克其城。近劉錦棠之復喀喇沙爾。白彥虎亦塹開都河水。以阻官軍。諸軍舍淖路。望雔地行。方達開都河東岸。入城則水深數尺。官署民舍。蕩然無存。蓋由城居牢蘭鹽澤上游。爲嶺東諸水所滙。溝渠交錯。川瀆縱橫。藪澤四圍。沮洳彌望。故得恃爲固也。今郡城在博斯騰泊北。開都河東。哈布齊垓河南。哈什塔河西。故云四面距水。漢書言匈奴置僮僕都尉。役屬西域。居焉耆

危須間。清康熙末之經營準部。西師每議由吐魯番取喀喇沙爾進珠勒都斯。無他。郡境居西域之中。爲四戰之地。西出龜茲。則漢傍河北行之道。東出蒲昌海。窺敦煌。則漢焉耆至樓蘭逕陽關之道。西北出伊犂。則西突厥通焉耆之道。東出車師。則鄭吉自龜茲用兵車師之道。故往時白逆之竄。督軍者方憂其西北竄伊犂。東南竄羅布淖爾。而不知賊惟辦一西走之計。爲入俄張本。固無餘計也。河湟回寇。熸於羅布淖爾之南。當事者又相地利。察物宜。謂郡境之英氣。蓋河沙土肥美。旱澇可收。因畀遺回耕宅於茲。分命軍戍。爲築室疏渠。先後安置三千餘口。且將爲畫疆置官之計。其後爾田爾宅。置邑尉犂。壬寅式廓郡縣于羅布淖爾之西南。建邑曰婼羌。西達于闐。東通靑海。近歲又于卡牆建邑。曰且末。漢時西域南道。久塞復通。西域傳之且末（丁氏地理考証在塔里木河南車爾成河東岸）小宛（在阿勒騰塔格山南）精絕（在車爾成西）戎盧（在今車爾成東南烏魯克河源）諸國。皆可實徵其地。論者謂始因

乾隆之用兵。繼因安部之侵入。避地者遷徙漸衆。循途者軌轍遂通。而疆帥之經營。民吏之撫輯。亦有不可沒者。郡境東望高昌。西連烏孫。中權之勝。殆無與二。加以南山旁達。內輔于闐諸地。外又控青海西藏之雄。斯所以歷代開拓西域者。必注意於此也。

唐府兵利弊說

吳廷燮

歷代言兵制者。厥有二端。一曰徵調之兵。一曰招募之兵。前者行及初唐。後者逮於近世。方今環球各國。多重徵兵。與古暗契。而徵調之最可稱者。厥惟府兵。攷唐府兵之制。始于貞觀。太宗既定天下。分爲十道。置府六百三十有四。皆有名號。在關內者二百六十有一。上府千二百人。中府千人。下府八百人。府置折衝都尉一人。左右果毅都尉各一人。長史兵曹別將各一人。校尉六人。士以三百人爲團。團有校尉。五十人爲隊。隊有正。十人爲火。火有長。凡民年二十爲兵。

六十而免。番役更代。以衛京師。定年授役。計戶徵兵。制度井然。多師古意。太宗以之鞭撻四夷。鎮撫宇內。法未嘗不善也。迨乎高宗以降。承平既久。武備衰弛。民多憚勞務。圖規避宿衛之役。至不能給。於是募士宿衛。號曰彍騎。府兵之法寖壞。其後六軍之衛。皆屬市人。未更訓練。不能授甲。元宗之季。祿山反側。京師之兵。望風而靡。其後肅宗起于靈武。用諸鎮之兵。以平安史。自此以降。府兵遂廢。武夫悍卒。互相雄長。橫恣宇內。莫非藩鎮之兵也。說者謂唐室之亡。由于藩鎮。而藩鎮之强。又由于招納叛亡。擁衆自固。向使府兵之制猶存。士卒散於諸府。勢分力弱。縱有悍將。亦何能爲。其言未始非是。惟攷典章所載。府兵之廢。實亦勢所使然。蓋府兵之制。原于戶籍。唐自代德以後。租庸之法久敝。戶籍不明。徵兵無所。府兵之難行。猶井田之難復也。鄴侯府兵之議。謂府兵平日安居田畝。有事徵發。士卒顧戀田園。恐累宗族。未嘗有外叛內侮殺帥自擅者。其言可

謂能得府兵制度之精意。晚近歐洲戰事。各國人民。受徵調者。莫不受命惟謹。罔敢或違。蓋亦宗族田園爲之維繫也。我國自宋以來。即行招募兵制。集遊食之衆。驅亡命之徒。聚則爲兵。散則爲匪。干城之寄。委于無業之民。身無恆產。心無固志。戰爭之際。難進易退。宜乎內不足以保民。外不足以禦侮。宋明以來。屢爲外族所屈服者以此。唐之初元。兵威震于四夷。與宋明相較。奚啻霄壤。府兵制度之優。似於斯則信。特遼之御帳宮衞各軍。金之衞軍。元之武衞威衞各軍。及在外之蒙古萬戶府。明之五軍諸衞所。雖非盡府兵之制。而父子兄弟。賡續不絕。則近於世兵。近代旗營綠營同之。然其季也。攻戰鮮勝。憒縱不振。亦無以定亂救亡。無他。益陽胡氏之言曰。山野之人可爲兵。城市之兵不可用也。故凡初興之國。其兵非起於草澤。即出於打牲游牧。往往戰勝攻取。一可敵百。迨承平既久。習於安逸。耽於浮華。徵調之赴。等於就死。少陵兵車行渤海燕歌行諸

詩。則唐府兵之不可用。當代之人。已自言之。遼金以來之衞軍。往往百戰百敗者。亦以久處城市也。欲救其弊。莫若寓府兵之制。於風氣剛勁之區。若中原之淮徐海兗沂曹廬鳳潁南汝光楚之鎭筸蜀之建昌。諸地專爲徵兵之城。入兵籍者。免賦稅、蠲徭役、時簡閱、優犒賞、以勵之。則收府兵之利。而無其弊。視古之所謂行怨民今舊俄之民應徵兵如就死者。其相去爲何如。招募之兵。救一時之急則可。否則爲害無已。明之流寇本邊卒。近代湘蜀之勇。多成匪黨。甚至勇於私鬬。怯於公戰。或且輕背本國爲敵人之驅除。如宋之劉整呂文煥諸軍。明之高左諸軍。皆爲外人之用。而覆宗邦。平時恣睢暴戾。無所不至。一遇敵警。則剽掠逃避。望風降潰。此萬不如府兵之善也。

數萧清。雖資本驟減三十億磅之國民所得中。至少將減少四億磅。而同時國家無償還公債本利之必要。每年歲出必可節至三億五千萬磅以內。結果對於二十六億磅國民所得總額中。僅抽出百分之十二而已。是財政上之負擔。反非常輕減矣。非之者則曰。資本爲國民所得之源泉。資本短則所得減。而國家之所得稅源因以涸。且恐資本家欲避徵抽。競相藏匿。不肯輕易投資。是戰後之各項產業。無法重整。必至國與民俱敝而後已。况租稅原理。以公平及普遍爲指歸。今偏向資本家誅求。微特有背原理。而國民冒險奮鬬。企圖有利事業之精神。必大斲喪。終至相率以安於小成。陷於濫費。影響所及。將危害國家之存在焉。豈非自殺之尤乎。此外或就經濟方面設想。或就道義方面著眼。各有論爭。不遑枚舉。而最露骨之論調。則莫如戰中軍需業者得利獨厚。徵抽其一部。非徒無傷。或且足以平社會之不平云云。是則其性質已涉及勞資問

題矣。綜而言之。此項政策。究屬創舉。爲利爲害。難得確保。故雖盛倡於一時。終亦未見其能推行也。

三廢棄公債之說。　此說較前記二說尤爲奇突。僅俄國曾嘗一度試其施行之法。乃强用國家主權。否認其國舊有一切內外公債本利淸償之義務。質言之。即一種剝奪內外債權之行爲是也。此種行爲。不獨國家信用上固萬不足以爲訓。而强而行之。危險殊甚。夫立國要道。在乎國民有擁護正當權利之自由。今强行剝奪。是與立國之精神上。根本不能相容。其危險一也。將來國家有事。不問財政如何緊迫。而公債募集之舉。不能不從此斷念。其危險二也。然此猶僅指內國公債而言耳。至若外國公債。則因蔑視外國及外國人之正當國際權。非與該國有斷絕國交之决心與實力。究不能昧然行使。其危險三也。然如此危險萬狀之政策。而俄國竟掉頭不顧。斷然實行者。其故果安在歟。或謂

由其平日所抱主義。廢棄公債。廢棄幣制。導世界入物品經濟之途之初步。或論由其財政奇窘。形同破產。內外債務無法應付之所致。二說孰是。姑不具論。而國際權利所關。各債權國當然不能承認。故英法二國。曾協同提出極嚴重之抗議。即俄國自革命以後。連年窮促。不能與世界各國自由交通者。半亦爲此。現聞俄人鑒於本項政策。終爲世界情勢所不許。不得已。有自行取銷之表示。從可知當今之世。一國既不能離世界而獨立。則於國際最密接之財政經濟諸設施。要亦不能過背世界通例。而特有所創也。

如上所陳聯合分擔之計。既多窒碍。徵抽資本之議。又難推行。而廢棄公債之舉。更屬不合情理。俄已試驗之而完全失敗。然則列國戰後之財政救濟政策。果將歸納於何途乎。曰、亦惟有共趨增稅之一法而已矣。夫以各國人民在戰中負擔之重。歷四年半如一日。茹苦含辛。莫或怨嗟。所以然者。無非因國家存

亡所繫。故徵稅雖重。均踴躍輸將而慨然樂受也。今幸戰爭告終。和平重見。方冀稍舒喘息。以事休養。乃一肩未卸。一肩又加。揆諸以不忍人之心行不忍人之政之古訓。誰能不惻然有動於中。且既言增稅矣。如重間接稅。則物價益昂。生計益艱。如重直接稅。則朘削國民之資殖能力、與徵抽資本之說。大有殊途同歸之嫌。故不滿之聲。在理亦難盡免。惟是欲救濟戰後竭蹶之財政。於種種政策之中。究惟增稅爲最正當辦法。據多數學者之意見。咸謂增稅可使國民經久不忘戰事而行政當局。目擊國民重負之苦。對於國家歲出。又易促起其謹慎節約之念。事勢所趨。反可籍此以一掃曩昔濫支枉費之積弊。即就國民經濟立論。亦可間接以收至大之美果。蓋欲挽救戰後疲弊不堪之國民經濟。第一、宜奮發國民精神。以養成其勤儉努力之風習。欲養成國民勤儉努力之風習。又莫若令國民日受各種重稅之刺激。使其領悟非奮鬭不足以立身。果

能在此刺激之下。經過數年或數十年。則以全國民慘淡經營之結果。必爲國力增進之一大動機。此徵諸往史而可信者也。由是言之。戰後各國之趨重增稅。實爲中外古今之常例。而稅源涸竭。增亦不多。恐仍不免爲中外古今之通患。故各國增稅政策之成績如何。殆全視各國能否獲得雄厚之稅源以爲斷。茲請再進而研究各國目前之稅源。

培養稅源之道有二。一曰保護產業。二曰開發產業。前者多恃關稅爲作用。吾將於次節商業政策項下補叙之。後者即本節所欲推論者也。考今日歐洲產業開發上之最大障礙。厥爲匯兌低落、與利率增高、兩點。何以言之。歐洲原料缺乏。吾已屢述如前。而他洲之富有原料者。又不外中美印度等地。現歐洲各國之對於美國。均以戰中貸借巨欵。購買大宗貨物。輸入超過輸出。莫不立於債務國之地位。故對美滙兌。皆較正價爲低落。本年春。奥幣低落至百分之九

十九又七四。德幣低落至百分之九十三又七九。卽英幣之低落。亦爲百分之二十三又零五。其他法幣意幣。莫不低落百分之六十以上。至若中印等用銀之國。其對於金本位國滙兌率之騰高。更爲數百年來所罕見。而金銀比價之劇變。一因銀之需要增加。二因銀之供給減少。歐戰以來。中印兩地。對歐之輸出額大增。需銀之額。自亦隨之而增。各國戰中。又以金貨旣已集中。不能不鑄輔幣。而銀幣之額。遂較戰前增鑄三倍。同時世界產銀最多之墨西哥。因連年內亂。產額銳減。澳洲所出。亦遠遜於昔。雖美國近年產銀日富。然所增仍不足以償墨澳之所失。故銀價之漲。未能或止。惟一九一八年時。美國上議院曾通過一議案。准將美國所存銀元三億五千萬枚。借給印度。以美金一元買銀一益司計算。當時倫敦銀價。加入運費。合作四十七辨士。於是銀貨最小之價。約略得一定限。世界之金融界。咸謂十數年內。銀價决不能跌至四十七辨士

以下者。即係根據上項事實而言。然亦較戰前幾將及倍矣。（戰前一九一三年之銀價平均爲二十七辨士戰後最高時曾達八十五辨士）夫以金紙幣對金幣滙兌。（歐對美）既如是低落。而以金折銀。又如是差異。乃欲廣購原料。開發歐洲產業。誠有憂憂乎其難之者也。今比京之召集萬國財政經濟會議。約育之召集萬國商會聯合會議。無非欲聚全世界各國之材智於一堂。以共籌經濟善後之策。而國際滙兌之調節。尤非合萬國共同努力不爲功也。其次則各國之金融。因受戰事影響。而利率大爲增高。亦一開發產業上之極大缺陷。如國債之標準利率。英國在戰前爲二釐五者。今爲四釐五。法國在戰前爲三釐者。今爲五釐。美國在戰前爲三釐五者。今爲四釐。其所增自百分之三十三、至百分之六十、不等。至中央銀行利率所增亦鉅。如英國戰前爲三釐。今爲六釐。法國戰前爲三釐五。今爲五釐。美國之通行利率自四釐增爲五釐。日

本且自七釐增至八釐焉。蓋歐戰之中。歐美各國因戰費鉅大而資金告匱。資金告匱。則利率自高。日美諸邦戰中因各項新工業之勃興需資亦鉅。且紙幣增發。物價昂貴。尤爲利率騰漲之助。承茲劇戰四載資竭利重之後。復欲整刷一新。以爲殖產興業之圖。苟無特別之補救方法。惟見今後之資金日嫌不足。利率日益增高而已。於是世界各國之金融界。乃競謀其滙力集中。以應時勢之需要。除德國之金融界在戰前已早取集中之勢。所謂國防的金融政策。可不再加論列外。餘如英國戰後。其金融界之勢力。已集中於五大銀行。由財政部設調查委員及常任委員會以監督之。其集中之勢。不惟限於國內之本行。即在海外各地之分行或代理店。無不力圖集中。法國今亦以四大銀行。爲金融界之重鎭。美國之聯邦準備制度實行以來。成效卓著。實即聯合集中之明證。日本此風尚未盛行。然世界各國。既皆趨重於集中。彼決不能壘守其舊。以

合白河。京師以東。灤河以西。仍以薊運爲總滙。計所受凡四支。一曰梨河。古浭水。出遵化東北鹿兒嶺。（即徐無山）西流至今薊縣。（前薊州）以合泃河。泃河者。出薊縣霧靈山。（即清東陵）至薊縣南。合於梨河。亦支之一也。一曰還鄉河。（即古巨梁水）出遷安西北。東西南流。逕豐潤。西南入於薊運河。一曰鮑邱斷河。專瀉灃水。自三河縣西北。東南出。逕寶坻東南。以入薊運河。四支合流。南逕寧河。由塘口以入海。漢志所謂浭水至雍奴入海者也。其號曰薊運者。曹魏時征蹋頓。從泃河口鑿入潞河。名泉州渠。以通漕。唐姜師度又於薊北約魏武舊渠。旁海穿漕。以利餽運。明天順二年。復由北塘海口。開引新渠。由直沽達北塘。逆潮河而上。以餽餉薊州。此皆薊運之所由來歟。蓋魏武舊渠。天津以南曰平虜渠。天津以東曰新河。天津以北曰泉州渠。三渠皆相通。故後世利饋餉者。率由其迹焉。嘉靖後。潮河入白。其流益激。以梨河還鄉爲最大支流。伏秋異漲。間有漫溢。亦不數數見。直隸氣候

使然。不關河流之巨細也。薊運還鄉。清代皆有歲修。乾隆三十年。東陵餉改折色。運停而歲修亦因之俱停。隄堰或帑或官。皆常修築。而同治末。畿東大小各河。俱經補完。爲近代薊運最大之工矣。

大淸河論

大淸河者。總集七十二淸河之委流。以滙入東西淀之總名也。其來源大別爲四支。曰白溝河者。北支也。其上爲龍泉琉璃胡良巨馬易水。曰豬龍河者。南支也。其上爲沙滋二水。曰長流河者。中北支也。其上爲磁𧿹渾諸水。曰依城河者。中南支也。其上爲唐恒徐蒲諸水。四支之中。以巨馬沙河磁河唐河爲之首。而唐河又爲四河之首。即古之滱水而禹貢之所謂恒也。依城豬龍瀦爲西淀。益以白溝長流則瀦爲東淀。西淀者。爲順天保定河間三府之尾閭。東淀。益以子牙北運。又爲全省四大河之尾閭。西淀之咽喉。曰張青口苑家口。東淀之咽喉。曰蘇家橋。苑家口以上之減水之支河曰玉帶河中亭河。蘇家橋以下之分水支河曰三汊河。三汊河以上玉帶河以下之正流。亦總曰會同河以玉帶河至霸州會巨馬諸水而名也。蓋大淸四支上游。多利而少害。間遇異漲之年。惟定

州以下。安州以上。唐河豬龍河動輒泛溢。顧不爹以滹沱亦平平耳。至巨馬支津之在涿州以下新城以上者。其患益微。倘或加劇。不問而知永定爲之首。而它水爲之從。然則大淸上游之患。仍視渾滹二河爲轉移。二河治。大淸不問可也。大淸所病。盡在下尾。下尾通利。河病良已。故治大淸者。視二淀。治二淀者。視玉帶中亭及三汊而已。外此皆補助之術也。夫以淸流湍激。滙爲巨川。盛漲泛溢而外。決無它虞。既有二淀以爲容蓄。則漲亦無慮。其病胡爲來也。蓋自明代渾河南下。淀已受淤。徒以爾時渾入中亭。以淸濟渾所淤有限。猶能持之百有餘年。及淸代改道而東。渾不入河而入淀。不數十年。而淀底日高。是爲大淸受病之總因。其次則河道之漸淺漸狹也。河內之萑葦菰蘆也。有司之廢弛挑濬也。光緒初。崔迺翬治河說有云。河邊老人。皆言百年前之傳聞。率云重船在河。但見檣頭。繼乃見帆。近見全船。是河道漸淺之証也。雍正通志載大淸河寬二

十丈。狹則十五六丈。光緒初檔案。河漕寬無過十丈。餘深無過八九尺。皆小民貪利目前侵佔河身所致。是河道漸狹之証也。河愈淺狹。則葦草彌盛。蘇文忠撈葑田以爲隄。而西湖以浚。今也淀河菰葦甚於西湖。始則淺阻行舟。終且成爲斷港。其事若微。其妨甚大。是葦草之足爲河患也。三汊者。自蘇橋以下。起孫家房。逕中亭河口。過三台山。一曰台山河。又東逕武遂臺高橋鎭信安鎭。出辛張策城北入王慶坨河者。北汊也。自宮家嘴起。逕趙家房。一曰趙家房河。又逕托蓮泊分二支。一北流。歸勝芳。一東流。逕鱅鱅淀入石溝之南。復歸勝芳。一曰勝芳河。又東逕辛張豬河港。又分二道。一東流爲長子河。一東北流爲沽港河以合北汊者。中汊也。自下馬頭起。逕崔家房入張家嘴河。又逕石溝分二支。一北會勝芳河。一東北至羊芬港。又分二支。一北逕獨柳樹合長子河。一東北逕郝浪泊。出楊家河北以合兩汊者。南汊也。三汊皆下歸楊家河。計長一百四十

里。自永定下流入郎城河。而東淀淤十之三。勝芳河遂無下口。繼漫衍而淤及辛張河。東淀淤及十之五六。幷南汊亦淤矣。唯沿隄一支之石溝河。寬僅二三丈。深僅五六尺。（此本支流不在三汊之列者）以容西來之巨浸。康熙三十七年。修千里隄。自雄縣至文大十一州縣。西包淀南。西淀以下。沿大清南岸。由是河南無患。而河北淤淀之患。仍日亟也。是以雍正三年。崔家房以東。隄決九處。各數十丈。怡親王乃開勝芳河。北中二汊。下口始通。又挖張家嘴河五里。而沿隄一支。亦分流北注。又於上流路中亭河四十餘里。分引玉帶之水。以入台山河。上下淤淺。槪爲撈挖清河安瀾者數年。孰云人力之不可恃哉。是後河員但知防隄。而不知浚河。是河又在淀內通塞淤暢。爲考成者所不及。是以雍乾以來。築隄之舉。史不絕書。而疏浚之事寥寥。不惟東淀下游窒塞。即西淀上游亦且以咽喉閉阻之故。禍及淀外。趙北口之橋。在明宏治中。爲四座。清代以不足洩水。增至十二。

及乾隆中方觀成之奏牘已云通流者僅二三處。道咸以後。惟廣惠一橋通水。餘皆不通。皆由官失於疏浚上游。村民任意壅遏所致。又白溝河合清河處。近在咽喉十里以內。每當盛漲。白溝逆灌而上。奪淀水東下之路。昔人亦慮及此。自白溝東岸王祥灣開引河。逕王桃莊南逕淶水村以入河。又自龍灣村北引。趙道務村逕霸縣之魚津河以合中亭河。皆所以避清河之倒灌。令走別道者。乾隆十年。又因倒灌之故。於藥王廟前。另開大港引河由孫家嘴。以免與白溝爭路。然其時玉帶及灘流河王各莊引河十望河諸支皆在也。今自同治十二年。西淀水無下口。雄保任安新霸。漂溢連年。乃始因大港引河故蹟。又浚而南。自千里隄下以入趙王河。計大清河上游下口。趙北口以下。盧各莊以上。僅此一線。即今所行之道也。而所謂白溝巨溜。仍自張青口以合大清連橋下亦仍多閉塞。昔人所謂白溝倒漾而西淀之咽喉絕。三汊同淤而東淀之咽喉亦絕

者。此也。東淀三汊爲上口。自康熙後渾河入淀。淤及高橋。而北汊絕。（即台山河一曰信安河）後又淤及勝芳。而中汊絕。（即勝芳河一曰辛張河）中北皆淤。河入南徙。不得不側注南汊。南汊亦不盡通。不得不側注隄根。今道以南汊爲經流。又旁趨沿隄一小河。逕石溝傳官營以東出者。本三汊外之支流。槽深不過四五尺。以之容七十二河之委流。安有幸耶。光緒以來。間有疏浚。稍復三汊之形。而北汊以中亭當之。中亭又淺狹淤澀。不堪行用。其上游之十望河。又成斷港。（十望河本承蘆僧河之委蘆僧廢而十望亦廢）昔人云不浚十望。中亭無上口。不浚中亭。十望無下口。夫玉帶中亭。皆大清之第一減河也。而今皆廢之。三汊者。大清之唯一腸胃也。其存者僅爲河務之廢弛如此。大清雖善。亦將迫於無可如何矣。蓋治大清無它。通之而已。通之之道無它。浚之而已。今也泊淀皆廢。渟滀之盆既難復恃。然行水平地本異濁流。操縱尚可在人。惟有廣開支河。以代淀泊之用。一丈之縱流可收千畝之橫水。

吉平收束全篇言卜之指。氣勢駿邁。壯往無前。

尚書大義卷一終

尙書大義卷二

桐城吳闓生述

康誥

闓生案。此篇章法極爲嚴整。其論刑以教爲本。最得先王明罰勑法之本意。雖三代以下治法律者。鮮明此理。而實爲探本窮源之論。於今日海西諸國刑法學之精義。尤脗合無間。足見中外政教固同出於一源。雖東西相去萬里。此心同此理同也。不明此理而欲一法治整齊天下。斯爲無本之學。未有能見其成功者矣。

惟三月哉生魄。（月三日始生兆朏也）周公初基作新大邑于東國洛。（基謀也）四方民大和會。侯甸男邦采衛百工播民。（播民猶遁播臣）和見士于周。（和、會也、見、效也、士、事也、）周公咸勤。（皆勞勉之）乃洪大誥治。（洪、降也、此記大誥之緣起、乃大誥之末簡、誤脫在康誥題下、蓋初謀營洛、成武王之志、適於諸侯會集之時、得武庚反間、故輟作洛之議）

而率諸侯東征、因降此大誥、其後亂定、乃復成營洛之舉也、

王若曰。孟侯。王、武王也、孟、長也、呂覽、齊、海王周室之孟侯也、義本此、朕其弟。其、猶之也、小子封。惟乃丕顯考文王克明德慎罰。不敢侮鰥寡、庸庸祗祗威威顯民。庸庸、勞來也、言勞來敬畏賢人、用肇造我區夏。越我一二邦。越、及也、以修我西土。修、治也、惟時怙。時、善也、怙、取也、言文王之造周、為善取也、冒聞于上帝。冒、美也、帝休。休、喜也、天乃大命文王殪戎殷。滅大殷、誕受厥命。越厥邦厥民。越、及也、惟時敍。敍、與也、言天之命文王、為善與也、乃寡兄勗。汝寡德之兄、亦勉不怠、肆汝小子封。在茲東土。肆、故也、

闓生案。此節總冒。從文王之德引起。而以明德慎罰四字。為一篇綱領。通篇大旨。已括此四字中。自民將在祗以下。至作新民。明德也。自敬明乃罰以下。至不迪則罔政在厥邦。慎罰也。然明德為慎罰之本。慎罰為明德之效。二者實相須為用。而其言明罰也。一以教化為主。是慎罰仍歸於明德。此乃先王制刑罰之精意。化民成俗之本原。千古以來言法學者。殆無人見及於此。獨

近日歐西之刑法學。乃言刑法以感化爲主。而不取懲戒之義。實與三代以上先王制治之精意。先後同符。治國平天下之基。固當本於此也。

王曰。嗚呼。封。汝念哉。今民將在祗。祗、病也。遹乃文考。遹、述也。紹聞衣德言。聞、舊聞也。衣、依也。往敷求于殷先哲王。敷、偏也。用保乂民。用、以也。汝丕遠惟商耇成人。丕、語詞。惟、求也。史記云、必求殷之賢人君子長者、宅心知訓。宅、度也。訓、道也。別求聞由古先哲王。別、偏也。由、于也。古先哲王、殷之先王也。史記云、問其先殷所以興。用康保民。以長保民。弘於天若。天若、天道。德裕乃身。不廢在王命。在、語詞。

闓生案。康誥乃言用刑之書。雖以明德愼罰分提。而重在制刑。但先以德爲本耳。開首即以民瘝爲言。惻怛深厚。教以紹述文考。又敷求殷先哲王以保乂民。以康叔所封爲殷之都也。故必求殷之賢人君子長者。度心知道。問其先殷之所以興。而後能長保民。然德在己身。固非自外至者。故必弘於天道。德裕乃身。而始不至於廢王命也。此及下節皆釋明德之意。而又分兩層。此

言民之方病。望其以德保民。下言民情難保。戒其勿作民怨也。

王曰。嗚呼。小子封。恫瘝乃身。敬哉。天畏棐忱。（天畏、天威也、棐忱、匪也、天命不可信、）民情大可見。（民情好惡易見、）小人難保。（難保者、易爲德、亦易爲怨也、）往盡乃心無康好逸豫。（康、長也、）乃其乂民。（乂、治也、）我聞曰怨不在大。亦不在小。惠不惠。懋不懋。（惠、微也、懋茂同字、茂盛也、微者吾不微之、盛者吾不盛之、乃弭怨之道、）

闓生案。此勸其勿作民怨。而注重無好逸豫。蓋逸豫最爲致怨之由矣。又案。將言制刑之意。先以此兩節爲言者。蓋以德爲主。則刑自不濫。而用刑不公自易招怨。刑能使民不怨。則所謂民自以爲不寃。雖刑措之休風。亦無以加於此矣。

已。（嘆詞）汝惟小子。（惟、雖也、）乃服惟弘。（所事甚大、）王應保殷民。（應、受也、）亦惟助王宅天命。（惟、宜也、宅度也）作新民。

闓生案此結束上兩節而終之以作新民。作新民者。取殷紂舊染之汚俗。一洗而新之。使有罪之民。人人洗濯自新。至於天下無一僉人。斯太平之極軌。蓋制刑之本義如此。必至是而後可謂獲其效也。明德之說止此。

王曰。嗚呼。封。敬明乃罰。人有小罪。非眚。乃惟終。（非以過差為之也、乃欲終身行之、）自作不典。式爾。（典、法也、式爾、常然也、）有厥罪小。乃不可不殺。乃有大罪。非終。乃惟眚裁。（裁、依潛夫論校、非欲以此終身為惡、乃過誤耳、）適爾。（偶然也、）既道極厥辜。（道、直也、已直窮其罪矣、謂推問得寔也、）時乃不可殺。（時、是也、）

闓生案此下言慎罰之事。雖屬小罪。非出過誤。乃怙惡不悛者。則殺無赦。雖有大罪。出於無心之失。則窮究而赦之。此用刑之鵠的也。

王曰。嗚呼。封。有敘時。乃大明服。（敘、順也、有順此道、乃以大明服人、）惟民其勅懋和若有疾。（勅、順也、懋、悅也、若、荀子作而、屬上讀、若有疾者、而又速也、）惟民其畢棄咎。若保赤子。惟民其康乂。（康、長也、乂、治也、）

闓生案此中上文言能順此道。則民和悅速化。棄惡從善。若保赤子。斯以長

治矣。

非汝封刑人殺人。無或刑人殺人。非汝封。又曰劓刵人。又曰二字、衍文、一說爲句中語助、亦通、

無或劓刵人。言刑殺當自己操、

闓生案。此誡其自執魁柄。不可下移也。

王曰外事。外土之奉職者、汝陳時臬。陳、示也、臬、法也、司師茲殷罰有倫。司、嗣之省、言汝於外奉職者、示以當時之法、繼又師此殷法之有倫者、勸其兼采殷法也、

闓生案。此誡外事。勸其兼采殷法者。亦以所居爲殷土之舊。其法循用已久。民情便安之也。

又曰要囚。又曰者、有若也、要、簿書也、要囚、簿責囚也、服念五六日。至於旬時。服、伏也、時、期也、旬時、猶旬日、丕蔽要囚。丕、猶斯也、蔽、斷也、斷此對簿之囚也、

闓生案。此制定讞獄期限。無令無辜之民久稽狴犴也。

王曰汝陳時臬事罰蔽殷彝事用也彝法也用罰斷以殷法用其義刑義殺義善也殷法有善有不善當用其善者勿庸以次汝封次就也勿以法就已意乃汝盡遜遜順同字順即訓也曰時敘曰語詞時敘承順也惟曰未有遜事言汝竭盡以教民民聿承順矣猶自謂教之不至也荀子引此經釋之云言先教也是其義也

闓生案。此篇雖言用刑。然要以教為主。荀子孟子皆深明此義。後世注疏家解釋繆誤。先王之精意。遂以晦昧不明。蓋二千餘載矣。

已汝惟小子惟雖也未其有若汝封之心朕心朕德惟乃知德猶志也凡民自得罪荀子以得罪爲服罪得猶服也言朕心朕德重先教民汝知教民如此則凡民自服罪也

闓生案。此與上節相貫成義。言汝心馴善。故吾以教民之事望汝。教之之術既盡。則民自服罪矣。以下更詳言以刑作教之法。意在舉天下之民而大淑之。所謂作新民也。

寇攘姦宄殺越人于貨越蹶也于取也殺蹶人取貨暋不畏死暋冒也凡民罔不憝依孟子說文校憝惡

也（凡民無不惡之）王曰封元惡大憝（元惡大憝即大惡也此句結上寇攘姦宄言如此者乃大惡也）

闓生案。此先言元惡大憝之不可教者。孟子釋之云。是不待教而誅者也。足見此經以教爲重。惟元惡大憝。爲不教而誅。此外無不用教者矣。　又案尙書中王曰云云。往往爲結尾倒煞之詞。而世人不察。概以爲更端重起之句。每致文義膠葛不明。此文尤爲其顯著者。

矧爲不孝不友（矧惟又若也此文發端之詞）子弗祗服厥父事（服治也）大傷厥考心于父不能字厥子（于與也）乃疾厥子于弟弗念天顯乃弗克恭厥兄兄亦不念鞠子哀（鞠子稚子也）大不友于弟惟弔茲（惟有也弔至也）不于我政人得罪（政人長吏也得罪服罪也）天惟與我民彝大泯亂曰（曰者教民之詞）乃其速由（汝自速尤）文王作罰刑茲無赦

闓生案。此下兩節。皆以刑教者。此節先言家庭。下節乃言君國。所謂以刑教者。懸刑於此。以示教誡。曰乃其速由文王作罰。刑茲無赦。此乃教之之詞。教

之而不改。然後從而刑之耳。

不率大戛（率循也大戛大法也此句起下文）矧惟外庶子訓人（矧惟者有若也外庶子教公卿子弟者訓人師長也）惟厥正人（惟與也正人庶官之長）越小臣諸節（越及也諸節諸有符節之吏）乃別播敷造民大譽（乃徧散布成民之大善者）弗念弗庸瘝厥君（為病于其君）時乃引惡（是汝長惡不悛）惟朕憝（惟我所惡）已（嘆詞）汝乃其速由（此汝自速罪耳）茲義率殺（義宜也率用也）

闓生案。此與上節義同。乃教誡庶官百執之詞。

亦惟君惟長（又若君與長）不能厥家人越厥小臣外正（不能于其家人及其小臣外正）惟威惟虐（惟爲也）大放王命（放負也）乃非德用乂（此非德用治言當用刑也）

闓生案。先大夫曰。此經惟殺人取貨為不待教而誅。不孝不友瘝君引惡。則皆先教之。曰乃其速由。皆教民之詞。非眞殺也。至於君長臣正。威虐放命。乃不以德治而誅罰之耳。今案以刑示教者。實不用刑。皆所謂以德治也。然以

德治者。當本身以作之則•其責實在于君長。責人之不孝不弟而已則不能其家人。責人之瘝君引惡而已則不能其臣正。爲威爲虐。大放王命。其身不正。尙何化之可言。如此者。非所謂以德治者也。故曰乃非德用乂矣。

汝亦罔不克敬典乃由裕民（由裕道也汝亦宜先自敬法而後道民）惟文王之敬忌乃裕民（忌戒也思文王之敬戒以道民）曰我惟有及（及猶汲汲也自勉之詞）則予一人以懌

闓生案。其身不正。則不足以言德治•責在君人者之一身。是故汝不可不敬法而後道民也。千迴百折。仍歸重於當躬。故慎罰必本於明德也。

王曰封爽惟民迪吉康（爽惟詞也言斯民也導之善則安）我時其惟殷先哲王德用康乂民作求（時其是以也求等也我是以惟殷先哲王之以德安治其民者爲等匹也）矧今民罔迪不適（況今民無道之而不從者）不迪則罔政在厥邦（罔枉也）

闓生案。此申結上文德教之義。言民無不可教者。惟在上者之不能教。故罔

薇垂水爾雅　薇似藿說文

評連用亦既柔滑濃緻只是空摹虛擬郤自疊疊有神覩與見無甚分別疊複以盡致耳正不必固分詩志

草蟲三章章七句興也

采蘋夫妻能循法度也能循法度則可以承先祖共祭祀矣詩序

于以采蘋南澗之濱于以采藻于彼行潦　蘋濱韻藻潦韻詩注

註蘋大萍也濱涯也藻聚藻也行潦流潦也毛傳

評于彼一卸便不板

于以盛之維筐及筥于以湘之維錡及釜　筥釜韻傳注

一

註方曰筐圓曰筥湘亨也錡釜屬有足曰錡毛傳

于以奠之宗室牖下誰其尸之有齊季女　下女韻傳注

註奠置也宗室大宗之廟也大夫士祭於宗室奠於牖下尸主齊敬季少也蘋藻薄物也澗潦至質也筐筥錡釜陋器也少女微主也古之將嫁女者必先禮之宗室

牲用魚芼之以蘋藻毛傳

按奠訓置故奠祭爲置祭左傳置諸宗室與此同義又芼字禮疏訓菜蓋魚爲俎實蘋藻爲羹菜也

評大夫之妻命婦也卻對祖妣稱季女溫媚可思　收尾一點通體警動詩志

采蘋三章章四句　朱云賦也馬通伯云此詩之意是美大夫妻能循法度而詩之所述則追溯其法度之所由來以文法論是謂詰題之腦

總評五于以序次歷落誰其尸之二句陡然變調點出季女作結章法奇絕

甘棠美召伯也召伯之教明於南國召伯姬姓名奭食采於召詩序

蔽芾甘棠勿剪勿伐召伯所茇　伐茇韻傳注

註蔽芾小貌甘棠杜也剪去伐擊也茇草舍也毛傳

召伯行政南土聽男女之訟於甘棠之下故人思其德而愛其樹也說苑

按剪謂去其枝葉伐謂擊斷其樹

評第三句點召伯頓挫出之乃妙若作召伯所茇勿剪勿伐便平直少味矣詩志

蔽芾甘棠勿剪勿敗召伯所憩　敗憩韻傳注

註憩息也毛傳

蔽芾甘棠勿剪勿拜召伯所說　拜說韻傳注

註說舍也毛傳　拜屈也朱注

評拜字字法詩志

甘棠三章章三句 朱云賦也

總評三舉召伯鄭重低徊深情絕調 詩志

行露召伯聽訟也衰亂之俗微貞信之敎興强暴之男不能侵陵貞女也 詩序

厭浥行露豈不夙夜 古音豫 謂行多露 露夜露韻 傳注

註厭浥濕意也行道也豈不言有事也 毛傳

評首章似截去一句別格冷韻 得力在疊兩行露字婉絕峭絕 隱語拗調三句中多少曲折 詩志

誰謂雀無角 古音錄 何以穿我屋誰謂女無家 古音姑 何以速我獄雖速我獄室家不足 屋足獄韻 傳注

註速召也 毛傳

評陡接誰謂咄咄逼人 雀說有角奇 末二句說得豪門富室眞不值一

盻矣足令狂子敗興 詩志

誰謂鼠無牙 古音吾 何以穿我墉誰謂女無家 古音姑 何以速我訟雖速我訟亦不女從 墉訟從韻 傳注

詁墉牆也 毛傳

評雀角鼠牙比擬不堪罵得痛快而風流室家不足說得冰冷亦不女從拒得激烈 詩志

按亦不女從一句惲臯聞以爲係美召伯之明言召伯不之從也如此解經尤覺藴藉

行露三章章三句二章章六句 李恕谷云首章專係興體以多露之不可沾興彊暴之不可染也二三章興而賦也

總評平空撰出兩造對簿之詞奇甚孔疏所謂詩人假事而爲之辭甚得詩旨定以爲女子所自作失之　家者家業之家即俗所云有財有勢也室家

不足言女雖有室家以我視之不足道也鄭箋以爲有求爲室家之禮添設

牽曲

羔羊鵲巢之功致也召南之國化文王之政在位皆節儉正直德如羔羊也

詩序　羔羊取其羣而不黨 鄭箋

羔羊之皮 古音婆 素絲五紽 退食自公 委蛇委蛇 古音陀 皮紽蛇韻 傳注

註小曰羔大曰羊素白也紽數也古者素絲以英裘不失其制 孔曰織素絲爲組紃以英

飾裘之縫中 大夫羔裘以居公公門也委蛇行可從迹也 毛傳 委蛇委曲自得之

貌 鄭箋

羔羊之革 古音棘 素絲五緎 音域 委蛇委蛇 音伊 自公退食 革緎食韻 傳注

註革猶皮也緎縫也 毛傳

羔羊之縫 素絲五總 子公反 委蛇委蛇 退食自公 縫總公韻 傳注

譯稾

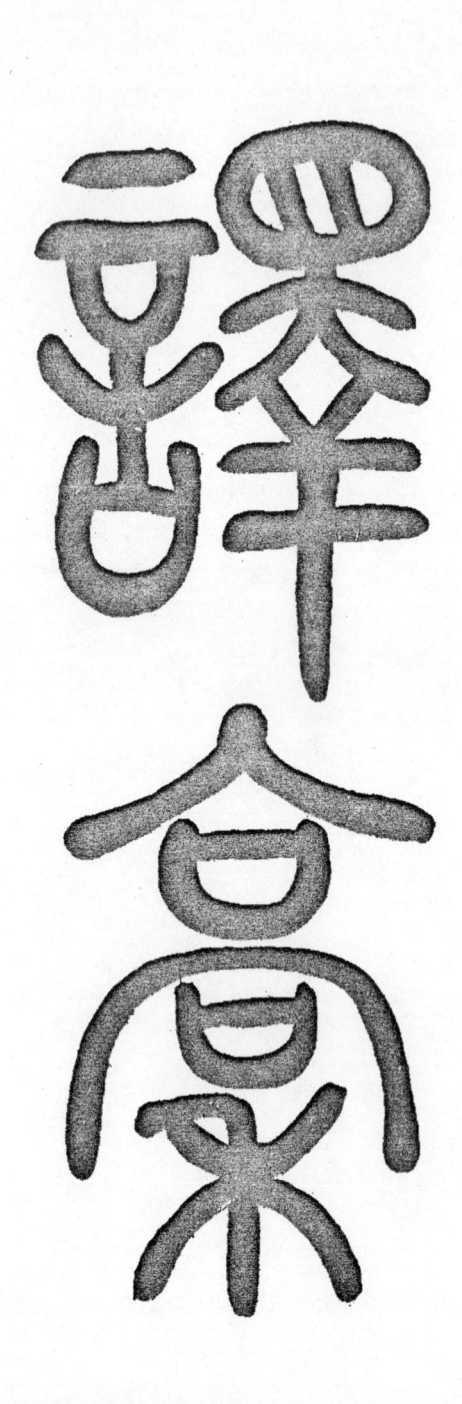

（二）不信任議決之提議、至少須有議員三十人之署名、

（三）于此提議、其討論終結後、至少非隔一日、不得爲表決、　自有此提案後、須十四日以內、使表決終了、

（四）關于信任問題、其投票須用記名式、

（五）不信任議決、非現在邦議會有投票權之議員、至少半數之同意、不生其效力、

（六）有不信任議決時、該國務員應即去職、　但在內閣總理、則限于其不行發議解散邦議會之權限時、又其發議被委員會否決時、乃去其職、

（七）此等規定、于全內閣又各國務員之信任問題附議時、亦適用之、

第五十八條　（一）邦議會于各閣員有違背憲法或法律之罪時、得訴追之于政治裁判所、　訴追之動議、至少須有邦議員百人之署名、其議決須有

與修改憲法所需相同之多數同意、

(二)政法裁判所之構成、與其裁判手續、以及其得行之判决、均以法律定之、

第五十九條　(一)各國務員何時均得退職、

(二)全內閣退職時、已退職之閣員、于新閣員接任以前、繼續處理其日常事務、

第六章　立　法

第六十條　內閣以普魯士法律公報、公布依憲法而成之法律、及得邦議會承認之條約、

第六十一條　(一)法律、必依憲法而成立、且經內閣以成規之方法公布時、始有其効力、法律之公布、須明記其由邦議會决定、或由國民表决决定、

不能因此妨礙德意志國憲法第十三條之規定、
(二)除法律有特別規定外、凡法律、均以揭載其公布之法律公報發行之日後十四日、爲施行期日、
(三)法律、須一個月以內公布之、

第六十二條　在邦議會否决之案、不得於同會期中再行提出、但有有效之國民動議時、不在此限、

第七章　財政

第六十三條　(一)邦議會、對於應邦之需要之經費、與以承認。
(二)邦之一切收入及支出、每一會計年度、預計之、編入預算。　預算、於會計年度開始前、以法律决定之。
(三)支出以對於一年間承認之爲原則。　於有特別情形時、得爲對於數

年間之承認。此外、不得爲在預算法中超過該會計年度而有效力之規定、並不得爲不關於邦及其行政之收入支出之規定。

第六十四條　至會計年度之終、翌年度之預算、尚未以法律決定時、內閣於至預算成立之間、有左揭之權利。

一　於左列各項、爲必要之一切支出。

（A）爲維持依法律而成之設備、及實行依法律而定之行爲。

（B）爲履行法律上屬於邦之義務。

（C）爲繼續依過去年度預算、既得承認給費之建築裝置與其他事業、及繼續同一條件下之建築裝置與其他事業之補助。

二　基於特別法律租稅公課及其他收入、不足第一號支出之際、以最後年度預算總額三個月分四分之一爲限、發行財政部證券。

第六十五條　公債限於應非常之需要且限於以能生產爲目的之用途乃得起借之。

第六十六條　凡起公債、及爲邦須負擔之保證、非以法律、不得行之。邦議會若議決使預算外生支出之必要、又對於將來使生預算外之支出時、同時須定有充此支出之方法。

第六十七條　(一)預算超過、及預算外之支出、須於次會計年度中、求邦議會之追認。

(二)預算超過、及預算外之支出、須得財政總長之同意。此同意、不得豫見、且非不可避之必要時、不得與之。

第六十八條　決算、由審計院檢查確定之。每年度之決算、及邦公債表、連同審計院之檢查報告、須提出於邦議會、以解除財政總長之責任。

第六十九條　關於邦收益事業之會計、得以法律設與第六十三條乃至第

六十八條相異之規定。

第八章　自治

第七十條　地方公共團體、依法律、在邦監督之下、關於自己之事務有自治之權利。

第七十一條　(一)邦分爲州、

(二)州分爲縣市區村及其他地方公共團體、凡地方公共團體之構成以及權利義務、均以法律定之。

第七十二條　(一)州、從法律之所定、以自己之機關、處理左列之事務。

(A)依法律屬於州、又得獨立任意以爲自己之事務者、(自治事務)。

(B)邦之事務、委任于州、以州爲邦之執行機關者(委任事務)。

(二)法律、得擴張屬於州之自治事務之範圍、及以委任事務委任之。

第七十三條　州會、得以州之法律、容許德意志語以外左列之言語。

(A)對於用外國語民族之他種敎育用語、但須於少數德意志人之保護、爲適當之注意。

(B)對於語言混雜地域之他種公用語。

第七十四條　邦議會選舉之原則、於州會縣會及市區村會之選舉、亦適用之。但對於市區村會之選舉、得依法律以一定期間居住其地爲選舉權之要件。

第七十五條　(一)邦及公共團體之官吏傭員及勞動者、因行其州會縣會市區村會之議員職務。不必請假。

(二)俸給及工資、繼續給與之。

第九章　宗敎團體

第七十六條　(一)欲從公法上之宗教團體、以國法的效果脫退者、須於裁判所宣言其脫退、並須交出有公證之脫退書。　脫退者之納稅義務、至少亦須訖其申請脫退之課稅年度之終、始能消滅。

(二)其詳以法律定之。

第十章　邦之官吏

第七十七條　(一)凡德意志人、有官職必需之資格者、不論男女性別、及從來之職業、均得爲邦之官吏。

(二)各種官職必需之資格、以法律定之。

第七十八條　邦之官吏、於就職之際、須爲「不偏於政黨竭其良心能力以盡職務且恪實遵守憲法」之宣誓。

第七十九條　(一)邦之官吏、非依法律所定之條件方式、不得强免其官職、

演說

仁道爲救時要義

李見荃

仁爲生物之本亦即治化之源其範圍最廣漠其涵蓄極淵深在天乃好生在人爲博愛我孔子以大同冠禮運之首以昇平極三世之終故設教大義總歸宿於仁之一端歷代繼承演爲教範定爲教旨凡不仁之人皆不得稱爲孔子之徒且共棄諸人類之外由是知我國治化源泉實濬發於仁道之中而東亞文明淵藪亦流沿於仁德之內我同人今日聚處一堂宜起飲水思源之心無忘前聖締造之意以仁之一字爲國家數千年之命脉同人所當引爲重要問題多方考求者也茫茫禹宇瞻顧旁徨望殺氣兮重重來愁風與慘雨人人逞權利之私舉國演慘殺之象議員以立法人格供保留個人地盤之犧牲忍見燦爛輿圖永沈沒於暗無天日之中官吏以行政大權爲擴展身家財產之武器致使芸芸衆生日流離於無所依歸之地其他則政客志在富貴雖殺人以

自存亦所不恤文人溺於苟安縱大厦之將傾亦不圖補救滔滔皆是吾誰與易不意我國朝野上下之人何以痛而不德慘而不仁釀成危亡之局斷送此大好河山於萬劫不復之地有如今日之甚也爲正本清源之計宜培植一般國民仁德好生之心孔子言汎愛墨子言兼愛孟子言知愛韓子言博愛今日者文化丕開漸趨大同西儒愛國愛群之學說又皆隨海洋潮流澎湃洋溢乎吾人之耳鼓仁愛之德實古今中外所以團結社會構造國家之原素即異日千百年後之人群進化亦不能不假仁道爲津梁日臻同軌同文同倫之盛我同人果知所感慨興起以仁德爲修齊治平之源而以之治一身復以之勵群衆使徧國之人咸曉然於仁之不存爲致亡之道而自杜其殘殺之門爲世人啓更生之路視天下皆物與民胞何必大利之獨在我知群衆爲休戚相關自不忍以利己而害衆生方寸少殘殺之心宇內多雍睦之象當道者不藉大權

以營私則國人乃甘心服從相與共助治理於清平才智者不假勢力以自衞則群黎樂爲奔走因以同救國家於顚危然後知仁之一字實中華民國之續命湯得之則生弗得則死顧祖禹云天下興亡匹夫有責同人既負有家國天下之責不可不知今日亂亡之源而急思所以救濟之方也

李次坡先生軼著

周禮序官贊

天官序官贊

錢穀決獄。不知不聞。清道羣闢。過而不問。陰陽旣調。四時果順。不順不調。藉是以文。陳平不知錢穀決獄而謂宰相順四時理陰陽丙吉不問淸道羣闢而問牛喘謂三公調和陰陽夫四時果順陰陽果調尙復何媿不調不順而姑藉是文其不知不聞之失吾誰欺欺天乎惜無以天官之學告之者

宰相調鼎。庖人治庖。庖挾一味。五味乃淆。相挾一技。相業亦小。

建官分職。以定民志。野不踰國。朝不混市。吏不侵官。侯不僭帝。王后不干朝權。公卿大夫不牟商賈之利。尺寸分毫。守而不易。階級等威。隱然寓意。孔子所謂無行不與。是以民事其上。下無覬覦。視聽純一。志慮無貳。父詔其子。兄授其弟。長率其屬。以爲民極。而天下大治。

絳商過朝。木楗章藩。與士大夫。不敢混焉。成王周公之遺化。隱然猶在民間。木楗木楷也

冢宰均邦國。道理在簡易。聰明不可作。天下本無事。

以總百官。以列五卿。變冢言大。進退異名。

司空兼百揆。羲和兼四岳。建官不必備。兼攝未爲略。

周兼冢宰。召兼宗伯。至於蘇公司寇。兼攝畢公毛公。兼司馬司空。

保兼師傅。又兼三孤。以及冢宰。七職並舉。召公爲保周公爲師而太傅無有焉召公實兼之也三公之下實有三少當時不見其人召公又兼之乃同召太保奭芮伯彤伯畢公衛侯毛公是六卿之長召公又兼之蓋一身而兼七職矣

六鄕鄕老。兼以三公。六鄕大夫。兼以六卿。蘇公以公兼太史。太公以公兼司盟。

一官五百。六官三千。兼行權攝。意必相半。局分不設。俸祿無濫。府史胥徒。不別置員。

徒至三百。甗人何師。史百二十。春官御史。府史胥徒。二千有餘。奄閹內豎。又六十四。九嬪世婦。下至女御。祝史酒漿籩醢鹽奚。供職於內。一千有奇。總食祿者。三千六百八十九矣。

六官以天官爲準。一萬九千八百人。庶人在官五等祿。一萬九千八百夫。

六官之中以春夏秋冬爲通率以多少相乘除大約一官凡五百人則六官凡三千人而其兼攝者意必相半是以局分不必設府史胥徒不別置且不見鄉遂遂師而下乎府史胥徒四者具無有何獨於天官而疑之若夫專官行事勢官多而不宜省則數人徇師其徒三百而御史之下其史且百有二十人矣府史胥徒蓋九職中閭民轉移執事者也以天官考之凡二千六百九人奄閹內豎等六十四人嬪婦女御祝史酒漿醢鹽女奚等共一千一十六人總食祿者三千六百八十九人地官除山虞川衡司關司門等不可考者尚三千餘人以天官爲準適以三千六百人爲額不限以兼攝則六官凡一萬九千八百人可賦田則給之田不可賦田則給之祿其祿以百畝爲差孟子上農食九人至下食五人則庶人在官之祿凡五等也今通以百畝爲限則食祿一萬九千八夫王畿提封萬井十一供稅而以一萬九千夫田之百祿給庶人在官者何患不能給哉而況於兼攝者乎

以養其廉。必有祿俸。又有功名。以盡其用。後世但抑其格。不爲謀生。宜其十人。

而九爲奸犯科而不自愛重。成周之世下士與庶人在官同祿官與吏無甚分也兩京去古未遠蕭曹以刀筆吏爲元勳終西都之世公卿多出胥吏傳七弟子之明經者多補太守卒吏東漢流品漸分然胡廣之爲郡掾吏袁安爲縣功曹應奉讀書五行並下而爲郡決曹吏王充徐穉皆以從事功曹起家而不以爲屈則周之府史胥徒不以卑職見遺限其終身可知矣

宮正宮伯宿衞陳設王族國子類多賢哲左右前後王近有德領於冢宰急先務也。不以尊卑爲先後皆以緩急爲次第此序官之義

周先哲王燕居宮掖宦寺婦人皆不在側。宮正爲宮中官之長宮伯副之王之左右前後所居者惟士耳士庶子非王族則功臣之世賢者之類王以自近而衞焉

膳夫以下庖饔亨人皆士爲之屬於相臣。

甸主地事不在地官以給薪蒸次亨人焉徒三百人以耕耤田。甸師下士爲中士長以卑統尊敬祖尊王。

獸獻等官供王羞膳於內外饔類有所聯。

倭文端公軼著

龍溪徐先生墓表

先生隆慮人也。道光庚戌。徒步訪余都門。叩其所學。樸實貞摯。無錮飾門面之習。心竊敬之慕之。欵留累月。相得甚歡。瀕行規余六事。皆切中病痛。非愛余之深。期余之厚。不能言也。辛亥。余有莎車之役。先生送余華陰旅館。挑燈互相敦勉。別後屢寓書論學。方謂先生精神強固。涵養深醇。進德正未有艾。乃余歸而先生已先逝矣。非斯道之大不幸哉。先生少知向學。弱冠即厭舉業。一意於修身克己之事。嚴自程課。一言一動。悉書於册。數十年如一日。平居無疾言遽色。與人言肫誠懇至。表裏洞然。故雖直攻人過。而人樂從。多所成就。嘗與覃懷李強齋先生訂交。強齋深服其力量。令河朔士子從遊。羣相贊歎。以爲不可及。先生之初入都也。時六安吳竹如廷棟、師宗何丹谿桂珍、普洱竇蘭泉垿、永城丁

尹垞彥偉、同郡楊蘭士三珠。皆究心性理。先生悉共講求。上下其議論。大興俞閣學長贊。視學中州。以禮聘先生。先生至。則極陳士風之陋。爲著學政規條十二則。下所部校序。士夫德之。未幾。以兄疾歸里。甫歸。而閣學凶問至。先生徒步返大梁。營其殯事。撫慰其寡孤。是年與祝邑侯塏諸公。勤志問學。剖心政治。別後猶筆札相商無間。初嘗館仙掌張蘭馨家。取程朱語之尤切己者。臚爲八則。揭諸座壁。每鷄鳴盥洗畢。默然以所揭自警。因顏爲八警書齋。居三年。無偶懈。嘗曰。誠敬二字。學之要領也。某三十年來。無日不持以自檢。近來頗堪自問。蓋得力於仙掌鷄鳴之際爲多。晚歲功力益邃。甲寅春。先生疾。猶日手呂子呻吟語。披閱不輟。語其嗣君曰。學問無歇處。汝勿憂吾勞。此正吾藥石也。其篤學自信蓋如此。是年七月卒。年六十歲。先生少失怙。事母純孝。年少時嗜酒尙氣節。母戒之。即自誓不復濫交豪飲。隱居養志。耕鑿娛歡。性篤於宗族。修墓纂譜。皆

以身倡率不怠。生平學確有宗據。而拾長摭善。不喜以門戶相競。故其接引後學。隨器裁成。無不潛移默化。初嘗授徒隆慮之三陽。倣宋胡安定法。正課外。有農夫十數輩。晨昏聽講。先生爲解小學。及孝友廉讓事。鄉風丕變。皆曰徐先生實教我也。及疾。三陽士農迎養於大勝山中。歿之日。醵金爲歛。負土成墳。蓋不忘先生教云。先生姓徐氏。諱定唐。一諱淮陽。字鄰海。嘗耕於太行之龍溪。因號爲世華亭人。明初自山右遷林。九傳至邑庠生諱居仁。先生之高祖也。生武生諱璋。無子。以族子太學生永祚嗣。先生之王父也。子一。太學生諱長年。先生父也。子六。先生次居五。前妣郝太孺人。繼妣郭太孺人。先生郭太孺人出也。子一清瀾。醇謹知學。今春走千里入都。以先生行述。乞余表墓。其述先生學行。親切有條理。蓋能世其家學者。

商邱謝仲琴先生軼著

杞縣徐易齋傳

先生徐姓。名廷英。字易齋。河南杞縣人。少孤。家貧。賫小貿以糊口。性嗜學。苦無所得書。聞書院積儲卷帙。詣院長借閱。編讀之。參校學庸論孟諸家註釋。正其訛誤。尤粹於易。專精覃思。無間寒暑。熟習司馬氏通鑑。有叩以人物事實。口應卷頁無舛者。少應郡試。太守費公庚吉。武進名進士也。奇其文。試以格物致知論。揮毫中紙。推闡精確。費公拱手曰。吾閱人多矣。鮮及生者。愼無以貧故廢業。拔置第一。補學官弟子員。先生感公誼自奮。及公觀察粵東。卒於任所。先生徒步數千里。往赴其喪。人多義之。顧落拓不偶。連不得志於有司。遂絕意仕進。一志於學。里閈後進顯達者。造門。輒詬曰。若腹中空無有。帖括無有。微倖曷足以語。即語亦憒不解。若速去。無嘵我。以故羣以瘋子目之。簞瓢屢空。漠不介意。吟咏自樂。以終其身。卒時年七十。無子。以姪爲嗣。著書甚夥。藏家。

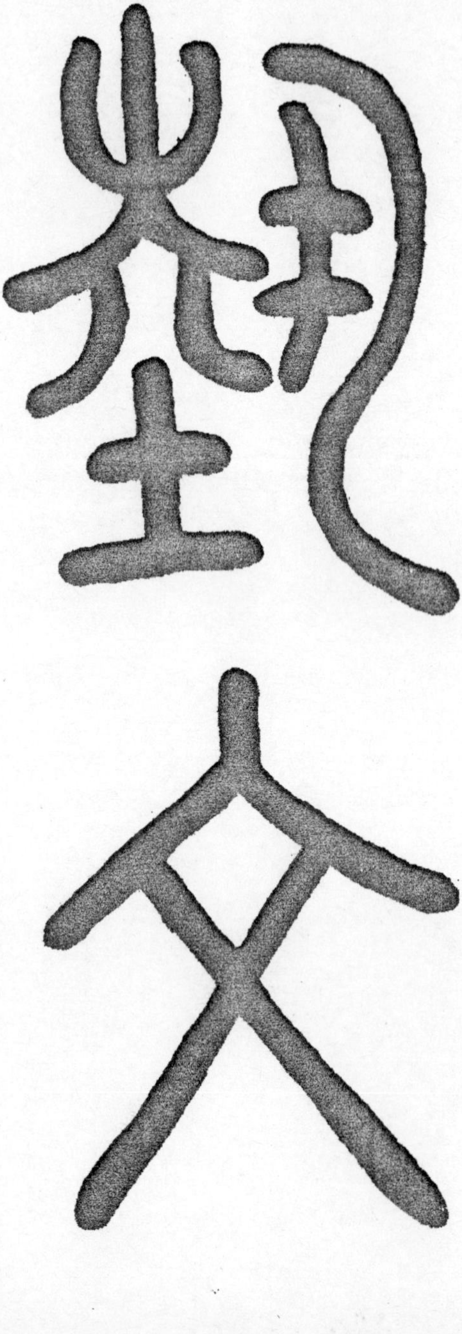

跋姚惜抱尺牘後

王樹枏

馬君通伯嘗示余夏靈峯贈言。陳義當高。顧深斥姚惜抱氏義理詞章考據三者缺一不可之說。謂詞章考據。不得與義理爲三。此不達姚氏之旨者也。姚氏之旨。爲爲文者示之的也。義理詞章考據。三者有一不具。即不得謂之文。即具矣。而義理不深。詞章不茂。考據不精。亦不得謂之至文。文之至者。莫過於五經四子。然試觀五經四子之文。姚氏所謂義理詞章考據。有一不具者乎。既具而有不深不茂不精者乎。譬之禮。義理者其敬之本也。詞章考據則禮之威儀。所以昭其敬者也。譬之樂。義理者其和之本也。詞章考據則樂之聲律。所以宣其和者也。孔子曰。質勝文則野。文勝質則史。文質彬彬。然後君子。故聖人立教。文行並重。而言語文學。又與德行並列爲四科。然則姚氏之爲是言。蓋有鑒於古今之至文。及孔子所常常以詔弟子者。舉此以示爲文者之要。而非創爲之說

也。靈峯又言。詞章考據。正者發明義理。駁者義理之蟊賊。夫既以詞章考據爲發明義理。則以駁而悖乎義理者。其非姚氏之所謂詞章考據。不辨可知。至所謂古之學者。非躬行心得不言。自詞章考據家起。而所言非所行云云者。吾竊以爲不第詞章考據家所言非所行已也。即爲義理之學者。而君子儒與小人儒之別。聖人嘗爲子夏言之。其不能躬行。不得專爲文章咎也。孔子曰有德者必有言。有言者必有德。苟其言不悖乎義理。聖人且有不以人廢言之時。而必一一以躬行責之。則古之善爲文若班馬韓蘇者。幾無可以立言之地。且靈峯亦工爲文者也。吾讀其集。其於姚氏所謂三者。畢莫能外焉。蓋三者專論爲文之事。而因文見道。亦庶乎有漸幾於躬行心得之一日。易曰修辭以立其誠。往者歐陽永叔蓋嘗舉此以自道其所詣矣。今見姚氏答林仲蘅書。謂學有三塗。以義理爲其一塗者。謂講明而辨說之。猶是文字中之事。未及於躬爲已也。躬

行爲已。乃士所以自立於世。根本所在。無與之並者。安得同列爲三乎。若夫古文之學。須兼三者之用。然後爲至。然姚氏固嘗自道之。不待靈峯之規之於其後也。夫古人之言。亦各有當耳。通伯出此册索題。謹發斯義質之通伯。並質之靈峯。以爲何如。新城王樹枏跋。

聶母程太夫人六秩晉九壽序 代　　齊廣芾

南去京師千里而遙。曰濟甯州。古亢父也。蘇秦說齊。稱亢父之險。車不方軌。馬不並行。以今考之。州南臨會通河。萌塔徂徠諸山。環其境。是爲齊魯鄒嶧錯入錯出之區。魯俗守禮。齊俗急功。州人並漸胥摩。至今猶守二國先民遺風。其故家大族。蘊其文爲事功。彰顯國家。在前清季年尤盛。近日繼踵起者。厥有諸聶。余嘗秩掌國事至歷下。暇則爲登岱之遊。南望徂徠梁父萌山塔山。葱蒨紆盤。氣蜿以蕞。降甫生申。疑必是間而興。人稱頌於余曰。濟甯聶氏。昆季五人。皆於

各級軍學畢業升少將者三人。曰慶恭慶覔慶信。充軍署副官參謀者一人。曰慶惠。戰歿岳州。崇祀忠義一人。曰慶敏。余皆心識之。民國十有一年。供職京兆。謁前內閣總理靳公翼青。出啓授余曰。此吾鄉賢母。能教諸子効力疆場。救國勢於阽危者也。今爲六秩晋九之壽。大總統特頒慈善延庥匾額旌之。吾輩皆宜壽之以言。余授啟卒讀。蓋即鄉者所聞五聶之母程太夫人也。太夫人在室。得程翁憐愛。爲講女誡女箴。及長。教以紡織井臼烹飪之役。歸聶太翁丹甫先生。生五丈夫子。如上述。二女子。一適前清第二十九旅一等參謀熊公炳臣。一適昌威將軍山東省長熊公潤丞。女貴子榮。萃爽一門。爲世歆羨。吾則以謂太夫人大節至行。即寓於庸常日用之內。時人或莫之辨也。其歸丹甫先生也。遇家中落。致養乏之資。太夫人嘗出奩嫁皮衣奉姑於寒。厥後凡得程翁所遺新製之衣。必進姑以爲常而已。則澣濯改造污者敝者服之。以故終所事之慈

姑無一間言余嘗觀近世姑婦相處鮮有終也姑以婦非毛裏之愛有尊卑之分恐其逸巳也督之汲汲無巳時恐其諼巳也屬之垣墉無巳時束縛之馳驟之蓋自著代之儀廢牢饗世所知求乎婦者只此耳而婦之係屬姑恩遂亦日趨而日薄夫婦人謂嫁曰歸由外及內之辭也夫家內也父母家外也先王慮後世而閑有家制禮稱威姑刪詩存婦媚故承姑而能勿較私恩者婦道也每見夫家陵夷有挾父母家之尊榮以外驕內者矣太玄象居之次二婦不承壺姑或洗塗此言家無養相承或致姑勞婦逸失上下序也然澆風實開有漢以來今太夫人貍製奉姑之爲直於二千年之閨闥所沈迷相沿而不寤者毅然反之其爲禮教夙敕已足表以風世矣而深念爲國又能使其子五男二女率循鄉先正遞嬗遞衍之齊魯訓俗子克承之母女克曏其夫用以光於國而顯於家嗚呼尙已歲十二月四日際太夫人設帨令晨凡預姻婭賓僚稱祝之列

者。咸。以。婦。用。夫。翟。佐。其。戲。綵。女。辨。夫。綬。進。其。偕。觴。頌言門祚之昌。詎知流澤端始。乃。在。於。牽。車。剣。茶。利。于。王。姑。之。日。耶。余遠隔京兆知聶氏所以興。非。關。山。嶽。育。降。諸。說。因。推。本。懿。美。爲。發。凡。起。例。之。辭。用助洗毋。倘亦太夫人所許爲知言也乎。

甯河邵孝子傳跋

劉培極

孔子作孝經。以孝盡括天下之業。其義至明且確。當世之士。尠知其故。降及後世。士乃濬然忘。雖有仁人孝子。接乎其前。而衆亦莫之顧也。甯河縣營城有孝子曰邵君蔭卿者。少時入蜀尋父。步行膚穿。力瘁肉潰。血殷透履外。後又遇病。觸奇險。卒得父骨以歸葬。家貧。弃舉子業。求爲某營書記。書薄俸以供母。民國九年。年五十有六。其鄉人世族。狀其行誼以表彰之。當同光之際。吾縣有孝子者名國安。亦嘗尋親塞外。途中困窘瀕死。卒亦負骨以歸。其人農夫也。居於城

西陳千莊。嘗見屈於里人其年輩與君相埒。今見在也。余嘗詢之故老。蓋自康雍以來。二百餘年之間。或數百里。或百餘里。仁孝卓絕之行。恒見於鄉里。此殆一國元氣散而不熄者歟。世之治也。士多自荐其性。遇有國禍家難。往往毀肢體。磨頂踵。劬勞蠱瘁。卒以濟危難。生不與於世之榮。老死窮壤而甘心焉。並世之人爭慕效之。人人不負其心。不違其願。而國家遂因以大治。世之衰也。上下爭騖於利。其於家國禍變。視之漠然無與於己。彼其心非不知亡家破國。族類罹其慘毒。然欲使之救急難。捐已私。勤劬其身以從天職。而其情乃多所不適。雖績效可尅。終不若託稱利物。徉為美名。而苟攫目前之利。詭銜竊譽。以縱恣而自適也。當此之時。寗復知內行為何事。有仁人孝子者出。世之人不復以為重輕。亦因其所。所可悲者。其行完其志粹。萃然於濁世之表。卒乃屈身事人。以求升斗之養。甚至溷於市井。庸夫俗子排擠之。而彼之工詐巧善趨避者。巍然

據平人上畢世誇耀以爲榮。一二高識之士。厭薄世故。轉而求幽潛潛行於寂寞之鄉。欲假區區空文。挽回頹運於萬一。此又不可必之數也。民國十一年秋任邱劉培極謹跋。

族兄涵九四十壽序

謝宗陶

己亥、先四叔叔璠公宰新城邑。余方十三歲。隨侍先大人居讀署中。適涵九二兄亦隨七先伯念莪公在焉。幼年戲嬉。幾於無事不樂。雖論詠多無足觀。已皆知志於學矣。翌歲、拳匪亂作。各之一方。遂而中間闊間。戊申、先大人居北洋幕中。余年已念二。由直隸高等學堂卒業。升北洋大學。攻法律。二兄則已長科津海關署。公餘課暇。時時過從。各道其所學。快然自足。輿縱致豪。多足樂者。及余轉入京師大學。旋二兄亦去津關。自是又不復見。今歲仲秋、二兄脫內黃館北來。於警廳得一事。下榻寓中。散値以歸。挑鐙共話。學知不足。事每多感。乃不禁

哀樂係之。甚矣哉年齡所關若是其大也。時而志於學。而自足。而知不足。時而無不樂。而足樂。而多哀樂。彼一時。此一時。時地換移。心境以異。殆有不期然而然者歟。余今年三十六。二兄長余四歲。適四十。駃騠馳隙。忽焉已至。今之前三見三遷。變遷既若是。今之後。再此三者。二兄年且八十。更不知歷過及之。其心境又當如何耳。雖然、夫假藉於物。資之以爲樂者。非至樂也。物則不至。則樂無所馮。而物之所樂。物能憂之。彼其有待於外者也。若夫據德依仁。樂天知命。忘情於外。率性乎中。行惟心之所安。不皦皦焉以物爲事。得失泰否。隨遇而已。彼則無處而不自得。蓋有發乎內者矣。故常人樂物。君子樂道。樂物者役於物。樂道者役物。不可同日而語。然必有待於學而後可。學以見道。道以明理。則物莫之或蔽也。顧知固無涯。學不可輟。任重道遠。賴宏毅以赴之。膚淺之士。一知片解。杆杼自負。所業遂無由更進。記云、學然後知不足。教然後知困。惟知不足。然

後能自反。知困然後能自強。君子用以行健不息。子曰、學如不及。又曰、加我數年。五十以學易。則知義不可須臾舍。學至乎沒而後止也。是以不學無以爲樂。不樂且無以爲學。學益樂。樂愈學。互爲疊乘。相得益彰。於是而現面盎背而體彊身康。故曰仁者壽也。今吾儕之多哀樂者。猶未入於至樂也。其自知不足漸知進於學也。由此以乾乾惕若。日精所業。歷遇以至二兄八十之年。修養有成。心境之爲樂。必有今日所不及知者。秋、九月二十六日、爲二兄四十生辰。余略具肴蔬以進。偕五弟兩侄同與二兄罄一觴爲壽。爰爲文敘其已往離合之踪跡。因述其所謂學樂之義。願二兄共勉焉。至若世俗祝諛之詞。非余素習。爲家族所不宜用。且知二兄之無取也。

太湖孔教會雜誌序

吳傳綺

靳仲雲志　自歐西歸。言歐西戰後彫弊。恢復較難於吾國。有一種研究學理之

人。見中國歷史。常有亂事。亂後易於生聚。皆孔教之力。亟思取法。驟聞之咸不知爲何故。細思之則平平無他奇。何也。中國之大。未必人人講孔教。而數千年。文明之化。祖孫迭嬗而來。人人心中。有一無形之孔教存焉。村夫俗子。毫無知識。然土語方言中。亦偶有孔教流露於其間。片言隻字。不啻玉律金科。水旱刀兵之後。流離轉徙之餘。人人思返故鄉。族姻之誼。倍覺情親。諸事相維相繫相扶持。農業一興。收穫豐於往日。衣食足而禮義興。婚喪嫁娶。秩序井然。自然而然不謀而合。人人未言孔教。人人實在孔教之內。美國人艾洛德言中國人談社會改良。往往一切面貌全改。盍不遵孔子擇善而從。不善而改之訓耶。艾洛德又言西國以個人爲主體。父子異居。不如大學修身齊家治國平天下之理。圓足。嗟乎經天緯地之略。禮樂兵農之大。人人都有責任。人人都有可爲。所患者不講明而切究之耳。近世喜新之流。放棄禮法。勢不至大亂中國而不止。獨

不思孔教一綫之眞脉。常在人人心中。亂後思亂。無人不欲食其肉。況其人亦未必能倖免於亂中。而不身受其禍乎。吾老矣。吾不忍見中國大亂。吾恐亦不及見中國大亂。有心人欲謀救亂之方。非倡明孔教不可。太湖孔教會出雜誌。索序於余。因喜其爲空谷足音。書數語遺之。

京寓地極僻旁有廢圃因修治習蓺樹事感賦五律七首壬戌

步其誥

此地猶人境。經年滯客魂。幸携家數口。閒似步荒村。木老悲黃落。庭懸懷素飧。一塵容可借。天地亦深恩。

有井能容汲。匪田借可鋤。略逢農事樂。誰此昔年居。槐覆中庭滿。葵高一丈餘。俊遊吾未暇。飛搶笑奚如。

屋角震西東。蕭蕭戰晚風。聲音庭樹急。感想旅人同。石補天終缺。星回歲有窮。早知霜信釉。一雁報秋空。

若性躭孤僻。無堪嬾漫成。鬢從今歲秃。眼爲異書明。篋典朝衣盡。門關客屐生。空山意獨往。十賚不公卿。

小圃經營日。當窗綠不除。名王孫種菜。天隱子蔬茹。有地能藏拙。庸言更取餘。

自家眞意思趁與自家居周茂叔讀書處窗前綠草不除人問之曰與自家意思一般

有客衣冠古羣疑面目生鯨剸猶帝服溲勃甚蔡阮知否呼兒輩從違謝衆情

眞吾今迥見秋朶万花明

過眼人今古悠悠付此邦困眠足布被渴飲倒春江敢信狂猶肆寧知福與雙

似聞冠蓋里隨意任榮龐

假寐　前人

仰天似聽陳搏笑側席微聞李泌徵婢子侍旁驚乍醒茶烟猶爇一枝篠

琴　前人

三尺愔愔裹素紈徽珠軫玉撥香檀學成流水高山調不遇知音不用彈

螢　前人

不照人間不肯行中宵熠燿到前楹似嫌日月光都歛故放星星一點明

秀伯來居慧通祠戲賦以贈兼調小航 戊午 鄧毓怡

廿年不見黃公子。驀地同來湖上棲。春水平分含南北。瀛洲共話海東西。任教天地爲芻狗。何必形骸到木鷄。更就盧中老窮士。一枰相對且忘饑。

題畫 前人

江干雪艇 丁巳

明靜未足喜。荒涼未足哀。林柯無著處。何處著樓臺。

雪片壓青簑。寒光滿天地。垂綸忘得魚。誰識魚翁意。

山亭遠眺 丁巳

巖表松杉合。孤亭獨聳然。願君臨眺處。切莫見烽煙。

平湖柳岸寫水西草堂實景 丁巳

雲過柳清明。雨足蕉肥滿湖瀰漲到門。却惜荷花遠。

題畫六言 己未 前人

山似赤城霞色。泉如雁岩龍湫。且爲看泉小住。在山還是清流。

湘帆先生用泰西攝眞法爲寒夜課子圖奉題 齊廣芾

伏老經圖授未殘。儀容展向鯉庭寬。奇觚急就督承詔。幻境空明笑正冠。器自

童年觀予季。燈將書味盜更闌。屠龍藝譜有家法。白首門生試捧看。

談叢

不仁者天下一人而已有教則有以使之欲其不欲者則畏之矣故曰嚴師曰師嚴然後道尊道尊然後民知敬學知敬知畏則學成而人亦成故孔子欲平天下先掀師儒之局然而師不能獨成也未從師之先在家庭故人樂有賢父而今人謂之家庭教育既從師之後在社會故曰里仁爲美觀鄉知道易而今人亦曰社會制裁隨處有敬畏之人則隨處而得其所欲此普通之人情因所畏之多亦無不可以共成者也

至於師友俱無術以成之則非有大畏民志者不足制其情蓋禽不能無鴟鴞獸不能無豺虎天之生人不能盡人而歸於循謹於是渾敦窮奇檮杌饕餮出其非禮之爭奪不能不以法隨其後更有不義之羣棄社會之安寧秩序不能不以兵制其紛有法有兵不能無運用管理之人於是國家成焉國家者應於人羣之需要而後有組織有動作以處理人羣之事務者也惟組織既成則人

民授權國家而尾大不掉之形成於是又酌其情形以爲之

再言國家有近乎社會之國家有反乎社會之國家有遠乎社會而與社會相忘之國家茅茨土階菲食惡衣卑宮室近乎社會者也盡人皆兵耕者九一反乎社會者也兵皆募役皆雇人民除納稅外毫不知國家之踞其上此遠乎人民而與社會相忘者也第三種之國家非孔子之所見世孔子時乃第二種之反乎社會者耳反乎社會之國家孔子必不徇之以害人明矣

於是設數法以事國家而與之周旋其一則積極爲一國而使之富强以漸削其餘各國也國家主義之實行由於列國並踞其時人民苦於役苦於賦苦於世祿者之分持雖一國而有割據之勢國家主義中之國家主義人更難堪而貴族擅權雖有傑出之人才亦須於世卿之下仰其眉睫而無由展其抱負人民人才均有不便而人心拂矣於是爲邦樹一王之義行夏乘殷

服周樂虞而孟子亦曰定於一皆削除列國而統歸一國也刪書終秦誓孔子之意見矣

其一則均平各國而並利俱存者也統一難遽見則行國家社會主義與滅繼絕存小國返侵地墨子天志非攻等篇意亦同此以爲苟安一時之道亦聖門所不廢知其不可而爲之孔子之言情見乎詞

其一則排除國家而趨於大同乃孔子所謂大道之行天下之平社會主義之極致者未至其時不敢輕言既至其時無難實現惟其間千端萬緒足以代國家足以善制裁足以維秩序然後徐進於人自爲治比戶可封固非簡單思想家所得妄言亦非不通世情及取便奸非之狂且所能妄試此人事之定則也

夫孔子之於人既有排國家進社會之時社會之人情千形百狀不一其端社

會之組織即于條萬緒不一其類經綸天下之大經立天下之大本然後知天地之化育聖人於此不苟然也

周公於國事仰而思之夜以繼日子產行政日夜思之古則臯陶虞於念釋後惟管子通以鬼神國家之事系統分明紀綱順序其去社會之紛紊遠矣古人猶不敢輕言制造況由國家進社會不嘗解有紐之衣而提無䙌之裳自不能不籌策萬全羣經之條理紛紜更僕難終而挈其大綱蓋有四焉

一曰應時　孟子以孔子爲聖之時蓋實有可指之時非泛言者自古時代轉變可分爲三曰家庭之時曰國家之時曰社會之時而家庭又可分二曰家族曰家庭國家又可分二曰列國曰統一社會又可分二曰獨行（無國家）曰並進（與國家共行而分張）值何時則有何時之說以應之而爲何時之聖人雖繫易終以未濟聖人之心似有未能濟時之憾然先天弗違則先時之義也後天

皆欲砥立名行而或堙滅不章以無聖人爲之稱道也箕山有許由冢以見實
有其人許由既有其人則隨光亦與之相似諸人與夷齊等或稱或否者夷齊
得孔子而行益顯也君子所以疾沒世而名不稱焉此何以稱哉即言何以無稱　通篇以孔
子爲主以稱字爲綫索將信將疑若斷若續如截言之則即取餓於首陽之下
民到於今稱之兩句爲文

田穰苴孫武其事同其心同其所用亦同世謂穰苴明軍令而孫武特借以求
將以爲術同而心異非也孫子教美人戰以寵姬爲隊長尚在意中景公掃國
內以屬穰苴權非不重何以必請莊賈監軍非欲殺之而何穰苴驟登將位人
必不服非先立威無以示衆明知賈素驕必不能無犯日中之約明知賈必不
能來所以使賈監軍而誅之以警三軍之衆當其請也即懷一必殺之心也孫
子之以寵姬爲隊長即逆知其必犯令也賈不違約穰苴不請其監軍寵姬不

犯令孫武不使之爲隊長俘臣且誅何况軍士寵姬且斬何况美人殺一人而衆人懼此兵家之微旨也即令日中而至軍門美人不復再大笑而穰苴亦必以他事誅莊賈孫武亦必亦他故斬寵姬賈與寵姬之命懸於穰苴孫武手中矣此其心固當時所不知亦後人之所不知也曹公嘗盡寢謂其所幸美人覺我既而自覺乃棒殺所幸美人即祖其故智

商君雖刻簿寡恩然實有功于秦車裂黽池誠非其罪史公先記宗室貴戚多怨忘者一句復備趙良之言以明死之非其罪且著其得罪之由也秦王一旦擯賓客而不立朝秦國收君豈其而少則考公之信鞅可見後責其天資刻簿不師趙良卒受惡名則史公未嘗不憐其材悲其遇也

商君說秦以帝王道即所謂道德流爲刑名而韓非與老子同傳也諸子皆言帝王之道而各不相同正帝紀言百家言黃帝其文不雅馴孔子謂堯煥乎其

有文章墨子則言土階三尺茅茨不翦如此甚衆以知鞅所謂帝王術必老氏之言如剖斗折衡而民不爭之類史記于老子但言其深遠而於鞅則曰挾持浮說不滿之意在此言外

文景皆好黃老司馬談論六家要指又推尊其學太史公爲尊親諱故不明斥老子而別於言外見之

魏安釐王時秦滅六國之勢已成雖有智者無能爲力信陵破秦存趙又走蒙驁抑秦兵不敢出函谷關信陵之功大矣使終用之魏或不至遽滅乃以反間之故終於醇酒婦人英雄末路傷已史記叙秦聞公子死拔魏二十城十八歲而屠大梁非惟惜公子之不幸亦爲魏歎也

柳子厚謂伊尹五就湯五就桀爲志乎生民而欲速成其功龍翰臣嘗辨之矣然龍氏之說似亦未當夫尹旣醜有夏而歸于亳則未可謂之爲未嘗去湯也

始見湯而說之伐夏救民則未可謂湯之薦尹于桀也以予觀之蓋尹之於湯未嘗去而其所以往還於亳夏者乃爲湯之間諜耳呂氏春秋愼大覽曰伊尹報湯曰桀迷惑妹喜好彼琬琰上下相疾皆曰夏命其卒湯與尹伊盟以視必滅夏伊尹乃復往視往又以告湯度其五就桀者皆此類也三使往聘旣說湯以伐夏救民矣豈明知桀之不能善而就之至四至五哉（孫子用間篇亦謂湯之伐桀伊尹在夏）

三傳述春秋時事往往傳聞失其眞而諸子百家言古人之行尤多所抵捂彼殆有所爲而言而特借古人以見意乃莊子所謂寓言荀子所謂持之有故言之成理者也雖論古人而其實不在古人也附託其義以爲宜爾而已矣孔子謂伯夷不念舊惡孟子則謂不與惡人言孔子謂柳下惠直道而事人孟子則謂油油然與之偕孟子所願學者孔子而其言也鑿枘不相合孟子豈若是之抵捂邪孟子有言以意逆志太史公曰好學深思心知其意學者愼勿拘於一

甯河邵孝子行略

劉宗誠

孝子諱斌綬字蔭卿直隸甯河縣營城人祖父秦川公以進士授廣東曲江縣知縣有政聲生二子長德藩次書府即孝子父也秦川公乞終養致仕歿於鄉書府公以輸餉例叙縣丞分發雲南於同治八年携一僕赴滇孝子方襁褓隨母張太君依祖母以居時滇亂初平仕途旹雜尚功利黜儒術書府公以書生本色所如多不合需次近十年未嘗一得志而饔飧恆有不給彼時郵政未興每一紙家書輒累月經年始得達窮愁抑鬱僅告平安而已自書府公赴滇後由長門德藩公長子佐卿者總家政兼課諸弟讀孝子總角授書聰穎異常性純孝每課餘輒坐母側背誦故事以慰母心兼詢書府公形狀事略刺刺不休佐卿性褊急常以非理捶楚諸弟孝子每忍受不以告母厥後七八年久不得書府公音耗孝子惶惶如有所失每言則淚承於睫外人多傳書府公噩耗而

孝子不知也適有鄉人某自四川璧山縣署歸者璧山令董懋官乃邵氏壻且曾負逋者也孝子急就某詢書府公息因其地近或有所知也某駭異曰數年前書府公已由滇返過璧山董曾小有資助微聞行至中途病歿似在川陝之交特不能確記其地名董曾接該地團首報告據以轉達尊府矣胡至今尚不知耶孝子聞之呼天搶地痛不欲生歸白之母相與痛哭乃決計往尋骸骨時方弱冠尚未授室張太君以其少年孱弱曾未出里門一步且資斧無出迢迢數千里豈白手所能往返況書府公委蛻何地言者亦不能確指時逾數載人事變遷當夫孤客病死誰爲注意縱得其地恐已荒烟蔓草骸骨無存矣以是尼其行孝子則志已堅決期必往以資斧商懇於伯兄佐卿佐卿難之不得要領乃以己意泣告諸戚黨求爲佽助人咸敬其孝而憫其誠共集三十餘金遂邀族叔之洞爲伴以行瀕行別母母曰爾父儒生於世故人情多枘鑿今拋骨

異鄉言之增痛數年來音塵斷絕吾早料知無倖所以强自鎭靜者恐祖母驚悼且恐汝因之廢學於事無濟耳淸夜寥寥淚盈枕簟汝與妹固不知焉茲汝異域尋親志堅意決在汝父爲有子倘荷皇天鑒佑如願尋獲骸骨肢節當已脫卸則負之而歸得附先人之墓斯誠如天之幸縱或不獲則亦無可如何吾兒應即速歸慰吾倚閭之望汝無兄弟當念嗣續爲重勿得流連於外吾之礽尼爾行者亦以此也孝子受命泣不可仰跪而言曰孤子不遠遊古有明訓特兒不往尋則吾父將永淪異域吾父生無惡德兒料必可尋獲遠則十月近或半年定與我父偕歸願吾母寬懷以待之也乃行時光緒十五年三月距聞耗僅十有三日計直豫陝蜀沿途探詢冀或得耗初行心急如火恨不奮飛而前而步履艱難半日間足心已作泡四五如火燎疼及晚抵店則腰腿無處不疼次晨仍勉强前進次晚則脚下羣泡已連穿成一大包殊爲步履之障乃以棘

刺抉去泡中之水第水去而皮浮與掌肉苦不相合痛轉甚有同㡿者告以用旱烟斗乘吸罷極熱時熨烙浮皮務使僵癟否將內潰愈且無日乃就羣客吸烟處丐其熱斗而熨之久久皮果漸僵痛亦略緩之洞勸令暫歇一日再行孝子不聽又數日全脚皆腫不能着襪乃市麻草鞋赤足着之其鞋製法以麻縷雜布爲底復以麻繩併之爲前梁後提貫以粗繩着時以繩緊縛踝上初甚輕輭及晚解繩脫鞋則踝上繩已浸入肉裏下則血水泥土與足掌粘連爲一以水緩浸許久始獲脫去次晨再着試扶牆緩立如小兒初學步者漸漸着力忍痛而奮呼曰吾不痛矣乃鼓勇以行血則涔涔透鞋外同行者咸爲之咋舌不置每稟報太君則但言路間風景及平安而已五月至陝天炎熱甚終日汗不止漸入鳳翔寶雞山路峻拔崎嶇行愈難日不過數十里轉詢轉前略無端緒二十四日至留壩廳之南星塲即川陝交界處也㡿三和店復向市廛詳詢忽

一老人曰數年前有一人由成都來寓天成店來時已抱病入店病益劇數日而歿據云爲直隸甯河縣人邵姓與璧山令董公有親因路間患痢初擬到此調治不意服藥無效日益困篤乃央店主人請本地團首至前囑之曰吾病將死請將吾隨身物開單寄璧山董公請其轉致吾家家有姪當能取吾骸以歸又云可痛吾母八旬苟知吾耗痛當何如言已大慟並以所餘白銀十餘兩授團首囑代購棺木擇高阜暫厝以待家人來取團首曾問之曰閣下豈無子乎何撇取之事不期之子而期之姪耶則曰當吾離家之時有子方襁褓焉能跋涉數千里而取吾遺骸耶言已而瞑屈指計之蓋光緒十一年八月二十一日也團首如所託辦理妥適並呈報董公今閱數載了無信息孝子驟聞心如刀刺愁然轉若不敢遽信者復詢此公遺物是否猶有存者則曰此公除隨身行李外僅木手盒一對筆硯舊書各數事餘無長物乃央老者導至天成店視之則

見手盒中書府公部照存焉乃搶地大哭叩謝老人曰吾即邵公之子來取遺骸者也一時羣衆聚觀者寔爲之滿見其孱弱若不勝衣咸爲嘆嗟不置有泣下者乃市楮帛由店主導奠書府公厝所剖土見棺木完好漆色如新心乃大慰彼時土人及之洞悉代謀去棺負骸於事甚便且爲川蜀僑客搬柩之慣例設全柩啓行則非大力者莫辦孝子不忍鑿棺暴露重親不安寧丐貸於仁人傭力於異地銖積寸累遂漸東遷愚公移山精衞啣石終有達到之日先馳禀告太君擬入成都求各同鄉推濟如不足則再往璧山董令處索通爲運柩之計夜忽寒熱大作留住二日病愈乃西此時父骸既得則運歸慰母之念轉急日夜趲行不少怠然山高路險其難倍甚往往苦行半日所宿店處仍在望中俗云天無三日晴地無三里平二十四架馬鞍轎七十二道脚不乾尤蜀道中所稱險途者也一日至黃沙驛時方交申孝子入店因時尚早擬再前行一二

十里乃出店將下坡忽一人自後急追且呼曰二君少待幸聽吾言聽其口操北音乃待之路側至則曰余門姓靜海人數日前即與二君遇第未摯談耳二君得無至成都否曰然曰吾輩同鄉茲又同路緣誠不淺余今日須在此勾留半日請二君且回店俟明晨同行彼此均有益也孝子重違其請乃相將復回店中孝子獨出購物見鄉民麕集急遽倉惶如大難將至有手指遙空跪拜且呼者驟莫名其故視其叩拜所向則有黑雲蔽山洶湧前移似吾鄉所謂風雨暴天者心頗嗤之歸店言諸同室門姓者驚曰是山水來也急出視之則已排山倒峽波浪齊天而至濤奔石走聲吼如雷萬壑爭鳴迅如奔馬轉瞬坡上已水深三尺幸所居獨高不致漫沒稍下則水深逾十丈數小時間數百里內人民田廬牲畜咸被刷淘一平使當日非門姓者追還則必無倖免次晨裹糧而行行三日不見一廛一室一人一畜數日後復與門姓相失究不知其何往過

劍門忽患痢日數十行深以爲慮二三日尋自愈七月至成都兩脚各生數瘡川資已罄適吾縣高文通公督學於川秩滿將還京乃由鄉人介紹往見高公意頗重之擬爲文引譽於蜀當道者先假十餘金往璧山璧山距省千餘里水程往返月餘及再回成都値高公抱西河之戚表章引譽之事不便計及孝子亦不願久候僅求由記室擬函遍致經過地方州縣妥爲照料乃東還再抵南星場時地方官已得高公函派差帮同啓攢偏䭾起運並轉函前途所至輒有官役照料且因學使且夕將過路途均經修理靈輀所經路無傾跌爲蜀路行人向來所未有蓋亦感格之理存焉十月二十六日抵家距起身之日僅八閱月也越年葬書府公於先塋孝子由是廢讀謀家計出爲東邊某營掌書記歿於民國九年九月十四日享年五十有六配吳氏子二長爾寅次爾申

其東北一石横出兩丈餘者爲探海石以三面無所附麗勢呑渤海故云察泰山之脈由遼東旅順口渡海而來茲石其殆有迴龍顧祖之意歟又東爲愛身崖舊名舍身在日觀峰南三面陡削下臨絶谿不知作俑伊誰愚民往往於此捨身明巡撫何起鳴繚垣禁之易以今名愛身崖上有石凸高丈餘曰旛竿石今易名瞻魯臺可止臺在瞻魯臺傍有石方正端瑩如碑式瞻魯臺東南懸崖天半望之令人志懾神悸裹足不前者名東神霄山此地絶險幾疑呼吸可通帝座矣此東天門左右之形勝也自南天門以西爲月觀峯以月朏庚方故名茲峯與日觀東西望而危聳過之其西偏怪石攢簇疑漢官儀所謂仙人石閭者即此月觀峯西爲泰觀峯以登此可西望長安也又西天門下有上桃峪其中一石卓立傲岸不羣者爲君子峯由君子峯而南爲西神霄山雙巒峭拔高不可攀與東神霄山遙遙對峙如兩人覿面作揖拱狀此西天門左右之形勝

也距玉皇頂西北里許山勢傴僂狀如老人偶立者丈人峯也案丈人古尊長通稱今世俗但以屬之婦翁已嫌取義太狹又因泰山有丈人峯遂呼婦之父爲泰山又緣泰山而呼婦之母爲泰水展轉錯譌莫可究詰矣由丈人峯西北望見林際祠宇叢雜蔚然而深秀者是爲後石塢黃華洞遊泰山者罔不投足焉而必假道於石馬山明呂新吾先生因洞路險仄題迴車岩於此謂亂石溝獨足盤懸崖巉巇大石峻嶒足令王陽動色云云似北天門左右形勝道尤崎嶇不易行云此次山游本擬栖宿絕頂候觀日出並周歷後石塢等處鑿險縋幽攬岱嶽之雄奇因山頂寒甚棉衣均寄頓山下時又陰雲四起慮夜間日出瞭望不真遂共約下山余因風大撤去幛篷以便縱目初謂南天門石磴過陡下臨萬丈將慮於此效韓昌黎公登華嶽故事比及下山覺盤道逶迤曲折亦不甚見可駭也葢於此既自幸又自豪云㫘夫等道路習熟健步若飛約一時

許已至中天門小住遂行至柏洞以下山勢漸低氣候漸趨溫和矣六鐘餘已至斗母宮計下山僅行兩小時許云案盤路起工處勒石記泰山道里云盤路屈曲而上自山麓至絕頂凡四十八里共計六千七百級二千二百五十丈今上下一週竊疑道里距離無四十餘里之遙或謂泰山道里係以磚尺計算故與陸路不同考泰山誌載明萬歷間參政張五典曾設法丈量云泰山上下共積五千一百二十步有奇計實一十四里零八十餘步今登山者寅上而未已下且下行之速時間約二鐘餘則計其道里實數當不過如此耳是晚仍宿羈雲樓過英人夫婦偕來投宿與談中國話音極清晰蓋亦自北京來遊泰山者二十七日飯後十鐘偕哲甫往觀石經峪仲英因脚氣發不果游北行里許由盤路迤東而下逾嶺越澗至一處豁然開朗別有天地對面乳山倒垂銳若茁筍水縈嶺抱中間石陂廣可數畝由山根迤邐下注有如一紙平鋪刻隸書金

剛經於上字大如斗每行約五六十字隨石勢之高下排比成行榻印痕迹潑墨黝然是名晒經石土人相傳唐僧取經遇雨經卷淋濕攤石上晒之遂留字蹟好事者因而刻之此說殊穿鑿附會道里記謂明王世懋輩疑為宋元人手筆而無所指實按北齊武平時梁甫令王子椿好內典嘗於徂徠山刻石經二俱隸書字跡古勁與此如出一手則是經或亦子椿所書耶今細審字體良是北為水簾崖泉水侵蝕經字殘毀過半近人因集其字為聯語售之西北有高山流水亭亭皆以石砌成明隆慶六年河督侍郎萬恭建有記刻於亭之西崖其北崖鐫聽泉枕石四字余曝赤日中踏石渡水細玩經字之漫滅者既不可辨則披榛剔莽欲求明人所刻大學一章讀之亦不可得哲甫小憩亭內與舁夫輩詢道里考風土談鬼物並縷述某孝婦捨身山下神佑不死暨光緒二十年英人鍾姓在中天門避暑侮慢神像大雷雨被水冲石壓死事娓娓可聽殆

陳人殺其太子御寇

王英華

此篇左氏以淩空倒影之筆記田氏篡齊朕兆佳境也其謀篇製局又烘賓奪主法也田氏苗裔篡竊齊祚在數世之後於其祖初至齊特詳記其事其旨微妙難見敘飲桓公酒一段曰酒以成禮不繼以淫義也以君成禮弗納于淫仁也田裔既篡齊左氏乃亟稱其仁義碻知非眞譽揚故與其子孫反炤寫也用兩也字頓宕神致淡遠耐人咀味田裔越禮專橫而故敘完遜謙馴謹若此此亦反炤寫也倘所謂淩空倒影之筆者非耶敘懿氏之卜辛廖之占文辭繁衍奧頤幾占通體泰半一若極力闡揚作意者實則所謂五世六世及代陳有國特爲結處伏根爾是煙雲也非作意也結末四句及陳之初亡也陳桓子始大於齊其後亡也成子得政用千鈞之力作頓束炤應前文占卜之辭飄忽劖截通體作意始露竟體文境文勢如雲龍變幻空際只見烟雲瀰漫翻轉百態爭

奇而龍身則隱而不見至末方鱗爪一現爾一放即收何等劃截何等奇特此等妙處悉從苦心製局生出讀是文者多謂特叙田宅行誼爾執是而論古古書不雖讀矣古之文家命意無有如此直率者正所謂炫于賓也其主意則在鱗爪一見處爾

鄭伯侵陳　　前人

鄭伯侵陳大獲至此陡斷下乃追叙正鄭陳失和之因終乃過陳復旁證博引意若陳之罪無所逃於天地間者余謂左公譏議鄭爲元惡而痛絕之爾非過陳也兩國失和此亦常事不和于鄭則直斥爲惡之易如火燎原此復有何惡乃又極力闡發其惡謬悠極矣不知妙在謬悠愈謬悠而意不在陳乃愈顯蓋春秋之初鄭莊首惡凌虐周室不忠不義此其惡如火之燎原正宜乘勢芟之刈之絕其本根不使之殖王室紀綱當於時挽救之也左公藉陳以發其意爾

不然其稱曰親仁善隣國之寶也善隣則宜矣莊公豈仁者耶不仁則親之可不親亦可所謂不親鄭則爲惡若是雖常人且知其謬至明哲如左公反不之知耶余故曰左公意譏鄭非過陳也

四存中校
學生成績

日記　民國十一年八月二十三日二十四日二十五日摘錄　四存中校第二年生　李德義

八月二十三日星期三晴

自省　凡爲一事不可始勤而終怠必須始終如一方能免一暴十寒之病而吾儕際求學之時尤當注意苟忽於微後悔何及愼之愼之

修學　上正課之外早溫習英文演算代數午後誦讀晉侯獳卒乃今日新授之左傳也觀桑田巫之被殺小臣之殉正見晉公之不德其死之奇文章之妙誠爲古今罕見非左氏之筆其誰能傳之繼讀國文毛穎傳文雖近游戲之作然是昌黎眞面目不曾片語依傍無怪乎柳子急與之角而力不及也下午看博物及地理晚膳畢預習英文晚錄暑假期內之作文

記事　今日已正式開課同班到者二十有二人已居三分之二各課均繼

續授之惟博物科易教授爲程煥一先生係北京高等師範畢業上堂後關於研究博物之意略謂吾輩研究此科不外使其繁殖而加保護且謂普通學校研究此科多枯燥無味吾校力懲此弊教授之之法改爲筆記蓋練習耳聽目視手書也下午正於教室溫課而第三四班英文教授于師忽來于師者香港大學之畢業生也新就吾校教授來時以校中情形詢予予一一對之余藉此機會亦以英文質疑聆于師音甚正確講解詳明不禁發予生何幸獲良師之感也談至將寢前于師始去師生能如家庭父子兄弟誠不可多得

二十四日星期四晴

自省　自昨擬定功課每日循序必溫習方已惟恐不能戰勝惰性故時刻戒備如臨深淵如履薄冰較忙無頭緒之用功爲有興趣但須有恒

不可作五分鐘之熱心

修學　早讀英文演代數午後誦左傳晉侯使郤犨來聘篇聲伯之母施氏之婦母女所遭若合符節而其結果之異正左氏傳郤犨之淫縱也下午作文題爲歡迎新同學序半時餘稿成加以修詞逮交卷鈴聲適振予書遲鈍宜極力習速課畢閱今日所授之歷史想史之至於近世關係必爲愈切當潛心究之晚誦英文旣而錄英文文法筆記

記事　課餘閱歷史至元之世祖以武功得天下而太宗能愼重刑獄予不禁有感夫刑制之於國家上以杜奸宄下以防非法若持之不愼肆用桀紂之刑欲天下之不亂者豈可得耶吾國自光復以來刑制大加整刷自都門觀之似爲甚正然美中之不足者則爲省境縣衙專以吸民脂膏稍不遂慾即非刑加身言之至此痛心疾首蓋予曾目

睹吾縣某知事某之所爲也今雖國内鼎沸外侮日甚而執政者當此收回治外法權之時亦當有以改良之勿使吾民久墮酷刑而領事裁判不能收回是予之所希望而拭目以待之也

二十五日星期五晴

自省　事之是非靜心體察必能得其精確若逞一時之氣必至貽禍自擾而事之是非既不能明或反遭不虞之毀行事當三復思之不可挺身拔劍而爲匹夫之勇

修學　溫預定功課外晚閱漢書至高帝見始皇喟然大息曰大丈夫故當如是矣句予心油然而動如有希聖希賢之志終不失爲聖賢也所懼者志不堅耳

日記（自十一年九月一日至十一月十二日）

四存中校第二年級 趙俊汾

曲在己不可校曲在彼不必校誠能如此焉有爭鬬之禍乎

多一番閱歷即多增一番知識

神弱則聽講亦不能入故君子貴養其身也

求學之道貴乎專而不貴乎貪專則粹貪則不精如肆口大嚼安望其能爛乎

養身莫善於習勤去奢莫先於務儉

人不思則無過苟日省其身斯過至矣自治愈嚴則過益多

遇事有判決力此在平素試驗得之

人常慮危而不蹈危車行於峻阪而仆於平地者慎於難而忽於易也

人不可無克己工夫過之於人也猶疾之在身也思疾愈即宜思寡過欲愈疾非服藥不可欲寡過非克己不可

與常人較長短者常人也與小人爭是非者小人也

大言不可說大志不可不存

無愼獨工夫不是眞學問無大庭效驗不是眞愼獨終日嘵嘵則是口頭禪耳

今日之事不可延至明日

君子有過不辭謗無過不反謗共過不推謗謗無所損於君子也

庸人多事生災皆求功有以致之

不怕念生只怕覺遲

能屈者乃能伸

攻我之過者未必皆無過之人苟爲無過之人攻我則我終身不得聞過矣我當感其攻我之益有過無過何暇計哉

記事　午膳畢同學授賓話報一張於我其中有指吾校之劣概爲不實並

僞造日記一篇證爲吾校長之腐敗訓詞揣彼之心蓋欲藉此以毀謗吾校之名譽也同學閱之均甚憤激擬與筆辨予獨不以爲然夫是者是非者非又曷必斤斤與之辨哉彼毀者自毀吾學業愈加勉勵異日學成出而應世自水落而石出矣既而金君邀我至李師室談及此事李師之言亦與予同並加以鼓勵之訓詞持以自修勿作無意之爭此豈所謂學問深時意氣平歟彼何物警鐘不知又當作如何想也下午熊君應祚告我以請仙之事可以科學證明此皆熊君暑假南旋所親試也予聆至高興渴欲一見由此方知鬼學博士之術誠非欺世

參觀山西太原各種學校日記

李九華

三月二十九日上午十一點由京起程與本校庶務李君瀑泉前往太原參觀學校是日晚九點至石家莊沿途見京南一帶雨量尙足麥苗嫩綠柳色微黃甚可人意保定以南定縣附近雨量尙嫌不足正定界內沙河與滹沱水勢不小遠遠聞有蛙鳴亦春初所未曾聞者

三十日早九點搭正太火車赴太原由井陘至娘子關一帶山勢磅礴小河曲曲折折繞山石而流下火車路綫亦繞河流而進或爲大山所阻則鑿山爲洞穿過之但不甚長故黑暗少時即見天日亦無所苦山居農民闢山地爲梯田層層而下其界及土陂俱以小石纍成工巧絕倫足見山地之人甚有忍耐力也自火車中遠望徑細如腸河小如綫門窗櫛比密密如蜂房春樹繞之頗有畫意不知何日得遂山居之願也

火車行至娘子關即有軍人盤查來往客人甚細且非僅一次到省城時亦然入店亦然足見該省行政之細密更有可取者則軍人盤查時語貌謙遜不似他省武夫之盛氣淩人也

正太火車較小而潔賣票依坐位之多寡而定車中一茶役管一輛車無一人佔二位置者亦無立于車中無坐位者比京漢京奉等路整飭多矣是日晚到太原住小南門內東萊棧

三十一日早十點往拜閻督軍心中猶以為早乃至公署則閻督會客已畢在辦公室晝行不見客矣其勤于公事非北京局所官廳所能及也

至教育廳馬廳長駿（君圖）係回教中人本日係該會禮拜故亦未見約以他日第三科科長傅汝綬字佩丞出見余等略述觀光之意傅君允函知直轄各校

趙次隴先生爲晉省大儒且諳軍事現爲第四混成旅旅長余等往見趙君延入人甚精審而性情誠懇又熱心學問令人欽佩外國文言學校係以趙君爲名譽校長乃託其介紹參觀趙君允之幷代爲介紹進山中校（設在督軍署）及行政練習所

省公署馮科長司直與本校校長素相識乃持本校校長函往見適値馮君辦公未獲接談令科員魏君致南款待余等述來晉觀光之意託其轉達馮君蓄馮君爲省公署內之敎育科長也

下午一點鐘到山西圖書館館在文廟內館長柯定礎人極誠懇且勇于作事導觀館中各陳列室一週室藉文廟兩廊爲之藍瓦朱柱加以新式之洋灰式門窗更覺古樸莊嚴勝于新建築物柯君云中國古屋略加改造便覺適用且亦美觀不必一概推翻余甚然其說且以爲中國之敎育亦復如是

似不宜取古聖先賢之說一一推翻如近世醉心歐化者之所爲也
館中陳列儀器標本雖不甚多亦非普通中校所能辦任人觀覽不賣入場
劵故參觀士女最多亦提倡民智之一助也
西廊下陳列古佛多尊有與人等高者有高於人二倍者有已殘缺之銅佛
其銅手已與吾人之身體之半相等袖上花紋甚精緻古色斑斕令人摩莎
不忍釋又有北魏殉葬陶器及泥人多種亦爲希世之珍
古代盔甲（鐵製）鞍鐙亦有多具（其軍盔略如德人軍帽）又淸朝服朝帽
亦按品存之
東廊下陳列禮器余等欣然往觀意欲採取樣式歸校仿製兩三種以爲習
禮之助乃爲祀關岳者所借去未獲目睹失此機會甚爲可惜
圖書館各陳列室任意觀覽無人看守亦從無失物足見該省人民公德之

進步也

往大學校訪同鄉于君桂馨適値出門未遇

下午二點半歸寓馮司直科長遣科員魏君到寓回拜幷送來各校地址一覽表一紙又覆本校校長函一封

趙次隴旅長亦派書記官李式儒回拜幷送所介紹學校之住址單及各校長姓名一紙

自到山西發生一個感想太原城內之格言觸目皆是用白話曉諭人民甚爲合宜迴想北京部令廳令以及各種布告俱是文言而黎大總統令生字難句有意爲之于以曉諭普通人民尤覺於理不合而最高學府如國立大學等其校內學生當然可以用文言矣乃各種揭示反用最粗淺之白話殊嫌顚倒

閻兼省長每週必下縣一次用長途汽車其在省城則用舊式騾車或騎馬不用汽車或馬車故城內大小官員亦無有敢用汽車或馬車者

四月一日早九點圖書館庶務員侯君與炳字子文（山西大學文科畢業）來訪并介紹同往洗心社聽講當即與李君瀑泉同往

洗心社者乃閻兼省長所設立自爲社長每週講演各縣皆設分社以縣長爲社長亦每週講演是日閻兼省長以閱操未到派趙旅長次隴蒞場講演余等到洗心社時有人招待入座講堂台牆上刻有悔過自新四大金字每字之大約有四尺講台有欄上列花草下刻成己成物與人爲善八個篆字大亦徑尺此室頗偉大莊嚴約容二千人本省名儒碩彥及來賓俱在前方坐後排坐者爲各校學生整肅無嘩頗爲難得開講時先鼓琴（平沙落雁）後奏風琴（漁樵問答）樂止趙君次隴講演其題爲孟子學說足以救全世

界說至戰必勝攻必克闢土地充府庫是謂民賊今之軍閥孟子早以民賊目之語甚痛切又解釋廣土衆民一章爲孟子浮雲堯舜事業之証據語亦精警講畢即散會用時不過兩點鐘故人人無倦容

最難能者是日到社聽講之各校學生幷非由學校强迫而來皆是自己願來的尤爲難能可貴

十一點侯君子文同李君憲白字式儷者（趙旅長派來）一同導引至督軍公署參觀進山中學校（取義譬如爲山進吾往也）該校無校長無其他職員其管理及教授俱以教員任之而學生兼任庶務及夫役之事名爲服務生無論掃地端飯及客至到茶皆服務生爲之惟其服務生係特別考取不能普及于全班殊可惜耳

該校教員王君懷奇字子偉延余等入導觀講室及自修室寢室該校係借

用督署後之舊屋規模草創設備未甚完全然其學生則循循有禮亦甚知用功（是日爲星期日在校學生仍在自修室用功）聞該校學生係由每縣畢業生中拔取前三名故天資學力均優該校學生概爲官費生由督軍每月撥欵八百元校內共兩班約五六十人

課程頗簡單只經學（論語）英文國文算學歷史地理等科余等借學生筆記觀之其解經亦頗明晰算學一科一年級第二學期之學生初習代數功課進行亦不爲不速

校中教員學生精神尙好惟校舍逼仄不易拓充聞將來擬移至他處云

十二點回寓用飯一點鐘至行政練習所侯李二君仍陪往是校爲大學及專門畢業者研究學問之所並無教員亦不上堂惟在齋舍看書省長時常考核其勤惰量才委用故人人奮勉此亦他省之所無者

學監爲梁君玉字潤甫山西陽高人贈余等以山西單行法規各一卷

二点至外國文言學校校長爲美人衛西琴先生其人熱心教育余在保時曾聆其講演今乃得見施諸實用焉

該校不拘部章亦無一定之功課表(每日一換更有臨時更改者)以改良習慣使學生自動而又切于實用爲宗旨

據衛君云前三年不敢使學生多上功課恐近于强制也近則三年之生皆樂用功從無犯過者矣以是知學生切不可壓迫也

余乃自愧細詢其訓練之方法衛君云是惟在循循善誘徐改其習慣性而又使之時時皆有事作久之更無事督促矣

余觀其學生語言容儀及動作雖不敢斷其學問如何然决非甚囂塵上亦决不至有爭鬥或盜竊之行爲者余又自愧教法之不如人學生之過皆自

已之過也以後宜試行新法

校長時與學生握手甚爲親密學生亦爲校長脫大衣倒茶端點心如家人然

飯廳庶務圖書室工場管理皆學生爲之其賬目甚詳細亦淸楚校內工場爲製布鞋製布襪及便帽衣服等

公賣室內買所製物品又有洋貨書籍像片紙張油鹽醬醋等

該校共分二部第一部爲法文班英文班德文班在閻兼省長花園內（園內有瓦房多間及亭台樹木新由閻兼省長賜與學校）地基甚廣以辦大學亦綽有餘裕也第二部以舊日民房改造屋小而多各院曲曲相通每院住一敎員管理之如一家焉

其講室坐位如戲園聽講者用八仙桌三面坐或旁坐用長櫈不似他校之

用一致桌椅也

學生皆長衣不穿操衣不體操以工代操如刻花磚修門築牆塗壁修屋頂擦窗戶皆學生爲之

其外國文會話演一故事如新戲然二人一組一問一答各有翻譯俱極自然余等是日參觀學生特爲演習德文英文法文會話各一次甚有趣味

衛君善樂歌是日爲余等唱愛爾蘭戰爭歌及閻兼省長新製之太谷歌抑揚慷慨高者振林木低者如咽泉歌罷衆學生和之既畢衛先生汗下如雨

余等深感其殷勤一同致謝而歸寓

是日衛君贈余等以學生手製之鞋襪各一雙章程一份幷衛君近著多種

(一)中國之悲慘教育　(二)論早婚　(三)中國教育議　(四)發展國性之教育　(五)新教育的數條　(六)新教育的原動力

四月二日早九點赴督軍署送四存叢書一部于閻督軍

十一點教育廳派科員馬延齡字錫九導引參觀大學校該校學監藍致祥字子和劉仁厚靜源導觀各科講室及理化儀器室禮堂電燈發電機圖書館登大樓屋頂俯瞰全城瞭如指掌東西兩面皆高山聳峙雲氣繚繞晦明參半汾河橫亘于南細纔如綫城內亭台樓閣如在畫中洵爲天然形勝之地該校共分三科文科法科工科共二十二班年款十三萬元學生共九百七十人成立已二十餘年規模闊大設備亦漸完全惟近少疲敝又絀于欵故精神微嫌不足

校中有西式紀念碑上刻山西大學專齋總教務敦崇禮(英人)紀念碑校中人云該英人精神最好熱心教務卒以肺病死人皆惜之

是日因山西各校補放春假一日(以四月一日爲星期日)故未觀講室教授

聞該校文科之經學係江君叔海（江庸之父）講授年已六十有七精神尙旺擬訪之且尋經學講義并問教法

一點至商業專門學校分本科及甲種兩部共八班二百五十人月欵八百元校長嚴愼修（未在校）由學監賈登甲字鼎臣導引參觀各講室（學生在講室自修）寢室（茶色布門簾上有商校二字橫書勤信二字直書）化學室有小學用儀器一份惟其室雖有書架及圖書物理室內有學生試卷及圖畫頗嫌不倫游藝室內有乒乓球圍棋等又附設銀行及南紙店使學生實踐尙屬可取惟仍用商人未能用學生組織也又陳列室內所陳不盡商品亦嫌紊亂

三點至農學入門見花木夾道地址宏廠由學監朱君世昌字其五導引參觀花園物理化學試驗室設備甚整齊

惟農產製造品不多不思售賣之法未盡合宜

該校共十五班分林科農科畜藝科三科共五百入學款每年五萬九千元地有一千餘畝內有果木桑樹榆樹等

氣象台上有測風向之儀器及雨量計晴雨計最低最高寒暖計濕度計又導觀繅紗紡絲各木製器械及烘繭室標本儀器室圖書室均甚整飭五點紡冀貢泉于其私宅遇之旋至樓見底訪苑俞航于元裕齋未遇

冀君爲法政專門學校校長據稱太原各校學生程度不如北京以前以第一中學及第一師範辦理較好去年第一中學鬧風潮以後遂形減色因之一師校長張君見風勢不佳自行辭職現今學生動謂學生爲學校主人職教員爲學校公僕此則大謬蓋職教員爲國家及學生父兄之公僕以爲其教育子弟也學生既來求學已自承認職教員爲先知爲師長安有師長爲

僕而子弟爲主之理是故學生而不贊成退學則可或依法律使國家教育改良改造學校亦可萬不應以學生作其本校之主人也此徵之東西各國莫不承認者

四月三日早八點至陽興（十二縣）中學陽曲興縣（前之太原府治陽曲爲首興縣爲末）參觀校址係舊日書院不甚寬廣共分五班二百五十人本校一百八十分校（在文廟左近）七十經費由每縣解款每年一萬一千省補助四千元校長趙繼舜字子虞未在校學監孫椿達字壽卿接見幷導觀各科講授國文教習不佳英文及幾何尙可理化及博物儀器只有小學用一份操場不大無自習室寢室院窄頗難發展成績以木工雕刻爲佳

九點至第一中學校校長爲李貴德字玉堂南通師範畢業其課程取分科制在太原爲較新者然經學固未曾裁去

該校係舊日貢院改造成立于光緒二十八年規模宏大聞係成立于留洋畢業之學生至今已達十七班每年學欵三萬二千二百四十二元其教英文用講義三角用英文講義化學用英文講義物理國文用講義博物地理歷史各科教習均好惟每班學生人數太多約六七十人學生上堂太遲上堂後有看小說者學生對職員無敬禮之意其衣服亦參差不齊有操衣有便衣有大氅或棉袍似不如陽興學生之靜穆然陽興則年齡較大衣服亦不整齊且多有戴操帽上堂者

儀器尚足用約值三千元然以該校論殊嫌不多校內備有公賣室浴室理髮室（均係商人包辦）武術有刀槍弓箭等兵操有鎗及鼓號體育有體育會操場甚寬廣又有美術會以研究字畫手工等成績以圖畫（水彩）手工（木工雕刻）地圖（英）爲佳

十一点參觀省立模範兩等小學校校長李興義字宜亭導視各教室及儀器成績各室亦能應有盡有

下午一点同李濚泉大學教授于桂馨同往參觀國民師範學校該校在太原小北門內地基甚廣四面皆空地自民國八年開始建築規模甚大共分四十三班學生一千二百八又有工場四个惟教室講授尙欠精神而以國文爲甚工場及農場尙好有毛織胰皂軍衣銅扭扣及骨扣粉筆洋蠟毛筆等工廠又有地四百畝分與各班學生課外耕種其工場亦預備學生實習用意甚佳惜其校長不能常在校中(即趙次隴旅長)而所派總幹事徐一鑑子衡教務主任吳炳南冠詩才力心思俱不足以統馭此偉大之學校恐不易驟有起色也

拜訪國民師範教員展之璞梁小南張桐軒四点參觀平民中學校係山西

大學學生于去年暑假新創捐欵二萬元纔招兩班教者頗熱心然成立時期尚短未見成效

晚七点張陰梧桐軒（公署參謀）博野人來訪談及晉省人才督軍而下只趙次隴一人其餘則惟利是圖不顧公益者居多故以晉省與直隸比適得其反蓋直隸教育往往上方不使充分發展山西教育則上方極力提倡而紳士不使統分發展余等歎爲名言

齊杏林字傳春（審判廳）來訪是夜微雨

又是日五鐘遊傅山青主祠院內花木清幽樓閣高聳亭台雜列流水環之傅青主牌位後有畫像甚爲飄逸像上一匾曰蕭然物外祠外一匾曰塵表高蹤

四月四日早七點劉學謙來訪前第六中學之舊學生也

早八點同李瀑泉往第二師範教務主任張君清源鏡塘延見該校成立於光緒三十一年開辦最早中經優級師範之組織故設備頗完善現有學生六百四十七人本科十二班預科二班經常費六萬六百餘元每年臨時費三仟四百餘元教授方面亦頗盡心惟學生對不要緊之功課有一部分不注意者如上修身則看小說或其他功課者約佔五分之一似此輸入恐不易生効果

經學講左傳讀左補易亦無甚精采

算術講開立方該校算術二年講畢雖云小學需用甚多然以中學普通之本而使小學畢業學生復習二年恐不易引起興味也

上某堂有教員某君適與學生起衝突余等與該校主任至亦不停止余等遂退

成績甚多以炭筆畫地圖爲優字無甚佳者炭筆畫中有顏習齋先生像余甚傾慕該校乃爲特照一六寸相片相賜余等無以謝乃自撰文寫一直幅及對聯付與該校聊表敬意幷作紀念

至新民中學參觀該校爲山西大學畢業生所創辦現有三班規模甚小經費支絀無足紀者

下午同李瀑泉于桂馨同至女師範該校校長爲張履靑靜仁派小學主任引導參觀校內亭台屋舍備極工緻設備亦甚完備足見苦心經營

古琴室有琴二十張教者爲父女二人

風琴室有風琴十四張

縫紉室有機二十四架

成績以手工圖畫習字國文爲最優當在各中學以上

三點半參觀關岳預祭典禮古樂器如鐘磬柷敔簫笛琴瑟塤箎俱備舞器爲干戚旌旄祭時樂舞并作如崑曲之迎神樂每校各派班長二人與祭文官自委任以上武官自少校以上皆與祭

晚么君若蘭苑君兪舫齊君傳春同來訪

四月五日早八點大學文科學長張貫三圖書館長柯定礎來訪送來大學經學講義及詩各一卷

九點同于桂馨再訪衞西琴（送自書對聯一副及中堂一）細詢新教育之方法據稱西國現在均向此法進行惟中國老師宿儒胆量太小不敢驟變留學生學問太淺未能深造西人來華者又各有目的故均未足以語此

余之創造此校第一步練學生五官百骸使之靈敏活動第二步練其心思使其心思亦活動而由五官百骸以表出之今學生不過三年第二步亦完

全作好所困難者第三步耳

第三步要使教師教學生以新知識然西國教師既不易聘中國教師習慣太深未易化除以不靈動之教師來授功課此則甚爲危險耳君如有相當人才煩爲一引薦也

余與衛君談約三點鐘甚爲契合衛君送余以該校口授講義及該校像片多種并使自己所坐之車送余歸寓且使學生代携書籍深情厚意爲晋人所不能及

下午一點同李濚泉于桂馨至工業專門學校該校教務主任趙君國佐字籐右導觀機械工廠染織工廠化學工廠機械幾何電學化學講授并試驗各教員均好化學器械較多物理儀器嫌太少校內自造自來水并植花木多種甚爲雅潔

分專門甲種二種專門分機械及應用化學兩科甲種分機械化學染織三科共十五班校欵五萬五千餘元學生四百四十餘人

四月六日爲植樹節各校放假停止參觀一日是日與直隸同鄉之在晉者王錫符齊傳春于桂馨苑兪勳同遊晉祠祠去太原約五十里四人坐車二人騎馬一馬弁相隨沿路見汾河及汾河木橋長約里餘遠山東西聳峙始悟汾河爲兩山間之大川又悟左傳所云有汾澮以流其惡且民從敎之語十點到晉祠祠前石橋之下泉水淸可見底水底綠草平鋪未曾出水亦能生長日光照耀燦若雲錦其中黑色鯉魚逆流而上不可勝數西行數武則見泉由洞出前有欄南北分鑿十孔北七南三分流而下附近赤橋村古唐村等以此溉稻獲利甚豐泉上有水母廟面向西坐在甕上（道士言昔有民婦每日汲水遇有軍人借水飮馬謝以馬鞭鞭能在甕引水可免汲水之勞

民婦屢試不爽後此鞭爲其小姑所得戲以此鞭在甕搖動多次泉乃大發民婦方梳頭乃握髮出救身坐甕口水止而民婦亦死後乃爲神稱爲水母云）水母祠北爲魯般廟又北爲邑姜廟廟北爲道士住院院有洞深遠莫能測知蓋空氣不好探險者不能窮其底也少東面南者爲唐叔祠關帝廟有唐太宗手書之碑又晉祠內有傅青主題字刻石余等欲買數種搨片以道士索價昂未購下午二點起程由晉祠回太原五點至寓所

四月七日早八點同瀑泉參觀女子中學校該校尚未有中學班只有高小二班（本文校各一班）國民七班（本文校三四班）校長孟履青回籍祭祖未在校事務員某君導余等參觀教授及設備高小班男教員某君講國文教授能啓發女生亦精神國民班唱歌爲女教員發音及教法亦好成績以國文習字爲優手工多美術品不甚適用

該校校長喜研究天象辦公室內有自製簡單星象儀以鐵絲（經二十四緯綫六）製爲半圓形用細鐵絲貫白珠爲星小皮球爲日附在經綫上及星圖多種乃索星圖數張及學堂章程表册而退

十點至法政專門學校校長冀貢泉未在校學監靳儀字鳳來導引參觀講授預科講西史本科法科班講戰時國際法學生年齡較長惟其氣尙肅盖其校長不主放任故也體育場圖書館安置均好書籍亦中西參半閱書室甚軒敞

該校經費每年二萬餘元學生共三百餘人分爲八班法政科三三班預科法政各一班

十一點歸廣太原各校參觀已畢尙有遺漏之晉華中學校（以有風潮未往）山右大學初創僅有中學二班無欵無校址借武廟開學及各小學等

諒亦不過如是爰擬將參觀事結束定午後往各處辭行明日回京

中華民國十一年十二月一號出版發行

編輯者 四存學會編輯處

印刷所 京師第一監獄

總發行所 四存學會 北京西城府右街 電話西局二四〇八號

分售處 開封四存學會分會 太原四存學會分會 天津四存學會分會

代售處 東安市場華鑫書店 第一樓聚文齋 琉璃廠藝文書局 琉璃廠中華書局 青雲閣富晉書社 及各大書莊

中華郵務局特准掛號認為新聞紙類

第十五六期

報費務請先惠凡價目一元以上均不收郵票

本月刊價目

期限	本數	價目
一月	一本	二角
半年	六本	一元一角
全年	十二本	二元

郵費

區域	本數	郵費
本京	一本	一分
	六本	六分
	十二本	一角二分
各省	一本	二分
	六本	一角二分
	十二本	二角四分
外國	一本	八分
	六本	四角八分
	十二本	九角六分

廣告價目

篇幅	期限	價目
全幅	全年	四十八元
	半年	二十四元
半幅	全年	二十四元
	半年	十二元
四分之一	全年	十二元
	半年	六元

廣告概用白紙黑字登載在一年以上者價可從廉

四存月刊編輯處露布

一本月刊月出一册約五十頁至六十頁不等

一本月刊多鴻篇巨製不能一次備登故各門頁目各自分配每期逐門自相聯續以便購者分別裝訂成書

一本月刊所登未完之稿篇末未必成句亦不加未完二字下期續登者篇首不復標題亦不加續前二字祇於目錄中注明以便將來裝訂成書時前後聯續無間

一本月刊此期所登之外積稿甚夥下期或仍續本期未完之稿或另換本期未登之稿由編輯主任酌定總求先後一律登完不使編者閱者生憾

一本月刊第一期送閱第二期須先函訂購屆時方與照寄嗣後訂購者如願補購以前各期亦須來函聲明始行補寄

本月刊投稿簡章

一投寄之稿或自撰或翻譯或介紹外國學說而附加意見其文體均以雅潔明爽爲主不取艱深亦不取白話

一投寄之稿如有關於顏李學說現尚未經刊布者尤極歡迎

一投寄之稿望繕寫清楚以免錯悞能依本月刊行格繕寫者尤佳其欲有加圈點者均聽自便否則亦望將句讀圈清以便閱者

一投寄譯稿並請附寄原本如原本未便附寄請將原文題目原著者姓名並出版日期及地址均詳細載明

一投稿者請於稿尾註明本人姓氏及現時住址以便通信

一投寄之稿登載與否本會不能預爲聲明奉覆原稿亦概不檢還惟長篇譯著如未登載得因投稿者豫先聲明寄還原稿

一投寄之稿登載後贈送本期月刊續登至半年者得酌贈全年月刊

一投寄之稿本月刊得酌量增删之但投稿人不願他人增删者可於投稿時預先聲明

一投寄之稿經登載後著作權仍爲本人所有

一投寄稿件請徑寄北京府右街四存學會編輯處收

四存月刊第十七期目錄

顏李學

顏李遺著

論說

專著

名賢軼著

藝文

談叢

附錄

私立四存中學校英語練習會簡章

誦詩以習樂觀書以知政耳夫人精力有幾乃不力禮樂兵農之學水火工虞之業。而徒鶩於讀覽著述何爲哉。孔子刪修。乃晚年不得用。恐興王既遠。聖道遂湮故刪繁就簡以詔及門曰後世其效吾行而行耳。非謂皆效吾言而言也。且道猶路也書所以指路也。天下羣欲爲指路之人。而不爲行路之人將指之誰而行乎。況所指者更有非路而陷人於荊棘者乎。先生謂註經諸賢。不離曲學局面。則後儒之道問學。不可即謂古聖賢之道問學也。先生既灼見流弊。必益力復古。輒以忠信篤敬爲德。以詩書禮樂爲學。使位天地育民物者實其事則大學明親之道。實現今日。而塨亦得依門牆以有成矣。一日復同友人之酉山齋。聽其言夫婦行禮及其家行冠婚喪祭諸禮。酉山曰、自古無不富不强之王道。亦無患貧患寡之聖學。又論張孚敬定禮文廟八佾去武舞只用六佾。是以武爲非聖學矣。彼郤萊徂東者何人乎。甚哉其悖也。是時恕谷年未三十。問

學方力。在鄉則向王五公劉煥章諸人求教。皆有可采。總以習齋之言爲皆可行。入京則向費燕峯周青士諸人求教。儘有資益。總以西山之言爲盡與合返自都門。至博野。爲述所聞於習齋曰。先生疇昔所望。其在是耶。因出視其所著河洛源流。擬太學祀典。聖學直指。習齋以手加額曰。天生西山。其眞有意於斯世斯民也。謂恕谷曰。曩聞太倉陸道威學識。似得孔孟本指。而終未謀面。已爲深憾。至欲讀其遺書。竟不可得。今又可失之許先生乎。第恐居下援上。爲有道者羞耳。無何西山書至。論學。稱習齋爲三代遺民。列之楊椒山鹿江材孫夏峯之次。且謂爲今世之景星慶雲。祥麟威鳳。而歎近代著作立言者。接踵而起。獨聖學絕響。以庖羲一畫。唐虞一中。孔門一貫。望習齋。習齋答書曰。庖羲大聖。一畫洩天機之秘。第大聖自喻。而以一畫之散見。如八八六十四卦。與天地共見之而已。唐虞之一中。第堯舜禹三聖面接。而以一中之作用。如三事六府與天

下共見之而已。孔門之一貫。第孔子與顏曾面授。而以一貫之散殊。如四教六藝。與三千人共見之而已。直會一中。先生言之。自當能之。僕之駑駘。何敢躐等自誣。但願勉習其散見。倘於一二粗迹。見諸身家者。稍可自對足矣。所謂一中者。或可俟諸他年。得大君子鑪錘。猶未敢自信。果可與聞不也。恕谷後復如京。酉山爲再申前說。言中字口人也。中一畫上頂天下至地。又言元字二畫天地也。下仁也。仁傍人也。二畫天地也。總之吾道承天立地。生生人物。廣大精微。盡於此矣。又一年。恕谷館龐家。裒思酉山謂中之見端爲仁。仁兼三才。時時以仁存心。乃集四子書之言仁者。通解之。曰四書言仁解。寄正酉山。酉山復書。謂已得聖道之要。須以宏毅任之。恕谷復思宏之反。曰淺。曰隘。曰躁。曰矜。似是而非。曰泛。曰濫。曰無斷。曰粗疏。毅之反。曰怠。曰遷。曰浮。曰散。曰多慾。曰苛細。似是而非。曰客氣。曰助長。曰執拘。朝夕用以自考。是歲饑。輔水溢。凶荒。恕谷迎養其母

四存月刊

於館。而習齋有門人鄭某。逸其名。安平人。謀糊口京師。習齋亦有附書。與西山論學。其辭已前讀河洛源流。聖學直指。知先生識指之卓超。聖學之統緒。有攸歸矣。繼承翰教。忘德忘貴忘年。先施於草茅寒士。非成德之大。愛道之切。愛士之殷。不至此。僕心景之踰年。蒙特剌下問。曷勝悚感。第伏棲荒鄉。曾不得見一遊都之人。徒鬱鬱如結。而竟不能馳一紙於函丈下也。茲有鄭生適京。知先生之下交也。欲進炙道範。以求益。敢以便。敬質積疑。惟先生教之。聖學直指中。有氣魄大才一段。云肩荷世道。救濟生民。治能輔治。亂能撥亂。吾儕今日用何功。操何具。可以辦此。有骨力名賢一段。云干城名教。扶正人心。達則兼善。窮則垂教。吾儕用何功。操何具。可以辦此。又云撰合纂一部。希聖達天全書。與同志講求。今可成否。希示下。河洛源流。眞二千年獨闢堂奧。獨窺孔心之識。宋明諸儒當俱拜下風也。竊疑字句一二未穩。擇人一二未確。如管仲趙衰下。尊攘二字。

似宜改刻。春秋是吾子將爲東周手段譜出。儻得遇便。如是整安撥正耳若謂一作便已安已正。恐孔子之心戚矣。治亂皆不出一段中。四皓子陵是漢家二祖求之未盡道。未可等之巢許例。治方出亂必不出一段中。仲連熱腸世事。恐未可等之沮溺例。治亂浮沉置天地民物膜外一段中。恐虧罔墨子許行夷之恐不足道。赤松達摩非我族類。似不足齒。至於諸系圖孔注聖師確矣。道祖二字或可議乎。處不齊世訛爲宓。是僕所推尊爲聖門顏子下之一人者。以治單父與孔子對哀公。嘗稱爲霸王之佐也。配饗似宜進子賤冉仲弓有子若而六。孟子特廟。不知鄙見何如。各代大儒一段。僕意宋推胡文昭。元推許白雲。明推韓苑洛。未審當否。結語中曾子與訛爲參。宜改刻。漢賢不有石奮管寧黃憲等耶。何負經生伏勝高堂輩也。明之王文恪似當次之曹邱例。陳文達似可進之韓范例。間襍黃中似不倫。宋明儒之不惑於禪者固鮮。張九成尤甚。正戴儒冠

和尚也。夏峯宗傳已誣。先生似不可再誣。此大著中積疑。求先生教之。若近有所欣。與茲二刻並求賜教。敝齋俱無也。又有經書積疑三種。各書俱言古禮尚右。又云神道尚右。乃成周廟制左昭右穆。不又尚左乎。曲禮席南向北向以西方爲上。東向西向以南方爲上。反覆不得其義。雖陳注引朱子解。僕終未喻。春秋於文姜辱周公廟。與於弑君之賊。乃書葬我小君文姜。傳家謂之諱國惡。春秋於夫人會齊侯。皆詳書之。顧於死後諱之。於僕甚不解。論先生賜教。以開聾聵。不勝遙企。北望依依。不旣欲言。西山之見重於其師若弟者如此。未幾西山進副都御史。恕谷奉書勉以建白。特疏刻大學士徐元文。與其兄乾學侍郎高士奇。鐫鈒而徐高亦由是去位。遷兵部督捕侍郎。又一年辛未。恕谷入京會試。下車往拜西山。西山即於是日卒。慟而返。次日復具奠往哭。是歲仲夏。習齋南遊。中州過安陽。亦至其家哭奠。後十三年。恕谷應郾城之聘。至彰德。復禮於其

祠有孤孫撫之。

徐果亭。名秉義。官宮詹時。與修一統志。從恕谷問敷淺原。曰。水經注孔安國傳以爲博陽山是也。山小有平原。崛嵷與敷淺義合。若朱子以爲匡阜。則周遭數百里。高入雲端。非敷淺矣。又問三江。曰。即經文北江•中江•九江也。果亭稱是。復問讀書以明理。不讀書理何由明。恕谷曰。非教人廢讀書也。但專以讀書爲學則不可耳。且明理非盡由讀書也。即如人日讀書傳。亦知射曰志正體直。而與之決拾顚倒錯互。遂可謂曉知射之理乎。亦知樂曰以和爲主。而宮商音律入耳茫然。遂可謂曉知樂之理乎。故古明理之功。以實事不以空文。曰致知在格物。

竇靜庵•名克勤。字敏修。柘城人。官翰林院檢討。冉永光時與同官。永光名覲祖。中牟人。恕谷之館吳匪庵家。聞靜庵名。先往拜之。論學。遂與永光亦有往來。時

萬季野王崑繩胡朏明均在都下與匪庵常聚此五六人者於書齋相與論辨問難。靜庵之學。初宗程朱主靜坐觀心。一日與恕谷論及心性。恕谷曰。心有動靜。功不分動靜。戰戰兢兢。戒懼愼獨。無息不然。無處不然。久之齊明之至。直徹本始。是爲知天知命。動與天遊。是謂合天立命。而上達在是矣。此聖賢心性之正功也。旣曰整齊嚴肅。以敬爲主。而又曰半日靜坐。屏除惡念。以觀喜怒哀樂未發時氣象。令見朕兆。此後儒致力心性之功。近於聖學而微雜二氏者也。若夫佛氏。則以知覺作用爲心性。不知有仁義禮智。蒲團靜坐。萬念皆空。久而澄澈之極。幻爲作用。此異端心性之功也。聖學戒愼。異端恣肆。聖學本天。異端遁天。聖學體實而用實。異端體空而用空。聖學欽明。全其心性。異端虛幻。害其心性。南轅北轍。一寒一暑。若調停夾雜。必入岐途。匪庵聞之曰。是也。性天豈幻虛哉。靜庵言學須結果。恕谷曰。湯豈無結果者。而詩曰聖敬日躋。即日新又新也。

領八寸是也其上一半全一尺六寸不裁以布之中間從項上分左右對摺向前垂下以加前之闊中與元裁斷處當肩相對處相接以為左右領也夫下一半加後闊中者八寸而上一半從項下加前闊中者又倍之而為一尺六寸焉此所謂而又倍之者是也此則衣領所用布與裁之之法也凡用布一丈四寸又當少寬其布以為衣縫地若負版帶下兩衽又在此數外矣但領必有給（宜別用布可也）。又按喪服記及注云袂二尺二寸緣衣身二尺二寸故左右兩袂亦如之欲使縱橫皆正方也又云袪尺二寸袪袖口也縫合袂下一尺留上一尺二寸以為袖口也又按喪服記云衣帶下尺緣古者上衣下裳分別上下不相屬越衣身二尺二寸僅至腰而止無以掩裳際故於衣帶之下用縱布一尺上屬於衣橫繞於腰則以腰之闊狹為準所以掩上裳際而後綴兩衽於其旁也。度用指尺中指中節為寸。管屨儀禮注管屨非屨也家禮云屨以粗麻為之恐當從儀禮為正。凡喪服上曰衰下曰裳儀禮婦人但言衰不言裳者婦人不殊裳衰如男子衰下如深衣無帶下尺無衽夫衰如男子衰未知備負版辟領之制與否下如深衣未知裳用十二幅與否此雖無文可明但衣身必二尺二寸袂必屬幅裳必上屬於衣裳旁兩幅必相連屬此所以衣不用帶下尺裳旁不用衽也今考家禮則不用此制男子純用古制而婦人不用古制此則未詳儀禮婦人有經帶經首經也帶腰帶也圍之大小無明文大約與男同此卒哭丈夫去麻帶服葛經帶而首經不變婦人以葛為首經而麻帶不變既練男子除經婦人除帶其譏於經帶變除之節若此家禮並無經帶之文當以禮經為正。庶童子不杖童子婦人不杖母為長子杖主喪者不杖則長女杖謂童子亦杖也諸經皆有婦人杖恐按家禮用書儀服制婦人皆不杖恨未得質正。劉氏璋曰禮為斬衰不緝餘衰皆緝之緝必向外所以別

其吉服也補註斬衰用布二幅中屈之爲前後四葉每葉長二尺二寸將後二葉縫合爲脊縫留上四寸不合將前兩葉爲左右衿袂用布二幅亦中屈爲四葉如衣身長縫連衣之兩旁又縫合其下際以爲袖袪從下量上一尺縫合之留其上一尺二寸不縫爲袖口適即後兩葉脊縫原留不合處及在前兩葉之上各橫裁入四寸遂分摺所裁者當衣身兩肩上爲左右適其間空缺處前後俱名爲闊中領別用布一幅長一尺六寸闊八寸下四寸兩頭各裁出一塊方四寸留其中間八寸連上條裁訖將中間八寸綴在衣後闊中將上條一尺六寸摺兩頭向前綴在衣前闊中帶下用布一尺綴於裳之上際橫縫於腰袵用布一幅長三尺五寸斜裁爲兩片綴於衣之兩旁皆廣頭在上狹頭在下衰綴在左衿上負版綴於兩領下垂之裳前三幅後四幅每幅作三輒與幅巾橫輒少異幅巾橫輒是屈其兩邊相湊在裏之衰裳三輒是屈其兩邊相湊在上也婦人大袖長裙大袖用極粗生麻布爲之其長至膝袖長一尺二寸其邊皆縫向外不緶邊準男子衰衣之制長裙用極粗生麻布六幅爲之六幅共裁爲十二破聯以爲裙其長拖地其邊幅俱縫向內不緶邊準男子衰裳之制至於齊衰三年杖期不杖五月三月其衰負版辟領俱與斬衰同但緝邊與布不同耳大功小功緦麻服制同上但用布不同無衰負版辟領耳斬衰冠彎後抵爲梁廣三寸長足以跨項前後用稍細布裹之就摺其布爲三細輒子二條直過梁上其輒俱向右其梁之兩頭盡處捲屈向外以承武是謂外畢武用麻繩一條彎其中從額上約之至項後相絞過前各至耳邊結住以爲武又以武之餘繩兩頭垂下爲纓結於頤下首經用有子麻帶黑色者爲之其繩約長一尺七八寸圍圍九寸麻本在左末加本上又以繩爲纓以固之所以加於斬衰冠上也齊衰冠用布一條重疊之彎其中從額上至項後亦相絞過前至兩耳用線綴

之爲武垂其末爲纓首經以無子麻爲之本在右繫其下以布爲纓所以加於齊衰冠上也婦人蓋頭用稍細麻布爲之凡三幅長與身齊不緝邊布頭須用略細布一條爲之長八寸用以束髮根而垂其餘於後儀禮女子在室爲父布總是也竹釵削竹爲之長五六寸冠自小功以下三辟積向左餘與齊衰同首經斬九寸齊七寸餘大功五寸餘小功五寸餘緦麻三寸餘皆五分去一斬衰腰經用有子麻兩股相絞爲粗繩大七寸有餘兩頭結之各存散麻三尺也末結待成服日方結之其兩頭結處各用細繩繫之束在絞帶之上絞帶用有子麻繩一條大半與腰經中屈之爲兩股各一尺餘乃合之爲一彄子兩末稍爲腰從左過後至前穿彄子中反插於右在經之下齊衰要經大五寸餘制與斬衰同絞帶以布爲之而屈其右端尺餘連下稍通長七八寸繫時圍腰從左過後至前乃以其末稍穿右端屈中而反插於右邊束在腰經之下大功腰經大四寸餘制與斬衰同絞帶與齊衰同小功三尺餘緦麻二寸絞本不散垂絞帶並與齊衰同婦人不用若夫杖履按儀禮云斬衰苴杖齊衰削杖傳云苴竹杖也削桐杖也杖各齊其心皆下本小記經殺五分而去一杖大如經又云斬衰菅履齊衰疏履按經云齊衰不杖麻履小記齊衰三月與大功同繩履小功以下吉履無絇註云婦人履經傳無明文唯周禮履人命婦有散履註云散履去飾又云祭祀而有散履者惟大祥時

二曰齊衰三年

齊緝也其衣服冠制並同斬衰但用次等粗生布緝其旁及下際冠以布爲武及纓首經以無子麻爲之大七寸餘本在右末繫本下布纓腰經大五寸餘絞帶以布爲之而屈其右端尺餘杖以桐爲之上圓下方婦人服同斬衰但布用次等爲異後皆放此其正服則子爲母也士之庶子爲其母同而爲父後則降也其加服則嫡孫父卒爲祖母若曾高祖母承重者也母爲嫡子當爲後者也其義服則

婦爲姑也夫承重則從服也爲繼母也爲慈母謂庶子無母而父命他妾之無子者慈己也繼母爲長子妾爲君之長子也。楊復曰按儀禮補服條當增祖父卒而後爲祖母後者也爲所後者之妻若子也。程子曰古之父在爲母服期今則皆爲三年之喪皆爲三年之喪則家有二尊矣可無嫌乎處今之宜服齊衰一年外以墨衰終月算可以合古之禮丕今之制也元按父在爲母降服期年之說吾友法乾王子持之甚堅恐因四子書如三年之喪天下之通喪父母之喪無貴賤一也之類甚多曾不聞母降期之禮初疑是漢儒濫觴觀程子此說則古制信有之然稱謂父斬母齊已足見父之獨尊又何嫌於家有二尊之疑乎意古之降期也必以父執妻喪至期而除爲子者猶禫經慘衰非所以承父歡故從而期之蓋壓於父不得不然矣

杖期

服制同上但又用次等生布其正服則嫡孫父卒祖在爲祖母也其降服則爲嫁母出母也其義繼服則爲父卒繼母嫁而已從之者也夫爲妻也子爲父後則爲出母嫁母無服繼母出則無服也。楊氏復曰按此恐當添爲所後者之妻若子也。刪半

不杖期

服制同上但不杖又用次等生布其正服則爲祖父母女雖適人不降也庶子之子爲父之母而爲祖後則不服也爲伯叔父也爲兄弟也爲衆子男女也爲兄弟之子也爲姑姊妹女在室及適人而無夫與子者也婦人無夫與子者爲其兄弟姊妹及兄弟之子也妾爲其子也其加服則爲嫡孫若曾玄孫當爲後者也女適人者爲兄弟之爲父後者也其降服則嫁母出母爲其子子雖爲父後猶服也妾爲其父母也其義服則繼母嫁母爲前夫之子從己者也爲伯叔母也爲夫兄弟之子也繼父同居父子皆無大功之親者也妾爲女君也妾爲君之衆子也姑舅爲嫡婦也楊氏復曰按此恐當添爲所後者之妻若子也。刪半

不杖期

服制同上但不杖又用次

論說

集權分權平議

吳廷燮

集權分權之說盛於近今。然歐西各國。如英法之屬。其本土皆狹。德俄制多分權。美洲如秘魯巴西智利之屬。談治者皆略之。美長大而強。其制亦主分權。純粹集權者。日本而已。中國封建之代。其爲分權。自不待言。綜秦漢而後至今。純粹集權者。六帝。秦始皇。漢武帝。隋武帝。唐宋兩太宗。明太祖也。純粹分權最著者。漢高帝元世祖也。漢靈帝晉世祖唐神堯明皇之代。分權亦重。故陳勝張角李寶闖獻之亂。新莽武后燕王之篡弒。金元建州之入。皆集權太重之弊也。吳楚八王安史五季之難。三國十六國十國之分。海都之叛。天歷之立。皆分權太重之重弊也。秦皇漢武廢封建者也。大業貞觀太興國廢方鎭者也。洪武廢行省者也。故有篡弒與姦民敵國之禍。漢高晉武復封建者也。漢靈唐明用方鎭者也。元太祖世祖置行省者也。故有強藩悍鎭之禍。其利害得失實相參也。淸

有天下。因明之制而通變之。集權於內閣與軍機處。而分權於督撫。是以歷來用人之詔令。於尚書諸職。率不甚注意。而於選用督撫。則再三審慎。雍正乾隆之檔。可覆按也。嘉慶以後。部權日重。疆吏於用人理財。不得越繩尺。川湖陝滑縣之變。皆特命大帥屬之征討。道光庚子。用之海疆無效。咸豐又用之金田無效。乃不得不改其指歸。而重督撫。胡駱二曾李左之勳。稱於當世。論者謂皆分權之效也。然一分之後。猝不得合。故甲午之戰。庚子之難。皆北洋當之。而各省無與。西巡既返。廟堂有懲於北戰南和。遂有集兵權財權之意。丙午而後。新部既立。集權愈重。至解督撫之陸軍部尚書侍郎銜。則兵權全屬中央。與宋太宗明太祖時無以異。舉康熙以來維持國家之用。一一除之。而監理財政。提學交涉司巡警勸業道之設。均欲各有所集。督撫至不得用一財。舉一事。而國危矣。或曰信如是也。則中國集權。不如分權。明矣。然而猶有說。清之分權於督撫。非

眞分權也。操其用舍之權。而責其以餉供京師。以用兵用人保疆土也。今不察其操縱之術。而譭曰分權。必致如漢獻帝唐昭宗。無寸土一民之屬。無尺帛斗粟之入。而後可。則中央奚以自存哉。漢高復建封矣。而漢自有三河東郡潁川南陽。北自雲中至隴西。西巴蜀與內史。凡十五郡。元世祖置行省矣。而今之直隸山西山東。及河南之河北。皆直隸中書省。謂之腹裏。此其中央皆有根据之地也。南朝方鎭極盛。然揚州王畿。亦有今蘇浙閩數省地。德以晉魯士爲本土。猶是也。故純粹集分權。皆非非中國今日所能行。淸之以各省奉中央。漢元之中央自有土地。皆神明於集權分權之用。晉之以都督刺史分治。大率都督皆加軍號。單車刺史則否。唐之罷各州都督。留邊州都督。皆於今事較宜者。故曰操各省大吏之用舍。而制其兵與財及外交。其用人治民。一以委之。勿代斲。勿旁掣。則不介而孚。不令而行。强國家保治安。此道得焉。固不必斤斤於集權分權

之文義也。

論老子

李見荃

昔劉歆七略。次諸子於六經。而勸善懲惡。如暮鼓晨鐘。發人深省者。莫如老子。坊記曰。仁者安仁。智者利仁。畏罪者強仁。老子猶龍。固安仁者也。而其教人則主於利仁。並使之畏罪而強仁。孔子欲立欲達。原無我之見存。老子則曰。惟其無私。故能成其私。孔子禮讓爲國。處以下人。非有求勝之意。老子則曰。夫惟不爭。天下莫能與之爭。勉以所甚難。先動以所可欲。非利仁而何。其戒貪得也。曰咎莫大於可欲。禍莫大於不知足。戒用兵也。曰以道佐人主者。不以兵強天下。其事好還。不言其不德。但言其不祥。非使之畏罪強仁而何。聖王在上。爵以詔德。祿以詔功。刑罰以懲惡。朝廷之紀綱法度。足以鎮定人心。如水之安流。車之順軌。而崇儒重道。禮樂詩書之化。徧於寰區。一干淸議。廢棄終身。自非元惡大

慾。皆知忌憚。誡無須乎老子也。流及既衰。上無道揆。下無法守。高爵厚祿。一聽人之自爲。以詭遇爲能。以守正爲拙。心競力爭。天下囂然。不靖於斯時也。稱引孔孟。開其惻隱羞惡辭讓是非之良。或且格格不入。所謂不恥不仁。不畏不義。不見利不勸。不威不懲也。不如卑無高論。姑以禍福動之。則老子之說。尙焉。或謂欲取先與。近於陰險。和光同塵。迹涉模稜。且致虛守靜。諸事廢弛。不敢爲惡。亦不能爲善。天下何賴焉。然孔子之贊易也。曰天道虧盈而益謙。謙尊而光。卑而不可踰。老子之說。皆盈虛消長之自然。內剛外柔。內健外順。非委靡不振。委心任運者比。易道也。即孔子之道也。後儒擯斥佛老。以爲異端。顧佛廢倫常。老則不然。且黃老並稱。豈黃帝亦異端歟。總之。從老子之道。無忮求。可以長處約。無濡假。可以長處樂。且大智若愚。大巧若拙。可以保一身。可以安天下。修己治人。皆不外此。後世君相師儒。能學孔子善矣。不得已而思其次。譬諸療疾。老子

亦救世之良方也歟。

散敵壁。故其說已漸爲與論界所推重。將來亦必難逃此趨勢。遍覽戰後各國經濟上諸設施。大都以勢力集中爲唯一之自拔自救政策。如各項同業工廠之合併。對外貿易公司之聯合等等。莫不以集中爲要訣。（詳見次節工業政策與商業政策兩項下）固不獨金融界爲然也。不過金融界亦惟此一法。尙足以補就時艱耳。由是可知戰後各國財政上之一線曙光。全在此資力集中。萬國協議之二途。蓋內國之資力集中。則力厚而利率或可輕減。萬國之共同協議。則互助而匯兌可望漸平。利率減。企業自易。匯兌平。原料自通。迨至原料既通。資本既備。以後則開發產業。以培養稅源。有不待誘獎而自然可期者。此實必經之途徑。亦歐洲今日之情況使然者也。

最後有一言當爲敍及者。即列國戰後之財政救濟政策。既以增稅爲最正當之方法。則今後各國民對其國家之租稅負担量重而期遠。已屬既定之事實。

一千數百億元之紙幣。亟待收束。姑無論已。即就數千億元之公債而言。今仍按照財政學上之晋通原則。每年由增稅所得償付起債額之全利及本金五十分之一。或百分之一。是其爲量之重。爲期之遠。不難想像。夫量重固重苦現代人民。期遠又遺累後世子孫。在租稅論者。每謂戰爭係保衛國家之永久生存。雖後世子孫。亦蒙其福。故所需戰費。當然可殘留其一部份。責令擔負。若全部責成於現代人民。彼旣擔負戰中之全部業務。復令擔負之全部整理。論理上實陷於殘酷。財政學上各國於戰時。得以發行軍事公債。令後人分擔其一部之學說。其理由即基於此。吾人固不暇爲學語上之論爭。惟念此戰遺害之無窮。深望各國有識之士。重體民艱。携手進行。共謀恒久和平之實現。庶幾目前雖困苦萬端。而來日幸福。亦正可待。不然者。準照公債原理。一戰之累。多則百年。少亦五十。而始淸。苟復小康十載。孤注一度。則前累未除。後累又加。勢非

各國財政。共同破產。即舊有組織。根本滅裂不止。是豈仁人之用心哉。

第三節　戰後之產業發展政策

久病必斃。久戰必疲。此自然之勢也。歐州各國暮日之安富景象。殆已爲大戰潮流蕩滌淨盡。故收拾殘破。以結束既往。發展產業。以開拓將來。各項善後業務。實屬異常繁重。現聞英法比意德奧諸邦。對此戰後整理重任。大都設有專部。如有此經濟事務部之特設。意有善後委員會之創置。德與奧亦各有同類性之組織。而英法二國。且均以改造部命名。顧名思義。尤足徵其願大力宏。不但不以恢復舊狀爲滿足。將更進而利用此機會。以改造國家之經濟基礎焉。歐洲而外。若美國者。雖不聞有善後機關之專設。而其往日所設之戰時工業部。戰時商業部。及食料管理處。燃料管理處等。固皆負有整理戰後事務之責任。且依農工商礦各門而爲分類之組織。更覺愼密而周匝。至若日本亦曾

專設委員會。網羅外交財政交通農商各方面之專家。以研究戰後新工業之鼓勵。新商場之確保。諸要端。罔勉奮發。各謀自闢生路。今日之情況。殆合全世界如一轍。蓋歐戰以前。各國因所處之地位之不同。其立國之政策。上常有進取主義。與保守主義之分。今歐戰結果。其舊日所有之地位。就政治言。協約各國。雖祗有增進。而幷無搖動。然就經濟言。則無論勝敗。兩面已皆大生變化。無復保守之可言。富强如英。素以保守聞於世。而戰後元氣之培養。似亦不能不改用進取方針。若夫日美兩國人。皆知其經濟地位。較戰前爲優越。惟以世界趨勢。既皆驀地奮進。以俱來。則以進取爲保守。恐亦在所不免。揣各國之意。殆以爲取法乎上。僅得其中。戰後要務。雖以恢復原狀爲第一。然照上節所述。欲恢復財政。必先開發產業。故以恢復爲恢復。未必果能恢復。不若以改進爲恢復。或者尚易恢復乎。吾人爲未來和平計。雅不願世界經濟。再立於競爭狀態

之下。惟默察各國戰後之措施。似尙未易求得携手共進之方。試觀前記各國所新設之善後機關。類皆規模宏遠。氣象萬千。部中各設專司。如戰後之農業保護。原料補充。商工業復興上之資金供給。各種商工業機關之聯合組織。以及貧民救濟。勞資和協。城市改建。鐵路修整。與夫鄕村工業之奬勵。森林計畫之實施諸項。無不在其討論之列。或擬具方案。獻議政府。或調查實況。協助進行。職掌廣而權限大。戰後之新殖產政策。多淵源於此。茲請釐爲農工商三項分敘如左。

一農業政策。　此次歐戰英國對德國封之鎖政策。德國對英國之潛艇政策。一言以蔽之。皆屬一種絕糧戰略。歐人所名爲饑餓政策者是也。蓋自俾斯麥氏當國。以還竭力改革農政。一面力述其國在歐洲地理上及政治上之關係。當採取農工併進主義。幷說明偏重工商之危險。以促起國民之覺悟。一面對

外來穀產。又課以極重之關稅。而保護自國之農業。雖天惠不厚。國於北緯五十度之間。氣候寒而土地磽。於農務多嫌不適。然以數十年來繼續不斷之奮勉。戰前全國主要食品之消費總量。年額六千五百萬噸。中不足僅四百萬噸。自信戰中稍行節要。當足以如其量。英自十九世紀初葉。發明機器工業組織。大爲變化。各項出品。質美價廉而量多。乃向世界市場力求發展。結果獲得無數之殖民地。故單從歐洲之英倫本國立論。確似以工商立國。而就英帝國全體觀察。實亦保持農工併進之地位。濠洲印度坎拿大等農產尤富。以本國之工藝品。易屬領之農產物。而海運業既足以相稱。海軍力又足以衛護。自信即有戰事。當亦不虞絕食。詎料戰釁起後。二國之糧食供給。均不能如戰前之所期。而法意俄奧諸國。亦莫不共感凍餒之苦。戰後各國外察德奧挫躓之原。內審自國竭蹶之狀。糧食自給之聲。與啼饑號寒之聲。遂交相呼應。而戰後之農

新疆禮俗志。

禮部顧問官甘肅新疆布政使司布政使王樹枬纂。

王制曰，凡居民材。必因天地寒煖燥溼。廣谷大川異制。民生其間者異俗。剛柔輕重遲速異齊。五味異和。器械異制。衣服異宜。修其敎不易其俗。齊其政不易其宜。中國戎夷。五方之民。皆有性也。不可推移。故古之王者。命太師輶軒採時以觀民風。命誦訓掌道方志方慝。以詔避忌。知地俗。命旄人掌舞散樂夷樂。鞮鞻氏掌四夷之樂與其聲歌。而又命象胥掌蠻夷閩貊戎狄之國。使掌傳王之言而諭說焉。以和親之。協其禮與其言辭傳之。其所以達其志。通其欲。安其俗。和其民者。莫不因其言語嗜欲習慣之常。以曲施其左右裁成之術。故記曰。禮時為大。順次之。體次之。宜次之。稱次之。又曰君子行禮不求變俗。泰伯以斷髮文身治吳。孔子之治魯。魯人獵較。孔子亦獵較。俗之不可驟變。而禮之不可強

施也久矣。三代之時。其所謂夷蠻戎狄者。太抵皆在今行省域內。而先王猶於其禮俗兢兢焉不敢強爲大同。蓋遲之二三千年而糅合種類一道同風之效始著於今日。荀子曰。禮始乎稅。成乎文。終乎悅。蓋言漸也。新疆自昔。夐絕不通中國。漢窮西域。而後歷代君相。力征經營。二千餘載。叛服離合。有同化外。我朝定鼎。聲教西暨。冰雪之窟。不毛之野。氈裘湩酪之族、鴞冲天鷙之衆。逆者薙獮。順者卵翼。始則以種族之人。治其種族。繼則改行省。設官吏。而郡縣之。以養以教。視同赤子。然而宗教俗尚。倫理之間。未嘗強而合也。飲食衣服。言語文字。未嘗驟易而強之同也。齊之以政刑。化之以禮樂。深之以摩漸。需之以歲時。數百年後。由夏變夷之治。其庶有豸乎。新疆廣袤二萬餘里。人類紛庬。各爲禮俗。今區其種。曰蒙古、曰纏。曰布魯特、曰哈薩克。曰甘回。而綜覈其教。無慮兩端。曰回曰佛而已。至於滿州駐防。其禮載在會典。流寓漢民。各鄉俗不復著。其同者。

額魯特即明史所謂瓦剌或謂阿魯台之轉音非也瓦剌今稱衛拉特察哈爾察哈爾營自乾隆二十九年由張家口外移駐土爾扈特和碩特土爾扈特和碩特綽羅斯杜爾伯特爲四衛拉特前因土爾扈特避徙入俄以輝特補之仍稱四衛拉特皆准噶爾部元脫歡太師及也先瓦剌可汗之裔綽羅斯輝特以叛亡今僅存土爾扈特和碩特杜爾伯特三種杜爾伯特原牧額爾濟斯今歸科布多者蒙古種人也游牧伊犁天山南北及塔爾巴哈台阿爾泰山諸境逐水遷徙靡定所冬窩曰玉木種夏窩曰錫林牧所謂之窩氈房曰色格勒即今諺所云蒙古包也房式如覆釜大周十餘丈小或三四丈當門爲上右偏供佛下置箱櫃再下爲賓客坐臥處再下則繫牛犢羊羔之所左偏爲主人臥榻以幔蔽之下爲廚室中設竈冬然夏熄其牆謂之特勒木用柳條圍寸餘以皮或繩貫穿成斜方格長七八尺立而爲牆高四五尺其門謂之烏迪音牆三面合圍一面留門出入其蓋謂之噶拉此頂有一圓圈周圍小孔圍插木杆杆長八九尺上繫繩索二三尺勻排結木牆之上上下均覆白氈覆氈謂之德屋窩謂之鄂爾庫頂爲方孔以方氈掩蓋其上晝啟夜閉猶今之天窗簾謂之玉敦以氈爲之壁衣謂之庫什克蒙古包內壁春冬皆用氈圍上罩花布富家有用絨毯者夏秋多用布圍或茇草編富簾襯之取其透風生涼也床謂之鄂倫人馬牛羊雜栖一室富有之家馬牛羊別置一區廚竈則爲一

（室媳女亦不同房）婦女晨起啓氈窗汲水燂湯提壺灌頭面搵用白布（蒙人晨起汲水渠中注之瓶內溫熱灌壺中澆頭面不用盤匜）呼家人同起沃盥烹茶和以鹽濡以牛湩獻佛而後食之（其法熱水煎茶入鹽少許俟茶色濃厚以漏匜瀝去渣滓調以牛乳先捉一盃供佛而後人各捉一椀雜食餑餑炒麵或食酸奶此為早餐）食畢後食（日落牲畜自牧所歸婦女持壺取乳煮犢駒分繫他所取畢而後合為一處）其食湛面肉於湯而男女內外各趨其事執其業午餐亦如之日晏牧者歸取牛羊乳以補宿餐而淪之即古禮所謂爓也食畢就寢不然燭篝爐而眠凡食以茶乳為大宗酥油奶酒均以乳釀之（每日食餘之乳盛皮袋中以木杆搗之酥浮於面取油後傾乳於釜釜上安無底蓋木桶一具上覆一釜滿盛涼水水稍則易之桶腰一小孔插一溜管熱氣烝滕氣水滴下溜出成酒是為奶子酒）釀餘之乳餾糕為餅名曰奶餅（亦有為酸奶格荅者）釀酒值客至必延坐盡歡而後已其禮服同於滿人喜著青色袖襠冬襲素質羊裘（無表者）謂之勒楷得擺兩緣絨邊副以青紃（緣邊或以青絨或以青布闊四五寸）男女冬夏單袴出門或貫以羊皮

之褌女子布袍無緣綢繆緄佩髮辮繁䋲耳環腕釧指約多以金銀珊瑚珠寶爲之衿尙鈿麗婦人冠金純氈帽頂結紅絨或紅絲長穗小樻長袍瘦袂接下長帔（婦人長袍如兩截衫窄袖對衿下截如圍裙曳地郭注方言裙俗人呼接下即此義也）外罩長袖裲襠直衿鉤邊周以編絡此婦人禮服有事必服之童子冠式不一製與滿漢同其貂皮冠謂之窩爾圖（其式如官帽頂綴紅絨毬後簷開縫綴綢帶四）漢人多仿效之者孩童出痘謂之熟人始與論婚未出痘者謂之生人有疾延喇嘛誦經服藥不效則穿耳以孔貫以金絲墜珊瑚一粒謂其易於養育也婚禮男家贄哈達羊酒請媒道意（哈達有布有綾綾以有佛像爲貴）諸則結哈達酒壺蓋上媒乃携婿登門禮見外舅外姑復進哈達藏膠其內（取膠結之義）獻佛座前來者均稱賀謂之哈達主蘇特畢漢於是致聘禮羊酒布帛視家有無女家受之分餽戚友隣鄙示得婿也親迎到門喇嘛誦經新婿跪拜然後入行謁見外舅外姑禮迎新婦以歸（新婿新婦皆有伴送之人所謂伴郎伴姑是也）新婦冠呢

簷紅纓大帽皮韡朱袍長衿袒腹泣辭父母以衣翳面伯叔兄弟抱持上馬同騎歌吹導行至門喇嘛經誦男女持羊膀骨拜天地及佛跪地嫂氏拆新郎新婦髮合交而梳之（取結髮之意）同起入門祀竈神次拜舅姑（一跪三叩）禮畢嫂氏引氈房易婦裝合髮結二辮長垂胸左右嫂氏復引禮竈神拜舅姑次拜諸族戚友回房坐鄂倫垂帳幔賓客各薦紅布一方餽飴果爲禮團坐食茶酒道吉辭彈登木（長三尺餘二絃）男女背柳（跳舞之名猶俗之假郎也）纙雙雙逐隊唱歌爲樂三日之內出入言動皆嫂氏導持之過此始執婦職諸事皆躬勤操作矣凡有妻者不得再娶其有男女及年而貧不能嫁娶者官長知之鳩衆集貲以助之人死尚火葬貴人歿浴尸韜以白布縢囊舁至高原平寘柴上喇嘛誦經舉火焚之骨燼則交相慶賀（謂亡者無罪過昇樂境）取灰和藥屑淨土（其藥來自西藏名子勒哩又名厭斯）摶像卜地葬之疊土作塔形亦有尖頂似矮室者常人死則以常服衣羃其尸喇嘛取亡者年命卜地馬載

新疆小正

新城王樹枏

天山居新疆之中由哈密向西南行至于闐縣名曰南路由鎭西向西北行至伊塔名曰北路南路地居山陽氣候同於內地北路地居山陰氣候恆寒與內地大殊惟伊犂平川九城山勢環抱登努斯口果子溝在其北穆素爾冰嶺在其南氣候介乎南北二者之間故諸物遲早不同今志物候以烏魯木齊爲率其南北之特著者並記之近十餘年來天氣轉寒爲煖物候爲之一變後此者不知更何如也

立春日在女

七政歷日在女三度廸化省城太陽午正高三十度二十五分攝氏寒暑表冰點下二十三度案新疆天氣寒煖無常一月之中屢其變候今謹就丁未

戊申兩年所記寒暑表[illegible]

昏婁中旦角中

陰𢿨于野

太元養首云陰𢿨于野陽蘊萬物赤之于下𢿨滿也

時有條風

廣雅東北曰條風史記律書云條風居東北維主出萬物條之言條治萬物而出之北堂書鈔引春秋考異郵云條者生也

凍雪載途

北疆入冬而後雪凍不化愈積愈多南路雪不多見旋落旋消無積于地者

雨水日在虛

七政歷日在虛七度正月中太陽高三十四度三十分攝氏表冰點下十五

度

昏昴中旦亢中

明庶風至

廣雅云東方明庶風史記律書云明庶者明衆物盡出也

陽躍于淵

太元從首云陽躍于淵

寒燠不恆

交春之後天氣寒煖無常曉起屋檐檠檠皆成冰箸

驚蟄日在危

七政歷日在危十二度太陽高四十度十六分攝氏表冰點下十三度

昏參旂中旦氐中

陰赤陽白

太元闋上九陰陽啓告其變赤白測曰陰赤陽白極則反也司馬光注云闋者閉塞不通之象物極則反故變而開通化生萬物萌赤芽白者也

飲牛

北疆風俗遇驚蟄日家家皆以胡麻油灌牛謂飲之可以卻終年之疾

黑鳥格

黑鳥土人名曰黑巴形類畫眉驚蟄後至巢於牆壁穴中一歲伏雛二次一在夏至一在立秋秋分後即不復見矣初生灰色脫毛後純黑上有白點

春分日在室

七政歷日在室七度二月中太陽高四十六度十二分攝氏表冰點下九度

昏水府中旦房中

市有見韭

茹芹

南疆菜蔬最早省垣所食芹韭皆自吐魯番來北疆之韭率在清明之後

清明日在壁

七政歷日在壁六度太陽高五十二度三十分攝氏表上至十度

昏南河中旦尾中

陽始出奧

太元樂首云陽始出奧司馬光注云清明之陽氣始發出幽奧

寒日滌

凍塗

大戴夏小正傳云寒日滌凍塗滌也者變也變而煖也凍塗者凍下而澤上

多也北疆自清明以後雪消凍釋泥濘滿塗車馬阻滯

清明風至

廣雅東南清明風史記律書云清明風居東南維主風吹萬物今新疆北路無論何時吹東南風則熱西北風則寒春時無東南風則凍不能解萬物亦不化生薛福成云中國在海西北東南風自海吹來故煖西北風自戈壁吹來故寒外洋反是

始雨

出火于室

獿屋

北疆房舍皆以泥塗其頂冬雪堆壓厚至尺餘及春煖消融頂泥坼裂無不滲漏者雷故雪釋之後家家墍屋謂之上房泥漢書師古注云墍即今之仰

幸此二淀初涸。隨在尙可以施工。及今不修。將來邑聚徧布。治之必益難也。今不惟玉帶中亭三汊之可以仿行。隨在開川字之河。將增至十汊數十汊而不厭其多。昔有淀以爲之容。尙需支河之繁。今淀不可恃。非數倍其引河。盛漲將莫禦也。蓋濁水宜合而忌分。合則水足勝沙。分則沙强淤。見清水宜分而忌合。分則安行無事。合則勢將橫決。況在距海已近之地。濁河尙或引之刷清水乎。至於補助之術。則永定苟不入淀。當以治白溝爲首務。白溝者巨馬也。其西支爲正流。東支本古之督亢渠。今俗反以東支爲正流。又直呼爲大清河。其誤益甚。正流所合易水。皆屬淸流。東支所合胡良俠活琉璃諸河。多挾泥沙。性尤狂橫。固安新城一帶。每受衝溢。盡東支也。其險要以靑陵口爲最。李戶次之•省新城境兼以十九垡以下。逼令西合正流。復大弃其東下之性。是以西支從無潰決。獨東支則於白溝上下均易出險。白溝下之引河。則爲盧僧用之。則水分勢弱。正

支幷流。今用疏濬辦法測量諸河。使塞淀水消道暢。曾建議云。欲使消淪必合滙流歸爲一道。而後可莫若于支正水合之上游消浚口。使支流直通溢備。以入十餘中亭。其正流亦令獨行。至雄縣之趙家壁以會玉帶（今無玉帶一淆河河即淤）以玉帶承西淀消流。以十寧中亭。奔本趣備一淤溜流所通。務爲有益。然此舉就現有之河道以爲去取。其備計入道。更宜引蘆備下游東出數十里。導入中亭。以避大清西淀咽喉之路。雖有異議。不致逆流而南。否則引入牡牛枯渠（此即本定）（金門閘之引河今漲不開入無定河淤塞通濬）以入中亭。永閘金門閘之故道亦可（本定由故渠口合此引河本）（再不用）至巨馬正流會清以後。而西北王克橋一引河。不妨仍浚以備不虞。其下十二連橋亦宜開正引各河。以廣惠橋南滋灌爲界。分南七橋爲一。設北四橋爲一。浸廣惠橋下所不能暢洩時。則懸南北諸橋爲之分洩。以紆陽橋新橋閘營橋引堤東淀之水。毋迷花淀出橋下出新橋閘口。是爲第一道。自廣惠起與

北三橋通引雄淀諸水毋與圈諸淀。四角河頭以歸橋下出新橋閘口是爲第二道從徐家橋起住以南六橋引白洋淀諸水循千里隄過十方院歸此橋下東毋大港淀以合今道是爲第三道（以上[illegible]）如是疏通西淀有安流之益無倒漾之虞上游之利噫蓋利矣此所謂補助之術也。（以上分大淸支河）

舊河　舊有二河伏秋而外本無常流隄其南岸可保無患下流俱歸雄淀。若無唐河並入盛漲亦不至潰決無如唐河自安新縣之向陽村分支入于雄淀淀或不能容則新安隄被其衝雍正時曾開鼓河以入燒車淀其時雄淀未淤故水勢可殺今雄淀盡淤唐河北注以趨雄淀之在伏秋也即成大河豈能不溢似宜於向陽村遏閉唐河北入雄淀之道使唐徑分流否則以故河專走鼓河以注燒車大淀亦可淸河雖附故而源小流淸自無它患惟徐水（[illegible]）以東南瓶於北其隄或決則淹淸苑北鄉隄在徐水而害在淸苑同治未定制安

隄築北淸苑築南。始免漢視云。

唐河　唐爲濁河之獨異者。半水半泥。水力頗大。然行不能疾。其溜有直而無回。其患有衝而不刷。留淤成沃。大爲農利。而其害獨少。以視滹沱其濁流之君子也。其支流廣利渠外。自定縣之淸水村。復分新舊二道。蓋始於嘉慶道光之間。舊道東南行。自仝東旺。逕支濟村。高門庄。西甘德。白土。定縣城北城東吳羊手石板村。以合於孟良河。又東至三岔口。以會沙滋二河。（即豬龍河）下入白洋淀新道自仝東旺東出。逕奇連屯唐城市邑。入望都界。逕北柳宿入淸苑界。逕王盤村牛耕莊。以合孝義靈山諸河。又至耿家橋合陽城河。又入高陽及故安州界。以合府河。又北逕鯌馬廟。又東逕安新（即故安州）縣城。以入西淀。唐河二道。雖少患。然新道自淸苑南境。雖有寬河槽。而寬不過四五丈。深則三五尺。以容如是之巨川。潰溢理所不免。自靈山溢者。必浸高蠡。從河頭溢者。自鯌馬廟東至安

遭墊溺。然則疏浚之事。不可廢也。張登地勢雖高。而其南實窪。亟宜隄其南岸。以固蠡博蠡馬廟以下。又當速開減河。俾入白洋淀以期萬全也。

豬龍河　豬龍者。唐沙滋三河。既會之總名也。三河之會在安國縣前祁州之軍詵村。歷安高蠡博任安等縣。以入白洋淀。其河道上流展而下流縮。北郭村而下寬至五六十丈。不等板橋而下。半之南五夫而下。縮至二十餘丈。老隄頭而下。不過十五六丈。安州橋而下。十一二丈。王博士莊以下。僅六七丈。額該河由淺而深。老隄頭以上約一丈。以至六七尺。以下則皆在一丈以上。上有寬槽不虞其溢。下流則借深補狹。亦足暢通。獨孟仲峯高陽境以下。愈收愈狹。竟至二三丈。深以止七八尺。又有五十四灣之曲阻。及張沙橫梗。以礙去路。亟宜展寬河道。裁直挖淤。自孟仲峯對岸西北。逕三張莊南北馮村。以歸淀。又以三叵川之合流。下流亦應有減河。明嘉靖初。以河決蘭家圈。曾浚開蠡縣之楊村河入

河間以分洩之。見表後 又高陽之馬家河本滹水古道。保定府舊志亦云自鐵燈竿口溢出。經流蠡縣。至高陽延福村。瀦爲淀。復合流北至安州入白洋淀。是馬家河本豬龍瀉水河也。是宜查勘其易於從事者。開一減河。下流分水一半。上流可減水一半。不至以下流之壅。屢成上流之決矣。至上游河隄卑薄。亦宜加倍高厚。說者謂豬龍之病一。曰上扁。一曰下不扁。上扁者。滹沱自無極之三佛堂。奔注岔口。經漢村以灌入滋河。爲豬龍助勢。而伍仁橋以上五十里。全係數尺之矮埝。不能禁滹沱之不越。是曰上扁。宜增築該隄高與伍仁橋等。並於隄外堅築一壩。令滹沱旁注上游。可以保矣。下游入白洋淀。由淀東赴老鬧口。忽爲倒灌之白溝所遏。不得下洩。以致豬龍上遊。節節阻滯。橫決旁潰。是爲下不扁。故曰白溝不治。該河下口不可治。滹沱不治。該河上口先不可治者。此也。上游要工。則以白沙莊套裏爲最。套裏以上以下。皆屈至五轉。忽而東南。忽而西

政在其邦矣。慎罰之說止此。

王曰。封予惟不可不監告汝德之說。于罰之行。監告、連文、猶示告也。于、與也。

闓生案此句總收以上明德慎罰兩層文義之嚴密如此。

今惟民不靜。今惟、假設之辭。未戾厥心。戾、定也。迪屢未同。數遭屢數而未和同。爽惟天其罰殛我。我其不怨。惟厥罪無在大。亦無在多。惟、思也。矧曰其尚顯聞于天。矧、亦也。尚、上也。

闓生案。先大夫曰。言我若不能道民。則天罰殛我。我其不怨。以安民自任之辭。惟厥罪以下。言有罪無論大小多寡。皆將上聞於天也。今案此中篇首民將在祇一節之意。詞旨懇至入微。　又案迪屢二字連文成義。屢讀離婁疏鏤之婁。婁者闓明也。與迪義同。多方亦云迪屢不靜。舊說以爲屢數者非是。

王曰。嗚呼。封。敬哉。無作怨。勿用非謀非彝。蔽時忱。蔽、塞也。時、是也。忱、誠也。丕則敏德。斯則勉善

用康乃心。顧乃德。顧固也遠乃猷裕遠汝之道乃以民寧。不汝瑕殄。以與也乃能與民相安不汝遐棄矣

闓生案此申前文恫瘝乃身一節之意。

王曰嗚呼。肆汝小子封。肆告也惟命不于常。汝念哉。無我殄享。無絕我祀明乃服命。章汝侯國服命高乃聽。高敬也聽治也用康乂民。以康治民

闓生案此申首節文王誕受厥命肆汝小子封在茲東土之義。首尾相顧以以成章法也。

王若曰。往哉封。勿替敬句典聽朕告。典常也下聽爲句汝乃以殷民世享。

闓生案篇末申更儆之又以收束殷先哲王殷彝殷罰等意也。

酒誥

闓生案此篇乃誥誡正格。委復繁重。剛勁諄切。

成王若曰明大命于妹邦。歐陽大小夏侯賈馬鄭王本皆有成字此篇言成王明上篇乃武王也妹邦紂故都

闓生案起筆嚴重足以喚起全篇。

乃穆考文王肇國在西土厥誥毖庶邦庶士越少正御事（毖告也）朝夕曰祀茲酒（祀讀爲已、已、止也、言以止酒、爲戒也、）惟天降命肇我民惟元祀（肇、長也、文王朝夕戒酒、所以受天命長民也、元祀、文王受命之一年）

闓生案從文王之戒酒引起。

天降威我民用大亂喪德亦罔非酒惟行越小大邦用喪亦罔非酒惟辜文王誥教小子有正有事（正與政同、在君曰政、在臣曰事、）無彝酒（彝、常也、）越庶國飲惟祀（惟祭祀可飲）德將無醉（以德將之無至醉）惟曰我民迪小子（惟曰及若也迪敎導也）惟土物愛厥心臧（勤稼穡服田畝則心善）聰聽祖考之彝訓越小大德小子惟一（小德諸侯大德天子言天子諸侯之子弟戒酒與庶人同也）

闓生案此述文王戒酒之條件愛惜稼穡正與甘酒對照。

妹土嗣爾股肱純（純猶國也、汝治妹土、世爲股肱之國、）其藝黍稷奔走事厥考厥長肇牽車牛（肇長

也、遠服賈用。賈用連文、依白虎通論斷句、服、事也、孝養厥父母厥父母慶自洗腆致用酒。洗、盡也、腆、膳也、民藝黍稷、奔走、以事父兄、長牽車牛服賈、孝養其父母、父母喜、然後可自盡善、致用酒也、

闓生案詞本戒酒。先述可以飲者數端。事父母一也。義耆二也。祀饋三也。蓋酒以合驩。燕饗大事之所不廢。但不可常飲耳。文王之戒彝酒。固如是也。

庶士有正越庶伯君子正伯皆長也、君子、卿大夫、其爾典聽朕教。其爾爾、其也、爾大克羞耇唯君。羞耇、養老也、惟君為主人也、爾乃飲食醉飽丕惟曰丕、斯也、惟、乃也、爾克永觀省作稽中德。稽、止也、中、合也、爾尚克羞饋祀。尚、且也、克羞饋祀、謂有田祿、爾乃自介用逸。逸、燕逸也、自介用逸、從賓介以燕飲也、言汝于養老時、為主人、乃可飲酒、斯乃所以觀禮、作止合德、又爾且有田祿、以祭祖考、斯時亦可從賓介以燕飲也、茲乃允惟王正事之臣、如此、則信為王治政、治事之臣、茲亦惟天若元德、此亦是天道、天德、永不忘在王家永不忘在王家矣、忘亡同字、

闓生案以上皆當飲酒之事。開其為此。正以阻其為彼。蔡傳云此不禁之禁。三者皆導以禮義。人果行此。則為成德之士矣。尚憂其沈湎也哉。

王曰封我西土棐徂邦君御事小子。（棐、彼。徂、往也。彼往日之邦君等。）尚克用文王教。不腆于酒。（腆、沈湎也。）故我至于今克受殷之命。

闓生案此以重筆倒煞前文。緻應章首作結。非複述之詞。凡文字將結束處。每重提王曰云云以頓束之。尚書多此例也。以上爲第一章。

王曰。封。我聞惟曰。（惟、有也。）在昔殷先哲王迪畏天顯小民。（迪、道也。畏、誠也。）經德秉哲。（經、行也。哲、智也。）自成湯咸至帝乙。（咸、覃也。覃、延及也。）成王畏相。惟御事。（成王、盛王。畏相、咸相。惟、與也。）厥棐有恭。（棐、分也。恭、共同字。執也。各執其分也。）不敢自暇自逸。矧曰其敢崇飲。（崇、聚也。）越在外服侯甸男衛邦伯。越在內服百僚庶尹惟亞惟服。（亞、貳也。服、服事者。惟、與也。）宗工（宗工、長官也。）越百姓里居。（越、及也。）罔敢涵于酒。不惟不敢。亦不暇。惟助成王德顯越尹人祗辟。（顯字下屬。越、于也。明于治人敬法也。）

闓生案此言殷初盛時。君臣上下戒酒之美。

我聞亦惟曰在今後嗣王酣身厥命。（身、即信字。極信其命。所謂我生不有命在天也。）罔顯于民祗。（不明于民）

病。保越怨不易（保安也。安于怨而不改。）誕惟厥縱淫泆于非彝（但為厥亂淫泆于非法。厥即厥字。）用燕喪威儀（以燕飲喪威儀。）民罔不盡傷心（盡傷痛也。）惟荒腆于酒不惟自息乃逸（不以自勞而燕飲。）厥心疾很不克畏死（乃憤恨而不畏死也。）辜在商邑（罪在商邑。）越殷國滅無羅（遂以亡其國。無離無遺種也。淮南注稻米隨而生者為離。羅同字。）弗惟德馨香祀登聞于天（德與馨香祀皆不聞也。）誕惟民怨（誕但也。惟有也。）庶羣自酒腥聞在上故天降喪于殷罔愛于殷惟逸（惟燕飲之故。）天非虐惟民自速辜

闓生案此言殷紂上下沈湎之失遂以亡國語意極為刻至。

王曰封予不惟若茲多誥（惟願也。非願若此多誥。）古人有言曰人無於水監當於民監今惟殷墜厥命（惟思也。）我其可不大監撫于時（監視也。撫通文撫。時是也。）

闓生案此亦以重筆結束上兩節故重提王曰以頓束之以上為第二章。

予惟曰汝劼毖殷獻臣（劼勤也。毖告也。獻賢也。）侯甸男衛矧太史友內史友（矧與也。[?]猶寮也。）越獻臣百宗工（越及也。）矧惟爾事（與爾為事者。）服休服采（服休燕息之近臣服采朝祭之近臣）矧惟若疇

註縫言縫殺之大小得其制總數也毛傳

按紽總傳訓爲數謂絲數也緎訓爲縫亦以絲縫革之數蓋互文也馬通伯解紽爲二絲西京雜記謂五絲爲緎倍緎爲升倍升爲緎是二十絲也王引之云緎二十絲總八十絲也古者織素絲爲組紃以英飾裘之縫中所謂紽緎總者俱爲素絲織組紃之數粗細疏密皆可飾裘故有用絲多寡之異

評退食委蛇寫出大臣風度　後二章顚倒叶韻亦自頓挫風神　退食退而食於家也鄭箋解爲減膳總欲牽合節儉之旨甚謬詩志

羔羊三章章四句朱云賦也

總評雍容和雅朝會體故應爾　序以爲美大夫之節儉正直也詩意妙在渾含不露只於容止氣度描寫得之硬分五紽爲節儉委蛇爲正直殊非詩

旨（詩志）

殷其靁勸以義也召南之大夫遠行從政不遑甯處其家室能閔其勤勞勸以義也（詩序）

殷其靁在南山之陽何斯違斯莫敢或遑振振君子歸哉歸哉　陽遑韻（傳註）

註殷靁聲也山南曰陽雷出地奮震驚百里山出雲雨以潤天下何此君子也斯此違去遑暇也振振信厚也（毛傳）

評殷字妙如聞靁聲　在字違字反應甚緊此反興也靁不可言在在南山之陽妙在確指其地唐人詩靁聲榜太白似自此化出（詩志）

殷其靁在南山之側何斯違斯莫敢遑息振振君子歸哉歸哉　側息韻（傳註）

註亦在其陰與左右也息止也（毛傳）

殷其靁在南山之下何斯違斯莫或遑處振振君子歸哉歸哉　下處韻

歸哉歸哉作尾聲相應爲韻與麟趾同傳註

註或在其下在山之下所謂靁出地奮也處居也毛傳

評山之下北也山側山下靁聲自遠而近與意更緊歸哉歸哉思之而望其歸也鄭箋以爲勸以義未可歸多生枝節詩志

殷其靁三章章六句興也

總評思而不怨詩志

標有梅男女及時也召南之國被文王化男女得以及時也詩序

摽有梅其實七兮求我庶士迨其吉兮　七吉韻傳註

註摽落也盛極則墮落者梅也尚在樹者七吉善也毛傳

摽有梅其實三兮求我庶士迨其今兮　三今韻傳註

註在者三也今急辭也毛傳

摽有梅頃筐塈許器反之求我庶士迨其謂之　塈謂頃詩註

註塈取也不待備禮也三十之男二十之女禮未備則不待禮會而行之所以普育人民也毛傳

評摽有梅倒句法此以梅過時而落與女當及時而嫁非賦體也　求我庶士謂其禮當適人是女子之義也愼勿錯會朱子謂必有求者不待吉矣失之　實七實三妙在撰其數以實之士者男子之美稱庶士者平等相當之人非必貴介也不作衆庶之庶解　旣言求又言迨求字婉會其情迨字顯著其義詩志

摽有梅三章章四句興也

總評此自女子之情詩人爲之寫其意耳求其庶士迨其謂之正自溫腕有情此即孟子男子生而願爲之有室女子生而願爲之有家又必待父母媒

妁之義也其自聖賢言之詩人賦之何等平淡何等正大所謂推得去莫非天理人情之至而性情之正亦在其中矣後世詞人專於男女之間摹出無窮豔羨於是邪正根源判若天淵而風雅之意亦迴出禮義之外矣豈不悖哉（詩家）

小星惠及下也夫人無妒忌之行惠及賤妾進御於君知其命有貴賤能盡其心矣（詩序）

嘒（呼惠反）彼小星三五在東肅肅宵征夙夜在公寔命不同　東公同韻（傳註）

註嘒微貌小星衆無名者三心五噣四時更（讀作平聲）見肅肅疾貌宵夜征行寔是也命不得同於列位（列位指貴妾言）

按爾雅咮謂之柳柳鶉火也咮噣通用共五星

評三五在東寫得歷歷如畫寔命不同語似含怨乃所以為不怨也為宮人

寫懷只此一句自慰自解無限深情　寔字如聞其聲　三五即指小星不必定爲何星　毛鄭以爲三心五噣固矣詩志

嘒彼小星維與參昴肅肅宵征抱衾與裯寔命不猶昴裯猶韻傳註

註參伐也昴留也衾被也裯禪被也猶若也毛傳

小星三章章五句　賦也小星賦宵征時所見之實景

總評和平靜細義命之意是當境人深醒語幾經縈迴方歸於此與後世代作宮詞專於揣摩怨情者何啻天淵

江有汜音祀美媵也勤而無怨嫡能悔過也文王之時江沱之間有嫡不以媵備數媵遇勞而無怨嫡亦自悔也詩序

以江喻嫡以汜自喻其恭順不怨可見矣故詩人述其辭以美之傳衆聞

江有汜之子歸不我以不我以其後也悔　汜以悔韻傳註

氣體不和，始於飲食衣醫，一官治於未疾，庶可免乎醫和所譏。

次舍失官，離宮行殿，一日巡幸，萬家竭產。

大府 大夫二人，兼總財賦，歲時所入，頒於諸府，皆得撙節，歸諸法度，祭禮賓客玩好賜予。祭祀、賓客、會同、喪紀、軍旅之事，外府共之；賜予衣服玩好之事，玉府、內府共之。財之當入內府與當入王府者，太府皆得撙節之。

大府諸司，稽會出納，唯上所命，予奪施舍，惟大冢宰法式有定，百官有司不得擅，其王后世子不得過取，侈心溢志，不戒自抑。大府而下，大抵皆會稽出納有司也。夫有司不敢與天子較，是非論可否，持予奪施舍也。是故有所謂好賜匪頒，則共命；有所謂為秩幣帛，則共命；有所謂工事羞服，則共命；有所謂凶喪賓客，則共命。某服宜賜不宜賜，某事宜舉不宜舉，某物宜用不宜用，某役宜興不宜興，皆不得與議於其間。惟冢宰總百官，以道佐人主，上得以約王后世子之不過取，下得以制有司之擅共。凡所以好賜匪頒、秩幣帛、工事羞服、凶喪賓客，皆有定賜，大府但稟式法頒之，不戒而自抑其侈心。蓋成周所以常有三十年之通，無凶荒水旱之患，至於禮制樂作，兵寢刑措，神祇祖考猶安樂之，豈非制國用之所基乎。

民如菜色，禮制樂作，神祇祖考，猶爲安樂。

玉府帑藏。設在宮中。先入大府。鉤攷政行。玉府內府之職。掌天子器用燕私之物。此帑藏之在宮中者。周公皆入於大府。則司會之鉤攷。司書之要貳。而廢置誅賞之政行。如此。則用安得不節。財安得不聚。若以御府禁錢捐之親幸之手。外人弗親。法制不行。校比不得及。則傷財害民。曷有紀哉。

御府禁錢。委之親幸。外人莫睹。省闥之中。校比不及。法制不行。爲私奉養。經費不領。恣用無節。侈心易萌。玉府內府所掌金玉兵器。凡良貨財一也。而分爲二官何哉。蓋玉府所掌。皆私貢餘財之所作。及獸人獻人所入。專共玩好賜予耳。邦之大用不與焉。內府所掌乃九貢九功之貨賄。及諸侯所獻國珍。以供邦之大用。故不可不分爲二也。

司會位中大夫。優以權勢。會計。支用。檢括。奸利。職內職歲掌賦之出入。司書掌簿書。職幣收奇羨。此等合屬大府。皆理財之職。府藏之事。而今也皆司會主之。用中大夫二人。其勢足以檢括。使不得爲姦利。則是太府至外府。但爲朝廷掌管財賦。而會計支用皆不與焉。自後世觀之。疑利權散出。漫不可考。所以設官皆并合之。凡會計之事。皆司農之屬。唐置三司使。凡山澤之利。盡歸於鹽鐵使。財賦之入。盡歸戶部。而度支則會計之。三司使雖別設官以相稽。然已是三司使之屬。大非先王設官之意。

制之於外。以安其內。輔養交修。表裏咸粹。飲食有節。衣服有制。有關王心治典攸係。

俞氏以司裘幷下典絲典枲染人追師屨人六官、皆冬官之屬、作復古編、謂冬官不亡、覺漢儒以致工記附益之者爲謬、願以此六官復以工事爲言、何哉。芬謂冢宰掌治典、亦惟求之王身、求之王身、道德其本、而所以輔養交修、使之表裏粹然、則飲食之節、衣服之制、皆關心術之微、而遏絕人欲之萌也、又何疑司裘典枲諸官而移屬冬官哉、

備位宰相。不咨錢穀。禮經絕滅。不學無術。

太府以下八職、皆屬冢宰、似乎纖屑、然王制亦有冢宰制國用之說、孰謂財賦非冢宰之事乎、陳平爲相、不答文帝錢穀之問、蓋禮經絕滅之秋、不知學之過耳、周家惟以此官屬冢宰、是以無不經之費、王及后世子之匪頒好用、亦有式以制之也、

內宰治家。亦屬相臣。權衡審定。格君非心。

內宰屬太宰者、意其治家之道、亦多權衡審定於大臣、大臣格心之所自出、獻

將命洒掃。衣服織紝。掌內之事。皆隸相臣。女寵近習。潛移主德。大臣總之。無敢踰節。

皇父作相、膳夫內史皆不得人、巷伯之雅、寺人爲之、雖奄官亦還其選、晉侯近女而惑疾、醫和以爲趙孟之過、古人致君二南之化、其道由此、春秋

首書宰晅驕姿。甚者三公逆后。東周宰臟不競、何以正王闈乎。

帝敕後宮用度宜省后乃上書欲辨以明且恐官吏奉詔以繩前漢置大長秋、爲后卿、蓋內宰之意、參用士人、猶可以節制後宮成帝敕許后減省用度、后上書辨論、且恐官吏以詔書繩之、猶有周家氣象。

三公統外而奏近臣尚書致詰以爲越分漢中常侍與掖庭暴室御府祠祀之署與夫勾盾中藏府令丞典掌貴人采女官婢侍史服食遊觀諸事、皆少府統焉、東京悉用宦者、士大夫無復與聞而隸少府者、徒以文屬、太尉楊秉、糾中常侍、而尚書詰以三公統外、越分奏近臣、蓋三府之令不行於便嬖、況后妃乎。

服食器用一付奄人卿相大臣不復致問設官之意蓋無復存後漢大長秋、改以宦官、然宮中財用、尚付之有司章和以後、盡用宦者總領、自此不領於外朝、及隋置殿中監唐置內諸司、使凡王服器用、一切付之奄人之手、大臣不敢問、成周設官之意無復存者、

身近惟薄言聞牀第其勢不可屈辱俊乂爰用奄人乃事之宜然而私不奪公恩不掩義雖其褻臣無得縱恣　奄稱士者其數止四況卿大夫豈宜濫及。

李次玻先生遺著

擬元次山舂陵行

身佩刺史符。黽勉來此都。此都昔富庶。井邑相蟠紆。竭來西原蠻。蹂躪如摧枯。豈必無子遺。落落晨星孤。孱弱飢無粟。老病寒無襦。天心豈不仁。君門遠難呼。所望賢使君。膏雨來相濡。忽忽文與牒。相繼勞僕夫。重疊數百函。急索今年租。租出自何處。兀坐長嗟吁。中興聖天子。簡賢拓宏圖。委我以旬宣。自分才誠愚。爲民謀生聚。國將無輸輓。爲國嚴催科。民將鬻妻孥。君思何以報。民命何以蘇。中夜不能寐。柝聲在城隅。憶讀詩與書。服官仍服儒。民乃邦之本。古訓詎忘諸。寶慈亦作忠。豈曰臣盡迂。

比干墓題字歌

朝歌遺址渺雲霧。草樹蒼涼有遺墓。武王封後六百年。孔子西行車爲駐。心白

低徊手自書。石蹉磋峨字如鑄。點畫無庸隸古定。意旨不煩游夏注。筆筆削削勞一生。扶植綱紀有深情。憸人莫逃鐵鉞嚴。志士自宜華袞榮。況復三仁此居一。豈可默默無以旌。旌之非傳亦非贊。累牘連篇徒汗漫。韓碑百遍。爭誦唐蔡書萬本。競摩漢誌銘傳刻。日日多史官眞贋莫由判。何如數字冰霜凛。請作春秋特筆看。

步香南先生道著

訓子六箴

天資淳篤。不少善人。（六箴俱為善人言之）未嘗學問。但率其眞。理出懸揣。義宗俗尚。（鮮不墮此闇途）謂是實非。弊等愚妄。（未可以善自信）百行有矩。往訓載陳。至精至粹。纒析條分。（文以載道而備用之理後備益詳言之）研以精心。影衾自課。亦步亦趨。庶幾寡過。（此是行己最初工夫必要於此立定脚根）事盡前無理皆有執舊馭新。齟齬紛糾。（可知最初工夫非自畫之境）識多愈礙。意密轉疑。

未悟。客理。爲賊。猶自謂理境貫徹可歎執眞執客並域而居。最易牽混所以執以疑眞必通其故乃見懸殊。正是南轅北轍、

須知此與敬事不同終投歧路。叢咎。不知。君果知之當有進境、奈堅執不悟何、雖曰學焉惜無心得眞旨。

時勢遷移。參差其數。何以善身。當觀來路。舍此無把握來路分呈。考理所宗。來路不是此事之來歷乃即境而具之各情形分列於當幾是已然此非將然未然之數以其爲因應之理所從出故曰來路學八往往兼取將然未然情形合並作審酌故滋回惑否則但就此事之來歷以審所處自謂有合於古實違古意其切己者人各不同。兩人共一事、而來路却彼此互異、如易卦之應此承乘此爻與彼爻迥別多不過五。少亦存二。來路不止一端而宜宗者亦不過五宜減宜增。轉瞬亦異。各來路所宜宗者、以其與當境之因應、有交涉也、少間而向之有交涉者、已無交涉、則以此來路當減去、少間又添一有交涉之來路、則當增入、即文家所謂移步換形、二三四五定於臨幾。不到臨幾其來路或多或少尙未定後天奉若。舉數權之。數即來路多少之數、經史之精。作我衡鑑。不準諸古則信心易誤此是四旁之佐止以之作衡鑑、不以之作根踪、求是於今。變化千萬。此之是處即宗來路求出者來路萬變故是處亦萬變細絜銖兩。務取其平。所由平處。達道以生。銖兩是來路之銖兩、非應

事之銖兩、來路或二或三或四五、各各輕重不同、歷爲等稱、會合來於何處取平、便是今日當由之道、有時各來路可以兼伸、有時伸此屈彼、總須將各銖兩等稱清楚、其取平處至精至變、和也者、天下之達道、和字最宜體會、準此制行。心安理得。剛柔皆宜。爲動之則。

未萌一念。心有天全。旋參以我。其用遂偏。我字不要看粗豈氣之狹。非私之垢。成見微存。已豐其蔀。由來路中考理最忌有成見心既偏重則所考失實謂心無作。謂理無遠。思深轉拘。力累愈非。成見之弊如是須知此皆是持正之心地明敏者所爲只成見誤之耳然則考理時當憑何心鏡無蓄形。形乃莫遁。返諸最初。七情未朕。喜怒哀樂未發是時之心。純乎性眞。上通於穆。爲道義門。中也者天下之大本動若汞流。各成圓象。輕重輊軒。毫釐不爽。此心所以可憑初由來路。本此相衡。以此心絜銖兩庶幾無誤乃考理者當憑之心此心如等子各各來路如所稱之物其於何處方能取平不是現在辦法然總不可以將然未然之數雜入所稱物中迨其既熟。幾動理生。幾即現前事幾理即當由之理知命順天。推仁盡已。知命則巧營之計與僥倖之心俱屬多事推仁則義亦兼攝末背不果斷若將仁字與義作對恐誤認義字並誤認仁字、奉以終身。吉祥止止。

概言窮理。其中有別。備用宜精。應用尤切。以備用之理應用學入之誤每每坐此不資。繩墨。斤削。

安、施（備用之理、不可不講）未得魚兔空守筌蹄（須悟應用之旨方覺平日所講道理皆為我用而無蔽障）先事研求易於成信（講學時條條心肯因謂此即應用之理矣、）臨事循行疑難互進（果即應用之理何以如此例此則理與理自相乘角不待縱以私心早已交戰於胸也、）由其格致初無真知夢之與覺尚隔雲泥（非於古人道理外、別有應用之妙、但其意旨往往未悟、遂以素所講解者當之、此猶在夢中未嘗覺也、）即事有宜即心有制默握樞機領悟乃至（此之樞機上合於古下宜於今百為只緊此個）交玩其動實用始收人倫其世真契始投（所以應用處緊要）

何以求誠其術當慎外嚴者逆中實者順（外嚴不止是外貌謹飭然尚與中實不同）踐行不力氣質難融（力為遵守正是外嚴工夫此工夫斷不可少）糾纏徒切性體豈充（非中實則源不達根不茂）婉心從理理非心有心主理賓相從不久（婉從既出於心則非襲取矣而固不久徒從外嚴用工可乎）返諸靜極是有真吾當其初動善念照如（中實工夫從此處起）靜似珠含水濁珠隱動若苗生草多苗損（此珠此苗是真命脈而不加工夫仍不發暢）由微使著由少使完（工夫在此正是鋤定所謂微者所謂少者以暢其機而去其害如此則去私工夫亦都有著落若儱侗作克治即毫不放寬亦屬泛鶩且終無成就）但終朕欲、莫戴人冠（惟其是朕欲所以能實若徒執備用之理勉強自淑）

恐止是戴八冠耳偏則知。矯。歛則求。實。此亦是就自己善念加推勘故偏處歛處皆出二句乃中實工夫兩大端而外亦不得不嚴矣

敢曰崇。德。庶乎得力。六箴俱為天分低者言之

右六箴并註凡與公見不同處皆余不敢擅異處 自記

答趙桐生同年書　王樹枏

執別以來軫結彌念冷月欺夢驚飆阻魂露臺單啞墮葉自聲風樹偶影飛雁無迹追維良覿時增我欲足下馳騁儒執漁獵文籍摮典斟理模經竦言組華千載廓別今藻逞識六合開張闔謨屈宋噓其古香儀衍紬其長舌二月十二日辱君手告摘句贈芬賞奇示矩不意庸陋曲濛深眷且夫駑質伏棧見王良而卬首焦桐秘響聞伯喈而裂音鳥以呼羣而語哀士感知心而言瀆樹枏幼之師承長嗜圖史螢明惜耀獺祭惭陳逞耆典墳鶩廣竹素笙鼓並進則繁響聒聽錦組雜投則五彩眵視神鬼乏通靈之告射御無成名之日此瞀於學者一也又況徐摭體弱孝標形羸嘯竹啞音儷梅淒影逐蠹半簡乃眊雙目呿鯨一聲輒委四肢脆質望秋而先零牢愁驅壽而益迫此薄於天者二也少趨時榮低心追好麋鹿野性隨人不馴鷦鷯新血淬劍未澤霜椿入市不中斧繩山

鬼帶蘿自羞睇笑瀞鱗無圖溟之化小鳥有槍榆之識此窮於人者三也直性狹中碩心疾俗漫刺少詣揚扇障塵刺草閉關能解拒客枯蘇奪徑亦憎雁聲剛腸醜骨既鮮許可笑齒啼顏乃成阜狀此乖於俗者四也近覽小巳遐矚世變芒星蠹動海水宵飛沙蜮射影而爭吮其血釜魚鼓鬐而自泳其禍坐舟者忘漏畏虎者傳翼中流擊楫日暮傷心國恥枕戈涕洟不少此愴於時者五也總此五故適增百憂固將逃形守眞全生取適蓬蒿蟄影明晦研經養其天和返其涉獵上述許鄭以闡聲義下憲鼂戴以正步趨訂羣儒之古心息百氏之狂喙馨膳之暇鷄黍留賓解詁之餘風月怡性抱此微志要之終身若夫神龍驅雨搏鶚摩天峙足青雲之上立功萬里之外則足下之事非鄙人之所敢望也西風多厲東惓不見願言之隱實勞我心幸因郵傳增益教條千里一室庶慰饑渴樹枬頓首

任邱李公墓表

唐烜

在清同光之際北方以醫學聞於時者曰任邱李誠甫先生先生嘗客津門矣時李文忠公方以爵相督直隸延入署禮爲上客凡居幕府者十餘年李公幕中才俊鱗集片言獎借立致通顯即積資敘勞依流平進皆得一官一邑而去先生獨靜退自守未嘗有所干乞而學加富術益工名亦愈著故公絕重之李公去任先生亦歸里江都劉忠誠公以重幣延先生至江南先生固辭不往光緒三十四年八月歿於里第春秋七十次年葬於李各莊新阡以配劉安人祔吳君辟疆誌其墓先生季子樹穀與烜姻連持狀與誌來屬爲隧道之文烜荒廢不學近更衰病安能繼吳君之作遷延久之今年又持其長兄樹道書來合詞以請不敢固辭謹案狀誌所稱綴以文曰嗚呼以先生平生精思高致苟用於世何施不可既已伸於知已乃獨以醫著哉顧爲醫者儻能師法先生皆足

以自立而乃餘何至蒙詬識於異族也耶自東西互市中外大通歐美人士來遊中土者率以天津爲尾閭其達官巨賈皆以良醫珍藥自隨中國貴人延爲療疾頗效崇信無已由是藥房病院充溢都會若丹若散若湯若汁船狎至中人士喜聞其說盡棄所學而力追之以爲素問靈樞難經各書皆無可據若史稱扁鵲倉公則尤荒渺而無稽蓋西人重實驗其論病也則原於剖解而察及微茫其用藥也本乎化合而取其精液與中國所傳脈經及五運六氣之說格格不相入實則持一藥思以愈衆疾與雜衆藥而不能愈一疾則中西庸醫之所同也先生秉夙慧傳家學審各家之短長辨脈象之疑似能師古人之意而變化以取驗卒爲西法所莫能外嘗有人患五色痰飲英醫院郝君辭不與藥囑病者候任邱李先生當可治先生至診脈後謂飲分五色此症不載方書惟赤色者難治是不必窮治其色惟以治飲爲先除積飲之窠囊飲無所留而自

稚川治瘡母方兼治痰四法百日而愈。有婦人產後遺尿。診者多以為淋治不效。西醫則以為病腎無從施治。先生診其脈無病象。必臨產不慎膀胱為坐婆所傷耳。用丹溪猪羊胞中湯從類而補之法。五劑而愈。先生向不治外科。而西醫則以外科為長。有患腸癰者。腹濡而痛。西醫謂當剖解出膿。遲則膿從臍出。必不治。病者大恐。先生曰吾國瘍醫亦謂脈洪數者穴膿已成不可下。然不可無出路。試用捉毒化瘀兼通利藥外治以排之。又煑藥熨天樞穴下膿如瀉。西醫拊手稱快。夫泰西醫術數百年來合列國朝野上下併力而營之。其規制之宏遠。條理之精密。足以震耳駴目。而遇有疑難不決。必博稽儕輩。廣延名宿以究其癥結之所在。求得一當。不敢果於自信。斯亦西人服善之公心。而非先生之學。世精專。神通默契。亦不足以關其口而奪之氣也。先生諱沐仁。字安之。誠甫其號也。曾祖養度。附貢生。祖堪鼎。布政司經歷。考鍔。贈奉直大夫。精醫術。始

倡種痘周歷三輔活嬰無算。生四子。先生其仲也。生而穎悟強記。十四歲因貧輟讀。即從奉直公受醫學。每診必隨。徧覽古今方書。久益融貫。在督幕時。李文忠丁內艱。張靖達公署督文忠。詣靖達曰。李君學術操守。均妥愼無悞。故靖達公敬禮有加焉。天津司海運例奏獎督幕二人。列先生名。札發始知。先生曰。無實績而受虛榮。徒滋愧耳。庚子在里中。佐邑宰綏靖亂民。聯軍過境。牛酒迎犒。縣中得無擾。嗣李文忠公以全權大臣議和。忽憶先生。函邀至京。縱談時局。兼道津幕舊事。嘆以未進先生一階爲憾。先生穆然也。晚兼精士道之學。夏壯武公嘗因療疾訪先生於任邱。因告以上古數學與兵事相出入。兵凶戰危。若不明吉凶消長之故。慮萬全而後進。徒快勝負於俄頃。能勿蹉跌乎。壯武深然之。先生著有津醫案。藏於家。配劉氏。先先生兩月卒。子四人。樹道附貢生。樹政廩貢生。後先生卒。樹棠太學生。樹穀縣學生。女二。長適武強優貢生賀葆眞。次適

同邑候選同知宗恩溥孫七人。榮駿榮驤榮騏榮驊榮驥榮駒榮騮。曾孫七人。秉坤應坤毓坤寶坤崇坤馥坤茂坤。孫女四。長適安新縣廩生張德潤。次適大城縣學生劉崇齡。烜嘗惟古人以醫傳者多高人逸士。蓋術業有專攻。必方寸無外慕也。若先生之高尚其事。殆所謂用志不分。乃疑於神者。與今之習方術者。非偃蹇老儒。即便佞市儈。略涉方書。以醫爲市。殊不足道。其過自標異。雅負時望者。又復梯榮干進。藉青囊爲終南之捷徑。其能無愧於先生也乎。故爲表而揭之。以詔後人。

抵保定軍官學校偶成兼呈校長蔣方震　陳瑞松

郤穀敦詩兼說禮。祭遵設樂並投壺。儒才自古宜修教。大將從來半屬儒。破敵休云資火器。運籌畢竟重陰符。先生領袖干城選。武學倡明世所須。

暮春由京往漢過河南有感　陳瑞松

客驂小駐浣車塵古道楊花又送春烟火萬家分鄭衛雲山一片隔齊秦愁場曲似黃河岸旅思深於白馬津回首洛陽歌舞地更籌猶自說雞人

擬李太白戰城南　齊賡芾

一戰湘江北再戰盧水南盧水淒懸平時月曾照燕京拂曉游子驂此離更較生別苦兒伏荒榛毋竄叢薄問何無丁男與相攜捉將官裏云報府前日牑戶記綢繆夜半中天起戰皷戰勝健兒趾為高戰敗健兒掠以逃搜索到犬雞供頓驅頒毛嗟爾間道人母語慘慘兒呼嗷嗷嘈雜四出蓬與蒿昔年戰城南血染松滋渡今年戰城南烽連薊門樹山伏水竄異奔忙無家同堪少陵賦共言涿鹿城頭教虎貔蕩天霹靂廻清蹕去富封君歸靡遺誰為輿誦獨不見冬暖而寒年豐而饑

談叢

偏之論而爲古人所愚哉

重耳之有晉國重耳知之諸臣知之齊桓宋襄楚成秦穆知之鄭叔詹齊姜氏曹僖負羈之妻知之而曹衞鄭三國之君不知也左氏隨次點綴相間而成文通篇以從亡者及婦人女子兩義並舉而以天之所啓一語爲主義故於篇首備載五人名姓篇終以賞從亡者作結則諸臣負羈紲之功可知也敘季隗敘齊姜敘秦伯納女五人敘逆夫人嬴氏以歸敘狄人歸季隗敘趙姬母子則其君若臣多得內助之力可知也而曹僖氏妻介之推母可連類及之矣尤奇者則借叔詹之言爲全篇關鍵以男女同姓其生不蕃反射齊姜諸人以三士足以上人縮合從者而天不靖晉國殆將啓之二語則又直射篇末而與介之推之言相應也　又按此篇雖二義分承然寫婦女處多用實寫從者處多用虛寫於其才足以相國則見之僖氏妻之言於其足以上人則見之叔詹之言於

其肅而寬忠而能力則見之楚成王之言於其貪天功以爲己力則見之介之推之言虛實相間層見疊出至六月之拜白水之誓則又方望溪所謂隨舉一事以證之也

城濮之戰晉曲楚直文則極寫晉之詐而楚之剛愎少謀亦附見之夫將救宋而伐曹衞猶兵家聲東擊西之常也然未戰則分曹衞田以畀宋矣將戰則私許復曹衞以攜楚矣又執宛春以怒楚師矣一切謀計皆詐之甚者至三舍之退則不得不然非本心也子玉漫無布置而以驕情乘之烏得不敗左氏於子玉僅載其剛而無禮及不勤民二語則子玉之失已見而晉之蓄志已久則於取威定霸見之於齊秦未可見之於楚殺子玉見之於若楚惠何見之一篇所敘晉無一非詐謀楚無一非失計而其微旨則在子犯師直爲壯曲爲老之言細觀之自得其脈絡灌輸處

左氏弑君之例稱君君無道也稱臣臣之罪也即左氏之文求左氏之例宜無不可通矣而其謬誤之處實難枚舉莒僕之事經曰莒弑其君例以左氏之例豈非曰君無道乎乃據傳所言則親弑君者莒僕也趙盾不討賊許世子止不嘗藥春秋皆曰弑其君豈有手弑其父而反晏然無事者邪以矛刺盾豈得曰實趙氏匡謂傳文僕因國人以弑已公以字當改之字則僕非行弑而諸疑可解卓氏爾康則謂已以二字古人通用言僕見國人弑君恐禍及已故出奔其意與趙氏略同皆曲爲之解然太史克固明謂爲弑君父矣是左氏固以僕爲弑君親也手弑君親之賊春秋不討反謂爲君之罪有是理乎予謂庶其之事當從二傳左氏之例成於後人在西漢時即謂爲不傳春秋其背理之處世人多能言之惟此章如左氏言則人倫之大變非其他謬誤可比尤不可不辦至趙氏卓氏之說則愈疏矣

戰國策文之雄也然以之欺三尺童子則恐其不足吾意蘇張之游說乃其自著書誇詫之詞耳諸子多假借古人言行以爲宜爾而說士妄則擬其所學以爲必將宜爾皆設詞也非實事也亦如莊列之寓言也以其策皆諸施行無不立覆敗者其爲弱國畫計往往借他國之力以抵制敵國爲良策既又恐他國爲已不利則又別結異國以抵制之所結之國愈多則其爲害愈深後人不察乃有視爲外交秘訣無或乎其誤人家國者相隨屬也

左氏敘邲之戰以楚爲主鄭大臨而退師鄭請降而許平不築武軍不封京觀皆詳敘之見其以德服人也至其軍中之制度治國之政令則敘於晉人口中蓋此文雖以楚爲主而晉軍將師不和上下乖離號令無常士卒解體皆不得而略若再羼敘以楚國之事則必散漫無章矣惟分見之於士會欒書口中則章法既稱而事亦無漏此其經營慘淡之苦心也

西湖侍游日記　陳詒紱

杭州距金陵千里而遙家君夙好游覽嘗以西湖未往爲憾光緒末甯滬杭鐵路先後成遂于宣統二年九月初二日率予起行次日抵杭時已夜半秉燭檢西湖志將案圖而往觀焉初四日坐瓜皮艇泛湖往來秋色中見寶石雷峰二塔對峙高出雲表先至三潭印月李敏達公西湖志云月光映潭分塔爲三陸氏湖壖雜記云登山頂下盼湖中有三大圓暈所謂印月蓋似月而非眞月二說未知孰是內有亭構成卍字形名亭曰卍字殘荷四壁葉香勝花亭後石板架水曲折入彭剛直退省菴旋過高莊登藏山閣惜不能眺遠出見吳女士住宅建築仿泰西式宅右小萬柳堂其夫廉氏故錫以此名堂旁塔影樓面對雷峯登高一望得湖中風景大半出謁岳王墳遂至孤山湖中一嶼孤立亦名孤嶼林和靖隱居處歿葬是山中有梅數百株放鶴亭

在其側歸舟穿錦帶橋望蘇小及小青墓在荒煙蔓草中已薄莫不及往初五日肩輿出淸波門游淨慈寺觀濟僧井中木道過于忠肅公墳其荒凉之況不逮岳墓遠甚數里抵天竺山沿山有寺三區以上中下分名之杭人佞佛雖非香期祈禱者不絕于路然叢林之勝以靈隱寺爲最時方起造大殿工役邪許舍之游飛來峯峯通體皆石峭壁仡仡如百堵牆其腹穹然而深變化離奇目不給于矚飛泉自巖腰三折下砰磕若奔雷有小方亭額曰壑雷與冷泉一亭相望焉殿後爲入跋光徑舍輿而步石級百層林陰夾道入寺門流泉數十折僧衆剡竹引水爲池曰金蓮池圓葉小花浮生水面欲登後山顚忽天色黯淡時作微雨予冒雨上石樓方丈正對錢唐江江盡處即海僧後修葺仍用樓觀滄海日門對浙江潮聯予席地面江坐見雲有孤飛者。羣游者。旁午相觸者。前後相逐者。忽雨忽晴。上中下各成一界。白香山所

云赤日間白雨陰晴同一川。其同此景象與有頃天全霽　家君亦上石樓予仍欲摻勝境屢目僧僧曰無有遂下弢光過玉泉其泉深不尋丈清澈可鑒有金色大魚數百僧出麵團游者戲投諸水以觀其爭食遂由鳳林寺到玉佛寺殿上一玉佛高丈餘出寺步蘇公堤夕陽將落新月初升山爲壁若。水爲鏡若。塔爲筆若。烟霧迷離盤桓者久之度跨虹橋歸初六日至湧金門外寄園茗飲因風大坐篷船游水竹居明初鄭伯規故居今劉氏造園于是過湖心亭隔永有行宮在焉　高宗南巡駐蹕處今額曰聖因寺轉入文瀾閣石峰玲瓏與蔣果敏公祠內數峯閣柏堂爲隣午刻飲樓外樓魚羹下酒猶宋嫂遺製未刻渡港至平湖秋月臨湖品茗心神爲之一爽舍舟過柳浪聞鶯謁唐陸宣公白文公宋蘇文忠公諸祠而衰冕桓圭以錢氏六王爲蕭穆尤足動人景仰之思焉初七日肩輿出清波門過石屋洞壁上鐫羅漢中間鑿釋迦佛諸菩薩像西北

有龕甚深沓刻石曰蒼海浮螺坡陀而上至烟霞洞路甚崎嶇山顛峭疊旁有一洞上石下泉祀東坡石像顏鐫蘇龕二字由右石級上有亭翼然衆峯環抱對亭峯頭如斧劈勢一分爲二而錢唐江適當其缺亭額云汲江聯云四大皆空獨留雲住兩峯缺處遠看潮來其景之佳可想見矣循江岸數里至理安山理安開山僧也故以爲寺名其中峯之高者一路深林茂竹泉由山頂兩面匯注嵐氣霏霧日午猶寒樹高參天人狀覺小近寺門有僧掃葉合十簡入寺後一方石池泉陸續滴下幽如琴韻歛坐石上毛髮淅淅魂骨俱淸洞檐大字標滴滴歸源不知何人筆也若雲栖寺門外竹木數里不斷與理安略同宋乾德五年吳越王建名雲栖明隆慶五年僧袾宏行脚至此結茅三楹居焉宏嘗自爲院記董元宰陶望齡又各有記袾宏即世稱蓮池大師者也入客堂僧留午飯午後至六和塔吳越王建以鎭江潮凡九級高五十餘丈元明以來屢毀屢

修咸豐兵燹後復建七層今之巍然者是予隨　家君至五層雖未凌絕頂而目之所及已無遠弗屆矣旁有開化寺基係六和塔院世亦呼六和寺云歸過虎跑寺舊傳寰中卓錫茲山苦于乏水將他之忽夢神告曰南嶽有童子泉當遣二虎移來師無憂也翌日果見二虎跑地作穴泉遂湧出甘冽異常詢南嶽來僧則謂童子泉已涸盡在北高峯麓匆匆下山游興已闌然吳山第一峯猶未及登陟焉初八日上城隍山樓憑欄而望左江右湖烟樹風帆居然畫境觀止矣蔑以加矣明日即束裝歸里是役也統計僅數日西湖內外及南北高峯遠近皆往游夫杭州山水冠天下。人第知西湖之勝。而不知西湖諸山之勝。王介甫所謂山之夷以近則游者多。險以遠則游者少。而巍峨屈曲峻峭幽深。凸凹谽谺。非常之象。每見在險遠而不在夷近。故不樂游者。不能游。即樂矣而不暇游者不能游。即樂且暇矣。而無濟勝之具。足跡不能遍到。亦游如未游。　家

君年近八旬腰脚强健不待小子之扶持而捫壁題詩掃苔讀碣其愉快爲何如哉。間嘗閱顧石丈攝山記游詩序云游山水而無歌詠以寫之即樵牧奚異。予不能詩。迹所經歷最其勝處而筆之以記夫隨家君之游之樂之不可一日忘也。

四存中校
學生成績

日記 十一年九月九號星期六　　四存中校第二年生　徐中初　江蘇崇明年十六歲

今日自習復演代數蓋昨日尚有九題未演故也首二一堂樂歌體操陳師疾未愈故又請假余遂演代數數題修身堂齊師講及新舊學說舊學尚恒產重人倫新說主均產及解做此其大較也齊師並將已之閱歷列舉其利害以示余等飯後又演代數時微雨回家後閱雜書思及早晨主任李師訓話言三不要主義一不要曠課此星期內即有犯之者二不要取無義之財此星期嘗有失英文地理等書者三同學不要失和其事尚罕此後當格外注意愈加勉勵為是因之又各開一治療之方欲不曠課宜習勤欲不取不義之財宜習儉欲不失和宜行恕

自省　失敬多思且輕浮校長齊師云能少思而持重則可以任重致遠記之李師所云之三不要主義不要竊取余幸未嘗犯此不要曠課余雖亦未犯惟

對於作業之時亦嘗有怠惰之弊不要失和則余亦每因微事而與友相爭勉之勉之宜日以勤苦忠恕自警

座右銘　大事小事俱平易處之便不至於倉皇失措矣

庭訓　今晚父親以一圖章示余上刻有寧人負我我不負人八字因戒余勉之

九月十六號　星期六

赴校後即上自習讀左傳同盟于戲篇陳師病尚未愈故首二堂未上第三堂修身未上校長因事回家也遂與曹君赴琉璃廠購英文地圖回校時第二堂尚未下審察此書則有一頁殘闕數字不能見不得已復去換此時王君丕拯因買辭典故遂同往焉回校時途遇大雨到校下課後雨益大不能出校食飯遂向呂師借傘方得出校路上泥濘難行余又未穿皮鞋賴曹君於不能走處

抱余而過能保未濕余甚感之交友能相助亦余之幸也下午雨止課畢因許君張君曹君之約同至中天電影片內有飛雷將軍數募冒險奮勇頗能引人入勝完場則又細雨濛濛矣又思上午張師訓話云前李師之三不要主義所開之方尚有所添補勤須加以敬懼之字儉須添抑制嗜好四字

自省　言語失檢舉動輕佻戒之上午睛書以疏忽之故遂受冒雨之苦後當注意

座右銘　愉惰者乃貪欲之刎頸交德諺　愉惰者之腦乃惡魔之製造廠德諺

十月二十號　星期五

赴校閱地上午第三堂考地理飯後閱博物第一堂考博物題爲游禽類與涉禽類之比較及爬蟲類與人生關係自習時與曹君讀毛詩甚暢至叔于田等篇似美實諷尤覺不忍釋卷

自省　氣量小怒意時現於面心中亦悶悶如脹不能容物蓋因有同學常以汚言戲余其意因相喜耳余則一時不察即與口角繼乃自悔將來立身社會所受之戲侮多矣今一小事不能容將來如何後當勉之爲要

座右銘　爲學患無疑疑則有進陸九淵語　大丈夫焉能處斗筲之役乎西漢語

移民方法演說詞　四存中學校第一班學生趙俊汾

近日謀國者每謂我國供不給求將有人滿之患不可不急爲綢繆於是設早婚之禁令倡擇種之苛政以減少人類此等立言匪惟不合人道亦非治國之正宗何則靑海西藏蒙古等處荒地尙多苟有人從事開闢土地之饒詎亞內地然則無聊政策消極主義何如將內地之民移殖於此以有餘補不足之爲愈乎此移民之說所由肪也言之甚易行之實難內地人民安居已久孰肯棄故鄉而之異地者此其中若無適宜方法恐終無成功之一日例如制移民法

設移民局及移民公司創移民學校立移婦女法置警察及護衛兵修鐵路備工匠殖牲畜等皆不可不亟亟講求不過後四者人所習知茲不必贅特將前五者分述之（一）移民法天下事不能無法而成況移民乎試觀德國移民之時先設移民法百五十餘條其中移民事務局移民營業人移民之飯食衣服居室等無一不備國家不知費幾許之經營耗若干之金錢始能推行無阻豈一旦之間遂能功效卓著哉故吾國欲移民必設移民法（二）移民局人民遠出不知方向道路關卡車船食宿俱有訛索老幼提携行動益艱苟國不加以保護焉能遠行移民局者即所以指導保衛者也不惟一省有之各省宜皆有之且是局之設不似官衙而倣商業之性質則人民自能直接受其益矣（三）移民公司凡辦大事業必具有大資本故外國勸人興農有勸業銀行勸人開墾有拓殖銀行移民營業則有移民公司日本自明治三十年即有公

司三十餘家資本金額不下三百餘萬元我國無一移民公司而欲使窮民從事開墾孟子所謂緣木求魚豈不難哉（四）設移民學校以造人才蓋以移多數無識之人不如一有知之士也凡入此校者平素研究之課程俱關於開墾事宜肄業實習自不致臨時受窘再加以奬勵榮名所在人自爭趨故移民學校亦爲移民中所不可少（五）移婦女此事似甚不合理然天地之道一陽一陰若無婦女彼將春來秋去不能久居於此或挺而爲盜亦無所顧慮有婦女則有家庭之累雖有惡念亦有所顧慮而不肯爲矣以上諸端俱關係國家大計非一二小民所能爲力如能成功獲利非淺執政諸君苟竭力提倡不勝翹企切盼之至

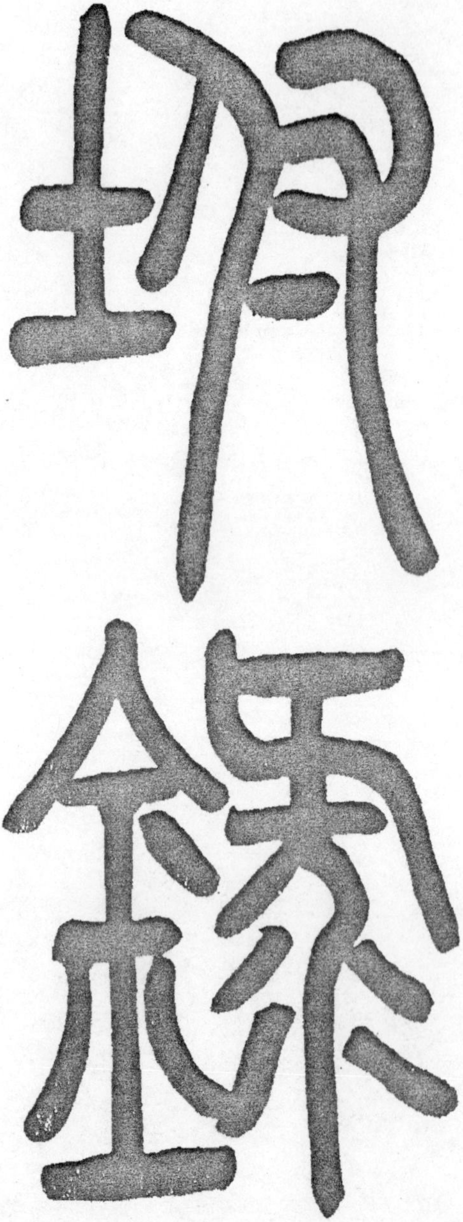

私立四存中學校英語練習會簡章十二年四月二十三日改訂

（一）本會以鼓勵學習英語補助外國文字之進步并聯絡同學之感情爲宗旨

（二）職員　本會由各班公選幹事四人月終改選共同經理本班本會之職不由本校教務主任及英語教員管理并指導之

（三）練習時間　每日早八點起十二點止在每點鍾休息之十分鍾內普通談話俱以英語出之（此指本班同學對于本班同學而言）其上課時間內師生及同學之問答仍用本國言語

下午一點半起三點半止亦用每點鍾內休息之十分鍾其上課時間之問答亦用本國語言

星期六日下午兩點半以後及星期日一律停止練習英語（惟開會則

不在此例）

（四）練習地點　凡在校內無論何地凡在練習英語時間以內俱照上條辦理惟第五班限定在講室內適用第三條

（五）懲戒　如於練習期間內誤犯或故犯以上規條者每句罰銅元一枚其罰欵當日交足由本班幹事登記并收存之

（六）罰欵每月結束一次由各班幹事與本班商購英語書籍或英文用具留在本會公用

（七）本會幹事有稽查懲戒之權

（八）本會以英語教員爲名譽會長每月開大會一二次由名譽會長指導并糾辦之

（九）本簡章由各班半數以上之提議得研究修改之

月刊第十七期刊誤表

篇名	頁數	面	行數	字數	誤	正
目錄	李先生學樂錄　下期再登					
顏李學	九	後	七	二十七	材	村
	十一	後	六	二十三	論	請
下抄詩文	二	前	十四	三	銅	桐
學樂錄						
集權分權小議	九	前	八	三	重	無
論老子	一	後	五	二十七	貧	貪
歐戰後之中國	十五	前	二	十五	雕	唯
	仝	仝	四	二十三	蝸	融
	十六	仝	三	十九	蓉	鬖
	十六	仝	六	三四	有此	比有
	十七	後	十	十五	綏	條
新疆禮俗志	一	前	五	三十	昨	詩
	一	後	十	十四	詩字下脫	曰
			末	二十一	各字下漏	從
			末	末	○	不空
	二	前	五小字	二十二	卮	巵
	二	前	十三	二十五	閒	鬆
		前	二十一小字	六	富	無
		後	三小字	十七	蓋	盞
			十二	一二	承豫	蒸豚
	三	前	六小字	十三	絨	紱
	三	後	二	十十一	經誦	倒置
			十	二十六	疊	壘
	三	後	末	十九	其字下漏	底
新疆小正	一	前	四	二十九	恆	沍
	三	前	三	二十七	之	以
		後	末	四	雷	無
渾河志	十一	後	六	二十五	牡	牝
	十二	後	末	字下末	漏	州必
尚書大義	六	前	八	二	將	倒
	六	後	八	六七	申更	更申
	七	前	三	二十八	禮	祀
	七	前	九	十二十三	子小	小子
		後	三	二十一	莪	恭
	九	後	九	末	予	當作十行第一字
毛詩評註	八	前	二	十二	攝	淺
	十	前	四	二	家	志
		後	三	六七	與參	倒置
	十	後	十	一	以	低一格
周禮序官發	三	前	一	十	表	無此字
	三	前	末	二	如	無
	四	後	十	三	惟	帷
			十	十	第	笫
擬元次山舂陵行	一		一		蜷礎	碣嵯
			三	二十七	簡	曉
答趙桐生同年書			七	十九	輪較	倒置
任邱李公墓表	一	後	一	五	乃	有
	一	後	末	末	自字下脫	愈用葛三字
	三	後	七	二十四	士	壬
雄白日記	(午七	前	五	二十七)		
	十七	後	七	二十	惜	悄
	十八	前	二	十二	雜	難
	十八	後	末	八	無字下脫	道
西湖侍游日記	一	前	一	二十八	聚字下脫	溜
	二	前	六	末	永	水
學生成績	二	前	九	四	地字下脫	理
附錄	一	前	五	一	不	務
	一	後	七	三	會	班

中華民國十二年一月一號出版發行
編輯者　四存學會編輯處
印刷者　文華齋刻書處
總發行所　四存學會　北京西城府右街　電話西局二四〇八號

第十七期

分售處　開封四存學會分會　太原四存學會分會　天津四存學會分會
代售處　東安市場萃鑫書店　第一樓聚文齋　琉璃廠藝文書局　琉璃廠中華書局　青雲閣富晉書社　文　及各大書莊

報資務請先惠凡價目一元以上均不收郵票

本月刊價目

期限	本數	價目
一月	一本	二角
半年	六本	一元一角
全年	十二本	二元

郵費

區域	本數	郵費
本京	一本	一分
	六本	六分
	十二本	一角二分
各省	一本	二分
	六本	一角二分
	十二本	二角四分
外國	一本	八分
	六本	四角八分
	十二本	九角六分

廣告價目

篇幅	期限	價目
全幅	全年	四十八元
	半年	二十四元
半幅	全年	二十四元
	半年	十二元
四分之一	全年	十二元
	半年	六元

廣告概用白紙黑字登載在一年以上者價可從廉

中華郵務局特准掛號認爲新聞紙類

四存月刊編輯處露布

一本月刊月出一冊約五十頁至六十頁不等

一本月刊多鴻篇巨製不能一次備登故各門頁目各自分配每期逐門自相聯續以便購者分別裝訂成書

一本月刊所登未完之稿篇末未必成句亦不加未完二字下期續登者篇首不復標題亦不加續前二字祇於目錄中注明以便將來裝訂成書時前後聯續無間

一本月刊此期所登之外積稿甚夥下期或仍續本期未完之稿或另換本期未登之稿由編輯主任酌定總求先後一律登完不使編者閱者生憾

一本月刊第一期送閱第二期須先函訂購屆時方與照寄屆後訂購者如願補購以前各期亦須來函聲明始行補寄

本月刊投稿簡章

一投寄之稿或自撰或翻譯或介紹外國學說而附加意見其文體均以雅潔明爽爲主不取艱深亦不取白話

一投寄之稿如有關於顏李學說現尚未經刊布者尤極歡迎

一投寄之稿望繕寫清楚以免錯誤能依本月刊行格繕寫者尤佳其欲有加圈點者均聽自便否則亦望將句讀圈清以便閱者

一投寄譯稿並請附寄原本如原本未便附寄請將原文題目原著者姓名幷出版日期及地址均詳細載明

一投稿者請於稿尾註明本人姓氏及現時住址以便通信

一投寄之稿登載與否本會不能預爲聲明奉覆原稿亦概不檢還惟長篇譯著如未登載得因投稿者豫先聲明寄還原稿

一投寄之稿登載後贈送本期月刊續登至半年者得酌贈全年月刊

一投寄之稿本月刊得酌量增删之但投稿人不願他人增删者可於投稿時預先聲明

一投寄之稿經登載後著作權仍爲本人所有

一收投寄稿件請徑寄北京府右街四存學會編輯處

四存月刊第十八期目錄

純粹之體學習之事。須日有新境。若祇如故則易退墮矣。靜庵在家每朔望行禮。恕谷就與論定。幷及祭禮。靜庵爲孝慤先生立傳。號爲隱君子。曰挹其家風。醇然儒者。嗣君剛主。勵志躬行。主敬循禮。守爲學要。其後門人陳兆興爲辨業凡例。引此兩言。爲最得是書綱領。蓋其後靜庵已心折恕谷之學。靜坐觀心。一變而爲主敬循禮矣。恕谷以叔母喪歸里。王崑繩萬季野諸人與靜庵均來送別。坐間恕谷視諸人之容。靜庵更爲修謹。以爲誠中形外。有德之驗。故其遺崑繩書。輒喜稱道之。曰卓然成一孝悌忠信之人。及靜庵告歸。恕谷與書。復舉主敬循禮爲言。惟其能行所以能言。靜庵進德之猛。即恕谷亦不能不心折也。書曰。夏初先生來札。諭以歸田。謂尙有待耶。七月入都。則已飄然遠引矣。鴻飛冥冥。弋者奚慕。先生前贈琳以四字。曰主敬循禮。琳以爲千聖百王之法。不外此矣。主敬者小心翼翼。昭事上帝也。小心即敬也。翼翼進而不已也。所謂日躋也。

昭事者明事也。明明德以事天也。惟敬則進。則明。惟日進而明。乃見其敬。循禮者克己復禮也。約之以禮也。細而日用起居。大而兵農禮樂。無一非禮。瞬有考。時有課。日有行。乃謂之循。然二事實一事。以禮治內則爲主敬。以敬範外則爲循禮。終日乾乾。夕惕若。外此無餘功矣。彼靜坐頓悟。章句口耳。則吾儒之歧途也。不知與先生見教之意。仰合焉否也。後恕谷以會習齋葬。反自鄺城。至汴。復

晤靜庵論學。

途素公名德純。恕谷之館吳都憲時。素公來拜。問學甚契。遂深相結。其特筵邀恕谷會萬季野。意主居間。要不能無所左右。胡朏明蓋亦邀與居間者也。其覘恕谷。不僅以學人目之。故他人所問。不出學事。素公獨問經濟。恕谷直舉其大本。爲言首在復學校選舉。以有人才。乃有政事也。并告以己之行止。在鄉初與習齋商定。入京即與素公言之。曰予向入京。不先見貴顯。今爲明道計。其賢而

樂延訪者。或先或後不拘。然枉已徇名不爲也。孔孟俱見諸侯。而召見則不見。
義各有在也。惜不詳其家世職官亦無考。蓋吳匪庵徐果亭而外。一賢公卿也。
閻百詩名若璩。所著有古文尙書疏證。辨古文之僞。毛大可著尙書寃詞駁之。
恕谷佐政桐鄉。數如杭。訪大可學樂。幷携所著寃詞返。至淮安訪百詩。因論及
古文尙書。恕谷曰。毛先生近有新著尙書寃詞。百詩向之索閱。且閱且顧其子
曰。此書乃專難我也。恕谷曰。求先生終定之。百詩笑曰。我自言我是耳。恕谷曰。
不然。聖經在天壤。原非借作門戶者。況學殖如先生。惟是是從。何論人已。恕谷
遺大可書言。尙書寃詞可祛惑者之口。然先生爲先儒辨。原非得已。而無知者
妄起爭端。或者大呼之下。濟以婉音亦可乎。蓋恕谷於古文尙書。亦竊以爲僞。
觀其與惲皋聞所論。疑爲孔安國考定可知。特以大可其學樂師也。不欲顯與
之敵。故以婉言規之。而百詩亦不以其與大可持論水火。若萬季野之怨及恕

谷。其爲大學辨業題辭曰。高忠憲言天下萬世之心目。固有漸推而愈明。論久而後定者。予謂如大學不必定曾子作。以一引曾子曰。遂謂是弟子於師之辭。然則禮器亦止一引曾子。內則亦一引。豈此二篇亦曾氏門人所成乎。且孟子七篇。於顏淵或名之。或字之。或子之。則子通稱也。是篇乃與予說合一也。大學釋治國未釋平天下。蓋天下者國之積也。此國如此用人。如此理財。推之他國亦如是。無異道也。故治平條一天下字。虛五國字。實以爲國作爾。三十載前聞先師吳太易云。是編又不謀而合。二也。至德不孤。斯文尙在。不意老年見此奇特。其所以推重之如此。故恕谷亦以道義之友交之。後聞其至都病。特往視之百詩求言。恕谷語以老當自重。

溫德裕字益修。父樹洸字虞白。以順治丁亥進士。知堂邑縣事。甫三日。有舉子路伸者作難。因罷歸。家居三十餘年。力學制行。翕然爲鄉黨宗範。喪母致疾。以

營葬如湖湘。疾劇。卒江寧。士大夫私諡孝懿先生。五子。益修之班在三。兄德嘉。康熙戊午舉人。德叙諸生。弟德劭德緫諸生。益修亦以康熙壬子舉於鄉。父子兄弟。俱以文學知名。恕谷之館蕭甯。偕王陶陽應壬午秋試入都。益修來拜。與之論學。是歲萬季野卒。其講會亦閉。黃宗夏馮敬南衛南乃更設筵舉行。踰年。益修亦會同人於秦中會館。延恕谷講學。或及多讀。恕谷曰。爲學先立品制行。以圖經濟。徒事學問博洽。非學也。益修選郾城令。延恕谷往與衎學論政。許之。既而刑名錢穀皆乏人。不得已恕谷爲權司錢穀。而別薦陳子章往司刑名。恕谷以郾城之事。往辭習齋。因拜求教。習齋告以守道。汲材。佐政。仁廉。足民食用。恕谷拜受。至郾城。遂列當行事宜質益修。爲言書生好逸惡勞。喜靜壓煩。失聖道。近異端。其究必亂天下。又言隱士好清虛。道學談心性。文人以窮二氏之書爲博。孤臣孽子怨憤歸空。皆與佛老爲緣者也。會有仵北來。報習齋先生以九

月二日卒。恕谷大驚。拜跪號咷。呼天不食。益修偕諸友來弔。辭歸。益修固留。訂後期。因言習齋躬行。視李中孚更勝。擬私淑之。先於立行坐臥用力。恕谷曰甚佳。益修又言少時曾有日記。或謂有心則私。乃止。恕谷曰。此姚江禪障也。謂人有心爲人欲不可。有心爲天理亦不可。則孔門見善如不及。好仁惡不仁。皆非與。恕谷旣會葬習齋。幷爲籌其後家事。已益修所發來送騎從。尙守候未還。復有役來請。恕谷乃偕弟培同往。旣至。覺署事變。思不能待小人。己之過也。堅辭去。益修不能留。仍發騎從送之。歸。未幾陳子章亦辭去。別佐他人於粵。往歲九日。三人者以時節置酒。因聯句爲詩。恕谷爲序其意曰。溫益修明府。勞同巫馬。不廢八乂。陳子章詞擅才並子荊。因成五噫。呼白衣而起舞。對黃虀以長吟。塨也。自解鑄人。久慚刻燭。步折巾之笥。腹竟而續貂。把捻鼻於琴堂。快茲流水。豈必我江君海。掉鞅文場。抑以此笑彼歌。鼓陶摯性云爾。其詩曰。九日孤城風雨

宣尼曰、舍藏藏其用之則行之具也。後世隱栖者流。大率餓鼠病獮。胸無蓄積。其藏者云何。至於終南捷徑。釣名弋譽。與夫挾雕蟲技。操齲齒行而侈聲色。餐滋味。且顚倒人家國事而稱高尙。是不嫁而嫁畢者也。又藏之罪人矣。

心性睿世情悉。自能易紛而一。易鈍而敏。

謹言愼行。勿認爲退縮也。人必根柢立定。不然任其氣質。見事生風。忽爾回車。索然氣盡。無當也。

言語勿高興而發。凡出一言。必有所爲。不得突如其來。不得茫無頭緒。不得雜亂不淸。不得有首無尾。

應酬之言、勿過文。恐人不醒也。勿俗俚。恐人不威也。欲簡而明。恭而禮。

漢高以黃金四千斤與陳平。不問其出入。韓昭侯一敝袴不以與人。皆英雄之宏圖也。若漫然用財。不擇當否。雖費無功。

謠術、不可用也。此用之。彼露之。前用之。後必難復之。使人疑我備我。壞我事實多。

事雖易斷而必思。事既經思則必斷。

聽言必盡其底蘊。故曰、好問好察。曰、集思廣益。若聞言而不詳質已見若何。人意若何。可行可違若何。措施如何。漫然即行。以致錯誤。或漫應之不行之。則言而無益。人將結舌。與不聽言同。

適已自便。天災人禍。以便已必損人也。準已及人。天休人集。以及人則感已也。

傳曰。晝而治事。夜而計過。又曰。明而動。晦而休。無日以怠。每日夙興。即爲所當爲之事。爲何事、即存心於何事。或接人、遇何人、即存心於何人。事竣人去。反顧此心。湛然在內。淫聲美色貨利。一毫不繫於懷。東猿西馬。一絲不攖於念。旋而治事接入。又如之。所謂終日乾乾也。所謂執事敬也。

人之私語不當聽。人之私書不當啟。

小事克勤。謂小事有次第節奏。然後大事可爲也。

以上李恕谷先生

第四章　正家

顏先生曰。人之治家。必使之各舉其職。則人愈多家長愈樂。否則多一人。即多一人之累矣。

學莫大於敬身。樂莫大於事親。（附孫高陽語曰、無親非富、有母非貧、）

兄寬弟忍。爲俗人言之耳。說忍便先有不平意。孟子言舜不藏怒。不宿怨。親愛之而已矣。舜可謂千古之聖。孟子可謂千古善言聖者矣。

閑男女之邪心。飭彝倫之等殺。正一家之德也。宮室固。器皿備。職事明。利一家之用也。倉箱盈。凶札豫。厚一家之生也。

藝之小者。令子弟之幼者習之。藝之大者。令子弟之大者習之。此是整飭身體涵養德性實務。

積金粟非治家。惟教子乃是治家。

以上顏習齋先生

李先生曰。今人兄弟不和。一曰責望。一曰較利。

儀禮同居異宮。令人得展其私親也。其義甚是。後人不明此義。艷稱數世不分。至於家族數百口同食。夫同食而使各有私財。則與析箸無異矣。若無私財。而財私於家主一人。則惟家主得孝其親慈其幼耳。家之老少若干。或食或衣。或疾病藥餌。必不能盡白家主。家主即公且明。必不能盡遂其私。以致子不得孝親。親不得慈子。兄弟夫婦。不能問恤。怨歎吝嗟。非細故也。况庸惰人衆。推諉必不勤。膜視公務必不儉。甚至攘公爲私。則壞品啟爭。張公藝書忍

○楊氏復曰按此正服當添一條姊妹既嫁相為服也其義服當添一條父母在則為妻不杖也○此子亦酬其半**五月**正服則為曾祖父母女適人者不降也**三月**正服則為高祖父母女適人者不降也其義服則繼父不同居者謂先同今異雖同居而繼父有子已有大功於上親者也其原不同居者則不服○楊謂當增為所厚者之祖父母若子也**三曰大功九月**服制亦同上但用稍粗熟布無負版衰辟領首經五寸餘腰經四寸餘其正服則為從父兄弟姊妹註伯叔父之子也為衆孫男女也其義服則為衆子婦也為兄弟子之婦也為夫之祖父母伯叔父母兄弟子之婦也夫為人後者其妻為本生舅姑也○楊註按此恐當添為同母異父之昆弟也**四曰小功五月**又用稍熟細布冠左縫首經四寸餘腰經三寸餘其正服則為從祖祖父從祖祖姑謂祖之兄弟姊妹也為兄弟之孫為從祖父從祖姑謂從祖祖父之子父之從父兄弟姊妹也為從兄父兄弟之子也為從祖兄弟姊妹謂從祖父之子所謂再從兄弟姊妹者也為外祖父母謂母之父母也為舅謂母之兄弟也為甥也謂姊妹之子也為從母謂母之姊妹也為同母異父之兄弟姊妹也其義服則為從祖祖母也為夫兄弟之孫也從祖母也為夫從兄弟之子也為夫之姑姊妹適人者不降也女為兄弟姪之妻巳適人亦不降也為娣姒婦謂兄弟之妻相名長婦謂次婦曰娣婦娣婦謂長婦曰姒婦也庶子為嫡母之父母兄弟姊妹嫡母死則不服也母出則為繼母之父母兄弟姊妹也為庶母慈己者謂庶母之乳養己者也為嫡孫若曾玄孫之當為後者之婦其姑在則否也為兄弟之妻為夫之兄弟也○楊氏復曰按此當增為所後者妻之父母若子也姑為適婦不為舅後者也諸侯為嫡孫之婦也補註服制同但布稍熟細耳**五曰緦麻三月**服制同但用極細熟布首

經三寸腰絰二寸並用熟麻縷亦如之其正服則爲族曾祖父族曾祖姑謂曾祖之兄弟姊妹也爲兄弟之曾孫也爲族祖父族祖姑謂族曾祖父之子也爲
從父兄弟之孫也爲族父族姑謂族祖父之子也爲從祖兄弟之子也爲族兄弟姊妹謂族父之子所謂三從兄弟姊妹也爲曾孫玄孫也爲外孫也爲從母
兄弟姊妹謂從母之子也爲外兄弟謂姑之子也爲內兄弟謂舅之子也其降服則庶子爲父後者爲其母而爲其母之父母兄弟姊妹則無服也其義服則
爲族曾祖母也爲夫兄弟之曾孫也爲族祖母也爲夫從兄弟之孫也爲族母也爲夫從祖兄弟之子也爲庶孫之婦也士爲庶母謂父妾之有子者也爲乳
母也爲婿也爲妻之父母妻亡而別取亦同　妻之親母雖嫁出猶服也爲夫之曾祖高祖也爲夫之從祖祖父母也爲兄弟孫之婦也爲夫兄弟孫之婦也
爲夫之從祖父母也爲從父兄弟子之婦也爲夫從兄弟子之婦也爲夫從父兄弟之妻也爲夫之從父姊妹適人者不降也爲夫之外祖父母也爲夫之從
母及舅也爲外孫婦也爲女姊妹之子婦也爲甥婦也○楊氏復曰嘗宿爲同繼也爲朋友也爲改葬也大夫爲貴妾也士爲妾有子也按通典漢戴德云則
友有同道之恩故加麻三月晉曹述初問有仁人義士矜幼携養積年爲之制服當無疑耶時徐邈答曰禮緣情耳同爨緦朋友麻又按儀禮補服條同爨謂
以同居生於禮可許既間繼而食合有緦麻之親改葬爲墳墓以他故崩壞將亡失尸柩也言改葬者明棺物毀敗改設之如葬時也此臣爲君也子爲父母
也妻爲夫也餘無服必服思者親見尸柩不可以無服緦三月而除之謂葬時服之又戴德云制緦麻具而葬葬而除謂子爲父妻爲夫臣爲君孫爲祖後
者也其餘親皆弔服補註緦絲也治其縷細如絲也又以澡治學垢之麻爲絰帶故曰緦麻服制同小功但用極細熟布爲之

元按楊註改葬條子爲父也僭添一母字其制服必改葬時服之葬後三月而除蓋一見尸柩不啻初死哀情不能自已古人因定三月之服楊註近是若戴註葬後反除是服在未改葬先矣非

凡爲殤服以次降一等凡年十九至十六爲長殤十五至十二爲中殤十一至八歲爲下殤應服期者長殤降服大功九月中殤七月下殤小功五月應服大功以下以次降等不滿八歲爲無服之殤哭之以日易月生未三月則不哭也男子已取女子許嫁皆不爲殤　凡男爲人後女適人者爲其私親皆降一等私親之爲之服也亦然女適人者降服未滿被出則服其本服已除則不復服也凡婦服夫黨當喪而出者除之〇凡妾爲其私親則如衆人〇司馬溫公曰喪服小記云爲父母喪未練而出則三年既練而出則已未練而返則期既練而返則遂之補註按喪服小記註未練而出當父母之喪未期而爲夫所出也既練而出在父母小祥後被出也　成服之日主人及兄弟始食粥諸子食粥妻妾及期九月疏食水飲不食菜果五月三月者飲酒食肉不與宴樂自是無故不出若以喪事及不已而出入男僕馬鞍布女素轎布簾　凡重喪未除而遭輕喪則制其服而哭之月朔設位服其服而哭之既畢返重服其除之也亦服輕服若除重喪而輕服未除則服輕服以終其餘

日朱子曰呂與叔集中一婦人墓誌凡遇功之喪皆疏食終其月此可爲法問喪禮衰服之煩遂時換去如葬後換葛衫小祥後換練布之類今之喪衰可便于出入而不合于禮經如何曰若能不出則不服之亦好但要出外治事則只得服之問居喪爲尊長強之以酒當如何曰若不得辭則勉徇其意亦無害但不可至於醉食已復初可也問坐客有歌舞者如之何曰當起避○楊氏復曰心喪三年按儀禮父在爲母期註子於母雖爲父屈而期心喪猶三年唐前上元元年武后上表請父在爲母終三年之喪禮記師心喪三年今服制合庶子爲後者爲其母緦亦解官申心喪三年母出及嫁爲父後者雖不服中心喪三年爲人徒者爲其父母不杖期亦解官申心喪三年嫡孫祖在爲祖母齊衰杖期雖期除仍心喪三年先生曰喪禮須從儀禮爲正如父在爲母期非是薄於母只爲尊在其父不可復尊在母然亦須心喪三年這般處皆是大項事不是小節目後來都失了而今國家法爲所生父母皆心喪三年好

○朝奠每日晨起主人以下皆服其服入就位尊長坐哭卑者立哭侍者設盥櫛之具于靈牀側奉魂帛出就靈座然後朝奠執事者設疏果脯醢祝盥手焚香斟酒主人以下再拜哭盡哀劉璋曰奠用家常饌數器朝奠將至然後徹夕奠與夫夕奠將至然後徹朝奠用罩若暑月設食頭去之留果泛

食時上食如朝奠之儀

夕奠如朝奠畢主人以下奉魂帛入就靈座哭盡哀

哭無時哀至則哭

朔日則於朝奠設饌用肉魚麵米食羹飯各一器禮如朝奠之儀○問母喪朔祭子爲主朱子曰凡喪父在父爲主則父在父爲主喪之禮也又曰父沒兄弟同居各主其喪註云各爲妻子之喪爲主也則是凡妻之喪夫自爲主也今以子爲喪主以未安○高氏曰若過朔望節序則具盛饌其品物比朝夕奠差衆禮疏曰士則月朔不盛奠惟朔

太簇高四以次下一六　大呂二　黃鐘　應鐘三　四　五

右徵之角姑洗之角三清

林鐘五　蕤賓四　中呂　姑洗三　無射二　南呂　夷則低乙以次上一六

四　六　凡　工　尺　上　乙

太簇　大呂三　黃鐘　應鐘四　五　夾鐘高乙以次下一六

右徵之徵姑洗之徵四清

變徵音

角　商　變宮　宮　羽　變徵　徵

夷則三　林鐘二　蕤賓　中呂低凡以次上一六　應鐘五　無射　南呂四

乙 四 四 五 六 凡 黃鐘高凡以次下 一六 工 二 尺 上 三

右變徵之宮中呂之宮一清

二 夷則 低四以次上 一六 林鐘 蕤賓 五 中呂 四 應鐘 無射 三 南呂

五 乙 四 太簇高四以次下 一六 六 大呂 凡 黃鐘 二 工 三 尺 上 四

右變徵之商中呂之商一清

低乙以次上 一六 夷則 五 林鐘 蕤賓 四 中呂 三 應鐘 無射 二 南呂

乙 四 六 凡 工 尺 上

夾鐘高乙以次下一六　二太簇　大呂　三黃鐘　四　五

右變徵之角中呂之角三清

五夷則　四林鐘　蕤賓　三中呂　二應鐘　無射　一六低上以次上南呂

乙　四　六　凡　工　尺　上

二夾鐘　三太簇　大呂　四黃鐘　五　一六姑洗高上以次下

右變徵之徵中呂之徵四清

羽音

角　商　變宮　宮　羽　變徵　徵

三南呂　二夷則　林鐘　一六低六以次上蕤賓　五黃鐘　應鐘　四無射

上 乙 四 六 凡 工 尺

四 五 大呂高六以次下一六 二 三

右羽之宮蕤賓之宮一清

南呂二 夾則低乙以次上一六 林鐘 蕤賓五 黃鐘四 應鐘 無射三

上 乙 四 六 凡 工 尺

五 夾鐘高乙以次下一六 太簇 大呂二 三 四

右羽之商蕤賓之商二清

南呂低上以次上一六 夾則五 林鐘 蕤賓四 黃鐘三 應鐘 無射二

上 乙 四 六 凡 工 尺

論說

論中國分裂時代厚歛繁刑之害　吳廷燮

按中國當分裂之時羣雄競爭權使其士虜使其民苛斂峻刑征役繁重民不聊生見於載籍者如七國時厚刀布之歛以奪民財重田野之稅以奪民食苛關市之征使民貨不得流通又伺候其罪詐爲其辭顛倒反覆以糜盡之（此謂峻刑）（皆見荀子及注）蘇秦說齊王臨淄七萬戶戶三男子不待發於遠縣而臨淄之卒已二十七萬此盡生丁以供軍役之證長平趙括之敗坑四十萬華陽芒卯之敗斬二十四萬則民供征戰瀕於死亡者何可勝數孟子告梁惠王不違農時則其時征役之違時可知告齊宣王今民仰不得事父母俯不得蓄妻子樂歲終身苦凶年不免於死亡又曰父母不相見兄弟妻子離散狗彘食人食而不知檢塗有餓莩而不知發則其時人民之憔悴於虐政可知（力役粟米布縷之征用其二而民有莩用其三而父子離以此證之刑其時諸侯蓋皆用其三）十六國時暴政虐民之可證者如後趙石虎之擊慕

容皝令司冀靑徐幽幷雍七州之家五丁取三四丁取二合鄴城舊軍滿五十萬具船萬艘自河通海運穀豆千一百萬斛于安樂城備征軍之用盛興宮室于鄴營長安洛陽二宮作者四十萬人又敕河南四州及幷朔秦雍靑冀幽州三五發卒（三丁發一五丁發二）諸州造甲者五千人公侯牧宰競興私刑百姓失業十室而七船夫十七萬人爲水所沒猛獸所害三分損一前燕慕容皝以牧牛給貧民田于苑中公收其八二分入私有牛而無地者亦田苑中公收其七三分入私參軍封裕以厚歛諫之慕容儁復圖寇晉兼欲經略關西乃令州郡校閱縣丁精覈隱漏戶留一丁餘悉發之以武邑劉貴之諫改爲三五占兵悉令赴集鄴都前秦苻堅號稱仁厚而寇晉之役戰卒至百萬計民戶不過四百萬而徵兵至此蓋三五占兵已成故事則其時役繁賦重可知（不言軍費者以費皆出之於民）其尤無道者如石虎增置女官奪人婦者九千餘人荊楚揚徐間流叛略盡誅守宰五

十餘人石宣諸公私令采發民女者亦垂一萬苻洪諫之謂忍爲獵車千乘養獸萬里奪人妻女十萬則昏暴之甚古所未有用刑之過者如漢劉聰聽讒殺其弟坑東宮士衆萬五千人平陽爲空石虎於石邃之獄誅宮臣支黨二百餘人馬冉之滅誅三千餘衆代王猗㐌於後期者皆舉部戮之荼毒生命有至此者十國時征歛之重者吳有丁口錢又有計畝錢釀酒則有麴引錢供軍需則有鞋錢徐知誥括定田賦每正苗一斛別輸三斗楚馬希範務興土木作會春園九龍殿飾以金寶其費鉅萬加賦於國百姓重困吳越錢氏自鏐重歛其民下至鷄魚卵㲉必家至而日取每笞人以責其負則諸案吏各持其簿列於廷小者積數十多者至笞百餘民尤不堪其苦是又以繁刑濟厚歛南漢劉龑奇酷爲刀鋸支解刳剔之刑蛇牢水獄每視殺人則不勝其喜（人以爲眞蛟蜃）宋初柳州之役獲南漢宦者余延業等具言累世奢侈殘酷之狀宋祖爲驚駭湖南周行

逢用法太嚴民過無大小皆死則人民之受痛苦可知蓋土宇分裂兵爭擾攘各以專制行之無億之賦非法之刑無有禁沮之者此殘害其民無所不至之由是以漢之民口桓帝永壽二年五千萬至晉初止千六百萬宋之元嘉魏之太和號稱繁盛然合計仍不如晉唐天寶民口五千四百萬經安史及十國之亂至宋初平諸國止有民戶三百餘萬雖其時計丁出賦多有欺隱而厚歛繁刑之足以消滅戶口者實爲生民之大阨若統一時代漢初七十年間國家無事人給家足都鄙廩庾盡滿皆自愛而重犯法晉太康之末馬牛被野餘糧棲畝行者取資於道路有天下無窮人之諺唐開元之季西京東都米斛直錢不滿二百絹匹如之海內富安行者萬里不持寸兵此又可證統一之世賦平刑輕人民安樂易於富厚非分裂之世所可同年而語也

論呼倫貝爾形勢

吳廷燮

呼倫貝爾右控臚朐左扼胡布當望建狃越之上游拊鹽泊黑山之肩背有室韋等地礦產之饒有闊連不糸諸湖魚鹽之利犍河烏納之荒待墾者不下數十萬頃（丙午三月署將軍程德全奏倫貝爾副都統者烏納爾河札敦河庫拉得河等處有可墾地段二百餘萬晌之多）洵東夏之寶藏江省之鉅屏自漢以來匈奴鮮卑柔然突厥之東略蓋皆以此爲襟喉室韋之居此爲回紇則可弱唐史言俱輪泊四面皆室韋其後南則蔓延於盧龍振武之塞西則遷寄於仙蕚嘔昆之川凡達靼等部皆其支裔此足見俱輪之可有爲也遼代以後呼倫地勢尤推嚴重太祖開基即收烏古移兵烏納耕墾海勒于諸里日事開拓敵烈茶札剌諸部既定凡經營西北建置鎮州諸城成皆取道烏古阻卜回鶻諸國之受縶役而不敢抗顏行者亦以得于諸里等形便之地耕牧有資也金初建泰州內外邊諸堡萌骨諸部畢供驅策明昌以後北部漸携完顏襄等屢次出師不能踰犍河而北廣吉剌一部且敢犯大鹽泊合

四存月刊

阻卜爲邊陲心腹之患及成吉思汗起如答蘭版朱思之戰闊亦田之戰班尼朱河之誓刊木漣洲董哥澤之爭汗幕皆在境內金人坐視王罕札木合之紛紜角逐而不爲之所迨諸部破滅莫與爲敵而神州之禍遂不可挽元合丹諸王之叛伯帖木兒諸人之平納浯渡貴烈者實皆力戰於此元運既衰脫古思帖木兒阿魯台君臣均建牙於此亦以土田饒沃易於憑藉規利並邊自非藍玉之襲捕魚兒海永樂之屢臨闊灤空幕掃閭則北元未必無興復之望成吉思汗以雙泉海起而不余闊連之間即爲明軍犂庭之地則可知倫境之得失實關裔夏之消長也康熙尼布楚禦俄之師亦取道於此尋以準部擾朔漠始移種人置戍列城其後又專置總管副都統崇重其權設卡倫鄂博爲防俄之計乾隆中葉議於此敎耕開屯使不輟其功何難化行國爲城郭茂邊陲萬世之利卒之拘囿習俗千里荒曠而不能杜俄人之刈草伐木越獵越牧近人査勘吉拉林邊

務月記丁未八月二十日自齊齊哈爾起程二十二日晚四鐘到海拉爾入城二十九日下午三鐘行至海拉河渡口乘俄舟渡至河邊山則處宿九月一日上岡行約三十里下岡羊草豐茂又行二十里至墨爾根河源小店宿二日至三多耐店宿三日至溫泉子宿由三多耐至此地平土沃水草豐茂四日至庫克多博卡倫宿土脉肥沃產旱獺對面俄屯名四大列矣粗魯海圖五日至根河不能渡返過額爾古訥河宿粗魯海圖屯外六日至擇里圖維克外宿七日至布林七根屯宿八日行三十六里至玻璃金子屯墾地縱橫黃綠如錦又行三十六里抵布特雷河沿宿九日至敖樂氣屯沿河越墾地畝約七八十段至青拉林金廠分局宿十月三鐘渡河至吉拉林溝口入溝東南行一二十里河沿有俄水磨二兩小坡上俄人越墾直至金廠三十餘里幾無餘荒宿青拉林金廠即地圖哈喇爾河

庚子之變呼倫先沒而江省即全付淪胥疆吏籌策之未善無可諱也建省以後創郡邑新卡倫議耕議礦百端草創而越墾諸端皆爲限制說者謂瞕河之濱氣暖土腴川渠縈繞倘以東南治田之法因勢利導坻京之盛可期指顧實邊固圉舍此莫先若倫境沿邊由塔爾巴幹塔呼山北至吉拉林路之平坦者七百餘里又北三百五十餘里至珠爾干河則僅有荒僻小路又北至額爾古訥河五百五十餘里則連峰疊嶂林木茂密求一綫之途亦不可

得故行旅皆假道於俄條便宜者謂捐數萬之費即可通郵則又與治田宜並急著嗟乎厚殖富源固我根本無事則保守有隙則進規欽察出師奄有天北固元人之成蹟也

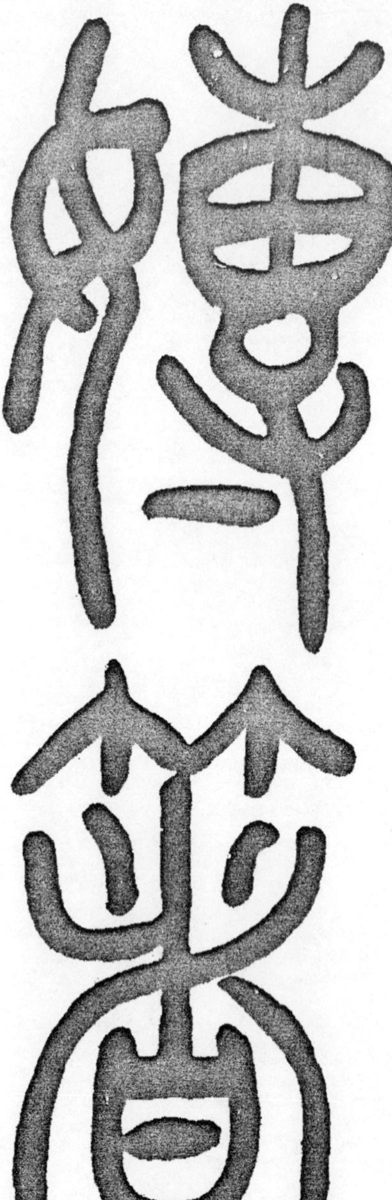

業政策皆不約而同趨重於下記兩要點（一）爲耕地增墾據戰前統計歐洲耕地除瑞典挪威兩國面積較小外餘均各占其本國全面積五成以上法德且六成有零爲雖山岳重疊如希臘或阿爾伯山麓之瑞士亦當在三四成內外戰中類皆增墾耕地必益增多如英於一九一七年夏發表得新墾地一百萬英畝并豫計於一九一八年度更增墾二百六十萬英畝德於戰中由政府發行公債十五億馬克借給農民以爲墾荒之用凡各縣之荒地沼澤及都市公有地不必繳價准農民自由領墾是增墾諒亦不少現在干戈方戢餘痛未銷英國之專門學者謂必於戰中新墾地以外再增墾三百萬英畝方能自給故其朝野皆努力勸勉而英皇室且仿我國古制元首於春分日親蒞先農壇耕作勸農之例時往殿後庭園親執犁鋤植馬鈴薯法國則由政府籌備農具家畜種耔肥料樹苗等項發給戰區農民以期早日恢復農業且以盡力獎勵

增墾焉可知增墾耕地實爲解决糧食自巳問題之唯一善法也(二一)爲收穫增量近代農學進步施肥選種以及驅除蟲害改良農具化驗土質諸法日益精進同一面積之地其收穫量較前爲多德國土質本不豐饒因其研鑽最深故同一英畝之收穫量德人常較英人多百分之十二(一九一三年世界年鑑)美國地廣土沃風暖氣和其立國之宜農與吾國最相類似蓋以應用學理技術精練故品質獨美而產量獨豐每年所值約在美金七十億元以上玉蜀黍得全世界五分之四棉花得四分之三小麥得五分之一而此鉅量之收穫蠢出於八億四千萬英畝之中可謂偉矣蓋美德諸邦自作農居多對其所有權之耕地具有特殊之觀念常能確立永久之計畫而依序實施施肥抉土等事每不惜出重資以盡量行之不若租地農較多之國農民對於農業基礎之土地毫無愛護之念其生活又極不安定故收穫增量之成績惟美德爲最

著也戰後歐陸各國丁減工少雖相率從事增墾而無限制之增墾勢必減殺國家之工商力經濟上至爲危險因之對收穫增量一層益爲重視現均特設機關俾便研究調查及奬勵要之增墾增墾已成戰後農業政策上自然之趨勢遠如日本雖未直接受戰事之累而產米不多向恃安南暹羅印度之米以資調劑戰後英國因自國需要不願印米他輸而法國之對安南亦屬同一政策以致來源頓絕米價暴騰幸其國耕地面積不過全面積百分之十六餘地正多故一般農學專家之間增墾增穫之聲浪亦甚高也

二工業政策歐洲工業本極繁盛祇因戰中人工缺乏輸出減少而且軍需制造日益擴大故普通工業多半停滯今戰事既終無論爲裁兵復業計或爲培養國力計均不能不急謀工業之重建與發展欲謀重建與發展勢不能不先講原料節制之道以利工作更考究科學應用之方以求精美再爲組織集中

之法以厚實力茲三者寔爲今後新工業必至之政策撮要敘之約略如下(一)近世物質文明發達歐美之產業態狀日趨複雜一物之成所需原料恒遍世界戰役啓後海運絕而來源斷複雜之工業遂難維持而軍需原料勝敗所繫需求尤亟列國鑒於戰中危難乃各企圖國力自給(參觀序論)不知天時地利均有定限絕對之自給何國能期英國屬領遍佈三帶其本國既富煤鐵而屬地又多特產濠洲之羊毛南洋之橡皮非洲之㯶櫚幾盡爲英之專有品然肥料仍有賴乎智利煤由多取給於俄美尤甚者其衣被天下之紡織業所需棉花總額四分之三不能不運自美國自其他可知矣美國物產之饒世稱無敵然絲麻茶糖鎳錫橡皮諸項亦多仰給海外至若美國缺煤德國缺鋼日本缺鋼鐵棉毛工業上猶失砥柱各國於此知國力自給之說究屬理想於是對於基本工業之主要原料欲繼續其戰中之節制政策節制云者如戰時美國

之往誦經投烏鴉狐犬豕噬旁熾火一炬送葬者躍火而歸不得數返顧其尸食盡則大喜越三日不食舉家皆惶惑恐懼不懂謂亡者罪大鳥獸皆不食將獲陰罰益復延喇嘛誦經驅鳥獸速食謂之天葬葬畢相率遷徙以死者地凶惡絕履跡復延喇嘛誦大經以死者衣服什物畜牲持半施庫倫乞誦經祈冥福冥福厚薄視施送多寡故庫倫喇嘛皆擁厚貲富與萬戶侯等又有人所稱慕爲大喇嘛者藏獨角獸角以之畫地長與尸身齊置尸其上是地即爲亡者有除一切罪孽非生前有大善不獲遘此遘之則羣舉爲慶子爲父母妻爲夫均持百日服平人則持服四十九日服期不著鮮服髮不梳櫛不宴會嬉遊服闋始出門婦人守節與否視其志無强之者親歿無廟祭忌日然酥燈佛座前焚香奠酒禮拜富者以銀畜送庫倫貧者獻哈達爲亡人誦經元旦至元宵凡十五日爲誦經之期男女爭携銀畜茶麵至庫倫告以死者之名祈喇嘛超薦

牧所禁殺牲每過佳節子孫延喇嘛至葬處追薦哭奠如儀天葬者誦經於室仰吞哭奠而已其俗不講宗法曾祖以上無稱祖父曰阿布苦祖母曰阿布苦哀吉父曰阿博母曰哀吉伯父曰阿博喀阿卜叔父曰阿博喀阿噶兄曰阿哈嫂曰畢里肯姊曰阿格啓弟曰底呂弟婦曰底攡哩子曰庫本媳曰攡哩女曰扣肯孫曰阿奇庫本父業子受無子者繼兄弟之子或近族者爲後不得撫異人子親長見卑幼者以吻接面卑幼屈膝拜遞哈達尊長有退還者有不退還者弟婦見夫兄奉茶座前有人在側則接而轉遞之不得直遞夫兄之手亦授受不親之義命之坐然後坐問則俯首低聲答之賓客至門聞馬蹄聲主人趨出接韁下馬男西女東啟簾讓客由右進坐佛龕下客坐在右偏佛龕下薦乳茶乳酒乳餅奉納什納什係煙葉搓末加麻黃灰製成久食可固齒少牙疼之症久則烹羊留食其不相識者至門必飫以酒食住數日敬如初無辭客者貴人官長止其家情禮稠疊屠羊饗客必請視之頷而後殺食則先割頭尾肉獻佛乃饗

客食畢家人圍坐餕啖林（猶村）一父老爭携酒肉壽客謂貴人至其家將獲大福歌以侑之卑幼者至門繞舍後下馬置策而後入壻至婦家以饋熟羊頭及臕骨爲敬蒙俗樸誠摯人人情風俗皆有先進之遺孔子曰吾觀於鄉而知王道之易易也豈不信哉豈不信哉與者謂蒙古崇事黃教家有三子必使二子爲喇嘛此無稽之言也子爲喇嘛與否各隨其家人誓願如作喇嘛必告佐領執有憑書始入寺至佛前頂禮聲鐘鼓號衆賜滿吉名其父母有子死無後報諸佐領則其別子之已爲喇嘛者仍使之還俗奉親不之强也每歲四月官民貞吉祀鄂博（鄂博以石堆積高三四尺形圓若塔）庫倫喇嘛持法器誦經封羊以其皮及頭角蹄尾蒙鄂博項取柏枝插其上而以哈達懸結四周宮長率兵民自左之右繞走一匝一行禮且走且歌一人唱之百人和之類皆禱祝太平之語祀畢年壯子弟相與貫跤馳馬以角勝負貫跤者分東西列二人躍出場抗空拳相持博格手

蹹足牛觜虎蹲勝者扶負人起以醞相撫掩宮長高座監鬪連勝十人者爲上以次至五等其賞皆有差馳馬者擘年少子各選善走名馬集數十里外待命鬪勝負整櫛飾齊月題治鞍䩞恐其蹶於蹄也爲之刻其甲防其幅於力也爲之剔其毛慮其篤於行也爲之餓其腹緩之騄之控之縱之聞角聲起爭叱馬鞭其後疾馳趨鄂博先至者謂之奪彩其賞亦列五等各得銀布有差五月復大祀鄂博禮節初（是日人馬益加衆即漢人禱祀山川禳除災疫之義）十月二十五日爲祀佛祈壽之期（大如宮民相率懷貲赴庫倫喇嘛設壇誦求壽眞經高構木棚擘携自製酥油燈（酒杯）密奠棚上（一歲燃一盞十盞合爲一纓計年之數而然之）距庫倫遠者則咬林諸衆自堆鄂博然燈祀之春秋佳日諸庫倫喇嘛駕佛巡遊謂之轉獸式（春巡一日秋巡三日）家家獻哈達夾道跪拜首觸佛座祈幸福縛縛總總衣履絜齊是日飲茶不殺牲岢耎之蟲肖翹之物皆不傷折謂違是則攖天怒佛不福祚也蓋其狃敎迷信習久性成

新攷正墨經注叙

張之鋭

中夏學術之盛莫盛於春秋戰國之交卓然成家者有六即所謂陰陽儒墨名法道也漢魏而後儒家獨尊道法兩家猶時與抗衡陰陽家雖無傳書而時日忌諱信從者衆醫卜星相諸小技大抵皆演繹此術有其書而莫有治其學者惟名墨二家爲甚墨學以遭儒家排斥而亡名學則以其論微玅難識人不樂學而亦亡墨子書幸存未盡湮沒而其精義則在於經上經下及經說上經說下四篇其中所言名學殆居大半故魯勝謂之墨辨是墨家實兼名家而二之也經說四篇俱文理奧衍較墨書他篇爲難讀治此者既寡其中復經淺識者竄易次第及傳寫脫譌淩亂糾紛不可究詰晉魯勝所注墨辯世無傳本而樂臺注亦久佚清朝諸儒喜講漢代訓詁之學以墨書多古字迺漸有問津者至瑞安孫詒讓氏始集其大成爲作墨子閒詁於是墨書乃稍稍可讀惜於經說

微言大義少所發明攷正各條仍前舛件所是正者文字而已蓋六家之中有科學知識者當推名墨二家而墨子書以科學知識組織成文者則又在於經說等篇故非有科學知識不足以語此王湘綺所注墨子後出其所解釋復不及孫近時新學家對於墨經間有評論或更穿鑿支離益增障翳要皆不得其門余曩曾讀墨子偶有所得旋即遺忘今夏淫雨齋居頗悶專取墨子經上下及經說上下澄思靜觀研精指趣夜以繼日曠若發矇因考正錯誤疏通訓詁而筆記之閱兩月餘而書成名曰新攷正墨經注首尾宣暢毫無疑滯墨經內容宮牆之美百官之富從此得以暴露於世庶爲中夏講求古學者之一助區區一得之愚獨在以說證經往往迎刃而解也民國十年八月二十六日臨淄張之銳叙於大梁實業廳官廨

新攷正墨經注目錄

凡例

緒論

新考正經上經說上注

新考正經下經說下注

圖說

舊本經上

舊本經下

舊本經說上

舊本經說下

凡例

一墨子經說上下共四篇今總名之曰墨經注說亦墨子所自著不兼名經說

注者以說即所以說明經恉也

一墨經本屬旁行分上下兩欄自後人改作直行遂致淩亂注墨各家攷正之經雖皆依原書旁行而所注則在直行本中讀者殊惑不便今悉注於旁行攷正經下而舊時通行之直行經上經下及經說上經說下仍附諸篇末以備參校

一各本經說上經說下皆別爲一篇今從魯勝墨辯引說就經各附其章之例逐條低一格列之經後使經與說兩相對鏡其義易明且此次所攷正者多以說爲依據非列之經後則所改正各條之是非亦不易見也

一上下兩欄各於其上以亞刺伯數目字分記經爲若干條並於說注訖處爲直線界之以清眉目而免淩亂

一經下下欄條數多於上欄墨子原書有以下欄兩條或三條當上一條者今

悉仍之而於每條說注訖處在記數欄下別爲短直線界之其末之一直線則通於記數欄上與上欄直線爲一

一墨經正字多作𠙺此係僞周武氏所製非古本今悉改作正又墨經義字說文云墨翟書作羛今並依說文改義作羛

一墨子經說舊皆無圖而篇中若幾何光重等學理有非以圖表示不易明瞭者惟今新考正經說係依原書旁行限於篇幅苦無餘地因別繪圖並爲之說附之於後

一注墨各家以孫詒讓墨子閒詁採輯較博凡所引用恆爲標出然普通俗解衆所共知則亦從略

一經說多被後人竄易考正各條已於註中陳述鄙見其不盡之意復於直行原本經說各條之下再申言之

一墨子經說文義古奧最難斷句注墨各家往往於斷句處旁註句字今悉易以圈點以歸劃一

按張子晉先生是作脫稿於辛酉與任公所著墨經校釋不謀而合且先後不數月豈墨經之與論理學相發明果宜成功於此時有定數耶任公墨經校釋已於壬戌刊行子晉先生此書亦早由河南官印刷局排印但迄未行世而其體裁內容與墨經校釋每多異同詳略之處茲特採入月刊分期代登以爲願讀墨者增一參考何如

輯者識

北據崔迺翬治河說謂係道光中所改之道其故道自長隄村東南逕淀西口取徑尙直不如是也今宜仍疏故道直抵白沙莊白沙莊以下自北板橋直開河至白塔尙不過十里而夾河村南宋莊數十里之兩大灣皆可化險爲夷又北險工則以馬家佐東侯佐爲最河自中五夫而下河形向北至東西侯遮東大轉水勢數曲馬家佐則亦數曲北轉河溜頂衝每每失事凡宜遇嘴切沙裁灣取直以收永逸之效此外矮橋梗水澳戶設筏往往以小失大激成巨患或拆或禁皆不可忽視者也以上兼採崔迺翬治河說

大淸河歷代河工表附後

按淸代淸河所設官司自雍正四年設淸河道以統轄淸河其分轄者保定府同知一分轄豬龍河南北岸官隄民埝祁州州同一分轄祁州以上之唐河及豬龍河在祁博安三州縣者南北岸民堤公堤悉屬之又管祁州以上

之小清河沙河滋河縣丞六一曰高陽分轄豬龍河南北岸堤埝在高陽境內者一曰新安分轄護城河新河韓家埝引河及白洋燒車大溵諸淀隄岸之在縣境內者一曰新城分轄白溝巨馬紫泉各河及斗門馮家營十九垈蘆僧各支河之在境內者一曰雄縣分轄白溝河蘆僧河馬道正河新挑簪河王克橋引河西槐支河大港引河之在境內者一曰清苑分轄金線白草溝龍泉府漕諸河及齊賢莊乾河一曰方順橋分轄金線白草溝奇村大册諸河之在滿城境內者主簿四一曰任邱分轄馬道正河支河大港引河白洋淀柴火淀及隄岸之在縣境者一曰唐縣分轄廣利渠祁河唐河南乾河放水河蒲河之在縣境者一曰保定分轄玉帶十望中亭三河之在縣境者一曰文安分轄三汊河之中支及南服新開引河幷千里隄三灘里新隄之在縣境者保定府通判一轄清苑方順橋安州三汛子牙河通判一轄淀河

自玉帶至當城止幷管保定霸州文安三汛安州州判一轄依城河及減河王家河七里河及各渠之在州境者高各莊縣丞一同治末年設專司趙王河皆附著於此不另表

黃河論

黃河之在直隸僅居一隅逕長垣東明開州三縣境者始于清咸豐五年以前與直隸無涉也其于古北過降水至于大陸河由順德趙冀至交河南皮一帶播爲九河由滄州鹽山至海豐境入海其時河之下游率在直隸然不及大名自周定王五年河徙自宿胥口東行漯川而東北合漳故左傳云晉趙鞅率師納蒯聵于戚胥迷陽虎曰右河而西必至焉戚城在開州今濮陽北七十里可知宿胥口之徙已入今大名境矣王莽時河徙魏郡泛清河平原至千乘治歷數代皆經直隸大名府境及宋天聖時河決澶州慶歷時又決商胡埽商胡亦今

濮陽也河分二支一北流合永濟渠至乾甯入海皆行直隸境其一行山東境金代河決陽武猶東北流逕東明長垣元代河益南徙北流僉微明弘治中南入淮以歸至海黃河不逕直隸者凡三百六十餘年顧距東明長垣密邇稍有泛溢直隸境亦恒不免是以康熙六十年河決武陟長垣東明皆被灾乾隆二十六年河決滎澤四十三年河溢北勝集長垣東明皆被水嘉慶八年河溢封邱而長垣又被水至咸豐五年河決蘭陽銅瓦廂分支及於東明十年全溜北徙而直隸始據有其一隅其初至也先由盤岡里東行又東北迤入東明境逕張表屯借濮何（即毛相河）舊道北流至高堌寨歸入正河八年復由盤岡里改而迤西又北入東明界以入正河此兩歧皆回襲淘背河故道同治二年更迤西而行是爲今道由盤岡里北行逕蘭通集又東北至舊城口入東明界又東北至司馬集入開州界以下入毛相河故道又分數股至武祥山入山東荷澤界計

圻父薄違・農父若保・宏父定辟・與爲爾之疇匹、而位三卿者、若圻父司馬、能擊邪者、若農父司徒、能訓養萬民者、若宏父司空、能象定辟二星以成土功者、薄、擊也、違、邪也、若、順也、順許同字、保、養也、定、營室也、辟、東壁也、二星在水位、司空象之、矧汝・與汝之身、剛制于酒・皆宜嚴禁于酒也、

圉生案、此方申明戒酒正文、

厥或誥曰羣飲・汝勿佚・勿令逸去、盡執拘獻・依說文改、拘、苛留也、獻、即讞字、議罪也、以歸于周・予其殺・

圉生案、此于禁者之罰、拘獻罪定而後殺之、則不爲苛矣、

又惟殷之迪諸臣惟工・又若殷之逃臣、及在官者、迪諸臣、即逃臣、迪、逃也、諸、語詞、工、在官者、惟工之惟與也、乃湎于酒・勿庸殺之・姑惟教之・惟、謀也、有斯明享・享、當爲敦、明敦猶明訓也、班固典引、矢敦即陳訓、乃不用我教辭・惟我一人弗恤弗蠲・蠲、赦也、乃事時・事時者、治此罪也、同于殺・乃治此罪、一誅殺之、

圉生案、上文戒酒、分殷獻臣與周獻臣爲二類、周之臣工于禁者、既殺之矣、殷之臣工則不遽殺之、而先教之、教而不改、則治之、同于殺也、蓋戒酒之律

至嚴、獨於殷遺臣稍寬假之、然亦不終赦矣、以上爲第三章、

王曰・封・汝典聽朕毖・常聽我所告、勿辯乃司民湎于酒・乃司民者、汝所司之民也、辯使也、

闓生案、此再以重筆總結全篇、

梓材

闓生案、此文本戒康叔、而通篇託爲康叔進戒成王之詞、以故文體致爲奇變、古之學者多不明其意指、致疑爲殘篇措簡、不屬此篇之文、亦以詞旨既崇奧、義復深曲、故爲難曉也、蓋康叔職爲孟侯監長、有輔弼王室之責、故周公以進戒之義責之、以爲汝能若此、乃能子孫萬年、與王永保無極、雖假王命以誥康叔、而即託爲康叔之言以戒王、其用意至爲深遠、又見周公居攝、無時不以君德爲念、亦撻伯禽以戒成王之意也、凡詩書所載周公之文、多有此指、惟在會心人自得之耳、

王曰・封。以厥庶民・暨厥臣・達大家・（大家、世家也、世家、謂諸侯、達曉也、）以厥臣達王・惟邦君・（是乃邦君之道也、我有師師以下、達大家之事、王啓監以下、達王之事也、）

闓生案通體託爲康叔進戒之詞、章法奇變、故篇首先提明此義、以見邦君之任、有導王之責、其地位至爲隆重也、

汝若恒越曰・（越、揚言也、自此以下、至用懌先王受命、皆設爲康叔進戒之言、）我有師師司徒司馬司空尹旅・（師師、衆也、尹旅、治衆也、言我有者、言己國之事、以喩王也、）曰・予罔厲殺人・亦厥君先敬勞・（敬勞、矜閔也、勞讀去聲、）肆徂厥敬勞・（肆、今也、徂往也、厥猶乃也、言君先敬勞、自今以往、羣下乃能敬勞、）肆往姦宄殺人・（肆往、今後也、姦、干也、宄、軌同、干軌猶枉法、）歷人宥・（歷、亂也、人宥、人偶也、猶言人紀、）肆亦見厥君事・戕敗人宥・（今後有干軌殺人亂人理者、亦見厥君行事、先亂人紀、而後敢爲之、言仁暴皆自君始也、）

闓生案康叔戒王、先本已身爲言、言一國之仁暴、皆由君爲之表率、所謂以厥庶民暨厥臣達大家者也、王者治天下、其道亦由是矣、

王啟監。諸侯君民、曰監、啟監、立監也、厥亂爲民。亂、率也、語詞、爲民、化民也、論衡作厥率化民、化民曰者、設爲監化民之言、曰。無胥戕。無胥虐。至于敬寡、敬、矜同、敬寡、寡即鰥寡、至于屬婦。屬婦即孀婦、謂姙婦也、合由以容。皆思何由以容之、合、何也、

王其效邦君越御事。◎效、教也、厥命曷以引養引恬。其道何以長治長安、引、長也、自古王若茲。先王即如此、監罔攸辟。故監不敢違命、王當終其美也、

闓生案、先大夫曰、王啟監以下、言監之化民、何由而宜孀婦、必視王之教邦君、何由而養民安民也、言王當以身先之義、

惟曰若稽田。稽、治也、既勤敷菑。敷菑、布種也、惟其陳修爲厥疆畎。陳修爲三字、一義、句中疊文、若作室家。既勤垣墉。惟其斁塈茨。斁、終也、塈、塗也、茨、蓋也、若作梓材。既勤樸斲。治其樸曰樸、斲、削也、惟其斁丹雘。雘、善丹也、

闓生案、加入三排、以寬舒局勢、其引喻尤爲按切時事、精警非常、蓋當時天下已定、唯在繼嗣者之善爲紹述、以成前人之美而已、故其言如此、古人高

譯稾

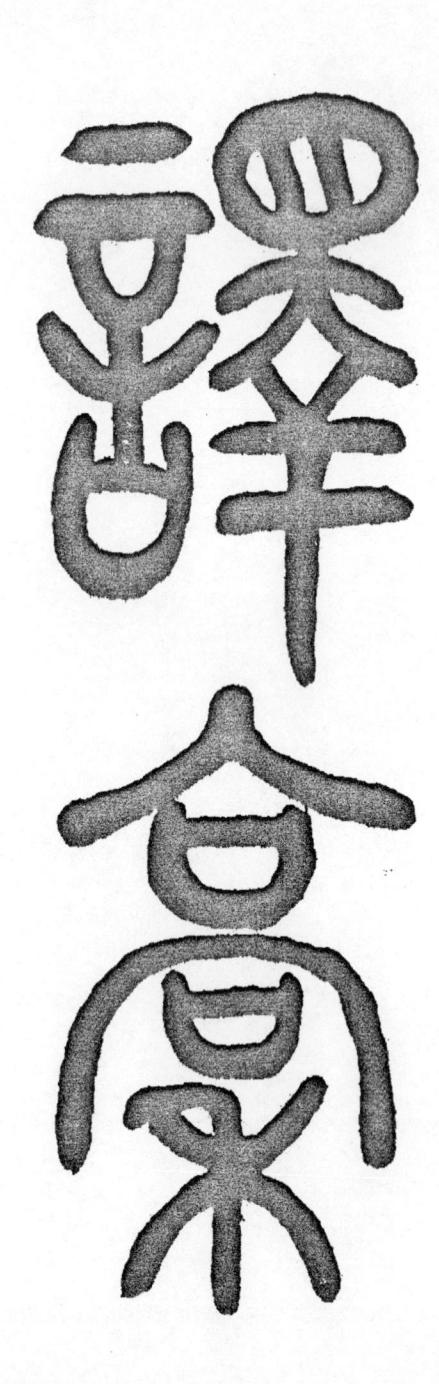

第四章　心理學

一宇宙也。自狹義以言、世界也。變化靡已之自然現象也。其狀態、槃槃如也。其奧窔、蔓蔓如也。其光華輝耀、赫赫如也。之二者。已如上之所述。殆皆屬於鼓人興趣之題旨。而人據以推致其研覈。更以運用其思想能力者也。是故首先淬厲哲理之思想者。一則爲喩解、降伏自然之欲望。再則爲深入衆人感覺之驚異。(Wonder)而居哲學發軔之端者。亦即爲自然哲學。究其性質之所向。不外舉世界之秘、以發其覆焉耳。至其次於環境之物質世界。重能資人以興趣者。則在其人之身。

吾人之大地。已爲科學所詮證。不過一微渺行星。迴旋太空而已。然上自邃古。下及晚今。人未有不自思其爲萬物之長者。雖彼對於所謂星辰閃鑠之上天。不爲人生需用而與立、或大地以外諸行星、殆皆爲人所居、之說。深爲折服。然

其自居凌駕一切衆生之念。則固永未能已。此其故蓋由於彼之心智啓發。漸能於其生命之存在、於其學識或其需要、於其情感欲望以及思想、並以表示之溝通之於他人之能力。而一一自覺之。一言以蔽之曰、蓋自覺其於天地中。爲一小天地焉。(A world, within a world)

彼之能知也。則有其衝動以驅之。彼於凡以發惑其智慧者。則湛思、而求有以名之。彼於所以使其動也、言也、意也、願也、感也、欲也、之能力。則固無時而不驚疑之。夫彼則於其自身有若此。是以人之恒言曰。蘇格拉底挾哲學以俱來。降自天。及於地。地者、人也。(註二) 換言之。蓋據此希臘大思想家之創議。思想者、正用以指導於人身之事物。即用之於人類自身之學問。非於其環境物質世界之學問也。而又有「自明爾躬」〔γνῶθι σεαυτόν (Know thyself)〕一語者。羣亦遂以爲出諸蘇氏之說。(然實則泰爾氏(Thales)已先彼言之、)抑有進者。夫所謂

人者何耶。 Was isy des mensch, What is man?

果何自耶。 Woher ist erkommen, Wh:re does he come from?

將安適耶。 Wo geht er hin? Whither does he go?

此非相傳赫恩詩中(Heinés Poems)之憔悴少年。乘萬籟俱寂之夜。立海波當前之難。慷慨乎其所發之問歟。之數問者、溯自人類狀態野朴之時。及智慧啟發之初。迄於文化大備之會。此其間慎思明辨之士。為之發惑顛倒者。殆不知其凡幾矣。彼希臘造曲家莎佛克爾氏(Sophocles)之言曰。「事足驚異者至多也。然莫能或更大於人者」良有以也。更進而所謂人者何耶。彼於自然界中何居耶。彼其關係於宇宙萬物何若耶。此非赫胥黎教授(Professor Huxley)所言。為一切問題之基礎。且較其他為尤饒興趣者歟。之數問者。凡黔首圓顱之倫。為之勤勞不輟者。殆充類而至盡矣。

若者首冠兮、新奇之夜冠。　Häupter in Hieroglyphenmiitzen

或則橙色其帽兮、而巾蒙其頭。　Häupter im Turban und schwarsen Barett

若者頭飾兮、僞髮毿毿。　Perriicken Häuter

更有無量數兮、貧乏泚額之元元。　Und tausend audere arme, Schwitzende menschen häupter

（按以上詩句係形容各色各人，蓋指各種人類之意、爲黔首圍韻之註脚，與本文不相聯屬者，譯者識）

及夫若輩卒舉前問而答之也。則無不各依據其時代意向以爲說。

二　問題涉於人之靈魂及心性。以成之科學曰、心理學。心理學云者、蓋於〔Ψυχή(psyche=soul)〕靈魂及(Logos)論理二端。所以講求心智、及道德之人、以別於自然之人者也。

若夫靈魂或心性之於身體。或爲判然二事、以不相及乎。抑其所以別人與禽

或命其暫時休職又使其轉任俸給少之他官職
(二)對於邦之官吏及其遺族之財產法上請求權不得起訴訟而拒絕之
第八十條　其他官吏法在德意志國法範圍內以法律定之

第十一章　經過規定及附則

第八十一條　(一)一千八百五十年一月三十一日之憲法　一千九百十九年三月二十日之普魯士國權臨時組織之法律均廢止之
(二)其他現行法律命令限於與此憲法不牴觸者仍均有其效力
第八十二條　(一)依從來法律命令及條約屬於國王之權限均屬於內閣
(二)爲基督新教教會教主之國王權利於新教教會以邦之法律所承認之教會法使其權利改屬教會機關之前由內閣所定屬於基督新教之國務員三人暫行之

(三)對於宗教團體國王所行之其他權利依德意志國憲法第百三十七條之旨趣重定之

第八十三條　從來之保護關係如於財產法上解除義務時以關係人之申請廢止之　其手續及關於解除之規定以法律定之

第八十四條　現行之租稅及公課於其變更及廢止之前繼續征收之

第八十五條　在第一次邦議會開會前以現在之邦會議作爲邦會議

第八十六條　在第七十二條所定之法律制度以前州知事縣長州學校組合長州教化局長以州會之同意任命之

第八十七條　憲法上之爭議政治裁判所決之

第八十八條　此憲法除第三十一條乃至四十一條第七十二條乃至第八十六條外自公布之日施行其他諸條自依第七十四條行州會新選舉之

日施行

一千九百二十年十一月三十日於柏林

（註）國民發議日本譯爲國民請願

演說

四存學會三週紀念演說詞

李見荃

從來治天下之道不外敎養兩端不厚生不能正德則養爲先而不正德斷不能厚生則敎尤重自司徒命契虞廷設有專官歷代帝王無不以興學爲先務漢光武投戈講藝息馬論道宋藝祖即位綱目特書視學皆於軍務倥偬之中爲壇席雍容之舉豈不知戰勝攻取以武力爲先務哉管子曰禮義廉恥是謂四維四維不張國乃滅亡可知人心風俗爲立國根本廸以仁讓化以詩書則順逆之辨明上下之情固雖有凶人亦瞻望徘徊而不敢動於惡即或變生倉猝顚沛流離猶能一成一旅以忠義相號召危而得安絕而能續享國久遠恒數百年論者謂祖功宗德入人者深實則培植士類讀書明理之所致也世衰道微逸居無敎名雖爲人食味別聲被色而外一無所知惻隱羞惡辭讓是非之良汨沒殆盡直跂行喙息之倫耳愚者醉生夢死爲鴆毒之晏安黠者心兢

力爭如虎狼之吞噬國家有急則因利乘便攫取利權必至同歸於盡而後已觀於六朝五季文化最衰生民之禍亦最烈知名教綱常不可一日滅絕於天下也民國以來邪說橫行生靈塗炭生心害政曾無砥柱中流起而救之者前總統徐東海先生懾民覺世正本清源倡立四存學會以顏李爲標準實以孔孟爲依歸使朝野上下羣趨於德行道藝之一途歛之爲孝子悌弟之常擴之即緯地經天之業迄今三年時局雖變歷久不渝其識量力量均有大過人者非徒博文治之虛名也然入德之方須有次第論語言君子爲仁先加意於富貴貧賤以爲名節所關也習齋安貧樂道恕谷屢辭徵辟其胸襟灑落與武侯之淡泊明志相同吾儕效法前人轉移風化尤當從澹泊兩字着眼有人品始有學問亦有氣節始有功名子夏戰勝紛華王沂公不求溫飽義利分明實千古入德之關鍵孟子曰人有不爲也而後可以有爲竊願與同人共勉之

河南四存分會開會講演詞

民國十二年癸亥端陽節前一日 張鳳臺

世皆謂治世崇文教談兵者不仁亂世尙武功講學者不勇此乃流俗人無識之言非探本窮源之論也夫學之名原起於衰世世愈衰而學愈重此亦古昔聖賢因時制宜之苦衷冀以補造化之缺而濟時事之窮者也試証諸歷史而恍然矣宣聖删書斷自唐虞唐虞之世渾噩之風未遠天與人近人與道合上下互相觀感自有於變時雍之化以故二典三謨危微精一允執厥中羣聖之心傳在是矣而講學之名闕如也越惟有夏羲和不職昏迷於天象泯泯棼棼以迄於商天與人日遠人與道日離高宗中興恭默思道求傳岩於野而朝夕納誨念終始典于學冀以開一代文明之化論者謂湯誥始言性說命始言學豈殷商之文化駕唐虞而上之耶祇以商道中衰人心晦塞不得不趨重文學以盡人而合天余謂世愈衰而學愈重者職此之由由周而來霸雄角立百家

齊鳴以致堅白異同縱橫捭闔之徒傾動一時波及政權遂釀成焚書坑儒之禍此固祖龍暴烈所致揆厥由來正學不明而邪說中於人心故也漢武帝崇儒重道冀爲教育大一統爲萬世端師表凡不在孔門六藝之科者屏弗用煌煌詰誡實爲秦漢以來聖學昌明第一關鍵自玆以往由漢而魏而晉而唐而五代世變紛乘斯文墜地岌岌乎有洪水猛獸之慘象讀史者至唐明宗焚香告天一事未嘗不痛心疾首而嘆生民之禍無已時也迨藝祖即位而開章明義首先視學詔增葺先聖先賢祠宇塑繪遺像書贊詞於孔顏座端將使天下臣民皆知讀書崇文學耳目爲之一新顧一孔之儒猶以爲迂闊非當務之急也然宋室三百年之國祚實肇基於此噫嘻盛哉無奈都梁後地利不宜兵威亦弱不能與文化俱進竟使遼金南犯國無淨土然當宋元之際士氣猶雄如文丞相天祥何文定基王承事郎柏均能以生平所學貫澈始終屹然爲名臣

名儒以端一代之風化而樹萬世之綱常履險若夷豈偶然哉十年讀書十年養氣其所由來者漸矣不寧惟是前淸洪楊之亂延蔓十餘省生民之禍烈矣胡文忠曾文正羅忠節諸公皆以書生從戎削平大亂當時掌樞密者則有若李文淸倭文端兩公藹然儒者之風共襄中興之業此尤其彰明較著者攷諸既往驗之近今國家多事之秋正社會樂羣之日就令時局顚危而讀書講學之功固未可一日忘也近年以來世變人心江河日下實有無可諱言者爲根本計捄時之策端自正人心始正人心端自讀書明理始優游乎仁義之途涵泳乎詩書之氣社會與國家互相維持則濟屯傾否轉危爲安之功將於是乎卜之易同人於野利涉大川使在野之同人而皆懷君子之貞則遏惡揚善順天休命大有之盛業其在是乎孔子繫易同人之後繼以大有蓋有精義存焉鳳臺學殖久荒而於古今治亂之源略窺其要領竊願與諸同人共研究之

六寢六宮內豎奄寺止二十人周有定制后之尊亞王一等掌其命者四人奄而已三代禮樂號周爲備而六寢六宮之奄寺內豎其衆不過二十人不有定制其能如是哉內小臣閽寺之屬朝左右最易褻近人主亦易得寵任之今既屬之太宰則人主不得以非道干故寺御僕從罔非正人此先王治內之嚴也

切責幸臣數其細過條奏宦寺具言舊惡西漢近古三公總九卿而少府之官王之內臣皆屬焉蓋九卿之長也佞如鄧通一有細過宰相得伸召斬之威此時宰相權最重自武帝疏遠朝士宰相不得加一官入內權稍輕矣至石顯用事匡衡譚猶得條奏具言舊惡則宰相雖無幾時之權統制之意猶故也況當時內臣亦參選明經之七咸拜議郎更宿王宮以備顧問如楊雄之位執戟孔安國掌御唾壺是也

疏遠朝士密爾小臣左襯常侍無復士人博士明經莫備顧問東漢議郎不在宿直人主無由親近明經之士中常侍不復雜調他官盡以宦者爲之卒至機務朝臣不得參斷孫程曹騰得專廢立之權君子因其勢之恣橫而原其初之所自蓋東漢三公擁虛位無復西漢統領九卿之職而宦者之專權非三公所能制故也

相臣建議屈於貴幸欲治近臣反爲所中自受其過相權益輕聞省中語至不敢應宮中隔絕禍階遂成成周內宦閽寺皆屬冢宰漢興內外之官皆屬丞相故中屠嘉得召鄧通惟文帝能伸宰臣之威必待困相

辱而後召之小臣自此不敢妄為自景帝以貴幸用事丞相之議屈於獄鉗大臣之言始輕是後九卿更進用事而石顯不能與議嘗欲治近臣所忠九卿減宣而反受其禍大臣見輕可知矣其極至於孔光為相不答省寺中語而養成王氏之禍也

數宴後庭潛遊離館奏請機事主以宦官周禮閹寺掌門禁及女宮之戒令而已漢武帝數宴後庭潛遊離館奏請機事多以宦者主之宦官始干預焉宦官預政則巧佞進而正人廢矣

小臣傳命出自王后閽寺繼之令不得苟內小臣雖專出后之命令然閽寺繼之命令不得苟出

服繕管庫奄寺嬪御皆屬天官煩細若是女寵構禍閹寺生變內藏之私宮市之患冢宰失職弊不勝言冢宰一官凡閽寺嬪御之職服繕管庫之司皆屬焉先王奚必煩細若是哉嗟夫先王此意不明於天下蓋自冢宰失職而後有女寵之禍有閹寺之變有內藏之私有宮市之患有奢侈百出之弊凡先王治天下之本莫不廢壞焉

五寺十豎供使令耳多則比周勢且難治寺人不曰五人而曰王之正內五人內豎不曰十人而曰倍寺人之數此聖經特筆也其深有憂患乎是皆不得已而用僅僅勿乏使令而已多則相與比周勢且難制矣

九嬪以下婦人女子九重幽居人不得見驕蹇自恣分職於內附屬於外考功奉法

慎勤無怠有職則當率其法有屬則必考其功率法不敢不讓考功則不敢不勤舉宮中之人而勸勉者官有其長之效也而況內幸則用大夫士春官士婦每宮卿一人蓋皆分命賢人參檢內事與夫婢妾賤人自相使令而不復畏忌者不可同年而語矣漢高欲廢太子立趙王如意留侯曰骨肉之間雖臣等百人何益此大臣不得與內事之弊　袁盎引郤慎夫人座謂妾主不可同座文帝怒說以人家乃說使如盎罷得制宮中之事則尊卑有不序上下有不和者乎　制宮中事謂如內宰等官

義重廟嗣故稱曰世不苟於色其數則闕天子納女備百姓以廣子姓耳深山大澤實生龍蛇毋子以傳類亦不可忽晉愍懷太子宮中為市使人屠沽手揣斤兩輕重不差其母本屠家女也先王之制百二十人猶以無人而闕之晉武平吳後掖廷萬人人多則御幸不可偏怨由是則興費廣則財用不足支此所以困天官世婦與九嬪女御為列則天子之嬪妃也春官世婦則掌后宮之禮有大夫士之爵乃女官設府於內有齒德者為之所謂女傅是也內宰自外而治內世婦自內而達外必如此法制乃備

門戶井竈除殃報福后宮禮神亦有女祝吳氏謂國家祭祀皆天子尊之於外后特供籩豆而已豈復有宮中自為祭祀之禮且文帝尚除祕祝而先王之時有此乎此職宜刪芟謂先王敬鬼以明民雖謂祝亦不廢況禱除疾殃而祠以報福鄭氏所謂門戶竈者可謂後宮無此祀耶故移屬禮官則可刪之則不可也

女德善惡及其進御彤管備書宮女知懼女史八人掌后禮職召后內治則非有道藝而知禮者不可爲之也鄭氏以爲女奴者非也蓋擇嬪御之賢者爲之一顰一嬉九關之內關民休戚與人進退嚬笑幕中寒暄密地載筆之人莫得而知虎豹九關寒暄嚬笑莫得而知噫奸人殺人君子受惡又可勝嘆哉婦功絲枲奢儉所係周官三典皆中下士奄宦刑人莫得而與典婦功以下三官悉用士人先儒以爲此人主奢儉所關國家利害所係非士大夫爲之則害國政矣各五百人春夏秋官六屬相準其數三千官連官常相攝相兼六官大數三百六十然執事員數不止此而已也地官除山虞林衡司關司門不可考者尚四百餘人春夏秋三官凡五百餘人六官以春夏秋爲準則凡三千人其間兼攝者必多矣士訓誦訓無他職任葛草角羽徵一物耳戎僕戎右軍旅用焉田僕田祝田獵取焉豈先立官以待有事蓋於臨事使兼攝矣先王之制其職雖不可擬其官未必一一有也奴士訓以下是矣

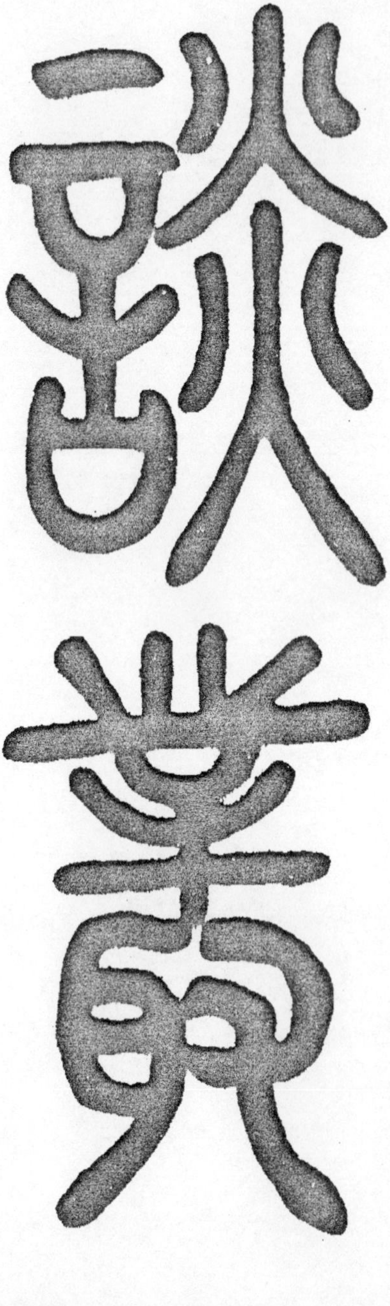

說學　　賈恩紱

一亘古學問不外經世其餘盡爲枝葉

社會文明代增一代人生當數千年後社會所積之文明至繁賾也而生理所限不能舉承襲之文明歸之於遺傳之中此學之所以不能已也凡增進社會文明之端皆爲經世之要圖學者旣以襲傳文明爲主自當以專務經世爲宗故三代上之學問所學即所用以六藝爲應事課程以六德六行爲修身課程與今日德育智育體育之論若合符節（體育即該六藝中）且不惟學用一貫更能知行並進禮於古所該最廣一切事功均括其中吉凶軍賓嘉典章制度文爲凡應世之端悉屬之即今之政治法律哲學等目是也古代政簡於其分類又不似後世之密故以禮教民已居經世之大半孔子雅言執禮荀子以禮爲宗皆沿古教之顯然者（張橫渠曾文正皆嘗習此說）非如今世但以儀文爲禮之全體也其教疑即

取當時册籍例案如周官儀禮之類（周官儀禮皆非周公作此借証耳）不必有書樂乃附禮爲用以節宣民志皆口耳相傳當亦無書與射御略同射御爲尚武精神古代人皆知兵御亦專爲車戰而設王公元士無一不習御者觀左傳每戰卜御子適衞冉有僕可以知古代之所尚如今之當重槍礮學也書數爲今學堂所普及在西人號爲玄學者其不可廢棄古今無殊觀乎此則知古人曷嘗以讀書爲學也以讀書爲學之全功是由實入虛之大關鍵今驟語人以讀書不爲實學在今日幾視爲奇談然試問讀書之與經世與六藝之與經世其距離孰爲遠近有識者當不辨而自明（以六經爲六藝亦學界之大關鍵詳具吾所著六藝論）而語獨云窮經可以致用顧自吾言之乃自用者自窮經非窮經始致用耳此言吾亦自知稍偏要自有不可掩者在也（漢儒引經斷獄輙見其謬是其証）今試掀翻四庫提目其講漢宋學者居其六七而漢學以考古制爲主宋學以析性命爲高周制考至確不可易性命窮

至天人之微究竟與經世距離若何明眼人當自辨之而吾國秦漢以來所殫精竭慮者鮮或外此萬事隳壞之所由來也世徒薇罪于岾括蓋猶得半之論吾願此後學者注重於經世宗旨將從前漢宋諸學皆視爲正學之枝葉以餘力及之可耳至此後有用之學多編教科則讀書或可謂經世之要此則今後之變局與古異也非吾說之或謬矣

二孔子乃修已以救世之教曾卜獨傳修已一派而救世之學迄今尙晦人於世爲最高等之生動物故全當以生動爲主宰欲不虛生先求運動欲事運動全在作用作用之道全在應世人之生平一應世足以盡之聖賢畢生皇皇無他爲救世而已顧世之能救與否不在世而在已則修已尙爲孔子生爲儒教宗而所定爲學大旨一言以蔽之曰修已以救世故平生所宣教規或曰修已以安百姓莫非人已對舉從無偏重之處然孔道之所以大所以切用却

全在悲天憫人上後世傳道統者平分兩派各趨重一邊所謂孔子沒而微言絕七十子喪而大義乖者也顏子體大思精能傳孔道之大而不幸早死傳薪後世者厥惟曾子子夏是賴曾子在聖門年最少而又晚卒子夏爲西河大師而又最老壽談儒道者不於曾則于卜六經皆其所傳而論語大學獨稱曾氏爲子言德行又不及曾參當亦是曾子所述而不敢自居之詞也兩賢姿稟沈潛迥異顏子之高明純以篤信謹守爲學宗凡所闡揮之聖教因亦皆取其性之所近者詳於修己而略于救世觀論語於悲憫大端寥寥罕紀（荷蕢長沮等寥寥數章而此數章考訂家猶疑非魯論之舊詳予所著論語賈氏學）惟容貌辭氣飲食諸類至詳可以見其流派之大凡孟子獨以兩家並論而以守約括之乃破的之論也顏子後高明一派惟孟子一人純爲救世家乃死而不得其傳自斯以往曾卜修己一派嬗衍繁布海內一尊至宋儒益推演之以迄於今雖陸王分塗而溯其先河終不出曾卜範

圍

論史記之宜讀（均爲近人之言）　齊樹楷

近人喜言子部直欲以子代經或謂婢作夫人（近人語）或謂附庸蔚爲大國（前清人語）愚爲不如讀史記可由此以見經意之全也

孔子之意惟太史公知之最眞雖不專崇儒而於經意則獨爲透闢故欲讀經者不可不讀史記

世界無論何學不能遺棄已有之學而赤地另闢新途經者中國已有之學也而竟欲廢棄是必有引之入勝者乃可斷返其初故不欲讀經者不可不讀史記

今日科學如林學者已苦其難盡再加經學尤爲厭苦今人已多荒經者然歷史一門各校多有史記多列經文更申經意讀之不特爲歷史之助諸經

皆有其概矣故未讀經者更不可不讀史記

孟子言不論世無以知人而論世二字眞義人多不知是以論史動多不合太史公於世認之最眞分之最清欲論世者不可不讀史記

近日爲民主然如何立國人多未知經已有之史記更爲詳悉欲將民主政治施之得宜俾民國可以奠安者不可不讀史記

近人喜言無政府主義社會平均主義不知經已詳列方法史記與其能否成立多已定論欲研究此二主義者不可不讀史記（惟有無父主義則史記未嘗言以無父則無人也）

近人雖喜新未有言無教育主義者經既有之史記亦述焉欲知人所未言之最新主義者不可不讀史記

近人不好孔子最欲談孔子外之各家如道如佛如耶皆其事也太史公不逮

佛至於道則深識其眞與今之言道者迥異耶亦道之支流欲談道者不可不讀史記

近人言新歷史謂舊歷史皆帝王事不言民事然惟史記則繼春秋而言民事且於帝王之時言民事爲民史尤屬甚難然已有成書欲讀新歷史者不可不讀史記

近人多言哲學然往往近於談空令人不可捉摸史記究天人之際以實事寓哲理言近指遠令人深思自得有徑可尋欲談哲學者不可不讀史記

近日人世愈繁事愈雜機愈速稍縱即逝立見敗績者頗多史記於此等處或緩圖或速應皆中機宜如審之即可倉猝濟變況常務耶欲入世者不可不讀史記

近日科學雖多國文則人人須學批史記文章者不下百數十家而得其意者

則鮮虛心涵詠十餘年似有所見介紹同人於史記文章亦若別開一解是史記意一書又不可不言者矣

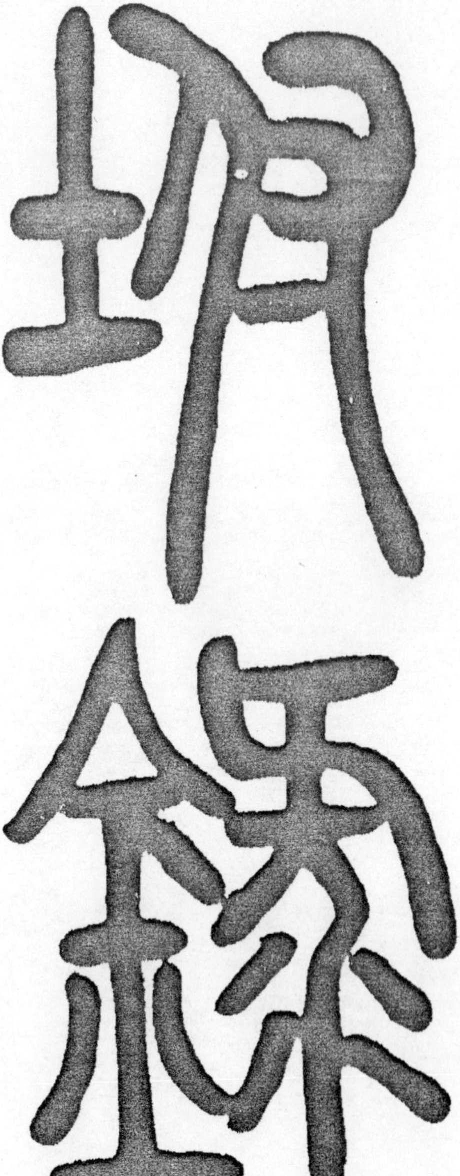

四存學會第三年會務報告要略

查本會第二年經過情形業於去年今日開第二年週年紀念會時詳爲報告在案時光荏苒倏屆三年政變頻仍忽經兩度其時人心惶惑歷久始寧加以財政拮据經費乏絕仕罷於官學罷於校舉世擾擾求自衛之不贍又奚暇持禮義是以本年之中辦理備感困難會務因以濡滯當由會長李見荃率同總務主任幹事謝宗陶及各組幹事相時設法竭力進行除非萬不獲已無不照章舉辦期在必達幸尚能委曲支持勉存其禮然夷考其實則重要會務如功課等項久經廢弛未能恢復遺珠留櫝負疚滋多茲特據實逐項報告所冀大會公同討論指示機宜俾有遵循是爲厚幸

再本會設立以來備承　徐東海先生之提倡所有會費亦皆受其資助去年　東海下野本會李君見荃偕同謝君宗陶前往見之　東海以爲本會之設所以闡揚顏李學說以實學實習實用爲歸誠能糾合同志互爲切磋寬假之以時日必有能裨益於世道人心者冀其持以宏毅規諸久遠並允代籌基金等語同人等當仁不讓見義勇爲自應同一心德相

與共擊以維持本會於不敝是以當本會成立之初或有莫名眞相不指爲顯學即疑有作用今者本會辦理會務久而彌殷絕不因外間事故影響進行而於講學設備以外他無所聞則其爲純粹學事機關可以益明於世茲因本屆多有新入會會員到會故附及之

(二)會員　據本會會員登錄冊統計會員已達八百餘人皆係由會員先後陸續介紹入會然其中先入會會員按照議決案追溯訂閱月刊者不及十一其後入會會員期滿續訂者亦居少數蓋日就月將即事遷境異或行止靡定或職務羈身以故每次舉行講演或典禮時會員到者尤屬寥寥自非設法求適環境無以策全濟變當經仿照靑年會徵求會員辦法擬訂本會徵求會員簡章十條交由評議會議決施行除隨時由會員照章介紹入會者外每年徵求會員一次即以成立紀念日前三十三日起前三日止大概辦法係組織徵求會員隊分頭辦理每隊置隊長一人隊員二人至少以十隊爲限每隊以介紹得十人爲合格愈多愈善由本會分等核贈獎品其徵求最多之隊並爲撮影誌念以資鼓舞凡入會者一律不收會費僅仍須訂閱全年月刊一份只收印費一元二角

（郵費在外）至於會員應享利益則爲（一）本會設有圖書館可以閱覽書籍（二）本會設有游藝社可以選擇游戲（三）本會設有休息室及農圃可以爲會員游息之地並備具茶水（四）本會設有大小講室可以爲會員開會之用但以關於研究學術者爲限（五）本會每月開定期講演會一次會員可以聽講或自講演（六）本會每月發行四存月刊一期會員可以投稿（七）會員如有著作譯述經本會審查可以列入叢書代爲出版（八）會員糾合同人若干人組織各種學術研究會本會可以量力代購專門書籍俾共參考本會對於入會會員願盡力爲其學術上之援助以上辦法本年已經試行計共分三十九隊雖徵求確數尚不得知然各校學員紛紛來函願入本會每以不得介紹者爲詞已經聲明特予變通凡不得介紹者可親來會一譚即由會中介紹將來截止其成績可以想見除原有會員姑仍舊貫外某次徵求者即稱爲某年會員以示區別再凡本年內隨時介紹入會者又原有會員於某次徵求期內續訂月刊者一律歸入某年會員之內擬於此次徵求竣事後編印本會會員錄以備查考

(二)職員　查本會會長張君鳳臺出任豫長經以名譽會長李君見荃代理會長去年紀念日由大會共同議決舉定徐東海先生爲本會會長仍以李君見荃代行其職務其副會長一職因王君達王君瑚等均不在京當於第二十一次評議會議定增推齊君振林爲副會長以資協理又學術會監雲君書離京辭職於同次評議會議決照准並增推許君寶蘅傅君嶽棻爲學術會監事務會監除殷君鴻壽物故曾推薛君之珩接充外於同次評議會議決孫君振家准予辭職推朱君寶仁接充又評議員曾於第二年紀念日經大會改舉計推定陳任中袁世釗李九華呂慰曾茹養源張家駿羅兆鳳孫松齡賀葆眞齊振林吳闓生步其誥任𤥭亭李景濂李振甫張怡亭等君十六員充任嗣吳君闓生因病辭職經同次評議會議以李君學鈞接充又總務處主任幹事謝君宗陶因事不能常川在京經會長延請評議員兼編輯主任步君其誥代之副主任幹事兼會計組幹事李君鴻鈞因事辭職當以王幹事瀚清張幹事銘西兼辦會計事宜圖書館公開閱書另派謝君佩璵爲幹事專司其事其庶務幹事呂君同甲李君士坊均另有他就本會爲撙節

經費不再增設人員至於其他職員以及講演編輯各員均仍其舊

(三)評議會　查評議會第一週年紀念日起截至二年紀念日止共開經臨兩項會議六次議決議案十件前經報告在案茲將第三年度內評議會開會日期次數及議決各案開列如下

第二十一次 十一年七月二日	臨會	議案 (一)請推舉副會長案 (二)請增推學術事務會監評議員案 (三)擬請公開講演案 (四)擬訂叢書刊行規則案 (五)四存月刊擬請酌減非印份數案 (六)顏李叢書擬將預約展期案	議決 (一)推齊振林充任 (二)推許寶蘅傅嶽棻為學術會監朱寶仁為事務會監李鴻鈞為評議員 (三)准予試辦 (四)准其發行叢書其規則通過 (五)以六百份為定額 (六)展兩個月
第二十二次 十一年七月九日	常會	議案 (一)擬附設印刷局案 (二)暑期內講會是否舉行案	議決 (一)緩辦 (二)停二個月
第二十三次 十一年八月十三日	常會	議案 (一)公府質問本會地址如何答覆案	議決 (一)承認永久辦學不得任意處分
第二十四次 十一年九月十日	常會	議案 (一)本會基金如何措置案	議決 (一)向公府國務院教育財政部交涉仍請由崇文

門稅項下撥充

第二十五次 十一年十月十五日	常會	議案	(一)顏李叢書展期出版案	議決 (一)定於十二月底出版
第二十六次 十一年十二月十日	常會	議案	(一)擬請對於會員訂閱月刊減價案 (二)推銷顏李叢書案	議決 (一)照六折收 (二)擬再登報廣告
第二十七次 十二年一月七日	臨會	議案	(一)擬公開本會圖書館案	議決 (一)照辦本月十日開始
第二十八次 十二年二月十一日	常會	議案	(一)籌撥顏李叢書尾款案	議決 (一)暫挪基金一千元
第二十九次 十二年三月廿五日	常會	議案	(一)擬徵求新會員案 (二)擬河南分會照舊辦理案 (三)請徐東海先生撥基金案	議決 (一)照辦 (二)函張省長 (三)請會長赴津請求
第三十次 十二年五月二日	常會	議案	(一)擬付顏李叢書印刷費案 (二)擬定徵求會員簡章案	議決 (一)查齊照付 (二)照辦

(四)編輯會　查編輯會議向例每期月刊出版後舉行一次除二年度舉行八次外自去年二年紀念日後迄於今日僅召集計第十一十二兩次第十一次會議係在十一年七月十六日議決月刊訛字過多公推賀君性存擔任總覆校之責其第十二次係在十二

年一月七日議決因月刊出版愆期編輯人員皆有職務除預備稿件實不暇常川到會既有人擔任覆校似亦無須每期會議如有重要事項自可臨時召會等因是以本年度內除月刊外並無其他事項故僅開會二次此編輯會議減少之原因也

（五）叢書　杏顏李叢書發行預約原定於十一年六月出書一半嗣因政局不定印刷停滯未能如期出版嘗經第二十一次評議會議決預約展期兩个月及期又未能如數出齊經第二十五次評議會議決展至十二月底勉經如期告竣本會雖特設覆校處齊副會長振林爲便利起見獨任其校對之責書成後共計印就全份者一千部零種者二百部其中裝訂參差脫落者所在多有經囑本會幹事等逐一查對現已一律查補完畢統共用印刷費七千四百三十元又裝訂費二百零五元除已售出預約者外現由出版部發行按照八扣收價以示提倡又顏李叢書外尚擬發行四存叢書即以本會會員著作譯述嘗之訂有叢書刊行規則七條評議會議決在案並經第十二次編輯會議議決以齊君樹楷所作名學考略爲四存叢書第一種業已出版嗣後會員如有著作即可向本

會編輯處接洽刊行可也

(六)月刊　查月刊現甫出至第十四期計愆期至一年又二個月之多實以趕行編印顏李叢書爲其延滯之一大原因自該叢書出版後已經加工趕印其十五十六十七三期業已印就日內發行十八十九兩期亦正在編印之中前經第十二次編輯會議議決每次編行二期以資迅速計年前當可趕印如期藉饜讀者之望也再本月刊中經第七次編輯會議議定加入名賢軼著一門與藝文互相遞登又第十一次編輯會議議定加入四存中校學生成績一門與附錄互相遞登均已先後施行

(七)講演會　按會中講演堂地勢湫隘故歷次講演無論定期臨時皆僅通知以會員及學生會員爲限近來學生會員已可二三百人每屆講演已不能不假用學校禮堂舉行惟是會員到者反寥寥無幾更未便徒勞名儒蒞講二者互爲因果致使講演愈無聲氣自不得不求整飭之方當經第二十一次評議會議決本會講演實行公開無論何人皆可隨意來會聽講一方面訪延當代鉅儒名師來會主講並先期登報週知但須籌備妥

協方可實行以免有初鮮終之弊現在正爲多方接洽不久即可開始辦理茲本年度內因暑年假停止及改組關係僅舉行講演四次特將其日期及講演題目開列如下

第十三次 十一年六月七日	臨時講演	講演者 (一)德儒衛禮賢 (二)孫松齡	講題	(一)德國近代之思潮 (二)顏李學之宜於近世
第十四次 十一年九月十五日	定期講演	講演者 (一)劉培極 (二)吳礦 (三)美儒李佳白	講題	(一)孔學爲世界公例說 (二)學生應注意之將來 (三)學問之損利
第十五次 十一年十一月十五日	定期講演	講演者 (一)王英華 (二)李繼璟	講題	(一)教育解 (二)個人與家庭之關係
第十六次 十二年四月十五日	定期講演	講演者 (一)沈鈞儒 (二)李九華	講題	(一)聯邦制度 (二)山西參觀學務記

(八)圖書館　據本會閱覽書報規則第三條內開非本會會員願閱書者由會員一人以上之介紹經本會認可得發給特許閱書證本處閱覽但以證內註明日期爲限等語嗣評議會以本會既爲學事機關即所事皆宜公開以爲市民求利益與市政生關係且都中於部轄大規模圖書館外亦不乏私人組織範圍廣狹自有不同而本會附近一帶學

校甚多尚無此項設備似可將上項限制删去公開閱書當經議定即由本年一月十日實行遂就固有書藉粗事分析仿照四庫目例分爲經史子集四類另增新書叢書雜誌三類會將都下各種雜誌學報等一律訂全以備閱覽其閱書時間係自每日九時至十二時下午二時至五時每星期二日休息其閱書劵（即入門劵）由出版部代發其餘調閱手續一仿圖書館之例自開辦以來來會閱書報者尚爲踴躍正擬設法另籌欵項增置書籍以饜閱者云

（九）經費　查本會每月經常額定經費三百五十元第三年度全年十二個月共用四千二百元又每月印刷月刋費一百六十元前因减少本數核减印資自本年四月起從實减爲八十元全年共用一千七百六十元此外印刷顔李叢書一千部又零二百部共實支洋七千六百三十五元承　徐東海先生發三千元預約劵售得二千四百零五元其餘由月刋積存項下及基金項下兩共動用二千二百三十元

（十）分會　按本會分會山西成於先河南成於後已經報告在案其直隸分會亦早已籌

備適天津私立法政學校停輟因即就該校天津河北公園地址及所餘經費改組直隸分會並附設四存小學一處於本年籌辦就緒二月四日開成立大會計發起及入會會員八十餘人每員收會費四元屆時本會派總務主任幹事謝君宗陶前往參觀並致演說當日推定職員如下（一）會長一人嚴君修（二）幹事長一人李君志敏（三）副幹事長一人趙君元體（四）幹事四人安君尚敬董君如奉賀君德深欒君文藻（五）評議員十人王君秉喜林君兆翰王君武祿于君振宗閻君鴻業張君仲元齊君世銘佟君甫田劉君鴻翔孫君鳳藻所有簡章所定一切組織設備均與本會從同云

（十一）四存中學　查校中添班建室及規定功課各情形前經報告在案當又於十一年七月添招中學班新生六十名本年暑假尚須添招新生以期逐漸達到十班之計劃至功課方面曾經陸續購置理化儀器並博物標本共價三千元之譜一二班學生已添授課外理化實驗並令各班學生一律於課外練習運動武術樂歌以及農學實習其修身一門已於本年一月至六月免去考試即以平日日記及操行爲修身分數多足稱爲該

校之特色本年一月十日開學校成立第二週年紀念會並陳列各科成績是日到會參觀者千有餘人據學生家長及來賓演說對於校務功課承其揄揚不置至於詳細情形該校另有單獨報告

第十八期

中華民國十二年二月一號出版發行

編輯者 四存學會編輯處

印刷所 京師第一監獄

總發行所 四存學會 北京西城府右街 電話西局二四〇八號

分售處 開封四存學會分會 太原四存學會分會 天津四存學會分會

代售處 東安市場華鑫書店 第一樓聚文齋 琉璃廠藝文書局 琉璃廠中華書局 青雲閣富晉文書社 及各大書莊

中華郵務局特准掛號認爲新聞紙類

報資務請先惠凡價目一元以上均不收郵票

本月刊價目

期限	本數	價目
一月	一本	二角
半年	六本	一元一角
全年	十二本	二元

郵費

區域	本數	郵費
本京	一本	一分
	六本	六分
	十二本	一角二分
各省	一本	二分
	六本	一角二分
	十二本	二角四分
外國	一本	八分
	六本	四角八分
	十二本	九角六分

廣告價目

篇幅	期限	價目
全幅	全年	四十八元
	半年	二十四元
半幅	全年	二十四元
	半年	十二元
四分之一	全年	十二元
	半年	六元

廣告概用白紙黑字登載在一年以上者價可從廉

四存月刊編輯處露布

一本月刊月出一册約五十頁至六十頁不等

一本月刊多鴻篇巨製不能一次備登故各門頁目各自分配每期逐門自相聯續以便購者分別裝訂成書

一本月刊所登未完之稿篇末未必成句亦不加未完二字下期續登者篇首不復標題亦不加續前二字祇於目錄中注明以便將來裝訂成書時前後聯續無間

一本月刊此期所登之外積稿甚夥下期或仍續本期未完之稿或另換本期未登之稿由編輯主任酌定總求先後一律登完不使編者閱者生憾

一本月刊第一期送閱第二期須先函訂購屆時方與照寄嗣後訂購者如願補購以前各期亦須來函聲明始行補寄

本月刊投稿簡章

一投寄之稿或自撰或翻譯或介紹外國學說而附加意見其文體均以雅潔明爽為主不取艱深亦不取白話

一投寄之稿如有關於顏李學說現尚未經刊布者尤極歡迎

一投寄之稿望繕寫清楚以免錯誤能依本月刊行格繕寫者尤佳其欲有加圈點者均聽自便否則亦望將句讀圈清以便閱者

一投寄譯稿並請附寄原本如原本未便附寄請將原文題目原著者姓名幷出版日期及地址均詳細載明

一投稿者請於稿尾註明本人姓氏及現時住址以便通信

一投寄之稿登載與否本會不能預為聲明奉覆原稿亦概不檢還惟長篇譯著如未登載得因投稿者豫先聲明寄還原稿

一投寄之稿登載後贈送本期月刊續登至半年者得酌贈全年月刊

一投寄之稿本月刊得酌量增刪之但投稿人不願他人增刪者可於投稿時預先聲明

一投寄之稿經登載後著作權仍為本人所有

一收投寄稿件請徑寄北京府右街四存學會編輯處

四存月刊第十九期目次

秋黃花晚對署亭幽温　連宵濕翠生烏几鋪地寒香入碧流李　辨業李膺推獨步新編陳羽許誰儔温　敢言避地同王粲愛有虛懷駐馬周吹帽偏宜金鑿落命弦恰好玉雕搜陳　催排東閣燒林炬漫倚南窗累酒籌李　徵貢夷吾人易去班師鷗鷺恨難休温　煙昏戍壘天埋月客度盟壇水送鷗陳　却笑乾坤空老大那堪我鬢自沈浮李　飄零嘯對窗前草身世差看日暮舟陳　凋瘵斯民須撫字桑麻何計蔚田疇温　會時版築抒全策且便山頹在上頭鴨語短長喧夜漏檐聲斷續下岑樓穴穿蠟淚呼篁拾狼籍抨鯖倩僕收李　西望白雲丘龍夢北來鴻雁弟兄愁温　鄉書不謂連朝至歸念還因撫事謀陳　關出已知皆楚舞竭來何自有吳鉤李　今宵莫悵登高阻歲歲茱萸共挽留温　盍修常問仁恕谷曰非禮勿視聽言動者視聽言動必以禮若不視非禮而亦不視禮則二氏矣一部周禮盡行天下有不歸仁者乎又問族祠長支主祀舊儒以爲即大宗法然否

恕谷曰非也通俗譜曰今日言大宗夢語也古之宗子必以天子諸侯弟二弟爲之稱爲別子別子者餘子也今反以長支當之是長而非次正而非別不通一天子諸侯尊貴其兄弟輩不得與之聯戚戚之誼因別爲之宗以使之戚其戚今之世家巨閥以至白屋其兄弟輩有何不得戚其戚而立宗以戚之不通二古宗子皆卿大夫士爲之宗臣之子恒爲宗臣絕則繼之所以屏藩邦國詩云宗子維城大宗維藩是也今族非邦國有何藩翰且前無世官後無繼襲以無何有之人而使之捍衛宗族能乎不通三若其最不通者宗子主祭限以四親長房數傳而後分曰卑幼以通族之衆而長房以卑幼統之其等世者有兄弟其先一世有伯叔父先二世有伯叔祖父先三世四世有伯叔曾高祖父而皆在助祭之列長房居中伯叔氏居兩旁問其所祭者則長房之父祖曾高也長房之父祖曾高非盡爲伯叔氏所當祭不當祭則舍其祖父而祭他人之祖

父矣且長房有至貧至賤至不才者勢亦何能行爲四也大宗不可復而族又不可以不收然至貧至賤至不才者勢亦何能行爲四也大宗不可復而族又不可以不收然則公祠主祭莫若族長擇行輩年齒高於一族族衆共推者爲之禮所謂長長也於是爲祭主而襄以賢處分尊祖合族之事也以貴用其勢以令衆也以富須其財以成務也祭時亦如家祠之祭立闔族長支嫡長於族長後灌畢揖長支嫡主初獻禮不敢忘始祖嫡長也於以合薦而使通族知本合饗而使通族知睦匡其不義助其不及而使通族聯貫如一此即大傳合族周禮以飲食之禮親宗族兄弟者也恕谷初偕益修赴鄢城在滁語益修以滅賊弭盜之方祥刑之實益修一一聽納次第施行一小人間之遂使恕谷不終其事其後富平事亦然甚矣君子不容於小人也

黄曰瑚字宗夏本歙人家蘇州北遊京師聞恕谷學行於王崑繩來拜問學恕

谷因舉習齋正學相示宗夏慨然曰不作聖非人矣於是悉剷後學浮文求禮樂倫物之實日有所習時有勘做恕谷立日譜自考其學大進恕谷爲題其後曰自省嚴密令予生畏然心當敬不當苦須有蕩蕩自得之意不然恐束濕難久也昊天曰明及爾出王昊天曰旦及爾游衍一何嚴也仰不愧俯不怍又何樂也宋夏曰後學早求自得恐墮於放且以嚴厲從事何如恕谷起揖曰君果有志者矣馮欽南溫谿修設筵請恕谷講學宗夏蓋皆與會問吳楚宋無風孔子刪歟恕谷曰非也吳楚荒服采風之使不及宋周客也亦不采風季札聽周樂即無三國可見矣又問北人多家祠南多闔族公祠孰是可行恕谷曰此諺所謂合之爲雙美離之則兩傷者也家堂祀高曾祖禰古禮自七廟至一廟他祭可殺惟祭父無殺明父親也父以上高曾祖曰四親明親親也此古人四時所祭也然親盡必祧祧何所入始祖不可不追先祖不可不忘而分有所限者

何以伸則今之族堂可酌行也凡一姓先祖皆入其內供始祖於中下一世爲一室昭穆列而前或各自爲神牌或族大一世共爲一榑牌有功德者則爲專室於旁推族長爲主而率闔族致薦每歲一次此則古人大祫之祭也北人念親而忘遠南人合族而簡親兼之庶矣宗夏嘗讀恕谷中庸講語奮然以聖賢爲可爲曰吾向以二氏爲根今拔去矣又錄習齋與恕谷語爲代紳編恕谷曰君銳爲學稱者固有訕笑者亦不乏必確乎不拔乃能有成但不可先有稜稜違衆之意自取不合耳宗夏在京先從劉繼莊獻廷游繼執質崑繩門下既數從恕谷講學復求師事之价崑繩下拜恕谷辭曰世有起而力聖道者是吾之師也吾何足師亦下拜恕谷語宗夏以知人崑繩曰識人情物理乃眞經濟也是歲癸未適宗夏之父復菴隱居於年六十矣宗夏從兩先生徵言爲壽崑繩稱其父能以道義立命不爲氣數所轉移而恕谷則以天運南北虛實爲聖道

古今升降出入之大關塈宗夏以不朽其禮者壽其親宗夏手書作別恕谷復書曰小札并改訂贈序稿已書就倩人北寄忽手翰到言已於六月二十一日南旋矣是日七月十三也正爲祭先齋戒不能自持忽忽若失左右手齋意已亂天下甚廖廓人甚衆吾目中僅首得足下一人乃忽天各一方足下即精進無由啟益不肖若衆楚咻咻萬一少退眞可爲天地先聖儕才長歎也如何去心三復大論人道祇在事父從兄動靜語默之際能時檢校不自寬假則下學上達即可直造聖域又謂顏先生之學如布帛菽粟不可一日離一離之非飢則寒見確守定如此吾知其日進而不少退也果矣大約吾學須胸中時有新機學業時有增益始能常遊聖賢之途若但荏苒故吾即易墜落昨與王崑繩所言甚多題其省身錄一則云日記考察有三心之存日密否身之視聽言動中禮否時覺其進否一也禮樂兵農射御書數之學或諸藝或祇一藝月考年

計有加否二也身心就範學問不懈則天理日有所悟人情日有所照經濟之術日有所閱歷果變動日新乎抑仍舊乎將灰楊不盡乎此甚可以驗吾學之消長三也今幷錄呈琢到里遭家事坎坷日無寧晷幸可自對者心不爲繫累小學已著成數樂諸學皆少長犇勺儀頗可觀尊君先生贈帖致候縷縷千萬不悉宗夏之父逸其名恕谷壽言稱其仗義好學急朋友之難嘗自屈其年從劉繼莊遊崑繩則謂以仇繫獄十四年家破而學益進宗夏之學淵源蓋有所自也江南有毛惕者字用九嘗介宗夏寓書恕谷是習齋之學

馮甦字敬南璿字衡南昆弟也不知其孰先後生又有字欽南者嘗會諸名士列肆筵推恕谷講學溫益修秦中會館之會衆散欽南復與黃宗夏隨至恕谷寓所論學又嘗問四聲顧不詳其名又有名璧者恕谷之傅敬南記其班次在四或以爲即欽南或曰非也敬南之識恕谷自萬季野季野極稱敬南學者恕

谷與會抵冬敬南延季野與孔主事尙任王崑繩溫鄰翼及恕谷論學恕谷曰人受天地之中以生必有仁義禮智之性性見於行則子臣弟友行實以事則禮樂兵農子臣弟友之不可解者爲仁有裁制爲義辨是非爲智其品節文爲則爲禮鼓歌其禮則爲樂兵所以衛父兄君友也農所以養父兄君友也苟失其仁義禮智不可以言子臣弟友倂不可以言禮樂兵農三者由內而外一物也周禮教民一曰六德有聖忠和猶是四德而分其名也一曰六行內有婣睦任恤五倫所推及也一曰六藝及於射御書數禮樂之分件也而統名之曰三物魯論之文行忠信文即禮樂兵農也行則子臣弟友也忠信則仁義禮智中庸天命之性仁義禮智也率性之道子臣弟友也修道之教禮樂兵農也博文以此約禮以此若外此而別有逕途則異端曲學烏可訓哉敬南及諸人皆曰然道誠在是矣恕谷因以大學辨業贈之萬季野夙有講會及其卒敬南乃集

儀耳烏可比也程朱未嘗沒古聖學習舊規但云今已失且讀書窮理以旋補之至陽明則直抹摋矣

意有感觸感而生不感而止也有雜念間事冗緒無所爲善無所爲惡也有偶念偶然念及不必欲爲其事且或有不能爲者也心正則能照能攝雜者一妄者息矣

格物之於禮樂學也知也修身之於禮樂行也誠意實其行禮樂之念也正心養禮樂之原也

靜則提醒動則剛辨而總以不自恕蓋必身心一齊竦起乃爲存養

中庸天命之性仁義禮知也率性之道子臣弟友也修道之敎禮樂兵農也博文以此約禮以此

德之主在仁而用在智無智則德俱無用故論語終以三知中庸四德首以聰

明睿智孟子贊孔子大成獨推其智也
身忙而心閒操存益密乃晚年進境若身心俱忙學力衰矣宜日省
學術不明民物終無起色
勉學聰明睿智無此則仁義禮智皆無用矣
學求有用當人先求有用目盡明之用耳盡聰之用心盡睿之用以至言貌皆然若視聽言貌思塊然頹然不端不靈不大不遠雖曰講經濟無所用也
自念衰老須敬以直內念此心常存習演道藝令其有用寬和接人令道有傳
書壁曰易犯惟驕氣難純是動心

恕谷語要上終

恕谷語要下

天津徐世昌纂

爲南湨解律曰律繁晦則吏易爲奸簡而明律道也

郭郁甫之任贈云儉爲廉本不儉何以成廉明則斷行未明愼無輕斷

豐村尙崇誦讀先生曰紙上之閱歷多則世事之閱歷少筆墨之精神多則經濟之精神少宋明之亡此物此志也望賢者勿溺

潔士不可大用以其如鮮花不耐風塵也烈士不可大用以其如利刃不耐挫折也

晝扇云乖戾非剛方忙亂非勤敏糊塗非忠厚委靡非從容

急於求名其實必少以術御物喪德已多

守先待後之身不可小廉而陷饑餓以死

縣令高公陰爵問政曰秋肅之後繼以陽春
見人褊思寬見人暴思緩見人矜思謙
善引人者其言半是從其半而獎掖之不能容人者其言半非即其半而駁折
之
吳公請入京習齋謂曰勿染名利先生曰非敢求名利也將以有爲也先生不
交時貴琢不論貴賤惟其人先生高尙不出琢惟道是問可明則明可行則行
先生不與鄉人事琢於地方利弊可陳於當道悉陳之先生一介不取琢遵孟
子可食則食之但求歸潔與先生同耳
賢君能化中立小人爲君子愚君能化中立君子爲小人
至鄙嗇覺事變思不能待小人吾之過也神叢借人何膺之休宜去
庸情人衆推委必不勤膜視公物必不儉

奠而已○楊氏復曰按初喪立喪主凡主人謂長子無則長孫承重以奉奠饋今乃謂父在父爲主父在子無主喪之禮二說不同何也蓋長子主喪以奉奠饋以子爲母喪恩重服重故也朔奠則父爲主者朔般奠以尊者爲主也喪服小記曰婦之喪虞卒哭其夫若子主之虞卒哭皆是般祭故以其夫主之亦謂父在父爲主也朔祭父爲主義與虞卒哭同耳

有新物則薦之如上食儀

弔奠賻

凡弔皆素服奠用香茶酒果有狀或用食物隨宜賻用錢帛有狀或親友分厚者有之具刺通名賓主皆有官則具門狀入哭奠訖乃弔而退既通名喪家炷火燃燭布席皆哭以俟護喪出迎賓賓入至廳事進揖曰竊聞某人傾背不勝驚怛敢請入弔並伸慰禮護喪引賓入至靈座前哭盡哀再拜焚香跪酹茶酒俛伏興護喪止哭者祝跪讀祭文奠賻狀於賓之右畢興賓主皆哭盡哀賓再拜主人伏哭出西向稽顙再拜賓亦哭東向答拜進曰不意凶變某親某官掩忽傾背伏惟哀慕何以堪處主人對曰某罪逆深重禍延某親伏惟奠酹並賜臨慰不勝哀感又再拜賓答拜又相向哭盡哀賓先止慰主人曰修短有數痛毒奈何願抑孝思節從禮制乃揖而出主人哭而入護喪送至廳事茶湯而退主人以下止哭○溫公曰凡弔人者必宜去華盛之服有哀戚之容若賓與亡者爲執友則入弔婦人非親戚與其子爲執友嘗升堂拜母者則不入酹凡弔及送喪者問其所乏分導營辨貧者爲之執綍負土之類毋擾及其飮食財貨可也○高氏曰喪禮賓不答拜凡非弔喪無不答拜者胡先生書儀曰若弔人是平交

則落一膝展手策之以袁半答若孝子尊弔人卑則側身避位跪孝子伏次卑者即跪還須詳緩去就無令跪伏與孝子齊○楊氏復曰按程子張子與朱先生後來之說奠謂安置也奠酒則安置神座前既獻則徹去奠而有舞者初酒則傾少酒于茅代神祭也今人直以奠爲奠而盡傾之於地非也蓋家禮乃初年本當以後來之說爲正○又按弔禮主人拜賓賓不答拜此何義也蓋弔賓來有哭拜或奠禮主人拜賓以謝之此賓所以不答拜也故高氏書有半答跪還之禮凡禮必有義不可苟也書儀家禮從俗有賓答拜之文亦是主人拜賓賓不敢當乃答拜今世俗弔賓來見凡筵哭拜主人亦拜謂代亡者答拜非禮也既而賓弔主人又相與交拜亦非禮也

元按賓不答拜古禮之義不可知或以別與吉禮耳楊氏謂是謝其哭奠賓所以不答亦未聞謝人人不答拜者愚謂當遵書儀家禮又稍增一議爲尊長則不答平交答卑幼則不敢當如書儀側身避位跪還之儀蓋如古禮通不答則質之主人哀感無極之心固安弔者則何以安其至極卑與極尊極幼與極長而公然受其拜不幾太遠於人情乎若無論弔賓之尊卑長幼無不拜謝且尊長則不答拜自足以別于吉禮矣且疑平交以

下賓弔生者亦宜再拜姑闕疑可也又按溫公勿擾及其飲食財貨竊謂近賓哭奠畢即退是矣若數十里之外自宜喪主或別親候飯從儉素可也又今裂帛作帽以散賓原非古禮然至親執友雖在五服外者卒有同哀之義且禮廢俗頹行弔冠服多不能備紅纓去冠大是乖戾即假此以易之亦得所謂禮之以義起者也

聞喪　奔喪　治葬

始聞親喪哭（親父母也以哭答使者哭盡哀問故）易服（裂布為四脚白布衫繩帶麻屨）遂行（日行百里不以夜行雖哀戚猶避害也）

道中哀至則哭（哭避市邑諠繁之處）望其州境其縣境其邑（本作城）其家皆哭入門詣柩前

再拜再變服就位哭（初變服如初喪柩東西向坐哭盡哀又變服如大小斂亦如之）後四日成服（與家人相弔賓至拜之如初）

若未得行則為位不奠（若喪側無子孫則此中設奠如儀）變服（亦以聞後之第四日）在道至家皆如上儀（若喪側無子孫則在道朝夕為位設奠至家不變服）

若既葬則先之墓哭拜（之墓者望墓哭至墓哭拜未成服者變服于墓歸家）

詣靈座前哭拜四日成服如儀已成服者亦然也

齊衰以下聞喪爲位而哭尊長於正堂卑幼於別室○溫公曰今人皆擇日舉哀凡悲哀之至初聞即當哭之何暇擇日但法令有不得於州縣公廨舉哀之文則在官者當哭于僧舍其他哭於本家可也

若奔喪則至家成服奔喪者釋去華盛之服即行既至齊衰望鄉而哭大功望門補成服亦在至而哭小功以下至門而哭入詣柩前哭拜如儀○註家第四日

元按四日始成服家人相弔原因三日內尙望其親復生故也今奔喪若已過四日後似宜至家哭拜畢即家人相弔次日即成服不必俟四日後可也正文齊衰以下恐當作期喪以下蓋嫌于母亦齊衰也又溫公註在官者當哭于僧舍夫僧舍乃滅絕倫理之地豈可作喪位哉若拘于法令或借人間所必不得已空處起棚哭之

若不奔喪則四日成服不奔喪者三日中朝夕爲位會哭大功以下始聞喪爲位會哭俱四日成服每月朔爲位會哭月數既滿次月之朔乃爲位會哭而除之補今在官聞期以下喪不得奔者三日中可委政於同僚朝其間哀至則哭可也註夕爲位會哭於聞所四日成服以日易月期喪十三日大功九日小功五日緦麻三日畢仍吉服聽政每月朔變服會哭月數既滿即除之○元按以日易月下當作齊衰二十五日是母喪亦可入此例乎

姑洗 高上以次下 一六	夾鐘 二	太簇	大呂 三	四		五

右羽之角蕤賓之角三清

五 南呂	四 夷則	林鐘	三 蕤賓	二 黃鐘	應鐘	低尺以次下 無射 一六
上	乙	四	六	凡	工	尺
姑洗 二	夾鐘 三	太簇	大呂 四	五		中呂 高尺以次下 一六

右羽之徵蕤賓之徵四清

此五音闕二變圖也然二變尚作調者樂錄云二變音可闕二變起調之音不可闕呂覽以黃鐘大呂太簇夾鐘姑洗中呂蕤賓七律居上林鐘夷則南呂無射應鐘五律居下上爲正調下爲淸調故闕二變者其正調亦用七

六律有陰陽之分而陰皆統于陽故陰律國語曰間言間乎陽也周禮曰同同乎陽也漢書曰旅旅乎陽也所以十二律只曰六律七調音也十二律律也正音者也如遇宮音也則由黃鐘以至應鐘高下迴環而宮音正矣遇變宮音也由大呂以至黃鐘高下迴環而變宮音正矣遇商音也由太簇以至大呂高下迴環商音正矣遇角音也由夾鐘以至太簇高下迴環角音正矣以至遇徵音也由姑洗以至夾鐘高下迴環而徵音正遇變徵音也由中呂以至姑洗高下廻環而變徵音正遇羽音也由蕤賓以至中呂高下迴環而羽音正皆如之使不以此六律何以知其音之起于是訖于是乎何以知其音之高不可上低不可下乎起訖無憑高下無準烏乎正律之正音如兄弟之翕樂也如夫婦之唱隨也如鹽梅之調劑也故虞書曰律和聲

每一聲必有六律高低圜浹而其聲始眞眞者正也且細分之則每音中之調各用六律以正其音如宮之宮也除二變不用黃鐘至林鐘高低迴環恰用六律而宮之宮音得焉宮之商也太簇至南呂恰用六律而宮之商音得焉是音中之音其分六律以正之又有如此者

六律層高乃轉下與低接層低乃轉上與高接而本音常在中焉故古人曰宮中聲也

先儒競求中聲或算律數或考葭灰或欲多截管以求之然試問中聲何似漫無影響夫不解中聲而欲測中聲毋論不得中聲也即遇中聲而何以知之而尙安測之今觀此圖中聲所在上有六律下有六律按之人聲而人聲具按之八音而八音具可口試可耳審天地元音可憑可執抑亦快矣

宮爲中聲然七調各有中聲商亦宮也大呂太簇亦黃鐘也故君子之道曰時

中曰大中

兄七調中六律無毫釐可溷者毋論宮與商不同宮之宮與商之宮不同即同一四字領調也而宮之宮爲四上尺工六角之徵爲四上尺凡六且宮之宮四字居中角之徵四字居末大有逕庭也至于餘調皆界限甚清一無猜嫌是之謂正

左傳醫和曰先王之樂所以節百事也故有五節遲速本末以相及中聲以降五降之後不容彈矣于是有煩手淫聲慆堙心耳乃忘和平君子弗聽是即六律正五音之法也每一音出則五音圓轉如得宮音則相嬗而爲商角徵羽羽徵角商得商音則相嬗而爲角徵羽宮宮羽徵角而音正矣而音盡矣出此再彈是爲淫聲豈可聽哉

國語伶州鳩曰律所以立均出度也古之神瞽考中聲而量之以制度律均鐘

努力造船限制鋼鐵出口日本苦之與之交涉則要求供給新船爲交換巴西向美求煤則以制鋼所必需之錳爲交換英國櫻榴子油出口非得制造火藥所需之洋蜜爲交換政府不能允許所謂愼守其所有交換其所無爲有節制之輸出入是也雖戰後之政治上經濟上此種嚴格之節制政策或非所宜然大勢所趨似皆欲籍此以保障自國之工業焉（二）此次歐戰人每稱爲科學戰爭誠以新兵器之發明破壞力之雄大有非戰前所能夢想者夫以科學而應用於殺戮原非仁心仁術者所忍聞惟和平建設亦多有賴於科學此各國之所以益爲獎勵也戰前科學之研究與應用以德爲量而化學工業尤甚顏料藥劑以及上等玻璃之製爲顯微鏡望遠鏡者世界戰前之需要幾乎惟德是賴開戰後德貨告絕染織業與醫學界咸起恐荒其軍用必需之望遠鏡尤爲名貴且顏料製造以煤膠內之副產品爲原料與爆藥製造發端相同所異

者僅最後之一步故顏料廠每易改爲火藥廠而德之軍用因以不竭焉科學與國家之重要蓋經此戰而益昭著矣列國知奬勵科學爲戰後最切要之圖雖承國力凋敝之餘均不惜支出鉅額之國帑以津貼學會或特設機關英國新設之科學工業研究部即其一例而顏料製造英政府且撥國帑入股以資提倡美法日意諸國之化學工業其進步亦極迅速益以倫敦學會所倡議之萬國學會業經成立（參觀序論）是則今後籍科學之力以促進工業之發展者當更無止境也（三）力合則强分則弱凡事如此工業亦然德之工業較爲後進乃不數年間發皇無比推原其故組織集中寔爲主因查集中之法有二一曰合併即集合同業或非同業而相需爲用者併成一公司二曰聯合即雖不合併亦相約而生一種共同之關係故德之工廠非各有獨立之設備即互有密切之關聯可知其發達有非偶然者矣英人崇尚自由產業經營素不喜

政府干涉惟戰中工少料缺放任濫費行將不支不得已乃採行工業統一政策調查全國現存原料熟練織工主要機械既歸政府妥爲分配限制不急之需藉充軍國之用現在日久成習且因戰後資短利重內外之同業競爭又益激烈知非協力無以致勝遂自自由而漸入節制工廠與工廠之合併工廠與銀行聯合時有所聞而綱鐵紡織電氣各業之聯合組織又曾由商部主持行之其他列國亦莫循此趨勢顧或疑工業愈集中則資本愈跋扈其結果將益起勞働界之紛糾不知勞資爭執在參與管理均享權利和協之道固在彼而不此得之雖集中亦無傷不得則不集中亦難盡免爭議也要之戰後經營非集多數之小資本小信用小勢力合成一大資本大信用大勢力不能擔負工業改建之重任此各國之所同寔有無可如何者

三商業政策大戰之損失各國皆將取償於商務此顯見之情勢也顧國際貿

易之能競爭占勝者要恃關稅爲唯一武器故戰後各國之商業政策如何換言之即今後之關稅政策如何已耳夫關稅政策向有自由保護兩派之不同大抵各從其適英爲商務最先進國其商船遍於四海其銀行設於五洲原料搜集製品銷售均無梗阻且屬地遍佈採用自由政策爲其所利輸出不加補助輸入不加限制一任自然以致繁盛美則國內銷途至廣毋俟外求輸出品大宗如棉麥等又爲歐洲所必需無庸提倡補助故採取極端保護政策藉關稅之保障重課輸入品以謀國內產業之振興日德新進之邦對內產業須謀提倡對外銷路須謀擴充放任自由固非所宜極端保護亦非所得故採取折中辦法訂立國定協定兩項稅率以資酌劑至於法國其關稅向有最高最底兩種若某國對法貨優待則其國貨物之輸法者施以最低率否則加以最高者蓋一種相對之保護政策也惟是政策雖異而國民企業投資必以得利爲

成西人所謂種可絕國可滅其積俗不可移者異族之人大抵皆然不足深怪西域氈裘湩酥之民强者鈔掠自古爲邊境患今一受羈勒而呰窳怐愗偷敗乃至此極孔子曰君子居之何陋之有蓋必有道爲以化其陋而非任其盱盱睢睢長此以終古也

纏回者漢西域城郭國諸種人也高鼻深目多髭髮與泰西島民狀貌相類但眸子黑耳天山之南種族蕃庶而分居疆北者亦所在皆是自昔聚族而處閭閻房舍皆與漢同而門多北向（屋頂平衍人於其上行走坐臥並可堆積薪糧瓜果諸物）富室高構重樓（如蒙古包形厚七八尺）砌土爲榻（高尺餘以木緣邊中實不用火）穴牆爲爐圓上而方下其高三尺突出屋頂謂之務恰克然之則一室隳晛而溫牆皆穿洞爲閣庋藏食物謂之務油克屋頂開天窗洞達陽氣謂之通溜克四壁獲飾以人物花卉競爲潔麗富家巨室屋旁多築園林溝以渠水爲銷夏燕游之所謂之博斯坦市居者門左右築

土爲臺旅陳估貨謂之巴札爾器用衣服飲食多同哈族衣曰袷袢圓袂而窄
袿男右衽擐帶女有領無袵褏首而下生子則當膺開襟便乳哺也內襯長襦
下及膝男子華冠鏤金刻繡冬以貂獺皮爲沿夏以絨綂女子冬夏皆用皮前
後插孔雀文翟毛尾爲飾其障紗謂之春木班絡髮謂之恰齊把什（富者結紅絲成穗上綴細珠寶石珊瑚諸物）之高韡柢者謂之玉代克平柢者謂之排巴克履謂之克西皆牛
馬革爲之入寺禮拜必解履門外此西俗之大同者男子毀齒行割禮（生四五歲割勢皮周）一舉家稱賀稍長則尋爲朶斯朶斯者男女交好之辭也配偶之制惟同出
不婚納采納徵豐約視家有無事定則延阿渾誦經間立判書爲信親迎之日
新婦帕頭騎馬導以鼓吹至夫家誦經成禮易恰齊把什爲婦人裝束（即變岐髮辮也）
其俗女子于歸無過十五齡者年逾二十容色摧殘同於老婦夫妻離異謂之
羊堆（夫棄其妻者家間什物任妻取攜妻去其夫者室中諸物均不得持取子歸其夫女歸其妻離異一年之內生有子女者夫皆承認之）離異

逾六月始許更嫁娶望其悔而復合也離異三次回律無再合之條儻欲合者夫妻必與他人姦宿者始允復合其法蓋爲人之輕於離異恥之也夷俗之淫陋大類此故婦人鮮從一夫以終者其喪葬之制人死延海蘭達爾集屋上誦經（猶今之香火道人）戚友來弔唁賻賵銀蓄即日以白布絞尸納穴中阿渾誦經家人皆純素冠帶子女之於父母妻之於夫若兄弟親戚持服四十日或百日不薙髮不華衣封土爲墳謂之麻札（或長或圓形式不一）上飾馬牛羊角尾富家有覆綠令適者間築廬墓側聘明經典者守之朝夕諷誦謂之唸素爾春秋佳節瀹羊肉麋墓祭謂之散尼牙子不建廟不樹主有子者財產歸子其女與前妻之子得分子之半無子有女者財產歸女子女俱無者不立嗣撫他人之子不得分財產兄弟及親戚均而分之其妻無所出者祇分女所分財產之半子先父母死父母財產例不得及於其孫其族有名無姓氏父曰達旦子母曰阿浪子祖父祖

母則曰穹達旦子穹阿浪子穹者大也猶華言大父大母也兄曰阿干子弟曰伏干子夫曰伊引子妻曰和通其伯叔舅姊皆以呼兄者呼之甥婿妹姪皆以呼弟者呼之餘則無尊卑長幼概呼以名而已其教專祀天尊穆罕默德爲臚昂伯爾譯天使也七日禮拜入寺誦經謂之朱瑪每日五次誦經謂之納瑪茲（日未出謂之傍不得未時謂之撒細西時謂之的格爾日落後謂之沙瑪戌時謂之火不得）歲法以三百六十日爲一年先期四十五日以葫蘆然膏懸之樹阿渾誦經衆人羅拜夜闌燈墜蹴葫蘆於地爭跐踢碎之以消災癘謂之巴把提又十五日齋戒晝禁飲食謂之若茲（布魯特謂之瑪加克）言齋期也彌月開齋度歲鮮衣華服喧闐鼓歌男女往來相稱賀如是者七日謂之若茲愛依提又十七日封羊祭教祖先世謂之古爾巴愛依提即一歲之終也其走謁穆罕默德墓者謂之阿吉道死爲上返者次之故多以此傾產墮業不稍顧惜其仰天祈禱跪而端手齊胸誦經謂之斗瓦平民相見無跪

也墁杇拭也故謂塗者爲墁人大戴禮擾阻以泥之擾即墁字也

淪渠

新疆士壤膏腴全恃渠水灌溉雪消凍解即開通渠道以備導水

宿麥始蘇

苜蓿灌淪

說文蔓藋淪讀若萌藋淪即爾雅之其萌虇蕍也

昆小蟲

夏小正昆小蟲傳云昆衆也由魂魂也者動也小蟲動也其先言動而後言蟲者何也萬物至是動而後著

蝗Ⅲ爲魚

南疆各城臨河匪岸往往高至數十丈其土層中皆嵌有枯魚無數岸崩則

見或露首尾或半身皆長數寸春融山雪消化匿岸被水衝刷魚隨水下枯者悉活斯須之頃皆有縱壑之樂土人云此種魚皆蝗蝻入土或其子所化者案詩衆維魚矣衆爲螽之省字玉篇螽蝗也說文螽或從虫衆聲申培詩說螽斯美周詩多男子詩螽爲魚故爲豐年言蝗不害稼也蝗子化魚關內外皆如此不足異也

農乃雪澤

夏小正及雪澤案說文農耕也澤讀爲釋古字通用農及雪澤謂耕及雪釋之時也今新疆耕種之期視雪釋之早晚亦有遲至清明後者

穀雨日在奎

七政歷日在奎七度三月中太陽高五十八度攝氏表上至二十度

昏外廚中旦箕中

函裘

新疆寒暖無常然至穀雨以後則煖時多而寒時少雖有時服裘亦偶然耳

說文函藏也與䈹同

楊坼孚

食苦菜

月令云孟夏苦菜秀呂覽云日至苦菜死亦單謂之苦亦謂之荼本草云一名荼草一名選名醫別錄云一名游冬生山陵道旁冬不死桐君藥錄云三月生扶疏六月花從葉出莖直花黃八月實黑實落根復生冬不枯則游冬之名其此取乎程易疇云苦菜有二種一種爲苦蕒一種北方人呼蘵蕒菜是也八九月生者葉皆從根出不生莖斷之有白汁其味苦春生者四月中抽莖作花月令孟夏苦菜秀是也花黃如菊其蕚作苞花英之本藏苞中一

英下一子子末生白毛如絲英落苞開子末之白毛乃見數以萬計形圓如球所謂荼也蘮蕒菜七月生者有幹有葉節節臺生數葉後又生歧莖花如苦蕒苞開白如球八九月猶盛開其子有形而不實今按蘮蕒與苦蕒俱宿根莖俱有白汁苞中俱有白毛但蘮蕒菜莖長大葉厚苦蕒長祇尺餘莖葉俱較微細耳王伯申謂蘮蕒不結子亦無白毛蓋未睹也李時珍云苣蕒菜春初生苗有赤莖白莖二種葉似花蘿蔔菜而色綠帶碧上葉苞莖稍葉似鸛觜花黃如野菊一花結子一花結子一叢花罷則收斂子上有白毛茸茸隨風飄揚落處則生今北人通呼爲苣蕒菜亦呼爲苣菜此說得其實矣

鴻雁來

鳴蝁

廣雅蝁蜻裂也蝁一作蛬一作蛩李巡爾雅注云蛬一名蟋蟀蟋蟀蜻裂也

月令季夏之月蟋蟀居壁春秋考異郵云立秋趨織鳴宋均注云趨織蟋蟀也蟋蟀之鳴皆在夏秋之交今新疆二三月即有蟋蟀鳴於床壁之間當是遺種屋內火地薰蒸化生早也

春麥大麥青稞麥首種于土

廣雅大麥麰也小麥麳也王念孫云李善注典引引韓詩薛君章句云麰大麥也麰與麳同趙歧注孟子云麰麥大麥引詩貽我來牟來牟對文牟爲大則來爲小矣古謂大爲牟御覽引淮南子注牟大也大麥故稱牟也玉篇云麳春麥也𪍿大麥也𪍿與穬通齊民要術引崔寔四民月令云凡種大小麥得白露節可種薄田秋分種中田後十日種美田唯穬早晚無常正月可種春麥盡二月止是穬麥春麥皆與大麥異物蕭炳四聲本草云穬麥大麥之類山東河北人正月種之名春穬形狀與大麥相似云春穬正月種則即崔

寔所謂正月種春麥者矣形與大麥相似故玉篇以爲麰也今北方人種春麥者多是小麥別有一種大麥二月種之三月即熟亦春穬之類也御覽引吳普本草云大麥一名穬麥蓋二麥相類故得通名四民月令大小麥外別言種穬藝文類聚引魏黃觀奏亦云小麥略盡惟穬麥大麥頗得半收則大麥穬麥自是二種蘇恭本草注則又以大麥爲青稞麥案齊民要術云青稞麥與大麥同時熟其爲二物甚明蘇說非也今案新疆人喜食新麥謂冬麥麵色紅不能作餅與北方相反青稞麥似大麥而粒一如小麥無大麥之外稃色青而黏可以釀酒春時覆種四月即熟與大麥同農民多和以胡麻碗豆麻子沙棗磨屑以作炒麵甘新兩地之人皆喜食之

植胡豆

御覽引神農說生大豆云張騫使外國得胡豆或曰戎菽舍人樊光李巡郭

璞爾雅注皆謂戎菽今以爲胡豆孟康注漢書徐邈注穀梁傳亦同但依徐邈則胡豆之來在齊桓之世依本草則在漢武之世蓋二種也廣雅胡豆䜬䝄也案䜬䝄即豇豆此豆紅色居多莢必雙生故有豆䜬䝄之名以爲胡豆誤矣稙者說文云早種也魯頌稙稺菽麥毛傳云先種曰稙後種曰稺

覆巨勝

本草胡麻一名巨勝廣雅狗蝨鉅勝藤宏胡麻也鉅勝即巨勝也狗蝨言其形色御覽引孝經援神契云巨勝延年宋均注云世以巨勝爲枸杞子枸杞當是狗蝨之訛齊民要術引四民月令云二月三月四月五月時雨降可種胡麻胡麻油最多新疆所食者皆胡麻油也

鴶鵴吹于林

爾雅鳲鳩鴶鵴郭璞注云今之布穀也江東呼爲穫穀說文作秸𥠖詩毛傳

作秸鞠方言作結誥皆一物淮南天文訓孟夏之月以執穀禾鳺鳩長名爲帝候歲高誘注云鳺鳩布穀也後漢書襄楷傳布穀鳴於孟夏是也身灰色翅末尾末並雜黑毛四月初卽至與內地同太元吹彼衆禽小宋本吹於交反多聲也

燕來降睇室

鄭注月令云元鳥歸云歸謂去蟄也王念孫云蟄燕多藏深山大空木中無毛羽或在坻岸中故藝文類聚引晉中興書云百姓饑饉掘蟄燕食之燕之所居不在異域也今案燕蟄之時羣入樹腹或穴洞之中彼此以觜插入糞窾聯環銜接副將董南斌修築舊橋曾於橋空中見之銜接甚緊如死物遊擊蔣松林亦曾得之於空樹腹中俗謂南歸者妄亡也夏小正二月來降燕乃睇室據宋本有室字傳云燕乙也降者下也言來者何莫能見其始出也故曰來

自蘭通集至武祥屯河行直隸境共二百一十里其上下流皆無變易惟銅瓦廂之決又爲去南返北之漸此三縣黃河之大略也其修治咸豐八年移大名同知於龍王廟兼理河務光緒六年移駐高村取黃河適中之處歲增防河費三萬餘兩南岸時尚無堤同治二年河衝東明縣城三年稍北徙淹開州遶村清河頭等村六年稍南徙自竹林毛昨遷開州司馬焦邱習城諸村光緒元年山東直隸大吏會議始築南大隄而東明始免水患然地勢北高而南下山東築北岸金隄二重距河太近故河溜愈趨於南九年河決高村大隄總督李鴻章遣官堵築直境之堤分上中下三汛自光緒七年九年十一年二十二年二十四年三十三年節次修築其漫溢遷徙之道或數里或十餘里無過數十里者大隄苟不出險決不至如前代瓠子商胡之巨變惟宣統三年河決開州亦如同治光緒之屢決屢溢非大工也而時值鼎革有司鮮過問者遷延二載開

州民屢次呼籲民政長劉若曾恐緩益不治擬冬令開工事具矣僉謂冰凍施工徒勞無益若曾忽受代去總之者視爲不急至夏間復議舉行勘者言較去歲工增數倍殆非六七百萬不爲功不得已乃于直隸山東普增地賦十之一僅得合龍斯則人謀之不臧黃河不任其咎也至近河舊渠多爲黃河衝斷其最大者凡二河東曰濮水其異名曰毛相洪河瓠子白溝漆河者是也河西曰灉水其異名曰趙王河洶背河者是也乾隆五十二年皆曾借帑挑挖濮之下游入濮州灉之下游入荷澤凡以瀉數縣之瀝水者賈魯河本在東明乾隆末與灉濮同時開浚今河道所經者是巳

南運河論

南運者即水經之清河在漢一曰白溝一曰宿胥瀆古清河下游自南皮境東北出由黃河故道以合浮水（今名石碑河）至武帝臺（在鹽山東北）南北分入海隋大業初

導爲永濟渠由南皮改趨直北至清州（今靜海）入海（此據元史河渠志）即今道也南運在清代以前首以通漕爲重交通次之而衛水流小往往不足以濟運明代有欲引沁入衛以濟運者（隋開永濟渠已將沁之支入衛明代沁全入黃河衛始不與沁通）潘季馴力言其非清乾隆初復有議引沁入運者白鍾山張鵬翮皆力阻之人知此說之不可嘗試遂以永止明嘗引漳濟運而皆不久康熙四十五年濟甯道張伯行以衛河水弱請引漳入衛是爲清代漳由館陶入衛之始嗣後張鍾山以全漳入衛防衛過漲東請歸復漳河故道孫家淦奏止之其略曰今欲復漳河支流之故道歷勘青縣交河等處雖有河形類多淺狹若容納全漳必須挑浚而濁性善淤不數年又將改徙徒費無益且運河路終不能不需漳也衛水力弱不勝漕運自漳入衛然後漕船通行若漳復故道則濟運不足即使建牐以分漳流而濁水洶湧不能由人操縱挑數十里之減河猶以爲費轉挑六百里之運道是欲省費

而費更多矣且漳水終不能不歸運也於邱縣雖能分之使離至淸縣不能不引之使合全漳突入運道下游竊恐天津靜海不僅村莊兼及城垣是欲除害而害更大也且漳河不歸故道於運河原無害也負舟而走水大則行速刷沙而行水大則不淤自設減河以來從無漫溢且今運河兩岸漸次將平各處險工皆化爲平設有漫溢又有遙隄以障之自可無虞今不觀其有無成效而設之別圖似非行所無事之義也由是漳河不改亦竟無患迄今賴之葢直隸五大河惟南運最號易治盛漲時偏災小患間或有之而有四五減河以爲宣洩其築堤放淤諸政又較它河爲善故諺云銅帮鐵底運糧河言其堅固無失也放淤築隄之策古無言者惟南運有之乾隆元年河臣顧琮奏請築月堤放淤奉旨允行始而人情惶駭乃試行數處有效始接續放淤極險之處均淤爲平地其法于頂衝掃灣之堤外遙築月堤祇須加築堅實於漲滿時入渾出淸不

文、罔無一語泛設也、

今王惟曰・先王既勤・句用明德・懷爲夾・懷、來也、夾、輔也、庶邦享作・作、阼也、享阼、受位也、兄弟方來・方、並也、來、勤也、亦既用明德・既、盡也、先王既勤用明德矣、其來爲輔佐之庶邦兄弟、亦盡用明德、后式典集・君用常安、典、常也、集、安也、庶邦丕享・而庶邦斯享也、

閻生案、再申敘先王、以起下文、

皇天既付中國民越厥疆土于先王・越、及也、肆王惟德用和懌先後迷民・肆、今也、用、以也、和、平也、懌、服也、先後迷民、紂及武庚之迷民也、用懌先王受命・此懌、本作斁、終也、康叔進戒之言止此、

閻生案、和懌先後迷民、字字皆按切時勢立言、所謂無一語泛設者、此所以釋上文、稽田作室梓材之喻也、

已・歎詞若茲監・言監能進戒如此、惟曰欲至于萬年・欲、猶期也、謂監之有國永長也、惟王子子孫孫永保民・惟、與也、

闓生案、收筆堅凝、與起處相應

召誥

闓生案、召公陳戒之意、固自深切、而其文詞、尤渾穆深厚、神理高邈、望之學然、爲後世所不可及、想見周家開國規模、篇中無遺壽耇句、爲一篇之主、

惟二月既望・越六日乙未・王朝步自周・則至于豐・二月、成王七年之二月也、豐、文王廟所在、成王至豐、以宅洛之事告廟也、惟太保先周公相宅・越若來三月・惟丙午朏・越三日戊申・太保朝至于洛・卜宅・厥既得卜・則經營・越若、發語詞、來三月、猶言明三月、三日曰朏、越三日庚戌・太保乃以庶殷攻位于洛汭・越五日甲寅・位成・殷、衆也、庶殷、庶衆、殷庶、衆庶也、攻位、治都邑之位、汭、隈曲也、若翼日乙卯・周公朝至于洛・則達觀于新邑營・若、猶及也、周公至則徧觀新邑之兆域、達、具也、營謂營域、越三日丁巳・用牲于郊・牛二・越翼日戊午・乃社于新邑・牛一羊一豕一・郊、祭天也、以后稷配、故用牛二、社、祭后土、皆告以營洛之事、越七日甲子・周公乃朝用書・命庶殷侯甸男邦伯・

書、役書也、厥既命殷庶。庶殷丕作。丕、斯也、

闓生案、以上記作洛緣始、

太保乃以庶邦冢君出。取幣乃復入。五字句 錫周公曰。錫、言也、 拜手稽首。旅王若公。旅、陳也、若、與也、誥告庶殷。越自乃御事。告於庶衆、以及御事、

闓生案、此乃召誥發端、雖意主戒王、亦以兼告有衆、故名曰召誥也、

嗚呼。皇天上帝。改厥元子茲大國殷之命。十字句、 惟王受命。無疆惟休。亦無疆惟恤。嗚呼。曷其奈何弗敬。曷其、即奈何、複語耳、

闓生案、起首神氣渾穆淵厚、三代之文所以典重高古、爲後世所不及者、在此、

天既遐終大邦殷之命。遐、大也、 茲殷多先哲王在天。茲、語詞、 越厥後王後民。越、及也、 茲服厥命。茲、勉也、勉持先王所受之命、 厥終。謂紂時、 智藏瘝在。智者藏匿、唯病者在、 夫知保抱攜持厥

婦子。夫、猶人人也、以哀籲天・徂厥亡出執・徂、詛也、執、與縶同、屋傾下也、詛其死亡、以出傾壓、嗚呼。天亦哀。于四方民。其眷命用懋。懋、貿同字、言天哀斯民、乃改易殷命、王其疾敬德・

閻生案、此節舉殷事、以證無疆維休亦無疆無恤之義、又案、此篇戒王、兼告有衆、故以後王後民幷言、後又曰、上下勤恤、讎民百君子越有民、保受王威命云云、通篇皆一意貫注也、

相古先民有夏・天迪從子保・迪、用也、天用就而慈保之、面稽天若・面、勉也、稽、合也、天若、天道、今時既墜厥命・今相有殷・相、視也、天迪格保・天用固保之、面稽天若・今時既墜厥命・又案、子保、格保、疑皆謂賢人、保者、保任之義、猶遲任周任神保靈保、子、牧也、格保、猶格人也、迪當訓導、此言夏殷用老成人也、今冲子嗣・則無遺壽耇・曰其稽我古人之德・矧曰其有能・稽謀自天・矧、猶亦也、自、於也、有讀又、言王不可遺棄老成、言其能稽古人之德、亦言其又能稽謀自天、古人之德、如上言夏商之事、稽謀自天、如上所言天命是也、

閻生案、此文屢誡王敬德、然敬德必有節目條件、古人斷無泛作籠統門面

語也、此云無逸壽耇、則敬德之節目條件矣、通篇著意在此、嗚。呼。有。王。雖。小。元。子。哉。其。丕。能。諴。於。小。民。●其丕能者、豈不能也、丕不同字、諴、和也、今休●及今休暇時、王不敢後●王當不敢怠緩●用顧畏于民碞●以顧畏子民之多言也、碞、多言也、

闓生案、提筆渾灑、與起處相應、　又案言此爲下營洛作冒、周公所以謀作洛者、以其居天下之中、四達輻湊、其善惡易與天下相見、足以爲後世法戒、故無取阻險爲守、即顧畏民碞之義也、

王來紹上帝●紹、卜問也、自服于土中●自、用也、服、得也、土中、謂洛邑、言卜問上帝而得洛、　旦曰●旦、述周公之言、　其自時配皇天●將於此媲皇天、毖祀于上下●告祭天地、其自時中乂●將於此中土而治、　王厥有成命治民●言如此、王乃有定命治民也、以上皆述周公之言、

闓生案、此兩節中述作洛始謀、

今休●即今休暇、王先服殷御事●王宜先感服殷之御事、　比介于我有周御事●比、使也、介、近也、節性惟

日其邁。節、適也、邁、勉也、節適其性而日勉之

闓生案、此再承明無遺壽耇之義、殷御事、周御事、皆壽耇也、節性日邁、則親近老成之益、

王敬作所。不可不敬德。所猶道也、王者以敬爲道、今不可不敬德也、

闓生案、結上文、

我不可不監於有夏。亦不可不監於有殷。我不敢知曰。有夏服天命。服、持守也、惟有歷年。惟、以也、歷、久也、我不敢知曰。不其延。惟不敬厥德。乃早墜厥命。我不敢知曰。有殷受天命。惟有歷年。我不敢知曰。不其延。惟不敬厥德。乃早墜厥命。今王嗣受厥命。我亦惟茲二國命。嗣若功。若、此也、功、事也、我周亦思此夏商之命、而繼此事也、

闓生案、此節忽憑空感喟、寄慨深遠、從上文夏殷既墮厥命之意引脈、而痛切陳之、蓋積善者昌、不善者亡、本古人恆語、今乃忽作翻議、謂報施感應、原

註決復入爲汜嫡能自悔也毛傳　以猶與也鄭箋

評疊一句作逗別調　託興甚奇亦以相反見義詩志

江有渚之子歸不我與不我與其後也處　渚與處韻傳註

註渚小洲也水岐或渚處止也　處謂同居止馬通伯

江有沱之子歸不我過不我過其嘯也歌　沱過歌韻傳註

註沱江之別者毛傳

不我過不使我過而相見也李恕谷

嘯蹙口而出聲歌者言其悔過以自解說也鄭箋

其嘯也歌嫡悔其褊心而和樂也范祖禹

評嘯歌二字拆用得妙嘯歎也歌樂而詠之也作媵自道解深妙詩序

江有汜三章章五句興也

總評調促急而意纏緜　小星怨不勝感江有汜怨不勝喜序謂詩人美媵

細玩詩意乃美嫡耳（詩志）

野有死麕（俱倫反　音君）　惡無禮也天下大亂　彊暴相陵遂成淫風被文王之化

雖當亂世猶惡無禮也（詩序）

野有死麕白茅包之有女懷春吉士誘之　包誘韻（傳註）

註郊外曰野野有死麕羣田之獲而分其肉（孔中曰羣聚於田獵之獲而分得其肉）　白茅取潔

淸也包裹也凶荒則殺禮猶有以將之懷思也春不暇待秋也誘導也（毛傳）

壻車前導謂迎親也當亂世雖殺禮速行亦必待吉士誘導之（馬通伯）

評懷春即春怨春思之意倒說更妙　貞女何嘗無情稱狂且（音苴）　爲吉士足

令愧殺（詩志）

林有樸樕野有死鹿白茅純束有女如玉　樕鹿束玉韻（傳註）

註樸樕小木也以樸樕爲禮若致薪爲之饋也野有死鹿廣物也廣可用之物非獨麕也純束猶包之也德如玉也毛傳

評此與中之興也與伐木篇同　三句興一句別調句句用韻亦別　只如玉二字便有十分護惜　有女如玉似歇後句不更着一語雋永無盡詩志

舒而脫脫音兌兮無感我帨兮無使尨也吠　帨吠韻傳註

註舒徐也脫脫舒遲貌感動也帨佩巾也尨狗也非禮相陵則狗吠毛傳

評代女子撰一決絕之辭卻婉細入妙詩志

野有死麕三章二章章四句一章三句

總評自來說此詩者美刺皆不得其解不知此乃旁觀代處之辭人孰無情當境者偶有顧戀冷眼人欲爲喚醒也首章虛按其事二三章欲其自重所以保女之貞全士之行也一段懸懸有多少深心厚道詩志

何彼襛矣美王姬也雖則王姬亦下嫁於諸侯車服不繫其夫下王后一等猶執婦道以成肅雝之禮也詩序

何彼襛矣唐棣之華古音敷曷不肅雝王姬之車　華車韻傳註

註襛猶戎戎也唐棣移也肅敬雝和

評首句飄然而來　車如何說肅雝語自入妙

此以唐棣之襛興王姬之不肅雝也不說王姬不肅雝卻說王姬之車曷不肅雝離合其詞諷意深遠詩志

何彼襛矣華如桃李平王之孫齊侯之子　李子韻傳註

註平正也武王女文王孫適齊侯之子毛傳

評華如桃李天然麗句華而不豔麗句詩中眼目苟知麗不在多可與言詩矣詩志

其釣維何維絲伊緡齊侯之子平王之孫　緡孫韻傳註

註伊維緡綸也毛傳

絲之合而爲綸與男女之合而爲婚也朱註

按伊彼也言以絲爲彼緡也綸綱也絲之合也禮坊記王言如絲其出如綸

評後二章不更提肅雝只將平王孫齊侯子顛倒咏嘆言如此貴冑而可以不肅雝乎諷意悠然高遠之極詩志

何彼襛矣三章章四句興也

總評此東遷以後詩也平王之孫顯然可証此與毛傳異解可並存之或以爲刺詩不應編於二南然輕微如是於此正可識二南矣諷詩之旨單微一綫不可多求尤忌錯會於此可識詩志

騶虞鵲巢之應也鵲巢之化行人倫既正朝廷既治天下純被文王之化則庶類蕃殖蒐田以時仁如騶虞則王道成也詩序

彼茁者葭壹發五豝于音吁嗟呼騶虞　葭豝韻末句尾聲自爲韻與麟趾同傳註

註茁出也葭蘆也豕牝曰豝虞人翼五豝以待公之發翼與驅義相近騶虞義獸也白虎黑文不食生物有至信之德則應之毛傳

按騶虞囿之司獸之官賈子新書贊騶虞即美諸侯也

評壹發五豝猶云五豝壹發也倒文叶韻耳　平空贊嘆騶虞意自深妙詩志

彼茁者蓬壹發五豵于嗟乎騶虞　蓬豵韻末句自爲韻傳注

註蓬草名也一歲曰豵毛傳

騶虞二章章三句朱云賦也

評陡出騶虞較麟趾篇少一折奇調遠想　一發五豝謂五豝而取其一也

譯稾

獸、及將隨人類由野朴以躋進於文明、而每進益上、之思解本能。乃倚伏於人身體、或實質、之狀況乎。皆非吾儕於此所當商摧者。蓋以此等問題。猶未入於時論之列也。吾儕之所考求者。惟在於所謂實質、(Physical) 與心理、(Psyhcical) 二者之聯屬亦即爲貫乎人身中可見之機能、與其似爲不可思議之間者是已。此則至於今日、已成一饒有興趣之題旨。且以達於既要且多之科學詮論。試觀赫胥黎、(Huxley) 白切訥、(Buechner) 諸人之鼎名。可以思過半矣。

本論之作。特就歷史、及客觀之點、以爲窺測。故凡茲以下問題。皆吾儕所存而不論者。諸如曰、實體與心性、成爲一元或二元乎。人之理解、係得諸外、或發自內、之功能乎。或果若赫胥黎教授所言。（人類心智之啟發、一如螟蛉化蝶之變相、依期以脫退其皮者然、是人類心性之表現、實爲天然勢力之效果、而其所以組成之物質、則與日及行星所含有者無以異也）之說乎。抑思想實則

發生於靈魂、而爲所謂（上天之神聖一星火、）者乎。等類是也。至如曰。或爲（吾儕一旦拋去臭皮囊、）其靈魂即將返諸太虛神靈之鄉、如神學家所主張、（身歸於地、魂歸於天、）者乎。抑爲思想將隨實質以消滅、二者互依、不可分割、是以人之死、直與植物無以異者乎。凡玆以上問題。則皆爲吾儕所論而不議者。

夫思想者、謂爲（靈魂）之產品。或僅爲一實質之功能。亦即爲在人較在其他動物爲獨完成之腦、之作用。皆可也。然在吾儕注重之點。以爲無論如何。思想之機官必在於腦。腦又必隨實質以去諸吾身。是故律師之（辯難、遁飾、案件、守業、以及計術、）等等。及村夫於墳墓中拾撿其骷髏之際。則皆歸於烏何有之鄉也久矣。

吾人之知也、思也、意也、願也、感也、及自覺其若是作也。必在其思想與身體聯

屬以存在之時。又在其腦力繼續其作用之時。以相與終始。於吾人由之以至於自覺之方法與狀況研而求之。更於其所以若是作之能力本質質言之、即吾認識(Cognition)與覺悟(Consciousness)之能力。以及人類理解之範圍與效用。吾人所以能設想、判斷、或想像、之複雜作用、等類推而窮之。則心理學之主旨也。

是以心理學者、所以講求心之作用者也。

蘇利氏於其所著(人類心靈)一書內、有言曰。(是學之要務、因覺悟爲物。既已啟發以自表現於人之身。在對於其現象而加以紀述。但此項科學之紀述。又必舉彼適當之排比分類、關於入諸吾心智生命之各種要素者。以及彼解釋、關於其起源與發展者。兼容並蓄之。此心理學之主旨。所以不特敘述心智之現像。且有以追溯其造端與其史跡者也。

然則吾人固有之能力。若注意、(Attention)及知覺、(Sensation)若識解、(Percehtion)記憶、(Memory)或保留之力、(Power of retention)若認識、(Recognition)選擇、(Volirion)若自由意志、(Freedom of will)或自主行動、(Voluntary movement)以及若想像、(Imagination)誘惑、(Illusion)若感覺、(Feeling)與情緒、(Emotion)快樂、(Pleasure)與痛苦、(pain)嗅聞、(Smell)與嘗味、(Taste)等等。俱是學之當討論及者。

心理學所以考求心之作用。而旁及於心之天性、本質、或其實體。心之恆性、與靈機。以及心之與身內其他器官相聯、相依、之關係。又其彼此間之相互行動、至於反動。諸端。蓋將欲就其現象所由生之故。而尋得其法則焉耳。

赫胥黎教授有言曰。〔心理學家措心智現像。置諸覺悟之初階。猶之劏剖者、分解肢體以爲肌膕。肌膕以爲細胞也。〕良以生理學家所研究者。在於所謂

演說

敬祝四存學會全體歡迎講演謝詞

張根仁

本月二十五日四存學會全體歡迎到會懇親講演旋因去津慰問張閣籌款辦報二事致稍稽遲不意會期提前一日致誤原期未得與在野講學諸君子綢繆一室日用歉然竊念仁性庸闇學術淺薄自幼探討孔學百無一知稍長專精宋之朱陸明之王薛分途並進領悟已雜後復專注元嘉以事功爲重又辟心西學沉球於明末四儒間又攙雜宗教任意率性情瞀所極動作乖離已去性理存養之途幾千萬里不自知不可也近讀顏李學述躁釋矜平歸於冲淡宗旨純正務實力行至中之理厥推儒教當此翆邪張皇逞欲肆志欲救國家之傾覆使一班覺悟侈談名教亦已難矣雖然儒教精義繫於六經六經大本基於周易周易秘髓顯著乾咸乾以範天是順萬有萬物之消長由圖騰文身之族革衣石斧趨於冠裳以簡而繁自然進化始以乾龍勿用懼公利公害

之莫與莫除各無所主繼以各主其主公是公非之又無主也終恐困於其所主羣龍無首之義是使物本還原各有組合故顏李兩賢一面闢莊老一面重農桑以推闡周孔三事六物六藝之四教盪滌一切虛榮威儀階級之制以民生爲主重在農工鑄成實習實用之天下直與孟氏人爲堯舜意若相符方與見龍在田之旨無相刺謬然後知民權澈底蓋恃于服疇力穡之人政治毒龍浮掞罪惡是顏李之微旨也

四存學會天津分會開會演說民國十一年

齊樹楷

敝人忝長四存中校値吾直四存分會開會之期得與光榮曷勝慶幸顏李兩先生之學自奉徐大總統明令從祀孔廟後愈見昌明惟過去現在將來皆有需於辨論辨論旣明然後兩先生實行實學實習之道人人所遵守不復以空言爲學問顏李實行之學出於時文考試最盛之時一經表見羣衆驚疑李先

生論學一書逐一辨釋冰解的破此過去之辨論也李先生沒後方靈皋作墓志云其學主於忍嗜慾苦筋力以勤家而養親而以其餘習六藝講經濟以備天下國家之用以是爲聖人之學而自別於程朱尹元孚（會一）北學編錄之李次靑（元度）先正事略錄之曾文正國朝學案小識序以爲力勤於見迹等於許行之並耕張文襄輶軒語目爲別派皆未見顏李書但即方氏之言加以推測而著之論說者也兩先生書籍因道傳祠不戒於火盡付焚如曾文正督直隸下車即求顏李遺書鈔書之價爲之大漲有鈔一册得數十金者而其幕府戴望子高遂著顏氏學記流傳湖南光緒丁酉戊戌之際梁任公主講湖南時務學堂張繼爲教習甚爲崇拜自兩君竄日又流傳於日本皆見其書而知其學之切於人事者也直隸王文泉先生刻畿輔叢書錄入二十種上下今人得見實賴此編此又過去辨論之餘波也徐大總統在位既明令兩先生從祀又設四存

學會以詔名流設四存學校以詔後進然因徐公在位即有譏顏李爲顯學者不知徐公去位以後入會者猶尚絡繹不絕即天津分會成立同人濟濟而來去徐公在位之日更遠可見四存一會專爲學術無關政治專務實學不爲虛名更何有顯學之可譏又有人以顏李會辨程朱疑爲此學一倡必開攻擊於是先發制人橫加譏議名之曰曲學不知所謂曲學果何所指如謂曲學阿世耶則此學初出力挽時趨時文考試者流甚爲反對何所爲阿如曰人各一門只有一端是爲曲耶則致曲有誠中庸言之且推之於天下至誠正顏李所行何所用其譏議況顏先生之學從程朱入李先生之友陸王學派尤多何嘗專事攻擊况今日朴學幾爲人所不道如有程朱如有陸王碩果僅存又何敢以互相攻擊貽人釁隙推測之言烏有當耶此現在之辨論也至於將來辨論尤有可言者李先生承顏先生之學力戒偏倚嘗有言曰爲學不可有偏偏於立

體必流淸淨空虛爲異端先儒已嘗其弊矣偏於致用必流伎刻雜霸爲小人今日宜戒其禍爲顏李居前淸之初若預知今日分科設學者而預行於二百餘年以前又若預知分科設學必有流弊如今日者而預言於二百餘年以前今日西學來矣而與之俱來者即有其弊今學主知顏李主行行之可以救偏但言知則偏弊從之而出孔子言不可使知亦嘗反對此說以爲愚民與老氏非以明民將以愚之之說同及今日考究旣深參以閱歷覺天下事實有不可知者非不能知不欲知即非不使知實斷斷乎不可知斷斷乎不可使知不可二字具有雷霆萬鈞之力者也古時君主不敢輕測自有求知者加以研究而君主去矣國家神聖不敢輕測自有求知者加以研究而國家存在必要與否之問題出矣父子天性無容置喙自生人問題研究至於父子之間而非孝無父之說出矣如任求知者放其力而不課其行則世界必至無人章太炎五無

論之所由生也如此尙安有人尙何言學而今之言學則仍鶩於知黑格兒之言曰學也者精密智識有系統之總體也此說雖已過去在今學界尙可以爲代表然分析言之曷嘗有一毫行意且專主於知其所發之弊尙有數端應以顏李實行之道藥之者一曰高大學在止於至善夫至善豈非至高而李先生大學傳注曰至善中也子思承孔子家學言中而繼以庸中而又庸豈爲至善乃吾見求知者之好高矣其於政治前日爲君主以爲不善而易之今日爲民主以爲不善而又欲易之問何爲政治之至善實無有也其於學術昔關宗教自科學出而宗教已爲之一綴自哲學出而科學又與爲紛爭問何爲學術之至善亦無有也夫人不過動物之一在人言人保其生存而去其流弊即中矣即至善矣求知者嫌其卑近必徇其屬饜無已之心以有涯逐無涯蒙莊猶目爲殆大易曰剝窮上反下正爲好高者戒也一曰雜顏李學術主精純惟恐流

于雜霸其防分門爲學之弊即惟恐其或流于小人乃今學之主知者打破後壁視人生爲浮寄於是功利之說快樂之說個人主義之說相繼而起在彼有無救正固不可知而吾國人一聞此言則風撓波靡不可禁禦致使人欲橫流貪冒無厭皆學者立言不謹貽之咎也一曰陋顏李主實行而每遇一事必酌之古準之今詢之人然後見之行事定爲準則求知者務爲銳利發一新說則羣起而和之前言物競則不知有禮讓之意不數年敗績去矣今言互助則不知有朋比之非不數年必敗績矣只顧一端而不計其各當雖簡易透快系統分明而一致百慮之道去之甚遠此又對于將來不能不與以辨論者也夫顏李之學主行不主言余乃斤斤於辨論豈不違反實行之旨然自學術分科成效固彰流弊亦顯不詳加剖白致人以譏議今學之故上及顏李之首倡分科則吾人所大懼也與今學辨微茫不與昔賢生詰難寧使今之學者誚我爲不

學之無術不令古之學者以我爲無用而召爭至于實行之學非口舌所能傳閱習齋恕谷兩先生年譜必有心動神悚不覺而汗流浹背不覺而急起直追者實行之感人貫之終身較之口舌激人動于一時者萬萬也顏李叢書承徐大總統撥發鉅金排印業經出版同人人手一編必有篤實行於不覺者倘人不敢博講學之名受兩先生講之不學之責斥矣

四存學會第二週年成立紀念日祝詞 四存中學校第一班學生王丕拯

昔戰國之世楊墨橫議孟子闢之天下始知尊周公孔子之道秦漢而後黃老釋氏之說又盈天下韓子退之辭而辨之道以得傳逮乎有明其間數百年未有再起之賢孔孟之道不絕於世者如縷及顏李兩先生出始昌明眞學以號召天下孔道雖明後又無再興之賢以迄於今又泯泯矣父子不相親兄弟不相愛遑論友朋遑論於國於社會廉恥乖喪不以爲辱天下滔滔皆如斯矣我

徐前總統閔焉憂之提倡顏李之學闡明周孔之道旣立我四存學會集名流碩士講學其間又以一會爲未足而立我四存中學今適逢學會第二週年成立紀念日吾輩學子其將何詞以祝耶惟以孔子生而後有七十二子以傳其道楊墨佛老之說行而亂臣賊子徧天下孟子曰君子之德風小人之德草又曰上有好者下必有甚焉者矣是一人倡之百人和之千人成俗萬人成風極之天下人化之殆速於置郵而傳命也我學會諸公旣上體徐前總統之心推廣顏李之道二年以來成效大著再進而不已將以溥被於天下也可預覩矣吾輩學子雖年少寡知識然深願竭力以追隨諸公以昌明吾學使天下後世皆知風俗之轉移在乎我學會諸公也豈不偉哉

畿輔叢書發行預約廣告

定州王文泉先生以弘識偉力搜集周秦以降三千餘年畿輔先哲遺著百七十餘種校而刊之爲海內最鉅之叢刻凡四庫館所未收目錄家未著錄者往往而在張文襄之廣雅叢書且讓其鴻博鮑氏知不足齋伍氏粤雅堂更方之蔑如斯固北學之大觀亦海內學術之淵藪也文泉先生既彙其稿復延聘通儒王晉卿胡月舫諸公司其事是以校讎鐫刻皆極精良但昔時出板有戈廡古韵者此非苗氏書今爲刪去顏元李塨爲吾國宋學中之路德厥起清初徐東海首倡其學爲作序言因刊入書中當此國學斷續之秋東西文化接觸之始凡好學之士收藏之家允宜爭先購閱拓吾國之文化救國學之陸沉通儒鉅子幸垂意焉

叢書共四百冊上等連史紙印行價二百元郵費外加預約百五十元兩期交付先交百元十月底預約截止書亦出板至遲展期兩月

本會代售預約

會將中軍且至大傅厥將新軍兼僕大夫晉悼公令戎御屬校正司右屬司士皆古側也爵欲正名官必特置威公無攝孟子所取祿欲其省職可兼理管氏不攝夫子所譏治在所治雖大不特置三公九卿之位是矣事在所專雖小不攝管氏射鳥氏之類矣官事不攝孔子非之主掌者言之也官事無攝孟子取之主置者言之也

周禮建國設官吏省而祿易給卿士六十有三吏員止百五十此段謂太宰之職一節

吏員既省吏祿易給人知自愛克勤厥職

追捕有功得比尤異皆差自重免爲君子張敞爲膠東相吏追捕有功者得一切比三輔尤異自是以後百石吏皆差賢人君子往往多出其間得先王遺意

後世鄉差變爲顧役游手之民乃任以事又奪其庸而糾其力是教爲奸且授以具每一職一司官長不過數人而行吏不勝其衆則夫官之不勝吏奸也亦明矣周官之所以省吏員者直欲夫祿之易給也吏之所以必給其祿者直欲夫人之知自愛也

官長不過數人胥吏不勝其衆官之不勝吏奸欲治天下何從

漢之計相與司會同財不在手鈎考甚公位太府上位尊權重以會稽之官稽掌財用財之吏苟權不足以相檢括而爲太府者反得以勢臨之則將聽命不暇何敢以究鹵莽而察奸欺是以聖人必使有相臨之勢〔位中大夫〕以去其相黨之私計天下之財而財不在其手其鈎考爲甚公也自光武歸禁錢於司農歸水利於少府歸鹽鐵於郡國意善而治不精章和以後改司農平準爲中準列於內署而取少府之所掌尚樂太官御者鈎盾尚方攷工諸曹列而爲監又盡用奄人爲之不惟無稽考官〔謂計相〕而士大夫亦無復有與財計者矣

會計財利盡用奄人卿大夫士無復與聞李唐有三司使曰鹽鐵曰租庸曰度支度支以相計會要是三司使之屬耳官長治財而其屬考之於勢爲不順宋朝之司使其屬官有磨勘司均之爲失周官意也

計相既廢鈎攷無官公卿大夫錢穀不關主侈臣欺民受其患　官無司會恣

人以財誣上行私不勝其害

脫卒隱田流民幾萬陂澤冒懇貴戚專擅版籍不明田租口算中尉脫卒動數萬人〔王溫舒〕樂

安隱田幾四百頃少府陂澤多爲貴戚冒縣（石顯）版籍甚不明而口算田租所入甚無定數也

公車之米索於長安掖庭郎官各出私錢廩祿所給不明劑劵公車索米於長安東方朔掖庭出私錢養宗室（丙吉）郎官出私錢以巾財用（楊惲）劑劵甚不明而廩祿所給甚無定所也

矯賦郡國放散官錢不上計籍動越數年假貸不還課最不嚴州縣所共鹵莽無定會稽計籍三年不上嚴助內史假貸貨殖多不入（兒寬東郡官錢放散至千餘萬（韓延壽）乘傳而行郡國矯賦至六百萬（賈誼課最甚不嚴而州縣所供甚鹵莽而無定期也

乘輿賜竭取給大農大農錢盡少府水衡　朝廷經費宮府私用緩急所移亦甚無定大農錢盡續以少府（賈誼）平陵工作取諸水衡（宣紀）私用經費甚不常而緩急所移用甚紊亂而無定制也　大農給經費少府給私用

雜賦羨餘漫無統理或儲京軍或委邊吏卒吏廩犧錢多所寄則其放散未容究詰贖罪之錢儲於北軍（江充）卒吏之錢寄於州郡（東海）廩犧之錢寄於馮翌（韓延壽）軍市之錢委於邊吏

虛數羅穀增價儥車出多侵籍入多逋負乾沒滲漏更難悉數糴邊穀百萬而虛數至六十萬

斛（趙充國）傲民牛車而增價至三十萬（田延年）甚者或私傲賓客而入多逋負則其轉傷傲糴尙有未易悉數者蓋自漢家無計相之官公卿大臣無有能知錢穀之數是以人主肆其侈於上人臣肆其欺於下而民獨被其害於中以至於若此極也歟

官吏器械之存否諸府受賦之欠餘散野畜產蕃耗殊井田夫家多寡異蒲葦魚鹽有盛衰山林材木有童殖有餘輸官可取盈焉不足輸官或減或免

以司書覈之所謂知民之財者則諸府所受之貢賦必欲知其欠餘也所謂器械之數則執事官吏所用之器械必欲知其存亡也至於田野夫家六畜之數則井田夫家有多而有寡散野畜產有蕃而有耗無不攷之知山林川澤之數則山林之材木有童而有殖川澤之蒲葦魚鹽有盛而有衰無不攷之若其有餘則輸官之數必不容其虧若其不足則輸官之數必不取其盈蓋上下相通有無相濟合天下爲一體而爲之不若漢之判然不相關也

女奴曉祝曉書曉縫必屬天官領於冢卿員數增損職事廢置祿秩多寡恩好賜予皆稟大臣而后不與

女府女史至於女奚民女供職異於女御女御御王女宮服役

舊說以女及奚爲女奴非也夫婦人犯罪淫僻者多豈可雜於女宮近於嬪婦哉秋官司厲明言女子入於舂槁禁暴氏云奚隷聚而出入者則司牧之是奚與奴名自不同入於舂槁則其

方望溪先生遺著

答雷貫一書

得來札所疑于喪服或問前後相抵者甚善自王生隆川沒不復有問難往復以開余者矣戴記乃雜采周秦間羣儒之說各有師承本不可滙於一欲削其相抵者恐後之人復援彼以破此而無益之辨滋多故兩存之以待學者之懸衡焉大記曰期終喪不御於內者父在為母為妻而戴德喪服變除則曰庶子之為其母居處飲食猶三年也無一日之服者尚以三年為期況適子之為母乎禮以變異恩義之等差毫末不可以無辨也而為母一同於為妻可乎故喪服變除之義可屈大記而並存之俾議禮者有考而取其衷焉爾娣姪之攝內事與入御於夫其道本不相干如曰妻喪父母既練而歸妾從女君而服亦宜踰歲不御于夫正所謂援彼以破此而為無益之辨者也伯叔父兄弟子姪之

期皆三月不御於內而兄娣姪之從服者乎致其嚴亦三月而止耳大夫之適子不降其妻其義有二一曰舅姑爲之大功即葬有宜攝所廢僅一時之祭耳一曰妻一而已不若伯叔父兄弟子姓之服之衆繁而恩不可以徧伸攝不可以數廢也而此章未之及者已於父在爲母妻見其義矣惟切究而詳以告我

與呂宗華書

使至適值童奴逋逃又迫公事不暇營度爲文故前書期以此月中旬及與陸編修相見始知葬有日恐不逮事乃於叢遽中勉就之僕平生爲文限以期日即不能就又心所不愜雖親知故舊强而爲之以塞其子孫之意而文必不可存惟此誌就之甚易而言皆稱心以是知君子修詞必立其誠即沒世之名有理與數存焉非偶然也然尙有欲自列者古文新法之晦七百年於茲矣此文出吾兄族姻間必有疑其事實太略者不知敘事之文左史稱最以能運精神

於事跡之中若按部平列則後代史家之陋也其源實開於班史然就其善者尙能審擇如霍光事漢武帝宿衞三十餘年其輔昭宣獨操國事十有三年假而平列事實如錢謙益之傳孫高陽雖獨爲書數卷不能備也班史於前事蔽以出入禁闥小心謹愼於後事蔽以百姓充實四夷賓服故所載不繁而光之性質心術治法功過纖微畢著此誌稱光祿公名位非盛而爲中朝士大夫所計數則當官之瑣瑣者不待言矣旁治古文而心知其意則詩爲專家不待言矣與司農篤愛如此則孝友睦婣之疏節不待言矣中間讀書靑要山坐下跡深寸許事雖微細而實前後之樞紐蓋此正學與行之根源所以爲薦紳典型而子姓亦則而象之也昔歐公尹師魯誌爲時所疑至爲文以自列錢公輔乃宋聞人介甫誌其母而妄欲有所增損雖吾兄通曉文律不至如公輔而時人之信僕能過於歐公乎是以敢先布之墓誌之體於子載於孫否女子及孫以

凡壻孫與女壻非有見焉不名韓歐成法不可易也吾兄家聲及僕之文繫四方觀聽慎勿牽於俗即爲有識者所姍笑節哀順變務繼述之大前書具之不贅

談叢

挽章叔振聯云歷亞歐非美而還歎亮節淸風尙流傳於瀛海外乃侘傺抑鬱以死宜貪官汚吏之不絕於天地間又云環游東西兩半球之重洋宜飛黃騰達而上保全國家六十萬之巨款竟憂讒畏譏而亡又云當時値魑魅魍魎橫行困猶弗克僅乃得濟既歸遭媢嫉讒慝並進君尙如此我復何言

昔人謂士當以天下爲己任又曰思不出其位二者似相背而其實非也士之思不出位者皆盡其職者也能盡其職即能任天下矣今有人于此入則孝出則弟則孝弟之道身任之矣與人忠行己信則忠信之道身任之矣孝弟忠信天下之大道也任天下之大道非任天下而何伊尹之未遇湯也亦第一介不取而樂堯舜之道而已耳孔子之爲委吏爲乘田也亦第曰會計當牛羊茁壯長而已耳未聞曰取當時朝野之事而事事爲之代謀亦未聞曰以救民濟世之言而呼號於天下也禹稷在當日可謂得位矣然亦思天下有飢溺者由己

飢溺之非言天下有飢溺者由己飢溺之也爲忠臣者不輕言殉主爲烈女者不輕言殉夫能文者不輕言文善戰者不輕言戰輕言者未有能實其言也魏之何晏鄧颺晉之王衍殷浩唐之房琯皆日以有志天下爲言以釣取名譽其後卒無一成況其下者吾嘗謂士不可無憂天下之心不可有憂天下之言眞有憂天下之心者必不作憂天下之言其作憂天下之言者必不能有憂天下之心

自強二字近時無人不言然實無人能知自強者自強也乃自己分內之事非責他人之事也若視爲責人之事則自己先不自強矣今之言自強者往往删去自字豈非大錯

若以自強讀作上聲爲強勉之強尤爲切實蓋古今之自強者無不自強勉中來也

禮三年之喪二十五月而畢而漢文帝短喪以日易月則二十日而除昔嘗舉以問人訖無知者今檢五禮通考亦無明文繼而思之禮所謂二十五月者謂大祥也十三月而練則二十五月而祥矣又逾一月而禫則禫祭在大祥後之第二月即二十七月也今人乃謂二十四月大祥大祥之後即謂之禫誤矣許公碑嚴毅宏整法律謹嚴多兩兩對舉之處首叙家世及其舅司徒則與其子若弟相對叙少時志節武勇則與後總叙相對且以諸老將皆自爲不及伏後即柄授之之根也叙朝天子天子以爲不可以暑行則與蒐後一段相對叙貢方物及汴庫廐露積不垣則與李師古之鹽吳少誠之牛皮鞵材相對誅蔡則用正寫而其詞略誅鄆則於滑魏夾寫而其詞詳而誅劉鍔一事尤爲通篇關鍵蓋鍔不誅則汴不定汴不定則蔡鄆不得而平也誅前之鍔總以比六七歲汴軍連亂不定誅鍔而總計朝京師之年總以無敢讙呶叫號於城郭者其

苗耨而髮櫛之者則見之公之口中所謂包掃一切也許公之功以定汴爲最故以弟充平宣武之亂以司空居汴爲餘波焉至于汴之形勢則叙于司徒元佐之時以爲誅鍔一段蓄勢若叙于天子以爲然即柄授之之下則索然無餘味矣

武强師問宗瑛以左顧失視右顧而跽作何解竊謂此承河流兩壖盜連爲羣而言則指蔡鄆而言可知史記項王按劍而跽戰國策挺劍而起說苑作跽是跽有警愕欲起之意此文右顧而跽或亦作此解乎又案古人用跪字多含和平之意用跽字多含猛急之意儀禮叙拜起之禮無用跽字者似可證跽與跪之別宗瑛謂此文之跽字終當讀爲按劍而跽之跽字也然此乃宗瑛臆說固未敢自信耳

曹成王碑王之在兵一段與韓許公碑汴之南則蔡一段同皆于叙事之後用

亦所謂選事者耶一鐘許仍尋舊路回斗母宮茶後整裝下山由太安北門入趨謁岱廟廟極閎敞門凡八南闢者五東西各一北闢者一南闢者中爲正陽門左右爲掖門北爲配天門同人等均由東門入至教育品陳列所購得泰山志一書內爲三靈殿豐碑巋立文爲宇文粹中所撰建於宋宣和間又東爲炳靈殿殿前古柏六株輪囷磥砢數千年古物也相傳爲漢武帝所植配天門西爲延禧殿殿前古槐一株明甘一驥題曰唐槐中空而半枯其一半枝業茂密陰濃帀地可坐數十人延禧殿北有藏經堂內貯歷代經文典誥西北爲環球亭明萬歷間桑東陽因岱史亭舊址改建將韓范歐陽諸公題名拂拭而維新之清高宗復泐御製詩故至今碑石林立琳瑯滿目恨未能一一讀過也配天門內多奇石惜題字湮滅不可識認有石幢一高二丈許俗亦呼爲無字碑云又北爲露臺臺上屹然中立者曰介石一名扶桑石有古柏一株枝皆北向曰

孤忠柏臺下有古檜數十株其西一株附枝倒垂如綴臺東西有井二西井味尤甘美中爲峻極殿殿九間重簷八角覆以黃瓦如玉者居壁上圖畫丹青非常工麗內祀東嶽泰山之神乾隆十三年額曰大德曰生三十六年賜玉圭一高三尺五寸寬八寸色白微青上鐫乾隆年製四字名溫凉玉撫之果然細察圭上半純係石質縝密以栗故其性凉下半間雜黃色內含木質疑係土石內古木精華之氣凝結而成故其質溫亦物理之自然者也至廟內前進多小營業商賈列肆而居頗涉煩囂仲英哲甫於此購得盆花數種遂出由城內大街經過折而南自南門出又西南行里許爲齊天聖母廟正殿額曰萬壽景命寶殿前有臺上修銅殿欂櫨棍闌均以銅鑄成之中間大殿惜焚於火殊荒凉也迤西里許爲高里山漢書武帝紀太初元年十二月禪高里即此後人因蒿里之名見於挽歌遂誤高里爲蒿里不知古者封禪皆刻石以頌功德若蒿里與

鬼爲隣墓門叢棘骨朽已久禪祭於此得勿詫爲不祥乎似不得混兩地爲一談也山左爲東岳廟內有森羅殿兩廡共計七十二司雕塑鬼物皆因果報應之事亦神道設敎之意也瀏覽既遍日已下舂遂歸金源棧燈下披泰山志讀之恨兩日所遊歷者未能及泰山一二於此殊爽然自失也

二十八日早八點仍乘津浦車回京回望岱麓羣山薈蔚朝隮依依如有送我之情不恨此來之遲但悔此去之速耳昔弇州山人嘗謂三登泰山而始畢其勝而其間峯也崖也石也泉也諸用怪偉稱者猶以爲未探一二而吳郡馮時可且謂江東王大令三至而不得石經峪次公嗣至而恨失黃華洞而以其遊能窮二三王所未至以稱快茲事殆關眼福亦若有數存焉今余三人所遊者僅士女禮山祈福經由之塗於山之深邃奧妙處全未親歷譬之入人家宅祇窺見廳堂已耳而其中複屋窔室未經涉目似此寶山空回恐未免邱壑笑人也

顧安得數月寬閒久住山中裹糧携笻隨仙人羽客輩往來於白雲縹緲間以償吾夙願乎山靈有知鑒此精誠草草勞人姑存此說以待後遊耳下午五點到津哲甫下車仍赴河工局余偕仲英換乘京奉車先是出京時擬過豐台看芍藥乃歸至是因小雨不果僅購得紅白花枝數握歸作瓶中供養而已比八鐘車已至正陽門矣王子謂余茲遊樂甚宜有記爰即此行所見聞者拉雜書之以備遺忘云庚申夏日汝南張縉璜記

植棉淺說

關鵬萬

本淺說爲便宜適用起見將植棉上應注意事項一一記載刪繁就簡務使易於實踐無論何人俱能了辨實行既不感困難成效亦易於顯著計共十四節其他病蟲害防除法另編摘要

一整地　凡上年所種農產收穫之後用犁將土翻起愈深愈妙暫時不必耙勻使泥土透受風霜雨雪將來植棉病蟲害得以減輕及至播種之際再行作畦

二選種及變選　棉種於播種前應先攤喿上仔細剔選其遭蟲蚀者或種皮軟白而未熟者或慘白無生氣者或腰間凹進者或扁圓者概行剔除一度剔選後將種子入水以手揉之棄其浮者用其沈者然後撈出以木炭攪拌摩擦俾種粒易於分離便於播種

三播種期　普通在穀雨立夏之間惟美棉須提早在淸明與穀雨之間切不可過立夏

四播種量　點播中棉每畝四斤左右美棉每畝三斤左右條播宜略增

五播種法　點播條播均可惟美棉以用點播法爲宜每穴大小種四五粒深度一寸左右爲最適當過淺過深均非所宜下種後上覆細土用蹵略壓之如土質緻密宜用焦泥灰覆種蓋恐播後大雨土粒固結幼芽不宜出土也

六播種距離　行間及株間中棉一尺左右美棉二尺左右

七施肥　棉之施肥可分三次大蓋苗長至三四寸時爲第一次施肥每畝可施糞料五六擔能用骨粉更好（骨粉即用牛羊豬等之骨加水蒸煮數小時去其油膩然後敲研成粉如用骨灰每畝施十五斤即可施時愈早愈好遲則不及收效）如不用骨肥可以腐熟之米糠代之畝施二石許（米糠之施用

法先堆藏空屋中灑水少許使發熱停若干日翻餅再灑水少許使腐熟夏至新雨後撒入田中隨行中耕翻入土中）苗長至尺許時爲第二次施肥畝施豆餅或菜餅五十斤至七八十斤（視地之肥瘠而增減施時先將豆餅或菜餅動成粉末棉之行間作穴或溝灑入其中隨覆以土）及草木灰一百五十斤摘心時爲第三次施肥畝施薄糞料四五擔以上所述爲一畝之概量植棉者又當鑒土壤之肥瘠審棉株之發育善爲酌斟之

八刪苗　刪苗至少須行二次苗長三四寸時行初次刪苗每叢留苗二株迨長五六寸時行第二次刪苗每叢僅留强旺者一株斷不可兩株並留否則互相擁擠收成必減

九中耕　棉苗發芽整齊後一星期當行第一次中耕法以鋤鋒輕研棉旁之土毋傷幼苗行間之土則宜鋤之較深至初次刪苗後隨行第二次中耕初次

中耕以鋤鋒甚近幼苗時有撥開附近土壤之弊故此次中耕宜向幼苗之根際堆壅以補前次之失至初次摘心後行第三次中耕續行壅土令抗風雨兼耐旱害爾後中耕無一定標準每逢大雨後須行中耕一次至行間不能容鋤而止

十　摘心　苗長一尺五寸至二尺時將其頂芽摘去是爲初次摘心其適好時期大抵中棉在大暑以後立秋以前美棉則在立秋以後處暑以前頂芽摘除後傍枝乘勢發出長約五六寸時再將其頂芽摘去是爲第二次摘心凡摘心宜於晴天日中行之使受傷處津液流出立可凝結凡摘心時切忌陰雨

十一　除蘖　美棉生長旺盛下雨之後即在枝幹各處或腋間發生許多旁芽（中棉施肥過量時亦有此種情形）此種旁芽徒耗養分擾亂樹勢宜隨時摘除又如見主幹下端離地近處生出長而且粗之長枝此枝不能結蕸且妨碍

中華民國十二年三月一號發行

第十九期

編輯者 四存學會編輯處

印刷所 京師第一監獄

總發行所 四存學會 北京西城府右街 電話西局二四〇八號

分售處 開封四存學會分會 太原四存學會分會 天津四存學會分會

代售處 東安市場華鑫書店 第一樓聚文齋 琉璃廠藝文書局 琉璃廠中華書局 青雲閣富晉文書社

中華郵務局特准掛號認爲新聞紙類

報資務請先惠凡價月一元以上均不收郵票

本月刊價目

期限	本數	價目
一月	一本	二角
半年	六本	一元一角
全年	十二本	二元

郵費

區域	本數	郵費
本京	一本	一分
	六本	六分
	十二本	一角二分
各省	一本	二分
	六本	一角二分
	十二本	二角四分
外國	一本	八分
	六本	四角八分
	十二本	九角六分

廣告價目

篇幅	期限	價目
全幅	全年	四十八元
	半年	二十四元
半幅	全年	二十四元
	半年	十二元
四分之一	全年	十二元
	半年	六元

廣告概用白紙黑字登載在一年以上者價可從廉

四存月刊編輯處露布

一本月刊月出一冊約五十頁至六十頁不等

一本月刊多鴻篇巨製不能一次備登故各門頁目各自分配每期逐門自相聯續以便購者分別裝訂成書

一本月刊所登未完之稿篇末未必成句亦不加未完二字下期續登者篇首不復標題亦不加續前二字祇於目錄中注明以便將來裝訂成書時前後聯續無間

一本月刊此期所登之外積稿甚夥下期或仍續本期未完之稿或另換本期未登之稿由編輯主任酌定總求先後一律登完不使編者閱者生憾

一本月刊第一期送閱第二期須先函訂購屆時方與照寄嗣後訂購者如願補購以前各期亦須來函聲明始行補寄

本月刊投稿簡章

一投寄之稿或自撰或翻譯或介紹外國學說而附加意見其文體均以雅潔明爽爲主不取艱深亦不取白話

一投寄之稿如有關於顏李學說現尚未經刊布者尤極歡迎

一投寄之稿望繕寫清楚以免錯誤能依本月刊行格繕寫者尤佳其欲有加圈點者均聽自便否則亦望將句讀圈清以便閱者

一投寄譯稿並請附寄原本如原本未便附寄請將原文題目原著者姓名幷出版日期及地址均詳細載明

一投稿者請於稿尾註明本人姓氏及現時住址以便通信

一投寄之稿登載與否本會不能預爲聲明奉覆原稿亦概不檢還惟長篇譯著如未登載得因投稿者豫先聲明寄還原稿

一投寄之稿登載後贈送本期月刊續登至半年者得酌贈全年月刊

一投寄之稿本月刊得酌量增刪之但投稿人不願他人增刪者可於投稿時預先聲明

一投寄之稿經登載後著作權仍爲本人所有

一收投寄稿件請逕寄北京府右街四存學會編輯處

四存月刊二十期目次

顏李學

諸同人十日一會其廬如季野講會故事講學敬南嘗言程子謂進學在致知吾謂致知在進學恕谷曰善宋人學術之歧以此及甲申恕谷再入京則聞敬南已卒既爲位弔哭乃爲作傳略曰君童歲詩文即噪人口顧唾棄弗屑學學射應弦中學相馬駑駿百不失一尤精算術測高量遠求深推計古今伸手布算咄嗟立辦世傳九章書與西洋算法人或輾轉莫解君一覽立剖輒指畫令人可曉琛嘗就問歷數因與共考封建而知星官分野之說不可信也君以戊辰聯捷成進士補中書陞梧州知府同知調南甯南甯逼江左與諸土司壤相錯自吳逆後伏莽多有守土置莫誰何君至陰詗其一縛致之訊其黨皆獲置魁於法餘釋署爲鄉役率土兵伺盜自是未發而捕輒至李亞四者南甯巨盜也聚數百人伏城鎭北橋期舉火官出救踏之大掠君知之偵衆盜晝出而亞四在急擒之群盜駭散會湖廣茶陵州有䝁嶺西南群醜伏莽南甯營署間謀

旦暮起應當事者震讋謀之君君曰吾行辦之密廉得其主名夜呼前釋盜諭以效力皆屑涕誓死報迺令各招其徒人即土兵也質明兵戈蟻聚屯城中當事益大駴詰君君曰無他行釋去矣諸奸見兵集懼伏莫敢動按名捕置之法而犒土兵以牛酒去南甯故以竹結屋覆之茅比簷相亞每災輒延燒數十百家盜因乘之劫略君命民門庀甕一貯水驗無水者罰立保甲令遇災人挺水一石運至給籤翌日按籤有無施刑賞又使役巡猕所非運水及捕火人即執懲之由是比年無災而盜亦熄適丁外艱浮家都門因與塨交徧究禮樂經濟之學修身齊家期立見諸行君生有巧思凡攻金攻木錐鑿鈐錘之類行則攜之時考次纏度定刻漏早晚地勢向背皆出意解手成小儀器精巧靈通世業家自謂弗及也每言制器今不逮古遠甚如考工記弓人一則妙盡物曲學士不之求工人又沒世不知他率類是嘗欲以所試農田水利軍旅甲冑火攻諸

器爲一書又欲推春秋以來日月薄蝕五星行度諸儒同異得失爲一書皆未就其成者僅有諸分指掌測量方程二帙製器有簡平儀大銅黃道儀小時日晷銅矩度器銅渾儀皮水砲卒年三十八大父廣東左布政使如京以春秋名家世稱曰秋水先生父雲驌仕翰林院講官至禮科給事中欽南之問四聲恕谷答之曰古無四聲之說即字之比於歌者亦不必同聲故鶡冠子曰五均不同聲謂宮商角徵羽之五均其中聲各不同也如賡歌元首明哉股肱良哉明良聲不同同爲宮範訓無徧無頗遵王之義謠詞于思于思棄甲復來頗義思來聲不同同爲徵里語竊餉者誅竊國者侯篋詞不利與師敗於宗邱誅侯師邱聲不同同爲角古均如此後魏李登始取聲之同者而分類之名曰聲類如東鐘爲一類支齊爲一類然猶無四聲也及齊周顒著四聲切均而梁沈約效之有四聲類譜之作然後一均之中又分四聲當時其說初行即梁武猶疑之

曰何爲四聲周捨曰天子聖哲是也至隋時陸詞作四聲切均類譜則合周顒
四聲李登聲類統爲一書唐以詩賦取士謂拘限之說可以難之也孫愐等稍
爲增訂名切均又稱官均迄宋有廣均集均等書至理宗朝平水劉淵定爲均
本頒行于淳祐壬子名壬子新刊禮部均略今世所用者是也而世共指以爲
沈約均誤矣元熊忠明郭正域書明載之沈約均已亡三代迄漢無所謂今均
即魏晉以後迄於六季其拘聲均者十之七拘四聲者十之八而至拘切均則
十不得一今查六朝詩文無分東冬支微者若冬又分鐘支又分脂則六朝至
唐後並無遵之者且唐人除取士應制律詩律賦外仍用古均觀昌黎諸公文
集可見至宋盡失故輒朱子註經竟取吳棫音均補杜撰之言爲依據以後人
四聲聲類上繩古人將詩易本字皆改讀爲叶是舉趙武靈王之變服衣堯舜
禹湯也至今世竟有以叶音作正讀反謂正讀爲非者如呼天下爲汀戶夫婦

爲夫缶佳人爲皆人圖畫爲圖拯拯之怪矣東冬江陽庚靑蒸七均古皆爲宮以其均皆反喉入鼻也庚靑蒸少侵齦齶又爲變宮其文元寒删先皆爲商以收字必以舌抵上齶也魚虞歌麻蕭肴豪尤皆爲角以懸舌向齶也支微齊佳灰皆爲徵以音衝唇接齒也而魚虞歌麻尤又爲變徵以舌雖中懸而稍出向齒也侵覃鹽咸皆爲羽以讀字訖一闔唇也見鄭庠古均辨至毛西河古今通均考甚備悉東冬陽通用者如易師卦懷萬邦也大無功也未失常也以中行也詩維水泱泱福祿攸同保其家邦東冬江通用者如阿童謠阿童復阿童銜刀浮度江東冬庚靑蒸通用者如古詞狗吠深宮中天下方太平璧玉爲軒堂九歌身既死兮神以靈魂魄毅兮爲鬼雄七韻並用者如昌黍此日足可惜詩左右泣僕童會合安可逢浩浩觀湖江惝恍難爲雙此酒不足嘗列坐於中堂聞子適及城相拜送於庭且平上去三聲古人通用如易往得衆也乃得中也

詩何以穿我墉何以速我訟謀臧不從不臧覆用柳宗元示民詩乃器與用乃貨與通若今入聲十七均則古皆通用如參同契如傳遐皇初頌昌黎樊宗師墓銘其類多難以枚舉敬南以丁艱還京始與恕谷相識其初陞梧州同知王崑繩有送序稱其年少登第文章名天下而負奇卓犖喜談兵有孫臏門遺風其佐郡嶺表必當以吏治顯而恕谷則謂初交敬南窺其皃矐然目青不類世家貴族乃卒短折不得盡其學敬南卒後七年欽南尚在京恕谷之反自秦中

復來問學

周嶟字崑來或以爲江甯人善人物花草龍馬以畫遊四方達官貴人多喜與接納其在京客索克果亭所聞恕谷學重實行來拜問曰先生言學而後知知而後行則修齊治平之事皆可徐俟之格致後歟恕谷曰非謂盡知乃行也今日學一禮遇其禮當行即行之明日又學一禮遇其禮當行即行之知固在行

字百餘其家之戾叛可想見矣是尙謂之美乎

有母可事有子可成天之惠也宜無負天

持家宜勤儉不宜操切

儉於自用豐於待人善道也今人反之即有儉於自用者必其先刻以待人而自儉其極也有豐於待人者必其先豐於自用而待人其餘也

養赤之道勿失教勿美衣勿飽食勿懷抱嬌脆

治生之道天無違時地無遺利人無匿力物無遁情治平亦以是也

先人甚嗇子孫恒以奢敗

趨鯉庭栽荊桂茬蓀菜供萱華心怡氣和此庭闈之樂也

車馬服御齋予支費須損之又損甯樸勿華甯陋勿豪

以上李恕谷先生

第五章　經國

顏先生曰天無曠澤地無曠力人無曠土治生之道也家無三曠則家富國無三曠則國富

爲治當以均國爲第一義

爲治在先去其無用者

古人務其費力而永安後人幸其苟安而省力卒之民生不遂外患疊乘未有能苟安者也故貴懷遠圖

治水之法莫患於防塞善治水者不與水爭地因其流而導之且水利可與也官雖小亦民之主也只廉能盡職便自千古

七字富天下墾荒均田與水利六字强天下人皆兵官皆將九字安天下舉大才正大經興禮樂

宋人勸其君用曉人事勿用辦事人官乃不許辦事耶曉事者皆不辦事耶

治水不外分濬疏三字

理天下之事惟正德之事利用之事厚生之事此事之外無事取天下之人惟取其正德之人利用之人厚生之人此人之外非人

或憂均田必奪富民田不知天地間田宜天地間人共享之若順彼富民之心即盡萬人之產而給一人所不厭也治道之順人情固如是乎況一人而數十百頃或數十百人而不一頃爲父母者使一子富而諸子貧可乎

以上顏習齋先生

李先生曰害政莫甚於繁文

天下治振奮亂懈弛治樸實亂浮華治法網寬豪傑盡才亂法網密英雄束手

政在三嚴嚴屯駐嚴盜賊嚴吏役

天下安與不安始於仕途終於草野

每日向晦宴息返勘已行之事平旦未起酌量將行之事居官之要法也

民不分則尨雜不分則姦慝故分民爲治道之始然必學制均學校正民有教有養則各得其所自有而事易就

分田勸農積穀則流民可無

居官惡浮躁亦惡疲懦

以上李恕谷先生

已完

故改云期喪十三日又思麻舊云會哭成服俱不必行但哭之盡哀爲可疑其近忍尹外親或可至於族會祠父及庶子爲父後者爲其母之類皆可以當官

而廢其殷故亦進于期功等喪之例

三月舊課作日而葬前期擇地之可葬者溫公曰古者天子七月諸侯五月大夫三月士踰月而葬今五服年月敕王公以下皆三月而葬然世俗信葬師之說既擇年月日時又擇山水形勢以爲子孫貧富貴賤賢愚壽夭盡繫於此而其爲術又多不同至有終身不葬者正使殯葬實能致人禍福爲子孫者亦豈忍使其親臭腐暴露而自求其利耶悖理傷義無過乎此然孝子之心慮患深遠恐淺則爲人所掘深則濕潤速朽故必求土厚水深之地而葬之所以不可不擇也或問家貧鄉遠不能歸葬則如之何公曰子遊問喪具夫子曰稱家之有無子遊曰有無惡乎齊夫子曰有毋過禮苟無矣斂手足形還葬縣棺而窆人豈有非之者哉又曰在禮未葬不變服食粥居廬寢苦枕塊蓋閔親之未有所歸故寢食不安也又曰世有遊宦沒于遠方子孫焚其柩收燼歸葬者夫孝子愛親之肌膚故斂而葬之殘毀他人之尸在律猶嚴況子孫乃悖謬如此豈不哀哉延陵季子適齊其子死葬于贏博之間孔子以爲合禮必也不能歸葬葬於其地可也豈不猶愈於焚之哉○程子曰卜其宅兆卜其地之美惡也非陰陽家所謂禍福者也地之美者則其神靈安其子孫盛若培壅其根而枝葉茂理固然也地之惡者則反是然則何謂地之美者土色之光潤草木之茂盛乃其驗也父祖子孫同氣彼安則此安彼危則此危亦其理也而拘忌者惑以擇地之方位決日之吉凶不亦泥乎甚者不以奉先爲計而專以利後爲慮尤非孝子安厝之用心也惟五患者不得不謹須使他日不爲道路不爲城廓不爲溝池不爲貴勢所奪不爲耕犁所及也一本云所謂五患者溝渠道路避村落遠井窰○

補注按禮大夫士三日而殯故三月而葬既殯之後即謀葬事其有祖塋則祔葬其次若塋狹及有所妨礙則別擇地亦可也○金華胡氏潮曰察乎陰陽之理審乎流峙之形辨順逆究分合別明暗定淺深崇不傷乎急卑不失乎緩折而歸之中若璞之所謂乘生氣者宜於是得之

元按古者大夫三月而葬待其邑宰與列國卿大夫執友畢至也宋制王公以下皆三月似乎無別且若士庶之家有遠親或服親在外者容可如古禮踰月而葬不則如世俗七九日以上俱可行葬況今非有故誤多不堂殯而乃使已逝之親尸久暴于世不急就魄降之常亦無義意設遇暑月尤爲不可但世俗又有三日五日者則迫突又世俗多用陰陽畫符鎮咒殊爲悖禮惑俗好禮君子但當請一知禮者護喪或同姓無人當聘異姓者坐之別室每事咨之使無失禮可也斷無信用邪說至于除殃一事祓除不祥微似近理然亦只於葬後三日內掃舍室院各設炭火一盆燒蒼朮乳香或椒艾之屬以薰逐殃氣設祭主前以妥靈或惡疾時疫而故

者將經用衣衾枕簟及侍疾人衣服用蒼乳等煙薰過甚者煎麻黃甘草
湯或雄黃酒各飲一二盞勿用陰陽

擇日開塋域祠疑作祀后土主人既朝哭帥執事者於所得地掘穴四隅外其壤掘中南其壤各立一標當南門立兩標擇遠親或賓客一人告后土氏設位中標之左祭一棹盥洗如常儀告者北向執事者在其後東上告再拜告者詣棹跪酹酒祝跪于告者左讀祭文曰維年月日子某官某敢告于土地之神今為某官某營建宅兆神其保佑俾無後艱謹以清酌脯醢祗薦于神尚饗訖伏興復位再拜祝及執事者皆再拜主人若歸則以靈座前哭再拜○元按舊註將酒後訖伏興少退立讀祝似不妥潛改如上儀丘氏曰后土之稱對皇天也士庶有似乎僭擬改后土氏為土地之神今從之

遂穿壙溫公曰穿壙宜狹而深狹則不崩損深則盜難近也謂合葬夫妻之位朱子曰某初葬亡室時只存東畔一位亦不曾考禮是如何陳安卿云地道以右為尊恐男當居右曰祭時以西為上則葬時亦當如此方是○人家墓壙棺槨常使壙僅能容棺槨槨僅能容棺李守約云凡發掘者皆以葬淺之故若深一二丈自無此患曰不然深葬有水

作灰隔穿壙既畢先布炭末于壙底築實厚二三寸然後布石灰細沙黃土拌勻者於其上灰三分二者各一可也築實厚二三尺別用薄板為灰隔如槨之狀內以瀝青塗之厚三寸許中取容棺壙高於棺四寸許置於灰上乃以四旁旋下四物亦以薄板隔之灰末居外三物居內如底之厚築之既實則旋抽其板近上復下炭灰等而築之及牆之平而止蓋既不用槨無以容瀝青故為此制又炭禦木根辟水蟻石灰

得沙而實得土而黏歲久結而爲金石螻蟻盜賊皆不得進也○朱子曰用炭末置之槨外槨內實以合沙石灰若純灰恐不實須雜以篩過細沙久之灰沙相雜入其堅如石槨外四圍上下一切實以灰末約厚七八寸既辟濕氣免水患又戳樹根不入樹根遇炭皆生轉去以此見炭灰之妙蓋炭是死物無情故樹根不入也古禮壙中置物甚多以某觀之禮文之意大備則防患之意反不足要之只當防慮久遠毋使親膚而已其他禮文皆可略也古者棺不釘漆蟻子必入皆不可行又曰壙中用生體之屬久之潰濁卻引虫蟻非所以爲亡者慮久遠也○元按楊氏所引朱子答廖子晦問非法有石槨之說但以法禁而以數片石合成恐謂石槨雖無法禁吾 夫子嘗云若是其靡也葬不如速朽之爲愈也豈可以若是費哉今無槨用溫公法有槨用朱子法似亦儘固奐何必石然恐感此而思昔人嘗有遺言用甕葬者若敎甕工製如棺式底體上口四周有裏半高之唇上蓋下覆有外半高之歛其裏唇外覆各寸餘合而相對即其中穿孔兩頭各十餘兩箱各二十餘大歛後用鐵釘或錫釘錠之或巧工令底口及蓋背平而棺體口編兩頭各貳長方竅兩箱各肆長方竅其蓋邊兩頭各二長方舌兩箱各四長方舌蓋後于舌入竅之中外穿各一孔陜受釘如此燒製歛定後又用鐵屑鋼溼清中塗棺縫及釘孔空隙初製時棺下底橫截四缺或有足則穿四大孔俟葬時懸棺下壙便于受繩也此綱一行雖倍數甕之僨而較石槨省費甚多入土千萬年不壞儘愛親君子倡用此棺則用者多而甕工射利製者亦多將使斯人死者全肌膚生者快思不及杉栢之費而已得石棺之利是所望于同志者講明之可也

刻誌石

用石二片其一爲蓋刻云某官某公之墓無官則書其字曰某君某甫其一爲底刻云某官某公諱某字某某州某縣人考諱某某官母氏某某封某年月日生敘歷官遷次

前提結果遂各就數項特種事業力征而經營之如英以紡績著美以煤鐵著法意以美術品著德以化學工業著各有特長無可競爭所謂國際分業幾確定而不可易羣認爲進化必然之趨勢焉不料戰釁一起彼此不能互通各國共感痛苦始信國際分業平時互相倚賴固可相安一旦有事萬非至計於是前段所記糧食自給原料自給諸聲中又夾以工業自給之聲第天賦人力各國究不能强同凡物自給勢所不能乃降而爲基本工業之制定基本工業者即必求自給而萬不可缺者是也英商部所公布之基本工業計十六種美日所指定之種類亦大略相同此項基本工業着手方始根基未固有待保護而廉價競賣向爲德國最得意之政策戰中多數製品無法外輸目下藏貨既多益以貨幣跌落匯兌價格懸殊對外輸出處於有利地位勢必急求售却故廉價競賣又不可不防因是種種而各國之關稅政策不能不有一種適時之改

訂現歐陸諸國瘡痍滿目未遑外競今日之能以製品供給世界者不過英美日三國記其改訂之程度即可以察此後之趨勢英國課稅物品向僅四十餘種餘均無稅進口戰後稅率加重稅品加繁而對於輸入品之有害其基本工業者則更嚴禁入口惟母國與屬地間乃另頒互惠條例凡屬地來貨比之外國來貨課稅較輕母國去貨亦如之凡此所以獎勵屬地產業俾英國原料可以獨立英國製品可占優勝母國與屬地之聯絡可以益臻鞏固蓋已由自由政策而漸帶保護性質矣美於戰中對歐貿易極盛各項工業因之得大進步戰後最要急務端在擴張國外貿易故極端保護已不適合現情因舊制不易與他國協商輸出上將蒙不利故也近聞該國特設稅則委員會召集專家從事研究定爲永久機關又因政黨向嘗利用關稅政策爲黨爭之具每不易貫澈其主張故又訂爲離政治而獨立揆諸情勢將來或變極端之保護而爲相

對之保護是又不難推知者日本乘歐戰機會工商發達極其蓬勃之觀戰後要圖對內規畫在助長其各項新工業對外貿易在維持其既得之新地位此不待煩言者也惟其所行國定協定之兩級制雖較英美之國定單級制爲完善而因今日物價驟漲定制時課稅百分二十之物品實際不能得百分之十故現亦設會討究以爲改訂之備焉關稅政策以外於推廣國外市場一層亦極注重英之改造部有補助貿易資本之計畫美之各商會有國外貿易會之組織日本亦有國際貿易局之設置而其共同注目之點不外南美及遼東是

今後吾國人之責任益形重大矣吾將於第三章中再詳敘之

綜觀前述各國戰後之經濟政策多以充實國力自固國本爲宗旨夫凡謀國者對其國家均負有增進福利之責誰能非之顧各國各有其所長非互助不足以謀世界自然之進步更不足以固國際錯綜之政局互助之道多端而經

濟界之有賴於提携尤爲彰著安得更進一步以饜戰後人心喁喁望治之殷哉

第四節　戰後之教育設施與改進

戰後各國經濟界之變遷吾既論列如前矣惟經濟以外其有受戰役影響促起列邦之注意而大加興革者則莫如教育蓋戰中新兵器之應用戰後新產業之開發其有待於科學教育之普及固不待論即以今日各國勞動地位之增高平民主義之昌明曩時之教育設施似亦有不足之嫌故雖處百業凋殘之際獨教育一項不特不隨戰爭而俱敝反因戰爭而愈昌試觀英法兩國政府當劇戰未終之際尚大加教育經費則和平以後揭力擴充不難豫斷美國教育向由各州籌辦中央政府概不過問然自參戰後舉行徵兵發現青年子弟身心兩面尚未充分健全於是改良教育之聲洋溢全國著名教育家愛頓

拜禮式遇尊長交手撫胸俯首誦賽拉瑪里坤帖斯列海再合手摸面以爲親敬女子相見以曆相撫掩尊長與卑幼相接以脣宴客以多殺牲畜爲敬瓜果餳飴湯餅肉臘之屬案槅紛羅乂手大啖樂賓之樂以鼓爲主大鼓以抱擊者謂之東不拉小鼓以手擷者謂之達普木管謂之娑拉伊葦笳謂之拉伊三絃謂之拉瓦普兩絃謂之色哈銅絃謂之彈普絲絃如琵琶者謂之斗塔如洋琴者謂之喀攏男女當筵雜奏唱歌女子雙雙逐隊起舞謂之偎郎間亦有男子偎郎者淫聲哇辭可以知其俗矣然其民重信敬老親仁簡質循法以醉酒爲恥以貸貧民取息爲大惡其俗信誓誓者以足踏餐而言謂之昂無孫重則抱經以誓無不唯命者其鄉各設百戶長曰玉子巴什十戶長曰溫巴什凡稽戶籍均差徭催科禁姦結䝉諸事皆以之其司水利者曰密拉布伯克司分水者曰扣克巴什凡濬渠濱築杠梁植樹木計畝均水勸耕諸事皆以之其司盜賊

者曰拔夏普凡捕緝盜守亭障峙委積聚樣授館送逆諸事皆以之其司禮拜寺者曰伊瑪木凡誦經講善和訟解紛諸事皆以之州縣官吏又於城中設總長一人謂之鄉約有大興作徭役鄉約分檄各長皆咄嗟立辦此蓋古鄉官之制治之有道則一變至魯猶反手耳說者謂伯克恣睢虐民殘傷其類者無所不至故前巡撫劉公錦堂奏改行省裁伯克之權一統於州縣所以救其弊也雖然以冠帶之族治嚾哰謰謱之民言語不相通文字不相識勢不能不藉舌人以宣達之倚頭人以號召之假威播虐上下欺謾無伯克之名而有伯克之實民之罹其毒者乃益加劇焉吏治之不修久矣余蒞新疆爲釐賦章薄稅歛慎選廉吏而襭其不職者民歲省財賦二百餘萬而又督課官吏習纏人語言文字檄諸州縣選集若族聰俊子弟誦讀儒書學漢語以爲異日鄉官自治之地詩曰螟蛉有子蜾蠃負之教誨而子式穀似之夫果蠃以異物之子負而教

之曰似我似我久之未有不化者而況於人之易化者乎孔子曰夫政也者蒲盧也蒲盧者蜾蠃之謂也

布魯特者漢烏孫休循捐毒種人也（東布魯特爲烏孫西鄙地西布魯特爲休循捐毒二國地）散處於喀什噶爾英吉沙爾蒲犂葉城烏什諸邊境其俗好利喜爭倘收畜事耕種與纏回同教而頗畏法度問其家之富則數畜以對其牛羊重雪水飲不雪則廷毛拉咒經以繩繫龜亮一活蝦蟆一懸淨水上咒之龜背浸浸見水珠點頭刻即雪謂之下劄答有病者毛拉禳之屠羊於前擊鼓踏舞謂鬼附羊身以滅蓋三苗巫教之遺也其穹廬曰那哈阿修木架氈墣圓如覆磬其壁衣之珇麗者以五色花氈彩絲縧之富家一幕有費千金者（壁上用芨芨草紮五色絲線或羊毛織成花籬襯之外際以方格木架房頂飾以五色花氈光彩炫目）氍毹薦地無牀榻倘卓佡門置灶竈鴛三足鐵爐謂之格爾加克家長居其下右處賓客稚幼居門之左僕役居門之右爨則糞以代薪汲水

以羊皮袋謂之通拉亦有以葫蘆者謂之腦蓋銅壺謂之沙瑪（銅壺高尺餘上有蓋下有足中有銅鐵木三者方圓異形）（晉火筒烹水用之）鐵釜謂之喀章（釜重數十觔或十數觔上有四耳烹飪用）席地以布承食以槃（即古之所謂脍柰通名曰案今則通名曰槃）切肉以刀摣飯以手（即抓飯）澡浴以繩佻大腹細頸沙瑪灌頂至踵謂之密什雀可其服飾多與纏回同身披禪褔冬冠他瑪克夏冠斗破女則摺疊白布絡頭垂背尺許阿渾之帽上銳而高簷以白布統之厚二三寸脫帽爲敬入門必解屣婦女出必以羃䍠（障面或以白布或以花巾邊垂絲穗）皆古制也婚姻之禮納采親迎皆同纏俗女入門男女對座以鹽水湛餅而食猶合巹也次日見翁姑家人長幼以次相識均交手鞠躬曰賽拉瑪里坤猶問安也一夫衆妻無嫡庶婦多從一而終者夫妻反目則延阿渾誦經以調之再醮則先兄公與叔無兄弟則適族人無族人始改嫁異族此財聘之弊同於市估自秦以西君子不忍觀也於布纏又何責焉其俗向不講宗法自曾祖以上無聞焉蒙回之

降言乃睇何也睇者眄也眄者視可爲室者也百鳥皆曰巢突穴取與之室何也操泥而就家入人內也九月陟元鳥傳云陟升也元鳥者燕也先言陟而後言蟄何也陟而後蟄也今北江燕子穀雨後始出蓋天寒故啟蟄遲也

魚出犬水吪爲鹿

羅布淖爾大魚至三月間躍出水即化爲鹿土人名爲魚鹿其茸無採之者秋後入水仍化爲魚塔爾巴哈台副將楊金榜家藏一魚皮大厚有如牛皮腥甚據稱三月間赴羅布淖爾水中躍出一大魚入沙中滾跌數次皮裂出一鹿奔入林中其所得之皮即此也吪之言化也詩四國是吪毛傳云吪化也吪與訛譌僞並同

立夏日在婁

七政歷日在婁十二度太陽高六十二度三十四分攝氏表上至二十五度

昏軒轅中旦女中

景風至

廣雅云南方景風春秋考異郵云景者大也言陽氣長養也新疆立夏以後熱風自南來俗名曰火風

啓桃

北疆養桃之法樹無大小至九月中必須壓倒地中上覆草土其本大者以刀斫一縫使能折壓而止次年清明以後將土鋤去僅以草覆過四月八日方敢扶起俗言避黑霜也土人相傳四月初八以前有黑霜一次遇之則桃樹未有不萎者故不過此日不敢起也扶起則滿樹花皆盛開矣

農率均田

說文均平徧也均田者平均正直之月令孟夏之月命田舍東郊皆修封疆

畬端徑術鄭注引夏小正農率均田證之則均田正謂修封疆畬端徑術之事孔廣森謂農率爲田畯蓋均田之事皆農率主之猶今各鄉之農管也新疆土田全恃渠水百姓往往上下爭水致釀大故故農管主持分水輪灌之事

藝稻

迪化近城無種稻者南路如阿克蘇北路如庫爾喀喇烏蘇綏來均稱巨產皆不甚黏當即段氏說文注所謂秔之類也種稻播穀均在立夏後視渠水之有無節氣之早晚

播穀

穀即粱也今人謂之小米程易疇云禾穀也始生曰苗成秀曰禾禾實曰粟粟實曰米米名曰粱其大名則曰嘉穀言其色則曰黃茂秦漢以來多溷粱

爲稷非也北方以此爲食之主故單呼曰穀其米曰小米者所以別大米之名也今新疆人不以此爲常食

樹稷

廣雅藋粱木稷也王氏疏證云今之高粱古之稷也秦漢以來誤以粱爲稷而高粱遂別名木稷矣又謂之蜀黍博物志云地三年種蜀黍其後七年多蛇王禎農書以蜀黍一名高粱一名蜀秫一名蘆穄一名蘆粟一名木稷一名荻粱高粱莖長丈許實大如椒故謂之蜀黍（蜀有大義）又謂之木稷言其高大如木矣高粱不黏者爾雅所謂粢稷也其黏者爾雅所謂衆秫也故俗又謂之秫秫以黏者釀酒不黏者作飯九穀考言稷與粱判然兩事後鄭注大宰九穀易司農黍稷秫爲黍稷粱蓋知稷粱之不可相兼故並舉之粱今人謂之小米稷今人謂之高粱高粱之種先於諸穀故月令孟春首種不入注引

出旬日隄內淤平淤平之後永無築隄之費而險化爲夷窄隄變爲寬岸河水亦少衝射更於隄之沿邊加築小隄三四尺即作遙隄河水出漕岸寬水緩泥沈于岸水仍歸河永不成險陳宏謀爲作南運放淤記以誌良法也減河北在山東境者二一曰德州之四女寺（下游即古鬲津河明嘉靖初曾修開）雍正三年建石壩挑濬鬲津古河經直隸之吳橋鹽山慶雲以入海一曰哨馬營（即鉤盤河）雍正十三年建石壩挑濬鉤盤古河經直隸之吳橋以合鬲津在直隸境者三一曰滄州之捷地（明宏治間開）號南減河雍正四年重開建閘一曰青縣之興濟號北減河（亦明代所開）與南減河同時開一曰靜海之靳官屯光緒四年所開減河凡五皆所以備異漲者其兩岸向有官隄自清河入直隸境以迄天津皆編列字號分轄有河員歲修有額金乾隆初天津道陳宏謀上運河修防條議謂凡頂衝掃灣之處舊有月隄者均宜加帮放淤無隄者均宜另建月隄以備將來放淤其無隄之處均

宜就高阜土脊另建遥隄以爲分衞大抵地勢高阜者宜建遥隄而不宜月隄若建月隄於高阜既難放淤徒爲水浸倘縷隄或傷水入月隄勢更湍急非月隄所能禦也地勢窪下者則又宜建月隄而不宜遥隄若建遥隄於窪地不特建瓴之水難於抵禦而縷隄之外可耕之地常爲積水深坑未由宣洩無宜於河而有損於民此月隄遥隄各有所取亦各有所宜也是故建月隄以放淤似險而實穩築遥隄以分衞似迂而實切也雖靜海之獨流下至楊柳青東岸有隄而西岸無隄楊柳青下至天津東岸有隄西岸只有商築之埝三尺官不請修民不加築由來已久天津道張坦熊曾立碑垂訓永不准築隄之請陳宏謀亦常著說釋之蓋獨流楊柳青一帶東近海河西連淀池伏秋漲汛時海河每日潮汐水難驟下加以南運大川勢益不容正賴此無隄之岸俾運河水大時任其洩入淀池稍爲渟蓄以待海河諸水暢流歸海而後淀河之水以次徐下

此七十里無隄之西岸乃天然之滾水大壩也當日立意完善若此然又非所論於今日矣蓋當日淀池深廣運河得此既免泛溢且保城鄉不築西隄乃天然之利益今淀池淤積殆滿西來之水且難容納水大則東漫歸運自嘉慶六年淀水已穿運而過東隄亦被水冲刷不惟不受淀池容蓄之益反受淀池倒灌之累固當速築西隄使淀自淀而運自運此沈聯芳所以有津靜西岸宜設隄防之請也淸以來籌畫南運之策凡若此蓋自金元以來建都燕京漕粟仰給東南爲國家最重之首務其根本良計悉以南運爲中樞故淸以前病在水少專求濟運及引漳入衞之後水足濟運而下游時虞泛溢四減河既開泛溢以爲大減加以築隄放淤諸補助又多合宜此南運所以利多而患少也今也鐵路大興所謂漕運要道已屬無足輕重而所求于各河者反以除害爲第一義而興利次之南運之足爲直隸患者無他惟各河並出一口更加運河勢愈

難容在淸初議者欲減海河入口之水首謂南運應別道歸海其時猶有淀池可以游瀠猶爲此計今海河之患較淸初爲尤亟也其當改道者又不止南運矣而南運長亘內地屏蔽海西諸河皆在其右欲令諸河改道去津而南運皆阻之即令穿運以過其建閘壩測高下操縱必難咸宜故今日爲南運計莫善於別道以入海爲阻礙諸河計莫宜於以德州減河爲經流（即南津）其河既深廣可用其道又偏于南較之直隸三減河實利多而害少也至于補救之術仍當襲潘季訓之成說裁灣取直遇嘴切沙歲挑其淤墊之處此則夫人而知者矣

南運減河　南運減河之在直隸者凡三捷地與濟兩河皆始開自明淸雍正四年又重浚之捷地河長百二十里興濟河長九十里初設閘座乾隆三十六年兩河皆改爲石壩幷定例歲修伏秋汛後即疏濬幷建壩及隄埽各工方覲承以河隄窄狹奏請展築將舊隄拉成坦坡加築遙隄及開涵洞橋座然興濟

原不可知、要知人事不可不盡、其措詞用意、彌復湛鬱深至矣、

王乃初服。嗚呼。若生子。罔不在厥初生。自貽哲命。今天其命哲。命吉凶。命歷年。知今我初服宅新邑。王乃初服屬下讀、今天其命王以哲乎、命以吉凶乎、命以久年乎、皆不可知、可知者、今我王初服政事耳、文省去不可知三字、知今以下八字爲句

閭生案、承上有王雖小意、更申明之、是時周公爲師、召公爲保、共任輔弼之重、故其言諄切深重如此、

肆惟王其疾敬德。王其德之用。祈天永命。之、是也、用、以也、王其以德爲用、祈天之永年也

閭生案、申言敬德、以結上歷年墜命之意、言天道雖不可知、我王亦惟有敬德、以冀上格天衷而已、

其惟王勿以小民淫用非彝。亦敢殄戮用乂民。若有功。惟猶願也、言願王勿以小民過用非法之故、亦遂敢於殄戮以斬艾民也、若、乃也、能如此、乃有功也、

闓生案、毋敢殄戮乂民、所謂敬德也、

其惟王位在德元・元、長也、小民乃惟刑用于天下・刑、型同字、用、式也、刑用、猶言式型也、越王顯・越、及也、及王顯者、於王亦有光也、

闓生案、此申明營洛之旨、王爲天下首長、必先奮厲於德、而後小民乃用儀型於天下、天下畢理、則於王亦有光矣、周公營洛、以爲四方觀瞻之所寄、其本謀如此、　迭用其惟王句法、乃文章行氣處、

上下勤恤・其曰・我受天命・丕若有夏歷年・式勿替有殷歷年・欲王以小民受天永命・式、詞也、替、偏下也、君臣憂勞、期曰我受天命、大如有夏歷年、無偏下于有殷歷年、欲王以小民受天永命也、

闓生案、前文多戒王之詞、此云上下勤恤、則并庶殷御事而胥誥之、迴顧章首、重重頓束、詞旨深厚、

拜手稽首曰・予小臣敢以王之讎民百君子・越友民・保受王威命明德・讎民、

猶言傳人、即諸侯也、百君子、百執事也、友有同字、友民、有民也、保、任也、任受王威命明德者、召公以和輯天下自任之詞、王末有成命•末終也、

王亦顯•王亦光顯矣、我非敢勤•我非冒昧憂勤、惟恭奉幣用供王•用、以也、能祈天永命•能、猶而也、

闓生案、再用重筆提挈作收結束全篇、最能寫出望治神理、及召公以天下自任之意、

洛誥

闓生案、此篇詞旨奧衍、注家鮮能疏釋明暢者、實則王在鎬京、周公在洛、往復酬答之詞、大意營洛既成、周公將歸政於王、欲王自到洛主祭、受諸侯朝享、故其詞教誡諄切、成王謙讓、留公治洛、公既許王留洛、王亦到洛致祭、史記其前後情事委折、所以見成王與周公相與之分際也、

周公拜首稽首曰•朕復子明辟•成王命周公往營成周、周公得卜、復命于王也、

闓生案、此篇成王與公往復問答之詞、故從復命起、子明辟者、蔡傳謂親之

曰子、尊之曰明辟、其說是也、以復辟爲歸政、乃漢人謬說、悖理害義、文亦不詞、近肇新莽之禍、遠則流毒千餘年未已、一字之誤、詒害無窮、經學不明、其禍豈不烈哉、

王如弗敢及・天基命定命・基、始也、定、成也、王如弗敢及者、急詞也、貫下十四字爲句、此言王急營洛也、予乃胤保・

大相東土・胤、繼也、予乃繼太保而往、徧視東土、其基作民明辟・以洛邑爲基、作民明主也、

闕生案、以洛邑爲基、作民明主者、洛爲天下之中、四方觀聽所寄、善惡皆可與天下以共見也、卽召誥所云、位在德元、小民乃唯刑用于天下者矣、呂氏春秋載成王定成周之說、曰、唯余一人營居於成周、有善易得而見也、有不善易得而誅也、故曰、善者得之、不善者失之、古之道也、夫賢者豈欲其子孫阻山林之險、以長爲無道哉、此周公營洛之本指也、

予惟乙卯・朝至於洛師・我卜河朔黎水・我乃卜澗水東瀍水西・惟洛食・食、吉、

又卜瀍水東・亦惟洛食伻來・以圖及獻卜・以圖及卜、獻之王也、

闓生案、以上周公至洛得卜獻其兆于王、

王拜稽首・曰・公不敢不敬天之休・來相宅・其作周匹休・匹休、大變也、公既定宅・伻來來視予卜休恆吉・卜休、卜定也、恆、徧也、我二人共貞・貞、當也、公其以予萬億年・敬天之休・以、與也、拜手稽首誨言・

闓生案、以上王答公之詞、拜手稽首誨言、蓋指天基命定命及作民明辟等意也、

周公曰・王・呼而告之、肇稱殷禮・稱、舉也、殷、盛也、祀于新邑咸秩無文・咸秩次之、無有文飾、禮所謂至敬無文也、

闓生案、先大夫曰、此下至無遠用戾、皆周公勸王至洛祭祀朝享之詞、因自言將還政也、

予齊百工・齊、速召也、百工、百官也、伻從王于周・伻、使也、予惟曰・庶有事。予思之曰、庶幾其有祭事乎、今

王即命曰。即命者、就洛邑命公也、記功。宗以功作元祀。記功、已工也、記已同字、宗衆也、王命竣工後、衆因功役而行大祭、王不至洛親祭也、惟命曰。惟、又也、汝受命篤弼。受武王之命、督責以輔弼、篤督同字、丕視功載。丕、詞也、功載、役書也、乃汝其悉自教工。自、率也、教、效也、工、事也、效工、謂奉祭祀也、言汝受顧命督督以輔弼之任視役書所列諸侯、汝其悉率、以奉祭祀、以上皆述成王之言、乃公請王至洛祭享、而王命公攝祭、謙退不往之說、

闓生案、此節述請王到洛、而王不肯往、以祭享之禮委之於公、王即命曰以下、述王命之詞、下數節、則周公答王之語、

孺子其朋。孺子其朋。朋與馮同、馮者持念服膺之意、猶云帝其念哉也、其往。自今以往、無若火始燄燄。厥攸灼。敘弗其絕。敘、更也、其、猶之也、毋若火然、始雖燄燄尚微、及其燎灼、更不之絕、此戒王愼終於始也、厥若彝及撫事如予。彝、常也、及、逮也、撫、有也、如、適也、撫事如予、猶詩之言王事適我、厥若彝及撫事如予、言若常逮有事適我、此戒王居安思危也、惟以在周工。往新邑。言王惟以在周百官至洛、伻嚮即有僚。使各嚮就其位列、明作有功。明、勉也、惇大成裕。惇、致也、汝永有辭。勉作有功、以致泰而成裕、則王永有辭于後世矣、

演說

演說辭

張英緒

今日爲四存學會第二週年紀念之期鄙人蒙
會長副會長函約得恭逢
盛典與諸公聚首一談不勝欣悅之至鄙人所擔任之演題爲（余所見之立國宗旨）大凡立國於大地之上者皆本其國情歷史而確定其立國之宗旨然後率國人以赴之而其國始有發達之可言我中國立國最久唐虞三代號稱極治雖未標明立國宗旨然明良股肱夙興夜寐與生民謀幸福不難考查而見春秋時代至有清時代一般爲政者大率以富國强兵四字爲立國宗旨然考其所謂國非指大多數國民而言乃指當時國君及二三執政而言富國者非富民乃富君及二三執政也强兵者乃藉民力以排斥異己而謀私利也是與法國路易十四之朕即國家之言復何以異故孔子曾云與其有聚歛

之臣寧有盜臣又云長國家而務財用者必自小人矣蓋有所激而云然也迨民國成立一般政客舉國利民福四字爲立國宗旨騰之報紙見於文告夷考其實際言國利則日日鬧窮言民福則到處皆匪是又何故諸公請試閉目而思之

此無他利之一字害之而昔孟子對梁惠王王曰何以利吾國大夫曰何以利吾家士庶人曰何以利吾身上下交征利而國危矣目前臨城土匪劫虜中外旅客北京逼走元首種種舉動騰笑友邦亦其一端蓋利害人家國如洪水横流氾濫於天下而不知其終極可謂烈矣

利之爲害既如此之烈而其原因在錯認大多數國民之福利爲二三執政之福利尤爲致亂之原 鄙人 於未講今後立國宗旨以前先引英日兩國立國宗旨以資諸公之參考

英國立國宗旨發源於學者亞當斯密原富一書撮其大要如下

(一)國家應謀大多數人民之幸福(發達交通實業)

(二)國家應保護人民生命財產(軍警盡責)

(三)法律之人人平等(不以富貴貧賤而異其賞罰)

而社會種種美德亦大有助長國運發展之效力略舉如下

(一)定章向不輕自改良

(二)用人終其身父死子繼

(三)肯負責任視如生命

(四)崇德報功不吝極優厚賞(如國家對於有功者特別加賞發明新器者准其專利若干年商家對於傭傭優給花紅社會對於好人特別捐助之類其例甚多)

日本立國宗旨見於教育勅語內中大率對於萬世一系之皇室特別表示尊重此亦國情歷史所使然茲鄙人所言者非指其本國乃指臺灣而言當我國劉銘傳中丞治臺灣時曾標十六字於座右以爲施政之方針即

野無曠土

國無游民

路不拾遺

夜不閉戶

迨臺灣劃歸日本其第二任總督後籐新平男爵遂採用此十六字以爲施政宗旨不過十餘年一見諸實行臺灣財賦隸我坂圖時年入不過二百萬兩今已超過三千萬元納入國庫養官三千餘人軍隊尚不在內境內無一乞丐教育實業大振而其收效如此之速者端由警察能盡責任百般政事皆由警察

傳達於人民而嚴勵執行之耳

然則鄙人所欲言之立國宗旨如何其文句如下

民皆安居溫飽而知禮義

或問鄙人此言有出處乎曰有其出處如下

淮南子曰民皆安居而溫飽此爲政之極軌也（此中無教育）

孔子曰逸居而無教則近於禽獸（中無養贍）

孔子曰富而後教）此中無保安）

蓋保民養民教民實爲治國三大要務我國今日之政象匪惟教養不施移全國財賦十之七八舉以練兵練兵所以保民也而綁票架擄之事日有所聞吾民尚可安居乎

雖然世間無百年不死之人亦無五十年不老之人任他江河濁流滔滔終有

入海之一日所望者源頭清流滾滾湧出速將濁流驅逐入海而已淸流者何
學會是也青年是也今日之青年卽他日之執政望　諸公執政以後勿嗜利
以賊民今日之青年卽他日之軍警望諸公輕生命以保民今日之青年卽他
日之師保望諸公勤學問以敎民今日之青年卽他日之實業家望諸公興大
利以溫飽斯民吾友劉君秉貞現在南苑經營農業頗著成效每畝能獲利二
三百元暇時希諸君枉駕考查或於溫飽斯民之旨有所裨益鄙人一知半解
所言不當之處尙希指教

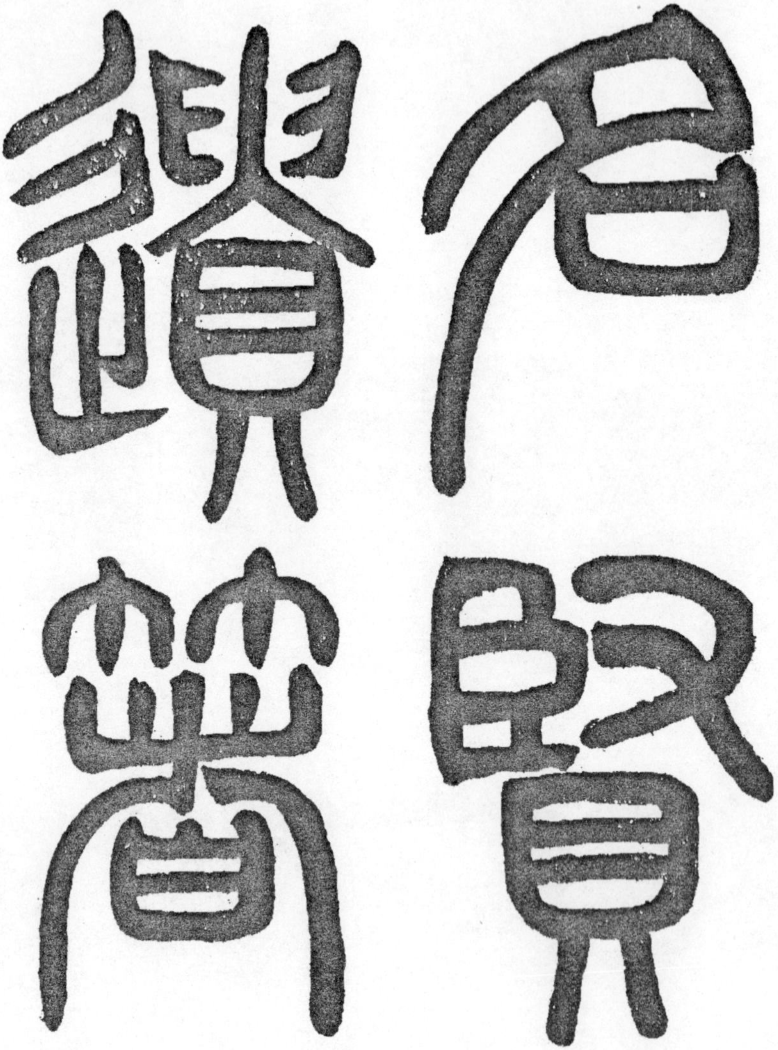
名賢
遺著

方望溪先生軼著

再與呂宗華書

古文最難發端誌銘爲甚惟退之不主故常而皆有典則是謂文成而法立故歐王不能仰跂此志首舉以光祿卿罷乃義法之一定者蓋具劄不合儀式非所舉之不當也公之謹愼簡在聖心而以歸休優老則天子之恩意及公之生平即此可見若循年齒歷官順序而以是終焉則索索無氣矣假而隱深其詞不惟衆所聞見難以曲諱且使易世而下莫知其端委將謂別有他故不可以告人則爲累大矣原狀所述庸行瑣事過詳規模轉覺狹隘即是以求光祿公不過文學爲時流所推即質行亦中人之謹厚者耳如僕所誌則隱然爲唐耿二公外中州之文獻以吾兄之明自當無疑於此而僕自中至於再三者僕每爲名貴人作誌其門生族姻必雜然獻疑俾子姓回惑若重有所難故誓不復

爲非敢要重以終困於羣言不若堅辭於始爲無過耳僕第二札錄在別簡幷宜鋟板副誌銘榻本以計遠方庶作誌之義明而光祿公高風益耿著於天壤僕與吾兄非比俗之交一日之好也故敢盡言無隱惟鑒之

與沈立夫書

昨奉過朞比日復臥疾凡疾必愼於微體旣羸則難爲療矣足下讀書銳敏應事與人言略不省嗇神氣周公曰冬日之閉凍不固則春夏之長草木也不茂天地不能常有常費而况人乎身非吾有也爲子則當爲父母啟其養爲人則當爲天地貴其生疾病修短雖有定分然必書持生之道而後可以聽於天人生最難遘者共學之友僕病且衰三禮未竟之緒於賢者重有望焉不覺言之危苦惟時繹思操之勿失而無異日之悔則幸甚矣餘不宣

京師箴宜女學校募捐啟

王樹枬

蓋聞孤嫠恤緯憂在宗周壞壁藏經傳諸伏女中壘播之彤史家令受厥尚書矜式閨襘覓乎遠矣京師箴宜女學校前清荊州將軍祥亨之女繼識一女士所䂓建者也女士賦性純孝終鮮昆弟侍養娛親守貞不字昔將軍嘗謂男女教育平等國家富强可期於是繼志紹聞毀家興學躬親教授手畫章條勞瘁不辭英才輩出迭經京師督學局嘉獎並奉　前大總統頒給匾額褒詞迨女士積勞病歿彌留之際一以校事委之及門駱樹華女士樹華感念師恩終身不嫁經營數載造就多才案斯校之設異於衆者厥有三焉伊古擁庇秉鉞之雄恒多問宅求田之計茲則將軍既不好武女子亦復能文移棨戟之高門宏開講幄擅兜鍪之華胄坐擁臯比此一異也鬱彼女貞樹之坊表晚有弟子傳其芬芳繼女士肇啟其端駱女士善承厥緒有言必踐指皦日以爲期斯文在

茲若薪火之相嬗此二異也重譯既啟士競侏儒禮教就衰勢將潰決斯校宗旨服膺孔孟壘守程朱砥柱狂瀾揭櫫大義風雨如晦雞鳴不已此三異也惟是闔校經費異常支絀公無補助私鮮醵資皆賴兩女士獨力支撐殫心擘畫經營先後垂十餘年比來修脯不供壇杏將萎橫舍就圮屋蘿待牽儻以籌款艱難坐視良規隳墜虧功一簣輟業半途固女界之隱憂亦吾黨之深恥也爰集同人敬諗當世廉泉挹注敢爲將伯之呼義粟分餐聊佐先生之饌庶幾金閨髦彥琢琮璋珪璧以成材紗幔宣文合棫樸菁莪而進化謹啟

書張廷輔事　　　　賀葆眞

張廷輔直隸永年人肄業於北洋陸軍學堂既畢業赴湖北張彪營復去隸黎協統元洪充排長潛與蔣翊武張振武等謀創文學社於武昌招致軍士鼓吹革命組織新聞社名曰商報館曰文學社曰商報館皆所以避官吏之注意也

報館被封乃移機關於俄界孫武爲購置炸藥一旦裝置失愼毀所寓樓俄人報聞總督瑞澂乃大捕革命黨寘于獄翦髮者多不免廷輔之妾亦拘去訊實乃名捕廷輔廷輔與翌武先後被獲軍事諮議鐵忠鞫此獄廷輔性戇直曰速殺我漢滿執不並立時陪審員爲文學社人乃詭謂鐵忠供辭既具宜速下獄意以不即斬或可救耳翌武以未翦髮已被獲中途逸去遂走赴軍中謂事已洩當即舉事少緩吾屬無遺類矣革命軍遂起兵卒從者不逾二百人夜闖入城直攻督署瑞澂懼而逃張彪不知所爲亦走出城廷輔在獄聞鎗聲遂大呼與獄中罪人破獄而出時督署消防隊六營衞兵亦且兩營督署被攻皆大驚擾亂革命軍攻督署不能破乃火其門並分擲火藥局銀錢廠廷輔等招致散卒及勞力者得千人瑞澂逃益遠漢陽兵工廠無守者乃踞往之時故城杜錫鈞充營長不與謀廷輔以錫鈞直隸人舉大事不可捨之乃以爲軍統謀元帥

僉曰黎元洪可資深且負衆望元洪不可避去遣人往刼之元洪怒殺其一人廷輔自往要之爲通電迫元洪署名漫以都督爲統帥之稱以新耳目後遂沿用之電稿則翌武所爲也既占漢陽軍械充物益事招兵不數日成五混成旅廷輔自爲總司令督軍北上遇北軍于孝感以非險要退守三道橋鏖戰數次自起兵至革命功成凡五十七日戰爭之事殆無役不從馮國璋既取龜山革命軍退守武昌元洪則遠遁至洪山南軍執且鳥獸散時朝廷命段祺瑞接統馮軍不復進戰廷輔乃强元洪整軍至是黃興亦率援軍至南軍稍稍復振而政府促各省援武昌軍陸續至廷輔乃屬錫鈞繼任軍統進攻北軍而唐紹儀議和使至滬兩方罷戰矣共和詔下清帝退位內部爭端驟起廷輔被刺元洪爲之舉哀以張文襄抱冰堂爲張公祠祀廷輔且議鑄銅像焉廷輔既死元洪致電袁世凱誘殺其黨張振武方維於都下革命軍大率湖北籍直隸人獨少

廷輔既死益無人道其事恐久且湮沒以郭子均言略記當日事實以備治國聞者考覽焉

章叔振家傳

周　雲

君諱世恩字錫侯一字叔振姓章氏浙江歸安人祖節文官山西代州直隸州知州卒家貧不能歸父栴遂寄居太原以山西候補鹽經歷終君生長於晉故篤健樸纖得北方伉爽之氣於書無所不讀而不沾沾於章句訓詁必深求其大意以蘄用之何如好史記資治通鑑通典三書終身不厭焉尤喜講輿地兵法凡中國山川海岸形勢爲行軍所必爭與夫海外諸國都邑之息耗扼塞險要之備禦取中外所具之圖籍爲博觀而深索之以光緒癸巳科副貢生就職直隸州州判分省河南復改知縣于公蔭霖來爲巡撫委以豫政左軍左營管帶時辛丑春也德宗景皇帝方奉孝欽顯皇后居西安行在所河南在陝西直

隸之間當是時和戰之議未大定豫自捻亂削平後將士久不見戰陳日就惰窳不足用于公乃亟求文吏之知兵者將以振起之君少年時嘗從其世父棣至新疆得與湘軍諸老將往還備聞左文襄公用兵之道而開封府知府張太守楷知之以告于公故任之君旣入軍則堅明約束大易前在事者所爲以西國法勒習日試士必躬自監視有不中程者責無貸事畢闔營門以居無一人敢遊於市亦無幾微譁笑聲有役則頃刻成行無宿留故壬寅之春姦民張雲卿起事泌陽君受命往討乃能以三晝夜馳七百里而至也是役也誅首惡二人而事定西教士安西滿故張甚見君如是大不悅言之我外務部欲多殺以洩忿外務部懲於庚子之事則以告河南巡撫且復理之君聞乃語安西滿君以教爲重我則惟知守法法所必加者肇亂之人若橫事株連濫及無辜必衆非所以求民教永久相安之道吾民可盡誅邪勿徒快一時之憤而益他日之

糾紛也安西滿聞而大服不復論矣未及歸南陽又以民叛告省符下君亟往士卒皆踴躍欲一戰邀功賞君不許獨策馬前行從以二卒抵其所謂南鄉者則習西國教李某與回民集衆械鬭耳非叛也呼其魁苦口諭之亟解幸得全腰領不然禍且至族反復數百言各感悟而拜釋兵遣徒黨立罷君命取名籍與刀矛至焚毀之馬前歸軍三日命縛首事者致縣獄不戮一人時爲河南巡撫者錫良公也大嘆賞遂併前扈蹕功由直隸州知州奏擢知府於是錫公都統熱河總督四川輒以君自隨於熱河權承德府事用墾闢場荒地功擢道員於四川領常備軍及機器局四川之有機器局自丁文誠公作督時始歲久法舊而器敝議更新之乃令君購之西國遂至德國柏林購造槍造彈製無煙火藥電氣燈鍊礦强水機事畢徧遊英法美日本比利時諸國歸至上海復講鑄錢幣各機器凡經歷七萬里爲行四百八十餘日司出內爲銀二百七十餘萬

無毫髮私雖故事公得取於貨準內之浮數者可十四五萬亦歸之官彼族聞之咸大驚謂中國五十年來所未有而我駐德使臣廕昌極所稱道於中朝者也所至之國則考求其藝術之微至者將以歸而行之蓋練兵製械以謀自強固君素志之所期歸蜀未久遂卒光緒三十二年五月也既卒百有五十日機器至建廠試之果良蜀中製造自此大興克與武昌廣州上海比而君不及見矣其赴德途次語其妹婿南皮張宗瑛獻羣曰此行大不易吾惟以不愛錢不惜死持之耳日者謂我年不能五十今吾已四十有四時迫而志未竟世違牾者多吾排萬難引功緒而同列娼嫉必壞吾成丈夫死無所恨要終不爲妻子計卒之時年四十有六果如日者言而家內空無一錢同官賻賵始得歛

周雲曰余故與君同官於汴相善也君亡於蜀嘗爲詩以哭之及至武昌獻羣以書抵余屬爲文以述君怱怱未及爲而獻羣亦亡繼以武昌之亂則國祚移

矣今年君子兆春來汴復以是請乃取獻羣所爲行狀次第而爲之傳俾兆春藏於其家蓋上距君亡之年丙午十有七年矣君論事侃侃不甘隨人俯仰處僚友事長官皆持一心坐是居汴鬱鬱者數年于公始雖器君然亦以太戇終未大用錫公誠知君矣或謂自海外歸來不無蜚語中之者然己酉之春錫公自雲貴移督東三省過漢上余以故吏進謁論及遼瀋事棘因曰章叔振可惜公曰昔泌陽教案既訖事凡文武奉檄往而歸者十九持安西滿書來叔振獨否生平最重之者以此因太息久之然則公於君固終始無間也自辛亥之後痛宗社之久淪每念安得忠義忼慨如君而與之一深語也

用山谷霆字韵示來學諸子　吳闓生

商鞅行法孫吳兵所貴踐實非其名但使九幽洞神力不愁八表無驚霆對案敦敦化蜩甲沈酣十載研都京一旦迢遙百無礙飛龍自有天邊行驂駕飛龍

搏彫虎稅鞅高邱歎無女塵中攘奪猶幾餘攀雲下視還軒渠偃鼠諒非江海腹牽頭曳足知何須不須拊掌爲夫夫山林亦自分榮枯欲抑精光薶大壑安知後世無風胡

吾聞學道如治兵貫通一藝皆可名歙吸青蛙頷下水誰知激薄爲飛霆曾張奮起百代下矯然風力窺西京蠶叢更自我公闢惜哉坦路無人行二馬班揚各龍虎法緒傳之伏家女辛勤掇拾秦火餘力疏九派釃千渠謦欬何人接初祖蒼茫万古眞斯須游閑送日疑非夫百年坐待形神枯白日飛昇非差事雲間灼灼垂龍胡

世言作詩不必爲韵所縛此不知詩者也詩家自有本原豈韵所能束乎戲用韓公送無本韵示王餘齋賀孔才潘百英吳稚鶴諸子

吳闓生

西山論文法貴在激其瞻匹馬突堅陣所恃唯一敢天風吹萬山一一皆可攬蛟龍舞雲漢一蹴落重宵卻惜千金珠逡巡撫其頷中宵天地變日月互吞啖手摘万明星磨瑩去黯黮王母哭相勞天顏歡不慘掉臂至京遊微風與淡澹蔚藍明万里霞色亂朱茵輕舟漾明鏡魚蟹出葭菼沅芷與澧蘭千秋歘同感差飽不娛賓嘗譏公叉歠腯肥使應客豈惜藜羹糝惠余能屢過鼓我姑坎坎元氣灝盤空精神非簡槧飽食不療饑何以愈顑頷六經足腴澤寧我悴慘慘根氏自盤囷何有蚍蜉撼取險一娭娛助子濴立覽

和姚菊人番曾鄱陽雜感用漁洋秋柳韻四首錄一　熊泰封

江國難招帝子魂夕陽衰草冷朱門雲飛遠戍添鄉思淚洒長亭認舊痕幾處旌旗迷故壘數家雞犬自成村儒生不作封侯夢豪竹哀絲子細論

鄂之武穴贛之馬頭兩岸對峙各駐重兵感賦　熊泰封

久驚風鶴遍天涯何意潮流眼底嗟天地棘荆韜日月楚吳門戶鬭龍蛇山連
南岸添新壘旗繞荒村噪暮鴉可嘆茹廬盡兵戍對江斜日聽悲笳

韓翰林集序

徐世昌

賀性存茂才葆眞既刻吳摯甫評注李長吉詩復取其點定韓致堯詩集付梓
此書以席刻百家唐詩仿宋刻爲近古遠勝汲古閣本近人言之詳矣曾見舊
寫分體本有訪明公大德大酺樂思歸樂寄禪師四詩爲毛席二刻所無此本
則四詩具在知其根据頗古吳江吳兆宜箋注徐庾韓李諸集徐庾二集已刊
行韓李二集板藏於家未知與摯甫異同若何摯甫究心韓詩於其激昂慷慨
感時傷事之作發明辨正開卷了然性存之亟亟流傳者亦以評注爲重與前
之刻長吉詩同一用心葢所以嘉惠學者而非矜言舊本也

韓翰林集敍

趙衡

往歲余用桐城吳先生摰書點勘讀公詩至香奩集嘗題七字句近體詩於後謂與李義山無題諸作皆可當賈生之痛哭蓋公詩法初受之義山最爲深隱難讀及其後國亡家破身世亂離所感公乃別𠛬一境其忠孝大節形於文墨者非唯義山不能與抗顏行而調適上遂追及杜公軼塵並殿全唐爲後勁則今所傳韓翰林詩集是也其初傳者後惟香奩鴆集復得百篇而所謂歌詩千首十蓋不能一二觀公自敍其香奩可見也粱主被弒後昭宗死才十年此公所最快意而喜爲攄寫者也其先昭宗又早出之於外辟地遠方心有所感皆可以昌言直斥惟盜未入關之先蘊蘊棼棼大亂將作諸在勢要猶自薈然恣其威福語多忌諱此則公與義山所遇之時略同默爾不可語又不能不得已而假物寓興主文譎諫甚至下乃託於男女媟褻之事賈生痛哭蓋猶不足以喩之嗚呼士生不時痛哭亦多途矣醇酒美女游仙佞佛日卜星相託一技以

自混者勿論已後漢氣節兩晉風流宋元至明之道學淸之攷據羣焉爭趨睎
爲博取富貴戈獲聲名之具而亦竄身其中自謀老死與痛哭天生所異唯遲
早耳五三去我日遠矣材識愈高偶合愈難不唯人事然也義山之詩至深隱
知之者尙多則公生氣瀕瀕鬱勃紙上灼如觀火光與日月爭明自唐至今經
千年後生之與斯文者猶未絕於天下人皆熟睎若無睹而時俗所好香奩體
公所自謂傳在人口者則嫁名他人甚且被以不肖之名也嗚呼此公緝綴舊
詩所爲悲無人會而一吟一泣而後人讀之亦可爲痛哭矣先生表章之不容
以已也冀州趙衡

談叢

嚴重之筆總敘其功作束二篇同一機軸而此篇鍊局選字之法尤奇曾文正公嘗以此二文相配蓋以此也

漢文帝乃陰險深刻之人其爲治深得老子以柔制剛之意非仁柔主也淮南王之死乃文帝殺之夫以人閉置檻車中縱不絕飲食安有不死者知其已死乃復開視委其罪於官吏將誰欺乎誅諸呂之功朱虛爲最乃以聞其將立齊王之故靳其封賞其王之城陽乃以將王諸子之故非其本懷幸不久即死不然其不與濟北同誅也幾希興居之請除宮也謂少帝曰足下非劉氏子此文帝教之也不然除宮一末節耳乃與誅諸呂者同封恐帝不能賞罰若此若云以同姓封則帝又非恢廓大度者也夫史明言張后無子非言孝惠無子也言取他人子殺其母而子之非言取他人子而殺其父也且少帝已明言后安得殺我母而名我矣是少帝及諸皇子固孝惠後宮之子也一旦而遽謂非劉氏

且諸呂之誅少帝尚使人持節勞太尉若眞非劉氏子何以不於誅諸呂時言之必待文帝已至與居除宮而後爲此言也蓋少帝不廢文帝不立而不謂少帝非劉氏子則廢之無名非文帝敎之而何況張皇后於呂后在時未聞擅權呂氏既誅文帝既立張后一婦女耳乃帝遽遷之北宮卒以憂死夫少帝不廢則張后不能遷僅廢少帝而不謂非劉氏子則張皇后仍不得遷孝惠在位七載未聞失德使張皇后不遷則大臣故舊必仍有不忘孝惠者故文帝此舉實舉孝惠之統緒而一絕之也孝惠之統緒絕則天下者乃文帝之天下矣觀其使薄昭至長安觀變昭還俱白諸大臣意乃笑謂宋昌曰果如公言是帝有欲得天下之心昭然若揭其後乃曰不得不立皆欺人之語也　又按帝始即位而陳平以丞相讓周勃亦窺帝之意旨爲之耳帝德周勃已屢見詞色雖誰帝無天下之心哉

吾弟宗芳嘗爲吾言漢文之猜忌過於漢高而深刻過於漢景其疑視諸侯王較漢武爲甚皆賈生導之也吾謂信如是則何爲不用賈生曰生之言則已用矣特未用生耳且帝之深心也蓋生以間疏諸侯王爲宗旨使明用而尊顯之則世必以疏骨肉譏帝又無解於尺布斗粟之謠故陰用之而陽擯之明示天下之至公而實自便其私圖也賈生固陰險而帝之陰險又視生百倍世特莫之省察耳

夜間思得一聯云立身守吾先大夫遺規剛健篤實勤儉孝友治家本曾文正公往訓早掃考寶書蔬魚豬

近日論者以中國之弊歸之州縣欲以州縣官之權之財歸之紳民予謂州縣官之不肖者誠如論者之言然彼州縣官者非生而爲官者今日之官即前日之紳今日之紳即異日之官決無爲紳之時爲夷爲惠一旦爲官即爲蹠爲蹻

之理凡官之劣者皆紳之劣者也即如論者之言盡去全省之官而惟紳是任吾知其治之敗亂猶夫人也而民之困苦且甚於昔日何也昔之官僅一人易而爲紳則爲數十百人矣將謂演說空文數日即可開民之智識乎恐雖炊五斗米尙不能如斯之易也況其所謂奪官之權與財而歸之紳者其心之爲公爲私尙未可問也總之前日之制則利在官而不在民今日之議利在紳而不在民無論如何其於民無利一也

穀梁公羊謂孔子生魯襄公二十二年史記作二十三年以從衆言之則二傳允矣公羊作十一月庚子穀梁作十月庚子以長曆考之則穀梁允矣然是月朔爲庚辰則庚子爲二十一日而世皆謂爲二十七日何與抑說者多從史記而魯襄二十三年十月之庚子固爲二十七日乎予不明測算而所見孔子生卒考皆不甚明了姑記所疑于此

史記讀法一　　齊樹楷

吾說經以性與勢爲立言定則惟經不一經非統會讀之則無由貫通故較難不如求之史較易見也且經言道理性尙可以大明勢則難於表見史羅事迹稽其事則勢可知矣惟勢之輕重人往往誤其軒輊之用儒者不欲言亦正由此（周濂溪通書言天下勢而已矣柳宗元封建論封建勢之不得已也）勢自有力存乎間一時之趨勢非不奔騰淵湃崩流倒峽然渴可立待則偶然之勢不可嘗執者也至於盈科後進放乎四海雖有大力莫之能逆乃必至之勢且盤固不可動搖者也

勢既有分則審勢乘勢之識尙焉嘗見今人於勢多誤認偶然者爲大勢所趨潮流所赴不敢逆或且隨而俱下於障川迴瀾之意無所知是昧於審勢者也需爲事賊躁亦覆亡皆昧於乘勢者也或不知根本盤固之定勢妄欲從根本

改造能發不能收則又於勢之本體毫末無所見徒爲蚍蜉之撼井蛙之跳又在不足齒數之列矣

勢者緜緒者也根於人性而見於人事人性不主故常則數年數十年數百千年而變變則勢生不變則勢定要衷於性之不可易作史者綜若干年之事而審察其始終中間遞嬗轉化之迹令人詳觀而有以處之至當則亦經之用矣

史記讀法二

讀史記者先知其作之之意史公作史稽成敗興壞之紀也然其法有二一曰考其行事後世史論諸家大抵考行事而爲言者一曰究其始終近人擬編新歷史標揭此義前之記事本末則分事究之未得其全蓋不考行事則鑑戒之義不彰不究終始雖成敗興壞事迹顯然而於行事之合否有不能明者二者有獨用有兼用也

史公作史固成一家之言然其成之亦有二一曰通古今之變第二義知者已鮮今歷史家以時代變化之故研究及此然與通其變使民不倦觀其會通以行其典禮者異矣夫化而裁之存乎變推而行之存乎通神而明之存乎其人變而不通其與幾何至於究天人之際說者未嘗道讀史記者應深思實行而自得之

天人之際甚微而實甚著善言天者必有驗於人而人則處處有天應之前言性言勢即於天人之際言之也然非詳疏則不明史公自序以八書爲天人之際是矣然其本紀表世家列傳或一人一時或羣人多時皆天人之際儒與道觀人皆有天存乎其間彼自有以達天德也

不通古今之變何以見人事之變遷不究天人之際何以見人爲之廣大莊子云井蛙不可語於海者拘於墟也夏蟲不可語於冰者篤於時也太史公西至

空同北過涿鹿東漸於海南浮江淮所知旣周故不拘墟綱羅舊聞取法後王故不篤時上下數千縱横數萬非復後儒之見所能窺矣

史記讀法三

吾言史公通古今之變而觀史記篇目之命名則各有不同有不敢言變者本紀也皇帝之尊已成雖百世可知而神聖之尊嚴亦不敢置議天下根本不可動搖名曰本紀示不變也史公雖尊堯舜安敢謂後世有民主耶有不能不變者世家也世襲之敝爲人共惡封建旣改已將世官根本剷除漢初封王侯只其餘波雖有餘威亦不妨訟言改制故以十表與世家輔行以爲觀變便利計列孔子於世家以師道會有變時也十二諸侯年表列孔子於終所以見意

八書列傳羅列人事無論何事何人何時之事與人均彙而集之列傳尤備其

時起周訖武帝其間魚龍曼衍不可方物誠爲大觀皆所以究天人之際者也

史記列傳意義最多人多則類列總名如儒林循吏等是也或不列總名但舉一二人爲代表如文藝之舉屈原司馬相如醫術之舉扁鵲倉公是也不列黃老傳而於治黃老者皆著明以黃老無不包不能別爲類儒林列類視之不與黃老同矣

史記稱名有欲其混合者如游俠不名盜賊佞倖不名倡伎滑稽不名優伶不欲明言之也有甚爲分明者如陳平陰謀即非黃老商鞅刻深即異申韓孫吳殺人即非勝兵其或評或譏辨之微芒者甚多讀者須知其旨蓋褒譏疑有鬼神瞰之者矣

史記讀法四

讀史記者須知太史公爲道家曾文正云太史公稱莊周之書皆寓言子長史

記寓言亦居十之六七斯言近之而曾公説史乃又泥爲儒説班固譏史公先黄老後六經尤無謂故以道家定史公乃得史公之意

以史公爲道家應知道家眞象佛無生者也儒生生者也老則回向即無生直前則生生介乎儒與佛之間者也

讀史記者須知史公不盡滿於孔子史公時之儒者以孔子書爲干進之具故史公惡之而譏議往往及於孔子且儒與儒尙相攻道之譏儒尤易蔽者史公亦不免也

史公雖譏孔子然於六經則具有神解不特禮以道和數言爲兼綜緒經之語即易本隱以之顯春秋推見至隱周道缺關雎作皆得其精至夏殷周本紀之於書禮書樂書之於禮樂於孔子之道知之深矣

史記之作亦依諸經之法爲之者孔子作經羅列社會全模史記亦然皆通觀

國家社會互相消長之機以定其應之之準國家統一政尙淸簡則國家與社會並容列國諸侯並爭各有暴亂不可終日之勢則國家與社會背馳孔子當列侯之世史公當統一之時時雖不同要皆詳究其分合以示斯人之措施則其意一而已矣

一者如何曰讓人事日繁不特權勢所在人多地位少不可不讓即利益所在容人之競爭久則人多利少亦以讓爲止息爭端之本孔于删書斷自唐虞而稱吳太伯稱伯夷太史公即以列於本紀世家列傳之首其識與意有同揆歟

史記讀法五

史記之文各家言之詳矣然猶有宜知者左傳一部爲一篇史記亦然不過分類分篇即難見其連續之迹耳要其全部及各類各篇均有綫索可尋不容割也

易彖言乘六龍以御天而繫詞以爲周流六虛史公之史亦皆借作指點非呆迹人與事知此則史記之文與其他文人之文徒著迹象者自不能一例觀之讀史記不知其意即不知其文如伯夷列傳其文之美純從作者之意發出通乎本篇之意通乎本類之意並通乎全書之意乃於淡然處不疑其無味引證處不疑其無因古人批史記者多矣有可資以見意者間亦列之否則一概從略於前批之不合者亦不多作辨駁以免召爭

史記留侯世家良與上從容言天下事甚衆非天下所以安危故不著桐城方氏舉以爲文章簡要之法陽湖惲氏亦爲此言實則文事如兵無一定成式惟視所宜以簡爲定則於是吳太伯世家季札一段方氏以爲重贅矣亦文人拘而不化之弊也

自來選文家於史記首篇多不列其贊猶有列者不知五帝本紀以冠全書

其崇黃老重讓國總挈全書而提其綱冠冕莊嚴以著爲首卽太史公亦自以爲擇其尤雅而文章家於此竟不知注意其他遺漏亦多而此尤缺然亦思全書起訖爲古人精神所在耶

吾言史記全部爲一篇考其系統最爲分明各類各篇亦多挈冒串插之法如五帝本紀黃帝提挈全部者也世家吳太伯列傳伯夷則提挈本類者也蕭何曹參世家互爲首尾呂后韓彭紀傳互相激射儒林殿春秋之末刺客結戰國之終其他前後關聯彼此映帶者更不一而足但能詳細尋繹皆可得其綫索且各類中時代先後排列不紊故史記爲極有系統之書

史記讀法六

史記上繼春秋下啟諸史惟二十四史（連新元史）局於時代不能通知史公之意是以可稱爲史者仍惟史記一書後人不知而史漢並稱或通三國志稱前四史

或益以新五代爲五史皆不知史記者也知史記之意惟鄭樵人乃以通典文獻通考配通志略爲三通又加續爲九通皆不知通志者也孟子言誦其詩讀其書不知其人世誠有之

或曰子論史而推鄭樵以爲可繼史公之後然則斷代不可爲史而諸史可不作耶曰非也無後何以知前且何以觀變史公作史示人以上下千古曠覽世變之法後之作者於史公所已有則續言之史公有而後世無者略之史公無而後世有者𠢕行其例以待後世取足以繼續察變而已是亦何妨斷代而爲之也

曰馬貴與端臨杜君卿佑不亦是乎何以不與且斷代爲史無會通因仍之道發於馬氏固通知此義子又何以獨推鄭氏曰史者網羅人事以爲旁參博考之資杜馬所著多國政少民事不能發史公之意是以少之

史記臚列社會種種情形窮極古今種種變相欲得通變宜民神而化之者人乃以毫無髣髴之書依附以爲之後宜乎史公自言曰非好學深思心知其意固難爲淺見寡聞道也

洛陽都會變遷考

蘇莘

論洛陽都會、當先辨東洛西洛、即肇始於成周王城之分也。周都鎬京、武王定鼎於郟鄏、（接鄭玄曰、郟山名、鄏邑名、圖經云、郟山即邙山）周公因之以營洛邑、營澗水東、瀍水西、以朝諸侯、謂之王城、又謂之東都、亦曰河南城、隋唐以後所謂洛陽屬此、即西洛、復營瀍水東、以處殷頑民、謂之成周、又謂之下都、漢迄北魏所謂洛陽屬此、即東洛。古籍所志王城周廣之度、不一其說、逸周書作雒解云、城方千六百二十丈、郛方七十二里、南繫於洛水、北因乎郟山、以爲天下大湊、據是周九里。（此據讀史方輿紀要所引、汲冢周書、某刻本、作城方千七百三十丈、郛方七百里）梁劉昭續漢志郡國志注、引博物記曰、王城方七百二十丈、郛方一十里、南望雒水、北至郟山、據此周四里、姑並存。自平王東遷、傳世十二、以至悼王、都此稱東周。敬王避子朝之亂、東居於狄泉、乃徙都成周。（春秋昭三十二年、晉定公使魏舒率諸侯之大夫、會於狄泉、城之、以居敬王、狄泉詳後）由是東周之名、移於下都、

敬王傳十世至愼靚王、均都之。王城置公以守府、稱西周公。赧王復遷於王城、旋亡。

王城方位、以今地考之、當在洛陽縣城偏西。志云、約距五里。顧炎武作圖、以古王城在金谷園之地近是。見天下郡國利病書卷五十一、金谷園今村名、相傳爲石崇故蹟、洛誥明言在澗東瀍西。澗水自西來、過穀水鎭而南折、流約九里、入於洛。澗西阻於秦山之麓、俗稱秦頭魏尾、即熊耳山脉東尾也、距城西南二十五里、度自古不能西徙。跨澗有石橋、地名七里河、舊橋圯、蓬萊吳巡閱使民國十一年重建、距縣城西十里。王城址、當不逾此。澗水自古兼穀水之名。穀水、志稱新安縣南源澠池縣南山穀陽谷、東北流、經新安縣南、又東入於澗、今壞、或云即孝水、洛澗俱來自高地、易暴漲、故周靈王時穀洛鬥毀王宮也。

成周、西距王城四十里。據晉元康地道紀、帝王世紀云、周下都城東西六里十一步、南北九里一百步、俗稱九六城、梁劉昭續漢志亦引此說、秦封呂不韋爲洛陽十萬戶侯。皇覽曰、洛

陽縣北芒山道西、有名不章冢、今瑆無可考、因周城拓大之、復建宮闕、引洛水貫城中、河陽北宮、河陰南宮、中爲複道三、相去七里。漢初以爲離宮、高帝五年、置酒南宮、七年、從複道見諸將沙中偶語、皆此。洎元帝時、戎患危及、咸陽翼奉上書、請徙都成周、未果行。

光武中興、定都東洛。規模遠軼於前代、惑五運之說、易洛爲雒。然班固東都賦、張衡東京賦、敷陳縟辭、皆無裨於史地之考究。考東漢魏晉以迄北魏、都城定制略同。晉元康地道紀云。城內南北九里七十步、東西六里十步、陸機洛陽紀云、洛陽城、周公所制、東西十里、南北十三里、里數雖互異、其爲縱長形式則同。漢城凡十二門、南面四門、正南曰平門、亦曰平城門、魏晉以後改平昌門、其東曰開陽門、魏晉以後因之、其西曰小苑門、魏晉改宣陽門、北魏塞之、又西曰津門、洛水自此入城、魏晉改津陽門、北魏稱宣陽門。東面三門、正東曰東中門、魏

晉以後改東楊門、其南曰望京門、魏晉改淸明門、北魏改靑陽門、其北曰上東門、魏晉以後改建春門。西面三門、正西曰雍門、魏晉改西明門、北魏改西陽門、其南曰廣陽門、魏晉因之、北魏改西明門、其北曰上西門、魏晉以後改閶闔門、又北北魏增闢承明門、北面二門、東曰穀門、穀水經此、魏晉以後改廣莫門、西曰夏門、魏晉因之、北魏稱大夏門。

洛陽迤東偃師迤西之間。洛水橫帶、極目平疇、二千餘年聲華文物之古都會、片石殘甎、渺不可得、蓋銅駝荊棘、已幾經滄桑矣。搜求其約略可辨者、得有數端、錄之以供叅考。一晉元康地道紀曰、城東北有周威烈王冢、北魏酈道元水經注亦云、周威烈王冢在城東北隅、淸龔崧林考得之於洛陽縣城東三十七里之金村北。（龔乾隆九年知洛陽縣、於古陵墓多所發見、立有碑石、金村當洛陽偃師兩縣、接界地、汴洛鐵路義井舖站北五里餘、）可徵古城東北隅至此。二漢明帝所建雍門西之白馬寺。洛陽伽藍記云白馬

寺在西陽門外三里、經歷代葺修、尚存故蹟。寺距洛陽縣城東二十五里。汴洛鐵路經此、三漢靈帝熹平五年、講武於上西門外平樂觀。袁紹誅宦官、董卓屯兵平樂觀以應之、今白馬寺北四里餘有平樂堡。雖位距微差、其沿襲古名則無疑。四魏明帝於故洛陽城西北隅築金墉城。其後曹芳、曹璜、暨晉楊后、惠帝、每有幽廢、皆居此。唐初於城置洛陽縣治、貞觀時始廢。志稱狄仁傑墓、在金墉城。今狄墓巋然尚存於白馬寺東側。五狄泉亦作翟泉。帝王世紀云、狄泉本殷之墓地、在成周東北、今城中有殷王冢是。伽藍記云、東陽門內昭儀寺有池、世謂之翟泉。按杜預注春秋、翟泉在晉太倉西南、此池係石崇家池、翟泉在建春門內太倉南、周回三里、水澄清澈底、魏名爲蒼龍海、今邙山之麓、尚有翟泉鎮、翟店、翟村諸地、惟泉久堙、地望亦不甚合。六洛陽縣城東三十里、白馬寺東里許、有長堤二、如頹垣、南抵洛濱、北至邙麓、東西相去約三里、或目之爲洛都遺蹟、竊以

爲非也、微論漢城、就以北魏迄今計之、已千七百餘年、距有甎石盡無、但存土垣之理、橫距過狹、亦不類、土人呼爲李密城、相傳李密築龍虎臺以閱兵、後訛轉爲龍虎灘、而成村落、隄其故疊之蹟也、說差可信、七伽藍記云、青陽門外二里御道北有平等寺、今龍虎迤東北有平等寺、（上述長隄東側）以地望考之、古寺當更偏東、斯係後人遷徙耳。八龍虎灘北、有丘巍然、俗稱爲漢質帝陵、龔崧林亦從其說、按地望正當東都城內、宮殿衢市所在、寧有寢園置此之理、疑傳訛也。

當董卓之亂、劫獻帝西遷、東都宮闕、付之一炬。迨建安初、帝東歸、曹操復挾之遷都許昌、洛都遂廢。至魏文帝黃初元年、復營洛都、收拾殘破之餘、初居北宮、起建始殿以朝羣臣、明帝復於漢南宮故址、起太極昭陽諸殿、南北宮繚以宮城、闕華林園於廣莫門內、閶闔堂皇、於以復振。晉武帝享其成、迨永嘉之季、劉曜陷洛都、又成灰燼。

北魏孝文帝太和十七年、南遷都於洛、大營宮殿城池、漸復魏晉之舊、廣興佛事、僧寺千三百餘所、開歷史上創觀。伽藍記云、京師東西二十里、南北十五里、戶十萬六千餘、廟社宮室府曹以外、方三百步爲一里、里開四門、置里正、合有二百二十里、亦可謂極一時之盛已。按北魏洛都、仍漢魏舊城、伽藍記所謂東西二十里、南北十五里、包城外舍市而言、非城垣外拓也、可詳證之、一就白馬寺金墉城、可證西未外拓、二水經注、伽藍記、均載穀水於建春門外石橋下、入陽渠、石檻銘云、漢陽嘉四年造云云、可證東未外拓、三伽藍記云、宣陽門外四里、洛水有浮橋、名永橋、宣陽門即魏晉津陽門、可證南未外拓、四伽藍記云、壽丘里、在都城西、南臨洛水、北達邙山、其間東西二里、南北十五里、皇宗所居、即此益可互證所謂南北十五里者、爲里居之地、非城垣也 厥後爾朱氏之變、焚劫凡數次、蕩毀幾盡。迨至東西戰爭、東魏敬帝天平二年、遣高隆之盡撤洛陽宮殿、運其材入鄴、東洛歷代之菁華、於以銷滅、徒付之黍離麥秀之感而已。

瀍。澗。流。道。之。改。徙。與。洛。都。局。勢。變。遷。有。連。帶。關。繫。考古者不可不知也。古時澗水、經王城即河南城之西、而南下入於洛。瀍水源於邙山、南下經王城之東、入於洛。

自周靈王壅穀水、（即澗水）使東出於王城之北、則其勢必與瀍合流、經王城之東以南注。（水經注云、河南城西北、穀水之右、有石磧、磧南出爲死穀、北出爲湖溝、接死穀即澗舊道也、）迨東漢建都、自河南城東北十五里之千金堨、引水復東出都城穀門北、繞至上東門外、（前通建春門石橋柱有陽嘉渺刻、即在此、）合於陽渠。陽渠、由都城南引洛水達此也、東流經偃師縣南、抵鞏縣、入於洛。以溉京師而疏漕運、方貢委輸之利莫大焉。然自是瀍澗之故道胥廢。曹魏沿其制、稱五龍渠、晉稱九龍渠、後魏更名九曲瀆、直至隋移東都。始廢千金堨。瀍澗復歸故道。今洛陽縣城北、邙山之麓、猶隱隱見澗水東下廢瀆之迹焉。

洛都西徙。於瀍水以西。始之隋煬帝。按括地志云、自周敬王漢光武魏文帝晉武帝皆都故洛城、至是自故洛城西移十八里、置都城、唐李庾東都賦云、始乎周卜、今自隋革、進十八里、作唐東宅、宋劉義慶大業雜記云、大業元年、勅有司於洛陽故王城東、營建東京、（大業五年、改稱東都、）城周迴七十三里一百五十步。西距王

城、東越瀍澗、南跨洛川、北踰穀水、洛水貫城中、以象河漢、跨洛建天津橋、但城僅築短垣、唐重修始完整。城門凡十、南面三門、中曰建國門、前直伊闕、唐改曰定鼎門、東長夏、西厚載。東面三門、中曰建陽、唐改建春、南永通、北上春、唐改上東。西面二門、南麗景、北宣曜。北面二門、東延喜、西徽安、內城偏都城西北隅、周十八里二百五十八步、宮城周九里三百步、宮殿之美、備駕漢魏而上之。（詳見大業雜記）隋煬帝更引汴入淮、疏邗溝達江、作通濟渠、以通東南、引濟入漳、合衞達海、作永濟渠、以通東北、運輸暢利、控及渤海長江、綰轂中原之局勢、以成都洛、而能善用地形者、前古未有也。

唐初、雖經李密王世充等之戰、殘毀未甚。大宗詔建東都、貞觀六年、治洛陽宮、高宗復經營之。大抵因隋之舊、更新名號、作陪都耳。武后時、使李德昭重修外城、周五十二里九十六步、號爲金城、（方輿紀要引劉昫云、都城南北十五里二百八十步、東西十五里七十步、周迴

十六十二步九里里數三餘百異二宮殿臺觀，踵事增華，遂軼於（詳見隋唐六典）武后駐此，於以館貢

寶，策貢士，大有遷都之意。迨安祿山亂作，田承嗣等陷東都，兵燹殘破，故天寶

以後，車駕不復東巡。郭子儀諫徙都洛陽疏云，洛陽自大盜以來，焚毀略盡，百

曹榛荒，營服不滿千戶，井邑如墟，豺狼塞蹊，千里蕭條，亭舍不烟，其景況可想

已。

五代紛紜，朝汴暮洛，東西京之名屢嘗。朱溫篡唐，改汴州為東都，開封府至開

化二年，即遷洛陽，溫之被弒，袁象先之誅朱友珪，皆在洛也。至均王乃都汴，以

洛為西都。李存勗滅梁，都洛，復稱為東都，終唐之世未徙。石敬瑭天福二年，從

桑維翰之請，遷汴，復以汴為東都，洛為西都，自是以迄漢周，遂永都汴京矣。計

都洛陽者，梁五年，唐十三年，晉一年耳。

宋都汴，洛陽仍西京之名，宋太祖有幸西京詔，建隆三年，命畫洛陽宮殿，案圖

以修汴京隋唐故宮、猶有存遺、故以爲遊幸駐蹕之地。富弼以中書判河南府、文彥博以司徒判河南府、尙寓重視故都之意焉。然輦轂已去、日就凋零。觀邵雍洛陽懷古賦云、宮殿森列、鞠而爲茂草、園囿棊布、荒而爲平野、鑾輿曾不到者三十餘年、使人悵然歎曰、虛有都之名也、蓋已不勝故宮禾黍之慨矣。洛陽城闕宮殿之殘毀、其在靖康以後、遼金元之南侵乎。金宣宗貞祐中、徙都汴、以洛陽爲中京、改爲金昌府、洛京之稱、此爲最後之一見。或云、宋初曾毀洛宮、徙以築汴、顧祖禹云、女眞蒙古再經兵燹、故宮遂鞠爲茂草、自是千餘年之建築、掃地以盡、

今之洛陽縣城、周八里三百四十五步、高四丈、門四、東曰建春、南曰長夏、西曰麗景、北曰安喜、洪武元年所建也、因金元舊址、築以磚垣、成化、萬歷、順治、康熙、乾隆、咸豐、遞事脩葺、以至於今。考城址、始於宋仁宗景祐元年、王增判河南府

事、改築洛城、視隋唐之舊減五之四、約當故城之東南一隅耳。

瀍水經縣城東門外、跨瀍有建春橋、唐建上陽宮於宮城西南隅、南臨洛水、西距穀水、東接宮城、北連禁苑、殿門悉東向、一名西宮、（高宗麟德二年建）今陸軍第三師所駐地、俗尙以西宮稱之、是其故地也。我國人素乏保存故蹟之思想、君主且一意剷除故都要塞、恐予肇事者以憑依、昔時戰爭之蹂躪、更罔所顧惜、遂致歷史上之陳蹟、百無一二留遺、豈僅一洛都也哉。東洛久堙、西洛隋唐之建築、亦毀滅淨盡、復因交通阻塞、元明以降、距京師尤偏遠、文物消沉、日即於退化、俯仰今昔、不禁慨然。按地理公例、交通可以轉移形勢、啟發人文、然則隴海鐵路、其改造洛陽之一端歟。

中華民國十二年三月一號發行

編輯者　四存學會編輯處

印刷所　京師第一監獄

總發行所　四存學會
北京西城府右街
電話西局二四〇八號

第二十期

分售處
開封四存學會分會
太原四存學會分會
天津四存學會分會

代售處
東安市場華露書店
第一樓聚文齋
琉璃廠藝文書局
琉璃廠中華書局
青雲閣富晉文書社

中華郵務局特准掛號認為新聞紙類

本月刊價目

期限	本數	價目
一月	一本	二角
半年	六本	一元一角
全年	十二本	二元

郵費

區域	本數	郵費
本京	一本	一分
	六本	六分
	十二本	一角二分
各省	一本	二分
	六本	一角二分
	十二本	二角四分
外國	一本	八分
	六本	四角八分
	十二本	九角六分

廣告價目

篇幅	期限	價目
全幅	全年	四十八元
	半年	二十四元
半幅	全年	二十四元
	半年	十二元
四分之一	全年	十二元
	半年	六元

報資務請先惠凡價目一元以上均不收郵票

廣告概用白紙黑字登載在一年以上者價可從廉

四存月刊

北京四存學會 編

肆

廣陵書社

四存月刊

北京四存學會 編

叁

廣陵書社

四存月刊編輯處露布

一本月刊月出一册約五十頁至六十頁不等

一本月刊多鴻篇巨製不能一次備登故各門頁目各自分配每期逐門自相聯續以便購者分別裝訂成書

一本月刊所登未完之稿篇末未必成句亦不加未完二字下期續登者篇首不復標題亦不加續前二字祇於目錄中注明以便將來裝訂成書時前後聯續無間

一本月刊此期所登之外積稿甚夥下期或仍續本期未完之稿或另換本期未登之稿由編輯主任酌定總求先後一律登完不使編者閱者生憾

一本月刊第一期送閱第二期須先函訂購屆時方與照寄嗣後訂購者如願補購以前各期亦須來函聲明始行補寄

本月刊投稿簡章

一投寄之稿或自撰或翻譯或介紹外國學說而附加意見其文體均以雅潔明爽爲主不取艱深亦不取白說

一投寄之稿如有關於顏李學說現尚未經刊布者尤極歡迎

一投寄之稿望繕寫清楚以免錯悞能依本月刊行格繕寫者尤佳其欲有出圈點者均聽自便否則亦望將句讀圈清以便閱者

一投寄譯稿並請附寄原本如原本未便附寄請將原文題目原著者姓名並出版日期及地址均詳細載明

一投稿者請於稿尾註明本人姓氏及現時住址以便通信

一投寄之稿登載與否本會不能預爲聲明奉覆原稿亦概不檢還惟長篇譯著如未登載得因投稿者豫先聲明寄還原稿

一投寄之稿俟登載後贈送本期月刊續登之半年者得全年月刊

一投寄之稿本月刊得酌量增删之但投稿人不願他人增删者可於投稿時預先聲明

一投寄之刊經登載後著作權仍爲本人所有

一投寄稿件請徑寄北京府右街四存學會編輯處收

四存月刊第十期目錄

專箸

歐戰後之中國 續第九期未完 徐世昌

直隷導河新志 續第八期未完 賈恩紱

尙書大義 續第九期未完 吳闓生

農學述要 續第九期未完 劉登瀛

蒙雅輯注 續第七期未完 步其誥

譯稿

哲學初步 續第七期未完 謝宗陶

羅馬法與近世 續第九期未完 呂咸

藝文

畿輔河道志序 徐世昌

銀李學

竊思某自二十一歲便棄八股業專事經史及先儒語錄然地僻無書而賦性粗浮。雖得見者亦只涉獵大意。求於聖人之道有一隙之明足矣。至二十四歲。忽得七書而悅之。以爲七書之粹。精在孫子。孫子粹精在首章。於是手抄十二篇。朝夕把玩。凡兵家精粗事宜亦頗留心。至二十五六。因所遇之艱。憂鬱成疾。但看書思事。卽心痛。或耳聾。或骨蒸、乃喟然歎曰。天限我也。從事醫學。以爲可以養親。養身畢此生已耳。至二十九歲。敝里之西。乃有法乾王子出。遂相深結。彼此以聖道相望。其治身心也。專以主敬爲主。其於日用也。專以躬行實踐爲事。務求幽獨寤寐無媿。方可謂學。故邇來只盡其在我。一切憂鬱俱釋。頗得樂趣。但心不密。功不緝。時生作輟。過端踵出。喜怒哀樂四字。尚不能當。何足言學。是以初見有懲忿之問。理明自不妄怒。先生眞是格言。某欲親見之。竊覺其難。以爲理非可一日而明也。近者思只須心常在。則自常明。一時不在。則一時妄喜妄怒。故不敬則不能明。而不明又不能敬。敬則明矣。明則敬矣。先生以爲何如。至於經濟。某以爲次第在大學一篇。施爲在孟子井田王道諸篇。故近閒每晝夜三復聖經。將求經濟之本也。所撰有存治一書。將備經濟之用也。未審是否。恕谷問邊外守邊河外守河江外守江之法。五公因出高陽孫文正諸書爲贈。且謂之曰。兵器須換。事須練。恕谷又嘗侍坐兩先生。潛手搔癢。習齋責之曰。侍坐尊長而覺癢。心即不敬矣。弗待搔也。五公與人和易簡諒。氣度包羅。可資師法。習齋自謂生平不能及。嘗語及門曰。夫子溫良恭儉讓。介祺得其二。溫恭是也。又曰。予當和氣包括英氣。憤發時則思王五公。恕谷亦曰。春風滿座。經濟盈懷。吾不及五公。厥後習齋評恕谷日譜曰。氣度多得之五公。五公亦善取於人矣。其師若弟敬禮而傾倒之如此。而五公亦絕重習齋恕谷。館新興時。恕谷遣車迎至其齋。傳槍法刀法。容物去繁儀法。己爲移置其齋中位置。曰。一室者天下之階梯。一室不安置得法。况天下乎。恕谷嘗以試如易州。從習齋會易州田治珽安州馮繪生新安管公式三人者、皆五公之良友也。因與五公子曙光。望荆軻山。過源泉河。登太和峯。高歌暢飲。其後曙光將卒。使人招恕谷至獻。盡以五公遺著付之。蓋以恕谷能傳其父學也。而五公之卒。亦嘗寄恕谷以所爲絕命詩。曰。一天雷雹收風雨。欲使乾坤暗裏行。尙有高靈護殘喘。爭留面目見諸生。其全與付託之意。槪可想見。恕谷既往哭奠如儀。選五公文集。併爲立傳。其略曰。山人少有才譽。長念明季多故。乃讀孫吳書。散萬金家產結士。甲申。闖賊陷京師。遂從其父延善、兄餘恪、弟餘巖、從兄餘厚、餘愼、及雄縣馬于、等。起兵討賊。破雄縣容城新城。誅其僞官。已而賊敗。淸師入。衆散。隱居以終。所著書曰廿一史兵略十卷。曰乾坤大略。萬勝車陣圖一卷。兵民經絡圖一卷。諸葛八陣圖一卷。十三刀法一卷。湧幢草三十卷。文集三十二卷。居諸編十卷。又有認理說通鑑獨觀前著集諸書。餘厚、字若谷。其卒也。習齋祭之以文。稱爲義士。謚曰壯譽。餘巖、字柔之。父兄之被誣赴燕市。五公以出後其世。父建善。不行。行至琉璃河。聞人唱伍員出關曲。餘恪憮然曰。吾兄弟俱死。誰復仇者。揮餘巖去。獨身赴難。餘巖歸。卒壯士入仇家。殘老幼卌口盡。亡命至淇縣隱焉。習齋之南遊北歸過訪之。老病。留金於其孫世臣爲養資。

陸桴亭先生。名世儀。字道威。習齋既以其學與己合。與以書。問與友人論並世之儒。稱其材識在張仲誠李中孚王法乾之上。但以爲宋儒所誤。不免沾泥帶水。恕谷之佐桐鄉幕事。周好生餽以所著思辨錄。恕谷閱之。取其學說之是者。載入日記中。而其論治之言。尤多可采。悉以散入擬太平策及平書訂。唯於郡縣建廟載主在任舉行冠昏喪祭之禮各端。有所駁議。而序習齋所編存治自敘浙中得陸桴亭封建傳賢不傳子論。蓋即郡縣久任之意。間以其說質之先生。先生曰可而非王道也。商榷數年於茲未及合一。而先生倏已作古甚矣。圖治之難也。其載入日記學說曰道威問或人曰。向曾體驗未發否。或人曰。如何體驗未發曰某嘗用力於隨事精察。覺有事時得力無事時便滲漏。遂用力隨時精察。久之。又思隨事隨時皆是外面若念慮初起時豈可任置。乃用力於愼獨二字。念慮起滅皆能自省。凡邪念惡念便斬斷勿使充長。又思愼獨是已發功夫。若未發時如何處置。此時恐是戒愼不覩恐懼不聞二句矣。聞先儒教人於靜中驗喜怒哀樂未發時氣象。乃於夜間閉目危坐屏除萬慮以求其所謂中究之念慮不可屏。一波未平。一波又起。間或一時强制得定。嗒然若忘。以爲此似之矣。然此境有何佳處而先儒教人爲之。且稍一錯認。不幾入於今之學佛者耶。體驗久之。始悟人心原無息時。不可一概遏抑。而所云未發者。不過念慮轉接處毫髮之間。初無一日一時之可計也。子思故言須臾二字。又言戒愼恐懼四字。以爲吾心之念慮或有息時。吾心之敬不容或息。能存之至於夢寐之際。皆能自主。乃可。或人謂戒愼恐懼卽是已發。曰試除却戒愼恐懼。尋一未發。或人思之不得。曰得非釋氏所謂不思善不思惡。還認本來面目者乎。又非元門所謂不出不入。湛然常住者乎。此處一差。毫釐千里矣。故除卻戒愼恐懼。別尋未發。不是槁木死灰。便是空虛寂滅。恕谷謂道威此說。甚有體認。循其所言。自覺從前功力尚多疏略。從此無論有事無事。有念無念。皆當以敬。至夢寐之際。亦屬欽明。於聖門修己以敬之功。其庶幾乎。日記又載道威言頭容一直。四體自中規矩。此閱歷語也。今立課宜時省頭直不直。

刁蒙吉名包。別號用六居士。卒謚文孝先生。明天啓丁卯舉人。入國朝。不仕。孝母。研程朱學。與習齋初不相識。順治十八年。以母壽介彭雪翁。徵習齋詩。習齋因贄以書。曰。側聞入蘭室。久而忘香。居鮑肆。恒而忘臭。以爲與之化也。愚則不隨聲也。豈惟千萬人。雖百千年同迷之局。我亦以先覺覺後覺。不必雷同附和。

臨財勿忘義。見義身可輕。

人有一分意必心未化。即不能保不爲伯鯀。有一分財色心未去。即不能保不爲桀紂。

吾身不修。受病莫過於口。吾心不正。受病莫過於慾。

天下之元氣在五倫。六藝所以壯此五倫者也。故禮以序之。樂以和之。射御書數以濟之。舍是而言倫常。即是空虛。即爲支離。

學未到家。終是廢品。非足色。總成浮。

窮苦至極。愈當淸亮以尋生機。不可徒爲所困。

齋明者正吾身之德也。耳聰目明。肢體健强。利吾身之用也。寡慾積精。寡言積氣。寡營積神。厚吾身之生也。

事雖至瑣。但當爲即爲。不可有厭心。

心神在內。天淸地寧。

君子之處世也。甘惡衣粗食。甘艱苦勞動。斯可以無失矣乎。

勇達德也。而宋人不貴。專以斷私克慾註之。則與孔子不懼二字。及勇士不忘喪元。臨陣無勇非孝等語。俱不合矣。奈之何不胥天下而爲婦人女子乎。

人之大病。是心中話。即說在口中。

心時時儼正。身時時整齊。足步步規矩。即時時習禮也。念時時平安。聲氣時時和藹。喜怒時時中節。即時時習樂也。玉帛周旋。禮也。不爾亦禮。琴瑟鐘鼓。樂也。不爾亦樂。故曰。禮樂不可斯須去身。

事可以動我心。皆由物重我輕。

謹言八戒。一戒閑言。二戒俗言。三戒類引。四戒表暴。五戒陵人。六戒幽幻。七戒傳流言。八戒輕與人深言。

定其心而後言。自無失言。定其心而後怒。自無妄怒。失言妄怒。皆由逐物。未嘗以我作主。

易曰洗心。中庸曰齋明。非齋不明。非明不齋。非洗心不能齋明。非齋明不能洗心。

凡罪皆本於自欺。言聖人之言。而行小人之行。全欺也。即言聖人之言。而行苟自好者之行。亦半欺也。

有一夫不能下。亦傲。有一事不耐理。亦怠。有一行不平實。亦僞。有一錢不義得。亦貪。

多言由於歷世事不熟。看人情不透。

有所事則心氣日上。無所事則心思日下。千古無暴戾之君子。（以上年譜及言行錄）

淡定性成者。多短於利濟。排難解紛者。恆懼其機術。豪爽恢諧者。必失之粗放。恂謹整飭者。易囿於腐迂。（泣血集序）

惟忠孝恬退之君子。與豪邁英爽之俊傑。尚存吾儒一線之眞脈。（泣血集序）

欲求不怠。先貴斷。欲求斷。先貴覺。欲求覺。先貴去其荒心荒身荒耳目口舌者。（答劉煥章書）

人惟自小其人。故隨行逐隊作俗常人。（韓會狀論）

蒼頡造人字。北面而書之。第一畫丿。自東北而西南。第二畫乀。自西北而東南。明乎其橫塞宇宙也。其形象頭項天。兩足踏地。明乎其項天立地也。其音上下齒對。而舌適舐之。明乎其與天地參也。則爲之者。顧爲何許人哉。（人論）

人生之所大欲大癸。大肆力以求之不遑恤其他者。富貴道德而已。天下之常人。諸事不知向慕。貪富貴則有同情焉。天下之賢人。諸事不屑向慕求道德則有獨嗜焉。

願天下爲仁人。爲孝子。

空談易於藏醜。

以上顏習齋先生

李先生曰。所行幾微不能告人。即不顧言。言有纖悉迴護。即不顧行。不能告人即爲苟且迴護。即爲文過。苟且則近利。文過則作僞。乃高談聖賢則鶩名義利誠僞名實。君子小人之分途也。

高隱傳名於千古易。行義建功於一時難。

訟過生過。不可不知。如口訟浮躁。以自悔也。亦有時口訟浮躁。正屬浮躁。口訟多言。以自艾也。亦有時口訟多言。即是多言口訟驕狂。以自下也。亦有時口訟驕狂。實爲驕狂。

輕以肝膽許人。輕以誠實信人。皆已過也。

賈子新書。動莫若敬。居莫若儉。德莫若讓。事莫若咨。四語。可以終身矣。

宏之反。曰淺。曰隘。曰躁。曰矜。似是而非。曰泛。曰濫。曰無斷。曰粗疏。毅之反。曰怠。曰遷。曰浮。曰散。曰多慾。曰苛細。似是而非。曰客氣。曰助長。曰執拗。

乖戾非剛方。忙亂非勤敏。糊塗非忠厚。委靡非從容。

急於求名。其實必少。以術御物。喪德已多。

志大才小。識大器小。言大行小。無用也。

存心以寬。行事以誠。立身勿以隨。接人勿以崖岸。

見人褊。思寬。見人暴。思緩。見人矜。思謙。

苟且脂韋。不可託寬和。褊狹嫉妬。不可託正直。

人一臨財。即財大身小者。身本小也。

虛矯非氣節。氣節不虛矯。苟卑非含容。含容不苟卑。此君子小人之分。

敬則精神聚。憂則精神散。

孔子言三德。曰智仁勇。後儒但言仁德。而以智爲德者少。以勇爲德者更少。且其訓仁智勇也。亦殊未當。智固在察理。而謀略亦智。仁固在去私。而利濟亦仁。勇固在任理。而英武亦勇。後儒則指謀畧爲詭。英武爲粗。致使吾德之性。流於腐小拘攣。其不足以致用也固宜。

天下惟君子日在過中。小人則倜然自以爲無過也。

人偏則愚。故大學戒有所。

好與人深言者。無經濟。

人之自負材智者。多自暴。自稱長厚者。多自棄。

作大事者。勿喜而喜。勿怒而怒。勿無事而有事。

世俗有三借口。一曰不拘小節。借口小德出入也。一曰脫畧。借口斥繁縟也。一曰率眞。借口不假也。然自居不拘小節。勢必大閑亦踰。自居於脫畧。勢必坊表盡喪。自居於率眞。勢必不孝不弟。自然之勢。大壞世俗也。

無實之名。深恥也。當木然如偶。

持身莫如敬。應事貴於敏。成材務學有用。寡過先去自便。

好言經濟名理者。君子也。好閒言者。庸人也。好言人短。及伺人隱。詆人富貴聲譽者。小人也。

不忠恕始於適己自便。終於忍心害理。

常人之於父母兄弟。密不如妻。親不如子。投合不如友朋。熱中不如君。非聖賢

顏李遺著

墓所不埋其支子也而族人有親未盡者則祝版云云告畢遷於最長之房使主其祭若親皆已盡則祝版云云告畢則遷其主於墓所埋之舊館埋於兩階之間○元按改遷之儀原本見於有事則告下及大祥章今集錄於此若入新主之儀自宜在彼○元按此處原本有深衣大帶幅巾黑履等制度今遵制不錄

內外之言傳致內外之物毋得輒升堂室入庖厨○凡卑幼於尊長晨亦省問夜亦安置丈夫唱喏婦人道萬福坐而尊長過之則起出遇尊長於塗則下馬不見尊長經再宿以上則再拜五宿以上則四拜賀冬至正旦六拜朔望四拜凡拜數或尊長臨時減而止之則從尊長之命吾家同居宗族衆多冬至朔望聚於堂上丈夫處左西上婦人處右東上皆北面共爲一列各以長幼爲序婦以夫之長幼爲序不以身之長幼爲序共拜家長畢長兄立於門之左長姊立於門之右皆南向諸弟妹以次拜訖各就列丈夫西上婦人東上共受卑幼拜以宗族多若人人拜則不勝煩勞故同列共受受拜訖先退後輩立受拜於門東西如前輩之儀若卑幼自遠方至見尊長遇尊長三人以上同處者先共再拜敘寒暄問起居訖又三再拜而止晨夜唱喏萬福安置若尊長三人以上同處亦三而止所以避煩也【補註】此節猶小學言長幼之序凡受女壻及外甥拜立而扶之外孫則立而受之可也【補註】此節言接女壻外甥外孫之禮凡節序及非時家宴上壽於家長卑幼盛服

序立如朔望之儀先再拜子弟之最長者一人進立於家長之前幼者一人搢笏執酒盞立於其左一人執酒注立於其右長者搢笏跪斟酒祝曰伏願某官備膺五福保族宜家尊長飲畢授幼者盞注反其故處長者出笏俛伏興退與卑幼皆再拜家長命諸卑幼坐皆再拜而坐家長命侍者徧酢諸卑幼諸卑幼皆起序立如前俱再拜就坐飲訖家長命易服皆退易便服還復就坐此節言家宴上壽之儀凡子始生若爲之求乳母必擇良家婦人稍溫謹者乳母不良非惟敗亂家法兼令所飼之子性行亦如之子能食飼之教以右手子能言教之自名及唱喏萬福安置稍有知則教以恭敬尊長有不識尊卑長幼者則嚴訶禁之古有胎教況於已生子始生未有知固舉以禮況於已有知孔子曰幼成若天性習慣如自然顏氏家訓曰教婦初來教子嬰孩六歲教之數與方名男子始習書字女子始習女工之小者七歲男女不同席不共食始誦孝經論語雖女子亦宜誦之自七歲以下謂之孺子早寢晏起食無時八歲出入門戶及即席飲食必後長者

始教之以謙讓男子誦尚書女子不出中門九歲男子誦春秋及諸史始爲之講解使曉義理女子亦爲之講解論語孝經及列女傳女戒之類畧曉大意十歲男子出就外傅居宿於外讀禮詩傳爲之講解使知仁義禮智信自是以往可以讀孟荀楊子博觀羣書凡所讀書必擇其精要者而讀之如禮記大學中庸學記樂記類是也其異端非聖賢之書傳宜禁之勿使妄觀以惑亂其志觀書皆通始可學文辭女子則教以婉娩聽從及女工之大者未冠笄者質明而起總角頮面以見尊長佐長者供養祭祀則佐執酒食若既冠笄則皆責以成人之禮不得復言童幼矣此節言教男女之道凡內外僕妾雞初鳴咸起櫛總盥漱衣服男僕灑掃堂室及庭鈴下蒼頭灑掃中庭女僕灑掃室堂設椅棹陳盥漱櫛頮之具主父主母既起則拂牀襞衾侍立左右以備使令退而具飲食得閒則浣濯紉縫先公後私及夜則復拂牀展衾當晝內外僕妾惟主人之命各從其事以供百役此節言僕妾事

主父母之道凡女僕同輩謂兄弟所使謂長者爲娣後輩謂諸子舍所使謂前輩爲姨內則云雖婢妾衣服飲食必後長者鄭康成曰人貴賤不可以無禮故使之序長幼尊卑務相雍睦其有鬭爭者主父主母聞之即訶禁之不止即杖之理曲者杖多一止一不止獨杖不止者此下三節言主父主母御僕妾之道凡男僕有忠信可任者重其祿能幹家事次之其專務欺詐背公徇私屢爲盜竊弄權犯上者逐之○凡女僕年滿不願留者縱之勤舊少過者資而嫁之其兩面二舌飾虛造讒離間骨肉者逐之屢爲盜竊者逐之放蕩不謹者逐之有離叛之志者逐之

冠禮

冠楊氏復曰有書儀中冠禮簡易可行者先生曰不獨書儀古冠禮亦自簡易【補註】黃帝以前以羽皮爲冠以後乃用布帛其冠之年天子諸侯皆十二

男子年十五至二十皆可冠必父母無期以上喪始可行之大功未葬亦不可行前期三

合圖乃見一致之妙故合圖如後

隔八相生係後儒律管三法倍四三分損益之說不見于經即置不論亦無不可者但細究之實具上下環生之法故不必廢若五聲六律還相爲宮見于禮經乃聲律要義不可不精核也

十二律旋相爲宮隔八相生合圖

黄鐘正宮至應鐘徵淸爲一調大呂變宮旋爲正宮至黄鐘徵淸爲一調太簇商旋爲宮至大呂徵淸爲一調夾鐘角旋爲宮至太簇徵淸爲一調姑洗徵旋爲宮至夾鐘徵淸爲一調中呂變徵旋爲宮至姑洗徵淸爲一調蕤賓羽旋爲宮至中呂徵淸爲一調共七調

黄鐘一層爲本律正宮隔八林鐘一層爲本律宮淸是正生淸故下生林鐘二層爲大呂徵淸隔八林鐘二層爲大呂之羽是淸生正故上生林鐘三層爲太

簇角清隔八林鐘三層爲太簇之變徵四層爲夾鐘商清隔八林鐘四層爲夾鐘之徵五層爲姑洗變宮清隔八林鐘五層爲姑洗之角六層爲中呂宮清隔八林鐘六層爲中呂之商皆以清生正故皆上生林鐘七層爲蕤賓之羽隔八林鐘七層爲蕤賓變宮蕤賓羽爲正當下生清而蕤賓變宮亦正也則無下生矣故下生窮大呂一層爲黃鐘變宮隔八夷則一層爲黃鐘變宮清是正生清故下生夷則二層爲本律旋宮隔八夷則二層爲本律宮清亦正生清故下生夷則以下各層皆如黃鐘推之十二律皆如此

樂錄謂甯府樂工言笛色七聲正生清隔八清生正隔九則隔九似屬非法且曾就其所說爲圖十二律林鐘上生太簇者今不生太簇而生大呂矣夷則上生夾鐘者今不生夾鐘而生太簇矣推之以次上生皆相矛盾又四生佪佪生乙乙生亿亿生上上生仩仩生尺尺生伬伬生工工生仜仜生凡則凡生仉仉

生六六生伬伬生四四伬在一處不惟非隔八亦非隔九矣況有十四位是十四律矣殊覺未合今妄爲二圖與十二律隔八相生旋相爲宮若合符契或不悖謬也

器色七聲遞相爲宮圖器色七聲隔八相生圖

下生者正生淸也七正盡則一正生一淸淸正全音由低而高上生者淸生正也五淸盡則一淸生一正以正繼淸由高而低其由低而高者一聲生一聲而林鐘夷則南呂無射應鐘接七正環至于高（器色則伵仉仩伬仜接七正環至于高正同）此即如宮四調四上尺工六而繼以伵仩伬仜也其由高而低者一聲生一聲而蕤賓中呂姑洗夾鐘太簇接五淸環至于低（器色則六凡工尺上接五淸環至于低正同）此即如宮四調自高返卑而曰宮四而下有六工尺三聲也推之七調皆然所以明十二律高低相生之法也此相生義也

上生下生昔人分陰陽配十二辰河右皆言不確今以器色實用觀之似得其義蓋宮爲中聲由此而商角徵羽環下順數爲下生其聲以次高由此而羽徵角商環上逆數爲上生其聲以次低是器色部位環下環上與昔人所謂下生上生固有顯然符合若是者不必旁及幹枝陰陽諸義也

樂錄曰宫四而下有羽徵角三聲宫四而上有商角徵羽四聲則以聲高爲上聲低爲下而此又謂聲以次高爲下生聲以次低爲上生何也曰器色自低轉高實轉下與低接故曰下生自高轉低實轉上與高接故曰上生佮州鳩所謂大昭小鳴和之道也河右先生所謂高低上下亦無定名以上作下以下作上是也聲音融洽之妙固如此器色圖具後

簫色下生上生圖

論說

歷代州域理財用人述略

吳廷燮

歷代地方分權最重者。爲理財用人兩大端。晉以後方鎮皆專財權。如劉弘都督荊州。傳稱之曰。勸課農桑。寬刑省賦。沈攸之爲郢州刺史傳誣之曰。賦斂嚴苦。徵發無度。而桓溫之督荊江八州。傳則曰八州士衆資調不爲朝用。此足見南朝方鎮。賦斂寬嚴。皆可自定。不由於朝。唐方州租賦。有上供（解京師者）送使（解節度觀察使者）留州（留供本州用者）之分。大率上供者則漕運及輕賫之屬。（米粟易解綾絹錢布之類）送使者則軍費爲多。如宣武河東皆十萬兵。昭義武甯荊南淮南皆五萬兵之屬。均本鎮供之。出境則仰給度支。而殷侑爲天平節度。定上供錢米之數。王承元爲平盧節度。亦歲定上供兩稅之數。則朝旨褒之。（以前爲自擅之鎮不申賦稅戶口）宋則南渡以後。制帥撫帥之權始重。雖置川湖四總領財賦。而大權仍在制置使。如呂文德帥京湖。取六十四州。養三十萬兵之賦。入爲已有。（見古今紀要逸編）范成大制置四川。

總領供軍之數。至五千萬緡。（鶴山文集）則制帥之有財權可知。其後或竟兼總領財賦。吳淵之師建康。則不納牙契錢。（寶祐九年戶部令諸州納牙契錢上州百萬中州八十萬下州四十萬惟建康留守吳淵庵以制使不納見吹劍錄）周必大致湖南安撫使王佐書。財匱所在皆然。湖南得侍郎其少蘇。是撫帥亦豫財權。明各省賦稅。分起運存留。（起運供京師及各邊者存留供本省）而遇大兵大役。則本省督撫。可請按賦加攤以取辦。萬曆中四川庫存銀至八百萬兩。惟鹽酒等等之屬。則中朝多設專官。不隸於鎮若省。此理財之可考者。用人之權。晉方鎮自守令以下。皆可選補。（劉弘等傳可見）唐自擅之鎮。州縣皆不請朝命。非擅命者。（今所謂之服從中央）有舉劾屬州刺史之權。而無選補之權。縣令以下。則可更易。然必請朝命。兩川嶺南刺史以下。亦可由節度經略諸使選攝。不爲定制。其用本境人者。漢。凡州郡吏職及鄉亭諸職。皆取本境人。至六朝不改。唐宋則由吏部選補。而唐之嶺南五管黔中。得即任土人爲官。江南淮南福建。因歲水旱。遣選補使即選其人亦時有之。宋川峽廣南東西福建湖南諸路。自常選知州以下。轉運司定其應格當差者上之審官東院流內銓審覆如令。即降敕奏聞。占籍本路。游注此州。皆從其便。或言士人知州非便。王駮公以中州人士不願適遠四路人樂就家便省吏卒將迎官府浮費。駮之。自是迄北宋之季。川峽諸路守令等職。大率用土人。明司道以下諸職。皆選外省人。而吏職則自司府以下。皆本境人爲之。又宋朝官可乞鄉郡。如韓魏公知相州之類 元初則路府州縣長官皆本境人爲之。以減金之時多有以州郡降順及克取之者世祖立始易此制謂之罷侯置守 然明鄉官之地位頗重。爲京官外官而退居于鄉者亦可涉地方之權。近人有謂湖南爲官紳共治之邦者。即謂紳權之重。此用人之可考者。至司法之權。唐以前皆方鎭郡縣兼之。宋始置提點刑獄。以典司法。元明則爲肅政廉訪司及提刑按察司。其上復有行臺及按院御史。庶乎司法獨立。但行省長官及督撫。亦能參預法權。蓋晉唐以方鎭兼軍民財法之權。則易以召亂。宋明則分軍民財法之權於數人。故難於梗命。此又論地方分權者所宜知者也。

論疏勒形勢

吳廷燮

疏勒舊郡。控扼葱嶺。限制華戎。有大河灌注之饒。有銅鐵錦綿之富。南至英吉沙爾。東南至莎車。東北至烏什。西北至安集延。皆不過數百里。爲西四城之都會。嶺東之鎖鑰。自漢班超用疏勒以攻龜茲莎車。制西域。而疏勒始爲用武之國。陽嘉中。敦煌太守徐由。嘗用疏勒以破于闐。唐顯慶中。疏勒嘗從西突厥寇于闐。而莎車自漢後即屬之。是疏勒之雄西域舊矣。唐置都督府於此。與龜茲焉耆于闐同備四鎮。張孝嵩之破拔汗那。夫蒙靈詧之入怛羅斯。高仙芝之誅勃律。皆出於此。由其地近葱嶺之顛。扼北道之要。中國得之。則可制外域。故班超居此。則條支安息。四萬里外。皆來貢獻。唐列爲軍鎮。則吐火羅道之州縣薄西海。昭武九姓。亦罔不臣服。元太祖既下蒲華狗可失哈兒。而兵遂南至鐵門。西踰嬀水矣。外裔若西突厥。若吐蕃。若西遼。亦皆以此爲患。中夏明末。天方之裔。西還於此。而山南諸城。遂靡然從附。雍正年。準部係喀酋於伊犁。遂得領屬其地。以增其勢。皆明証也。乾隆定回疆。得喀什噶爾。而東西布魯特安集延塔什干巴達克山博羅爾以至愛烏罕無不附。則斯郡亦控嶺西之要地矣。迨後霍集占踞此。欲王南疆。而煩我兆惠之師。張格爾陷此。則盡沒大河以南諸城。荐食溫宿烏什。而煩我長齡之師。同治回變。布魯特酋擾亂郡境。引安集延酋柯古柏過葱嶺。攻陷此地。以爲僞都。遂蠶食南疆。恣其荼毒。浸假蹂吐魯番。占迪化。盜我腴疆。偃然自大。結英俄以爲外援。而欲成自主之國。納欸回白彥虎叛弁何步雲。以爲內助。專制南北路幾十餘載。亦以得勒疏故也。自非中興以後。師武臣力。輓輸天下。饋饟西師。亦烏能克之哉。又兆惠長齡劉錦棠。皆先下此城。而葉英和闐諸城。不煩指揮而定。故乾隆建參贊大臣於此。近改行省。亦以提督兵備道駐之。誠以地首當葱嶺河源之衝。而扼俄界之門戶。規畫措置。有不得不重其事力。以息回族之內起。折強鄰之外侵者。又回疆既復。而安集延諸部。冀煽餘燼。圖再入。敗之於郡之烏帕爾諸處。而回疆乃安。近帕米爾之爭。俄人有踰葱嶺而東之志。說者謂西域大勢。北路荒涼。南路富庶。而斯郡土沃泉甘。物產豐美。又甲西路諸郡。是猶漢中之在陝。涼郡之在甘也。可忽視哉。

論軍人必絕奴隸性而後國可以圖存

齊振林

今輒謂中國軍人有奴隸性。強者必怒於言。懦者必怒於色。蓋人莫不好氣節。而惡居汙辱之名。惟久屈於積威之餘。習慣自然。遂相安於罔覺。聞言而若驚。苟有人與之追論所以致此之由。引而伸之。提而醒之。則始之怒於言。怒於色者。繼將失聲。哭。悄然悲矣。在昔唐虞三代。上下一體。文武不分。國而忘家。各盡天職無所謂奴隸性也春秋以降諸侯放恣各私其土各張其軍相襲相沿祇知有家不知有國然其時將多世族兵盡良家雖伏奴隸之根而入人猶未深也漢唐宋明之興起於草澤奔走與共者非亡命屠沽之輩即駔儈獷猂之倫或以利使或以威服同仇愛國之誠百無一二久之而繼體之君漸起厭薄之意右文輕武設法而實行其專制馭以私恩豢養如牛馬繩以嚴法戮辱如罪囚而一般不學無識之庸劣武夫猶復不知砥節勵行苟且偷安依賴成性由依賴而仰仗由仰仗而逢迎役同奴僕則以爲寵榮視等隸卒則以爲親信嬌妻美妾駟馬高車屈膝權奸武斷鄉曲平居之時假人威福有事之日與勢爲轉移故二千年來亡國史中多死國之相少死國之將有不二之士無不二之兵何莫非奴隸性貽之累也夫軍人者非所謂轟轟烈烈正正堂堂國力之代表國權之保障也哉昔之於專制淫威之下志氣沮於利權名節喪於祿位猶

可說也今則共和民國非復帝制之世矣無世祿世官之弊政則富貴不足以驕人無天誅天賞之恩威則威武不足以屈世雖具兼人之勇而道德不備直等匹夫雖有邁衆之才而名譽不完無殊豎子胡爲乎趄趄者仍復夢夢或靡於職位而一意趨炎或利令智昏而甘心附亂近且朝秦暮楚人熱是因甚至主帥升沈士卒即挾以譁潰專依人以爲主忘天職之本然則被玩弄於强力派者固爲奴隸之常性受操縱於煽動派者亦爲奴隸之變性也或者曰軍人重階級階級之嚴即奴隸之似也是不然階級由職務而定職務有大小無貴賤有高下無尊卑大可以包小小不能踰大高可以覆下下不能越高是階級之大小高下皆從職務範圍之大小高下而分非等夫奴隸之以貴賤尊卑而定也或又曰軍人貴服從服從之實行即奴隸之相類也是又不然服從由責任而生因服務而見更與法律相輔而行非服從則責任不專服務不奮法律

亦因之而窮是服從不越乎責任服務法律之外而奴隸則無所爲責任服務法律之必要祇以供奔走驅使之淫威又烏可與服從同日而語也總之軍人天職在以身許國而不可屈已媚人況乎今日者內憂隱伏外患潛滋國之興亡胥惟軍人乎是賴倘不絕其奴隸之慣性卓然爲國是之中堅吾恐誤供野心家之利用則內憂不已外患承之始之爲國內少數人之奴隸者終且爲外人千萬世之奴隸矣軍人軍人可以堅定其性以鞏我民國之丕基㦲

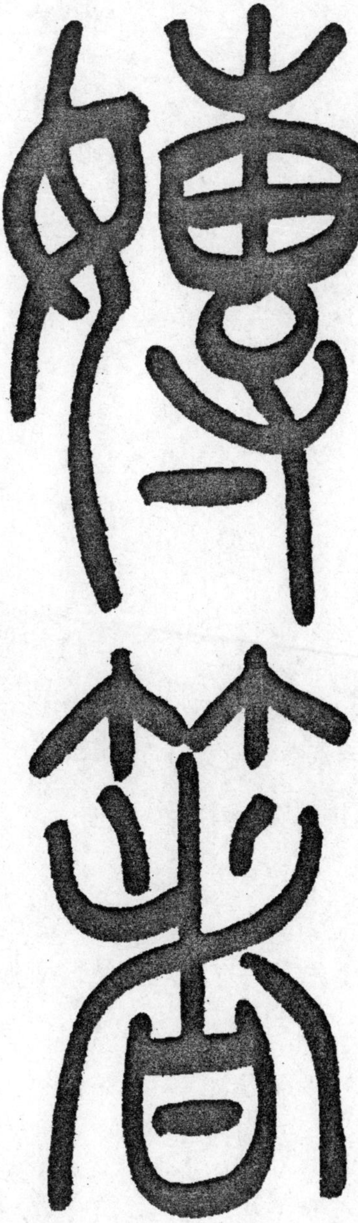

而死傷百分之四十四焉其生產力之減少爲何如乎顧說者謂『戰中軍隊增多兵工廠擴大現在戰爭已息主要之交戰國各須安揷五百萬上下之解甲兵士而因兵工廠之收縮解雇員役亦復不少即普通業務戰中因男工不足代以女工者僅英國一國聞已達一百五十萬人今男工歸來女子職業又復成爲社會一大問題各國政府恐失業過多流弊甚深不得已支撥巨額之國帑以給津貼據去歲七月間之調查歐洲各國人民之受政府津貼者多至一千五百萬戶一面又縮短工作時間限制兒童工作冀各工廠添雇壯年職工以爲安置一部份失業者之地慘澹經營不遺餘力故今日歐洲現狀與其謂爲勞力不足毋甯謂爲力勞過剩』云云不知此乃戰後秩序未復一時之現象使然異日原狀恢復逐漸銷納以後則實質上既死傷如許之壯丁即生產上必減少如許之效力殆亦勢所必至理有固然者也且此僅就軍隊計之

耳人民之死於兵燹流亡者猶不與焉其估計之數聞亦在九百萬人以上若比國全境法國北部以及波蘭塞爾維亞等爲兩軍抗戰最久爭奪最烈諸地其人民之死亡總數至今尚無從確計即五年中因饑寒疾病而死亡增高因從軍分居而出生率减退其損失之數亦屬非細據美國文德立氏所著歐洲之現狀『率書中所載謂交戰各國因人民從軍而出生率減少一千二百萬人此數若確是歐戰人力之總損失合戰死者之七百八十萬殘廢者之六百餘萬死於兵燹流亡者之九百餘萬出生減少者之一千二百萬及其他尚無確計之數而總計之至少當亦在四千萬人以上以歐洲交戰各國之人民合男女老弱全部不過四萬萬人中損失四千萬以上之人口而過半數又多爲壯年有材勇之士是則於經濟界影響之鉅殆有不可以數字表記者矣

二物力之損失　近世科學愈發明破壞之力愈雄厚此次戰役物力損失之

距前古未聞東西戰場村鎮被焚廬舍被燬工廠被倒塌鑛坑被淹沒至今瓦礫千里莫辨故址者觸處皆是尤甚者地面經礮火之爆裂隧道壕塹之掘挖上層沃土與下層砂礫翻和數年之中不復宜於耕種者數百萬畝森林果園或斬伐無餘或礮燬殆盡據法國佛德氏所著（法國善後之需要）一文觀之法國被侵區域中之住屋耕地鑛坑工廠及他公共建築物舉凡殘毀之處欲事修理再建需時則三年五年十年不等需費則六百四十五億法郎有零查法國北部實爲其國最富庶之區煤產占全國百分之六十八鐵產占全國百分之九十此外小麥甜菜酒精棉花等產額亦甚豐富故損害爲尤夥然在此戰役中究爲法國一部份之損害而其數已若是之鉅若合全戰域而統計之不更當駭人聽聞耶抑吾尤有進者近代物質文明之發達與交通運輸有深切之關係凡產業繁盛之區食物之供給原料之取求產品之銷行無一不

有賴乎運輸一旦交通有阻運輸不靈則供求不能相應而食料缺乏工商停滯恐慌之象可以立致社會之經濟組織可以根本動搖今返觀戰中各國交通機關之毀壞其程度爲何如就陸路言南戰場塞爾維亞之鐵路設備幾全被破壞停戰之日聞僅餘車頭九輛東戰場波蘭方面俄德兩軍三進三退殘破尤甚據美國牛門氏之親勘報告謂波蘭車輛缺乏運輸不便飢寒嗸嗸無法救濟非得貨車三萬輛客車一千七百輛車頭一千五百輛不爲功可以見其損害之甚矣西戰場法比兩境之鐵路橋梁破壞者數百所且大半被大礮轟裂土基連根坍塌不復適用車頭車輛減少數千而戰域以外之鐵路亦因戰時駛用過繁四年餘來不遑修理運輸力因之大減就海路言自德國實施潛艇襲擊手段以還戰前世界商船總數四千一百餘萬噸中損失至一千六百餘萬噸雖各國努力增造得新船一千二百餘萬噸而相差尚遠海運業未

近理。琮之言曰。治濁流之法。以不治而治爲上策。如漳滹等河之無隄束水是也。此外勻沙之法次之。如黃河之遙隄。一水一麥是也。永定既已有隄。難言不治而治。惟用此勻沙之法。以圖徐成。前議。竊擬於金門閘引河之南西岸拉沙以外。遠築遙隄。頂寬二丈。底寬十四丈。高丈五尺。使泛溢極大之水。亦可保無南注淤淀之患。其北於郭家務引河之北拉沙埝外。建築遙隄。使保護京畿。而無北溢之虞。設遇大水出槽。散於拉沙埝外。沙沈於田。清水仍歸引河。被淹之地。一水一麥。亦不爲苦。其城郭村莊之險者。酌築護隄。此用勻沙之法。以圖徐治者也。此議未行。及乾隆十九年。改河下口遙隄越埝相距三四十里。長約五十里。以爲盛漲游漾之地。隄埝以內村莊不能遷移者。立碑垂禁。永不許其改造房屋。意在讓水於地。實行散水勻沙之計。蓋猶是顧琮之策。惟較改北耳。此後得以安瀾者近四十年。然高宗已預言數十年後。殊乏良策矣。有專重疏浚者。裘曰修曾國藩是也。乾隆三十七年。曰修上奏曰。永定號稱難治。與黃河等。特黃河不煩轉輸。直達於海。此則入淀穿運。然後達海。故較黃河尤爲難治。然黃長數千里。此則不過二百里。人力猶有可施。願自改易下口之後。自六工二十號以下。任其蕩漾。南淤則北徙。遂以北隄改作南隄。迤北又作遙隄。再淤再北。更添越隄。昨歲則又穿越隄而北突。今於條河頭以下。導之使東北徙之路雖斷。然人事仍不可不盡。不可以任其蕩漾之說誤之。則每歲汛漲過後。皆當挑挖是也。挑挖之後。自可分泥沙於兩旁。而中間河槽。斷斷不可再塞。向來河官。只稱築隄。不言浚河。以爲浚艱於施功。又難見效。不若築隄。有丈尺可尋。工料可計。不肯者又或藉以爲利。便於開銷。不知淤日積則河日高。加隄而河身與之俱高。下淤上決。勢所必至。臣查額設挑淤銀。並無庸另議加增。只將歲修搶修。并爲一事。則辦理自可裕如。蓋淤日減則水循中道。循中道則無東衝西擊之虞。而險工日少。無險工則無埽工。移埽工之費於挑淤。每歲挑淤不厚。河流可以漸深。河流既深。不專恃隄埝以爲防禦。所謂行所無事也。此不獨永定爲然也。運河兩岸。險工林立。其所以多險者。則游灘致之。東岸有灘。則水側注於西。西岸有灘。則水側注於東。側注則偏刷隄根。於是加埽加鑲。加戧。百計以與爲敵。曷若於水發之前。凡有游灘。皆以川字河之法。深浚溝槽。卽以險工之費。移以挑濬。久之。均化險爲平矣。今請添設浚船。使得水中施工。每歲伏秋汛過。露出淤灘。記名段落。次年以能省埽工幾段。截淤多少。爲河員之殿最。顯示黜陟。河員石致貪歲修搶修之小利。盡知隄防之難恃。挑淤之有益。數年之後。諸河必有大效。總之。治河不外疏築。而築不如疏。事理至明。今設戧船一百隻。分撥南北兩岸。每一隻。連器具。估需銀五十兩。卽在額設節年挑淤剩銀項下動支。亦無庸另外請給。三年小修。五年大修。十年拆造一次。可爲永例。曰修奏准後。恐後人視疏浚修防爲平淡無奇。輕變成法。遂勒章程於碑。以垂久遠。及同治八年。曾國藩有疏。與曰修亦復相近。其言曰。近議者多主更改河道。以南隄爲北隄。於南更築一隄者。竊以數百里田莊墳墓。百姓豈肯遷徙。且數年後新口又淤。更將改徙何處。伏查乾隆年間。歲修銀一萬兩。挑挖中泓銀五千兩。疏浚下口銀五千兩。歲修者。培河上之兩隄也。挑中泓者。於冬春時挖河身之淤也。浚下口者。疏三角淀之尾閭也。厥後經費屢增。而辦法則仍三者並舉。明著成效。近數十年來。三角淀淤成平陸。浚下口之法廢矣。河中久不開挖。而挑中泓之法廢矣。然部撥仍留此兩款之名目。竊以爲當此窮極思通之時。仍宜復挑挖中泓之法。每歲除五六七八盛漲之月。及冬臘堅冰外。其餘五個月。均可興工挑挖。土運於遥隄之上。溜引之新泓之中。年年挑掘。節節開挖。河患或者可少減也。主專事疏浚之說。凡若此。顧永定伏秋漲汛。其來也浮。其去也忽。當懷山襄陵之時。必不能安流一槽。以收束水刷沙之功。勢必橫溢河外。抑或多入減河。河流既分。則停沙益易。將見河身以外。必須寬備漲溢。不能徒恃河槽。河身以內。淤墊自如人力偶不相繼。則前功依然盡棄。是則疏浚一策。以爲補助之計則可。若專恃以爲根本之圖。恐無當也。又有主更迭河身者。崔迺翬之建議是也。光緒初迺翬爲河員著治河總說其言曰。香固永東武四縣。城鄉士庶。紛紛以改隄爲請。皆謂改築北隄。足保三十餘年。若改築南隄。足保五六十年。何言之。蓋永定上流。北岸高於南岸。此其一。永定下流北路毋豬泊。不如南路郝浪泊之寬。三河頭而下。故道尙存。亦不似風河之狹。此其二。固安至渡口長十里。永清至渡口長十二里。與北岸之東安相似。稍徙而南。不過三四里。無礙城池。雙營鎭雖逼南隄。而地形高仰。築隄可護。無礙鄉村。此其三。且南岸近河。地形大半沙淤。不堪種植。廢以爲河。民所不惜。此其四。至改河之下口。竟可全取老渾河一道。自董家務東南經劉家莊新安莊朱莊堂二堡等處。與羊芬港接。其故道尚寬至二三十丈。深亦丈餘。蓋在康熙年間嘗經此路。時無兩隄之逼。不至遽淤。迄今已百八十年。尚得留此遺跡。亦下至羊芬港會合清河。直走東南。毫無紆曲。但須築長隄百餘里。防其越佚。羊芬港以下。又在淀中。尤當設法疏淤。不令尾閭壅塞。方堪垂久。更於上游頭工六號。至金門閘之地。添挖引河一道。所逕之牤牛河太平河大西湖。直至董家務河口。凡舊河可用者用。不堪用者。則添挖。約計可用者。不下二三十里。不可用須另為挑挖者。不過八十里而已。總之改築南隄。與改築北隄。皆以救目前之急。其用意畧同。但有一利。不能無一害。北不淤淀而下口與運道為鄰。則隄防宜慎。南不奪運。而下口在淀。爬沙之法。尤所當急。取其利。去其害。改築南隄可也。改築北隄亦可也。且永定之挾帶泥沙。斷難長治。今能保三十年不變矣。能保五六十年不變乎。即能保五六十年矣。能保以後終不變乎。今可於兩策中擇用一策。以弭五六十年之變。仍留此未用之策。以待五六十年之後。至不能不變之時。而一北一南。迭爲補救。雖至五六百年。以此法通之可也。蓋迭改河身之說如此。惟末世與水爭地。已成無可如何之事實。萬不能置之不顧。倘下游數十里內。勿論北行南行。各有寬衍之地。任其蕩漾。則此策信爲可久矣。無如下游之地。僅有此寬至多不逾乾隆時三五十里之數。更迭三次之後。南高則南不受水。北高則北不受水。大溜所衝。不能不集於外隄之下。而潰決仍不可禦矣。以上五說。乃有清一代最明通之論。其利弊凡若此。外有專重減河者。程含章許振禕之徒是也。程含章開減河在道光四年。許振禕開減河在光緒二十一年。當時藉洩盛漲。苟濟目前。未嘗無效。而以淀爲壑。至釀成不治之症。未始非此兩舉階之厲也。近又有師潘李馴治黃之策。謂厚近隄。以收束刷之效者。不知永定濁水與黃河迥異。冬春則涓滴幾竭。伏秋則排山倒海。隄逼河狹。適以滋其潰決之勢。萬不能收刷沙之效。又況永定一帶。泥土少而浮沙多。遇風則隄隨沙去。遇水則隄與沙化。極寬極厚之隄。水到即開。非夯硪可期堅固者也。有淸一代。君臣交儆。從無師潘氏故智之說。非忘之也。勢不行耳。凡此諸說。或本苟且。或近迂闊。皆不足深究者也。蓋嘗綜古今遷變而論之。秦漢以前。渾河罕見紀載。其故道莫可攷。漢地理志云。至泉州入海。與沽水同。沽水在東而治水在西。（治水即永定）同至泉州入海。其必先合沽而後入海也。甚明。惟志文簡略。不言至何處會沽。故不可詳。水經云。灤水、至雍奴縣西入笥溝。酈氏云。笥溝、潞水別名也。（劉靖表云高梁河者出自幷州潞河之別源也可知故道不合潞矣）魏晉以後。漸可尋摭。知石景山以下。先入高梁河。由薊城北以合潞。後爲淸泉河。由薊城南以合潞。迄於遼金。又分二道。一自看丹口東。抵通州南之高麗莊。以合潞。一自看丹口南流。逕霸州以合易水。（當即白溝河下游爲中亭河者）至闓生案。此爲前章總冒。而加入優賢揚歷一語。則幷攝後章意旨於其中。此文字義法也。盤庚之遷。胥怨者民也。今已事定。故慰解之。爾無共怒協比讒言予一人。慰解於民之詞也。

古我先王（先生湯也）將多於前功（多侈也侈大前人之功）適于山（宅也）用降我凶德（凶德猶言凶運降滅也）嘉績于朕邦（嘉樂也績成也）

闓生案。先引湯之遷亳爲證。

今我民用蕩析離居。罔有定極。爾謂朕曷震動萬民以遷（謂漢石經作惠謂惠同字）

闓生案。俞蔭父據帝王世紀。謂盤庚遷殷以耿俗奢淫。故徙都于亳。去奢行儉。今考蕩析離居云云。則謂因耿俗奢淫而遷者非是。至漢人稱盤庚去奢行儉者甚多。自是古義。蓋以遷後力行儉德。如衛文大布之衣之比。其始則非因奢俗而遷也。○又案。先公訓尙書。以惠爲謂。（朕言惠可底行）据石經此字爲證。

今考所見。尙不止此。如史記孟嘗君傳。君令敝邑以此惠秦王。惠秦王卽謂秦王也。左傳應乃懿德。謂督不忘。謂督不忘卽惠篤不忘也。又余從狄君田於渭濱。韓非引渭濱作惠賓。是惠又可爲渭矣。附記於此以備攷。○又案。謂督不忘。僞書不知謂之爲惠。乃襲其詞句。而改爲曰篤不忘。不知謂字可通曰字不可通也。此亦作僞之一顯證。

肆上帝將復我高祖之德亂越我家（肆今也德亦運也亂治也越于也）朕及篤敬（及官也）恭承民命（恭奉也承拯也）用永地于新邑（以長居于此新邑）肆予沖人非廢厥謀弔由靈各（非違也違廢先王之謀何以成德弔依之借字何也靈各善治也）非敢違卜用宏茲賁（賁卽奔走也言非敢不卜而宏此奔走也）

闓生案。以上皆申釋必遷之故。事已大定。始爲詳言之。所謂民可使由不可使知之義也。又案。上篇恪謹天命。今不承于古等說。至此始爲答辨。文意始末一貫。古以盤庚三篇爲一篇者。其以此歟。

嗚呼邦伯師長百執事之人尚皆隱哉（隱安也）

闓生案。此下乃陳善後之策。故呼邦伯等而戒之。

予其懋簡相爾（簡大也相助也）念敬我衆（敬讀爲矜）朕不肩好貨（肩作也）敢恭生生鞠人（恭本作共顧與邦伯等共進進于養人也）謀人之保居叙欽（保居謂相保守初遷尚未安定故謀人之生聚使更興也叙更也欽興也）

今我既羞告爾于朕志（羞進也）若否罔有弗欽（若順也有或也言順者不順者無或不興起也）無總于貨寶（總聚也）生生自庸（自用也庸善也烝烝然用善也）式敷民德（式敬也德惠也敬布惠于民）永肩一心（肩任也）

闓生案。儆告百官。教以保養生聚。而於貨賄一再言之。前既有具乃貝玉之戒矣。此又曰朕不肩好貨。又曰無總于貨寶。則當時風俗貪黷。殆若可信。故漢人謂盤庚革奢即約。率人於苦也。

高宗肜日

闓生案。此及西伯戡黎。文體皆以簡勁勝。此篇著語絕少。祖巳訓辭。纔五十餘字。而委曲咸盡。奧衍盤折。後世千言萬語所不能到。

高宗肜日（武丁祭湯明日有飛雉登鼎耳而雊肜祭明日又祭之名）越有雊雉祖巳曰惟先格王正厥事（格告也史記祖巳曰王勿憂先修政事）乃訓于王曰惟天監下民典厥義（典主也一主於善）降年有永有不永非天夭民中絕命（依史記校册民字）民有不若德不聽罪（降年有永有不永者非天夭折斯民而中絕其命也乃民之不順德不服罪耳二句屬上讀）天既孚命正厥德乃曰其如台（孚漢石經作付正治也付命正厥德言降災以治其罪也愚者至是乃無如之何言其悔已晚也）

闓生案。曲狀小人臨難張皇失措之情。至爲警湛。以下便。截斷尤高。

嗚呼王司敬民（司嗣也民改之借字敬民敬勉也）罔非天胤典祀（胤續也典祀長年也）無豐于昵（豐讀爲禮昵邪慝也言王繼自今能敬勉則天無不續以長年者愼毋禮于邪慝也）

西伯戡黎

闓生案。此篇記殷之將亡也。

豆萁	八四〇	一·三	一九·四	二·九
大麥稈	八五七	五·六	一〇·七	一·九
小麥稈	八五七	四·八	六·三	二·二
番薯	二五〇	三·四	五·八	一·六
胡蘆菔	一四〇	二·一	三	一·一
蘆菔	八〇	一·六	二·九	〇·八

觀此、可知飼料中含淡氣燐酸鉀養之多數者。以去皮花子餅等爲最。其次則爲豆類穀芽米糠等。其次則爲乾苜蓿豆萁。而麥稈蘆菔等。則含此三質甚少矣。西人之以化學攷求者如此。而吾華飼牛者多用花子餅。飼馬驢騾者多用豆穀及苜蓿等。至麥稈則人皆知其不足以養畜。惟不得已然後用之。而蘆菔則用以飼畜者絕少。是雖化學未興。固已知用上等之飼料。正英人但爾恒理、

所謂農夫試驗之理。與格致家攷求之理無異者。矣然則此表何必贅述哉曰農家者流。恒有儉嗇性質。雖畧知飼料之有優劣。而或存節省費用之心。往往憚用美料。不知美料雖似多費。而用以飼畜。則畜既得肥健。其所出之糞溲。又多含滋養植物之質。用以壅土。土亦肥沃。而收獲更豐。是顯用飼料於牲畜。實陰收大利於田畝也。且牲畜體已長成。又不出乳者。其所出糞溲中。含有淡氣等質之數。常等於所食之數。即其或加重或長大或出乳者。所遺之淡氣等質。常少於所食。而其所臥藉之蓐草。亦皆含有淡氣燐酸鉀養等。與糞溲混合。可爲肥料之大用。是故愼選飼料蓐草而善治理之。則其爲利甚厚。西人之精於農業計學者。常悉心攷索。別其價値。以表示農家。亦因農人多謂牲畜所產之利。不抵飼料之費。而不肯多用美料也。吾國有資本之農家。既已多用上等飼料。使人人皆知飼料與糞壅田土。相關最切之故。其實理明驗如此。以堅其信以破其儉吝苟且之見。而共收美利。則農務之振興。亦其一端已。

施肥法

牲畜糞溲之中。不獨水與灰質多寡不同。其性之冷熱亦異。牛豕之糞皆冷。其腐熟遲。馬羊之糞熱。其腐熟較速。故農家預備糞料。有不可不知之要理焉。凡糞以發熱已足者爲腐糞。未發熱者爲生糞。生糞者以其多未消化之生長質也。若沙土或沙雜土。皆宜用腐糞。且壅於田畝。必於下種之時相近。乃爲有益。因此種土輕而易於洩氣。無留糞料之力。早施之則有用之料。枉費於土地。若膠土或膠雜土。則能留糞料中之肥質。而肥料亦可在土內足其醞釀之工。故施用之法。適與沙土相反。而青肥之用。亦於此土爲宜。青肥者。特種植物於其已花未實之時。耕而覆之土中也。植物能取土中礦質淡氣與水。又取空氣中之炭與淡輕氣。以成其根莖花葉。以犂覆之土。則土中之炭與淡氣。皆加多矣。

故以蕎麥、旱稗、苜蓿、玉蜀黍、豆類、作靑肥。歐美諸國多用之者。其益能地面之土多生長質。能鬆堅土而使之適宜。濱海之地。多用海草爲肥料。以此意也。

肥料保護法

肥料常有耗費。亦農家所必知。耗費之原因有二。一、蒸發。一、漏費也。糞溲所含之淡氣。與輕氣化合。則爲阿摩尼阿氣。最易飛散。凡積有糞溲之處。每有臭穢觸鼻。卽蒸發之阿摩尼阿氣也。流質之蒸發。不借他力。惟由熱力而起。定質之蒸發。常由腐敗及燃燒而起。故堆積肥糞。令其醞釀腐熟。每患其蒸發。而使阿摩尼阿氣散布空中。減失肥料之力。又肥糞之堆。若經雨水冲刷。致糞中肥質。得水溶解。而隨水流去。則滋養植物之質已失。而所餘之糞遂劣。所謂漏費也。糞堆中常有黑水流出。卽其物矣。

夫新鮮之糞。其性激烈。不宜直施於植物。而堆積又有此二弊。故治理肥糞。不可無法也。堆積之法。鬆則空氣易入而發熱速。堅則氣難入而發熱緩。故堆糞宜堅。又常澆水其上。以減其腐熟發熱之力。則淡氣之因蒸發而失者少矣。堆積之處。先用乾雜土、或石膏。以爲之底。使糞之流質。不至透入地中。糞堆之上。灑以石膏。或覆以膠土。或更爲屋覆之。使不受日光暴露。雨水沖刷。堆旁掘一池。使堆中糞水流入池中。而時時取其水。復澆堆上。此皆防護肥料耗失之法也。人家便溺之所。常備炭屑及灰土等。掩覆糞穢。以消滅其臭氣。既足防穢氣觸人。易生疾疫之患。又能使肥料少所耗失。亦不可不留意也。

肥料餘論

以上所述。爲廄肥、青肥、及堆肥、之大概。此外如麥藁米糠油餅等。其所含淡氣燐酸鉀養之分數。已見前飼料表中。皆可用爲肥料。惟此等以用之飼畜而取其糞溲。較爲兩益。至於鳥獸類之皮革羽毛、骨體血肉、魚類殘滓、均可爲肥料之用。而其中多而易得者。惟骨於田土有大益者。亦惟骨。因骨中多含鈣養燐酸也。蓋土內所有之燐酸。爲牧草與禾稈等。吸取。則其數漸少。而土漸瘠。牲畜食牧草禾稈等。其燐酸常供生乳與骨之用。故其糞中燐酸甚微。雖用以糞田。不足補其所失。以骨補之。則土之瘠者可復肥矣。用骨之法。碎之使爲半寸塊。散布土中。得雨水則爲雨中之炭酸氣所消化。而可供植物之食。惟此法得力稍遲。若將骨磨碎成粉。以細孔篩篩之。則受益較速。欲其更速。則更有二法。一爲將生骨或蒸或煮。去其中所有之油。而磨爲細粉。一爲將半寸骨堆置一處。浸之以水。又以木屑或細土覆其上。則骨發大熱。數旬之後。骨質皆軟。以之壅於土中。則消化甚速。而爲益甚大。又骨灰、骨炭。亦皆於地土有益之物。至於化學家製造骨料。能使消化極速。更勝前法。惟做傚較難。且或謂製造太過。則其質少變。多用之反爲無益。故不贅述也。

石灰亦可用以壅地。其本質即鈣養也。植物灰中皆有之。而苜蓿及他根類尤多。故爲植物必需之質。凡鉀養二鈉養二等。在土中均爲靜質。得石灰以激動之。則化爲動質。而植物可吸食矣。且石灰不惟能分合土中本有之質。使養植物。又能速土內生長質之腐爛。能減土內之生物酸質。故膠土與草煤土及新墾宿草之地。尤宜用之。堆沙土與白粉石土。則不宜耳。用石灰之法。分置田中。沃之以水。急以泥覆之。旋以耙勻之。使速入土。勿令多受空氣。多受空氣。則半成鈣炭養三而失其功力。而又須雜施他糞。不可獨用。亦不可常用。蓋其性能催促滋養植物之質。使速供用。而地中各質。易於耗竭。將使沃土變爲瘠土也。

上所言之石灰。謂生石灰也。然石灰有各種。皆屬可用。一爲白石粉。一爲煤灰泥。一爲熟石灰。即鈣炭養三其益大抵與生石灰同。而功力稍緩。故或稱爲不燥烈之石灰。又有石膏者。乃石灰與硫養三所合而成。凡植物中多含硫養三者。皆宜用石膏爲肥料。或於春初草生時。加石膏於鹻沙之地。俟草長大。以犂覆之。則石膏與草能除地之鹹性。又能收留養料中之輕淡糞等。可得大益。又有氣石灰者。乃煤氣廠中滌器之石灰。用之田中可除螟螣蟊賊。及黴菌等有害植物之蟲。有以鹽爲肥料者。因鹽爲鈉與綠氣合成。其功効能遏各種穀莖葉之生長而堅其粒實也。凡土不得肥料。植物不茂。而料之肥者。必多含淡氣。又往往激動其生莖葉之性。至結實時莖葉猶長。既分奪結實之力。實遂不美。莖亦不堅。惟鹽能約束含淡氣之肥料。故用以節制植物之莖葉爲最宜。又豆白菜葱。多得鹽則茂盛。各種菜亦皆需鹽。試以各種菜燒灰而化分之。內必有鹽。此明證矣。惟用鹽之法。須視土內本有鹽數之多寡。而酌用之。若沿海之地。內含鹽質已多。不必更用也。

輪種

星也。穀梁疏、以日月五星俱照天下。故謂七曜。曜、又示也。國語楚語。曜之以大利。謂示之以大利也。又古稱天曰靈曜。文選陳太邱碑文。苞靈曜之純。稱日曰曜靈。楚辭天問。曜靈安藏。

氤氳　氤氳、古作烟煴。又作絪緼。廣雅釋訓。烟煴、元氣也。文選魯靈光殿賦注。烟煴、天地之蒸氣也。思玄賦舊注。烟煴、和貌。典引蔡注。烟烟煴煴。陰陽和一相扶貌也。後漢班彪傳注亦云。而字作絪緼。揚雄傳注。絪緼、天地合氣也。依上諸說。是烟煴、絪緼、氤氳字、皆通。而義則指天地陰陽、合和化生、萬物之元氣而言。易繫辭下傳。天地絪緼。萬物化醇。文選思玄賦注引易。而字作烟煴。考之釋文。烟又作氤。煴又作氳。魯靈光殿賦。合元氣之烟煴。注亦引易。又從其本字作絪緼。數字義通。於此可見。案說文乞部不著氤氳字。系部不著絪字。而本部緼字與火部烟煴字。亦各異解。說文緼紼也又解紼爲亂

臯煙火氣也或作烟熅鬱煙也今釋絪縕為天地陰陽合和之元氣從各經及文選注說

晝

說文晝日之出入與夜為介案介古界字也即界畫之界說文畫介也介畫二字轉注畫與劃同後引申其義為繪畫之畫日之出入與夜為介謂晝分日之出入晝與夜即以此為界畫此晝字義也故晝收畫部從畫省從日謂省田中一直筆而從日也案晝者夜之對欲詳其界說自必以日出入為限而凡經傳言晝則正不必拘拘其界說所謂讀書宜觀大義也廣雅釋詁晝明也廣韻釋曰日中日中蓋亦明意古人作事必晝左氏昭元年傳晝以訪問莊二十二年傳臣卜其晝兩傳之意皆謂晝為嚮明之時即作事之時作事必晝方不至有俾晝作夜或如書臯陶謨所謂晝夜頟頟之嫌更觀魯論之警宰予也曰晝寢左氏傳之譏齊君也曰晝伏夫晝何時也而曰寢曰伏諸書言晝蓋皆渾取大意恐人之用晝而失其節正不必拘拘日出之說使經傳之旨轉因

說經傳者之穿鑿至憂其支離而破碎

夜

說文夜舍也天下休舍段注舍止也休舍猶言休息从夕亦省聲收夕部案夜與夕皆指星見之時言特渾言則一析言則二詩雨無正篇曰莫肯夙夜又曰莫肯朝夕一詩而夕夜並用左氏莊七年經辛卯夜穀梁作辛卯夕一事而夕夜同稱此渾言則一之證也左氏昭元年傳君子有四時朝以聽政晝以訪問夕以修令夜以安身分夜與夕各占四時之一且若有不容牽混者此析言則二之證也但此之辨證亦斤斤於夜字界說則然而說經大旨則正不必如是禮記月令疏星見爲夜左氏莊七年經注夜者自昏至旦之總稱蓋古人言夜各視其地其事及其意之所在爲稱而朝斯夕斯之旨與所謂早作夜思者其義正復相同知此則夜字界說既明用之者或不至𦓝於一是而可觀其通

今　蒼頡篇今時詞也說文解曰是時以亼ㄋ古及字收亼部段注是時如言目前案目前猶現時也今與古爲對文以現時爲今則必以往日爲古古不一其時今亦不一其時也由皇初而視現時則皇初爲古現時爲今由現時而視後之百千萬世以至無窮之時則現時以後又迭有所謂古迭有所謂今說文曰是時是之云者有當前卽是意故段注謂如言目前班固漢人也著古今人表而漢人不與蓋以遠乎漢者爲古近乎漢者爲今張揖著古今字詁而所詁皆揖以前字蓋以前之遠於今者爲古後之異於前者爲今是班固張籍兩言今皆不取目前現時意然以今爲對古之詞則無殊又案古籍用語今字單文有含不容緩意者詩標梅迨其今兮毛傳今急辭也史記汲鄭傳吾今召君矣索隱今卽今也卽今迨今皆急不容緩意一今字足達之白語則詞費矣但非心知其義雖强聒不入

譯稾

第二章　形而上學

一　宇宙洪荒。包羅萬象。依科學之觀察。持二端。但就其現於吾前之形體。即有觸於感覺者論之。而置不知、與不可知之原因於不問。一也。徒致思於現象之本質。而不及於其觸於感覺者何若。二也。前者、爲實證科學（Positive Science）之事。後者、即屬諸形而上學（Metaphysics）矣。

任一科學。類各持一種概念。爲之工具。爲之器械。蓋欲爲其事。則必先擇其器。器之價格若何、無論也。有之。斯足矣。其所謂概念者。約爲空間、時間、容量、性質、原因、功用、動機、力量、物質、形體、等等諸端。殆皆適用於實在之物體。大凡所有科學。其一事之因。除更爲一事外無餘事。一動之機。即爲他動。近取諸譬。一音之因。乃爲空氣之鼓盪。固不外別一情狀境遇。而已。是故科學家者。各本所學。各據已見。以考察物質之不齊現象、與其形體、及變遷。而於何爲物質、或何以爲物質不逞問也。彼其所欲知者、唯如何(The how)耳。斯其智識之領域。乃以有限(Finite)之界線自畫。而爲本諸經驗之事物所囿矣。然而人類之靈。好察樂問。徒於此類智識。終有未足。良以有形人生。剎那生滅。固無由以徒存。必有其恒久無窮者。勢力蘊蓄者。類如吾身動作時之有意志者。無限(Infinite)無終極、(Everlasting)及絕對(Absolute)者在此。之爲萬彙實在(Reality)之本原。即宗教所稱爲上帝(god)者也。凡此眞實概念。其他科學無一不受其賜。惟相與存而不論。沿習成風。故終應尙有一科學焉。特懸此等概念。以爲其格致之鵠。蓋曰形而上學。是學也、舍法則事實。屬諸流露感覺之物質界者、(Material World)不講。以鑽研於感覺之公証。揚摧於萬物之本質。搜討於終極之原理。屏事實之爲普通感覺所保證者、不受。而於奧賾之處。爲其他科學居之不疑者。反摭拾焉。總之、彼於事與實或相矛盾之學。不無問然。必欲於現象而後而外有所自得此其所以為形而上學歟。彼將試欲執鈞衡轂轉之微機。求所以游太虛之(The great unknown)秘府。而有以守造化之動根者也。是吾人可斷言者。同此求解太虛及玄秘之渴望。於庸常心理。則結其迷惑之信仰於哲學之士。則導其形上之觀察。形而上學者、所以研究萬物之終始而為真實存在（Really Existent）之科學也。故其所居哲學之部份。凡關於哲學研究之普通問題。皆隸屬之。

二　形而上學、果能達其鵠的耶。抑或空玩索於目錄之上。永戰爭於宇宙隱謎困難之中。終不免為太虛堂前之一乞人耶。之數問也、吾儕初不期有所致復。人類理性、究能剖決形上問題於無憾耶。抑或形而上學、自始即懸鵠的於不可能耶。之數端也、科學及哲學界今昔所引為任務者。但人有恒言。則曰、形而上學、與陽春白雪之曲足以互相鳴和。又曰、『形上學家猶之一失業之詩人。緣彼欲於事物而外。有所求得焉耳。』

缶而泰(Voltaire)曰、『形而上學所以爲心靈(Mind)作演義者也。較幾何學爲尤易樂從蓋事幾何學者終須耐計算測度之勞於形而上學則吾人固恣情夢想而已矣。』

白克爾(Buckle)君、於其『英格蘭之文化』(Civilization in England)一書。內有言曰、『形上學之方法、存乎其人。亦惟各視其心靈之運用何若但其爲法也。用之於任何學問。殆從未有能得所發明者。』

又栢啓納(Ludwig Buchner)者。爲『力量與物質』(Force and matter)一書之名著作家。於其近作之一曰、『在本世紀易簣之時』(Am Sterbelager des Jahrhunderts)書內。曾宣言云、若夫心理學、論理學、美學、倫理學、法律學、及史學等皆有一至理。(Raison p etre)爲人類心靈所當師效至形而上學、本屬不可能之科學、既違自然。尤乖感覺。投而廁諸廢物貯所之列。有未容緩也。

三　形而上學名詞〔μετά τά φυσικά (mêta ta Physica)〕所自昉。猶在其所指問題發生之晚後。此項問題、先爲伊華尼學者(Ionian Philosophers)及柏拉圖、(Plato)所論及。名其學曰論辨學。(Dialectics)按形而上學所講者乃自然以後以外之事。其名詞以此者。不過於文字上偶然得之耳。要其本字之旨。初不若是。蓋亞力士多得之友從萃其研究萬物本質問題之所得。錫以『第一哲學』之稱號。而置諸彼所謂物理學(Physics)部份之後。此『麥特非西克司』(吾國釋爲形而上學)之名詞所由自起。若曰、次物理學(After Physics)也。在昔希臘哲學於物理及形上問題間原無鴻溝之割劃。考其時物理學。正今吾所謂形而上學者。是因而形上學之歷來定義。各有不同德國哲學家烏爾夫(wolff)氏命之曰「實體學」(Ontology)即原有科學。(Science of Being)或眞實存在科學所以別於屬諸現象、(Phenomenal)。或屬諸觸於感覺之學也。哈提門(Edward v Hartmann)氏之講形上問題。更以「無知識」(Unconscious)目之。

據康德(Kant)之思想。以爲吾人類理性既如斯其慘澹經營。若更以感覺以外之問題。彊施攝引。必至不能剖決。故於其「純理性之評論」(Critique of Pure Reason)書內曾重言申明。在未擅入形上問題之先。於人類之理解、及其能力應畧一爲考按焉。(案康氏方法謂之批評術。Criticism)

英格蘭者。重普通知識之國也。於形上之觀念。殊鮮例外、(柏克裏 Berkeley 尤甚)概無取焉。

凡各項形上問題。以及從事剖決此項問題之學派。當於下章論之。

族會議。(二)苦米梯阿森瞿利亞達 Comitia Centuriata 卽國民軍務會議。會員不限於貴族。(三)苦米梯亞特利布達。Comitia tributa 卽各地方之人民會議。(四)公喜利亞姻皮利比斯 Concilium plebis 卽平民會議是也。前二種會議。在王政時代久已成立。至平民會議所立之法。本爲限制平民。但至紀元前二百八十八年。郝廷西亞法 Lex Hortensia 擴充平民立法之效力。隨貴亦聽其支配。各種會議所議決之法案。皆爲法律。其性質分特別普通二種。是與近世相同者也。除平民會議外。其他會議所議決者。名爲來克斯。Leges平民會議所通過之法律。名爲皮利比西達。plebicita 康喜耳所定之法則以康喜耳之名名之。爲弗來利阿郝拉梯亞法律是也。Valeria Horatia 各地方平民會議所定之法律。則以提議此法之地方區域之名名之。有時來克斯與皮利比西達名稱混合。如署名之來克斯阿基利亞 Lex Aquilia 及來克斯福爾西狄亞Lex Falcidia此二種來克斯。實皆皮利比西達也。其後各省長官對其所轄之省。以命令頒行之法律。名為來克斯達特。Legesdatae共和時代元老院之法案。(Senatusconsulta) 不能認為法律之淵源。蓋王政時代之元老院。在共和時代不具立法之權。當共和時代元老院之職務。為準備法律提案。注意共公行政。登記各種會議所議決之法律。故元老院在共和時代。雖仍為國家之主權機關。但不認其有立法權也。

(乙)保民官之告令edicta

各保民官之告令。亦和共時代羅馬法之淵源。而以大判官告令為最要。大判官者在共和時代為司法之官。年一易任。蒞任之始。以告令公佈其所適用之法律。名為永久告令。(Permane ntedict)其判決之各種案件。未曾適用永久告令者。亦併行公佈之。

各省長及保民官亦援大判官之例。而頒行布告。凡以布告所頒行之法律。統名之爲大判官法。所以別於市民法也。帝國時代之羅馬法。以大判官法尤爲詳備。至其他官吏如康喜耳、Consul 森色、Censor 鮑梯非西、Portifices 奎斯陶、Quaestor 皆係行政官吏。而非司法官。故與立法上毫無影響也。

（丙）法律家法之箸述

法律家之所供獻。與法律有重大之關係。共和時代。法律名家之論文及解釋。層出不窮。法律文學。遂日漸發矣。

二共和時代箸名之法律家

法理之發達　自羅馬之有法律家。而羅馬法始得進於世界法。換言之羅馬法理之發達。實賴法律家之箸述。毛修亞西克福拉者 Qmucius Scaevola 在羅馬內亂以前。曾爲執政官。（即康喜爾）羅馬法理之鼻祖也。共和時代之法律家。乃羅馬法之創造者。帝國時代更闡明光大。而使羅馬法得通行世界。今述法律家之經營創造。無異爲羅馬法進步之程序及其範圍之表示也。

共和時代著名之法律家　共和時代法律名家。凡四十五人之多。最要者爲稽留氏Gellius及西西勞Cicers二人。

共和時代最早之法律家。係爲開島。Cato 其父曾任森色。(官名)儒帝之法律彙編。及法學階梯中。曾論及之。氏死之日。乃父猶存。正當羅馬選任大判官之時也。銳勾拉開島尼阿納 Regula cotoniana乃氏所發明者。係遺囑法也。卽人於未死之前。得立遺囑。以指定繼承人。不能因立遺囑者之死亡。而使遺囑失其效力也。

此外尚有三大法律家。富於創造能力。卽布濡特氏 Brutus 遂尼留氏 Manilius斯開弗拉Scavola是也。斯三子者。於羅馬法律文學之

畿輔河道志序

徐世昌

商邱謝丈仲琴。端居學道。以仁民利物爲心。而農田水利。尤所考求。爲渠洹漳及灤。皆有績效。其子宗華宗蘭等。裒輯遺墨。以所纂畿輔河道志乞序於余。蓋皆其手錄者。所列按語。博考利病。講求疏瀹。注重浸溉、用心良苦。余謂燕趙水利。魏之劉靖宋之何承矩田功之美。彪炳史册。而鮮著述。既考據者重在知古。言測量者重在知今。以是書斠之。似若未逮。然仲琴之行水治田也。草笠短衣。胼手胝足。畦丁田夫。同其甘苦。斥鹵稻秔之盛。竟親爲而親見之。此豈空談所能及者。今西北諸省。在官在野。有志之士。果皆如仲琴之心平水利。以廣興疏瀹之用。浸溉之規。如孟子所謂穀不可勝食者。將於今見之。爲益於國。其無涯量。則仲琴之書爲不朽矣。

謝仲琴坦白軒詩文集序

徐世昌

商邱謝先生仲琴。今之有道君子也。先世與余家均寄寓衛輝。世修交好。先生讀書好古。內行肫篤。不樂仕進。而以利物爲懷。出其所學。爲諸侯客。馳騁於齊梁燕趙之郊。垂五十年。民生利病。每挽濟於無形。而人莫之知也。中年後、居項城袁公幕府最久。袁公外綜疆政。內握鈞衡。一時延攬祓飾之材。俊與夫攀鱗附翼之士。來自茅茨。不數年間。卒騰驤而遠舉。獨先生不欲爲官職所縛。數辭荐拔。袁公亦弗之强。而淸操雅望。遂終以韋布而抗高牙。余幼年即識先生於汴。迨客洛陽縣署。先生適居陳子淑太守幕。過從日密。相得亦益深。北游以來。國漸多事。鑒於世俗偏激之爲。益致力於忠恕。期以至誠感人。又好觀皇極經世之言。每體其盈虛消息。證諸人事。發爲論說。無弗驗者。晚歲倦游。就元魏萬金渠故址。引漳洹二水。重加濬築。名曰天平新渠。長三十三里。灌田數百萬畝。日與農夫野老。奔走原濕。勞而益樂。嗣又於濬縣引淇水作渠。較天平尤長。功未竟而先生遽歸道山。惜哉。遺孤宗夏宗陶等。裒輯詩文遺稿。將梓以問世。請序於余。用揭先生生平。爲讀斯集者。論世知人之一助云爾。

邵心浩傳

吳闓生

邵心浩者、寶山人也。幼蔚跂有壯志。值甲午庚子。國兵連衂。外侮滋甚。常憤慨不自禁。當是時。政府方振厲戎事。設陸軍小學於全國。生躍起曰。吾志也。奮往從之。革命事起。天下響應。吳祿貞駐保定南石家莊。生在軍官學校。與其徒謀與相應和。據保定城。未發。祿貞狙擊死。生歸南京軍政府。爲連長。已復辭去。入軍官學校。某年月日。得瘵疾以死。年二十許。嗟乎、天下事固未有可以倉猝謀者也。辛亥之役。豪傑首義。不數月而舉國騷動。艸艸以定。共和之局。議者謂其事至危獲底於成者幸耳。一二少年。輕雛喜事。居恒無一日之素養。時至聲起。相與蝟集蟻附。隳突叫讙。以集事。張旂幟。舉大名者。相望也。雖未幾紛紛僵仆以盡。而姓字卓卓。彪著一時者有矣。生於其間。不可謂無意者。不幸獨以病死。聞譽亦遂晻鬱而不章。豈非其命然歟。使生得行其志。當獨甘居人後。然要之一蹶而不振。而負首所博之高名。亦且搖搖焉若不足恃。則無寧濡不逮事而被疾先逝。使論世者、低徊歎惜。而不與夫輕率僨事者。同量而等視之也。抑不得謂爲非幸也已。生之死也。其兄某撰事狀。介康泉君來請文。前後累數十不止。余不獲已。乃具列而論之。

武清南孝子記

唐肯

南孝子名從堯、安標堡村人也。値縣有盜警。余策騎巡視至村。時酷暑。乃至學校少息。南爲校中服役。年五十餘。貌哼哼然。言吶吶然。如不能出諸口。余視其人已甚奇之。詢之鄉之搢紳父老。僉曰。此孝子也。年五十八。終身不娶。家惟有老母。今年八十五矣。孝子兄弟四人。其三皆爲人力作。不足贍養。孝子因服役校中。年獲三十金。以養其母。奉事左右惟謹。家雖貧。而天倫之樂。固怡怡如也。校中服務之餘。則爲小負販。一月擔柴入市。見有市饅頭者。行且語曰。此物甘美。吾母日食饘粥。當購以奉母。售其柴獲錢二百。欣然曰。吾母今日得肉食矣。乃往購五枚。賣者曰。子盍以十枚歸。孝子曰。吾儕小人。何得肉食。此以奉吾母也。若無餘錢。乃一家數日之粮。何可費乎。賣者諗其孝。願不受值。孝子曰。吾以吾力易之。則吾母食之甘。否則不甘也。吾安得適其口。而使心不豫乎。卒以錢易之而去。余召而詢之。幷慰之曰。汝年五十八。幸有老母。吾年少於汝一紀。而吾母已不逮養。汝有老母之奉。而吾已爲無母之人。吾思如汝之奉其親。其可得乎。道經其廬。因入問其母。其母年已邁。髮純白。余問其所食。曰亦日食藜藿耳。幸吾子能善養吾。故雖風燭殘年。猶足自樂也。余曰。嫗有子如此。足以怡樂其無憂貧。余心敬其人。爲感其廬而去。嗚呼、吾與南氏子。吾不禁重有感焉。吾生十四而孤。吾母居窮自力。以長以教。俾至於成人。及吾有仕祿之入。始足以奉吾親。而匏繫一官。不能日侍左右。去歲之秋。吾母棄養。罔極之恩。畢生未報。今雖有甘旨。安得如南氏子之奉其親哉。故君子曰。椎牛而祭墓。不如藜藿之逮親存也。若南某者。未讀聖人之書。未聞聖人之言。而能孝事其親。是所謂不失其赤子之心。爲難能也。嗟夫。孝子節婦。大都出於鄉村田野之間。其能褒及者。不過什一。其湮沒無聞者。不知凡幾。余嘉其行。而又不忍其湮沒。乃予以銀百元。俾佐菽水。幷給與孝行可風匾額。以旌其門。仍記其事實。列之志乘。爲邑之爲人子者勸焉。

劉孝烈女傳

趙祖銘

孝女劉福昌。字文都。世爲廣西桂林名族。父濟清。四川大竹縣知縣。伯兄福姚壬辰科及第第一人。諸兄福宋。福鉌。皆作宰有聲。孝女於女兄弟第七。母夫人某氏有孝女於蜀悟孋瓌穎尤篤仁孝幼時聞父拷囚囚呼暑輒掩袂改容大竹君致仕居滬孝女稍長因入上海愛國女學校既及笄隨家北徙轉入天津第一女師校父喪哀毀溢米勺水不入口連數日幾殆畢業師範被聘爲樂亭樊地女校教員先後銜兩兄一姊之恤自傷遭家不造憯悽增欷閔閔焉以爲生可憂而死可樂也孝女居樂教授歷三寒暑僶俛朝夕悃悃款款暇輒自課詩文女生之從之學者雖肺附骨肉無以踰其懃摯方聞碩德下逮傭賃小夫皆知有劉先生辛酉開春母患肺炎孝女留京邸侍母疾恆數夜睫不交姻黨見者憐其蕉萃孝女矍然自憾情之未盡舊三月二十二日日上舂母呼孝女囑善自愛須臾氣絶孝女攀號阿母聲盡腸裂暈絶伏地頭岑岑汗下如霤久之始甦京師人家有死者必備厲車芻靈侑以冥鏹命僕求諸市肆遷延踰時孝女中躁嘔血數升而死孝女生於光緒辛申年其卒也在民國十年丙酉與

母同日歲更二十五孝女於前年許字浙人趙德華未成禮而殉母

論曰歐化大開用事者糜無量金錢絡項傑稱遂字連營以興所謂女校更歷歲紀但聞有以女子愛國躬冒猜嫌弗之恤者婉娩姆教未有尙焉劉女士獨以孝著豈有激而然與然而竟與梟魚比烈已

峙南言蓮儔詢僕近何所事適憶心泉有文章不作久矣夫之句心有所感走筆成詩即用心泉句冠之持眎蓮儔　　潘式

文章不作久矣夫直欲扁舟泛江湖讀書於今過十載咕嗶章句衆所迂國家正鳴鏑男兒內當殺賊外逐五匈奴笑予手無一寸鐵雖有壯志空踟躕鐵如意玉唾壺人則大笑鬼揶揄揚侯問我胡爲乎昨日出東門少年三五意氣麤右手瑪瑙栖左擁傾城姝拔劍斫地仰天烏烏此言吾沼吳彼言吾勦胡山碓偉水盤盂忍令外族生覬覦我聞其言汗浹背環視四體長噫吁古者生男門

張弧欲其一弓一矢定九區後之人君思失位遂設高官厚祿詞章詩賦爲所愚所以千載民氣餒四野一任藏熊貔糞壤內火齊珠故紙中七尺軀多少英桀有爲者恭爲虛榮國法所牽拘我今生時正多事豈可閉戶膽如鼩夜讀陰符朝舞湛盧折斷三寸筦棄去一經儒翩然高舞舉追吾徒彼不知者私語喁喁楊侯若再問我事爲言已入燕市尋狗屠

小站歸途紀事

羅壽衡

一紙丹書降、烽烟四海驚、廟堂徒坐拱、介冑盡縱橫、大陸龍蛇起、中原虎豹爭、藩遼奔突豕、渤澥湧長鯨、問鼎窺周室、廻戈指帝城、謀臣紛建策、上將始專征、北海娛樽酒、東山賭石枰、指揮尤未定、部曲已先傾、最痛元勛挫、翻成豎子名、地維今已折、天柱更誰擎、狡兎窟方就、貪狼志未盈、神京新解甲、小站舊屯兵、劉呂原無祖、張陳蚌鷸生、遺書期示信、刼械竟寒盟、大將猶投盾、書生敢請纓、激昂明素志、惆悵問歸程、臺上長安道、新辭細柳營、舊巢還集燕、深院且藏鶯、憔悴羈人意、淒涼逐客情、肝衡四野窄、俛仰一身輕、雲路無由到、叢叢不易行、狂歌還縱酒、詎作不平鳴、

號樹行（東光任內作時運河決東光境東光舊塞決河楷料皆採自民間河工局出錢縣官督採土人呼曰號樹是年余承是役因作是歌而述所見如此）

步其誥

縣長來。縣長來。兒童歡。看父老哀。問汝哀何事。曰知縣長來爲河工求木材。昔年河口決。（間歲運河決東光境者再）吾樹茂牆隈。號去樹强半謂有餘材富返回。河今復決口。縣長親來河上走。踏皓盱盱殫[illegible]爲河。小人亦聽宣房歌。惟念昔年河決事。痛心將奈河工何。河工十數員。爾日河寒皆大官。小人瞪目河工上。餘材纍纍未見一木能終還。高樹婆娑楡與柳。小人此外無所有。有材盡供河工用。歲晚何以資八口。老父陳詞詞未半。飛來一騎紅塵濺。請奉河工使命催工材。有誤縣

長能否當此譴。嗟嗟民命薄猶綿。河伯肆虐年復年。縣長爲民不能庇。一樹河流終順軌。民室磬如懸。嗟嗟室磬如懸。河不軌。惟願皇天再勿決瓠子。

馬關望春帆樓 日本作樓爲甲午之役李文忠公與日本訂約處 步其詒

也。信拳搥碎。卻難斯樓。驚眼尙丸丸。一杯風雨酬今昔。十笏烟雲異暑寒。花氣驕人浮檻外。漁歌得意起檣端。憑高欲攬當前景。春水遙帆不忍看。別有傷心懷抱。人觸懷往事痛。如塡詩倉兄塡兮塡收異韻吾師吳摯父先生遊日本日人欵先生於春帆樓强書樓額先生乃大書傷心之地四字 龜陰似說盟歸魯。鶉首何年醉賜秦。驟欲放聲同一哭。那知恤緯夜驚鄰。蹈翻東海君休怪。久是浮花夢裏身。先生東遊叢錄有即席詩云祇恐醉中無檢束踏翻東海奈君何

過河道口舊居遂登畿輔先哲祠高閣子即事有作 柯劭忞

舊、識、城、西、路、行、行、轉、覺、遙、沙平霾斷碣、林缺補危譙、鄰里猶相問、雲山況見招

闌干頻往復。未覺市塵囂。

春日郊外作

柯劭忞

步屧尋芳底處尋。野桃落盡柳成陰。條條片片春如此。雨雨風風感不禁。老去陶潛惟述酒。憂來阮籍獨鳴琹。爭如繫日長繩好。不放斜陽沒遠林。

談藝

明盍簪解

張鳳臺

査閱諸君次藝詮解盍簪字義援引各經學家均有可採惟盍簪確切詁義仍根據上文勿疑而來諸君對於勿疑二字尚欠發揮伊古以來聖賢豪傑無論讀書作事與交結明類萬不容一毫疑義橫格於胸中夫易爲寡過之書而繫詞即以斷天下之疑以故坤承乾道而坤卦之末特繫之曰陰疑於陽必戰噫嘻疑之一字乃戰機所伏龍戰於野其血玄黃讀大易至此而不驚心動魄思所以杜漸而防微者其禍寧有已耶豐卦九二往得疑疾爲日中見斗之象夫日中而見斗豈非怪事然疑積則疾生疾極則狂生充類至盡由猶豫而猜忌由猜忌而怨恨勢必如睽孤之疑見豕負塗載鬼一車而後已試平情而論天下豈皆負塗之豕與載車之鬼耶無奈疑疾莫醫則幻象叢生視天下皆鬼豕視天下無良朋矣疑之爲害烈矣哉呂東萊有云君疑臣則殺臣父疑子則殺

子證以晉獻之於申生漢高之於韓彭歷史具在可覆按也君臣父子且不相保而朋友何論焉今天下中外隔絕南北分離推其起釁之由皆一疑字階之厲武侯出師表謂羣疑滿腹衆難塞胸以武侯之明而猶以疑爲病箕子洪範七稽疑謂如有大疑則謀及乃心非謀及卿士庶人及卜筮是謂大同誠如是也集無數之卿士庶人爲國家一大朋即爲天下一大同之治於以知國家之安危與人心之向背祇此疑不疑之間耳知疑之爲害而籌其所以晰疑以合羣者其法安在尼山講學於九思章則曰疑思問韓魏公不動聲色而措天下於泰山則曰決大疑定大計由是觀之當無事時惟讀書窮理以濬其智愼思明辨以祛其惑迨出而與人家國仍復周咨博訪以折其衷精心毅力以致其果有以通天下之志斯有以合天下之羣而疑戰可以熄而得朋可以慶矣士君子讀書論古往往蓄疑敗謀以致悞人悞己釀天地之殺機貽人民之隱患

論者曰險甚茲特揭櫫斯義與仝人共質之

顏李叢書出版預約廣告

博野顏習齋蠡縣李恕谷兩先生爲清初大儒學遵周孔習行一貫其教人不一術要以養成有用之材爲歸惟遺著流傳頗不多覯定州王氏刊輯畿輔叢書曾編入兩先生書十數種然未經搜獲者尚多茲由本會加意訪求又得遺稿若干合王氏所刊都四十餘種名顏李叢書急付印字舘印行庶藉張兩先生之學并以饜讀兩先生書者之望計書裝三十二册九月杪印成全部連史毛邊紙定價十五十三元預約八七元外埠郵費八角本京郵費四角一次交足六月間取書一半并預約期截止願購者請向本學會及各大書坊接洽可也此白

四存學會啓

念一念皆善事也一心卽善堂也何必彰明較著設善堂行善事哉、　先高祖鄉賢公、與楊衡齋先生友善、皆一介寒儒、無一時而無善念、親親而仁民、仁民而愛物、不欲以行善名、而所行善事、至今猶膾炙人口、予幼隨　家君館李氏、與西華老人時相過從、年七十餘、見其童顏鶴髮、藹藹然善氣臨人、西華老人者、衡齋先生子也、昨讀其妙香齋集感應篇序云、至善無善、非去衆惡不能知至善也、非積衆善不能行至善也、知至善者、不知之知也、行至善者、不行之行也、三復斯言、因有感於中、以爲實心行善、不在名與錢、然而有錢而肯設善堂好名而欲行善事者、亦可謂之善人也夫、

坿錄

論華會與中國之關係

英國羅素

國際交涉必以本國之利益爲本位。貧弱國家不自振拔而欲希冀他國之爲已助其勢殆有所不能矣。此次華府會議中國所以能得英美之援手者以英美之於中國除一二事外其利害大致相同也。中國今日所急需者對內有健全政府對外得維持獨立與保全其領土耳。英美之在中國從其私利言不外推廣商務與開發中國之富源。若侵略土地則不獨美國無此心英國之所欲亦不過保有其既得之土地耳。今爲增進國交且有交還威海衛之宣言則其無領土野心不待煩言而自明矣。英美二國既欲推廣商務開發中國富源不望中國有健全政府實行門戶開放。此英美與中國利害相同不得不爲中國援助者也。

若夫日本則異是矣。彼其當國者半屬軍閥。大日本帝國主義深入人心。故其執政者之目的。不獨在經濟之侵略。且欲建造廣土衆民之大帝國。以爲臣子效忠之地。又其國地瘠民貧。缺乏原料。一旦與他國開戰。無持久之術。故欲佔領中國礦產豐富之地。以厚其力。尤一刻不能忘情。此其利害完全與中國相反者也。

嘗觀日人與歐美人交際。輒疑白人有藐視侮辱之意。其實歐美人士。雖不免厭惡日人。然在交際上則敬禮有加。決不似待遇華人者。此因白人對於能制其死命者。常懷敬畏。而日本乃有强大之海陸軍也。

日本與英美之利害。旣不相同。則大勢所趨。必出於戰。假使日本爲美所敗。或爲英美聯合軍所敗。則白人無理之侮辱壓迫。必盡量施之於有色人種。此無庸諱飾者也。日本之文化。雖有其獨到之處。爲歐美所不及。至此乃不得不傾覆。至中國。文化。則將。由漸。而澌。滅。此則。不。由。於。戰。爭。而。由。於。中。國。人。民。之。醉。心。

亞。美。利。加。文。化。所。致。

故今日最不幸之事莫過於日美戰爭。其結果足以使東方黃種人之文化。完全澌滅。美國且一變而爲軍國主義之國家。反是。而欲得最良之結果。莫如使日本軍閥。在外交上受强力壓迫。戢其侵略亞洲大陸之野心。然日本不受戰爭之威脅。必不肯屈服。故使英美二國在華會强迫日本退還山東。日本爲避免英美二國開戰。自當勉强服從。若美一國施以壓迫。則日本必不顧成敗。甯出於一戰也。然美國爲欲通過海軍比率案。對於山東問題形式上雖不肯讓步。而實質上則不得不略予通融。數年之後。美國偵知日本隱籌軍備。必建築附近日本之海軍根據地。然後戰勝日本。似覺問心無愧。此種趨勢。自非美日二國改變宗旨。必不能免。惜美人之意。終覺無改變宗旨之必要也。

中國物産豐富。甲於各國。爲中國計。自以用中國資本。逐漸開發爲宜。然以中國今日人材資金之缺乏。終不得不借助於他山。且由外人經營。收效較速。此雖無華府會議。亦勢在必行者也。中國目前之所利。在倚賴英美二國。不以兵力。而以外交強迫日本。承認海軍比率。並退還山東。日本果能降心相從。則不獨於中國有益。亦日本之利也。

然亞洲眞正獨立國家。僅一日本。假使爲日本所屈服。則英美二國。雖能制止日本之野心。使中國得以安枕。然解除各國武裝。獨留英美雄厚之兵力。改造俄德。以謀英美商業之大利。其專制壟斷。必非世界所能堪。其時惟一之救濟。必出全世界之大革命。而率領此革命軍者。或即爲英人。亦未可知也。

故在今日資本制度之下。戰爭與專制之禍。舍社會主義。固莫由救濟之也。美國今日。尚可稱在自由政策之時代。威爾遜欲用其自由政策。救濟世界已一度失敗。哈丁繼之。目前雖倖成功。然其人道主義。亦終必歸於失敗。蓋資本制度。其本質即是掠奪。決不能爲國際公平交際之基礎。故美國資本制度。一日不廢。美人心理。方且以爲此天之待我獨厚。雖日日言自由政策。亦無裨於世局也。

余之所言。乃推究將來之趨勢。就華會言。假使英美協力。則可得主好之結果有二。一則海軍比率。二則中國之苟安也。若能成就此二事。則華會於世界爲有功。反是而不能禁阻日本侵略中國之野心。則華會爲虛設。會議破裂。引起美戰爭。則世界之刼運矣。

儒教在日本之變遷

日本青木宣純

緒言

蓋國家之隆替。與民族之强弱。一繫於其國民精神之修養若何焉。夫日本者。固東海蕞爾之島國也。然於中東日俄兩大戰役。竟克擊破大敵。而致國家於今日富强之域者果何故哉。是誠須特加研究之一問題也。顧日本國民之精神實完全依據中國所根本之文明之儒教而陶冶鍛鍊以成者也。即所謂日本武士道者亦發源於是焉。故今日試將儒教之若何流入日本與夫日本國民以若何之眞摯態度解釋儒教且實踐而奉行之大略情形摘記於下。以供台覽。並資明達人士之參考焉云爾。

一、儒教何以適於日本帝國之原因、

謹按日本國史當應神天皇御宇之際。百濟之王仁以論語十卷千字文一卷進。時距神武天皇肇國之初已九百四十五年（西晋武宗太康六年）矣。斯時雖風氣略開。國俗已成。然制度典章之美尚有未備。而足以啓發思想之文亦無可觀者。於是天皇乃嘉納之。並命皇太子菟道稚郎子以王仁爲師。從之學習典籍焉。是實日本漢文之嚆矢。而儒教之濫觴也。爾來一千六百餘年之久。

一般國民。莫不襲用漢文矣。質言之。朝鮮文明。印度文明。皆以漢文之媒介而至日本也。雖彼歐美昔日之文明。若思其接觸之初期。則漢文亦與有力焉。至夫儒教之經典。則其所述。自有與我國民性相合者。故上自朝廷。下至庶民。皆唯一敬重而崇信之。殆已成日本帝國國民的經典矣。蓋我日本之國家組織。實以家族制度爲基礎。家有家長。以管理家人。適合易之所謂家人有君焉一語。故左氏傳中所謂之父義母慈兄友弟恭子孝者。自能行乎其間。而此家族制度之擴大者。即爲日本帝國也。天皇者、人民之大家長也。皇族者、海內之大宗家也。而孟子所謂親義別序信者。自行於其間矣。故義屬君臣、情如父子、一語。實我日本國體之淵源。且與儒教之經典若合符節也。至漢土則以彊域至大。不克如吾日之舉全國爲一大家族。亘古以來。即各族互爭雄長。競奪主權。是即異姓革命之所由起也。然治國平天下之始基。不外家庭道德之擴充。

故堯典有云。克明俊德。以親九族。九族明睦。平章百姓。百姓昭明。協和萬邦。黎民於變時雍。亦可知聖人立教之深意矣。且漢土亦自秦始皇始變封建。置郡縣。爲天下一君之國家組織。其君臣之分嚴矣。及漢唐宋元明清數代。更皆奬勵忠義。孜孜焉如恐不及。顏眞卿岳飛文天祥等。其忠義之氣。精誠貫天。彪炳千古。雖我日本人士。亦莫不追維仰慕。聞風興起焉。今中國之政體。一變而爲共和民國。致對於忠君二字。往往有懷挾疑義者。然移之以對國家。亦復有何不可乎。舉四萬萬同胞。皆效忠於共和民國。則又何患其不盛乎。彼美者亦共和國體也。而其碩儒羅意斯。非曾着述忠義哲學一書。以警告其國民乎。我國之所行者如彼。儒教之所說者如此。是以儒教輸入我國以來。毫不見所謂之扞格衝突也。茍以之與佛教基督教輸入之情狀相較。則頗覺其有所異矣。

二、儒教之日本化

日本自應神天皇時代。始採用漢土之文籍。固已略如前述者。而其固有之日本民族的精神。則由是更加一番陶冶矣。如當應神天皇崩御時。菟道稚郎子、及大鷦鷯尊。乃曾互讓帝位而不居。即有近似夷齊之風焉。其後與隋唐締訂國交。以求法律制度之軌範。斯即我日本憲法之嚆矢也。而聖德太子之立法。亦以漢文記載之。所謂太寶律令者。全係摹倣唐之六典也。試觀太寶令中之學令內載。須教授論語及其他之經典云。又孝謙天皇時。通諭海內。每戶須藏孝經一卷。遇朝廷有大議之際。多引據經義。互相辯証。儼然有兩漢之風。餘若典禮服飾之類。皆力倘之。而以惟不及漢土是懼焉。至德川氏秉政以來。儒教尤盛。其所謂程朱學、陽明學、古學折衷學者。雖其學說各有異同。然無不折衷於孔子也。且儒者達則登庸。而加德澤於民。窮則修身。以求有見於世者。比比皆是也。我日本雖曾舉楚材晉用之實效如此。然亦須知自有深遠之用意。存乎於其間。非徒盲從漢土之文化已足爲日本化矣。是實研究日本文明者。所不可忽視之要點也。茲試以事實證明之。如日本雖使用漢字。然另有由是脫化而出之『假名』。以供一般國民之常用也。又如日本雖倣效唐代之法典。以制定所謂太寶令者。然曾體察國體民俗互異之點。而斟酌損益之也。日本廣雖崇信儒教之經典。而否認禪讓放伐也。且漢土之儒教。至程朱陸王。雖已達大精微之域。然其末流。非空談性理。流於形式。即不脫釋老二氏之樊籠。而猖狂放恣自視過高也。彼宋明之滅亡者。亦莫非受此等講學之餘殃耳。逮及前清之經學。雖曾矯正此弊。然往往偏於字句之考證。致先聖之微言大義。而反陷於淹晦而不彰矣。加以復有科舉制度之弊。儒學者流。熱心利祿。奔競權門。以氣節維持世風者甚稀。其間僅有顏元李塨之徒。然亦微弱不振。以至今日焉。顧日本則不然也。由程朱學以明大義與名分。由陽明學以鼓舞身體力行之勇氣。而維新之大業成矣。蓋日本國民性。不長於談理。而勇於實行。惡繁文縟禮。而喜簡易率直。是故雖傾心儒教。而不眩惑於其空漠之性理諸說。不拘泥於所謂之禮儀三百威儀三千之形式。能觀破聖人立教之眞意而利用之。論語曰。君子欲訥於言而敏於行。又曰先進於禮樂。野人也。後進於禮樂。君子也。如用之。則吾從先進。然則儒教之精神眞可謂之不明於漢土。而存於日本矣。試更徵諸印度之文明。則佛教之所說權實頓漸。雖屬多端。然其歸結終在超然於國家社會之上。而求寂滅涅槃。此等厭世思想。往往足使其國民萎靡不振。印度之亡。或亦即坐此病歟。而日本之佛教則異是矣。能致眞俗二諦之融合。且與王法並行而不悖焉。如眞宗之開祖親鸞上人。唱他力本願之說。公然許僧侶肉食娶妻。日蓮宗之開山日蓮上人之建設國家的佛教。而禪宗尤爲鎌倉時代以後之武人所信仰。與儒教均爲修養之資料。延及德川時代。遂爲武士道之大成矣。蓋武士之尙廉恥。重公務。威武不屈。富貴不淫者。實此二教之訓練陶冶。相與有力焉。而王政維新之大業。獲此助力亦多。要之日本之儒教佛教。均另具有特色。此不可不知者也。及明治維新以來。百度改革。力圖步伍歐美之文明。當其開始之時。以醉心太甚。或以基督教爲惟一之眞正宗教。或以民主主義爲最上之政體。有非將國語人種完全歐化而不已之趨勢。然未久卽發生國民性之自覺。漸有自以本國爲標準。而評隲歐美文明之利弊。以創建一種日本的文化之氣象焉。若明治天皇之教育勅語。及特賜軍人之勅諭。（參看後附之勅語勅諭）均屬國民精神之發露。而中日日俄兩戰役之博勝利者。亦不外此結果也。外人或有謂日本之能以五六十年短時期中。而得躋於富強之域者。實係採用外國文明之結果也云云。斯言恐未必然也。

蓋日本若非以肇國以來之國民精神與漢土文明朝鮮文明印度文明等混合調劑而折衷之。又焉能有今日蔚然之盛哉。設令使一蠻族與歐美文明接觸之。其將來之收効果能如日本乎。蓋亦可以思過半矣。

三、儒教非陳腐迂闊之教也、

夫埃及印度希臘羅馬諸族。雖曾相繼創建文化。然今則山河空存。文藉已死。僅有遺物陳列於各博物院中。徒供後人之憑弔已耳。而漢土之文明。則四千年來。由漢人種維持之。其禮樂典章。仍燦然傳流於今日。且版圖之大。人口之多。列國中罕有其匹。誠世界之一大奇蹟也。彼漢人者。若不恢闊擴大而保存之。豈不辜負祖宗乎。然此漢土文明之淵源。實包含於儒教經典之中。苟欲研究之而探其本源。則不論是否信奉儒教。必須根據四書六經。方可也。以儒教乃漢民族固有之正統思想。舉凡國家之制度。社會之組織。殆莫不以是爲主。

臬故儒教之所述者若一旦失效則將父不父而子不子綱紀斯紊倫常乃斁其亡必可蹻足而待焉或謂儒教實陳腐迂闊不適時用者也抑知儒教蒙若是之非難者殆不始於今日彼老莊申韓之徒早已論之不遺餘力矣然彼等所攻擊者乃儒家末流之弊害而爛熟之文明之反動耳其說雖不無見解之眞理然每有矯激過甚處而失於中庸未可以爲修身治國之常道也譬諸吾人之身儒教者、固吾人日用之常食而老莊申韓、則如醫藥焉若有見醫藥可以療疾遂謂常人亦宜服之者恐天下人皆將非笑之矣或又謂家族主義者爲專制政體之根源能令人失進取之氣象應以歐美之個人主義代之云抑知家族主義與個人主義之利害得失未可一概而論苟個人主義果如論者所謂之完美則此次世界之大戰無由發生矣惜世人徒見歐美文明之所長而不知其缺陷卽伏於是也夫歐美文明之缺點實在急於伸張權利而忘犧牲的精神。即孔子所謂之殺身成仁之義也。又以功利享樂爲主。而其動機之是非善惡。則蠢忽諸。且將道德經濟之調和置之等閑。徒以物質的慾望之充足。爲文明之理想焉。是故本能至上主義、與自然主義等倫理說。皆相繼興起。而虛無思想。無政府團體之社會主義。亦更隨之而生。延及此次世界大戰。而呈前古未曾有之慘禍矣。雖有基督教主義。亦未能挽救之也。故近來歐美之先覺。非亦自知有文明之缺陷。而急圖改造救正之乎。夫天下之事。利弊不相隨者至鮮。顧吾人之家族主義。雖不無幾多之陋習。然因此竟非棄孝弟。而以夫婦之解放是認。則不可也。至社會之大勢。則常潛移默運。而人多不自覺。況方今五洲比鄰。彼我之文明。無不互相交錯者。故我日本明治天皇登極之際。即誓於神明曰。須求智識於世界、而振起皇威。須破舊來之陋習、而則天地之公道。我日本遂準此以採取歐美文明之所長。斟酌損益而行百般之改革焉。

迄自建國以來之精神莫或失墜。且維持由漢土文明所修飾之文明。雖今上天皇亦紹繼先帝之宏謨。時命侍臣進講論語。或降優諭。獎勵國民教化之普及。要之。爲治不尙多言。故力行何如耳。

結論

夫旣知日本實以其固有之道德思想爲基礎而致今日之富強。則中國亦必須如是。始得與列強並存於世界也。且中國固有之道德思想固多。而儒教則爲其本宗。已如上述矣。故今日中國應效法於日本者。非憲法。非軍政。更非科學。乃『醇化而且實踐的儒教』也。況今日中國正當此應一掃從前爭權奪利之陋習。一以國家爲主而規畫政治經濟發展之時期。則根據固有之文華。以培養國民精神一事。實有似於燃眉之急者乎。且儒教者中日共同之文明也。而兩國最重要之大關係。間賴此共同之文明相互以融和之也。至中日兩國。

對於白人之脅迫。則又必須提携聯盟團結根源於兩國不可分的地理的關係焉。然兩國和親之原因。則一存於上述文明之融合。且須牢記兩國之自衞共存。亦實以此同一文明為關鍵也。近自歐洲大戰以還所醞釀之黑暗思潮。今已澎湃而來。淘洗吾東亞之堤岸矣。吾人雖確信吾中日兩國民之文明。乃數千年來儒教的精神所鍛鍊。決不致輕易為所破壞焉。而時代之趨向所及。又有未容樂觀者。故吾兩國國民。必須協力提携。奮勉振興儒教精神。使我東亞深遠高嵩之文明。得以永久不失其光輝。是實我兩國民間之相互的急務。應盡之天職也。

附錄

明治天皇教育勅語

朕惟我皇祖皇宗肇國宏遠樹德深厚我臣民克忠克孝億兆一心世濟厥

美誠我國體之精華而教育之淵源亦存於是也爾臣民其孝於父母友於兄弟夫婦相和朋友相信恭儉持已博愛及衆修學習業以啟發智能成就德器進廣公益開世務常重國憲遵國法一旦遇有緩急則義勇奉公以扶翼天壤無窮之皇運如是則不獨爲朕忠良之臣民更足以顯彰爾祖先之遺風也

斯道實我皇祖皇宗之遺訓子孫臣民所俱宜遵守通於古今而不謬施諸中外而不悖者朕與爾臣民俱拳拳服膺咸一其德其庶幾乎

明治天皇軍人勅諭之綱要

一軍人應以盡忠節爲本分也

一軍人應正禮儀也

一軍人應尙武勇也

一軍人應重信義也

一軍人應以質素爲主旨也

吳廷燮附識二則

查儒教在日本之變遷一件。所論自王仁入日以後。傳習儒教源流。頗爲詳晰。而宗旨所在。則謂日本雖用漢字。仿唐典。然實有斟酌損益於其間。其言否認儒家禪讓放伐之說則實爲保持萬世一系之說實則自大將軍專政以來天皇等於綴旒大將軍當政濟之衛而天皇如虛位讓伐之事不見於國皇而行於大將軍其實固未吾認也既不蹈宋儒空談性理之病。亦不染漢學家考據之習。而專重程朱之大義。陽明之力行。爲強國之本。並引明治之初。醉心歐美文明國民未久。即發生自覺。引明治教育敕語爲證。爾臣民其孝於父母友於兄弟夫婦相和朋友相信恭儉持己博愛及衆修學習業成就德器重國憲尊國法遇有緩急則義勇奉公以扶翼天壤無窮之皇運斯實我皇祖皇宗之遺訓云云又引敕諭軍人綱要。應以盡忠節爲本分云云而以中日日俄兩役勝利。爲此結果。不以外人謂日本採用外國文明爲然。且謂漢人保持文明四千餘年。與埃印諸族文籍已死者不同。（老莊申韓攻擊者皆不足爲儒病）實世界一大奇蹟。至所謂歐美文明缺點。急於伸張權利。不論動機之是非善惡。釀無政府團體之社會主義各節。則實爲我國今日之病。痛下針砭。（自清末至今不過十餘年尙功利喜誇詐薄孔孟爲迂而蹈先利後義不奪不饜之弊將致四維盡棄綱法全亡恐將甚於西晉晚唐之禍以專利者多而人民守分者無以爲生必造成激派也）總之。各洲文明。宜互相參綜。而數千年立國本末所在。則斷不宜放棄。自取淪亡。原件所言採取歐美文明。斟酌損益。勿失墜建國以來之精神者。實有至理。似爲我國所宜取則也。

再查儒教在日本之變遷結論一節。（謂今日中國應倣法於日者非憲法軍政科學乃醇化而且實踐的儒教應掃爭權爭利之陋習一以國家爲主規畫政治經濟發展根據固有之文華以培養國民之精神）所論尤爲扼要。特原件用意。重在融和中日共同之文明。而爲兩國自衛共存之計。就表面論。中日以同教同種之關係。藉日本近今之國力。加以中國之人民衆多。物產豐富。陶鎔文化。同謀進步何患不與歐美抗衡。無如華人習見日人自同治訂約以來。言雖甘而行實相反。欲爲共存之計。實不易言。合羅素論華會與中國之關係觀之。（謂日本假使爲英美所屈服解除各國武裝獨留英美雄厚兵力改造俄德以謀英美商業之火利其專制壟斷必非世界所能堪又謂日本爲英美所敗則白人無理之侮辱壓迫必盡量施之於有色人種日本文化至此乃不得不傾覆中國文化則將由漸而漸滅不由於戰爭而由於中國人民醉心亞美利加文化所致）似謂中日文化皆不能存。而世界將因英美之專制。激成鉅變。似可與青木原件。可以參證。蓋中日能以共同文化互相維持。則英美雖強。亦不能施侮壓世界之一切手段。特日人果否能以誠意對待吾華。是又一大問題。總之亞東文化能不泯滅。中日兩國能否存在。全視兩國之實際相與爲何如。而我國保持儒教。急挽近弊。則尤自強自立之本。原青木羅素之論說。固皆膏肓藥石之談也。

精刊吳至父先生評註李長吉詩集出板

唐李賀歌詩詞旨生新筆勢奇峭在唐代諸家中別饒機趣獨有千古而摭琢字句幾于嘔出心肝淺者或不能讀解以故傳寫訛奪視他家爲甚雖宋元舊刻且多舛異而讀者乃益鮮自桐城吳至父先生以孤懷閎識發明古賢著書之微旨歷代難讀之書輒由其文詞以通其意趣而書之正僞與文之異同皆有以是正袪千載之疑所評識各書不下數十種早已風行海內先生尤喜讀長吉之作既加評騭復合歷代諸名刻詳爲審校于是二千年甚深醇美之李長吉詩昔人擬之爲有吞刀吐火之奇者學者竟得而窺尋焉本局今從先生喆嗣辟疆先生所得見原寫本請爲付刊供海內學者之羣求辟疆先生欣然見允並爲重加校讎用仿宋體精雕行世既示學詩者之徑途而凡好古之士收藏之家必皆爭事購求以愜先覩茲書將出板特製預約券一千份每部用

夾連紙六裁一百冊定價一元預約者六角民國十一年五月出書屆時預約即行截止此佈

北京琉璃廠藝文書局啟 電話南局四千六百十一號

賀性存先生交登廣告

中華民國十一年一月　日初版發行

編輯者　北京西城府右街四存學會編輯處　電話西局二四〇八號

發行所　四存學會　北京西城府右街　電話西局二四〇八號

印刷所　本學會

總發行所　北京西城府右街四存學會出版部　電話西局二四〇八號

分售處　四存學會各分會　國內各大書坊

第十期

中華郵務局特准掛號認為新聞紙類

本月刊價目

期限	本數	價目
一月	一本	二角
半年	六本	一元一角
全年	十二本	二元

報資務請先惠[illegible]費自一元以上內不收郵票

郵費

區域	本數	郵費
本京	一本	一分
	六本	六分
	十二本	一角二分
各省	一本	二分
	六本	一角二分
	十二本	二角四分
外國	一本	八分
	六本	四角八分
	十二本	九角六分

廣告價目

篇幅	期限	價目
全幅	全年	四十八元
	半年	二十四元
半幅	全年	六十四元
	半年	十二元
四分之一	全年	十二元
	半年	六元

廣告概用白紙黑字登載在一年以上者價可從廉

四存月刊編輯處露布

一本月刊月出一冊約五十頁至六十頁不等

一本月刊多鴻篇巨製不能一次備登故各門頁目各自分配每期逐門自相聯續以便購者分別裝訂成書

一本月刊所登未完之稿篇末未必成句亦不加未完二字下期續登者篇首不復標題亦不加續前二字秖於目錄中注明以便將來裝訂成書時前後聯續無間

一本月刊此期所登之外積稿甚夥下期或仍續本期未完之稿或另換本期未登之稿由編輯主任酌定總求先後一律登完不使編者閱者生慽

一本月刊第一期送閱第二期須先函訂購屆時方與照寄嗣後訂購者如願補購以前各期亦須來函聲明始行補寄

本月刊投稿簡章

一投寄之稿或自撰或翻譯或介紹外國學說而附加意見其文體均以充暢明爽爲主不取艱深亦不取白話

一投寄之稿如有關於顏李學說現尚未經刊布者尤極歡迎

一投寄之稿望繕寫清楚以免錯悞能依本月刊行格繕寫者尤佳其欲有出圈點者均聽自便否則亦望將句讀圈清以便閱者

一投寄譯稿並請附寄原本如原本未便附寄請將原文題目原著者姓名并出版日期及地址均詳細載明

一投稿者請於稿尾註明本人姓氏及現時住址以便通信

一投寄之稿登載與否本會不能預爲聲明奉覆原稿亦槪不檢還惟長篇譯著如未登載得因投稿者豫先聲明寄還原稿

一投寄之稿登載後贈送本期月刊續登之半年者得全年月刊

一投寄之稿本月刊得酌量增刪之但投稿人不願他人增刪者可於投稿時預先聲明

一投寄之刊經登載後著作權仍爲本人所有

一投寄稿件請徑寄北京府右街四存學會編輯處收

四存月刊第十一期目錄

談叢

羣經讀法　齊樹楷

拙園畫話　鄧毓怡

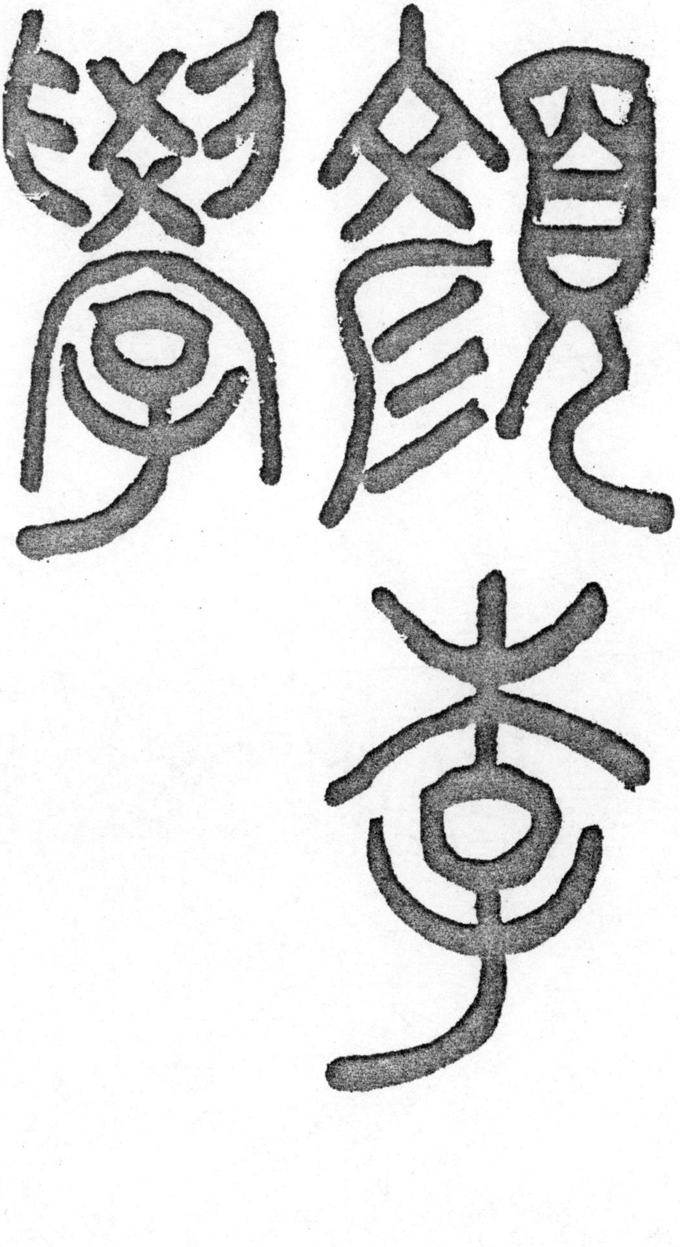

念其久而化之者。而深重於入之居之之際。以爲聖賢愚不肖之分界也。故古之得蘭室而居之者。若冉慮言卜。幸而遊聖人之門。羣賢之彙。若謝楊若黃蔡。亦幸而步程朱之宮。厠君子之列。雖諸子之天資過人。亦其所薰染而馨香之者異也。是以離羣索居。卜子有三失之誣。師死無友。田方流黃老之學。况不肖如某者乎。念及師友之際。不禁憮然太息。恨董賈之無徒。悲某生於世二十有七矣。質賦狂躁。氣概浮薄。然有鄙志。深以不能成人爲恥。意謂奮然以往。道斯有在也。雖然。文士猶興。孟子豈欺我哉。乃氣物之拘蔽既深。習俗之網羅復固。一鼓不振。再鼓輒衰。於是將伯之見日嘵嘵矣。第身非有道。所見鄉里人耳。雖君子之名。誰爲言之。雖耳之所及。誰爲引之。即近歲所聞。如高陽袁淵孫子。新安五修王子。寧晉張先生。徵君孫先生。與老先生。皆以家貧親老。不堪離膝下。竟無緣拜謁道範。己亥暮春。始會五修於易水。然亦旅次一見。未及飽領教益。

寸心耿耿。止四字而悲所生之不幸耳。日者敝里彭九如。持手論爲壽親事。某讀之神悚。不啻躬灸左右。第以生平謬妄。嘗惜蘇柳僅以文名。李杜猥以詩著。謂以大才用之無用也。九翁父子。每以詩勸。終不之治。殊不思五字破心。雖程子戒之。謂不當專攻此耳。他如關雎七月。鹿鳴天保。固盛世精華。學者何可無此具乎。至是始自厭鄙陋。懼不足承大君子之教矣。雖然。夙昔高山仰止之謂何。而茲可無以將此惓惓也。勉撰俚言七章。聊佐太夫人稱祝之末。兼表敬慕先生之私。文孝生平最服膺梁溪高攀龍。爲設位立主。師事之。如事父。禮每有過。輒長跪主前。自訟曰。某不肖。愧吾父師。不可爲子。不可爲人。其答習齋書。稱說及之。習齋再奉書。文孝再答書。習齋遂入祁上謁。文孝贈以所輯斯文正統。習齋初好陸王學。繼乃歸入程朱。至是益尊信之。道統龕蓋即立於此時。及後悟入孔孟正學。則文孝已沒。故習齋祭文有訂證未確。妥者不及復商之語。而評用六集。使某早悟正學一載。與先生共擔聖道。又自恨不肖無狀。四存編威。而先生捐館。曾不能復得如先生者相討論。折中一是。每一追憶。輒泫然也。文孝初居父喪。三日勺水不入口。鬚髮盡白。及母卒。號慟嘔血數升。遂病。三使馳書習齋問醫。習齋時亦遭朱祖母劉之喪。哀毀病弱。依杖謝不能往。文孝竟卒。既一年。習齋乃以隻鷄清酒奠於其墓。又十七年。習齋以醫如祁。文孝之子有過之者。軼其名。與石監生約共習齋習禮。有靜之者名再濂。嘗過習齋。言靈壽知縣陸隴其。求先生所著書。清苑知縣邵嗣堯願見習齋。謝以拙陋不交時貴。文孝所著書。斯文正統之外。又有易酌四書翼注辨道錄潛室劄記用六集諸書。習齋稱其易酌。見心於易。見易於心。是易學以理勝。自此世有包子易稱其辨道錄。有拳拳衛道之心。

孫鐘元。名奇逢。十七歲舉明萬曆二十八年鄉試。入國朝。前後十一徵。不起。隱居輝縣之夏峯。學者稱夏峯先生。或號孫徵君。習齋嘗與書論學。略曰。某思宋儒發明氣質之性。似不及孟子之言性善最真。將天生作聖全體。因習染而惡者反歸之氣質。不使人去其本無。而使人增其本有。晦聖賢踐形盡性之旨。又思周孔教人以禮樂射御書數。故曰以鄉三物教萬民而賓興之。故曰身通六藝者七十二人。故諸賢某長治賦。某禮樂。某足民。至於性天。則以其高遠不凌等而得聞也。近言學者。心性之外無餘說。靜敬之外無餘功。與孔門若不相似。然僕妄著存性存學二編。望先生一辨之。以復孔門之舊。斯道斯世幸甚。夏峯卒。新安魏蓮陸建五賢祠於保定。與二程子劉靜修鹿忠節同祀。習齋嘗如府展誠入謁。及遊河南。至夏峯。因具雞酒祭於其墓。并晤其子君協君孚君夔同孫平子孫箕岸登嘯臺。遊安樂窩。弔彭餓夫墓。酹以酒。盥漱百泉。時楊蔭千楊誠甫李天祐孔益仲陸續至。流連幾十日。別去。蔭千以車馬送行。蔭千河南人。

訪習齋於博野問學。習齋贈以喚迷途。孔盒仲李天祐楊誠甫不許其為何許人孫箕岸平子亦無傳。疑皆徵君之族子也。

賈襲什名珍。弟琀字金玉。皆𨜸諸生。習齋早歲先後塾師也。襲什自幼有文。季父射斗以鄒令署篆曲阜。襲什一侍從。得游洙泥。登尼嶧。偏尋孔孟遺迹。蓋曠世相感。時人不之識也。及歸。厭城市紛囂。徙居邑西北野。從而居者廿餘家。因命曰廿家莊。立碣志之。其為人知幾善守。不為俗眯。淸初。士子文競惝險。字僻語澁。往往不可句讀辨識。一時標榜如狂。襲什為文專事爾雅。曰吾於近涂候諸公矣。已而果大懲頹風。嚴正文體。人乃服其先見。年五旬餘。弟金玉以子弟無所模範。請歸授徒。習齋暨子姓十餘人從之受學。襲什以身教人。每昧爽盥齋端坐。終日肅如。嘗謂門人曰。吾年老無能益諸子。惟功專耳。構斗室。闊縱不盈丈。取諺語自箴。兼箴學者。曰、心靜自然涼。隨材施教。寬嚴適宜。往往一言片語。令人感泣。不能自已。篤上儉約。每饌。市餅四枚。蔬一盂。不設飾。曰。卽此是實學。學生筵請。皆不赴。曰、一筵。中家以下半月費也。奈何以半月費供我一飧。或曰、業設矣。先生負其勤。無乃更費。曰、負一以靳其餘。所省亦既多矣。峨冠博服。道貌岸然。望而知爲有道君子。遇人無賢不肖。一接以溫恭。人不見其愛憎之迹。性善飲。不擇人。然不可干以私。有姻屬被繫捕。廳遣役來言。但得賈相公隻字。卽免。笑曰、寧貸之財。字不可得也。邑令聞名請見。不往。備儀物致之。襲什見之。恚。習齋在側。進云。求名得名。君子之恥。先生不求名。而名隨之。此孔孟所不却也。何辭爲。乃受之。然亦不往謝也。後數月令去任。就私館。襲什往報禮。令大喜。迎謂曰。古所謂見且不得亟者。君眞其人矣。習齋從學時年已十九。既悟道引之妄。又好內時傷。比匪襲什立教禁。及門結社酬歌。及子弟私通餽遺。習齋之掃除習染。從事正學。蓋自是始。卒年六十有四。習齋私謚之曰端惠。爲持心喪五月。金玉卒。亦如之。金玉善醫。習齋輯其方爲美惠方集、序之以行世。

吳洞雲。名持明。與習齋同里居。習齋始就外傅。從之受學、洞雲納婢生子。妻妬。棄之櫪下。習齋連血胞抱至家。告朱媼劉乳之。洞雲妻怒。捶婢婢遁。習齋復匿之朱家。時習齋年甫十二。徐以義諭解洞雲夫妻。卒反婢養子成立。然洞雲妻終以是怨習齋。不得復從受學。洞雲長數術。占驗多奇中。又能騎射劍戟。慨明季國事日非。流寇充斥。潛心百戰神機。參以己意。條類戰陣守攻事宜帙書二帙。時不能用。以醫隱。及卒。習齋資助其葬。爲文哭奠之。

孝慤先生明性。字洞初。晦夫其別號也。兄成性。弟蘊性。皆籍諸生。明亡。遂不復與試。有勸之者。輒飲以酒。使不得開口。事親孝。每日雞鳴。越拜堂下。然後升堂問安。潔拂厠牏。或疾。敬侍湯藥。衣不褫帶。三閱月。夜聞欠伸輾轉。或噫咳。輒問睡若何。何思飲食。不俟言也。親日五六食。皆手捧持以進。一日天寒。雞初鳴。

食淳熬。先然火於堂。反持熬而火息。念置熬取火。然必寒。方徬徨。火忽復然。論者以爲孝感。親歿。毁瘠遵古禮三年。事兄如事父。兄嘗怒而舉履提其面。則惶恐柔色以請曰。弟罪也。兄胡爲爾。氣得無損乎。時年六十七矣。孝慈方面。豐際鬑端。朴氣靜謐。不嬉。祭必齊必虔。盛暑衣冠必整。讀書無膏火。則然條香映而讀。學宗孔孟。不以朱陸爲門戶。與習齋學合。負經世志。嘗謂恕谷曰。吾少思作親民官。農時。布衣羸馬。一二平頭自隨。踏行阡陌。謝勤警惰。與父老量晴雨。敎子弟以孝弟忠信。訟立讞決。諭以和以忍。訪抱道高士而造其廬。酌壺觴。商政治。歸而庭署蕭然。高歌虞夏。此吾志也。噫今已矣。初崇禎末。天下大亂。孝慈方弱冠。與鄉人習射禦賊。常挾利刃大弓長箭。騎生馬疾馳。同輩無敵者。甲申變後。遂隱足迹不履市闤。被絮棉布袍袚市夏葛冠六合方領博袖。踽踽然偶出則觀者如堵。與人無忤。闢佛敎曰。弗人曰佛。言其非人道也。而人佞之何也。僧

身隨時而動、心無時不靜、

幼者以動爲樂、老者以靜爲安、靜坐者衰世之學也、

德之主在仁、而用在智、

天人相與之際甚突、人而自褻、是褻天也、敢不畏乎、

思人急迫、我寛裕、人銖兩、我遍覆、乃可言學、

垂佩而立、頹躬而坐、縮縮恂恂、黜賢去智、事長之容也、

身爲天下萬世之身、不以目前得失動其心、

念茲在茲、有念之存養也、釋茲在茲、無念之存養也、名言茲在茲、言之存養也、

允出茲在茲、心之存養也、所謂心在也、

辰問克伐怨欲不行、先生曰、不行障決也、偶撩而濬決、反安流、此求仁之道也、

旋自館、思境蹇、心和、事迫、心裕、

予生平大短曰傲、見時人非則傲生、不知時愈下、人愈非、天之禍益迫矣、尙敢傲乎、不智哉、不仁哉、吟曰、人淡我亦淡、人驕我亦驕、庸碌適相學、而以語英豪、

崑繩戲謔近放、先生規之、崑繩曰吾意以近人也、曰、君謂戲謔所以親人、誤也戲謔過則爲褻玩暴虐、人見怨怒、而曰親之乎、

天生人有禪生、有特生、禪生常也、特生異也、如習齋之生、上不關父母、下不關子孫、乃天特生以明周孔之道者、

著學射式云、身端體直、用力和平、招弓得法、架箭從容、前推後走、弓滿式成、神射於的、矢命於心、精注氣斂、內運外堅、前因後撤、收弓舒閑、

非聖不分、凶災不備、寄生之民也、學校不舉、禮樂不修、倖生之民也、

文生怒柳生、先生解之曰、常以己之有餘、思人之不足、則無怨、常以己之不足、思人之有餘、則不驕、

好矜者中不多、多則不矜、好爭者常不勝、勝又何爭、

事繁人喧、而心不動、

子堅厚我以情、石門揚我以道、愼修聽我以言、皆有不可忘者、

語長舉曰、宋儒內外精粗、皆與聖道相反、養心必養爲無用之心、致虛守寂、修身必修爲無用之身、徐言緩步、爲學必爲無用之學、閉門誦讀、

酒色財氣、性也、有命焉、且不能與吾身終始者也、何者、病則不能、衰則不能、未亡已亡者也、仁義禮智、命也、有性焉、乃與吾身相終始、且存固與存、亡不與亡者也、何者、苟能全之、其功被萬世、其道傳無窮也、

謂門人曰、吾心不好思、靜澄於中、名理自種種環生、

楩楠杞梓、不杙爲以椽磈、吳鈎干將、不利刃以礫鼠、長人巨公、不怒而與雞鬬犬搏、苟惡其人而校之、則我與可惡之人齊分矣、卑其人而校之、則我與可卑

之人等量矣、君子其高如天、物雖觸之無及者、厚如地、物雖撼之無動者、易入蓁城、乃二千年於茲、自田何傳易、而後說者棼如、視其象恍惚、徵其數穿鑿、按其理浮游、而尤誤者、以易爲明天道之書、

身猶器也、自勘舊矣、舊則不新、舊則將蠹、且愧且懼、良心一齊修整、九容肅怡、天君湛如、積至夢寐、皆爲清醒、

物不用則蠹、人不事事亦蠹、

至誠之道、可以逢時、何者、物以少爲貴、衆人誠而一人詐、則詐占巧、衆人詐而一人誠、則誠共任也、

無往不合、非鄉愿則脂韋矣、人皆曰否、必乖戾或無實矣、好惡交至、士自應爾、惟是好之勿喜、愈加戒懼、惡之勿嗔、卽自省勘、則皆我師耳、

語李棨曰、世俗有三借口、一曰不拘小節、借口小德出入也、一曰脫略、借口斥

日主人告於祠堂主人謂冠者之祖父自爲繼高祖之宗子者若非宗子則必繼高祖之宗子主之有故則命其次宗子若其父自主之告禮見祠堂章祝版前同但云某之子某若某之某親之子某年漸長成將以某月某日加冠於其首謹告若族人以宗子之命自冠其子其祝版亦以宗子爲某主曰使介子某 ○ 若宗子已孤而自冠亦自爲主人以告

戒賓古禮筮賓今不能然但擇朋友賢而有禮者一人可也是日主人禮服詣其門所戒若出見如常褻儼茶畢戒者起言曰某之子將加冠於其首願吾子之教之也對曰某不敏恐不能供事以病吾子敢辭戒者曰願吾子之終教之也對曰吾子重有命某敢不辭也遠則書初請之辭遣子弟致之辭使者固請乃許

前一日宿賓遣子弟以書致辭曰來日某人加冠於子某之首吾子將　之敢宿某上某人答書曰某敢不夙某人

補註云宿宿賓是隔宿戒之云宿言爲復請也 ○ 元按冠禮戒賓宿賓意古者將舉重禮與事之人必皆齋戒或齋宿而後從事故於其初請即謂之戒於其復請謂之宿皆鄭重其文義使人不敢忽若只請與復請而已何爲以戒宿名哉

陳設設盥帨於廳事如祠堂之儀以帟幕爲房於廳事之東北或廳事無兩階則以堊畫而分之後放此 ○ 司馬溫公曰古禮謹嚴之事皆行之於廟今人既少家廟其影堂亦褊隘難以行禮但冠於外廳笄在中堂可也 ○ 劉璋曰冠禮筮日筮賓所以敬冠事冠者禮之始也嘉事之重者也是故古者重冠重冠故行之於廟者所以尊重事尊重事而不敢擅重事所以自卑而尊先祖也 ○ 元按二說則冠禮必宜行家祠若十分褊隘方可行於外廳

厥明夙興陳冠服隨冠者職分備新衣服帶履梳櫛[illegible]掠皆以卓子陳於房東西北上酒注盞盤亦以卓子陳於服北冠笄各以一盤盛之蒙以帕以卓子

陳於西階下執事者一人守之長子則布席于阼階上之東少北西向衆子則少西南向宗子自曰如長子之冠少南

程子曰

今行冠禮若制古服而冠冠了又不常著却是僞也必須用時之服

主人以下序立

主人以下盛服就位主人阼階下少東西向子弟親戚者在後重行西向北上擇習禮者一人為儐立於門外西向將冠者長新潔在房中南面若非宗子之子則其父立於主人之右尊則少進卑則少退○宗子自冠則服如將冠者而就主人之位

賓至主人迎入升堂

賓自擇習禮者為贊具盛服至門外東面立贊者少退擯者入告主人出門左西向再拜賓答拜主人揖贊者贊者報揖主人遂揖而行賓贊從之入門分庭而行揖讓而至階又揖讓而升主人由阼階先升少東西向賓由西階繼升少西東向贊者盥帨由西階升立於房中西向擯者筵于東序少北西面將賓者出房南面○若非宗子之子則其父從出迎賓入從主人後賓而升立於主人之右如前

賓揖將冠者就席為加冠冠者適房

賓揖將冠者出房立於席右向席贊者取櫛總掠篦于房左立於將冠者之左賓揖將冠者即席西向跪贊者即席如其向跪為之櫛合紒施掠賓乃降主人亦降盥畢主人揖升復位執事者以冠盤進賓降一等受冠笄執之正容徐詣將冠者前向之祝曰吉月令日始加元服棄爾幼志順爾成德壽考維祺以介景福乃跪加之興復位揖冠者適房○若宗子自冠則賓揖之就席主人不降餘同

冠者服皂衫大帶雲履出房立行再加禮

賓揖冠者即席跪執事者以冠盤進賓降二等受之執以詣冠者前祝之曰吉月令辰乃申爾服謹爾威儀淑慎爾德眉壽永年享受遐福乃跪加之興復位揖冠者適房○楊氏復曰儀禮書儀再加賓盥如初

冠者公服革帶納靴雜佩具出房立行三加禮禮如再加惟執事者以冠盤進賓降沒階受之祝辭曰以歲之正以月之令咸加爾服兄弟具在以成厥德黃耇無疆受天之慶贊者徹再加之冠賓乃加之餘並同○元按禮文初加冠巾服深衣納履再加冠子服皂衫革帶繫鞋三加幞頭公服革帶納靴執笏若欄衫納靴此自先正典型但冠用古冠服程子已戒其僞今自宜遵時制如春夏冠宜用尾纓凉帽再加易絨纓凉帽三加銙之頂帽或官家初用平頂次加銀頂三加金頂亦可秋冬冠初用秋煖帽再加冬煖帽三加銙之頂帽此或因時制宜之義但未經名儒議定事闕之不敢擅入至於皂衫大帶雲履公服革帶納靴企　今朝所尚故直入之惟觿之韘刀鞞璲玉之處文公于芄蘭之詩明言成人之佩吾　夫子乎居亦無所不佩而舊文不載殊爲缺典故借補之曰雜佩具所以備成人之禮也故乃醮長子則擯者改席於堂中間少西南向衆子則仍故席贊者酌酒於房中出房立於冠者之左賓揖冠者就席右南向乃取酒就席前北面向祝之曰旨酒既清嘉薦芬芳拜受祭之以定爾祥承天之休壽考不忘冠者再拜升席南向受盞賓復立冠者進席前跪祭酒興就席末跪啐酒降席授贊者盞南向再拜賓東向答拜冠者遂拜贊者再贊者賓左東向少退答拜賓字冠者賓降階東向主人降階西向冠者降自西階少東南向賓字之曰禮儀既備令月吉日昭告爾字爰字孔嘉髦士攸宜宜之於嘏永受保之曰某父冠者對曰某雖不敏敢不夙夜祗奉賓或別作辭命以字之亦可○補註古者子生三日父名之既冠則賓字之也出就次賓請退主入請禮賓賓出就次主人以冠者見於祠堂如祠堂章告事之儀告辭曰某之子某若某親之子某今日冠畢敢見冠者進立於兩階間再拜餘

四存月刊　手抄祠文　十一

並同若宗子自冠則曰某今日冠畢敢見遂再拜降復位餘則並同若冠者有曾祖祖以下祠堂則各因其宗子而見自爲繼曾祖以下之宗則自見

冠者見於尊長

父母堂中南面坐諸叔父兄在東序諸叔父南向諸兄西向諸婦女在西序諸叔母姑南向諸姊嫂東向冠者北向拜父母父母爲之起同居有尊長則父母以冠者詣其室拜之尊長爲之起退就東西序每列再拜應答拜者答者非宗子之子則先見宗子及諸尊於父者於堂乃就私室見父母及餘親若宗子自冠有母則見於母如儀族人宗之者皆來見於堂下宗子西向拜於尊長每列再拜受卑幼拜 ○司馬溫公曰冠義見於母母拜之見於兄弟兄弟拜之成人而與爲禮也今則難行但於拜時母爲起立可也見諸父及兄於此 ○元按成人而與爲禮正當敎與尊卑長幼之節豈可令母與父兄答其拜乎此必漢儒之濫觴非周禮之舊所謂非禮之禮也豈止今日難行而已哉或曰然則父母爲起何也曰見子成人而深喜故起亦見分外重其始事之義

乃禮賓

主人以酒饌延賓及贊者酬之以幣而拜謝之幣多少隨宜賓贊有差 ○司馬溫公曰士冠禮乃禮賓以一獻之禮註一獻者獻酢酬賓主各兩爵而禮成又曰主人酬賓束帛儷皮註束帛十端也儷皮兩鹿皮也又曰贊者皆與贊冠者爲介又曰賓出主人送於門外再拜歸賓俎註使人歸諸賓家也今慮貧家不能辦故務從簡易

冠者遂出見于鄉先生及父之執友

冠者拜先生執友皆答拜若有誨之則對如對賓之辭再拜之先生執友不答拜

補註

今按儀禮所存者惟士冠禮自士以上有大夫諸侯天子冠禮見於家語冠頌大戴禮冠與禮記特牲玉藻者雖遺文斷缺不全而大槪亦可考如趙文子冠則大夫禮也魯襄公邾隱公冠則諸侯禮也周成王冠則天子禮也大夫

中呂蕤賓無下生者以其高而無清一調十二律只五清而已周也上生無黃鐘大呂者以黃鐘大呂爲宮音領調始聲五清當由高漸低不及之也餘六調準此

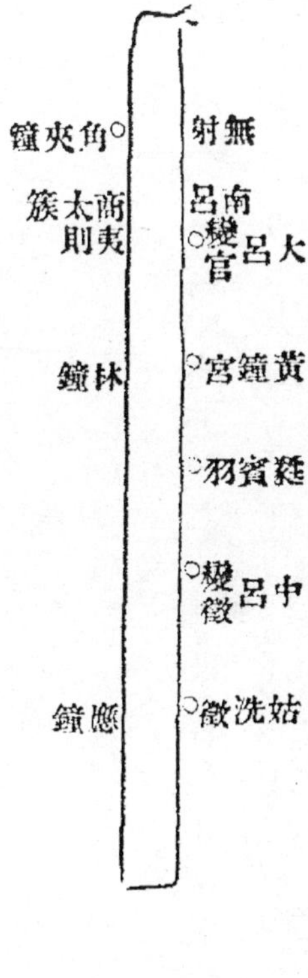

十二律上生宮清生商角清生變徵徵淸生羽與五音相禪之序無悖若變宮淸則隔商而生角商淸則隔角而生徵似覺凌躐者何也曰非凌躐也此所謂下生上生者以明高生低低生高之法而非言五音相禪之序也若相禪之序則七正遞接黃鐘禪大呂大呂禪太簇不禪林鐘夷則五淸遞接林鐘禪夷則

夷則禪南呂不禪太簇夾鐘推之餘律皆然推之四禪乙乙禪上伵禪仩仩禪仩之類皆然蓋自圖隔數之則相生之法自圖挨數之則相禪之序也

然黃鐘必生林鐘林鐘必生太簇者何也下生者七位則正聲盡矣圖正聲盡宮正遇宮清清正同音黃鐘自生林鐘矣大呂自生夷則矣太簇自生南呂矣夾鐘自生無射矣姑洗自生應鐘矣上生者五位則清聲盡矣圖清聲盡宮清重遇宮正然清聲盡當從清聲返低不得驟及正音之始也則林鐘自生太簇矣夷則自生夾鐘矣南呂自生姑洗矣無射自生中呂矣應鐘自生蕤賓矣且下生者五位而止則上生者亦五位而止除宮聲領調不受生恰足五位似亦定數也

隔八相生者順數也樂錄又載荀氏逆數隔六之說則下生由低而高自當隔

順數順數而正盡即接所遇之清上生由高返低似當隔六逆數逆數而清

蕤卽接所生之正此卽大易往來順逆之義其于下生上生更爲明醒且與器色環下順數環上逆數之法相合然而圖皆順八數隔者蓋就圖計數正亦可右數逆數隔六清亦可左數順數隔八舉一而左宜右有之妙已寓也

七調旋宮黃鐘以至姑洗五調本身正聲下旋之卽有清聲中呂蕤賓所旋獨無清聲然中呂下雖無變徵淸尙有一徵清獨蕤賓下所旋只有正聲並無清聲則羽聲之高而不能上亦可見矣

十二律中十律旋宮皆兼正清惟蕤賓爲正宮之正聲蕤只有正而無清故無上生應鐘爲正宮之清聲蕤只能爲清雖旋爲正而下生窮矣（上二則就圖竪列言之）

五音七聲十二律器色七字爲七調還相爲宮隔八相生全圖

一調

宮四 黃鐘 下生林鐘伵

宮清伵 林鐘 上生太簇上

變宮	乙	大呂	下生夷則 仫
商	上	太簇	下生南呂 仕
角	尺	夾鐘	下生無射 伬
徵	工	姑洗	下生應鐘 仜
變徵	凡	中呂	下生窮
羽	六	蕤賓	下生窮

變宮	清仫	夷則	上生夾鐘 尺
商	清仕	南呂	上生姑洗 工
角	清伬	無射	上生中呂 凡
徵	清仜	應鐘	上生蕤賓 六

二調

宮	乙	大呂	下生夷則 仫
變宮	上	太簇	下生南呂 仕
商	尺	夾鐘	下生無射 伬
角	工	姑洗	下生應鐘 仜

宮	清仫	夷則	上生夾鐘 尺
變宮	清仕	南呂	上生姑洗 工
商	清伬	無射	上生中呂 凡
角	清仜	應鐘	上生蕤賓 六

論說

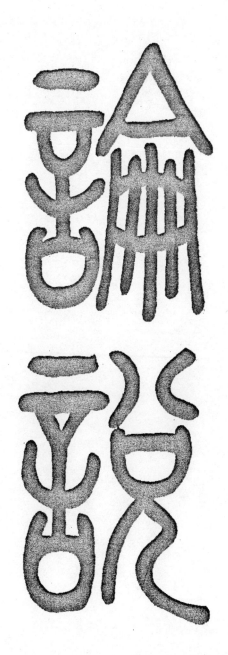

新譯馬妬序 代論

林紓

馬妬一書。敍賽馬之勝負。不勝者妬其勝己。因有此作。亦以見西人之不肯甘居人下也。然余譯此書本意。尚不在是。高爾忒晚近人也。其書敍佛來得之事其母。眞能先意承志。馬黎者佛來得之未婚妻也。亦曲盡事姑之道。英人何以仍存古風。無悖孝之言。及家庭之討論會。夫討論會討父母也。此等語在明清兩朝。一播諸官中。即立時無幸。今乃有司不能禁。清議不敢及。曲爲之說者曰潮流所趨。不復能止。夫潮之爲勢。一刹那耳。余曾觀潮於錢塘。其來也。果有萬馬奔騰之勢。既趨入海。則江面清寂。一無所見。然則所謂潮流者。非江河滔滔不竭之謂也。此等傷天害理之談。決不能緜延於世。然持此議者多清俊子弟。父或在宿學之教習。詰以正理。無可自辯。則曰潮流而已。嗚呼。生道既窮。爲圖溫飽之故。故敢與儒先絕也。須知家庭之討論。即家庭之革命。子生三年。免於父母之懷。懷者。專指母氏之劬勞耳。吾於前十六年。觀磔人於菜市。女囚也。刑者以刀去其雙乳竇若蓮房。噴血若絲雨。吾因悟在裏爲血。出竅則乳。人子之飲者。即爲此物。夫人受人一飯。尚且致謝。而淮陰至報漂母以千金。豈飲母之血三年。迨既長成。乃開討論之會。討父母耶。屬有馬某者。其報父之書曰。方今人格平等。父母之於兒女。原縱一時之慾。今新理發明。人子無行孝之必要云云。嗚呼。此即中討論會之毒耳。馬翁貧不自給。故備求其子。脫馬翁素有蓄積。當其子之生也。亦曰此吾縱慾所生。不名爲子。亦無乳哺教育之必要。則馬某靡特不能自生。亦不能待長成。而吐此平等之語矣。須知人格平等。報施亦宜平等。父母隆施。而人子不報。則所謂平等者。直偏於人子之一面。而爲之父母者。虧損多矣。人格之平等。固如是耶。又聞某教習之言曰。父母未取我之同意。公然子我。彎非專制。此言令人怪矣。試問子在胞胎。全無知覺。於何取同。而平日素負盛名之教育大家。且鼓掌以爲名言。嗚呼。梟鳥小時。豈不依母而宿待母而食。迨長則爪而噬之。人非梟鳥。何有是言。吾揣其心。不惟爲衣食計。而爲是言。明知所學不足以服人。而猶欲力握教權。則反倫常道德之故名。曰新學理。新道德。又惡古書多析理之言。足爲己說之梗。則反之爲白話。復時時洩露其所讀之書目。使見者知非毫不讀書之人。但不屑文言。用此白話以通俗。且使教育能普及於天下。立言未嘗不善。因之紅樓水滸。列於教科。余深不解所謂。彼紅樓中之賈政。其教子也。直蠻野之舉動。明知寶玉頗有小善。然發吻輒出惡聲。至蔣玉函一事。寶玉幾死杖下。用此爲教。將教爲人父者學賈政耶。豈非與平等自由之旨。自相矛盾。至水滸之李逵。歸家近母時。置金一巨鋌。以遺其兄。友愛也。母爲虎噬。則曰我千辛萬苦負來。倒被汝食掉。乃死力殺死四虎。爲母復仇。若以此爲教。則又背討論會之本旨矣。蓋討論會中之人。決不愛其母亦斷無爲母復仇之事。吾徵之立會之人。不爲其父持服。衆皆識之。吾特諱其名。以存忠厚。世當知孔子之教子。非賈政之教子也。曾子大杖不逃。孔子以爲不孝。其教伯魚。詩禮之外。不加苛責。若據孔子之言。家庭又何必革命。公孫丑問孟子曰。君子之不教子何也。孟子告以父子之間不責善。此君子即指孟子。以孟子之子。於七篇中不著一字。似非俊物。而孟子寬假至不敢責善。善且不責。何至若賈政之虐待。據此家庭尤無庸革命矣。夫果報之事。吾輩不道。而新學家尤不道。然不道果報。而仍言因果。近人之言曰。父最專制。非逐不可。母尚可恕。可充僕媼。此在新道德家。尚爲輕重得中之論。試思己身所爲。即其子之模範。子若長成。不見其父母之上。更有父母。偶一問及。亦將持是以答耶。脫子問何以見逐。則將曰是無用。且又專制。可不必養。其子受而識之。一經長成。則遵其父母之逐其父母者。亦從而逐之。此時兩老扶將。忍飢忍凍。果一迴頭。

念當日之主張新學。有其因。即有其果。則呼天無路矣。綜言之。吾國過于陳舊耳目。本宜一新。然用西學以新中國可也。即用白話。亦無不可。即不講禮樂。亦無不可。即不讀諸經。亦無不可。惟論孟兩書。理簡意該。倫常之關係不少。孟子頗重民而輕君。即近共和之義。孔子言足食足兵。亦無悖諸省督軍及護法諸軍之宗旨。何必斬鋤都盡。使人心以梟獍自居耶。至于白話一節。固易通行。然文言簡而白話繁。受學者易。行教者難。理路不淸。則言語必無倫次。南宗之指月錄。及五燈會元。何嘗非白話。然禪理精深。以白話出之。既雋且雅。宋儒之語錄。又何嘗非用白話。然程朱諸老。均讀破萬卷。融匯經史。以白話出之。如西人之丸藥。丸小而力偉。蓋聚無數之菁華而成。有如不信。但觀廚人。廚人之治湯液。合雞鴨猪牛之肉煮之。漉其滓而留其淸。淘之渟之。其白如水。飲之滋味極醇。此即由讀書而成白話者。若不讀書。但教白話。即以水授人。有何意味。久而久之。人人廢書不觀。則言語亦不了了。西人譯中國馳騁文場四字。曰騎一大馬。往來書堆。以字按之。一無差謬。然究成何文法。果學生不讀古書。但受白話課本。異日以字按字。偶然解釋古書。亦不過騎一大馬而已。且余偶讀近人白話家之詩曰。文章革命何疑。準備搴旗作健兒。不期失笑。健兒宜改作好漢。搴旗宜改作搶他大纛子。方是白話正宗。若一邊用白話。一邊用文言。紅樓水滸。固有是體。然有出處。若不審其出處。又作何用法。故鄙意以爲仍須讀書也。余德非韓子。去孟子尤遠。何必斥楊墨而闢佛老。須知楊墨二氏皆無罪。而佛老之書皆深奥。可不必闢。唯家庭革命之談。萬非楊墨佛老之比。趁余殘年。不能不加辯斥。天下用意氣以加人。則爲無量。若從義理中權其輕重。爭其曲直。當亦諸君許我有發言之權。故借是書而發憤一道。庚申小除夕。閩縣林紓識。

論明代邊功之盛

明洪武三年。將軍李文忠克元開平入應昌。（今克什克騰旗）獲元主嫡孫及諸王達官等。鄧愈克河州、元吐番宣慰司鎮南普等降。四年二月。遼陽降。置遼東都指揮使司。五年六月。馮勝降亦集乃路、（今額濟納旗）十一月。河州衛指揮徐景等。破元岐王兵于閃古兒滯。六年正月。置西寧衛、烏思藏國師吾陽沙加監藏來貢。置烏思藏朵甘衛指揮使宣慰司二。元帥府一。招討司四。萬戶府十三。千戶所四。授帝師喃加巴藏卜印故元國公南哥思丹八亦監藏等。以宣慰使等官。七年六月。元定王卜烟帖木兒。以撒里畏兀兒之地來降。遣官厚賚。分其地自青海至于闐。為阿端阿眞苦光帖里四部。（今青海及新疆西南境、）七月。置朵甘烏思藏二衛為行都指揮使司。八年。置安定阿端及曲先衛、十四年。將軍傅友德等平雲南及烏撒諸蠻。十五年。置雲南布政司及平緬宣慰司車里軍民府。二十年。大將軍馮勝出松亭關。五月。臨金山、元遼陽行省丞相納哈出降。六月遼東一秃河（今日伊通）

河元將洪伯顏帖木兒。以部落來降。盡得廣寧大寧等路地。置三萬衛指揮使。合元開元南京吾者三萬戶故置開元南京今吉林地吾者黑龍江地是年。沐英又討麓川今緬甸地叛酋思倫發。破之。二十一年。藍玉至捕魚兒海。今呼倫泊元主脫古思帖木兒走死。盡俘妃主王公省院等達官。北元遂平。命俺得迷失赴遼東海西。今吉林招撫夷民。置遼東義州廣寧諸衛。二十三年五月。置泰寧朵顏福餘三衛于兀良哈之地。以處降胡。今內蒙哲里木卓索圖昭烏達三盟地以故元遼王阿扎失里爲指揮等官。二十四年。燕王出師至迤都。元太尉乃兒不花等降。二十四年。都督僉事劉眞等。出涼州。西征哈梅里。今哈密地克其城。斬元豳王烈帖木兒等。二十五年。藍玉深入罕東。今青海玉樹土司西地徇阿眞川。又平建昌叛酋月魯帖木兒。置建昌等衛。是年五月。置瀋王府中護衛于瀋陽。韓王府中于開元。八月。總兵周興。率兵至兀古兒扎河。按視安達納哈出之地敗胡兵于兀者河。及徹徹兒山。今黑龍江及外蒙地二十十六年正月。建遼王府于廣寧衛大淩河之北。七月。敕遼東都指揮使。派兵至鴨綠江。巡邏絕朝鮮貢使。二十七年。定朵甘沙州烏思藏畏吾兒撒馬兒罕尼八剌（今廓爾喀）等朝貢之儀。二十八年。周興率師。順臘溫臘。進至勿剌江。劉眞至松花江北岸。由斡朵里追西陽哈。獲女眞六百餘人。二十九年。肅王奏安定部衆乞授官。命行人陳誠至其地。復立安定衛。（安定在甘州西南一千五百里今青海蒙古西部諸旗地）三十年。罕東酋鎖南吉剌思入貢。詔置罕東衛。永樂元年十一月。女眞頭目阿哈出等來朝。設建州衛軍民指揮使司。（按建州衛初設在今吉林敦化縣地）十二月。勿剌溫等處女眞野人頭目西陽哈等來朝貢。置兀者衛。以西陽哈爲指揮。（兀者即元史吾者萬戶府）二年。至老撾（今暹羅地）宣慰司。三年正月。忽剌溫等處野人頭目把剌答哈等來朝。置奴兒干衛。（今俄雙城子一帶）以把剌答哈等爲指揮。四月。托溫江黑龍江等處女眞野人來朝。（托溫即呑河今黑龍江湯源縣）五月。設八百者乃（今暹邏）八百大甸二軍民宣慰司。以刀招你等爲宣慰。改木邦孟養二府爲軍民宣慰司。以知府孛的發刀木旦為宣慰使。木邦今緬甸境 六月。封故元肅王安克帖木兒為哈密忠順王。十一月。雲南總兵沐晟征八百破猛利等寨。八百伏罪。四年。木倫河野人頭目馬兒張等來朝。置三千戶所。命馬兒張等為千百戶。木倫河今吉林穆稜縣此類甚多不具列 三月。設哈密衛。今新疆哈密縣 十月。將軍張輔征安南入鷄陵關抵富良江。五年正月。張輔敗黎賊於木丸江。五月。獲黎季犛。六月。以安南平詔天下。置交趾都指揮司布政司按察司。九月。舊港頭目施進卿遣壻朝貢。設舊港宣慰司。以進卿為宣慰使。爪哇西王都馬板遣使謝罪。六年七月。遣李達齎敕往諭八答黑商。今阿富汗屬地 哈實哈兒。今新疆疏勒等縣 開通道路。凡遣使行旅經商一從所便 七年三月設奴兒干都司。頭目忽次東奴奏其地衝要。宜立元帥府。故置都司。以指揮康旺為都指揮同知。仍設狗站遞送。四月。韃靼頭目忽刺冬等來朝。置伏里其乞勒泥二衛。今俄薩哈連地 五月。改忽兒海衛為弗提衛。今吉林寧安縣地 以野人頭目塔失等爲指揮。八年二月。親征北元。五月甲戌。渡飲馬河駐營。（今克魯倫河）己卯。至斡難河。敗北元主本雅失里。辛巳旋師。十年八月。奴兒干乞里迷伏里其兀剌囊加而等處女眞野人頭目來朝。置只兒滿等十一衞。九月。置遼東境外滿涇等四十五站。供奴兒干都司各衞往來。（復舊設站赤）十二年正月。遣中官楊三保等賚敕往諭烏思藏帕木竹巴及川卜川藏隴答朶甘頭目。復驛站通使命。三月。親征北元。五月己未。駐飲馬河。六月戊申。駐忽蘭忽失溫。敗北元太師哈木太平等。追至土臘河。庚戌。旋師。九月。以弗提六城之地肥饒。命指揮塔失往治弗提城。令軍民咸居城中。招徠商賈。閏九月。命遼東都司以兵三百。命奴兒干護印。十三年八月。太監鄭和獻所獲蘇門答臘賊首蘇幹剌等。十月。李達等使西域。還。上所使十七國風俗山川物產之記。曰哈烈。曰撒馬兒罕。曰俺都淮。曰八達黑商。曰沙鹿海牙。曰古賓賽藍。曰渴石。曰東西養夷。曰別失八里。曰火州。曰柳城。曰土魯番。曰鹽澤。曰哈密。曰達失干。曰卜花兒。曰迭里迷。十四年。命別失八里王姪納黑只罕嗣爲王。十七年。遼東總兵劉江敗倭於望海堝。二十年正月。親征北元阿魯台。七月。駐殺胡原。阿魯台棄輜重於闊灤海之側。北遁。辛丑。移師征兀良哈。庚午。敗兀良哈於屈裂兒河。尋來降。洪熙元年。都指揮李英等征刧烏思藏貢使之安定衛指揮哈三等。敗賊於崑崙山西雅令闊之地。宣德元年四月。命調洮州六衛官軍護送侯顯。往烏思藏尼八剌等處撫諭。九月。差官軍三千人往奴兒干。十一月。招曲先衛指揮散即思等。四萬二千餘帳復業。三年正月。命都指揮使康旺王肇舟佟答哈喇往奴兒干之地。建立都指揮使司。賜都司銀印一。經歷司銅印一。遣內官亦失哈。（亦見吉林通志俄特林地方永寧寺碑）賚敕及文綺。往賜奴兒干海西弗提等衛頭目。內官李信往亦力把里等國。嘉遣使朝貢。五年六月。遣太監鄭和。往諭賜忽魯謨斯錫蘭山二十國君長。及舊港宣慰司。八月。

敕都指揮使康旺。等仍往奴兒干撫諭軍民。又敕奴兒干海來囊阿里吉列迷恨古河黑龍江松華江阿速江等處野人頭目皆受節制。十一月。西寧都指揮史昭。征曲先奏捷六年正月命史昭招阿端從曲先爲逆官民。八年十月。以木邦麓川平緬緬甸三宣慰司及孟定等府。各貢象馬方物遣內官雲仙等往撫之。復立孟養宣慰司。十月。命劉廣等問罕東番寇刼殺使臣之罪。九年十月。設畢力朮江衛指揮使司。（使者往烏思藏諸番皆經其地頭目管著兒監藏等迎送有禮）以管著兒監藏爲指揮。（今金沙江上游土魯烏蘇河）七月。劉廣等遣指揮史賢以兵招劄兒加於畢力朮江外普祿之地。降之。自後邊功殊鮮。惟正統七年。尚書王驥等征麓川。通高黎貢山道敗思任發於馬鞍山後破烏木弄戛邦等寨。奏平麓川之捷。成化三年。將軍趙輔等。征建州。過潑豬江。奏平建州之捷。弘治九年。甘肅巡撫許進等。以兵直擣哈密。奏土魯番將牙蘭遁之捷。稍爲可稱。隆慶中宰相高拱等撫蒙古俺答萬曆七年。張居正納烏思藏達賴喇嘛之貢。又用以綏蒙古諸部。而二十年陝西總督李汶。奏平松山之捷。蘇遼總督邢玠。奏朝鮮島山西浦之捷。（時豐臣秀吉死非眞敗）及四十六年征建州之役起。而國旋亡。按明邊功經略西北。不如漢唐。而東北西南則過之。以奴兒干之衛所直越海至樺太北盡海濱。西南則麓川木邦等地。皆若郡縣。兵力並溯海至蘇門答臘等地。青海如朶甘諸地。西藏如烏思藏諸法王喇嘛頭目等。皆終明之世貢獻無間。此又漢唐所遜者也。

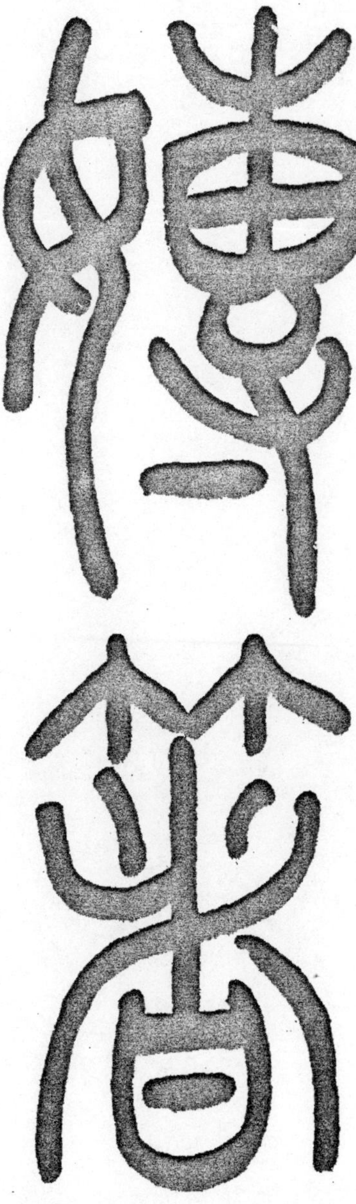

能驟振。爲以戰中各國實行原料動員政策。舉國中舊有之貯藏原料悉數搜索之以供軍用。而付一炬。所謂舊蓄既罄。新產未發。而海陸交通既如是缺陷。世界有無相通盈朒相濟之道。一時又不能完其功用。蓋斯戰物力損失之大。影響於今日歐洲經濟界之困難者。實有非數語所能道盡者也。

三、財力之損失。　戰釁起後。生產既停。稅額自減。雙方三千億元鉅額之戰費。大都藉募國債增發紙幣以應之。雖英美兩國。會亦側重增稅。然終因爲額過巨。其戰費之出諸國債紙幣者。仍居百分之七十五。據經濟專門學者之調查。英美法意俄德奥七國。戰前(一九一四年八月一日)公債總額五百四十三億元。戰後(一九一九年一月一日)又增三千八百八十八億元。是七國今日之公債己四仟四百億元有奇。若分國言之。負擔之重。首推俄國。約爲一千零八十億元。德國次之。爲八百億元。英又次之。爲七百五十億元。其餘若法爲六百億元。美爲五百三十億元。奧爲三百四十億元。意爲三百億元。此等鉅額之公債。僅就利息一項而言。姑以年利五釐計算。亦須年納息金二百二十億元。加之交戰各國戰中增發紙幣。多至一千四百餘億元。較戰前幾增大十四倍有零。(戰前共約百億元)縱使各國之現金準備同時亦各有所增。但與其紙幣增發額相較。其成數實已大減。俄土德奧最甚。俄之準備額幾無成數可言。土則全國僅土金五百萬磅。德於戰中蒐集國中所有金塊以充實準備。戰前之十三億餘馬克。竟增至二十四億餘。然因紙幣增發過多。且休戰條約協約國責令交付現金。其後購辦糧食復需現金。今所存僅十億馬克稍零。其成數已降至百分三以下。奧之現金準備戰前曾爲百分之七十一又七八。現聞僅合萬分之六十六。其他意國約百分之九又四。法約百分之十六。英約百分之二十二。蓋今日準備金之能與經濟原理相符在一與三之比例。或更雄厚者。

不過美之聯邦準備銀行。約百分之四十八。日本之帝國銀行。約百分之三十三而已。此項紙幣究竟何時何術得以整理。在今日實難確答。惟徵諸歷史、南北戰後。美國紙幣價格之復舊。經十有四載。拿破崙戰後。歐洲各國紙幣價格之復舊。經十有五載。普法戰後、法國紙幣價格之復舊。經七載。準斯以談、則以此次戰期之長。戰區之廣。增發紙幣之多。無論今日經濟學術。如何昌明。而全部整理。似亦不能以三年五載相期。蓋斯戰財力損失之鉅。實自生民以來。世界之財政史上。從未有此等鉅數之記載者也。由前記三條之原因。各國之經濟社會。遂發生左記三條之困難。

(一)食品原料之缺乏。　歐洲重商鄙農。民食向患不足。美人賀佛氏謂歐人四萬五千萬中至少一萬萬人。平時即待哺於輸入之食品。戰事起。彼農工被徵。船運缺乏、外糧之輸入既絕。內國之產額又減。不得已乃勵行極端之節約政策、製粉有定成。食量有定限。禁止造酒、禁止畜犬、而每週之中。斷肉日。斷糖日。斷馬鈴薯日。又各有規定。以致兵無飽餐。民有菜色。戰役既終。疲極思息。饑極思食。亦屬人情上應有之反動。無如交通未復。轉運維艱。論者謂海外食品。卽使屯積於歐洲各大口岸。而車輛未備。亦仍不足以救饑。此實今日歐洲之實情也。據英國救濟委員會主任古特爵士報告。奧國餓殍遍野。全國幾無生機。塞爾維亞人以草根粟稗充饑。以蔴袋禦寒。巨哥斯拉夫人之患瘵者。且達百分之八十焉。更據英國金斯氏著「和約之經濟關係」觀之。謂戰前德國所需食品百分之八十五。皆為土產。今則地力差百分之四十。而牲畜差百分之五十五。(且牲畜因飼養不足重量大減)俄國素以糧食為出口大宗。今亦因運輸有阻。產額減少之故。反有絕食之虞焉。金斯氏為和會中前英國財政代表。所言當必有本。此外西歐方面。法國農部總長。亦稱法國出產糧食。不足無盈餘。鹽金捐輸。爲西征各省防軍所耗。則國用已不足。五年。減江寧府浮糧十分之一。六年。伊犁爭約。將至用兵。戶部上籌餉十條。曰嚴催各省墾荒。曰捐收兩淮票本。票商每年每票除預繳正雜課外仍令捐票本上則捐銀一千兩中則捐八百兩下則捐六百兩每年約可捐銀五六十萬兩曰通核常關稅。曰整頓各項鹽金。曰查州縣交代。曰嚴核各項奏銷。曰專提減成養廉。每年約可提銀六七十萬兩曰催提減平。每年約可多解四五十萬兩曰停止不急工程。曰核實顏緞兩庫折價。十年。法越事起。戶部又上開源節流二十四條。綜光緒元年至十年。用款多者。曰西征軍餉。自二年至四年。請銷二千六百萬。其後每年率耗庫帑八百萬。曰晉豫陝賑款。約三千萬。曰海防經費。每年南北洋各撥二百數十萬曰河工用款。約千萬。曰法越軍務賑款。甲申一年即一千五百萬合計亦在三千萬曰歸還伊犁賠款。六百餘萬此外數案間有賠款又上海臘回鐵路三十餘萬數均非鉅而從前未有者。則爲貸借洋款。咸豐之末。蘇省論設上海之防華洋合力。即有借款之舉。同治四年。署廣東巡撫蔣益澧。奏借洋款濟餉。左軍西征。屢貸洋款。及元年出關。遂有大借洋款之請。兩江總督沈葆楨疏爭之。廷議發部帑二百萬代之。而洋款之借仍未能止。法越事起。廣東借洋款尤多。十一年。戶部奏新借洋款本息將來償還須三千數百萬兩。合舊款計之。爲數之鉅可知。若入款。則洋稅歲有所增。奉吉開荒設治。而賦稅釐捐均有加。四川之改辦鹽務。烟台條約之添設洋關。甘新協餉。置省之年。裁定爲四百八十萬。各省裁汰防勇用款亦有所節。實官捐例。停於五年。至甲申之役。又開新例。綜計出入。以光緒十年戶部奏頒各省彙報出入冊核之。歲入常例徵收之目十。曰地丁。曰雜賦。曰地租。曰糧折。曰漕項。曰耗羡。曰鹽課。曰常稅。曰生息。新增徵收之目四。曰釐金。曰洋稅。曰新關稅。曰按糧津貼。本年收款之目四。曰續完。（丁漕各項均有）曰捐輸。曰捐繳。曰節扣。歲出常例開支之目十七。曰祭祀。曰俸工。曰兵餉。曰驛站。曰禮憲。曰廩膳。曰科場。曰賞卹。曰採辦。曰辦漕。曰織造。曰修繕。曰河工。

曰公廉。曰雜支新增開支之目四。曰勇營餉需。曰營局經費。曰洋款還借。曰息款。計共收銀八千二百三十四萬兩有奇。支銀七千八百一十七萬兩有奇。而錢數糧數之收支不與焉。此光緒初年財政之大概也。

光緒乙酉。法約告成。兵事幸息。刑部侍郎薛允升上練旗兵固根本之奏。戶部議令各省裁報部兵勇餉三千四百萬之數。各省各裁節至三十萬。爲加練京兵餉之用。是年廷議。籌海籌邊。又增海軍經費、東三省練兵餉、合加復俸餉等、約千萬。而洋藥稅釐併征。各省勇餉局費節省亦鉅。合之洋稅歲增之數。亦不貲。出入尚足相抵。十三年。鄭州阿決。戶部上籌款之目。六曰裁撤外省防營長夫。曰暫停購買外洋槍砲船支機器、及砲台各工。曰變通在京官兵應領各項米折。曰酌調河南附近防軍協同工作。曰捐輸鹽商請獎。曰預繳二十年當課及匯號捐銀免領部帖。而第二第四未行。又改海防捐例爲鄭工。實官等亦大成上兌十五年以議修蘆漢鐵路。增撥鐵路經費十六年。議權土藥二十年。朝鮮役起。軍用繁鉅。息借洋款商款及和議既定。又借俄法英德之款。以賠日本兵費。增攤各省關銀一千二百萬兩。益以匯豐克薩華商等款本息。及新增宋慶等軍餉乾二百萬。蓋歲出之增於前者二千萬。二十二年十一月。戶部綜上籌款之目十。曰核扣養廉。曰鹽斤加價。曰茶糖加釐。曰當商捐銀。曰土藥行店捐銀。曰裁減制兵。曰考核錢糧。曰整頓釐金。曰裁減局員薪費。曰重抽烟酒稅。各省奉行不一。又加征土藥。加課當商。出藥就近每百斤繳足六十兩典當七千數百餘坐自本年起每坐按年納稅五十兩歲可征銀三十餘萬兩添扣減平。旗綠各營兵餉等款每年一千四五百萬每兩減平六分一年約節省銀八九十萬勇餉支庫平者統案湘平發給其間以江西減徵丁漕錢價奏解洋款行之各省者爲鉅數。每地丁一兩今各屬加解平餘銀七分每漕米一石加解錢價平餘銀一錢湊解四國借款二十三年八月初九戶部奏各省地丁粮石大半以錢折收比較市價總有浮多即令各按照原數分別減征提用仿江西成案議定辦法奏報二十四年。以續付日本賠款。而蘇州松滬九江浙東貨釐宜昌及鄂岸鹽釐五百餘萬。又以之抵借。其後新政繁興。各省練兵興學。又有隨地自籌之款。有由鹽款加者有提平餘漕餘者有提陋規者有行雜捐者名目多至不可計。二十五年九月。戶部復上籌餉之目六。曰鹽票鹽引捐輸。曰土藥加收三成。曰核減解款滙費。曰酌增田房稅契。曰煙酒加倍徵收。曰顏料緞疋折價。而關稅釐金之提中飽。與提銀幣鑛業招商局餘利之奏。亦先後下。綜計用款鉅者爲河工。自鄭工至山東訣口各工用欵約在二三千萬賑需。蘇皖江浙及順直歷次賑撫山西癸巳邊外之災奉天之災合各省計之亦數千萬軍務。中日之役約五六千萬甘肅剿回約千萬賠款。中日之役二萬萬而武穴等教案之賠者不與入款鉅者爲息借商款。一千餘萬昭信股票。一千數百萬捐例。海防鄭工以每年計除銜封翎枝外在數千萬以上歷借外債。賠日本還遼南及借供軍餉購船砲約在三萬萬以上皆無定者。商借外借。皆有本息。則出者又浮於入焉。其實業有濟財政者。則東三省之開荒。漠河之金礦。開平之煤鑛。大冶之鐵鑛。關內之鐵路。皆其著者。綜計已亥年收支之數。入款。若地丁、實徵二千四百萬耗羨。二百五十萬漕折。一百三十餘萬漕項。一百一十餘萬鹽課鹽厘加價、一千三百四十餘萬釐金、一千六百餘萬各項雜款、一百餘萬洋稅、二千六百六十餘萬土藥稅釐。一百八十餘萬共八千八百餘萬。出款。若各省留支、地丁五百餘萬耗羨二百五十餘萬雜稅一百六十餘萬供祭祀禮憲廉膳俸食公廉採辦修繕驛站用者各省旗綠兵餉、一千三百餘萬練防薪餉、一千八百餘萬海關經費、約三百六十餘萬內務府、一百餘萬鐵路經費、八十萬甘肅新餉、四百八十萬東三省俸餉、一百餘萬海軍經費、五百餘萬出使經費、一百餘萬山東河南河工費、二百二十萬直隸永定河工三十萬籌還洋款。二千三四百萬京餉、八百萬邊防經費、二百餘萬籌備餉需、二百萬撥解加放俸餉。旗兵加餉。約三百萬共一萬一百餘萬。不敷一千三百餘萬。按入款內未將新增各款列入非眞不敷也此光緒中年財政之大概也。

按俄法英德借款。派之各關者。皆有的款。派之各省者。全賴自籌。戶部原奏已自言之。自養廉減成綠營節餉及減款減成平外。皆出於商民者。如加稅加課加價提平餘漕餘稅餘之類特有直接間接之分又蘇滬等貨釐宜昌鹽釐等。抵還借款。撥補之款。各省強半不解。受撥之省。亦多設法自籌。仍取之商民。此其大較。現所列出入數目。舉其凡而已。小數訛舛。在所不免。總之。理財之本在生財。生財在墾鑛林漁。以工化。以商通。乃有財用。是農業者。尤本原之本原也。

光緒庚子。復釀兵禍。卒以約成。遂有四萬五千萬賠款之鉅。而各省自賠者不與戶部上籌款之目。曰裁減虎神營驍騎營護軍營津貼。共一百四十萬兩曰裁減神機營經費及步軍營練兵等口分。共一百二十餘萬兩曰停支官員兵丁米折。約一百餘萬兩曰酌汰南洋及沿海沿江防費、並勇營練軍綠營。曰試辦房間捐輸。按糧捐輸。曰酌提地丁收錢盈餘。剔除中飽。曰鹽斤再加價四文。曰土藥茶糖烟酒鹽金、再加三成。時由部庫提充者。爲加復俸餉。旗兵加餉。加增邊防經費。共三百餘萬。派之各省者。一千八百餘萬。而第一期付款竟無誤。二十九年。以練新軍。復派各省練兵經費、而設大學堂。立巡警部。派專使等經費。又皆攤之各省。此類甚多。今預算各省解款一門所列是也。蓋歲出之加於初年者多矣。各省之辦新政。率就地自籌。巡警教育。其數尤鉅。奉天一省。警費至三百餘萬。湖北一省。撥提地丁錢價盈餘充學費者。至六十萬。四川以解賠款而按糧津貼。捐輸之外。又有賠款新捐。兩江閩浙湖北河南陝西新疆之解賠款。於丁漕例徵外。有曰賠款捐者。曰規復錢價者。曰規復差徭者。曰加收耗羨者。其名雖殊。而加取於民者則同。蓋至是而加賦之名不能避矣。練兵經費攤解之始。多提銅元餘利。其後以銅元爲害市面。復議停鑄。而原指供軍費者。遂無著。土藥統稅收數大盛。則多以抵之。英日美商約之成。有裁釐加稅統一幣制之議。加稅之議未就。而設銀行及鑄幣廠之謀。統一幣制者相繼行。鐵路借款雖多。而入款亦漸旺。直隸兩江湖北。各能籌款。其雜捐之目。多至百餘。鹽務自迭次加價。收入亦多。釐稅以定增加獎敘。亦旺於前。捐例則停於二十七年。以練兵復開。至三十二西伯既戡黎祖伊恐奔告于王曰天子天既訖我殷命（訖止也）格人元龜（格至人人）罔敢知吉非先王不相我後人惟王淫虐用自絕（虐依史記校）故天棄我不有康食不虞天性（虞度也天性天命也虞如左傳莫保其性）不迪率典（迪用也率法也典經也不用法經也）今我民罔弗欲喪曰天曷不降威大命不摯（大命謂死亡之期也民皆欲喪曰天曷不降威於殷大命何不致乎）今王其如台（如台奈何也）王曰嗚呼我生不有命在天

闓生案敘紂止一言。而其昏庸之狀固已畢見。古史高簡。大率如此。

祖伊反曰乃罪多參在上乃能責命于天（參漢石經作粲責求也）殷之即喪指乃功（功事也言由汝所自為）不無戮于爾邦（不能免僇辱於爾國也）

微子

闓生案此篇大指痛殷之亡。兼表微子之節也。

微子若曰太師少師（太師疵少師彊抱樂器歸周者）殷其弗或亂正四方（或有也不有治政以治四方）我祖

底遂陳于上（底至也遂遠也陳久也上上世也）我用沈酗于酒（我紂也稱我者國家之詞）婦人是用（依史記校增）亂敗厥德于下（亂率也語詞）殷罔不小大（無小無大）好草竊姦宄（草竊寇鈔也）卿士師師非度（師師衆也卿士衆爲非法）凡有辜罪（凡皆也言皆有罪也）乃罔恆獲（恒緪之借緪獲即緪矱猶繩尺也）小民方興相爲敵讎（方並也並起爲讎敵也）今殷其淪喪若涉大水其無津涯殷遂喪越至于今

闓生案。指詞稟稟危懼。我祖底遂陳于上。言祖宗之神靈不復降鑒在上也。悲憤之極。遂若怨誹之詞。詩所謂先祖匪人胡寧忍予者。同此意也。我用以下斥紂之詞。殷罔不小大云云。則舉國百職之皆曠。不獨紂矣。殷遂喪越至于今。尤嗚咽悲哀。不忍卒讀、此倒句也。猶云豈意今日殷遂喪亡乎。沉痛至極之詞。

曰太師少師（曰者更端之詞更呼太師少師而語之）我其發出狂（狂往同字史記作往）吾家耄遜于荒（家居也遜遯也荒喪也言吾將起而出奔乎抑居昏亂而遯其喪敗乎）今爾無指告予（依王肅斷句指意指也）顛隮若之何其

隮墜也

闓生案。以出走踐亂二者。就太師商度此。見古君子出處。再三審愼。具非苟然。

太師若曰。王子天毒降喪荒殷邦毒篤同荒亡也方興沈酗于酒方興並與也乃罔畏畏畏畏敬也咈其耇長舊有位人咈逆也今殷民乃攘竊神祇之犧牷牲用牲用連文牛羊曰牲器實曰用以容將食無災容乏也將食饋祀也災側之借字謂側殺也言隱侵牲用致乏之餼祀無特牲也降監殷民用下視殷民乂讎斂乂相也讎逑之借字逑斂聚斂也召敵讎不怠以聚斂召敵讎而不倦罪合于一前言卿士後言庶民此句總結多瘠罔詔瘠捐瘠也詔告也民多捐瘠而無告也

闓生案。此答王子首節之詞。微子猶言紂惡。太師則彌隱約。親疏之分然也。攘竊神犧。中草竊姦宄師師非度之意。用乂讎斂。中小民方興相爲敵讎之意。皆就微子所言而引申明之。

商今其有災我興受其敗（災危也危猶可持故可起而受其敗）商其淪喪我罔爲僕（若淪喪則無可附矣僕附也依一本去臣字）詔王子出迪（迪逃也）我舊云刻子（舊久也云這也刻責也我以久遠責望於子）王子弗出我乃顛隮（我殷宗廟乃隕墜無主）

闓生案。此答次節之意。語意千迴百折而出。痛切無以復加。蓋國家如有危難。固當起而任其禍敗。雖捐隳不恨。然所以然者。究欲宗社之存也。至明明必亡。則吾儕無可附麗。雖死無益。不如別謀所以自存之道。以冀延宗社一綫於不墜矣。史記釋之云。今誠得治國。國治身死不恨。爲死終不得治。（爲若也）不如去。不一一訓詁文字。而曲疏其語中之意。哀痛委宛。與原文同工。蓋當時微子誼分正當如此。而古文奧衍。能曲達聖賢微指。使千載而下。昭然若揭。然非史公工於詮釋。亦不易令人領悟如此也。

自靖人自獻于先生（靖謀也獻達也人各自謀以自達于先生）我不顧行遯（言已將不顧而去抱樂器出奔也）

閱生案既為微子決策亦遂自道本指。

牧誓　周書

閱生案。氣勢雄橫特出。視夏商之文為一變。

時甲子昧爽王朝至于商郊牧野乃誓

閱生案。先揭明原委。

王左杖黃鉞右秉白旄以麾曰逖矣西土之人逖遠也勞之

閱生案。牧野乃誓之下。本可徑接古人有言曰云云。今復加入左杖黃鉞至予其誓一節。將一番文字。頓作二三層節。以為文章節奏。從空際展拓摹寫武王威神。及三軍列國聲勢。一一赫奕如見。省卻多少鋪敘閒文。乃由無文字處生出文字。想見史家於此。於特費經營。所謂夾縫中寫生手也。

王曰嗟我友邦冢君有友同史記作有家大也御事御治也猶執事司徒司馬司空亞旅亞旅上大夫師

氏（師氏軍旅王舉則從）千夫長百夫長及庸蜀羌髳微盧彭濮人（庸濮在江漢之間羌在西蜀髳微在巴蜀盧彭在西北）

闓生案。此見軍行之盛。又見天下同心疾紂。無間中國夷狄也。又案。誓語列邦冢君而千百夫長在所不遺。所以能得人心。

稱爾戈比爾干立爾矛予其誓

闓生案。此文章步驟。盤旋頓挫。以取姿勢。此下方入誓文。又案。稱戈三語。伯禽費誓所本。

王曰古人有言曰牝雞無晨牝雞之晨惟家之索（索盡也）今商王受惟婦言是用昏棄厥肆祀弗答（昏泯也泯棄盡也肆祭名）昏棄厥遺王父母弟不迪（迪用也）乃惟四方之多罪逋逃是崇是長是信是使是以為大夫卿士俾暴虐于百姓以姦宄于商邑今予發惟恭行天之罰（恭與共同奉也）

闓生案數紂之罪。亦隱約不盡。不似僞書之極口醜詆。不留餘地。文氣勁直而下。至爲峻邁。兩用昏棄厥字。五用是字。皆文章行氣處也。以下專以排奡取勢。

今日之事不愆于六步七步乃止齊焉夫子勗哉（愆過也勗勉也）不愆于四伐五伐六伐七伐乃止齊焉勗哉夫子（一擊一刺曰伐）

闓生案戰略至簡。所謂壹戎衣而天下定。孟子所謂以至仁伐不仁而何其血之流杵也。

尙桓桓如虎如貔如熊如羆于商郊弗御克奔（御禁禦也先戒以整暇後則不禁其疾速）以役西土（役爲也以役爲我西土）勗哉夫子爾所不勗其于爾躬有戮

洪範

闓生案洪範九疇之目。蓋上古相傳治天下之大法。箕子以告武王。而史官潤色之。以爲此篇亦千古典志之祖。淮南子云誦詩書者。期以通道略物。而不期於洪範商頌。是洪範商頌。自漢初以爲難通矣。 先大夫曰自大小夏侯推五行傳。劉向歆傳以行事。而洪範一篇。遂爲災異荒怪之書。班氏取以入史。是其失也。近人集錄伏生大傳。以五行傳爲伏生之作。尤爲失考。漢志明言夏侯始昌善推五行傳。族子勝下及許商。豈嘗以爲伏生書哉。伏生解五行。以行爲用。云五者是爲人用。不作爲天行氣之語。其不妄推災異明矣。

惟十有三祀（克殷後二年）王訪于箕子。王乃言曰嗚呼箕子。惟天陰騭下民。（騭定也）相協厥居（相使也使和其居）我不知其彝倫攸敘（彝常也敘序也）

闓生案。蓋問治天下之條理節目也。

箕子乃言曰我聞在昔鯀陻洪水（陻塞也）汨陳其五行（汨陳者亂也）帝乃震怒不畀（帝謂舜也不畀不使也）洪範九疇（大法九等）彝倫攸斁（斁敗也）鯀則殛死禹乃嗣興天乃錫禹（錫與也謂

使果賢猶非春秋所予何則偶然之事不足以爲通例卽不足以示萬世也彼燕噲之讓子之何嘗不以子之爲賢其卒也燕國大亂故假使與賢之例一開則必有以非賢爲賢者而權彊之覬覦乃益甚天下遂不可爲也今日政體固與前古不同矣然民主必由民選亦預防亂源之深意其於古聖人之用心欲不謂之相同得乎公穀引義深嚴蓋承先師遺說故雖明知國亂初定衆所迎立必有不得已之故不宜苛論猶特標斯義以絕後世之藉口殆足發明聖人衷曲者非果持迂義責石碏公穀措語固自分明可覆按也然何以知公穀此義得左氏全書言外微恉曰斯義乃孔子之義左氏而不知此尙安得爲好惡與聖人同觀於左氏之譏宋宣又詳載隱公攝位退讓諸事卒不免寪氏之難非卽其意之明示者歟史記衛世家詳載州吁事麤約左氏全文而云桓公二年弟州吁驕奢桓公絀之出犇十三年鄭伯弟段攻其兄不勝已而州吁求與

之友十六年州吁收聚衛亡人以襲殺桓公又云至鄭郊石碏與陳侯共謀使右宰醜進食因殺州吁于濮尤足補左氏所未備使情事曲折詳明葢史公所采者博不盡取之左氏爲漢初古書存者尙多之證十二諸侯年表所載與世家同州吁未襲殺桓公之先有十四年不在國亦可爲不稱公子未命爲大夫之證胡安國傳謂罪莊公使州吁與同政事主兵權而當國似未讀史記又誤釋公羊當國二字之義故其舛謬如是家鉉翁但非胡氏追咎莊公尙未盡也程子謂大義旣明於初其後弑之者皆以屬稱見其以親而寵之太過任之太專立義各有不同不知大義一而已矣或著焉或不焉豈春秋之恉此皆沿公穀以國氏之說而誤者也眞德秀曰方莊公之寵州吁也碏能諫之及州吁之簒桓公也碏又能誅之可謂社稷之臣矣石碏之爲純臣古今殆無異論凌稚隆云石碏云將立州吁乃定之者吾惑焉州吁恃寵好兵旣已納於邪矣石子

顧復探君之邪志而成之乎不幸莊公從若言則衛國之禍其誰之凌氏階不識左氏文字抑揚之妙其迂謬可笑至於如此汪克寬謂衆仲不言州吁元兇大憝而但云州吁阻兵安忍蔑君臣之義不明於天下久矣不知如左氏所載州吁非元兇大憝而何且衆仲之言包孕千古無遺爲左氏此篇文字之骨又明謂州吁弑其君而虐用其民何謂不明君臣大義乎必如何而爲君臣之義恐汪氏無詞以相答甚矣其不知言也柳子厚六逆論盡駁左氏此則讀書有識知其意不泥其迹非與左氏相非難天下事變無窮雖古人至精之言苟於今日不宜皆可變通之以盡利識不足以觀其會通執古人之一言而允蹈之固無往不得其反也彼韓非諸難亦以剖析事理耳豈欲盡翻前案哉至州吁之求寵諸侯杜注謂諸篡立者諸侯既與之會則不復討此春秋時相沿之事例非周制也春秋時禮樂征伐自諸侯出但爲諸侯所承許雖躬篡逆亦得晏

然以自固桓公二年稷之會宋賂諸侯卒立華氏厥後成公十三年曹公子負芻殺太子而自立十五年會于戚晉人討而執之執在會後至十六年沙隨之會曹人以君列諸會爲請蓋猶用此例也此足以觀世變矣翬帥師之不稱公子當與無駭柔挾溺爲一例旣略論如前公穀皆謂以與弒公貶非也公羊於十年翬帥師謂隱之罪人終隱之篇貶則以桓三年經書公子翬求其說不得而從爲之辭者也夫謂與弒公貶則如齊公子商人鄭公子歸生楚公子比皆躬爲大逆而不削其公子何歟顧楝高譏程子大義旣明於初其後皆以屬通之說爲不當而謂弒君不以削公子而見罪亦不以書公子而益罪其說蓋塙矣此經所書翬帥師爲會宋衛伐鄭也宋衛之事見於春秋詳矣據事直書而義已見聖人之善善也長惡惡也短穀梁此言殆是先師古說深得春秋之意者安有逆料其數年後有弒君之罪而貶之於數年前帥師時乎孔子稱顏淵

不遷怒若果如此非春秋之遷怒而何且桓三年公子翚如齊逆女已在弒君之後若春秋於此時書公子於彼時削公子不書尙可謂春秋以族氏爲褒貶以彼時其惡已著也今於弒君後書之曰公子於弒君前則削公子不書何春秋之倒置也公子翚之卒不見於春秋例以無駭挾卒蓋孔子削之是桓公時亦貶何謂終隱之篇貶乎宋儒好以惡大夫專兵爲言大夫專兵誠春秋之所惡然不待削其族氏而義始見春秋書公子公孫將兵者多矣何獨於翚削之陳傅良氏謂以大夫會伐諸侯於是始故名之亦非也始之爲言不足以立一義陳氏此言與程子大義既明於初之說其說正同審若是則同事異罰翚獨以春秋託始隱公而遭貶翚可謂不幸春秋可謂不公矣凡此皆非春秋恉即皆非左氏義左氏全書中固無此義例如有近似者亦後人所羼入非左氏本文決也此傳故書曰翚帥師疾之也謂疾其帥師非謂疾之而削其公子語意

甚明然己非左氏本文何以言之昔姚姬傳論僞尚書獨以文義衡之曰不類
曾文正深取之以姚氏爲知言者徒吾師吳摯甫先生據李漢叙書禮剔其僞
一言謂書之僞自退之發蓋亦以文爲衡而有以知退之之識之深足與乎此
也李習之稱司馬遷班固叙述高簡因進而及於左氏誠以左氏叙述高簡固
司馬氏班氏之先導也以此義深觀左氏全書叙事皆簡之又簡從不爲枝辭
蔓語間有氾濫旁涉文采橫溢亦倍覺精妙可味苟於義爲無取雖事實可存
左氏亦往往不載否則當日列邦紀載具存綜二百四十餘年故事全書之繁
當不啻數倍過之而固不然則左氏之聖於立言也可知義與春秋不相比附
左氏且割棄不載矧爲書中所已深明之義而顧一一加以詮釋寧不自覺其
詞費乎此傳明云固請而行則犂之專兵助亂可知何待再加以疾之之詞且
固請而行與下文諸侯之師敗鄭徒兵云云語氣銜接而顧橫插此九字於其

中雖稍知文義者且不爲何況左氏此前賢珠玉沙石之說也一語得失爲文之佳惡所由判卽心之純疵所由見雖復聖賢經緯天地之閎抱所以逴絕凡庸者其本原亦與此義爲一貫所包孕深廣不可測如是倘得目文章爲小技乎惜乎左氏未分傳附經前之全書今不可見矣安得如此傳之易辨一一盡袪吾疑哉

公矢魚于棠傳　此經左氏作矢公穀作觀蓋所據古經不同漢書藝文志春秋古經十二篇經十一篇所謂經十一篇與公穀二家卷數相同疑卽公穀所據之古經公穀其時已盛行故言經而不言古所謂古經十二篇疑卽左氏之本經左氏書與經別行故不依古經篇數而自爲三十卷今左氏分傳附經其本書已不可考而取左氏之經與公穀二家經相較閒有同異往往左氏義爲長此經左氏作矢魚最爲古奧矢之義爲射卽曾文正所謂實字虛用之類古

書所恒有臧僖伯之諫曰則公不射正與矢字義相直所稱春蒐夏苗亦與射義相比附國語觀射父曰天子郊禘之事必自射其牲淮南時則訓天子親往射魚葉夢得曰古者天子諸侯將祭必親射牲因而獲禽以供祭春獻魚之節也公將以盤遊託射牲以祭焉以公爲荒矣葉氏此言最足發明矢魚之義杜注書陳魚以示非禮矢之爲陳雖亦古訓惟傳文陳魚而觀爲叙事之文合陳與觀其義乃備非以訓釋矢字杜據傳文訓矢爲陳蓋本之賈逵史記魯世家注引賈逵言矢魚陳魚而觀之然於義爲儉矣蓋當日公自射魚漁人復大捕魚侈陳之以爲樂故傳初言公將如棠觀魚者末復言陳魚而觀以紀其實而史記魯世家載隱公五年觀漁於棠十二諸侯年表亦載公觀魚于棠君子譏之所謂君子譏之即約左氏載僖伯之諫以爲文孔子之意蓋亦如此左氏詳載僖伯之諫所以發明孔子微指也隱公之矢魚其事蓋至誇詡故至公羊時

繩繩不絕貌 朱註

螽斯羽揖揖兮宜爾子孫蟄蟄兮　揖蟄韻 傳註

(註)揖揖會聚也蟄蟄和集也 毛傳

蟄靜也 爾雅

按何楷亦嘗以安靜解蟄字

螽斯三章章四句 朱註以爲比也然細玩辭詞似以仍屬興體爲宜

(總評)　子孫說螽斯奇　疊字爲調節短韻長　螽斯比后妃古人作詩無嫌忌如此 詩志

桃夭后妃之所致不妬則男女以正婚姻以時國無鰥民也 詩序

桃之夭夭灼灼其華之子于歸宜其室家　華家韻 詩註

(註)桃有華之盛者夭夭其少壯也灼灼華之盛也之子嫁子也于往也宜

以有室家無踰時者毛傳

宜者謂男女年時俱當鄭箋 灼灼明媚之貌朱註

（評）只夭夭二字寫桃花便如少女 句法一正一倒韓詩蘭之猗猗揚揚其香似此 宜字深穩包孕甚富詩志

桃之夭夭有蕡浮雲反 其實之子于歸宜其家室 實室韻傳註

（註）蕡實貌非但有華色又有婦德家室猶家室也毛傳

蕡藹爾雅釋木 樹實繁茂菴藹也郭璞註

（評）蕡字用得新實者活之如有鶯其羽詩志

桃之夭夭其葉蓁蓁之子于歸宜其家人 蓁人韻詩註

（註）蓁蓁至盛貌有色有德形體至盛也一家之人盡以爲宜毛傳

按婦人固有當於夫而不宜於家人者至宜其家人則內外和而父母順

所謂當於夫者始不爲燕暱之私矣本方靈皋說

(評)華實葉三層句法三變詩志

桃夭三章章四句興也

(總評)只贊一及笄女子去豔羨幾何而久道化成之效徧見於此可稱工子立言求其所以蓋必一家有教而後有淑女一家有德而後有賢婦此萬福之源太平之本也賈長沙治安策論俗流失世敗壞歸重婦德意亦如此備觀人世興衰則愈知女德之所係者重矣此車舝之詩所爲作也詩志

兎罝后妃之化也關雎之化行則莫不好德賢人衆多也詩序

肅肅兎罝椓之丁丁赳赳居黝反武夫公侯干城丁城韻傳註

(註)肅肅敬色兎罝兎罟也丁丁椓杙聲也赳赳武貌干扞也毛傳

兎罟謂之罝爾雅罝遮也遮取兎也郭璞註

（評）一兎罝耳郤用肅肅二字摹神眞有部伍森嚴氣象　干城字借用奇詩志

肅肅兎罝施於中逵赳赳武夫公侯好仇　逵仇韻傳註

（註）逵九逹之道毛傳

九逹謂之逵爾雅　逵或作馗韓詩　馗九逹道也說文

按仇匹也與率羣匹義同又揚雄賦捜逑索偶臯伊之徒並與此同義

（評）好仇說君臣較魚水之義更深詩志

肅肅兎罝施于中林赳赳武夫公侯腹心

（註）中林林中可以斷制公侯之腹心毛傳

野外謂之林爾雅　可用爲策謀之臣使之慮事鄭箋

（評）腹心二字想見盛世君臣忠信一體令人忼慨激昂詩志

兎罝三章章四句賦也

（總評）美擧賢於兎罝也讀之有深穆雄武之氣　此賦體也若以其上下相應遂以爲興郤自減味　樛木螽斯桃夭兎罝四詩立格命義極見工整詩志

芣音浮苢音以　后妃之美也和平則婦人樂有子矣詩序

采采芣苢薄言采之采采芣苢薄言有之　采有韻詩註

（註）采采非一辭也芣苢馬舄車前也宜懷任焉古妊字　薄詞也采取也有藏之也毛傳

（評）采采薄言疊說連下輕倩流逸詩志

采采芣苢薄言掇之采采芣苢薄言捋之　掇捋韻傳註

（註）掇拾也捋取也毛傳

捋五指捋也說文

按掇謂拾其子之已落者捋謂捋其子之未落者

采采芣苢薄言袺音結之芣苢采采薄言襭戶結反之　袺襭韻傳註

(註)袺執衽也襭扱衽也

執衽謂之袺扱同插衽謂之襭爾雅　持衣上衽曰袺孫炎扱衣上衽於帶曰襭李巡

(評)淺淺寫來卻自一團興致詩志

芣苢三章章四句賦也

(總評)觀桃夭則知女教之修閨閫皆內和而家理觀芣苢則知蠶職之隙婦人皆樂事而務藏方苞

易曰聖人感人心而天下和平和平二字是此詩真解其味淡以永其氣安以舒如春光漸暖勝境初開黃賓夫云太羹玄酒淡乎無味而有遺味朱絃疏越寥乎希聲而有遺音治世安以樂其民和於此詩見之矣傳志

漢廣德廣所及也文王之道被於南國美化行乎江漢之域無思犯禮求而不可得也（詩序）

南有喬木不可休思（正義作休息今據韓詩訂正）漢有游女不可求思漢之廣矣不可泳思江之永矣不可方思　休求韻廣泳永方韻（詩註）

（註）南方之木美喬上竦也思辭也漢上游女無求思者潛行爲泳永長泭也（毛傳）下勾曰科上勾曰喬（爾雅）漢水出嶓冢山東南流入江導江自岷山東流入海（詩地理攷）

（評）喬木二字託興極高爲游女立品　後四句只將不可求意思繚繞往復神味深長　漢廣不可泳江永不可方言游女有江漢之隔婷婷獨立可望而不可即也小序之意以江漢指文王舊解皆謂江漢比游女俱失之（詩志）

翹翹錯薪言刈其楚之子于歸言秣其馬漢之廣矣不可泳思江之永矣不可方思　楚馬韻　傳註

(註)翹翹薪貌錯雜也秣養也六尺以上曰馬　毛傳

按之子于歸二句自是詩人歎美欽敬之辭

(評)言秣其馬猶言爲之執鞭所欣慕也寫得情款繾綣之至玩後二章之子于歸之意此亦所謂窈窕淑女君子好逑也不可云云者即所謂求之不得也託之意講家滯於不可二句即解爲難干以私夫見色而欲干以私者小人之心也干之不可又作豔羡小人或亦有之而有此遠慕深情乎　詩志

翹翹錯薪言刈其蔞之子于歸言秣其駒漢之廣矣不可泳思江之永矣不可方思　蔞駒韻　傳註

(註)蔞草中之翹翹然　蔞亦舊草之屬翹然高出而可薪者　五尺以上曰駒　毛傳

譯稾

第三章　物理學（亦曰自然哲學）　謝宗陶

一　人類格致之所資曰自然（Nature）與精神（Mind）自狹義之自然言。舉事物之見於我而以世界（World）二字足爲賅括者皆是也。至其於此世界、所以能悟知反思之才力斯精神是已。方物之現於吾覺必有抽象之概念、引於吾意。此心而已能內省自反矣。則所謂概念者、不過幾經熟思之結果已耳。今夫孺子之於物。必於其有顏色、輕重、聲音、之辨、質言之即就其觸於感覺者。先識其名。彼居上古文化之民族。固孺子其思想者也。民族思想之增長與個人智慮之進化。同其途者也。於語言文字、（Language）可以知之。語言文字者。乃感官知覺之表示。故於凡吾感覺所見於我者。或吾思解之致諸我者。蓋皆命之名、而定其義。然攄現在語言文字之科學。則證明由吾感覺所求得之物體。其象形名詞之造成。必較吾形容視聽等動作之指事文字。遠在以先。

是邃古時代。研究哲學。率致力於能見之物體。卽名爲世界之萬物總稱者。殆亦由斯道也。從而舉其大綱。則不外曰、凡吾所見之百般形色與夫普變、及變之不已之自然現象果爲何耶。彼爲一切現象之本原。而能於繁動之下保持其恆性。如物質(Substance)元質、(Element)物體、(Matter)者、又何物耶。類此問題。皆爲自然哲學(Philosophy of nature)之主要科目。所以別於精神哲學(Phylosophy of mind)者耳。

二　栢拉圖於其以提冒斯(Timaeus)命題之論文內。曾具陳其關於本題之見解。栢氏直述物理、及形上二者之殊異。以爲自然者乃屬於動(Becoming)之範圍。與靜(Being)之範圍有別。亞力士多德之自然概念及其自然哲學。則多記載於其著作物理學(Tà φυσικά)(Physics)之中。但以近代論、此類哲學。已以宇宙論(Cosmology)見稱。物理學、特居其一端耳。溯夫人類精神。於其發生啓迪之初葉。未能反而內省。必先進於外觀。以從事自然境界與其觀察。蓋自然之爲物。本諸一原。發乎萬理。自生民之初。即試有以求其持變之常道。故能識現象內蘊之根本原理者。即自然哲學意旨之所在也。往古希臘哲學家。如泰爾斯。(Thales)亞納士曼德、(Anaximander)亞納士門斯。(Anaximenes)等。皆嘗致意於此類問題。究其於一切現象換移之本原。有以水持說者、或有以空氣設想者。緣其致思立論。皆就物體。蒙蔽或表現於吾覺者。爲根據。故上古希臘學者、莫不以自然哲學家稱。而披荊斬棘。以搜求眞理。若蓽實開之先河。雖進行不免遲疑。然於解釋現象之萬殊。超越感覺之繆誤。與夫忖度世界爲一元諸端。固嘗奮力以求有足多者。同時伊華尼學者。(Ionian Philosophers)則窮其形而上學於物理學之中。皮賽哥拉斯(Pythagoreans)之輩。則措之於數學(Mathematics)之上。前者所樂道者。爲物體、及其永久之動作。後者所銘泐者。乃世界布列之秩序。與天萬物相互之數學關係。如統一、比例、及矛盾之調和、等事。彼以爲幾何、(Geometry)天文、(Astronomy)及音樂、(Musics)之中。無一不可推致於數。(Number)數者、乃世界至精極微之本質原理。萬物者、卽可覺之數。故數者萬物之根。一者、又數之根也。註一 逮至中世紀之頃。羅馬教(Catholicism)權高擅無上。自然攻求於焉以熄。信仰也。絕對也。迷從也。內觀靈魂以通於神也。皆其時顯著之狀態也。尙何有攻求自然、及刹那光陰問題之餘地。亦且於此等學問藐視凌忽。則其日卽衰歇。又何足怪。及後自由精神。隨新教主義(Protestantism)以興。卽尋得新洲一事。亦頗有裨助之影響。從而講求古代哲學。遂復蔚然興起。諸如格利樓、(Galileo)克卜拉、(Kepler)白蘭耨。(Bruno)及其他學者。類皆萃其精力。以從事宇宙太空(Kosmos)之考求。發明甚富。至今始知吾人所居之行星不過『藐焉一粟。繞衆日之一以行。而衆日散播天空。又如沙漠中之沙粒。爲可不勝數也』再者自然科學、(Natural Science)與自然哲學。迄猶錯綜淩躐。雖哲學家如笛卡爾遊、(Descartes) 烏爾夫、(Wolff) 等不曾於二者之間。一爲剖分。即牛頓 (Newton) 者。亦未嘗畫而界之。惟於著名之『自然之系統』(Systeme de la nature) 一書。(一千七百七十年以米瑞褒(Mirabaud)之名義出版。其實著作者爲何耳白男爵。(Buron Holboch))更據康德(Kant)西林 (Schelling) 二人。而自然科學、及自然哲學、之區別。始以大著。於是自然科學、遂自避塗徑。兼程並進。其狹義之自然哲學、乃惟限於形上問題。或於自然科學發見之原因。施以擊治而已。是故自然哲學所考察之概念約爲勢力、(Force)精力、(Energy)物體、(Matter)動機、(Motion)生命、(Life)諸端。固皆不外自然科學之重要科目也。

(註一)按以皮塞哥拉斯主義、Pythegoras Doctrine賦諸紀元前十六世紀所生之皮塞哥拉斯、Pythegoras訴諸歷史、實有未合、據吾儕所知於其生平者、彼曾創設一種宗教或同志會、蓋爲一富於倫理政治經驗之人、是以亞力士多德及柏拉圖者、不言皮塞哥拉斯之教、但言皮塞哥拉斯主義而已、

演說

(九)上述之輪化論謂宇宙之大化無始無終無窮無盡列子書中亦有此說湯問篇曰殷湯曰『然則物無先後乎』夏革曰『物之終始初無極矣始或爲終終或爲始惡知其紀然自物之外自事之先朕所不知也』湯固問革曰『無則無極有則有盡朕何以知之然無極之外復無無極無盡之中復無無盡無極復無無極無盡復無無盡朕是以知其無極無盡也而不知其有極有盡也

十上述之輪化論以萬物之變遷爲輪化列子書中此說凡數見天瑞篇曰易變而爲一一變而爲七七變而爲九九變者究也復變而爲一

又曰

不生者疑獨不化者往復往復其際不可終疑獨其道不可窮

又曰

萬物皆出於機皆入於機

莊子寓言篇亦曰

萬物皆種也以不同形相禪始卒若環若得其倫是爲天均

據以上所舉則列子書中之宇宙論之爲輪化論而非進化也似甚明而適之先生則謂之爲生物進化論據云列子書中之生物進化論有兩種關於其第一種適之先生但引天瑞篇『夫有形者生於無形』一段而未言其何以爲進化論推其意當因『一變而爲七七變而爲九』之說爲由簡而繁由微而著遂謂之爲進化論若然則九復變而爲一之說顯係由繁而簡由著而微獨不可謂爲退化論乎

關於列子書中之第二種進化論適之先生首舉天瑞篇中『有生不生……而無不能也』一段吾熟讀此段毫未見有何等進化論的思想而

不化者往復往復其際不可終』二語反足爲輪化論的思想之左證適之先生論此段之言凡有三段第一段但釋『疑獨』之『疑』字與進化論無關第二段謂列子所謂『無』與老子所謂『無』不同亦與進化論無關此段之末謂一切天地萬物都是這個『無』『自生自化自形自色自智自力自消自息』的結果第三段卽末一段曰

旣然說萬物『自生自化自形自色自智自力自消自息』自然不承認一個主宰的『天』了列子書中有一段最足破除這種主宰的『天』的迷信

此亦與進化論無關

此後先生舉『齊田氏祖於庭』一段而謂其『更合近世生物學家所說優勝劣敗適者生存的話』先生所引列子書中之言止此此皆不足以證明列

子書中之宇宙論爲進化論也

至關於莊子之生物進化論先生首引秋水篇之言曰

物之生也若驟若馳無動而不變無時而不移何爲乎何不爲乎夫固將自化

先生曰『自化』二字是莊子進化論的大旨先生殆以『自化』爲『進化』歟若然則先生誤矣『自化』與輪化或創化或與進化相反之退化皆並行不背何以獨爲進化論之大旨乎

次引寓言篇

萬物皆種也以不同形相禪始卒若環莫其得倫爲天均

數語夫所謂輪化論卽謂爲『環化論』亦無不可』始卒若環』云云正足以證明其爲輪化論思想

次引

種有幾……………人又反入於機萬物皆出於機皆入於機

一段夫吾人如可以萬物之皆出於機爲進化獨不可以萬物之皆入於機爲退化乎既言皆出於機又言皆入於機顯係輪化先生謂機卽機卽古代所謂種子亦可名爲元子此後卽曰

從這個極微細的「幾」一步步的「以不同形相禪」直到人類人死了還腐化成微細的「幾」所以說「萬物皆出於幾皆入於幾」這就是寓言篇所說「始卒若環莫得其倫」了這都是天然的變化所以叫做「天均」

是不但莊子列子二書中之所言卽先生自身之所言亦足以證明二書中之宇宙觀非進化論乃輪化論矣而先生乃繼此而言曰

這種生物進化論說萬物進化都是自生自化並無主宰

於是又引齊物論篇

吾有待而然者耶吾所待又有所待而然者耶

二語及郭象之注此後又引知北遊篇

有先天地生者物耶物物者非物物出不得先物也猶其有物也（猶其有物也）無已數語最後謂萬物有主宰之說不合於因果律故不能成立據以上所言則關於萬物之變遷問題有二解釋法一爲有神說一爲自化說

萬物變遷問題之說明法（有神說 自化說）

先生以莊列之宇宙觀爲進化論其意似可以左列之論法表示之

大前提　凡自化論皆進化論

小前提　莊列之主張爲自化論

結　論　故莊列之主張爲進化論

夫進化者固可謂爲自己進化然退化者亦可謂爲自己退化創化者亦可謂爲自己創化輪化者亦可謂爲自己輪化何得據謂自化卽進化哉此論法之錯誤在大前提

輪化論者之言曰輪化論以爲世界之大化若環進化論退化論及創化論等以爲世界之大化若線（非環之線）人若不知環之全體而但知其一部分則但見其爲線故進化輪退化論及創化論等之失在未論及宇宙大化之全體進化論等果有此失否今不暇論莊列之說如可謂爲進化論則其中亦有退化論既如上所言如但謂爲進化論則似有但知其偏未及其全之失適之先生以爲何如辛垂教焉

莊列之學出自老子老子曰「萬物生於有有生於無」又曰「復歸於無物」是謂有生於無復歸於無有與無相循環相輪化也又曰

萬物並作吾以觀其復萬物芸芸各歸其根歸根曰靜是謂復命復命曰常

由是觀之老子之宇宙觀亦可謂爲輪化論若但讀「萬物生於有有生於無」一語而據謂之爲進化論似亦見其偏而未見其全矣

中國之輪化論的思想不僅可於老子列子莊子之書中見之此思想在印度最爲發達印度人分萬物之變遷爲四階級曰成曰住曰壞曰空此四階級相循環成而住住而壞壞而空空而復成自無始之始以至於無終之終輪化無窮焉

轉化論之在印度猶進化論之在歐西也自達爾文等唱進化論以來各科

響應學者於研究各種問題時爲之別具隻眼卽於道德與宗教等之研究亦莫不應用其說輪化論之在印度亦然印度人不但對於天然界之問題卽對於人事界之問題亦以此說解釋之故有業力與因果等說生死輪迴與善惡報應諸論

印度之輪化論或亦曾輸入於西洋然未發達殆以基督教之勢力偉大其創世記與末日審判之說深印於人心故西人多以爲世界有始有終卽其學者之中亦唱和有第一原因因之說者其不信世界有終始者亦不過謂世界爲無限的永耳最近有欲證明世界於時間空間皆有限者例如英國之馬肯齋J S Mackenzie(見其所著之建設的哲學之要素Elementsofconstrucivphilosophy) 然要之皆非輪化論也故吾常以輪化論爲東洋哲學之一大特色

井上氏似以世界輪化說爲其獨得之奇吾以爲井上氏之貢獻在總合東洋之輪化論的思想而以西洋近世科學的研究之結果解釋之

至於輪化論之價值吾今日雖不暇於諸君論然有數言可以奉告

（一）輪化論有可稱爲宇宙論之一種之價值

（二）進化論創化論等並不較輪化論近理

（三）輪化論雖有許多困難然有較進化論創化論等近理之處

進化論之難點不勝枚舉近世學者多有非難之者諸君不可以輪化論爲東洋的產物遂輕之也

我國舊有之格致學

劉萱

昔子朱子痛大學亡格致一篇。嘗取明道之意以補之。明淸以來。言學者頗有微辭。或曰本傳俱在。補之未免蛇足。或曰於物致知。奚必文字之補。甚至釋物爲慾。釋格爲革。專從心性講解者。比比皆是。實與卽物窮理之旨無當也。萱則以爲西人格致之學。無不精究庶物。而吾儒之號爲格致者。率皆偏於心性。卽心性而言格致。謂爲格致之一種則可。謂爲格致學則不可也。萱本譾陋。出入於中西格致學二十有餘年矣。生平實事求是。私自歷驗。遠捃子集。近參理博自分析之而自判斷之。一一衡以己見。概本卽物窮理之旨。求之寧貽管窺蠡測之譏。不爲按圖刻舟之舉。力戒玩物以喪志。益信卽物以窮理。考亭補習精確美善、翁所以僅言格物之方。而未及格物之例者。蓋因卽物窮理。庶物俱在。不專重區區文字也。問嘗撮拾考亭補傳之語。以冠格物本編。其結有云。所謂致知在格物者。言欲致吾之知。在即物而窮其理也。蓋人心莫不有知。物類莫不有理。惟於理有未窮。故其知有不盡也。是以格致學者。須明於庶物。莫不因其已知之理而益窮之。以求致乎其極。至於用力之久。而一旦豁然貫通焉。則衆物之表裏精粗無不到。而吾心之全體大用無不明矣。如是我聞。作如是觀。今後研求格致學。宜如是矣。叢所輯格致學。分本編外編。所以顯錄斯說以冠本編者。正以明師承之所自。且使別於外編。而獨樹一幟。表明其爲吾國舊有之格致學也。外編則純爲西學。無事取証於考亭。但仍時時研究。處處體驗。一本即物窮理之旨。期於本編相印証。惟是外編自格致史外。限於通行之理科。取材較隘。而格致本編則不然。若星系。若理博。若地文與地質。以至大莫能載之太空。小莫能破之微塵。悉歸範圍。而根究其當然與其所以然。舉凡大千世界。悉包容於物之一字。物必有質。若礦物。若生物。若河漢星宿。以及天空之幻境均屬之質各有力若萌動若醞發若聲熱磁電以及物類之靈明均屬之以上曰質曰力物必兼之體魄之分陰陽之理生生滅滅而實有不增不滅之總量在至究其所以然之結果雖似近於哲學而研究之路綫正自不同今欲以歸納之方法作平庸之語文演講本編以就正於大方且姑置外編改其原名酌題曰中華舊有之格致學非敢以吾今日所學強附古人亦以見卽物窮理之一得云爾至若本編所載曰庶物曰物性曰地質曰天文曰星面進化史後當分寄前來可否列爲專著屆時酌定如倂今日所說云云得蒙是正於諸公則尤幸已

藝文

王節母碑

節母姓王氏。夫曰某。未冠而考妣皆逝。既嫁而夫又卒。蚤勤夜學。出汲入飪。三十餘年。同治某年月日奄終。年六十幾。節母天性嗜學。既寡。無所發。乃一刻其子。生八歲。即趨使學。後益窘。弃儒而賈。然節母嗜學。故不改。古書舊册。重值羅致。弗少遴。咸豐中。寇擾汜水。倉卒去。及還。所庋書燒掇焚杅以盡。零縑殘簡。狼藉滿地。節母大悲恨。流涕綮欷。雖復賫奇賄弗逮也。及孫某。卒以劬學通籍。出宰畿甸。歷知宛平涿文安等州縣。同知南路西路廳。擢順天府治中。震著能聲。光大門戶。嗚乎。不有積也。其何以昌。諒章母之志而推之。雖濟天下可也。况在其家。雖綮百世可也。况其孫子。乃勒石述行。以爲後勸。銘曰。

懿節母、貞所操。鍥冥冥。汔光燿。眘殘册。何芳菲。繳射虛。抱的歸。梯再葩。竟不違。於維學。用不竭。酌注之。垓藪市。治府中。績猶淺。充厥施。功孰掩。蓄極中。言匪諓。

告幽遐。垂琬琰。

與基督教會某君書

林紓

讀神州報足下直揭賤名。斥某因爭論名教事。言為孔子之鬼。所經其視某何其重也。夫捧香爐隨孔子西行。實為前人之夢想。果先師之靈。引及駑朽。某即立時舍其子孫而去。亦所誠甘。特恐其未必如是耳。報中論某斥不孝之人。語涉嫚罵。是吾過也。按貴教馬太福音第五章第三十八節。言眼之債。還一眼。牙之債。亦還一牙。我唯有過激之論。宜君有過激之酬。即所謂還債也。吾尚何言。然當知某之所言。不得已也。貴教福音第十、節曰。見偏于義。不能不為。亦不敢不為。今日有人言私生子殺其本生之父母。為應有之權利。（見某學堂出版之日刊）不知基督教中。有此言乎。想君必未之見。一見未有不疾首而痛心者。某二十年譯各國之書。至一百五十餘種。未嘗一語侵及基督。君為基督教人。乃斥某為孔子之鬼所纏。斥某可也。得罪吾孔子先師不可也。得无與福音第七章第一節言輕易斷人之宗旨有悖乎。雖然。福音第十四節有言爾輩能恕人之過犯。則上帝亦必恕爾之過犯。今足下得罪孔子。吾亦只能如貴教福音中之言。赦足下之過犯矣。總言之。天下觀人明。而觀己闇。某或且闇于觀己。亦未可知。唯敝國（稱敝國者以足下得罪孔子不敢攀爲同國之人）之孔子先師。不能聽人凌踐。此萬死之所必爭。諒之諒之。恕不一一。

中正月刊叙

賀葆真

吾國曩昔無所謂新聞報紙也。而雜誌益晚出。始英人創萬國公報於滬上。久之。吾國乃有論政治之時務報。學報猶闃如也。農學報、醫學報繼興。顧皆重創新。未皇稽古。獨國粹學報、中國學報。能闡發經旨。掇拾佚籍。以維持國學之一綫。久亦相繼停刊。好古者希。人心益漓。於是以白話易文言之說起。詆古學爲迂腐。棄禮教而不顧。已之不學。而思舉古昔先哲之遺文而大棄之。惑世誣民。於斯爲甚。學者不察。鼓海內之人而從之。不亦異乎。推進化之理。有語言而後有文字。聖人恐後世言語之有變也。去其鄙語。辭尙體要。故曰言而不文。行之不遠。逮後聖學不明。東晉以降。宋齊梁陳文學之士。擯棄古學。侈爲艷麗之詞。文義漸晦。自唐宋以迄有淸。科目取士。而佔畢之儒。從事帖括。文乃益敝。今徒懲帖括之虛靡。而褫罪於吾國之國粹。謬倡怪說。簧鼓青年。譬猶疾厲跛之子而移惡于其母。豈理也哉。而爲之說者。猥曰藉此以統一國語也。吾又惑焉。夫山川之阻隔。水土之異宜。習俗方言。天然界畫。有未易以人力溝通之者。則白話非特傳世不可。亦未見其能普及也。桐城吳摯甫先生有言。諸國賢儁並趨哲學。若吾國文字。豈非字內哲學之至大者乎。又曰。若哲學大興。即吾國之文字必有遠行歐美之一日。今之爲白話說者曰。普及全國。無論其勢之不能也藉曰能之亦僅及吾國耳他國必無取而效之者以其繁縟且甚於西文焉夫學不稽古爲無識。戾乎今則不達。古學與時務兼營。文章與科學並習。則中正之道。庶乎學者之鵠焉夫世人之持論每好爲偏激說之始出未嘗不可譁衆而取寵久之則其弊滋益甚古之君子其憤時疾俗豈弱於近賢而立言也必平故孔子曰中庸之爲德其至矣乎民鮮能久矣且一說既倡學者輒從而靡焉苟其說而不衷於正道積久則黑白異色東西易位而無有敢議其後者曾不數十年必又有人焉復出一說以相競而學者又從而靡焉生心害政禍且中於國家故孟子曰經正則庶民興當此異說蠭出。樊籬盡抉。法不足以繩糾。政不足以綱維。後顧茫茫。神愕心悸。同人固陋。能勿惘乎。因糾合同志。揭櫫中正。編爲月刊。上采羣經諸子之緒餘兼及海內外之名論。同人管窺所及。亦妄思芹献。是邪否邪。不敢自匿。海內鴻達。幸教正焉。

題周養庵篝燈課讀圖卽送之湖南任　吳闓生

楚山叢叢湘水碧周侯雙旌具行色臨別眎我篝燈圖。把袂徵詩意悽惻。當年賢母困里閭。紡聲軋軋鳴夜除。寒盡無襦不自卹。忍飢課得三冬書。天道無親唯與善。厚廩千鍾償宿欠。寧知豸繡服前衣不是慈親手中綫可憐寸艸戀春暉。展書唯見圖中儀。惘惘出門何所適。願從夫子求吾規。周侯周侯勿思往事徒傷悲光昭令德今其時不匱孝思在錫類蒼生滿眼方顚危鄭俠圖成猶未盡兵戈水旱兼瘡痍財賦大藩生殺柄奔駒朽索從操持追念深閨湼臂訓爾絲保障宜何爲無曰雲軿高在上紹庭陟降寧違茲他日政成署上考九原感格神其怡請將太姒徽音訓併入豳風七月詩

賀孔才見和側字韵仍依韵作答　吳景超

險韵吟詩詞苦窄血枯五臟心爲白嘔心牛鬼豈昌年惜命時憂不及麥自古

不學劍與書翻成磊磊洸洸格使我投筆欲從戎思動神魂驚鬼䰢誰能洛下識書生大似昏行首如墨諸公止效收猪奴樗蒲風動東西北寧有餘暇整人倫同生不啻千秋隔豈獨詩文使我窮。亦自時緣有廣窄我今欲效葉令王但得鳧飛一兩隻緱氏山頭聽鶴鳴看盡八旗成五色平生孤行三十年不顧眷累悲惋惻此心方修日月明豈爲妻兒一旦黑承君藻獎吾豈敢。但見新詩典而則若與溓書並勸傳風雨蠹魚誰敢蝕。所論千人結一心。（來詩云安得千人結一心匡濟晨昏勞頷頌）驚喜區區手加額特恐不堪爲執鞭勸君莫立巖墻側

喜民築宣惠河隄成（甲寅東光任內作） 步其韻

蜿蜒七十里萬福來一河時曰河隄成民舞蹈且歌。雚岏河兩岸。舊豈無陂陀。胡至每年秋。一水桓百苛癸丑歲八月。余來綰素紱。鉅野閧已溢挾勢走黿鼉波濤沉萬頃由畝失千禾詢之土人云。舞浪本無婆。岸惟圯未築。水至旋成渦。

邑人有高子名營鎬病水如病痾謂但固吾防民力猶委佗負土千手指輸物半牛跳分工黔與赤魄餉黃與皤先時議已定既時工乃科更詢諸父老衆願無嫁娶遂於次年春平地起卷阿卷阿高已起陵阜失巍峨是時大官錢減縮不及他吝築皆民力僨筥弗自多但蘄河中水再勿湛羲娥但蘄河外地再勿生黿蟹歷時僅四月余亦忘奔波迴憶趨功時屨笠紛駢羅前勞毋敢怨後趾已自呵來若食其福經始亟如何

苦戰行壬戌　　步其誥

母抱兒妻隨夫倉皇飢走城西隅老父東來聲喘吁路隅相遇驚相問各道苦爲兵火驅礮聲殷地連天飆昨宵飛彈如轆轤么女駭啼兒夜呼兩軍相見不須臾屋瓦橫飛牆竇穿草菼平地樹㯶株不謂東西相望百十里禍至乃似一不殊世事由來丹與朱萬蠱芻狗胡瑟竽君不見千秋萬歲此寰區王者韓韓

霸離魔日昨掘門繩我樞近身獨不願庖厨臨事出門今惘惘但見奔者突者悖者孤者扶者蘇者幸不血流漂杵武成如長言不暇立斯須北風吹我且虛徐我猶徒步君妻孥出未晨雞日已晡殺氣猶高十丈餘東胡走西胡趨

十年秋再過檀香山

靳志

日本美陸間。萬里東海碧。衆旬駁風帆。喜見島嶼兀。云是火山餘。爆發地心熱。火滅草木生。土石今尚赤。陽燥宜菓實。時若多膏澤。島居不知秋。一年花如雪。長林浴大海。外與人世絕。天際片帆來。何處胡商舶。珍貝羅市廛。爪奈芳以烈。大陸會諸侯。軺車賫玉帛。魯連排解義。蘇張縱橫策。三年兩過此。嗟我久行役。驅車環島遊。夾道多松柏。遠岫浮雲斷。懸巖細路窄。岸轉海初見。溪廻山中裂。洪波在我下。壁立萬仞石。石水相激盪。山傾碎玉屑。山脚見平地。春溪繞芳陌。樹綠萬家邑。花紅五畝宅。漢族最繁殖。雜居黑與白。豐年厭粱肉。向未識兵革。

驚心此邦樂汗顏遊宦拙。欲買遼東田。庶幾茅茨結。

悲內爭　李保光

燕營四顧起驚飆劫火連雲樹半燒空巽引車師趙將孰能辭第破天驕幕庭仍報胡旌滿。欃搶乘維蕃舶遙到眼蒼生行左衽閫誠戰鼓自連宵

邁度來京　李葆光

夫子胡爲者。驅車到玉京。一盃初入掌四野忽連兵星落朝飛彈山崩夜斫營傷時廢歌舞負卻上林鶯

前韵咏邁度　李葆光

言率陰山騎。星流拊洛京。誰知一簑雨洗出五侯兵成敗有如是往來無所營不妨守枯簡花底聽流鶯

談叢

再言性　此處言性與孟子性善荀子性惡之說不相關涉乃易之太極中庸無息之至誠孔子之吾道一貫孟子之反身而誠者也詮釋者不知其眞知之者又恐受人譏議不敢昌言於是精義晦而聖道隱諸儒之過非孔子之道未極於大也

夫所謂性者中庸言之矣惟天下至誠爲能盡其性能盡其性則能盡人之性能盡人之性則能盡物之性能盡物之性則可以贊天地之化育可以贊天地之化育則可以與天地參矣近世習於西人哲學之說而參以物理家之實驗最上一層將來當可發明而今日西國哲學家所造地位似已臻盡物之性一界觀羅素物之分析一演說言萬物電子之原在太陽最近處光綫排列最奇怪者是也於盡人性盡其性尚隔一二層則亦未致其極也

學形而上其所事卽隨而上以身行之斯達矣然人苦躬行之難而又不甘於不達於是上達一途又分爲二一曰窮理先儒朱陸今日哲學是也一曰實致孔子示其從入之途有二一逆入易曰數往者順知來者逆是故易逆數也惟此雖微露其端而如何逆法如何進步待入自或有口說未之傳一反求易曰艮其背不獲其身行其庭不見其人彖曰艮其止止其所也上下敵應不相與也是以不獲其身行其庭不見其人无咎也此外爻象均頗發明自較逆入一層爲有可循之轍然亦不過大概欲深入仍在自行非言所能傳孔子欲無言而言性與天道不可得聞自言而人自不知實乃爲行者得之耳故曰誠則明矣蓋形而下爲順行形而上則其道不易言傳人於讀書時善體之可矣

一曰形而下之學　形而下之學亦分二種曰物情曰人事

先言物情　物之所賅甚廣天地亦物也中庸言天地之道生物不測非天地生物乃道生物耳觀下今夫天今夫地今夫山今夫水平列並舉皆在被生之中如天地生物豈天地生天地乎言天地生物者以人在天地內不欲以天地爲物而小之耳人亦物也受天地之中以生又何能測所生者之於何出生而中庸明言道爲物不二則生物不測老子言道生一一生二亦其理也是聖人之通天察地不過盡物性之一而由是觀象於天觀法於地以通神明之德類萬物之情者又有辨物製物兩端

甲辨物　物有二一曰顯然之物即今博物家所知也古人於博物深爲注重子產博物君子孔子稱之而多識草木鳥獸之名垂之詩教著之爾雅大易水火風雷神禹鑄鼎象物使民知神奸禹貢九州持詳生產周官物土辨五物九等致天下之物生中庸山水寶藏之興貨財之殖皆其著者

今人動物植物礦物微生物各學言之備矣

一曰幽隱之物　幽隱一界自孔子答子路未能事人焉能事鬼未知生焉知死及某之禱久矣數言及不語神怪各節著於論語而人以孔子之學只在中庸此外非所敢知是實誤會中庸言君子之道費而隱隱之一方孔子知之頗備而能之亦周但以爲小道鄙事而不露耳觀家語商羊豶羊之辨猶爲顯者至大易知鬼神之情狀知幽明之故死生之說中庸言鬼神爲德之盛而曰微之顯言愼獨而曰莫見乎隱左傳神怪之事蓋屢言之其非孔子不知決矣知而能制之聖人所以贊化育也惟聖人能知聖人勿以己所不知不能謂聖人亦不知不能可耳

乙製物　製物一事至周已極其巧是以奇技淫巧懸之令典而考工一記於輿弓梓染各盡其能取明火取明水更爲奇絕漸且失於機械詭變孔

拙園畫話

鄭毓怡

此自『讀書漫華』書畫類中錄出談畫各節評鑒討論訣法記述不復區分惟以時日爲次愚者一得願治斯學者進而教之毓怡識

畫無中外古代同出人物漢之柏梁石刻等埃及之古石刻等其顯例也風景畫初只配景後乃獨立山水在中國早成畫中主腦而西洋則仍與人物並重或稍遜焉是則東方文明畸于靜性西方文明畸于動性故也西洋風景畫以油漆畫爲主取厚重也中國六朝及唐以大青綠作沒骨山水意已近之而終于失傳西畫亦有時代重點綫之美意近中畫矣而迄今仍重在油繪蓋趨勢既異雖有時偶近而未能相接也 九年八月三十日

近人論美術者謂西畫與雕刻相關中畫與作字相關說誠不謬中畫與書法相聯之切宋元以來乃日加甚畫家殆無不兼爲書家中國獨講之書法既亦

屬于美術則中畫思參西法以爲改良而欲逕與書絕恐將失中畫之所以爲美而已蓋書畫用材並同取意亦類勢不可分也余謂將來中國畫宜分兩種一舊派畫仍重華意不弃古法但去其太非理太無謂者（爲大乖幾何及衣物必用古式等）一新派畫參取西法運以中畫精神但此種宜以中畫爲基抑以西畫爲基尚未敢斷言耳　九年八月三十一日

學術貴進步而吾國過重法古于畫尤甚其實世界大通不惟西畫可爲我助卽各科學亦多有足相發明者是在悉心領會而已近讀心理學見可証畫理者敎事謏識于下

（A）自古墨畫與彩畫並傳夫彩畫五色相宜近于直景物宜乎爲人特喜墨筆雖有墨分五彩之說究若不及而墨畫始終能自樹立何也

証以心理學視覺之研究蓋有光覺色覺之分光覺卽黑白色覺卽各色願

光覺之由白至黑其間一綫之差序爲種實六百六十而色覺紅綠青黃等十色之色圈細分其色調亦不過百六十餘種耳視白灰黑之差別蓋簡單多矣長袖善舞多錢善賈墨畫所憑藉較彩畫爲多此即其能自樹立之一大原因也(尙有佗因以不屬此論點俟另條詳言之)

(B)古人講設色各色皆宜對墨少許以求蒼潤惟紅色不可對墨人皆認爲當然而其所以然何在

此若以西畫言之固有透明色不透明色冷色熱色之分而心理學之研究亦可相發蓋視覺所見之色有色調明度飽和三方面而各色調因明度而異其飽和例如紅色以飽和在明度强時青色之飽和則在明度弱時故丹林麗于晴天而青山顯于暮日黑白旣爲光覺關係對墨加黑卽類于明度加弱紅色以明度强飽和自不宜于加墨青色以明度弱飽和自宜于加墨

矣此理易明然不証之以心理學初未能確知其故也

西畫重光綫中畫並物影而不畫近偶寫水中橋樹影畫友非之余以爲古人亦非不畫影特遠波風溜自有樹石無影之時習而成風概不復畫此正宜匡正不必畫影即是西法也九年九月一日

古人畫訣謂『最遠山螺青宜深于次遠山蓋愈遠受雲氣愈多故色愈暗也』古人未知空氣故僅言雲氣耳吾人視天空爲青色遠山即障蒼蒼之色于人目特此在背日光時爲然若向日光遠或以次加淡近且五光十色矣未可泥也又謂『青綠畫遠山用淺墨』此蓋防青色相溷不得相宣之用耳能相宣處仍可酌用螺青即古大家畫亦不盡拘執九年九月七日

古人謂『山石白處光也皴染處暗也』又謂『屋宇內宜染淡墨』觀此諸說』并求渲染之意足証中畫非不詳光不繪影特重在筆意此等形肖之事不深求

四存月刊第十一期刊誤表

篇名	頁	行	字	誤	正
師承記	四六前半	六	二十八	帙	秩
恕谷語要	二四前半	十	六、七、	找為	為找
手抄禮文	九後半	二	十五	田	冠
	全	全	二十	冠	席
	全	十二	八	賓	冠
	十後半	八	八	下	上
論明代邊功之盛				人名	吳廷燮
	四前半	六	十五	恩	思
	全後半	二	二十二	州	川
	全	十	七、八	中手	護衛
	全	十	十六	與	興
	全	十一	十八	二十六年	二十八年
	五前半	三	八	臘	江
	全	全	二十三	幹	斡
	全後半	三	六	頤	頭
	六前半	一	二十八	幹	斡
尚書大義	二十八後半	三	五、三	為卿	卿為
	三十	二	一	收	牧
	全	七	四	收	牧
	三十後半	八	二十二	令	令
	全	十	六	祟	崇
毛詩評注	五後半	一	一	以字	宜低一格
	六	五	一	子	于
	六後半	五	十六	迷	述
	全	五	十九	皋	皋
	七後半	二	十之十三	芣宮采采	采采芣苢
	八前半	十一	一	望	宜低一格
	八後半	十一	一	七	刪去
列子書中之宇宙觀	九後半	十一	一	轉	輪
我國舊有之格致學	一前半	六	二十七	譜	讕
	全	九	廿九	習	傳
	一後半	十七	二十七	夭	天
王節母碑				人名	吳闓生
論明代邊功之盛	六前半	八	二十三	命	住
	全後半	二	廿三	瑒	塌
	全	九	二十五	賚	賫
	七前半	一	二十四	來	東
	七後半	二	十	蘇	薊
歐戰後之中國	五後半	二	十七	飧	餐
清財政考略	十八前半	七	三十字上	脫字	至
	全後半	七	十五	彙	彙
	全	八	二十	盬	鹽
	十九前半	五	十八	各	每
	全	十一	廿七小字	大	六
	全後半	四	三	二	八
	全	九	六	奏	湊
	二十前半	一	十五	繫	繁
	二十二後半	五	十	著	者
尚書大義	二十八前半	六	十	具	其
中五月刊敘	一後半	一	二十七	戚	戚
	全	十	七	守	字
	全	十	十三	字	宇
	二前半	四	廿六	丙字下	脫其字
題周季蕃燈録讀圖	一	七	十八	杇	朽
賀孔才見和倒字韻仍依韻作答	一	一	八	皿	血
	二	七	一	頟	領
春民築室泰河堤成	一	二	八	桓	恒
	一	三	六	由	田
	一	六	四	若	者
十年秋還復香山	一	一	二十	凡	几
悲內爭			人名	保	葆
拙園畫話	一	一	二	營	臺
	一	一	四	顧	顧
			人名	鄭	鄧

中華民國十一年二月　日初版發行

第十一期

編輯者　北京西城府右街四存學會編輯處　電話西局二四〇八號

發行所　四存學會　北京西城府右街　電話西局二四〇八號

印刷所　本學會

總發行所　北京西城府右街四存學會出版部　電話西局二四〇八號

分售處　四存學會各分會　國內各大書坊

中華郵務局特准掛號認爲新聞紙類

報資務請先惠凡價目一元以上均不收郵票

本月刊價目			郵費			廣告價目		
期限	本數	價目	區域	本數	郵費	篇幅	期限	價目
一月	一本	二角	本京	一本	一分	全幅	全年	四十八元
半年	六本	一元一角		六本	六分		半年	二十四元
全年	十二本	二元		十二本	一角二分	半幅	全年	六十四元
			各省	一本	二分		半年	十二元
				六本	一角二分	四分之一	全年	十二元
				十二本	二角四分		半年	六元
			外國	一本	八分			
				六本	四角八分			
				十二本	九角六分			

廣告概用白紙黑字登載在一年以上者價可從廉

四存月刊編輯處露布

一本月刊月出一冊約五十頁至六十頁不等

一本月刊多鴻篇巨製不能一次備登故各門頁目各自分配每期逐門自相聯續以便購者分別裝訂成書

一本月刊所登未完之稿篇末未必成句亦不加未完二字下期續登者篇首不復標題亦不加續前二字祇於目錄中注明以便將來裝訂成書時前後聯續無間

一本月刊此期所登之外積稿甚夥下期或仍續本期未完之稿或另換本期未登之稿由編輯主任酌定總求先後一律登完不使編者閱者生倦

一本月刊第一期送閱第二期須先函訂購屆時方與照寄嗣後訂購者如願補購以前各期亦須來函聲明始行補寄

本月刊投稿簡章

一投寄之稿或自撰或翻譯或介紹外國學說而附加意見其文體均以充暢明爽為主不取艱深亦不取白話

一投寄之稿如有關於顏李學說現尚未經刊布者尤極歡迎

一投寄之稿望繕寫清楚以免錯誤能依本月刊行格繕寫者尤佳其欲有加圈點者均聽自便否則亦望將句讀圈清以便閱者

一投寄譯稿並請附寄原本如原本未便附寄請將原文題目原著者姓名并出版日期及地址均詳細載明

一投稿者請於稿尾註明本人姓氏及現時住址以便通信

一投寄之稿登載與否本會不能預為聲明奉還原稿亦概不檢還惟長篇譯著如未登載得因投稿者豫先聲明寄還原稿

一投寄之稿登載後贈送本期月刊續登至半年者得酌贈全年月刊

一投寄之稿本月刊得酌量增刪之但投稿人不願他人增刪者可於投稿時預先聲明

一投寄之稿經登載後著作權仍為本人所有

一投寄稿件請徑寄北京府右街四存學會編輯處收

四存月刊第十二期目錄

四存月刊

藝文

尼往往望而却步。凡除髮翦指爪。必貯之。曰父母遺體。敢棄諸。生平愼獨功甚密。其教人先行後文藝。習齋與王法乾爲會講學。邀入會。孝慤復法乾書略曰。顏子在聖門。獨稱好學。當時後世。俱莫有及者。何哉。子曰不遷怒。不貳過。又曰如愚。或其難及者。即在如愚乎。蓋如愚不唯不見圭角。亦聰明睿知無一毫末之可見也。以實學之曾子。亦唯是能問不能。多問寡。有若無。實若虛。犯而不校。較之顏子淺矣。復習齋書略曰。承下詢。無可言。必妄言之。當涵養沉練。至顏子之如愚。則英姿不露。浮華全消。至此效孔子之無言可。罕言可。即終日言。有何不可。時然後言。孔子不敢遽爲公叔文子信也。晚年益好射。時時率弟子置侯比偶。目光箕張。審固無虛發。元旦設弧矢神位。置弓矢於旁。爵酒祀之。嘗曰。文武缺一。非道也。治天下可徒尚文乎。聞宇內當昇平。則歡動須麋。年六十九而卒。卒之夕。習齋齎酒來訣。三飲三揖。遺言曰。進斯道於吾子。須有始有終。有聲發自所居屋上西北隅。轉而東南。遂卒。王五公哭之曰。忠孝遺老盡矣。習齋哭之曰。澹簡溫厚人不得譽而揚。亦不得訾而議。終日無一言。而德見能飭。自今以往。其誰修我矣。因共私諡曰孝慤先生。五子。長即恕谷先生。次壎培埈墩。孫習仁習中習禮。恕谷先生出。習和。壎出。習任。埈出。習智習聖習孝。墩出。皆有學行。稱其家。子弟培與習仁最賢。培字益溪。及從習齋游學。習齋嘗稱其淬厲起予。後隨恕谷於郾城。應三原溫德裕益修之聘。襄其幕事。精輿地家言。著有古事有用集灰畫集二十卷。習仁字長人。幼孝友如成人。八歲。恕谷先生教以小學。灑掃應對唯謹。既冠。學禮學樂。習遂未成。恕谷曰。而多直理少曲思。兵機俄頃變化無究也。學農學射學書數御最優。十餘歲即能磬控騎生馬。鞍轡韉策。皆手自作。如法度。御車人若款段。代之御。不及鞭捶。即飛騰。嘗立日譜。仿恕谷先生課程。攷糾身心得失。日所習行。夜悉籍之。未嘗見有一言一動非法。自朝至於夕。入夜。未嘗見有一刻或偷閒也。恕谷游浙東西。樂江介士風。習仁御車往相宅。騎則執鞭以從。恕谷與南中諸友論學。習仁左右其間。往往補所不及。南人皆傾心焉。恕谷以母老未能定遷。命習仁與其婦先之。至天津疾作。將反。比登車曰。吾父志此久矣。疾會愈。何反爲。還舟數日。疾革。其妻出覩。命之曰。勿泣。此外艙汝不可久留。夜將半。遂卒。年二十四。問至。恕谷哭之慟曰、天不使吾道南也已矣。一遺腹子。敬承。初恕谷使習仁從方望溪受業。望溪亦嘗使其子道章來學。道章歸。言習仁之所爲於望溪。耕且學。孝友信於其家。望溪見謂承親事師交友。毫髮皆在於禮。而行之甚安。且引河間王振聲之言以贊之曰、子弟中未有如斯人者也。習仁既殤。道章亦早卒。以恕谷望溪之躬行學術或不同。而天俱早奪其良子。此望溪所爲反復於程明道志其子邵公之言。謂賦生之類。雜糅者多。精一者間或一。直則其數或不長。有以窮造化之變。而不能不終之以懼者也。成性字葆初。蠡性字餘初。一子早卒。已分居孝慤。又命恕谷移之城中。教養其孤寡。成性亦一子。而八孫與孝慤同。既退隱地被圈口衆食不足。業造束香。每夜孫曾繞几濟濟鐙旁。把箍封紙。成性手自蓋印號。終身不知世有青紫事也。卒年七十九。習齋聞而哭之曰。古之遺士也。爲之傳。謚曰節白處士。

劉見田。精數學。恕谷研求算法。每有所得或疑難。輒就見田是正。見田又使其子壯吉來從學。恕谷時年廿餘。禮樂射御書數。兼習并務。孜孜不皇。又以家貧設館授徒。時與壯吉同來者。有王自新張漢澍三人。張澍故嘗於蠡之新興村。從習齋受學。習齋爲立學規。每晨謁先聖揖。出告反面揖。揖師。師不答。朔望率拜先聖。揖師。師西面答。節令拜師。師答其半。朔望諸生相向揖。節令相向拜。及來從學恕谷。恕谷一切仍習齋學規。其有不如規者。恕谷復爲責例十事。一清晨飯後必早到。一次大遲及三次遲者責。一誦書必音清字字眞朗。背讀失忘者責。一講書潛心玩味。不解不妨反覆問難。回講不通者責。一習書正坐。以筆對心。指實掌虛。腕中用力。細研形體結構。然後成字。潦草者責。一灑埽學堂輪班。違者責。一每清晨向上揖先聖。揖師。遇朔望節令。隨師拜先聖。訖拜師。同學讓學長轉左。以次而右爲禮。違者責。一曠學者責。有事不告假同。一藏修游息。各於其處。交頭接耳相戲嘲者責。一窗友宜和睦。反面者責。一予出外。學規俱在。宜各遵行。怠戲不盡日功者重責。澍與恕谷蓋義兼師友。壯吉則以故人子從學。且所居與恕谷城居鄰比。習齋記穀日筵稱其前席恭謹垂鬬指甲時一低語。蓋亦循規折矩。友朋中佳子弟也。

趙錫之。名思光。善射。恕谷嘗從之受學。其後錫之又聘恕谷設帳其家。使子宏澤宏濟宏深宏澍從學。錫之嘗與恕谷論平海寇鄭國信之策。恕谷曰。以中國攻海寇則難。以海寇攻海寇則易。蜈蚣海鶻。能狎風濤。望西洋窺嘗僅如豆大。而敵舟已倏忽四至。中國之器弗若也。以舟楫爲輿馬。以波濤爲康衢。中國之人弗若也。以數十夫守鹿耳門。山蹊陡峙。四圍汪洋。雖有百萬之師。無如之何。其地利又甚足恃也。議撫則不應。議勦則無路能達。議遷沿海居民於內。立木栅以防之。而彼且褁糧拔栅以與我難。故曰難也。然鄭寇雖蟠據有年。能保其衆皆一心乎。海上雖不乏食。然聞中國之禮樂衣冠。乘堅策肥。能無內顧而生羡乎。况海爲中國逋逃藪。彼能無室家墳墓之思乎。但阻於海外。無可如何耳。誠重購航海商賈。使之出入海寇。間以攜其酋目而煽其黨與。必有爲我所動陰爲內助。或率衆而來者。即不次官之。麗宫室美妻妾。厚賞予。使黨自誘其黨。衆自惑其衆。腹心內潰。然後以大兵加之。勢如拉朽耳。此以海寇攻海寇之道也。後姚啓聖平海上。果如所策。錫之嘗規恕谷。凡莊非特自莊。亦以莊人。凡和非特自和。亦以和人。又嘗勸恕谷應試。恕谷果以是年舉順天試。始恕谷與其父分居城鄉。錫之知其家貧。慮甘旨不足。間數日。輒使人餽粟肉於其父。詭言塨致。孝愨不知也。其後錫之有妻之喪。錫之適遠遊未歸。恕谷糾衆賻之。其引云。昔原涉當賓客麕坐。聞友人喪。輒削牘付客。經紀其事。以輕俠而重義若此。況吾黨士君子。遇朋友急喪之困。更宜如何處也。趙子錫之倜儻英多。今一劍天涯。經年未返。室中病婦。孤燈長往。殯葬無資。椒漿冷落。凡我同人。處無不垂泣相視者。通財共賻。諒無所吝。喪以是舉。

郭子固。名金城。兄子堅。名金湯。本姓張。父盡忠。幼養於旗郭翁。顯名。因姓郭。盡忠早卒。顯名撫之成立。子堅出爲桐鄉。子固由藍旗官學生試高等授內閣中書。遷刑部員外郎。轉御史。恕谷於二人少長各一歲。兄事子堅。弟畜子固。二人則皆事恕谷以師禮。又因恕谷私淑習齋。寓書博野問學。恕谷如京師。數主其家。子固幼好讀書。能詩文。既師事恕谷。盡棄所學。學天文地利政治兵農射御。子堅亦篤信恕谷。其佐政桐鄉。既期年。大治。恕谷與子堅並轡出勸農桑。或赴薦紳家飲酒賦詩。子堅壹皆相隨。恕谷游西湖。訪師友。遣役齎資斧。恣所之有來問學者。飭厨傳恐後。恕谷年四十。無子。子堅出重資。爲買一呂氏女爲妾。搆留春樓居之。環置盂植蘭菊黃楊諸雜卉。瀕樓一眺。池塘竹樹。皆在襟下。友人贈詩有云。一簾春色留官署。滿目生機到小樓。而樓上每入夜。燭必結蕊。如蝶頭。如纓旒。自傾垂至跋。四壁香氣淸徹。黃楊梔子月季皆結子。蘭生孫。子堅聞而雀躍曰。吾師獲佳兒矣。子堅妻氏于。亦善相其夫。恕谷在桐未有妾時。僅六月。子堅爲製單複絮著。以及衵服倒頓袙腹之屬。凡六十餘襲。皆于手縫紩其敬禮之如此。恕谷亦爲之盡。先未往桐時。子固在京亦嘗出資爲買一馬氏女爲妾。又嘗餽諸其家。賀培昏壽馬太夫人生日。子固之仕京朝有聲。亦恕谷與孰能孝友之盡乎。

人之冀倖之心不可有。而警惕之心不可無。

禮、諸學之綱也。禮一而分有四。有心禮。致中齋明是也。有身禮。非禮勿視聽言動是也。有隨時而行之禮。冠昏喪祭士相見是也。有待用而行之禮。朝堂軍旅是也。

居敬、儒也。肅九容以戒不覩不聞儒也。

無日不以帝天相質。無念不與天下萬世相流注。則可自對。

以仁義禮智爲德。子臣弟友爲行。禮樂兵農爲事。請問天下之物。有出此三者外乎。吾人格物。尙有當在此三物外者乎。

庸人之病。酒色財而已。豪傑之病。一在曠懷天下而不䘏家室。一在憂世而不樂天。

樂不可尋也。盡其道則樂矣。

作大事者。量如滄海。度如山岳。小善小勞。沾沾自喜。何以圖大。

小人不樂人爲君子。歡我以嬉笑。引我以宴遊。拉我以聲色。必致我壞其心乃快。學者於此。不能壁立千仞。終溷泥塗。

庸人之間暇。怠也。英雄之閒暇。靜也。

善作事者。當使精神餘於事。不使事餘於精神。苟好勝喜多。以致茫亂。事必有誤。

倖進者無功。欲速者多躓。矜長者易於見短。好訣者必受其愚。

屠牛者不屑搏鼠。搏鼠者必不能屠牛。

智勇深沈。知人知己。豪傑也。人不自知。餘無可問者。

必甘脆而腹始快。其人必無心。必羅紈而體乃適。其人必無身。

世之願膏粱文繡者。非必爲快腹適體也。大約門面累之。筵不羅列。服不鮮粲。瞻覩旁人。未免忸怩。嗟乎。是爲他人衣衣食食也。可揶揄矣。

衣食爭勝。强力不及。至於稱貸交謫。困窮飲痛。始假服御爲盛氣。繼因狼狽而縮首。遂愁歎而死亡者。比比也。愚哉。

貧不苟取。不妄用。富則豐於待人。約於處己。中庸之道也。

心急而行緩慮志大而實力小。每致神馳萬里。目望九千。而身祇在几席也。

好名者無實。且不智。

人不可以不嫻細小爲辭。自居於迂疏。

英悉傲大之氣。最足以誤事。非閱歷不能平。非挫折不能降。圯下之履。市上之跨。其磨礪英雄等耳。

以上李恕谷

第三章　行世

顏先生曰、人持身以禮。則能得人之性。如吾莊肅。則人皆去狎侮而相敬。是與人相遇以性也。此可悟一日克復天下歸仁之義。

作事有功、快。有功而不居功、更快。爲德見報、佳。爲德而不望報、更佳。

不暴己之長。不形人之短。不揚生人之過。不發死人之私。君子人歟。

古人正心修身齊家。專在治情上著工夫。治情專在平好惡上著工夫。平好惡又專在待人處物上著工夫。吾輩讀大學知子知苗之諺。可知所用力矣。

事必矯俗。則人不親。行少隨俗。則品不立。

威不足以鎭人。而妄夷之。惠不足以感人。而妄市之。禍於是伏焉。

見人孝弟。便學他孝弟。到處稱揚他孝弟。見人廉幹。便學他廉幹。到處稱揚他廉幹。即孔子所謂舉賢才。即吾人在下之舉賢才也。

以我易天下。不以天下易我。宏也。舉國非之而不移。天下非之而不搖。毅也。

桎梏死者。非正命也。好色、好貨、好貪食、好爭勝、以致死者。皆非正命也。作無益之憂。以損生者。亦非正命也。

改過遷善。所以自治也。移風易俗。與天下同改過遷善也。然改過遷善。而不體乎三物。終流於空虛。移風易俗。而不本乎三重。終失之具文。

世情任其險阻。君子惟持之以平坦。世情任其刻薄。君子惟將之以忠厚。

君子以所不及尊人。小人以所不及疑人。惡人以所不及忌人。

孔子勉子夏爲君子儒。子夏篤信謹守。豈有貪名利之病。只是規模小。孔子恐他只做自了漢。故戒之。

千萬人中。須知有己。中正自持。千萬人中。不見有己。和平與物。

得仁則富。行禮則貴。言多言賤。言少言貴。

吾之於人。雖良友。非責吾善。其交不深。雖嫌隙。但責吾善。其憾即釋。

古人以文會友。後世以友會話。

君子貴可常。不貴矯廉邀譽。昔子路拯溺人勞之以牛。而不受。孔子曰。自此魯無拯溺者矣。後世施藥而使世無醫。施館而使人無師。皆不可法也。

禍莫大於啟人得意之語。惡莫大於發人匿情之私。

得從弟子者其道行。得畏弟子者其道光。

待聖賢以豪俠。待豪俠以聖賢。待庸愚以聖賢豪俠。待奸惡以聖賢豪俠。或處之如庸愚。則失其心。則致其侮或害。皆己過也。而乃委之不淑人之難交也耶。

堅定骨力。流言不懼。笑毀不挫。方能有成。

內篤敬而外肅容。人之本體也。靜時踐其形也。六藝習而百事當。性之良能也。

動時、踐其形也。絜知行而上下通心之萬物皆備也。同天下踐其形也。

人才無用矣。怨其無用。即己才無用。世路不平矣。怨其不平。即己情不平。

與常人較短長者。常人也。與小人爭是非者。小人也。

以厚病人之薄。即己薄也。以寬形人之刻。即己刻也。

有惑者。盛氣解之。即己惑也。

期人過高。望人過厚。百苦百咎所從來也。

大人自恃其聰明。則不能用人。小人自恃其聰明。則不能爲人用。

孟子必有事焉句。是聖人眞傳。心有事則心正。身有事則身修。至於家之齊。國之治。皆有事也。無事則道統治統皆壞。

生存一日。當爲生民辦事一日。

與人交。狎足成歡。莊足成禮。

人生兩間苦處即是樂處。無所苦則無所樂。

功不自己立。功莫尙焉。名不自己成。名莫加焉。

朱子贊李延平居處有常。不作費力事。只此語。便將有宋一代大儒。皆狀出矣。

子路問政。子曰。先之勞之。天下事皆吾儒分內事。儒者不費力。誰費力乎。

文盛之極則必衰。文衰之返則有二。一是文衰而返於實。天下厭文之心。轉而爲喜實之心。乾坤蒙其福矣。一是文衰而返於野。則天下厭文之心。激而爲滅文之念。吾儒與斯民。淪胥以亡矣。

以上顏習齋

李先生曰。朋友責善規過當嚴。然對人亦當爲賢者稍隱。

莊而過嚴。則人不親。

不輕與富交。不輕與貴交。不輕乞假。恐彼驕而我畏也。

無冠禮古者五十而後爵何大夫冠禮之有其冠也則服士服行士禮而已始冠緇布冠自諸侯下達諸侯始加緇布冠繢緌其服玄端再加皮弁三加玄冕天子始冠加玄冠朱組纓再加皮弁三加袞冕又君冠必以祼享之禮行之以金石之樂節之以先君之後處之又諸侯禮賓以三獻之禮其酬賓則束帛乘馬其詳見於儀禮經傳通解

笄

元按正文已有賓爲將笄者加冠笄之語是宋時女子已有冠特名加笄以別于男耳未必如補註所解

女子許嫁笄 年十五雖未許嫁亦笄 〔補註〕笄簪也婦不冠以簪固髻而已 **母爲主** 宗子主婦則於中堂非宗子而與宗子同居則於私室與宗子不同居則如上儀

前期三日戒賓一日宿賓 賓亦擇親姻婦女之賢而有禮者爲之以牋紙書其辭使人致之辭如冠禮但子作女冠作笄吾子作某親

陳設 如冠禮但於中堂布席如衆子之位 **厥明陳服序立** 主婦如主人之位將笄者雙紒衫子房中南面

賓至主婦迎入升堂 不用贊者 **賓爲將笄者加冠笄適房服背子** 祝用冠禮始加之辭不能則省 **乃醮乃字** 改冠禮祝辭髦士爲女士 **乃禮賓皆如冠禮** 舊脫冠禮二字

〔補稱呼式〕凡婦人自稱于己之尊長則曰兒卑幼則以屬於夫黨尊長則曰新婦卑則曰老婦非親戚而往來各以其黨爲稱

⊙程子曰冠禮廢天下無成人或欲如魯襄公十二而冠此不可冠所以責成人事十二年非可責之時既冠矣且不責以成人事則終其身不以成人望之也徒行此節文何益雖天子諸侯亦必二十而冠

⊙劉璋曰女子笄則當許嫁然嫁止於

二十以其二十而不嫁則爲非禮

昏禮

議昏 與王子議男子冠昏當在十八以上至二十女子笄昏當在十六至二十蓋以十四五六猶有童氣不可責以成人及爲婦之道也

男子年十六至三十女子年十四至二十 溫公曰古者男三十而娶女二十而嫁今令男年十五女年十三以上並聽昏嫁今爲此說所以參古今之道酌禮義之中順天地之理合人情之宜也【補註】家語哀公問于孔子曰禮男子三十而有室女子二十而有夫也豈不晚哉孔子曰夫禮言其極不是過也男子二十而冠有爲人父之端女子十五許嫁有適人之道

身及主昏者無期以上喪乃可成昏 大功未葬亦不可主昏凡主昏如冠禮主人之法但宗子自昏則以族人之長爲主

必先使媒氏往來通言女氏許之然後納采 溫公曰凡議昏姻當先察其壻與婦之性行及家法如何勿苟慕其富貴壻苟賢矣今雖貧賤安知異時不富貴乎苟爲不肖今雖富盛安知異時不貧賤乎婦者家之所由盛衰也苟慕其一時之富貴而娶之彼挾其富貴鮮有不輕其夫而傲其舅姑養成驕妒之性異日爲患庸有極乎借使因婦財以致富依婦勢以取貴苟有丈夫之志氣者能無愧乎又世俗好於襁褓童幼之時輕許爲昏亦有指腹爲昏者及其既長或不肖無賴或身有惡疾或家貧凍餒或喪服相仍或從官遠方遂至棄信負約速獄致訟者多矣是以先祖太尉嘗曰吾家男女必俟既長然後議昏既通書不數月必成昏故終身無此悔乃子孫

所當法也

納采納其采擇之禮即今世俗所謂文定也

主人具書若族人之子則其父具書告于宗子夙興奉以告祠堂如告冠儀但云某之子某年已長成已議娶某之女今日納采不勝感愴謹告若宗子自昏則自告云某年長成云云乃使子弟為使者如女氏女氏主人出見使者使者盛服如女氏女氏亦宗子為主盛服出見使者非宗子之女則其父位於主人之右尊少進卑少退既茶畢使者起致辭曰吾子有惠貺室某也某之某親某有先人之禮使某請納采從者以書進使者以書授主人主人對曰某之子若妹姪孫蠢愚又弗能教吾子命之某不敢辭北向再拜使者避不答拜使者請退俟命出就次若許嫁者於主人為姑姊則不云蠢愚又弗能教餘辭並同遂奉書以告於祠堂如壻家之儀但祝改某之女某年漸長成已許嫁某郡某之子某餘並同出以復書授使者遂禮之主人出延使者升堂授以復書使者受之請退主人請禮賓乃以酒饌禮使者至是始與主人交拜揖如常日賓客之禮其從者亦禮之別室皆酬以幣使者復命壻氏主人復以告祠堂

納幣古禮有問名納吉今不能盡用止用納采納幣以從簡便

納幣幣用色繒貧富隨宜少不過兩多不踰十今人更用釵釧羊酒果實之屬亦可具書遣使如女氏女氏受書復書

禮賓使者復命並同納采之儀 使者致辭改采爲幣從者以書幣進使者以書授主人主人對曰吾子順先典貺某重禮某不敢辭乃受書執事者受幣主人再拜使者避之復進請命主人授以復書餘並同○楊氏復曰昏禮有納采問名納吉納徵請期親迎六禮家禮去問名納吉止用納采納幣以從簡便但親迎以前請期一節有不可得而略者今以例推之請期具書遣使如女氏女氏受書復書禮賓使者復命並同納采之儀使者致辭曰吾子有賜命某既申受命矣使某也請吉日主人曰某既前受命矣惟命是聽賓曰某命某聽命于吾子主人曰某固惟命是聽賓曰某受命吾子不許某敢不告期曰某日主人曰某敢不謹領餘並同○此下補註刪去

親迎

○朱子曰親迎之禮恐從伊川之說爲是近則迎於其國遠則迎於其館○有問昏禮今有士人對俗人結姻爲士人欲行昏禮而彼家不從如何曰這也只得宛轉使人去與他商量但古禮也省徑人何苦不行

前期一日女氏使人張陳其壻之室 世俗謂之鋪房○司馬溫公曰文中子曰昏娶而論財夷虜之道也夫昏姻者所以合二姓之好上以事宗廟下以繼後嗣也今世俗之貪鄙者將娶婦先問資裝之厚薄將嫁女先問聘財之多少至於立契約云某物若干某物若干以求售其女者亦有既嫁而復欺紿負約者是乃駔儈賣婢鬻奴之法豈得謂之士大夫昏姻哉其舅姑既被欺紿則殘虐其婦以攄其忿由是愛其女者務厚其資裝以悅其舅姑殊不知彼貪鄙之人不可盈厭資裝既竭則安用汝女哉于是質其女以責貨于女氏貨有盡而責無窮故昏姻之家往往終爲仇讎矣是以世俗生男則喜生女

三調

凡徵　中呂　下生黃鐘仉

六變徵　蕤賓　下生窮

四羽　林鐘　下生窮

仉徵清　黃鐘　上生林鐘四

上宮　太簇　下生南呂仩

尺變宮　夾鐘　下生無射伬

工商　姑洗　下生應鐘仜

凡角　中呂　下生黃鐘仉

六徵　蕤賓　下生大呂六

四變徵　林鐘　下生窮

乙羽　夷則　下生窮

仩宮清　南呂　上生姑洗工

清變宮伬　無射　上生中呂

仜商清　應鐘　上生蕤賓六

仉角清　黃鐘　上生林鐘四

六徵清　大呂　上生夷則乙

四調

聲	工尺	律	相生
宮	尺	夾鐘	下生無射伬
變宮	工	姑洗	下生應鐘仜
商	凡	中呂	下生黃鐘俧
角	六	蕤賓	下生大呂伏
徵	四	林鐘	下生太簇佪
變徵	乙	夷則	下生窮
羽	上	南呂	下生窮
宮清	伬	無射	上生中呂凡
變宮清	仜	應鐘	上生蕤賓六
商清	俧	黃鐘	上生林鐘四
角清	伏	大呂	上生夷則乙
徵清	佪	太簇	上生南呂上

五調

聲	工尺	律	相生
宮	工	姑洗	下生應鐘仜
變宮	凡	中呂	下生黃鐘俧
宮清	仜	應鐘	上生蕤賓六
變宮清	俧	黃鐘	上生林鐘四

六調

商六	蕤賓	下生大呂伏
角四	林鐘	下生太簇佪
徵乙	夷則	下生夾鐘亿
變徵上	南呂	下生窮
羽尺	無射	下生窮
宮凡	中呂	下生黃鐘仉
變宮六	蕤賓	下生大呂伏
商四	林鐘	下生太簇佪
角乙	夷則	下生夾鐘亿
徵上	南呂	下生姑洗仩

商清伏	大呂	上生夷則乙
角清佪	太簇	上生南呂上
徵清亿	夾鐘	上生無射尺
宮清仉	黃鐘	上生林鐘四
變宮清伏	大呂	上生夷則乙
商清佪	太簇	上生南呂上
角清亿	夾鐘	上生無射尺
徵清仩	姑洗	上生應鐘工

變徵尺　無射　下生窮
羽工　應鐘　下生窮

七調

宮六　蕤賓　下生大呂伏
變宮四　林鐘　下生太簇伵
商乙　夷則　下生夾鐘亿
角上　南呂　下生姑洗仩
徵尺　無射　下生中呂伬
變徵工　應鐘　下生窮
羽凡　黃鐘　下生窮

宮清伏　大呂　上生夷則乙
變宮清伵　太簇　上生南呂上
商清亿　夾鐘　上生無射尺
角清仩　姑洗　上生應鐘工
徵清伬　中呂　上生黃鐘凡

漢後言律者以陽律爲黃鐘太簇姑洗蕤賓夷則無射陰律爲大呂夾鐘中呂

論說

讀經救國論序 代論

孫雄

余寫錄讀經救國論六卷既竣。客有起而難者曰。吾國近數十年。貧弱不振。論者每謂由於中四子五經之毒。今先生乃從而張之。是欲使黃炎之遺胄。益趨於貧弱也。余曰惡。是何言歟。子亦知經毒之說。所由來乎。有清光緒季年。朝野上下。恥於甲午之敗衂。庚子之危亂。奮然欲有所改革。於是重獎出洋留學之士。東鄰與我壤地相接。擔囊負笈。以冀吸受文明之化者。肩相摩而踵相錯也。彼邦深沈陰鷙之黨魁。方欲利用教育事業。以左右東亞之大勢。遂搬為經毒之說。以熒惑吾國之青年學子。俾之盡廢先聖先師之經訓。曰從匪彝而即慆淫。以自戕其深固不搖之國本。觀於二十年來之已事。其效亦可覩矣。周公之戒成王也。曰乃逸乃諺。既誕。否則侮厥父母。曰昔之人無聞知。今之戴髮含齒。自命為國之秀民。而侮厥父母。以為無聞知者。比比然矣。本實先撥。國欲興得乎。經訓爲治天下之鴻寶。其言可以壽耆蔡。其理可以格幽明。質諸鬼神而無疑。百世以俟聖人而不惑者也。是故沈浸醲郁。含英咀華。經之腴也。道治政治。澤潤生民。四夷左衽。罔不咸賴。經之澤也。範圍天地而不過。曲成萬物而不遺。經之精氣也。沛然決江河而下。爛然與日月同明。經之流派與光燄也。故經本無所謂毒也。自惎我謀我者言之。則以爲毒矣。惎我謀我者忍心害理而以爲毒。我亦肓從附和而毒之。是自殺之道也。國必自伐而後人伐之。人必自殺而後人殺之。痛乎悲哉。吾不忍言之矣。且夫邪正不能並立。是非不能兩存。人人以非毒者爲毒。則必視天下至毒之物爲非毒。遂有屏絕穀食而飲鴆以自甘。且詈穀食爲傷生者。此自然之理。必至之勢也。世運淪胥。舟流靡屆。剝之无咎。行將及膚。余爲此書。豈好辯哉。不得已也。易剝象傳曰。剝牀以膚。切近災也。又曰。君子得輿。民所載也。小人剝廬。終不可用也。程子釋之謂正道消剝既盡。則人復思治。故陽剛君子。爲民所承載也。若小人處剝之極。則小人之窮耳。終不可用也。朱子謂惟君子能覆蓋小人。今小人欲剝君子。則君子亡而小人亦無所容其身。是自剝其廬也。夫先聖先師之經訓。古今中外論治論學者。均不能出其範圍。其任重而致遠也。不啻行者之有輿。可以跋山川而冒霜露也。其定傾而扶危也。不啻居者之有廬。可以勤垣墉而蔽風雨也。今之人乃欲自僨其輿自毁其廬以爲快。一二君子。危言悚論。冀挽其流失。而存此幾希。其幸而勝也。則剝極而復。亂極而治之動機也。其不幸而敗也。則君子小人同歸於盡。剝廬之痛。切膚之災。雖曰天命。亦由人事。棟折榱崩。僑將同壓。吾輩號稱先覺。固亦不得辭其責也。詩曰下民之孽。匪降自天。又曰曾是莫聽。大命以傾。吾之灌灌不休。豈得已哉。亦欲乘此輿未盡覆。廬未盡壞之時。冀能垂聽吾言。以補救於萬一耳。子其無肯從惎我謀我者之說。而助敵人以張目也。客唯唯而退。遂

書之以爲後序。後有附錄下次接印

歷代外人入中國同化說

吳廷燮

華人武力。往往不如外人。而柔化力量之大。則爲歐美各洲所莫及。以歷史證之。春秋時山戎驪戎赤狄白狄蠻濮之類。名別之多。不可勝列。而自周末已不多見。說者謂與華人同化。漢以後外人入主內地者。晉時最盛。十六國之漢主劉淵。本匈奴南單于羌渠之嫡裔。趙主石勒。則爲羯人。雖二國之亡。爲敵國所屠者至多。然皆王公達官之屬。（石閔殺胡羯二十萬人亦未能盡之）前燕慕容廆等與同時段氏宇文氏及南涼王禿髮烏孤。西秦王乞伏國仁。皆鮮卑。前秦主苻洪出於氐。後秦主姚萇出於羌。成主李雄出於賓蠻。北涼王沮渠蒙遜出於胡。夏主赫連勃勃亦出匈奴。然其亡也。部族多散在民間。以元和姓纂諸書考之。則諸國之大族。如鮮卑之豆盧宇文叚等氏。（慕容易氏曰豆盧）氐之魚氏雷氏。羌之權氏尹氏等。皆宦魏唐。爲時望族。然尚有可諉者。劉石慕容苻姚等。皆久居內郡之外族。與完全爲一國種族者不同。拓拔魏則純爲鮮卑一部。其民有九十九姓。與華族並不參錯。然自孝文遷洛以後皆易籍爲河南人。唐初將相長孫獨孤尉遲宇文于丘諸人皆其望族。則同化可知。唐用將相立賢無方。突厥回紇契丹吐蕃之人。多錫姓氏。世登顯達。李光進等皆出回紇、李光弼等出於契丹、論氏出吐蕃、康氏出康居似此之類甚衆、晚而沙陀爲唐報仇。繼帝中原。石敬塘劉知遠皆其同部。亦胥化於華人。遂出契丹。金出女眞。皆爲強國。然輟耕錄爲元代之書。其志元時漢人八種。則契丹高麗女眞渤海皆在其內。是元人已視女眞等族爲華人。輟耕錄又備列金人漢姓。如完顏曰王烏古論曰商蒲察曰李古里甲曰汪之類則並姓氏亦化於華。又所載蒙古阿剌剌第七十二種。色目之欽察唐兀康里等三十一種。凡在內地未同順帝北行者。已皆化爲華人。洪武之末禁胡姓。永樂之初又賜漢姓。見明實錄凡蒙古及色目人立功封爵爲官者。莫不更易。明實錄頗詳今開封猶太教碑所列名氏。皆同華人。亦可證也。蓋既入內地。寢處衣食習與華同。禮俗一切。自與俱易。不期其然。與之同化。固其宜也。金世宗誡後嗣以勿同化於華。命力守舊俗。然完顏諸族。其寢處衣食習尙之不同於漢人者有幾。（明建州佟姓晉時遼東已有之亦華族也）元色目人天主天方兩教均夥。自明以來。亦皆同化。惟回教有清眞寺。婚喪之禮。間有異者。此外則無一不與華人同。蓋外族同化者有兩大端。一則由於武力强盛。凡富厚之境。娛樂之端。皆享其極。數傳而後。習於奢華。躭於逸樂。負氣恃力之健。幾無復存。遂同化於柔弱之衆。金貞祐之國軍。不能敵蒙古。元至正之國軍。不能禦紅軍。（張士誠之類是也）一則由於文教漸摩。蕃落水草是逐。廬帳爲居。無禮節之約束。無名法之防維。及處華既久。見綱常之可貴。廉恥之宜敦。遂不惜捐棄舊風。崇尙文治。如魏太和之變法。元延祐之易衣冠是也。善乎經訓曰。莫不尊親。又曰有教無類。則同化於華者。實物競天擇之自然也。

以養四千萬法民之半數。蓋一九一九年全國穀麥產額。僅得一九一三年之半數故耳。可知糧食缺乏。實爲今日全歐各國之通患。而工業原料。亦多不足。其中最要者莫如煤。因煤爲各種動力之本原。煤缺則百業不能舉。法國煤礦半數以上。被德軍破壞。非多年不能復舊。英德煤產雖富。然英因勞力問題而產額頗減。德則沙河勞連之煤。已割於法。西勒西亞之煤。所屬未定。其他各地亦因受戰事餘波。產額不及戰前之半。而和約規定。尚須年輸四千三百萬噸於法比二國。故亦頗形絀乏。意國本無煤。戰前消費年額一千二百萬噸。幾全購自英德。今英德煤產既減。而又苦於船噸缺少。不能如量輸運。是其困乏可想。若夫奧國尤爲窮蹙。去冬古特爵士論奧京情狀。謂城中電車電燈煤氣等廠大半停息。平民徹夜號寒。富室有焚器具以取暖者。可慘也已。夫以食料燃料如是之缺乏。縱使他種原料能逐漸補充。而凍餒之未免。又遑論乎工商從可知兵凶戰危。古有明訓。各國人民懲前毖後。今而後其亦共懍佳兵不祥之戒乎。

(二)物價之騰貴。 今日歐洲物價騰貴之重要原因。不外產額減少國債增加紙幣充斥之三種。蓋就物論物。固爲物價之騰貴。而就國債增募紙幣增發總額以爲衡。則又非物價之騰貴。而實爲通貨之跌價也。吾人前叙各國食品之缺乏原料之告匱。既如此之甚。而重募國債增發紙幣。又若彼其鉅。是物價焉得而不飛漲。據英國裴盧爵士之調查。謂歐洲糧食產額。僅減少百分之四十。而糧食價格。則增長百分之一百八十。故即使歐洲依其產額減少之程度。節其飲食。使購取之量與之適合。仍須多備購價一倍有半以上。方克濟事。若在紙幣跌價最甚之國。其增加之數。猶不止此。至原料價格增漲更甚。平均約較戰前漲百分之二百。據是以觀。歐洲之食品原料價格。約均當戰前之三倍雖各國政府對於麵包販賣有津貼。對於房屋租價有限制。漲價尚未過甚。但其他燃料衣服器皿胰皂火柴等。凡日用必需之品。其騰貴之率。自三倍至五六倍不等。故平均折計。仍當作爲戰前之三倍爲近似。此種現象。起於產額之減少者半。起於通貨之膨脹者亦半。裴處爵士之言。實已切實證明。然此猶僅指歐洲而言也。以今日世界經濟關係之密切。物價騰貴之趨勢。爲不能限於一隅。觀去秋紐育國民銀行之統計。吾國及日本之絲。菲律濱之苧。埃及之棉馬來羣島之洋鐵。印度墨西哥南美洲之獸皮。在美國時價。戰前與戰後。均差兩倍或三倍。凡若此者。既非戰時主要需品。又非戰域以內產物。而其價格之增漲亦如斯。可知物價騰貴之率。雖輕重有別。要不能不共受波動。日本近年物價暴騰之象。亦不遜於歐美。其生活費至少當合戰前兩倍有半。返觀吾國物價。就國內觀察。其增漲似尚不若歐美之甚。然若外人以金貨易吾銀幣。而購吾貨物。則以金銀比價相差之鉅。是吾之物價。實亦增漲兩倍有零。益以年來國內物價之自然增漲。持與十數年前相較。貴賤相差。已爲不少。夫物價騰貴之結果。必至人民之生活費日高。製造之成本額日重。其窒碍於經濟界者實甚鉅。而因戰役以致騰貴之因。又不能即時銷去。是世界經濟之舒緩尚需年月。而人民節衣縮食之苦。直不知何時始得解除。抑亦可憫也已。

(三)勞働之不安。　歐美諸邦。工業繁盛。勞働問題。久費研究。戰後形勢變遷。不安之象。益形顯著。捌厥原因。殆有四端。歐戰期內。一國中居最大多數之勞働階級。外則馳逐戰線。內則製造軍需。同德一心。爲國盡瘁。且操作時間恒逾常例。傭値高低。一概不爭。犧牲其平日之權利主張。以殉國家之急。對內對外。勞績昭炳。故一種自尊自大之念。油然而生。低級待遇。不復能承。是其一也。凡大戰役。莫不有影響於人心。人心變遷於中。即爭端發形於外。此次歐戰結果。

歐陸各君主國。相繼改步。民主思想。異常發達。勞働者之希望。似不僅爲縮短時間增加傭値。實於舊有之工業組織。發生懷疑。參與管理。希冀無窮。是其二也。戰後壯丁減少。百廢待興。需工之殷。理應逾於戰前。顧移轉戰時組織而爲平時性質。一時每多扞格之處。彼解甲解雇諸兵工。其戰前原職。或因本廠未開。或已開缺另補。故雖在戰中勞苦功高。而戰後反欲求一職業而不可得。徜徉失所。懟怨自生。是其三也。幸或得一職業。有所棲托。而物價騰貴。生計日艱。傭値雖增。仍不敵其物價增漲之程度。居不暖席。食不飽腹之苦痛。依然如昨。終日操勞。慰藉無從。是其四也。綜上所述。前二者乃思潮上之影響。後二者實境遇上之壓迫。思潮爲不可抗之物。境遇又不得已之事。處不得已之境遇。迎不可抗之思潮。此戰後勞働風潮之所以頻起也。舉其大者。英有鐵道運輸礦山三業之合爭。有國道國有煤礦國有之主張。有停止干涉俄亂廢除強制兵役釋放非戰派之要求。法有五月一日舉行紀念之罷工。美有船塢工役之爭。鐵道礦山之爭。日本雖遠處亞東。因其物價騰貴。與歐美相頡頏。故亦恒見勞資爭執事件之勃發。爲不知人類進化。端賴互助。勞資和衷。方能共濟。欲挽救世界戰後之阨運。舍此殆無道可循。憂時之彥。盍亦知所本乎。

要之。各國因戰役而人力物力財力損失。因人力物力財力損失。而生產減少物價暴騰。因生產減少。物價暴騰。而社會不安。騷擾頻聞。故欲安社會。必先復產業。然欲復產業。又必先安社會。兩者相依。如環無端。癥結蓋在是矣。各國當局。睹此景象。雖點金乏術。而苦心焦慮。終不能不有一種方策。以濟其窮。更因戰中種種經驗。對於殖產興業諸端。亦不能不各有所興革。以宏其用。茲請分節進論列國戰後之財政救濟策。與產業發展策。俾察世界經濟之趨勢焉。

第二節　戰後之財政救濟政策

明以後專趨南支。清以來改道七八次。卒以南不入淀東不入運爲宗旨。而淀運迄皆不免於患。以古今利弊而言。遼金以前道路小異。而皆合于潞。其有水利而無水害者。千有餘年。古書雖多簡缺。若如今之永定害及全省。當周爲燕國秦漢隋唐爲幽州之時。不應一無所載若此。及遼金河分二道。一東合於潞。一南合於易。渾河之決。自是漸見史册。而河工亦日繁。元代尤數數見。是爲渾河方患之時。明以來專趨南支。永不合潞。南支又分二道。二百餘年來。不出三四年內。必有大工。是爲渾河漸亟之時。清一代南不敢使入淀。東不敢使入運。歲歲潰決。年年疏築。設河道專官。比於黃河之次。其中惟散水匀沙之計。乾隆中行之近四十年。是曰最久。而別道避淀之計。雍正行之近十餘年。改道辛章河之計。康熙行之近廿年。此外苟且補苴。不足三二年者。更勿論。已要皆勢難經久。迄乏良策。以至今日。是爲渾河最劇之時。夫以宋唐以前。視爲無足重輕之小水。至今日禍患之巨。幾同黃河。甯非異事。蓋自渾不合潞。而渾之勢日張。亦自渾道南行。而全省之禍始。清代君臣。百計圖維。迄無原始要終。致疑於遼金以前之河流。何以行所無事。遼金以前之故道。何以不弊千年。其所以經久無患者。其理究安在。而惟以河之善淤為慮。故開別道。重疏浚。遙隄匀沙更迭河身諸說。窮力盡氣。說彌繁而彌無當於至計。自若也。抑知水之患在淤。治之於下流平衍之區。不若操之於上游咽喉之地。散其淤曠地。而地有窮。不若納其淤于無形。而致諸海。今有一勺之水。泥沙居其強半。再注以一勺清水。而滯者動。再注以一勺清水。而濁并失其濁矣。治河者之恆言曰。藉清刷渾。其實非刷也。清可以消納夫濁耳。金以前。渾河於出山之後。不數十里而與潞遇。潞川之巨。大於渾河。則渾失其渾。載以入海。此千年不弊之所由來也。石景山以上。東之萬山之中。欲潰而不能。出山以東。勢若建瓴。數十里內。自無暇于旁溢。況石景以東都城以北之地。雖平而近山。土性猶足以束之。又僅區區數十里。故無患也。薊城南則土稍疏矣。（遼以前所云薊城南之水道似在今東南城內一帶）猶幸至通潞之間。不過四十里。故差可久也。遼金元明以後。薊爲帝都。河既南下。莫敢倡復故道。誠恐都城之下。稍有疏虞。臣工不敢專其咎也。（金史金口牐宰臣之奏即此意可證詳下表）故相率而莫敢言。又謬於河性善淤。恐妨北運。故惴惴以合潞爲戒。（淸一代奏章率有此說）抑知都雖近河。決無水患。今查石景山以上。爲萬分之四十。都城不足萬分之二十一。又東至潞河。則不足萬分之十耳。但使下游無阻。則憑高趨下。雖欲潰溢而勢有不暇。金史所云金口牐高都城百二十餘尺。以爲可危者。不知正所以爲安也。北運之淤。更屬肌斷矣。隋唐以前之合潞。未嘗有患。玆姑不論。金元由高鹿莊以合潞。與都城以北之道相去不過二三十里。自天津至通之運道。未聞或淤。其明証也。且自古迄金。渾皆合潞。渾之故道。今亦未嘗變也。若渾能淤潞。此千餘年之淤。又安在哉。乃代以泥於都城運道之故。始終求治于淀運之間。又泥於散淤之策。始終無地以容此泥沙。而於會清消濁之至理。又始終覩爲末務。無惑乎始以渾流病淀。繼以病淀者病全局。終以病全局者病本河。以至聽其淪胥而莫之救也。蓋天下之水患。沙河十居其九。而治河之上策。莫要於會清以消濁。旁無可引斯已矣。苟有可引之清水。固當以引濁會清爲主。以疏浚下游爲輔。異哉渾河有天然之清河。與千年之故道。一旦舍而不用。至使無名之小川。靡爛北方之全局。吾甚惜其無攷古之遠識。已渾河前有巨馬。左有北運。皆可引以相會。惟巨馬較遠較創。不如北運之既近且因。矧清水之性亦不一。南運亦沙河。而不患其淤者。其所合之清水力大也。渾河未嘗不合清水而挾沙既多。馭力又小。故易淤也。惟合以北運。即可無患。是必北運之水。清多而力復充也。前代南行之道。亦嘗合巨馬之支流。（即牤牛河之故道）稍獲百年之安。（即前方苞所言）然年又停。歲入之增於前者。其大端爲糧捐（加按糧捐之類）鹽捐（如鹽斤加價鹽引加課土鹽加稅行鹽口捐之類）官捐、（如官員報効酌提丁漕贏餘酌提優缺盈餘之類）加釐加稅、（如煙酒土藥之加釐稅百貨釐及統捐稅契加徵斗秤捐）雜捐、（如彩票捐房舖捐粮捐樂戶捐之類）節省、（如裁節綠營節省河工經費核扣驛站節省各署局經費之類）實業。（如鐵路電局各工廠餘利之別）出款自賠欵練費外。各官署新增費亦爲大端。其介乎出入之間者。則爲借欵。（如滬寧正太京漢道清九廣諸路之類）吉長奉新。則以有所牽率而借。以三十四年各省所報歲出入冊計之。均在兩萬萬以上。此光緒末年。財政之大概也。

宣統時之財政

按歲入歲出。自光緒十年改辦以後。數目視前爲核。而外銷仍未列。庚子而後。各省收辦賠欵練費、及一切新政出入。視二十五年。遂至倍蓰。於是例報歲入出之數。遂不足據。三十一年。戶部又印出入表。雖視例冊爲多。仍非實數。自三十四年奏辦清理財政。有和盤托出不究既往之條。而各省有年報。有季報。日報。於是外銷陋規之顯。所在畢獻。臧獲錙銖。亦報公牘。三十四年奏各省歲出。遂增至兩萬萬以上。宣統元年則至二萬六千萬。宣統三年。預算全國歲入。則至三萬萬以上。此其大較也。綜各省歲入之目七。曰田賦。曰鹽課。曰關稅。曰正雜、各稅。曰正雜各捐。曰官業收入。曰雜收入。歲出之目十。曰行政。曰交涉。曰民政。曰典禮。曰教育。曰司法。曰軍政。曰實業。曰交通。曰工程。又歲入有曰部款曰受協。歲出有曰解款曰協款。皆其複者。在京各衙門。自行經收者。三千八百有一萬。歲出有九千八百萬。除自收者外。皆各省之解款也。承平時地丁正耗三千二百餘萬。而預算至五千餘萬者。以漕折糧捐州縣漕餘平餘多併入也。（自浙江河南外漕餘平餘未併入者尚多）今約舉其目。歲入之田賦。爲地丁漕糧租課津貼。鹽課爲正課雜課鹽釐加引加價。關稅爲常稅洋稅。正雜稅爲契當牙煙酒牲畜礦出產銷場本植絲繭漁業葦粮貨房號雜稅。（契當牙煙酒牲畜各省多有餘不盡同）正雜各捐爲地畝房鋪車船牲畜戲妓雜捐之屬。多者有至數十名目官業收入。爲工廠電局礦局銀錢號造紙印刷硝磺呢革之屬。雜收入。爲徵收辦公費教育司法各入欵官款生息之屬。歲入行政費。爲督撫各道府廳州縣俸廉公費經費之數。交涉。爲交涉司洋務司教案償欵之屬。民政。爲民政司禁煙公所諮議局自治巡警等開支之屬。財政。爲布政司度支司糧鹽關道度支鹽務各公所及各鹽官釐局經徵糧稅開支之屬。典禮。爲陵寢慶賀時憲學宮祭祀開支之屬。教育。爲提學司學務公所外國留學及各學堂開支之屬。司法。爲提法司審判各廳監獄開支之屬。軍政。爲旗營綠營防營海陸軍製造糧餉收廠台壘操防驛站兵差卡倫開支之屬。實業。爲勸業道署局開支及墾礦林漁等局廠公司經費之費。交通。爲電報文報等局開支之屬。工程。爲河工海塘江隄及一切修繕之屬。綜宣統元年各省入欵。爲二萬六千三百二十一萬有奇。出爲二萬六千九百八十七萬有奇。而在京各衙門者不與焉。此近年會計之大概也。茲附宣統元年各省歲出表歲入表。歲入部款受協欵表。歲出解款協款表。如左。

按會計之政。歷代重之。漢初北平侯張蒼以列侯居相府主計。謂計相。東漢以司徒主之。魏晋以後均同。唐李吉甫爲相。上元和國計簿。宋景德會計錄元祐會計錄。皆爲時所稱。元祐錄。出戶部尚書蘇轍之手。所撰民賦諸序。條畢尤晰。明人會計著述亦多。前清雍正十三年以前。歲出歲入。備列於東華錄每年之末。乾隆以後。但列民數穀數。不列財政。歷修會典。皆詳列歲出入。止於嘉慶。故尚書王慶雲熙朝紀政。譚道光末年歲出入爲詳。故知縣陳康祺郎潛紀聞。於同治中出入亦有輯錄。光緒十年歲出入。見戶部奏。今人續文献通考。亦有蒐採。故主事李希聖光緒會計錄。不及甲午。以後續修會典進於已亥。入款。加列釐金洋稅。出欵。加列營局新增餉需關局經費。而外銷開支不之及。自辦預算。而中國近年財政出入。始可鉤考。出入之數。蓋視康乾之際逾十倍焉。

禹興而天助之 洪範九疇彝倫攸敘 於是洪範九等常倫禹序次之

閻生案。此述洪範所由起。經文帝乃震怒不畀為句。天乃錫禹為句。世儒誤連下讀之。遂疑洪範九疇為天之所賜。而禹受洛書等邪說。緣附而起。致此經為後世淫巫荒怪之所謬託。其原皆出於此。而不知經文之本無有也。先大夫孔疏云。龜負洛書。經無其事。緯候之書。不知誰作。通人討覈。謂偽起哀平。是孔氏頗獻疑議。據五行傳云。維王后元祀。帝令大禹步於上帝。禹乃恭辟厥德。受帝休命。爰用五事。建用王極。據此。則九疇乃禹所敘。非天所命明矣。

初一曰五行次二曰敬用五事次三曰農用八政 農勉也 次四曰協用五紀次五曰建用皇極次六曰乂用三德 乂治也 次七曰明用稽疑次八曰念用庶徵 念諗同字諗告也 次九曰嚮用五福威用六極 嚮饗同字所以饗樂

閬生案。此上古制治之條理節目也。上古簡樸。故不如後世科條之詳。然於爲政大綱。亦無不該備矣。

五行（依史記漢石經校刪一至九等字行用也五者爲人所用）一曰水二曰火三曰木四曰金五曰土水曰潤下火曰炎上木曰曲直（木可以揉曲直）金曰從革（金可以因革從因也）土爰稼穡（爰亦曰也種曰稼斂曰穡）潤下作鹹炎上作苦曲直作酸從革作辛稼穡作甘

閬生案。潤下炎上。言其性。鹹酸辛苦。別其味。皆所以制用也。

五事一曰貌二曰言三曰視四曰聽五曰思貌曰恭言曰從（從順也順於理也）視曰明聽曰聰思曰睿恭作肅從作乂（乂治也）明作哲聰作謀（謀敏也）睿作聖

閬生案。恭從明聰。其德也。肅乂哲謀。其效也。

八政一曰食二曰貨三曰祀四曰司空五曰司徒六曰司寇七曰賓八曰師

閬生案。施之政事。則其別如此。

五紀一曰歲二曰月三曰日四曰星辰五曰曆數

闓生案。八政、皆人事。五紀、皆天時。

皇極皇建其有極歛時五福（言君能立極乃總集是五福也）用敷錫厥庶民（以普錫諸民）惟時厥庶民于汝極（時養也）錫汝保極（錫與也與汝共守此極也）

闓生案。九疇惟皇極之義最精。故其詞獨詳。大禹之所敘。箕子之所傳。皆重在此。蓋古者之君天下。不惟享有之而已。所以建中立則以致養億兆人庶。而咸範圍之使不過。是之謂極。極者中也。則也。非皇王之尊。不能立此極。故曰皇極。然其建極之義。固欲普天下之民而大淑之。極之四海內外。無一夫不得其所。程效至是。斯之謂庶民極焉。由皇極而嬗爲庶民極。斯眞千古大同之宏旨也。古之聖智。固已見於此。其日夕所競競圖維。而惟恐不能至者。亦惟此而已。斯指也。載籍所不常言。而秦漢以下之士之所未見及者也。嗚呼。其義閎遠矣。

凡厥庶民無有淫朋（朋古倗字）人無有比德惟皇作極

闓生案。斂天之民。無一夫之不淑。此固皇極之盛軌也。

凡厥庶民有猷有爲有守汝則念之（念敍錄也）不協於極不罹於咎皇則受之（受者不拒也）而康而色（康猶安也色猶危也而康而色猶言若安若危）曰予攸好德（安危一於好德）汝則錫之福（此經三事有才能則敍錄之中人則容受之安危一於好德則爵祿之也福者爵祿之謂）時人德（德字依正義本校增與時人斯其辜對文言如此則人進於德矣）斯其皇惟之極

闓生案。皇極之義。必使人皆進於德。而所由致然者。亦在於黜陟之明也。

無虐煢獨而畏高明人之有能有爲使羞其行（羞脩同字）而邦其昌

闓生案。此申上節之義。

凡厥正人（正政同字正人謂在官者）既富方穀（方穀常祿也既富之以常祿）汝弗能使有好於而家時

人斯其辜（則是人將有罪）於其無好（依史記及各本校）汝雖錫之福其作汝用咎（無善之人汝雖與之祿其人既起則汝受其咎也）

闓生案。前兩節皆謂庶民。此謂在官者。前言進善。此言黜不善。皆皇極之要也。

無偏無頗遵王之義無有作好遵王之道無有作惡遵王之路無偏無黨王道蕩蕩無黨無偏王道平平無反無側王道正直會其有極歸其有極

闓生案。極言皇極告成天下大同之效。反復詠歎。以暢厥旨。至于會其有極。歸其有極。則郅治之隆。千古所不可覯之盛世矣。

曰皇極之敷言（曰起語詞敷賦也皇極文皆有韵故曰賦言自其作汝用咎以上皇極之賦言也）是彝是訓（是法是效）于帝其訓（帝天也訓順也）凡厥庶民極之敷言（凡厥者兼臣民為文自無偏無頗以下庶民極之賦言也）是訓是行（訓順也）以近天子之光（近附也）曰天子作民父母以為天下王

闓生案。由皇極而嬗爲民極。最見古人大同之精義。古之人君。皆以爲民也。民俗愚陋。故非皇無以建極。而皇極之旨。在敷錫庶民。及其終也。天下之民。皆歸至善。則皇極之名。亦不復存。而遂爲庶民極矣。天子作民父母以爲天下王者。獨曰爲之倡導者云爾。知古之制治者。固壹是以民爲本也。

三德一曰正直（正直爲正正曲爲直）二曰剛克三曰柔克平康正直彊弗友剛克（克順也）燮友柔克沈潛剛克高明柔克

闓生案。三德以裁制天下之人。使無過不及之差。而胥納之于皇極。乃帝王輔世宰物之微權也。

惟辟作福惟辟作威惟辟玉食（作福爵賞作威刑罰玉食美食也）臣無有作福作威玉食臣之有作福作威玉食其害于而家凶于而國人用側頗辟民用僭忒（此經多人民對舉民謂庶民人謂百官）

闓生案。治世宰物之權。惟君上得自操之。魁柄不可下移。否則紀綱斁壞。而天下大亂矣。此節中言其理。

稽疑（稽說文作卟卟卜問也）擇建立卜筮人乃命卜筮

闓生案。制治保邦之道。既已備矣。國有大疑。則又濟之以卜筮。此上古神道設教之所有事。然明哲之士。固不拘拘于此。所謂卜以決疑。不疑何卜也。

曰雨曰濟曰圛曰雺曰克（此卜兆也雨者兆之體如雨然濟者如雨止之雲氣在上者也圛者色澤而光明也雺者氣不釋鬱冥冥也克者如祲氣之色相犯者也）曰貞曰悔（此占卦也內卦為貞外卦為悔）凡七卜五占用二衍忒（衍多也忒變也）立時人作卜筮三人占則從二人之言

闓生案。以上略舉龜筮之例。

汝則有大疑謀及乃心謀及卿士謀及庶人謀及卜筮汝則從龜從筮從卿士從庶民從是之謂大同身其康彊子孫其逢（逢大也）吉汝則從龜從筮從卿士逆

庶民逆吉卿士從龜從筮從汝則逆庶民逆吉庶民從龜從筮從汝則逆卿士逆吉汝則從龜從筮逆卿士逆庶民逆作內吉作外凶（內謂國中外謂出境）龜筮共違于人用靜吉用作凶

閻生案。此見古人詢謀之法。謀及卿士。今之上議院也。謀及庶人。今之下議院也。但古人先斷於心。又決之以卜筮。不盲從法定之多數耳。

庶徵曰雨曰暘曰燠曰寒曰風曰時五是來備（五是依史記校五是五善也）各以其敍庶草蕃廡（庶草百穀百蔬也）一極備凶一極無凶（過甚則凶不至亦凶）

閻生案。此言天時休咎。曰時者。五者皆以時至。則曰時也。或過不及。則爲咎矣。休咎專言天時。不涉人事。

曰休徵曰肅時雨若曰乂時暘若曰晳時燠若曰謀時寒若曰聖時風若曰咎徵曰狂恒雨若曰僭恒暘若曰豫恒燠若曰急恒寒若曰霿恒風若

小麥	八七七	一八、七	五、二	七、九
大麥	八六〇	一七	四、七	七、八
玉蜀黍	八九〇	一六、六	三、七	五、七
麥稈	二三四	七、八	〇、四	三、九
乾苜蓿	八四〇	一九、七	一八、六	五、六
乾萱芽	八五七	一五、五	一六	四、三

於一區田畝中。常種一物。歷年不易。其物必難茂盛。此事吾國農夫亦知之。然其所以然之理。則莫之或知也。昔法國人有考求其故者。謂植物久於其地、則有遺質、如動物之糞溲然、有害本物、故必易種一物、乃能生長、此說似矣、嗣有人知其不盡然、以爲土中有滋養各物之質。常種一物。則此物之食質盡。遂不能生。雖有他質。此物不能用也。故必更易一物種之。以食前種物所未用之質。

於是乎輪種之法興焉。輪種者。攷各地之土宜與各植物之食質。定其適宜之次序。使之相間爲用者也。英國人四年輪種之法。第一年萊菔或各根菜。第二年大麥。第三年苜蓿。第四年小麥。後又有改爲五年輪種者。則第三四年連種苜蓿。第五年小麥。二法雖小異。然其理不甚相遠也。今爲約言其理。一、因植物食質之不同。凡植物之於土質。或食此種。或食彼種。如小麥多矽養質。而燐酸鉀養則豆與萊菔內爲多是也。一、因植物根之深淺不同。植物之食土質。或食於深或食於淺。如萊菔與大麥皆淺根。苜蓿與小麥皆深根是也。一、因植物生長之時不同。植物之食土質。或於夏秋。或於冬春。如麥則冬種夏收。豆與根菜多夏種秋收是也。故用輪種之法。則此之所取。即彼之所餘。彼已結實。而此方播種。地力多所休息。而不患耗竭。人工得以間作。而可均勞逸。此最便於農家者也。至於萊菔大麥皆淺根。苜蓿小麥皆深根。而相連而種者。則由萊菔苜蓿能聚土中各質。以供大小麥之用。故耳。而輪種之物。又非必拘拘於所舉之四者。也麥爲穀類。萊菔爲根類。苜蓿爲菜類。學者觀前所錄植物灰質諸表。而得輪種立法之意。神而明之。變而通之。是又存乎其人矣。

農學述要終

古　說文。古故也。從十口。識前言者也。段注。故者事之所以然。凡事之所以然。皆備於古。故曰古故也。識前言者口也。口至於十。則展轉因襲。是自古在昔之義矣。案自古在昔詩商頌那文。注謂自古先聖王。即稱在昔呂覽長見注。古昔訓通。據此。則古先聖王即稱在昔云者。即古人事事必稱古也。以古人稱古人。歷世相沿。豈十口能盡其數者。傳曰。十數之終。十口特取物之成數言。故段注復申之曰展轉因襲。是自古在昔意。以上云云。古字之字說如是。至經籍用語。有稱爲太古者。儀禮士冠禮。太古冠布。士昏禮。太古之羹。注與疏皆謂太古爲唐虞以前。有稱爲中古者。易繫辭下傳。易之興也。其於中古乎。焦氏循易章句。謂中古庖犧時也。惠氏棟周易述注。謂中古文王時。又有稱爲下古者。漢書藝文志。世歷三古。孟康云。伏犧爲上古。文王爲中古。孔子爲下古。又有稱爲近古者。與近世意大同。以上各義。古字用雖不一。要皆以今以前之世爲古。書又有言古而意實賅今後之時者。楚辭離騷。焉能忍與此終古。注謂安能忍與久居。周書常訓。民乃有古。注謂有經遠之規。有古終古。皆以久遠爲義。即皆賅今後之詞。如常語之所謂千古萬古者是。又在用者之心知其義而不泥十口爲古之說。

又案。書堯典。曰若稽古。鄭注。稽古。同天也。古訓曰天。見逸周書。書曰。天爲古。地爲久。詩玄鳥疏。引尙書緯。亦曰。古。天也。

日

說文。日。實也。太陽之精不虧。從⊙一。象形。段注。⊙。象其輪廓。一。象其中不虧。又注。不虧。故實。春秋元命苞。亦云。日之爲言實也。釋名釋天。謂日之光明盛實。正歷。日者。太陽也。周髀算經。曰。日者。陽之精。論衡。日者。天之火也。又曰。火之精。案。以上各說。皆指在天之日言。左氏昭元年傳。天有十日。

十日謂自甲至癸即書堯典期三百有六旬有六日之日也周髀算經自旦至旦爲一日書洪範傳自夜半至明日夜半爲一日二說雖小異而以日行天一度爲一日則不殊惟古人用語各有字法一字數用點化如生蓋所謂語妙天下也然非心知其義則不能通其故例舉如下凡載籍中日字單文（謂祇一日字爲文不更加他字爲副詞）有讀如一日之日者書臯陶謨曰宣三德日嚴祇敬六德兩日字綴詞對下三六字讀謂祇一日而須有三德六德也有讀如盡日之日者史本紀曰樂飲極懽日不暇給兩日字重讀有惟日不足意謂盡一日之力而猶不足也有讀如來日之日者列子湯問曰日與偕來注日別日也猶言異日有讀如往日之日者左氏文七年傳日衞不睦昭四年傳日君有惠二十年傳日宋之盟國語晉語日吾來此也漢書高帝紀日者荊王兼有其地卜式傳日者北兵有興注皆謂日往日也

有讀如日日疊文者書皋陶謨予思日孜孜思日贊贊襄哉詩周頌敬之日監在茲孟子公孫丑篇予日望之左氏昭三年傳楚人日徵敝邑二十七年傳疆埸日駭數日字皆猶云日日有讀如每日之日者魯論學吾日三省吾身中庸章二十日省月試左氏文七年傳穆嬴日抱太子以啼于朝襄二十七年傳公膳日雙鷄數日字皆猶云每日每日與日日字近而義不同蓋每日云者日不間斷日日則并時亦不間斷且有不能拘其定時意有讀如間日之日者魯論雍也日月至焉而已矣注云或日一至或月一至或之云者間日意也又不能必其間若干日故祗云間日有讀如偶一日之日者大學傳三章苟日新注謂誠能一日一日云者即偶一日之說也有讀如不知何日之日者左氏宣十二年傳于民生之不易禍至之無日呂覽特君其殘亡無日矣士容禍薄日至日至與上兩言無日義

同皆極言災禍無定不知來自何日也有讀如日甚一日之日者書說命作德心逸日休作僞心勞日拙（說命僞古文尚書也今非詁經故兼引之）詩長發聖敬日躋禮記曲禮莊敬日強安肆日偷呂覽不苟家必日益身必日榮數日字皆有甚意與日孜孜日贊贊各日字不同者蓋彼爲日復一日此爲日進一日之日也有讀如旦日之日者周禮太宰及祀之日注日旦明也與始旦義同（詩旭日始旦）有讀如擇日卜日之日者書堯典既月乃日吳摯甫先生尙書故讀四字爲句謂擇吉月吉日也語尤雋古以上日字讀法例十有二皆所謂時日之日也皆時日之日又皆日字單文文義變化乃有如此數種知此則讀一字方得一字之解識一字方有一字之用否則說文五百部盡讀盡識且熟識臨文不能喻有見其扞格而已矣

又案國策秦策一日山陵崩長安君何以自託於趙注一日猶云一旦書

臯陶謨。一日二日萬幾。吳先生云。一、日、二、日、言、其、日、之、至、淺。

月、月、古作𠕕。說文月闕也。太陰之精。象形。段注。象不滿之形。滿則闕也。春秋元命苞亦云月之爲言闕也。以、二、氣、言則月者太陰。風俗通十反 又曰太陰之精。儀禮覲禮注 又曰陰精之宗。文選月賦注 以、五、行、言則月者水精。太玄中注又論衡說日 又曰金之精。文選海賦注引河圖帝覽嬉 又曰土地之精。公羊莊二十五年傳以朱絲營社注 此、皆、指、在、天、之、月、言。周、髀、算、經、下。月、與、日、合、爲、一、月。則、又、以、月、爲、紀、時、之、名、稱、矣。漢書律歷志。月者所以紀分至也。謂二分二至 是、後、世、所、紀、者、此、月。書堯典協時月。是、古、時、所、協、者、亦、此、月。古、又、有、以、月、之、盈、虧、爲、紀、日、之、用、者。如、朔、晦、及、望、或、言、朏、言、魄、者、是、也。左氏桓三年經壬辰朔。成十六年傳甲午晦。書召誥惟二月既望。三月惟丙午朏。孟康曰朏月出也三日明生之名 康誥惟三月哉生魄。僞說生魄月之十六日也。馬融注魄朏也。生魄謂月之三日。魄讀霸。謂月始生而霸然也。與僞說異。漢書律歷志死魄朔也。生魄望也。與馬說又異。姑存俟考

譯稾

會計之一切事項、議長有邦議會一切官吏及僱員職務上之監督權、有僱入僱員及解僱之權、又得邦理事部之同意、有任免邦議會豫算上之官吏之權、議長、凡關於邦議會管理上之一切法律行為及訴訟行為、代表本邦、議長於院內行家宅權及警察權、

第二十一條 (一)邦議會、有法定議員數半數之出席時、得為議決、(二)於邦議會所行之選舉、得依其議事規則、為例外之規定、

第二十二條 邦議會之議決、依投票之過半數、其例外、以法律定之、關於選舉、得依議事規則、為例外之規定、

第二十三條 邦議會之會議、公開之、依議員五十人之動議、邦議會得以三分二之多數同意、將議事日程中特定之事項、停止公開、關於動議之議事、於秘密會行之、

第二十四條　邦議會及其各委員會、得要求國務員之出席、　國務員及國務員所任命之政府委員、得出席邦議會及其委員會、且不論在議事日程與否、得隨時發言、　國務員及政府委員、應服從議長之整理權、

第二十五條　(一)邦議會、有設審問委員會之權利、有法定議員數五分一之動議時、即負設之之義務、審問委員會、於公開之議事、應蒐集委員會及提議者所認爲必要之憑證、　委員會以三分二多數之同意、得停止其公開、委員會之手續及人數、以議事規則定之、

(二)裁判所及行政官廳、關於憑證之蒐集、負有應審問委員會囑託之義務、官廳應依其請求、提出文書、

(三)委員會及受囑託之官廳、其蒐集憑證、準用刑事訴訟法之規定、但不得侵書信、郵便電報、電話之秘密、

第二十六條　邦議會於其開會中又其任期終了之時或自舊議會解散至新議會開會之間、爲防護議會對於內閣之權利、設常任委員會、常任委員會同時有審問委員會之權利、其組織、以議事規則定之、

第二十七條　邦議會得迴付提出議會之請願於內閣、幷要求內閣報告其受理之請願及訴願、

第二十八條　(一)邦議會之議員、在舊普魯士、耶次沁鐵路聯合之地域內、於一切德意志鐵路、有免費乘車之權利、又有受歲費之權利、其議長得受在任中損失之補償、

(二)此等給與、不得辭却、

(三)其詳以法律定之、

第二十九條　(一)邦議會依此憲法之條規、議決法律、承認歲入歲出預算、

規定邦行政之準則、並監督其執行、條約有關立法事項者、須得邦議會之承認、

（二）邦議會於此憲法範圍內、定其議事規則、

第三十條　邦議會關於修正憲法之議決、至少須有法定議員數三分二之出席、且至少須有出席議員三分二之同意、否則不生效力、

第四章　參議院

第三十一條　關於邦之立法及行政、置參議院以代表各州、

第三十二條　（一）參議院以各州之代表組織之、各州爲東普魯士」「布蘭丁佛爾古」「柏林市」「朋米林」「格蘭夾馬爾庫邦賚伯士特布來沁」「紐迭爾休烈金」「烏別爾休列金」「乍可賚」「休列士維克沽士但」「漢納堡」「外士特瓦倫」「來音不羅邦瓦」「耶夾沁」「那夾索」

發明上供獻甚偉撥氏發明一種法理與近世法律上之保釋相似撥氏主張借人牲畜而不依協定之方法使用如增長其途徑或變更其路程即爲之竊盜邁氏當加太基圍困羅馬時曾充執政官發明賦稅之法理甚多斯氏當立法院成立之年曾爲康喜耳氏對於法律上之新異問題頗多解決其子麗婁克斯聲譽尤高

小斯開弗拉爲亞細亞總督也曾頒行布告謂無善意之法律行爲不能有效近世法律取之爲原則氏發明法律上之原則甚多氏對於民法首爲有統系之論箸故爲極有聲譽之法律家氏所箸論文凡十八卷俱有價值後世詮釋氏之箸述者甚多就中以共和時代之蘇耳皮修及帝國時代之其亞氏與鮑布尼亞氏爲最顯箸斯氏爲共和時代最古之法律家氏所箸作儒帝法學階梯中曾評論之氏之高足甚多而以西西勞及葛魯氏名最箸

西西勞雖在羅馬律師會爲最大之辯護家但衡之於法律家彼尙不足以爲大律師也然西西勞之雄辯及其文學在拉丁民族中亦可謂前無古人矣欲攷究共和時代之羅馬法氏之著作不能無補且於羅馬法之方式及脩正更當注意氏之著作葛魯氏與西西勞同時且相友善氏爲斯開弗拉第子中之學力最富者氏主張私生子有繼承權此外於法律上之新原則亦多所發明蘇耳皮脩乃葛魯氏之高足法學彙編中許爲共和時代之最大法律家小斯開弗拉曾詆其無法律知識氏遂發憤研究卒爲一有益之法律學者氏所著述凡一百八十册氏之有名弟子亦甚多如福儒氏其留氏杜克拿慕沙烏非留氏皆是也儒帝法學彙編大都論及之

烏非留氏頗爲當時所注重氏所著述凡在民法範圍以內者莫不兼備與其友鳩利開沙意見一致愷沙在未被刺之先已特出己意有編制法典之心及

至六百年後之儒帝其計畫始行於世儒帝之名顯於今日者皆其法典之功也

杜比勞係烏非留氏之弟子氏學問優長法學彙編中曾論及之

特利己梯亞氏與西西勞同時而幼於西氏法學彙編時評論之羅馬法遺囑之有增錄乃氏所提倡者

第二章羅馬帝國（紀元前二十七年至紀元一四五三年）

一千五百年期間之羅馬帝國　羅馬共和至愷沙時一變而爲帝國夫羅馬乃古代之城市政府受治於專橫殘暴之寡頭政治以下羅馬人民及其各省同被蹂躪故欲羅馬之不亡非改革政治不可希臘拉丁之文明岌岌乎有不保之勢愷沙深悟羅馬政治之必需改革但最可怪者人類對於政治英雄軍閥偉人多懷疑慮往往繼之以暗殺而使之不克盡其志愷沙在羅馬專橫之

際氏之寬厚實足以招暗殺之結果但愷沙雖被刺而羅馬之國運仍得保持不墜至奧古斯都改革事業卒抵於成功紀元前二十七年建設帝國享國一千五百年之久直至一千四百五十三年土耳基領康士坦丁堡東羅馬乃滅亡焉

（二）帝國初季紀元前二十七年至紀元二百八十四年奧古斯都至迭烏克利田帝國初期羅馬政府之二重性質　主權　奧古斯都形式上再建古時之共和恢復人民及元老院之職權而行使國家之主權但此種主權作用乃理論的空虛的實際上奧古斯都分配主權作用於其自身及元老院而元老院權力甚偉已身幾爲國權發動之最高機關奧古斯都時雖與皇帝以特權然古時羅馬政治實二重政府制其二重機關爲君主與元老非若迭烏克利田及康士坦丁帝之君權獨尊也故在迭烏克利田以前之羅馬政府仍

演說

學術與國民性

呂復

今日承貴會之召、得與在座諸公相見、幸何如之。至於講演之事、不學淺見如復、安足以語此。不過今日有此佳會、願以平日閱世讀書之所得、就正於諸公之前、尚望列位見教。今日所講論者、爲學術與國民性之關係。所謂國民性者、即國民全體之性質、足以代表國家性質者也。國家有生命、性情、志趣、行爲、有如個人、故論國家者、多以個人爲喩。吾人各有志向、言語、行爲、其所以能有此事者、則因有精神之故。人之精神、亦可謂爲人之元氣。元氣必有賴乎培養。培養之途有二、一曰物質之培養。此爲一切動物植物之所同、不獨人類爲然。二曰精神之培養、此爲人類所獨有。精神培養有屬於先天者、胎教是也。其屬於後天者、則爲其人所受之教育。學問能變化人之氣質、此可見學術之有關於個人之性矣。國家亦猶人耳。長聞人言、國於天地、必有與立。何所與立、將在完備組織之憲法、與清明之政治乎。抑在社會各種事業乎。鄙見以爲國之所立、均不在此、所謂完備組織之憲法、與清明之政治、以及種種社會事業、不外爲國家志向所表見。其所以能有此表見者、則以有其立國精神之故。何爲立國之精神、即國家之元氣。國家元氣、必有其培養之方、然後能發榮滋長。其培養之途何在、一曰宗教、此不在本日論題之內、姑置不論。二曰學術、即今日所論者也。學問爲人類至公之物、不以國界爲限、但一種之學問、發原於何處、即於何處有特殊關係。因此西方之學、影響於西方之國民性者、較之東方爲甚。東方之學、影響於東方之國民性者較之西方爲甚。今爲比較參證計、試先言西方之學、與其國民性。復未曾涉足泰西、今日之所言、並非得之目見、不過誦讀西書、略知梗概而已。泰西學派紛歧、實不易詳爲辨析、約而言之、概分爲三派。三派各有其時代。第一爲神秘學派、爲時較古。其學以爲人間萬事萬物、胥有神功爲之主宰、於是對於一切事物、不肯探原窮理、祗知歸功於神、與吾國古時昧於事物原理、一切歸功於天者、正復相同、此謂之唯神學派。其影響於國民性者、在使國民日見愚昧、諸凡事物、不求理解、以爲神使之然。於是遂使寺院、僧侶、假託神權、操縱社會、左右政治、雖天子王侯、亦必求榮於教會、而教會亦假政治之力、以張其勢、一般人民、則祗覺其蚩蚩蠢蠢而已。厥後神秘學派、一變而爲玄想之學。玄想學派、其優於神秘學派者、在於確知事物各有原理、謂之自然。而其弊在於不得自然之眞解、而妄以己意爲武斷。其論事論物、全以主觀之人意爲據、而不於客觀事物之理爲依歸、此謂之唯心學派。其影響於國民性者、在使人民固執己見、一意孤行、出而從政、則以一己之意爲萬能、認政權爲無限之物、往時專制思想極甚、多由此種學派養成。至於近世乃有實證學派。此派認定宇宙之間、爲事萬物皆有至理、的確不移、不可委之於神功亦不可武斷之以己意、惟有依據事物之理、順其原則而行之爲宜。譬之吾人雖能利用水火、然潤下者不能使之炎上、炎上者不能使之潤下也。實證學派既興、科學始大昌明、而向之迷信武斷之弊、一掃而空。然其影響於國民性者、亦不能謂爲純然無弊。其弊何在、即使人過於重視物質、而於肉眼所難窺見之精神方面易於忽略、且於科學已經證得之事物、信之不疑、而於科學尚未證得之事物、往往輕視過甚耳。以上所言、爲西方學術變遷、及其有關於國民性之大概。至於學術一語、爲吾人所習用、然亦非無辨。蓋學爲學問、術則研究之方法也。西方之學、其優於東方者、不在學問之本體、而在研究之方法。蓋東方偏於含渾、西方置重分析。後者所以不及前者也。所以言西方者、欲爲東方之比較耳。代表泰東之學、惟有中夏與印度。梵文向未之習、釋典亦未嘗留心、故印度之學、自問知之不詳、今日不敢妄論。所欲言者、即吾國之學術、影響於吾國之國民性者爲何如耳。吾國自漢而後有所謂漢學。宋明以還、又有所謂宋學。前者蓋因嬴秦焚書、以及項羽舉火咸陽、盡燬秦籍、至漢代訪求遺籍、一時獻書注經之儒、爲之大盛、此爲漢學之起原、後世亦稱爲經學。至有淸一代、乃集其大成、此後恐再無多少發揮之餘地、其有助於人民者、祇在使研究經典之人、得其眞解而止、似於國民心理無與也。若夫宋學、不過由孔子所罕言之命、與孟子所長道之性、再參以釋氏所論之心與識、糅雜而成、或引申其義、或反復其詞、既拋荒事物、偏重空理、又不如道家言之玄妙、釋家言之精奧、其於人心、殆少所維系。總之二者與國民性、所關極淺、可斷言也。今欲問吾國學派、何者與國民性關系至切、則須上溯戰國以上。戰國之前、吾國學派、鄙見以爲可分爲二。一曰事物之學。二曰玄想之學。所謂誠、正、修、齊、治、平、悉爲學問之根據、而無一不關切人事。至若老安、少養、壯懷、更爲人事之顯然者。庠序學校所課爲何課人事耳。凡、夫、兵、刑、禮、樂、書、數、農、桑、無不在內。故古代官師不分、而以官爲師。其精神在於有爲、在於能用力。貨惡其弃於地也不必存於己、力惡其不出於己也不必爲己、可以賅之。蓋就事物以爲學、離事物即無學也。事物之學、略與西方實證學派相似、得位之文武周公管子與無位之孔孟荀卿可謂此派之代表。而與此派並立相反者、則爲玄想學派。其學超出人事、獨逞遐思、常置重於不字一面、故曰不爲人先。又置重於無字一面、故曰無動爲大。又曰行不言之敎、爲無爲之政、皆其義也。老子莊周爲此學之代表。事物之學、以新術語言之、可謂爲積極。玄想之學、則可謂爲消極矣。今所問者、斯二學派、何者深入人心、而於國民性有深切之關係。鄙見則以爲非事物之學、而爲玄想之學。玄想學派、實爲吾國數千年國民根性之所在、何以知其能如此乎、則以此派學說、最能迎合流俗之心也。蓋人情莫不喜逸惡勞、無動不爲人先、則不勞而逸矣。人情莫不喜成惡敗、老子曰無爲則無敗、因恐其敗、故爾無爲。人情莫不欲坐享利益、無動無爲者、益坐俟時機之至以投之之意也。凡此諸說、均切中人之惰性、因其說之深入人心、惰性乃日以加甚。至於遠害避禍、人同此心、亦惟和光同塵、與世遷移、不滯於物、深於黃老學術之人、爲能爲之、而遇事以退爲進、將取而必先與、吾國人之權術詐僞、大都爲此派學說以養成。西方之玄想學派、認識天地間有自然而武斷之、成爲人之妄性。吾國之玄想學派、認識天地間有自然而任聽之、成爲人之惰性。而其作僞自全、又復成爲人之假性矣。其在國民心理中、儒家直可謂爲無有、道家可謂爲有絕對勢力。其呈效於社會者、不過於不當爲而不爲、獨善其身之一方、稍得效力。至當爲而必爲、兼善天下之一面、則絲毫不見其功也。西漢雖僞崇尚儒術、實則篤信黃老。東漢雖尊崇節義經術、終莫能轉移其勢力、其入人心之深、可以見矣。以後釋氏東來、禪宗之空明、竟與道家之清淨、異派會流、其演爲世風者、則爲晉宋之清談、宋元明之性理、均與實際事物、愈趨愈遠。於是六府三事、竟爲學者所不道。王荊公勇於自任、究心實事、有得於官禮事物之學、竟因與當時惰性假性之心理不合之故、致其道不行。洎乎今日、目覩西方物質文明之上進、自恨不知、抑知此正其實證學派之產物。而吾數千年相傳事物之學、竟爲老莊玄談所掩、以致崇虛棄實、遺誤至今。且鄙見以爲黃老之學、乃爲王者立言、其功用全在於無爲不擾、後世守成之主、學之不無小效、不足以言開創濟變也。本非一般人之所宜學、學之則對於國家社會、將無絲毫責任之心、無怪乎偷惰虛假日甚一日也。今欲變更國民性質、惟有崇尚古時事物之學、期其脚踏實地、實事求是。姚江王氏雖言知行合一、不過儘論其理、眞能身體力行之者、以復所知、其惟亭林與習齋兩先生乎。貴會最講顏李之學、復未讀恕谷先生之書、不敢妄論、習齋先生之書、則嘗留意、其學誠可謂爲黄老玄想宋儒性命之對症良藥也。講學足以丕變世風、明末朝政大壞、而民間則極重節義、東林講學、不爲無功。今貴會既以講學爲事、則丕變世風、不能不屬望於在座羣公也。

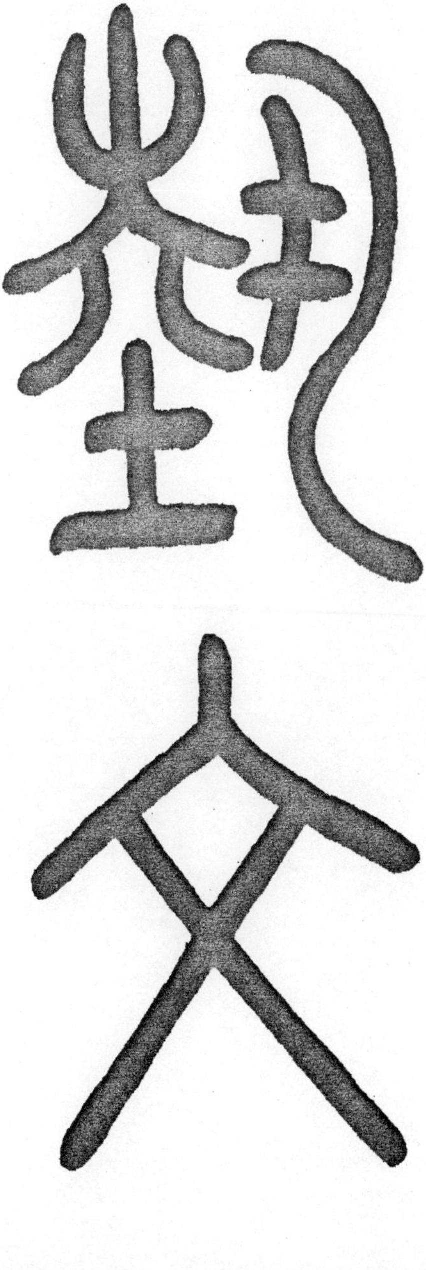

重印經苑並補刊殘闕序言

張鳳臺

揚子有言曰。天地爲萬物郭。五經爲衆說郛。大哉言乎。自秦漢以來。五經之在天壤。雖疊遭刼運。而亘古不磨。世愈變愈昌。愈晦愈顯。歷史具在。可覆按也。秦始皇咸陽一炬。凶焰彌天。然高祖入關。搜秦府。圖書宛在。康南海謂祖龍所焚者。百家私書。非六經也。證以史漢諸傳。班班可考。齊神武遷石經於鄴下。河伯肆威。沈沒幾盡。然唐代防秋館與御史府。搜獲餘石尤夥。由是觀之。上下數千年。浩刼紛乘。幾有不能幸存之勢。而冥冥之中。儼若有鬼神之靈。憑依於其間而呵護之。俾得綿綿延延以至於今也。豈非天下萬世之大防。而關心世道者。所當弼中彪外。爲國家與社會樹之鵠耶。吾豫經苑之刻。創自道光乙巳錢新梧先生。嗣後凡相續印者二、一傳靑餘運使。印於同治七年。一豫省大學堂。印於光緒三十年。皆所以崇經學礪士風也。鳳生不才。忝任鄉邦。碌碌無所建樹。

顧四存學會與通志局。既相繼成立。則古昔聖賢之微言奧旨。昭布森列於六經之中者。亟應探本窮源。以資佐證。適令趙君嘯章。檢查經苑遺版而整理之。有殘闕者。謀諸手民補刊之。除頒發各屬學校外。即存儲學會。以備繙閱。或者謂科學肇興。經義浸微。邪書燕說。相習成風。執途人而談經。龍蟠蚖肆。刊之何益。余曰不然。世所謂聞道而大笑者。乃未曾深思者也。學不思則罔。六經雖在。糟魄視之矣。果使好學而深思焉。則開卷有益。讀書通神。觀欹器而興嘆。撫金人而懷古。觸目驚心。自有一種鼓舞鼛軒之志。奮興於百世之下。則煌煌鉅製。不可不宣布而昭垂也。章章明矣。子與氏生當戰國。拒詖息邪。究其所挾持者安在。仍以君子反經為主。夫經者常也。三代以上本無六經之名。見諸行則曰五常。筆之書乃為六經。六經之名。實自荀子始。凡吾儒之文章性道與國家之制度典章。皆於是乎繫。此乃我國數千年之眞精神眞命脈。保之則存。失之則亡。殆所謂布帛菽粟未可以須臾離也。余固豫人也。經苑既存於豫。則願與豫人公之矣。公之豫人。而豫人仍復互相傳述。以我所公於人者。遞推遞嬗。以公之於無窮。斯則心香默祝而屬望於同人者也。是爲序。

跋李長吉詩平注

吳闓生

昌谷詩上繼杜韓。下開玉谿。雄深俊偉。包有萬變。其規橅意度卓然爲一大家。非唐之它家所能及。惜其早卒。所作不多。然其光氣固已衣被百世矣。嘗謂曾太傅鈔十八家詩。上下千古。足與姚氏類纂幷垂不朽。所遺者。獨昌谷及韓致堯二家耳。昌谷詩雖擅盛名。而眞知之者實鮮。以刻腎嘔心之作。而世徒以幽怪賞之。不亦昌谷之大不幸乎。其集本傳者亦鮮。家有舊鈔注本。用力頗勤。亦多疏失。先大夫嘗爲之勘正。兼疏釋大指。又頗采諸家之說以附益之。於是昌谷之用意始較然可知。而其精華之蘊亦盡出矣。賀君性存。取先君勘本精刊行世。閻生司其校勘。既成。爰敬跋於後。壬戌四月謹記。

單貞女傳

潘式

單貞女者。山東即墨人。父友容。邑之儒者。貞女幼慧。父教之讀書。輒了了識其旨。間及列女傳。則喜娓娓爲諸母述。慕其爲人。及笄。字同邑范氏子。未結褵而范氏子病卒。訃來。女家惶遽無措。貞女私知之。即夜吞火柴蓋十二匣。火柴既入腹。炎炎灼肺肝。面色慘白如紙。氣出入僅如縷。家人覺有異聲。疾趨視。見狀乃大驚而號。父母泣且歎曰。兒何遽出此。比醫來。解救始得免。自是貞女不復言死。家人亦以久而安之。范氏子之死也。以閏七月三日。貞女之服毒也。未滿三七。家人解救後。至三十日。貞女忽靚妝自縊死。父母姊弟哭之聲。嘶隣里。走弔。相與太息。知與不知。莫不驚嘆。范氏既痛其子之死。復感貞女之能殉其夫也。於某月日迎而合葬。又悲其死之慘。恐無以慰貞魂于地下。屬懷寧潘式傳之。

論曰。古無殉夫之禮。明歸有光論之蓋詳。然聖人之禮。所以制欲也。使其人皦然無所念。惟義是從。而生死乎不顧。如貞女者。又烏可以禮所不載少之。與世風今益下。一二狡者。復從而煽之。先王之訓。存于人心者。希矣。於末流之中。乃復見貞女。嗚呼。得不表而異之。以爲後之不然者勸哉。

從弟津生哀辭

謝國楨

壬戌五月。余妹來函曰。從弟津生歿矣。然未聞其病之甚也。弟事後母以孝聞。讀書能爲文矣。命之不卒命也。夫弟體素健。食每炎凉并下。居恒戒之。顧倔強自喜而不之察。處世接人。類古武士之風。憶余今春過津門。猶未病也。攜手爲余言。伏日兄弟同南旋。白下暑畢而歸。余含而諾之。因爲余言其志。誦其所習之業。或擊節高歌。或旋舞庭中。追思多可笑者。吾叔恒指謂人曰。此吾家之騏子也。其病瘍于頸數月。叔憂之。自揚來。延德醫治之。醫曰。易爾。剖之。不旬日愈矣。叔母猶憐之。弟慨然。獨出。不一時。醫者報曰。卒矣。是晨猶植花木於庭中也。士固有矢志獨行自行其志。謾激笑汙困辱而不悔。彼皆自知之明無待於外者也。吾方且悲世無其人而乏其志。及見弟果敢有爲。匹往獨前。曰吾於吾弟得之矣。使假之以學。必有以自見者。甫露頭角而戮於庸醫之手以戕其生。知天心尚未厭亂也。悲夫。辭曰。

恒言人不負重而竟負諸子之躬。死如脫殼。生如大夢。生亦何尤。死亦何憎。渺渺蒼天。耿耿星辰。一刲之藥。斷子之魂。殄我兄弟。何其不仁。瞍然長眠。不識不聞。於己則適。於人何忍。我亦有言。百年旦暮。寓此宅中。忽然以住。鴻泥指爪。那復計處。苟如斯而來。復如斯而去。雖脩短之不齊。復何悔而何惡。

掃葉僧像題詞 僧名龍賢上元人

步其誥

抱帚日掃葉。尙多此一帚。僃竝帚亦無。不能竝無手。地與吾骨成。風與氣相紐。徧觀吾血骸。水火皆吾友。虛空此四大。殺列爲六九。既成象成形。孰辨跟辨肘。榮名寶萬禩。金石固不朽。紛然亦葉耳。何獨持悠久。天地仁萬物。有時皆芻狗。迅如一掃葉。吾帚猶恐後。山人知此意。僧亦自稱掃葉山人問之但肯首。默然不一答。待汝自解剖。葉既不能無。掃亦隨所有。有時帚偶閒。山童負之走。

十月廿六下午五鐘舟抵金山換車東發　靳志

遠涉東海波。來尋新大陸。金門天設險。兩岸靑山束。港汊開堂奧。舳艫遙相屬。落日收風帆。新月動輪轂。海聲猶在耳。嶺雲已滿目。廣深越溪壑。迴曲穿林木。高淩雪峰頂。低入靑山腹。奔流遞隱見。岡巒時起伏。山澤瘴癘地。龍蛇昔聚族。遊牧逐水艸。茹毛卉爲服。丹砂變黃金。錐刀始競逐。主客相搏噬。頻年多殺戮。合衆國後起。攫得秦人鹿。同軌開王道。萬里地可縮。日夕發虞淵。朝起眺暘谷。

泱泱眞大國欲爲九州牧衣冠會諸侯召陵車輳輻東海有波臣西遊學周穆
日行三萬里俯仰忽遐矚

暮歸遐想成詩　　潘式

沈沈莫景昏軋軋車聲出電燈隱街樹薄光時明滅疑是飛螢腹照耀倏飄忽
風雲殊不測日月頗蕭瑟呼吸海爲田事變焉得說雄關據天險昔是天驕宅
蓄銳數十年選騎百萬匹雲雨集謀主虎豹聚士卒糧可八月滄財似江河溢
令出雪風寒乘勢鎖要塞蹙起眉不開頗奢膽先落噓氣蕩中原不戰已可必
雷霆指顧間盡化沙中骨嗚呼能不悲半世耗心血何異空際燈星火徒出沒
翻思克敵將聲勢何赫奕華堂冠蓋躋訣頌萬聲聒妙舞擬神仙婉變傾城質
階樹亦知懽倍顯靑靑色側聞多智略應不仍危轍

閻文介公慕槐仰梧書屋圖公子成叔觀察迺竹屬題　姚永概

中丞千騎鎭東方。每憶王宮舊艸堂。晚節更爲黃閣老。畫圖長付繡衣郎。雲霄悵望千秋隔。松竹蕭條三徑荒。此日期歸歸不得。側身天地共悽涼。

明嘉靖時倭寇江南通州有曹頂者力戰衛鄉里卒死于單家店今其州人築亭塑頂象來乞詩　姚永概

海隅狂寇起波瀾。邑被焚著野被殘。開府尙書非李牧。盤矛壯士有陳安。山川不改浮雲白。草木猶餘戰血丹。今日抱忠須此輩。游人莫枉凭闌干。

兵動路塞期蘊水不至　李葆光

樹杪流風至。飛紅亂我襟。歸人在何許。別緒久難任。空對遨行迹。不聞言笑音。一兵阻來騎。兩地變鳴禽。

盛暑過孔才談詩飲酒夜分始歸　李葆光

檐上浮屠聳以危。矮垣映日鎖雙扉。中有佳人彩筆揮。我入訪之人不知。蛩音

滿地聽移時回頭一見笑聲馳用何爲樂酒與酗更披幽憤裁新詩不知天上
收丹曦但覺夜久涼生髭逝波歲月去不歸四方擾擾翻旌麾勳業未立朱顏
非對食不餐淚交垂安得山鬼女蘿衣羣遊麋鹿老深谿不然抗兵臨北鞮萬
馬蹂尸骨紛披猶勝底首在塵泥

談叢

後下令當變制維新伊始非於故舊留意則事必阻遏難行商鞅王安石不知其義故敗績不可復救主父之時上下同心故能拓地千里開雲中燕代微服入秦略其形勢而秦不知其機變爲何如乎知變法之利得變法之本復有雄才大略以濟之當戰國世可謂大有爲之君矣其後嬖吳娃而致沙邱之禍則年耄智昏牽於私欲所致不得以累變法

孔子之教創于春秋行于戰國盛于漢太史公於史記列孔子世家弟子孟荀列傳又列儒林傳以明其統低徊往復至再至三當儒教初興之時不牽異說以致其尊崇之意漢武用董仲舒言表章儒術非詩書六藝者皆絕勿進子長繼之遂歸一統二千餘年昭如日月非子長之力不至此論六家雖有博而寡要之語乃載其父之言如日月已明而爝火未熄不久亦自歸消滅不足爲累史記繼春秋而作太史公實春秋後一人若第以史家目之淺之乎論太史公

矣

史記序諸侯王皆及其世所謂當時則榮沒則已焉孔子世家則詳其家世上自防叔而下則直至安國詳其名焉詳其字焉詳其出處焉詳其年歲焉若不勝其煩者景仰之意深矣至聖二字創於史公迄今垂爲定論孰謂先黃老而後六經哉

晏嬰沮尼谿之封非忌孔子也晏子之學近墨子墨子尚儉尚同非樂薄葬非儒晏嬰謂孔子倨傲自順崇喪遂哀破產厚葬盛容繁飾累世不能殫其學當年不能就其禮皆與墨子說同禮記晏子一狐裘三十年豚肩不掩豆即尚儉之證孔子之後儒墨並稱各不相下是時孔子年三十五致尚未大行晏子譏之亦固其然道不同不相爲謀固不足爲孔子累亦不足爲晏子累

秦失其鹿天下共逐初作難者陳涉也陳涉起隴畝首叛秦雖六月而敗而其

後六國並與楚漢共起秦遂以亡非涉能亡秦乃秦因涉而亡也涉實爲楚漢之嚆矢列之世家誠爲無愧太史公固不以成敗論英雄也

漢高以其微時其嫂詳爲羹盡櫟釜怨不封其子太公以爲言乃封爲羹頡侯且曰非忘之也以其母不長者耳而已之諸子皆封大國長者固如此乎

荊燕世家謂瑯琊王澤與齊王合謀欲誅諸呂聞灌嬰守滎陽乃還兵備西界遂跳驅至長安與齊世家不同索隱謂燕齊之史各言其王之功太史公闕疑遂各記之今按齊王使祝午紿澤澤即至齊是澤已有誅呂之意爲齊刼不得反國因求入關而齊王信之不得謂之不合謀也澤雖被刼然澤之將士必仍有從澤者齊又具車徒送澤則澤遣兵守西界而跳入關亦固其宜取二傳觀之其義自見不必另尋別解史家之筆詳略多有互見者

西漢后妃少有賢者即名門之女亦不易覯呂氏惡人本不足道薄姬先爲魏

豹所納後輸織室乃得幸高祖竇太后以良家子入後宮其弟少君爲人略賣王太后之母臧兒先爲王仲妻更嫁田氏因相者言其女貴奪金氏婦而納之太子宮即王夫人譏譖栗姬而易太子衞子夫其父鄭季與平陽侯妾衞媼通而生子夫因平陽公主以謳者進李夫人爲幸臣李延年女弟王夫人亦不詳其家世王化始於閨門而漢之宮闈如是太史公先言受命帝王亦有外戚之助以明妃匹之不可忽又引三代所以興亡以爲鑑戒謂夫婦人之大倫不可不愼即繼以人能弘道無如命何以慨漢之失其義也謂妃匹之愛君不能得之臣父不能得之子以見漢之以愛選色升而推其害至於不可子姓及不能要其終其致慨深矣篇末言尹倢伃屬皆以倡進非王侯之女士不足配至尊漢后妃皆非王侯女士史公不敢明言故于尹倢伃以著其例而諸后之不足爲配之意言外隱然可見

折回衆因謝恩得名萬仙樓東北爲桃源峪一曰桃源洞泉水凝碧夾岸多朱櫻叢竹每逢二三月間桃花爭發穠艷奪目古詩云冉冉孤生竹結根泰山阿竹之可見者今惟此處與普照嶽東北竹子園耳周知古人雖託興諷詠字字要必有來歷也有頃至斗母宮此處距岱宗坊十五里即古龍泉觀明嘉靖二十一年德藩重建清光緒季年廟漸廢弛住持法霖字雨軒者募捐重修頓復舊觀寺內設有行廚飲饌脩潔登山者多在此處膳宿時已六鐘同人遂借宿焉法霖命其徒洒掃羅雲樓爲居停之所茲樓爲趙君爾萃捐貲所修工未竣遽捐館舍故名曰羅雲以作紀念羅雲蓋趙君字也院中有天然池雜蒔花木清雅宜人比丘尼四五人招待殷勤晚飯烹調適宜不圖山中市遠得此兼味惟是夜大風樓踞山巔綠樹還繞軒開四面風彭彭吹擊作聲大有山雨欲來風滿樓之勢余與哲甫皆遷之幾欲不遑安枕者徹晨乃已

二十六日早餐後仍同上山過高老橋見石壁間鐫有我亦登臨漸入佳境八字蓋山勢至此稍覺高峻矣遙瞻高嶺有宋陳國瑞題石經峪字間知距此迤東里許山麓忽開異境中有古刻隸書金剛經甚佳即欲往觀衆云日已濤午距岱頂倘遠未便繞道遂徑直北上仰見峭壁千仞石色堊白作屋漏痕如瀑布飛洒之狀是爲水簾洞即所謂天紳巖也特此時天旱泉竭洞遂乾涸耳洞前一澗深廣有橋跨之名住水流橋距高老橋約三里又前渡登仙橋由橋東折而上兩山過峽如龍蛇鬱律行走忽作蟠屈勢者爲歇馬崖言山石欹崎外垂其下可以屋馬也相傳崖上有壘書三疊風雨不滅歷久常新呂僊眞蹟也今已傾圮只餘巉巖藤蔓而已又東北上二里許夾道古柏叅天蒼翠風聲謖謖寒生裾袂是爲柏洞再北爲四槐樹山店數家可資休息下與徘徊見路東西槐各四株云係唐時所

植其東一株之横枝穿街而過形如虬龍獨得山石勁直之氣云至是覺寒不可耐各取袷衣著之乃始得前行半里許至壺天閣地即明嘉靖昇仙閣舊址清乾隆間拓建改今名者也聯云造極頂千重必多福地登此山一半已是壺天又云壺天日月開鑿增盤路鳳雲入翠微憶初登時山勢平衍王子謂余泰山列五嶽之長平時嘗往以爲必多奇特今親歷似尙不及天山陡削峭足以引人入勝王子盍初自新疆歸來者也而黄子則謂岱獨稱宗正以雄峻勝耳博大者無奇巧子奈何比而同之行至此乃覺山容嶒崚石氣雄渾別具一種巖巖氣象洵非他山所能比擬也入山漸深石態愈奇左顧右盼目不給賞忽爾重疊巒嶂起於面前峪岈峰嶂勢如飛來徐轉側向東南梯雲御風而行迺達嶺巔茲亦山勢脈絡之一大轉折也以路險馬不能登故曰廻馬嶺磴砌謂之天關道里記云自水簾洞至此七里余因盤路陡絕下輿步行避險也亦以稍節昇夫之勞耳廻馬嶺東爲十峰嶺西爲九峰山北有步天橋橋北爲十二連盤又北爲黄峴嶺土色赤黄異於他處稱謂茲嶺爲至山轉脈起伏之處形勢至此一束如櫃紐然故上黄硯嶺即爲中天門也是處距廻馬嶺五里登岱者己歷其半上有二虎廟傍蹬巨石如虎爲虎阜石回顧泰安一城小如蘿圓遠望徂徠如相拱衛南眺汶河白如拖練俯瞰傲來山嶺可及半腹如兒孫之羅列於膝下也而傲來至是俯首聽命矣昇夫等在此午餐同人亦略食點心雞子充饑呼若味極佳云係小龍口泉水泉在山後須臾由中天門迤北趨下倒三盤向之仰而登者今則俯而降高高下下肩輿如在樹杪上行道出小龍口有泉滃然出山根石罅中傍置瓢一以供行人取飲盤路至此土多石少陟降不勞志氣頓爲舒暢故名快活山亦曰快活三言坦夷易行道可三里許也摩崖書有逍遙遊並湯金釗吳文鎔何桂清諸名人同遊題字又佛字約高七八尺爲茲山摩崖最大之字其餘鐫山作擘窠書者不可勝

四存學會第二年會務報告要略

六月七日即舊曆五月十二日

查本會第一年經過情形業於去年今日開第一年週年紀念會時逐項報告在案本年內一切會務皆由會長李見荃主持進行凡重要者均先召集評議各員公同議決尋常者按照各種章則規定率同總務處主任幹事謝宗陶及各組幹事等隨時分別辦理惟是會員人數雖多或以行居靡定或以職務殷繁難於常時到會形勢遂嫌漫疎因而會務執行每感非易故一年以來按之形式尚能無缺揆諸精神不無遺憾至本年入會會員前經評議會議決新入會者均須先訂月刊全年一份以資提倡當已依照辦理計有新會員八十人統計共有會員七百三十人之譜茲値第二年紀念之期用特撮要分項續爲報告於次

(一)職員　查本會充任各項職務人員或本無一定任期或因期限尚未屆滿

皆仍上年之舊其有因事實需要略予變動者計爲(甲)事務會監殷君鴻壽病故當經公推新任警察總監薛君之珩補充(乙)評議員盧君嶽辭職李君搢榮病故以備補李君景濂任君鄉亭繼任(丙)續推賈君廷琳徐君繼高爲編輯員(丁)副主任幹事張君紹續充河南分會會長吳君觀光任安徽知事均出京不能任事當續推會計組幹事李君鴻鈞兼任副主任幹事

(二)評議會　查評議會自成立之日起截至去年第一週年紀念日止共開經常臨時兩項會議十四次議決議案三十三件前經報告在案茲將第二年度內評議會開會日期次數及議決各案開列如下

第十五次 十年七月十日	常會	議案 (一)四存月刊擬不登壽文及應酬之作等類請核議案 (二)請發行四存月刊第一期再版案	議決 (一)照辦 (二)再印七百份
第十六次 九月十八日	常會	議案 (一)請核定山西河南分會章程案 (二)請核定出版部規則案	議決 (一)照原文酌加修正 (二)照原文辦理
第十七次 十二月十一日	常會	議案 (一)排印顏李全書案 (二)舊歷年關是否仍開講演案	議決 (一)發行預約 (二)停一二兩月講會

第十八次十一年二月廿五日　臨時會　議案　(一)本會擬設印字局請公決案　議決　如能將京兆第一工廠全份機器讓渡即辦

第十九次四月二日　臨時會　議案　(一)籌備付印顏李叢書案　議決　即由陸軍部印刷局承印先出預約券

第二十次五月二十八日　臨時會　議案　(一)第二年紀念會如何舉行案　(二)擬訂出版部售書規則案　議決　(一)照去年成案辦理　(二)照原擬草案通過

(三)講演會　查講演會自成立之日起截至去年第一週年紀念日止共開臨時定期會三次前經報告在案茲將第一年度內講演會開會日期次數及講演題目開列如下

第四次十年七月十五日　臨時講演　講演者　(一)靳志　(二)美人愛德渥德　(三)傅銅　講題　(一)戰後之歐洲大勢　(二)改良社會論　(三)輪化論

第五次八月十五日　定期講演　講演者　(一)史久光　(二)郁嶷　(三)呂咸　(四)吳傳綺　講題　(一)太平洋會議問題　(二)和平之障礙　(三)領事裁判權　(四)六府三事

第六次九月十一日　定期講演　講演者　(一)孫松齡　(二)張斌　(三)吳傳綺　(四)賀恩綍　講題　(一)說禮　(二)學顏李　(三)去兵　(四)說頑固

第七次 十月十五日 定期講演 講演者 (一)燕樹棠 (二)張武 (三)汪秉剛 講題 (一)太平洋會議問題 (二)救濟貧民之研究 (三)宗教須知

第八次 十一月十五日 定期講演 講演者 (一)李見荃 (二)孫松齡 (三)劉培極 (四)胡霖篆 講題 (一)國家與社會 (二)孟子性善說之回味 (三)新舊學術濟變之要素 (四)論學術之運數與學術之轉移

第九次 十二月十五日 定期講演 講演者 (一)李見荃 (二)李石曾 (三)劉宗莛 講題 (一)論老子 (二)顏李之學與法蘭西學術 (三)名學及社會心理學致用說

第十次 十一年三月十九日 定期講演 講演者 (一)呂復 (二)周泰霖 講題 (一)學術與國民性 (二)講學之功用及其應注意之點

第十一次 四月十六日 定期講演 講演者 (一)謝宗陶 (二)奚全 講題 (一)我之文學觀 (二)注重舊學藉以維持儒教

第十二次 五月十四日 定期講演 講演者 (一)劉萱 (二)李見荃 講題 (一)中國舊有之格致學 (二)滿招損謙受益說

再照章定期講演於每月十五日舉行內有數次係在禮拜日故有不在十五日者

(四)編輯會　查編輯會議除核定月刊稿件外有關於編輯事項皆可提議議決其在第一年度者二次玆將在第二年度內者開列如下

第三次　十年六月三十日　編輯會議　議決　(一)減核月刊每月爲一千份　(二)少載藝文　(三)月刊校對手續

第四次　七月二十四日　編輯會議　議決　(一)改良月刊印刷辦法　(二)籌備刊印顏李叢書

第五次　九月一日　編輯會議　議決　(一)改良月刊內容辦法　(二)會員有著作技能月刊可代登廣告　(三)出版部代售書報可酌收費用

第六次　十月二十四日　編輯會議　議決　(一)月刊印刷費不得超過預算數目　(二)會員專著於月刊外得代爲增印單行本

第七次　十一年二月十二日　編輯會議　議決　(一)顏李叢書請公府墊發款三千元　(二)指定担任校對顏李叢書人員　(三)月刊內增名賢軼著一門

第八次　四月二日　編輯評議聯合會議　議決　(一)顏李叢書由陸軍部印刷局承印及出售預約各辦法

第九次　四月十五日　編輯會議　議決　(一)函催各編輯員按期投稿

第十次　四月二十六日　編輯會議　議決　(一)在本會特設顏李叢書覆校處

(五)顏李叢書　查顏習齋李恕谷兩先生遺著都四十餘種有清中葉板與道傳祠同燬於火舊刻之存者僅恕谷年譜易經傳註詩經傳註春秋傳註各書同治間定州王氏刊印畿輔叢書復收二十種其餘則展轉借抄爲世罕覯故其書流傳甚少即有各刻亦苦不完未能饜讀者之意經同人等廣加搜輯復請

徐大總統出其舊藏各種同付排印以廣流傳計共四十二種定名顏李叢書雖尚未盡兩先生之全然大端已備於此矣茲先集貲印刷千部出售預約並印有樣本全書目錄及預約辦法於左

顏習齋先生遺著

習齋年譜　共二卷

四存編　存人四卷　存性二卷　存學四卷　存治一卷　共十一卷

言行錄二卷 聞異二卷　共四卷

習齋記餘　共十卷

以上各書刊於定州王氏畿輔叢書

四書正誤缺上孟　共五卷

手抄禮文　共二卷

朱子語類評　共一卷

記餘補編　共一卷

以上各書只有抄本

李恕谷先生遺著

恕谷年譜　共五卷

閱史郄視正續　共五卷

平書訂　共十四卷
擬太平策　共七卷
評乙古文　共一卷
學禮　共五卷
學射　共二卷
小學稽業　共五卷
大學辨業　共四卷
聖經學規纂　共二卷
論學　共二卷
恕谷後集　共十三卷

以上各書刊於定州王氏畿輔叢書

周易傳註　共八卷

詩經傳註　共八卷

春秋傳註　共四卷

以上各書舊有單行刊本

大學中庸論語傳註及傳註問　共五卷

中庸講語　共一卷

學樂錄　附竟山樂錄　共四卷

四考辨　郊社　禘祫　宗廟　田賦　共四卷

訟過則例　共一卷

瘳忘編　共一卷

詩集　共二卷

天道偶測　　共一卷

以上各書皆係抄本

預約簡章　全書約共三十二本二千三百五十餘頁定價中國粉連大洋十五圓中國毛邊十三圓預約八圓七圓憑劵取書本年八月底全數出版一次交齊如欲先覩者六月底可取書一半預約劵以千部爲限限滿截止代售預約滿十份者贈書一部不滿十部者每部給津貼五角外省收郵費八角京內四角自取者不收

(六)四存月刊　查月刊係十年四月起出版故在第一年度內印行者爲一二三三期現在已出至第十期其十一期者正在排印之中本月刊純爲學報體裁內容多係鴻篇巨製刻雖分期續印一經拆訂即便各成專書將來積有卷數凡送到本會者均當代爲分類裝訂以資保存除論說講演藝文

談叢附錄目錄繁多不便贅載外茲將顏李學顏李遺著專著譯稿談叢內重要著作分列於次

(甲)顏李學　(一)顏李師承記　(二)顏李語要　(三)述顏李(完)　(四)顏李嘉言類鈔

(乙)顏李遺著　(一)顏先生手抄禮文　(二)李先生學樂錄

(丙)專著　(一)直隸導河新志　(二)奉天沿革表　(三)左氏管窺　(四)蒙雅輯注　(五)農學述要　(六)農書一隅集箋注　(七)尚書大義　(八)清財政考略　(九)弢齋述學(完)　(十)歐戰後之中國　(十一)　論語大義　(十二)毛詩評注

(丁)譯稿　(一)各國大學之特色(完)　(二)瑞典農政談(完)　(三)法國憲法百年間之變遷(完)　(四)羅馬法與近世　(五)哲學初步

（六）普魯士邦新憲法與波蘭國新憲法

（戊）談叢　（一）讀書漫筆　（二）泰山遊記　（三）雄白先生日記

（七）研究會　查各項研究會雖已成立多種但辦理始終未臻發達幾於僅屬名存只能設法改組減少門類期於易舉一面籌有款項凡開一研究會即就該會所研究功課徵文一次酌給獎金既足鼓勵功課兼可給供月刊資料似屬一舉兩得現時正在籌備進行之中至日記一項個人自行記錄者固屬不少但互質會亦尚未能實行蓋會務舉行本以此為最要惟以此為最難耳

（八）出版部　查出版部一事上年已經籌備當於本會門首建築出版部一大間本年一月一日正式開幕除發行本會所出月刊及顏李叢書外並由本會會員成達學校及　徐大總統送到書籍百有餘種代為寄售一面選

賣外間現行各項有用書報更爲舊書之流通訂有售書規則十條自開辦以來書籍行銷尚稱流暢所售書報另印有書目

（九）經費　查本會每月經常費三百五十元第二年度全年十二個月共用四千二百元又每月印刷月刊費一百六十元全年共用一千九百二十元此外印刷顔李叢書一千部共須洋五千四百餘元奉公府發下印刷費三千元餘視發預約劵若干再行結算又薛總監之珩捐助本會一千元尚在另款存儲謝君宗華捐二百元作爲修築出版部房屋之用

（十）四存中學　查學校創立伊始僅設三班嗣又添建講室樓房二十楹宿舍樓房十楹遂復增招二班共爲五班統計學生二百二十餘人對於各項功課編有教授要旨茲將分年課程另表附後

第一學年　修身（修外　修內）一　經學（毛詩　左傳）三　國文（講文 顔李王及近世諸家文　作文　習字 楷書 隸書）六

英文（發音 辨字 讀法 譯音 默寫 會話 文法 習字）七 歷史（本國史附閱史鄰視 上古中古近古）二
地理（地理概要 本國地理地方志）二 數學（算術 代數）五 博物（植物普通植物之形態分類解剖生理生態分布應用等之大要）二 農學（栽培泛論）一 圖畫（自在畫 臨畫 中法 西法 山水 花卉 人物）一
手工（竹工）一 樂歌（基本練習 歌曲）一 體操（普通體操 兵式訓練）二

第二學年 修身（修內 立日記）一 經學（毛詩 左傳）三 國文（講文顏李王三家文及唐宋文 作文文字源流考 習字楷書行書）五
英文（讀法 譯解 默寫 造句 會話 文法）八 歷史（本國史 近世現代）二 地理（本國地理 地方志 外國地理）二 數學（代數 平面幾何）五 博物（動物普通動物大要 生理及衛生）二 農學（栽培各論 土壤 肥料論）一 圖畫（自在畫 寫生畫 中法西法 花卉 風景 人物）一 手工（木工）一 樂歌（同前學年 樂典）一 體操（同前學年）二

第三學年 修身（爲學 應世）一 經學（禮記 左傳）三 國文（講文顏李王三家文及漢魏文 作文文法要略 習字楷書行書）四

英文 讀法 作文 譯解 文法 會話 八 歷史 東亞各國史 西洋史 二 地理 外國地理 二

數學 代數 平面幾何 五 博物 礦物及岩石之概要 普通礦物 二 農學 蠶桑 森林 畜牧 製造 一

物理化學 物理 光學 物性 磁學 熱學 電學 音學 力學 四 圖畫 自在畫 用器畫 臨畫 幾何畫 寫生畫 一

手工 彫刻 竹工 木工 石工 一 樂歌 同前學年 一 體操 同前學年 一

第四學年

修身 應世 諸儒 一 經學 禮記 易經 四 國文 講文 作文 習字 顏李王三家文及應世文文學史 行書 草書 四

英文 讀法 文法 譯解 文學要略 會話 作文 八 歷史 西洋史 二 地理 自然地理 人文地理概要 二

數學 平面立體幾何 平三角大要 四 物理化學 化學 有機化學大要 無機化學 四

法制經濟 法制大要 經濟大要 二 圖畫 意匠畫 幾何畫 用器畫 透視畫 一 手工 金工 一

樂歌 基本練習 歌曲 樂器 一 體操 同前學年 一

各項科目下所記數目係指每週時數而言

再尙書於星期日爲臨時講演所有地理第二年測繪一點及博物農學物理化學實驗一點均在課外又樂歌有中國樂器每週二點在課外體操武術一點在課外

四存學會第二週年紀念會答　大總統訓詞

蒙頒　謨訓。於茲爲三。蠡博之緒。迪我薪傳。承乏惶恐。佛是仔肩。豫晉同志。繼踵蟬嫣。建立支會。步趨唯虔。溯顏道李。遠睎杏壇。仰維我公有開必先。昌明聖道。砥柱狂瀾。天反人爲。傍撓之艱。譬彼川流。渟蓄洄旋。一日決障。滮滮征湍。放乎四海。浩汗無埏。周孔正學。萬邦具瞻。榛濟樸樕。澤以公餘。是日集會。紀二週年。魁儒衙語。來誠來宣。不由司契。而勸督緣。吾人仰體實宣於前。

四存學會第二週年紀念日祝詞　四存學校職教員

今日爲本會成立之第二週年。樹楷謹與四存學校同人。敬致祝詞曰。自眞學晦塞。聖道淪夷。士迷於所嚮。而罔識通塗。學術日漓。風俗斯敝。彼夫疏章注句之儒。與空談心性之士。皆不足與於聖道。即無以遏放誕恣肆之頹風。涉川無舟。茫茫焉奚以渡。夜行無燭。倀倀乎其何之。我　徐大總統慼焉憂之。知非崇實學。無以救積衰。非重行習。無以勵末俗。爰以顏李兩先生之學術。明詔天下。俾羣曉然於聖道之所歸。於是周孔正傳。炳然若日星矣。庚申之夏。海內績學之士。羣聚京都。聲應氣求。風明谷應。而四存學會以成。舉凡碩德名流。與夫少年英俊。咸萃一堂。藉資講習。學科不一。則分門以求之。觸類旁通。則合組以考之。羣以熱心毅力。進窺大道之眞。而徵諸實用。衰者振之。偏者擴之。著之篇章。形諸口說。皆犂然有當於人心。用是聞風而來者。數且近千。而津豫三晉各分會。亦復相繼成立。風聲所播。洋溢於全國矣。此兩年中。　徐大總統提倡於上。學會會長暨諸同仁承流於下。而四存學校實孕育於斯時。樹楷不敏。承管學務。孜孜勤勉。罔敢怠荒。雖缺憾實多。而後起之英。得聞大道。謂非學會諸公指導之力歟。本校同人。飲水思源。無任欽企。茲值本會成立紀念日。謹代表本校全體敬致景仰之忱。非敢爲諛詞也。謹祝。

四存學會第二週年紀念日祝詞

四存中學第一班學生 趙俊汾 擬

處宇宙正氣日漓之際。人心眞理日散之秋。苟同流合汙泛波潮而上下。隨風俗爲轉移。不求所以挽救之方。則大道淪亡。眞學散失。永永沈沒於深淵。安能復覩天日乎。今之時何時耶。欺詐相尙。浮誕日競。挽救之方。莫如興學。我徐大總統明令顏李兩先生從祀孔廟。既立四存學會。以詔明流。復設四存學校。以教後生。此豈無故而爲者哉。余嘗以爲漢唐以上。其篤生喆人以荷斯道之統者。堯舜禹湯文武周公孔子。皆行禮奏樂。立道垂範。以爲民極。下迄漢唐。眞學寖微矣。而鄭康成韓退之諸儒。猶傳述禮樂制度而無異說。宋明而後。浮學日盛。虛說漸興。張程後有朱晦庵陸象山王陽明各樹門幟。著書立說。風動一世。於聖經外。益以無極主靜致良知等名。天下靡然相從。不曰宗王。則曰宗朱。其說固自有在也。然聖人之道。禮樂文物而已。體諸身而措諸世。爲天地建功。爲民物立業。豈徒講之口。筆之書。玩弄心性。含咀章句。而遂得爲學耶。顏李兩先生出。慨然有見於聖道之眞。力排羣說。悉剷後學浮文。以求禮樂倫物之實。而以躬行實踐爲歸。雖世人譏之笑之。弗顧也。吾人既讀其書。誦其言。當身試而力行之。以之處於家庭社會國家。自無入而不當。否則知識未足。人嗤其鄙。道力未堅。人譏其靡。雖才智有餘。終爲長惡遂非之具。於顏李又何所得耶。學會諸公。於吾輩爲先進。既自認其本位。知而努力焉。於此反身而誠。則明德所以新民。成物本於成己。昌明眞學。以起天下於沈痾。此固

徐大總統之所期許。諸公之所裕如。而出其所有以餉遺我後生。尤學生等之所禱祝以求之者也。四存中學學生全體敬祝。

四存學會第二週年紀念日祝詞

四存中學第三班學生 郭法西 擬

我國自秦漢以降。士風日趨虛誕。始而泥於訓詁。既則專尚詞章。而禮樂兵農諸大端。反輕視之而不深究。有清之初。顏李兩先生。抑其浮而徵之以實。著有存性存學存治存人四編。卒以社會弗尙之故。未獲大行其道。延至今日。世風衰靡。遂有岌岌不可終日之勢。雖然物極必反。有用之學。周孔之道。其將復興歟。四存學會。其肇端也。學會之組織。創始於民國九年。迄今二稔。既設講席以友古人。復設學校以詔來者。而四存月刊。及顏李各種遺書之散佚於私家者。亦復次第刊行。觀已往之成績。則前途之遠大。可預卜也。今 徐大總統雖已退位。其期望於本會者。當益重大。惟望會內諸君子。勿爲外務所撓。勿爲時勢所挫。障百川而東之。廻狂瀾於既倒。革數千年之積弊。使人人性其性。學其學。治其治。人其人。豈不休歟。是則學生等所馨香禱祝以求之者也。

四存學會第二週年紀念日祝詞

四存中學第三班學生 申伯賢 擬

聖道淪亡日已久。人情因之漸偏頗。世態變遷難言狀。同室還欲動干戈。幸有顏李聲相應。孔孟大道爭研摩。總統提倡顏李學。半任國事半切磋。意在教人務正道。不重虛名重實學。又爲鍛鍊人才計。四存學會衆所託。及今已是二週年。將來榮譽未可度。上繼古聖之眞傳。下爲吾等之先覺。

中華民國十一年九月一號出版發行

第十二期

編輯者　北京西城府右街四存學會編輯處　電話西局二四〇八號

發行所　四存學會　北京西城府右街　電話西局二四〇八號

印刷所　京師第一監獄

總發行所　北京西城府右街四存學會出版部　電話西局二四〇八號

分售處　四存學會各分會　國內各大書坊

中華郵務局特准掛號認爲新聞紙類

報資務請先惠凡價目一元以上均不收郵票

本月刊價目

期限	本數	價目
一月	一本	二角
半年	六本	一元一角
全年	十二本	二元

郵費

區域	本數	郵費
本京	一本	一分
	六本	六分
	十二本	一角二分
各省	一本	二分
	六本	一角二分
	十二本	二角四分
外國	一本	八分
	六本	四角八分
	十二本	九角六分

廣告價目

篇幅	期限	價目
全幅	全年	四十八元
	半年	二十四元
半幅	全年	二十四元
	半年	十二元
四分之一	全年	十二元
	半年	六元

廣告概用白紙黑字登載在一年以上者價可從廉

四存月刊編輯處露布

一本月刊月出一冊約五十頁至六十頁不等

一本月刊多鴻篇巨製不能一次備登故各門頁目各自分配每期逐門自相聯續以便購者分別裝訂成書

一本月刊所登未完之稿篇末未必成句亦不加未完二字下期續登者篇首不復標題亦不加續前二字祇於目錄中注明以便將來裝訂成書時前後聯續無間

一本月刊此期所登之外積稿甚夥下期或仍續本期未完之稿或另換本期未登之稿由編輯主任酌定總求先後一律登完不使編者閱者生憾

一本月刊第一期送閱第二期須先函訂購屆時方與照寄嗣後訂購者如願補購以前各期亦須來函聲明始行補寄

本月刊投稿簡章

一投寄之稿或自撰或翻譯或介紹外國學說而附加意見其文體均以雅潔明爽為主不取艱深亦不取白話

一投寄之稿如有關於顏李學說現尚未經刊布者尤極歡迎

一投寄之稿望繕寫清楚以免錯悞能依本月刊行格繕寫者尤佳其欲有加圈點者均聽自便否則亦望將句讀圈清以便閱者

一投寄譯稿並請附寄原本如原本未便附寄請將原文題目原著者姓名幷出版日期及地址均詳細載明

一投稿者請於稿尾註明本人姓氏及現時住址以便通信

一投寄之稿登載與否本會不能預為聲明奉覆原稿亦概不檢還惟長篇譯著如未登載得因投稿者豫先聲明寄還原稿

一投寄之稿登載後贈送本期月刊續登至半年者得酌贈全年月刊

一投寄之稿本月刊得酌量增刪之但投稿人不願他人增刪者可於投稿時預先聲明

一投寄之稿經登載後著作權仍為本人所有

一投寄稿件請徑寄北京府右街四存學會編輯處收

四存月刊第十三期目錄

歐戰後之中國　續第十二期　未完　徐世昌
清財政攷略　續第十二期　未完　吳廷燮
尙書大義　續第十二期　未完　吳闓生
毛詩評註　續第十一期　未完　李九華

譯稿

羅馬法與近世　續第十二期　未完　呂咸
普魯士新憲法　續第十二期　未完　鄧毓怡

演說

孔學爲世界公例說　劉培極
講學之功及其應注意之點　周泰霖

名賢軼著

談叢

雄白日記 續第十二期 未完 張宗瑛

附錄

四存學校圖書室簡章

講學之力也。在刑部。十四司稿皆倚定。每決讞再四。欷歔。全活甚衆。有謝者戒閽勿通。曰而本無罪。非私汝也。人感泣去。至寫象祀其家。及官御史。巡城不察察爲明。人自不欺。都御史王士禎。命諸御史具一稿。屢易不當意。或推子固立削草。士禎進呼曰。老吏老吏。上疏請裁冗員。衆議大譁。弗辨也。又嘗仿恕谷平書訂取士之意。疏請復古鄉舉里選。措畫已定。未及上而卒。年四十一。又五年。子堅亦卒。年四十八。子堅質直不輕爲然諾。好潔勤細務。井井有條。子固沉默能容。見人匑匑如畏。然二人性各不同。而兄兄弟弟。子堅每怒。子固笑容霽之。委曲能得其歡。子固在北。子堅於桐。念及之未嘗不垂泣也。恕谷嘗從子固傳馬射法。與遊西山。脫帽置地上。策馬射無不中。中則帽颺起等身。蓋絕技也。初權龍江關。與總督傅臘塔較射。一中五十貫。須臾獲進滿數車。盡散與從人觀者。每公退。閉戶讀書。不請謁人。有尚書甲遇於涂。謂曰。君盍一往謁。曰公事有公地。私無事。何謁。甲曰。時如此。曰時如此時。而某人如此人也。甲默然。卒之日。囊錢不滿百。備衣布衾以歛。與其兄子堅。恕谷皆爲之傳。追想生平情誼之交。蓋未有及之者。初留春樓所生子。名習仁。呂氏後又爲生子習中。馬氏亦生子習禮。恕谷每環顧諸子。謂之曰。而世世勿忘郭氏二公也。

彭雪翁名通。字九如。蠡人。父之炳。字漢中。自號散逸隱士。叔父之燦。字了凡。餓死蘇門之嘯臺。天下稱爲彭餓夫。而雪翁稱爲彭山人。習齋皆與友善。子好古。又從習齋受學。習齋交其父子祖孫三世。了凡工書畫。漢中能詩。山人兼有其父與叔父之長。恕谷爲傳。所爲稱彭氏多奇也。時刁文孝孫夏峯兩徵君各聚徒講學。說不相通。山人往來出入二先生之門。一無所倚。亦兩無所忤。時時作道學語。忽又放曠歌呼。見人侮弄之。輒笑。或與人言方半。一笑輒止。與保定張老園結北邙詩社。老園云。浩然歸去事如何。山人云。不向邯鄲惹睡魔。老園云。

生死總同秋色老。山人云。北邙山畔月明多。已復笑曰。生與死亦何分哉。初漢中好酒。而飲不能多。山人乃壹以酒自混。書畫皆有家法。每醉援筆立掃。妻子嗷嗷待哺。揮灑不顧。已出門竟去。妻子亦不知所之。京師貴人皆愛禮之。有酒役夫走卒不擇。醉輒作狂語。曰許大長安。何寂寂也。有衣以錦衣者。晝夜著身不去。妻曰盍珍諸。卬首曰。若欲使衣役我耶。書畫與詩老年益進。每高吟云。終日萬吞吐。不道一俗字。恕谷嘗從之學書。與習齋友。時習齋年尚少。習齋之學。初宗陸王。中宗程朱。終乃歸於周孔正學。其端皆自山人開之。山人仍世曠達。旣數與習齋往來。復遣其子好古從游。好古字敏求。習齋與約。間五日投札規過。好古問實學。習齋曰。學者學爲人子。學爲人弟。學爲人臣也。好古又問六藝算何與於學。習齋曰。數者古聖王所以算數事物。順性命之理也。故逸書曰。先其算數。人而不能數。事父兄無以承命。事君長無以盡職。天不知其高。地不知其大。事物不知其分合。試觀公西子之禮樂。冉子之藝能。當知夫子之所以教。與三千人之所以學矣。亶七十子稍精備耳。習齋既交其三世。漢中之卒。爲傳載其晨起驚雪一絕云。通宵不禁透窗寒。風送冰花到枕邊。數唱雞聲人未語。開門滿眼是銀山。又同友人赴文社。途中語及國家興亡。輒口占云。壯志吞北海。泣淚灑西風。不遂回天願。掀史愧英雄。平生不喜與好事者爭長。暇則掩扉獨坐。善道引。鬚髮蒼白。靜坐數日。輒復黑。卒之前旬。便不語。以指畫字曰。養吾全氣還元。又畫曰。所落者此際心中自在耳。

張函白名而素。習於農事。能鼓琴。習齋初從王法乾學鼓歸去來辭。未就。後從函白學。客窗夜話登瀛洲諸曲。恕谷從學。函白贈以石澗泉。嘗所自用之琴也。恕谷承習齋之後。教學胥主重六藝。禮樂之用爲尤急。射御書數。禮不外日用倫常。古聖王緣人情以爲之節文。後即書缺有間。私相授受。終不乏人。或過或損。具可以人情爲準。行之期於心安。且事以詛起。無例可拘。唯樂失傳最久。無所承授。不能憑空臆決。觀後日恕谷不遠千里。有問於毛河右。而習齋與何千里不相識。遽投以書。概可想見。何千里佚其名。諸生也。不知爲何許人。自云生平喜平易。不立畦畛。列壇坫。十歲以上。聽人講琴瑟等樂。便願慕之。讀成於樂注。程子所言蕩滌邪穢流通精神。若有所會。乃自置樂器。節奏鏗鏘。手應心得。蓋知樂者也。習齋與書云。天之生萬物與人也。一理賦之性。一氣凝之形。故吾養吾性之理。當備萬物之理以調劑之。吾養吾形之氣。亦當借萬物之氣以宣洩之。聖人明其然也。是以晝衣冠。飾簠簋。制宮室。第宗廟。辨車旗。別飲食。或假諸形象羽毛以制禮範民性。於升降周旋跪拜次叙肅讓。又鎔金琢石。竅竹糾絲。刮匏陶土。張革擊木。文羽籥舞干戚。節聲律。撰詩歌。選佾以作樂。調人氣於歌韻舞儀。暢其積鬱。舒其筋骨。和其血脈。化其乖暴。緩其急躁。而聖人致其中和。以盡其性踐其形者在此。致家國天下之中和。天地之中和。以爲位育。使生民天地皆盡其性踐其形者。亦在此矣。三皇五帝三王。實見諸宇宙。布護充周。即吾夫子亦實見之其身家。與三千人之身家矣。不幸天禍儒運。並禍世運。補葺訓詁之儒出。而聖道遂止在簡册。迨宋家諸先生訓詁。猶是漢儒。益之以登坐講論語錄禪宗。而聖道只在心頭之靜敬。紙口之空文。聖人之成法盡廢。歷代不見一行禮奉樂之治。曠世不見一禮明樂備之家。千百里不見一習禮演樂之人。眞可爲聖道太息。人心痛哭也。曾不思禮樂不可斯須去身。士君子無故琴瑟不離於側。顧容舉世全去。終身永離乎。中庸大聖人之道。至於發育萬物。峻極於天。而曰禮儀三百。威儀三千。待其人而後行。不明以禮爲聖人之道乎。論語武城聞絃管而笑。子游曰君子學道則愛人。小人學道則易使。不明以樂爲道乎。竊謂夫子之學而時習之。即學此習此也。僕不自揣。勉力於禮。嘗率三五庸俗弟子。習行於敝齋。凡家中冠昏喪祭。不敢不如禮。但苦樂無傳人。僅得老友張函白授一曲琴。而又老多忽忘。所謂其終也已。眞終身大憾也。聞足下篤志樂學。又得苑洛先生志樂書。孔子之道自此有傳人矣。又聞少學帖括棋畫。覺其無用。即斷絕之。改過之勇。眞吾友也。眞吾師也。吾鄉椒山之後。深有望於足下矣。函白所知。蓋唯琴一事。然用以寄性滌瑕去穢。涵養和平。溫溫如玉。不見疾言遽色。其寬大恕谷自謂終身不能及。穀日之筵。習齋記函白鼓琴一曲。悠悠渢渢。如倉庚鳴楊柳。如幽人語溪谷。手揮上下。容目愉愉。如霽月光風。不覺移人。其得於琴者深矣。甚矣。樂之關於人大也。

毛大可名奇齡。蕭山人。恕谷先在京師。聞蕭山毛氏世傳樂學。大可名能知樂。心竊向之。一日寄其駁太極圖河圖洛書二書至。會郭子堅爲桐鄉。恕谷往佐其幕。大可又寄書論學。餽以所著樂錄。恕谷閱竟。即如杭問樂。大可曰。司馬遷作律書。律呂積數合之。歷數。後人遂誤執以爲樂。不求聲而求數。爭執聚訟。紙上空言。愈繁愈謬。故予今論樂。以實事不以空言。恕谷拜手曰。塨願學實事。翌日。恕谷展定聲錄質問。大可言樂以聲爲主。傳宮商角徵羽五聲法。五聲加二變爲七聲。加四淸爲九聲法。合二變以押五聲四淸爲七調法。吹簫指授色譜。已恕谷歸。再閱所餽樂錄。不解者簽識之。翌日展樂錄質問。大可言九聲加二變一變宮淸爲十二律。旋相爲宮以立調法。而總以聲爲主。定聲以簫笛爲主。又吹簫指授色譜。復指隔八相生圖以聲不以數。言七調俱用七聲不俱用之法。日將暮。恕谷拜謝教辭出。且拜別。返桐鄉。尋能歌者問歌法。能樂器者問色譜。以與樂錄相質對。恍然於樂若有所得。頗窺其涯涘。渢渢乎覺元音直在當前。於是著學樂書樂錄後曰。塨弱冠聞吾鄉楊椒山學樂於韓苑洛。心慕之。及觀其書。而茫然。已而涉獵漢後以迄宋明諸論樂書。益茫然。於是大息以爲古

繁縟也、一曰率眞借口於不假也、

語季榮曰、學術不可偏、偏於立體、必流清淨、空虛爲異端、先儒已嘗其弊矣、偏於致用、必流雜霸忮克爲小人、今日宜戒其禍焉、

季榮問禮、先生曰、時禮、非禮勿言動是也日禮、晨起揖尊親先生月禮、朔望行禮年禮、時祭節令等祭

人世之傀儡日增、吾心之性天常定、

教習仁曰、儌富貴、非中也、易曰崇高莫大乎富貴、周公有貴貴禮、孔子敬冕衣裳可見也、

石生言宋儒主靜、須以敬、先生曰、此當有辨、六經無言主靜者、吾儒主敬則自靜、二氏主靜卻無敬也、

二氏心空、儒者心實、二氏心死、儒者心活、二氏之心眞如、儒者之心齋慄、

答劉齊輝問學曰、持身莫如敬、應事貴於敏、成材務學有用、寡過先去自便、

見人一善、而忘其百非、

自書座右云、薄責人、厚治躬、所求乎弟、所求乎子、惟在反身克己、初非難、終不易、勿曰予知、勿曰予行、更須結果收成、

讀易嘆文周以上古聖、而其文似從萬世後閱歷一過者、眞神聖也、

謂維周曰、聖賢天與人歸、而凜若無以自存、庸愚衆嗤羣怨、而亢謂莫我誰何、

韓子云、動而得謗、名亦隨之、謗而無名者、衆人也、名而無謗者、鄉愿也、

王孫賈祝鮀亦能禮樂兵農之事、而無誠正修身之功、故流於雜霸、宋儒講誠正修身之道、而闕禮樂兵農之事、故入於空虛、

晝觀妻子、夜卜夢寐、最可驗學、

宏之反、曰淺、曰隘、曰躁、曰矜、似是而非、曰泛、曰濫、曰無斷、曰粗疏、毅之反、曰怠曰遷、曰浮、曰散、曰多慾、曰苛細、似是而非、曰客氣、曰助長、曰執拗、

學必自治而後治人、向懲腐學之弊、若考經多勘身心少、則逆學矣、必急於自治、

習齋曰、孝慤子口容止、聲容靜、汪魁楚曰、孝慤之言厲、習齋曰、言雖厲而仍溫、古云雖於庸而不驚、乃爲大賢、孝慤有之、

日用飲食之細、非聖人不能中道、

養人志氣、恐其憍、挫人虛驕、恐其靡、

三十五歲自勘向者之過、未嘗不爲善、而非肫肫然爲之也、未嘗不去惡、而非切切去之也、未嘗不立達人、而非仁心無間也、未嘗不容人、而心尚有褊也、亦諱人惡、而口尚有雌黃也、目不端也、言不謹也、不敢苟取、而飲食小節不及檢也、愧甚愧甚、

顏先生之强不可及、

與俗人校則俗、與妄人校則妄、

語諸生曰、三代後生安絕矣、賢者皆屬困勉、諸生但患不困勉耳、

張忠定曰、學用智、亦練才之法也、

語習齋曰、自返積累數日、一頃矜張浮躁、遂敗之、譬貨殖者數日積之、一朝耗之、豈能富乎、

自里返館、見有遺包及錢、不拾、行、已思內或有重貨、小人拾而不與、則遺者苦矣、回視包空而錢無多、乃行、

曲體人情、惟恐傷之、心欲立人達人也、若有媚世爲私之心、則鄉愿矣、

公函持銀二兩、倩寄顏先生、其館東贈之製衣者也、曰顏先生之度荒急於予衣、先生嘉之、

向以道心無私欲、今知無私欲不足盡道心、必欽而明、

心不敬則身失矩、中外相應、然有時心敬而身失矩、身不失矩、而心放者、故正心修身、分二事也、

或謂聖賢無靜坐時與、曰、靜坐亦偶有其境、而其功則居處恭也、

吳次張言不愧衾影甚難、先生曰、勿言不愧、且先求愧、時時內省有過、恧然汗下、斷以改復、久之、自得不愧、今人寢興憒然、頹然、不知有愧、何由得不愧、

聞過甚有益、聞過則氣沈、則心細、

禮殘樂缺、當考古而準以今、射御書有其彷髴、宜準今而稽之古、數本於古、而可參以近日西洋諸法、

自愧倘有所倚、不欣欣以向榮、泉涓涓而始流、夫焉有所倚、

書生好逸惡勞、喜靜厭煩、失聖學、亂天下、

思有毋可事、有子可成、天之惠也、宜無負天、

四十年行道之懷、忽然明道可歎也、
中元祭齋、僕來言旗地事、心遂不純、力欲卻之、歎曰、齋日一事不可入耳目如是夫、
學術不可少偏、近聞習齋致用之學、或用之於家、或用之於排解、少不迂闊而已流雜霸矣、故君子爲學必愼其流、
傳聖居律呂、聖居被之人聲絲竹、且能制器、喜曰、吾樂得子而實矣、
子丕與崑來論畫曰、今人專講摹仿與畫、何與畫天如天、畫地如地、畫何山川、何人物、如何山川、何人物而已、先生歎曰、依傍門戶而忘聖道之本然者、今之畫也、
語季榮曰、子與武遠、然文武皆道也、關西用武之地、多武人、亦當知之、
倚仗聖言如盲得引、倚仗賢師友如痿得扶、

無實之名深恥也、當木然如愚、

顏先生以天下萬世爲已任、卒而寄之我、我未見可寄者、不得不寄之書、著書豈得已哉、

聖門言道在人情、中庸五達道是也、在四德易立人之道、仁義是也、在禮樂論語君子學道是也、在威儀言辭、君子所貴乎道者三是也、總一道也、庸德庸言也、上之爲性道、道之原也、聖人罕言之、再上之爲天道、非人事也、愈罕言之、若常言之、則流於空虛矣、以空虛爲道、則異端矣、

樊遲憂智之妨仁、深有體會、予妄恃知人、然知之不覺有冷心、此非智之過、乃吾萬物一體之仁未純至也、不仁則根本蹶矣、尙附名教耶、勉之勉之、

書分吉人凶人、瞿子孟如芒刺著人、關雲長護前、君子而凶者也、小人之凶、又何待言、

天地之道極則必返、實之極必趨於虛、虛之極必歸於實、當其實之盛而將衰、江淮迤北、聖賢接踵、而老聃列禦寇之流、已潛毓其間、爲空虛之祖、今之虛學、可謂盛矣、盛極將衰、則轉而返之實者、其人不必在北、或即在南、冀倖之心不可有、而警惕之心不可無、

一陰一陽之道、模諸天地、而匯於聖人、入於蚓竅、雜於鬼國、

論迹慈易而孝難、語道孝純而慈駁、

桂橑蘭棟、積璧堆金、隋秦富强、怙侈之習所以敗也、紅葉丹壑、靑濛晦渺、宋明虛浮無用之學所以亡也、何如伏羲之畫三奇三耦、樸以素無歆無幻、而億世生聚、文明窮變、極化已盡在此歟、

方靈皋以戴田有事被逮、事解曰、老母日迫、罪戾滋加、憂之奈何、予曰、先生請

顏李
遺著

則戒至有不育其女者用此故也然則議昏姻有及於財者皆勿與爲昏姻可也

厥明壻家設位於室中 設椅桌子兩位東西相向蔬果盤盞七筋如賓客之禮酒壺在東位之後又以桌子置合巹一於其南又南北設二盥盆勺於室東隅○巹音謹以小匏一判而兩之

女家設次於外○初昏壻盛服 朱子曰昏禮用命服乃是古禮如士乘墨車而執鴈皆大夫之禮也冠帶只是燕服非所以重正昏禮不若從古之爲正黃氏瑞節曰士昏禮謂之攝盛蓋以士而服大夫之服乘大夫之車則當執大夫之贄矣[補注]謂之昏者娶妻之禮以昏爲期因名焉必以昏者取陽往陰來之義今世俗不知昏之爲義往往尙急陰陽家書選擇時辰雖昕且晝夜亦持成禮殊爲紕繆士昏禮曰記凡行事必用昏昕受諸禰廟疏曰用昕使者謂男氏使向女家納采問名納吉納徵請期五者皆用昕即詩所謂旭日始旦也昏親迎時也○元按昏禮士服大夫服乘大夫車謂之攝盛冠禮三加亦有公服之文不知先王定禮何意朱子謂冠帶只是燕服非所以重正昏禮稱謂禮所以別嫌疑正名分也況冠昏成人之始豈可便教人僭亂之爲乎或謂是以遠大相期之意假如諸侯親迎便宜服天子之服乘天子車亦謂之攝盛可乎且上自天子下至庶人莫不有燕服有禮服冠昏之際必用新潔禮服足爲鄭重矣又何必越分粉飾乃以彰其盛哉然古人之禮朱子之言非可輕議姑以存疑 又按親迎必用昏取陽往陰來之義固矣今世俗用雞鳴昧且入門即拜堂遠者則天已旦稱謂昏姻人道之始倫紀之原即用昧爽以取天地始開之義且見其爲光明正大之禮非暗昧苟且之私其禮不亦重乎又以昭昭擧事亂世可以防強暴之患即日可以行謁見之禮亦可以免朱子所疑先配後祖之譏矣事雖非古無甚害義理吾家昏姻從俗可也

主人告於祠堂 如納采儀○朱子曰儀禮

雖無娶妻告廟之文而左傳曰圍布几筵告于莊共之廟是古人亦有告廟之禮問今婦人入門即廟見蓋舉世行之近見鄉里諸賢頗信左氏先配後祖之說豈後世紛紛之言不足據莫若從古爲正杏曰左氏固難盡信然其後說有親迎亦有布几筵告廟而來之說恐所謂後祖者譏其失此禮耳○遜元疑宋時已用昧且者矣

遂醮其子而命之迎

先設桌酒于堂上主人盛服坐于堂之東序西向設壻席於西北南向壻升自西階立於席西南向贊者斟酒詣壻席前壻再拜升席南向受盞跪祭酒興就席末跪啐酒興降席西授贊者盞又再拜詣父坐前東向跪父命之曰往迎爾相承我宗事勉率以敬若則有常壻曰諾惟恐不堪不敢忘命俛伏興出非宗子之子則宗子告於祠堂而其父醮于私室如儀但改宗事爲家事宗子已孤自昏不用此儀○溫公曰贊者兩家各擇親戚婦人習於禮者爲之凡壻及婦入行禮皆贊者相導之

壻出乘馬

二燭前導

至女家俟於次女家主人告於祠堂

如納采儀祝版改某女歸

遂醮其女而命之

女盛服姆相之立於室外南向父坐東序西向母坐西序東向設女席於母之東北南向贊者醮以酒如壻禮姆導女出於母左父起命之曰敬之戒之夙夜無違舅姑之命母送至西階上爲之整冠 命之曰勉之敬之夙夜無違爾閨門之禮諸母姑嫂姊送至於中門之內爲之整裙衫申以父母之命曰謹思爾父母之言夙夜無愆非宗子之女則宗子告於祠堂而其父醮於私室如儀【補註】穀梁傳曰禮送女父不下堂母不出祭門諸母兄弟不出闕門

主人出迎壻入奠鴈

主人迎壻於門外揖讓以入壻執鴈以從至於廳事主人升自阼階立西向壻升自西階北向跪置鴈于地主人侍者受之壻俛伏興再拜主人不答拜若族人之女則其父從主人出迎立於其右尊則少進卑則少退○凡贊用生鴈左

首以生色繒交絡之無則刻木爲之取其順陰陽往來之義程子曰取其不再偶也○問主人揖壻入壻北面而拜主人不答拜何也朱子曰乃爲奠鴈而拜主人自不應答拜【補注】按本條下注凡贄用生鴈左首以生色繒交絡之無則刻木爲之首宜作手生亦恐五字之誤刻木爲鴈近於死無則以鵝代之鵝亦鴈之屬也

姆奉女出登車

姆奉女出中門壻揖之降之西階主人不降壻遂出女從之壻舉轎簾以俟姆辭曰未敎不足與爲禮也女乃登車【補注】本註壻揖之請女行也○元按姆奉女出登車即家貧無姆如世俗送女客亦可今乃使親屬之皆出登車甚無謂夫至親孰有如父子兄弟哉而詩猶云女子有行遠父母兄弟禮亦云女子既嫁父及兄弟不同席况無至親亦有用異姓之親族人之疎者愈爲非禮試思列女傳王凝之妻不店主一執其手遂剶去之男女之際何其嚴而可使方嫁女挾人項覆人身以蹈於失禮之大乎或曰人皆登車至壻家自門至堂室皆布以席取如從容而來不履地之意所以重新婦也吾以爲新婦入室必升揖而坐因昏禮用夜恐有不潔不便故布席耳此亦無妨至抱鏡而入壻挾弓矢射四隅此男女始有室家習所有事之義雖禮文所無從俗無害若十蕁九節之類俱宜廢去取送女客最惡寡婦無子婦再嫁婦及邪淫張狂之婦

壻乘馬先婦車

婦車亦以二燭前導○司馬溫公曰男率女女從男夫婦剛柔之義自此始也

至其家導婦以入

壻至家立於廳事俟婦下車揖之導以入

壻婦交拜

婦從者布壻席於東方壻從者布婦席於西方壻盥于南婦從者沃之進帨婦盥于北壻從者沃之進帨壻揖婦就席婦拜壻答拜○溫公曰夫婦始接情有廉恥從者交導其志○女子與丈夫爲禮則挾（音挾）拜男子以再拜爲禮女子以四拜爲禮古無壻婦交拜之儀今從俗

就坐飲食畢壻出

壻揖婦就坐壻東婦西從者斟酒設饌壻祭酒

四存月刊

舉肴又斟酒壻揖婦舉飲無肴又取盞分置壻婦之前斟酒壻揖婦舉飲不祭無肴壻出就他室婦留室中得饌置室外設席壻從者餕婦之餘婦從者餕壻之餘○溫公曰古者同牢之禮壻在西婦在東蓋古人尚右故也今既尚左且從俗[補注]本注祭酒舉殽壻婦各傾酒少許于地各以殽少許置桌子上空處復

入脫服燭出

壻脫服婦從者受之婦脫服壻從者受之[補注]成夫婦儀禮注曰昏禮畢將臥息

主人禮賓

男賓于外廳女賓于中堂古禮明日饗賓今從俗○溫公曰不用樂註云曾子問曰娶婦之家三日不舉樂思嗣親也今俗用樂殊為非禮○元按脫服燭出明日見舅姑三日見于祠堂斯不亦左氏所謂先配後祖乎且昏夜之中禮賓亦甚不便若從俗雞鳴而主婦家親迎婦至門主人告祠入即以婦見禮畢壻率婦拜饋父母畢退回私室而後夫婦相拜合巹禮主人禮賓明日乃見其餘尊長以宜于世而協于情或有未成婦不見舅姑祠堂之疑稱為親迎時二姓告祠已云某婦禮亦俱名為婦矣豈必居室而後謂之成婦哉且未面父母而人子即公然與婦行禮受拜于心安乎為父母者為子娶婦未令拜其先靈而先受拜饋於心安乎初之將令子親迎必先告祠者何義也此議既違古禮又非朱子之舊不敢質是敢以俟明禮君子求是正焉○又按昏字恐亦是後半夜黑暗意思後人因誤為昏暮之昏未可知也

明日夙興婦見于舅姑

婦夙興盛服俟見舅姑坐于堂上東西相向各置桌子於前家人男女少於舅姑者立於兩序如冠禮之叙婦進立於阼階下北面拜舅升奠贄幣于桌子上舅撫之侍者以入婦降又拜畢詣西階下北面拜姑升奠贄幣姑舉以受侍者婦降又拜○若非宗子之子而與宗子同居則先行此禮于舅姑之私室與宗子不同居如上儀溫公曰古者拜于堂上今拜于下恭也可從衆[補注]按丘氏儀節壻婦俱拜拜畢壻先退家禮無壻拜之文

林鐘南呂應鐘本國語及呂氏春秋也周禮陽律無異陰律之次則作大呂應鐘南呂函鐘（即林鐘）小呂（即中呂）夾鐘（又稱圜鐘）夫以周禮而較之國語月令經書也且周樂傳習尙爲可據況六國初魏文侯好古有樂人竇公至漢文時獻其世傳樂書大司樂章則大司樂章在漢時且先周禮而出矣大師六同之序與司樂之奏黃鐘歌大呂圜鐘爲宮黃鐘爲角諸語其次相合可以考驗而乃宗國語月令毋乃非歟曰非也其實一也河右先生曰律名者借作標識耳畢嵤參亦畢參嵤最通論也

趙岐註孟子曰陽律太簇姑洗蕤賓夷則無射黃鐘漢書六呂一曰林鐘二曰南呂三曰應鐘四曰大呂五曰夾鐘六曰中呂又有不同如此者總之表識之名不必刻求也大司樂奏黃鐘歌大呂（賈公彥疏曰奏據出聲而言歌據合曲而說其實歌奏一也）舞雲門以祀天神奏太簇歌應鐘舞咸池以祭地示奏姑洗歌南呂舞大磬以祀四望

奏蕤賓歌函鐘舞大夏以祭山川奏夷則歌小呂舞大護以享先妣奏無射歌夾鐘舞大武以享先祖謂之六樂想即今之七調不用羽調餘六調分而用之也其各稱陰陽二律者以爲幟耳無不可也

又曰凡樂圜鐘爲宮黃鐘爲角太簇爲徵姑洗爲羽六變以降天神凡樂函鐘爲宮太簇爲角姑洗爲徵南呂爲羽八變以出地示凡樂黃鐘爲宮大呂爲角太簇爲徵應鐘爲羽九變以禮人鬼此所言宮角徵羽諒就四清而言也即管子所謂四開也其不用商以周代商避其字而其實五聲圓轉商何能去周禮云六樂十二律皆文之以五聲是不去商也但羽清聲音用正不用清去商清實去羽清耳去羽四清矣四清可任舉名之也

言清聲者何也大抵古人審音皆以清聲觀寧府　聲歌訣所謂一清三濁卑不踰尺高不越腹全有　清宮懸甫接徵招可聽祇以清聲定樂可見也

學樂錄

蠡縣李塨著

前五聲歌訣諸圖議雖從樂錄悟入然不敢自信也次歲庚辰寄郵筒走三千里問河右先生先生回札極其奬借乃鈔爲一卷方及半忽思虞書之律和聲孟子之以六律正五音乃聖經言樂關鍵向未剖析且七調由黃鐘以至蕤賓得毋以七律正五音乎于六律既多其一而十二律又缺其五矧大舜言六律周禮始有六律六同之說則六律聖言也六同何以稱焉思之不得其旨夜寢躊躇比曉似有所解者乃再四調諧而爲圖議以俟就正有道云恕谷李塨識

六律正五音圖

宫音

角 商 變宮 宮 羽 變徵 徵

上注	律	字	下注
三	夾鐘	尺	四
	太簇	上	五
	大呂	乙	
六 低四以次上	黃鐘	四	林鐘 高四以次下 六一
	蕤賓	六	二
	中呂	凡	
四	姑洗	工	三

右宮之宮黃鐘之宮一清

上注	律	字	下注
二	夾鐘	尺	五
六一 低上以次上	太簇	上	南宮 高上以次下 六一
	大呂	乙	夷則
五	黃鐘	四	林鐘 二
四	蕤賓	六	三
	中呂	凡	
三	姑洗	工	四

右宮之商黃鐘之商二清

上注	律
六一 低尺以次上	夾鐘
五	太簇
	大呂
四	黃鐘
三	蕤賓
	中呂
三	姑洗

論說

論軍民分治

李見荃

民國肇興。各省有都督民政長。後改爲將軍巡按使。後又改爲督軍省長。督軍治兵。省長治民。謂爲軍民分治。愚竊疑之。三代以上。寓兵於農。司馬掌邦政。而天子六軍。大國三軍。其軍將皆以卿爲之。未嘗分也。三代以下。民以養兵。兵以衞民。漢之太守。唐之知州。宋之知州軍事。明清之總督巡撫。皆掌民政。皆有兵權。宋司馬光有言。州縣有兵馬者。長吏未嘗不兼同管轄。蓋知州即一州之將。知縣即一縣之將也。元巴延有言。內而省院各置爲宜。外而軍民分隸不便。遂罷行樞密院。以事歸行中書省。二公皆當代偉人。持論當非無見。民國主張分治。不知何所據而云然。姑就事實言之。一軍一民。判然兩途。不相管轄。惟太平無事。四境晏然。斯可耳。萬一烽燧外驚。萑苻內起。今日破一州。明日擾一縣。長民者。手無寸柄。請命軍官。展轉文移。既有羈遲之慮。多方需索。徒勞供億之繁。

民曰宜勦兵曰宜撫意見既各不同民曰猖獗兵曰肅清奏報莫衷一是甚或逞其私圖迫以武力名爲同官實則屬吏一不當意而侮辱隨之亂是用餤何治之有然使併爲一職強不諳吏治之人以臨民不嫺戎政之人以治兵又未有不敗者其若之何曰三代以上不獨兵農不分文武亦不分教干戈與禮樂詩書并重六藝必兼射御四科不廢兵農管仲霸佐也能中帶鉤子產正卿也戎服將事此外大臣出將入相小臣上馬殺賊下馬作露布者史不絕書未有文而不武武而不文者蓋武非血氣之勇而義理之勇文非章句之文而經緯之文以之治民固可以之治軍亦無不可要在培養之識拔之而已天下之大何患無才爲將來計在教育爲目前計在甄別當國者不能知人并不能用人予智自雄舉必不可分之職而離而二之以此人之手足衞彼人之頭目欲其投之所向無不如志斯亦難矣一國之總統可兼大元帥不聞總統一人大元

師又一人也。何獨於一省而疑之。亦不達之甚矣。

春秋宋論

吳廷燮

宋中原之樞紐也言其兵則不強於齊晉言其地則不大於魯衛然東諸侯之好事莫如宋春秋初天下未有事也宋殤興師以除馮則十年十一戰宋莊責賂於納突則比年數戰宋以陳蔡衛伐鄭鄭以紀魯齊侵宋而列國之戰事棘矣齊桓攘楚御說以會梁邱者定其謀晉文破楚成公以助城濮者合其勢而中國之霸基立矣小白歿而襄以盟盂戰泓圖霸於先晉定衰而景以伐鄀入曹窺霸於後華元爲質楚勢以昌向戌弭兵晉平以弱而南北分吳越橫矣故後儒釋春秋者謂中原大局恒視宋之動靜爲轉移而伯功代興又視宋之向背爲升降猶可謂其無關春秋盛衰乎論者曰宋之政不足言矣戍周而大心不饋粟城周而仲幾不受功是其廢王命也向戌與伊戾謀而世子痤縊華亥

與寺人柳謀而華合比出是其寵刑人也殤弑而莊以相督者獎亂賊之功昭弑而文以賂晉者逭仗義之討是其蔑綱紀也他若武氏搆戎而司城須以無辜戮矣蕩澤爲亂而公子肥以非命死矣彭城既入非韓厥合八國圍之則決睢登陴者必不能誅魚石輩也南里既叛非子城用四國救之則城舊墉守桑林者必不能禦華亥輩也辰地以蕭叛巢貙以曹叛則同氣而推戈嬖臣以逆命也又況樂溷進譖右師墮祀於桐門子仲搆讒皇瑗沈寃於丹水臣不以忠事君君亦不以禮使臣相惡不已繼以交質交質不已繼以合戰魚蕩之亂華向之亂宋君不出國不分者特幸耳然宋於春秋猶爲能討强臣者也當是時齊有田氏晉有六卿鄭有七穆魯有三桓皆黨援盤互不可動搖雖如陳乞弑荼之逆季平逐昭之惡諸侯莫能討也天下莫之非也宋自共平以後列卿雖用世族而一干國紀罔不殲夷共之卒也魚蕩鱗向四族爲卿者六人可謂盛

矣然唯上舍狐邱置而魚蕩諸族不遺餘孽於宋矣元之季也華向二族爲卿者四人亦可謂盛矣然鴻口敗赭邱勝而華向諸族亦無分土於宋矣是非宋君之不失柄乎且子我寵而舒州執藏邱用而野井遜以二國之民思奠在公故昭簡不能收討亂之效也若夫宋則枝鳴用劍逆黨摶膺廚濮揚徽公徒赴敵是非宋君之能得民乎昭二十一年楚太宰子犯告平王曰諸侯惟宋事其君不亦信乎且夫宋之地勢非無可爲也東扼留呂則可塞晉通吳越之途南守蕭亳則可阻楚攻齊之路轂邱東緡荷濮之津要在焉城鉏戶牖鄭衛之肩背掎焉固非若曹許之狹隘魯邾之偏僻也然桓襄景諸君有志於天下而卒不濟者何哉夫桓當齊霸方强襄與楚成爭勝時不可以有爲固不足責若景之圖霸則其時非不足以有爲也范荀叛而晉敝國高逐而齊敝笠澤敗而吳敝漳滋奔而楚敝魯則君臣交惡衛則父子爭國皆不足以自振向使宋景識

天下之大勢明攻守之緩急移侵鄭之師討輒則衛亂可戡也用伐曹之衆誅恒則齊亂可正也以盟橐皋者拒吳以取雍邱者戍周則夫差何至盟黄池僭翩何至叛儀栗而上可安周室下可制權臣安見功烈必不逮桓文乎夫曹爲與國錫爲隙地得之何加失之何損乃景必以爭城爭地者膏生民之血於原野而不恤卒之伯陽雖執皇師終覆連兵十載國敝民疲至鄖之會反惴惴焉懼吳之襲己景能不自悔其失策乎嗚呼宋終春秋而爲大國者地遠於晉楚兵勁於魯衛自穆殤至平景十君政不少移於强族故以傷股之恥亡國之餘而能延祚於戰國豈無因哉

前節所叙歐洲各國財政之困難已達極點當竭其全力以爭戰場之勝負固不遑計負擔之輕重及日後整理之難易息爭而後不獨紙幣待理債息待償而善後費用備極浩繁其中整理交通修復戰區重興工業三者尤屬刻不容緩之舉蓋必交通利而後運輸可便飢荒可免戰區復而後流亡可聚田畝可收工廠開而後軍隊可裁舊職可復至飢荒免流亡聚舊職復則社會自安人心自寧矣戰後任何事業殆莫有急於此者顧欲利交通舟車為先欲修戰區土木為先欲興工廠原料為先茲數者均需鉅額之經費以列國戰後疲敝如是之甚公債利息尚不能如期支付何能勝此重任且各項原料多待外求値此紙幣價跌現金缺乏之秋欲全賴信用關係向國外大批購買其勢有所不能於是歐洲之經濟學者乃各本其所信而有各種之主張特為撮叙如左

一聯合分擔之說　最初法國倡議謂歐戰為保衛全體之福利而起决非一

國與一國之戰可比故聯合國方面所擔負之軍事公債當全數改爲國際公債按照聯合國人口多寡及生產力大小之比例而分擔之不能使甲國負擔獨重而乙國負擔偏輕也英國裴盧爵士贊同斯義曾主張由國際聯盟再發行國際公債四十億金磅以從事善後並謂「歐洲非生產力復原不能自給然法之生產力非德國產業整頓不能復原而德之生產力又非俄國形勢大定亦不能復原故欲謀善後必全世界齊心努力首使歐洲獲得其維持生活之物料與借欵而各國從前貸與歐洲之短期借欵更應助之改爲長期公債與重興實業所必需之食品與原料次使歐洲獲得其修理殘破區域所必需且復能有力以贖其債務不然者他國即欲以豐富之貨物來歐貿易其如歐洲之缺乏購買力何」本年春最高會議又發布一經濟說帖除戒奢侈節政費禁壟斷加租稅整理戰時內外公債減縮紙幣流通額數各項外其有不能

在世界市場購求原料者主張由共同設法使得商業上借貸之便宜關於原料之供給及分配仍由各國通盤籌算協商辦理而對於修復戰區等特別經費既不能取給於普通收入又不便延待德國之賠款者則亦主張另募公債以應之其他類是言論不一而足惟贊成者固多而反對者亦不少其最有力之駁論則謂歐戰爲保護全體福利之目的雖同而各國自衛緩急之程度有異欲使遠隔戰地之日美與密接戰地之法意負同等義務於事於理均不可行且聯合國間各國民生產力大小之差異究以何爲標準而能得公正平允之勘定實屬至難之事業云云故上項意見恐亦不易見諸事實惟歐洲文明之重建其有賴於世界之羣策羣力也至亟且殷其一種迫切之情固可於上述諸說之言外得之也

二徵抽資本之說　此說在英國勞働黨以及自由黨之一部倡之甚力在法

國則一九一九年某財政當局亦吐露贊同之詞意後經輿論反對未果行德國且於是年十二月公然通過國會而試行焉查資本徵抽之說與戰中所倡富之徵發論出於同一思想在倡之者以爲公債整理之法在財政學上之普通原則不外按照起債額全利及本金五十分之一或百分之一每年由增收租稅所得期於五十年或百年之內逐漸清償惟此次公債額之增大無論何國決不能於戰後覓得其全利及本金五十分之一或百分之一之稅源是普通原則已難適用不能不取非常手段以應變如英之畢歌教授謂英戰後公債總額不下八十億磅假定年利五分須四億磅加以減債資金及通常政費則戰後之歲出年必八億磅以上夫英國民每年所得之總計多亦不過三十億磅若全部欲求之於所得稅是必於其中課其百分之三十方足以充國用如此高率稅則之實施談何容易不若一鼓作氣用徵抽資本之法將公債掃

第二十五 宣統元年歲出歲入等表

	田賦	鹽課	關
奉天	五十二萬	二百八十二萬	二百
吉林	五十四萬	一百六十八萬	五十
黑龍江	二十七萬		一十
直隸	四百九十三萬	四百四十一萬	三百七
江蘇	三百九十二萬	八萬	一千二
江寧	一百六十三萬	一千五百五十一萬	四十
安徽	一百七十一萬	八十六萬	一百一
山東	四百八十九萬	一百四十七萬	二百二
山西	三百一十九萬	一百四十一萬	一十
河南	三百三十五萬	九十三萬	
陝西	二百四十七萬	四十三萬	
甘肅	一十四萬	一十五萬	一
新疆	三十八萬		
福建	一百一十六萬	一百〇四萬	二百二
浙江	二百七十五萬	二百三十七萬	二百五
江西	二百六十五萬	五十五萬	一百五
湖北	一百五十四萬	二百九十一萬	四百六
湖南	一百四十七萬	二百四十萬	三十
四川	二百三十一萬	五百四十四萬	三
廣東	二百五十七萬	二百八十一萬	六百一
廣西	四十六萬	七十一萬	八十
雲南	八十九萬	一百三十萬	四十
貴州	二十三萬	五十七萬	二十

一

稅	正雜各稅	正雜各捐	官業收入
七十八萬	四百一十五萬	三百五十四萬	一百○七萬
二、萬	一百三十七萬	一百○八萬	七十九萬
二萬	七十九萬	二百二十三萬	一百二十三萬
十六萬	一百三十四萬	九十四萬	一百三十八萬
百三十六萬	二十三萬	三百一十八萬	五萬
五萬	二十三萬	二百三十二萬	一百三十四萬
十六萬	二十六萬	一百四十三萬	六萬
十三萬	一百○五萬	四十三萬	一十二萬
一萬	五十七萬	三十六萬	一十四萬
	一百○七萬	三十五萬	
			九萬
萬	二萬	七十六萬	二萬
	四萬	八十三萬	五十六萬
十八萬	二十二萬	二百五十六萬	一萬
十八萬	九萬	三百八十六萬	
十五萬	一十六萬	二百五十二萬	三十六萬
十三萬	五十七萬	三百八十四萬	三萬
三萬	一百八十九萬	二百○五萬	二萬
十萬	六十七萬	七百○七萬	一百六十五萬
十二萬	一百九十六萬	六百一十一萬	六百一十六萬
五萬	七十七萬	一百二十四萬	一十四萬
八萬	一十一萬	四十五萬	六十五萬
四萬	一萬	五十四萬	四萬

第二十六表

	雜收入	行政	交涉
奉天	一百七十一萬	一百四十七萬	二十五萬
吉林	二十五萬	六十六萬	九萬
黑龍江	五十七萬	七十一萬	一十三萬
直隸	二百四十七萬	七十六萬	二十萬
江蘇	一百三十七萬	二十二萬	九萬
江寧	三百六十一萬	七十八萬	九萬
安徽	七十二萬	三十三萬	一萬
山東	八十七萬	一百一十萬	二萬
山西	八十萬	一十六萬	
河南	一百○二萬	四十三萬	
陝西	一百一十六萬	二十六萬	一萬
甘肅	三十八萬	二十二萬	
新疆	八萬	二十五萬	
福建	四十五萬	二十六萬	二萬
浙江	九十三萬	四十三萬	三萬
江西	一百四十二萬	四十二萬	一萬
湖北	一百四十二萬	五十七萬	一十三萬
湖南	五十一萬	一十五萬	六萬
四川	二百一十四萬	三百五十五萬	
廣東	一千○六十六萬	一百九十萬	一萬
廣西	五十四萬	三十三萬	六萬
雲南	一百二十七萬	五十一萬	
貴州	一十六萬	一十八萬	八萬

二

民政	財政	典禮	教育
二百三十八萬	二百〇六萬	五萬	一百四十二萬
四十九萬	一百七十三萬		二十三萬
六十三萬	二十二萬		三十五萬
一百六十二萬	二百七十三萬	二百六十五萬	一百一十二萬
六十三萬	三百四十三萬	一萬	三十七萬
一百三十九萬	三百三十三萬	一萬	一百一十三萬
三十五萬	四十七萬		二十七萬
五十六萬	九十八萬	五萬	四十七萬
二十萬	三十四萬	五萬	三十萬
三十七萬	二十五萬	三萬	二十七萬
三十二萬	二十八萬	三萬	四十八萬
二十一萬	二十一萬	二萬	一十一萬
一十一萬	五十八萬		一十一萬
二十六萬	五十六萬		三十萬
五十一萬	一百三十二萬	二萬	三十五萬
三十五萬	六十二萬	一萬	三十二萬
二百二十五萬	一百八十三萬	一萬	八十九萬
九十七萬	四十二萬	一十萬	四十七萬
一百六十七萬	一百八十五萬	三萬	一百七十三萬
二百一十九萬	三百九十一萬		一百五十三萬
三十一萬	五十三萬	二萬	三十二萬
三十萬	四十七萬		四十六萬
一十萬	一十二萬		一十四萬

表

軍政	實業	交通	工程
五百五十三萬	九十二萬	四十萬	一百二十一萬
二百〇四萬	四十三萬	五萬	六萬
九十九萬	百四十四萬	一十二萬	一十八萬
八百八十七萬	一百三十八萬	六萬	九十七萬
一百六十萬	七萬	九萬	八萬
七百四十六萬	一百三十九萬	四十三萬	七十九萬
一百五十萬	六萬		二萬
一百五十五萬	二十九萬		一百〇四萬
一百四十四萬	六萬		四萬
一百七十三萬	一十三萬		五十一萬
二百〇七萬	五萬		一萬
一百九十七萬	二十八萬	一萬	一十三萬
一百〇一萬	一百一十萬	三萬	四萬
一百七十九萬	九萬	七萬	一萬
二百一十八萬	八萬	一萬	四十五萬
一百五十九萬	三十三萬		一十三萬
五百五十七萬	九十五萬	三萬	二十四萬
二百一十八萬	七十一萬	一百萬	五十一萬
三百七十八萬	一百二十五萬	七萬	一十九萬
九百一十一萬	五百〇四萬	二萬	六十五萬
三百一十二萬	四十四萬	二萬	
四百七十六萬	七十二萬		六十一萬
八十八萬	二萬	二萬	三萬

第三表

	部款	受撥款
奉天	二百五十五萬	四十一萬
吉林	六十六萬	
黑龍江	三十五萬	五萬
直隸	九十八萬	四百五十二萬
江蘇		二十五萬
江寧		三百一十九萬
安徽		
山東		
山西		
河南		
陝西		
甘肅		一百四十萬
新疆		二百四十萬
福建		
浙江		三十萬
江西		二萬
湖北	四十一萬	
湖南		二十一萬
四川	五十萬	
廣東		
廣西	七十五萬	一十三萬
雲南		五十六萬
貴州		一十六萬

第

奉天
吉林
黑龍江
直隸
江蘇
江寧
安徽
山東
山西
河南
陝西
甘肅
新疆
福建
浙江
江西
湖北
湖南
四川
廣東
廣西
雲南
貴州

四表

解款	協款
二百〇九萬	二萬
二千	
四百一十八萬	一百三十一萬
一千一百八十一萬	四百二十三萬
七百四十二萬	五百一十七萬
三百三十四萬	四十三萬
二百八十七萬	二百二十四萬
二百六十萬	九十萬
一百七十三萬	七十一萬
一百四十八萬	二十二萬
四十三萬	
三十八萬	
二百二十四萬	
六百四十三萬	一十二萬
五百二十六萬	五十四萬
六百七十九萬	五十三萬
二百三十一萬	二十九萬
六百三十一萬	一百八十八萬
二千二百九十二萬	六十九萬
三十萬	
八萬	
二十二萬	

按此外順天歲入有部款十一萬。受協欵十萬。江北歲入有受協四十三萬。實則順天江北皆非省分。順大可附直隸。江北可附江寧。茲附於此。不列表。

各省粮捐各目銀數表

按各省粮捐爲新增入款之一茲將各目銀數列表如左

奉天	警學畝捐	二百四十一萬	每六畝
吉林	警學晌捐		每晌
黑龍江	警學晌捐	警捐	每晌
直隸	地丁改錢徵收	十萬	
江蘇	規復丁漕徵價	三十萬	每兩
安徽	丁漕加捐	二十六萬	每兩
江西	丁漕　捐	二十六萬	每兩
山東	地丁改錢徵收	三十萬	
山西	本省騎款加捐	四十萬	每兩
河南	酌復錢糧繳費	八萬	
福建	加收糧捐		每兩
浙江	丁漕加捐	十八萬	每兩
湖北	規復丁漕徵價	十萬	每兩
湖南	無		
陝西	規復差錢	四十萬	每兩
甘肅	無		
新疆	加收耗羨	四萬	每兩
四川	新加糧捐	十五萬	
廣東	新加三成糧捐		
廣西	無		
雲南	隨糧捐收團費	六萬	每兩
貴州			

捐銀一角　半角　八九分不等
捐數百至兩千文不等
捐錢二百至一千一百文不等學費二百至四五百不等
復徵二百文
一百文每石同
一百文每石三百文
加捐一錢二分五厘
一錢一糧一斗各捐四十文
加三百文
復徵百文每石復徵一百四十文
加銀四錢
每石九耗羨一錢五分
三文

又按糧捐以供新增之款。而所以給用者不同。東三省則供警費學費。直隸

則供學費。雲南則供團練。山西始供本省賠款。後又移作鑛路之用。此外各省則供賠款。分制有國家稅地方稅之分。則此款現所取給。亦稅法家所宜研究也。

按錢法爲財政大端。乾隆而後。東南習用番元。咸豐之初。滇省不靖。銅運久缺。各省鼓鑄皆停。有銷燬無增益。錢法之弊。遂不可問。光緒十二年。兩廣總督張之洞始奏准鑄銀元。行用稱便。洎調湖廣。又設鄂廠鑄之。江浙粵閩所在流通。二十一年。御史易俊陳其璋先後條上鑄銀元之利。戶部議准奏令沿海沿江各省。用意經營。考校成色。流通行使。是年十二月。御史王鵬運以錢價日貴。又請撥部帑。由粵局專鑄大小銀錢。於是江寧天津次第開鑄。奉天吉林四川仿之。而銀幣遂通行於中國。其鮮用者。西北數省而已。惟試幣之始。多計餘利。與鑄銅錢有折耗者本末不同。各省亦有視此爲籌款。各制幣本意。蓋失之矣。二十三年。通政司參議楊宜治又請鑄金錢。戶部議令各省廣開金鑛。爲鑄錢地步。而寢宜治之奏。是時金幣未行。而銀幣則已盛用。自漢以來。專用銅幣之制至是而大變矣。

又按外國之用銀錢。自漢已有之。見西域傳者是也。魏西戎傳以後皆見。回疆西藏舊用銀錢。特與今銀幣成色分兩均有異。就世界大同言之。用銅不如用銀。用銀不如用金。實自然之理。

歷代歲入之數。漢晉租賦。皆出於田地戶口。歷史無所入細數。可以墾地及戶口之數定之。今先徵唐宋明歲入大概。唐天寶租稅庸調。每千計。錢粟絹布絲綿。約五千二百三十餘萬端匹屯貫石。元和兩稅榷酒斛斗鹽利。總三千五百一十五萬一千三百二十八貫石。較天寶少三分之一。而鳳翔鄜坊邠寧振武涇原銀夏靈鹽河東易定魏博鎭冀范陽滄景淮西淄青等十五道七十州不申戶口。每歲賦稅倚辦。止於浙江東西宣歙淮南江西鄂岳福建湖南八道。是唐之歲入不止此。按唐供京師用者。以今江蘇浙江安徽江西湖北湖南福建爲取辦之地。而諸方鎮自養兵之費不與。宋歲入。至道一千二百萬。皇祐三千九百萬。治平四千四百萬。寧熙五千六百萬。其後歲入愈多而用愈匱。南渡後。川峽四路歲入。即至四千萬。則全國歲入之多可知。而在正賦外者。多經總制錢月樁錢板帳錢。尤不可數計。增縮皆以本州縣官主之。略如今地方稅。明歲入之數見史志者。萬曆時。夏稅米麥四百六十萬五千餘石。起運百九十萬三千餘石。餘悉存留。鈔五萬七千九百餘錠。絹二十萬六千餘匹。秋糧米二千二百三萬三千餘石。起運千三百三十六萬二千餘石。餘悉存留。鈔二萬三千六百餘錠。屯田六十三萬五千餘頃。花園倉基千九百餘所。徵糧四百五十八萬四千餘石。糧草折銀八萬五千餘兩。布五萬匹。鈔五萬餘貫。各運司提舉大小闓生案。先大夫曰。庶徵者譬況之詞。休徵言美行。如五氣之時。咎徵言惡行。如五氣之不時。人君之有五事。猶天之有五物。非謂君行如此則天應如彼也。王荊公曰。僭常暘若。狂常雨若。若人君行然。天則順之以然。使狂且僭則天如何其順之也。王省惟歲以下。以歲日月星況上下之相應。

曰王省惟歲（省眚也）卿士惟月。師尹惟日。歲月日時無易（無易不差忒也）百穀用成。乂用明（乂治也）俊民用章（賢人章顯）家用平康。日月歲時既易。百穀用不成。乂用昏不明。俊民用微。家用不寧。庶民惟星。星有好風。星有好雨。日月之行。則有冬有夏。月之從星。則以風雨

闓生案。王省惟歲。重責君上之詞。日月之行。則有冬有夏。月之從星。則以風雨。意在上下相維。以成邦治。如天道之運行。四時不忒也。

五福。一曰富。二曰壽（依說苑校）三曰康寧。四曰攸好德（攸脩也好德善德也）五曰考終命。六極

一曰凶短折二曰疾三曰憂四曰貧五曰惡六曰弱

闓生案。五福六極。帝王所以刑賞之具。故曰嚮用五福。威用六極也。

金縢

闓生案。此篇專以發明周公之忠藎。其妙遠之指。尤於含鬱嗚咽中見之。最爲敘事文之高致。自左史而下。罕能追步。⊙又案尙書紀事之文。惟帝典此篇及顧命而已。然顧命特紀一時之事。未及帝典與此篇綜括數十百年之宏綱鉅節。而以簡覈之筆出之。至其命意。皆涵泳於筆墨之外。使人玩味自得。蓋上古之史裁如此。後世盡失其法。自此一二篇外。今日遂不可多見。眞典籍之鴻寶矣。

既克商二年王有疾弗豫天子疾稱不豫不豫不悅豫也

闓生案。章首一句。已括全篇大旨。蓋克商甫二年。而王遽嬰疾。天下尙未安集。此固危急存亡之秋也。

二公曰我其爲王繆卜（繆讀爲穆穆求也繆卜猶云貞卜）周公曰未可以戚我先王（戚者戚戚然心動懼卜未足以動先王也）闓生案。僅卜未足以感動先王。語句皆有激射。蓋非有周公之至誠忠悃。固未足以感格神明矣。

公乃自以爲功（功猶質也言以身爲質也）爲三壇同墠爲壇於南方北面周公立焉植璧秉珪乃告太王王季文王史乃册祝曰惟爾元孫某遘厲虐疾若爾三王是有丕子之責于天以旦代某之身（丕負同字負子之債于天言當以一子還之天也）予仁若考能（仁若猶柔順也考能巧能也）多材多藝能事鬼神乃元孫不若旦多材多藝不能事鬼神乃命于帝庭敷佑四方（敷徧也）用能定爾子孫于下地四方之民罔不祇畏（祇敬也）嗚呼無墜天之降寶命我先王亦永有依歸今我即命于元龜（就受三王之命于大龜）爾之許我我其

以璧與龜歸俟爾命爾不許我我乃屏璧與珪（屏藏也言不得事神也）

闓生案。祝詞惻怛深至。眞切動人。

乃卜三龜一習吉（一皆也習重也）起籥見書乃并是吉公曰體王其罔害予小子新命于三王惟永終是圖茲攸俟能念予一人（攸語詞俟大也大能念予一人）

闓生案。此册祝後應有之結束。予一人自是周公自謂。說者皆以爲武王。於義未合。蓋拘于天子稱予一人之例。周公不當有此稱耳。不知天子稱一人者。周禮則然。此時蓋未制定。且即以周禮言之。予一人亦天子自稱之詞。周公固不得以稱武王也。

公歸乃納册于金縢之匱中王翼日乃瘳

闓生案。王翼日乃瘳。寫神靈奕奕如在。句有神助。與後半天變相映。皆史官敘述之妙也。

武王既喪管叔及其羣弟乃流言于國曰公將不利於孺子周公乃告二公曰我之弗辟我無以告我先王（言我所以不避而攝行政事者恐天下畔周無以告先王于地下也）周公居東二年則罪人斯得（居東興師東伐也史記東伐二年而畢定罪人斯得謂武庚管蔡皆伏罪也）

闓生案。先大夫曰詩疏毛以居東爲東征史記亦言東伐。無避居東都之事。馬鄭說非是。今案周公弗避而攝政。東征而定國。此正以天下爲己任。此時斷無引避之理。避居東都之說。殊不合事理。至鄭以罪人爲周公之屬。尤乖謬之甚者矣。

于後公乃爲詩以貽王名之曰鴟鴞王亦未敢誚公（誚問也訓爲譏讓者非）

闓生案。此下敘事隱見斷續。尤極神妙。夫管蔡流言而周公東伐。雖周公以天下之重。不得已而出此。然成王之心。蓋不能毫無所疑。此公所以有鴟鴞之作也。王得詩仍未能盡喻公之指。至於公卒後發見金縢之書。乃執之而泣。而公之忠藎。亦以大明於天下。史官於此。不明著成王之疑。但云王亦未敢誚公。隱約其文。以爲下文蓄勢。無限之意。皆於文字以外見之。筆法之高。眞乃千古無匹也。

秋大熟未穫天大雷電以風禾盡偃大木斯拔（斯盡也）邦人大恐王與大夫盡弁以啓金縢之書乃得周公所自以爲功代武王之說

闓生案。　先大夫曰。此秋爲周公卒年之秋。鄭及舊傳。均以下事爲公未卒時事誤也。此篇類記數年之事。史記敘次甚明。經師比其年月。往往失之。牧誓記日不記月。召誥記月不記年。此篇之秋亦不記年。尙書之例也。今案此文專以奇詭之筆。發明周公之忠藎。金縢之書。於公卒後始發。史官所由寄其深鬱。若爲公尙在時。則文字神理盡失矣。

二公及王乃問諸史與百執事對曰信噫公命我勿敢言

漢廣三章章八句興也

(總評)不可求思言秣其馬都屬托辭寓言註解家固求其事遂生多少葛藤意思無多而風神特遠氣體平夷而風調若仙湘君洛神此爲濫觴矣詩志

汝墳道化行也文王之化行乎汝墳之國婦人能閔其君子猶勉之以正也詩序

遵彼汝墳伐其條枚未見君子惄乃歷反如調張留反飢　枚飢韵傳註

毛詩

(註)遵循也汝水名也墳大防也枝曰條幹曰枚惄飢意也調朝也毛傳條小枝也枚榦也說文調飢者言如朝飢之思食鄭箋汝水出汝州魯山縣大盂山至潁州府境入淮詩地理攷

（評）汝墳伐枚感物候而動離思也　惄訓思思之情狀惄然也借飢形思也調飢朝飢也朝飢最難忍　如朝飢體貼入微詩志

遵彼汝墳伐其條肄既見君子不我遐棄　肄棄韻傳註

（註）肄餘也暫而復生曰肄既已遐遠也毛傳

（評）末句極踴躍想見媢婦依士喜而不忘神情詩志

魴魚頳敕貞反尾王室如燬雖則如燬父母孔邇　燬邇韻傳註

（註）頳赤也魚勞則尾赤燬火也孔甚邇近也毛傳

（評）王室句憤懣之極語帶忠篤血性而時勢鼎沸不可收拾之象如燬二字盡見之一轉則愛日當空不勝欣戴並其憂國憂君之心見之矣惟此轉移又誰禦之詩志

汝墳三章章四句朱云賦也

（總評）末章沉鬱頓挫舊評

序稱婦人鄭箋曰大夫妻看王室如燬父母孔邇志遠義高居然命婦口氣歐陽公謂伐枚非大夫妻之事不知此與卷耳同一寓言認作寔事則說詩者之固也詩志

麟之趾關睢之應也關睢之化行則天下無犯非禮雖衰世之公子皆信厚如麟趾之時也詩序

麟之趾振振公子于嗟麟兮　趾子韵於嗟麟兮作尾聲三章相應不入上韵歌詩之一體也後做此甚多傳說

（註）趾足也麟信而應禮以足至者也振振信厚也於嗟歎辭毛傳

按麟之趾指麟言于嗟麟兮指公子言

（評）麟之趾包兩層意簡雋　首二句以麟趾興公子謂公子如麟趾也於

嗟麟兮言公子直是麟所謂人中之麟也翻進一層妙詩志

麟之定振振公姓于嗟麟兮　定姓韵傳註

（註）定題也公姓公同姓毛傳

麟之角古音祿振振公族于嗟麟兮　角族韵傳註

（註）麟角所以表德也公族公同祖也毛傳

麟角之末有肉示有武而不用鄭箋

（評）三句三折簡峭而深永　三個于嗟言外有無限驚異無窮勸勉而神味自一絲不溢詩志

麟之趾三章章三句興也

（總評）短調別較益斯意更高遠詩志

召南召地名在岐山之陽扶風雍縣南有召亭

鵲巢夫人之德也國君積行累功以致爵位夫人起家而居有之德如鳲鳩乃可以配焉 詩序

維鵲有巢維鳩居之之子于歸百兩御之　居御韻 傳註

(註)鳩鳲鳩秸鞠也鳲鳩不自爲巢居鵲之成巢百兩百乘也一車兩輪百輛以兩輪爲數也諸侯之子嫁於諸侯送御迎也皆百乘 毛傳

按秸鞠爾雅作鴶鵴郭璞注云今布穀也

(評)御謂媵御也　鵲巢鳩居不必實有其事詩之取興正如易之取象耳 詩志

維鵲有巢維鳩方之之子于歸百兩將之　方將韻 傳註

(註)方有之也將送也 毛傳　按方作整飭解義亦通

(評)方之字法 詩志

維鵲有巢維鳩盈之之子于歸百兩成之　盈成韵傳註

(註)盈滿也能成百兩之禮也毛傳

鵲巢三章章四句興也

(總評)鵲與之子鳩與諸娣於文爲順舊說與意牽曲侈詠百兩正見娣媵之多夫人逮下之德隱然可想此詩意含蓄處詩志

采蘩夫人不失職也夫人可以奉祭祀則不失職矣詩序

于以采蘩于沼于沚于以用之公侯之事　沚事韵傳註

(註)蘩皤蒿也于於沼池沚渚也之事祭事也毛傳

(評)蘩至儉薄之物借此寫祭典較多陳水陸者高矣遠矣于沼于池詳細有致公侯之事鄭重有體詩志

于以采蘩于澗之中于以用之公侯之宮　中宮韵傳註

(註)山夾水曰澗宮廟也 毛傳

(評)連用于以調法靈脫 詩志

被之僮僮夙夜在公被之祁祁薄言旋歸　僮公韵祁歸韵 詩註

(註)被首飾也僮僮竦敬也夙早也祁祁舒遲也去事有儀也 毛傳

(評)不意釵笄粉沐中寫得正大嚴肅如此借被寫德容妙筆意亦自整中帶暇　倒點在公還歸竦動有神 詩志

采蘩三章章四句 朱云賦也

(總評)采蘩共祭祀也與七月之采蘩自別蘋蘩薀藻之菜可證 詩志

草蟲大夫妻能以禮自防也 詩序

喓喓草蟲趯趯阜螽未見君子憂心忡忡亦既見止亦既覯止我心則降 古音戶工反

螽忡降韵 傳註

（註）喓喓聲也草蟲常羊也趯趯躍也阜螽蠜（音煩）也卿大夫之妻待禮而行隨從君子忡忡猶衝衝也（衝如憧憧往來之憧）婦人雖適人有歸宗之義止辭也覯遇降下也（毛傳）　草蟲負蠜阜螽蠜也（爾雅）

（評）喓喓趯趯絕妙寫生草蟲畫本　蟲鳴螽躍何關思婦觸景生情自然意遠（詩志）

陟彼南山言采其蕨未見君子憂心惙惙亦既見止亦既覯止我心則悅

蕨惙說韵（詩註）

（註）南山周南山也蕨虌也惙惙憂也說服也（毛傳）

陟彼南山言采其薇未見君子我心傷悲亦既見止亦既覯止我心則夷

薇悲夷韵（傳註）

（註）薇菜也嫁女之家不息火三日思相離也夷平也（毛傳）

譯稾

不失爲二重政府也
相形式上仍循羅馬共和之常軌其各種會議及立法機關仍安全無恙設官分職無異向時有大判官執政官保民官等職羅馬行省至此分爲二種有歸元老院管轄者有直隸於奧古斯都者但隸於元老院之省皇帝因維持治安之故有派遣軍隊之權國庫仍向元老院所轄之各省徵稅而隸於皇帝之省其稅欵則歸於皇帝之私庫奧古斯都在國法上稱爲主權者以後繼奧古斯都者均以此爲法定尊號然在理論上皇帝由元老院選舉則元老院可罷免其職也
實則奧古斯都非居於國民首席之地位乃係皇帝也其權力最高無限並操行政全權人民不得侵犯對於各官吏皆可罷免且有選舉權可指派或黜陟元老員其先羅馬皇帝之宗教權彼亦取而代之對於全國軍隊有完全指揮

之權且使元老院漸漸侵奪苦米梯之立法權而隱操於個人之手按來克斯利趣亞法凡繼承君位者於就任之始同時取得上列各種特權此法亦係元老院所通過而經苦米梯所批准者立法機關權日式微此法遂爲皇帝之固定法矣

帝國初期羅馬法之二重性質　至共和中葉羅馬法始有萬民法與市民法之分至帝國時又經二百年之久直至紀元二百十二年開拉克拉以布告廢止之再羅馬法之實用上可分爲二(一)法律及習慣(即民法)是也二各長官公布之法(即大判官法令)此法發生於帝國初期迄至韓德連帝時法學家茹連編輯告令法始不加以區別蓋已認爲與法律同等也

極盛時代之羅馬法紀元九十八年至二百四十四年在帝國初期羅馬法已由城市的進而爲世界的但係循序漸進非如急風暴雨陡然而來市民法漸

漸爲萬民法所吸收因萬民法較爲公正較爲合理而衡之其他各國私法有過之無不及也當紀元二三世紀之時爲羅馬法之黃金時代即由法學家西耳蘇始至毛德斯梯納氏止也帝國時代之法律家競尙箸作若在安洵尼暗帝及思弗利帝時法律充分進步由韓德連帝與特拉全帝及亞力山大思弗拉之末年統此時期可謂羅馬法極盛時代在此時代羅馬法學家之活動達於極點此帝國時代之法學家闡發雕大卓越之法理發明法律上之根本文則而爲後世所師效蓋當紀元一百年羅馬私法已臻完善遂使羅馬之文明高不可攀雖至今日仍不能越其範圍也

紀元二一二年開來拉克之告令　當紀元二一二年羅馬開來克拉公布一法凡生於羅馬者皆付與市民籍自此以後市民與非市民之分遂漸減少至儒帝時即完全廢止矣克帝取銷共和時代市民與非市民之階級而另創一

帝國市民制前此之地方市民與地方私法乃漸變爲普通市民與普通私法故市民法遂成一種古法矣但眞正外國人即非生於羅馬之人與羅馬市民而曾失其市民籍者仍如克帝之制以外國人視之也

羅馬法變爲世界法類四種有力之原因　帝國時代有四種動力足以使羅馬法因地方的進而爲世界的即大判官告令希臘哲學及社會主義之影響法學家之關係與皇帝之立法作用是也前三者在帝國初期早發其端最後一項實發生於帝國末季爲玉成羅馬法典之惟一原因也

(一)大判官之告令

告令之定義及範圍　羅馬之代大判官非若現時之司法官蓋大判官非服從法律之人乃造法之人也當紀元前三百六十七年執政官取銷立法機關而立法機關當紀元前三百六十七年執政官取銷其立法機關立法機關

(二)各州、每人以五十萬、出代表一人于參議院、但一州所出代表者、至少不下三人、人口之零數、超過二十五萬人時、即以滿五十萬人計算、

(三)此外「霍漢次屋爾林」地方出代表者一人、

(四)各州代表之數、每度國勢調查後、內閣定之、于州之境界有變更時亦即改定之、

第三十三條 (一)參議院議員及其代理者、由州會選舉之、(柏林由市會「霍漢次屋爾林」地方及「格林次馬爾庫巴臻別士布來沁」由地方議會)其選舉、在「霍漢次屋爾林」地方用多數決選舉主義、其他地方、用比例選舉主義、 年齡滿二十五歲、有投票權、且一年間在本州有住所者、即得爲被選人、

(二)無論何人、不得同時爲邦議會及參議院之議員、 邦議會議員、承諾

參議院議員之當選時、即失其邦議會議員之職、參議院議員、承諾邦議會議員時失其參議院議員之職

(三)參議院議員、在後任者、就職以前、行使其職務、

(四)參議院議員、每遇各州會(市會、地方議會)之改選、即舉行新選舉、

第三十四條　參議院議員應專求國民之福利、依自由之心志、而加表決、不受任何委託及訓示、

第三十五條　參議院議員、無論何時、不因其表決及其職務上之發言、而受裁判上及職務上之追訴、不負其他院外之責任、

第三十六條　(一)邦及公共團體之官吏雇員及勞動者、不必因行參議院議員之職務而請假、

(二)俸給及工資、繼續支給、

第三十七條　參議院、選舉議長、書記、及其代理者、並依議事規則、定處理事務之方法、

第三十八條　（一）參議院之第一次會議、內閣招集之、其他每有事務之必要時、議長招集之、　議長於有議員五分一、或一州代表者之全體、或內閣之請求時、須即招集之、

（二）參議院有議員半數出席時、得爲議決　議決、須投票之過半數、

（三）在依第十四條及四十二條第一項之參議院議決、須用記名投票、

第三十九條　（一）參議院之會議、公開之、　參議院得以三分二之多數同意、將議事日程中之特定事項、停止公開、　欲停公開之動議、其議事以秘密會行之、

（二）第二十四條之規定、參議院亦適用之、

第四十條 (一)內閣於其公務之執行、應隨時報告于參議院、
(二)內閣在提出法律案于邦議會之前、應使參議院有對于該案述其意見之機會、 參議院得以文書提出對于該案之反對意見于邦議會
(三)參議院有有通過內閣提出法律案于邦議會之權利、
(四)凡發對于德意志國法律及邦法律之施行規則、又關于組織內容之一切命令時、應預問參議院及有其權限之委員會之意見、

第四十一條 參議院議員依法律所定、受旅費及損費之補償、 議員不得辭却之、

第四十二條 (一)對于邦議會議決之法律、參議院有爲抗議之權、
(二)抗議須在邦議會議決後二週以內、對于內閣行之、其後至遲須在更二週以內、陳述其理由、

演說

孔學爲世界公例說

劉培極

近今吾國尊崇孔學者甚鮮不知孔學也者在吾國爲最舊之學而在歐美及全世界哲人目之則以爲最新之學究之論學術而曰新舊曰中外此皆形迹之見耳歐美學術繁變富美不可稽紀然而曰精神曰物質皆爲因果律之所苞集百千因果而成一公例而人類物類不能逃乎其外此稍知新學者所共識而孔學所謂中和仁義者則全世界人道之大醇而因果公例之總匯也異日者孔學必有大明之一日夫公例也者操乎一切形式之上且操乎一切主意之上昔者有爲併吞主意者有爲鐵血主意者有爲淘汰主意者乃至於今則世勢所趨變遷改易而不能自主此何也且夫一局部一國家一世界其主意一變則其一切學術不能不隨之而變推乎其極假使其主意者皆變則其學術及其設施不變遷不壞滅者蓋寡矣此誰使之然歟蓋背乎因果背乎公

例而因果公例主乎其間摧折之變轉之如破竹耳人力雖大莫能逃之蓋世間一切形式一切主意如草木之有種類種植之得花果而因果也者如雨露光熱空氣也背乎因果如失其雨露失其光熱失其空氣未有能生者也公例也者則如冬夏寒暑高原隰衍也背乎公例如違乎冬夏之序背乎水陸之宜其濕熱氣候皆反其用故摧剝零落如海風之散霜葉耳故不仁則其殘著不信則其詐著不公則其私著不正則其邪著不直則其曲著殘詐邪曲之害流於家則家破流於國則國敗流於世界則世界壞必合乎至公至當之的而後害除而禍熄故曰中和仁義者乃世界人道之大醇而一切公例之總挈也人類不能逃乎宇宙之外宇宙者無形之物也然而空懸於萬彙之上如至大之盧鏡然有私則現有惡則露缺棱者其不方之形現缺角者其不完之迹現有黑子者其痕現爲瘡疣者其瘢現人類之不善不完不直而摧折變轉爲至公

之道所主使而莫可逃避者在是矣故人類無論文野而相殘則禍亂至相助則百事理信則相依爭則相仇固不因人類而有異也形式有變遷而因果律無變遷倂因果而爲公例則更不能使之變遷其欲使之變遷者妄也孔子之學人人以爲蹈常襲故矣今就其陳腐者略舉之而由之則無弊違之則弊立至如曰人不知而不慍此學貴爲己之說也夫爲學稍有速售之心其學尙肯造其極乎必爲己而後不以未至爲至不以未善爲善也此不可改易者也如有子之稱孝弟此孝經之旨也孝經以性情之大順爲治天下之旨情不順有使天下不亂者乎此亦不易者也孔子稱道千乘之國曰敬事而信夫中外治國有慢易其事而治者乎是亦公例之不易者也敬事而信有失信於民而國治者乎此亦不可易者也又曰節用治國可以不節用乎此亦不可改者也又曰愛人人不相愛而國能治乎此又不可易者也又曰使民以時此重民時也

民時者民之生活營業宜保護而不可違害者也此又不可易者也此不過略舉數語耳而六經之旨而一章或具一公例或數語而具一公例或一語一字而具一至大之公例夫公例者不在形式故禮制可改而禮制所存之義例不可改存之於一國之書而實中外人道之大同故中外人之形貌言語居處制度皆不必同强求其同則反違乎公例矣人事如此物質亦然易以道陰陽合事物而一之中庸亦兼物體蓋不中則失其性不和則失其則不中則偏不和則乖易之爲書最重天則最戒妄爲今以物質學而論化學以元子爲主元子體積其量不同其重之比例亦因之而異而其比例之定律則不可違過不及皆不得果合定律而妄加人意則無所成合其天然不易之律則百千因果無有不符故必依天然之則去過不及之差而物質始效能於人世至於物理之最顯者如槓杆輪軸側面其重點支點力點有不易之比例不失其律則用無

不巧夫物本無心而有天然之則聖人無成心而一本天然之則故人類物類莫能違也此其故非他以其無私則無僞妄無僞妄則心無蔽故無偏無誤以此見人心之大公與宇宙之虛鏡爲同一之物故人類物類其生成存毁得失利害莫能違也今者吾人求競進求特立求專長然而國卒不治假使人之職務各當其趨則國家立躋於郅治之盛軌此亦人人所公認者也曩日者中西各學之粗迹勢必漸趨變化人類之制度設施如鼎如盂如劍得其公例如範金者之爲鼎爲盂爲劍也公例者又如海之水可爲雨可爲雪可爲冰也西人之重孔學者皆具先覺之特識者也乃至道之曙光後必有大明之一日也

講學之功用及其應注意之點

周泰霖

世界何以有學。人之生也。得天地之氣以成形。即得天地之理以成性。無以養之。則形不存。無以爲生民立命。而人之類將亡。無以教之。則性不存。無以爲天地立心。而人之類終不能自保。此自古聖人所以繼天立極。興學於當時。垂訓於後世。而達材成德。大有造於天地間也。中西相去萬里。而學說之得失。皆於治亂有關。一二人倡之。千萬人和之。釀爲風俗。見諸政治。蚩蚩者不得不顚倒於其間。或文明大啟。或禍亂相尋。學爲之也。我國自春秋以來。人事漸繁。而學說昌明。亦於斯爲盛。是時也。唯孔子之學。祖述憲章。萬全無弊。而老墨兩家。亦自擕其獨具精光。同時爭鳴於世。迨至鄒孟私淑尼山。而諸子百家。紛然雜出。爲中原文明極盛時代。與西洋希臘文化。同時並峙。至漢之馬融鄭康成。隋之王文中。唐之韓昌黎。宋之周程張朱邵康節陸象山。元之許衡許謙。明之呂新吾王陽明黃梨洲。皆承先啓後。有功正學。而前清之顏習齋李恕谷兩先生。躬行實踐。獨得眞傳。其九功三物。更爲科學濫觴。歐西二十世紀以來。文明大啓而先有赫胥黎盧騷孟德斯鳩斯密亞丹諸人。宣布其學說。以倡導於其間。乃知人羣幸福皆孕育於二三學人。則講學功用實中外古今所共同信仰。爲人生須臾不可離之事。與布帛菽粟有同等之價值者也。中華民國。已逾十稔矣。芸芸四萬萬之民族。茫茫二萬萬方里之領土區域。內憂外患。愈演愈烈。豆剖瓜分。不可終朝。而明道講學之風。則寂然無聞。是不啻聚羣盲爲競走之戲。未有不顚而仆也。環顧今日社會。情況惡劣。亦云極矣。國民既乏道德心。國本爲有根據地。吾人讀聖賢書。所學何事。天下興亡。匹夫有責。萬望我同人體大總統崇尙道德之心。爲安邦濟世之本。恪遵顏李昌大學風。以勵萬民。而扶國危。敎義必求普及。無學校資格之限制。立論必中竅要。無功課門類之拘束。用藥石之良言。施對症之醫方。必使人人以道德爲重。除鄙吝之私。矯空虛之弊。對時局興衰。作正義匡救。社會純良。國性日趨於美滿。人道昌明。世界自歸於清平。新敎育曰智體德。舊敎育曰知仁勇。大率皆以道德爲歸宿。夫而後政治乃得所敷布。此今日講學之功用。即其所應注意之點也。

張文襄公軼著

陳子良封公六十壽序

懿夫喬木百年、堂構綿其眞算、朱草三秀、庭階蔚爲國華、際昌治之盛期、爲鍾毓所希有、史紀德星輝映千里、緯徵神霧、棣通八垓、適逢攬揆之辰、合取導揚之美、彼黄綺高矣、而薖軸則野、蒼商顯矣、而鈞輔劬勞、是則地行偕到、何與人倫天壽相期、徒誇朝貴、必也鼎鐘閥閱、冠冕文章、可仕可止、訓稟乎聖中、得壽得名、詣幾於純孝、而曾閔行備、不居達官、荀陳道尊、家有令器、如我子良陳封公者、可得而稱焉、公席貂珥之清芬、挺珠庭之秀氣、弧在門而君恩到、賜鯉同榮、經起草而孺子知、童烏遜器、維時令祖司寇公、總治秋官、尊人方伯公、馳驅夏甸、公則弱齡傳硯、綺歲學詩、小同治經、直接高密、孟堅脩史、繼起叔皮、蜚鳳穴之英聲、馳駿衢之逸足、其待母夫人疾也、鍼灸親試、庾沙彌分痛、自甘臂肉重封、王友貞襃創而侍、比之圭璧請代、用至誠以感神、揆諸髮膚不傷、實反經而合道、春暉既逝、問四牡其誰將、孝水頓枯、擁重茵而不坐、捧輿願渺、誓墓文成、蓋自內艱以來、公已無仕宦之志矣、雖復攀桂秋風、看花春苑、棘司觀政、祖武能繩、蕭律研精、朝章願學、西曹佳吏、負藉甚之時名、東閣郎君、抗歸與之遠志、雲端黃鵠、天際朱霞、蓋以嘗考叔之羹、歸無可遺、奉曾元之酒、家有餘歡、從此抽朝簪、舞采服、書捐城旦、賦撰靈光、隨篠簜之迴翔、取裙牏而浣濯、方伯公顧而樂之、每當放衙小愒、輒置文度於懷中、洎乎引疾歸田、益賞斜川於世外、浮雲縹緲、愛日舒長、孺子情肫、要官思熟、其少而辭榮盡孝有如此者、陸天隨自署散人、陶宏景不交外物、而五際之豐、群彥趨之而如流、六闕之門、長官過之而必式、觀其擔當義舉、專毖仁心、踰海泛舟、鴻嗸安堵、連鄉禦寇、豕突摧牙、卒能遂志澄清、益復殫心利濟、李士謙竭資燔券、歌頌於千家、許文休後己先人、瞻饑寒於九族、孝乎爲政、仁者愛人、匡時之略、已獎於絲綸、嘉遯之懷、仍安於林壑、不營服玩、獨好登臨、謝康樂多紀游之詩、許元度有濟勝之具、仁智根乎本性、高深遂其德機、遠結古歡、博蒐寶刻、粹薛洪之秘本、三體精研、藏顧陸之遺珍、百廚手署、同時如何子貞太史、吳子苾閣學、相與辨析古今、評量紙墨、小山之高頡頏無媿、延陵之雅、贈答交相、往往雨中折巾、時流競效、雪夜放櫂、高寄無儔、聞名者驚爲神仙、待澤者羣相尸祝、其壯而樂善好古有如此者、今夫決達人於明德之後者、貞存也、求忠臣於孝子之門者、義教也、公抱珪璋之德器、擅黼黻之文章、而乃蟬蛻世榮、鴻冥物外、炳燭勤脩於晚歲、納楹屬望於後人、伯潛閣學、早步木天、久陪香案、政事治安之策、殿陛動容、論思獻納之篇、都人傳寫、瑞如鳴鳳、威等神羊、呼古弼爲筆頭公、稱陸贄爲眞學士、會昌直節、本受教於忠公、純佑藎謨、實濟美於文正、于時入參日講、出駕星軺、芷蘭同升、桃李並茂、上下門生之句、特美於陵、大小夏侯之稱、羣推桓郁、帝心久眷、海警俄聞、夙知經緯之才、特畀折衝之任、移西江之駐節、治南服之犀軍、允文勞師、激昂諸將士雅擊檝、忼慨中流、方將吐儒者干櫓之奇、奏禁中頗牧之效、而乃柳營乍啓、萱蔭遽彫、同甫之論方陳、曲逆之奇未著、是則大任將降、動忍先經、羣望所歸、迴翔未至也、若其忠於謀國、勇於求才、諸將失期、李陵致敗、危時薦士、房琯無功、縲壘森嚴、何嘗於吏議、江湖浩蕩、終賴於明時、而伯潛有斐詠詩、无悶占易、幽蘭芳蕙、斯爲君子之貞、白華絳趺、爰得詩人之樂、吾知雞鳴不已、虎氣終騰、以六月假息之期、治千秋不朽之業、他日者秉黃髮之詁謀、爲黑頭之公輔、八公克敵、東山激賞於兒曹、新建策勳、海日婆娑於林下、惟此國楨之寄、莫非庭誥之傳、而兄羣子能文、諸孫接武、得義得筆、顏氏多才、習禮習書、仲華善教、其老而教忠垂範有如此者、之洞與伯潛、曩在京朝、同官侍從、相勖古義、何啻同聲。自痛鮮民、遜其一樂、大澂與伯潛、誼屬年家、情均昆弟、聞詩庭之緒論、仰台斗之儀型、玆者花甲初贏、鞠泉正灩、入高陽之里、列笏盈牀、啓平泉之莊、添籌滿屋、用是驪除世論、汰削諛辭、舍南榮福海之浮夸、述東觀儒林之雅操、鶴尊香溢、鴻朗函開、招九曲之仙儔、賞三山之秋色、紀晁氏昭德編之盛、貽厥子孫、披歐公集古錄之文、壽同金石、

故定州直隸州知州馬佳君祠碑

夫九江傳記、報功爲典祀之經、抱朴內篇、德頌有揭石之義、所以陝東草木、懷茇舍之人、沔上旄倪、酹路衢之酒、託精誠於荒怪、羅池稱神、緜遐想於山河、欒公立社、凡以撥張豹產、雕畫宓期、鐫懿圖芳、其義古矣、定州北負陘塞、東蟠惡沱、五輔望緊之區、四支珠玉之地、秉麾作牧、良躅宏多、李克樹恩於文侯之朝、高溦流惠於河清之代、永徽之元軌、女眞之石臯、韓忠獻四裔知名、蘇子瞻中

朝第一、爾蹤方軌、其惟馬佳君乎、君諱寶琳、字夢蓮、姓馬佳氏、鑲黃旗滿洲人也、君考禮部尚書、諱昇寅、謚曰勤直、八州作督、三命爲卿、羽儀炳乎皇猷、行義光於柱史、君生而憺定、長而奇龐、孝感致雛翟之祥、因心流頌鴒之譽、風儀淵令、八窗四達之名、才性都長、六筆三詩之藝、由廕生戶部主事、出爲直隸趙州知州、移知定州、良弼泳澤、芬若椒蘭、桀黠聞聲、畏逾葱艾、佳吏無其子諒、粗官無其綀深、在職八年、實兼四善、可謂籠二機而竝運、掩三異而孤升者已、遷知正定府、調保定、署清河兵備道事、仁風翔於巷衢、惠問達於旒扆、方將騁長轡、擁高牙、而嚙指思親、投簪招隱、自撰閒居之賦、無聞北山之移、今者遺愛已徂、清徽未沬、此邦美政、略可臚焉、州南汚澤、盧奴故道、旱乾水溢、下汙高萊、君決其潘潴、寫以落渠、重膇之疾既祛、神腴之利斯溥、淤泥數斗、下田皆良、鄰畝一鍾、首鍾先入、故能埭稱召伯、溝號張綱、是曰殖利、其政一也、州有大猾、莫敢誰何、玩密綱之凝脂、騰燒城之赤口、便文賣直、鼠善穿墉、飢法告姦、狐能射影、君不陳鼎而燭罔兩、不受箭而知馬羊、收稱季於霸陵、案絜舜於京兆、虎冠雖健、不能燒田叔之獄詞、鼠磔徒工、不敢書絳侯之牘背、掾絶文害之習、邑無訟眚之逋、是曰擿姦、其政二也、州治置郵、交午、冠蓋夷庚、高雞泊裏之健兒、芒碭山中之亡命、取人大澤、分絹林陰、君厲秋隼之棱威、察淵魚於眉睫、五色巨棒、四部督郵、絳縷禽魁、靑犢匿影、十里雙堠、五里隻堠、如行堂奧之間、文吏赤丸、武吏白丸、膊諸高城之上、毆京兆界中之盜賊、盡入扶風、解天水道上之衣裝、付之太守、桃李懸而不掇、桴鼓設而不鳴、是曰悅旅、其政三也、建國親民、敎學爲先、移風易俗、莫善於樂、君儆犬酒之弗具、閔鱗虡之闕如、修治頖宮、張設雅樂、義堂闓邃、靑龍勒禮器之年、石室紆縈、白鹿廣子矜之問、損一益一之嘗、判懸特懸之鍾、扣角扣宮、不硍不弇、在昔史晨銘春饗之奏、潘乾樹校官之碑、揆其設施、何慙襄晳、是曰文化、其政四也、州境有淸風明月二鎭、囊家列廛、袪服闤市、叢祠好博、饗姐能歌、一梟五簺之場、跕躧彈絃之會、習沿弟靡、鼓扇輕浮、君糾之以四維、漸之以五戒、本富末富、不摧搏進之錢、大匠小匠、坐廢女閭之令、投軍門之戲具、奪北地之燕支、九涂之楚梱皆高、一夕而齊衣變紫、是曰訓俗、其政五也、方志圖經、知今鏡古、襄陽耆舊、桂海虞衡、君掇兩部之喧囂、拾百年之廢墜、弱讐油素、手剟汗靑、鮮虞肇封、靖王就國、安喜併省、解瀆分封、胡燕故都、遼羿營頓、苦陘廛稅、曲逆繁耗、殺虎兵衝、飛狐扼塞、初唐石壘、北宋陶官、莫不精據密攟、統蒐臚晰、令儀孝女、親裁黃絹之辭、悴節桓䕺、爲翦皮金之字、補前人之荒略、揚獨行之潛光、洵可爲司牧之準繩、新尹之龜鑑者歟、是曰後法、其政六也、柳子厚澰滐山川、員半千粉澤文雅、槩春園址、閲古堂基、茂草不除、風流頓盡、睎高慕古、長想遠思、焚刈蕨蕪、繕治闌楯、務使愛人思樹、無間乎古今覩器升堂、寫心於嚮往、放衙小史、塌永和百本之甎、公讌射堂、酌中山千日之酒、政平刑措、守樂賓從、是曰景賢、其政七也、賅此七長、爰興百廢、墨膠傳犢、是謂眞清、葦杖懸庭、不關細愛、牙軍課柳、見士行之吏才、壺士翳桑、誦宣孟之實惠、梁公謇直、獨留泰伯之祠、季友詞華、重見張良之廟、語其徽烈、罄牘難殫、是用亥生卯狀之苗、竝莖雙穗、汗血龍文之産、一乳同槽、其去也有解韡斷鐙之思、其歿也有抉塡釋軒之慕、迺者軍州將吏、三老學僮、訴於行臺、上之儀部、謂宜闡其芳秘、報以蕭脂、以同治五年十二月朔上聞、即日奏可、不鄙謭劣、來徵文辭、予惟汝南之祠、荀勗建於生存、秣陵之祀、蔣侯託諸神道、神道則涉於誕、生存則嫌於諛、唯茲不朽之名、庶符無媿之語、乃最其上善、俾鏤貞珉、霜露星河、歲時膢臘、知朱邑之魂魄、猶戀桐鄉、喜陸雲之圖形、常依縣社、嗚呼、星移谷爛、不磨峴首之碑、麗遠爔今、請視雪浪之石、銘曰晝盡聖慈、貽我神君、琦行瑋度、兼資武文、文則鸞皇、武則毛摯、義矩不䵞、仁瀾不息、定武之石、不可泐思、定武之政、不可滅思、

陳可園先生軼著

一切經音義通檢序

緊夫六書之訓故、至唐乃集其大成、小學之源流、惟釋亦分其別派、一切經音義者、蓋唐沙門慧琳之所彙輯、而遼沙門希麟之所賡補也、其時華夏同文之盛、廣被鯤溟、高麗慕化之心、尤崇象教、凡屬梵函之秘、盡爲大藏之儲、世歷千載而云遙、書寄三韓而亡恙、直至明神宗之代、倏遭平秀吉之師、灞上兵來、入府先收圖籍、蜀中使返、輕裝悉載詩書、是册流傳、遂歸日本、獅谷蓮社、棊之於始、高野寶院、印之於終、都爲一百一十卷、兩部相承、單行已久、以東洋之蕞爾、備西藏之大觀、洵可謂禪苑功臣、蓺林別子矣、顧何以海外有截、紅蟫之蝕無

虞、中原多故、白馬之馱不再、慨宋元之迭代、屢易滄桑、悵文獻之無徵、矧茲貝葉、雖以永樂大典之浩博、儀徵相國之蒐求、猶未能仰證前聞、獲窺全帙、故四庫未收書目、所載者僅元應羣經音義二十五卷、及慧苑華嚴音義四卷而已、海市既開、使星四出、偶過嫏環之福地、得覘梵夾之遺編、火衍傳薪、賴大千衆之施送、珠還合浦、從長崎島以攜來、豈不足津逮後人、宣昭來哲也哉、惟是經皆分部、解各隨經、不熟諸經、難尋眞解、每索塗而擿埴、覺問日而叩槃、學者病焉、作霖識愧管窺、迷思鍼指、欲得貫通之法、別求簡易之方、東海無際、既匯衆流、南山雖高、豈無捷徑、於是抽毫劄牘、提要鉤玄、遵康熙字典之部居、仿說文通檢之條例、某卷某頁、注於各字之旁、三言五言、悉以末字爲斷、內典則略爲採擷、譯言則概付闕如、至於彙引篇名、別爲疏證、上觀千古、頗多未見之書、守在四夷、敢斥異端之學、凡茲所述、其類實繁、經始於甲午之秋、斷手於乙未之

夏、曠時曠日、比博奕而差賢、一物一名、校蟲魚而更瑣、雖不足登大雅、聊藉以牖啟羣蒙云爾、

埶文

補刊夏峯遺書叙

李見荃

余家藏有夏峯先生理學宗傳四書近指嘗一再讀之未睹其全民國十年秋與夏峯　世孫志憲茂材同寓開封四存學會朝夕晤談志憲識度超卓以光昭先德爲己任贈余以夏峯全書並云書中有闕漏者擬補刊之因請爲叙竊維夏峯從祀廟廷其書傳播海內如揭日月而行何待叙末學小生於斯道未窺萬一又何能叙顧嘗思之清初大儒輩出如顧寧人黃梨洲王船山李二曲諸先生皆前明遺老名重一時獨夏峯門徒最盛爲一代理學之宗揆厥所由自漢以來經學分門戶自宋以來理學亦分門戶夏峯含宏廣大渾無際涯趙御衆謂其以天爲歸以孔爲的有以爲非考亭之學者先生不辯有以爲遵姚江之學者先生亦不辯湯文正公謂其履道坦坦貞不絕俗合而觀之夏峯不表異於人人安能目外於夏峯傳曰與人同者物必歸焉此所以兼山一室不

曾子靜之象山紫陽之鹿洞也今日者夏峯往矣顧其書存即其人存有私淑艾亦在學之而已學其孝友而倫紀可修學其氣節而廉耻可立學其表章先哲激濁揚清而風俗人心可以轉移孟子曰經正則庶民興庶民興斯無邪慝雖民國初造世道之壞甚於夏峯時代要有由剝而復由否而泰之一日也是則吾黨之責而志盡之志也

四存學會爲長辛店孟蘭誄陣亡士卒　　齊廣芾

自古疆場爲發揚武勇之地兩軍交綏俘而死者在禮飾喪不嫛謂其嫌於無勇也然明堂之所弗登者又往往以有勇用違其道踬僨則亂君子以亂之所由涵正勇之所由失於是執干戈衛社稷而爲國效死之義例以起民國紀元之十有一年直奉以組閣違言歸於兵始注津沽嚗鋒落垡堡蘆溝橋卒於長辛店大肆決勝負論者猶以增多傷亡爲言夫兵不習則疏器不習則窳兵疏

器亟以當方今强鄰之環伺吾知其無能爲役也是役也迹雖近乎鬩墻要於爲國未始無補外患日極矣設由此與海外諸國相見疆場向之所引爲深慮者今則習其兵與器焉所謂袵金致死北方之勇燕趙之士優爲之竊獨非端始今茲之戰也乎京師商會將建中元盂蘭之會於直奉大膊地脫度戰死乃爲之誄曰

天泬寥其序秋兮旻中元以茲辰航盂蘭之靈筏兮超九幽之沈淪厭畏溺三死其猶弔兮而兇殺魄與英魂異軍奮其特起兮志敵吾人之所慽余信褋此姱節兮噫適大屆之沆瀣斷脰决腹於一瞑兮飴原膴之裒屍丸洞胷猶星流兮震雷虓虓以駢隨死禺人以頸杖兮季路醢以結綫木歛魂以楂楬兮草絫骨而䕸葳凶問遲於家人兮窀異域其淹羈跳望哭之稊子兮壑宵祭之寡妻人方紆青以拖紫兮羌子獨罹此粉虀動仁者之嘆喟兮髑骸積其成莽覽故

壘風慘而雲黯兮離彼不祥些焉處背行先招以工祝兮又醮以鐃盆之鼓箏縷裝其鄭緜兮穱麥粢以饋饟肱寒餓之交薄兮聊安夫夜臺以徜徉勿乘沴而瘧厲兮待輪迴乎極樂之鄉固世俗好行其德兮亦唯心儀夫國殤

尚書大義序

李葆光

聖人之不作久矣舉世紛紛盡苦于亂臂之居城市者久與塵垢相接覽錢塘渤澥之圖犂然有江海之思焉尚書乃聖賢之江海也而圖之者誰歟今夫渤澥之壯錢塘之奇大地鮮其倫然而漁父舟師終歲遊其間畢生棲其側于風物之美煙霞之勝毫末無會于心也及至顧愷之王維之徒遇之森然魄動肯然神往放筆寫圖以示後人于是錢塘渤澥之鉅觀雖遠在萬里之外而一時具見于吾目前今吾師北江先生所譔尚書大義其發揮古先聖賢之意態懷抱何異顧王之圖江海乎尚書爲吾國最古典籍自唐虞以至於周末舉凡政

藝學術道德之升降聖王賢相哲人桀士之訏謨遠猷胥著於篇而後世學問之士致力於此者不可勝數也顧經義閎深簡牘錯亂訓詁家率難窮其奧今先生仰承家學參以心得以顯豁之筆抉書中祕旨公之於世使學者讀之幾忘其爲往古最難讀之籍而恍然與堯舜禹湯文武周公周旋於文字間也烏乎非神於文而心通古人立言之意者惡能若是夫吾人所貴於學者以其當繼古而開今也當代豪傑苟能沈潛此書以深求前世聖賢修身治國之道而奮起以挽今日衰季之局其尤爲先生辛苦著書之本旨哉葆光夙受此經懇其泯而無傳也乃與張君慶開雷君某集議梓而行之且承先生命叙述其大要云民國十一年八月門下士南宮李葆光謹序

七夕前一日孔才見和疊均奉酬　李葆光

銀漢高居忽自危天孫昨夜下瑤扉雲錦霞綺隨指揮舞遍塵海無人知神清

骨冷氣拔時幽人志與仙同馳仙口不甘饘與酏惟吐五色光君詩詩筆亢健
凌秋巇問年幾許頷未髭瀟江菰秀雁南歸征夫此去疲軍麾一水相望渺是
非天上人間淚同垂重重身畔禦寒衣尚想纖手浣濤谿事殊扞侮出重韙誰
將寃憤向天披借君妙翰書金泥

聞皖中將修道築公園寄省長秋浦公兼呈馬冀平翰林 代

潘式

吾土荒陋民氣鬱阻絕恍若千褒斜豈惟賄滯致貧瘠兼傷智隔狀英華忽聞
修道通脈絡開俗移風此其鑰通惠商工徠遠人康莊立看車交錯平生端有
活國計鄉邦小試牛刀鍔憶自京華接履趨春秋倏謝公何如頗聞横颶搖碧
海定知直氣凌剛須官事彈丸脫手過風流更與民同娛超然臺麗蘇招客豐
樂亭高歐曳裾蒼然南望天高迴淮泗雄風今未泯眼前措置庶人歌豈識宏

謀猶待時

書懷 戊申在保定作

李葆光

南山剷盡海塡平壯志童時父老驚誰肯折腰衘微祿久判敝屣棄浮榮勒勳
片石垂千古飛檄崇朝下百城此願欲酬定何日危樓獨立四無聲

和答孔才

潘式

林林萬億彙羸萎不得蘇茫茫矚中區鬱怨通天衢兩間城突大樂土如丸乎
西方稍稍覺侈口和平呼我東華夏域猶復肆剿刳勞勞終靡鹽頳尾憐魴魚
骨化戰塵飛魂歸城已屠乘除炎勢輩幻如蜃氣噓彼曹固易改吾甯堪再墟
惟知競雄長焉惜生民辜儒生無寸柄弄筆伏窮廬顧有縱橫心黎元難欲紓
憂天衆所笑自視還啞如賀子名家傳同師幸共途高蹈道與義抗志在詩書
雄心勃復起未覺孤吾徒維昔太夫子名德馳坤輿屹然作大師導世辨純誣

門下多彥碩。大才曠代無。小者紛湜籍。至今垂楷模。今門皆少壯。揖讓思唐虞。儻復蓮池盛。大聲啓瞶聾。燕趙多豪士。悲歌頽膂扶。撥霧還太淸。安識獨非吾。烏乎蓄此意。空文徒自娛。姚負編貝齒。盤食無華豬。學成亦安用。閉戶鋤園蔬。去去莫復道。方今觚不觚。試登太華巔。燐火交橫趨。和歌意未極。悲憤何由攄。

永定河　李葆光

手舉無情水。揮刀一斷休。累年厭膏血。何日洗干矛。影落湘鴻遠。聲翻塞草愁。拱辰無北向。會海漫東流。

談叢

衛子夫雖廢然固皇后也不可言其衛媼之女故於世家曰生微矣蓋其家號曰衛氏而於衛青傳詳言其父母及冒姓衛氏又書曰衛皇后同母弟則子夫之爲鄭季女可知世家僅以蓋字著其疑微婉可風

齊悼惠王世家附城陽王章濟北王興居趙王友諸人高祖諸子世家也梁孝王世家附梁王勝代王參文帝諸子世家也

呂氏之禍張良成之高祖欲易太子良爲呂后畫計欲使太子將擊英布又爲畫計至再至三卒定太子而成諸呂之亂使當時孝惠早廢呂后何從擅權乎其言曰以太子將譬猶以羊將狼必如此言則是太子終不能有所事也況既不能使將獨可使輔之爲天下乎蓋以帝春秋高如意幼弱思自結呂氏以固其權名託爲正其心不可問矣其子辟彊年十五即說陳平請封呂氏童子何知非良教之而能爲此計乎辟彊後無所見則其無能可知何以獨能窺呂后

之意且爲平勃所不及乎非良所教而誰教之況高帝時辟穀道引從赤松子遊而惠帝時即復進食非薄於高厚於惠而何呂后之亂世多以責陳平然無張良呂后尚未敢遽議王諸呂二人爲一世人望已附和其意呂后何憚而不爲故吾謂呂后之禍其罪以張良爲最大陳平次之

老子爲周衰巨子而其學異於孔子史記載猶龍之言即以孔子爲定論以見老子之學必經孔子論斷方爲定評玩其文詞亦非過於尊崇之意鳥獸魚皆有實蹟可尋故可矰可綸可網皆以喻百家諸子皆可易窺底蘊龍不能知其乘風雲而上天謂不能知則雖號神物而實無益於世既不能知則亦不能爲用以喻老子以道德爲名而實無可指證者也謂莊子汪洋自恣以適己則老子之汪洋自恣可知謂申韓本於黃老則道德之不無流弊可知謂老子深遠則老子遠於申韓也謂老子遠於申韓則老子不得與孔子並論著老子之姓

氏里居官階子孫則一切怪誕之說皆妄爲老子不知所終則一切神仙之事皆虛謂老子蓋一百六十餘歲或曰二百歲或曰太史儋即老子或曰非世莫能知以著傳聞異詞而終之老子隱君子則一概異說皆不問而知其妄矣

史記列孔子爲世家老子列傳謂孔子至聖而謂老子隱君子且於老子傳大書而特書曰孔子卒後百二十九年雖謂老氏絀儒家儒家亦絀老氏道不同不相爲謀而其抑揚軒輊之旨已在言外

周時諸子以管子最先史記即以其傳次第二故予謂史記兼括九流管晏法家也（晏子墨家）老韓道家刑名家也田穰苴孫吳兵家也張儀蘇秦樗里疾甘茂范睢蔡澤縱横學家也孟子荀卿儒家之正派也

管晏老韓穰苴孫吳皆諸子也其傳曰是以不論論其軼事以其書世多有也仲尼弟子孟子荀卿傳皆無多亦以傳其書也屈原不載離騷以有楚詞賈誼

不載陳政事蹟以有新書也孔子言行皆載六經而復載於世家者所以自變其例以明孔子爲萬世所宗也

榮成孫先生謂伯夷列傳雜引古事若無統紀其實皆傳疑之筆得言外之意孔子曰伯夷叔齊不念舊惡又曰求仁得仁又何怨又言餓於首陽之下民到於今稱之孔子之言如此至孟子始言避紂居北海就文王亦無扣馬采薇之事故史記言載籍極博猶考信六藝以明旁說駢枝皆當以孔子爲斷詩書雖缺然虞夏可知明異說之多然可考證其眞僞以後乃引說者所謂許由卞隨務光之事皆出異說未可爲信引孔子之言以明伯夷之事如此而睹軼詩則異於孔子所言矣其傳曰之傳當讀傳聞之傳言孔子所言如彼而傳聞如此孔子謂又何怨而采薇之詩則爲怨詞故曰由此觀之怨邪非邪以言其異於孔子所言也至天道無親以下則歷引古今事以致慨貪夫徇財四句則言人

四存中學校圖書閱覽室簡章

課外練習事項之一

1、本校購備中西書籍以及雜誌圖表等類、專供本校學生課餘閱覽、以爲增進智識輔助正課之用、

2、本室設名譽經理二人、由本校級任教員兼任之、負指導獎勸及備諮詢之義務、設收發員十人、紀錄員十人、由各級學生中公選之、

3、本室收發員司收發書籍事項、紀錄員司登錄事項、其保存、整理、檢查、等事、由各該職員禀承名譽經理、共負完全之責任、

4、閱書時間除星期六日外暫定爲每晚七點至九點

5、凡本校學生、均可於本室規定時間內、隨意入室閱書、本校職教員、如欲於此時期內、入室閱覽以資倡導、尤表歡迎、

6、入室閱書須循序向收發員說明所借書名、由該員以次發給、領書時須

由紀錄員將書名及閱書人姓名登錄於册、交還時更由紀錄員註銷、收發員收放原處、

7、凡閱書者須在本室閱覽、不得攜出室外、

8、領書後須加意愛惜、不得折損毀壞、及有圈註塗抹等事、違者議價賠償、

9、閱書時須靜心玩索、不得任意喧嘩、並不得低吟高誦、或來往遊行、致紊秩序、

10、如於書中有疑難之點、得向名譽經理質問、（中文書張夢泉先生擔任 英文書馮宗翰先生擔任）或向同學研究、但不得高聲談話、防礙他人、

11、本室書籍除由 徐前大總統及本校購備者外、如有校外名流、及校內職教員學生贈送本校書籍者、亦一律發交閱書室以供衆覽、并在本室公布捐書人姓名、垂諸永久、且誌謝忱、

中華民國十一年九月一號出版發行

編輯者　北京西城府右街　四存學會編輯處　電話西局二四〇八號

發行所　四存學會　北京西城府右街　電話西局二四〇八號

第十三期

印刷所　京師第一監獄

總發行所　北京西城府右街　四存學會出版部　電話西局二四〇八號

分售處　四存學會各分會　國內各大書坊

中華郵務局特准掛號認爲新聞紙類

報資務請先惠凡價目一元以上均不收郵票

本月刊價目

本期數	期限	價目
一本	一月	二角
六本	半年	一元一角
十二本	全年	二元

郵費

區域	本數	郵費
本京	一本	一分
	六本	六分
	十二本	一角二分
各省	一本	二分
	六本	一角二分
	十二本	二角四分
外國	一本	八分
	六本	四角八分
	十二本	九角六分

廣告價目

篇幅	期限	價目
全幅	全年	四十八元
	半年	二十四元
半幅	全年	二十四元
	半年	十二元
四分之一	全年	十二元
	半年	六元

廣告概用白紙黑字登載在一年以上者價可從廉

四存月刊編輯處露布

一本月刊月出一册約五十頁至六十頁不等

一本月刊多鴻篇巨製不能一次備登故各門頁目各自分配每期遂門自相聯續以便購者分別裝訂成書

一本月刊所登未完之稿篇末未必成句亦不加未完二字下期續登者篇首不復標題亦不加續前二字祇於目錄中注明以便將來裝訂成書時前後聯續無間

一本月刊此期所登之外積稿甚夥下期或仍續本期未完之稿或另換本期未登之稿由編輯主任酌定總求先後一律登完不使編者閱者生憾

一本月刊第一期送閱第二期須先函訂購屆時方與照寄嗣後訂購者如願補購以前各期亦須來函聲明始行補寄

本月刊投稿簡章

一投寄之稿或自撰或翻譯或介紹外國學說而附加意見其文體均以雅潔明爽為主不取艱深亦不取白話

一投寄之稿如有關於顏李學說現尚未經刊布者尤極歡迎

一投寄之稿望繕寫清楚以免錯誤能依本月刊行格繕寫者尤佳其欲有加圈點者均聽自便否則亦望將句讀圈清以便閱者

一投寄譯稿並請附寄原本如原本未便附寄請將原文題目原著者姓名并出版日期及地址均詳細載明

一投稿者請於稿尾註明本人姓氏及現時住址以便通信

一投寄之稿登載與否本會不能預為聲明奉覆原稿亦概不檢還惟長篇譯著如未登載得因投稿者豫先聲明寄還原稿

一投寄之稿登載後贈送本期月刊續登至半年者得酌贈全年月刊

一投寄之稿本月刊得酌量增删之但投稿人不願他人增删者可於投稿時預先聲明

一投寄之稿經登載後著作權仍為本人所有

一投寄稿件請徑寄北京府右街四存學會編輯處收

第十四期月刊目錄

四存月刊

顏李學

樂瓊絕乃爾出而問人亦無知者日結於心不能忘兩載前聞杭州毛河右先生知樂已而至桐鄉蒙先生賜樂錄二部遂於去歲走杭問樂先生曰向之論樂者皆誤也樂以聲爲主歷受五聲九聲七始十七律之法受歸審以己音按以絲竹乃知人皆有聲人聲調之以律皆可爲樂而何以論樂者惟籌管數累黍較尺主客轇轕使舉世茫然自居於瘖啞以爲古樂不可復是言衣食者不以口嘗味身量服傳聞古聖衣食之制皆取諸易因爭執乾坤以爲衣裳描畫小過以爲杵臼令人惶惑莫解駭衣食爲神奇而去之飢且寒相尋以痍也豈不異哉塨獲遇先生自覺心怡意解渢渢乎古樂若在當前矣惟是先生樂錄開二千年之悠謬以明三代元音實過苑洛而塨力學精進遠遜椒山是則對樂錄而生愧者也大可報以書曰以講求古樂一事千里命駕已堪駭世況兩日而業已卒豈漢唐後豎儒小生所能到者直千秋一人而已踰月復如杭以

樂學蠡就投受業刺於大可因以所學樂錄就質質定聲錄㑨不當生乙四字調無乙字正與林鐘不生大呂生簇合大可以爲然又質唐五聲歌訣大可曰歌存圖亡未悉也及恕谷北歸舟路沉吟恍若有得及著宮調圖幷七調全圖每調有宮商角徵四調與唐後相傳四十九調四十八調二十八調二十四調皆可相合復思器色七聲隔八相生圖前謂㑨生上爲四字調不用乙義尙未盡取竹吹而度之乃悟正生淸淸生正高低相生之法也畫十二律隔八相生旋相爲宮合圖畫五音七聲十二律器色七字爲七調還宮相生全圖復錄出寄正大可大可復書曰寄來樂律一本大奇大妙不謂通人之學能推廣未備發攄盡變至此此道爲千古來第一難事能涉其藩籬已誇神絕況能排闥入室直窮其奧爾爾始信杜夔荀勖非尙雋物必如吾恕谷者眞蓋世豪傑也自先父先伯兄亡後此秘亦寖失其傳故甯府五聲圖記歌訣乃樂律最吃緊事

而恍惚不能了了多方推測一往鶻突每一念及輒迷悶欲死今得恕谷闡發之千年之秘爲之一開實天地造化特鍾其人以使萬古元音乃在人間賛宗先師必稱慶地下而世莫知也老眼睹此可以含笑入崦嵫矣宮調圖每調分五調妙絕七調全圖皆有實落且使歷代謬樂曲調有暗合處皆歷歷指出所謂合同而化非絕世聰明不能至此奇矣奇矣十二律旋相爲宮隔八相生諸圖器色七聲旋宮相生圖俱天地之房五音七聲十二律旋宮相生圖俱一理分剖而盡其變化坐而言之起即可行楊忠愍親見虞舜吾謂恕谷必親見后夔矣此非誇言也第不知尊著樂錄有多少其宜先流布者或刻於南或刻於北亦須早定且示我也恕谷遂著六律正五音圖說寄大可是正大可答書稱其英雋爲概世一人且言已鐫學樂二卷入西河集內又十餘年大可又手書寄恕谷稱其於禮樂大事皆洞徹原委爲先聖先哲所系賴大可時年八十四

矣猶然蠅頭細書與前學樂時無異大可博學有文著述甚富即與恕谷相見論易論尙書論均博而能要皆堪資法然恕谷之不遠千里爲問樂來也謹錄其問答始末與往還書疏後人有志樂學未始非徑涂之一助也

師承記二終

師承記三

天津徐世昌纂

萬季野名斯同父兄以文學世家季野博淹能強記名尤盛恕谷之主左都御史吳匪莪教其子姓以六藝之學季野暴聞其名意不慊又知恕谷夙從毛河右遊季野先嘗有父行叔季在史館纂修爲河右所折嗛之曰久未有以發及赴金素公筵恕谷後至季野酒餘赫然曰先生撰河右集序稱許太過將累先生恕谷謝曰敢拜直言然序文先生未深讀也以躬行自勵以讀書歸毛先生方慙虛大非以屈諛且聖道恢廓詎一說而已胡朏明曰然因罷去既而季野見恕谷復謂之曰先儒訓學錯出愚謂祇是讀書耳恕谷不答知其有纂輯禮書叩之季野論禘及廟制甚析又言隸書即楷非八分復邀恕谷過其講會說三代暨元明選舉賦稅制度并漕運二洪泇河水道恕谷屢與過從終不免退

有後言會吳都憲及少宰徐果亭謀梓大學辨業恕谷念季野負重名或詆譏不如先質之合則歸一不合則當面剖辨以定是非乃持往求正踰數日復語季野下拜曰斯同今始識正學矣少從遊黃梨洲聞四明有潘先生者曰朱道陸禪往詰其說同學因轟言斯同畔黃先生先生亦怒斯同遂置學不講專窮經史忽忽誦讀者五六十年不謂今見先生示我聖道正途也爲序其大學辨業曰大學一書見於戴氏之禮記非泛言學也乃原大學教人之法使人實事於明親之道焉爾其法維何即所謂物也其物維何周官大司徒之三物是也周先王設黨庠術序皆以此爲教故族師月書黨正季書州長歲考鄉大夫則三歲大比以興賢能而大司徒即以賓興之典舉之當是時上無異教下無異學其爲法易施其爲事易行也降及春秋世教漸微而大學三物之法或幾乎衰矣然教雖衰其成規未嘗不在固人人之所共知此作大學書者所以約其

旨於格物以見三物旣造其至則知無不致而誠正修齊治平之事可由此一以貫之矣後之儒者不知物爲大學之三物或以爲窮理或以爲正事或以爲扞格外誘或以爲格通人我紛紛之論雖析之極精終無當於大學之正訓非失之於泛濫則失之凌躐將古庠序敎人之成法當時初學盡知者索之渺茫之域而終不得其指歸使有志於明親者究苦於無所從入則以不知物之即三物也蠡吾恕谷李子示予大學辨業一編其言物謂即大司徒之三物言格物即學習禮樂射御書數之物予讀之擊節稱是且歎其得古人失傳之旨而卓識深詣爲不可及也夫古人之立敎未有不該體用合內外者有六德六行以立其體六藝以致其用則內之可以治己外之可以治人明德以此親民以此斯之謂大人之學而先王以之造士者即以之取士其詳見於周禮其法實可推行於萬世惜乎後之儒者不知也獨程子謂大學之書古之大學所以敎

人之法而朱子引之夫既知爲大學教人之法何不即以三物之教釋之而乃指之爲窮理夫言學習三物則窮理在其中但言窮理則學習三物或未實矣李子本其躬行者著爲是編乃述古人之成法非剏爲異途以駭人而格物之正訓實不外此天下固有前人不能知而後人反知之者不可謂後人之說異乎前儒而驚疑之也至妄者更疑周禮三物賓興之說亦未可信然則古之教士取士將無法乎若曰有法是時五經未著文墨未興試問非三物而何法乎此予於辨業一編所以三復而不能自已也季野與恕谷自此嫌疑全釋情好日篤既於講會向衆推恕谷所傳爲周孔絕學且從臾王尚書鴻緒聘入明史館時季野主修明史紀傳成尚缺表志無助者與恕谷雜論經史聲均曰夾室並廟室皆南向故顧命西夾南向敷席晉立古文尚書不可廢恕谷曰夾室東西向非南向爾雅稱東西廂是也公食大夫禮宰東夾北西面使並廟而向南

有功而喜。不如無功。有德而矜。終於無德。

教人奬而勿貶。易於有成。

潔士不可大用。以其如鮮花不耐風塵也。烈士不可大用。以其如利刃不耐挫折也。

待人之道。寬量以容之。小心以接之。

察見淵魚者不祥。

北人多忮。忮强象也。然散而不一。其勢常弱。南人善求。求弱象也。然集而爲黨。其勢常强。

吝人難受人情。懼報也。節士難受人情。恐浼也。貪夫易受人情。懷惠也。狂夫易受人情。不檢也。聖人不拒人情。以中也。

不入世、易。入世而不黏。難。

常以己之有餘。思人之不足則無怨。常以己之不足思人之有餘則不驕。

好矜者中不多。多則不矜。好爭者常不勝。勝又何爭。

先嚴後寬則人感。先寬後嚴則人怨。

用財爲善皆有度。用財無度。則費不可支。爲善無度。則壅不可行。

惡其人而校之。則與可惡之人齊分矣。卑其人而校之。則與可卑之人等量矣。

五倫皆有朋友之意。乃佳。

庸人無事恬放。有事張皇。君子無事悚惕。有事舒寧。

好規人過。亦屬氣量之淺。朋友當勸善多於規過。

善與彰善。其善也等。

治生儉而不刻。御事細而不煩。

南好浮華。北習固陋。無怪史傳之南多而北少也。

之文今從俗補之舅姑禮之如父母醮女之儀【補註】禮記昏義曰舅姑先降自西階婦降自阼階以著代也方氏曰階者主人之階子之代父將以爲主於外婦之代姑將以爲主於內故此與冠禮並言著代也婦見於諸尊長同居有尊於舅姑者則舅姑以婦見於其室如見舅姑之禮還拜諸尊長於兩序如冠禮無贊小郎小姑皆相拜非宗子之子而與宗子同居則受舅姑禮後詣其堂上拜之如舅姑禮而還見於兩序其宗子與尊長不同居則廟見而後往【補註】今人家娶婦親屬畢聚宜留至次日行見舅姑禮畢先見本族尊長及卑幼次見諸親屬各稱禮若冢婦則饋於舅姑是日食時婦家具盛饌酒壺婦從者設蔬果桌子於堂上舅姑之前設盥盆于阼階東南帨架在東舅姑就坐婦盥升自西階洗盞斟酒置舅桌子上降俟舅飲畢又拜遂獻姑進酒姑受飲畢婦降拜遂執饌升薦於舅姑之前侍立姑後以俟卒食徹飯侍者徹饌分置別室婦就餕姑之餘婦從者餕舅之餘壻從者又餕婦之餘非宗子之子則於私室如儀【補註】饋者婦道既成以孝養也舅姑饗之如禮婦之儀禮畢舅姑先降自西階婦降自阼階○元謂此時當隨姑降三日

主人以婦見於祠堂古者三月而廟見今以其太遠改用三日如子冠而見之儀但告辭曰子某之婦某氏敢見餘同【補註】壻婦同往亦從俗也

明日壻往見婦之父母婦父迎送揖讓如賓禮拜即跪而扶之入見婦母婦母闔門左扇立於門內壻拜于門外皆有幣婦父非宗子即先見宗子夫婦不用幣如上儀然後見婦之父母【補註】鄭氏家禮壻婦同往歸家行謁見之禮雖非古禮頗合人情宜從之次見婦黨諸親不用幣帛相見如上儀

婦家禮壻如常儀親迎之夕不當見婦母及諸親不設酒饌以婦未見舅姑故也○程子曰昏禮不用樂幽陰之義此

說非是昏禮豈是幽陰但古人重此大禮嚴肅其事不用樂也昏禮不賀人之序也此說卻是婦質明而見舅姑成婦也二日而後宴樂禮畢也宴不以夜禮也○朱子曰人著書只是自入些己意便做病司馬與伊川定昏禮都是依儀禮只聊改一處便不是古人意司馬云親迎奠雁見主昏者即出伊川卻教拜了又入堂拜大男小女伊川非是伊川云婦至次日見舅姑三月廟見司馬卻說婦入門即拜影堂司馬非是蓋親迎不見妻父母者婦未見舅姑也入門不見舅姑者未成婦也今親迎用溫公入門以後用伊川三月廟見改為三日云【補註】壻往婦家後若富家當有會親一節壻家主人先一日致書于婦父至家以禮款之男屬親皆至主婦先一日致書於婦母至家以禮款之女屬親皆至如俗稱為坐筵斯時昏禮己畢用樂可也婦家不必行○元按此下有儀禮所存惟士昏禮大夫以上俟王等俱非今日所需刪之

喪禮

初終

疾病遷居正寢 凡疾病遷居正寢內外安靜以俟氣絕男子不絕於婦人之手婦人不絕於男子之手【新註】遷居正寢者惟家主為然

既絕乃哭 疾病謂疾甚時也近世孫宣公諱奭臨薨遷于外寢蓋君子謂終不得不爾也○以上溫公言當在上句下○高氏曰廢牀寢于地註人始生在地故廢牀寢於地庶幾生氣之復也本出儀禮及禮記喪大記劉璋曰凡人病危為氣微難察屬纊以俟氣絕纊乃今新棉易為搖動置口鼻之上以為候

也○喪禮甚繁不甚闕切

復

侍者以死者之上服嘗經衣者左執領右執要自前榮升屋中霤北面招以衣三皋呼曰某人復畢卷衣降覆尸上男女哭擗無數呼某人者男子稱名婦人稱字或稱官封或依常時行次稱號高氏曰今淮南民有暴死則使數人升其居屋及於路傍遍呼之亦有蘇活者諸復之餘意與復辟必三

立喪主

凡主人謂長子無則長孫承重以奉饋奠其與賓客爲禮則同居之親且尊者溫公曰奔喪曰凡喪父在父爲主註與賓客爲禮宜使尊者父沒兄弟同居各主其喪註各爲妻子之喪爲主也親同長者主之註昆弟之喪宗子主之不同親者主之註從父昆弟之喪也雜記曰姑姊妹其夫死而夫黨無兄弟使夫之族人主喪妻之黨雖親弗主夫若無族矣則前後家東西家無有則里尹主之喪大記曰喪有無後無無主若子孫有喪而祖父主之子孫執喪祖父拜賓

主婦

謂亡者之妻無則主喪者之妻

護喪

以子弟知禮能幹者爲之凡喪事皆稟之

司書司貨

以子弟或使僕爲之

乃易服不食

妻子婦妾皆去冠及上服被髮男子扱上衽徒跣餘有服者皆去華飾爲人後者爲本生父母及女子已嫁者皆不被髮徒跣諸子三日不食期九月之喪三不食五月三月之喪再不食親戚鄉里爲靡粥以食之尊長強之少食可也扱上衽謂揷衣前襟之帶華飾謂錦繡紅紫金玉珠翠之類【補註】禮始死將斬衰笄纚將齊衰素冠小斂畢而徹帷主人括髮袒于房婦人髽于室

治棺

護喪命匠擇木其制方亘頭大足小僅取容身勿令高大及爲虛簷高足內外皆用灰漆內仍用瀝青溶寫厚半寸以上以煉熟材木夾鋪其底厚四寸許加七星板底四隅各釘大鐵鐶動則以大索貫而舉之○高氏曰伊川先生謂棺之合縫以松脂塗之則縫固而木堅註云松脂與木性相入而又利水蓋今人所謂瀝青者是也須以少蚌粉黃蠟清油合煎

之乃可用不然則裂矣其棺槨之間亦宜以此灌之○胡氏泳曰松脂塗縫之說未然先生葬時蔡氏兄弟主用松脂嘗問用黃蠟爍油否答云用油蠟則松脂不得全其性矣此言有理○劉氏璋曰凡送死之道惟棺與槨爲親身之物孝子所宜盡之物喪之日擇木爲棺恐倉卒未得其木灰漆亦未能堅完或備署月尸雖久留古者國君即位而爲椑蒲歲一漆之今人亦有生時自爲壽器者此乃遊行其道非豫凶事也其木油杉及栢爲上毋使高大以圖美觀惟棺周於身槨周於棺足矣棺內外皆用布褁漆務令堅實余嘗見前人葬墓掩壙後即於松脂溶化灌於棺外其厚尺餘後爲人侵掘松脂歲久凝結愈堅斧斤不能加得免大患今有葬者用之可謂宜矣〔補註〕本註七星板用飯一斤其長廣棺中可容者鑿爲七孔○元按松脂不用油蠟誠爲易裂用油蠟誠不得全其性二說似爲相戾恐以爲若臨壙灌棺槨之間及灌棺外尺厚之脂則已將埋土中不虞其裂矣若生時備壽器塗縫之脂須用蚌粉油蠟合煎乃得變貼或先溶松脂塗一層待裂後再用加粉油蠟者一塗亦可又按溫公不用槨之說覺不如劉氏之言於本心爲安故舍彼錄此

訃告於親戚僚友護喪司書爲之發書若無則主人自訃親戚不訃僚友自餘書問悉停以書來弔者並須卒哭後答之

執事者遷幃及牀遷尸掘坎執事者以幃障臥內侍者設牀于尸牀前從置之施簀去薦設席枕遷尸其上南首覆以衾掘坎于屛處潔地〔補註〕幃聯白布爲之今幃幕是也嚴陵方氏曰人死斯惡之矣以未設飾故幃堂蓋以防人之所惡也小歛則既設飾矣故徹幃焉牀謂襲牀禮始死廢牀而置尸於地及復而不生則尸復登牀

陳襲衣以卓子陳於堂前東壁下西領南上幅巾一充耳二用白纊如棗核大所以塞耳者也瞑目帛方尺二寸所以覆面者也握手用帛

尺	上	乙	四	六	凡	工
無射 高尺以次下 一六	南呂 二	夷則	林鐘 三	四		四

右宮之角黃鐘之角三清

五 夾鐘	四 太簇	大呂	三 黃鐘	二 蕤賓	中呂	一六 低工以次上 姑洗
尺	上	乙	四	六	凡	工
無射 二	南呂 三	夷則	林鐘 四	五		應鐘 高工以次下 一六

右宮之徵黃鐘之徵四清

變宮音

角	商	變宮	宮	羽	變徵	徵
三 姑洗	二 夾鐘	太簇	一六 低乙以次上 大呂	五 林鐘	蕤賓	四 中呂

工	四
尺	五
上	
乙	夷則 高乙以次下 一六
四	二
六	
凡	三

右變宮之宮大呂之宮一清

二 姑洗	工	五
一六 低尺以次上 夾鐘	尺	無射 高尺以次下 一六
太簇	上	南呂
五 大呂	乙	夷則 二
四 林鐘	四	三
蕤賓	六	
三 中呂	凡	四

右變宮之商大呂之商二清

一六 低工以次上 姑洗	工
五 夾鐘	尺
太簇	上
四 大呂	乙
三 林鐘	四
蕤賓	六
二 中呂	凡

應鐘 一六 高工以次下　無射 二　南呂　夷則 三　四　五

右變宮之角大呂之角三清

五 姑洗 工 應鐘 二　四 夾鐘 尺 無射　太簇 上 南呂　三 大呂 乙 夷則 四　二 林鐘 四 五　蕤賓 六　一六 低凡以次上 中呂 凡 黃鐘 一六 高凡以次下

右變宮之徵大呂之徵四清

商音

角　商　變宮　宮　羽　變徵　徵

三 中呂 凡　二 姑洗 工　夾鐘 尺　一六 低上以次上 太簇 上　五 夷則 乙　林鐘 四　四 蕤賓 六

凡	工	尺	上	乙	四	六
四	五		南呂 高上以次下 一六	二		三

右商之宮太簇之宮一清

凡	工	尺	上	乙	四	六
二 中呂	一六 低工以次上 姑洗	夾鐘	五 太簇	四 夷則	林鐘	三 蕤賓
五	應鐘 高工以次下 一六	無射	南呂 二	三		四

右商之商太簇之商二清

凡	工	尺	上	乙	四	六
六一 低凡以次上 中呂	五 姑洗	夾鐘	四 太簇	三 夷則	林鐘	二 蕤賓
黃鐘 高凡以次下 一六	應鐘 二	無射	南呂 三	四		五

論說

三教異同說

姚永樸

易大傳曰天下同歸而殊塗一致而百慮老佛之於儒亦若是爾矣蓋老子所宗本周先王遺教其後鑒文勝之弊持論稍偏然道德經述侯王稱孤寡不穀及吉事尙左凶事尙右於禮何嘗不言之津津豈眞以爲可去哉佛生西方與吾國聖賢未嘗相接因悼世人迷於根塵而入五蘊惑四相囿二執造三業爰導之解脫俾永斷無明以成正果此其修己之嚴敎人之切又何如或據棄君臣去父子禁相生相養之道爲之罪不知彼特以求道之急而然非必率天下之人而緇之而髡之也觀佛在時令出家者冬夏入蘭若聽講春秋歸養父母在家者亦冬夏入蘭若思欲則歸重來者聽迨滅度後遺制凡受戒每壇三人過爲濫法其意可見矣間嘗取二氏書與吾儒參考之夫人之生也自無中來亦自無中去惟性之命於天者爲眞其誘於物而動者妄也老子言爲學日益

爲道日損損之又損以至於無爲佛言一切賢聖皆以無爲法正以此論語曰無意無必無固無我曰無適無莫曰無可無不可曰吾有知乎哉無知也曰予欲無言其論堯曰民無能名論舜曰無爲而治論泰伯曰民無德而稱而中庸篇末歸於無聲無臭此詩之所以詠文王也吾先聖何嘗不出一轍但所謂無者就誘於物者言之非謂命於天者亦可無也故老子曰惚兮恍兮其中有象恍兮惚兮其中有物窈兮冥兮其中有精其精甚眞其中有信佛言空相又言實相而曰此道非實非虛此與易大傳成性存存又何以異然則三敎將無同乎曰其歸一也何謂歸去妄存眞是也若夫所從入之路則有不容牽合者蓋老子以生不辰而有厭世之意佛之道尤以出世爲宗故一尙自然一歸圓覺其所以自修者在此斯其所以詔人者亦在此孔孟則不然其爲道也主乎經世雖了然於死生之說而必務民之義故諄諄焉敎以人倫維之以禮樂刑政

觀六經所言何其懇摯而詳備也昔孔子曰彼遊方之外者也而丘游方之内者也外内不相及斯言也其老佛與儒之辨也與惟其所從入者之異路故曰道不同不相爲謀惟其歸也一故曰道並行而不相悖方今滄海横流人心之陷溺已深固而不可拔故老佛之言吾徒不妨取之以爲他山之助若夫事親從兄與所以治天下國家者孔孟遺書具在抑何可置而不講哉唐宋儒者必詆二氏爲異端甚至比之淫聲美色而不敢近使誠如此何以孔子惜子桑伯子之簡未嘗不許其可而見老子且歎爲猶龍至崇信二氏者又或謂孔子未若彼所造之深廣是但以詞章考據家之所得者爲六經而昧昧於諸經之微言大義亦所謂不登其堂不嚌其胾者也

大同思想以中國爲最先説

吴廷燮

大同思想以中國爲最先禮運大道爲公一篇言之最備注疏謂孔子言有志

者志即古之遺記天下爲公者謂禪位授聖不家之選賢與能者謂不世諸侯惟選賢與能老有所終者謂四海如一無所獨親故天下之老者皆得贍養終其餘年壯有所用者謂年齒盛壯者不愛其力以奉老幼幼有所長者謂無所獨子故天下之幼皆獲養長以成人壯不愛力故矜寡孤獨廢疾者皆獲恤養貨惡其棄於地不必藏於已謂財貨天下共之不獨藏諸府庫但若人不收錄棄擲山林則物壞世窮無所資用故各收寶而藏之非是藏之爲已有窮乏者便與也力惡其不出於身不必爲已謂凡所事不憚劬勞而各竭筋力者正是惡於相欺惜力不出於身非是欲自營贍謀閉而不興者謂天下人一心如親子故圖謀之事閉塞不起盜竊亂賊不作者謂有乏輒與則盜竊焉施有能必位則亂賊何起是謂大同者率土皆然故曰大並引堯不私丹朱舜不禘瞽叟爲不獨親其親子其子之證詳繹禮運之義今歐美民主政治固不能出其範

團即所謂社會政策亦多爲所賅括美國民主雖仿於大秦傳選立賢者然皆在唐虞大同政治之後而淮南子所言神農養民以公不忿爭而財足不勞形而成功因天地之資而與之和同列子所言黃帝夢游於華胥之國其國無師長無嗜慾無所愛憎無所畏忌美惡不汨其心山谷不躓其步黃帝既悟自得又二十八年天下大治幾若華胥之國是二者之思想則又越禮運大同而上非獨禮運所記如是中國孔孟程朱莫不以是爲教孔子删訂六經於易之乾則曰見群龍无首吉革之彖曰湯武革命順乎天而應乎人於書之堯典則詳記堯舜之授受（驩兜欲立丹朱則堯斥之師錫虞舜則堯從之）召誥則載周公監夏監殷祈天永命之訓伊訓皇天無親惟德是輔諸語雖出古文然必古記相傳有是說於詩之小雅則存中原有菽庶民采之一章（毛鄭皆謂此言國不能自治必有人代治之）大雅則存儀監於殷峻命不易之語春秋所以儆暴君譏世卿者更難縷指孟子以憂樂同民爲主

左右皆曰賢一章則賅今各國國會之用民貴君輕二語尤發前人所未發嗣是而後如漢之司馬遷蓋寬饒後漢之仲長統隋之王通皆知此義史記漢文本紀載詔曰今既不能選天下之賢者而禪之又游俠傳序稱鈎者誅竊國者侯皆其流露者仲長統昌言理亂篇反覆於秦漢之亂而深致望於來世聖人捄此之道蓋謂世及不如禪讓中說於此義發明尤多南北朝禪位諸詔固多強迫然晉簡文帝告謝安諸人曰天下本儻來之物北周禪隋文之詔曰有命不恒所輔惟德天心人事選賢與能盡四海而樂推非一人所獨有自漢迄晉有魏至周天歷逐獄訟之歸神鼎隨謳歌之去此雖當時例文亦見大同之義尚未盡泯唐柳宗元封建論則正言之曰秦廢封建其爲制公之大者也其情私也然而公天下之端自秦始宗元以仕唐不察察言實則謂諸侯不世爲公之始天子不世乃爲公之終也宋朱爲世大儒特推崇四書大學所謂修身得衆好惡同民財聚民散者皆合大同主旨朱子四書或問謂堯不私丹朱

而授舜湯武誅桀紂皆所以贊天地之化育伊川弔明道曰周公沒百世無善治則直目無漢唐又宋儒學案載朱子曰漢祖唐宗不過成就一身一家事業與僕區何異故所謂道統相承者實則非薄漢唐宋爲無治也張子諸人民胞物與之說亦皆想像大同之治元初姚樞許衡諸人所上諸書多知此義清黃宗羲明夷待訪錄言之尤詳邵陽魏源曰封建變而爲郡縣天下之至公也薦舉變而爲科舉天下之至公也世及變而爲民主天下之至公也徐繼畬於華盛頓民主之制贊之如堯舜此無他中國國家固以民爲主體（左傳天生民而立之君使司牧之豈其使一人肆於民上書曰民爲邦本雖出古文然經訓所載似此非一如撫我則后虐我則仇皆是宋陳亮曰夷狄之德黎民懷之三才其舍諸）故曰大同之思想以中國爲最先也

室韋考略

吳廷燮

按隋書室韋傳南室韋在契丹北與靺鞨同俗南室韋北行十一日至北室韋

分爲九部繞吐紇山而居又北行千里至鉢室韋依胡布山而居從鉢室韋西南行四日至深末怛室韋因水爲號又西北數千里至大室韋徑路險阻屠氏蒙兀兒史記注南北室韋在黑水廳壘爾根布特哈杜爾伯特郭爾羅斯後旗札賚特科爾沁右翼三旗等地鉢室韋在旁烏河深末怛室韋在精奇里烏剌之東大室韋在興安嶺北胡布山爲內興安嶺則地域較丁氏考證爲寬廣太平寰宇記北室韋九部謂嶺西黃頭大小如者婆萵訥北駱陀室韋等部似婆萵室韋在北室韋之內與屠氏言鉢室韋即婆萵室韋者不合而丁氏謂大室韋在呼瑪爾一帶與隋書室韋傳深末怛室韋又西北數千里至大室韋者亦不合又諸書靺鞨傳皆言西北與契丹接如科爾沁右翼等旗爲室韋地則當言西北接室韋新唐書渤海傳扶餘府常屯勁兵捍契丹如室韋得科爾沁右翼地則扶餘之兵當言防室韋今從蒙古游牧記科爾沁右翼三旗爲靺鞨契

丹地若南室韋當爲呼倫西布特哈索約爾濟山札賚特等旗地北室韋當爲嫩江訥河呼瑪等地漠河南北似當爲鉢室韋俄境赤塔一帶當爲大室韋望建河即黑龍江上游之額爾古訥河尼布楚等城均在左近室韋本鮮卑原國即在西伯利亞也何氏朔方備乘南室韋當在車臣汗東黑龍江北境北室韋當在外興安嶺之北鉢室韋大室韋皆今俄國錫伯利地丁氏以太遠駁之舊唐書室韋傳居猺越河北在京師東北七千里東至黑水靺鞨西至突厥南接契丹北至于海新傳同按既言北至于海則無論爲貝加爾湖爲北海皆在今俄境似何氏之説不得爲誤又新書回鶻傳骨咄祿毗伽闕可汗攻殺突厥白眉可汗斥地愈廣東極室韋南控大漠是回紇南得突厥故地故東境接室韋黑水靺鞨傳曰北鄰室韋西抵室韋則室韋西南境可見竊意吐紇山爲內興安嶺胡布山爲伊勒呼里山在墨爾根城西北猺越河爲甘河燕支河爲努敏

河那河爲嫩江忽汗爲松花江室建河爲額爾古訥河訥北支部北之大山爲外興安嶺蓋唐人以那河爲黑龍江故曰室建河東合那河忽汗河則室韋全竟可得大概特新室韋傳言燕支河益東有和解部烏羅護部而烏羅護傳則言東靺鞨南契丹不言室韋而言北烏丸似烏丸其時亦附於室韋之一國室韋之名遼史屢見大金國志言女眞北接室韋則黑水靺鞨接韋室之界即女眞之界遼長春泰州之北當仍契丹接室韋之界惟唐室韋南界較狹以遼史志大賀氏蠶食室韋故札賚特等旗地多入契丹北史言室韋者本魏書隋書太平寰宇記言室韋者本舊唐書唐會要今黑龍江西境北境多室韋地合徵諸家之說附識爲

按室韋自唐貞元後有數部南徙舊唐書回鶻傳烏介去幽州東八十里下營河東兵奄至烏介驚烏介走東北四百里外依和解室韋通鑑烏介可汗走保黑車子考異黑車子爲室韋之一部會昌一品集賜黠戛斯書黑車子去漢界一千餘里是和解及黑車子各部室韋皆南徙至幽州振武近塞一帶又新唐

齊地理志薊州東北九十里有洪水守捉又東北三十里有鹽城守捉又東北渡灤河有古盧龍鎮又有斗陘鎮自古盧龍北經九荆嶺受米城張洪隘度石嶺至奚王帳六百里又東北行傍吐護真河五百里至奚契丹衙帳又北百里至室韋帳此指貞元以後南徙之室韋而言帳落已在今敖漢之北去室韋舊部頗遠北史室韋傳言室韋在契丹北三千里與新志言契丹衙帳北百里至室韋者懸殊蓋北史就魏隋時道里言新志就唐末事實言故遼庭如此遼史本紀耶律大石駐北庭都護府會大黃室韋十八部王衆是黃頭室韋竟西徙至今新疆迪化一帶屠氏蒙兀兒史記謂和解室韋即今索約爾濟山之和恰烏爾以舊書回紇傳考之則和解室韋已南徙距幽州振武兩鎮不遠不在索約爾濟山左近室韋本打牲之衆遷徙無常回紇亡後自今黑龍江西北境西至外蒙南至陰山皆其部衆阻卜達靼等恐悉其種類也

闓生案。公命我勿敢言。當作一句讀。史記云。昔周公命我勿敢言。是也。蔡傳斷公命二字爲句。殊非。

王執書以泣曰。其勿繆卜（言自今後其勿繆卜乎）昔公勤勞王家。惟予冲人弗及知。今天動威以彰周公之德。惟朕小子其新逆（馬本新作親）我國家禮亦宜之

闓生案。先大夫曰。逆者迓天威也。謂將親祭于郊。故曰國家禮亦宜也。鄭謂迎周公。豈大雷雨時周公適至乎。且何謂國家禮也。

王出郊（郊祭以謝天）天乃雨反風。禾則盡起。二公命邦人凡大木所偃。盡起而築之。歲則大熟。

闓生案。先大夫曰。此周史故爲奇詭。以發揮周公之忠藎。所謂精變天地。以寄當時不知之慨。不必眞以天變爲因周公而見也。後來左氏史公多用此法。韓退之羅池碑亦此類。皆明知其妄。而故爲之辭。此不可爲不知言者道

也。

大誥

闓生案、此周公代成王所作第一篇文字、通篇皆披切時事之言、委曲懇到、嚴正堅決、其氣尤駿邁無匹、

王曰大誥猷爾多邦（猷道也誥道猶告導也）越爾御事（越及也）弗弔（弔善也弗弔猶言無祿）天降割于我家不少延（割喪也）洪惟我幼沖人（洪與降同洪惟降及也）嗣無疆大歷服（無疆大歷武王所受也服事也嗣服者繼其事也）弗造哲迪民康（弗能造明哲以導民于安康）矧曰其有能格知天命（況能通知天命乎）

闓生案、先從武王崩逝引起、爲第一篇伏脈所在、此時事未大定、故全篇專以吉卜爲言、以爲振勵人心之計、將言吉卜、先言未能格知天命、題前翻折之筆也、

已（歟詞與嘻同）予惟小子（惟與雖同）若涉淵水予惟往求朕攸濟敷賁敷前人受命（敷賁者就

奔走也敷傳近也傳近者奉承也莽誥以傳近奉承釋此敷者是也言就奔走以奉承前王之基業也茲不忘大功與猶斯也忘茲亡同斯前人大功可不亡也

閩生案、若涉淵水、比喻親切、予惟往求朕攸濟、堅決之志、周公作此誥、以誥列邦、即所以敎成王、而定其趨嚮也、

予不敢閉于天降威閉讀爲必凡言天威皆謂天之神明也不敢必於天所降之威明故卟卜也用寧王遺我大寶龜吳大澂云寧文二字古鐘鼎形相近寧王即文王寧武即文武寧考蓋猶文子文孫之義紹天明紹與卟通卟卜問也天明天命也即命曰卜辭所命也有大艱于西土西土人亦不靜以上卜辭越茲蠢及此果蠢然而動

閩生案、此文以天命爲主、而天命專徵之于吉卜、此先言管蔡武庚之禍、爲卜兆所預知、

殷小腆腆主也謂武庚誕敢紀其叙理殷世之緒天降威知我國有疵民不康曰述天之言予復反鄙我周邦鄙莽誥作右右助也復反莽誥作反復義同天若曰予反復助我周邦也

闓生案、此篇言卜、幷非一次、前言管蔡之禍、已爲卜兆所預知、此又天意決助周邦、亦于卜兆中知之、天降威者、言天降威命、言之如此、此與上紹明卽命、蓋又別一卦矣、

今蠢今翼日民獻有十夫予翼 今翼日之今卽也謂初聞武庚蠢動卽其明日有賢者十人輔我 以于敉寧武圖功 于往也敉謀也以往謀文武所圖之功 我有大事 大事兵事 休朕卜幷吉 休喜也此卜尙在初時非作誥時也

闓生案、此述旣得吉卜、因與賢者十人、議舉大事、朕卜幷吉、卽上文天降威右我周邦之卜也、金縢乃幷是吉、論衡引幷作逢、此幷亦當讀逢、

肆予告我友邦君越尹氏庶士御事 越及也友有同友邦有邦也尹氏庶官之正謂卿大夫也 曰予得吉卜予惟以爾庶邦于伐殷逋播臣 于往也 爾庶邦君越庶士御事罔不反曰 反復命也 艱大民不靜亦惟在王宮邦君室越予小子考翼 越及也考翼父之輔猶父執父友 不可征王害不違卜 在察也言患難之來當察此諸人不可出征王曷不違卜乎

闓生案此以吉卜告列邦君臣、因欲起兵、而列邦皆不樂從、咸勸王違卜、衆志逡巡、此大誥之所以作也、以下皆對庶邦此議、作爲駁難之詞、

肆予沖人永思艱（長思此患難）曰嗚呼允蠢（誠蠢動矣）鰥寡哀哉（小民何辜）予造天役（造遭也）遺大投艱于朕身（投艱莽誥作解難解難猶急難也遺此大難於我身）越予沖人不卬自恤（不身自恤）義爾邦君越爾多士尹氏御事（義與儀同度也）綏予曰（綏語也度爾諸人當告我曰）無毖于恤（無勞于憂）不可不成乃寧考圖功（不可不成武王所成之功此代邦君設詞以深責其畏葸也）

闓生案、不責庶邦之媮惰、反正言以告之、曰、度爾諸人、當如此戒我、此正深責之詞、語婉而意彌厲矣、

已予惟小子不敢替上帝命（惟雖也替魏石經作朁漢書作僭僭不信也）天休于寧王（休庇蔭也）興我小邦周寧王惟卜用（卜用連文）克綏受茲命（綏安也）今天其相民（相佑也）矧亦惟卜用（矧語詞）

嗚呼天明畏（畏威同字）弼我丕丕基（丕丕大也基業也）

閩生案、此再申言吉卜不可不信之故、言當日文王之得天命、即以卜兆、今天佑我民、又有此吉卜、天威顯赫、不可怠棄也、

王曰爾惟舊人（惟乃也）爾丕克遠省（丕不也）爾知寧王若勤哉（若讀若人之若若如此也）天閟毖我成功所（天密告我以成功之道）予不敢不極卒寧王圖事（極亟也）肆予大化誘我友邦君（肆故也化誘告也）天棐忱辭（天輔誠道）其考我民（考託也天託我以民）予曷其不于前寧人圖功攸終天亦惟用勤毖我民（毖勞也）若有疾（天於我民相慰勞若有疾者然）予曷敢不于前寧人攸受休畢（休畢美成之也）

閩生案、申上文綏受茲命之意、言前人勤勞如此、予曷敢不美成之、汝皆先王舊人、獨不知先王之勤乎、所以深感動之、予曷其不于前寧人、作兩層頓跌、凡文章必用排疊、氣乃厚重、所謂義皆雙樹、氣不孤伸也、

王曰若昔朕其逝（昔謂前日逝即誓也前日嘗言之矣）朕言艱日（日當作曰）思若考、作室既底法（底定也）

厥子乃弗肯堂矧肯構（矧下一本有弗字下句同）厥考翼其肯曰予有後弗弃基（有友也其父執尚肯曰予友後嗣不棄始基乎）厥父菑厥子乃弗肯播矧肯穫厥考翼其肯曰予有後弗棄基肆予曷敢不越卬敉寧王大命（越卬者及身也敉撫定也）

閻生案、列邦諸侯、皆親與武王定天下者、故以考翼尊之、言譬如家人作室稽田、厥父創業而子弗嗣事、其父執之友、尚能謂此子爲令子乎、所以激厲列邦之巽懦、詞婉而厲、用意與前文正同、

若兄考（考死也）乃有友伐厥子民養其勸弗救（民養人長也言兄死而有友伐其子爲人長者其可勸隨而不救乎兄喻武王民養喻邦君也）

閻生案、以兄死爲喻、尤爲哀痛迫切之音、與篇首相貫注、其言足以切人肺腑、邦君聞此、苟有人心、未有不動聽者矣、

王曰嗚呼肆哉爾庶邦君越爾御事（肆故也哉初也肆哉猶言古初）爽邦由哲（爽邦輔國也由迪也哲謂武王）

亦惟十人迪知上帝命（迪知誠知也）越天棐忱（越及也知上帝命及天之輔誠）爾時罔敢易法（法本作定乃定字易法猶安定也爾於彼時不敢安定而憚征役）矧今天降戾于周邦（降戾者下定也戾漢書作定）惟大艱人誕鄰胥伐于厥室（惟讀曰雖誕但同字雖有大難彼人但比助自伐于其室耳鄰比也胥助也）爾亦不知天命不易（爾亦不知天命之不可變易乎）

閻生案、前文激厲之言、已盡、此更告以武庚等之易制、所以堅其往伐之志也、

予永念曰天惟喪殷若穡夫予曷敢不終朕畝天亦惟休于前寧人（休庥佑也）予曷其極卜（極亟也我何乃亟卜）敢弗于從率寧人有指疆土（十六字爲句率敘甯也指者同定也敘甯前人有定疆土）矧今卜并吉肆朕誕以爾東征（肆故也誕大也）天命不僭（僭差也）卜陳惟若茲（兆示有如此莽誥卜作兆陳示也惟有也）

閻生案、結束上文、言天命明白如此、雖不事亟卜、勝敗固自可知、況今卜又

巨馬本非全流其水力之大小較北運又無可攷徒觀遺溢時見淀底少淤亦可知明以來之故道縱復亦非久計矣總之求長治之策勿論西借巨馬東借北運皆可以消濁於無形若借北運則有二道自石景山北或自麻峪東北出彩雲山之東或由軍莊東出逕臥牛台西彩雲山北又東逕玉泉山望兒山之北東入清河渠以合溫榆又截溫榆南出之道徑直東行二十里以合北運此即漢魏以來高梁河之故蹟也一自淤峯嶺山澗中與沙河通流之處鑿山中間之隆脊使北趨以合沙河拓沙河槽岸俾逕昌平西界至鞏華城以合溫榆又東南以合北運此即北齊斛律羨道高梁北合易荊之故蹟也若舍此二道以求之都城之南則自蘆溝橋以直趨東北仍即元明由高麗莊以合潞之故蹟也然城南地勢既平取道較遠城南似不如城北之爲愈況今者民國已設既不似君主尊嚴諸多顧忌都城雖近可以計議從長鐵路既開運道自便運

河之通塞與否又屬末節建不世之勳爲永逸之計此六千載之一時也外此所當慮者則下游之不利也盛漲之難容也人功之難廢也皆改故道之先所當預籌者也蓋天津海河容納全省之水已屬本大而末小加以淀泊皆廢海沙日高非別開一道則上有盛漲下阻港沙上游必萬難保險是必塞其入津之路於王家務筐兒港兩減河中以其一爲經流俾由北塘入海而後上游可免於諸險此其最要者也北方之水異於南省春冬則涓涓可涉伏秋則滔滔稽天而永定爲尤甚改道以後仍須酌築滾壩多開減河以備異漲而後都城要地通武居民不致有不虞之災此其次要者也至於挑中泓之淺裁頂衝之灣加培隄岸諸事無時可以廢弛而挑淺爲尤急古人云挖河一尺可抵築隄一丈裘日修之言可以覆按此又其次焉者也以會清消濁爲之主以改海口開減河講疏築諸事爲之補將見一勞永逸無可補苴則永定一安全省之水

道從此皆有施功之處矣總之中國之水患盡在北方北方之水患黃河而外盡在滹沱渾河今爲治滹渾兩河者定一不刊之要言曰滹沱合滏則安離滏則危渾河合潞則安去潞則危各守此八言以爲準則北方水患可去其半直爲根本之解決然而斯策也言之於遼金以前則不過常談言之于今日則實爲創論其詆爲不經者當不知其凡幾也自非平心以審其是非實是以研究夫利害其不至玉三獻而足三刖者幾希矣嗚呼

北運河論

北運河舉委以概源之名也其上游本三河總滙三河者於古則曰鮑丘水沽水濕餘水於今則曰潮河白河楡河潮河其東支也白河其中支也楡河其西支也潮河出豐寧縣境東南流至古北口入邊又西南至密雲城西南與白河會白河三源西源曰沽水出獨石口北者（獨石今改沽源縣）正源也中源曰哈咆溝東

源曰湯河中東先合於灤平縣界而後會潮河於密雲會西源於懷柔榆河出延慶縣至昌平東南合白河三支既合在古則統曰潞河以逕潞縣也又東南至天津入海河道視古無大變遷惟古之潞河合桑乾（即永定河）而不合潮河潮河之合則始於明之嘉靖桑乾獨行則始元明之交其於古但曰沽水曰潞水曰笥溝無利害之可言遼金以後都燕京爲漕運中樞始重視之漕運始于隋隋開永濟渠北達涿郡其時天津以北必假道於潞河惟以不爲帝都故不甚著金人以潞轉漕而自京至通州五十里則舍舟而陸甚不便嘗決盧溝渾河以通潞而舟不可行又嘗節高良河白蓮諸水以達通州復以不善節宣淺不可用元至元後郭守敬始開通惠河自昌平白浮村引神山泉西折南轉過雙塔榆河一畝玉泉諸水至都城西門入又南滙爲積水潭又東南出文明門又東南至通州壩牐凡十處二十座牐設剝船由是漕粟直達京師其源西峻而東

下守敬竟能引之以西人以爲神迄明清漕政實利賴之明初閘河淤塞成祖嘗增閘修治未幾又堙成化中廷臣集議以元引白浮泉往西逆流今經山陵恐妨地脈一畝泉亦衝截難行惟玉泉龍泉月兒柳沙等泉皆可導入西湖引諸泉從高良河分其半由金水河出餘從都城外濠會於正陽門東城濠從之工成自大通橋至張家灣渾河口六十餘里漕舟稍通然元時所引東泉俱遏不行獨引一西湖又分其半河窄易盈涸旋澁滯如初而陸運僱値費幾二十餘萬嘉靖六年御史吳仲建言仍治河閘桂萼阻之張璁楊一清亦主仲說明年報河成仲編通惠河志爲法甚具由是漕艘復達京師人思仲功建祠通州祀之以訖於清安享其成不過歲時挑浚而已此北運通漕之下游以關於明清國計甚重故首著之河之決溢視沱滹永定遠遜明以前永定出山未遠即合瀦河以清濟濁故少禍患明以後永定不合瀦而瀦又益以潮河伏秋大雨

之歲亦或不免泛決要兒渡者在武清境其地河流屈曲最爲險要永樂初至成化初凡八決決則發民夫築隄正統元年決尤甚特勅太監沐敬安遠侯柳溥等發營卒五萬及民夫一萬築塞之又鄒朱冕吳中役五萬人去河西務二十里開河導水賜河名通濟封通濟河神其兩隄自永樂初有衝決即隨時修築以爲常潮河上游密雲及古北口皆有隄壩以備張溢然不時有也嘉靖二十四年薊遼總督楊溥請以潮河合白河以濟運改潮河故道使由密雲南下至順義縣牛欄山與白河合是爲潮河入白之始至隆慶六年總督劉應節請遏潮不使入順義自密雲城西南合流是爲今道之始清代多襲明舊築隄浚淤又加勤焉惟開下游二減河亦爲北運當務之急康熙三十六年三十八年兩決筐兒港三十九年聖祖親臨閱視因郎員外郎牛鈕於決處建修減水石壩二十丈開引河六十四里寬六十丈夾以長隄下游入塌河淀逕賈家沽以

入海河是後減河消洩通利惟河西務一帶距壩稍遠山水暴至復決雍正八年世宗就臨指授於河西務上流之靑龍灣建壩四十丈開引河九十里挖甯車沽河導七里海以洩之北塘口是爲王家務引河二減河既開每遇伏秋異張可以紓患惟下游甯河東隄頭田廬屢淹乾隆十七年議將王家務河之西隄筐兒港之東隄廢之使水散漫以息甯河之患其浚于兩引河隨時變通者乾隆四十三年因兩引河相距六十里上游盛漲仍難驟洩因於吳家窰添建草壩開引河斜接王家務引河以導其流又同治十三年於筐兒港長壩冲破東趨之處就其河形開新減河由朱家馬頭逕六大莊之東南分引河二至辛候莊滙入舊河即以舊河北隄接新河南隄中間築壩以洩積潦此兩引疏導之成績也此外更改河道又有康熙五十年以要兒渡東隄險要聖祖指示鄖于河西務城東舊河形處開直河一道自新河下口至三里屯長四百七十丈

新河之溜移流于西以避耍兒渡東隄之衝刷此亦河工之表表者也葢自燕京建都以來北運至爲要津其致功之處元以前以通惠河爲最力元人未嘗大用明淸始利賴之如有元人開河明人用之之說自通至津淸代歲修搶修銀約三萬兩葢皆以築隄浚淤爲急非若渾滹之不易治也偶爾決溢多以人事不修之故非河之好爲患也此後長策則以合渾爲宜渾得潞則安失潞則危然潞渾果合其海道非移于北塘不可也至渾潞之相宜徵之于古實在潮未合白之時自潮白合而渾未嘗入潞潮河挾有泥沙不似白河楡河之平善異日渾潞相逢稍見橫決是必潮與渾或不相宜必復潮故道而後可是在覘水性者與爲消息焉耳

薊運河論

薊運河者於古爲鮑丘水即今之潮河也潮河於明代嘉靖間不入薊運而西

譯槀

前之議決時、則前之議決、保有其效力、　邦議會之覆議、若對于前之議決、僅有過半數之同意時、則議決失其效力、但邦議會得付之于國民表決、而國民表決可決之者、不在此限、

(四)邦議會議決超過內閣提出或同意金額之支出時、須得參議院之同意、參議院不同意時、邦議會之議決、于與內閣提出或同意相差之限度、失其效力、

第四十三條　詳細以法律定之

此際不得付國民表決、

第五章　內閣

第四十四條　內閣以內閣總理及各國務員組織之、

第四十五條　邦議會不用討論、選舉內閣總理、　內閣總理任命其他國務員、

第四十六條　內閣總理、定政治之大體方針、于此對邦議會而負其責、於此方針之範圍內各國務員、于其主管事務、獨立處理之、自對邦議會而負其責、

第四十七條　(一)內閣總理、爲內閣之議長、統理其事務、

(二)內閣、于法律所規定外、決定各國務員之權限、　此種決定、應即時提出于邦議會、依其要由、可變更之、或廢止之、

(三)遇有二人以上之國務員、于其主管事務意見不同時、應提出于內閣、待其評議及議決、

第四十八條　國務員有受俸給之權利、　卹金、及遺族撫卹金、以特別之法律定之、

第四十九條　內閣、對外代表本邦、

第五十條　內閣、決定應提出於邦議會之法律案、

第五十一條　內閣、爲執行法律而發命令、但法律以此權限委任於特定之國務員者、不在此限、

第五十二條　內閣、任命邦之直接官吏、

第五十三條　內閣、任命德意志國參議院之議員、但依德意志國憲法第六十三條應由州政廳任命者、不在此限、

第五十四條　(一)內閣、以國民之名義、行恩赦權、

(二)對於因職務行爲而被處刑之閣員、此種權利、非有邦議會之要求、不得行之、

(三)一般刑罰之赦免、及一定種類之裁判所繫屬中刑事事件、又特定裁判所繫屬中刑事事件、其赦免、除依法律外、不得行之、

第五十五條　在邦議會閉會中、爲保公共之安全、除非常之災厄、有緊急之必要時、內閣得依第二十六條、經常任委員會之同意、於不違反憲法之限度內、發與法律有同等效力之命令、　此種命令、俟至最近之開會時、須即提出於邦議會、求其承認、如不得其承認時、此命令、須即由法律公報公布其廢止、

第五十六條　國務員就職之際、應爲不偏不黨、爲國民福利、恪守憲法法律、忠實以行其職務之宣誓、

第五十七條　(一)內閣之全體、及各國務員、其在職、須得國民之信任、國民之信任、由邦議會表明之、　邦議會得以其議決、對於內閣及各國務員、表示不信任、　不信任議決、於有要求解散邦議會已經有效之國民動議時、不得行之、

方望溪先生逸文

書大學平天下傳後

朱子有功於先聖莫大於四書大學注乃晚年所定而此章謂慢與過爲知所好惡特未盡好惡之道蓋君子而未仁者似尙未得傳者之指要也夫見賢而不能舉舉而不能先是憚正士而苦其直方也見不善而不能退退而不能遠是利奸人而嗜其疾味也如是而天下事尙可言哉天下之平本於人君之心絜矩之道所以本心而同其好惡於民乃君子愼德之實事也娼疾之臣必務蔽君之明以敗其德所惡所違者在有　彥聖則所好所達者必不善不賢由是長君逢君而君之心即於驕泰而不自知枉民剝民而民之心競以爭奪而不可止衆心之失恒於斯天命之棄恒於斯故必能放能屏然後於君爲仁於國爲義則不能退不能遠者在君爲不仁在國爲不利特其蔽有淺深則其蓄

害亦大小遠近耳傳于辟之甚爲拂人之性者以爲菑必逮夫身則慢者過者雖幸免於身爲天下僇而子孫黎民之不能保也昭昭然矣特以遠及其子孫或更有能本其心以式於道者則衆心未嘗不可回天命未嘗不可挽故不得不爲必然之辭耳若知所好惡而未能盡好惡之道則惟漢之文帝宋之仁宗始足以當之其慢且過者則漢唐宋明之末造亡徵覆轍一一可按也若以是爲君子而未仁則遺毒無終極矣且言各有所當也與小人之立心對觀則君子中或有厚於義而薄於仁者若人君之好賢惡不善則所分惟仁不仁不能舉不能先者以其誠心本不好也不能退不能遠者以其誠心本不惡也是不仁之未騁以至於極者而可與仁者相差次乎抑吾觀傳者於明德新民以堯湯文武爲極而下逮於淇澳之詩謂武公之事中材皆可思而得勉而幾也此傳于天命人心猶舉詩書以証之而餘所稱皆衰周之方志蓋謂媢疾之臣爲

子孫憂財聚而民散則府庫非其所有事尤淺近雖列國之中主季老之庸臣猶怵然爲戒則獨迷而不悟者何如人哉而能終宴然於民上乎此又傳者不言之隱義也

陳凝齋撫琴圖 陳道戊辰進士　　翁覃溪

讀公家訓編、想公積厚忱、鼎銘燕詒澤、雅頌傴僂箴、我昔建昌郡、識公庭陰深、豐柯蔚孫曾、奕葉啟纓簪、如見公平生、淵冲寫幽襟、晚歲留畫圖、髹几橫素琴、松風鶴露間、冷冷淥水音、成連海澥游、宗炳山嶔崟、希聲淡彌旨、古調正哇淫、於琴得其人、是乃琴之心、經術與世業、妙理即此尋、所以星聚光、寶之軸球琳、

四存月刊

一等彰威侯上將銜海軍中將上海鎭守使鄭公神道碑　賈恩紱

公諱汝成、字子進、先世籍山西洪洞、明永樂初遷民實畿輔、始祖文友官行人、徙大城、再遷靜海之獨流鎭、遂爲靜海鄭氏、五世祖氣正德中進士、累官陝西左布政使、以清德鴻功、崇祀鄉賢、祖廉善、中道光乙酉舉人、精醫術、多義行、祀本縣孝友祠、父組蔭、以副榜貢生官府經歷、有子四、公其三子也、生而沈毅謹訥、身修皃偉、不習者聽言察色、輒信爲篤誠君子、少應童子試、嘗冠曹伍、顧不喜帖括學、適北洋創設水師學堂、公忻然入校、既卒業得奬優等、時李文忠公來視學、於班中望見之、語人曰、是生誰某耶、以相固當侯、惜乎或恐其剛以折也、未幾大府遣赴英倫留學、又六年學益邃密、歸國充康濟輪船大副、兼海軍提署譯官、久之教習威海海軍學堂、以議敘補水師左營守備、中日之戰、威海陷、公率諸生徙天津補竣課事、陞都司、賞戴花翎、充大沽西隖總辦、久之光緒庚子亂定、入京補游擊、加副將銜、久之充姚村幼年陸軍保定速成陸軍兩校校長、規畫嚴整、學子莘莘、戴若神明、又久之調海軍部司長、兼一等參謀、加副都統銜、又久之部遣往煙台創海軍學校、甫匝月而武昌變作、群不逞謀擁公爲都督、公峻拒之、脫身走京師、戢影箸書、不問世事、民國與總統袁公素知其大可受也、先畀以少將、及公府顧問、元年五月、袁公既決計實行統一、首遣散滬甯浦揚各革軍、先以白金七百萬兩付公、畀以總理而屬之、曰、收發予奪、惟所裁、不中制也、當是時、清鼎新革、長江上下、假名起義者、交長互雄、以十數起擁兵稱匪號億稱萬衆饟於朝刦氏於市陽予而陰敵縱之則谿壑靡盈制之則喜人怒獸一以爲昆季一以爲梟狼其時名屬黃興之洪承點等爲甯軍附居江甯之陳之驥爲粵西軍名屬柏文蔚之黃佐國等爲浦軍陳其美等爲滬軍徐寶山一軍爲揚軍無屬之劉福彪等亦與焉江甯浦口共號二十萬滬上號三萬揚州號十萬兵共三十餘萬公於元年七月由京南下所至兵獰將倨、幾失主客禮、而揚帥尤爲桀黠、信口挾索、危詞聳嚇、公鎮定雍容、誠感理禁、卒各俛首就範、所發猶遠省於所齎、計甯浦遣費及補餉、應索者七百餘萬、乃發不及三之一、巳帖然無譁、滬軍悉數遣散、窮兩日夜而磋商事竣、最後徐寶山稱病不出、遣其屬章某代、以宴客、列陳稱戈、如臨重敵、公偕二人往蒞、章某袖出電稿視公、蓋索餉百萬也、迫公署諾、且訟言曰、士卒苦飢久矣、今弗應者、會以死請耳、公知不可理喻、爲振筆簽其尾、仍密遣人至上海具報北京、比復電來詰、寶山益計窮失望、公乃候情密計、約其旅長某某等陰爲策應、未幾內部携貳、寶山懼、始以恭易驕、自請減餉、公曰、裁爾七、留爾三、核給者凡二十萬元、然乎、寶山曰、唯唯、議乃定、總計四軍、遣散實額、約十六七萬人、幷補餉計之、共費五百餘萬、而江以南驟覩肅清、國家及行省兩釋重負、天下快焉、二年秋黃興再藉甯軍以倡亂、袁公以上海製造局爲國防根本、吳淞口爲長江要塞、若亂黨得據、則東南事去、即晉公爲中將、命率海軍警隊千二百人、亟往以待後援、七月朔、公抵製造局、十六日黃興獨立、江甯上海大震、十八日龍華製造分局失守、當是時閩贛皖甯相繼獨立、吳淞江陰鎮江諸礮台悉爲敵有、局內僅警隊千二百名、局外僅海軍三艦、江面我有者縱橫不足十里、陸路方廣、亦僅本局數方里、電局匪據、糧道塞梗、北來援軍又隔斷於淞口礮台、而公激率警隊奮發淩厲、目無全賊、二十三日晨、賊合數千人三面圍攻、且詭言惑衆曰、海軍吾與也、備毋庸、公亟登海籌兵艦、手發一礮、賊錯愕罔知所爲、警隊憑壘縱擊、與艦礮應和、江流爲赭、賊大敗奔竄、黎明復乘勝奪其礮營、勒令匪首陳其美自劃其南市司令部、其美跟蹌鼠竄、猶雪涕禁齘以誓公曰、必雪此恨、必雪此恨、黃興聞上海連挫、勢已不支也、亟偃獨立幟以逃日本、江南平、捷聞、加公上將銜、並任爲上海鎮守使、公力辭不允、旋晉地域總司令、八月吳淞克復、授公以勳三位、是役也東南半壁、既危而安、禍首跳梁、不踰十日、公以寡殲衆、堅守力戰之功爲多、公爲鎮守使者、凡三年、又加封彰威將軍、承大亂之後、昕夕撫綏、商悅民和、四年九月、以事過英租界、有匪黨行刺不中、公笑置弗爲備、十月乘車賀日皇加冕、至虹口復來數匪、銃擊公於車中、公殞焉、總統震悼、封一等彰威侯、准建專祠、賜瞻家營田三千畝、子大爲襲爵、蓋民國曠典也、是年公五十有二、天下惜之、公性廉退、任事則勇、而見利則怯、其治上海也、物望翕然、蘇之巨人長德、爭電請督蘇、內外議幾定、以公落落無肯意而罷、三年冬湖北將易督軍、總統意頗屬公、公漠然一聽諸命、洎府令下、竟易它選、以故功冠當時、而官止於鎮守使、其以七百萬金遣散各軍也、盈絀本以聽公、有謂儲商計息、可獲十萬以上者、公嘿不應、及四軍就裁、不惟不告不足、猶羸其四之一、洗手以還公家淞滬之捷海陸大小二十餘戰及奏凱册報臨時戰費謹七萬餘元爲民國軍興所未有而公顧不矜不伐、人亦相與忘之、莫爲矜伐者居恒坦白樂易、不爲高伉表襮、泊然榮利不事强制、其天性然也、民國五年、用國葬禮殯於靜海之小杜莊、迄今五年矣、其二子大爲大同、來請曰、先公墓碑未刻余辱與公交爲深、爰不辭而爲銘曰、

唯世需才無古今、剛毅木訥聖所仁、頗牧充國呂其倫、猗公智勇深复沈、惜不逢時遭世屯、孤芳飄落隨溷茵、有拔而起輒張軍以口戡亂手掃氛長鯨可膾猛虎馴奚哉益世不庇身翼未垂天折海垠我最厥迹闡厥眞、後有摩挲足歎呻、姚不形色此貞珉、

次子健答適度韵　吳闓生

白衣莫舞江邊艣。藍田莫射山中虎。君看一代功名人。白骨撐天誰不腐。驚心歌舞已煙沉。躑躅戈矛尚纛午。何如將酒且逍遙。臥看庭柯飛玉宇。男兒不能騎龍身上天。猶當卷地狂鯨吸百川。安得拘牽時議自摧剝。長年鬱鬱風塵間。幷蔕橫胸互生滅。遙定九點霏齊煙。一杯奉君千萬壽。大溜挂壁何當轂且傾。海水添宮漏。莫遣朝光發幽竇。沉竿續蔓深莫究。請君一脫雲間宙。

次韵答鄒河渠　吳闓生

咄汝生何世。眞宜泯默休。鼃跳一井樂。蟻計百年悠。聖烈業猶在。儒功爛可收。驚心江漢水。滔蕩正東流。

海山來書有欲相從問學之意次均奉答　吳闓生

長安棋局幾翻新。一壑能專未是貧。浩浩秋波難辨馬。芃芃春木欲援鶉。極知

雞壅尊時帝尙喜魚池放戮民莫向小童求大隗予方造化與爲人

孔才見示與子健唱和詩往返各至數疊余方病瞀勉和一首

吳闓生

落日未落猶騎危新月冉冉稍入扉冥鴻不下絃能揮物我翛然兩不知科頭自在羲皇時爲知八代騤而馳淸尊中貯醪與酏開顏佐以二妙詩萬生喙息困炎曦微吟使我涼生髭吁嗟時勢今何歸威紘不控羣揚麾五三舊六道已非丘軻餘澤光徒垂海山仙人金縷衣鸞鸞自照浣紗溪神光四軼芬轍鞮雲霞萬頃何由披淫霖下擾千塗泥

夜雨和孔才聲字韵

李葆光

溝渠應滿谷應平起看畦花意暗驚乞有千枝爭錦繡都隨一雨失光榮北園梨葉偃垂地南陌蒲稍放過城邊盡蚊蠅雖一快無如滿耳亂蛙聲

遊北海觀擎露盤歸再次前均眎孔才　　李葆光

仙掌百尋雲外危探取冷露穿天扉帝憐其愚未忍揮一賜盈盤不自知歸來大笑三更時渴難自飲徒奔馳君吞到腹甘如醴化珠萬顆灑新詩我才方君宿見曦空對雲壘撚吟髭憶昔赤帝斬蛇歸手劈幽谷進旌麾范增豎儒枉腹非國祚四百永光垂銅雀無端易朝衣銅仙有淚飄荒谿荀吳破鼓摘鳶鞮德公采藥山荊披道藝雖高死塗泥

孔才來詩多憂慮之旨乃三次前均和之　　李葆光

不須痛哭論時危豈有偉才老荊扉昔聞名利一笑揮欲從塵外求相知草木枯榮謂有時抵死不供人驅馳羣兒指腹索粥醨自比蠹魚食書詩忽忽戎馬移星曦寸功未效腮生髭高木出牆衆禽歸秀民雷動依戎麾淵明漫云悟昨非不取英名萬古垂蘇卿幾日解褐衣控馬揚鞭出山谿後載陰符前狄鞮六

國印綬相連披直抉幽谷一丸泥

戲贈稚鶴

潘式

天生擁腫卷曲如我之樗材要當性命贈瑤杯人生到處可痛飲醪醴到手心顏開萬古茫茫波旋溜何暇踟躕爲之哀（吳北江先生曰起有豪氣近太白）誰言世界無眞味惜哉未覺南窗睡山飛海立吾何憂祗莫官家增酒稅（吳北江先生曰趣語解頤）眼中吳子眞令忝車載詩書似惠施正好與君結酒伴何乃示我牢騷詞春江水漲平如油眼光出沒浮白鷗千艘萬艦橫中流極視不盡何悠悠江山萬里不可求胸中浩浩神往遊（吳北江先生曰橫掣倒轉）婦人愁歎男兒羞誓當與之風馬牛我今告子一言以爲則日出而作入而息即此勞勞味自佳雜念紛呈心轉惑不然薄醉踞胡床奴視呂望夷吾契與稷（吳北江先生曰奇恣噴薄詩文中必能造此境地方爲上乘）

談叢

子多能製造雖未大彰而盡物性贊化育固非空言形下謂器制用謂法民用謂神凡人民日用所須均已略備不過其時毋庸再有巧於此者然智者創物巧者述之則已有開必先矣

辨物製物既執其綱如地域既廣則不識之物有用之物日漸增多而辨之製之之方隨而愈進孔子周流所至如萍寔如楛矢各究其原而化而裁之神而明之不但網罟舟車制器尚象也至機械分化之未開則不能謂古人之不及今人乃古時之尚非今時耳

再言人事　孔子手訂羣經於人事獨詳既舉社會而著其全模則人之述其義者自應統合觀之雖他人傳授之書如學庸孟子公穀均歸統合之內不應專治一經分離乖隔以至不能溝合無以見纂述之大義漢鄭康成許愼兼通各經乃讀經之善法也太史公兼經寔先鄭氏但不以經學名要其攬

社會之全則已心知其意矣

讀書先論世乃能知立言之意故論語終篇曰不知言無以知人孔子之時列國並踞日尋干戈賦重政繁民不堪命於是人心風俗因之大壞乃上下千古以考證國家之轉變書經由揖讓而征誅由列國而統一遊行中外以網羅社會之狀態詩與春秋而貶黜其行事春秋無褒左傳播揚其事公穀申明其義觀察古今人以精計人格程度之等差欲其歸于自成故計其差等論語左傳之論人皆此意知之者惟班固古今人表亦史中之特出者史記外只此深極乎天地陰陽以探其原易經徵之時制以彰其過周禮一書乃國家主義之極端者孔子最所反對只列國並踞時用之耳郁郁乎文反言見義說詳余論語大義然後示生人之本孝經定一時之型儀禮禮記正百物之名爾雅而以論語宣其義令人深思而得其意之所在曾子子思恐人之迷於其意也於大學標家齊國治天下平三時代依次遞進之法於中庸爲孔子行狀而發明哲保身之義於是傳經之意可得言矣

孔子著經之時學說左右社會之時也（社會爲獨立者有受學說左右之時有爲國家支配之時另有中國歷史說詳之）國家支配社會人乃創鉅痛深以學說起而代之必周詳審愼於社會情事窮形盡相如燭照數計彌縫匡救如補闕塞漏乃能承國家之後維繫於不窮若以簡單者試之不終朝而敗矣即亦盡心思索多其條理偶有遺闕其弊難勝是以聖門兼創羣經不遺一義凡以爲斯人措之社會權於國家者各有因事制宜之意焉

先言人羣經者爲人而作者也人之並立者爲民人之對待者爲己己者人人有之各積其一己以成大羣故曰庶民曰蒸民各有一己即各治其己故曰反己曰修己曰克己曰成己能成己則自成矣人皆自成乃孔子意中所希望而欲至之者也故曰己欲立而立人己欲達而達人故曰成己仁也成物智也成物而物成乃可以爲大道之行乃可以幾大同之世乃可以爲天下

平以絜矩之道施之

大學平天下天下平未甚申明只是以君子有絜矩之道也此之謂絜矩之道二節爲天下平之申明語其第二節所惡於下毋以事上所惡於上毋以使下有上下之稱未平也所惡於前毋以先後所惡於後毋以從前有前後之稱猶未平也至所惡於右毋以交於左所惡於左毋以交於右則上下前後之形俱泯平之至矣否則此一節重重沓沓毫無意味孔門豈有此嚼蠟之文字耶天下平則仁乃社會之極致矣

然而人不能遽成也有以教人則曰師師者教人者也一方爲教一方則爲學所教所學之物則爲道故曰人之有道也民之爲道也又曰君子學道小人學道斯道也即天下平之道也仁也教之者以其不齊也有教無類未教則類甚多也人之納於道有欲有畏故曰無欲而好仁者無畏而惡

衞子夫雖廢然固皇后也不可言其衞媪之女故于世家曰生微矣蓋其家號曰衞氏而於衞青傳詳言其父母及冒姓衞氏又書曰衞皇后同母弟則子夫之爲鄭季女可知世家僅以蓋字著其疑微婉可風

齊悼惠王世家附城陽王章濟北王興居趙王友諸人高祖諸子世家也梁孝王世家附梁王勝代王參文帝諸子世家也

呂氏之禍張良成之高祖欲易太子良爲呂后畫計欲使太子將擊英布又爲畫計至再至三卒定太子而成諸呂之亂使當時孝惠早廢呂氏何從擅權乎其言曰以太子將譬猶以羊將狼必如此言則是太子終不能有所事也況既不能使將獨可使輔之爲天下乎蓋以帝春秋高如意幼弱思自結呂氏以固其權名託爲正其心不可問矣其子辟彊年十五即說陳平請封呂氏童子何知非良敎之而能爲此計乎辟彊後無所見則其無能可知何以獨能窺呂后

之意且爲平勃所不及乎非良所教而誰敎之况高帝時辟穀道引從赤松子遊而惠帝時即復進食非薄於高厚於惠而何呂氏之亂世多以責陳平然無張良呂后尙未致遽議王諸呂二人爲一世人望已附和其意呂后何憚而不爲故吾謂呂氏之禍其罪以張良爲最大陳平次之

老子爲周衰巨子而其學異于孔子史記載猶龍之言即以孔子爲定論以見老子之學必經孔子論斷方爲定評玩其文詞亦非過於尊崇之意鳥獸魚皆有實蹟可尋故可矰可綸可網以喻百家諸子皆可易窺底蘊龍不能知其乘風雲而上天謂不能知則雖號神物而實無益於世既不能知則亦不能爲用以喻老子以道德爲名而實無可指證者也謂莊子汪洋自恣以適已則老子之汪洋自恣可知謂申韓本於黃老則道德之不無流弊可知謂老子深遠則老子遠於申韓也謂老子遠於申韓則老子不得與孔子並論著老子之姓氏

里居官階子孫則一切怪誕之說皆妄謂老子不知所終則一切神仙之事皆虛謂老子蓋一百六十餘歲或曰二百歲或曰太史儋即老子或曰非世莫能知以著傳聞異詞而終之老子隱君子則一概異說皆不問而知其妄矣

史記列孔子爲世家老子爲列傳謂孔子至聖而謂老子隱君子且于老子傳大書而特書曰孔子卒後百二十九年雖謂老氏絀儒家儒家亦絀老氏道不同不相爲謀而其抑揚軒輊之旨已在言外

周時諸子以管子爲最先史記即以其傳次第一故予謂史記兼括九流管晏法家也晏子墨家老韓道家刑名家也田穰苴孫吳兵家也張儀蘇秦樗里疾甘茂范睢蔡澤縱横學家也孟子荀卿儒家之正派也

管晏老韓穰苴孫吳皆諸子也其傳曰是以不論論其軼事以其書世多有也仲尼弟子孟子荀卿傳皆無多亦以世傳其書也屈原不載離騷以有楚詞賈

詛不載陳政事疏以有新書也孔子言行皆載六經而復載于世家者所以自變其例以明孔子爲萬世所宗也

榮成孫先生謂伯夷列傳雜引古事若無統紀其實皆傳疑之筆得言外之意孔子曰伯夷叔齊不念舊惡又曰求仁得仁又何怨又言餓於首陽之下民到於今稱之孔子之言如此至孟子始言避紂居北海就文王亦無扣馬采薇之事故史記言載籍極博猶考信六藝以明旁說駢枝皆當以孔子爲斷詩書雖缺然虞夏可知明異說之多然可考證其眞僞以後乃引說者所謂許由卞隨務光之事皆出異說未可爲信引孔子之言以明伯夷之事如此而睹軼詩則異於孔子所言矣其傳曰之傳當讀傳聞之傳言孔子所言如彼而傳聞如此孔子謂又何怨而采薇之詩則爲怨詞故曰由此觀之怨邪非邪以言其異於孔子所言也至天道無親以下則歷引古今事以致慨貪夫徇財四句則言人

可勝記蓋亦有所不必記耳北過跨虹橋峯回路轉有亭翼然曰酌泉泰安知縣毛拯建聯語曰曲徑通幽處連山到海隅又曰斷崖瀑落晴天雨一線路入青雲端同人亭內小坐遙睹山坳花放擬採擷以歸言間眴見舁夫猱升直上下臨斷岸千尺略無怯容頃之徐下拈花報命同人嘖嘖稱贊猺詩所云謂我獧謂我臧斯故齊人之特性歟亭西北爲雲步橋橋上爲飛瀑岩下爲護駕河紅欄曲折高凌霄漢居人呼此山爲淤長崖雖夏月大雨時行此橋常隨水長落不至病涉相傳橋爲魯班所修信非神工奇巧不能有此建築物也又北過增福廟爲御帳碑昔宋眞宗東封時駐蹕於此故名崖上青石碑彌望夷衍可觴數百人其上嘉木葱蘢翠幄密護時有好鳥飛鳴來往若與遊人對語者鳥得勿亦知人之樂耶迤北爲小天門岱史稱誠意門即五大夫松坊距中天門五里是爲秦始皇封泰山過兩處今祇存松三株且亦不似數千年物孰謂得

私爲秦有邪攷應劭漢官儀五大夫爲秦爵第九級如曹參賜爵七大夫遷爲五大夫是也後人沿襲謬訛唐人詠松詩遂有不羨五株封之句是直謂松有五株矣事不親歷但憑臆造得之其誤會往往如是坊側有大石一明萬歷三十一年自山巔墜此故曰飛來石又北里許爲朝陽洞洞門南啓曲折奧衍內有石乳食之可以延年西偏石屏有米萬鍾大書雲根二字篆法古甚歷磴久之山坳有孤松森森特秀者曰獨立大夫因自茲以上松皆生山之東壁崖西無復松樹故曰獨立也遥望對面偃蹇萬株蒼煙四合或如車蓋形或作琵琶狀是爲對松山道傍建對松亭余步行至此疲甚兩人者扶掖以上喘哮幾不能作一語而哲甫策杖游行意甚閒適豈兩人之力不及一笻便利耶王君謂余子姑少憩以此松當蔽芾之甘棠可乎自對松山北至龍門坊道可四里坊東即大龍峪北爲鷄冠峰大龍峪東爲新盤口係創修於藩參呂叔簡以便行

人者萬歷間參政呂坤復建度天橋俾登山者上從東而下從西無所踐踩均仁人之所用心也今則兩路榛蕪上下俱行一道正二月間香客絡繹接踵摩肩時行擁擠矣自龍門坊北行四里許道益窄磴益峻有巋峙目前如空中聳出樓閣者則昇仙坊也是爲十八盤下束峽處俗呼坊南爲慢十八坊北爲緊十八云由是而上但見兩峰際天攙削壁立中間磴道騰空直上仰闚天門一線通明直疑身赴月宮也者路兩傍置鐵絙二中用鐵柱聯之鑿石縫間登山者踵與頂相摩戛大率緣絙而上以防傾跌須臾覺罡風四起吹布篷飄瞥作聲寒氣逼人毛骨灑然由肩輿上回頭俯視眩暈欲絕昇夫以此處無休息餘地皆鼓勇直前鐵索行盡即登南天門矣南天門距昇仙坊一里一曰三天門上爲摩空閣供大士像中爲關帝廟西爲三龍殿土人謂南天門爲三龍所開闢以死勤事故祀之由南天門東北而上謂之天街以貿易爲業者甚多然無

商號類以雙鞭子砧杵等物懸之門首入門索舁夫夫復勸於此多購香楮並云但購此物飲食各費一切可以不給至余等訂購碑版復從傍拉攏一同議價甚矣習俗移人而破除迷信之匪易北上過老老君堂魯班洞白雲洞迤北爲望吳峰相傳爲孔顏望吳門處上有孔子殿中座塑至聖先師兩廡配以四哲殿東北隅有先師畫像碑爲宋米芾所繪而泰安知縣爲之勒石云院內海棠一株紅朶的皪含苞未吐憶余在京師時尋芳花事斜街畿輔先哲祠其中海棠數十株早經飛紅滿地春意闌珊意者山上氣候較寒故立夏後仍未著花歟又東爲碧霞元君祠祠建於宋眞宗時明洪武萬歷間修淸乾隆十三年額曰贊化東皇內有呂純陽眞人乩書金光普照善通歐外二額筆勢飛動飄飄欲仙世人手筆恐未能摹仿其姿態也殿前銅碑豎山門下高宗御製碑低處皆字跡模糊不可識認聞係爲婦女磨錢所毁以爲佩之可佑小兒健康後

殿門常關鎖視其內拋擲金錢餅餌等類狼藉滿地詢之居人云殿門率以五年啟閉兩次祈福祿也噫鄉愚無知瀆神蔑禮人民知識之缺乏亦可慨矣碧霞宮後爲東嶽廟廟後有桃花洞洞上石巖嵯峨爲大觀峯勒唐元宗紀泰山銘世謂之摩崖碑山根石半剝落字體不全後人補書足成之只計一百零八字傍有小碑記其事東嶽廟後爲青帝宮內有碧霞元君臥像由此折而東上即絕頂矣遙望巖端鐫有杜工部一覽衆山小詩句石青字赤豁人心目登其上有孔子小天下處碑仰跂望躅高山景行頓覺胸襟爲之一擴云巔石平敞處爲平頂峯峯南爲乾坤亭康熙二十三年建即明挾仙宮故址亭上有高宗題詩工人方事搨印墨瀋未乾也西望北斗台觀星臺立其上僅尺有咫幾疑風可吹去極頂爲天柱峯上有玉帝觀舊曰太平頂山門爲勅修玉皇廟五字觀前有秦始皇無字碑高一丈五尺五寸南北面各寬三尺六寸東西側各厚

二尺四寸碑上微狹於下頂似幢蓋趺爲土壅或言下有金書玉簡當是石函碑色黃白瑩瑩無苔蘚痕或云剔其土下仍有地字可辨認云昔有一巡方惡其疑天下命撤之甫發其蓋雷風大作乃不敢動噫亦奇已廟中間巨石纍纍築欄護之是爲泰山極巔向皆冠以屋宇明萬尙書恭毀而出之於是山始嶄然見其頭角東壁橫刻東天一柱四字北壁竪鐫古登封臺四字疑此即古來七十二君封禪處然已代遠年湮無遺蹟可考矣正殿瞻拜後繞廊遠眺向道士詢泰頂情形住持謂余泰頂自南天門外其東西北三面皆有天門據此以分界限便可瞭如指掌因遙指東南一峰孤孑聳拔勢如朝宗者爲日觀峯云欲觀日出須於鷄一鳴時往候之當曙星漸沒扶桑初浴四山澄澈目極千里遙看一輪紅曦忽湧忽現倏滅倏明如跳丸如噴珠時而海天一碧疑長鯨跋浪偕來時而霞光萬丈如獨龍銜曜而出五光十色眩睛奪目實爲泰山鉅觀

四存中校學生成績

日記

自十一年九月一日至十九日

四存中校第二年級學生 劉文廣 年十七歲

余每與學友言談輒有爭言僥言之過是招尤之階也前已申警再三知而不改是無勇也且將及於惡矣可不懼乎

余常過自高身分者甚至譏其師長語以年長一倍則父事之之義彼藐然似不以爲然夫年倍我者猶當以父事之況師長乎伊乃不自改悔而曰彼一時此一時也余不與爭

余每當刻圖章或作畫時一有失敗輒憂鬱縈懷不能抑制及讀蘇子瞻寶繪堂因悟己失夫寓意于物則我爲主觀物爲客觀物奚足以病我若役於物是物大而我小也可乎

晨夢一事將生妬心遽驚醒自思日間所犯之過已如千瘡百孔何夜寐仍有私心切戒

發家信第二號　與三四班學友賀植新馮浩二君言日記一事　其應注意之點　學友有斥予爲一事無成者而其自評則自詡將來可作大事余思世人多闇於觀己而明於見人且其斥我亦必有因余不以爲卑己惟有自奮其志以雪此言耳

粗心太甚每作一事輒有錯誤是性急而欲其速成也切戒切戒　道吾過者是吾師誇吾好者是吾賊

語多近苟揚二子從此前進自未可量　校長齊先生批

余見　齊師批學友汪君再春日記有切警於吾身者因錄之如下以警心觸目爲快意時勿太伸張不快意時勿太屈抑

余在高小學校時對於武術一科僅爲應名之學生而未嘗思索練習然余心甚好之故曾托友某來京者代購拳術叢刊一書共八本閱之已太半終有無

師不能自通之感遂中輟及至入四存中學亦有武術一科余甚自喜于課外復加入武術練習會從　劉師之指說迄今所學不下十數套而吾能打之順手者亦已居半今又易　孫師教授第一堂余見　孫師打拳絕不用力且式子亦有出入不同處心甚以爲疑今日聞　孫師論武術有恰合己心者然余做　孫師之式打去以有百般不適　孫師撒手弄脚以順吾之式且令吾不必用力只用眼顧虎口余如言乃覺全身之力如加千鈞且手指中似有氣循環其間而心則淸閒余既驗之于身而後信然吾所驗者　師已先言之矣今後余當益自勉勵藝貴精不貴多耳寧敢再懷疑乎

有人笑余曰爾之鞋布者也何珍重如許日久而仍不換耶語後面帶得意之色余不言退而自思我自有我之本眞他人何足知我且衣服求蔽體耳何必求侈因又思以時世妝自炫者裁縫匠之玩物耳服役於衣服者耳自顧不暇

何暇笑人哉　不能自信自斷乃曰應潮流趨大勢可乎學業進乎言語慎乎待友敬乎九容恭乎行事當乎過誤居多改之

午後至習琴室聽何萬福金世培二友鼓琴瑟雖不能細領其中趣味然腦海中時思古人雍容和靄而今人之不古若至如斯之極也

雲色蒼蒼白露欲霜斯秋時矣收穫期也自思己之學問有收穫乎鮮矣哉微矣哉亦危矣哉苟常此蹉跎不進日月其邁老大無成則異日社會上又增一游民矣

午後借金君世培歐行雜錄一册閱之足爲出洋者之先導且附載德國工界之教育思想生活程度及勞動家與資本家之階級頗有足爲中國工界開先聲者

皆

日記 自十一年七月念四日至七月三十一日（時方暑假）

四存中校第二年級學生 金世培 年十七歲

七月二十四日陰雨晨起教二弟英算頗有進步午誦毛詩與雨聲相酬答至北風一章尤感於中所謂莫赤匪狐者不惟彼時然也悽然不樂拍案而起引吭而歌不知是憂是憤午與岳君電談快甚忽忽日暮雨仍不止臥聽雨聲背唐詩數首自省不能潛心用功不免入於沈迷此後當以正心爲本也

二十五日仍雨冷雨淒風被爲之濕閱天方夜談以破寥寂午與弟妹侍母思及先祖父母遺訓嚴厲之中慈愛備至使人悽然下淚音容永隔已五載于茲矣旋習珠算加減乘除皆能爲之但不熟耳自省余之境遇如是果能終學否尙未可知然吾當立志前進以成吾學耳思至此精神爲之一振

二十六日久雨乍晴天氣甚佳聞子牙河及白河俱已決口一片汪洋受害頗

巨惟望慈善者速爲設法以濟災黎

二十七日晏起後當戒之早溫代數午關君來訪去後余與弟妹共論南北地方人民之優劣余謂忠正謙和以待人嚴謹自重以束己對人之道得矣何南北之有哉互勉數語乃散晚省心未能闊氣未能平

二十八日晴前半日溫英文誦國文晚往公園步月登土山月華如水淡雲欲流園中樹木深處電光閃爍歷歷若晨星仰首而歌俯而長嘆不知身在何所矣嗚呼何日達我之志耶時已更漏數下矣悵然而返自省余立日記于今已三年矣雖未能免大過然每閱之驚心動目益我者不少此宜持之以恆也

二十九日早算代數二次連立方程式甚難及其完也心乃大快足見樂從苦中得來乃爲眞樂三弟請授算術余欣然允之但願兄弟互勉或可免無成之誚也

三十日早讀左傳又閱指紋學術蓋由人之指紋以偵探考究各事也凡事知之不確實者勿行凡物非已之所當取者勿取所謂一事不能知亦昧一錢不義得亦貪也

三十一日晴早讀韓文公諱辨氣勢雄厚有以想見其爲人自省外侮之來當思我所以致之之故而後思對待之法余每粗心而行是以多失敗此後當以心平氣和爲要也

精力彌滿工夫縝密得之暑假期中誠非易易主任李先生評

日記自十一年一月一日至二十日　劉禮仁

岳忠武王奏乞復襄陽劉子曰善觀敵者當先去其所恃又嘗數見帝論恢復之略又手疏言金人所以立劉豫于江南蓋欲荼毒中原以中國攻中國在彼因得休兵觀釁臣欲陛下假臣日月便則提兵趨京洛據河陽陝府潼關以號召五路叛將叛將旣還遣王師前進彼必棄汴而走河北京畿陝右可以盡復然後分兵濬滑經略兩河如此則劉豫成擒金人可滅社稷長久之計實在此舉觀其言則知忠武誠得制敵之善法也

世風日頹道德日墜一二人振之之責重甚其誰可任此者不可不蚤定也然初著手則先試于微漸及其著較爲善矣

苦鍛一時後舒適十時且有餘

于團體有名利犧牲盡巳精神亦不慽矣

善志立于一時即保之永不漫滅則善不期而自至矣

久作而不休則腦力易昏宜節

勸人宜以和色進言必求其柔而適可即止同學朱君每出言過直因以是語之

已立約而已爽約其輕視己者孰甚

自省交友改過處境各事多未中節因錄數聯以自策勵且爲他日進否之考證其聯云上天下地惟有我樂道安貧故不憂　過情聲譽心長愧盡省浮文交更深夕陽西下月東上羣鳥盡飛雲獨閒　有才自滿恐難恃改過終身愧未能

年假將歸李師告歸家時應作事有三一搜羅書籍碑拓以考地理歷史二至家時須盡力代親長行己能作事于禮貌尤須加謹三回憶一年在校之經過

及所得以預定來年之進行

心思細密見解亦復平實此後宜更於精神活潑處求之 主任李先生批

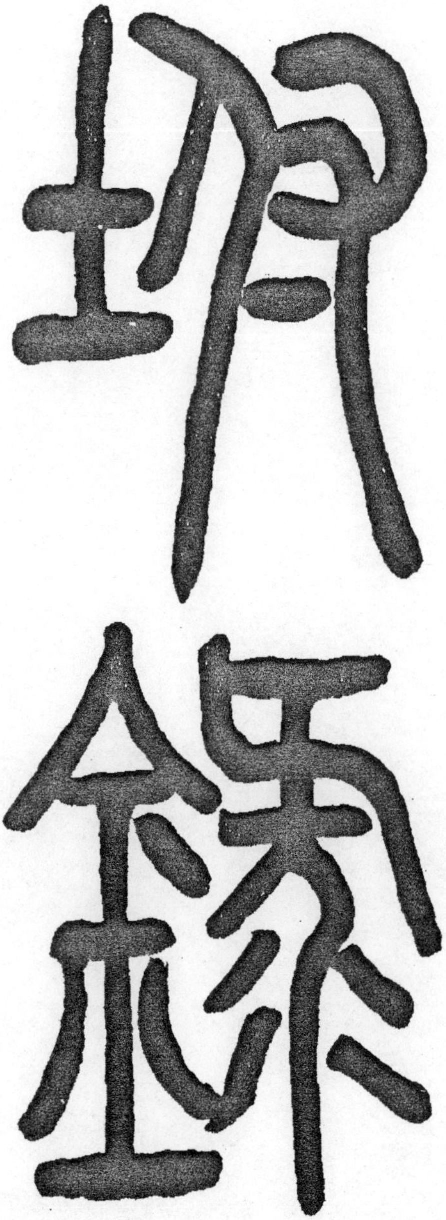

四存中學校學行共勵會簡章

1、本會以促進同學之學業及操行爲主旨、幷負察核之責而糾正之、

2、凡本校學生皆爲會員、宜互負勸善規過之責任、

3、本會設會長一人、以學監兼任之、

4、本會於各班講室內公選四人爲糾察員兼評議員、於各齋舍內公選四人爲糾察員兼評議員、分任講室及齋舍內之勸導事項、

5、本會職員、得稽查講室內或齋舍內會員之或勤或惰或儉或奢、而報告於本會以備攷核、

6、本會職員、得稽查本會會員之學業及操行而批評之、

7、關於講室內或齋舍內之保存書籍或衣物等項、須由本會職員設法勸導、使會員皆加意收藏勿致損失、

8、每星期三下午課畢開會討論本會事項、以企改進、其出席人員、以本會職員爲限、但本校職員亦得列席、

中華民國十一年十月一號出版發行

編輯者　四存學會編輯處

印刷所　京師第一監獄

總發行所　四存學會　北京西城府右街　電話西局二四〇八號

第十四期

分售處　開封四存學會分會　太原四存學會分會　天津四存學會分會

代售處　東安市場華藻書店　第一樓聚文齋　琉璃廠藝文書局　琉璃廠中華書局　青雲閣富晉書社　及各大書莊

中華郵務局特准掛號認爲新聞紙類

報資務請先惠凡價目一元以上均不收郵票

本月刊價目

期限	本數	價目
一月	一本	二角
半年	六本	一元一角
全年	十二本	二元

郵費

區域	本數	郵費
本京	一本	一分
	六本	六分
	十二本	一角二分
各省	一本	二分
	六本	一角二分
	十二本	二角四分
外國	一本	八分
	六本	四角八分
	十二本	九角六分

廣告價目

篇幅	期限	價目
全幅	全年	四十八元
	半年	二十四元
半幅	全年	二十四元
	半年	十二元
四分之一	全年	十二元
	半年	六元

廣告概用白紙黑字登載在一年以上者價可從廉

四存月刊

北京四存學會 編

壹

廣陵書社

圖書在版編目（CIP）數據

四存月刊 / 北京四存學會編. -- 揚州 : 廣陵書社,
2014.6
ISBN 978-7-5554-0066-0

Ⅰ. ①四… Ⅱ. ①北… Ⅲ. ①國學－期刊－匯編－中國－1921～1923 Ⅳ. ①Z126-55

中國版本圖書館CIP數據核字(2014)第134366號

書　　名　四存月刊
編　　者　北京四存學會
責任編輯　胡　珍
出 版 人　曾學文
出版發行　廣陵書社
揚州市維揚路349號　郵編 225009
http: //www.yzglpub.com　E-mail: yzglss@163.com
印　　刷　揚州文津閣古籍印務有限公司
開　　本　880毫米×1230毫米 1/32
印　　張　83
版　　次　2014年6月第1版第1次印刷
標準書號　ISBN 978-7-5554-0066-0
定　　價　780.00圓（全四册）

出版説明

《四存月刊》，北京四存學會編輯發行。創刊于民國十年（一九二一）四月，月刊，共出版二十期，民國十二年三月停刊，其中第十五期與第十六期爲合刊。主要撰稿人爲當時政壇、文壇名流，如徐世昌、李見荃、齊樹楷、張斌、張鳳臺、賈恩紱、步其誥、柯劭忞、鄧毓怡、吴廷燮、齊振林、劉培極、劉登瀛、齊賡芾等。

四存學會，一九二〇年六月在民國大總統徐世昌的倡導下于北京府右街太僕寺舊址成立。李見荃先後出任名譽會長、代理會長。發行會刊《四存月刊》，『以推廣顔李學説、旁采古今、蕲合實用爲宗旨』。顔李即顔元和李塨，是清初著名的思想家和教育家。其學術思想一是批判宋明理學，二是提倡『實學』。清末民初，『顔李學』受到了劉師培、章太炎、梁啓超、胡適等學者的廣泛關注，但將『顔李學』推向大衆的却是徐世昌。當時社會正處在承上啓下的歷史大背景下，新文化運動如火如荼，擔任民國大總統的徐世昌不得不兼顧各方面的想法和利益，提倡顔李學説就是其中之一，意在藉顔李學説宣揚自己的政治抱負。他將顔元、李塨從祀孔廟，倡導成立了四存學會和四存學校，使『顔李學』逐步成爲顯學。

《四存月刊》中的『四存』命名，是取顔元的著作《存性編》《存學編》《存治編》《存人編》之意。本刊設有顔李學、顔李遺著、論説、專著、譯稿、演説、藝文、談叢、附録各門，『不必皆顔李所已言，要求于顔李實行實習之旨，足相推廣闡明』（《四存月刊》發刊詞）。刊載的重要著作如徐世昌的《顔李師承記》《顔李語要》，齊樹楷的《述顔李》，張斌的《顔李嘉言類鈔》，顔李遺著《習齋先生手抄禮文》《學樂録》，對顔李學派著作的流傳起到了推動作用；亦有系統譯介西方近世文化，如謝宗陶的《哲學初步》、鄧毓怡的《法國憲法百年間之變遷》、吕咸的《羅馬法與近世》，等等。是北洋政府時期較重要的一份國學雜志，對研究、瞭解北洋時期學術思想，特點有一定的參考價值。

《四存月刊》每期五十頁至六十頁不等，所刊多鴻篇巨制，不能一次備登的則以連載的形式刊發。需要説明的是，一是各門頁目各自分配，每期逐門自相連續，但通觀二十期，有些著作的頁碼却并不連續，如《顔李嘉言類鈔》；二是從第三期始，每門前有門類名稱的小插頁，多爲篆書；三是至停刊時有些著作并未刊載完畢，不能不説是一件憾事。

《四存月刊》曾于民國十年七月再版，可見當時影響較大。我社此次據初印本影印出版，爲保持原貌，一仍該刊原順序，諸如《四存月刊》編輯處露布、目録、勘誤表及發行廣告等一律保留，再重新分册并新編總目録。考慮到原期刊目録與正文有不對應處或本身存在錯誤，新編目録以正文爲準（其中同名文章、作者簡稱『前題』『前人』的，已恢復爲具體的篇名、人名），并詳細注明所續某期，以方便讀者查詢。南京圖書館和華東師範大學圖書館幫助補配缺頁，謹致謝忱。

廣陵書社編輯部

二〇一四年六月

總目録

第一册（第一期至第四期）

第一期

第二期

譯稿

演説

藝文

第三期

論説

專著

譯稿

演説

藝文

第四期

演說

藝文

談叢

附録

第二册（第五期至第九期）

第五期

第六期

專著

譯稿

演説

第七期

譯稿

演說

藝文

第八期

第九期

顏李遺著

論說

專著

譯稿

演説

名賢軼著

談叢

附録

第三册（第十期至第十四期）

第十期

譯稿

藝文

第十一期

論説

專著

譯稿

演説

藝文

第十二期

藝文

談叢

附録

第十三期

談叢

附録

第十四期

顏李學

顏李遺著

論説

專著

譯稿

名賢軼著

藝文

談叢

四存中校學生成績

附録

第四册（第十五期至第二十期）

第十五、十六期

譯稿

演説

名賢軼著

藝文

談叢

四存中校學生成績

附録

第十七期

藝文

談叢

四存中校學生成績

附録

第十八期

第二十期

演説

名賢遺著

藝文

談叢

附録

中華民國十年四月印行

第一期

編輯者　北京西城府右街　四存學會　電話西局二四〇八

發行者　北京西城府右街　四存學會　電話西局二四〇八

印刷者　北京東城府長馬號　武學總社　電話東局一二三三

四存月刊發刊詞

李見荃

顏李之學周公孔子之學也孔子先行後言顏李實行實習學顏李者行爲而已習爲而已多文爲富於顏李奚取焉顧文以載道而會友以文聲應氣求斷不能無因而合終于道義者往往始于文章觀於習齋記餘恕谷後集馳書千里楮墨商榷用能友教四方昌明正學是其明證　同人承

大總統之意創立四存學會推崇顏李重行習兼重發明二十世紀以來西儒著述遍佈五洲羔雁爭迎登壇講演東方大陸既輸入歐美文明矣獨我周公孔子之正傳士大夫鉗口結舌噤無一言莫能盡力表章揭諸日月先聖之憾不亦吾黨之羞乎今爲此懼各抒所得彙爲月刊首顏李學標宗旨也次論說次專著次講稿次演說次藝文次談叢不必皆顏李所已言要求於顏李實行實習之旨足相推廣闡明最終附錄則會中應告同人之事未必皆有關於講

學也失講學之弊是丹者非素喜甘者忌辛攘臂忿爭如冰炭薰蕕之不相入皆言語爲之階茲編博採兼收有敘述而無軒輊一以供同堂之參攷一以廣吾道之流傳朝漸夕摩力求進步且公諸世界使知吾聖人之三物九功實可以位天地育萬物本末兼賅無美不備山川雖遠心同理同必有慨秉彝之好者則挾彼說而來安知不持吾說以去也抑又有說焉大醇小疵荀楊不免是編用意雖勤敢謂無瑕可指恕谷之言曰嘗與顏先生規過面赬髮植毫無遜忤誠可爲百世師如有宏達君子繩愆糾繆錫以南車皆當以藥石視之但效芻蕘之獻不爲敝帚之珍則同人所公認也

四存月刊編輯叙例

世風不患漸推遞變也而患舉世無學術文化不問或舊或新也宜問所學爲何事伊唔咕嗶非學也學須驗諸身心研窮探討學而猶非實學也學必體諸身世學其學行其行所以立己者在是所以立人者在是即所以立國者亦無不在是舍是不爲而勢且殆矣殆而不自知則天下事不易爲矣不易爲而猶不自知造物無情亦惟虛懸此道於天壤而姑爲退聽而人則不可不急起而任其重盖爲天地立心爲生民立命視此學胥視此行矣夫古之治世者治與學本非二事三代上不言學惟是循循於軌物之中而治已日隆後世且尊之爲聖學三代下言學言治趨若各歧窮其弊可至通國言學通國無人材而治且日忽子思子作中庸述聖人之學曰庸言之信庸行之謹終之曰君子篤恭而天下平夫恭何事也平何事也一人默不一言天下遂從而聽命雖尚者知

其不能然而天下平矣天下之平且由君子之恭矣間嘗熟思其故知中庸之所謂天下實世界上所有之一政治範圍也自世界五洲大通凡立於環球之上而受治於一主權之下者即爲一政治範圍隸於一範圍中之各個人斷不能此叫彼罵爾虞我詐或互相吞噬互相凌替而遂成其爲政治範圍也惟範圍之大小自其大一統言之則曰天下自其有四封言之則曰國國何以成曰成於法法何以出曰出於學學何以殖曰殖於行然則行也學也法也一事而異名實鑄造國家之利器舍此利器無以爲行無以爲學無以爲法即無以爲國大凡一國之中愚庸者不學而行即其學聰敏者能學而且學且行納一國於學之中實納一國於行之中中庸之所謂篤恭而天下平蓋亦穆然於大同之世君子之學不能與天下共之君子之行其所學並使人學其所行則可共諸天下無一人之或遺有國如是人不見君子之學也惟稱頌其德容曰君子

篤恭不見天下人學君子之行也惟瞻仰其治象曰天下平而其要則皆本於君子不敢不勉之庸行學如是而治亦如是是豈因人材新舊世運變遷而亦或與之新舊變遷哉同人等從事於四存學會推廣顏李之學顏李學非他學實行所學實習所學即中庸庸行不敢不勉之學也茲將月刊門類編輯大意敘例如左。

一、爲學之道首重習行孔孟遺書早揭明斯旨自七十子之徒各以所學學孔子源遠末分有再傳而歧其步趨者顏李兩先生堅苦卓絕一以實行實習揭先聖之實學期實用於天下人果率而循之即學即習即行即用天下無不學之人即天下無無用之人獨惜兩先生書流傳未廣願學有志或歎未由輯顏李學。

一、顏李學本用世之學世無定局學亦不能拘以成見生吾世而與吾並生于廿者。運會如何變遷。山川如何改易。世界所宜急者何學。人類所不可緩者何事。載籍極博。不能盡千百世而窮其變也。則欲應時勢所需。博採舊聞。尤宜廣徵時論。輯論說。

一、漢儒傳經。尤復勤求治具。唐賢衛道。不忘從事兵戎。名山事業。非第搜灰燼之餘也。顏李兩先生紹周孔正傳。而於周公之所以教萬民。孔門弟子之某治長賦。某長足民。某長禮樂。並稱而欲企及之。則有用之學。有用之書。正宜廣蒐並蓄。以待同志者之實地研求。輯專著。

一、學不分今古。亦不限東西。近世文化大啓。新學輸入。時來自異國。顏李兩先生生今日。亦必有樂取於人者。（恕谷先生生當順治康熙時年譜所載已有宜習西學語）他山有借。美玉乃益啓其光榮。庶已造大善。學者不以故步自封也。輯譯稿。

一、極天下之賾。不能擬其形容。則載籍皆糟粕。窮萬物之變。不能觀其會通。則誦讀無意趣語必求詳。奇不詭正。得善道者之當前指示。則風雲之態。山川草木之情。及古往今來人情世態。不可思議之變遷。無不一一畢現。足以供增長學識之用。聽一日講。真勝讀十年書也。輯演說

一、文字之用簡而明。俗白之語繁而費。述一事。達一辭。必舍文而雜用白話。恐文之雜以一言者。白則數言或十數言。且不能盡也。費何如也。大氐口述宜白。筆述宜文。質至當不移之理。顏李兩先生訓文爲四蠹之一。非有惡於文也。蓋恐言文者窮日夜之力。藻飾浮靡。而行習且荒就也。觀其所著各書。及與朋友往來論議。皆文言。非白語。言之無文。行而不遠。古人蓋知之孰矣。又況文以載道。言不文則道無所寄。人豈有離道而能自樹立者。輯藝文

一、近世小說家言。或謿語荒唐。或風懷左右。未嘗不助談者之興。然風俗隆替關係正非淺鮮。本月刊故尤愼之。今所採錄。大氐皆舊聞所係。或物質物理

之新發明。有關學術人心。而可爲士大夫所稱誦者。雖書或未具。或書已具而卷帙不完。片羽吉光。皆亟欲收取而儲爲談學問者之一助。輯談叢。

一、本月刊門類無多。凡所收稿件。有亟宜登載而無可歸類者。或本會經歷事項有應須發布而不能徧告同人者。皆彙爲一門。附載本月刊後。不使有遺漏之憾。輯附錄。

編輯員步其誥擬稿

四存月刊編輯處露布

一本月刊月出一冊約五十頁至六十頁不等定價大洋二角

一本月刊多鴻篇巨製不能一次備登故各門頁目各自分記每期逐門自相聯續以便購者分別裝訂成書

一本月刊所登未完之稿篇末未必成句亦不加未完二字下期續登者篇首不復標題亦不加續前二字祇於目錄中注明以便將來裝訂成書時前後聯續無間

一本月刊此期所登之外積稿甚夥下期或仍續本期未完之稿或另換本期未登之稿由編輯主任酌定總求先後一律登完不使編者閱者生憾

一本月刊第一期送閱第二期須先函訂購屆時方與照寄嗣後訂購者如願補購以前各期亦須來函聲明始行補寄

四存月刊目錄

演說

校風

藝文

談叢

顏李師承記序

予既輯語要二卷。使學者知習齋恕谷之學。綱領所在。既又念習齋恕谷爲聖道傳人。其淵源所漸被。師友弟子所討論。必有存絕學於不墜。惠區夏於無窮者。重屬趙君湘帆。踪跡所與往還。及一傳再傳之聞風興起者。爲顏李師承記九卷。凡十六萬餘言。予維宋元以來語錄學案之列於著述者。多至不可勝原。然而理學流極。空談心性。蹈楊氏爲我之習。致宋明之季。無以救亡。今世變日新。譚平民之治者。又祖述許行並耕而治饔飧而食之說。驅一世爲墨氏兼愛之爲。而不顧名教淩夷之禍。惟習齋恕谷之學。合道藝。賅體用。事事徵實。而無偏倚之弊也。孔子繫易。於庖犧神農黃帝。皆述所作耕耨舟車弧矢之制。爰明夫道藝體用之一貫。於以知習齋恕谷之造道深也。蓋自習齋恕谷之學傳。而知古人學以從政。非爲二事。故諸葛武侯陸宣公韓魏公之倫。皆得配食於廟庭。後之提倡學術。期裨實用者。皆知崇道德。重藝事。以救弊起衰。習齋恕谷之師承。已有不令而行。不介而孚之盛。矧六合大同。垓埏庭戶。予知習齋恕谷之學。必將彌乎紘宇。而化乎鴻濛。其所以廣不朽之傳。宏作育於五洲萬世者。固必度越於今之所記也。於是乎書。天津徐世昌。

師承記一

天津徐世昌纂

習齋先生博野人姓顔氏名元字渾然習齋乃其中年卓然有見於孔孟所傳六藝正學因取論語學而時習之誼名齋曰率門弟子習禮習樂習射御書數其中弟子相與語稱習齋先生初名園以父昶幼養於蠡朱氏爲蠡人補諸生名朱邦良朱氏翁卒歸宗易今名生有異禀鄉里皆以聖人目之在母身十有四月生明崇禎八年三月十一日鄉人望所居室上有氣皆成麟倏如鳳生而有文在手曰生舌曰中四歲朱翁有母喪著喪服冠立坐上勸賓客飲饌如成人六歲生日家人從俗雜置諸物事几上覘所向獨取筆畫若字者以二三十數時先生未嘗學也八歲始出就外傳吳洞雲學四歲時父昶被掠至遼東積八年無音耗母改適朱翁有妾生子晃漸疏先生先生事翁媪益謹晃後更與

其母謀譖害先生並及媼。先生奉媼別居。而日詣翁所定省如故。初不知已非朱氏子也。媼卒。哀毁幾殆。朱氏一老翁憐之。私語之曰。若過哀徒死耳。若王母稚不令安。有若父若父乞養他姓子耳。大駭。潛如母所問之。信。迨翁卒服闋。乃歸顏氏。而謀東尋其父。先生幼讀書。過目輒不忘。學神仙道引術。取妻不近。已而知其妄。乃益折節爲學。朱翁以訟遁逮繫先生。文益進。塾師賈什襲喜。語人曰。此子患難不能亂。豈常人乎。年二十餘。攷究歷代兵爭戰守機宜。與其政制因革是非之故。勃然欲有所爲。而孤陋無與質所學。時容城孫徵君鍾元講學河北蘇門。弟子數千人。以陸王爲宗。祁刁文孝蒙吉宗程朱。亦聚徒講學。里第先生聞而慕之。初好陸王學。約共學王法乾同至蘇門訪孫徵君。以路遠莫能致。乃數與文孝往還。改學程朱。信之篤。以爲聖立道統。龕與堯舜周孔並祀。日必靜坐八九次。驗未發之喜怒哀樂。覺修齊治平此外更無餘事。如是者蓋八九年。自漢儒誤以六經爲六藝。訓詁注疏。已畢古人學以從政之事。歧而二之。有宋諸大儒出。鄙漢唐所學爲駮雜腐末。是矣。乃又舉聖門不可得聞之性與天道。日騰口說。躐等立教。標其名爲道學。要其實已隱爲釋老所襲。沿及於明。程學以取士。範天下學者之心思耳目。奸壬僉險。舉竄身其中。有豪傑大有爲之士。不屑屑者。則衆相與詆之。排之。掣曳之。使不得竟其用。至於國亡。朝廟無有一人可倚仗。漢代以前。無是學也。孟子之死。不得其傳。天下不復收儒者之效。蓋二千年於茲矣。先生始居嫗喪。奉朱子家禮爲依歸。尺寸不敢踰越。久而覺其拂逆。不合先聖王緣人情制禮之誼。較以古經。非是。因悟堯舜之道。在六府三事。周公教萬民而賓興之以三物。孔子以四教。弟子受業身通者七十有二人。道學訓詁注疏。皆空言也。於是著存性存學存治存人四編。以立教。名所居曰習齋。堂上琴竽決拾籌管森列。灑掃正席。率門弟子進退揖讓於其間。

已而歌謳舞蹈。文行並進。以養其忠信之德。更分日攷究兵農水火工虞。嘗曰必有事焉。學之要也。心有事則存。身有事則修。家之齊。國之治。皆有事也。無事則道與治俱廢。故正德利用厚生曰事。不見諸事。非德非用非生也。德行藝曰物。不徵諸物。非德非行非藝也。時先生方三十四歲。確有見於孔子之所以教即堯舜周公之所以郅治。而後世政治之壞。確由學術之失其傳。毅然欲返聖門學術之舊。謂三代爲必可復。而不屑屑於空文著書。外整九容。內顧天命。一致程功。修之身。傳之人。以備天下國家之用。終日至夕。乾乾惕若。鋭甚。太倉陸桴亭先生高隱不仕。著思辨錄。教學以六藝爲本。謂性善即在氣質。先生讀而善之。與之書曰。漢唐訓詁。魏晉清談。虛浮日盛。而堯舜周孔之學。所以實位天地育萬物者。不見於天下。以致釋老猖熾。大道淪亡。宋儒之興善矣。乃修輯注解。猶訓詁也。高坐講論。猶清談也。甚至謂孝悌忠信不可教。氣質本有惡。與老氏以禮詐爲忠信之薄。釋以耳目口鼻爲六賊者。相去幾何也。元爲此懼。著存性編。謂理氣皆天。氣質雖殊。無惡也。惡也者。習也。染也。纖微之惡。皆自玷其體。神聖之極。皆自踐其形也。著存學編。明堯舜周孔三事六府六德六行六藝之道。道不在章句。學不在誦讀。期如孔門博文約禮。實學實習實用之天下。先生論治以不法三代爲苟道。嘗舉井田封建學校鄉舉里選田賦陳法。著王道論。後更曰存治編。又嘗覽明政之得失。着其所當因革者爲書。曰會典大政記。曰如有用我者。舉而措之耳。著宋史評。爲韓侂胄王安石辨冤。謂安石新法不行。非特安石宋之不幸。天下後世。羣遂以建功立業。措拄乾坤者爲小人。苟且偷安者爲君子。而是非莫辨也。夫人至是非莫辨。其去禽獸也幾何。此存人編之所爲作也。韓侂胄之辨。曰南宋之金。北宋之遼。不可同年而語也。乃累世知岳飛之忠。累世學秦檜之智。獨韓平原毅然下詔伐金。可謂爲祖宗雪恥地下者矣。仗誼復仇。雖敗猶榮者矣。乃宋人必欲殺之以畀金也。尙有人心哉。夫兵臨城下。宗社立墟。敵問戎首。無如何也。夷考當時。葉適邱崈辛弃疾等。支吾於北敵。無勝筭。而宋相之首已致麾下矣。宋人有惜之者。題句朝門曰。晁錯既誅終畔漢于期一入竟亡燕。金主見其首曰。此人忠於謀國。繆於謀身。諡曰忠繆。卒羣臣祭哭禮葬。可知金非惡平原。而深歎宋室之無人。即宋人亦知宋非因誅平原而存留平原而亡也。宋史徒以其貶道學曰僞。而入之姦臣傳。至指數其奸。除貶僞學。別無左證。徒曰姬媵盛左右獻媚而已。且此亦安知非僞學媒孽之。以自快其言行了不相顧之私也。而七百年來。直視爲宵小。無一察焉。不其寃哉。先生始欲尋父。迫於翁媼。既歸宗。三十九歲矣。值三藩之變。塞外蒙古皆應之。邉左戒嚴。不可往。妻既不育。再置側室。皆無出。荏苒又十一年。年五十。聞新城五公山人卒猶。視曰山人目不瞑矣。蓋以山人父兄被誣駢死燕市而骨不收。因而益堅其尋父之志也。自是至先生卒。遂無子。養同高祖一從子爾檥爲子。有隱疾。養一族子重光爲孫。後先生卒四年又卒。怨谷嘗論定之曰。人之生有禪有特。先生之生。上不麗父母。下不系子孫。乃天特生以明周孔之道者。固未可以禪生之理測也。先生既東出關。北達鐵嶺。東抵撫順。南出天覆門。蹐躚躡隴之間。陷泥淖者數矣。雪深沒骭。久之無所得。悶甚。益悲。行且一年。三月四日。有金氏婦。使人尋先生。往。與言父貌諱瘢痣生年月日東來年。皆合。已沒。葬韓英屯。唯不知父鄉居。而語以所夢。有神赤面而延鬚。夜告我曰。咄。銀姑。金其夫。父逋而殂、六子。藏涂兄從妹居。報我以豬。曳足而屠。已而詰先生。父來時年二十二。何說而有六子。且曳足屠豬何也。先生曰。豬我生物。六文曳足。我名也。屠則骨肉相見之象也。神示之矣。詣墓掃奠。如初喪禮。招魂奉主而歸。棄諸生。終三年喪。自是用世之志愈殷。曰。蒼生休戚。聖道明晦。責實在予。南游中州。

張醫卜肆於開封以閱人曰茲行即易之用九也必見无首乃爲能用是時先生蓋五十七歲矣遇人明辨婉引遠近歸心商水李子青大俠也館諸家見所攜短刀目曰君善此耶先生謝不敏子青叩言拳法諸技本君欲學此當先習拳時月下酒酣子青解衣演諸家拳數路先生笑曰如此可與君一試折竹爲刀對舞不數合擊中其腕子青大驚擲竹拜伏地曰技至此乎某始謂君學者爾遂深相結見其子拜從受業反至湯陰過一士人家與其子弟言禮父年幾八十遽策杖起曰聞斯行之先生曰父老矣請設坐於旁觀某與賢昆弟周旋也父曰老人習禮更急於年少舍杖即主位進退揖讓周規折矩彬彬如也跪拜上下健如也留數日反至復書稱其秉任聖賢豪傑目中未見有二人及父卒又云父朱甯居子敬主一先生也蓋先生自幼學兵法技擊騎射陰陽象緯無不精遇豪傑無貴賤皆納交而徐圖進之以學問勉成大器其空文著述與

以道學自高者。尤欲以身體力行勉之。儲爲有用。不至如婦人女子。脆弱不能有所肩任。後之論者。乃概以忍者欲苦筋力目爲畸行之士。蓋未窺先生教學之本誼矣。年六十。肥鄉郝文燦重修漳南書院。具書幣走介來聘。三聘始往。爲立規制甚宏。中曰習講堂。東一齋曰文事課。禮樂書數天文地理等科。西一齋曰武備課。黃帝太公孫吳諸子兵機攻守營陳水陸諸戰法射御技擊等科。東二齋曰經史課。十三經歷代史制誥章奏詩文等科。西二齋曰藝能課。水學火學工學象數等科。東西向。門內直東曰理學齋。直西曰帖括齋。凡習程朱陸王及制舉業者居之。皆北向。北空二齋。左處儐价。右宿來學。門外左六房。支客榻。右六厦。容車馬。東更衣亭。西習射圃。堂東北庖廚倉庫。西北柴薪。從遊數十人。分別部居。且學且習。濟濟翔翔。問學者接踵而來。乃先生初至。即雨經旬涉月。日益甚。書院北枕漳水。水盛溢瀰漫七八十里。垣墉堂舍悉圮。先生歎曰。此天意不欲使吾道行也。辭歸。不復出。又八年。年七十。寢疾七日而卒。遠近來會者百餘人。私謚曰文孝先生。卒之時。謂門弟子曰。天下事尚可爲。若等當積學待用。言訖而逝。面如生。生平不欺暗室。年三十。與王法乾共爲日記。凡言行善惡意念。欺慊。逐時規黑白於其上。十日一攷。糾督。暮行委巷中。背擾欲搔。旋自省曰。昏夜無人。何以逃鬼神之責。勇於改過。以聖人爲必可學。冠昏喪祭。一切俱依古禮。而酌其中。當扼不以自阻。老而彌篤。居父之喪。稅服粥食。不茶果酒肉。獨居朴室。不入內。不偶坐。不侶行。朝夕哭。朔望奠。哀至則哭。三月不怠。期悲哀三年憂。泣血骨立。室前槐爲之枯。葉黃而殞。喪復常。乃更榮。康熙三十八年。士民舉德行苦孝。博野知縣羅毅亭。蠡縣知縣趙用九。學使李柱山。巡撫于襄勤。俱表其閭。六十一年。學使陳蓮宇。檄縣崇祀鄉賢。雍正七年。再傳弟子劉調贊馮辰等。葺道傳祠。中堂奉祀先生。王崑繩配享。復設恕谷先生生位於東堂。惲泉聞生位於西堂。以三子皆有傳道之功也。近戴子高爲顔氏學記於崑繩後。特著程啟生而儕泉聞於諸弟子之列。亦以啟生爲有傳道之功也。先生悟道實始三十四歲。方壯十一月十一日。夜將半。夢躋一諸生主於孔子廟庭。養子訒言爇火爲之題。有老婦從其後寤。自占曰。子題主。非死乎。養子題主。非無後乎。然婦年已老。則尙未也。後皆如所占。唯至今尙未躋入孔子廟庭。其徒有好事者。據其夢至之年日時。爲之追占曰。三十日壯。有四。則壯且進於强矣。而日至於文推十合一爲士。於數滿十進一爲協。紀先生之道。其用世可決也。唯時月皆當盛陰。一陽初卯。肯孚化於其中。孳生於子。紐牙於丑。始明歴淸。至於今適當寅演之時矣。所著書行於世者。曰四書正誤。曰言行錄。闢異錄。習齋記餘。皆門人鍾錂所輯。年譜最詳。則恕谷所爲而崑繩所訂也。

恕谷先生。蠡人。姓李氏。名塨。字剛主。恕谷其號也。父明性。世所稱爲孝慤子者也。先生幼承家學。敦行孝弟。主忠信。言動造次。必依於禮。長而學數於劉見田。學射於趙錫之。郭子固。學書於彭雪翁。王五公。又從五公問兵法。從張函白學琴。後如浙。從毛大可學樂。定律呂。要其歸。主於習齋之學。學自習齋別啓一區宇。習齋業之。先生接之。總吾國學問。參於漢唐訓詁注疏。宋明性命。爲言曰博文約禮之學。歸道學。參於程朱陸王。爲言曰顏李之學。蓋吾國學問之道自古博矣。三五分官。爲後世諸子百家所自出。論者猶以爲近。不能紀遠。然即以所紀民事而言。義和之官。其流爲陰陽數術方技。亦所官之一守也。行人之官。其流爲縱橫。司馬流而爲兵。議官流爲雜家。史禮稷理流爲道名法農。各推所長。著書詔世。蓋上古無所謂儒也。後世逆推。出於司徒之官。作君作師。功即德。治即教。孔孟窮而在下。始以儒名。然教即治。德即教。視唐虞之際。殷周之盛。所業固無異也。及門某也治賦。某也足民。某也禮樂。弟子三千。七十二。奇技異能之

顏李語要序

予喜讀習齋恕谷書。二先生之學。最晚出。得孔門教學之正。其爲學也。不擇地。不擇時。不擇人。即學即行。隨在可致於用。絕無虛憍悠遠之談。間嘗取其說之尤精者。隨筆記錄。以勵朝夕。久之積成卷帙。檢畀趙君湘帆。排比付梓。爲語要二卷。各分上下篇。上篇問學工力。下篇推行作用。雖未足以窮其閫奧。庶或資爲涂轍者焉。天津徐世昌。

習齋語要上

天津徐世昌纂

知一善則斷然爲之。知一惡則斷然去之。庶乎善日積而惡日遠也。

外面多一番發露。裏面便少一番著實。

惡人之心無過。常人之心知過。賢人之心改過。聖人之心寡過。寡過故無過。改過故不二過。僅知過故終有其過。常無過故怙終而不改其過。

舉步覺無益莫行。啓口覺無益莫言。起念覺無益莫思。

怠惰之容不設於身。淫肆之言不出於口。放僻之念不生於心。君子人歟。君子人也。

陽剛陰柔而天下定。陽下陰上而天下和。今夫心天理陽念也。常令剛。人欲陰念也。常令柔。吾心有不定。乎天理雖爲主而常合乎人情。陽下也。人欲雖無能絕。而常循乎天理。陰上也。吾心有不和乎。

學莫先於敬身。樂莫大於事親。願言思之。前惟古人。近惟孫子。（高陽人）自識有云。無親非富。有母非貧。嗚呼。大樂孰如事親。

心不虛則不樂。所謂心體上不可加一物也。雖然。玩物而樂。離物則不樂。固非能樂者也。無物而樂。有物則不樂。亦非能樂者也。顏子簞瓢陋巷。樂不簞瓢陋巷亦樂。是何如樂。

吾用力農事。不遑食寢。邪妄之念。亦自不起。信乎力行近乎仁也。

人而不能數事父兄。而無以承命事君長。而無以盡職。天不知其度也。地不知其量也。事物不知其分合也。試觀公西之禮樂。冉子之藝。能嘗知夫子之所以教。與三千人之所以學矣。

學貴遠其志而短其節。

體乎仁則富。行乎禮則貴。

冠以敬吾首。衣以敬吾體。

聖人亦人耳。其口鼻耳目與人同。惟立志用工與人異耳。故聖人是肯做工夫庸人。庸人是不肯做工夫聖人。

讀經觀史非學。惟治心乃是學。置田房積金粟非治家。惟教子乃是治家。

養身之道。在養吾身眞火。養眞火之道。在愼言寡欲。寡欲則省精。省精則眞陰足而相火旺。愼言則省氣。省氣則眞陽足而君火明。

吾自得張澍而坐莊。得李仁美而冠正。得石孚遠而作字不苟。每當過將發。未嘗不思三子也。

人生產業身體性命。皆祖父之遺。三者俱昌大。之上也。俱保全之。次也。不幸不可得兼。寧破產業。勿虧身體。若戀惜房田而憂勞以致疾病。是重祖父產業而輕祖父身體。不孝也。甚不幸。又不可得兼。寧傷身體。勿壞性命。若迫於凍餒。而喪志以爲不義。是保祖父身體。而賊祖父性命。更不孝也。

治病在清心。清心在知命。

人生居內。上無父母。下無子女。旁無侍婢。而夫妻相敬相畏無比暱態。則幾於聖賢矣。

學問有諸己與否。臨事方信。人每好以所志認作所學。此大誤事。正是後世泡影學問也。

後世專尚空談。故學孔子之言者。皆入孔子廟廷。不學作事。故作孔子之事者。皆不入孔子廟廷。

七十子終身追隨孔子。日學習而終見不足。只爲一事不學。則一事不能。一理不習。則一理不熟。後人爲漢儒所誣。從章句上用功。爲釋氏所惑。從念頭上課

述顏李

蠡吾齊樹楷

今欲與人論顏李之學之事。則幷顏元李塨兩先生之名而不知者有之矣。何以論顏李。

自民國三年一月一日學術以習齋剛主爲依歸之明令。及民國八年一月三日顏李從祀孔廟之明令。先後頒布。人乃知兩先生之名。然與語兩先生所著書。則又不知所以對也。何以論顏李。

孔子曰。人不知而不慍。不知言。無以知人。孟子曰。誦其詩。讀其書。不知其人。未論其世。雖讀其書。猶有不知者在也。況並其書而未讀。並其言而未之見也。又何以論顏李。

顏李者。繼孔孟而興者也。其爲學。無不根於事。其所事。無不本於學。以佛氏說形容之。則孔孟之化身也。以道家說引伸之。則千載之後。而一遇大聖者也。以耶氏說證明之。則昭事上帝。上帝臨汝。通乎天之主宰者也。然今之學者。方且信佛氏。談道家。崇拜耶穌。獨於孔孟之學。共相鄙棄。以為不足傳載。追言繼孔孟而生之顏李。雖欲論之。烏從而論之。

雖然。孔孟者。學衷於事。事本於學者也。孔子聖之時。動言行而世為道。世為法。世為則者也。宜於此時。不宜於彼時。烏得為聖之時。孟子觀其通。天下通義。通工易事。因不齊之物而劑其用者也。於此有用。於彼則無用。烏足以會其通。既會其通。則大易所謂變通以盡利。變通以趣時。孔孟之所學所事。固流溢一氣者矣。

吾國數千年。以孔孟為先聖先師。而數千年儒者。說孔孟之書。或讀之而不能知。或知之而不敢宣明其蘊。以質斯世。固時代為之。非先儒之所不及。然因是而人不復尋孔孟之眞。襲踵詮注。陳因而不厭。其在於今。略啓其端者有人。大竟其緒者尙無其人。孔孟之不知。又何以論學孔孟之眞之顏李。
是則欲論顏李。先論孔孟。先論孔孟之所學所事。孔孟之於時。有通乎一生之
時焉。有通乎千萬世之時焉。時止則止。時行則行。通乎一生者也。至誠之道可
以前知。十世可知百世可知。通乎千萬世者也。人情之好動而不主故常也。則
有數十年而一變者焉。有數百年數千年而一變者焉。孔孟之所經歷所見聞。
所考證。有炎黃之世。家庭主義之時也。有堯舜之世。由國家而進於社會之時
也。有夏商周之世。國家主義之時也。至於春秋。國家主義。趨於極端。重征橫斂。
暴嘗於戰事。而人民乃不能堪命。當是之時。諸子百家。皆欲試其變革之計。孔
子者。變革而期於適中者也。故於禮大傳發之曰。可得與民變革。不可得與民
變革。而其所變革。則變國家主義也。變國家主義而趨於社會主義也。根據家
庭以行社會主義。對於國家。則暫與維持。徐徐變革。以免流弊之旁出者也。學

無不本於事。事無不出於學。値何時則爲何時之人。則有何時之言論以待之。其大義則千緒萬端。其微言則微顯志晦。令人於羣經中穿貫証明。深思而自得其意之所在。乃以無人發明。遂幽昧而不能彰。學之者囿於知識。亦多篤於時而拘於墟。不能隨所入而通其方。以致各泥一界。不相喻曉。有家庭之人。納之國家則滯矣。有國家之人。入於社會則傎矣。爲士而不能入於農。爲文而不能使爲兵。即至禮樂之大。關乎道德。工技之微。切於日用。射御書數之文。水火金木山澤之虞。爲人生所不可無者。問之儒。則視爲度外。而非吾之所有事也。學孔孟而不知學。衷於事而學之道衰。且因不知學孔孟。致使庸庸者並孔孟而不以爲然。而吾學幾爲天下裂。

顏李有作。盡取孔孟之學之切於人事者。實行之。實習之。行習而確見其必然。乃高懸其幟以詔天下。告後世曰。此孔孟爲學之眞也。此人人不可一日離之

顏李嘉言類鈔

張斌

弁首

余鈔錄顏李兩先生嘉言既竟。乃擲筆而歎曰。中國爲無學之國。而人爲無用之人也久矣。自嬴秦火書。道統中絕。漢人之考據。唐人之注疏。宋人之性理。雖各有其學。各主其術。其間固多特行獨立。體用俱宏之君子。然由其說而求之。終不免於空疏。或爲腐闊鮮用。或爲章句末說。或逃入禪宗而不自覺。猶日謬已爲眞以誤人。下至於詞章文字之學。更不足論矣。蓋學也者。治世立人之具術也者。所以推行此學之方也。學不急乎用。術不衷乎道。皆無當也。浸淫至於今日。鮮恥寡廉。騖利營私。人羣鳥獸行。乃併此空疏者。亦喪棄之。而不足以語技巧日進。而謠諑益多。民智日開。而大道愈微。豈果技巧之不宜進。民智之不可開乎。無學以作其基。愈智愈巧。愈烈其病世賊人之禍。此所以紛紛藉藉擾擴喧闐而未有已也。苟不昌明眞學。以正人心而維世道。則流丸走坂。狂瀾注下。烏能禦止而挽回之乎。顏習齋李恕谷兩先生。有淸之初之大儒也。其學以周孔之三事三物六藝四教爲本。其論道也貴乎用。其教人也重乎習。一事不苟爲。一行不苟恕。卽至醫卜劍數。末藝小道。皆精博有以過人。則大者可知矣。此固非袖手空齋。高談性命者所能髣髴。更非嗜利啖名。徒逞伎倆而廢身心者。所能望其肩背。人苟習其說而由之。則所以飭躬厲行。濟人利物。推以裨補家國。挽正風習人心者。庸有量耶。竊嘗析顏李之學爲下表。

一。顏李思想家也。

一。顏李實行家也。

一。顏李之學。求是之學也。

一。顏李之學。動作之學也。

一。顏李之學。民生之學也。

一。顏李之學。鑄人之學也。

一。顏李之學。創承並重之學也。

一。顏李之學。體用俱宏之學也。

由上表觀之。顏李兩先生之學。不惟窺大道之全。且足以昭垂萬古。今大總統特令配享孔廟。良有以也。余故類輯其嘉言之適於今足爲世鍼砭者。錄爲一册。既引以範身飭行。且以爲樂世抗人之具。其他則略焉。輯例如下。

經緯萬彙。彌綸光嶽。孰植其基。誠在於學。輯修學第一章。

不偏不倚。峙然中流。惟能立者。赴應無尤。輯立身第二章。

吾生須臾。茫茫大千。徑塗晉昧。車覆身顚。輯行世第三章。

宜家和樂。施於有政。推近及遠。作國之鏡。輯正家第四章。

無爲以恭。不息以健。惟心民者。百代作憲。輯經國第五章。

第一章　修學

顏先生曰。讀書無他道。只須在行字上着力。如讀學而時習。便要勉力時習。如讀其爲人也孝弟。便要勉力孝弟。如此而已。

讀聖人書。便要爲轉世之人。不爲世轉之人。

讀經觀史非學。惟治心乃是學。

學求實用。要性情自慊。則心逸而日休。學求名美。便打點他人。則心勞而日拙。

人之爲學。心中思想。口內談論。儘有百千義理。不如身上行一理之爲學也。人之共學。印證詩書。規勸功過。儘有無窮道德。不如大家共學一道之爲眞也。

孔門之學。習禮。習樂。習御。活血脈。壯筋骨。利用也。正德也。實所以厚生也。豈至舉天下人胥爲弱女病夫哉。

論新疆迪化形勢

江寧吳廷燮

迪化舊郡。東屏伊吾。北走仙薄。西通弓月。南衛天山。川渠灌注。山嶺縱橫。形勢雄盛。寔西域之頭項。中外之關鍵。漢初。車師諸國。役屬匈奴。則隴右常受其困。武帝開通西域。此與吐魯番皆置校屯兵。史稱爲披匈奴之勢。後漢永元後。亦置校尉於此。范書言車師六國。接近北虜。蔽扞西域。是以張璫請脅車師後部。閼詳請更立後部。王阿羅多皆爲車師後部。易招引北虜。以亂西域。並指郡地也。魏時通西域。則車師後部首受王印。元魏時高車柔然迭據此。周突厥亦得此。皆能侵軼朔漠。服役西方。隋時西突厥莫賀可汗。居貪汗山。有浮圖城。莫賀城。盡得今迪化地。而伊吾高昌焉耆諸國咸附。唐降突厥浮屠城。置庭州。爲滅賀魯都曼之資。而郡縣遂薄西海。其後王方翼之討十姓。戰伊麗。進熱海。亦出庭州。開元天寶。杜暹蓋嘉運王正見封常清之經營西域。大都自北庭發跡。故北庭節度號防制突騎施堅昆士馬之雄與安西同稱天下最新舊書之所載岑參高適杜甫之所歌歷歷可證蓋其地進足以擣伊列踰葱嶺而拓疆於嬀水雷翥之間退亦足以守金嶺保輪臺而爲河隴之援廣德大歷之間河隴盡沒楊休明李元忠支拄危難之間猶爲唐守迨貞元陷於吐蕃與伊西甘涼同爲番地唐之河湟遂不能復咸通中回鶻僕固俊自北庭取西州而回鶻遂盛於西域遼太祖逾流沙取浮圖城而西域遂服於遼宣和四年耶律達實自北庭西行闢地萬餘里元太祖西征亦自北庭進師元泰定末地入瓦剌及明正統遂以長驅漠北震蕩中原正德以後吐魯番盛而不敢大寇西邊者懼瓦剌之得北庭議其後也明末瓦剌固始汗居此遂因之侵據青海中國康熙雍正之際木壘以東雖爲我有而烏魯木齊仍隸準部故岳鍾琪查郎阿屢出師而不能奏掃穴殲渠之效乾隆阿逆之降薩喇勒等一踰烏魯木齊而伊犁遂無

立。阜自是準部屢降屢叛。城其地。豬其族。亦皆於此進師。二十八年以後。建立郡縣。分屯列戍。都統提都胥駐於此。道光中回疆累擾。轉餉治軍。皆以此爲根本。同治三年。索煥章之變。迪化淪陷。而南北諸城。遂無一存。猶幸古城諸地。得失不常。景廉諸軍。以屯以戰。左宗棠劉錦棠。因之得以首復迪化。建瓴而下。南八城門戶洞開。遂無抗顏行者。設烏垣不下。而白彥虎與帕夏諸酋。相爲首尾。則雖師武臣力。挂弓天山。飲馬熱海之勳。豈可以歲月計哉。特是自乾隆建置後。更嘉慶道光。休養生息。百年之久。譚斯土之盛者。多謂其商賈輻輳。有吳楚風。然自近疆吏奏疏觀之。而一郡之大。墾田有數。戶口不充。遠不能與秦晉一縣匹。欲如龔自珍所云。入則損中益西。財則損西益中者。蓋亦難矣。光緒六年年四月左宗棠奏奇台報墾民戶九百有餘軍營新墾六千六百餘畝迪化舊報民墾三千餘戶核多浮冒茲按册報迪新增民戶實只二千有奇軍屯尚未據報畝數吉昌新舊墾戶共一千三百有奇綏來共九百餘戶然以形勢險要論之。伊犁雖同在北路。自俄界累改。

四面臨邊實不足控制全省迪化則進退伸縮猶足有爲南下天山則可制八城東踰流沙則可通安肅爲全疆之形勢所重固不得而易也今志戶口雖增仍不足當中原一縣之數

中國宜復民兵之古制

齊振林嘯三氏

上古游獵時代盡人兵也生齒日繁井地而治盡人兵之則食用不給計田出卒兵制肇於此矣三代之初人民二十與戎事六十還兵彼時守土之官即統兵之官軍政民政未分人人皆有服兵之責故國有大役即可籍民以爲兵夫兵凶戰危必教而後可用殺人不可教爲田狩之禮殺獸以試之赴戰人所勞於較獵之場獲獸以欣之春蒐夏苗秋獮冬狩一年四舉三年大閱民無廢業人盡知兵意美法良用能拓擴版圖光耀華夏蓋古之時民羣尚武人不離兵說文云我者施身自謂也與字人爲對待躬者身也又訓爲已與我字義同戈

操於手。故我字從戈從手。弓不離身。故躬字從有從身。皆隱寓自衞之義。此個人尚武之證一也。又族者矢鋒也。從矢從㫃。㫃爲旌旗之游。古人以旗區民。凡同屬一旗者。即爲同族。通訓云。古代行軍。弓矢之兵。多聚於旗下。後復以同姓爲同族。亦皆取意乎同仇。偕作此族黨尚武之證二也。又國者邦也。從口從或。或亦邦也。從口從戈以守一。段氏謂或爲國之古文。從口從戈。若城門之有兵。後人加口而爲國。如執戈環守。使敵無隙可攻。此國家尚武之證三也。且古者四民皆兵。周官取士。文武兼崇。學以居位曰士。被甲治兵亦曰士。是古代治學之人。莫非知兵之人也。田賦出兵謂之賦。納賦免役亦謂之賦。而賦字從貝從武。是農穡爲兵。兵皆自賦之意也。考工記攻金之工。主製甲兵。而輪人車人函人韋人之攻木攻皮。皆備戰爭之用。百工通稱爲匠。而匠字從斤。是皆以軍械爲首務也。古代之商懋遷有無。大都不外轉運餽饟之類。而運字從辵從軍。是皆以軍需爲要圖也後世以降兵民分途召募法行兵制大壞所謂兵者乃出於四民之外兵既非民不知愛民民久離兵愈復畏兵民畏兵則儒弱兵不愛民則凶頑民懦弱則敵國生心兵凶頑則將非能馭內訌外侮迭起紛承國瀕於危卒以有今日今日而不欲救亡則已苟欲救亡舍籍民爲兵他無長策凡事緩則治本急則治標治本必先清戶口以立徵兵之基治標則急治民兵以杜募兵之害今以下縣計約戶二萬平均一家八口全縣不減十六萬人之譜除老弱婦女三之二計可得壯丁五萬餘人每年計田選卒抽百分之十五約千五百人籍爲民兵其餘爲羨卒民兵統於縣長定名曰守望團以各縣積穀供其稍糧以在籍軍官教之戰陣如猶虛曠農費財也則三分此千五百人以三月爲一期每期五百人更替訓練冬季合校兼辦清鄉次年退休爲復卒另由羨卒如數選補計十年縣可得知兵之民萬五千人有事出征上戍則食餉

於官事竣仍復農業總計用民之力每年不過百分之一食糧之人每年不過千分之四無兵之名而有兵之實上可以減政府籌餉之憂中可以遏彊吏擁兵之禍下可以免小民流亡驚擾之虞孔子云善人教民七年亦可以即戎李恕谷云天下處處皆糧則天下富天下人人習兵則天下强安見我尙武之古國不能一挽積弱之風而爲二十世紀之强國哉

附守望團簡章

一參酌計田出卒之古制挑選民兵教以攻守新法專任保衛地方遇有國際戰爭亦供徵調

二取守望相助之義名守望團受縣長之監督指揮

三各縣舉紳商十人爲團董監理團務及款項

四鄰近三或四縣公推一人爲團總主持操防計畫與各縣團董協商團務之進行

五各縣設一團隊分四區隊（步三騎一）每區隊卒額一百二十人小縣得酌度縣情減至三或二區隊

六團設團正一區正區副若干（按區隊核定）專司教練並設書記一辦理函牘

七 各縣團卒按所設區隊計算加三倍挑選分三期教練三個月爲一期每期調集三分一輪流更替選卒法另定之

八 軍械向公家備價購領

九 馬匹由各縣集資購買

十 服裝各縣自製但顏色標誌須歸一律以便識別

十一 團員團卒之給養各縣自籌給養法另定之

十二 各縣擇適宜地點且與鄰縣聯防較便之處爲團住地

十三 春夏秋三季由團正抽派團卒若干分鄉巡查冬防緊急時並得招集休替者合力舉辦

十四 各縣團防協約分列如左

甲 冬季清鄉各縣須定期同時舉行

乙 冬季會操各縣每年須合舉一次

丙 冬季聯防遇必要時由鄰近一縣或數縣合力協助

丁 各縣集議會每年三九兩月由團總招集在各縣團住地舉行有特別事故並得招集臨時緊急會議

戊 查獲盜匪送縣依法懲辦

十五 得鄉會操及臨時調遣各費另定之

直隸導河新志

鹽山賈恩拔纂

直隸治河總論

直隸西負太行。北帶燕山。東襟渤海。水由山麓而下。直趨東南。以渤海為尾閭。其自磁縣以北。抵正定西山一帶之水。由子牙河受之。自正定北至房山西山一帶之水。由大清河受之。燕京西北宣化一帶山麓之水。由永定河受之。燕京正北。自獨石口東至古北口。凡塞上關內之水。由北運河受之。自喜峰口東至盧龍塞。凡塞外關內之水。由灤河受之。是曰五大河。合以腹地南來之南運河。是曰六大河。而薊運河以水小不與焉。灤河無關脩治。故直隸言治河者。則以五大河為亟亟。五大河凡分南北二派。南派正定順德廣平三府之水。二十餘河。畢匯於南北二泊。以翕受而停蓄之。則二泊者。實正廣順三府諸河之腹臟。

而子牙河爲之腸胃焉。北派。順天河間保定三府之水。三十餘河。畢滙於西淀。以翕受而停蓄之。則西淀者。實順保河三府之腹臟。而以大淸河爲之腸胃焉。二泊兩淀之水。又同滙於東淀。以達天津而赴東海。則東淀者又以全省腹臟。而兼全省咽喉之司焉。蓋北方之水性。與南省逈異。冬春則大河名川淸淺可涉。伏秋雖細流小港。懷山襄陵。睘畿甸數千里面積之水。而畢納於一綫之海河。本大末小。已成之病根。早伏於千年之前。加以來勢洶湧。飄忽。伏秋之漲在在堪虞。然千年以來。泛溢雖不能免。而猶未嘗罹昏墊之巨患者。則以二泊二淀爲之容蓄。其來雖猛。及至泊淀之中。則游盪尚有餘地。寬綏不迫。容以時日。乃得以徐徐歸海耳。乃自淸代康熙以來。永定河改道。獨行。而兩淀淤高。不足容水。於是全局河道。爲之同病。兼以漳水南徙。滹沱北徙。溢水東徙。至淸末光緒以後。南北二泊。皆成陸地。於是畿南漲汛之時。水無容蓄。與畿北正同。猶未已也。海口攔港之沙。日高一日。水已難下。兼以强潮上逆。海河倒流、下游之壅阻又成。夫以本大末小之巨患。專恃二泊二淀以爲命者。今則淀泊俱廢矣。專恃一線以達海者。今又壅閉不利矣。幸而雨澤稀少之年。雖患尚輕。不幸而淫霖暴漲。同時爲害。竊恐中古洪水之厄。不難再見於今日矣。又况人謀不臧。清一代河工。經常之費。約五十餘萬兩。臨時費復五六十萬兩。民國二三年。舉河工官吏兵役及工程各經費。一舉而空之。僅設一河務局。歲費不過二十萬元。僅贍二三官役之俸而已。天人交嬰如此。故民國六年之漲汛。比之往代尋常耳。而罹患者百餘縣。天津幾於陸沈。始動色相戒。以爲河患之補救。不可以已。蓋已晚矣。爲救時之計者。亟曰疏浚河道也。培築隄防也。夫事當窮極之時。非改弦更張。不足以語治。直隸河患之在今日。亦可謂窮無復之之時矣。疏築之說。僅可施於治平之日。特以爲根本之圖。此賈讓所謂最下策也。爲今之計。惟索其受病之源。可治者治之。不可治者。則改弦更張。以別求其通而已。上游淀泊之復。識者皆知其難行。下游海口之阻。人力又有所不通。是上下游各成不治之證。故道既成不治。則應於故道而外。別求一經久之方。舍多開海口而外。雖神禹無以為計也。蓋上古北方祇有一大陸澤而已。兩淀之出。已在宋後。宋以前。河北之水。固不僅泊淀以為命。其所以無患者。則以海口多塗。非若今之專趨天津也。其在漢書地理志者。直隸諸水入海之口凡五。濡水南入海。即今灤河所入樂亭昌黎之海也。浭水至雍奴入海。即今薊運河所入之北塘口也。渠乾沽水均至泉州入海。即今北運河所入之天津三岔口也。按漢志又有從河至文安入海之文。此與泉州當為一海口。從當是泒之誤。即今大清河三岔口南。在文安北。直泉州。故知文安泉州當為一海口也。說詳通志沿革表虖池至東平舒入海。即今青縣靜海直東之海也。黃河與屯氏均至章武入海。即今鹽山之直溝也。按漢志一口入海者。即是一河。黃河屯氏均曰章武。沽水渠乾均曰泉州。皆是一河。不更別白也。以章武為天津。此皆誤於胡渭之說今鹽山新志辨之甚洋是上古北方諸水。各就其下游所近以入海。未嘗專趨天津一口。其專趨天津者。惟今大清永定北運三河而已。宋元以後南運直穿內地以達天津。凡運河以西之水勢不能不繞道而北。又值淀池先開以限遼人。其勢甚便。於是章武平舒諸海口皆廢。虖池亦改而北下矣。古代黃河北注其時。今之五大河未嘗恃淀泊以爲蓄。而水患不聞頻仍。中古黃河南徙矣。今之五大河專恃淀泊以爲命。而水患猶可補救。今也淀泊胥廢。而水患岌岌束手無策。由是觀之。下游之專趨一口者。實河患之總因。上游之先淀泊者。反爲次因也。上游之專恃淀泊者。在後世實爲最急。在上古實爲可緩也。下游之多開海口。在今日實爲創舉。在上古實爲因襲也。然則因之之道奈何。蔡新不云乎。治直隸之水。莫如拓達海之口。拓達海之口。莫如減入口之水。斯言可謂得其要矣。蓋渤海自直東交界。由南大沽以抵北大沽。所至海口。無不可下水者。南運河本人力疏鑿之渠。値今日鐵路日興。則漕運所關。已非復如往代之重視爲下因川在在可以施功。如由四女寺以入南大沽。或由捷興濟以入歧口。或由靳家屯以入唐巨河。（在北大沽口之南）而四女尤爲最宜。此皆南運河可改之道也。滹沱上游。久無東行之道。今欲改道別行。惟自舊道鮑家嘴。穿今南運東出。以合興濟減河。或穿運由今靳家屯減河。以入唐巨河海口。而靳家屯尤爲易舉。此皆滹沱可改之道也。大淸河古本入津。無容改作。而永定兩患最烈。不合北運。則患不可治。合北運仍入天津。則海口必仍不利。是亦當另籌海口。或由王家務引河以達北塘海。或自筐兒港以達北塘海。此外仍須增挑引河以備異漲。此永定北運可改之道也。南運所入之南大沽。即漢章武之道也。滹沱所入之唐巨河。即漢東平舒之地也。永定北運之塘口。即漢雍奴之道也。合以大淸河之天津。爲漢泉州。是改今之一口。仍復爲漢之四口。謂曰創舉可也。謂曰復

奉天沿革表叙錄

吳廷燮

遼瀋天府實古冀域職方幽州巫閭爲鎮七國分據燕得遼東秦建二郡項氏王廣炎漢隸燕縣有廿三王莽既滅復郡元菟自是以後同於諸夏慕容不競遂棄遼左寶甯之變和龍自帝宇文一代復無渤西隋氏得之郡邑寥廓蓋雜戎夏唐至乾封全郡遼域爲榮之亂夷爲邱墟開元恢拓始復營州襄平迤東沒於渤海祿山叛亂迄於天祐玆方建置史策殊略渤海京府擬於景雲郡縣之列多於泰始東土文明大氏爲盛營平不守契丹乃南東京上京於焉剬隸完顏州邑多因遼舊蒙古疏闊州邑之置較之耶律十無其一洪武之初惟得遼南海西告降衛所增廣舊有郡縣以臨邊故又悉廢之永樂招徠東列建州西控三衛等於要荒難以言治

昭代郡縣因明衛所昌圖置吏遂田博旗新民移丞北越法庫光緒建元鴨淥

以西接眕長春背爲州里甲辰增郡橫絕洮川丁未改省又疆長白外隣龍江內括吉林方里之廣視昔加倍辨厥沿革多古未有斑志酈注間存崖略劉書遼史紙益迷離近代經生頗耆輿地錢徐汪陳發明蘭臺江甯汪氏始圖桑經宜都繼作皆徵瀋故統志沿革多因其舊韻編此外每付闕疑疆域有考楊氏專書凡此諸編其可信者洮南長白分搜羣籍裒輯大凡埘誌戰攻以推興替三京之歸入皆賀宋四鎮之復蕃未忘唐瀋圻建置究厥始終荒於永嘉盛於皇統都司無郡甃國之原萬戶有府恃兵非策治忽所在其可悟矣宣統己酉七月江甯吳廷燮

承德縣天命十年三月定都瀋陽天聰元年　月名曰天眷盛京順治十一年四月設奉天府康熙三年六月設承德縣爲奉陽府治光緒二十六年閏八月八日俄師入之三十一年三月五日日入之約成皆退

漢　後漢

遼陽 水經注小遼水出遼山逕遼陽與大梁水會　按小遼水今渾河經承德南

高顯 汪氏士鐸漢志釋地高顯今承德

魏 晉

遼陽

前燕 秦 後燕 北燕

遼陽 今渾河經承德又卽小遼水

後魏

蓋牟城 按蓋牟諸書皆以爲蓋牟楊氏隋城考謂在今遼陽東北　按李世勣以貞觀十九年四月至元菟壬子攻蓋牟癸亥拔之其時遼東末下無緣越之而取蓋牟新唐書地理志營州道自都護府東北經古蓋牟歷才都會多在名城蓋牟在元菟橫山之南勝米遼東之北正今承德

隋 唐

安東都護府地

唐會要上元三年二月二十八日移安東都護府於遼東故城華人任官者悉罷之儀鳳二年二月移於新城安[illegible]仍作特進充使鎮府聖曆元年六月三日改爲安東都督府以右武衛大將軍高德武爲安東都督自是高麗舊戶分散多投突厥及靺鞨高氏君長遂絕神龍元年二月四日改安東都督爲安東都護府開元二年十月二十四日改平州爲安東都護府十一年三月六日安東都護府却歸燕郡平州依舊按府治今遼中後

蓋牟州

地理志隸安東都護府營州道營州西北百里曰松陘嶺其西奚其東契丹距營州四百里至湟水營州東百八十里至燕郡城又經汝羅守捉渡遼水至安東都護府五百里府故漢襄平地自都護府東北經古蓋牟新城又經渤海長嶺府千五百里至渤海王城　盛京舊城考蓋牟州今遼陽東北境　按承德即在遼陽東北楊氏知蓋牟在遼陽東北而不知即承德滿洲源流考元一統志東牟山在瀋陽路挹婁故地　按東牟之名[illegible]本蓋牟自後人沿遼志辰州本蓋牟城之誤遂無指承德爲蓋牟者今特詳辨之　又按西蓋馬太元菟之縣曹魏以後元菟內徙西蓋馬即移於今承德故有蓋牟之名

渤海

瀋州

明一統志漢遼東郡地渤海置瀋州

六經通義序

劉培極

吾國學術不自唐虞始也。唐虞之前。蓋已數百千萬年。歷觀人事之變遷繁賾。挫敗捍格。皆由漸通漸闢。閱之既徧。久乃得其大適。至唐虞而其用遂因以大適。其施於世也。已饗其利。他人決不膺其害。一區域受其益。他區域不至承其災。雖風俗地勢。殊形異軌。而物物盡得其所。舉凡彼是隔閡。互爲陵奪。緐興迭仆。豈已瘠人之患久矣。洞其源而伐其孽。所謂通闢無礙。以美利利人者也。今之世實未得其大通也。而學者乃欲廢棄經學。此非獨吾國之憂。抑亦外人所共笑者也。竊自戊戌考究新學。迄今二十餘年。乃益信新學通例。有萬國所不能易者一焉。其通例惟何。曰凡已國無文化者。決不能學他人之長。如今之波斯土爾其。假使其盡扳歐美學術。亦決不能收其效。若毫無文化。如南非洲黑人者。欲步趨歐美。能乎否乎。故欲精新學。則益知國學之不可廢也。況吾國學術。見重外人。東瀛强國自變法迄今。既以漢學列爲分科。而歐美諸國多譯吾書。其甚者至欲盡收吾國載籍。亟聘華人而往教之。而吾國人乃欲廢棄不講。能勿貽笑外人乎。異日或者歐美强國讀吾國之書而神其用。能使其國之中此利矣。而彼亦無害。一區域受其福。他區域亦不承其弊。相生而不相殺。相助而不相奪。物物得其所。而毗者倚者企者。此伸彼萎外强施而內關隔者。皆得大通而適於用。而吾國之於吾國學方且鄙夷蔑棄蕩焉無餘。後之人雖欲尋逐而莫從也。悲夫。因就吾國經術。顯揭其旨。以著其致用之端。嗟夫。世既以經學爲無用。而其中所謂三百餘篇者。人尤以爲淺近者也。至求詩學於聲情文字之間。則尤其末焉者也。孰知雖末焉者。其爲用且不可量。况其深焉者乎。是編先其淺者。次及其深者。倣宋明語錄體。以通俗文字說之。非以詁經也。欲使人知吾國經學大益於今世人爾。

左氏管窺

自敘

邯鄲李景濂右周甫未定稿

通經所以致用也。雖然。時勢之遷流。驚瓶譎變。至不常矣。大者一二百年。小者數十年或十年而一變。變而之新。則故者不適於用。積至今日。寰宇大通。海外諸國。焱發雲興。神怪捷出。覃思冥造。不遺餘力。於天地之氣。萬物之質。皆能糅合而用之。日出其算數聲光化電之學。互相競勝。大自天文地理朝章國故軍政外交。下至日用飲食起居之細。無不條而理之。精益求精。其孟晉之速。誠未可限其所終極。而吾國以深閉固拒。士大夫相戒絕口不談新學。既屢蹶於前矣。近維藉海內諸志士之力。得以創建民國。而根本未固。外患內訌。相偪紛起。大局岌岌不自保。雖合全國閎偉奇特非常之才。相與考求新學。取法歐美。分類而精塈。兼程而並騖。猶慮超軼絕塵者之未免瞠乎後也。當斯之時。乃欲舉四千年前之遺經。口述而心稽。以庶幾於致用之咸宜。蓋不待智者而知其不可矣。願吾國深識遠慮之士。方謂吾國古昔聖賢教澤爲吾國所以獨立數千載之至大原因。未可一旦蘄棄、即西人之宏達多聞者。亦且犂然目吾爲東方大國。悉欲譯求其文學。謂爲義蘊閎深。多哲學專家所未道。尤者至謂吾國不必矜言維新也。但能取其先哲微言而深體力行之。國運當浡興不可遏。其相與購吾國之書。求吾國之師。方甚盛發興而未有已。則又何故豈其說之逞臆不足據歟。抑尙有無用之用。赫然足以存在而不可磨滅者歟。爲不足據。則今日之經學可廢。爲尙有赫然足以存在不可磨滅者。則以今日之西士方羣思力求其所以然。而艱苦未能遽達。吾國自有之粹美。豈可不自寶重而護惜之。況吾輩研究學業。將欲允蹈躬行。實踐之懿美。爲天下倡。悉舉往昔聖賢立身行已經世宰物之原。與其宏綱細目。靡不兼綜條貫。樹之型而作之則。期深入乎全國之人心。以操轉移風化之本。其尤不可不潛冥搜討。先深求古人所以立言之微旨。以睿益靈明。拓充才力。變通化裁之資。益世用。俾推行之餘。犂然各當。無復毫髮齟齬也。彰彰矣。吾國之學。以六經爲最精。六經皆孔子所删定。而春秋爲孔子自作之書。尤大經大法之所在。顧微文奧指。多由口授。不以書見。其引義精深。不易測識。自孔子在時。門弟子已各爲異言。迨七十子沒而大義益乖。戰國諸子。學術龐興。互有醇疵。各不相掩。其孤詣而獨到者。雖孔子無以易也。而往往激爲偏鷙不平之論。甚且紛然雜出於利勢。語其流。極易滋弊端。惟孟子私淑孔子。蓋得其宗。今所傳孟子七篇。衡以春秋微指。靡不脗合相通。然孟子之說春秋甚略。不具。其可見者。獨王者之迹息而詩亡。詩亡然後春秋作。春秋無義戰。彼善於此。則有之。孔子成春秋而亂臣賊子懼。數章而已。秦燔詩書。雖多藏人家。不盡亡。然其簡編脫亂。訛缺頗甚。司馬遷親聞公羊家學於董生。又親見左氏春秋。而史記十二諸侯年表。及世家所載。閒亦互相抵牾。疑其所采者博。而全書不甚完具所致。司馬遷之述春秋也。曰春秋文成數萬。至晉張晏謂春秋萬八千字。宋之李燾。則謂今又闕一千二百四十八字。是今之春秋。較漢初又有闕脫可知。孔子在時。所據以修春秋之魯史。及各邦之史咸在。可即事以求其本指。而親炙之弟子。且人人異言。況至今日。經無數之兵燹。原書缺訛。既不可枚舉。漢初諸儒所勤勤蒐補之遺說。又譌落散亡。十不存一二。而欲據現在之春秋。盡得當日襃諱挹損本旨。以深明大經大法之所在。蓋雖聖哲復起。有不能也。然則今日之治春秋如何。曰今日之春秋不能治。而尙有其相近者。此其義孟子嘗言之矣。孟子引孔子之言曰。其事則齊桓晉文。其文則史。其義則丘竊取之。舍事與文。孔子尙無所據以作春秋。而義亦無所附以見。然則苟有當日之文。載當日之事。雖與春秋義不相比附。而爲殘編賸

蒙雅輯注

棗强步其誥

蒙雅一書。邵陽魏默深先生源纂。所以教童蒙識字之書也。書爲篇廿五。字五千四百餘。竊讀而喜之。以爲人生經天緯地之事業。皆始於識字。即終其身不問天地爲何事。而爲人生一切日用所必需。亦必以識字爲根本。蓋識字。方不愚也。而識字之方。又莫要於解字。蓋解字方不誤也。顏先生習齋痛訓詁章句之誤世。而學歸本於習行。非欲人不識字。識字而不求解字也。李先生恕谷。紹述顏先生之學。而小學稽業一書。既著編曰。文字之行於今者莫如楷。又節截經世實用篇之篆法歌。又急就論正字書某字之訛與不訛。兩先生皆重習行者也。今讀兩先生書。而欲企其習行。而顧不知識字爲何事。識字矣。又或於所識之字。昏焉不知何解。其得失必有能辨者矣。默深先生是書流傳已久。識字者寶之。惟各字注解。散見他書。讀時既患其曼衍。而人又不能家有藏書。今取各字各注。錄而輯之。未始非讀是書者之一助。雖然文字之行於今者楷也。求其原始。上溯當及篆法。書內引用各說。皆不從篆而從楷。蓋爲便於今用。既利初學。且以質魏先生作書之指。或不至有毫釐千里之譏云　輯注者識

天篇　本文

旻昊穹蒼。乾坤宙宇。春秋冬夏。陰陽寒暑。景曜氤氳。晝夜今古。日月星宿。雷電風雨。雲霞炎火。霰雪霜露。飆颸氛氣。雰嵐煙霧。淋澍潺潦。冰凌凍冱。曦暉暾旭。晴霽暘暵。霸魄朔望。朏影昃旰。晰曉曙朝。晦明昏旦。暝冥夕宵。莫暮夙晚早晏。虹霓螮蝀。霆雹霹靂。參昂奎魁。祲暈孛彗。閏曆辰旬。齡晷年歲。昨昔曩曏。時世朞晬。

輯注　旻　說文旻、秋天也。从日文聲。又引虞書說曰仁覆閔下則稱旻天。案二、

說一、以時言天。一、以用之所宜言天。爾雅釋天。春爲昊天。夏爲蒼天。秋爲旻天。冬爲上天。歐陽尚書說亦云。而總稱曰皇天。此以時言天也。古尚書毛詩說。天有五號。尊而君之則曰皇天。元氣廣大則稱昊天。仁覆閔下則稱旻天。自天監下則稱上天。據遠視之蒼蒼然則稱蒼天。此以用之所宜言天也。二說既略有歧異。而說文兼採。又案鄭注云。爾雅者。孔子門人所作。以釋六藝之言。蓋不誤。春氣博施。故以廣大言之。夏氣高明。故以遠言之。秋氣或生或殺。故以閔下言之。冬氣閉藏而清察。故以監下言之。皇天者。至尊之號也。又云。六藝之中。諸稱天者。以情之所求言之耳。非必於其時稱之。浩浩昊天。求天之博施。蒼天蒼天。求天之高明。旻天不弔。求天之生殺當其宜。上天同雲。求天之所爲。順其時。此之求天。猶人之說事。各從其主耳。據此則天號自以時異稱。而六藝中言天。則各從情之所求。不必從時明乎此則尙書堯典命義和曰欽若昊天詩王風閔周室曰悠悠蒼天孟子舜往于田日號泣于旻天詩大雅明周家所以受命曰上天之載左氏傳哀十五年傳稱秦穆曰君履后土而載皇天皆其例也正不必因從時或從情之所求而多生異議又案旻顥閔三字通阮氏元云張壽碑顥天不弔顥亦作旻平與令薛君碑遭此旻閔旻又作閔

昊　昊通作皞詩蓼莪篇昊天罔極漢書鄒崇傳作皞天罔極禮記月令太皞少皞漢書古今人表作太昊少昊潛夫論同說文皞皓旰也從日皋聲段注皞俗從白作皥晧旰古語潔白光明之皃也爾雅春曰昊天夏曰蒼天郭璞本作春曰蒼天夏曰昊天昊謂其氣布散顥顥也李注万物盛壯其氣昊大故曰昊天此以盛大之義釋昊而獨昊夏與昊春之說小異

穹　爾雅釋詁穹大也說文穹窮也從穴弓聲廣韻穹高也三說義大同古

農學述要卷上

劉登瀛述

總論

生人所資曰衣食居處。任土地之宜。樹藝植物。牧養動物。以充衣食居處之用。而獲其利益者。厥爲農業。農業所必需者有三。曰土地。曰資本。曰勞力。而植物何以生長而成熟。動物何以蕃息而茁壯。土地資本勞力。何以費少而獲利多。是不可無學以研究之也。中國農法。多得之試驗。西國農法。多得之格致。試驗之法。知其當然。格致之法。并知其所以然。且試驗者必多歷時日。經失敗而後有得。格致者先明其理。而後習其事。其失敗也少。雖西國農學家有言。格致考求之理。與農夫試驗之理無異。而其收效之遲速多少。蓋有間矣。今格致日興。言農事者亦日精。而其尤切要。爲農家所易知易行者。可約略述之。以爲初學入門之資云。

論物類

天下之物。可分爲三類。曰動物類。曰植物類。曰礦質類。羽毛鱗介。凡一切有知覺能運動之物。皆動物也。草木之屬。雖有生命而不能自運動。是爲植物。金石煤土。則並無生命。是爲礦質。由此三類。可更別爲二。目曰有機質。無機質。或稱爲生物質。死物質。或稱爲生長質。非生長質。動植物皆有生命。皆食物以爲生。皆有機體。以化所生之物。植物之根荄花葉。動物之心肝脾肺等。皆其所以生長之機體也。故可名爲有機質。礦質無生長之機體。無命亦無動。故可名爲無機質。欲明此二質之分。可取上三類之質以火燒之。凡燒化爲烟與氣者。有機質也。其所餘之灰。及不能燒化者。無機質也。然其類雖分。而實則相需爲用。萬物皆藉空氣與地而生。及其旣死。則復散歸於其氣與地。植物之枝葉花實。動物所食以養其體也。而動物之糞溲。又可壅培植物。而滋養其生。石化爲泥。是生植物爲動物所食。而動植物腐朽之後。又可變而爲土石。此乃造化流行不息之機。其微眇雖未易窮究。然自格致家以實測實驗。闡發其理。則固取之當前。而即是夫婦之愚。可以與知者矣。

別土名

植物必需乎泥土。而地面之土。大半爲石所化。亦有由動植物腐化者。石之化爲土。人所常見。其所以化者。由氣蝕水冲。漸漸腐碎。而成植物所化之土。有一種曰草煤土者。乃下隰處苔蘚等物腐積水底。漸高而爲平地。草煤土內百分之九十七。皆植物質。而金石類質甚少。石所化之土。則大半爲金石類質。而植物質鮮矣。泥土雖有此二種。然平原之地。則多有石所化之土。試以乾土搓細。或成粉。或成粒。或成沙礫。其成沙礫者。謂之沙土。若搓細之土。皆成粉而無粒。以水和之。或黏如膏液。或滑如胰皂。可隨意摶爲物形。則謂之膠泥。亦名埴土。

沙土之與膠泥。常人皆能辨之。不必農家也。然無論何種土。苟其無害於植物。而能蓄水復洩。皆可為農家之用。雖如沙礫與膠泥之相反。皆可耕種。但農家當審泥土中沙與膠之多寡。以施耕種糞壅之宜耳。分土最簡之法。名曰強分。其法將土用細篩篩過。秤取一兩。置於杯內。和以水而搖動之。則土內之泥融合於水內。而沙沉水底。乃將泥漿傾於他器。再以清水和之。如此數次。至惟見沙而後已。分出之沙與膠泥。均俟其乾而權之。則可以知土內泥沙之分數。而土之名可以定矣。今將各土內所有沙與膠泥之分數。以百分計之。列表如左

土名	沙分數	膠分數
沙土	八十至一百	○至二十
沙雜土	六十至八十	二十至四十

農學一隅集箋注　　　江甯陳祖同

原敘

鍍自弱冠受業習齋先生。學禮而外。間訓以農。蓋謂三代之世。德行道藝。下學上學。可以資生。今以時文取士。有皓首揣摩。不獲一售者。倘謀生無術。勢必沿門持鉢。枉道壞品。因而投以區田法。懇惻條理。功效並著。惜鍍輾轉舌耕。未獲一試。游悠歲月。今竟不知老之將至。至客歲孟夏縣尹程公。仿伊尹救荒備旱故事。給民子種。教種區田。甚盛舉也。但人狃於苟安。事不師古。糞種所收。亦只平平。豈不有負邑侯至意。鍍因感情。爰輯舊所聞知。彙爲農書一帙。然亦只就本處鄉士言之耳。至於水利稻田山曲河套等農事。及所謂辨五土之性。使各得所生之宜者。則俟之博雅君子焉耳。因顏之曰一隅集云。乾隆十二年歲次丁卯陽月之吉。七十五歲逸叟鍾鍍識。

叙

神農明樹藝。后稷教稼穡。中土農業。斯爲嚆矢。自茲厥後。天子肅青旗之典。周禮有農稷之官。所重民食。其道益宏。戰國諸子。農有專說。藝文志所載。百有餘篇。嗚呼盛已。漢武以還。專崇儒術。百家俱黜。農亦見屏。剡耜摩蜃。火耕水耨。無實有名。士夫所鄙。徒以每每田畝。是長地財。金湯雖固。非粟不守。史遷傳貨殖曰。農不出則乏其食。有信然也。然公田口井。僅解田制。茅蒲襏襫。鮮或躬親。至若英俊之士。生不逢時。肥遯山林。耕草茹木。淵明樹菊。邵平種瓜。非關講農。祇求避世。觀於老農老圃。不學無術。畝甽之法久廢。舄鹵之利不興。偶遇旱潦。束手待斃。雖天時之不善。抑亦人謀之不臧也。習齋設教。力尚實踐。禮樂之外。間訓以農。恕谷承之。益昌厥學。博陵鍾錂。私淑顏氏。輯其訓爲農學一隅。集閒採恕谷之說。樹棉構麥。雖限一隅。穮蔉之道。靡不粗具。可謂切於實用者矣。辛酉

之歲祖同承乏四存中學農學教員即採歐美新說述爲講義復就是編稍事箋註以授諸生蛇足之譏其能免乎江寧陳祖同叙於四存中學校

時耕第一

聞凡耕之大方力者欲柔柔者欲力急者欲緩緩者欲急濕者欲燥燥者欲濕法未一一道也第耕必以時邠風曰三之日于耜四之日舉趾如春氣未通土膏未動此時若耕則終歲不發稼非糞不解必春凍開地氣通土性和解此時耕之方爲得當夏氣熇熱夜始平和此時可乘夜耕秋氣涼宜待日上而耕蓋耕一也若將陽和之氣掩於地中其苗易榮若掩寒氣在下便不起發矣諺云春耕須遲秋耕須早春草芽生稍遲可免草患秋早耕掩草地中草腐可肥田也若天亢旱亦必耕蓋旱耕能殺草旱耕之塊遇雨即可耙釋不比濕耕之塊頑固且地有餘力苗自暢茂也

祖同謹案。耕地之法。因土壤之種類而異。埴土質細微。性粘。耕耡難。宜和砂土耕之。砂土性粗鬆。乏凝結力。耕耡易。宜和粘土耕之。是力者欲柔。柔者欲力也。又砂土無保蓄力。分解作用速。埴土反是。有物之分解緩。亦宜互寄以粘土砂土而耕之。是急者欲緩。緩者欲急也。腐植質土易致濕。宜寄砂土石灰。其中石灰土性熱而易燥。須多用有機肥料以改其性。是濕者欲燥。燥者欲濕也。日本農學家中村鼎曰。犂鋤時期。由作物便否。不可概言。然氣象如何。各土質均宜考究也。土質粘者耕於氣候乾時。則失於堅。濕時則多勞。宜卜適中之時爲之。凡重粘之地。宜於秋冬收獲農作物後。預犂土起積作小阜。藉風霜冰雪之力。解圻其成分。鬆柔其土質。然鬆柔之土。若此行之。則或致凝結。不惟無益。而又害之。直省土壤。殆頗鬆柔。故曰春凍開地氣通。土性和解。此時耕之。方爲得當。鬆柔之土。吸熱放熱皆速。故曰夏宜夜耕。秋宜待

各國大學之特色（譯日報）　吳鼎昌

一 德國大學

德國大學。向屬國立。舊日多單科大學。今皆改爲總合大學。法蘭克馬木馬茵之大學。既經該市捐助多欵。仍名爲國立。但德國在係聯邦之國大學。名爲國立。無異於市立。耶拿大學。係附近三小侯國聯合設立。其學校一切設置。皆得采斯公司（耶拿製造鏡頭有名公司）之助。而仍名爲國立。惟普魯士巴威略撒遜等大學。乃純粹國立耳。

德國大學。以爲國家養成官吏公吏爲目的。然其實際毫不染官僚風氣。大學之尊重自由。有如金科玉律。國家認大學爲社團法人。程度到者。並與以自治權。大學總長。每年自教授中互選。受國王之裁可。分科學長。每年自分科大學所屬教授中互選。一年交代一次。總長之下。有評議員。有判事。帮助總長執行庶務。約束學生。大學有授與學位採用講師懲戒學生之特權。昔日尚有管學生之警察權。嗣以全國國民。均應平等處於法律之下。學校特別警察。違反憲法精神。遂廢止。

大學任用教授。照章自大學呈請教育部照准任命。有時亦有不從其請。另行任用者。大學講學之法。乃講授與研究並行。教授時間有限。且不從事雜務。正教授之職務。每學期至少有某某問題之公講義。(不收聽講費)及私講義。(收聽講費)各一種。或改為某項實習。其餘時間均任聽學生自己研究。教授俸金本俸年二千四百圓。每經四年。增給二百圓之功加俸。此外給六百五十圓之房租費。其聽講費歸教授者。年約一千六百圓、(柏林約二千二百圓)全數中除歸本人之外。提出若干成。歸入國庫。國庫以此項入款補助擔任聽講費入欵較少之正教授。正教授身分為終身官。國家不得違反其意思與以轉任且不得休致。爲一有病。及其他事故不能勝職務之時。僅停止聽講費。仍給原俸及房租費。死後並有卹嗣金等。要之德國大學教授俸額既少。但合情合理。保護亦甚優厚。非他國所及也。

德國大學最良之制度。即在採用講師一事。大學得教授優良之結果。未始不由于此。採用講師。爲分科大學之權。採用之條例有四。一已得博士學位。經過數年者。二提出講師之論文者。三在分科大學。試演完備。且就於講師之任務等能對答正教授之質問者。四公開之就任講義有成功者。具此四者。始得任爲講師。得充講師之人。擔任自認專門學科之講義。所在大學並不給一文之俸。惟聽講費歸其所得。聽講費爲數甚少。欲其收入增加。非努力作出色之講義不可。即他日之成名。亦全在於此。故講師好義之心。多由茲而起。充講師經過數年後。其成績往往大著。教課有年。並得教授前輩之信任。與學生之信仰。

始得任命爲教授本官而得優遇也。

德國大學有三大自由。一教授自由。此與保護良心問題有絕大關係。凡有一學理學說苟信其確有至理者。即可任意講義。無論何人均不得加以干涉。講義之內容有時與政府之方針相左。政府亦決不深咎。關于宗教迷惑之意見。大學嘗公然發表之。教會亦無如之何。如耶拿大學教授黑格兒盛倡無神論。及其他關於宗教不可思議之論斷。皆可以任意講演。其教授自由可以概見。但大學教授既屬國家之官吏。既不免有仰鼻息於國家之意。嘗見有新多拉斯大學教授某連名上書高等學術顧問之舉。無非欲免除官吏身分之意。至於今日。多有求之而不得者。又教育界有種種徵號。自美國人視之。均以官僚式相非笑。但其保持自由。今仍不異於昔。政府既不加防害。輿論亦不加攻擊。此等自由。亦信而有徵矣。

瑞典農政談

徐廷瑚

孟子曰、天時不如地利。地利不如人和。此不獨爲戰事格言。凡百事業莫不然也。徵諸瑞典農事改良之跡。則此語益信。夫瑞典爲歐洲北方小國。氣候寒冷。土地磽确。以言農業。則瑞典處於天然不利之地位。固無待言者。然卒能因其國民苦心孤指。戰勝此自然之天時地利。使瑞典農業日趨昌盛。此則人和之功也。茲擇其農事中最重要之設施言之。以備實業家之參考研究焉。

（甲）農會　瑞典農會萌芽於十八世紀末葉。成立於十九世紀初年。至一八一三年始經政府正式許可。其設立主旨。一面在與政府以農業上種種重要報告。一面則獎勵農家以謀農事之改良及農村之發達。故自農會成立後、不數年間。各縣農業協會紛起。現時其數已達三十以上。農會每年集會一次或二次。研究農業上各種事項云。

農會經費　一八五五年以前賴各會員之會費維持之。以後則因政府許以酒類專賣權。收入頓增。因得極力擴張。近年政府及各州縣又與以補助金。於是其活動範圍益大。每年得以精確之統計上之於農林部。農林部有資詢事件。亦能勉爲詳答。以是瑞典農會遂爲其國重要機關之一。其發展擴張。遂有一日千里之勢。今其每年收入已達二百四十五萬六千克倫。Kroens（瑞典幣名）夫以一私立團體、而有如此豐富經費。且能善用之。此實瑞典自治之特色。亦歐洲列強所稱許不已者也。其最令人注意者。則爲該會農事統計之精確。故瑞典全國農事之統計。胥仰給於此會之報告。此亦各國所不能及者也。

農會內部之組織　是會爲增進農民智識與幸福計。特設農民俱樂部。常開農事講演會。及研究會等於部中。努力增進農民智識。一面并設立種種公會謀農民生計便利。如購買公會、牛乳、乳油製造販賣公會、食品製造販賣公會等皆是。此種種公會及倶樂部創設之始。各縣皆取獨立態度。毫無聯絡。因之其行動不能一致。頗有弊端。自一八九五年瑞典農民協會 Swedish Farmer Association 成立以後。其弊端逐日寡。而行動亦日趨於一律。今則各縣之中。殆無一不有農民倶樂部及他種公會者矣。是誠解決農事上經濟問題之最佳機關也。又是會爲謀農事發展。特時開大會。討論農業上種種問題。如研究農耕器具、討論種籽肥料等皆是。自一八四六年開全國大會於斯德哥爾摩 Stockholm （瑞京）後。每歷二年或三年必開全國大會一次。在大會期中特組織農事品評會。表彰農事有功之人。藉以鼓舞全國農家。

（乙）種子監督局　一八六九年德意志曾有種子解剖分析所之設立。瑞典倣之。於一八七六年設立種子監督局。今日瑞典有此局之地。已二十餘處。

初藉農會補助費維持後。經議會議決。每年由國家與以一萬克倫爲經費。專司解剖分析種子之事。凡見有種子之佳者。則奬勵之。劣者。則排斥之。其檢查悉依農林部所頒法令爲之。據一九〇一年之統計。其成績已達一七二七三件云。觀此可知瑞典農事當局之注重檢查種子矣。

(丙)播種協會、　寒地種子。移播暖地。不獨能堅實早熟。且能多收。此爲農學家所唱導者也。然使其說果確。則瑞典種子輸至歐大陸者。當日見其多而爲瑞典輸出品之大宗矣。然事實上則亦不盡然。蓋輸至歐大陸之種子。每無成效可言。其原因實以歐大陸之人。對於北方種子信用太過。於種子之性質價值等。初未嘗研究。故失敗之踵相接不已。瑞典人知此。故於是起而設播種研究協會於各地。繼以偏於一地。不相聯絡。故半途輟業。世人亦遂以無足重輕之機關視之。至一八八六年、瑞典之學者及有志之士。復以私人之力設立

法國憲法百年間之變遷（譯日本法學新報）

美濃部博士論文　鄧毓怡

法國製憲變動最多。需時最久。歐亞各國憲法。殆靡不受其影響。日本憲法成後二十年。其學者尤述此往跡。斤斤焉促其國人注意。吾國改建共和。今已十載。製憲大業。猶未告成。使國人而未忘憲法之為國所託命也。則中輟之業。宜即昭蘇。而良法必出於羣智。多識必由於精研。果事精研。則此等過去之覆車。正吾國將來所借鏡。譯者旨趣如是。願與我讀者共留意焉。

法國憲法。始於大革命。傾覆中世的專制王權。一度為溫和之王政。遂變為極端之民主共和國。厥後、或自民主國變為極端之帝政。或自帝政復變為共和。經幾許之嬗化。僅乃成今日之憲法。此人所共知者也。革命以後。法國百年之憲法史。實為法國憲法變遷時代。且不止于法國為變遷時代。又為世界文明之變化期。即由中世的、(安沁列基末)(Ancien regime)轉而爲近世的、(立憲制度)之過渡時代也。當是時法國憲法之變遷。一一於各國見其反響。即歐陸諸國。無絕不受其影響者。依此言之。法國殆可稱爲世界立憲制度之指導人。其革命以後百年間之憲法史。謂其於他國決無關係。不可得也。即在日本。明治初年已早傳法國思想。自明治十四五年以後之政治運動。以迄憲法之制定。其受法國之影響也甚多。法國憲法史之研究。在日本之憲法研究者。亦不可謂非關重要矣。茲於本編簡明叙述法國憲法之變遷。自革命以降。迄于現行憲法。非有新奇之見。亦非欲乞教識者。惟恐我法學界以此種研究付之等閑。故聊舉要略。供學者之參考而已。

第一　人權宣言及第一次憲法

(一)

大革命以前之法國。一言蔽之完全在專制的王權之下是也。迄十六世紀之終。法國之王權當受有力之限制。迨入十七世紀及十八世紀此等限制殆已有名而無實。事實上王權遂成爲無限制之權力矣。

在十七世紀以前。於王權加有力之限制者有二機關。一曰等族會議（Etats Geueraux）一曰爲最高裁判所之（巴力門）租稅非得等族會議之承諾不能增收。而會議時常拒其承諾。法律非經巴力門登錄。不能生執行力。而巴力門得拒其登錄。亦時常拒之。此二限制。可以緩和王權。爲有實力之對抗者。然等族會議。以千六百十四年爲最後。遂無復召集之事。蓋其先實權已漸次衰落。至是會議竟全消滅。國王得專其權。以增課新租稅。巴力門雖尙有法律登錄權。而拒絕登錄之事亦少實行。縱有時拒絕。而國王得開所謂（立多咎司特司）者。强制其登錄。（立多咎司特司）云者（親臨法廷）也。即謂國王親臨巴力門之際。取消巴力門之權限。舉凡一切屬諸國王之親裁權者也。加之、巴力門之法官若猶對抗。則國王竟出秘密逮捕令而放逐之。革命爆發之前二年、即一七八七年十一月十九日。法王路易十六世在巴黎之。（巴爾曼）所宣言者最能表明當時對于王權之思想。其言曰、（一切主權專屬國王。國王之行使最高權力。唯對于神負責而已。……立法權獨立且不可分。專屬於主權者之一身。）云云。

如此專制之王權。屢用以壓抑農民。租稅之苛重。達於極度。而路易十四世以後。王室之奢華益甚。歲入不能抵支出。財政之困窮。至路易十六世而愈甚。（加倫士）之借欵政策。遂陷之於絕地。百計俱盡。乃於千八百七十九年五月一日。不得已而召集二百年未曾召集之等族會議於（白露沙閩）乃開大革命之端緒矣。

羅馬法與近世

美國 Sherman 著
涿鹿呂咸 譯

羅馬法。為世界法律之根荄。學治法學者蓋皆知之矣。一九一七年。美國耶路大學教授薛們氏所著羅馬法與近世。攟摭羅馬民法之原理。臚括各國法律之變遷因襲。綜合今古。探本窮源。誠斯學之明星也。書凡三卷。都四十餘萬言。不揣譾陋。抽暇迻譯。將竟事矣。顧譯述之難。從事於此者。類能言之。不習中外文字。均不能操翰自如。難免譯失其意。茲擇要刊佈。就正於大雅宏達之前。匡謬糾諐。馨香祝之。

譯者誌

(一)羅馬以前之法律淵源

巴比侖為法律之母　探本窮源。羅馬法何自而生乎。此問題頗不易答。但羅馬以前之先進諸國。當羅馬未有歷史之時。早有法律之創設與原則之發明則法律之起源。固不自羅馬始。此無容疑者也。

近代德意志羅馬法大家異夜林格 Ihering 嘗謂欲研究羅馬法之本源。必須先治巴比侖史。法蘭西大民法家利弗郎 Reviuant 與美國大民法家罍力斯 Morris 亦同此主張。試就近所發現之哈姆拉比法典(Code Hammurabi)而攷求之。足以証明完全有統系之法律與法廳。在四千年前之巴比侖即迦勒底已燦然大備。代理、保証、銀行、交付、質押、棧主、海運諸法。則巴比侖法律早有發明也。

巴比侖法律影響於埃及。埃及法律爲希臘法律之祖。由野蠻而進於文明。恆賴外界之助力。是無可爭論之問題也。就歷史上之考究。埃及之文明多以迦勒底者爲模範。希臘之文明亦受埃及之影響。而羅馬文明更多祖述於希臘。事實昭然。無容辨者。

巴比侖法律之影響。瀰漫於四海。東方恆都斯丁 Hindusann 之法律。乃受巴比崙法律之影響者而著名之曼紐法典 Code Manu 爲尤甚。西至於埃及腓尼基猶太諸國。未幾埃及遂有統系淸晰條目井然之私法。而其中之人法物法債權法構思編製。均合乎科學上之性質。故埃及法律與法律哲學上厥功甚偉。希臘歷史家達刀魯士 Diodorus 以埃及皇帝米尼司 Menes 色西齊司 Sasychis 西蘇斯脫利司 Sesostris 波喀利司 Bocharis 及阿馬西司 Amasis 爲埃及王國之五大立法者。波阿二帝皆王國末季之皇帝也。巴比崙法律由埃及希臘而遞傳於羅馬。未可輕視也。

埃及及腓尼基之法律影響於希臘。紀元一八七〇年以來。經攷古家之探討。前三千年至四千年希臘開國之始。與夫傳聞時代密納司 Minos 及密森尼 Mycenae 時之文明。使吾人稍知其概梗。德國大攷古家許雷門 Schliemann 在特勞耶 Troy 密森納 Mycenae 與阿高利司 Argolis 之特音斯 Tiryns

與英國攷古家伊文斯 Evans 在喀利脫所發現之古物攷得希臘藝術宗教及法律之諸原則多因襲於埃及及腓尼基者。蓋希臘與此沿海文明各國。通商往來。故有此結果也相傳神話時代希臘古時之首領如喀利脫之密納斯及色比斯 Theles 與伊利利亞 Illyari 之嘎達麥 Caamus 皆來自腓尼基者。而希臘有名之皮賽高拉司 Pythagoras 希羅多德 Herodo'us 皆旅居於埃及。皮氏曾居於斐魯斯 Phdroohs 者二十二年。

希臘法律爲羅馬法律之祖。希臘古時法律於比較法理之研究。至有價値顧代遠年湮。已無有統系的希臘法律之典籍可資攷証。略不注意。由來久矣。夫羅馬法之最古者。即紀元前五百年時之十二表法。殊不知十二表法以前。希臘已有人法及親屬法之發明。親屬中包括認嫡婚姻及繼承三大類而物法契約法憲法及國際法亦燦然大備。皆較羅馬法爲尤古。而羅馬法律之

四存學會演說詞一

張鳳臺

古今天下之治亂莫不視乎學術人類之始初無所謂學也以其狉獉處各竭智力與物爭勝前創後因而學之事興繼而人與人爭亦以其制勝之術轉相述倣然其操術不同收效殊異或小利而大害或暫得而旋失鮮足以推行於無窮閱世既久更變既多有大聖者出彰往察來審故知機以爲欲撥亂反治者非徒勝物之爲難而在不能自勝之爲患於是修己以安人盡其性以盡人物之性而中和位育之說立焉此孔子所以爲儒學之祖也夫中國之崇儒始於漢武罷黜百家獨尊孔氏似儒學已得大行矣然自是而後治亂更迭仍如循環者何也蓋一由歷朝君相乘時奮起多不遵用儒術一由漢唐以還以利祿科名待儒士世之爲儒學者或獵其華葉而遺其根本或騰爲口說而疏其躬行學之不講即講矣而未嘗實盡其在我者故眞儒之效終不得大白於

天下也。今天下變亂愈亟。新說競出。同人等承懼大總統之意。相與創立學會。期救末俗之敝。取博野顏習齋先生存人存性存學存治之義。而標其名曰四存。蓋欲私淑顏李兩先生之風。求有用之學。實體於身。以上宗孔氏而已。非借此樹立門戶。爲黨同伐異之地也。懼拘文牽義者。或有誤會。姑伸其說。以就正同人。查四存編反覆推求。有駁程朱者。有黜佛老者。究其旨歸。不過以躬行爲主。矯明季陸王學派虛無之偏。至于左袒安石。規復井田。平反侂胄。義重報仇。此亦由痛國家之貧弱。激而爲救時之論。如喪欲速貧。死欲速朽之類。苟知其意。固不必過泥其說也。論人者當論其世。就今世而論。程朱固不必駁。即佛老之學。亦不必過事吹求。何也。擾權攫利之徒。盈天下。於此有人焉。潛心內典。澹泊寡營。眞能爲佛老之學。內可以懲忿窒欲。外可以砥廉礪貪。亦未嘗無裨于風化。於佛老。何責焉。近年以來。世界大同。東西哲學家。如盧梭。門羅。斯密亞丹之倫方且博採兼搜借資考證程朱爲有宋一代大儒上承洙泗下啓姚江顏李講學之初均由程朱入手觀于習齋先生之言猶願師事程朱而列於弟子之班可見顏李與程朱淵源授受並無二理其躬行實踐之學實堪與居敬窮理之說並垂于天壤後之人如能學顏李之學行顏李之行而與程朱辯猶之可也否則謬且妄矣抑猶有進者嘗讀孟子幾希一章孟子固私淑孔子者也由孔子而上周武文湯禹舜皆歷舉古人事實以擴其私淑之量下至齊桓晉文晉乘檮杌猶復節取其義藉以存幾希之理蓋取精多故用物宏耳今學會雖以顏李爲主而累聖相承名賢代起凡與顏李之學可以互相發明不背儒道之眞傳者皆在本會取法之中循流溯源成功則一於是會也勿僅視爲顏李之學斯爲得矣不甯唯是孟子存心一章既以仁禮愛敬人矣而猶慮及橫逆必以三自反爲存心之要其故何歟古今講學之人往往因門戶而生畛域

因畛域而生意見。因意見而生黨爭。唐之清流。宋之黨人。明之東林復社之禍。皆胚胎於此。實足爲儒林道德之累。今天下世俗泯紛。卮言龐雜。本會雖宗顏李。安知世之人無駁顏李者乎。又安知世之人無駁顏李而詬及學會者乎。士君子返躬自省。尤當平心以處之。此次學會宗旨。不以權利爭。併不以道德爭。但求其在我而已。毀譽異同。概置度外。孟子三自反之學。會心人當自領略耳。善哉曾子之言曰。君子以文會友。以友輔仁。夫所謂文會者。即學會之權輿也。輔仁者。即朋友交相規勸。勉爲篤行之君子也。聊狂芻言。以資採擇。

四存學會演說詞二

李見荃

人類之所以不絕於天下者。賴君以治之。尤賴師以教之。教之者。教以爲人也。人自賦氣成形而後。身爲人身。即當心爲人心。盡其性分之所固有。職分之所當爲。然後全其爲人。爲天下國家所倚賴。同處人羣。不至弱之肉而強之食。伊古聖人覺世牖民悉本此意三代以下聖人不作賢者起而承之源遠末分各爲風氣雖皆有功於世而心之量未盡即人之材不完世運亦愈趨而愈下遷流既極需材者欲有以補救之亦惟折衷於聖人而已孔子删書斷自唐虞惟時洪水初平首重人禽之辨命契曰敬敷五教此普通教育也命夔曰直而溫寬而栗此大學教育也然德成而上者亦藝成而下觀於工虞水火濟濟多材則學科之美備可知矣夏殷以降揖讓變爲征誅文王壽考作人鐘鼓辟廱金追玉琢而疏附奔奏先後禦侮臚陳對外之才周公繼之三物教民猶是唐虞遺意馮翼孝德之士卷阿一什特稱頌之而冬夏教詩書春夏學干戈奮武揆文國粹與國防並重可以觀世變焉周轍既東青衿作刺孔子憲章祖述集羣聖之大成杏壇設教分爲四科七十子或堪王佐或任爲邦皆汲汲於求仁蓋天下之禍莫大於各徇己私仁者無私立人達人一念慈祥可以造宇宙和平

之福措之事爲禮樂兵農筆之書爲贊修删訂敎一時並敎萬世凡以爲民而已孟子當七雄並峙之秋異學爭鳴辭而闢之養氣知言願學孔子而守先待後不過入孝出悌兩端良知良能之赤子充之即居仁由義之大人言仁義而或以爲難言孝悌而無容自諉使諸侯處士皆變爲孝弟中人何有於放恣何有於橫議所謂親親長長而天下平也嬴秦混一六籍蕩然漢儒抱缺守殘先王之大經大法賴以不墜當時議禮斷獄多用經術光武投戈講藝遂致中興大用大效小用小效誠非無補於時顧自漢武立五經博士稽古者榮因以干祿經師多而人師少當時正誼明道無計功謀利之私者惟董仲舒一人他若匡張孔馬不免阿附權門而處士高風黨人節義反在陳荀李杜天資高尙一流箋疏訓詁之力勤省察克治之功少非窮經之過窮經而不能躬行之過也魏晉以還玄虛相尙王仲淹當佛老盛行之時獨知效法孔子如漫漫長夜忽

放曙光唐初名臣多其弟子可謂教育大家顧續經下及六朝中說規摩論語朱子譏其好名且及門諸人亦未聞稱誦師說致啟後人之疑蓋聖門狂者之徒自高而適以自累矣宋承五季偃武修文二程表章大學中庸居敬窮理一變漢人記誦唐人詞章之舊朱子宗之更以讀書爲窮理之要與孔子之多聞多見孟子之博學詳說相發明至其扶世翼教則小學克端蒙養綱目上繼春秋尤可正人心而維末俗宋元明清四朝代有傳人名儒名臣相望史册自姚江新會而外朝野上下無不奉爲準繩似若無可議者顧其探源性命立說多高不善學之鎮雅俗則有餘投艱大則不足民國初建中外交通非因時制宜何以應天下之變而二百年前早有顏李之學博野顏習齋先生當前清康熙年間伏處草茅敦行孝弟深悅性理大全奉程朱如父師既而痛明季生靈之塗炭深咎士大夫學術之空疏反本窮源舍賢而宗聖上溯孔門四科周官三

物虞廷九功實習實行將以成位天地育萬物之實續蠡縣李恕谷先生繼之師弟一堂其學更著屢辭徵辟立說著書有時與程朱相迕而適以相成若預知閉戶造車必有出門合轍之一日也者今則列强競爭創千古未有之局民生艱險士習虛浮無論顏李程朱皆如景星慶雲不可多得顧程朱之學精深顏李之學平實爲今之計正德利用厚生皆當務之急苦心志勞筋力兼營並進與世界相周旋程朱復生亦必以顏李爲合宜諸君子關心世道默察潮流既立學會復立學堂取顏先生存人存性存治存學之意顏曰四存爲國爲民殊堪嘉尚顧天下事非知之艱行之惟艱顏李之可法可傳者行耳口誦顏李而心目中別有所營是僞也或心傾顏李而怠惰因循不能自奮必流爲小人之掩著亦僞也諸君子既標其名須務其實所望成人小子發憤爲雄勿爭權利而六德有基勿忽祇恭而六行可勉其他務材訓農通商惠工凡切於生民

之日用者皆可以六藝該之早作夜思怠荒是戒樂羣敬業新舊無分易曰遯世無悶不見是而無悶中庸曰君子之道闇然而日彰凡人生揖讓之事正他山攻錯之資毀譽窮通皆可置之度外仿湖州之教授戒東林之黨援人材盛則國勢張庶幾唐虞三代可復見於今日也豈不盛哉

四存學會演說詞三

李鍾魯

二十世紀世界競爭之勢由兵戰商戰而趨於學戰矣兵戰之亡人國也有形商戰之亡人國也無形而猶有形若學戰之亡人國則渾然於無形中亡之亡於有形者禍亟而害小亡於無形而有形者禍遲而害大亡於渾然無形者禍尤遲而害尤大是故甲兵不武非患也商業不盛非患也學風之不振興學術之不精進斯之爲大患吾國自改革以來都人士惟以利祿爲唯一之目的日營營於爭權競勢之途而莫肯歸宿於實學一若權勢之外無事功利祿之外

無人道。黨會之所趨鶩在斯。新聞之所鼓吹在斯。甚至全國人心所傾嚮者。亦莫不在斯。可貴之光陰。拋如瓦礫。有用之學業。棄如弁髦、噫。不學將落。往訓非誣。危矣殆哉。夫吾國開化最蚤。根底深厚。周孔而後。迄於戰國。學術之盛。達於極軌。秦火而後。幸有漢唐宋明諸賢。繼續闡明。斯文未喪。吾黃帝神明華胄。數千餘年來。迭經異族之蹂躪。而未至淪沒者。非學殖之力歟。晚近湛於帖括浮藻之文。講習正大之學說者。幾至聲銷而影絕。明清之際。博野顏習齋、蠡吾李恕谷兩先生。獨能振拔於流俗之外。究心闡道經世之學。然而風微人往。知之者希。幸我

大總統東海徐公。政暇考求舊聞。得顏李兩先生遺書。代爲刊印。以傳於世。特頒明令。以兩先生從祀孔廟。全國人士。始知程朱而後。繼傳周孔之道者。有顏李兩先生。復爲之設立學會。名曰四存。既於學會中分設各研究會。并望全國

碩士通儒惠然肯來各本其生平學術之所得發爲論說及時講演俾後生小子得所遵循發實學之緒即以衍先聖之傳由是而學皆有用人盡成材庶無負我

大總統崇尙習行之至意焉夫吾華神聖相傳之學說德成藝成本是習行一貫自後學專逞虛詞以談道而莫肯實事求是馴至格致之術科學之工甘讓外人顏李兩先生蓋早見及之而心痛也有聞以能行爲貴踐形實盡性之功誠發達此種學說內足以正人心外足以濟實用我

大總統表章正學所以維世道者在此所以救國人者亦在此諸同人躬聆緒論竊願彙爲月刊珥筆以從　諸大雅之後也

校風

四存中學校語言練習會第二次演講詞　教務主任李九華

今日爲吾校成立之第三星期此後最宜注意而植其根基於今日者厥惟校

風何則一國有一國之風氣是謂國風如周南之喬木一章何等正大召南之甘棠一章何等忠厚王風之黍離一章何等悽婉鄭風之溱洧一章何等輕佻陳風之宛邱一章何等浮蕩以上所陳皆國風也一鄉有一鄉之風氣是謂鄉風是故孔子以里仁爲美孟母曾三擇其鄰賢士大夫退居鄉里鄉人感而化之有長者風積數十年而流風高誼猶有存者何遺澤之長也反是則好勇鬬狠或嘯聚爲盜或徹夜以賭此風既倡亦數十年而不能改凡此類者皆鄉風也一校有一校之風氣是爲校風曾見有師生之間互生猜忌職教員棄德育而專用手段學生棄功課而侈談放任是爲囂風或則一校之中黨同伐異一室之內意見參商是爲澆風至若教者循循善誘以教育爲天職知無不言言無不盡學者虛心受教以求益爲天職對於師長必敬必恭是爲古風且也屏去黨爭潛心學理習勤耐苦悅禮敦書人人求所以自立視富貴如身外之浮

雲。是爲高風。以上所言。孰得孰失。何去何從。可不煩言而决。惟是知之匪艱。行之爲艱。不愼於始。鮮克有終。諸生今日之一舉一動。對於本校之前途所關匪淺。校風而善。諸生之功。鄙人亦與有榮焉。校風而不善。諸生之過。鄙人亦有與責焉。且校風既善。則千里之外應之。校風而不善。亦千里之外應之。然則校風之良否。不僅關於吾校。且影響於國家天下也。可不謹哉。

書孟子要略卷一後

劉登瀛 際唐

孟子七篇以告梁王辨仁義與利者爲卷首蓋其正人心閑聖道一生立言之旨皆宗於此太史公韓退之皆亟稱其書宋之程朱尤推尊之至以上配論語而朱子輯此書分爲五卷更易其耑次託始於道性善章而合七篇中諸章之言心性者以爲卷一其門人嘗疑以爲問朱子亦未明言其故原本有注今已佚其說莫可攷已且孔子未嘗言性子貢以爲不可得聞偶一言之亦曰相近而已不立善惡之名也自孟子言性善而後之論者乃紛然各持一說辨難鋒起反使人重虛悟而忽實行孟子學宗孔子獨言性乃與之異何哉蓋性者道之所從出也故子思曰率性之謂道然性不易見而道有可循言道而性在其中矣當春秋之世周禮具在先王之道猶未墜家無異學邪說未熾人猶有所畏忌而不敢恣也故習俗雖敝孔子但舉先王之道以救之其學此道者自能

知性行此道者自能存性無事與之原本天命也及戰國而大異矣上之人以先王之道爲害己既惡而悉去其籍其在下者又皆沒於利欲詖行橫議顯畔先王之道而亦託於率性之說以惑世而誣民如列莊所載楊朱盜跖諸篇皆是也循其說不胥人而夷狄禽獸不止閒有憤世嫉俗昌言性惡而思以易之矣微論以其說施於政事將重刑法薄德教以先王之道爲無用也且人性果惡則善非固有教何由入是亦等人道於禽獸之見耳孟子憂之於是原道於仁義。本仁義於人心。倡言性善以闢羣說之非。以爲人性之善。乃其所命於天二章引烝民詩而異於禽獸者也。第三章其或流入於惡。則必有所引蔽。而陷溺梏亡。第九第十章言陷溺梏亡皆由明二章非才之罪之義皆孔子所謂習焉而已人患弗思耳。第二章及欲貴章拱把章三言弗思至公都子章乃言思則得不思不得苟思夫天爵良貴之在己知之不惑。天爵欲貴二章言惑之甚言弗思自第二章四章標出知字無名之指以下三章及仁人心章皆反復於知不知於吾性中之仁義早盡其存養之功而致其擴充之力第二章及六七八章皆以仁義言性以後或專言仁或并言仁義第三章標出存字牛山章標出養字第六章標出擴充字而自公都子以下十二章則皆言存養擴充之事也以之爲學深造而自得以之制行自反而求己極其效則大體得養而爲大人且身正而天下歸焉自堯舜以至周孔盡其性以盡人性由誠正修齊以至治平所爲配命求福者蓋莫不如此自公都子章言立大體以下七章皆就身以內說乃誠正修之事非功效任深造自得自王子墊以下四章皆就行爲說其要在反己其效至天下歸乃齊治平之事而以詩言求福結之此義不明乃人道之大不幸也夫人之爲不善而甘自暴棄者大抵溺於安樂以爲可適己自便耳不知既爲人矣仁義乃其安宅正路苟曠舍之不居不由不惟失其性而無以爲人且必至人侮人毀不免亡國敗家之禍此書所謂自作孽者也。自舜發畎畝至末八章始言人當困勉增言不能存發之弊極於暴棄無恥不仁而以安危樂亡終死於安樂之義引書作結與前引詩相對人之安宅人之正路與前人心人路字皆對舉儆說宜重讀人性之爲存爲去。驗之世情。證之歷史。其事理固章章如是。使不言性善。則先王之道不著。率性之說無定論。士各道其所道。而人亦靡所適從矣。故孔子不言。而孟子言之。夫亦各因其時以立教焉耳。朱子編輯此書。更易七篇之舊。而先以性善。殆深有見於此。其排比章次。先後秩然有序。而意脈貫通。首尾完具。使人讀之。怡然渙然。若孟子之書。固當然者。於此可見朱子之學。默契於孟子。而孟子所謂聖人先得我心之同然者。蓋終古未嘗易也。余於是卷。略有窺尋。因書所見。以質世之為孟氏朱氏之學者。曾文正說此卷、已得大意。而於章次先後為說尚略、其疑末章、亦未當鄙心、因妄為之說如此、　登瀛記

黔靈山樵詩集序

吳闓生

畢節路漁賓先生。以進士出宰中州。所至有名績。好學稽古。尤耽吟咏。舉凡仕隱蹤跡。山水形勝。觀感懷抱。一以寓之於詩。其詩放恣橫縱。屈曲盡意。不煩繩削而自合。可謂一時之名著者矣。某少時嘗客先生官所。先生深禮異之。謂它

日成就不可量時先生方任洛陽令每於官事暇日招攜賓客遨遊於嵩高伊
闕之間所至流連窮日夜不倦及今思之勝事猶歷歷在目也後先生以吏事
落職晚而就養蜀中所作益閎以肆全稿凡千有餘首某暇時嘗爲選定得六
百七十一首都爲九卷不唯覘一家之學而數十年來世運風俗之升降亦藉
以考焉方某從先生時中原寇亂初平草野之民咸欣欣然有樂生之意先生
以名儒出宰尤留意獎掖人才倡率文化雖所治不出百里而絃歌之教儁異
雲興分校鄉闈禮祀中嶽學子圜橋而聽講耆民扶杖以觀成詎非太平之盛
事歟五十年間國家變亂迭更而海內鴻儒碩彥鉅人長德亦大率凋謝以盡
後生晚進不見先正之遺範無由發其慕仰之誠景行之願某宦遊所至亦欲
於從政之暇淬厲斯文而求如往者先後輩淵源接引之風流蓋邈然不易得
矣以此讀先生之詩而彌慨想於疇曩之遊而悵其不可復也選錄既定爰發

其意於此後之覽者亦有聞風而興起者乎

深澤王小泉先生墓志銘

吳闓生

定有諸臣巍峨相望叢書巨帙刻於滬上羅網献文既盛美矣有赫名家抗衡並起昔在榕泉實大而閎公則繼之子父繩繩公諱用誥觀五其字亦曰小泉紹厥考志世深澤人具載前記伊余生晚不及公初考公德業在耳猶據維昔大師武強之賀實撰公行一埤遺我類也不才愚茫何識敬述前聞用詔無極維公之學一踵程朱搜討墜佚鐫訛汰汚導源六經爰始大易比屬經辭象類消息曰備忘錄讀易劄記禹貢洪範皆爲詮次禮則中庸及禘祭考詩綜諸家百氏子史旁逮金石一字之歧有涉於詩無不甄之甚於論語有經正錄義例宏通先業是纘平生所學大氐備此它餘雜作莫不深美著述雖多本諸躬行致孝於親屏絕華競親病惡囂蟄居一室趨走操作聲響闃謐病不視事而時

有闈。闈閫不。白自所不。詢毫釐牾拂。乃益恚瞋。公獨喻指。行所無事。或語或默。咸愜親意。食無定時。亦無恒品。需必立具。不豫則屛。公列四竈。躬於庭爨。百蔬嘉穀。駢仭於粲。頤朶目眴。爛焉已熟。進不踰時。適如所欲。先意承志。人以爲難。積十餘年。終始無間。及若持躬。內外斬斬。疾辭忿色。無幾微犯。刱勞喀血。汽不少休。一身何病。維爲世憂。患莫大焉。學之不講。幾如是國。而不搶攘。初聞公耆亦潛莫懲。乃及於今。其禍卒膺。嗚呼有國。非學何依。淩夷衰歇。百弊乘之。放辟恣行。吾道將喪。誰挈綱維。爲橫流障。公行遠矣。賀老旋殂。藐余小子。奚步奚趨。甯學之悲。緊國之毒。瞻彼中原。不寒而觫。公之卒年。先諸十九。五十四齡。壽於何有。厥妃伊誰。賀老之姑。栽其壼德。以施厥家。卜葬某原。子曰孝箴。孝銘孝未。皆賢有聞。後三十年。伐此銘石。維賀足徵。匪余是摭。

杜處士墓表

武錫珏

君諱本字存理先世有曰百利者自某縣遷直隸蠡縣之南莊遂爲蠡縣人祖文炳父奇英生君兄弟二人君居長與弟同居至八十年君幼習農事能服勤作苦廣蓄而嗇用數十年如一日也自羣從子弟以至傭力客作之屬督役之咸堪其任無廢事數十人如一人也性聰慧多技能歲晚農事畢舉田家什物凡百器用若者良若者窳若者用力少而成功鉅心營手揣躬親之不憚煩劬兼使家人僕役左右其間助爲之人無坐食時尠曠畧又出其餘智權物貨之贏絀審歲時之登耗與一切徵貴徵賤之故潛思密劑與時消息益以農爲本業而輔之以工商之術用是業日益大田以畝計者且千焉嗚乎可謂能矣昔司馬遷作史述李克盡地力秦陽以農田拙業蓋一州范蔚宗書亦稱樊君雲之善農稼課役童隸上下勠力財利歲倍貲至巨萬能者輻湊不肖者瓦解無古今一也君未嘗學問顧其所成就卒能與古人冥合詎不偉歟吾國實業之

不修其來遠矣聰明特達能一切取貴富者咸賤弃之不屑爲近雖設專官立學校期用新學變更舊法蘄精進顧其事繁而寡要成效故未大著使得精心毅力如君其人者研精厥務倡導推大之豈非强本之至計哉至其里鄰求假給邮貧困無不周至且垂爲家法尤可謂富而好行其德者矣君生於某年月日壽八十有四某年月日以疾卒於里第娶溫氏繼娶佟氏晚娶高氏子四人孫十八人曾孫三十三人君曾孫叢桂嘗問學於余以表墓之文來請辭不獲已乃最君行實之大者著之使揭於葬君之阡

擬四存學會徵求顏李學遺箸啓

會員齊廣芾

蓋聞經藏孔壁萃東魯之遺光書發宛委啓西崑之玉府七略條於劉向漢置寫官五扼表於牛弘惰頒資詔或則求河間善本蠶正典文或則遇常景異書攷訂名物莫不戶曉家喻後轍前軌然六書苑於桂苑徒侈形聲三教綴其珠

英僅摛華藻宋人理窟驗喜怒未發之中漢師經林、箋草木殊方之狀而披虞初之九百餘本、猶缺盤盂諸銘、稽舜咨於二十二人未究水火餘、纘續古聖之傳正先儒之缺孰有如顏李兩先生者夫其致子臣弟友之身、執兵農禮樂之業所謂周孔正傳固已邈

矣總統之崇褒也其書有存治存人存學存性顏先生以之闡賢闢稽業辨業學數學射李先生以之達聖域顧從祀躋其典禮既薦馨於龍勺犧樽而集講傍夫宮牆、復拓規於鴻都、虎觀披其遺書已供擎求、惟是晉魯先例、數典及濬池配林朱陸、分宗衍傳在姚江上蔡、爰資博采、謹爲縷陳古人啓聖道喻出藍故適周問禮器詳豆籩在夷攷官紀識雲鳥顏李則身親農圃、張函白虞之以區田躬習鈐韜、吳洞雲發之於髫歲、錄定聲於河右、器色尙辨弦靴、侍調馬於瑞生、最融先探鴻烈是曰淵源有自也弟子傳衣法重受鉢故經侍馬帳盧鄭

升堂雪立程門游揚入室顏李則淯盤有子、王崑繩特屈其文名、道傳記祠、惲臯聞直預以生位、拱北則蜚聲高弟、諺語倩人、畚溪則脅驅難兄、殘灰畫稿、是曰裔流有緒也若夫記學蒐於戴氏、曠世求師省身錄於孫生、望塵請友藻杼書後、王序效其欽崇、（定州王文泉灝有跋恕谷後集序）橘頌詩餘、尙詞致其眎嘆、（新鄉尙威如頂有致習齋先生詞一闋）即或譽之謂並耕並織、益見治生非虛、少之曰流管流商、可知爲邦有待、是曰私淑與品評有人也、今者梯山航海豈步旁通人巧天工隸首彈紀故同一舟車也、而蒸輪齊其馬力、則具長房縮地之功、同一農林也、而媒蘫傳以鳥風、則過橐駝種樹之智、祘術極於微積、其差分何殊九章、醫學神其剖解、於奇經尤辨八脈、他若航空瞰敵則雲飛墨子之鳶相風傳聲則人偶假師之巧例以顏李之致用、信乎東西若合符況啟藏碧之血燐化已見安書、焚巨浸之槐、鑽發燧喻、莊旨則、迦歌等韻、猶采右行之梵書、而方冢借根、曷稽西來於疇

中國所譯借根方在西書名某某其義爲西來法切自東方往也曾見白芙賓堂叢書蓋周末失官疇人弟子散處四裔或即於是時流入西國此一證

凡此處志苟錄遺求玄珠所願僉彥闡英寫宣鴻寶或發曹家倉石載滿車以輸公或鑿晏子楹書出先文於埋蘊正汲冢紀年之誤或待束晳述成賞神淵詩細之奇或經蔡邕論定如繹碑已傳眞本請搨硬黃倘遷史倘緘名山祈分副墨本會錦縢施架希裹瓊瑤刀削聚工俟鐫梨棗庶幾東觀講說糈馬班同異之辭北學精神生壇坫揖讓之色謹啟

次韵吳海山雪詩　吳闓生

萬口號呼天欲拆彼蒼負謗誰能白一雪何嘗靖宿氛已覺千家飽新麥畄知豈悴在人爲飢飽從來無定格且喜畿郊戰鼓收共歛驚魂集亡魄正陵豪貴勢方新萬室焦拳形尙壘播灑方知大化公渾茫一氣無南北吾宗卓犖得雄才高吭嬴劉靡間隔壯氣巍峨紫蓋低大筆陂陀圜土窄誰令落拓走京塵衆

翼難雙孤鳳隻九賓冠蓋不低頭白屋鬚眉空動色知已彈冠孰不然爲誦陳思恒惻惻苦縣遺經有深戒常德不離宜守黑誰能散樸作圭璋雕琢翻爲天下則輪囷不顧萬牛迴深臥泥沙飽虫蝕赤霄舒卷有眞鱗豈肯登門曝腮額君能爛醉共新晴屢舞莫辭峨弁側

前韵贈子健　　前人

日余走訪餐露客日觀蒼茫始生白鷺鴨方塘亂玉浮瑤草連天如隴麥道逢騎鹿兩僊童短髮齊肩美風格授我金丹葯一圭光彩湛凝疑虎魄拜受矜持不敢言懷抱經年深壘壘君才八斗似陳思六載邊霜窮塞北新篇萬里每相聞賞奇猶苦風期隔豈意翩然日下來驩呼頓覺中區窄江匡澼岸叟哉遼斷雁鶩凫自雙隻更喜窮年讀道書風沙未改嬰兒色翻憶論文老謫仙騎鯨一去空悽惻歲寒日晏百昌零昏鴉萬點粘天黑況復驚濤四海飛暴雨橫風無

準則保子精金美玉姿縚養光晶休晦蝕但令漂雪白皚皚自有連雲高頷頷
贈子斯篇勿妄傳看取形青徵侍側

疊韵答子健海山　前人

丈夫伏處眞無策牢落窮年玄尙白空負胸中十萬兵入市何曾辨菽麥豐車
大馬載人豪過眼洸洸英武格才華經世自敷愉竟氣盤空極旁魄奈何綏也
久呻吟浪逐憑虛尋子壘屬者中原解鬬爭大官卒苦調南北眼見衣冠盡會
同九州不許關河隔各返燃箕煮豆心悵望應嗟吾土窄重重海上艦縱橫歷
歷天邊堠雙隻西略全收雪嶺松北龕徑奪燕支色具此泱泱大國風同氣不
弧實堪惻嗚呼井底尙稱雄誰定一尊別白黑我相二子皆卿、才對立玉山雙
叔則新淬霜、鋒瑩鸊鵜斷手料應無缺蝕起起先乘一障間會斬濕禹獲龍頷
眼中、吾老復何言畜、鷄請竢延陵側

擬李太白戰城南 庚申 步其誥

昔日戰稍與刀今日戰銃與砲兩軍相見一彈遺一彈之威百鬼跳輪臺人白舞沙場君莫笑軍行六月天如火天狗行空聲似墮朝攻暮不歸汗出巾猶褻茫茫前路起白波軍人指曰是即古走桑乾所謂無定河紛紛奈此攻殺何軍人聽曰是即古傷七國所謂夷門歌走城北望城南城南殺氣方驕惑敵人殺已盡閭閻不可問嗚乎城南用兵一偶已如此海內何堪戰伐頻年聲未已

題風雨歸舟圖 前人

十二萬年摶地成千古萬古憂不平況自女媧補天後雨時馳驟風時驚吾儕幸有閭廬敝漂搖一似葉舟輕颺上何人老畫手探知此意十八九不畫去舟畫歸舟似恐前途險絕陡風雨無情乃交會顛撲播蕩維解紐招招舟子勿惶駭此境此情古恒有天地有時憂崩裂截斷鰲足支悠久萬竅怒號氣橫噫四

山眩轉浪急走雨息風定時未移天淡雲閒變又奇乃知兩間物象本恢詭地天為泰天地否人逾眩急境逾激造物戲人每如此不圖此理妙手偶得之詭哉多年老畫師

高邑道中遇雪　　齊廣芾

古部駿騾雪風饕況猝輪蹝興亦豪吟骨再逢歸臘健土音漸喜近鄉操寒凌僕馬成三友凍結眉髭幻二毛行色隔年清景似（去歲旋里亦於此地遇雪）素邱前路覓村醪（是日宿素邱）

賀松坡先生讀國語記

記敘之文有三。一曰紀年。春秋之類是也。一曰紀人。史記之類是也。一曰紀事紀言。尚書國語之類是也。　疑多國史本文。故文多不相類。

周語三卷起厲王訖敬王　周語多典瞻之文。厲宣時公鄉往往稱述舊典。納諫於王。幽平以後。猶然。其應對諸侯。亦多以禮折之。　周室既衰。不能有事諸侯。諸侯紛爭。亦以周爲共主。莫之敢侵。故兵革之事。視列國爲少。而公卿大夫。尚得從容文學。誦習舊聞。非他邦所能及。此周公之澤也。然其微弱益甚矣。柯陵之會。單襄公所論。亦春秋時人習語。而文獨精。　穀洛鬥篇。宏闊精深而機局完整。抑子厚長篇。似摹仿之。

晉語二卷起莊公訖哀公　襄公如楚篇。文勝於傳。傳所無者。展禽論爰居。里革斷罟。公父文伯退朝。三篇。皆精妙。而里革篇尤恢詭。　文多典瞻。如周語所謂周公之國。禮文備物。史官有法也。

齊語一卷言桓公事。謨略政法功業總叙一篇。忽叙忽斷。忽實忽虛。氣象渾淪。規模宏遠。其法出自典謨、後世不見此等文字。　文不類左氏。疑故齊史或管子之徒。依筦子爲之。

晉語九巻起武公迄昭公　叙驪姬及三公子事。詳於傳。而言惠文戰事則略。語於其事節節爲之。傳則總匯其事而爲文。疑語因國史本體。傳乃自具鑪錘。此可悟融毋銷內之法。　叙晉人召二公子及諸君於秦。最中情勢。傳乃略之。悼公即位篇。聲調可聽。　於悼公只言其用人。　晉語之末。獨言趙氏事。史叙六國世家。亦惟趙爲詳。諸書亦多言趙氏。疑趙史詳美人樂傳誦。故見稱於世者多。邱明時。趙不當有史。疑後人坿入。秦焚詩書。諸侯史記尤甚。趙與秦同祖。多述其先德。故得獨存。而史公因得以爲據也。　簡子夢瘖語諸大夫董安于受之而藏之。當亦私有記載。

鄭語一篇　記桓公與史伯語。論上古聖賢之後衡量功德相時審勢而決其興亡。春秋時人往往有此遠識。左氏每喜記之。此篇尤深博而詳密。文勢愈推愈廣。收處尤闊遠。

楚語二卷起莊王訖惠王　昭王問篇。言重黎之後爲太史公自序所本。子期祀平王篇。言祀事。有他書所未言者。楚之辭令。惟王孫圉對白珩之問爲善。子高論白公甚詳盡。而微傷繁。

吳語一篇　記夫差句踐事。分四段。第一段。越請成於吳。子胥諫。吳王不聽。遂與越盟。第二段。子胥諫伐齊。不聽。遂伐齊有功。子胥自殺。第三段。吳王北會晉於黃池。聞越亂。以兵刧晉與盟而歸。而使告勝。齊會晉於周。敘刧晉盟極精采。第四段。越伐吳滅之。此段分三層。首謀與師。次臨行布置在軍號令。次與吳戰。敘次諸事。析之使碎。排之使整。奇古絕倫。　此篇以謀字爲主。首段大夫種献謀。末段種唱謀。又與楚申包胥及五大夫謀。故結處云能下其羣臣以集其謀故也。

越語二卷。每卷一篇　上篇言越行成於吳。及滅吳事。吳語云。諸稽郢行成於吳。此則以爲大夫種。　吳語已具事之本末。此止言越王戒勉國人。樂爲致死。是以帶甲萬人事君也。此言許越之成。人民寶器。皆吳之有。不許則係妻孥。沈金玉。以帶甲五千人致死。一人足當二人。姚惜抱云民知不勉刀戰一人足當二人故曰有偶是以萬人與戰也。若戰君未必勝。即勝亦不能得其人民寶器。故下文云。無乃即傷君王之所愛乎。不曰與戰而曰事君者。辭令宜然也。解殊不明了。　下篇言范蠡始終之謀。篇末記范蠡去越事。　吳語及越語上篇。言大夫種而不及范蠡。此篇則專言范蠡。　漢書藝文志。兵權謀家有大夫種二篇。范蠡二篇。疑吳越事多取之二書。此篇多用韵。亦似諸子。

齊吳越三篇。決非左氏之文餘則出入傳文。互有詳略。敘事辭令皆一律。當出一手。其言善惡之效。多傅會甚於傳文。宜子厚之非之也。

晉語優施說驪姬。及驪姬縊太子語。甚艱深而優施語尤生澀難讀。宰孔論齊桓公。最中覇者情事。其曰既鎮其甍矣。又何加焉。尤足見桓公局量。孔子稱管仲器小。亦此意。孔論晉國形勢。亦豪傑之見。其稱夫心天昏。則春秋時人迂闊之談。

讀書漫筆

鄧毓怡

歐哲美學談片

人類生命之發動。苟區畫而命以名。可得三端。曰智慧。曰本能。曰盡性。而爲此三端之的者。曰眞。曰善。曰美。人之於美也。從事乎其技者。曰美術。從事乎其道者。曰美學。十九世紀以前。學者論美。殆猶附庸於哲學。近數十年。美學乃浸浸獨立爲學科矣。大戰以還。歐洲學者。益憬然於物質文明競戰過當。智慧偏用。本能日偷。非以靈性調劑其衝突。人生之道。行且大敝。於是美術愈盛。美學亦愈昌。言教育者。且汲汲焉以美育濟智德體育之不足。吾人治畫學。在美術爲一部。則美學之研求。更不容忽。因於歐洲大哲論美之學說。隨時撮取而譯錄之。間附己意。用備攷覽。至於編次而釐正之。則當俟之異日。

紀友　歐哲論美。頗有下列之學說。意謂（生存競爭之勢力與適應此勢力之機能。剩有餘裕。乃生美術。蓋撫仿游戲之事。無與於生命之眞實）紀友氏則反是。其言曰（吾人求於藝術者。視生命普通狀態產出者。殆尤豐尤實。藝術者生命之擴充也。其不得不求助於撫仿游戲也。實爲不幸）又

四存學會呈警察廳京兆尹立案文

爲呈請立案事竊以人材盛衰關乎學術三代上無道學之名周官三物孔門四科皆就德行道藝使學者實地練習達財成德各有專長人材稱極盛焉戰國以降古制蕩然漢儒拾殘篇於煨燼之後不得不以考據爲先宋儒當章句既明之餘又以居敬窮理補漢儒之缺流風所漸或涉空虛降及有明多參二氏人材不振詎非隱憂清初博野顏習齋蠡縣李恕谷兩先生師弟一堂躬行孝友苦心志勞筋力復禮樂射御書數之舊兼水火金木土穀之全周孔之大經大法燦然復明於世今日列强競爭道德與藝能並重兩先生之教尤屬當務爲急

大總統爲世道人心起見既以祀諸廟庭鳳岐等目擊時艱亦欲本三代造士之法儲體全用大之材爰立學會取顏先生存人存性存學存治之旨名曰四

存以府右街舊太僕寺署爲會址其中規則另有簡章不取東林門戶之見尤戒顧厨標榜之風似於教育前途不無裨益再學會應設農事試驗場一所查府右街馬路東有隙地一區約六七畝可以敷用並須在該處鑿井灌田事關公有地點務祈查核照准謹呈

警察總監
京兆尹

京師警廳批　　原具呈人張鳳臺

呈一件報組織四存學會請備案由

呈悉查該會以闡明顔李學說習行一貫爲宗旨核無不合應准備案至所請在府右街空地設立農事試驗場一節業由廳函達市政公所劃定房基綫當再由廳知照以便按綫圈築除呈

部并行知該管區署外合行批答此批
民國九年五月五日

京兆尹批第四七〇號

原具呈四存學會代理會長李見荃由

呈一件呈請立案由

呈暨會章均悉近今國紀淩夷習俗日媮義利之辨目爲迂談名教之防事同虛設不圖挽救國家淪胥該會爲維繫世道人心起見創設學會本顏李四存之旨造德藝兼全之才意美法良允屬當務之急所訂會章亦合照准備案至該會擬就府右街路東隙地設農事試驗場一節既據分呈應候警廳核示遵照會章存此批

民國九年十月二十三日

呈教育部立案文

為呈請立案事竊維世運隆替繫於人材人材盛衰關乎學術周官三物孔門四科皆就德行道藝使學者實行實習故達德蔚才得人成治降及清初而有博野顏習齋李恕谷兩先生師弟聯徒講求實學躬孝友課踐履執兵農禮樂之業修水火工虞之至一本周孔教法作育人材學推北宗一時稱盛雖其後師承漸寂湮沒不彰然至今潛德遺風未墜於地我

大總統慨念時艱思為世道人心樹立楷模于民國八年一月三日特沛　明

令以顏李兩先生從祀　孔子廟庭並蒐集遺留著作刊行於世將以勵進習行一貫之德養成艱苦逴絕之行世運人材共繫此舉同人等夙抱斯志幸逢今時既仰高而向往敢隨後以執鞭爰本顏習齋先生存性存學存人存治之旨創立學會名曰四存蒙　公府撥與府右街太僕寺舊署一帶作為會址

一切規模訂有簡章詳則要以躬行實踐爲體以文武政藝爲用實事求是無取顧厨標榜之風融會貫通不蹈陸朱門戶之習蓋道原不變講求何問古今學貴日新修習無分中外務期莘莘士子體用兼該羣致力於大學之道庶於教育前途聊供一助用副政府提倡實學之至意再會中附設有四存中校即以會東偏舊駐游緝隊營房爲該校基址其門前隙地一區約六七畝並承市政公所撥給本會爲附設農圃之用校以養正圃以習農並顧兼營事仍一貫除本會分呈京師警察廳京兆尹公署業經批准其學校應遵專章另行呈請外所有本會成立緣由理合備具呈　文繕附簡章詳則各一份呈請

鑒核准予立案實爲公便謹呈

教育總長

附呈簡章詳則各一份

民國十年二月二十五日

教育部批第一五九號

原具呈人四存學會會長李見荃

呈一件送簡章詳則請立案由

呈悉查該學會以闡明顏李學說習行一貫爲宗旨併設中學及農圃策劃周至深堪嘉許簡章詳則亦屬妥洽應即准予立案此批

民國十年三月十一日

四存月刊第一期勘誤表

篇名	頁	行	字	誤	正
發刊詞	一後半	二	十九	輕	輊
敘例	一前半	八	十三	是	使人
	二後半	六	一 二	治食	長治
	仝	九	注	等	粦
	三	七	二十 二十一	荒就	就荒
日錄	一前半	十一	二	隷	隸
	一後半	十一	八	威	咸
	二前半	九	二	譯	澤
	仝	仝	六	帛	衍
師承記序	一前半	二	二十七 十四	怒	恕
	一後半	三	十八	杇	朽
師承記	一前半	九	十五	凡	几
	一後半	三	一	稚	雅
	三前半	五	十九	郷	鄉
	四前半	八	十三	姝	妹
	五後半	六	九	扼	阨
	六後半	七	六	義	羲
述顏李	一後半	一	二	氐	氏
顏李嘉言類鈔	二前半	七	十八	抗	杭
	仝	八	六	論	綸
論新疆迪化形勢	本行	一	十二	爕	燮
中國宜復民兵之古制	本文	七 八	十二 十九	字人 有	人字 弓
直隸導河新志	一前半	二	五	拔	紱
	一後半	七	十九	羅	罹
	二後半	八	一	業	桑
	仝	九	注	沼	沿
六經通義序	一後半	五 八	十二 十二	吾 餘	衍
	仝	十一	十二	人	云
左氏管窺	一前半	九	三	維	雖
	仝	十一	二十	膛	瞠
	一後半	四	三	悉	思
	仝	七 八	廿五 七	爲	如
	二前半	二	七	睿	濬
	仝	七	二十一	利勢	勢利
蒙雅輯注	一前半	七	二十一	編	論
	二前半	五	十三	文	下漏注字
	一後半	一	十二	義	羲
	仝	二	十二	昊	旻
	仝	六七八	前六牒字左旁皆從日 作牒牒字左旁從白		
	仝	七	二十二	皓	晧
	仝	八	十八	兒	貌
農學述要	一後半	一	十八	其	空
各國大學之特色	一前半	四	四	既	雖
	仝	仝	二十	在	衍
	二前半	一	十一	及	下漏因字
	仝	仝	二十六	止	下漏其字
	仝	二	二十六	既	雖
	仝	五	十九	例	件
	仝	十	十九	義	學
	二後半	三	十八	義	演
	仝	七	二十八	新	斯
羅馬法與近世	一前半	三	十六	與	興
演說詞三	本文	七	二十八	響	嚮
校風	本文	三	十五	傘	章
貽靈山樵詩集序	題下旁注漏代字				
深澤王小泉先生墓志銘	本文	四	十五	類	閻
徵求顏李學遺著啟	本文	二	九	惰	隋
	仝	十三 十四	二十七 二十六	侍	傳
次韻吳淞山雪詩	本詩	二	二十七	正	五
擬李太白戰城南	本詩	五	十五	偶	隅
題風雨歸舟圖	本詩	二	十三	璧	壁

四存月刊編輯處露希

一本月刊月出一册約五十頁至六十頁不等

一本月刊多鴻篇巨製不能一次備登故各門頁目各自分記每期逐門自相聯續以便購者分別裝訂成書

一本月刊所登未完之稿篇末未必成句亦不加未完二字下期續登者篇首不復標題亦不加續前二字祇於目錄中注明以便將來裝訂成書時前後聯續無間

一本月刊此期所登之外積稿甚夥下期或仍續本期未完之稿或另換本期未登之稿由編輯主任酌定總求先後一律登完不使編者閱者生憾

一本月刊第一期送閱第二期須先函訂購屆時方與照寄嗣後訂購者如願補購以前各期亦須來函聲明始行補寄

四存月刊第二期目錄

顏李學

論說

四存月刊

專著

譯稿

士德行言語政事文學其分科視三五之分官亦無異也暴秦燔書坑士家傳身授之道中絕漢武帝罷黜諸子百家表章六經所謂儒者已隘而不宏而所謂六經復以賅古之六藝學者束身名教唯是訓詁注疏至宋又斷斷於性與天道益蹈空虛不復能實事求是即此倫常日用近皆切於民事之端尙不能坐言起行則夫古所傳遠以雲與水火龍鳥爲紀者其事益在不論不議之列矣夫盡性以盡人性盡物性參贊天地化育吾儒之能事也學術失其傳乃至一身一家米鹽淩雜亦不能自理循流溯源蓋亦非一朝一夕之故矣習齋乃從二千年後抉其晦蔽直揭堯舜周孔之正傳標以示人然習齋鑿空先生益一一實求其可據習齋初辟蠶叢先生益修治疏通之若大路然俾人人可行達其窒詳其略益爲披其根本敷其支葉左右扶疏節輸條貫於是攷輯小學成法著稽業五卷寫定大學古本著辨業四卷辨業意所未盡摘聖經之言學

者纂學規二卷。學規意所未盡。坿以友朋往復之言。著論學二卷。以補存學所未備。先生始從習齋興商教之具。每至夜分不寐。有所得輒錄之。瘳忘編學政閱史郄視。後更分瘳忘編。比入之平書訂。晚歲復仿周禮爲擬太平策。以佐存治所未逮。習齋以六藝立教。先生從學。皆有著錄。唯學御成書最晚。而學禮所錄最詳。以吾國故以禮讓爲國。自治治人。俱非禮不行也。禮莫重於祭。而農田乃立國之本。民以食爲天。兵則所以衛民也。於是著有田賦郊社禘祫宗廟攷辨。凡以見顏氏之學。直接堯舜周孔。其書有可攷見於今者。皆爲疏引證明之。果其有合於古。不惜與程朱立異。然羣經四子書。大率皆程朱之說。有明以來程以取士。士大夫少而習之。踵前嬗後。轉相傳誦。不可爬梳。先生於是著易詩春秋論語大學中庸傳注傳注問。豈好辨哉。習齋之學。以能行爲主。不尚空談。先生自幼且學且耕。即善稼穡。歲歉。他人子不償母。已田必有所收。孝愨借母氏馬鄉居。先生奉其生母居城中。兩居相距二十里。每朔望前日薄暮。先生徒步至鄉寧親。晨興拜父母各四。乃還拜所生母。以爲常。家貧。甘旨奉親。自食粗糲。不使親知。自其家學植德已固。既從習齋。仿立日譜。糾身心。嘗自謂求仁不能。期勉於恕。因自號曰恕谷。著書立論。闡明師說。先生之始意。固不在此也。以能行爲志。數往來京師。與名公巨卿四方知名士相接納。因倡師說於其間。思得所藉手以所學轉移運會。親見其盛時。三藩初平。朝廷向意文學。公卿承旨。競以收召後進爲名高。海內方聞碩彥。咸集京師。而鄞萬季野。德清胡朏明。名最盛。先生初入都。主左都御史吳匪菴。侍郎許酉山。宮詹徐果亭。皆重先生學行。數相從問學。匪菴爲刊所著大學辨業。檢討冉永光。竇靜菴。會知名士爲講會。先生與陳古今升降。民物安危。學術明晦之所由。以及太極河圖洛書之非。屯田水利天文地志兵農禮樂之措置。衆愕顧。相謂曰。乾坤賴此不毀也。萬季野亦有講會。皆顯官主供張。翰林部郎處士環坐而聽。率四五十人。李野始有所不慊於先生。金素公特筵招先生與胡雎明會。李野講學論辨久之。雎明是先生言。李野默不一語。先生問以所著大學辨業。就李野是正。求爲作序。李野喜。握先生手曰。天下學者。唯君與下走耳。太原閻生。未足多也。一日講會。先生與往。衆占郊社。李野向衆揖先生曰。此蠡李剛主先生。負聖學正傳。非某所敢望。今且後郊社。請先講李先生學。以爲求道者路。因舉辨業所論格物即學六藝。歷歷指示。大言曰。此質之百世聖人而不惑者。諸君有志。幸無自外。於是三原溫德裕。蘇黃曰瑚。代馮纓瑢。大興郭子堅子固兄弟。皆因先生興起私淑習齋之學。歸德周崐與王崑繩並介以執贄受業習齋門下。講會時論以博聞强記爲賢。李野卒後。德裕馮氏兄弟皆嘗立講會。最後纓復會崑繩宗夏與李陰長毛姬潢朱字綠等諸名士。推先生主講。或問理氣五行。纓喟然曰。六藝聖門所重。今舍不問。乃此瑣瑣。先生曰君知其由耶。三代而上。以仁誼禮知之德發而爲子臣弟友之行。緯之以禮樂兵農之事。而其事必習之於學。一原共委。典樂所以教胄子。大司徒所以教萬民也。秦火而後漢儒收輯掇拾。專重師承。於是誦說多而習行少。宋明道學。上之虛摸太極。下之僅尋章句。禮樂置爲緩圖。射御書數概爲鄙事。致使漢唐宋明諸君。所與擬定宇宙。唯是黥盜屠沽負販。而所謂傳道大儒。且屏居間處。待異日天下無事。珥筆侍講。頌太平而已。曾是伊呂周孔。而僅若是乎。且禮樂兵農不務。則所持以盡行者何事。養德者何具。而德行亦因以俱亡矣。此學術所以衰蔽。而天下所以日趨於脆弱而不可振也。曰瑚言字綠見大學辨業。抵掌稱是。崑繩曰。此昔年聞聲而詈爲異端者。今乃服乎。可見人心有同然也。先生壹意推行習齋之學。門人楊勤。爲陜西富平聘主其事。先生曰。學以施於民物。在人猶在己也。應之往。勤師事先生。先生曰富平、亂國也。治法宜嚴。教之禁鬬爭。止賭博。勤聽訟。減催科。抑强扶弱。行之期年。民俗丕變。乃語以崇孝弟。興學校。選鄉保。練民兵。勸農興利。百廢具舉。關西學者。聞風齊至。學禮學樂學易學兵陳。先生以省親辭行。士民餞送十餘里不絕。勤至欷歔爲泣下。又嘗佐郭子堅治桐鄉。溫德裕治鄽城。期年。政教皆大行。先生論治。不外教養二耑。當規其遠大。而有本末後先之不同。尤不可背時爲治。嘗以錢穀、刑名爲今時爲治所必資。錢穀不擾用一緩二。亦可云養。刑名得當。使民森然知有所畏而勿陷於邪。亦可云教。至其遠大。如所謂質鬼神無疑。建天地不悖。以三重之道。原本天地鬼神以制之。故即可以制之者位之而其要在以動機相感。一陰一陽。皆以動而生物。故易曰繼之者善也。後學乃習爲主靜。以物不用則腐推之。已且不能自治。何况天地鬼神。先生以所著各書上河右。自謂於內聖外王之學。粗有耑委。廓清後塵。遠宗古聖。蓋實有所得於己。

弗親爲大言者比也。既數爲友人治劇邑小試其端。顧終不得大行之機。雍正紀元。朝廷謀聘學行兼優者教皇子。已而又謀聘人修明史。相國徐蝶園張敦復皆擬徵先生。訪於桐城方望溪。望溪不聞。遽爲辭以老病。時先生年方六十五。又十年。年七十五乃卒。門人馮辰、劉調贊謂望溪與先生以道義相切劘。不應挾私阻其偶合。又先生卒後。望溪志墓不詳先生德業。但載其與王崑繩及先生論學之異同。且謂先生因其言改習齋師法。又與人書稱浙學壞於黃宗羲。北學壞於顏元。而謂習齋之無後。及先生子之殤。皆不信程朱之過。調贊謂其純搆虛辭誣及死友。今參觀兩人遺文。知調贊之言良不誣也。先生始以康熙庚午舉人。謁選得知縣。以母老改通州學正。未幾亦告歸。大學士王顥菴、巡撫李文貞公薦其學行於朝。皇十四子撫遠大將軍用兵西陲。再聘主其幕事。皆力辭不就。遷居博野隱居治農圃以終。門人私謚曰文子。時雍正十一年正月朔日也先生之學悉本於習齋其解釋經義論易以觀象爲主兼用互體謂聖教罕言性天乾坤四德必歸人事屯蒙以下亦皆以人事立言陳摶龍圖劉牧鉤隱以及探無極推先天皆使易道入於無用明人以心學講易率持禪偈以詁經言反置象占不問誣飾聖訓弊不可窮以大學格物爲周禮三物謂孔子時古大學教法所謂六德六行六藝者規撫尙存格物之學人人所習不必再言惟以明德新民標其目以誠意指其入手而已格物一傳可不必補其說皆本之習齋先生既知道不能行乃壹志闡明師說思傳之其人以待天下後世之用仍數往來京師與明公巨卿四方知名士相接納取其博物助我躬行所著各書於習齋之學益暢明之似周孔故道儼在當前顧所遇不乏一德一能之士求其明之於心行之於身宣暢於語言發揮於事業可全以付者寥寥王崑繩客秦中先生與書曰塨滯都門實非所蘄迫於行道道既不行繼往開

來責無可諉。當此去聖既遠。路岔論歧。非偏質當代夙學大儒。無以證所見之不謬。又挽世聲衆。必在通衢。空谷引吭。其誰聞之。以吾兄曠世奇偉。而篤信正學。體之於身。倡明之於人。所望非淺鮮也。又復憚皋聞書曰。門下謂朱注痼人以其爲科場所遵。溫飽榮耀。俱出朱註。安得不寶而奉之。今欲呼其聾瘵。難矣。誠哉是言。即如方子靈皋。文行踔越、非志溫飽者。且於塨敬愛特甚。知顏先生之學。亦不爲不深。然且依違曰。但仲已說。不必辨程朱。揆其意、似諺所謂受恩深處即爲家者、則下此可知矣。塨雖愚妄。當不之解。但塨之意。非急望之一時。非概望之人人也。即如目前求溫飽榮耀。固比戶皆然。然特然樹起者。近地有馮樞天。相從數千里外。又得門下相印合。程啓生相推許。虞仲翔一經生耳。猶謂舉世無知。死當以青蠅爲弔客。今當吾生而磊磊有三四人。不爲少矣。語云。千里而一聖。若比肩而立。百里而一賢。若接踵而至。自古難之。何論晚近。況其他心以爲是。而但口不能發明。文不能燦陳者。又指不勝屈也。況天下萬世又未可以意量也。獨是塨所憂者。不在同調之寡儔。而在此道之遂泯。塨與門下齒已俱長。百年而後。子弟未必能承。及門未必能通顯。而書煩鈔寫甚爲艱難。流布必少。天下事未可知。東振西蕩。遺籍散落。矧此一二家藏。勢必沉淪。後世並不知有此說。而望繼起之有人。固無自矣。故嘗謂堯舜孔顏。若無經書。今世並昧其姓氏。又焉傳其道術。苟得摹本。易成。散布人間。即付之無何有之手、或千百帙皆亡。而一幸存。一遇有心人得之。星星之火。遂可燎原。韓昌黎文集。掩抑百餘年。歐陽文忠獲於敝簏中、表章之。輒以行世。況聖道乎。門下謂求溫飽榮耀者。必不能翻然以從。塨正憂溫飽榮耀者之羣痼聖道。而欲勉留此幾微一綫也。辨業學規纂。雖依倚聖經。恐人尚以爲一節之見。偶然之論。今聖言歷歷皆與註明。則斯文規撫道路。固有一定矣。萬世而後。或不敢必越聖經以循其私途也。雖然。塨謂必能傳哉。塨與門下交數年矣。門下視塨。尚有一系標榜爲名之見耶。尚有與先儒爭勝之意耶。乃承顏先生提誨。謂天地民物。不忍令其塵霾。先生先賢。不忍任其墮地。當日顏先生言此泣下。塨亦泣下。故妄冀倖於後儒霧瘴之或熄。聖道幾希之可存。而不敢必。不能已。每五夜徬徨歎息。聲絕而繼之以血淚者也。嗟乎。成敗明晦。聽之天矣。盡吾心焉已矣。門下謂我何哉。先生天性畏謹。時肩與出門。輒竦然曰。我人何斯而人肩之。坐必鞠躬若謝然者。唯恐虛聞過情。答問學。未嘗輕語。吶吶然如不出諸其口。嚴於取與。少年試一等。當食廩。簿有書吏陋規。曰。是以賄進也。辭不補。其廉節如此。既遷居博野。弟子從游日衆。四方郵書請正者不絕。先生一以習齋之學爲教。習齋崛起閭巷。學初不顯。先生爲傳其說於京師。與名公巨卿四方知名士。正言婉喻。轉相傳布。聲蜚風流。不數年。遂被天下。然其時學者狃於二千餘年之錮習。相率詆爲立異。其與者亦疑信參半。至於今西學東漸。挾其聲光氣化電重之術。以嚇我所不能。鎚窈鑿險。出入冥芒。精能之至。斡天旋地。莘莘萬彙。情見力輸。造次詭怪。不知所原。若作自神。若出於鬼。科而分之。爲文爲理。實不外博文約禮二事。歸之六藝。亦不過算數之極致。而其爲學之次第緩急。亦與我古昔大小學教法相同。貧富強弱。國與國既已相形見絀。學士大夫乃易視移聽。革其心志。痛我學之不足以立事。不惜盡舍棄之。而一變於彝。而不知我古昔之學。固一一可見諸實行。二百年前。固早有人見及此。且其爲學之次第緩急與所分科。固至詳備。迄於今門弟子私相傳授者。固不乏人。其書固具在也。他書且不論。習齋年譜。記躬行實踐。先生年譜。詳經濟作用。後有興者。踐迹而入。因以上尋孔孟之教。堯舜禹湯文周之治。時會既至。康濟民艱。釐求上理。育萬物。位天地。二帝三王古昔郅治之隆。庶幾其不遠人。而西人所謂烏託邦。亦庶幾其見之於吾國也。

王崑繩。名源。大興人。父世德。世襲錦衣衛指揮僉事。甲申之變。求死不得。漫迹江淮。以隱終。兄潔。純孝篤學。崑繩生而磊落多奇。不受羈絆。能文。喜兵。視當時名貴人齷齪。概不快意。於古人唯慕漢諸葛孔明。明王文成。爲文自謂左史昌黎外無北面者。晚乃歸其學於習齋。崑繩始與恕谷同遊京師。見所著大學辨業。極口稱是。恕谷與言習齋明新之學。並出四存編授之。崑繩卒業。歎其學直接周孔。一日從恕谷寢。夜半蹴覺。起立曰。源自少聞道學言。意不慊。從事辭翰無所用。爲文自必傳世。近從吾子得聞顏先生實學。乃知文辭亦屬支葉。非所以安身立命也。源受業習齋決矣。遂介以南走四百里。入博野。執贄習齋門下。始崑繩以豪傑自負。每夜深置酒痛飲。昂首目電。鬚戟張。醉則怒罵當時貴顯及負時望聞人。雜以嬉笑。恕谷深與結。不即言。徐謂之曰。吾人當與周孔較短長。乃皐之較論時輩邪。崑繩立起自責。置省身錄。倣習齋日譜。以考糾身心得失。甚密學益進。然自負經世之略益堅。曰吾乃今始可見之行事。非空言也。著平書三卷。論平天下之道。前籌一得錄十二卷。論自周至元興亡成敗之故。其言兵之書。曰兵法要略二十二卷。分上中下三篇。上篇要刪孫吳諸家之說。爲用兵方略。中篇則束伍營陳操練之方。形名器甲之用。車騎水陸接刃合戰攻城守壘之法。下篇歷記春秋以迄元明古人用兵行事。曰輿圖指掌若干卷。攷天下形勢。歷載郡邑建置沿革之後先大小。與其封域遠近。山川扼塞。戶口多寡。詳著其勢。使人讀之可瞭然於心。細寫其形。使人披之可瞭然於目。兵論三十二篇。乃其少年所著。詩文集三十卷。皆喜言兵。恕谷常從容與語。李衛公言史官多不知兵。故兵法不傳。今觀漢史至南北朝良然。唐書乃專志兵。歐陽諸公之識。高出前史上遠甚。崑繩曰。唐書所志兵志耳。其法之不傳自若也。及爲性。此所以紙上之學問易見博洽。心頭之覺悟易見了澈。得一貫之道者。接踵而道亡。學喪。通二千年成一欺局。哀哉。

人持身以禮。則能得人之性。如吾莊肅。則人皆去狎戲而相敬。是與天下相遇以性也。此可悟一日克復天下歸仁之義。

學求實得。要性情自慊。則心逸而日休。學求美名。便打點他人。則心勞而日拙。

志氣如刀。集義如磨刀。常磨則鋒芒常銳。不磨則鈍。一不義傷之。則刀摧折矣。

不善之念。一起於心。精神為之萎敗。耳目為之昏瞶。人心誠危已。

入其齋。而干戚羽籥在側。弓矢玦拾在懸。琴瑟笙磬在御。鼓考習擬。不問而知其孔子之徒也。入其齋。詩書盈几。著解讀講盈口。合目靜坐者盈坐。不問而知其漢儒佛老交雜之學也。

凡冠不正。衣不舒。室不潔。物器不精。肅皆不恭也。有一於此。不得言習恭。此吾儒之篤恭。所以異於釋老之寂靜。

人身之寶。莫重於聰慧。莫大於氣質。而乃不以其聰慧明物察倫。惟於玩文索解中虛耗之。不以其氣質學行習藝。惟於讀講作寫曠閒之。天下之學人。踰三十而不昏惑衰憊者。鮮矣。則何以成人紀。

修辭之功。全在未言之前。

遇人能不言。言時能徐發。則口過遠矣。

禮樂射御。似苦人事。而物格知至。心存身修而日壯。讀講文學。似安逸事。而耗氣竭精。喪志痿體而日病。

人心動物也。習於事。則有所寄。而不妄動。

古人務其費力。而永安。後人幸其苟安而省力

學者須有氣量。包人。盡人而不盡於人。

今日一種書之理開吾心。明日一種書之理開吾心。久之。吾心之明。自能燭萬理。是借書以明吾心之理。非必記其書也。

吾輩若復孔門之學。習禮則周旋跪拜。習樂則文舞武舞。習御則挽強把轡。活血脈。壯筋骨。利用也。正德也。而實所以厚生矣。豈至舉天下事胥為弱女胥為病夫哉。

齋中獨坐。莊對墻壁。箴銘亦儼然諍友之旁矣。

行喪禮於練前。失猶少。行喪禮於練後。失必多。孔子之喪事不敢不勉。事在勉強而已。

持其志。敬心之學也。無暴其氣。敬身之學也。然每神清時。行步安重。自中規矩。則持志即所以養氣。每整衣端坐。雜念不來。神自守舍。則無暴即所以持志。蓋身也。心也。一也。持也。無暴也。致一之功也。

我居其是。誰處其非。我居其功。誰受其過。

靜之存也。提醒操持。動之察也。明辨剛斷。二者之得力。曰不自恕。

妄之病。每生於無志。助之病。每迫於好名。

爲善克果其善。乃爲我有。否則千思萬想。善終不獲。改過必眞其過。乃不爲我有。否則千悔萬恨。過終不去。

日夜以此心照顧一身。所以養性也。九思九容是也。日夜以此心貫通民物。所以事天也。三事三物是也。精之無間。聖矣。勉之不忘。賢哉。

謹守之士。患其拘執。進以勇爲。不可及矣。豪傑之士。患其粗率。濟以愼密。莫與敵矣。

庸人若無氣。氣能生志。學者患無志。志能生氣。

孔門六藝。進可以獲祿。退可以力食。如委吏之會計。簡兮之伶官。可以見。故耕者猶有餒。學也必無飢。

志不眞則心不熱。心不熱則功不緊。故多睡之人無遠圖。立志之士多苦思。

敎果齋脫俗累曰。世人之所怒亦怒之。世人之所憂亦憂之。世人之所苦亦苦之。何以言學哉。故君子無累。

吾心有不覆之人。則不能法天之高。吾心有不載之人。則不能法地之厚。

人之志道德也。君子積年作之而不與。志富貴也。俗人一言動之而輒起。甚矣志道者之鮮也。

聖人以一心一身爲天地之樞紐。化其戾。生其和。所謂造命回天者也。其次知命樂天。其次安命順天。其次奉命畏天。造命回天者。主宰氣運者也。知命樂天者。與天爲友者也。安命順天者。以天爲宅者也。奉命畏天者。懍天爲君者也。然奉而畏之。斯可以安而順之矣。安而順之。斯可以知而樂之矣。知而樂之。斯可以造而回之矣。若夫昧天逆天。其天之賊乎。

聖人之心無小事。不爲酒困夫子直認作重大難能者好察邇言虞舜偏於瑣細做工夫

夫子乃鄉里道路朝廟之夫子也其道乃鄉里道路朝廟之道。學乃鄉里道路朝廟之學。

王法乾曰學須要講。只患不明。先生曰道須要行。只患不斷。

語法乾曰古人於所不可追補者。亟盡力。良有以也。吾後溪祖今歲不能與宴矣。故曰親不在。雖欲孝。誰爲孝。年既長。雖欲弟。誰爲弟。

宇宙眞氣即宇宙生氣。人心眞理即人身生理。

感格之難也。非純心聚精。不能萃神之渙。致饗之難也。非明德蠲潔。不足邀神之歆。故事莫大於祭。道莫精於齊。

永保天祿。允祚遐昌。誰其幾及。惟周文王。肅雍敬止。下上偕臧。小子罪戾。尙知景行。夙夜無愧。萃茲百祥。

口言聖賢之言。身冒聖賢之行。而對屋漏或有放肆之心。對妻孥或有淫僻之態者。眞人妖也。

予臣弟友道歸宿。

孔子言三人行。必有我師。非必同行。予今見簾外人莊者。悚然振予萎。恭者惕然警予肆。輕佻躁暴者。起予畏心。覺無一人非師也。

當憂不憂。當怒不怒。佛氏之空寂也。儒者而無所憂也。何以別於異端乎。憂則過憂。怒則過怒。常人之無養也。學者而爲憂怒役也。何以別於常人乎。惟平易以度艱辛。謙和以化凶暴。自不爲憂怒累。

有道之士。文章皆秋實。浮狂之士。道德亦春華。

得仁則富。行禮則貴。言多言賤。言少言貴。

自驗無事時種種雜念。皆屬生平聞見言事境物。可見有生後皆因習作主。

先生因會日王法乾惲學習六藝。曰古人以文會友。後世以友會話。譚論、聲話、色紙筆書話也。敬靜之空想。無聲未書之話也。

謂王法乾曰。人貧賤其庶人耶。則惟計周一身。受治於人。其君子耶。則宜明親淑盡。志爲大人。若兩俱不爲。而敢置身局外。取天地而侮弄之。取聖賢而玩戲之。此僕所惡於莊周爲人中妖者也。

劉煥章贈圓榼一。內果。曰、外無圭角。美在其中。先生受之。

言而盡人者大。盡於人者小。

體人之情則不校。體愚人之情則生憐心。體惡人之情則生懼心。憐則不忍校。懼則不敢校。

禍莫大於駁人得意之語。惡莫重於發人匿情之私。

寡慾積精。寡言積氣。寡營積神。

事也。此通乎千百世之下。順序變易。以與時相應。而不能離其宗者也。夫既爲人。則有人道。有人爲。有人治。窮五洲亘萬國而不能異。即令與時變通。其外形可更。其節目可更。其大本大經。則衷於天地之化育。而不可得與民變革者也。語其大用。則通乎家庭主義之時。社會主義之時。國家主義之時。隨時而行之而無乎不得其宜者也。顏李之學之事。固孔孟之道哉。第言其合。疑未能明也。無已。則還以證顏李之書。

顏李之於學。以今人恒言明之。則唯物而基於唯心者也。

顏李之於事。則進取而基於保守者也。

爲學與事。交互貫注。子夏言之矣。仕而優則學。學而優則仕。仕者士也。士者事也。任事之稱。白虎通明著之。古誼也。事與學不合一。而人與人皆隔閡。演成抵捂之世界。不特官與民抵捂。學與官抵牾。議會與政府抵捂。教育與社會抵捂各界與農夫抵捂。城市與鄉里抵捂。即至一報紙之議論。亦前後抵捂。一人之言語。亦彼此抵牾。此而課其學。則虛渺無憑。其是非何所據以為判定。亦只隨人轉移。為一場說話而已。顏李之學。以事為基礎。其於事以學為運用。以此學為此事。入於農則農合。入於兵則兵合。入於教育。入於官吏。入於議事。亦無不俱合。果行此學。則凡齟齬不相洽之情。鑿枘不相即之勢。激蕩不能平之氣。胥渾融而泯於無迹。亦孔孟所謂天下平。而社會主義之極致者矣。夫學猶易爭。而事則有定。則且後其學。而先徵其事。

試觀顏李之於家庭。夫家庭者。有大有小。有分有合。有束縛。有放任。在人隨所遇而異其形。而終不能舍之而別易一法。以為之代。謂其為人生之本。不如是則生生之意不能熾也。千萬世之後。人口眾。物力絀。設法減生。或有他道。未至不得已之時。不能妄談變革。但拘守舊日之形式。而受其實害。則聖賢不為此滯窒也。顏李之家庭皆光富後貧。顏則遇家庭之阨。李則除貧困外。猶爲稍順。然其所以處家庭則不同矣。

顏先生在蠡爲朱翁九祚嗣孫。名朱邦良。入蠡庠。朱翁爲蠡道標（蠡在前明爲蠡吾道清初因之）督捕亦官吏也自朱翁以訟遁而先生代繫獄家道中落。離城居而定居劉村力田養朱翁媼。朱之生子晃亦同居焉。晃後欲殺先生。乃別居而仍奉甘旨無少缺。且以朱氏田產盡與晃。及自知爲顏氏。歸宗。乃又養其叔父愉如爲之娶妻育子。不以爲累。前後遭人倫之變。非人所堪。乃艱難困苦不之顧。而惟顧其宗。於家庭亦猶行古之道歟。

李先生之父孝慤先生。於明末爲富室。至前清入關圈佔民人田宅賞功臣。環京師五百里內無不被其毒者。李先生亦其一也。夫人之境遇不難於處困難。於當富而驟貧。李先生適丁其阨。其所以處此最難矣。上則甘旨奉父母中則謀弟兄之衣食而成其學業。而於是力田。而於是習醫。而於是賣藥。又復設教於鄉。藉館穀以爲養。少賤多能。雖鄙事而不敢辭也。

夫奉父母。養兄弟。畢全家而倚諸一人。衣之食之。教誨之。今世以爲長。依類之心。當其時。則囿於習俗。豔稱數世不分居以爲美德。非有夐識毅力。不能自拔。李先生於兄弟之未成立也。舉家皆以一身肩其責。其言曰。塨雖不才。頗志聖賢。雖卻衣而凍。吐嗟而餒。亦復何難。獨奈幼弟何。啼飢號寒。而責之以孝弟禮義。豈幼孩皆聖賢乎。淪於餓莩。降在皂隸。何面目以見先人。此先生至性肫肫。終身以之者也。

及諸弟之旣成立也。則使之獨立。其言曰。後儒不明同居異宮之義。至於宗族數百口同食。夫同食而使各有私財。則與析箸無異。若使無私財而掌於家主一人。則家之老少若干。或衣或食。疾病藥餌。必不能盡遂其私。怨歎咨嗟。非細人若外面多一番發露。裏面便少一番着實。見人如不識字人方好。

學必求益。凡舉步覺無益。就莫行。凡啓口覺無益。就莫說。凡起念覺無益。就莫思。

心不虛則不樂。所謂心體上不可加一物也。雖然。玩物而樂。離物則不樂。固非能樂者也。無物而樂。有物則不樂。亦非能樂者也。

學者自欺之患。莫大乎以能言爲己得。

學貴遠其志而短其節。志遠則不盡。節短則易竟而樂。

學問有諸己與否。須臨事方信。人每好以所志認作所能。此大誤事。正是後世泡影學問也。

人能去其荒心荒身荒口耳目之事。則常覺。覺則能斷。斷則不息。斯可以尋孔子之道矣。

學人不實用養性之功。皆因不理會孔子兩習字之義也。學而時習之。習教人爲善也。習相遠之習。戒人爲惡也。

古之人惟五達道三達德。此外更無道德。漢人以傳經爲道。晉人以清談爲道。宋人以註解頓悟爲道。釋氏以空寂洞照爲道。老氏以奸退仙脫爲道。而歷代以混同不辨仿佛鄉愿爲德。眞韓氏所謂道其所道。德其所德。而古人之道德亡矣。

理念勝則心清明。天地草木。無不在目。欲念勝則心昏惑。不惟天地草木與我隔絕。即耳目手足皆非我有。

人心動物也。習於事則心有所寄而不妄動。故時習力行。所以治心也。

人莫患於自幼不從師。又莫患於早爲人師。

吾輩只向習行上做工夫。不可向言語文字上著力。

人各有稟賦之分。如彼農夫。能勤稼穡以仰事俯畜。斯不負天之生農矣。如彼商賈。能勸交易計折而無欺詐。斯不負天之生商矣。學者自勘。我是何等稟賦。若不能修德立業。便是不能盡其性。便是負天。便是負父母之生。

學須一件做成。便有用。虞廷五臣各專一事。終身不改。便是聖。孔門諸賢各專一事。不必多長。便是賢。漢室三傑各專一事。未嘗兼攝。便是豪傑。

學者、學爲聖人也。後人之不能爲聖者。一在輕視聖人之粗迹細行而不肯爲。一在重視聖人之精微大德。而不敢爲。

董子正誼明道二句。只兩不字。便是老無釋空之根。世有耕種而不謀收獲者乎。有荷網持鈎而不計得魚者乎。惟孔子先難後獲。先事後得。敬事後食。三後字無弊。蓋正誼便謀利。明道便計功。是欲速。是助長。全不謀利計功。是空寂。是腐儒。

宋儒誤解孔子謀道不謀食一語。後人遂不謀生。不知孔門六藝。進可以獲祿。退可以食力。觀委吏之會計。簡兮之伶官。可見耕者猶有餒。學者必無飢。孔子之申結不憂貧。以道信之也。若宋儒之學。不謀食能無飢乎。

志不眞則心不熱。心不熱則功不緊。故多睡之人無遠圖。立志之人多苦思。

古者弟子爲學。先教之事父事兄服勞奉養。今世爲學。惟教之讀書作文。逸惰其身而奴隸其父兄。此學之弊也。

仁者先難。學者須要先難。此理難知。人知之而我不知。也此事難能。人能之而我不能。恥也。若憚其難而止。是自暴自棄也。況學若求明求能。只一用力便可豁然乎。

五帝三王周孔。皆教天下以動之聖人也。皆以動造世道之聖人也。五霸之假。假其動也。漢唐則襲其動以爲治。若晉宋之苟安。佛之空。老之無。程朱之靜

徐大總統四存學會第一次演說會訓詞 代論

近世儒者講學之風歇絕久矣。孔子大聖。以學之不講引為深憂。況在今之學子乎。雖今之學異於古之學。而蒙昧必待講而後啓。疑難必待講而後解。不啓不解。則義理無由而明。邪正無由而辨。躬何以飭。心何以治。趨嚮何以克端。志氣何以振奮。矧宏綱既弛。異說龐興。不有人焉發揮正義。力挽頹風。樹之藩籬。正其軌轍。使先聖垂訓之大原。復明於世。莘莘者衆。將日陷溺於詖邪而不知所止。菁英汩沒。吾道其育。更孰為斯世存正學。以維宙合哉。此本學會講演會之所由設也。諸君子奉顏李兩先生之學說。批郤導窾。因流溯源。推闡靡遺。感發自易。鄙人請更以一言為諸君導。夫學之足重者。誠以聖人淑世淑身之道。非一蹴所可幾。非空言所可託。篤信謹守。躬行實踐。約之則曰言行。恢之則曰事功。一物不知。儒者之恥。天下之大。匹夫有責。昔之專習帖括者。固不足以語此。即空談性命。於時奚補。顏先生生當陰陽剝復之交。確有見於孔子之所以爲教。即三代聖王之所以爲治。後世政治之不能媲隆上古。皆由於學術之疵敝。毅然思返其舊。而不欲託之以空文。李先生既親炙其門。又馳驅南北。與當代通儒。博究羣藝。而拳拳服膺於師說。惟恐或失。奔走京師。歷陳古今升降民物安危之故。于一時賢士大夫。岌岌焉如不終日。雖其說當時不克推行。而其學之實足以信今而傳後。則固昭然若揭也。今兩先生之書具在。文則博。旨則約。一言以蔽之。曰明體達用而已。其體惟何。孝弟忠信恭儉節廉兵農禮樂水火工虞。凡經傳之所敷陳。皆後生所宜講習。徒事記誦。而不晰其精義。考其法度。昧其典要。則知其然而不知其所以然。聞不若聾。見不若盲。又胡貴其勞勞也。故顏李兩先生之爲學與所以教人。無一不本其所知。見諸踐履。必如是而後可謂有本之學。總攬羅絡。鏡千古而周萬殊。好高騖遠之譏。差可免諸。其用帷何脩齊治平。道原一貫。天秩天序。不易之經。治化云爲。各極其量。雖昔之言道學者。以治財賦爲聚歛。治軍旅爲麤才。不知儒者爲天地立心。爲生民立命。可學之而不用。不可用之而無其具。故聖人言志。有如或知爾則何以哉之問。匪獨衣冠俎豆兵戎田賦爲立國之大本。卽百工技藝之末。農圃牛羊樹畜之細。可以富民。可以治生。窮達異塗。施爲一致。小用之則小效。大用之則大效。達之爲說。其在於是。總之古之云學。政與教合。政以正人。教者使人自治。學者所以求自治治人之道也。後之云學。政與教分。章句之餖飣、辭章之剽掠。日事鑽研。而去道日遠。甚至以脫略世故爲高。以旁通藝術爲鄙。遂使聖人大經大法。無聞於後。而世之腐儒淺說。空疏無用之文。充塞編簡。程子講學。已有能言治體者鮮之歎。況在今日。顏李兩先生。肝衡今古。明其得失。上承墜緒。苦心毅力。以詔羣倫。其爲學之次第。與夫分科教授之程。又適宜於今之世。諸君子其各出其信仰之誠。交相砥礪。使兩先生之學。大顯於兩間。輔世導民。開來繼往。亦學者應有之責也。諸君子其勗之哉。

學顏李當重經學說

林慮李見荃

顏李之學。重在行習。非經生也。而所謂虞廷九功。周官三物。無一不本於經。即其習禮習樂習射御習書數。亦無不於經求之。則謂為道學家可。謂為經學家亦無不可。夫經者常也。古聖人動而世為天下道。言而世為天下法。行而世為天下則。筆之於書。如布帛菽粟。一日不可離。如日月江河。千古不能變。故謂之經。堯舜禹湯文武周公數聖人創之於前。孔子一聖人述之於後。由之則治。不由則亂。觀於漢唐宋明以迄前清。或尚訓詁。或尚詞章。或尚義理。要皆以經為根據。用能人心固結。風俗淳厚。享國長久。二三百年。此外若六朝五季。上無禮。下無學。皆年代短促。其明驗也。夫國與天地。必有與立。所恃者人材耳。六經者萬世之教科書也。仁義禮智之說。子臣弟友之教。其關於修身者無論已。以書言之。羲和爲歷象之原。禹貢爲輿圖之祖。以詩言之。興觀羣怨可該倫理。鳥獸草木用資博物。其餘如整軍經武。務材訓農。通商惠工諸大政。皆可溯源於經。經固無所不備矣。且教科之中。尤重歷史。而三代以上之經。即三代以上之史也。尚書爲虞夏商周之史。三百篇爲自成湯以迄幽厲及十五國之史。春秋繼詩而作。爲魯史。周禮六官。亦遷史八書班史十志之類。則讀史者尤當讀經。蓋孔子集羣聖之大成。孔子之經。即集歷代學校教科之大成。帝升王降。無有能出其範圍者。顏李有見於此。擇精語詳。以解經爲當務之急。習齋有四書正誤。恕谷則四書詩書易春秋皆有傳註。且有禮樂宗廟田賦等考。兼漢儒宋儒之長而折衷之。嘉惠後學。至深且遠。馨香俎豆。從祀廟廷。良有以也。雖然孔子有言。道之將行也歟。命也。道之將廢也歟。亦命也。經之興廢。似亦與運會有關。孔子之後有秦火。秦火之後。有漢武之表章。皆莫之爲而爲者。今大總統提倡顏李。崇尚實學。殆天心仁愛。將以開民國之太平。學顏李者。先取顏李所讀之經而研究之。悅樂相尋。自有不容已於進行者。行見海內風行。人材輩出。國勢亦蒸蒸日上。顏李在天之靈。庶幾其無憾也。

通經致用說

江甯陳詒紱　稻孫

嗚呼。當今之世。學堂林立。教授者以流俗之說爲新奇。以聖賢之書爲迂闊。經之受禍。烈于秦火。豈非以其爲無用之書哉。于此而望其通焉難矣。且夫通也者。察微言。達大義。非徒沾沾于文字之末耳。彼如匡衡習風詩而黨奸。劉歆誦左傳而逞辨。張禹讀論語而貢諛。李訓講周易而售佞。皆非用世之才。又況賈誼述禮樂。漢文弗能用。劉蕡引春秋。唐文弗能用。光武崇經術而用以考讖緯。梁武富著作而用以談苦空。妄用者不得言通。誤用者亦不得言通。此皆經之厄也。予嘗就諸經而尋繹之。易總吉凶。詩總讖刺。書總政事。禮總文物。樂總聲音。春秋總名分。學庸論孟總言行本末。少與書生共其誦讀。爲長爲天下國家鋪其能事焉。遠證古往。同其消息焉。近與叔世。辨其是非焉。是以武皇設博士之官。而董生對三策。成帝除挾書之禁。而陳農使四方蒐籍。校讎王仲寶七略以判。正義考訂。孔穎達四部以分。宋尊胡瑗爲名儒。頒教法于諸路。元聘許衡爲祭酒。得性理之眞傳。由是用以體國。則法制以尊。用以經野。則田疇以闢。用以安內。則萬姓懷其德。用以攘外。則四夷畏其威。而且不能直用者。曲以致之。不能順用者。逆以致之。不能正用者。反以致之。不能驟用者。馴以致之。固不獨雋不疑以公羊折獄。平當以禹貢行河。京房按爻辰而考功。蘇綽本周官而分職。以及于耜舉趾。繪豳風以明農。河圖洛書。假神道以設教已也。博古知今之士。不爲利誘。不爲威惕。通古今之常經。致天下之大用。當狂瀾既倒之時。作中

流之砥柱聖澤既頹以常存人心庶可以不死也夫

論五倫

姚永概

人之生也有夫婦焉有父子焉有兄弟焉而後有其家有朋友焉有君臣焉而後有其國此亦自然之倫紀非聖人所能強也易曰父父子子兄兄弟弟夫夫婦婦而家道正孔子告齊景公亦曰君君臣臣父父子子孟子曰欲爲君盡君道欲爲臣盡臣道聖賢之言五倫使之各盡其道故雖有上下而無不均平天合者主愛而以敬爲極人合者主敬而以愛爲歸二者交相用而不窮初無專制不平之患也秦承戰國之敝既一天下定法制君益尊民益卑大反先王之道猶懼儒者之議己也乃焚詩書坑儒士自漢以降雖曰崇儒術罷百家而其實則一用秦法賈生司馬遷蓋反覆道之古者人君立而聽朝臣拜而君答也三公坐而論道天子養老袒而割牲執醬執爵又烏如後世之君臣哉今也不

誦詩書、攷傳記、反以暴秦、蔑古之行、加之聖人之道、甯非誣與。韓子曰、君者出令者也。於文爲手持杖以指揮也。從口以發命也。故其名可通乎上下。天子臣諸侯、諸侯臣大夫、大夫臣其家臣。是曰家人有嚴君焉、父母之謂也。庶人之父母、且有君道矣。今也變君臣之名、而國之有總統、部省之有長、不能去也。事之不能無主也、若綱之必有綱、乃有條而不紊。君總其綱於上、臣分其紀於下、自然之理也。有其德者居其位、德盛者其位尊。書曰、撫我則后、虐我則仇。孟子曰、聞誅一夫紂矣、未聞弑君也。聖賢之言君臣、視乎得道失道以爲衡。冠禮者、父之所以敬其子也。昏禮者、夫之所以敬其婦也。古之時、昏禮未有其視女子也、若貨、生口、然強暴之男、侵陵貞女、蓋多不欲而強從之者矣。華落色衰、遂相背棄、比比也。聖人重之、以親迎而後夫婦之倫立、夫婦之倫立、男女之權始平。夫、以私暱爲歡、其始合也易、其離也必速。夫婦道苦、詩所以興谷風也。故重之六禮將之媒妁受命於父母親迎奠雁御輪三周先婦以俟同牢合巹同其尊卑上以事宗廟下以繼後世敬慎重正而後親之恩義篤矣故能白首相保終始不渝聖人爲夫婦計至深遠也古者冠禮筮日筮賓行之于宗廟冠之于阼階醮之于客位見于母母拜之見于兄弟兄弟拜之聖人之于子重之也如此孔子對哀公曰妻也者親之主也敢不敬與子也者親之後也敢不敬與君子無不敬也夫位之有尊卑分之有上下勢也各盡其道而天下平五倫者先王所以聯屬天下者也取而破裂之羣斯散矣且無君臣則天下之任百職者皆不秉命於其長無父子則天下之幼少皆無所得其教養無夫婦則必朝合而暮離羽毛鱗介之不若臣侵其君子叛其父婦乘其夫是之謂倒植賈生所云頭顧居下足反居上者也烏足以云乎哉是故世及之法可變也帝王之號可去也君臣之精義不可無也而況父子夫婦乎

古亦可也。其與古稍異者。惟舊入天津之北運永定。以天人乘除之故。不能不少變以趨北耳。倘畏更張之甚。其中惟滹沱一河。尚可仍舊以徐觀其變。此外則皆不可緩者也。顧或者曰。天津爲全國通商要埠。今當海禁大開之世。海河之水。春冬每患不足。則有害於通商。且奈何。則應之曰。今之所著。爲通省民命計耳。非專爲商務一端計也。置通省民命於不顧。競競焉以保此海河。勢必河仍舊貫。徒事補苴。其究也。伏秋異漲。天津且將不保。商無託足。烏在其利商也。爲斯說者。是爲因噎而廢食。又況滄桑日變。天津海口。日淤日高者。已近百年。自非潮水大上。輪舶不能抵津。由來已久。識者至謂津埠之衰。必在於此。其代興者。勢不能不移其地於秦王島。特未卜遷變之遲速耳。奈之何以通商之故。以阻吾治水哉。

滹沱河論

滹沱即禹貢之衡。源出山西繁峙。據漢志下遊逕參戶。由東平舒入海。參戶東平舒。爲今之靑縣靜海。其時河道下口。當在今天津之南。疑漢以前祗此故道。禹貢所謂恒衛既從者。亦是也。滹沱上游無患。其患自平山以下而尤劇於晉縣以東。故言滹沱者。以眞定以下爲最亟。東漢永平十年。開太白渠以通漕。爲重其上游引合滹之緜曼水。（即今治河）東至下曲陽。以合斯洨。又東至縣入漳。是爲滹沱與漳合流之始。（白馬河通漳又其次也）漢建安十一年。曹操自饒陽引滹沱入泒水。曰平虜渠。亦以運糧爲主。泒水者今沙河也。至今天津入海曰泒河尾。是爲滹沱通天津海口之始。然此皆減水之支河。其正流故道自若也。據唐書及元和志。滹沱自正定以下。所逕爲槀城九門無極深澤鹿城陸澤安平饒陽束城大城平舒。視漢道無甚殊異。然隋開永濟渠。上接淸河。下通涿郡。爲今南北運河之權輿。直亘內地。滹沱不當越而過焉。而唐書云。盧暉自束城平城。引滹沱入淇以通漕。（淇即永濟渠）似滹通南運此爲始者。然固疑暉所引在滹與永濟合口之上專爲溉田而滹之旱合永濟者。史文自不具耳。宋初開塘濼其下流入邊吳淀。邊吳淀當今高陽境。是又引而西矣。而宋河渠志又云河自眞定深州至乾甯軍與御河合流。蓋初引而西。旋復故道。金元二史河道不詳。然證以明史至武强合漳青縣合衛。仍與宋代之道相同。明代兩徙南入北泊。餘皆合漳入衛。如史志所云。清代漳入衛。而滏行漳瀆。自正定以下。或南徙入泊。或東羼入滏至同治七年。由饒陽入古洋河。逕獻縣任邱河間雄縣入文安窪。於是與滏河通而水患亦愈亟。光緒初。由獻縣障入子牙河。子牙者滏河下游也。滹沱由是復合於滏。蓋滹沱下游水道。隋以前入海。則在天津之南。隋以後則合衛以達津。宋以後則合沱以入衛。清季則離衛以合滏。此其大較也。其治水。漢以前無聞焉。上古地曠民稀。不與水爭地。偶爾泛濫。亦視爲偏災小患。故少紀災患而亦無事修治。且漢鑿太白渠。足分治河之漲。下游合漳。亦可少安。其不言決溢。殆以此故。魏晉以後。漸多故矣。魏之白馬河。殆滹河也。北魏王質有在武垣北裁灣取直之事。唐一代歷記決溢。惟賈敦頤奏立堤堰於瀛州。而此外無聞。下迄五季。僅此寥寥數事。雖謂五季以前。未嘗治滹沱。可也。宋代漸重視之。顧所修治。惟一新河。淳化四年。河北轉運使請自深州新岩鎮開渠。導胡盧河二百里。上至常山。程昉請決胡盧。引水入新河。至武強合流。是爲以滹合滏之始。然新河初開。本在轉漕。昉之意。且在溉田。故熙寧七年。開滹沱淤深州田。及回胡盧滹沱下尾。此以言疏導無當也。自是連年泛溢。又值黃河北來。患大於諸河。不暇他及。然神宗頗知其弊。語王安石曰。程昉治滹沱無下尾也。元豐八年。決曹馬口。劉瑾修隄設防河卒。宋一代之修治如此。金代大定年十。始設巡河之官。然大定八年。眞定之衝。十七年白馬岡之決。亦惟繕完隄岸。塞固決口。隨時補苴而已。元代頗有意於根本之圖。至元三十年。眞定路總管哈散奏言滹沱發源本微。及與冶河合。其勢遂猛。若開冶河。別爲一流。滹水可退其三四。已徵發夫。會世祖晏駕而罷。元貞元年。丞相完澤復請卒其事。其道仍即漢太白渠。由平山西龍王廟。改闢河道。東南行逕束鹿。又東逕藁城西南之酈陽河。又東爲成郎河。又東南逕趙州東北爲宋子河。又東南至甯晉東北爲斯洨水。以達衡漳。後十四年而冶復塞。皇慶元年。又議開冶河故道。使滹沱但收其餘流。請自滹冶合口處。修滾水石隄。下修龍塘隄。東南自水碾村改引河道。蓋水大仍分入滹。水小則入新闢之河。又以欒城南視趙州甯晉諸河北之下源地形低下。恐水泛經欒城趙州。壞石橋。阻河流爲害。乃又議開冶河之減河於欒城北聖母堂南。自欒城南達趙州西南五里以入洨。（斯洨與洨非一水冶河故道與欒城下之減河亦有區別）今皆號爲冶河故道者是也。又四年。眞定總管馬思忽繼竟其功。未幾又塞。泰定四年。州縣及耆老會議。請自王子村辛安村鑿河長四里。接魯家灣舊澗。復開二百餘步。合入治河。以分殺滹沱之勢。工部議先修而不果行。元人之治滹沱凡三次。皆注意於上游之治河。而皆以無功。明代治河多補苴之政。元末河道南徙。由晉縣紫金口入北泊。洪武未嘗一浚之。建文永樂間修武强眞定決口者三。又修饒陽恭儉隄。洪熙元年。重修恭儉堤及滏堤口。正統四年。滹沱并滏決饒陽之醜女堤及獻縣之郭口堤。命有司便宜修築之。成化七年。命楊璿於饒陽諸縣訪求故蹟。隨宜開浚。亦僅稍爲疏築耳。成化十八年。水患最重。而宜防無聞。正德間河道爲二。一支仍歸甯晉泊。一支由束鹿逕深州武强以合滏。時修晉縣堤盤村堤。堤塞東支。仍歸甯晉泊。及堤成復決。并溹流亦盡東行。大抵正德以前。水有決溢。非求歸故道以入泊。即稍事疏築而已。嘉靖以來。治河之說稍盛矣。十一年。敕太僕卿何棟勘滹沱。棟言河由紫金口南入泊。自紫城

清財政攷略

吳廷燮

順治時之財政

中國財政之可考者。託始虞夏書。如益稷之懋遷有無。艱食鮮食。禹貢之賦貢皆是。周官詳備。大學簡要。此外管子之書。史記貨殖之傳。班書以後之食貨志通典之食貨諸門。通考田賦徵榷諸考。皆言財政之淵海也。今究目前之用。重在近代。前清順治元年。首除明季加派三餉。自是年五月初一日起。地畝錢糧皆按明會計錄原額。按畝徵解。凡加派遼餉練餉新餉。悉行蠲免。而此外蠲免者有三。一爲鹽欵。凡各運司鹽法。向來遞年加增。有新餉練餉及雜項加派等銀。盡蠲之。一爲關稅。凡明末一切加增。盡蠲之。一爲工銀。凡直省解屯田司助工銀。亦蠲之。而錢糧之浮收。州縣落地稅之名目。柴炭錢粮之私派。皆垂嚴禁。

此以寬恤民力爲理財也。順治元年。以官冗費多。京堂等缺。強半裁省。三年裁併各府推官各縣主薄等缺。自是而後。裁併各省道府州縣缺。十三年。復以錢糧不敷。裁汰冗員。爲節省之法。議裁左侍郎左右布政司以下各缺。並有俟錢糧充裕再行增設之論。此以撙節爲理財也。十三年。以賦役自流賊亂後。人丁地畝。奸民透漏。良善包賠。嚴飭清釐隱漏。自首者免罪。包賠者准控告。以查出多寡。分別各官殿最。清查屯道屯所。奪民熟田。捏充開荒錢糧。稽核鹽課。十四年。整頓江南積欠。此以清釐爲理財也。綜歲入之數。順治八年。徵地丁銀二千一百一十萬一百四十二兩有奇。米豆麥五百七十三萬九千四百二十四石有奇。順治十七年。徵地丁銀二千五百六十六萬四千二百二十三兩有奇。米豆六百一萬七千六百七十九石有奇。鹽課銀二百七十一萬六千八百一十六兩。而草與茶之數不與焉。順治七年以前。區夏未定。歲入更少。以禮科給事中劉餘謨之疏核之錢糧每歲入數。一千四百八十五萬九千餘兩。出數一千五百七十三萬四千餘兩。內兵餉一千三百餘萬兩。各項經費二百餘萬。不敷銀八十七萬五千餘兩。故其時論治諸臣。皆以墾荒興屯淸賦爲急。順治末年各省物力。又匱於雲貴廣福之藩軍協餉。歲增五六百萬兩。此順治中財政之大概也。

康熙時之財政

康熙之初。四方粗定。元年地丁徵銀。二千五百七十六萬有奇。鹽課徵銀。二百七十三萬有奇。米豆麥六百一十二萬石有奇。與順治末相等。兵餉則一年已至二千四百萬。雲南一省。順治末兵餉千萬。見皇淸奏議。是此外雜項用款僅三百餘萬。十四年三藩之叛。入欵大絀。地丁減至二千三十餘萬。較元年減五百餘萬。鹽課亦減數十萬。而各省用兵。需餉倍鉅。其籌款之法。若裁節冗費。改折漕貢。量增鹽課雜稅。稽查隱漏田賦。核減軍需報銷。裁停俸工。開捐事例增入亦復無多。共二三百萬。賜復賑災。仍如舊制。三藩既平。歲入漸增俸祿。復支新加賦稅皆停。二十一年。地丁徵至二千六百餘萬。視元年有增。鹽課所徵與元年等。而征緬剿準噶爾之役。繼與河工。亦起。用費無減。蠲賦迭書。如陝甘湖北湖南川廣福建雲貴。皆以用兵。或全蠲一年賦。及兩年賦。此後凡巡方過兵之地。及賑撫。皆蠲田賦。三十二年。普免漕糧一次。四十九年。普免天下地丁糧賦二千八百餘萬兩。按三年分省遞免。用之上者。惟恐其多。藏於民者。惟恐不足。各省滋生人丁之不加賦。奉天榷鹽之設禁。各省兵差加派之申儆。皆以寬恤民力。凡明代供宮禁之金花銀等。皆還之部。此所以兵役屢興。而庫藏不匱。又獎勵墾田。四川之墾田多者。則以署縣職予之。奉天之墾田多者。則獎以文武職。而賦皆從其輕。如四川明代賦一百四十萬。康熙中止收二十餘萬。又頒墾田後十年升科之令。故農業亦盛。末年庫藏尚餘八百餘萬。康熙六十年。地丁銀二千八百七十九萬兩。鹽課銀三百三十七萬兩。關稅雜稅三百萬有奇。米麥六百九十萬石各有奇。視初年有加。此康熙中財政之大概也。

按康熙中整理財政。厥有數端。一爲淸釐欺隱。二十二年。以廣西巡撫郝浴虧庫銀十九萬兩。大學士九卿議。一駐防綠旗官兵米豆草束。如有將價値浮折具題者。照例處分。一定限一年。淸査各省採買米石。浮多價値追完。一淸査兵馬錢糧數目舛錯。一各省奏銷錢糧駁査者。俱令具題完結。嗣後淸査虧空之詔亦屢下。一爲裁汰官缺兵丁。如南贛鄖陽巡撫等缺。皆節次裁汰。平三藩後。各省官兵亦節次裁汰。一爲崇尙節儉。二十九年。廷臣奏宮中用度木柴。明代用二千六百萬斤。今止七八萬斤。紅螺炭明用一千二百萬斤。今百餘萬斤。如各宮杯帳輿轎花毯之屬。皆不用。光祿寺年用四五萬。工部十五萬。較原來歲用光祿寺六七十萬。工部百餘萬者。幾省什九。而虧空之弊。舉未禁絕。故末年有謂一省虧空皆至五六十萬者。此雍正初年嚴辦虧空官員所由來也。康熙五十一年。至雍正四年。江蘇錢糧。官侵吏蝕四百七十二萬。見名臣傳。舉一省可例其餘。又按康熙中免科賜復之典。不絕於書。而外吏科歛之弊。亦有未能絕者。皇清奏議。康熙十九年。工科給事中許承宣請禁額外科征欵。有所謂賦外之賦。如船廠炮廠用鐵則有賦。築河堤用木用草則有賦之類。差外之差。如河濆按畝起夫之類。關外之關。如揚關淮關之外。邵伯又加攔阻。滸墅關於無錫設老人關之類。稅外之稅。如揚關滸墅關正數一倍納至四五倍之類。許給事專指江蘇而言。而各省收兵差辦河工之科歛。被刼者亦不一而足。此皆有關財政者也。康熙中官員俸祿。停止數年。京外取資。則在耗羨。相沿已久。原不待俸。耗羨少者。正賦一兩有

尚書大義

桐城吳闓生述

尚書崇奧難讀。傳注罕通其指。　先大夫生平研窮此經。纂著尚書故。於古今衆說無所不採。無所不掃。然後前聖義指乃以大明。今依據先說闡發大義。以便學者。庶二帝三王制治之精意。不至終昧云爾。

堯典　　虞夏書

闓生案。敍堯事專以讓舜爲主。敍舜事專以用人爲主。堯舜之事多矣。得此綜貫。然後有條不紊。而筆力乃益騫舉。孔子曰。大哉堯之爲君也。唯天爲大。唯堯則之。蕩蕩乎民無能名焉。君哉舜也。巍巍乎有天下而不與焉。又曰。夫何爲哉。恭己正南面而已矣。孔子於堯則贊其大。於舜則贊其不與。贊其無爲。其大也以其能讓舜也。不與也無爲也以其能用人也。孔子之論堯舜。與尙書同指矣。又案尙書多紀言之文紀事之文較少。此篇取兩代百餘年之治蹟。綜述無遺。氣體復極駿邁。誠千古以來唯一無二之大文也。

曰若稽古帝堯（曰若發語詞稽當也言當古時有帝堯也）曰放勳（放勳堯名）欽明文思安安（威儀悉備曰欽照臨四方曰明經緯天地曰文道德純備曰思思通作塞塞者官也安安通作晏晏寬容覆載曰晏）允恭克讓（信恭能讓）光被四表（光與橫通皆充也）格于上下（極于天地）。

闓生案此節渾括堯之全體。尤以讓字爲主。讓者指下文禪舜之事而言。乃一篇柱意之所在也。上下者蓋謂人神也。 又案 先公更易舊詁。皆具有精心。如稽古之稽。舊皆訓考。今據褚少孫說易爲當者。蓋夏史紀述堯舜之事。相去未遠。非若異世傳疑。有待稽考。且當古猶言在昔、即書序之云昔在帝堯也。若云考古帝堯。則不詞矣。論者亦知考古之不安。至謂此四字爲周史及孔子所追加。尤爲臆說無據。不合情理之甚者矣。

克明俊德（俊大也）以親九族九族既睦（既盡也）平章百姓（平章即辨章辨章偏明也百姓百官也）百姓昭明協和萬邦黎民於變時雍（變弁通於弁猶於樂也時雍調和也）

闓生案此節中言堯之德化。

乃命羲和（立羲和之官）欽若昊天（欽敬也若順也）曆象日月星辰（曆算也象法效之也）敬授民時（民依史記

校改

闓生案此格于上下之事。下文分宅四方。乃光被四表之事也。

分命羲仲（分別也仲叔者官之副也猶孟侯之孟非昆弟）宅嵎夷（宅度也）曰暘谷（淮南子云日出暘谷）寅賓出日（寅敬也賓導也）平秩東作（平偏也秩品量之也）日中星鳥。（日中春分日星鳥鶉火）以殷仲春（殷正也一舉仲春月以統一時）厥民析（析疏理也）鳥獸孳尾（孳乳也尾交接也）申命羲叔（申重也）宅南交（南交交阯）平秩南僞（僞依鄭本僞即爲字）敬致（致者冬夏致日謂立表觀景也）日永星火（日永夏至星火大火）以正仲夏厥民因（因繼長增高之義又謂爲嬰謂氣外泄也）鳥獸希革（希革希毛也）分命和仲宅西曰昧谷（昧當爲柳鄭讀爲昧大傳秋祀柳穀即此）寅餞內日（內入也秋

四存月刊

（分之暮方入之日識其歲）平秩西成（作訛成易若言政令不專農事）宵中星虛（宵中秋分星虛玄武中虛宿）以殷仲秋厥民夷（夷平也謂秋氣平）鳥獸毛毨（毛更生毨整理）申命和叔宅朔方曰幽都平在朔易（在察也易始也終則又始也）日短星昴（日短冬至昴白虎中昴宿）以正仲冬厥民隩（隩宛也熱在中也即密理）鳥獸氄毛（氄溫柔貌）帝曰咨汝羲暨和（此於敘事中記其命辭尙書多此例）朞三百有六旬有六日（有又也）以閏月定四時成歲（堯言止此下二句夏史之言）允釐百工（信飭百官）庶績咸熙（衆功皆興）

闓生案。記堯之功績。止羲和一事。以下則專詳其禪舜矣。此古史之所以峻也。期三百六旬以閏月定四時。蓋堯始制定。故以特筆著之。此一大事也。允釐二語。隱括作收。

帝曰疇咨若時登庸（疇誰也咨語詞若順也時此也登庸者成事也）放齊曰胤子朱啓明（胤子嗣子朱丹朱啓明開明也）帝曰吁嚚訟可乎（嚚訟頑凶也）

闓生案。帝求人禪位。故放齊先以胤子爲對。而帝知其頑凶不用也。此下各簡學者猶嘗珍異之。以爲搜求古人宏旨之一助。況如左氏春秋。本爲說明孔子之春秋而作。其人又與孔子同時。爲孔子所稱許。雖當日其書孤行。後之編錄者分傳附經。割裂全文。又往往爲淺識者所羼雜。益不獲覩左氏之本眞。而大體究爲完善。學者循讀全書。潛心鉤考。卽其文求其事。而引伸證明之。春秋之大略。固已深明。至歷代儒先所寢饋終身。紛呶聚訟而迄不能決者。則食肉不食馬肝。不爲不知味。固可置爲緩圖。一言以蔽之。因文考事。以求其微意之所寄。而不必過執乎褒諱挹損之大義而已。然事與文俱叢。而義將安逃乎。神而明之。存乎其人。此不可以貌論。不可以膠柱刻舟之智求也。漢初言春秋者五家。鄒氏無師。夾氏未有書。公羊穀梁二家。幷稱傳自子夏。然二書所論。往往乖異不同。又好以日月立例。以闕文生義。以讖緯亂正。以穿鑿失眞。則謂二家悉出子夏。果可信歟。左氏春秋。至漢平帝時始立學官。後於公羊穀梁在漢初不大著。然司馬遷史記。雖閒采公羊家義。而於十二諸侯年表序。隱以春秋自況。則謂魯君子左邱明懼弟子人人異言。各安其意失其眞。因孔子史記具論其語。成左氏春秋。哀帝時。劉歆校秘書。見左氏春秋。大好之。以爲左邱明好惡與聖人同。親見夫子。而公羊穀梁。在七十子後。傳聞之與親見。詳略不同。其時歆父向受穀梁春秋。猶自持其穀梁義。歆數以左氏義難向。向不能非。閒而班固撰漢書。取歆移讓太常博士書。載之。歆傳既已深切著明矣。而於向歆父子論議不同時。時左向而右歆。其所撰藝文志。則盡取之劉歆。以爲孔子與左邱明觀魯史記而作春秋。丘明論本事作傳。明夫子不以空言說經。春秋所貶損當世君臣有威權勢力者。其事實皆形於傳。隱其書而不宣。以免時難。而儕公羊穀梁二家於鄒夾。謂爲末世口說流行。此三君子者。皆宏達大雅知言之士。不爲妄論。而其持議如此。亦可知左氏之足資學討矣。厥後左氏盛行。而公羊穀梁二家。學說寖微。論以久而大定。傳或顯或不顯。豈非書之佳惡所自致歟。西漢初。賈誼始爲左氏傳訓故。授趙人貫公。貫公子長卿。授清河張禹。禹授尹更始。更始傳子咸。及翟方進。胡常。常授黎陽賈護。護授蒼梧陳欽。而劉歆旣從尹咸翟方進受左氏。復親見祕書。是後言左氏者。本之賈護劉歆。至東漢時而鄭興著左氏。從劉歆講正大義。歆美興才。使撰條例章句。鄭衆從父受左氏作春秋雜記條例。陳元傳父欽業。爲左氏春秋訓詁。賈徽作左氏條例二十一篇。子逵爲左氏傳解詁五十一篇。服虔作春秋左氏傳解。潁容著左氏條例五萬餘言。謝該爲左氏釋。是後條例詁訓章句大備。條例者。訓釋左氏者之所爲。非左氏原書本有條例。決也。左氏傳初與春秋古經別行。迨晉之杜預。號爲精於左氏。始分傳附經。爲之集解。且爲五十凡釋例。集解中所采賈服許潁諸說。至夥。而不稱引其姓氏。殆爲便讀起見。杜氏集解自序。不言賈誼訓故。是時誼書蓋已散已。而賈逵服虔所注。至唐孔穎達爲正義時。猶徵引及之。是此時賈服注尚存。今則賈服注久亡。僅從他書中蒐集一二。雖零章碎句。時復奐美淵懿。足資尋究。獨條例與說羼入傳文。不知始自何時。往往首尾衝決。不相聯貫。致左氏本義益爲晦肓。僕聞之師曰。龔與張廉卿論左傳。廉卿摘鄭莊克段篇段不弟數語。謂爲飛鴻點雪。吾答以漢人謂左氏不傳春秋。若開宗明義便如此云云。則愚人亦知春秋傳矣。廉卿默然無以應也。師又曰。僖五年視朔登觀臺書雲物。與前後所書事離絕不屬。既決爲後人羼入。而漢書已引之。陳侯鮑卒以甲戌己丑爲再赴。此說經者曲說。不出左氏甚明。而史公已載之。人火曰火。天火曰災。班氏引爲左氏說。而今皆入傳中。班左引左氏有傳有說。如躋僖公引左氏說不引傳。如大雨雹華弱出奔陳災鄭災等。引傳并引說。蓋班於漢經師之說。不以羼入傳文。分別爲至嚴也。觀此而說爲後人羼入。可無疑矣。條例昉自東漢。淺者以之雜入傳文。杜氏取之。可謂無識。已有唐韓愈。潛心經訓。爲文起八代之衰。而自贊其文。有曰春秋謹嚴。左氏浮誇。彼豈以浮誇病左氏。蓋必知其浮者何在。誇者何在。而後眞能讀左氏之書。而左氏之微言大義。乃能愈探而愈出也。漢朝人最爲知文。然而陰陽災異五行圖讖諸説。已樊然淆亂。足爲經訓之疵類。至注説滂與。文體遂隳。魏晉以降。文體愈入卑近。經義益多否塞。范甯謂左氏失之巫、後之治左氏者咸信爲誠然。而不知實以隱寄其諔詭之趣。悲憤之情。深微妙遠之旨。於是左氏一書。遂與二傳口説流行之書同爲學者所詬病。而左氏之義。乃因以益晦矣。唐之學者病其然也。於是獨抱遺經。以究終始。束春秋三傳於高閣者。蓋比比皆是。不獨盧仝然也。韓退之氏作詩嘲仝而仝不知反以爲譽己。風尚一開至宋之儒者。排斥三傳尤力雖以歐陽公之宏識鉅文。其所爲春秋論。亦不盡當於吾心。曩曾作文辨之。先師以爲然。今其稿亦不復存矣。啖助趙匡孫復之徒。至欲援春秋屬辭比事之義。舍傳從經。而孫復且謂春秋有貶無褒。其持議刻深。頗爲識者所哂。至比之商鞅刑書。以此而治春秋。豈有當哉。胡安國生當宋南渡後。別爲一傳。往往以復仇立論。前清華希閔謂爲南宋之春秋。非夫子之春秋。殆是談言微中。清代學者。病宋儒之空疏迂深。乃一矯之以治經。於是漢學復萌。剌取漢人枝辭碎說。皆奉爲至寶。考訂一字。累數百千言不休。質之經中本義。未免破碎害道。然用功既深。其訓詁之至當者。如珠玉之雜沙石。光怪固時時發見也。而錫山顧棟高氏。幼承父師之訓。遂得覃精竭思。博采衆說。原本左氏。列春秋大事爲五十表。自剏始洎告成。閱一十五載之久。其勤至矣。顧書初出。震襍海內。與胡渭之禹貢錐指。一時同稱絕學。後之學者。繼有著述。然莫逮顧書也。竊嘗伏而讀之。其綜貫事實。條理詳審。時復鑿險縋幽。鉤深致遠。誠爲前此所未有。而衡以左氏微旨所寄。亦每有出入參差。不能盡合。此曾文正公精[illegible]文字之說。所以爲曠代閎識歟。時至今日。時勢已迴異前古。若必據其成迹以施之今日。縱有偶然相合。究其實際不同。不足操通經致用之左券。而精理所彌綸。乃亘古今中外而無二。今原本師訓。復旁采歷代儒先諸說。一折衷之以文。冀發明左氏微旨於萬一。公穀二家。雖多乖異不同。要爲七十子之枝流餘裔。時與左氏微旨相發。而太史公書所采左氏。最可觀省。亦并及焉。左氏奧博精深。極知非淺學所能窺側。要欲勉竭檮思。與同人相商榷。然衡以愚者千慮一得之義。不自知其有當否也。

魯隱公

公及邾儀父盟于蔑傳　此傳盟于蔑下似當徑接公攝位云云其邾子克也五句疑爲後人所羼入何以故左氏文義至爲高簡且論本事作傳非爲春秋

作注解當日魯史與各國之史咸在亦無取乎即人人皆知之事而一一明著之也此文開端即曰邾子克也若唯恐後人不知莊公十六年所書之邾子克即與隱公盟蔑之邾儀父爲一人而斤斤預爲證明者豈左氏時所宜有其未王命云云亦以條例釋經者之所爲非左氏自爲之決也删此五句而徑敘攝位求好之事乃與左氏所載隱公諸事文義相類穀梁以儀爲字父爲男子美稱不言邾子爲未爵命於周公羊亦以儀父爲字然則未王命不書爵曰儀父貴之者乃二傳之義後人取之入之左氏者也春秋之義三傳固多相同者如此等義雖出二傳未必與左氏歧異但自決非左氏之言耳先師吳至父先生有言吾疑左氏凡空釋經詞無事實者皆後之經師所妄增持議最精左氏全書中如此者多所宜分別觀之其要無他在一以文義爲衡而已至邾子克之即爲儀父殆無可疑王引之春秋名字解詁引楚鬬克字子儀宋桓司馬之臣

雜土	四十至六十	四十至六十
膠雜土	二十至四十	六十至八十
膠土	○至二十	八十至一百

以上分土爲五類分類等差以二十爲率凡有沙八十分至百分者爲沙土有膠八十分至百分者爲膠土沙膠相合或各五十分或一四十分一六十分爲雜土雜土者沙膠均停不甚懸殊之名也沙雜土膠雜土亦皆雜合而成者各因其多數而名之使人易於識別耳

辨土性

用强分之法既別土爲五類矣五類之土其所以或適用或不適用者約有數故一曰粗細一曰堅鬆一曰輕重一曰燥濕一曰寒暖植物吸食土中之質類其根鬚故必極細之泥乃可供植物之用其燥濕寒暖亦於植物所關最大輕

重堅鬆則皆就耕種之難易言之也沙土本質粒粗而踈鬆易有風颺不能留水常患旱暵不能生物雖輕而易於耕種不適用也膠土質極細密水難下注濕潤之時粘結不易耕種乾則土面縮成堅殼久且殼圻而傷植物之根且蓄水久則地常溼而冷亦有害於植物故純膠之土亦不適於用由是觀之適用者惟雜土耳蓋以沙合於他泥則鬆而易耕能受溼氣熱氣而其土暖以膠泥合於他土則能蓄濕氣而受糞壅能多聚植物食質而使肥沃二種之土固可相需爲用而有補救之功也

考土質

土之肥瘠不僅在沙與膠之多少又須視其所含之原質如何如草煤土所含多生物質灰石土所含多鈣養非用化學攷求原質之法不能知也化學家攷出之原質雖有八十餘種而其與農事最關切者十四種而已凡可耕種之土

與植物動物之生長皆此十四原質所合成也其名一曰養氣二曰輕氣三曰淡氣四曰炭五曰矽六曰硫七曰燐八曰綠氣九曰鉀十曰鈉十一曰鈣十二曰鎂十三曰鋁十四曰鐵此外又有三質一曰錳一曰鉠一曰弗氣則皆植物中所不常見而最少者也且此十四質見於泥土植物中者又非純一無雜之原質而常爲其配合所成之質所謂雜質是也凡質多可與養氣化合如輕養二氣合而爲水炭與養氣合而爲炭酸鈣與養氣合而爲石灰鉠與養氣合而爲鉠銹等類皆是化學家化分化合之理至爲深微奧賾未易卒明今即其攷出土壤肥料之所含及動植物所需不可不略知其概者粗述之如下以便業農者先知其名義以爲講求農學之資曰　矽養$_{2}$　燐養$_{5}$　炭養$_{2}$　硫養$_{3}$　綠氣　鋁$_{2}$養$_{3}$　鈣養　淡輕$_{3}$　鉀養　鈉養　鎂養　鉠養

後凡言土壤及物產而分析其原質者皆本此數者也

論原質

化學家分原質爲二類曰金類曰非金類金類皆定質也非金類亦多定質而如此十四原質中養氣輕氣淡氣炭氣等則皆氣質蓋天下之物可分定質流質氣質三類如鉄定質也水流質也空氣則氣質然一物而可三變其形水流質也寒而成冰則爲定質矣熱而化汽則爲氣質矣加熱於鉄亦可變定質爲流質再加以熱亦可使成氣質是故不明氣化之理不足以言農學也地球四圍皆空氣所包空氣本淡氣養氣合成而淡氣約多於養氣四倍又有輕氣及炭酸氣少許人之呼吸皆空氣也由口中吸養氣以滋養全身身中之炭質與養氣合而爲炭酸則由肺呼出植物亦賴空氣以生惟植物吸炭酸氣能留炭質而呼出養氣則與動物相反耳今試將化學家所言諸氣質之體用約略述之

養氣無色無臭無味然最濃烈有愛力最易與他物化合火柴不得養氣不能燃也若取燭火置之玻璃罩中以抽氣筒抽盡罩中之氣則火必立熄金石類質所以能爲植物吸食者亦皆由養氣化合之力如養氣硫養等類皆是

淡氣亦無色無味與養氣同然以動物置純一之養氣中始甚暢適旋即昏死若置之純之一淡氣中則立絕呼吸而死一由生理太明一則無生理也故空氣中常有淡氣五分之四以調合養氣使淡不至以濃烈傷物淡氣無愛力不易與他質化合惟藉雷電之力乃時合他質以供植物之用耳

炭氣爲炭與養氣所合之雜質故名炭養其氣無色而臭味略酸故東譯名爲炭酸炭爲人共見共知之物然木炭與煤皆雜有他質非淨炭凡燒物所所得之烟炱乃淨炭也動植物中之乾質半爲炭質炭與輕養氣合能成糖

膠、油、骨、肉、等物。故炭氣爲農務中所最要者。動物呼出之氣。發酵物所出之氣。礦中之噫氣。皆炭氣也。其在空氣內分數不多。然亦無定數。大約冬多而夏少。低地多高地少。城鎭處多。園林處少。

輕氣者。輕於養氣十六倍。天下最輕之物也。無色無臭無味。其獨質可供氣球之用。無甚益於植物。惟輕氣二分與養氣一分合則化爲水。輕氣三分與淡氣一分合則化爲阿摩尼阿氣。一名淡輕三 乃植物中所必需之要物也。

此四種氣。皆於空氣內常有者也。然與硫、燐、矽、綠氣等。在原質中皆爲非金類(即生物質)至鉀、鈉、鈣、鎂、銕、鋁。則爲金類(即死物質)皆植物不可少之質。試更取此十質而析言之。

硫礦人所常見。色淡黃而質極脆。水不能消。焚之有藍色火焰。其臭惡。動植食之。皆留於體中。

有以穹名天者。如穹蒼、皇穹之稱是。詩桑柔篇。以念穹蒼。文選寡婦賦。仰皇穹兮歎息。此以穹名天也。有以穹形物之高大者。如穹隆、穹崇之說是。太元元告。天穹隆而周乎下。文選長門賦。欝並起而穹崇。西京賦。閈道穹隆。注。穹隆、長回皃。上林賦。穹隆雲橈。郭注。穹隆。龍起同窳也。此以穹形物之高大也。今穹列天篇。當並採其義。

考工記韗人。穹者三之一。注。讀穹如穹蒼之穹。謂鼓木腹穹隆。居鼓三之一。今人皆謂高為穹隆。

霄

說文。雨霰為霄。从雨肖聲。案段注引釋天曰。雨霓為霄雪。（說文霰或从見作霓）此霄字本義。淮南原道。上遊於霄雿之間。高讀霄如紺綃之綃。此別一義也。段氏稱為今義。今義行而古義罕用矣。今義釋霄大氐曰雲曰氣。漢書揚雄傳集注。霄日旁氣也。後漢仲長統傳注。霄摩天赤氣也。張衡傳注。霄雲也。文選思玄賦舊注。霄、微雲也。蓋雲也、氣也。皆指、空、中、正、色、言、即、皆、與、紺、綃、之、綃、義、近。今、多、從、之。故、曰、今、義、又、案。霄、夜、也。冥、也。呂覽明理有霄見注霄爲夜。文選魯靈光殿賦。霄靄靄而晻曖。注、霄爲冥。合上數義、霄蓋指、空、中、正、色、如、雲、如、氣、而、又、杳、冥、不、見、其、至、極、之、義、也。故言慶雲者。或曰慶霄。文選謝宣遠張子房詩。慶霄薄汾陽。注、謂慶霄爲慶雲。言微雲者。或曰清霄。思玄賦涉清霄而升遐兮。舊注、謂清霄爲微雲。但如徑謂雲爲霄。則霄字今義亦失。

乾

說、文、乾、上、出、也。从乙。乙、物之達也。（物達則上出乙謂艸木初生而乙乙然乙乙難出兒象形字）段注云。此乾字本義。自文字以乾爲卦。而孔子釋之曰健。健、之、義、亦、生、上、出。上出爲乾。下注爲溼。故乾與溼相對。俗別其音。（謂乾坤之乾與乾溼之乾異讀）古無是也。案乾之象爲天。爲君。其德則剛。於物爲陽。其位西北。易說卦傳。乾爲天。爲君。

雜卦傳曰。乾剛。廣雅釋詁。乾剛也。易繫辭傳。乾陽物也。說卦傳。乾西北之卦也。是乾之義。皆本上出之義而成。又乾乾敬也。文選東京賦曰。懋乾乾。乾乾進不倦也。呂覽士容曰。乾乾乎取舍不悅。

坤

說文。坤地也。易之卦也。从土申。土位在申也。段注。自伏羲畫卦。即有乾坤震巽等名。但伏羲以三奇爲乾。三偶爲坤。時竝無乾字坤字。傳至倉頡。乃後有字。坤巽字特造之。乾震坎離震兌等字。皆以音義相同之字爲之。案坤字既爲倉頡特造。坤象地也。字故從土。坤成万物者也。故字又從申。說文謂土位在申。段注謂坤正在申位。與文王卦次乾位西北。坤位西南之義正同。易說卦傳。坤也者地也。萬物皆致養焉。故曰致役乎坤。意亦謂此。段注又云。伏羲取天地之德爲卦名曰乾坤。乾之義既釋於前。坤義之見於易者。如象傳曰。地勢坤。說卦傳曰。坤爲地。爲母。雜卦傳曰。坤柔。繫辭傳曰。坤陰物也。凡此又皆與乾之義相互相成。尤對易而觀明者也。而所謂乾坤取天地之德爲卦者。義亦益見。

宙宇　上下四方謂之宇。往古來今謂之宙。此文子及三蒼語也。後之釋字宙二字者。幾以二語爲定義。然考之載籍。知宇宙二字本義正不盡是。說文。宇屋邊也。宙舟輿所極覆也。（覆反也與覆同舟輿極覆謂舟輿循環往來自此至彼復由彼而返此也）竝引易下棟上宇。以解宇字之義。淮南覽冥高誘注。宇屋簷也。宙棟梁也。亦引易下棟上宇。以解宇宙二字之義。莊子桑庚楚篇。有實而無乎處者。宇也。有長而無本剽者。宙也。（本剽猶言本末有實而無乎處謂四方上下實有所際而所際之處不可得到也）依上數說。宇字本義。或訓屋邊。或訓屋簷。其引伸之義。則爲大。曰上下四方。曰有實而無乎處。皆大意也。宙字本義爲梁。爲棟。引伸之義。則爲循環。曰往古來今。曰舟輿所極覆。曰有長而無本剽。皆循環意也。今徑以宇宙爲天地第二學生學習之自由大學生在校內無論某種學科均可任意聽講有一講義亦無每回必須出席之拘束但出講義費即可聽講在每學期之末有練習之事則必須考查其無有間斷至聽講則不必然惟應博士考試則必須証明某某學科在某某學期聽講有此尚少見檢束耳又學生之轉學亦儘可隨意英美學生多有母校之觀念德國無之六學生之思想不繫於學校而繫於教授之人其意若曰與其就某學校而學何如就某教授而學如學法政者民法聽某人講經濟聽某人講一人往還於數校者數見不鮮博士考試之條件亦許其如此惟在大學必須修學六學期以上爲其限制耳此等風尚不獨可以鼓勵學生獨立研究心大學且因之而受利益蓋大學即設在偏僻地方苟能物色優秀而著名之學者充當教授即可吸收相當之學生因之大學與大學之間起學術上之競爭常覺活氣潑潑毫無沈滯也

第三。學生生活之自由。德國中學之教育。極其嚴重。不與學生以一切自由。既近日反對者。主張效法美國之自治教育。但大多數壓制如故。至大學則不然。一切不加干涉。英美大學。多設寄宿舍。德則大學生多住人家。其所居人家。亦並無親密之關係。故常有殺風景之事。妨害風紀。又生會合非常發達。凡一學生。必在一會合之中。無論在某會之中。均能受嚴重之束縛。學生設立會合。其規則及幹事部會員之名稱等。均須經大學總長之許可。會合有種種。有同鄉會體操會擊劍會音樂會。均所以振發尚武之精神。又其於研究學問藝術等事。亦有各種會合。會合之處。往往大杯飲酒。唱愛國歌。抒發意氣。會員會合之規約。以勵氣節。重信義。緩急相助。互爲磋磨。會員因之受無形之制裁。然舉動恒涉於暴亂。于是有反對學生自由會合。別成一新會合者。凡以往一切會合。概不加入。其會規不但禁止決鬬飲酒。且能於研究學問之暇。盡力於公共公益事業。頗有英美之學風焉。

德國大學既無寄宿舍。但尚有小規模之學生合宿處。此種合宿處。所含有慈善意味。在使學資不充之學生居其中。以圖節省。居其中者食物等價值均廉。而與學生生活之自由。毫無妨礙。

德國大學私人捐欵無多。近日德國慮學生生活之危險。頗有人主張英美辦法。設置學生宿舍。以期施行訓育及便於學生之娛樂。其說浸盛云。

大學學生。素不以考試介意。即博士考試之準備。亦置之意外。大學修業。無一定年限。多則七年。或八年。普通皆八九學期。(即四年或四年半)始作博士考試之準備。無論將來欲充中等教員。或行醫。或為行政官司法官。均須受國家之考試。欲將來應此等考試。又須在大學聽許多之講義。時日所需。計前後總次九學期至十一學期。(即至少四年半或五年半也)。

大學既有並設神法醫哲（兼文理科）四分科爲本體。但此種制度。有時亦稍有變更。近日多有倡廢除神科之議者。而教會反對甚力。其餘如山林礦物農業商業均設專門學科。其程度與大學相等。惟政府視工業專門學校與大學同一待遇。得授博士稱號。各大學既因地方大小貧富。稍分優劣。但均屬國。初無高下懸殊之情形。所有設備一切。亦與學校規模相當。此德國大學教育之所以蒸蒸日上也。

二　法國大學

法國教育。向與普通行政分離。中央教育部。掌管全國之教育。自大學以至中等學校。無不歸其管轄。全國劃分若干大學區。各區設大學總長。管理各該區大學。並兼管該區之中等教育。其初等教育。亦受其監督。大學總長。儼然爲地方長官。至巴黎大學總長。乃以教育部總長兼任。別設次長。經管其事。此制實爲他國所無。法國政治上之用人。均根本專門之主義。各部長官局長。考其出身。皆屬該項事業之專門家。教育部自不待論。故教部職員。多以出身於中等教員者。居其要部。至地方教育。亦非一一聽憑於縣知事。而大學總長實操其處置之權也。

法國大學。均屬國立。三十年前。始許大學私立。私立學校程度甚高者。亦准稱爲大學。近日國民經營此項事項者日多。惟私立學校多屬宗教專門學校。又給與稱號一事。亦屬國立大學之特權。而私立者不與焉。一千八百九十六年。教育總長蒲路休阿提出大學改革案。蒲氏以法國無論某大學。均不甚明瞭。爰參攷德國小學制度。凡拿破崙時代以來之專門學校。設有四分科者。始認爲大學。且置多數大學。勢不能悉底於完全。其結果仍使多數學生悉集於巴黎大學。然衝繁之都市。甚非教育適宜之地。必須在各地方設置比較完全之大學。以與巴黎大學相頡頏。而大學教育始得良果。此蒲路休阿提案之根本思想也。此案提出後。與地方有利害關係者。既多反對。然議會卒能通過。其被教育部認可者。僅利翁波爾登利路昂湀格雷諾蒲爾等處大學而已。此等大學向由國庫開支巨大經費。但是等大學所在地。皆屬衝要都市。互相競爭。亦得大宗捐欵。如巴黎大學重修費總經費三千一百萬元。捐欵約占一千二百四十萬元。其餘大學之完成。亦多藉所在地協助之力。不但大學爲然。即他種學校亦多有此例。即立官立中學校。公然以法律宣布令所在地方捐助學校校地及現欵。法國大學因中央及地方雙方盡力。故講座漸次增加。經濟日形充裕。較之往日。實覺面目一新。政府更進一步。增高各地方大學教授之俸給。以期與巴黎　其平衡。不　增俸議案。爲議會否決。然地方對於大學熱度日見其高。即偏小都邑。亦屢有捐助大學經費之事。在前項改革案提出以前。地播種協會研究此事。最初其影響僅及於一部分。未幾其範圍乃達於全國。一八九一年政府撥一萬克倫助之。而農會亦與以相當之補助金。於是其專業遂日益發達。今則此協會會員已達七百五十餘人。協會之名振於全歐。其所研究之新種子。不但供給本國農家。且不絕輸至歐大陸。極受人歡迎。此後之進步正未限量也。

（丁）沼地研究會　瑞典爲沼地及池沼最多之國。其數約占全面積百分之一五。若悉任其荒廢。未免可惜。故一八八六年有人提倡於中央及南部設立沼地研究會。其宗旨專欲藉實驗及他種方法。發達沼地之耕作。使廢土一變而爲沃壤。一九〇三年此義施行。設總會於仍哥兵。Jonkopiny 總會之內。有化學室及植物學室。常採集當地所產之泥炭及他種雜草類。以供實驗。且設有圖書館博物館等。供公衆閱覽。此外更有實驗室。室中陳列各種實驗用之盆栽植物實驗沼地中種以種種之研究所得之植物。示人以可以利用之實例。幷時遣人赴全國有沼地處調查。爲農夫講演其利用之方。或開農事共進會觀覽會等。以該協會成績昭示國人。每年幷開大會二次。討論各項重要問題。當夏季大會時。兼特派人視察各地。爲實地之研究。其經費則會員會費而外。兼得國庫及農會之補助費。各一萬五千克倫云。

以上所述不過爲瑞典農事設施之一班而已。此外如關於農事官民協同之動作。及農事法規組織之完備等等。均足爲有志振興農業者之考鏡。茲雖不能一一詳舉之。然總其綱要而言。則無論天然氣候土地之如何。果使人能以不屈不撓之精神、通力合作。終必有以戰勝之。此卽瑞典種種農事上設施之精神也。

按吾國自古重農、神農尚矣。后稷教民稼穡。實樹吾國農業之基礎。夷等族會議、召集之目的。唯在得國民之承諾。加徵收入。以救財政之窮。而用爲報酬者。止於廢貴族、僧侶、免稅、特許、等之二三改革而已。會議對此。不能滿足。要求政治上根本之改革。等族會議。其初、非全國民之代表。實以貴族、僧侶、及第三堦級、(奇爾耶達)組織之。國民之多數。屬于第三堦級。此三種之堦級。在會議中。爲各別之決議者也。第三堦級不滿於此制。要求依人數爲合同之決議。及其不聽。乃自稱國民會。(Assembleet Narionalet)嗣並貴族僧侶之堦級。亦連及之。會議之實權。遂專屬第三堦級。而第三堦級務求政治之根本改造。與自由主義之憲法。不得不止。

千七百八十九年八月二十六日之人權、及公民權、宣言。(Declaration des droits de L'homme et du citoyen) 與千七百九十一年九月三日之第一次憲法。卽由此國民會所成之貴重結果也。

（二）

人權及公民權宣言。全部由十七條而成。其第一條。即宣言（人生而有自由平等之權利。）以下各條。皆以抽象的、概括的字句。規定國家不得侵之國民權利。以法之明文。規定個人之自由權。此於歐洲。為最初。近世諸國憲法之明文。關于人民之權利。均有規定。殆無例外。蓋直接、間接。皆以此為模範者也。見於人權宣言之思想。其淵源何自。從來法國學者。皆求之（盧梭）之（民約論）。至近日德國（耶立皋庫）教授。於其名著（人權宣言論）。以謂是非出於（盧梭）。並取美國諸州之（權利典章）、（Bills of Rights）（註一）詳為比較對照。證明其為直接之淵源。（耶立皋庫）之研究。於此重要文書之由來。可謂與以一大光明矣。顧自其條文之類似觀之。其為取模範于美之權利典章。固無可疑。然苟以其直接之模範在是。遂謂其全體之思想。非受（盧梭）之影響則亦不然。蓋革命以前之法國思潮。明明可見二種反對思想之傾向。一可稱爲歷史派。一可稱爲純理派。前者以(孟德斯鳩)爲其代表。欲依歷史的研究。求政治問題之解決。以爲於英國制度可得應仿之模範。後者以(盧梭)爲代表。欲依抽象的純理。解決問題。以爲於自然法之則律。可得一切惡害之救濟。人權宣言。即以此純理主義爲思想之基礎者也。蔑視歷史。專依理論。如其(人生而不可不自由。不可不平等。)(一切主權、其淵源發自人民。)(社會者爲保護人之天賦權利而存在。)云云。是皆依據純理。而思於社會組織。爲根本之改造也。

應如何改造政治組織乎。此等實際問題。人權宣言。雖未嘗以此爲規定之目的。然其第十六條。固明言(權力分立不確定之社會。不能有憲法。)是已稍稍宣示權力分立爲將來政治制度之基礎矣。人權宣言發布之後。經長時間之討論而後制定之千七百九十一年憲法。即法國第一次憲法。實本此主義而成者也。

（三）

千七百九十一年之憲法。雖以極端之權力分立主義爲其基礎。然權力非互相均等。實權專在立法權。執行權則居下位。

、立法權屬一院制之民選議會。在憲法制定會之起草委員最初起草之法案。原爲仿英美制度。而取兩院制。迨經五十日之討議。終於以對八十九票之四百九十票大多數可決一院制。其選舉方法。用間接選舉。選舉權以財產資格爲要件。議員任期二年。

、執行權屬於國王。世襲的國王之名義。於此第一次憲法。尚保持之。然國王無法律之發案權。亦無裁可權。唯有停止的不認可權而已。且於官吏之大部分。

國王無選任權由國會公選之。
執行權之受限制如此。即事實上國會主權取無限制主義也。國王僅存名目。
實際已純然爲代議的民主國。而其名目亦屬不期年而廢除之運命矣。

（註一）拙園案耶氏人權宣言論第三節謂。（法國之權利宣言大體以美之權利典章。Kells of nghts 及權利宣言。decaratien of nyhts 爲模範）此稍略。

第二　嘉庫本憲法　（Constitution Jacobine）

法國革命之結果。由國民會制定之第一次憲法。實際上殆完全取（代議制民主主義。）而名目上尚存王政。以國王爲執行權之首長。憲法之制定。毫不能鎭靜革命。卻使之益趨激烈。據第一憲法選出之立法議會。（Assemblee Legisative）遂以千七百九十二年八月十日。決定停止國王之職權。幽閉國王而召集新國民會。

於是國民會依普通選舉選出。以千七百九十二年九月二十一日。代立法議會而集會。其日直宣言法國爲共和國。永遠廢止王政。翌年一月十七日。遂處國王路易十六以死刑。

先是國民會開始集會之日。曾以布告。宣言將來憲法之制定。必經國民之總投票。是法國最初已採(直接民主主義)矣。顧第一次憲法。以國會爲國家最高機關。不認國民之總投票。制定憲法。亦爲國會所自行決定。爲至是始施行所謂國民決議(Plebisite)之新主義

千七百九十三年六月二十四日。國民會爲新憲法草案之確定決議。本從前布告之旨趣。付之國民之總投票。以百八十餘萬票對一萬一千餘票之大多數。可決之。通常稱此憲法曰(嘉庫本)憲法。蓋以(嘉庫本)派主其事。而于起

所以發達進步者。且借助於此也。近世雅典法律之攷據家。法蘭西人布賚氏Beauchet證明羅馬法律之義旨。及法理之觀念多取法於希臘者。顧羅馬非實純摹效己耳而其宏才碩學之法律家。擷取先進文明之精華。裂成羅馬之法律。斯可寶也。

當一八九五年美國更訂民訴時。紐約委員會嘗謂陪審制度之要件。乃羅馬取法於雅典者。蓋羅馬當時陪審官之審理事實問題。與希臘之陪審官相似。且今日之自由意義。民治主義。與夫個人對於國家之義務。皆希臘名人所倡倡導者。

希臘法律之最要者。爲喀利脫法。擾德斯法Rhodes司巴達法。南義大利法。西西利法。雅典法。及馬其頓克服埃及後之埃及法。

喀利脫　希臘最古之法律。與其邃遠之文明。同時併進。紀元前一千五百年。相傳密納斯為喀利脫島之王。其後密納斯之名。希人用為法律及立法之符號。密納斯所立之法律。開希臘法律之先基。其後希臘法律。多根據於此。而克腦蘇斯 Cnossus 之宮殿。由拆幽雅。為德多魯斯 Daedolus 所建築。惜今不得見也。

紀元前七世紀時。喀利脫之法律。為高太納十二表法。XII Tables of Gortyna 此法於一八八四年。發現於世。關於親屬法及物法。甚為完美。

擾德斯　距喀利脫之東北。不及七十五英里。由海道經由腓尼其禹達伊眞海。Aegean sea 有擾德斯焉。乃一沿海國也。在紀元前九百年時。於希臘歷史上。執地中海之牛耳。而其法律尤足以使此彈丸海區。名垂不朽也。其法律關於海上行爲者頗爲完備。今世各國皆根據於羅馬法而有海運法及海軍法之編製。不知三千年前之擾德斯已有此種法律也。

司巴達　司巴達法律爲來克哥。Lucurgus 所定相傳成立於紀元前八八四年。其法律之精神。皆取法於密納斯之喀利脫法律者蓋來克哥之法律皆受埃及及腓尼其喀利脫諸國之影響而成立者。但來克哥法律爲口傳法律。按普魯他 Plutarch 所著之名人列傳言來氏所訂之法律。曾未成文也。

南義大利及西西利之法律　紀元前七世紀時。希臘始有成文法律。造端於希臘以外之殖民地。紀元前六六三年。沙留哥 Zaeucus 曾爲郎克雷伊皮塞弗鋭 Locri Epizephyrii 訂立法律。其後二百年。蘇鋭人 Thwrii 亦適用此法。而西西利人迦羅德 Charondes 實爲迦太納。Catana 及義大利西西利之希臘殖民地之法律創設者。利基亞姆 Khegium 之安杜拉德馬 Audrodamas 曾爲希臘之斯拉司 Thrace 之立法者。紀元前五二一九年皮賽高拉司立法於喀勞叨納 Crotona 喀勞叨納者位於義大利南部泰林特海灣 Tarentum 係杜利亞 Daria 之殖民地也。相傳皮氏遊歷埃及諸國。返歸沙姆斯。Samos 因專制派所不容。被逐出境。卒流於南義大利西方之喀勞叨納。氏居其地。以哲學之精神。創設民治法規。滙亞里士多德派及社會主義派之主義。而獨成一系實行社會哲學之主張。惜身而亡。無人繼續耳。

雅典　當紀元前六二一年。雅典最有名之法律。德拉高法典成立。Code of Draco 羅馬法學家關於訴訟之法則。多淵源於此。但此法典嚴酷異常。按其規定。債權者得取質債務者之身。以爲債務攸行之擔保。

約三十年後。當紀元前五百九十四年時。雅典最大之法律家梭侖 Solon 出焉。氏爲希臘七傑中之最負盛名者。取德拉高法典。更刪較正。而成梭崙之新法

四存學會演說詞一

姚永樸

今日開四存學會乃因博野顏習齋先生論學分存人存學存性存治爲四大綱故以爲名其說正大切實以之提倡於世道人心裨益匪淺顧原書所言甚多難以悉舉竊謂顏氏之四存從孟子之二存來若發揮孟子之二存則顏氏之意可共曉矣昔孟子曰君子所以異於人者以其存心也君子以仁存心以禮存心何謂仁朱子曰仁者心之德愛之理也人必有眞愛乃能愛家族愛社會愛國家此眞愛乃天地之元氣人之所以爲人國之所以爲國者不可一日無也然徒言仁愛不能見其實際故必繼以禮字禮者非他秩敘是也必有禮乃有秩敘必有秩敘乃能使全國之人皆由軌道而行蓋人之初生天賦以性於此二字本是十分圓滿故無人不有良心只爲有此軀殼便不能不有血氣有血氣飢便思食寒便思衣夫衣食人之所恃以生者何可少也但求衣食則

可求而必要好好矣又要極好極好矣又要多天地間財物只有此數此好則彼必不好此多則彼必不多於是爭奪之心由之起殘殺之事由之興始也有權力之人欺彼無權力之人繼也無權力者糾合爲一體以與有權力者爲難於是爭奪愈甚殘殺愈烈於斯時也景象爲何如聖人逆知其害故爲禮以教人使之節私欲以循公理我要食亦念及人要食我要衣亦念及人要衣但求天下之治安不專在一身一家之溫飽上起見其究也人各保其生命己之生命何憂不保人各完其財產己之財產何憂不完以愛人者愛國即以愛國者自愛此種用心不特可稱爲仁人實可謂之智士孔子論仁在克己復禮又曰爲國以禮又曰能以禮讓爲國乎何有正此意也諸君試觀人與人遇於道必正立致敬何也知禮故也犬遇犬遇則狺狺然相搏何也不知禮故也人入人家必通刺乃入何也知禮故也鴟鴞於百鳥則取子毀室鳩於鵲則據其巢何

也不知禮故也惟知禮乃能合羣否則胥戕胥虐與禽獸奚擇今之論者莫不重法律吾寧不謂然然須知法律者政治之本禮者又法律之本無法律則是非無所折衷將何以爲政無禮則良心盡喪又何能立法而共守之顏先生一生以周禮六德六行六藝爲教其有見於此矣鄙人學殖荒落謹據管窺所及者陳之以就正於高明

四存學會演說詞二

姚永概

今日四存學會成立永概承召得與典禮之末榮幸深矣又承命貢所知以備采擇敢不略舉之夫天下之道一虛一實而已二者合則適中無弊可以長久偏重則倚而百弊生焉聰明豪傑之士見其弊之甚也思有以挽之挽之太過而弊又生故孔子曰過猶不及當明之季程朱陸王之學行於天下爲陸王者或流於狂禪爲程朱者或但守章句賢者或僅爲一鄉之善士否則分門別戶

互相詆排幾如水火不相入於是志士怒然憂之顧閻則以博學倡顏李則以六藝教其後顧閻學派盛行遂爲一代宗尙顏李則寂然無繼此誠中國一大憾事也夫乾嘉諸老研求古籍旣博旣精夫豈不令人心折但其實事求是第在文籍而已於宋賢所重之躬行實踐及心性之微槪以爲空疏而鄙之於是道學之名稱之者含訕笑之情受之者懷忸怩之色但使訓古考證足以自鳴則背畔禮教亦不足爲累甚且改易性理仁義之說欲奪宋賢之席以便其一己之私此風一倡人心全喪向使顏李學派同時並興一救文字之空疏一救術業之空疏而於聖賢道德之精微仍保存使不絕於天下則交通之後何至爲西學所震駭而靡然從之且欲取中國羲農黃虞以至孔子數十聖人所垂之法一切刮絕之乎中國之行新學今已三四十年設學校派游學聰雋之士學成而歸皇皇焉日以救國爲事亦不爲不切國體變更法制全新起觀今日

之中國强乎弱乎安乎危乎豈新學之果不足以救中國乎此其故可深長思矣道德仁義之談淺視之誠空虛無用實行之則足以用宇宙無窮之學術離畔之則至精至微之學術不得其益而反增其害有斷然者故言理財之學不以之理國財而以之飽私橐即不飽私橐亦但知爲聚斂而不知藏富於民言海陸軍之學不以之衛國家與人民而擁兵自衛據地爲雄捍外不足而內鬨無已言實業之學不以之救全國但知立公司收厚利反令富者益富貧者益貧言理化之學能創物利用爲有益生民之事者絕少但日以淫侈相導令生活程度高至無等而小民求一飽且難況弊精神以造殺人之器惟恐不多惟恐不速人類之滅不在磨牙利齒之羣生反在博帶峨冠之學者思及此甯有不毛髮豎而肌膚栗耶當斯時也稍有仁心之君子亦宜不惜心思手足之勞圖救之之術而尚可推波助瀾不作反本窮原之計哉鄙人學問譾陋但不忍

作昧心之言求媚一世以爲今日盛會實中國一綫光明之存且或即世間一綫光明之動願顏李二先生堅苦卓絕以希孔子鄙人亦願同會諸君子堅苦卓絕以希孔子於漢宋於程朱陸王於顧閻顏李皆不必再分門戶焉可也妄見如斯敬求教益

四存學會演說詞三

吳傳綺

周禮鄉三物一曰六德。智仁聖義忠和。李剛主先生謂此實德也。此全德也。此有用之德也。一曰六行。孝友睦婣任恤。李剛主先生謂此實行也。此全行也。此有用之行也。一曰六藝。禮樂射御書數凡讀孔子書者。靡不知六藝爲有用之事。不必待李剛主先生之言矣。或疑爲頑固。不切今日實用。斯則大謬不然。頑者。俗語所謂冥頑不靈也。智則有見識。仁則有天良。聖則心玲瓏。義則能决斷。忠則無僞無偏私。和則無礙無拘束。試問人之具此六德者。可謂之冥頑不靈乎。固者。俗語所謂固執不通也。孝則善事父母。友則親愛兄弟。睦則宗族雍穆。姻則三黨和協。任則與友共事切實。即自治團体。恤則愷悌實施於人。即慈善事業。試問人之行此六行。可謂之固執不通乎。實行民胞物與之事。較之空談四萬萬同胞者。不高出萬萬乎。至於六藝。今之講新學者。鄙棄不足道矣。詎知行新禮。行舊禮。西人亦無無禮之事。文明進化。即禮與時爲變通之義。樂則器具稍異。如風琴唱歌之類。自然之音韻節奏。今之樂猶古之樂也。射御今日不用。然槍之激射。其射較有進步。明射之理。固不必拘拘於射之迹也。明射之理。則各種體操。及火車汽輪飛艇航空。無一不當學矣。書爲小學。即俗語習字。一國之語言文字不亡。即一國不亡。若並此廢之。是國未亡而先自亡矣。數學即今之算學。通各科學者。無不通算學。算學不通。各科學難通也。是故今之號新學大家。精通科學者。在孔氏門中。不過是一六藝兼通之士。何足謂爲新奇耶。

吾今日講周禮。實則講李剛主先生之學。李先生學期有用。眼光早照到今之世變。幷照到後之世萬萬變。一言以蔽之曰。學爲有用之學。與空談性理拘牽文義者。迥不相侔耳。李先生之學。本於顏習齋先生。李先生學說。即顏先生學說也。兩先生千言萬語。其精義微言。歸於學有實用。謂爲今日共和國救時良藥。誰曰不宜。今日共和國現象。事事虛僞。罄竹難書。使全國之人皆有周禮六德。共和眞面目出。無人不有愛國思想。何難駕西人而上之歟。時勢逼迫。貧富不均。社會之說。將盛行。使全國人人皆有周禮六行。遇事可以商量。爲之社會一團和氣。斷無過激之潮流發生矣。學堂日言改良。而良者尠少。不良之象。逐漸增多。使全國人人皆知周禮六藝。垂教之宗旨。互相勸勉。互相督責。入學堂者勤學。未入學堂者。亦各自爲學。藝事精益求精。智識進而人民强。人民强而國强矣。嗟夫。四存學會設於今日。誠不容緩矣。顏李二先生學說。無分門別戶之見。無爭務角能之習。語語求實行。事事求有用。以六德爲德。以六行爲行。以六藝爲藝。合於舊學。幷合於新業。孔子爲時中之聖。謂二一先生爲時中之賢。其庶幾焉。

四存學會第一次臨時講演

李九華

本會今日舉行第一次之講演。到會環聽者。幾於室無隙地。既蒙　大總統錫以訓辭。又承傅前次長諄諄勉勵。本會會長及全體會員敬聽之餘。益思各自淬勵。以求學業之日臻篤實。鄙人以後學淺識。躬逢盛會。幸何如之。惟是講學之風久已衰歇。吾等所學能自信者幾何。重以學說之紛歧。時局之變幻。國計民生之凋弊。仰事俯育之艱難。蓋無一不足以沮吾人講學之志趣。苟不先將胸中之疑慮。環境之阻力。一一有以排遣之。恐講學之志不能堅。即講學之盛會。必不能持久。排遣之法如何。亦惟仍以孔聖之經。顏李之說主之而已矣。孔子之言曰。君子謀道不謀食。耕也餒在其中矣。學也祿在其中矣。君子憂道不憂貧。講按此經之旨。吾等童而讀之。長而習之。似亦無甚深意。及讀李恕谷先生論語傳註。始知道即大學之道。君子所謀之道。即吾等今日所講之學。食即仰事俯育之資。不謀食者專力於學也。且食不必謀也。此殆豫示我以求學之方。且有以堅吾等講學之志矣。何則。三代以上。德行道藝。下學上舉。故不必謀食。而祿在其中。自國家以時文取士。修道攷藝。與祿無涉。苟不學農習藝。勢必以生計問題。枉道壞品。故許衡曰。學莫善於治生。然而食可謀。貧不可憂。故更結之以君子憂道不憂貧。孔之聖所以啓發後人者。乃愈深切著明矣。又況時至今日。物質之學。日臻進化。而實學亦因之大昌。吾等今日。但患所學之不成。不患斯世之不用。但憂講學之無具。不憂事畜之無資。彼世局之紛擾。風俗之穨壞。不宜視爲局外之事。宜視爲分內之事。不宜視爲一朝之患。宜引爲終身之憂。顏先生之言曰。一人行之爲學術。衆人從之爲風俗。果能本此意以互相策勵。庶無負我　大總統崇尚實學之盛意。亦不負本會提倡講學之苦心。不識諸君子以爲何如也。

擬在保定建顏李合祠并附設學校啓

（已未四月稿成兩席曹李二公俱未贊成因事未果）

齊振林

蓋聞天生豪傑。無文王猶可代興。邦有英賢。雖敵國亦爲起敬。是以超凡入聖。必在特立獨行之儒。覺世牖民。宜隆崇德報功之典。矧際人心澆薄。國事糾紛。大道深墜地之憂。斯文發喪天之歎。鴻嚋攸斁。徒爲螳雀之爭。蝸角稱雄。祇益蜩螗之禍。自非立千秋之坊表。何由挽日下之江河。此論學所以崇術事功。而救國必先豫儲俊傑也。直隸有顏習齋李恕谷兩先生者。誕生清初。直入孔室。通天祭地。荷聖苞賢。心性則履薄臨深。身世則言規行矩。工虞水火。經綸私淑夫典謨。禮樂兵農。統緒上承夫洙泗。守喪祭冠婚之制。則古稱先。研射御書數之精。致知格物。主靜矯宋儒之弊。著書遠軼乎前賢。作新闡大學之微。道揆適符。於民國八年一月三日奉　大總統令。先儒顏元李塨。清初名碩。生平著書立說。歸功實用。深得孔子垂教之旨。義當制禮之初。曾有從祀之議。頻歲派棼因仍未舉茲據內務部以顏李兩儒有功聖學呈請從祀兩廡位湯斌顧炎武之次事關祀典諮度僉同應與照行用昭茂矩並蒙 大總統給資後裔命建專祠某等恭逢嘉會仰體閎謨既忻忭而難名更陳詞而達意蓋以博陵古郡素鮮交通蠡吾大州今爲縣邑保定地當畿里人沐芳流世澤未湮菁華尙在倘因遺愛合建崇祠更就享堂附興學校詩書六藝課程則酌古斟今孝弟五常教化必一日千里庸言庸德歷萬劫而常新求恕求忠悟大同之至理天縱多能之謂聖貞儒弗尙空談範圍曲成而不遺通經期於致用行見赤賓由賦國家何患無才將來遐御求才庠序悉成勁旅倘朱陸異同之辨崇實黜虛煥黃炎宗祖之光揆文奮武凡所以奉揚 大總統之休命鞏固我民國之丕基若其道莫外是矣惟是肇興靈宇宏此遠猷借助他山允資大雅執事系懷國本夙希實學之昌明矢志賢關遙祝升馨之來格所望惠分鶴俸賦翬飛鳥革

之章。庶幾大啓鴻規育象勺鸞旂之秀化民易俗必由學期廣徵羣策以觀成。聰明正直乃爲神定默佑後生之智慧爰修尺素藉表寸丹値九有之消兵集羣賢而鼓篋當仁不讓請助千金相越之裝見義勇爲用收百年樹人之效謹啓。

孟縣閻君墓表

吳闓生

京都冠蓋塲也居是間者大率仕宦顯要志豪氣盛睥睨當世形勢覬刺取所有以爲快其下者或局於地望束縛而未有以逞要亦睢盱俛仰各有窺覗攀援摸寫浸爲風氣其衣冠態度使市井草野之民視之不問可知其爲官人也闓生客茲土久耳目洽狎固已稍稍厭之間至農商部見有閻永輝者質愨樸鄙與嚮所言絕異訝而問之則孟縣閻君子也異日永輝以狀來請爲表墓之文君諱某字某姓閻氏孟縣人家業商而好儒學人皆以爲儒莫知其爲商也

某年月日卒。年若干。配某氏。子六人。永仁永義永恭永圖永輝永純。壹意教督。或令遊學外國。歸而成名。而尤重實業。咸有以自給。永仁舉人內閣中書。永恭庠生。皆遊學日本有名。永恭學機器製造。永輝學育蠶。復入大學博物科學成。奏奬優貢。永義永圖襲商業。永純習工藝。皆不失家範。古之業民者四。曰士曰農曰商曰工。而官不預焉。其藝之優者。皆可以出而官也。後世農商工絕不入官。而官之途乃爲士所獨有。而士之得爲官者。又皆自詘以就官。蓋一日官成。而遂不復可以爲士矣。是故古之官兼四事。而今則無一焉。官之名所以獨尊也。今閻君以儒而商。而人莫知其爲商。其諸子各占一藝。雖入官而不改其常。可謂知方矣。夫官不事事。而獨據其名以自尊。此人之所以病官。而國與民所以交困也。苟循名而責實。則如閻君者。亦古之所謂能官人者乎。

甯阿蘭鎮守使徐君墓誌銘

吳闓生

君諱世揚。字聲甫。天津徐氏弢齋相國從弟也。生數月而孤。太夫人撫以成立。嘗從諸父德安君以居。德安君之官所。以君偕。能以幹才自見。德安君卒。君挈諸弟徒步千餘里歸衛輝葬。既葬。顧天下多事。慨然曰。丈夫生當爲國以武烈自效。終不能嘿嘿老筆硯間矣。是時相國方以侍郎督練兵事。壯其志。即遣入保定陸軍學校。學成。而相國奉命總督東三省。君亦從往。遼東密邇强鄰。形勢橈曲。相國規畫閎遠。治具畢張。樊敎交歡。闤闠益盛。政化既洽。乃壹意兵備。君喜得其會。犇走疏附其間。甚極勞勩。初剏辦憲兵學堂。復供職兵備處。以母病還省。唐公紹儀使外國。請君爲佐。君以母病辭。太夫人怒曰。吾以遠到期汝。今不行。是我累汝也。趣疾行。君不得已而後許。諸從唐公歷聘日本英法德美諸國。餉聞飫見。半載而歸。歸復供職東省。凡居東且十年。歷三省兵備處提調。吉林教練幫辦。陸軍調查局會辦。遂爲四十六旅旅長。改吉林第三混成旅旅長。

兼任甯阿蘭鎭守使。累官陸軍少將。佩二等文虎章。民國以來。東邊稍益多事。君內綏外戢。寇盜不張。軍實以練。以地苦寒。不敢奉母就養。太夫人病篤。告終于家。君聞訃痛絕。又迫邊事。不得犇喪。悲哀噎咽。五年九月竟卒。年四十幾。葬於輝縣某所之原。配某氏。子諸卓諸量。夫出而從公。入而將母。此生人之大任也。而其事往往不能兩全。君蚤負奇氣。思奮武績。以太夫人故。幾阻壯志。迫於嚴訓。不敢自隳。積伐累勤。聲聞焯著矣。乃卒以滅性之毀。茹鬱以殂。其於事親既若不能無憾。而報國之志業。亦未克以終。豈不哀哉。雖然。盡瘁於國。即所以報其親。太夫人有知。當憙所期。爲不負也。斯亦子民之極則也已。闓生見知相國。君之卒也。相國以狀屬銘。銘曰。

起視三軍。龍騰虎嘯。入奉慈親。愉愉色笑。笑言未已。叱咤風雲。豈繄我志。母訓是遵。志則遠矣。逝不反矣。畢命從親。亦何憾矣。不有吾親。孰爲邦國。曷孝曷忠。

兹爲維則。

爲劉健之觀察題蜀石經拓本　　柯劭忞

唐家運訖九州裂。百年霸氣西南歇。後孟前王同一轍。廣政君臣益庸劣。蜉蝣楚楚爲容閱。右文崇古計迺末。禮堂寫書付剞劂。蜀大字本開闢越。十經刊石表圭臬。不遺傳注禆經說。閏位告終事旋輟。補刻究嫌筆畫拙。一旦同歸劫灰爇。拓本猶堪證淮別。廬江尙書來秉鉞。公子才名夙彰徹。千金購賈蒐遺缺。四百餘葉森羅列。竹垞蕘圃應歎絕。後進登來軼前哲。熹平分書懸日月。鴻都門外車塡咽。炎祚陵夷火尋滅。開成思繼貞觀烈。覆盆宰相蘊寃血。而况危邦遷盜劫。文字安能救杌隉。嗟余好古宜捫舌。

前題　　林紓

五季僭竊多無文。吳蜀獨含文字芬。江南小腆尙詞筆。帝及蜀主宗典墳。堂堂宰相毋昭裔。成都琢石天下賜。二孫二張周德貞。字畫清婉逾歐詢。摸丹入石署廣政。是時開運當甲辰。蘇經胡獨少公穀。留此缺憾存成均。後來田公頗好古。三經附麗煩手民。蜀刻仍復避唐諱。天[illegible]分倘存君臣。左傳成但缺祥字。民虎二諱縱橫陳。是時知祥已僭號。隔閡不與亡唐親。田況宋臣戴天水。特缺恒字尊宋眞。綜言蜀學冠天下。文翁高朕皆繁入。孟昶風流寵花蕊。經學乃亦知梁津。健之嗜古世所罕。覓得紙本渾如新。文莊惠政感父老。口碑深刻逾貞珉。歸裝只此他可想。師臣本自宜清貧。作齋收貯徵我書。寶貴乃與璆琳珍。經年不歸負夙諾。憐我牛馬非閑身。作圖既完賸長句。此齋定污元規塵。

前題　丁傳靖

蜀國春深叫杜鵑。摩訶池上月如烟。覇圖銷盡餘文藻。石墨琳瑯廣政年。五季戈鋋徧寰宇。掃地詩書弃如土。西川伐石刻羣經。不使熹平擅千古。唐代淵民廟諱尊遺黎尙戀舊君恩。五經兒子眞羞死。畢竟沙陀有外孫。鼓聲咽泯江浪。李家世記降書樣。零鈴新添花蕊妝。紫衣空祀張仙象。紅梔花落故宮寒。斷碣何人劈蘚看。不及開成頻宮石。碑林森立古長安。劉侯耆古勤搜取。三傳周官珍片楮。生與青城有夙因。家世三川舊開府。高齋什襲異香熏。嘗抱峨眉一片雲。何似白頭杭蓴浦。桂堂風雨校經文。

學畫　近讀樂天詩略仿其體　庚申　鄧毓怡

我初學畫時。百家不入眼。作意傲今古。不知貧自貶。在己果有長。何必求人短。驚名志已紛。留物神愈遠。有道通玄莫。隨人見深淺。汲汲鬪妍媸。念之祇顏赧。

用樂天和微之韵戲仿其體簡小航　辛酉　前人

再度八年成半百。待過廿日是重三。春光蘊藉陰方覺。人事支離老更諳。且看世間如世外。莫從城北望城南。用杜詩語 爰居與鶴原相似。鐘鼓乘軒總不堪。

追懷剛已題令嗣子建詩卷　庚申　前人

有子眞能讀父書。作詩更到李唐初。氣吞夢澤疑無盪。力拓天闕若有餘。我老心期惟落寞。世衰文藻久離疏。新篇會有江山助。乞與摩翁入畫圖。

勵志　李鍾魯

士欲矜樹立。務本戒空言。瓶花不耐久。溝水無來源。古柏不知秋。根深葉自繁。澄心觀道性。午夜胸自捫。

弱冠誦詩書。所貴達時務。倘能觀其通。動必合矩步。信道欲堅貞。行道懼執固。否則泥陳跡。反被腐儒誤。

人生稀七十。長夜佔一半。除去老與病。餘可屈指算。良辰不多得。功須即時建。運甓習勤勞。枕戈以待旦。

松柏固美材。拱把難爲用。風霜幾經秋。方始繩墨中。致身莫貴早。早或不勝任。

困苦勵英雄。漫抱遲暮痛。

龍門百尺桐。孤立無倚傍。卓然見高標。托根得幽曠。豈以君子身。隨人爲趨向。松高蘿自附。麻直蓬所仗。絕人固不必。自立氣須壯。混跡紅埃中。放眼青雲上。鳳凰翔千仞。光輝生羽儀。所食惟竹食。其棲梧桐枝。倘一啄腐鼠。文彩奚取之。士必先器識。宏毅乃道基。立身若苟且。藻采亦何爲。所以銜泌澗。飲水可療飢。窮通命自天。樹立則由已。倘如南郭生。濫食亦可恥。大樹能庇物。良葯可起死。區區草與木。利人有如此。通經期致用。自問將奚恃。拘墟故紙堆。豈能達事理。驥足日千里。未必盡康莊。歷險無顛蹶。所以稱爲良。人生天地間。遭逢安有常。迍邅常易守。無慾性自剛。芝蘭不擇地。氣味總芬芳。松柏不擇時。枝葉常青蒼。感此勵志節。書紳莫慾忘。

周孝子履險負骸圖題辭　陳詒紱

周孝子。我姑祖。諱椿年。幼失怙。事母費。極劬苦。粵寇亂。衆星散。謀生存。脫母難。挺身奔。走朱門。母病篤。顛夢魂。凶耗來。愈悲哀。冒鋒鏑。披蒿萊。戍傳火。路塞豺。旗風靡。刀雪皚。有潘嫗。識葬處。着芒鞵。隨來去。見紋衾。涕淚零。兒呼母。母不應。布裹骸。負以行。石磊落。山嶒崚。月無色。鬼燐青。得僻壤。謝家塋。備棺木。妥母靈。母骨安。兒病嬰。哀以毀。不復生。我孩時。聞而知。念及此。心神馳。前母席。陷重圍。病月餘。簣亦移。通靈觀。藁葬之。欲遷徙。骨纍纍。誰無母。誰非兒。展斯圖。我傷悲。

曰。（眞實爲藝術美之條件。任何藝術家。不能於彼生命以外描寫他物以爲藝術）又曰（美學有生命自然之價值）（一切之感覺。向美的方面而協力。同時活動、知情意、且於此集會的活動。喚起快樂。此種影響。是名曰美）氏殆以自然美爲最高藝術美。即表而出之者也。（紀友法人。爲價值哲學派。）（Guyau）

布羅迭歐士　溯之古代希臘。（新拍拉圖派）之布羅迭歐士。以謂（惡根於物質。美在於理想。現於理想之物質。天地萬象。皆美麗也。美即理想之現於感官界者。現象界之美。譬如通物質之（以太）之光）是亦精神說也。

康德　近世康德氏論美。略謂觀美的判定。非表示客觀界事物之性質。惟有物焉。使吾人想像力與悟性。若相合而動。因而所下之判定也。想像力干時于空。多所因應。悟性從而綜合之。於此二能力之合動。吾人乃覺快感。所謂美者究不外此快感而已。顧美之快感。為形式的。而感官上之快感。乃更由事物之材質(即屬于個個感覺者)而起。故雖同為主觀的。而不能如美感之遍通。是其區別所在也。　康德氏所謂美。既為專由形式與吾人以快感。故一切色聲香味等感官之快感。悉排出於美界。氏之論美。一本其知識論。以自然界法則惟在吾人之知識之而已。　美之特色與快味　(各感官所致)善(由於理性、二者不必人始能之)完全(適於內的目的)有利(適於外的目的)等均異。康德氏論美。盡離目的利益諸觀念。然則美者不立目的而適合目的。例如一朵之花。見而美之。非於花有何目的。特其形式適合　(使吾人想像力與悟性相合而働)之目的耳。其定義曰(只依形式與吾人以遍通的、必然的、不關利益觀念之快感。即美也)　氏蓋畫行為、知識、觀美三範圍。使真與善區別於美。　氏之審美說。與拉布尼士、布爾夫學派之智力說。

（即視觀美心與知識作用同一）又英學者之經驗說（即視美感與感官上快味同一）俱不相同猶其知識論立乎唯理論經驗論之間也　康德主形式說顧亦不能盡舍關係內容之美乃分為獨立美與依他美如家宅宮殿等之美即屬於後者特謂此種之觀美的判定終不純粹也　氏之論依他美也終近道德的觀念如壯麗與美麗之異在無定形亦能發見蓋吾人於數見其超乎比較之大於力見其超乎比較之强初在感性為苦感終則為理性調和而生快感此其與美麗之快感不同者也且眞實壯麗之物不必在自然界之外物而在認其壯麗之吾心是壯麗者吾人之理性也

康德區別自然美與藝術美曰前者為（美物）後者為（使一物美之想念）彼最貴自然美又於此點發見美術之價值意謂美術所長在儘天然之狀表現之俾醜者亦美若不能使美表現非美術也　氏又曰美術作品其

恰如天生者乃為真美天然之物其恰如由藝術而成者乃為真美（余嘗言（真山水必如畫成乃為好景畫山水必如真景乃為好畫）後見康德此說深喜其吻合吾言乃歎大哲之大遂通及畫理也）是美術在人為與天然相合而美術之天然何自求之曰是惟天才天才云者生有天資以天然與藝術以規則者也其規則非由學習於其所以自範者全無意識而其所作即一種美想不盡之活動也　天才於理性上感性上深相一致自然意識其根相合於觀美界亦得自然界與絕對界調和之相康德氏所取之美終見為道德界之標幟意謂美之為物如理性之觀念得於道德界表現之理性與感性道德界與自然界其根抵全不可分也（Kant·1724—1804）

奚列爾　康德氏後勁為詩人奚列爾氏於美學史上甚有勛望康德以理性感性相對而後者隸屬於前者奚列爾氏則以為對等其互相和合之人間

四存中學校各科教授要旨

本校課程悉遵部章而教授精神則本兩先生質樸耐勞習行一貫之旨期以約束身心闡發至理教科取材亦悉本寔用立義以養成道德完備知識充足身體強健能自樹立之國民茲謹將各科教授要旨分列如下

脩身科教授要旨

齊樹楷

顏李兩先生寔行之學脩身一門發明之者幾居全部必將一切非寔行非實學之語剝落淨盡乃能知其實際而行之

即如修身一科看修身書非修身也聽修身講義非修身也必實作修身之事方爲修身教習撰講義非教修身也必教之後即以身示範即令學生傚之即令學生心知其意所作俱出於自動方爲教修身

一方爲教一方即爲學學而實行之即爲習將經過教與學之節目編爲一書

如名爲修身教科書是以書爲修身其名不合如名爲修身講義是以講爲修身其名亦不合故名爲修身教本局外人視之不知吾校教修身學修身別有道也是則顏李口傳身授之義矣

吾校講明顏李即實行顏李兩先生之學非講所能明實行乃能明也李先生謂李毅武曰讀書不解不如反而力行行一言解一言其最易見者尤在修身是以於此修身教本特著之

經學科教授宗旨

(一)宗旨　以講明羣經大義爲主使學生知政教禮俗學術文藝悉折衷於經期造爲有識能有根柢之人以收範身處世之功用

(二)教材　先講王崑繩文章練要從左傳起以期易入然後授以李先生各經傳註

（三）附錄　凡顏李兩先生談經之語散見各書者輯錄於講義之後以備參考

（四）講授　講授須明悉並須使學生對於經旨有活動領受之能不滯固於章句之下

（五）註釋　經中文字音義及須考証者簡略註釋之

（六）誦讀　各經雖不能全部背誦亦須擇要誦讀既於經旨有所領受且足爲作文之補助

國文科教授要旨

張斌

一宗旨　以崇德性尙實用爲主凡性理之文記述之文以及富於思想多所論列與人間往還酬酢之文如尺牘公文及社會上應用文件無論今古均行選講務期各生讀一文受一文之益有以陶鎔其性情泛應於世物而爲

有用之人其專力琢詞行氣吟弄風月者從簡

(二)教材　以習齋記餘恕谷後集王崑繩居業堂文集爲教本其歷代各文家之文準照前項宗旨隨時選授

(三)選輯　用由淺入深法如第一年授以章幅短簡詞氣調達之文以後按年遞入深處

(四)講授　講授固不必準照近人所謂四段五段教授法然亦可略分步驟如左

甲文體　一文到手須先講明其體裁使學生知何種爲當用如何作法如何口吻

乙審題　說明本題事實後卽命學生先行自審如遇此題當如何下手

丙句讀　任命一二學生將原文朗讀一遍有不合者改正之所以練習其

觀書及斷句之能力

丁結構　說明作者之主張及章法與段落使學生有所承受然後一講即能領悟並藉以糾正其審題之得失

戊釋字　篇中有生僻之字及隱晦之典故註釋之

己講解　宜解釋明晰音義正確使學生有所領略

庚勾巳及圈識　講授畢先將段落勾分次將逐段中意旨變換詞筆起落處用符號標出再行加以圈點加以評識以資醒豁

（五）誦讀

甲文貴多讀尤貴熟讀使各生至少有五十篇以上之爛熟文庶足以暢達其氣臨文不至拮据

乙學生讀文時教員須勤行巡視其有氣機與聲調不合者指正之

（六）作文

甲命題　須相度學生之程度並與各科有何聯絡及臨時有何事務有何感想發生因事命題學生自有啓發且不至流於空腐

乙體裁　除論說文字外各雜體文須多爲之至世間酬應文件亦須命題練習

丙篇幅　不限長短但能圓成其意即足

（七）改文

甲改文以順成原意使之有所啓悟爲尚不貴多改亦不貴故求深奥

乙原文有錯訛字須細加改正

丙發文時須將本題應如何作法及何作優何作誤先行講說使學生有所感動自然原文發交一覽即知其優劣之所在

丁發文後須使各生相互傳閱以收觀摩之效

歷史科教授要旨

(一)宗旨　注重各代政治之建設文化之消長社會之狀況務使學生有歷史觀念引起企進之思想其他則略略說明可矣

(二)教材　除採用審定教本外加講李先生閱史郄視

(三)附錄　顏李兩先生評論史事之散見各書者隨時拊錄於講義之後

(四)講授　於一代及一事一人講授畢須說明其承受於前代影響於後世者之所在使學生有所感發且取爲借鏡之資

(五)討論　講授時除用問答法啓發外於一事之得失一人之是非須與學生相互討論使之有判斷力

地理科教授要旨

李九華

一地理之學與軍事關係最切李恕谷先生講求有素研之至精其弟李培益溪薈萃其說著爲成書集於山川道路言之綦詳惟用爲中學教本繁簡尙未適宜今擬擇要添入各省地方志內使習地理者因之以知地勢之險夷若王崑繩之輿圖指掌則言簡意賅最便初學擬於教授各省形勢時據圖參講之

二地理一門包括廣博舉凡天文地質軍政官制人情土俗物產氣候都萃其中若一一詳舉恐非中學時期所能畢今擬擇要講授俾知大意而尤注意於各省之物產氣候風土人情以爲農工商業之基礎

三地理非圖不明圖非屢覽不悉俯仰一室而四壁山川宛然在目則圖爲之也今既要購置以便指導更令學生學畫簡易之地圖以資練習而助記憶

四測繪一門中學課程多未列入而簡易之測量及製圖之法實爲普通社會

所必需今擬於第二學年內酌量添加測繪一二時以收實益

算學科教授要旨

齊經堂

一根據　算學一門即顏李六藝中之數當日西學未興兩先生早注意於此李先生更學西洋三角法於吳子淳與姚蘇門算日月交食又與梅定九父子研究天算測量之學而製器之法即於是基之今日西洋工藝理化重熱汽機等事無一不基於算學則算學之爲各學基礎尤重要矣

一實用　昔之言算學者尚有明理而無實用之事今則隨講隨演草與實算相去無幾惟學生於其中有未盡明者則舉實物之計算以示之至於合物價計工程核地畝精製造測天量地之用皆於此有以植其基始於實用之意無負

英文科教授要旨

四存月刊

一取材　多採西洋歷史上及文學史上光明磊落可歌可泣之事而教授之以引起學生道德之觀念

二應用　注重會話作文書札等項以期有裨實用

三溝通中西文化　將顏李學說擇要譯爲西文以與泰西諸學說相印證而推闡之

農學科教授要旨

陳祖同

一取材　吾國氣候土地最宜於農故自神農后稷以迄今茲莫不以農立國顏習齋先生之設教也禮樂書數之外並究兵農水火恕谷承之習藝之餘務農最亟可謂知本矣今者科學大昌究農益便歐美諸國新法迭興從事類力器由拙而巧土由瘠而肥方法之妙幾駕吾國而上之然博陵鍾錢先生稟承習齋之訓兼採恕谷之長所著農學一隅理論精到與西法適相吻

合例如嗇種一篇今選種法也地無間曠一篇今客土法也糞宜糞汁二篇今肥料學也故本校講授農學一科除編授普通農學講義外並參講農學一隅附以案語傳古今中外之學說得以貫通庶可收事半功倍之效

二教法　顏李之學皆主實踐農學一科尤非實習不爲功農學一隅中種禾種棉之法皆切實可行今擬於課外在農圃同諸生實習農事一面訓以學理一面教以耕耘培植灌溉必躬親經驗既富理想自深學與藝可一貫也

博物科教授要旨

陳祖同

李先生詩經傳注本孔學詩之旨多識鳥獸草木之名當日開礦尚干例禁是以於礦物一門未之申說僅言虞學而已植物動物二者究草木鳥獸之形狀性質而施以合宜之栽培牧養植物學之部爲講農事者所必習礦質之成分知何者可爲植物之養分何者可以改良土壤於農事關係極大動物

之部有關牧畜亦影響於農業至巨此博物之關於農業者也工藝製造顏李首倡其傳馮藝稱其製器若至今日則桑楮之良可供製紙森林之茂亦利建築虎豹之皮可裁以爲衣裘鋼鐵之堅可鍊以爲機械此博物之關於工業者也今博物一科關於生物進化之理首事講釋動植物之形態礦物之色狀並示以標本圖畫其中關於農工之部更詳加解說俾諸生趨於實用之一途固不僅博識已也

理化科教授要旨　陳祖同

習齋講前立教西二齋曰藝能課水學火學工學等科今日關於物理之熱學電學關於化學之化合分解無不利用水火之力以研究自然界之變化更進而研究機械之構造簡單用品之製造尤與顏李二先生課工學之旨相合今日講授理化一面授以理論一面示以實驗於實學實習實用之旨期

於無負在理化一門尤易行也

圖畫科及手工科教授要旨

陳汝翼

圖畫分中法西法二種西法取形似中法重筆墨以畫格論西法亦極完備以畫品論則中法爲高今授是科擬先從中法入手以練習用筆用墨更兼習西法以期適用如寫生摹像圖案几何透視等畫亦幷授之務使學者借形以取神因神以見意庶幾我之國粹可以永保彼之優點可以輸入而畫法亦因之進步

手工以求實用爲主而以審美性質輔之講授是科時擬將個人用品學校用品或家庭及社會用品隨時選擇其簡易者以爲教材而倣作之或自出新理創作之務期學者養成耐勞之習慣優美之性情精密之思想以爲研究各科之助庶不至虛費光陰而鮮實效

音樂科教授要旨　　陳英

樂爲陶淑性情發表思想之具小之爲身心之範大之則與政相通是故古今言教育者咸注重之我國中學校雖設音樂一科惟於一切古樂未加深究故於樂之原理多故隔閡昔李恕谷先生學樂於毛河右不惜奔波數千里其勤懇之心堅苦之詣爲何如者今於校內設風琴鋼琴旁及笙簫打琴古琴以資練習而期深造庶可將古聖人製樂之精意彷彿遇之

體操科教授要旨　　陳英

顔李兩先生拳劍刀矛各極其精今擬酌減體操兵操鐘點添授武術其外如馬術射法等亦兼習授之

中華民國十年五月印行

第二期

編輯者　四存學會　北京西城府右街　電話西局二四〇八

發行者　四存學會　北京西城府右街　電話西局二四〇八

印刷者　武學總社　北京東城南兵馬司　電話東局一二三三

本月刊價目表

期限	本數	價目	郵費 本京	郵費 外省
一月	一本	二角		
半年	六本	一元二角	五分	一角
壹年	十二本	二元	一角	三角

四存月刊編輯處露布

一本月刊月出一册約五十頁至六十頁不等

一本月刊多鴻篇巨製不能一次備登故各門頁目各自分記每期逐門自相聯續以便購者分別裝訂成書

一本月刊所登未完之稿篇末未必成句亦不加未完二字下期續登者篇首不復標題亦不加續前二字祇於目錄中注明以便將來裝訂成書時前後聯續無間

一本月刊此期登之外積稿甚夥下期或仍續本期未完之稿或另換本期未登之稿由編輯主任酌定總求先後一律登完不使編者閱者生倦

一本月刊第一期送閱第二期須先函訂購屆時方與照寄編後訂購者如願補購以前各期亦須來函聲明始行補寄

本月刊投稿簡章

一投寄之稿或自撰或翻譯或介紹外國學說而附加意見其文體均以充暢明爽為主不取艱深亦不取白語

一投寄之稿如有關於顏李學說現尚未經刊布者尤極歡迎

一投寄之稿望繕寫清楚以免錯悞能依本月刊行格繕寫者尤佳其有欲加圈點者均聽自便否則亦望將句讀圈清以便閱者

一投寄譯稿并請附寄原本如原本未便附寄請將原文題目原著者姓名并出版日期及地址均詳細載明

一投稿者請於稿尾註明本人姓氏及現時住址以便通信

一投寄之稿登載與否本會不能預為聲明奉復原稿亦概不檢還惟長篇譯著如未登載得因投稿者豫先聲明寄還原稿

一投寄之稿登載後贈送本期月刊

一投寄之稿本月刊得酌量增删之但投稿人不願他人增删者可於投稿時預先聲明

一投寄之稿經登載後著作權仍為本人所有

一投寄稿件請徑寄北京府右街四存學會編輯處收

辛酉五月

弘風淑世

靳雲鵬題

四存月刊第三期目錄

顏李學

論說

專著

譯稿

顏李學

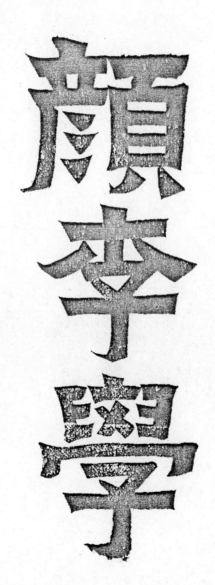

季野撰明史稿兵志。乃悉著其法於篇。古未嘗有也。蓋崑繩自幼隨其父轉徙江淮。任俠喜交游。所往還皆瑰奇瑋異逸民。習知前代故事。山川扼險關塞形勢之要。以故論人多不平。論事往往感慨悲激。而動中肯綮。條理秩如。兵事尤其所長。吳三桂之畔。天下震動。或以咨崑繩。曰。三桂鼓行而前。直抵中原。斯爲上策。順流東下。據金陵。跨江爲守。策之中也。徘徊荊襄。延日引月。此成禽耳。駑馬戀棧。安知遠圖。必無事矣。已而果如其言。當是時。崑繩知兵之名震天下。後從恕谷謁習齋。習齋曰。聞子知兵。其要云何。崑繩曰。源何人而知兵要。然竊以爲不外奇正。習齋曰。假子以烏合數千。何法治之。崑繩曰。莫先束伍。習齋躍然曰。子眞其人矣。古文自少爲甯都魏叔子所器。謂可施於用。其論文體本於天見於陰陽律度名物。託始於奇偶。而掇業於典謨。其後聱險於周誥商盤。發皇於詩禮。簡練於春秋。跌宕於論孟。縱橫變化於考工左氏傳公穀莊騷戰國策韓非諸子。漢以後若逸雄肆於賈誼晁錯司馬遷。約束於班固。而支分派別於唐宋韓歐諸大家。道非文無以載。事非文不能傳。而使人得之如葯之可以療病。如麻絲穀粟可以溫可以飽。如水可沃焦而火可禦寒也。其自負如此。恕谷爲文。蓋嘗從之問法。今所傳恕谷後集。皆交崑繩以後所爲作也。崑繩始以家貧游京師。時傭文貴富人家。相國徐元文特賓禮之。或病其不習舉業。笑曰。是尚需學而能耶。因就有司求試。中康熙三十二年第四名舉人。或勸其再試禮部。謝曰。吾寄焉以爲不知己者詬厲也。竟棄去不顧。益困無聊。往往被酒哀歌不自得。及從恕谷受習齋學。乃一斂其浚轢獨出翕張萬彙之氣。約以居敬。終日正衣冠。對僕隸必肅恭。恕谷題其省身錄。謂一身理天地萬物胥有攸賴。此執簡御繁。篤恭而天下平之術也。惜其平書不傳。而所謂自負經世之略。僅分別散見於恕谷所爲平書訂。然觀恕谷所訂與崑繩自序。其要略亦大概可覩矣。平書八則以建官取士爲要。其自序曰。周以前所遵者黄帝之制。損且益。莫能外也。秦以後所遵者秦之制。迄今莫能外也。孟子曰。徒善不足以爲政。治天下之法。可苟焉已哉。秦壞先王之法。禍中於一時。後世因之。禍流於萬世。法至元明。其弊已極。非盡棄其舊而別爲規。不可以爲治。予不揣固陋。妄爲平書十篇。平書者。平天下之書也。一曰分民。二曰分土。三曰建官。四曰取士。五曰制田。六曰武備。七曰財用。八曰河淮。九曰刑罰。十曰禮樂。爲文十有五首。分上中下三卷。大抵本三代之法。而不泥其迹。準今酌古。變而通之。以適其宜。參取後制。以洗歷代相因之弊。而反乎古。要使民生遂。人才出。官方理。國日富。兵日强。禮教行而異端熄。即使世有變遷。苟遵行之毋失。亦可爲一二千年太平之業。嗟乎。此恐志也。而識未必逮也。世之君子。有與予同志而補其不逮者乎。動而以順。行復斯民於三代。予日夜望之矣。恕谷訂之日。王子源目覩亡明之覆轍。心追三代之善政。博學廣問。日稽夜營。著爲平書。分門遞次。綱舉目張。脈絡貫通。可謂成矣。崑繩受業習齋。年幾六十矣。愈年習齋卒。不數年崑繩亦卒。表章習齋。恕谷之力居多。然崑繩以耆儒碩德。聲名藉甚。公卿貴人。皆握手願交。崑繩睥睨之蔑如。一旦躬造繩樞甕牖潛修無聞之士。傴僂北面。就弟子位。言稱師。動止唯謹。聞見所及。名流俊彥。蓋多傾心矣。恕谷始志在大行。不得所藉。乃思傳之其人。以待後之學者。故所爲書多闡明師說。崑繩始終以能行爲事。故所爲書多經世之言。而不屑屑僅尋章句。天才卓越。始年十餘。與其兄潔。從清苑梁以樟受學。梁說宋學。崑繩不首肯。兄責之。崑繩曰。眞豪傑何必僞道學。源弟矢三言。無負生平耳。兄問之。曰。忠孝以事君親。信誼以交朋友。廉恥以厲名節。兄白之師。師笑置之。而內行純篤。兄死。旬歲間。貌若非人。既葬其親。棄妻子。爲汗漫游。遇名山大壑。輒流連忘反。已復他往。見人不自道姓名。康熙四十九年。

客死山陽。年六十三。所著又有讀易通言五卷。文章練要若干卷。一子兆符。字隆川。康熙六十年進士。亦以文字知名。著有詩文集若干卷。後其兄潔。潔字汲公。所著有三經際考六十卷。（以書與春秋相表而詩緯之。攷其異同。論其世變。博采先說。參以己意。）學易經濟編若干卷。（論列廿一史人物行事是非得失。雜引以象以斷之。若韓詩外傳體。）洧盤子詩文集六卷。父世德。字克承。著有崇禎遺錄一卷。

惲皐聞名鶴生。武進舉人。明行人日昇之族子也。在秦中晤謝野臣。語以習齋爲學大旨。心善之。及以幕聘來蠡。往訪則習齋已沒。從恕谷求得所着各書徧讀之。自稱私淑弟子。因盡棄其所學而學焉。與恕谷書曰。承惠顏先生年譜四存編及辨業學規。敬展讀畢。爲之心開目朗。如靈霧豁而天日皎也。如膩得浴。如塵得刷。而身爲之輕。意爲之爽也。先生之教我深矣。苟有識知。能無感而佩乎。所痛沈沒時俗。途窮日暮。聞道已晚。用自傷也。家世以制義發科。生不知學爲何事。涉筆爲文。即得父兄稱賞。輒自矜喜。所遇師友。勉以讀古書、攻詩賦。已爲超出時俗。此二十以前之一誤也。既爲諸生。家益落。假時文章句爲人師。年益長。志科名益急。務制義益精。掇諸儒性理語。止供時文用。而無暇體究也。此三十以前之再誤也。旋遭室人之喪。貧困淒寂。夙妄自負。抑塞莫伸。遇方外人作奇突語。似若可喜。遂甘心焉。而禪宗公案。棒喝拈提。頗有省會。愈增其妄。返觀聖經。都作妙義玄言。遂徵昔人學佛然後知儒之說。此三十以後之大誤也。而從此亦喜觀陽明心齋近溪諸語錄。竟以爲眞學如是。其誤益堅。而見世俗專尊程朱。因取而觀之。見其言近於篤實。而亦自悔從前妄誕之非。尤服膺主靜二字。以爲聖賢特旨。而深愧未能也。然生平讀書頗善疑。見宋韓范司馬諸公聲光震爍。居然大人。而國勢厭厭。日就迫蹙。以成靖康之禍。竊謂西賊破寒心膽之謠。中國復相司馬之戒。直是當日訣詞。全無實驗。而見朱子每過稱張陳同甫謂人才以用而見其能否。安坐而能者不足恃。兵食以用而見其盈虛。安坐而盈者不足恃。吾謂德性以用而見其醇駁。口筆之醇者不足恃。學問以用而見其得失。口筆之得者不足恃。

觀塨日譜。白圈甚多。曰此非慊也。怠也。怠則不自覺其過。不怠則過多矣。僕記中純白圈。終歲祇數個。

心之理曰性。性之動曰情。情之力曰才。宋儒不識性。並才情俱誤。

善言常悅於親耳。善行常悅於親目。

精神竦起。使天君作主。諸念自然退聽。

書一聯云。虛我觀物。畏天恕人。

事可以動我心。皆由物重我輕。故兵法曰。敗兵若以銖稱鎰。

後世詩文字畫。乾坤四蠹也。

內篤敬而外肅容。人之本體也。靜時踐其形也。六藝習而百事當。性之良能也。動時踐其形也。絜矩行而上下通。心之萬物皆備也。同天下踐其形也。

定其心而後言。自无失言。定其心而後怒。自无妄怒。失言妄怒。皆由逐物。

入大則事小。伊尹五就湯五就桀人未聞譏其反覆背逆也

齋戒日有不悅。宜寬之曰。先考之量容之也。有財交宜讓之曰。先考之惠及之也。

法乾規先生曰。身不及口。口不及筆。先生曰。心更不及身。

省過近多自老大過也。

儼侍言有心疾。曰。習行於身者多。勞枯於心者少。自壯。

崔璠問學。先生曰。學之亡也。亡其粗也。願由粗以會其精。政之亡也。亡其迹也。願崇迹以行其義。

淡定成性者。多短於利濟。排難解紛者。恒懼其機權。豪爽詼諧者。必失之粗放。恂謹整飭者。易陷於腐迂。

宋人參雜釋老以爲德性。獵弋訓詁以爲問學。而儒幾滅矣。今元寧粗而實。勿妄而虛。

一念不敬。即一念不仁。一念不仁。即一念不聖。一念不聖。即一念不天。

十劑之養。不敵一憂。百服之力。不敵一怒。

庖羲大聖。一畫洩天地之秘。第大聖自喻。而以一畫之散見。如八八六十四卦。與天地共見之而已。唐虞之一中。第堯舜禹三聖人面授。而以一中之作用。如三事六府。與天地共見之而已。孔門之一貫。第孔子與顏曾面授。而以一貫之散殊。如四教六藝。與三千人共見之而已。

章句所以傳聖賢之道。而非聖賢之道也。清談所以傳聖賢之學。而非聖賢之學也。

心常在則自常明。一時不在。則一時妄喜妄怒。故不敬則不能明。而不明又不能敬。敬則明矣。明則敬矣。

僕謂古來詩書。不過習行經濟之譜。但得其路徑。眞僞可無問也。即僞亦無妨也。今與之辨書册之眞僞。著述之當否。即皆眞而當。是彼爲有弊之程朱。我爲無弊之程朱耳。況所謬猶因宋人之見而辨其誤。更似優恥人優。溺厭人溺矣。幼而讀書。長而解書。老而著書。莫道訛僞。即另著一種四書五經。一字不差。終書生也。非儒也。幼而讀文。長而學文。老而刻文。莫道帖括詞技。雖左屈班馬。唐宋八家。終文人也。非儒也。

荒則不覺。不覺則益荒。怠則不斷。不斷則益怠。覺則不荒矣。斷則不怠矣。常覺則斷。有力。常斷則覺亦有力。四者之功過。環相生而互相成者。然則欲求不怠故也。又語諸弟曰。同居異宮。古禮也。吾家人口衆多。養缺致失。立見可虞。今使汝等分居。自力業以習勤儉。各善爲之。夫其時獨立自營之義。私權享有之義。無人發明。而先生之於家庭。已以是行之。

且先生之於家庭。更有進於此者。昔之人聚族而居。人以輕去其鄉爲過惡。先生則以聚族生活之不易。而力主遷移。初之去曹家蕞(蠡縣村名先生本居)而移齊家莊(同縣村名先生新居)也。已爲族人開一新知識。既而更欲南遷。値方靈臯將北居。欲以其南方田宅見贈。而以先生北方田宅易之。親率其子習仁長人往相宅。既至高淳。復以靈臯言寧國亦可居。又往寧國觀焉。一路衝泥冒雪。皆長人前行。先生尾之。已而長人隨靈臯眷屬南移。卒於道。圖南之志竟不得遂。寔先生所最爲痛心之事。夫當閉關時代。交通梗阻。乃令家之人一遷再遷。不主故常。彼西人之尋新洲尋新球。當爲先生計慮及之。其進取有一往無前者。然家庭之本。變而不失。與顏先生異迹而同神。學爲之也。進觀顏李之於社會。社會者。孔子所謂天下者也。孔子目擊國家主義之戕人命。遺人道。於是以天下易國家。以德禮易法律。以師道易君道。進天下人而齊之以教育。以進於比戶可封。迨人皆自成。則並師與禮而易之。此社會主義之極致也。未至其極。則禮之一級不可捐。猶有未及。則國家一級不可捐。依次遞進。而定級不逾。此孔子之意。人不及知。當時所以欲無言。後世儒者。不推究其眞意之所在。而隨文演注。於是去孔子之眞愈遠。更推至於無極太極。人愈無所憑以尋其迹。知其義矣。夫社會主義。非城市中人。商賈中人。富貴中人。所能推見。一居鄉井。習農事。雖愚人亦無有不知。當專制之世。而諺有之曰。封過糧。自在王。當揖讓之世。而歌有之曰。鑿井飲。耕田食。帝力何有於我。此鄉里士人所習知。而自發其本懷。而孔孟所以必稱堯舜者也。乃儒者讀孔子書。反若茫然於其際。未嘗實行。未嘗切磋與鄉人接洽。未嘗以所學見之實用。驗其與人民合否。雖社會爲孔子眞義。而不能知。不能言。是以今日社會家竭力降階。乃與鄉土人相去。其不平。猶不可以道里計（今之社會家、居必樓房、出必車馬、服必綢緞、或洋裝、一入鄉里、疾首蹙額、無可容身、而所標主義、則人人平等一致也、目的手段不相應、莫過於此）教育家大倡實用主義（此主義發於江蘇、各省和之、爲今日教育中最有力之論說）稽其實在、乃僅可與城市之人如工如商者相周旋。鄉曲農夫之情形。尙非其理想中所能偶然或一及者也。顏李之所居則鄉也。其寓則城也。鄉人與城市生活不同。事務不同。因而性情亦不同。城市不必有房舍。賃屋以居。鄉則土室亦須自築。城市不必有積聚。朝不計夕。鄉則儲糧必計三年。城市有警察保衛。無須防盜。鄉則守望相助。追胥偕作。城市閉戶自謀。朝夕易鄰。鄉則鄰近之往來借取。彼此頻繁。即仍以人事往來言之。城市中人。周旋浮靡其交際。泛泛乎如萍梗之游於江湖而適相値也。故其事似繁而實易。若一鄉之人。則出入也。疾病也。有事而弔恤睦婣也。常而預及其變也。好和而愼防其決裂也。愛惡相攻。遠近相取。情僞相感。近而不相得。其變百出。因是而語言容貌。想像。雖至纖悉而必謹。因是而酬應取與贍給。雖至隔膜而必周。而強陵衆暴。其他非常之事。又不時而有。其複雜千百倍於城市。一有能自樹立。不合流俗者。譏嘲嫉恨。雖其行誼何如之中正。且擯斥之不使容也。雜於庸衆。何以不流爲鄉愿。又何以撅撅梗梗。日起有功。誠非城市中之克自修。富貴中之能自好者。所及知。而城與鄉意見不一。牴牾難免之所由。亦從可識已。（昔之人性公而溥。不自囿於地。而行事均求其通。是以仕者學者、一有所事、必有益無害於他區、今則界於地、即界於心、界塞其神明、卽如教育一端、宜最公者。乃城市商埠則張之。鄉則不顧。私而塗也。如此。政治界坐。徒事口筆。皆不動也。而人才盡、聖道亡矣。

宋元、來儒者皆習靜。今日正可習動。

世寧無德。不可有假德。無德、猶可望人之有德。有假德、則世不復有德矣。此孔孟所以惡鄉原也。世寧無儒。不可有僞儒。無儒、猶何望世之有儒。有僞儒、則世不復有儒矣。此君子所以惡文人書生也。

漢唐來至今日。作文者倣某大家也。寫字者倣某名家也。著書談學者倣某先儒也。惟體道作事。而不倣古人之成法。是則異也。

謂讀書便足處天下事。而不必習行。是率天下而漢儒也。謂一室主靜。便足明天下理。而不必歷練。是率天下而宋儒也。

講學而分門角爭。道之所以不明也。假令古聖人生於後世。伯夷之徒必詆伊尹之五就湯桀爲無恥。伊尹之徒必謗伯夷之不仕不友爲絕物。乃不惟孔孟同尊之。而殷周之際。全無他議。今日不以明道爲事。惟以口舌爭雄。故不相容也。

人不以多讀爲學。只隨分盡道便是學。

古之儒者。自有六藝以了生。後儒既無其業。遂有大言道德。鄙小道不足爲。如僧道之不務生者矣。

學兼六藝。但窮經明理。恐成無用學究。

周公之六德六行六藝。孔子之四教。正學也。靜坐讀書。乃程朱陸王爲禪學俗學所浸淫。非正務也。

自古無袖手書齋。不謀身家。以聽天命之聖賢。

君子之於桓文也。賤其心而取其功。於程朱也。取其心而賤其學。

氣不沈。神外露。非雄壯也。委歉不學。而省言斂氣。非沈定也。

思不如學而學必以習。

學者士之事也。學爲明德親民也。周官取士以六德知仁聖義忠和。六行孝友睦婣任恤。六藝禮樂射御書數。孔門教人以禮樂兵農。心意身世。一致加功。是爲正學。不當徒講。講亦學習道藝。有疑乃講之。不專講書。蓋讀書爲致知中一事。專爲之則浮學。靜坐則禪學。

周孔教人以禮樂射御書數。故曰以鄉三物教萬民而賓興之。故曰身通六藝者七十二人。故諸賢某治賦。某禮樂。某足民。至於性天。則以其高遠不淩等而得聞也。近世學者。心性之外無餘說。靜敬之外無餘功。與孔門若不相似然。

道不在章句。學不在穎悟。誦讀。而期如孔門博文約禮。身實學之。實習之。畢生不懈。

凡爲吾徒者。當立志學禮樂射御書數及兵農錢穀水火工虞。

德性以用而見其醇駁。口筆之醇者不足恃。學問以用而見其得失。口筆之得者不足恃。

爲學之難。如行步焉。心在則中規矩。心不在則不中規矩。

減冗瑣以省精力。減讀作以專習行。減學業以却雜亂。

勇達德也。而宋人不貴。專以斷私克慾註之。則與夫子不懼二字。及勇士不忘喪其元。臨陳無勇非孝等語。俱不合矣。奈之何不胥天下而爲婦人女子乎。

人不能作聖。只是昏惰。惰則不緝。昏則不熙。

道、行之人也。刻在書。將貴書而賤人。道必亡。

古聖書多記事。後儒書多談理。此虛實之別也。

孔門爲學而講。後世以講爲學。

顏李學要旨

呂澄秋

顏李之學。禮學非理學也。禮乃聖學嫡傳。學如七十子。顏氏復禮而外。得其傳者惟曾子。曾子之傳在大學。孔子歿後。傳之子思。子思嘗羣言淆亂。原本過庭之祖訓而作中庸。此二書者。漢儒載入禮經。固爲言禮之書。而欲舉天下後世皆納之於軌物。使人人日事講習者也。自宋儒病漢學苛碎。而倡言性理。二程啓之於先。朱子闡之於後。將前列二書表而出之。合論孟爲四子書。朱爲之註。而大學一書。尤生平所殫力。且以格物爲致知之本。援附程意。以補傳之闕。如則其輔翼後學者亦云至矣。然其補格致傳。祇言即物窮理。未嘗明示爲禮經。坐守虛靈。誤入禪障。逮至有清。顏先生本四勿之家學。接一貫之心傳。著存學編將後儒誤謬。一一矯而正之。恕谷先生又起而廣其傳。交遊公卿大夫間。原本其立學之旨。舉周禮鄉三物以教人。其所著大學辨業。即據之以爲格物正確之解釋。謂大學之物。不能出三物外。而吾儒格物。亦不能外此三物。分之則爲六德六行六藝。統之則爲禮。禮者履也。爲人之所不可離。於是訂定日譜。從事講習。細而日用起居。大而兵農禮樂。無一不體諸身。而見諸事。體用兼備。是乃洙泗淵源矣。誠哉爲往聖續絕學。爲萬世開太平者也。然則學顏李者。將何以踐迹而入室耶。曰道在習。習而不已。朝乾夕惕。日進無疆者。則在敬。習乃聖學之全功。論語開章明義。曰學而時習之。曾子日省。曰傳不習乎。況聖人當宋之阨。猶率弟子習禮於大樹下。誠以禮之不可忘。而習之不可以一時或已也。故顏先生本此以習名其齋。恕谷先生以習名其子。蓋皆本其生平得力之處。揭其實以詔示來者。使之勿忘。於事而有所持循。至於敬。固與禮相表裏。而於習尤有密切之關係。習朱註爲鳥數飛。恕谷曰譜冠書小心翼翼。小心敬也。翼翼則有連翩進而不已之義。豈不與朱註之習相吻合乎。且習惟能以敬持其久。

不敬則惰生焉。能自强而不息。將朽木不可雕。糞土不可朽。晝守中道而不進。若持之以敬。則聖敬日躋。學不厭而誨不倦。禮斯須不去身。論語傳註云。坐如尸。坐時習也。立如齊。立時習也。周旋中規。折旋中矩。趨以采齊。行以肆夏。行時習也。寢不尸。寢時習也。無時非習。即無時非敬。即無時非禮。昔恕谷先生有言讀盡論語。非讀論語也。但實行學而時習之一言。卽爲讀論語。讀盡禮記。非讀禮記也。但實行毋不敬一言。卽爲讀禮記。吾人欲學顏李。讀盡顏李之書。非學顏李也。但能實行其敬以習禮。卽爲學顏李。學顏李之學。而接踵顏曾。由是孔門約禮之傳。有所倚畀矣。或謂聖學之傳在六經。一禮不足盡之。不知六經之教。博文也。而約之則以禮。子貢之多識。博文之說也。一貫即約禮之旨矣。況晉韓宣子入魯府。觀易象與春秋。曰。周禮盡在魯矣。是六經原可稱爲禮。且孟僖子使其子從孔子學。直指之爲學禮。蓋禮乃聖學之統稱。他不過其目焉爾。又何不盡之有。

論說

恕谷先生畿輔形勢論注

吳廷燮

陰山之南自西徂東數千里實邊塞之奥區土地肥沃山川縈帶漢得河南以困匈奴唐築受降城以備突厥歷漢至明言邊政者莫不重視其地有清入關全蒙囊括西蒙一帶設有豐鎮歸化諸廳轄地不過數百里規模簡略無學校無里甲僅示羈縻而已恕谷先生論畿輔形勢曰自河套以東開元以西土沃地美可種五穀長人民若募民種植以厚其生又召通儒訓教以明人倫長其恩愛而立之官而屯之兵與畿輔一道同風則肩背愈厚云先生此論著於雍正庚戌乾隆中葉始分歸化置薩拉齊托克托城和林格爾清水河四廳治河套之東同治初年回亂日棘疆帥議開後套耕墾于內蒙烏蘭察布盟烏拉特部之台梁伊克昭盟鄂爾多斯部杭錦旗之纏金諸處駐兵列戍轉糧給餉及事定而墾戶客民多雜游匪教堂叢立迭生巨案蒙官佃戶釁啓催租輒議廢

墾並邊數千里幾爲盜藪不可爬梳南皮張文襄公撫晉始奏改歸化七廳理事同知通判爲撫民設學額編戶籍辛丑議開蒙墾晉撫有增設廳治之奏壬寅復申別議相度形勢規畫疆野劃豐鎭轄之二道河歸化轄之大灘薩拉齊轄之大余太三處各設廳治甯遠改設同知而以其所轄之科布爾設通判具請於朝癸卯定設四廳曰陶林分察哈爾右翼廂紅等旗地治甯遠科布爾曰五原分伊克昭盟鄂爾多斯達拉特杭錦二旗及烏蘭察布盟之烏拉特中東西三旗地治薩拉齊之大余太後綏南皮張公奏移興盛旺曰興和分察哈右翼正黃等旗地治豐鎭之二道河曰武川分烏蘭察布盟之四子部落喀爾喀右翼茂明安三旗地治歸化之大灘之教地者或當燕晉通途成踞庫歸孔道而五原則當北河之北今日後套實占西北肥沃之區丙午陝晉會奏復于河套中權鄂爾多斯左翼中郡王旗等地設根勝廳畿輔之論發於乾嘉以前岑趙諸公行於

同光以後斯亦可爲先生慰者第按漢志九原十五縣皆治河北朔方十縣皆治河南今河北惟五原河南惟東勝近河北又增固陽一治是漢二十五縣之域今爲治三此郡邑之不備也又唐豐州有積塞天德天安三軍勝州有義勇軍皆在河南而河北之東若北又有安北鎮北諸都護府張文襄擬設歸化鎮之奏有包頭一協統達舍（即大余太）南海托城三營而舊大同鎮綠軍亦于包頭大余太可可以力更分駐營旗西南自纏金至寧夏北至四子部落正西至烏拉特西公旂之西山背今則經制未定斥堠尙稀此屯戍之不備也且光緒甲申而後請開纏金屯田者則有伊犁將軍長公之疏晉撫剛公之疏請開瑠瑚灣墾田者則有晉撫胡公之疏皆梗于院議未獲施行使其時當國者有樹谷先生之識起而行之則三邊六鎮閭閻櫛比阡陌雲連即翰海燕然早列郡邑何至芒芒朔漠每勞中朝北顧之厪昔明人以東不郡遼瀋西不郡甘涼爲致亂

之本竊跡歷代邊制之詳大率建郡邑者撫馭可久建軍府者得失不常則信乎先生之論亦有造於中夏也

原孝

姚永概

中庸曰。惟天下之至誠。爲能經綸天下之大經。立天下之大本。知天地之化育。鄭君謂大經指春秋。大本孝經也。吾嘗疑之。大學云壹是皆以修身爲本。中庸言本不應殊科。及讀孝經。首曰夫孝德之本也。教之所由生也。終曰聖人之教不肅而成。其政不嚴而治。其所因者本也。然後嘆鄭君果爲知本之言。而孝悌之至。通於神明。光於四海。無所不通。非溢辭也。人莫不有身。身莫不有所自出。大傳曰。上治祖禰。尊尊也。下治子孫。親親也。旁治昆弟。合族以食。序以昭穆。別之以禮義。人道竭矣。故先王制喪服。不外乎上推下推旁推。而皆以以身爲本。以父母爲始。知有父母而知後有兄弟。知有高曾祖而後知有羣從子姓。推之得姓之始祖而同姓親推之同類之祖而中國親推之人類之祖而四夷皆親推之同出之天而鳥獸昆虫草木皆親矣故孟子曰古之人所以大過人者無他焉善推其所爲而已矣張子曰天地之塞吾其體天地之帥吾其性民吾同胞物吾與也然其端皆不出乎孝父母父母之慈其子也殆若天命然草木之護其種昆虫鳥獸之保其卵胎非有教之者也天道布順人事取予食其恩而不知報雖在朋友國人賤之而況父母是故親親而仁民仁民而愛物行之有序是爲有本有本者人共信之若夫居中國去人倫而曰吾於四萬萬之國人皆吾兄弟也彼於生我者且不知孝姓氏不通言額不接取涂人而骨肉之此無根之談不可以欺五尺童子也夫誰信之或曰人之所以不知有國者以其有家也子初生易母而養之子不知其父母誰何父母不知其子誰何夫然後知有國今夫富室委其子於乳媪厚其錢帛豐其衣食以接其心尚有不愼而

喪亡者焉何也。無相愛之性也。奪諸父母之懷。托之不知誰何之手。幸也。其說之未行于吾國也。使其至焉。神農黃帝之遺胄。其殆絕滅也夫。其殆絕滅也夫。

論從衆

姚永概

書曰。三人占。則從二人之言。傳曰。善鈞從衆。誠善矣。一人之見自不敵二人之詳且審也。今者改君主爲民國。民國所重。首在議員。選於縣。選於省。于于而來。宜乎其皆善矣。故國之大事。取決多數。雖然不可知也。何則選舉之法。患在民數之非實。實矣。患在所舉之非自書。自書矣。苟有權豪挾勢以臨之。懼其勢不得不從也。多賄以賂之。貪其賄又不得不從也。三者有一焉。則所選者善人少而不善人多。即舉三患而悉去之。而智不足以別良否。善不可得也。中於恩怨之私。善尤不可得也。故曰不可知也。夫謀及庶人。洪範載之矣。選賢舉能。禮運言之矣。古之人豈不知其法。較糊名易書以虛文求士者善哉。然而重之者誠見其弊多而匪易也嗟呼賢者少而不肖者多智者少而愚者多無國不然今取決多數萬一不善之數多于善人則是智者聽命於愚賢者受制於不肖大事從違存亡攸托使愚且不肖決之危亡無日矣今有和氏之璧隨侯之珠棄擲埋沒於泥沙礫石之中雖寶也無用之器也而人且惜之國之有賢知千萬人不可一遇者也幸而有之又困於衆多之口無以收其用夫豈特和氏之璧隨侯之珠云爾哉悲夫

專著

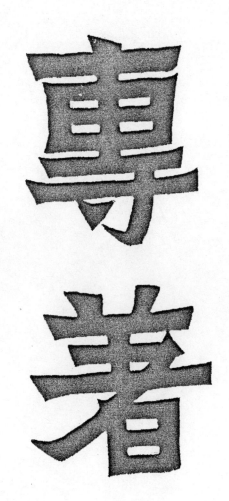

弢齋述學

徐世昌

上篇

今人導溯世界學術文化之大源。大率知有四大宗派。在西方則爲希臘與猶太。在東方則爲中國與印度。此四派之啟蒙與成立。各以其地勢氣候之殊。先後不一。序然皆各有特徵。各具因果。而吾中國乃獨開其先務焉。中國在紀元前五世紀。而有孔（儒家之祖）老（道家之祖）。其時學術文化已大盛。前攷載籍。自有文字可紀以來。尚千數百年。今吾人欲說明此四千餘年之古國。其學術文化。於全世界具何位置。及今後之能貢獻於世界者奚若。請先陳其特徵。而後明其因果。然則請爲一言以蔽之曰。中國歷代學術文化之基。蓋能以道德之體。爲政治之用者也。

易言乎道。道之爲物。其義至廣。其說至繁。然就其意義釋之。道之體道者人人共由之道路也。就其方法言之。道之用推己及人之謂道。是道即政也。古者道系略分二流。一曰孔氏。二曰老氏。孔氏論道在中庸。在止於至善。老氏論道謂道生於無。道法自然。是皆言道者。人人共由之道路也。大學中庸之道。其大要皆歸本於修身誠意。推而至於天下國家。老子稱無爲爲治。不言爲教。則知夫道者。皆能推己及人之謂也。請節取二氏之精義。分列於左。以證吾說。

(一)儒家言道之體

中庸云。天命之謂性。率性之謂道。修道之謂教。道也者不可須臾離也。以能率其性爲道

喜怒哀樂之未發。謂之中。發而皆中節。謂之和。中也者。天下之大本也。和也者。天下之達道也。以致中和爲達道

道之不行也。我知之矣。知者過之。愚者不及也。道之不明也。我知之矣。賢者過之。不肖者不及也。（以過猶不及爲失中道）

誠者。天之道也。誠之者。人之道也。誠者不思而中。不勉而得。從容中道。聖人也。（以誠爲得中之方法乃能從容中道）

大學云。大學之道。在明明德。在親民。在止於至善。（道之極則以至善爲歸）

湯之盤銘曰。苟日新。日日新。又日新。康誥曰。作新民。詩曰。周雖舊邦。其命維新。是故君子無所不用其極。（日新其德即能止極於至善）

詩云。邦畿千里。惟民所止。詩云。緡蠻黃鳥。止於丘隅。子曰。於止知其所止。可以人而不如鳥乎。詩云。穆穆文王。於緝熙敬止。爲人君止於仁。爲人臣止於敬。爲人子止於孝。爲人父止於慈。與國人交止於信。（所止在是）

（二）道家言道之體

老子道德經云。有物混成。先天地生。寂兮寥兮。獨立而不改。周行而不殆。可以爲天下母。吾不知其名。字之曰道。强爲之名曰大。大曰逝。逝曰遠。遠曰反。故道大天大地大王亦大。國中有四大。而王處其一焉。人法地。地法天。天法道。道法自然。首言道生於有天地之先故爲天下母末言道法自然亦不外自動

天下萬物生於有。有生於無。於無生有是道之要妙

莊子養生主云。庖丁爲文惠君解牛。文惠君曰。譆善哉。技蓋至此乎。庖丁釋刀對曰。臣之所好者道也。進乎技矣。始臣之解牛之時。所見無非牛者。三年之後未嘗見全牛也。方今之時。臣以神遇而不以目視。官知止而神欲行。依乎天理。批大郤。導大窾。因其固然。此言所好之道只是順乎天理因其固然

（三）儒家言道之用

中庸云。爲政在人。取人以身。修身以道。以修身爲政之證

東決。而東鹿深州。途爲巨浸。請自藁城至晉州。爲堤十八里。浚河南行歸故道。詔從之。而不果行。萬歷十三年。御寶司丞徐貞明議治滹沱。自深州疏渠分河流歸滏。御史王之棟謂滹沱不可以人力治。土疏水悍。一歲數遷。修復將歸何道。議者謂釃二渠。使自饒陽下者十之七。自深州下者十之三。不知水勢慓悍。惟其所之。誰能別其流派。使南三而北七。若云藉資溉灌。而滹水淤沙。適能害苗。是興怨耳。奏入。詔罷其役。棟與貞明二事。皆朝議之有力者。亦卒不行。其後晉州東鹿以下。饒陽以上。六七州縣。常罹昏墊。惟賴州縣官自爲堵築。未嘗大治。如深州志所載饒陽知縣徐淮。安平知縣陸載。築堤諸事是也。清一代注重河防。力求民瘼。不可謂不至。獨於滹沱永定。迄無善策。以故築堤浚河。歲有所聞。而束鹿晉縣以東數州縣之沉溺。亦相繼入告。以迄於今。清初河道東入滏。康熙末則入北泊。雍正後又東入滏。乾隆二十四年復由泊以達滏。甫十年復東入淀。五十年復南入淀。不七八年復東入淀。此後惟咸豐七年曾一入泊。餘皆東入淀。大抵南徙則入趙甯。東徙則入深冀。其災變之大者。則曰康熙初年嘉慶六年道光三年咸豐三年同治七年曁今民國六年。偏災小患。隨地遷徙之事。在滹沱視爲常然。幾無虛歲。茲不具述。其修治也。關於滹沱一河之官。自河道同知以下。大小十三四員。各有屬汛。正定以下。支河溝洫閘壩橋梁。各縣官修者居多。而下游子牙河之格淀堤。乾隆十年築之。以別清渾。及築千里長堤八十餘里。尤其著者。其議論措施之最切者。凡三事。當雍正三年河決晉縣之周頭村也。河分二支。皆泛深州。官民皆請障歸故道。使仍由甯晉以入泊。怡親王奏曰。滹沱入泊。本非正流。且泊乃大順廣三郡滙水之區。若復令濁流淤塞。患首中於三郡。殃終及於全局。今查有乾河一道。係滹水入淀舊路。由束鹿之智邱村。下至衡水之焦罔（作一旺）村。修治不難。自張岔口挑六七里。便直接決河可由焦岡以入滏。甯晉泊既免壅淤。束鹿深州亦無衝潰之患矣。詔從之。四年。又奏請塞治河入滹之路。循其故路。加以挑浚。引入滏河。以成元人未竟之功。將施行矣。以怡王薨而中輟。（一統志云已開治河者誤）其所開焦岡之道。亦以河道淺狹。隨浚隨淤。怡王薨。遂詔止之。然泊之不可淤。滹治源分而勢殺。不得謂非瞻言百里者也。而人亡政息。論者惜焉。其次則曾文正之奏疏也。同治七年。河道北徙。束鹿深州安平饒陽肅甯河間獻縣任邱保定雄縣霸州。均被其患。而文安大城爲其久據。被災尤酷。明年。曾文正來督直隸。上疏曰。滹沱別無去路。久未定議。有謂改平山治河以分其勢者。元時曾闢治河。自爲經流。怡親王亦云引治入滏。滹沱之猛可減。然滏河本入甯晉泊。今泊已淤塞。難容巨水。且滹沱挾水至多。亦不待會同治河。方能爲患。是分闢治河。未必有益也。有謂從去年新徙之道。開浚以復其舊者。查晉縣至武強二百餘里。河徙之處。一片粗砂多成平陸。絕少大段槽道。且自明至今屢次遷徙。從不能挽回故道。誠以水徙沙停。斷難復舊。是故道不可復也。有謂於南旺閘開通引河。以達獻縣回子牙之故道者。測量此地高下。似尚可施人工。惟田畝皆膏腴之地。百姓不願開河。且獻縣修治上游。仍然泛濫。是獻縣之不宜開挖也。最後派員訪得藁城南樓村迤南有乾隆五十九年迄咸豐元年滹沱所行之故道。自藁城東門外起。經晉縣趙州甯晉至冀州邵村入滏。計河路共長一百八十里。且有寬至二十餘丈深至丈餘者。就此施功。尚可著手。擬即將新徙河口築壩堵塞。惟訪諸衆論僉稱修治滹沱。乃毫無把握之事。蓋河性善徙。即束鹿縣志所載自順治至乾隆百年之間。已徙二十五次。遷既無定。修亦徒勞。或謂河性慓悍。不受約束。隄防愈堅。衝決愈甚。且多洑流。往往水尚未至。土已迸裂。築隄埝於伏流之上。斷難久恃。又或謂河沙最多。性最鬆浮。怡王修堤之時。旋開旋淤。今僅築埝濬河。終

定理
平邱
慕美
瀋水
保山
能利
廣州 遼史志廣州防禦漢屬襄平縣高麗爲當山縣太祖遷渤海人居之建鐵利州
蒲州 今承德縣北四十里蒲河區
集州 今承德東南四十里奉集堡 遼史地理志集州「渤海置州

遼
瀋州 遼史地理志瀋州渤海建契丹國志天祚命張琳討渤海自顯州進兵渤海止備遼河三义黎樹口琳遣羸卒數千移其守兵以精騎間

逕渡河趨瀋州

廣州 昌義

集州 奉集

金

瀋州 地理志昭德軍刺史中本遼定理府地遼太宗時軍曰興遼後爲昭德明昌四年改刺史

樂郊 地理志附郭遼太祖建三河縣於此後改今名有渾河 全遼志瀋陽中衛元末納哈出據其地

元

瀋陽路 地理志中統二年高驪舉國內附四年又以質子淳爲安撫高驪軍民總管分領二千餘戶理瀋州元貞二年爲瀋陽等路安撫高驪軍民總管府轄總管五千二十戶四百二十五 全遼志瀋陽中衛元末納哈出據其地 北巡私記納哈出至正二十八年七月爲遼陽行省左丞相是納哈出求降明以前今奉天遼西各縣及承德開原一帶猶爲元有也

明

瀋陽中衛

皇明世法錄東至撫順關一百里南至沙河四十里西至靜遠堡七十里北至蒲河四十里東到峨嵋山六百八十里東南到鴨綠江六百里南到遼陽一百十里西南到寧義站六十里西到順州一百五十里北到鐵嶺衛一百二十里東北到建州五百里元瀋陽路南距都司百二十里 洪武二十四年遼瀋王府 永樂六年還山西瀋州東有東牟山南有渾河又東有瀋水西有遼河北有蒲河千戶所今承德縣遼河在舊民境北四十里有蒲河區 洪武實錄四年二月壬午故元遼陽行省平章劉益以遼東州郡地圖來上置遼東都指揮使司七月辛亥置定遼都衛都指揮使司八年十月癸丑改定遼都衛爲遼東都指揮使司置定遼前衛以遼東衛爲定遼後衛二十四年四月辛未冊封皇子模爲瀋王五月丁酉置瀋陽中衛二十九年十月甲寅改置天下按察分司山東遼海道治東寧瀋陽中遼海鐵嶺三萬金州復州海城蓋州十衛廣寧中護衛廣寧中左前後四屯衛定遼左右中前後五衛三十年五月己卯陞瀋陽中護衛 明史地理志瀋陽中衛洪武二十四年建瀋王府永樂二年遷潞州三萬衛洪武二十四年建韓王府永樂二十二年遷平涼 按明祖建瀋韓二府有經營今吉江二省規模永樂移改蓋國之本

遼陽州

天命六年三月癸亥克遼陽四月遼都於此十年三月移瀋陽順治十年十一月設遼陽府附郭遼陽縣十一年四月府移奉天康熙三年六月升縣爲州光緒二十六年八月二十七日俄師入之三十年八月日師入之約成皆退

漢　後漢

遼陽縣

遼史志太祖神冊四年葺遼陽故城爲鐵鳳城以渤海漢戶建東平郡爲防禦州天顯三年升爲南京城名天福十三年改南京爲東京府曰遼陽新斠地理志遼東郡遼陽今州治　楊氏水經注圖遼陽今遼陽州　汪氏漢志釋地以襄平爲今遼陽今自遼中置縣當漢襄平不得任州治　漢志以山川定郡縣遼陽注大遼水西至遼陽入遼莽曰遼陰今太子河爲梁水即州境大川　水經注小遼水逕遼陽與大梁水合今渾河亦經州西北故知即漢晉遼陽

魏　晉

遼陽縣

水經注遼水出砥石山自塞外東流直遼東之望平縣西屈西南流遼襄平縣故城西故平州治南經遼隊縣故城西又南小遼水注之又東南過房縣西右會白狼水又東南過安市縣西南入海今自遼中置縣大遼河即由新民南經遼中西至海城西南營口入海以地望准之望平爲今開原法庫襄平爲今新民遼中遼隊爲海城營口爲安市今遼陽實無遼水即漢遼陽

前燕　秦　後燕　北燕

遼陽縣

燕郡 晉書慕容熙載記高句驪冠燕郡

和陽縣 晉書載記慕容皝咸和九年自征遼東以杜羣爲遼東相安輯遺民置和陽武次西樂三縣 盛京疆域考和陽今遼陽境

後魏

遼東城

磨米城 今遼陽之沙河地

隋 唐

遼州 通鑑貞觀十九年伐高麗五月車駕至遼東城下甲申克之以其城爲遼州注今大元遼陽府

安東都護府 上元所置新唐書

遼城州都督府 錄安東都護府全唐文李嶠爲納言姚璹等賀破契丹表伏見遼東都督高仇須露布逆賊孫萬斬等隔率凶黨燒遼州城城中出兵與賊血戰靈應潛施勇士皆奮遂使彌屍蔽於草莽俘馘聚於轅門史以爲高氏終於都督德武不知尚有仇須可亞唐文補之

渤海

常樂縣 蓋州盛京疆域考今遼陽州治

紫蒙

遼

東京遼陽府 地理志東至北烏爾呼赫四百里南至海邊鐵山八百里西至望平縣海口三百六十里北至挹婁縣范河二百七十里

天顯十三年改南京爲東京府曰遼陽

遼陽 渤海金德縣地又爲常樂縣

祥州 懷德

金

東京遼陽府 遼東京

遼陽 倚東梁河國名烏勒呼必喇俗名太子河

攤數分及一錢。多者有至數倍。凡地方之辦公。上司之規禮。京官之餽送。咸取給焉。一省事多者則多攤。事少者則少攤。官廉者攤少。官貪者攤多。歲無定額。皆視其時其地其人之用度爲之。今人謂耗羡爲地方稅者。以此耗羡歸公之後。又有平餘。名臣傳。乾隆二年。四川巡撫碩色奏。川省恒例。相沿火耗羡餘。外百兩提解六錢。名曰平餘。蓋其時平餘已盛行。一省如此。他省可知。雖令碩色永行革除。然各省平餘迄未絕也。

雍正時之財政

康熙之末。承平既久。休養生息。商民富庶。司財政者。內自戶工諸部。外自布政司以逮州縣。旁及關鹽各差。猶於寬大。而虧空之弊日甚。各省挪缺侵漁。動輒盈千累萬。督撫明知其弊。而相容隱掩覆。往往改侵欺爲挪移。勒限追補。視爲故事。而歸完者絕少。其新任者。上司偪受前任交盤。雖有虧空。不得不受。又因以啓效尤之心。挾制上司。不得不爲隱諱。任意侵用。展轉相因。如江蘇一省。錢糧積欠八百餘萬。而官侵吏蝕竟居其半。官員之取於商民者。錢糧有火耗。供軍有差徭。多立名色。恣其科派。關稅雜稅則視贏收爲當得。而所報正額或不敷。鹽欵如匣費陋規之類。數亦日多。有歛浮收科派之財。以供上官者。有分所得規費。以給京寮者。百貨豐物價廉。錢貴。上下之力皆綽然有餘。故無怨讟。亂之作。古人所謂役財驕溢。史臣頌康熙之治。曰財不聚而豐者也。雍正之始。迭下嚴旨。從新整頓。首以查辦虧空爲要政。無論已參未參。均限以三年補足。毋派累民間。毋藉端遮飾。限滿不完。從重治罪。其後凡虧空較多之省。皆特簡欽使勘治。官員輕者黜革。重者死徙。其伏法而未完者。以耗羨等欵補之。歷來即位恩詔。虧空寬豁一條。特删而不列。故虧空之風一絕。二年以山西布政使高成齡之請。因令各省耗羨歸公。定官員養廉及公用各項。皆於耗羨支之。凡關差鹽差相沿視爲所得者。皆奏請歸公。關稅則增盈餘。鹽課則收公費。歲入之加者蓋數百萬。虧空既清。歲入之隱加者又不下數百萬。青海之平。苗疆之征撫皆糜庫金。而西北路用兵準噶爾者。且費至五六千萬。財政整理有效。而增兵增官者亦繼作。改各衛所爲郡縣。改土司爲流官。分府屬知州爲府及直隸州。江南以清理錢糧。且增同城之縣。奉天吉林熱河皆設民吏與軍戍。規模愈大。則用費愈多。然乾隆初部庫尚存二千四百餘萬。論者謂非雍正中清釐整飭之功。必不能至是。綜雍正元年歲入。地丁徵銀三千二十餘萬兩。米豆麥四百一十二萬餘石。鹽課徵銀四百二十六萬。後又加耗羨三百餘萬。關稅盈餘二百餘萬。計共四千餘萬。而茶引雜稅諸款。尚不與焉。此雍正中財政之大概也。

按耗羨歸公。其時功令。謂耗　分數。不可以酌定。恐既定之後。不可復減。然其後仍定額。其時王大臣本請試之山西。以論駁之。遂推及各省。今列其數如左。

直隸併山西協解	三十萬
奉天	一萬
山東	四十八萬
山西	三十七萬
河南	四十一萬
江寧	一十四萬
蘇州	三十二萬
安徽	一十九萬
江西	二十二萬

節皆為禪舜張本。

帝曰疇咨若予采（采事也史記堯又曰誰可者）驩兜曰都（歎美詞）共工方鳩僝功（孱求大功）帝曰吁靜言庸違（靜善也善言其用僻）象恭滔天（似恭漫天）

闓生案。堯知四凶之姦而不能去。此寫其知人之明也。其不能去所以有待於舜也。

帝曰咨四岳（四岳一人而總四岳諸侯之事者）湯湯洪水方割（割害也）蕩蕩懷山襄陵（懷包也襄上也）浩浩滔天下民其咨（咨嗟也）有能俾乂（俾使也乂治也）僉曰於鯀哉帝曰吁咈哉方命圮族（方負也圮毀也）岳曰异哉（异歎也）試可乃已（試不可用而已）帝曰往欽哉九載績用弗成（績用重文即功用也）

闓生案。鯀治水不成。亦所以起下文之用舜也。

帝曰咨四岳朕在位七十載汝能庸命巽朕位（庸用也巽踐也）岳曰否德忝帝位（否鄙也）

四存月刊

曰明明揚側陋（令眾顯位及疏遠隱匿者）師錫帝曰（師眾也錫言也）有鰥在下曰虞舜（在下謂民間）帝曰俞（然也）予聞（聞有此人）如何（問其詳）岳曰瞽子父頑母嚚象傲克諧以孝（能和以孝）烝烝乂（烝烝進也乂治也）不格姦（格至也）帝曰我其試哉女于時（史記于是堯妻之二女）觀厥刑于二女（刑法也）釐降二女于嬀汭（釐降飭下也舜能飭下之）嬪於虞（二女在虞如婦禮）帝曰欽哉（欽敬之也）

闓生案。舜初起時事。納於堯語中。更不別叙。開後世合傳文法。此下即遞入舜事。而納堯崩於舜事中。不惟文法應爾。二帝事功。本相為起訖也。據此。堯典以外。似不應更有舜典矣。

慎徽五典（徽和也典常也史記使舜慎和五典）五典克從（從無違也）納于百揆（百揆百官史記徧入百官）百揆時叙（時叙承順也）賓于四門（賓古文儐）四門穆穆（諸侯遠方賓客皆敬）納于大麓烈風雷雨弗迷（入山林川澤舜行不迷）

闓生案。叙舜初起政績。為禪位張本。

帝曰格汝舜（格來也）詢事考言乃底可績三載（依北堂書鈔校底至也績行也史記汝謀事至而言可行三年矣）汝陟帝位舜讓（句）于德弗嗣（德猶志也嗣本作台即怡字于德弗嗣于意不悅也）

闓生案歷試三載。於堯語中見之。以取簡勁。又結上文。

正月上日（上日朔日）受終于文祖（文祖堯太祖也於是堯老命舜攝政）

闓生案此提筆。以起下文攝位時諸政。與後文月正元日格于文祖。文法對照。

在璿璣玉衡（在察也璿璣玉衡北斗七星旋璣斗柄四星玉衡杓橫三星也）以齊七政（七政天地星辰日月鍾律歷也）肆類于上帝（肆遂也非時祭天曰類時舜告攝非常祭也）禋于六宗（六宗日月北辰岱河海）望于山川（望祭山川）徧于羣神

闓生案先敘事天祀神之事。孟子所謂使之主祭而百神享之。是天與之也。

輯五瑞（五瑞珪璧琮璜璋）既月乃日（擇吉月日）覲四岳羣牧（見四方諸牧）班瑞於羣后（班還也玉者信瑞事畢還之）歲二月東巡守至于岱宗柴（燔柴祭天）望秩于山川（以尊卑秩次祭之）肆覲東后（遂見東方

君長協時月正日同律度量衡修五禮五玉（即五瑞）三帛（公侯以玉爲贄三帛赤黑白繒所以薦玉）二生一死贄（孤卿以下執禽二生羔鴈一死雉也）如五器卒乃復（五器即五玉）五月南巡守至於南岳如岱禮八月西巡守至于西岳如初十有一月朔巡守至于北岳如西禮歸格于藝祖（藝禰也依史記白虎通當作祖禰）用特（用特牛禮）五載一巡守羣后四朝敷奏以言（敷徧也奏告誠也）明試以功（功事也）車服以庸（庸勞也謂勞以車服此倒句法）

闓生案。此節皆察吏之事。所謂使之主事而事治。百姓安之。是人與之也。巡守所至。必先祭祀。則又兼事神治人二義。

肇十有二州（肇兆同兆域也）封十有二山（以山爲識）濬川

闓生案。此下各節。類記舜攝政大事。域分、一也。制刑、二也。四罪、三也。所記舜之政績。亦止此而已。又案濬川即禹之治水也。禹治水在舜世。亦舜之功也。

象以典刑（法用常刑）流宥五刑（流放也宥寬也即五流也）鞭作官刑扑作教刑金作贖刑（意善功惡使出

金贖罪　眚災肆赦（肆過失也過失雖有眚災則赦之）怙終賊刑（怙惡終賊則刑之）欽哉欽哉惟刑之恤哉（恤慎也此於敍事中記其戒命之辭著慎刑也）

闓生案。此節恤刑。

流共工于幽洲放驩兜於崇山竄三苗於三危殛鯀于羽山（幽洲在北崇山在南三危在西羽山在東此非一時事史類記之）四罪而天下咸服

闓生案。因制刑遂及四罪。迻勢而下。此下遂接堯崩。更不別叙一事。但詳舜之分官命職。而羣賢在朝。天下已大定矣。蓋舜典專注重後半二十二人之進用。以前所敍。皆屬包掃之筆也。四罪句重頓作束。

二十有八載放勳乃殂落（依孟子說文校）百姓如喪考妣三載遏密八音（遏止也密默也）

闓生案。此節結束堯典。

月正元日（月正正月元日朔日也）舜格于文祖（至文祖廟）詢于四岳闢四門明四目達四聰（通四

方岳后咨十有二牧曰食哉食爲也勉之之謂惟時柔遠能邇惟時惟是也能安也惇德允元勉德進善
而難任人難拒也任佞也蠻夷率服率自也
闓生案。此舜之初政。氣象一振。二十二人雖皆舜所咨命。然唯九官爲新所
登用。至十二州之牧。則舜不得更易之也。但加以戒儆而已。四岳任尤隆重。
則首詢而不更申誡。紀述自明。
曰咨四岳。言舜曰以別堯也有能奮庸熙帝之載奮庸皆成也熙美也載事也史記有能成美堯之事者使宅
百揆亮采惠疇宅百揆度百官也亮采相事也惠猶爲也疇誰也僉曰伯禹作司空帝曰俞咨禹汝平
水土惟時懋哉惟是勉之禹拜稽首讓于稷契暨皋陶帝曰俞汝往哉帝曰棄黎民
阻飢阻始也汝后稷后當依列女傳作居播時百穀時蒔也帝曰契百姓不親五品不遜遜訓也
汝作司徒敬敷五教在寬五教五品之教帝曰皋陶蠻夷猾夏猾亂也寇賊姦宄汝作士
五刑有服服制也大刑用甲兵其次用斧鉞中刑用刀鋸其次用鑽笮薄刑用鞭扑五服三就就等也三等野市朝也五流有

宅五宅三居（宅度也大罪四裔次九州之外次中國之外五流之目未聞）惟明克允（克能也允信也）

闇生案。九官、禹稷契皋陶伯夷夔龍爲重。工虞爲輕。於命詞繁簡見之。

帝曰疇若予工（誰順予工）僉曰垂哉帝曰俞咨垂汝共工垂拜稽首讓于殳斨暨伯與帝曰俞往哉汝諧（諧偕也使偕往爲佐）帝曰疇若予上下草木鳥獸僉曰益哉帝曰俞咨益汝作朕虞（朕虞官名朕校也猶校人校尉）益拜稽首讓于朱虎熊羆帝曰俞往哉汝諧

帝曰咨四岳有能典朕三禮僉曰伯夷帝曰俞咨伯汝作秩宗夙夜惟寅（寅敬也）直哉惟淸（直當也哉殺同事也惟宜也當事宜靜絜）伯拜稽首讓于夔龍帝曰俞汝往哉帝曰夔命汝典樂教胄子直而溫寬而栗（栗堅也）剛而無虐簡而無傲詩言志歌永言（永長也）聲依永（永詠也）律和聲八音克諧無相奪倫（奪易倫次也）神人以和夔曰於予擊石拊石百獸率舞（石磬也磬和則無不和拊小擊也率舞自舞也命官忽記夔胄美韶樂也與前欽哉恤刑文法相似）帝曰龍朕堲讒說殄行（堲疾惡也讒說邪變也殄善也殄行善言也）震驚朕師（師衆也）命汝作納言夙夜出納朕命惟

允（允信也）

闓生案。韶爲舜德之至。故於樂獨詳言之。神人以和句。藉以總結全篇。自篇首格於上下至此。皆神人幷舉也。然非於樂舞。則亦無以發此義矣。加入夔言爲證。亦極寫韶樂之盛。又案言百獸率舞。則人民之感化不待言矣。此透一層敘法。

帝曰。咨汝二十有二人。欽哉。惟時亮天功（惟是相天事）

闓生案。分命既竟。更以特筆總結作收。仍是人神幷舉之義。人事盡職。皆歸之於天也。

三載考績。三考黜陟（句）幽明庶績咸熙（遠近衆功皆興）分北三苗（北古別字）

闓生案。官皆稱職。則更無餘事。但明賞罰而已足矣。分北三苗。乃大事之特殊者。附載於末。

克字子儀爲証援据精鑿足見訓詁有益經學而方望溪氏拘於條例謂春秋無書字之法引祿父考父行父以證郲儀父之爲名因是以克與儀父爲二人其說已近於迂而顧震滄氏乃謂郲子克是儀父之子不得爲儀父之名更不知出何典記矣

鄭伯克段于鄢傳　此篇左氏之意專以譏莊公之不孝所謂探源立論也太叔出奔共與遂置姜氏于城潁銜接一氣不可劃分其書曰以下云云乃後人所加入非左氏本文何以言之以其與左氏本指不能密合故也左氏此傳歸宿非譏段不弟乃謂鄭伯不以弟畜段亦無以段與鄭伯如二君之意曰克者明謂鄭伯以兵力勝段傳中所稱皆謂鄭伯處心積慮以陷其弟罪不止於失敎義甚章顯而說者多盲從之則不深考本文之過也凡古人作書雖千端萬緒皆有一意以主乎其詞此曾文正公爲山旁薄必有主峯龍袞九章但挈一

領之說也詳讀此傳則武公之不能預防姜氏之溺愛叔段之驕縱自知不自檢束祭仲公子呂之與莊公同謀皆可按迹以求而非甚事之本原即非左氏精神所專注故非有宏遠之識不能作書其曰將襲鄭夫人將啓之者何以知其將襲將啓此則莫須有之獄憑空搆造文致其罪凡千古人君誅滅大臣及骨肉謂某某將反先事發覺皆此類也司馬遷之傳淮陰侯及淮南衡山王皆備載當日爰書之詞驟而觀之一似淮陰侯淮南衡山之眞爲叛逆者而實則深明其不反其敍法與左氏此傳正同非知其文烏能知其義乎祭仲之同謀太叔之不反皆非以私意懸斷之尙有一確鑿證據詩將仲子兮假設莊公之詞謂仲固可懷父母諸兄人言亦甚可畏其發明莊公祭仲之同謀蓄意可謂深切著明矣當時二人陰謀通國皆已微知之獨段恃兄愛而不自知耳叔于田二詩深著段之仁好與其射御之才而諷以將叔無狃戒其傷女衆方共惜

毀之抑慮鄭莊公所搆陷此豈欲遣反者乎然則左氏又明載太叔完聚繕甲兵而不正言以爲之申辨何也彼固非執途人而語之以爲後世眞能讀吾書者自能深知吾意之所在也以此意求之又有三者之可言一則深入無淺語雖紀錄尋常之事亦皆具有非常之宏識創意造言逈不猶人而文字必以抑遏掩蔽爲奇乃千古不傳之秘訣非故好爲其異也一則凡賢人君子之處世保身最難左氏之時鄭莊雖已久亡而當世有處權勢力之大人其心術行徑與鄭莊爲類者殆倘不乏假使眞知左氏有此宏識能盡窺其詭秘而不能或欺則疑忌之所中小者廢棄不用大者危及其身此所以爲文不能不抑遏掩蔽之而又藏其書以免時難也一則使後世讀書之士知古書辭意微妙難識未可以淺嘗造其深必將潛心鉤稽細尋脈絡千搜萬索雖一字不輕放過讀之久而前所迷離惝怳百計莫尋端緒者忽覺心中豁然以明則吾之智識已

變遷乎凡庸叉其久而萬物之情狀皆滑列於吾前備知人情世事之變態雖幽隱靡弗窺燭同一事也他人則俟太叔奔共之後尙茫然莫識所由來而已顧於請制請京之日即決知勢有必至理有固然無可解免覩始而知終見微而知著幾疑若知幾之神而實則皆自其知文之識有以爾孺孕育之識見旣閎品行自卓不獨近於鄭莊之事絕意不爲即有高出鄭莊數倍者吾且睥睨視之矣使此人而肩天下之重任必能運以精心於利病得失剖析毫芒宏綱細目條理畢貫思患預防於冥冥之中而觸然而無所滓施謀決策動關數百十年之興亡何至愈謬愈以爲是至禍迫眉睫而不知審如是也天下之受其賜爲何如而要皆基於讀書知文之時凡吾國極諸精書靡弗能獲斯益而左氏亦所擅長也苟明斯義則斯傳之微指固已瞭如指掌孔子之書鄭伯克段于鄢其大義固已深明而諸家紛紛議論或兼責叔段或由原鄭莊或備舉春

燐、燐質形色如白蠟過養氣則生烟焰而成燐養、動物中血肉乳骨等皆有之、骨即燐與石灰所成也此質水不能消而最易焚燒故製火柴者必用之、

矽、矽爲天下至多之質然獨質甚少白沙石英皆與養氣合成之矽養也玻璃中亦多矽養質與鹻類化合能助植物皮莖之堅緻

綠、綠氣色黃綠氣味甚濃而有毒人吸之則患喉痛然食鹽中綠氣最多而不覺其毒此物化之妙也、

鉀、鉀爲金類之輕者軟如蠟色白而微藍常含於花鋼石火成石中石腐而入於泥土與養氣化合則成鉀$_2$養即鹻類也鉀又有二雜質一爲鉀$_2$炭養$_3$一爲鉀淡養$_3$鉀$_2$炭養$_3$未鍊時名爐灰、養淡養$_3$俗名硝、

鈉、鈉形色如鉀多含於石鹽及海水中泥土中亦間有之與綠氣合爲鈉綠即食鹽也、

鈣、爲石灰中之金類、與養氣化合、則成石灰、以石灰、壅地、能使地、肥、

鎂、色如銀、火成石內多有之、

鐵、爲人常用常見之物、遇空氣則結鐵養而生鏽、然必係雜有炭氣、無炭氣則不鏽也、

鋁、色如銀而更光亮、捶之能薄、曳之能長、在空氣中不鏽、與養氣化合、則爲鋁養二、肥沃之土、皆鋁二養三與矽合成也、

分土質

各原質之名、及其形性功用、既略述之矣、然所以述此者、非爲講求化學、蓋各種土之有何質、與其所以稱肥瘠之故、各植物內之有何質、何植物之宜於何種土、各肥料內之有何質、何肥料之宜施於何土、何植物皆有農學家攷出之成績、可一覽而知也、今先取英人黑球華來恩之化分泥土表錄列如下、

	極肥滋泥	稍肥膠泥	瘠沙泥	瘠草煤泥	瘠白粉泥（以百分計之）
生長質	十二	十一	五	四十九	二〇三
中有淡氣	〇五	〇四	〇二	〇七	〇一
鉀二養	一	〇七	〇三	一	纖微
鈉二養	二	〇一	〇三	一	纖微
鈣養	四	四〇二	〇一	三	五十
鎂養	一	纖微	纖微	三	〇八
鐵三養四	八	十	六〇五	十	〇七
鋁二養三	三十二	三十四	六〇五	十	〇七
炭養二	六	八〇四	〇三		二十四
輕三燐養四	〇五	〇三	纖微	〇〇六	〇二

輕二硫養四	一			一	一○二
矽養二	三十	三十	八十七	三十五	二十○七
綠氣	一○五				
化分所失	一	○三	○八	○九四	○二

此表從農學初階錄出、於百分之數未盡合、以無別本可校正、姑仍之、

由上表觀之、滋泥膠泥內、鋁二養三與矽養二爲多、沙泥內矽養二爲多、草煤泥、則半爲生長質、白粉石泥、則鈣養居其半、然其所以或爲肥、或爲瘠、由其或適植物之用、或不適植物之用也、欲知植物需用之物、必先別植物內之各質、

植物內質上

植物所含之質、大率爲木紋質、小粉、糖、膠、蛋白質、哥路登、（與麵筋同質）流質油、定質油等、木禾稈、乾草、麩皮、核桃殼、棉花紋、麻紋等、大半木紋質也、乾山芋內大半

爲小粉質、玉蜀黍、小麥麪、及他種穀粉內、均半爲小粉質、糖質、則甘而最易消化、甘蔗、胡萊菔、紅萊菔、及各種果類、皆有之、膠質、爲甚黏之物、各植物內皆有之、蛋白質、則似雞蛋之白、哥路登、則皆含於小粉內、以細麻袋盛麥粉、置盆盎中、以水沖之、則小粉溶合水中、而哥路登留於袋內、流油、定油、各植物亦皆有之、而以子與核仁內爲多、胡麻子、菜子、麻子、罌粟子、棉子、核桃仁等、皆最易見著也、外此又有加西以尼、（一名故迷尼）其質亦似蛋白、各種豆及乳餅等物多有之、凡此路植著、在植物莖幹之內、則木紋質爲多、子實之內、則小粉質爲多、根菜之類、如山芋、胡萊菔等、亦多小粉質、而動物內之定油、與植物之定油相似、骨與皮、肉之直辣的尼、亦屬膠質、筋肉內之非布里尼、又與哥路登相似、取骨與皮、以水煮之、則水必黏、冷而成膠、即直辣的尼也、取鮮肉以水洗之、盡去其紅色之血、則所餘白色者、甚似麪筋、取鮮血以樹枝鞭之、則有絲留於枝上、即非

布里尼也、

以上所言動植物之各質、皆雜質也、雜質者、數原質配合而成者也、此路雜質、大率為炭輕養淡四原質及少許之硫燐所合化而小粉、糖、膠、流油、定油、木紋質、皆含炭輕養三原質者也、麥內之哥路登、肉內之非布里尼、蛋之白、骨內之髓、（西名爲辣的尼）皆有炭輕養淡硫燐六原質者也、或以有淡氣、無淡氣兩類分之、亦簡要易明、表爲下、

無淡氣類	小粉	膠	糖	木紋質	油
有淡氣類	哥路登與飛布里尼	蛋白質	加西以尼（即動物膠）		

至有淡氣類無淡氣類之二質、其在穀菽根菜之內、各有多寡之不同、今更取日本恆藤規隆書內之植物分析表、節錄如下、

穀類（此下各類皆就日本伊勢產言之）

譯稿

方設有大學後援會。種種爲大學謀便利。巴黎亦有此會。爲大學募集獎學金等。其他地方大學規模較小者。對於所在地方實業有關係之學術。亦特爲注重。以期保持大學之存立。古路諾蒲爾因實業家之提倡。議定一種工業教育獎勵金。以援助該處大學之發展。此實由于法國實業家鑑於德國工業之進步。特籌此對抗之手段。此類事業實起於利翁及其他地方也。要之法國大學近來大有醒悟。惜其政爭甚劇。中央政府更代頻繁。地方自治精神。亦不十分發達。古氏改革案終未徹底實行。改革案所限定大學必須設四分科一節。能如此完全組織者甚少。仍以單科居其多數。惟醫科大學預科兼設者較多耳。法國大學教授。向多世界著名之學者。得諾別爾賞金者。亦以法國學者爲多。然大學教授之待遇。則不及德國。巴黎大學教授年俸約四千八百元至六千五百元。其他地方自二千四百至四千四百元。學生聽講費概爲大學入款專充圖書實驗費之擴充經費。充教授者不僅至恩給年齡。必須退去現職。改爲名譽教授。其未達恩給年齡者。如大統領或大學評議員等別有意見者。亦得命其退職。或轉任大學教授之位置。實不得謂之穩固也。

法國完全大學。分爲法醫理文四科。其神學一科。自政教分離政策施行後。業已廢除。分科大學最盛者。爲法科。各大學無不設此科。法科入學之資。爲官立中學畢業生。入學二年。考試及格。得稱學士。再一年考試及格。得稱碩士。再一年考試及格。得稱博士。博士考試。分爲法律及政治與翻譯二科。必在學四年後。方得預此項考試。此二科中一科取錄者。再應他科考試。亦得稍從簡略。法科之次最盛者。爲醫科。現因醫學畢業生過多。將禁止外國醫生營業。願學此科者。人數亦稍見減少。巴黎。孟白黎。耶昂。溪三大學。均有獨立醫科。里昂。波多。都魯斯。三大學。均係藥科與醫科合併。此外醫科大學及獨立專門醫校共有十六校。專醫有幾部分程度與醫科大學相當。入醫科大學者。須中學畢業生。其入理科大學後。得有理科許可狀者。亦得入醫科大學。醫學生入學四年後。得預博士考試。專醫畢業生欲得博士頭銜者。亦須至大學考試。但得省略口試幾許。因博士稱號。惟大學有特授之權。而專校無之也。入藥科大學者。須中學畢業生。藥學生入學。須從事藥劑業務三年以上。滿三年後。應試合格者。得給與高等藥劑師許可狀。無博士稱號。此外有一種藥師許可狀。其程度視高等者稍低。入學資格及考試程度。亦隨之而低。

理科大學。分理科數學科兩種。入學資格。係中學畢業生。在學一年後。經過考試合格者。得給理科許可狀。在學三年考試合格。得稱理科碩士。又一年後。提出新發明之論文。應博士考試。合格者。即可得理學博士稱號。

文科大學。分哲學科史學科二種。其講座之數。各大學不相同。多者二十二。少者五六。舊制此種大學。關於研究學術之結果。均用通俗講演。以期普及。近則置重根本的研究。品位增高。文科大學。與理科大學。授與稱號。均占一種特別位置。中學校學生。欲入文科大學者。須由文科大學考試。考取得有秀士稱號者。方得入學。此項考試。在大學不在中學。惟考試委員。得加入中學教員。考理科者亦然。故中學畢業生。實以考取此項秀士稱號。爲入學文理兩科之媒介。官立中學。與文理兩大學。有密切之關係。此兩大學。實足制中學之死命。此兩分科大學。尙帶有爲他科大學預備之性質。兩大學之位置。實較他科大學。有特別情形也。

應秀士考試者。年歲至少在十六歲以上。且須至中學校最後學年。方得預此考試。考試分筆試口試前後二種。先應筆試考試。過一年後。應口試。每年舉行考試二次。其考試時期。中學生羣集巴黎大學。人數約在二萬以上。口試處所允許當心人參觀。以資他日考試之參考。每次考試取錄者。不及應試者之半數。應考者一再落第。比比然也。

法國之科第稱號。有似一種之許可狀。均有相當之特權。不應國家考試。不能得一切之稱號。欲充大學教授及中學校正教員者。均有競爭考試。其考試亦甚難。應大學教授競爭考試。須曾考得博士年在二十五歲者。應中學校正教員考試。無年歲限制。但須考得理科或他科之碩士資格者。考試分筆試口試二種。考試委員由政府特委。其考試目的。實欲精選大學中學教員。提高學校之程度也。

法國大學經費甚大。既有大學後援會等。以提倡補助大學為事。但為數甚少。仍以國庫供給費用為主。大學總長由於官選。大學教授。除由分科大學推薦外。兼有由教育總長呈薦於大總統者。如大學新設講座。其教授之任命必出於教育總長之推薦。蓋至今學界思想。猶含有拿破崙之精神也。大學爲有特權之團體。其目的在維持社會之秩序。其防範教徒之執教育權。警備尤至。大學待教授甚優。厚薪俸之額數。爲本身謀稸蓄。爲家族謀畜養。無非欲保持教授之品性。充大學教授者。亦絕對無服從之義務。中等學校及高等學校之待遇生徒。均用軍隊之指導。毫無選擇職業之自由。其中何者爲官吏。爲技師。爲兵士。均受政府之指定。學校訓育。極主嚴格。中學校管理。生徒得課自由刑罰。拘留自三日至三月。雖大學教授。亦與官吏有同等之宣誓。不得自由。大學教授。不但長官得任意黜免。並得課以自由刑。大學在教育上占有特權。其他學校皆不能。至無一發案權。亦不許有一競爭者。國立一切學校。其制度訓練課程。無一不相同。私立學校及寄宿舍。其中生徒。須送入國立學校。其收寄生徒。須得政府之許可。私立學校及其寄宿舍。所用招牌文句。故須經草占有勢力也。

嘉庫本憲法之特色在取直接國民主權之主義與第一次憲法相反立法議會僅有議決法律案之權無確定之之權爲使法律有效力須更付之國民總投票國民之權利若有時爲國權所侵害國民有自行反抗國權之權利與義務立法議會之選出由直接普通選擧以一年爲任期與第一次憲法同取一院制執行機關以議員二十四人組織之參事會充之其議員自立法議會各縣選擧會所選出之候補名簿中選擧之。

此憲法雖以千七百九十三年八月九日公布特當時形勢未容實行其公布之後僅兩月依其年十月十日（共和二年「凡迭彌耶路」十九日）之法律迄于和平回復延緩憲法之實施組織假政府在國民會監督之下行使一切之權力兩年之間法國實陷于無憲法、無秩序、全內亂、無政府之狀態

第三　共和三年之憲法

千七百九十五年八月二十二日（共和三年「弗叩庫其多路」五日）國民會由巴昔丹古略之提案議決新憲法案直付之國民總投票總投票於九月二十三日以對約五萬票之百餘萬票大多數通過之而此憲法自千七百九十五年十月二十七日實施矣。

此憲法通常稱之爲共和三年憲法又曰「地列克他阿路」政府之憲法（Constitution directoriale）此名稱蓋取之執行機關也。

此憲法視嘉庫本憲法溫和多矣全部由三百七十七條而成其開首雖列記人權及公民權與前次憲法相同而無如嘉庫本憲法之國民反抗權且於列記權利之次並爲公義務之列記。

立法機關一反前憲法之一院制而始取二院制上院曰元老院（Conseil des

Anciens）下院曰五百院。（Conseil des Cinq—Cents）其選舉。二院均用間接選舉。於各縣同一之選舉機關選出之。惟被選資格兩院有別。兩院皆任期三年。每年改選三分之一。兩院之權限。各自不同。有法律之發案權者。只五百院。元老院惟于法律之全部決其可否。而無修正之權。

執行機關名爲「地列克他阿路」（Directoire）通常譯爲「執政府」。以五人組織。立法議會選舉之。每年改選五分之一。各總長爲單純之官吏。在「執政府」指揮監督之下。無組織內閣之事。

第四　共和八年之憲法

共和三年之憲法。比于激烈之「嘉庫本」憲法。大覺適于實行。似可用以救濟一時。止革命時代之擾亂。期國政圓滿之進行。矣乃按之事實。則大反乎此。自千七百九十六年迄千七百九十九年。因執政府與議會之衝突。或由議會。或由執政府前後三回破壞憲法。終至依千七百九十九年十一月九日（共和八年「布流末路」十八日）之最後「苦迭打」。全廢憲法而造成拿波崙專制政治之基礎矣。

「苦迭打」之翌日重新組織假政府謂之「康秀路會」。以拿波崙、些葉、羅鳩耶條苦三人爲「康秀路」。即名義上爲三人政府而實權專在拿波崙一人。此日又由元老院及五百院各選委員二十五人。使當審議新憲法之任。新憲法案係由些葉所起草。專決定于波那巴得實權之下。以千七百九十九年十二月十三日（共和八年「夫立末路」二十二日）公布之。是爲共和八年「康秀路」政府之憲法。

「康秀路」憲法與千七百九十一年之第一次憲法爲正反對。彼則名義上尚存王政。而實際上取完全之國會主權。此則名義上尚存共和。而實際上殆取完全之帝政主義。蓋以拿波崙赫赫之威名與實力。斷行破壞憲法。而成爲專制的個人政治。自屬必然之勢。其名義上尚存共和制。不過革命結果之殘影而已。

其憲法全文五十九條。茲撮舉其內容如左。

(A) 保守元老院。(Senat Conservateur) 以八十人組織之。年齡至少以四十歲爲限。其任期爲終身。最初「康秀路」選任之。其缺員之補充。立法部「他立表那」及第一「康秀路」。自後述之候補者名簿中推薦之、依此推薦。元老院再自行選舉之。元老院之職務。主要在選舉立法部及「他立表那」之議員。以及「康秀路」。此外尚有維護憲法之任務。

B) 立法權。由三百人所成之立法議會(Assemblee Legislatiue)行之。然立法議會。無法律之發案權。又並討論之權。而無之。發案權惟專屬于政府。其討論則在立法議會之會場出「他立表那」(Tribunat)出議員三人由代表政府之國務參事會(Conseil de etat)出議員三人共同行之立法議會則不用討論以其全部付無記名投票以決其可否而已

「他立表那」由百人之議員而成政府提出法律于議會之前交此會豫爲審議此會並有出代表者于議會以討論此法律案之任務

(C) 政府以三人之「康秀路」組織之其任期爲十年無論幾次均得再選最初之「康秀路」于憲法中自指定之即以拿波崙康巴色列路布林三人充之三人中拿波崙爲第一「康秀路」殆可比于君主一切權力盡屬于第一「康秀路」第二第三「康秀路」則僅有輔弼之權(Voix Consultative)政府又選任國務參事會之會員

(D) 「康秀路」「立法議會之議員」「他立表那」之議員其選舉均屬元老院

演說

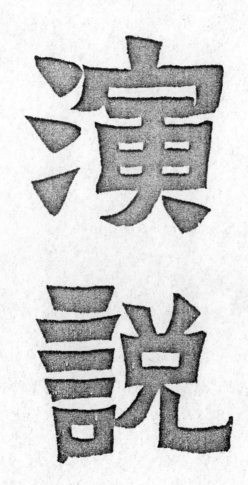

說勤（四存中學校講演練習會第十三次）

李九華

鄙人於開學之始曾與諸生談及校風期望甚切今轉瞬已四閱月諸生於學問之道不無進境惟對於遠大之希望尚未有何等表現恐長此因循日益墮落是以今日再爲諸生切實言之校風之善否人所易知而卒不能日趨於善者其蔽有二一曰畏難一曰苟安苟安則不勤畏難則怕苦曾不思古人貴爲天子尚曰無敎逸豫臣戒其君亦曰晏安酖毒至於聖人設敎則以士而懷居不足爲士儆之子路問政孔子之答之也只有四字曰先之勞之李恕谷先生亦言有事習勞可以養生可以爲學古聖先賢其於勤苦二字何等注意乃以驗之當世之人士嬉於校農嬉於野商嬉於市吏嬉於署因之士無學農無食商無貲吏無治法紀蕩然盜賊滿地茲可懼也誰之咎歟又嘗徵之古人之行事禹惜寸陰而胼手胝足不以爲苦周公一飯三吐餔一沐三握髮不以爲勞

至於陶侃運甓、則曰吾以習勞、劉琨聞雞起舞、則曰恐祖生先我着鞭、彼以上知之資、尙且如是、諸生半係中才、而履安順之境、若不亟自振拔、刻苦求學、今日不能耐勞、他日安能任事、勿謂古人不可及也、顏先生云、聖人是肯做工夫的庸人、庸人是不肯做工夫的聖人、勿謂中國不可爲也、中國之貧不足憂、貧而飾爲富、乃可懼、中國之弱不足慮、弱而不思自强、乃深可哀、今爲諸生計、爲諸生今日之地位計、其行習事項不可不努力者、約有數端、一學起早、二練步行、三多動作、四少睡臥、五尋事作、六覓書看、七寫日記、八勤攷察、所以行之者三、一立遠志、二重校訓、三交賢友、苟能如是、則鄙人對於諸生前途之希望、亦有數端、一畢業後必能升學、二畢業後或爲吏爲農爲商爲工、必能以所學者補助之、三畢業後即在家閒居、必能孝父母教子弟治家務、成一模範之家庭、且可推之於其鄉里、四畢業後即少有坎坷、必能堅忍於顛沛流離之際而不

移其志不改其節諸生自思不能如是何以副四存學校之名不能如是何以爲四存學校繼起同人之先導諸生勉之有厚望焉

四月十五日本會第一次講演會談話錄

孫松齡

今日到會人數特多出講者自傳代表以下所講均頗精彩此本會講演會初次開幕之佳象也雖然諸君不剛聞李君襄綸所述顏李兩先生之言乎曰古人因學而講今人以講爲學吾學會而即終於講歟即以講論異日源源開會能永保今日之現象歟此不能無疑疑之則必賴吾人有眞精神以維持之一面亦必賴吾會有善方法以振作之此不待言者也故松齡對於吾會之希望以爲此後有應從開放處作者亦有應從切實處作者所謂應從開放處作者即將來吾會之重應由何人肩負現在所謂四存學會會員者是否即爲能肩負吾會之人此問題所由以解決之要點也推崇顏李之誠吾會員自所同具

然顏李之學最重藝能。最尚實踐。吾輩會員。或年齡已過。或俗染已深。或牽於職業及人事而無暇修學。或頗能修學而溺於向與顏李殊風之結習。以云私淑。殊愧未逮。吾輩雖百不如顏李。自不妨口是顏李。然若後生竟不菲薄吾輩。直以吾輩僅僅口是顏李者之模樣。爲顏李之模樣。則古賢蒙辱多矣。松齡有一愚見。恰與時人相反。時人以爲社會上可懼者。新學青年也。吾人講顏李之學。應與之異趨。松齡以爲社會上有希望顏李學術上有大生發者。新學青年也。吾人講顏李之學。應引爲同調。蓋今之青年。自其傾向科學思想與平民思想兩點觀之。固已隱合顏李之預期。所猶缺者。僅在不能克治自己一事而已。就其所已合而策其所僅缺。爲功已過半數。較之日取稱誦在此而習慣在彼之徒而聒之。相差不啻倍蓰。且今日者。正惟青年可慮。吾輩乃更宜以與之爲友之態度。迎之近而挾之前。若乃講顏李而揚言與新學派爲敵。或僅於不敵而仍守封閉主義。或雖不封閉而相與終冷淡無誠意。是吾輩代顏李隘代顏李怯也。是吾輩强顏李就木。為顏李斷流也。愚竊以為憾。故此後吾會擬於介紹會員宜另轉一方向。多取與舊會員異色之人。而少取同色之人。能使新學青年。進而據吾會之中堅。尸吾會之本位。吾輩舊會員以漸而辦移交。則於會最利者也。所謂應從切實處作者。即大家既列名為顏李學會會員。必思有以稍副其實。實學之講求也。自身之修省也。總須多少作點四存功夫。帶點四存意思。斷不可以僅僅崇拜顏李為終了。宣揚顏李為充盡也。本會之建幾一年矣。而所作尚未離崇拜宣揚一步。即今日開講所講。亦仍是顏李學術。如何正當人格。如何崇高。此是題前之文。何與題中之事。以後如長此不進。則顏李亦將化為口頭禪。久之久之。吸力都盡。將來且有求如今日空談之會而不得者矣。故松齡以為吾會作法。會員之聯鎖。應再求其密切。會長之督率。應再求其認眞會務之彌綸應再求其充實日後如有暇時尚當詳貢吾見松齡之年齡與學識於吾會本應恂恂惟以辱爲顏李鄉人且感於同會諸先進相互間之質白不敢不吐其侃侃之實是否有當恭候糾繩

四存學會第一次臨時講演

吳傳綺

李二曲先生云天下之治亂由人心之邪正人心之邪正由學術之明晦學術之明晦由當事之好尚現在國爲民國民之好尚一乖則學術因之而壞故今日講學不患有昏君而患有昏民民昏則正學晦正學晦則人心趨利人心趨利則治化難期萬取千焉千取百焉苟爲後義而先利不奪不饜孟子斯言正爲今日對症良藥惜擁兵自衛者執迷不悟决不肯舍干戈而言學術耳顏李二先生當日早鑒及此故其講學不蹈空虛不涉訓詁不矜考據惟殷殷以實用爲根本實爲今日言新學者之先河初辦學堂尚與二先生之宗旨相合近

來愈趨愈濟。社會學說。倡公產主義。導人作亂。其爲害也。不止禍及全國。首將害及其家。害及其身。醉生夢死。不自知覺。大言不慚。爲患無已。大有爲之君子。亟宜講明顏李學說。則學術大明。學術一明。則人心之害。從此可拯。昔日人謂鄒南皋曰。此何時耶。而尚講學。鄒南皋言。此何時耶。烏可不講學。民之於仁。甚於水火。人或可以一日無水火。必不可一日無學。不可一日無學。則不可一日不講。嗟乎。學爲天地之心。學即爲生民之命。講之愈明。爲用愈廣。延生人之命脉。培宇宙之元氣。或者可以少挽江河狂瀾於萬一。人人自治。則人人可以爲堯舜。人人爲堯舜。則全國自治。全國自治。則天下可望大同。若口談自治。而無自治之實。聚若干無學之人。以謀自治。縱有許多自治章程。何足以言自治乎。不先發自治之心。即不能爲自治之事。不能爲自治之事。而欲成自治之國。是拔木之本。而求枝葉茂。塞水之源。而求支流暢。斷無是理也。部　見今日潮流搴趨自治一途。似宜以獨裁自治。爲過渡時代之用。俟學理昌明。人人覺悟。再行合議自治。媲美歐西。不甚難矣。否則言龐人雜。築室道謀。昧循序漸進之機。呈淩亂紛擾之象。此大亂之道也。有心斯世者。以余言爲然否。願有以教之。

山西洗心社歡迎會代表本會演說詞　孫松齡

今日蒙貴社特起盛會。犧牲諸君子學界政界日不暇給之光陰。而予松齡以與多數人爲多時談話之機會。俾松齡來意得以盡情貢獻於貴社之前。此誼此情。甚代敝會銘感。松齡此來爲代表敝會。即四存學會要求於貴省推廣分會而來。四存之義。本於顏習齋先生存性存人存治存學四事之遺意。所以表示敝會提倡顏李學術之宗旨。凡顏李兩先生之生平。及其學說之要略。諸君已知者。或本有甚深之研究。未知者亦正不難爲急遽之考求。無待松齡誦述。松齡所欲言者。則敝會對於顏李學術之感覺。與對於貴省之希望而已。依敝會之見顏李學術之特殊適宜於今日者凡有四點一曰道藝調和人類之患不出兩端一曰他殺一曰自殺他殺者天然與異族之壓迫之結果也所以勝之者恃乎藝自殺者人類不能自伏其心及自維其羣戕賊之結果也所以勝之者賴乎道兩重維均不可偏廢重道而廢藝其患恒在外侮重藝而廢道其患恒在內紛今日之中國乃外侮內紛一時俱至此道藝交詬以致兩不成立之結果也大抵今日舊學之人多黨道而詬藝新學之人多黨藝而詬道兩派各不相知漸成隔絕之社會長此以往則兩社會相仇而相扼其力可以同等於零較之偏廢爲害尤鉅吾儕今日欲存吾中國則不能不爲道藝兩家溝通爲道藝兩家溝通則不能不取一道藝集於一身之人奉爲楷模以起偏枯而示正軌此顏李學術之特宜於今者一二曰理欲調和理之與欲理學家恆舉爲相對之詞人欲淨盡天理流行此宋儒所盛稱也然吾人一世固日日生活

於欲之中。取實避名。究非眞相。且今日者吾人方以對抗外侮之故。研究物質。而提倡功利。此其爲誘欲之教。無可諱言。將欲仍持無欲之說。根本先已動搖。將欲一聽人欲之來。危險何可思議。杌隉與潰決。二者無一而是。夫惟講顏李。則利用厚生。悉與正德一貫。所謂理者非他。即是爲大家安排人欲。所謂欲者非害。正可作吾人爲善動機。一面對歐化。可以盡量容受。一面對儒教。仍可以化裝發揮。不但濟窮。並以滋大。此顏李學術之特宜於今者二。三曰人物調和。中國三代後若干年來士大夫所講求之學問。皆盡人之性之學問也。歐洲之學問。則盡物之性之學問也。今日者治物之學漸起。此爲吾中國可喜之現象。然一面治人之學漸荒。又爲吾中國可憂之現象。居今日而預揣趨勢。大約將來國人內。大多數必爲不自了之人。其少自好者。乃始爲僅自了之人。不自了者。一人爲人欲所顚倒。不克自衞。任有極佳之境遇。極良之技術。皆無救於其人自己之擾害。則欠缺治己之學者也。僅自了者。此人但不累羣。於羣事毫無心得。則欠缺治羣之學者也。惟已與羣。實人類最切己而又最不由己之二大事。無學術以馭之。至爲危險。人類既不能離此二事而生活。則無論經濟狀況至何程度。社會體制至何程度。但使此二事仍在。即不能不對此二事下切實之工夫。而今之學者。則迷信物質萬能。法制萬能。每日所皇皇者。惟在經濟之取供。社會之改制。一若供給充。制度定。則可以永安無餘事也者。明明有包藏禍根變生俄頃之己與羣。而放之而不問。此可謂大愚者也。顏李之學。非但於人學之外。兼治物學。爲向來學者所不及。且於人情世故。特有考察。以之爲治則立法用人。毫無所蔽。以之自衞。則操心慮患。毫無所難。其於人學。亦臻絕詣。以之爲教。易於見人學之眞。起物學之信。將來知物不知人之弊。可以預防。此顏李學術之特宜發。今者三四日士民調和講學者。士也。所爲講者。民也。然而談民之甘苦而仍保士之身分殆猶不免君子野人之見階級隔膜伏於不覺將來施於政事必至行不顧言今日社會學者喜談各盡所能各取所需八字然而每逢社會黨之實行則注意下四字者有人注意上四字者絕少其結果反使人人生不勞而獲之野心其弊亦正坐此蓋方其鼓吹之也但見社會中人之地位多有優於已者從而存一損人利已之見而鼓吹未嘗見社會中人之地位尚有劣于已者從而存一損已利人之見而鼓吹也士大夫之眞能爲平民生活者顏李之外殆無其人持此以爲教則能眞損已矣眞親民矣政治家而守此教先勞非託空言社會家而守此教初心可以不負自來學者之好思想常易爲其不好之生活所累學顏李則決無慮此此顏李學術之特宜於今者四至於敝會對貴省之希望則有其普通者有其特別者其普通者則敝會祝禱各省分會之成就過於本會自身以本會位於京師政治經濟兩居中

心之地。與地方之人。每不相接觸。而所收之分子。又不易於純粹。分會較之本會。便得手許多。其特別者。則本會確信貴省軍政界中心人物。爲能已實行顏李學術之人。且關於講學立會種種之事。亦向有組織。向有成績。以之提倡顏李。爲駕輕而就熟。且必能先鞭疾着。爲各省之楷模也。敝會非不知貴省今方講求聖學。標題顏李。有將聖學縮小之嫌。然竊以爲天下之事。有歸宿。有階梯。語其歸宿。自宜於深遠溯源。語其階梯。則時代近者。迹象顯者。反較深遠者易於摹倣。荀子言法後王。正是此意。以顏李爲鑄人之範。於聖學以正助功。敝會又非不知貴省今多演講心學。鼓吹顏李。有與心學爲反對之嫌。然竊以爲入聖之門。有自明而誠者。亦有自誠而明者。自明而誠。爲教者傳字一方面之事。方法不厭其捷。自誠而明。爲學者習字一方面之事。工夫不嫌其詳。孔子言知及之。仁能守之。孟子言夫仁亦在乎熟之而已矣。細味守字熟字。則知習字工夫斷不可少。顏李之學。有日記課。有規過團。有禮樂肄習。所以爲進德之輔助者。較他家爲完備。以顏李爲鍛性之鑪。於心學亦資夾輔。所望貴社容納斯意。斟酌進行。俾多數人既食普通傳宣之效。而少數人亦立貞固肩荷之基。敝會幸甚。中國幸甚。

藝文

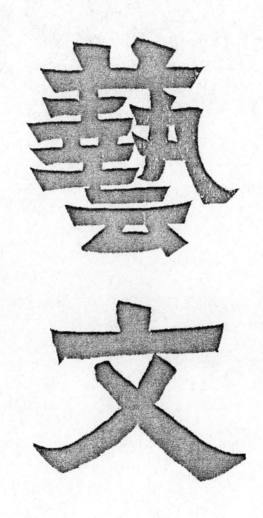

東浦陳氏譜序 代黎大總統作

吳闓生

陳君燮樞持其家譜來請序譜溯於宋咸淳間翰林學士熹之伯昭陳氏系出虞舜自胡公滿以下三十世爲成安君餘又八世爲太邱長寔五十四世至霸先受梁禪有天下陳亡宜都王叔明子希烈入隋爲會稽司馬至七十世堯叟堯佐當宋仁宗朝兄弟以甲科爲宰相貴盛一時陳氏復光大七十九世爲熹之熹之曾孫亮工當南宋之亡遷居東浦躬耕不仕是爲燮樞始祖自虞氏以來世系嬋嫣至今無斷續不可譜者它家所弗逮也傳稱舜德以爲必百世祀諒哉夫吾國自古以宗法維繫天下降及晚季稍稍衰落矣而士大夫之於譜乘多能世守弗失蓋族氏之學所以別種姓也然其析之而愈繁者亦往往合之而愈廣陳之出於虞著矣今考歐公宰相表其所載九十八族而出於嬀姓者尙有六焉如袁氏胡公滿後有伯爰至孫濤塗以王父字爲氏後改爲袁則

袁固舜後也。陸氏齊宣王少子通封於陸終。因以氏焉。則陸亦舜後也。敬氏敬仲子孫以謚爲氏。是敬亦舜後也。弟五氏漢初諸田徙守園陵。以弟次爲氏。是弟五亦舜後也。至姚爲嬀之自出。田與陳爲一宗。則又衆著而無待言矣。而陳氏之譜載齊王建弟二子威。別姓王氏。爲北海陳留諸王之祖。歐史亦云。是陳之與王。亦宗也。夫姚田陳王袁陸敬弟五諸族。今日視之。各不相謀。烏知其始固同出一源者乎。且黃帝二十五子十四姓分列天下。枝條雲布。以至於今。誰非羲農軒皞之子孫也。又何有派別之可言乎。世之君子。本其敦族睦宗之義。以推而遠之。合九州百姓。皆有家人一體之誼。爲是則國之厚幸也已。

金愍女傳

吳闓生

金愍女者。交河人。名杰。字仲英。慧敏能文。幹略瞻給。有丈夫風。事母孝。竺出天性。適某氏。夫宦遠出。從母以居。母子相依。同臥起者十餘年。每爲母抑搔苛癢。

為童子嫿卒殇於其母之側年三十有五矣而母視之猶嬰兒也其卒也母哀之甚乃屬閻生文其墓道之碑昔邯鄲淳作曹娥碑賞於中郎李習之紀楊烈婦高愍女欲自比孟堅吾非其倫也雖然孝行之不彰久矣有如愍女者而安可以無傳其詞曰

菡萏芙兮春之華郊原爛兮蒸紅霞靈之來兮雙龍車徘徊不下兮愁趑趄響蕭瑟兮秋之葉顛倒碭黃兮相狎獵靈之行兮鳴玉屧掩泣思親兮涕盈睫天地睽兮多賊姦大山岩崿兮河波磷晶風雪兮芒無垠靈眇眇兮安存生死勳兮母之側形則滯兮靈不隔蹇淹留兮悵誰識搖佩環兮共翊翊於玄德兮天所全皓髮䰇兮身億年靈歸來兮無遠稽銘以隸之兮北宮嬰

洪母林太夫人九十壽序

劉登瀛

民國庚申五月瑞安洪母林太夫人登壽九十文孫岷初時官教育部視學以

其姻家王君所述事略、介其僚趙君次原徵言於登瀛、登瀛辭不獲已、乃言曰、以文爲壽、昉自元明、或者譏其非古、謂無故而敘述人生平事蹟、諛之以言、於義無當也、余以謂不盡然、夫祝壽之詞、見於經傳者多矣、且古帝王每春秋視學合樂、必遂養老、以致孝於天下、其憲德乞言、皆有惇史爲之記錄、禮至重也、後世治化無本、不復尊事老更、而士夫之能爲禮者、循習仲情、以自盡其孝養、一二文人學士、亦緣其福慶、本原德美、以風世而厲俗、此與古之惇史何異、然則述事蹟以介眉壽、唯其節同溢美、造諛肆誣、乃誠無取焉爾、而豈可概論者哉、余觀太夫人內外宗皆仕族名門、今年已大耋、子舍長仲以君兩儒林耆宿、頒白戲綵、娛侍膝下、諸孫莘莘濟濟、多學成筮仕、服官京外、門庭鼎盛、內外孫曾男女、蕃衍至百有五人、可謂備人間之奇福、而王君所敘述太夫人中更家難、獨任事畜之重、其時老幼上下、都五十餘人、太夫人日主中饋、以珍羞慈親以常饍均衆而自食其尤薄惡者羣從子女時有未饜則取所自奉益之稚女在抱輟箸泣不顧抱先人而後已久勞而無倦如是者歷十餘年其他若待戚族有恩嚴督諸子於學皆庸行懿德足爲婦女矜式是殆合於惇史記善之義以是而頌熾祝釐蓋亦庶幾無愧詞矣抑又思之古者優寵高年雖婦人不遺而視學養老未嘗及焉以婦人之行不出乎宮闈也然固有女史彤管之德毛公傳邶風靜女篇彤管有煒云煒赤色彤管以赤心正人也是非與惇史之說若合符契者與今天下競言女學矣太夫人內外孫曾英彥薈蔚其中諸女子當亦多從事於學使能無惑於世俗新奇之說而深喻乎家人女貞之義凡嘉言懿德所睹聞於太夫人者本彤管之德一一謹而錄之异日太夫人壽登期頤即出所紀爲徵祝嘏之詞吾知所以引家慶於無替導世風於極上者將益有賴焉當尤爲太夫人所心愜而樂聞者已岷初歸其持此說以献之

鉅鹿縣保甲團練碑記

劉登瀛

光緒二十五年朝廷用議者言謂中國積弱久外敵環伺內地亦時不靖方今兵疲財匱計莫若一心力守古法使小民自相保衞以張强國之基於是命各直省督撫嚴飭所屬州縣實行保甲團練毋得蹈前故習上下相應以文而是時畿輔州縣吏多習執行事或便文自營陽承陰拒或假手吏胥滋益煩擾大吏廉其實嚴檄切責或至劾罷惟知鉅鹿縣廖侯悉心劬力釐積弊條新規既爲大吏器異而邑中人士復相率請侯白大府勒石以永其法蓋團練法不常行遇寇亂間一爲之事平輒廢保甲則行之已久各州縣皆有故事其法令境內士民各察其鄉之戶口以十戶爲一牌彙書於册而納之官戶又別書其丁口懸之門命曰門牌其册牌紙式皆由吏胥購給而民出資以酬其直其數率一戶出制錢三四十文不等每歲之冬州縣吏委丞倅各官赴鄉察驗民又醵

錢爲究驗規費其多少以鄉之戶口爲差鄉自千錢至數千不等以鉅鹿三萬餘戶計之歲率出百餘萬錢而保甲果爲何事固無人過問也廖侯既究悉其弊乃詳告大吏更易故法捐廉自造新式册牌一錢不取於民其彙册書爲兩本署循環二名一納之官一留民間戶口之息耗民間隨時登注逐月與官遞易其門牌則十家共書一牌輪日更懸互相覺察侯嘗從容謂余曰十家爲牌乃古相收司連坐之法吾自功讀時即善之以爲當行者也而鉅鹿於同治初捻匪之亂嘗爲團練槍砲械器尙多存者侯又爲申明約束時自簡閱而獎斥其勸惰於是民咸便之行之數月寇盜不興邑人士既感侯德又慮侯去之後法將漸弛而反其故也故相率請侯告諸大吏勒石以垂久遠既得可報侯以刻石之文屬予予維廖侯之所爲非必他州縣吏所不能爲也其不爲者患在習於隋媮憚勞而避怨其迫形勢而勉爲之者又患在出之不以誠而持之不

以久今觀侯之所爲乃本其未入官時所欲爲者可謂誠矣傳曰美成在久蓋事固有驟爲之而即見其美者然苟行之不久則其美必有所未盡而州縣之事又非僅以一令之終始爲久者也倘侯以任滿受代而來者玩忽而廢弁之其又何以爲美乎夫民可與樂成難與慮始今廖侯旣與邑人士慮其始矣邑人士惟欲樂其成也故謀勒石以垂無窮然則後之令是邑者惟勿憚其勞而設誠致行以要諸久焉是則邑人士之志蓋亦廖侯之志也夫光緒二十六年某月日南宮劉登瀛記

同邑紀處士墓志

齊振林

君諱愼行字勉力姓紀氏世居蠡之大楊莊昆弟三君其長也爲人周摯謹重不苟笑言而應事接物則和易近人無親疎老幼皆愛慕焉家素豐總角受書父母悉取美衣甘食與之稍長喟然曰親老弟弱家務劇煩吾不忍自御甘美

使老弱僕僕風塵中遂棄儒業農究心耕耘種植事凡所收獲輒與人殊卒能富甲一鄉父母顧而樂之曰纘承有子無累矣夫嬴秦以降政教日分漢魏晉唐專究訓詁詞章宋儒復雜以禪家靜悟之理遂致士習日趨於無用明清程之設科取士而學術益非士君子日執無補脩齊治平之文冥索沈吟置仰事俯畜於不顧且使皤皤者東顛西馳竭力以供半生之虛擲幸而有成不過榮以空名而世復不數數覯因求名弗遂入世無能而飢餓其身并累其親與其子孫者不知凡幾以視君之慨然就農不虧子職其得失為何如哉君生平儉以自奉而不嗇於待人族黨里閭凡告匱無不立予德配王孺人佐君理家政勤女紅苦操作內外無間言累代富厚子孫繁昌皆君與孺人之孝友恭儉實啓之也子二讀書不成令習射未幾停考又不成君皆不以為意臨終囑其子曰讀書克供日用識禮法足矣子孫不才勿強使與人爭名富而有禮亦可以

累世弗墜奚必賁云乎哉噫君豈逆知後之侈談文明者角逐名利之場動揮巨萬甚且遺累家人故慨乎其言之耶君卒於某年月日壽若干歲王孺人卒於某年月日壽若干歲將以某月日合葬原塋介令親孫範倫先生屬余爲文表其墓謹就其事之偉然大者而爲之志

吳母蔡太夫人七十有六壽序

賀葆真

民國紀元之幾年十二月某日爲某縣吳母蔡太夫人七十有六設帨之辰越幾十幾日太夫人二子淇竹漪湘楚碧謀稱慶京師寓所而以祝嘏之詞屬某某納交於楚碧久矣自楚碧充參議院議員持議侃侃不爲衆屈其弟竹漪又以實業發跡海外皆見重於時二子則曰吾之兢兢於所志業實一秉太夫人之教乃竊歎太夫人之識過人遠也自國體改革人生彫敝國論龐雜大勢所趨國且不國於斯時也海內志士乃一馳騖於仕宦以相矜詩若夫濬闢利源

鍼砭時病所謂根本大計者蓋置不顧太夫人教導其子必先破除世俗榮譽之見使從事實業或任自治以儲其才鴻識遠猷英俊丈夫所難太夫人以一婦人能之豈不卓哉先是太夫人長子某奮志於學習以科第進於是宗族稱悦以爲光顯門閭指顧間矣太夫人獨深矉太息以謂民困國危倘何仕宦榮寵之爲宜改計志先人遺志貿易海外以興大業裨益民生某早卒而淇遂棄其候補知縣走新嘉坡營先業而拓大之吾國再革命自政府財政以至國人生計岌岌不自保而僑商興工藝轉輸百貨與異族爭得少挽漏巵挹注國內爲國人所屬目夫以吾國天產之饒使早興實業又何至朝野上下皇然有不可終日之勢哉立法行政非財不舉生計充裕無法保障之國仍陷於危困則定國憲亟焉然法不良猶無法耳太夫人則命楚碧以候補道留學日本又學於譯學館既畢業得因父老之推舉任地方自治將儲其才以謀國事楚碧沈

四存月刊

仇十洲漢光武渡滹沱圖　十二

潛於學未敢自信太夫人則深責之任事三月一縣大寧已而被舉爲參議院華僑議員太夫人又戒之曰毋以私意而淆公理毋以黨見而誤國事國會再立大法大政皆待制定楚碧乃上窺吾國歷代國情旁求列邦成憲精擘覃思袪其成見以與議會諸公討論制憲法以定國是竹漪亦適於此時以所營實業聞於國二子所爲其效可覩太夫人之志可以大慰而吾人所以致祝於太夫人者益有詞矣因書以爲太夫人壽更以示劉翺稱觴之賓

仇十洲漢光武渡滹沱圖　柯劭忞

欲雪未雪雲凍凝旌竿頓掣風棱棱流澌驟合成堅冰十騎五騎行登登前騎返顧後語譍後騎蹴踏蹶復興從車雜沓兼徒烝數騎未濟已解凌霜旆拂地垂三屑畫轄伏鹿馬鉤膺馬毛瑟縮人凌兢眞王之氣猶龍騰仇英工筆世所稱臨摹古跡詩尤能權以濟衆事則應白魚之瑞當安徵蕪蔞豆粥吁可矜信

都儒爲漢股肱北降十郡誅苗曾摧兇劉暴莫敢承聖公否德天所惜爰命眞
主牧分崩綱羅英俊在得朋識書妖妄吾不懲撫今思古感可勝濡染凍筆挑
寒燈

爲廉惠卿題姚少師山水畫　　前人

懸崖斗俯馮夷居洪濤汗漫春天墟昏昏海氣魚龍噓嚴敖不排羲和車荒唐
古木枝條疏青葱峭蒨攢篠簜仰視仄徑緣空虛攀援欲上愁猿狙髯茅誰蓋
林中廬寢溪扃岫無人俱衍師作畫乃其餘胸蟠奇氣如卷舒倪黃避席口爲
呿漸僧却步羞趦趄異王佐命中山徐功成凜凜韓彭葅豈若投紱爲樵漁圖
畫丹青倘啓予寧知尺蠖欻龍攄袈裟一著仍簪裾六王勛伐旂常書發蹤指
示豈不如獨恨雖牽佐革除羽翼纂奪忘厥初先生拊手應軒渠
休沐日約谷九峰籍亮儕王古愚甯濟生鄧和甫諸君會飲皆先公門下

高弟今議院中卓卓有聲者也席上賦呈一首以寫懷抱

吳闓生

往事如風雨一縱不可攬十載抱杳壺風波日震撼念我平生親高步如屯轗
相望鎮茫茫乾坤方黷黲毒危拚死計勢迫激窮勝叱避紐當陽突飛倡勇敢
吁嗟貞險絕羼國脫重羈整頓要人豪絕維誰與障霄知雲漢翼一一淩霞瞰
吾衰迫見慝終老甘顑頷溝斷傍犧尊餘光輝黯黮涼秋解炎灼驟雨激連菼
追懽同一醉煩辱得澹澉神方起綿惙高議督昏憯疲氣佇英翔豈翳好不憝

梁燕孫尊人壽詩

前人

列騎連營各論功廟堂揖讓更雍容當知曠代無前烈都在先生一笑中
莽莽關河百戰餘名山歲月自華胥兒郎整頓乾坤了贏得而翁折屐無

喜剛已到京漫成

前人

高文盛世尙沉埋。況復詩書騰刦灰。倒地狂瀾誰與問。熱天高餒子何來。蜉蝣自了終朝計。培塿當閒拄厦材。且共儓佪觀變態。蒼茫莫更起遐哀。

孔子生日戲贈次公 庚申 鄧毓怡

不惜與君相見晚。惜君生世亦非時。鳳兮有德今衰矣。麟也爲祥孰信之。韓子五窮常在坐。曹公三匝尙無枝。西風又促黃花發。贏得淸閒好作詩。

庭竹 庚申 前人

薄靄乘風撲畫闌。芭蕉零落菊花殘。青青剩有窗前竹。與爾蕭條過歲寒。

習畫自勉 庚申 前人

人生最好作前驅。瑟縮因循豈丈夫。伴侶里程都不問。一肩風雲上長途。

知爾疲勞需慰藉。待吾藝術洗精神。莫愁祇作無人解。人類人人是解人。

題金寶齋北雅樓著書圖集句步原韻 浴洹張家駿

四面青山畫不如。戴復古 有錢常欲買山居。葉[illegible]雨 摘花浸酒春愁盡。姚合 煮 留僧月上初。李中書 暫借好詩消永夜。蘇軾 旋栽新竹滿庭除。李中書 我知學士琅玕腹。王冕 白髮滿頭猶著書。徐鉉 試呼農圃問何如。蘇軾 家在桃源穩卜居。徐中行 萬頃月波秋雨後。宋伯仁 小欄花韻午晴初。司空圖 樓迎山色詩堪畫。宋伯仁 綠滿窗前草不除。翁森 自是君身有仙骨。杜甫 四闌香影護琴書。文天祥

和友人秋早旅行集句步原韻　前人

銅壺行水易新籌。陳起 風物淒淒宿雨收。韓翃 晴日路塵清野馬。戴表元 萬家砧杵戒衣裘。陸游 黃魚屢食沙頭店。蘇軾 紅樹深藏驛外樓。顧況 想得故園今夜月。杜荀鶴 長安不見使人愁。李白 無復雞人報曉籌。李商隱 金陵王氣黯然收。劉禹錫 半生江海同浮梗。李白 萬里雲山

一破裘。蘇軾山色正來銜小苑。李商隱夕陽依舊滿紅樓。僧斯植世情付與東流水。高翊細雨柴門生遠愁。戴叔倫

陳可園先生像贊　齊廣芾

江甯陳可園先生耆年碩德。箸述宏富。其嗣君詒紱稻孫及其家孫繩其能世其家學。稻孫從今大總統徐公校理秘文。繩其助教四存中校。父子同時著聲京國。一佐祭酒。一領校官之職。士論稱之。余游京師。獲交稻孫。昕夕聚處。互述家世。稻孫因出壽蘐堂詩文集詩話贅說相示。蓋皆先生遺箸已刻傳者也。其存目於自爲志墓之文。而爲余所未覩者。尙多。先生學術。不名一家。於經說地志禮俗政教。皆有論箸。余讀其駢文及雜體詩。乃有類於唐陸嶔與宋黃山谷之所爲。於是知稻孫父子。快愉文事之任。彬蔚淹雅。有自來已。辛酉孟春之月。稻孫以先生遐年

處祭南歸。既返京師。又睎余以先生遺像。囑爲題辭。昔曾文正公記聖哲畫像。以爲求仁不遠。羅端感發。挹貌索神。習器爲善。余既竊知先生詩文、並展覩遺像。振厲頑懦。倘亦曾公所云、興起觀感而不能舉廢者歟。乃爲贊曰。

貌不癯。味道腴。壽而文。彌後昆。無替引之。子與孫。校天祿。閣敎四門。食父祖業。逝光新。余讀壽藻堂一集。鐫劉之工。排奡之力。匪韓匪黄。疇比倫。他有造述待梓瓶雜匝。行誼銘生壙。遺之婺起爲詁禮。生年余弗接欬磬。文先生子識概梗。志嚮往於此影。

過李處士倪林山居　　前　人

山中觀槿默升沈。擁鼻聊爲郤曲吟。池蕩孤清迎客意。苔延古意習禪心。到門喜有袁師屐。涉足恐非退谷音。將徵容吾留後約。誓偕漫叟論同岑。

談叢

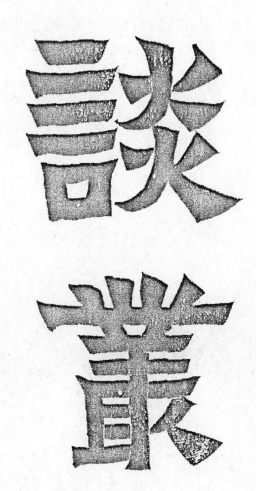

理想名爲美。心康德謂美之範圍。在理性感性之調和而其實現。非客觀的調和。惟於主觀之狀態。見其調和之存在而已。奚列爾以謂其調和實客觀的也。即觀美的活動爲吾人最高活動。此活動非他物之標幟其調和而成者。於主觀爲(美的人類)。於客觀爲(美術的製作)。造(美的人類)者。即美育。人類歷史之進步。即進此美育而高尚吾人之氣格也。而此氣格在(屬感性之材質的衝動)與(屬理性之形式的衝動)二者優美之調和而已。

右二衝動之和合。是爲(遊戲衝動)。遊戲衝動之現出。其最單純而下等之階段。即動物以活力有餘溢而爲遊戲。其高等之階段。即人類使事物之形離其實在以爲樂。美術之製作。即源於(以離實在之假象爲可樂)之物。所以作此假象者。即美術也。　美術物非以表示實在爲目的。故不爲虛僞。又與聯結實在之一切利益關係相離。惟以其形之可樂。訴之吾心而已。(

與康德氏形式說不同。)如氏說。故無分(自立美。)(依他美)之必要。氏曰(愚闇不使吾人出實在。以上悟性不使吾人止眞理以下。惟超脫實在與眞理。而只樂假象。其物乃示吾人精神之發達者也)氏又謂(遊戲所以全吾人之性。)云(案此所謂(天游)可通莊列之說。)(Schiller. 1759—1805)

瑞林格　瑞林格哲學。與費息特黑智爾頡頏。氏有云(知作用發達至極。爲行作用。行作用爲表現人類之歷史者。兩作用之一致。是爲美術的活動。自然界無意識而自具目的。以活動美術製作有意識而所作恰似自然界無意識之作。即美術製作成於意識無意識之一致。自然與我之一致。易言之。即世界最深奧之秘密。可謂於美術發現之。)(案此說最合中國畫理)(Schelling 1775—1854)

黑智爾　黑智爾氏在論自然界爲自然哲學。進論理想爲精神哲學。而精神初爲主觀的。次爲客觀的。更進爲主客一致絕對精神之境。論經以三段精神發達之狀者。審美學與歷史宗教等哲學也。爲說繁倂。專篇譯述之。(Hegel 1770—1831)

叔本華　叔本華論人格重內的自愉。謂人之快樂有三種。一、生理的如食飲眠息等是。一、刺激的如旅行角力跳舞狩獵等是。一、精神的如繪畫音樂詩歌學問等是。精神樂之有無。即人類與他動物之區別。故爲最高尚也。(Schopen—hauer, 1788—1860)

說相

十年五月十一日日記

謝宗陶

余雅不喜談命相。以爲禍福無非自己求之者。但計自謀臧否足矣。奚必舍近求遠爲耶。荀子曰。相形不如論心。諺云有心無相。相逐心生。有相無心。相隨心滅。蓋言以心相爲上。而吳處厚所舉三十六相。皆屬令德善行。不及形狀顏色。

可謂參透理蘊者矣。顧相法命術由來久遠。歐西各國亦有津津樂道者。其能垂久不敝之處。固由凡人得失念、疑慮心過盛。而見道不篤。自知不明。實有以成之。究其自身。容亦有小道可觀。余於內容向未涉獵、不能作確切評騭。但就表面觀察。以求其存在之基。約有二端。一為偶然說、立一定不移之標準。衡量萬事萬物。必有時而中。而不中。小而旋轉以視錢之字背。大而觀天象、察地理、明人事。依汗牛充棟之條律手續。有難易。其有驗有不驗。則一要皆不出偶然遇合。非有真知灼見存乎其中。良以自簡易言。休咎不外二途。非此則彼。耳設定於一時。久事多能。無中者。本無足異也。雖然宇宙之大。吾人塊然中處。正賴有一定準則。以為適從。否則徘徊猶豫。便墜入十里霧中。而成敗利鈍。尤非可以預測前知。故當事立斷。即為處世立事。必不可少之義。質言之。實一決字之表示、相也、命也。固皆含有果決之意旨、不過係建樹客觀標準。以越俎為謀。樹避之斷定。果休果咎。仍須付諸偶然、例諸預事前定。殆執一以待質於天者也。
二爲統計說。自科學發明。無論物質界、自然界、理性界、皆有公同原則無形中揆守無變。故任何龐雜糾紛之現象。自其大處多處求之。皆有不期然而然之律。卒淺者如農夫能知風雨。深者如國家能知人口動定之態。固均由體察得來。而司法機關實行犯罪統計。觀於箕斗骨格卜其犯罪與否。思可過半。尤足爲相術係統計之確證。從可謂命相適用之條規。皆經驗之結晶體。統計之大得數。用以推測事物。雖不能毫釐不失。大體容有足信。是又列爲科學之一已。
前之說。乃假因以待果。後之說。係察果以定因。然彼其所謂因。非吾所謂因也。彼於哲學似機械論。以客觀者爲因。吾則主目的論。以主觀者爲因。是以彼之因。將無異吾因之果。何言之。蓋命相固以決疑。設自信而不疑者。不待客觀爲之決也。其則見爲知明。即爲決之因。又命相固有定格。然使能修德造福。則現面盎背。體且隨居而移。是其定格。實心相之果也。然則彼所謂因。即非眞因。而無以自存。故世君子當自造善因。以收自求之果。不當認非因爲因。心勞日拙而無以自解免。書云、爲善降之百祥。爲不善降之百殃。要知爲爲降之因。降爲爲之果。舍爲而不知反。持降爲因。祥殃爲果者。吾見其惑之甚也。說者曰、前言固善。已惟命相之說。未始不可以維繫人心。使其勿思非分。設並此而無。勢必互相攘奪不至舉世蜩螗不止耳。余謂命相家每迎合人意。以從臾其上進。即此已足啓發非分之念。爲善爲祥云者。終應先爲善也。不則殃且隨之。縱有爲不善而得祥者。焉知其祥不將轉爲殃也耶。

農字源流考

許以栗

肇興于四千年前者、唯我中國、故追溯世界文字之起源、亦莫不以我國爲最古考諸史册、昔洪荒之世、燧人氏結繩爲政爲文化之始既而圖出于河、書出于洛、伏羲氏因之而畫八卦、遂有文字、其後體例變遷層見疊出、至不可端倪、由周籀文史籀所作九千字、迄有清康熙字典進而至于四萬二千一百七十四字、較之往古增數倍矣、雖不能與英吉利十萬之字相馳逐、然字字獨立、不假切音、亦可稱雄于大地也、今特就農字考之、

本之古文、農之象形文字、黄帝史官倉頡、始作鳥迹文、如𨑃（辳）𨑃（農）𨑃（農）等字、皆農之變體、按說文「从臼（作曲誤也）从辰、臼音掬、（臼即叉手）自持也」其下作辰、辰起于蜃字之轉訛、上古之時、往往以貝（即蜃殼）爲農具、供掘土地、剪草木之用、是以辰與蜃通、即蚌也、本草綱目四十六卷有云、「

蚌與蛤同類而異形、長者通爲蚌、圓者通爲蛤、」故蚌从丰、蛤从合、皆象形也、禮月令「雀入大水爲蜃」、亦蚌也、蚌類甚繁、今處處江湖中有之、而洞庭漢陽爲尤多、大者長七寸、狀如牡蠣類、小者長三四寸、狀如石決明類、其肉可食、其殼可爲粉、湖沔人多印成錠市之、謂之蚌粉、又辱字亦出于蜃、考辰者時也、寸者寸法、或則之意、農戶誤播種之時節、則國有刑罰加之、後人略虫爲寸、而有耨字、以示寸斷細分之意、又晨說文「早昧爽也、」蓋从晨者、「庶人明而動晦而休之故也、」正字通「農以趣時爲先、失時則農事廢、」此从辰之本義也、又「聖人以文字教天下之勤、」書「農用八政、」註「農所以厚生也、」又「若農服田力穡、乃亦有秋、」周禮「三農生九穀、」註「平地山澤也、」又閭師「凡任民任農以耕事貢九穀。」左傳「庶人力于農、」註「種曰農、歛曰穡。」又以九扈爲九農、說文「農者耕也種也、」管子「一農之事、必有一耜一銚一鎌一鎒一推一銍、然後成爲農」、厲山氏有子曰、「農能植百穀、後世因名耕甿爲農戶。」西都賦「農服先疇之畎畝」、漢時有以農爲姓者、又有司農之官、弘農之郡、據六書精藴解釋、「農」奴東切、耕夫也、生民莫勞乎農、功亦莫大乎農、古人重之、故象其頫首而三體勤動、形攴者、象脫衣就功、而襤褸下垂、沾體塗足、勞瘁之狀、如在圖畫、爲民父母者所當深念也、

總之農之文字、有把持農具及刈除艸木之意、至若耕拓土地、牧畜養蠶、水産等事、亦莫不包容在內、我國農業之起因、原以繁殖有益植物、芟其他雜艸木爲主、如 Yzanfallen（酷那托阿內）氏曰、「農之用者、欲草木得十分勢力而悉去他物也」、此說中國農字意義中、黃帝時代倉頡已先有之、今與十九世紀之英國學士之言竟相符合、不亦奇乎、

（唐集韻、奴冬切、音儂、

四存月刊

更考農字之音韻、見于典籍者、則（風俗通、叶韻奴當切音囊、潘岳籍田頌、叶韻奴刀切音猱、）

至以農字之體制而言、則見于書帖者、可略分爲五種、

一爲篆書、則古文作[illegible]、古尙書作[illegible]、碧落文作[illegible]、籀文作[illegible]、小篆作[illegible]、說文作[illegible][illegible]、[illegible][illegible]、演說文作[illegible]、希裕略古作[illegible][illegible]、逸古摘作[illegible]、光遠集綴又汗簡作[illegible]、存乂切韻作[illegible]、樊先生碑作[illegible]、奇字作[illegible][illegible][illegible]、

二爲隸書、則漢北海相景君銘作[illegible]、漢司隸校尉楊厥碑作[illegible]、漢宛令李孟初神祠碑作[illegible]、漢繁陽令楊君碑作[illegible]、西嶽華山廟碑作[illegible]、漢武梁祠畫像題字作[illegible]、漢郎中郃陽令曹景完碑作[illegible]、魏上尊號碑作[illegible]、

三爲行書、則漢史游作[illegible]、唐褚遂良作[illegible]、宋米芾作[illegible]、宋蘇軾作[illegible]、元趙孟頫作[illegible]、明文徵明作[illegible]、明沈周作[illegible]、

四爲草書、則晉王羲之作農、六朝僧智永作農、唐顏眞卿作農、唐張懷素作農、唐孫虔禮作農、宋黃庭堅作農、元趙孟頫作農、鮮于樞作農、韵會作農、五爲楷書、古文作農農農農農農、籀文作農、本字作農、此變體之大概也、猗歟休哉、倉頡以降、經夏之禹、周之武王、秦之史籀李斯、漢之程邈、史游、毛弘、許愼、蔡邕、劉德升、張芝、王次仲、晉之衛巨川等、歷代更新、變幻百出、直至于今、亦可謂無美不備矣、我國文字之發達、橫覽環球、孰有與我爲偶者乎、

觀以上所述、皆考察農字之沿革、及其變態意義音韻數者、綜言之、我國文字大別之可分二途、一象形、一解析也、

按古文農字之構造、其上部之冠、或作林、或作艸、蓋以示木茂艸長之狀況、而推得之、其下部亦有種種之變異、昔倉頡之作象形字、書廿宛然、埃及古聖文

四存月刊

字文（耕作之義）即意所形木枝也雖未表明其義但枝之一字上古時代無論何國皆有即如我國農具耒耜等孰不以樹枝爲之此明證也茲再廣其說以研究之、

耂字不特僅爲耒意且以表示役牛之犂之形、讀 Taylar（得以那）氏各國文字沿革史、（夫和西亞）（アイニシヤ）字䒑、出于閹牛之象形文字與（巴比羅尼卡）（ハビロニカ）之介或耒及（阿子西尼阿）（カツシリカ）之耒同意、皆基ざ（牛頭）之說、

不特此也、農之外尙有稼穡耕種農桑稻等、修辭學之所謂換稱法、伴稱法、比喻法是也、然此皆文章飾辭、士林翫弄而出、不必逐一舉之、獨稼字之義、言之頗有興趣、可略述之、

蓋稼與嫁同、周及漢讀酷音、苦沃切、（謂之漢音）六朝以來、讀卡音、客阿切、（謂之唐音）此音之區別也、

五穀蒔于地、出芽結實、猶女子嫁而生子也、古者文字甚少、故多用同音假借、周禮、「地官司稼、」鄭注、「種穀曰稼、」今本周禮稼作嫁、如嫁女然、以秧時如處子在家、揷時則嫁于外矣、女子以夫家爲嫁、故曰嫁、此字之命意也、又稼與禾古合韻、故用禾義、詩甫田、「曾孫之稼」鄭玄箋云、「稼禾也、謂有稿者、穀實之稈、謂之稼、與禾同義、」

又稼與家同音、有家之義、詩豳風「九月築場圃、十月納禾稼、」鄭玄箋云、「謂治于場而納之囷倉也、」說文「稼家事也、」其源流如此、

四存中學招生廣告

私立四存中學校招攷新生（中學班 補習班）廣告

計開

學額　正取八十名入中學班　備取二十名入補習班（補習一年攷試及格升入中學）

資格　高小畢業或有同等學力者

年齡　十三歲以上十七歲以下

費用　每年（學費二十四元）　膳費書籍操衣等費概歸自備

寄宿　校內備有齋舍不收宿費

保証金　本校學生入校時備交保證金十元畢業年限充作學費中途退學者概不退還

報名期　陽歷七月初六日起（即陰歷六月初二日）至陽歷七月十一日止（即陰歷六月初七日）

試驗費　報名時隨交試驗費兩元　不取者憑收條領回

文憑及像片　報名時須呈驗文憑（畢業者）無論曾否在高小畢業均須於報名時交納四寸半身像片一張無像片者概不收考

考期　陽曆七月十二日（即陰歷六月初八日）　攷試鐘點臨時牌示

考試科目　高小畢業者　攷試　國文　算術　歷史　地理
同等學力者　攷試　國文　算術

地址　北京府右街一號　私立四存中學校電話西局一七〇八號

附錄

四存學會簡章

第一章 宗旨

第一條 本會以闡明顏李學說習行一貫爲宗旨

第二章 會名

第二條 本會定名爲四存學會

第三章 地址

第三條 本會與四存中學相輔而行即以校舍附近爲集會地點現擇定舊太僕寺署

第四章 組織

第四條 本會公舉正會長一人副會長三人或二人主持會務正會長因事不克到會時由副會長代行其職務

第五條　本會名譽會長無定額其德望操履足以矜式同人者由會長公函聘請之

第六條　本會設會監數人協助正副會長監察本會肆業編輯一切事務

第七條　本會會員無定額學既不分新舊人亦不分中外凡有左列資格之一者得發起人二人以上之紹介即認爲正式會員開具願書交會存查其書式另定之

一熱心教育著有成績者

二學問篤實素有著作者

三在中國或外國專門學校以上畢業得有證書者

四富於政治軍事及各種實業經驗知識者

五布衣中敦品力行素有鄉望者

六有一藝之特長者

第八條　各省道縣有與本會宗旨相合並能以顏李學說課諸躬行獎誘後進者經本會認可得設分會

第九條　本會設總務處主任幹事一人承會長之委託管理本會會計文牘庶務印刷各事宜視事之繁簡酌用司事書記以及茶役若干人其薪水之多寡由正副會長酌定之

第十條　本會設講演堂一所休息室一所接待室一所書籍保存室一所總務辦公處一所

第五章　會務

第十一條　本會爲四存中校之主體凡校內功課規則應由本會修定主持之

第十二條　四存中校每年額定欵項應由本會分別支給每季報銷一次以憑考核並得掌管其校內之基本金

第十三條　本會對於四存中校校長有參與進退之權校內開職員會議時得請會長派人加入參議

第十四條　本會設農事試驗場一所採取中國農學參以泰西新法俾會員及學生實地試驗其管理規則由本會另定之

第六章　功課

第十五條　本會以躬行實踐爲歸凡會員有互相規戒之責

第十六條　本會仿顏習齋先生漳南書院遺規分爲文事課（治禮樂書數天文地理中西語）習武備課（治古今中外兵法步及射御技擊）經史課（治十三經及中外歷史）藝能課（治工虞水火及現在科學）四課同人各就其性之所近或素習者隨意加入

第十七條　本會會期除勸善規過考課肄業外應將左列事務漸次舉行

一習禮　擇顏李所訂各種禮儀最簡易而足以範圍人之心身者行之其東西各國現時交際禮儀亦得兼習

二習樂　可單獨習之亦可於習禮時習之

三習兵

四習農

第十八條　本會每月酌定時期延請中外名宿講演經義闡發名理藉以啓發學人智慧增進道德

第十九條　本會會員須重日記凡學有心得以及政治學說均宜擇要書錄於每月第一次會期提出互質不錄者聽

第七章　編輯

第二十條　本會於文事武備經史藝能四課中推舉二人或三人担任編輯

事項分講義雜誌兩門

第二十一條　四存中學講義凡關於中文者一以顏李學說爲主並擇王法乾惲皋聞諸先哲之學說切於近日情事者分別編纂至普通教科書亦應由本會考核審定以無悖本會宗旨爲要義

第二十二條　本會會員討論功課訂錄日記以及中外名宿講演辭均交編輯入擇要彙訂成帙月出雜誌一册分送各會員藉資考鏡一俟經費充裕再由本會排印分寄各教育自治機關以廣推行

第二十三條　本會搜羅顏李兩先生遺著及其師友弟子之所述作者擇要印行其他中外名儒及哲學家所著書籍凡足以羽翼經傳發明實學者一概搜羅藏儲以資博覽

第八章　會期

第二十四條　每星期開會一次以上午九時至十二時爲限如須延長時間由會長臨時酌定之

第二十五條　特別大會無定期隨時公議擇定通告之

第九章　禮節

第二十六條　凡遇　先師孔子生日春秋丁日均由會長查照現行典禮與全體會員敬謹致祭一次

第二十七條　凡遇　顏先生生日（夏歷三月十一日）　李先生生日（三月二十四日）由會長與全體會員酌定禮節致祭一次

第二十八條　開會規則講習秩序以及紹介會員接待來賓各種禮節應請嫻於禮節者參考中外禮制妥定實行

第十章　獎戒

第二十九條　會員中如有倡明實學講求經濟維持世道著有成效者本會得特製榮譽紀念章贈與佩帶其成績尤著者並得查照內務部現行褒揚條例呈請主管衙署酌量給獎

第三十條　會員如有在外假借本會名義干涉政治及有其他不正行爲者一經查出應通知紹介人立予除名其情節輕者先由會長儆告之同人勸導之不變卽請自行脫離本會

第十一章　經費

第三十一條　本會經費由發啟人協力籌集開辦費約計三千元常年費約計二千元如有不足隨時籌補

第三十二條　會員概不收入會金如有願特別認捐或代爲勸募者不拘多寡各聽其便

第三十三條　每季經費結束一次由總務處列表報告正副會長及全體會員以昭詳實其他需要有應撙節加增者由會長酌定施行

第十二章　附則

第三十四條　章程有應改良及修訂者得會員三人以上提議由會長交全體會員開會討論得多數贊成者決定修改

發起人

盧嶽
孫雄
齊振林
吳笈孫
林紓
吳炳湘
趙爾巽
嚴修
周樹模
王懷慶
王瑚
趙衡
賀葆眞
陳任中
吳闓生

雲書
朱寶仁
史寶安
席書錦
陳善同
王秉喜
秦樹聲
白承頤
嚴智怡
袁世釗
成多祿
馬吉樟
李時燦
林東郊
李搢榮

吳寶煒
袁乃寬
王達
李見荃
齊樹楷
孫松齡
張家駿
樊德光
畢大昌
張縉璜
焦煥桐
呂慰曾
謝宗陶
李學鈞
王樹枏
張鳳臺

同啓

中華民國十年六月壹日初版發行

第三期

編輯者　北京西城府右街　四存學會編輯處　電話西局二四〇八

發行者　北京西城府右街　四存學會　電話西局二四〇八

印刷所　北京東城南兵馬司　武學總社　電話東局一一三三

總發行所　北京西城府右街　四存學會出版部　電話西局二四〇八

分售處　四存學會各分會　國內各大書坊

中華郵務局特准掛號認爲新聞紙類

本月刊價目

期限	本數	價目
一月	一本	二角
半年	六本	一元一角
全年	十二本	二元

郵費

區域	本數	郵費
本京	一本	一分
	六本	六分
	十二本	一角二分
各省	一本	二分
	六本	一角二分
	十二本	二角四分
外國	一本	八分
	六本	四角八分
	十二本	九角六分

廣告價目

篇幅	期限	價目
全幅	全年	二十四元
	半年	十二元
半幅	全年	十二元
	半年	六元
四分之一	全年	六元
	半年	三元

廣告概用白紙黑字登載在一年以上者價可從廉

四存月刊編輯處露布

一本月刊月出一册約五十頁至六十頁不等

一本月刊多鴻篇巨製不能一次備登故各門頁目各自分記每期逐門自相聯續以便購者分別裝訂成書

一本月刊所登未完之稿篇末未必成句亦不加未完二字下期續登者篇首不復標題亦不加續前二字祇於目錄中注明以便將來裝訂成書時前後聯續無間

一本月刊此期登之外積稿甚夥下期或仍續本期未完之稿或另換本期未登之稿由編輯主任酌定總求先後一律登完不使編者閱者生惑

一本月刊第一期送閱第二期須先函訂購屆時方與照寄嗣後訂購者如願補購以前各期亦須來函聲明始行補寄

本月刊投稿簡章

一投寄之稿或自撰或翻譯或介紹外國學說而附加見其文體均以充暢明爽爲主不取艱深亦不取白話

一投寄之稿如有關於顏李學說現尚未經刊布者尤極歡迎

一投寄之稿望繕寫清楚以免錯悞能依本月刊行格繕寫者尤佳其有欲加圈點者均聽自便否則本會將句讀圈清以便閱者

一投寄譯稿并請附寄原本如原本未便附寄請將原文題目原著者姓名并出板日期及地址均詳細載明

一投稿者請於稿尾註明本人姓氏及現時住址以便通信

一投寄之稿登載與否本會不能預爲聲明奉覆原稿亦概不檢還惟長篇譯著如未登載得因投稿者豫先聲明寄還原稿

一投寄之稿登載後贈送本期月刊經登至半年者得贈全年月刊

一投寄之稿本月刊得酌量增删之但投稿人不願他人增删者可於投稿時預先聲明

一投寄之稿經登載後著作權仍爲本人所有

一投寄稿件請徑寄北京府右街四存學會編輯處收

四存月刊第四期目錄

譯稿

演說

藝文

顏李學

浚。則大非之。以爲交其子而訣其父。亂天下毁譽之實。違三代直道之公。而語類載。以岳忠武爲太横。秦檜能録用舊儒。私意如此。豈聖賢之言。夫儒者之盛。莫如宋。國家事勢之孱餒。朝廷名義之汙辱。亦莫如宋。每疑而怪之。然以世俗所尊信。且自愧未臻諸儒學力所造。又見其著述宏博。愈不敢議。今讀存性存學編及辨業學規。而知孔孟之眞自有在也。而知宋世之不振。皆學術無用之故也。先生之教我深矣。惟是六藝之事。不特身手未涉。即耳目亦未歷。今年已半百。蹣跚遲縮。舉止無當。於此事遂已矣。前擬躬叩講堂。觀禮容聽樂歌以自澤。今顧影增慚。面目粗鄙。語言樸率。内無得於定靜從容之力。外不嫻於周規折矩之儀。何以自進於大君子之前。甚足痛也。惟先生憐而教之。幸甚。恕谷得皋聞甚喜。見謂可與明行斯道。所著各書。悉與參定。問取其説之是者與可商者。入之所訂平書及所著各禮。皋聞亦録存其副。仿恕谷共立日譜。攷究身心功過。後每相見。輒相與互證得失。臯聞嘗問正心之學。恕谷曰。心一也。而有三境。曰明。曰昏。曰妄。學者務身心修整。九容肅怡。天君湛如。積至夢寐。皆屬清醒。而又學爲有用之學。則聖道不遠矣。臯聞嘗爲心銘。寓書是正。恕谷復書曰。承示。足見近功縝密。故天君呈露。但有商者。銘但言心之體狀。而未及其功力也。是從放曠禁制摸索擬議俱不得之後。而忽悟其妙。而非致功之據也。且二語有疵。心死則佛氏涅槃之說也。玩之樂甚。惟恐一轉動失之。乃程邵養心之學故程子閉目靜坐邵子在山中靜坐六年非孔孟養心之學也。孔孟之學。曰立則見其參於前。在輿則見其倚於衡。先立其大。求其放心。而總之操則存一語盡之。即詩所謂小心翼翼。昭事上帝也。易所謂終日乾乾。夕惕若也。可以曠適。可以禁制。可以摸索。可以擬議。動亦操。靜亦操。如明鏡高懸。所謂明明德也。何有死境。所謂明明德於天下也。何謂動失。此道原細。向所交師友。惟見習齋先生。內地卓然。如王崑繩宋豫菴。皆未實得。因足下精進無疆。故妄言之。臬聞客蠡未久。以會試入京。恕谷往送至北郭。屬以千秋大業。試已。臬聞以所學未堅。思移近恕谷。朝夕便與學問。應保定單聽之聘。又一年。臬聞南旋。恕谷擇言贈行。後臬聞凡再北來。一至京。一自故城介白任若寓書恕谷。恕谷皆特往謁拜。相與共質所學。臬聞嘗規恕谷惡惡太嚴。不和於流俗。恕谷拜受。每臬聞自南方寄書。至恕谷再拜然後啓讀。其重之如此。臬聞書言。南旋以存學示人。雖極倔強者亦首肯。知斯道之易行。恕谷喜曰。顏先生之道南矣。臬聞初客蠡時。會三原溫益修來舍逆旅。恕谷同臬聞往視之。二子皆言闢異端須先自治。天地清明。異端自息。恕谷曰。此歐陽修本論之說也。非孔孟救世之苦心也。苟有用我。天清地甯。經正邪除。安用著書立言哉。正爲道不得行。故不得已而喋喋耳。孟子曰能言距楊墨者。聖人之徒也。夫能言未必能行。孟子即許爲聖人之徒。如必待大聖大賢。而後更辨楊墨則楊墨之猖熾愈無所底矣故曰亂臣賊子人人得而誅之辟之猛獸食人能除之上也不則大聲呼人除之亦其次也袖手旁觀苟幸無事心何忍哉臬聞拜手曰然臬聞又問錢亮公謂書可疑者甚多如盤庚專主卜筮豈無道可以驅臣民耶恕谷曰此誠先王諭民之道所謂民可使由不可使知也後儒於民動輒言理言理之所以然以鼓舞之而民愈頑愈梗乃於先聖之書遠若河漢矣臬聞曰一經指示便覺釋然蓋齊治平之道有萬不能求盡者而其道已盡也其南旋贈言凡三則一昔子路去魯謂顏淵曰何以贈我顏淵曰何以處我良朋相別必有贈言古道也今臬聞先生南旋驟聞驚怛不禁如失左右手乃如失吾心忡忡惙惙拜而求所以處者狂瞽先瀆冀獲重報獨善非士也獨善士之不得已也何者四民如農易田工成技藝商通有無皆可獨善而止士則享農工商之人而儲之以修己治人者也故孔子曰隱居以求其

志。孟子曰。居仁由義。大人之事備。先生於立體致用之學。已瞭然矣。從此日邁月征。履順獲友。自將安驅而至。即萬一遭拂逆。及介居塊處。幷謗論紛然。亦必特立不懼。確乎不拔。孟子曰。萬物皆備於我矣。先儒曰。爲天地立心。爲萬物立命。爲千聖繼絕學。爲萬世開太平。士之職原如是也。一有移易。則有愧於士矣。遑云聖賢。然士之獨善。亦有道焉。孟子曰。窮則獨善其身。學者未能進用。則爲下其分也。言語訥之。又訥。交遊謹之。又謹。固宜。然獨善者。謂不見用於世。不敢以善概責人耳。非自置用世之學於弗問也。韓昌黎曰。動而得謗。名亦隨之。其即孔子所言善者好而不善者惡乎。嵩嘗以此自勘。觀人以孔子。而尚有毀者有欲殺者。苟其人無往不合。非鄉愿。則所韋矣。孟子曰。誠無不動。而人皆曰否。必乖戾無實矣。好惡交至。士自應爾。惟是好之勿喜。愈加戒懼。惡之勿嗔。即自省勘。則皆我師耳。先生近者存心養性甚密。何以益之。曰熟。熟則天君泰然百體從令。愈戒愼恐懼。愈坦蕩自得。先儒所謂效驗即是功力。亦有以也。聖門視聽言動以禮。即約之以禮也。即文之以禮樂也。千古聖學。盡於此矣。先生見已甚眞。行已求力。芹曝無須再獻者、三易曰寬以居之。子張曰執德欲宏。以道言。有一端又有一端。無量也。以學言。進一格又一格。無進也。以觀事言。此亦一是非。彼亦一是非。不可膠也。以待人言。我之大賢。何所不容。不可隘也。故辨淄澠則毫釐必分。納百川則淸濁幷滙。胞與爲懷。則悲憫時貯於胸。虛舟自處。則喜怒久絕於色。高明其效天乎。博厚其法地乎。願與先生共力焉。會友輔仁。君子皆然。況今斯文移而之南。識見志氣犖犖者。菰蘆中必多其人。先生此歸。倡明聖道。廣之於人。周孔有靈。實式臨之。桑閭先嘗招恕谷子習仁、入蠡署。敎之讀書。及南旋。先後遣其二子同來受業恕谷門下。長宗恂。字廉夫。次宗和。字敦夫。桑閭嘗有所著詩說春秋㭊筆。敦夫之來。持以就正。恕谷善其說春秋。而以詩說尊毛駁鄭爲不然。皋聞有書來爭。其辭甚辨。恕谷復書曰。來教云某既爲月三之訴。望先生無爲子昆之怒。閱之駭然。塨即愚妄講學論道。何處容一怒耶。既而思之。先生於塨誼則金石。情同骨肉。謙居教下。謬推宗主。於塨有何疑貳。但以既著一書。須知己稱是。乃可心安。故必欲取正愚謬。觀又云想先生又涉忽略。未免過於直遂。近於激切。可以見其意矣。塨也自反最爲譾鈍。然持心立身。不敢但效子昆之剛直緩急者。生平知交。雅重毛河右王崑繩方靈皋。河右所著。間有被人駁者。輒赫然立壘攻擊。王崑繩著平書。塨喜而疾讀。崑繩曰。河右贊吾兒閱書。灼如觀火。又如觀水。寓目即駛。此乃讀書不細也。吾著各則相綱維。牽一動百。一字不可更易。何得易讀。塨笑而謝曰。謹受教。靈皋註春秋。仍用其通論分詮之。予曰。通論爲後人解春秋前後不通者。發未盡。孔子竊取之義也。註須抉剔其義。靈皋不以爲然。曰。除通論無所爲義也。三君子皆天下士也。而不免盛氣護前者。想其少年。原自辭章入。歐陽子謂文詞難工而可喜。易悅而自足。故自持一論。遂有專固。塨學力遠遜三賢。然每念執德以宏。寬以居之。凡有所著。必質於人。若有道見教。是即改正。最陋護惜。如雞羽自珍者。即所駁不合。亦必再四推敲。實見無當。始爲歇道。自反虛衷。反似少過三賢。蓋以得力於習齋先生之教也。當從習齋爲學時。不以辭章。專以躬行。每會勸善改過。摘露肺腑。面赤髮植。不以爲甚。雷霆斧鉞。受之熟矣。旁人見之。以爲不近人情。而與習齋直如頭目手足。互相救援。並不敢言感。何況怒也。矧今進言於先生。以效他山之石。即先生不受。而未遂覆塨言。非則引咎。是或再商。亦何由加以怒耶。先生手里共學。同功一體。較三君子誼更有進。故妄陳以共勉焉。臯聞又嘗駁各經傳注過文大學之道。不宜注作路字。恕谷皆有書辨正。獨其駁中庸中立不倚。既見倚注之警切。皆犯六極弱字。又思倚亦佳。翻進一解。愈覺警先貴斷。欲求斷。先求覺。欲求覺。先貴去其荒。心荒身荒耳目口舌者。去其荒身心耳目口舌者。而求之道。則孔子之道出。

人即無用。無用亦人。人而無用。天之命也。因無用而即不成其人。人之罪也。

人生兩間。苦處即是樂處。無所苦則無所樂矣。

畫餅倍肖。望梅倍眞。無補於身。

飛者遊空。近天之運。而羽毛不坐。不肖地之靜。潛者鱗介不陸。亦不肖地也。稙者踏土。近地之寧。而枝葉不行。不肖天之動。動者蟲獸。不立。亦不肖天也。惟人則兩手遊空。似飛。象天運也。兩足踏地。似稙。象地寧也。

天地者。萬物之大父母也。父母者。傳天地之化者也。而人則獨得天地之全。爲萬物之秀也。得天地之全。斯異於萬物。而獨貴。惟秀於萬物。斯役使萬物。而獨靈。獨貴於萬物。得全於天地。則無虧於天地。是爲天地之肖子。獨靈於萬物而爲秀於天地則有功勞於天地。是爲天地之孝子。

楊墨仙佛皆異端。必不得已。寧使楊墨行世。猶利七而害三也。漢之濫觴。宋之理學。皆僞儒也。必不得已。寧使漢儒行世。猶虛七而實三也。

寧爲一端一節之實。無爲全體大用之虛。如六藝不能兼。終身止精一藝可也。

曰博學於文。蓋詩書六藝。以及兵農水火在天地間燦著者。皆文也。皆所當學之也。曰約之以禮。蓋冠婚喪祭宗廟會同以及升降周旋衣服飲食莫不有禮也。莫非約我者也。凡禮必求精神之至。是謂窮理。凡事必求謹慎之周。是謂居敬。

漢人不識儒。如萬石君家法。眞三代遺風。不以儒目之。則其所謂儒。只訓詁辭華之弊耳。

歌得其調。撫嫺其指。絃求中音。徽求中節。聲求協律。是之謂學琴矣。未爲習琴也手隨心。音隨手。清濁疾徐有常規。鼓有常功。奏有常樂。是之謂習琴矣。未爲能琴也。絃器可手製也。音律可耳審也。詩歌惟其所欲也。心與手忘。手與絃忘。私欲不作於心。太和常在於室。感應陰陽。化物達天。於是乎命之曰能琴。

文盛之極則必衰。文衰之返則有二。文衰而返於實。則天下厭文之心。必轉而爲喜實之心。乾坤蒙其福。文衰而返於野。則天下厭文之心。必激而爲滅文之念。吾儒與斯民。淪胥以亡矣。

明者目之性也。聽者耳之性也。視非禮則蔽其明。聽非禮則壅吾聰。而亂吾性矣。絕天下非禮之色。以養吾目。賊在色不在目也。賊更在非禮之色。不在色也。去非禮之色。則目徹四方之色。適以大吾目性之用。絕天下非禮之聲。以養吾耳。賊在聲不在耳也。賊更在非禮之聲。不在聲也。去非禮之聲。則耳達四境之聲。正以宣吾耳性之用。

梧檟之根。藏土千年。與腐朽同識。

惟德動天。非修善克允。福弗倖邀。非改過克免。禍弗苟免。

外染有淺深。則澗滌有難易。若百倍其功。縱積穢可以復潔。如莫為之力。即蝇點不能復素。

澄澈淵湛者。水之氣質。其濁者。乃雜於水性本無之土。正吾性之有引蔽習染也。

伊尹曰。茲乃不義。習與性成。大約孔孟以前。責之習。使人去其所本無。程朱以後責之氣。使人憎其所本有。

鯀瞍全聖。

二氣四德者。未凝結之人也。人者。已凝結之二氣四德也。

情非他。即性之見也。才非他。即性之能也。氣質非他。即性情才之氣質也。一理之利害分明局於地域、又不待言、殊爲心害）兩先生之居城。則痛絕沾染詞訟關說衙署之習。明察鄉人涉訟者之眞僞。從旁判斷。而恐中其情。居鄉則身任勤苦之業。餍糠粃。皴手足。而不覺其苦。素位而行。居之何陋。無入不自得。亦無往不皆得也。於扺捂乎何有。

顏李之所業則農也。吾國平原膴膴。氣候宜稼穡。是以農爲百業之中心。未相既興。而神農氏作。教民樹藝。而周室開基。於是制田所以便農。制賦恐其病農。軍旅田獵。不違農時。鑿池築城。必於農隙。即至設官制祿。亦以耕者之所獲爲準。農有上中下之異。在官者之祿。即以是爲之差。勞心勞力。既有其同等之法以齊之。而卿下必有圭田。餘夫二十五畝。俾爲官者及其子弟。均有自力於農之機會。以儕伍齊民。即士之賢者能者。均出於鄉。即均出於鄉之農。將來卿士大夫。來自田間。皆洞然於民事之本原。不敢以乃逸乃諺。謂啙啙者無聞知也。

其助農之工。便農之商。衛農之兵。環轉而與農依爲命者。更無論矣。自恒農恒士別其職。野人君子異其詞。一分而遂不可復合。微特遊食者無恒產也。即置有恒產而食租者。主與佃分。自種者主與僕分。不從事於南畝。而惟農是依。於是鄉人識之曰。秀才田。無豐年。雖詮釋者小正月令。圖繪者無逸豳風。口下了然。筆下了然。事實上乃茫然而莫辨。學與事不合一。其勞逸。其行迹。其性情。漸且乖隔絕遠。忘其本來。古人以爲要務。後乃視爲綴圖。久且鄙農夫爲粗獷。爲蠢愚。農竟爲儒者所不道。其上者更無論矣。

顏先生之去城而返鄉也。朱翁年邁。日費皆身任之。耕田灌園。勞苦淬厲。初食蘱秫如蒺藜。後甘之。體益豐。雖躬稼胼胝。而主敬存誠。屹然以道自任。此自爲者也。爲王法乾書農政要務。凡耕耘。收穫。辨土。釀糞。以及區田水利。皆有謨畫。此推行者也。

李先生以孝慤命。經理孤任振銳家務。返鄉居力田養親。時至絕糧。嘗作嗟哉行以自解。其與溫載湄書曰。遠竄荒鄙。躬耕灌園。冬底務閒。猶有人象。入春以後。面目黧黑。手塗足泥。塵封藥髮。僬僬趨走。與鄉曲細民同範一模。答馮樞天之規過則曰。非以求富。以自守也。遯迹田園。胼手胝足。則雄傑之餘勇也。不稼不穡。胡取廛囷。則風人之退守也。人曰謀生致富。曰求田問舍。笑而不答。又所以自汙而自全也。兩先生之於農學與事合。有如此。

不特農也。社會人事雜。則聖人多爲之途以容之。使之循行游泳於其閒。而不暇爲出位之思。以亂天下。其事基於學。雖小道而有可觀者焉。農外之醫也。卜也。堪輿也。星相也。或肩挑車輦以爲貿易。或强力競武而献技能。皆社會所有事。即聖賢不妨自爲之。以混迹城市。韓文公之傳圬者。柳子厚之傳橐駝。同一意也。顏先生於傭者傳彭朝彥。於箄工傳王全四。美惠方有序。則自爲醫矣。張肆開封尋自爲卜矣。李先生亦傳李以傳二翁風水考證。亦著爲書。觀風問雨。亦讀其賦。學御而相馬。學詩而博物。五步劍十三刀。奇材異能俠烈之士往來不絕。其於千奇百有之社會。莫不窮形盡相。有以待而治之。即事以爲學。斷非伏案執筆。不出戶庭之書生。所得而窺其蘊也。今人識由小識。迷信直欲斷絕衆源。歸命於一。使包括萬彙容納衆流之社會。減縮而狹隘之。孰知聖哲之同人心明學治。制法以民毋相絕遠乃以心而觀物使分途進取。而自保守其所有之天職也耶。

今之世界社會者。雖有日進之勢。而爲之說者。動數十家。行之事者。亦分多派。即事實上欲趨於一。而勞農耶。勞工耶。社會國家耶。一切國有耶。任其自然耶。齊以法律耶。路岔論陋。非實有經驗窮極變態之人。徒以簡單思想行之。未有不試之而敗績者。孔孟於社會。以家庭爲根據之地。以國家爲樞轉之途。以師爲愛靜空談之學久必至厭事。厭事必至廢事。遇事即茫然。賢豪不免。況常人乎。

三重之道。王者之迹也。三物之學。聖人之迹也。亡者亡其迹也。故孟子曰。王者之迹熄。孔子曰。不踐迹。吾人須踐迹。

多看詩書。最損精力。更傷目。

堯舜之正德利用厚生。謂之三事。不見之事。非德非用非生也。周公之六德六行六藝。謂之三物。不徵諸物。非德非行非藝也。

道義師所授。習行所以事師。

學者勿以轉移之權委之氣運。一人行之爲學術。衆人從之爲風俗。民之瘼尙忍膜外。

程朱之道不息。孔子之道不著。以上年譜暨言行錄孟子必有事焉。何是聖學眞傳。心有事則心存。身有事則身修。至於家之齊。國之治。皆有事也。無事則道統治統俱壞。兩宋以來。徒空言相續。紙上加紙。而靜坐語錄中有學。小學大學中無學矣。書卷兩廡中有儒。小學大學中無儒矣。大學辨業序

儒之處也惟習行。儒之出也惟經濟。離此一路。幼而讀書。長而解書。老而著書。莫道訛謬。即另著一種四書五經。一字不差。終書生也。非儒也。幼而讀文。長而學文。老而刻文。莫道詞章小技。雖左屈班馬唐宋八家。終文人也。非儒也。寄桐城錢曉城書

讀得書來。口會說。筆會作。都不濟事。須是身上行出。方算學。答齊鶴恭書

讀得書。才有些識見。使張皇議論。自市其長。不惟虛矯不能受用。且此滿假心。更無進步矣。答齊鶴恭書

吾每閱文人論文及作爲文工夫便頭痛欲嘔。一恨此物此事之誤蒼生也。一笑其向無用處耗心血也。一笑其最易事視爲最難事。不知自厭其卑俗而反自市其能也。評文

孔學是要能其事。故曰身通六藝者七十二人。朱學只欲解其理。不知幾時讀盡天下許多書。

夫子之道。合身心事物而一之之道也。夫子之學。學而習之之學也。習禮習樂習射御。習書數。以至兵農錢穀水火工虞。莫不學且習也。以上評王學質疑

人惟自小其文。故隨常逐隊作俗常文。韓會狀論

孔子曰。學之不講。是吾憂也。今日者講之不學。是吾憂也。

宋儒、孝女也。非孝子。悲其學術之誤。徒抱忠憤之心也。

乾坤全壞於無用老學究。但能誦讀注解。靜坐談論。而三事三物。道上不見一

人。以上駁朱子分年考試經史子集議

性命之作用詩書六藝而已。詩書六藝。亦非徒列坐講聽。要惟一講即習。講之功有限。習之功無已。總論諸儒講學

人之歲月精神有限。誦說中度一日。便習行中錯一日。紙墨上多一分。便身世上少一分。仝上

秦漢以降。著述講論之功多。實學實教之力少。明親

主天地之氣機者。實文實行實體實用而造出實績者也。民以安。物以阜。

道不在詩書章句。學不在穎悟誦讀。以上上陸桴亭書

讀盡天下書。而不習行六府六藝。文人也。非儒也。尚不如行一節精一藝者之爲儒也。學辨

六藝之教。正使人習熟天理。不然。雖諄諄說與無限道理。至吃緊處。依舊發出

論說

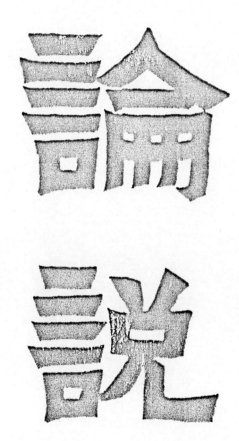

徐大總統四存學會第一年紀念會訓詞

今日爲四存學會週年紀念之日會員諸君子濟濟盈庭甚盛事也予於顏李兩先生學術素所服膺今茲大會聿觀厥成欣慰之餘用特發表個人意見以爲會友輔仁之助

溯自上年會長張君鳴岐發起本會以來初僅同志數人經營擘畫略具規模未幾風聲既樹髦彥景從會員既日見擴充會務亦愈形發達文武政藝則分功研究學校農圃則幷力進行刱京師首善之區既經立會以爲之倡將來各行省聞風興起固必有遍設分會之一日而一年之成效如此由是而十年百年則顏李四存之學所以發揮而光大之者當尤不可限量其作始也簡其將畢也鉅是惟在諸君子之熱心毅力以期其成而予之贊助與維持之殷實有無窮之希望也

夫四存之指既有顏李之書詳哉言之且爲諸君子所習聞故無俟予之贅述

惟是吾國人民常有言行相違之弊而士大夫尤甚昔易堂彭躬菴嘗謂天下之病小人中于僞君子中于虛君子虛美相尚無實學以撥天下之亂故小人益務于僞不可救止又極稱司馬德操儒生俗吏不識時務與言足與虞廷十六字相配躬菴生明之季親見當時朝局與社會間之情狀故其言之痛切如此迺者世變愈亟人性愈瀉而虛僞之風又復變本加厲或則假飾文化潮流以謀權利或則冒托羣衆心理以便私圖無禮無學賊民斯興其危害於國家將有不可救藥者惟本會諸君子能守顏李兩先生立教之方依周官六德六行六藝之目一一躬行實踐以推己而及人則轉移風氣之功國家之利賴於諸君子者爲何如哉蓋顏李之學習行一貫直接周孔真傳諸君子本四存之指而習行一貫則亦直接顏李真傳是尤予之所厚望并願與諸君子共勉之者也

誼利說

姚永概

董子曰。正其誼不謀其利。明其道不計其功。近世之士。謂中國所以貧弱者。董子斯言道之也。吾以爲不然。誼者宜也。非無利之謂也。得其宜。雖貧爲天子。富有四海。人不曰利而曰義。道者道也。非無功之謂也。由乎道。則功蓋乎天下。澤流及子孫。人不曰功而曰道。人之爲情。爭利競功。與有生以俱賦。不待教也。惟其知利而不知誼。則其爲利也少而害多且大。知功而不知道。則其爲功也近而失巨且遠。聖人以義爲利。所以教後世謀無害之利也。以道爲功。所以教後世計不失之功也。吾不敢遠徵古籍。人且曰古之事不適於今。請以近事明之。李完用之賣韓也。彼不以爲國雖亡而我獨利乎。然而韓人疾之甚於寇讐。出門無備。劍擬其喉。深居獨處。卷舌藏頭。日人視之輕於俘囚。召之不敢不赴。索之必應其求。財寄人庫。不得自由。終之一死。魂魄含羞。由此觀之。犯大不誼利何有乎德皇之戰也。陰謀狡計。蓋數十年。利器精巧。毒燄絳天。覆比殘俄。所向無前。自以爲不世之功。在指顧間。然而法人抗禦。英人犄于旁。死阵不得入。美且來援。田不得耕。士無飽餐。寡婦滿室。民憤且怨。國人逐之。逃竄他邦。赫赫雄國。毀於一旦。數十年之耕。不能償其喪。數十年之生。不能補所亡。由此觀之。失其道。雖功奚得成乎。中國之聖人則不然。堯舜禹臯稷契。都俞一堂。所行者仁誼。所講者道德。洪水既平。教之稼穡。契爲司徒。人倫爰立。臯陶明刑。教得以弼。干羽舞階。三苗來服。當是時也。鳥獸率舞。民安耕鑿。子孫迭爲天子。各數百年。殷膺周天。仍集大命於元首。由此觀之。利莫尙焉。功莫京焉。而其所求。在誼與道耳。不求之利與功也。三代以降。雖有英君哲相。皆中於功利之說。苟且爲之。是以民不見太平之治。然以此較彼。猶爲得道者必興焉。略放于誼者存焉。斯不亦明效大驗與。黠者撰一奮之衆。爲之機焉。內殺鼠雀。外防鄰里。自以爲智矣。

不知富者露積物果其腹人拾其遺雖不校而無傷猶非至富也至富者人皆足而不我求也物遂生而不吾盜也利之相去倍蓰世顧不之信悲夫

論政教

前人

嗚呼三代以降不見太平之治固有由矣古者聖人之治天下教而已矣制爲天子諸侯卿大夫士以定其位分爲都鄙邑里以定其地設爲水火工虞以定其事豈特禮樂爲化民之具哉凡所以經紀國家無非教也教之不率乃明刑以弼之豈特於國內之民先教後誅哉雖鄰國之君亦然故孟子載湯之伐葛遺之牛羊分之耕夫葛伯虐更甚乃始伐也豈特施於鄰國之君哉雖諸侯於天子亦然湯進伊尹文王進膠鬲桀紂終不悛乃始放弑也聖人之心以爲已獨賢而不忍天下之皆不肖也已獨智而不忍天下之皆愚也思有以易之易之之柄非匹夫所能操必有天子之位次者亦在諸侯於是嚴君臣之分別上

下之等豈顧私一已之威亦曰必如是庶幾乎民之知者可以皆賢而其愚者亦不失爲善人也矣是故武王曰作之君作之師惟曰其助上帝伊尹曰予將以斯道覺斯民也此其公天下之心爲何如乎後世區政與教而二之雖有師儒之職博士之官然其任已輕所及者尠况如唐陽城宋胡瑗者蓋寥寥也一二好古之君臨辟雍幸大學謁孔子出於偶爾希名之心禮畢而已厭倦故其教不著適爲講功利者之所黠嗤孔子曰道之以政齊之以刑民免而無恥道之以德齊之以禮有恥且格使孔子得尺寸之柄豈能舍政刑而不用哉然必以德爲教之本以禮爲教之用而聖人之效始大暴於天下漢之賈生明之矣其言曰禮者禁於將然之前法者禁於已然之後是故法之所爲易見而禮之所爲難知若夫慶賞以勸善刑罰以懲惡先王執此之政堅如金石行此之令信如四時據此之公無私如天地耳豈顧不用哉然而曰禮云禮云者貴絕惡

於未萌而起敎於微眇使民日遷善遠罪而不自知也惜乎其所以敎文帝者首在改正朔易服色猶區區於其末也是故絳灌得以擅更高皇帝刱制文帝使其道不行向使賈生第從容與謀立學校置師儒修之宮廷之中風乎四海之內得其本矣即政刑之大悖古者次第損益之而已文帝之資猶可企及也繼賈生而窺及聖人者有董子董子所值者武帝其去文帝也遠矣文帝亟造作而略近乎王武帝喜更張而去王更遠其故可思也而宣帝乃曰漢家自有法度本取王霸雜用之痛哉言乎漢之政較暴秦爲仁耳彼豈知王道爲何物乎吾懼今之人不明先王所以仁育斯民之意執後世之政敎而誣聖人故特表而著之

專著

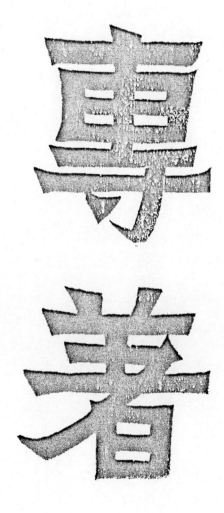

好學近乎知。力行近乎仁。知恥近乎勇。知斯三者。則知所以修身。知所以修身。則知所以治人。知所以治人。則知所以治天下國家矣。（以修身爲道之用）

誠者非自成己而已也。所以成物也。成己仁也。成物知也。（以誠意爲成物之用）

大學云。君子有諸己而後求諸人。無諸己而後非諸人。所藏乎身不恕。而能喻諸人者。未之有也。

所惡於上。毋以使下。所惡於下。毋以事上。所惡於前。毋以先後。所惡於後。毋以從前。所惡於右。毋以交於左。所惡於左。毋以交於右。此之謂絜矩之道。（大學）

（絜矩之道即忠恕一貫之旨）

論語云。夫仁者。己欲立而立人。己欲達而達人。

孟子云。老吾老以及人之老。幼吾幼以及人之幼。古之人所以大過人者。無他焉。善推其所爲而已矣。（善推所爲治國如運諸掌）

（四）道家言道之用

老子道德經云。三十輻共一轂。當其無有車之用。埏埴以為器。當其無有器之用。鑿戶牖以為室。當其無有室之用。故有之以為利。無之以為用。極言以無為用之道

悠兮其遺言。功成事遂。百姓皆謂我自然。極狀其居無為之事行不言之教

道常無為而無不為。王侯若能守之。萬物將自化。順自然以為用其用彌簡而其效彌鉅

不出戶知天下。不闚牖見天道。其出彌遠。其知彌少。是以聖人不行而知。不見而名。不為而成。因物之情以推知可以成物

文子原道篇云。執道以御民者。事來而循之。物動而因之。是自然之妙用

聖人忘乎治人而在乎自理。貴忘乎勢位而在乎自得。自得即天下德我矣。自理即是道自得即是德此皆言以道德為治理之用

合二氏之論列而揭櫫其所謂道之體用者觀之。一為有為法。一為無為法。是

其方法雖殊。其認識則一。換言之。其所爲雖不同。其所以爲則一也。蓋古者之論治。靡不以道德爲本。以政治爲末。或且合道德政治爲一談焉。故六經諸子之言。無一而非道德。實無一而非政治之書。彼蓋認道德爲人類共同生活上天然之規律。有永久存在之精神。而政治僅爲人爲之條件。亦各隨其時代變遷而已。故常變者政治。不變者道德。孔子謂爲政以德。譬如北辰居其所而衆星拱之。老子謂執古之道。以御今之有。皆此旨也。

夫道德之功用既充。則政治之設施可以簡。惟人類在物欲繁興之中。道德竟日衰矣。而政治之文法乃繁。是非古先哲王之所志而幾也。故刑罰賞勸。儒者所不得已而進爲之者也。書曰刑期無刑。論語曰聽訟吾猶人也。必也使無訟乎。曰道之以政。齊之以刑。民免而無恥。道之以德。齊之以禮。有恥且格。又曰苟子之不欲。雖賞之不竊。又曰苟正其身矣。於從政乎何有。是大道之所期直置政治於非用者也。大道之所爲。直令政治無所爲而後已也。而老子之徒。乃大有慨於政治末流之弊。更進而爲過甚之論焉。老子曰。大道廢。有仁義。智慧出。有大僞。六親不和。有孝慈。國家昏亂。有忠臣。文子曰。道狹然後任政。德狹然後任刑。是直認政治之生成。實道德上不幸現象焉。蓋二氏之道德治國說。皆各高懸一理想目標。而以待後之能者。

禮運云。大道之行也。天下爲公。選賢與能。講信修睦。故人不獨親其親。子其子。使老有所終。壯有所用。幼有所長。矜寡孤獨廢疾者。皆有所養。男有分。女有歸。貨惡其棄於地也。不必藏於己。力惡其不出於身也。不必爲己。是故謀閉而不興。盜竊亂賊而不作。故外戶而不閉。是謂大同。今大道既隱。天下爲家。各親其親。各子其子。貨力爲己。大人世及以爲禮。城郭溝池以爲固。禮義以爲紀。以正君臣。以篤父子。以睦兄弟。以和夫婦。以設制度。以立田里。以賢勇非經久之計。臣方慮籌欵之無著。而聞此數說。又恐付巨帑於一擲。應請敕下部議云。已而卒不果行。是後崔迺翬著治河新說。獨取會議迺翬之言曰。治河如治絲。善理者先理絲之一端。而全絲皆理。今河自晉縣以下。愈岔愈歧。幾不可辨。此亦水中之亂絲也。勢不能一一而爲之挑。一一而爲之堵。爲之洩也。蓋城至邵村之道。爲下游諸岔之總口。即亂絲之端也。亟扼總口。不令旁趨。導之東則俱東。導之西則俱西。雖百岔千歧。不能爲患矣。至伏秋盛漲。容有泛溢。此必不能免之事。均之不能無害。則當權其輕重。而統爲之籌。備乾隆年間行此故道。亦未嘗無嘉慶六年一大變。嘉慶間行此故道。亦未嘗無道光三年一大變。道光間行此故道。亦未嘗無咸豐三年一大變。然皆數十年一遇。最近者亦十數年而一遇。餘皆平安如故。非如今之年年苦潦也。故曾公節次估勘。專取邵村一道。老謀深算。識無以易。云是後尤著者則李鴻章之治子牙是也。滹沱自同治七年以後。淹沒六七州縣。復久踞文安窪。前潦未乾。後潦踵至。上游蠡壩以下。凡三岔八口。或至深冀。或至甯晉。皆以入淀。曾文正既議而未行。鴻章繼之。亦久無效。及光緒三年。道員周馥與清河道葉伯英同視滹沱。上言淀水以北。滋水以南。皆滹沱縱橫蕩決處也。或一二十年。或三五年。必一遷徙。自平山測量水平。每一里上高於下一尺五寸。藁城以下。每里高下僅五寸。獻縣以下。則僅二寸耳。地形西峻而東夷。故河流來急而去緩。與其與水爭地。爲水所勝。不若保守故隄。查北岸安平以上。有豬龍河隄。饒陽以下。有古唐河隄。河間以下。有臨河舊隄。至雄縣淩城村止。南岸向無隄。惟獻縣有小埝。僅高三尺。可禦小水。以保麥苗。應令饒陽以上。一律接築小埝。北隄之決斷處。皆堵築接續之。嚴禁私決。共長四百五十里。其間北隄與小埝相距。寬或十餘里。至五宮淀以下。漸窄至二三里。夾爲河槽。蓋北則借隄爲防。南則有小埝。大漲仍容泛溢。

與無隄同。此其治上游也。下游同治七年。後饒陽以下。由古洋河入文安窪。光緒六年。清河道史克寬請於獻縣朱家口古洋河東岸。另開減河。以分歸子牙故道。自朱家口至臧家橋南子牙河。計長三十三里。河成。滹沱全入新河。而古洋斷流。爲始念所不及。故又展寬河身。以資經久。於是下游九州縣之積患豁然以除。其工雖小。厥功懋焉。惟九州縣之禍雖紓。而滏滹兩河之間。有獻縣四十八村。其患轉劇。克寬來行水。居民持刀逐之。又訴諸朝。克寬以是鐫級去。鴻章乃奏免四十八村租賦。且歲給例賑。而村民一水一麥。亦非甚苦。以數十村之疾患。易六七縣之安全。論者韙之。然下游水雖有歸。而上游之不溢仍難。必也。蓋清一代治滹沱者。惟此三事爲深切著明。而一則行而未效。一則議而未行。一則下治而上仍不治。說者謂自古治滹無善策。嗚呼。沱之義本言淺也。淺則不行地中。而氾濫無常處。揚子雲所謂浮滄海而知江河之惡沱者也。曾公之議近是矣。而猶自謂毫無把握。由是言滹沱者。以埽而諉之州縣。爲已盡人事。且有以人事無益而聽之天焉者。然則滹沱一河。豈天縱之以害生民者乎。竊嘗參稽古今。細驗水性。而後知人事之果尚未盡。讀書之能自得間者。蓋自古爲鮮也。天下之江河爲患者。必爲濁水。清水縱偶泛溢。而其患亦僅。故濁治而諸水皆治矣。治濁水者。惟去其濁。則患者不患矣。然則欲知濁河。心先識濁性。人知濁河之能爲患。至其所以爲患。則率置不問。蓋水與土性本交剋。水之性走而不守。土之性守而不走。水欲行而土欲留。兩性各不自由。則怒而相鬥。或冲決。或遷徙。或奔騰澎湃。萬竅怒號。不知者以爲神。而不知物性相剋相怒。自生變異。不見夫飆風乎。四周空氣。八方奔赴。各求其所向之方。及總而爲一。各不自由。則旋轉交互。遂成天地間之巨變。濁河之性。亦猶是耳。幸而清水較多於沙。水在六分以上。水力尚足勝之。沙乃馳而隨行。不幸而清水在五分以下。

福建	二十一萬
浙江	一十六萬
湖北	二十萬
湖南	一十六萬
陝西	二十三萬
甘肅	一十萬
四川	三十一萬
廣東	二十三萬
廣西	四萬
雲南	一十二萬
貴州	二萬

按耗羨數目。如江蘇等省。則併匣費鹽規各款計之。四川等省。則併鹽羨各款計之。以其時訂官員養廉。兼取資於匣費等款也。

按整頓關権鹽稅。爲歲入增收大端。雍正二年。令關差嚴禁苛求。重在舟車絡繹。貨物流通。則稅自足額。鹽差重在力除加派。使商困少蘇。盡復舊業。則課自盈餘。是以康熙六十一年十一月。即令以關差改歸地方官。後令鹽務亦歸督撫。皆所以祛除積弊。專一事權。又關稅自清理後。凡官侵吏蝕。僕役中飽。舉燭照而數計。於是各關以贏餘報者相屬。而缺額者從未之聞。蓋其時歲額本敷。贏餘本有。康熙年間。關稅之有絀無贏者。自在漏卮。又按清釐陋規歸公。爲雍正中財政一大端。六年。各省督撫多有以地方舊有之項。請歸公者。廷議以此等款項多係相沿積弊。歷年未革之陋規。不取之於民。即取之國。遂令督撫等確查。若無礙於民。無礙於國之項。則將緣由陳明。歸爲公款。其有上納之國下取之民者。則應全行裁革。於是地方官及關監各項陋規。多歸公。而京署飯銀。亦准奏明支解。凡向之私歛於商民及官員自相爲與受者。除裁革後。均爲例支。是年提鎮以下。槪給名糧。皆昔日扣之營伍者。蓋文官給養廉以杜其病民。武員給名糧以杜其蝕餉。事殊而意同。國初財政。以節費爲本。至此而一變矣。

乾隆時之財政

乾隆初年。承綜核釐剔之後。財政多從寬大。御極之始。蠲豁雍正十二年以前逋賦。三年。以各省解部平餘。存儲司庫。爲救濟荒歉及裨益民生之用。而歸價務飭平減。關稅贏餘。不限額數。行之未久。虧空復見。關稅亦日絀。於是以重法繩侵貪。關稅贏餘。亦定額。不足者責賠。歲入以之日增。而寬恤民力。復順治康熙之舊。十年。諭曰。臨御天下十年。於茲撫育黎庶。躬行儉約。直省水旱賑撫。多在常格之外。持盈保泰。莫先足民。欲使山陬海澨。均沾大澤。特將十一年直省錢糧全行蠲免。廷議三年之內輪免一周。計二千八百二十四萬有奇。是爲乾隆普免錢糧之始。其後三十五年四十三年五十五年、皆普免錢糧一次。三十年四十五年六十年。皆普免漕糧一次。而因災因兵蠲緩與河工等攤徵者尚在其外。七年以江蘇安徽被黃淮之災。工賑至千萬。四十八年豫工用千餘萬、又修各省城工。特發帑五百萬、陝甘增兵之案。歲加二百餘萬。其時諭旨。動謂天地之財。止有此數。與其多聚左藏。不如使茅簷蔀屋。自爲流通。藉以散財藏富爲理財至計。而自初定金川以後。邊役迭興。準回之平。軍需三千三百餘萬。台灣八百餘萬。用款亦至鉅。其時歲出入均有定數。而以供不時之用者。則有數端。一曰開行事例。自初年江皖之災。即開事例捐銀米者。可得先用等花樣。其後河工軍需。亦時開之。常平事例。則專捐貢監。爲買儲倉穀之需。甘肅捐粟

舜生三十句徵庸二十庸用二依鄭本論衡同在位五十載陟方乃死陟方省方也

閻生案。此總結全篇也。言陟方乃死。則終身之勤勞可知。古史之簡勁如此。

皋陶謨

閻生案。此篇以君臣交儆爲主。　又案。堯典皋謨二篇。意義互相貫注。當連讀之。乃得其指趣。蓋前篇綜挈兩朝大政。而君臣賡颺之美。嘉謨至論之詳。不能悉載。故別爲一篇以附之。此爲文之所以貴有體也。考逸書篇目。堯典後尚有舜典。皋陶謨前尚有大禹謨。似不止此二篇。然堯典舜典本爲一篇。舜典即已附載堯典。禹之昌言。亦具見於皋謨。書序云。皋陶矢厥謨。禹成厥功。帝舜申之。作大禹皋陶謨益稷。所序即係此篇。似皋謨之外。別無大禹謨。逸篇所謂大禹皋陶謨者。即今之皋陶謨也。然則此篇固與堯典相輔而成。無疑義矣。

曰若稽古（四字簡冊發端詞）。皋陶曰允迪厥德。（信蹈其德）謨明弼諧（謀明輔和）。闓生案。皋陶之言以責成君德爲主。開端二語卽全篇大旨。言爲人君者能信導其德則所謀者無不明而其輔無不和也。

禹曰俞如何（禹然其說復問其詳）皋陶曰都（歎詞）愼厥身（句）修思永（修治也思斯也治斯長也）惇敘九族（惇勉也敘重也）。庶明厲翼（庶明衆才也厲敬也翼輔也）。邇可遠在茲（近可遠在己）。禹拜昌言曰俞。闓生案。禹問而皋陶申言之。謂以修身爲主。身修則治斯長。由宗族以及群佐。近而可推及遠者在己也。

皋陶曰都在知人在安民禹曰吁咸若時（皆君是）惟帝其難之（惟雖也帝謂舜也）知人則哲能官人安民則惠黎民懷之能哲而惠何憂乎驩兜何遷乎有苗何畏乎巧言令色孔壬（令色善色孔壬大佞也）

闓生案。皋陶又言修德亦有條件。在於知人安民。禹歎其難。皋陶因言九德爲知人安民之法也。

皐陶曰俞（依史記補）都亦行有九德亦言其有德乃言曰載采采（亦言之言從也載始也采事也人之行有九德亦從其有德而後可爲事事也）禹曰何（問九德之目）皐陶曰寬而栗柔而立愿而恭（恭供同謹愿而能供辯）亂而敬（亂治也有治才而敬畏也）擾而毅（馴擾而果毅）直而溫簡而廉（廉辨察也）剛而塞（塞實也）彊而義（彊勇而好義）彰厥有常吉哉（彰顯也常祥也有語詞言當用其祥吉之人也）

閭生案。陳此九德。乃知人之法。當用其祥吉之人。日宣以下。乃安民之道也。

日宣三德夙夜浚明有家（蚤夜稱成有家）日嚴祇敬六德（嚴祇敬三字重文同義皆敬也）亮采有邦（相事於國此言九德中有三德可以爲大夫六德可爲諸侯）翕受敷施（合受溥施）九德咸事（事立也立用人不拘一端也）俊乂在官百僚師師（師師衆也）百工惟時（百工百事也惟謀也時善也）撫于五辰（撫順也于如也五辰五星也）庶績其凝（衆功其成）

閭生案。用此九德之人。布之庶位。則天下治矣。

無敖逸欲。（敖當依漢書作敖與驁同安也）有邦兢兢業業（兢兢戒也業業危也）一日二日萬幾無曠庶官（曠空也用非其人與空無異）天工人其代之（天工天事也）

閭生案。此承上三德六德而申戒之。無敖逸欲有邦與無曠庶官對文有邦則戒其逸欲。庶官則戒以無曠也。

天敘有典勅我五典五惇哉（勅順也惇勉也）天秩有禮自我五禮五庸哉。（從馬本校自率也）同寅協恭和衷哉（和合也合於天心也）天命有德五服五章哉天討有罪五刑五用哉政事懋哉懋哉（政謂長官事謂庶職懋勉也此戒庶官之詞）

閭生案。承上天工人代之義而極言之。句皆有韻。蓋詠歎淫溢而出之。以極其剴切陳戒之意。

天聰明自我民聰明（聰明視聽也）天明畏自我民明威（畏威同字明威賞罰也）達于上下（上天下民）。敬哉有土（此戒有邦之詞）

闓生案極言天人相合之理以終上文之意而以達于上下四字總收

皐陶曰朕言惠可底行（惠詞也吾言可致行乎）禹曰俞乃言底可績（汝言致可績績亦行也）皐陶曰予未有知思曰贊贊襄哉（贊贊即贊也襄道也贊道猶佐助也）

闓生案結上文又案史記云帝舜朝禹伯夷皐陶相與語於帝前皐陶述其謀是皐陶與禹相語皆在帝前也蓋皐陶雖與禹相語其意皆以諫帝帝亦坐而聽之故下云帝曰來禹汝亦昌言是知皐陶之言皆爲帝發也思曰贊贊襄哉此句揭明本旨言我未有所知惟日夜自勉思有以贊益於帝耳

帝曰來禹汝亦昌言禹拜曰都帝予何言予思日孜孜（孜孜勉也）

闓生案帝因已聞皐陶之論又命禹昌言禹方勤於民事未以言自效故曰予何言予唯日夕思以自勉而已皐陶乃問所勉如何於是禹乃具述之皐陶聞之曰此即汝之昌言也大意如此否則君臣交勉禹忽自陳其功於詞

爲不類矣。

臯陶曰吁如何禹曰洪水滔天浩浩懷山襄陵下民昏墊昏泯也泯溺也墊伏也史記下民皆服于水予乘四載陸行車水行舟泥行橇山行檋隨山刊木行山栞木曁益曁與也奏庶鮮食予衆生稻鮮食稻也鮮但言鮮食史公問故于孔安國而知爲稻予決九川距四海。距致也致之於海濬畎澮距川致之川曁稷播奏庶艱食與稷偏予衆難得之食水未去惟稻易得至是乃偏予之鮮食食少懋遷有無調有餘補不足化居化徙也居猶貯也徙所居積之貨也烝民乃粒衆民乃定粒立同字萬邦作乂萬邦用治臯陶曰師汝昌言師與斯同史記云此而美也

闓生案。此非陳其功。乃極言致治之難也。　先大夫曰。禹言萬邦作乂。蓋即繼以愼乃在位安汝止。言烝民之難安如此。人君安可肆其上而不愼乎。臯陶不待其詞之畢。即歎美之。禹乃又續前說也。案姚惜抱亦同此解此篇中之問答之詞。往往如此。

禹曰都帝愼乃在位帝曰兪臯陶歎畢禹續其言甫言愼乃在位未畢其說帝又然之禹又續終其言云云也禹曰安

秋書國君及書弟之例或泥莊十一年傳得雋曰克之文皆可不必更詳觀左氏紀叔段後事曰寡人有弟不能和協則鄭莊之有媿心可知曰不可使共叔無後於鄭則段之並無深罪可知皆足與此傳義相發公羊訓克爲殺之不實穀梁訓克爲能又足其句曰能殺以不實而並不詞亦可於左氏傳中考知其謬誤而近世郝懿行專據經文盡駁三傳謂段非鄭伯之弟其說更不値一哂穎考叔以一封人婉言納君於善實足嘉尚左氏引君子之言賛考叔爲純孝以收束此文使鄭莊尚在而猶有人心聞之未有不汗流浹背者其立意妙遠如是而何孟春乃責其不能以倫理諭鄭莊抑又迂謬之甚已

天王使宰咺來歸惠公仲子之賵傳　左氏書未分經附傳以前凡同爲一事之文多在一篇之內故脈絡易尋此傳天王使宰咺來歸惠公仲子之賵句空舉經文以爲下文改葬惠公伏脈其緩且子氏未薨至豫凶事非禮也乃後儒

竄入者也何以故二年夫人子氏薨左氏無傳說左氏者不知爲隱公之妻誤以爲仲子故於此年歸仲子之賵不得不謂爲豫凶事荀子云贈死不及尸柩弔生不及悲哀非禮也作僞者第襲荀子之文以入左氏而不考下文有改葬惠公之事故有此失豈知仲子若在無論何人決無歸賵之理況周室雖卑猶能秉持周禮以保其虛名之君位左氏全書所在周室與諸侯往來之辭令類皆援據典禮雖列國名卿大夫不能及也何至人未死而賵之乎且此十餘句意義平直與凡例相近不類左氏高文此亦知言之士可望而決者或謂二年夫人子氏薨左氏既無傳公羊以隱母穀梁以爲隱妻子何以知左氏說與穀梁同僕應之曰此則左氏不曾明言特其文高簡不易知左氏此傳載歸仲子之賵則桓母已知可知三年傳君氏卒左氏以爲聲子聲子之爲隱母左氏已言之矣則二年之夫人子氏薨非隱公妻更有何人隱公雖欲讓桓不肯爲君

以攝位自居魯之臣子安得不尊之爲君安得不尊其妻爲君夫人此皆名分之所必然無可疑者書夫人子氏薨以正名分不書葬我小君以成公志此殆春秋義法之可尋者左氏時全史具在固無取乎詳著也明乎二年夫人子氏薨之非仲子之卒於元年故王使人歸賵殆無可疑矣經不書仲子之卒蓋孔子削之於隱妻則書曰夫人子氏薨於仲子則不書此殆孔子之微指歟左氏之意與孔子同故於隱公攝位之前明著惠公元妃孟子一段以明隱桓之均非嫡子同爲非嫡而聲子得爲繼室則名猶正也若仲子則獨以手文之異爲惠公所偏寵躋之於夫人之列然名雖爲夫人而實則夷於妾媵並繼室之不如繼室云者繼其爲夫人也聲子爲繼室而隱居長則隱之立視桓爲宜史記魯世家云初惠公適夫人無子公賤妾聲子生子息息長爲取於宋宋女至而好惠公奪而自妻之生子允登宋女爲夫人以允爲太子及惠公卒爲允少故

魯人共令息攝政據此則仲子之爲夫人尤爲非禮而桓公得爲太子亦出惠公之意與左氏太子少葬故有闕之言適相脗合史記所采者博不盡出於左氏然尤爲深切著明與孔子及左氏之意肸蠁相通孔子不書仲子之卒所以絕之不爲夫人也五年考仲子之宮亦直書之爲仲子不繫之以夫人立意尤爲章顯仲子義不得爲夫人則桓義不得太子隱公欲成父之志以授桓此所謂勤勤小讓耳而卒以釀簒弒之禍左氏所載隱公諸事多譏其謹小節而昧大體蓋深惜之矣孰謂左氏不達孔子微意哉穀梁於隱元年引義至精足與左氏義相輔弼先師評穀梁補經云歸賵自是卒於是年范云孝公時卒者非也殆爲此經定義史記十二諸侯年表於宋武公十八年載生魯桓公母以春秋大勢論之魯政之衰由於三桓專政桓公之簒立由於隱公之欲讓而隱公所爲欲讓桓公者由於惠公之以桓爲太子而以桓母仲子爲夫人桓母生而

穀名	水分	灰分	脂肪	蛋白質	纖維	水酸炭質化合物	通計
小麥	一四.五	一.七	一.二	一二.〇	二.六	六九.〇	一〇〇.

	水分	灰分	蛋白質料	纖維	脂肪	可溶解小酸炭質	通計
大麥	一四.三	二.三	九.〇	八.五	二.五	六三.四	一〇〇.
玉蜀黍	一四.五	二.〇	九.〇	五.〇	五.〇	六四.五	一〇〇.
粟	一三.〇	一.〇	一五.四	二.七	五.〇	六二.九	一〇〇.
黍	一二.〇	一.七	八.二	三.一	四.二	七〇.二	一〇〇.
蕎麥	一三.〇	二.三	一五.二	二.一	三.四	六三.六	一〇〇.

	水分	灰分	脂肪	蛋白質料	纖維	澱粉	通計
米	一三.六三	一.二八	二.一五	五.八〇	四.〇〇	七三.一四	一〇〇.
糯米	一二.〇一	一.四五	三.三〇	五.一三	四.九一	七三.二〇	一〇〇.

菽類 亦稱莢類

	水分	灰分	蛋白質料	纖維	脂肪	澱粉及可溶解永灰酸質	通計
小豆小粒	一三.一二	一.九四	一八.五五	八.八一	一.八九	五五.七二	一〇〇.〇〇
小豆大粒	一二.三二	一.五八	一八.九二	九.〇九	〇.八九	五五.二八	一〇〇.〇〇
大豆	一三.三三	一.八六	三七.七五	一.五	二〇.九八	二四.五八	一〇〇.〇〇
豌豆	一四.三	一.五	二三.四	九.二	二.五	四九.一	一〇〇.〇〇
蠶豆	一四.五	三.五	二五.五	二.五	二.五	四三.〇	一〇〇.〇〇

根塊類

	水分	灰分	纖維	脂肪	蛋白質	糖分	澱粉
番薯白色种	七五.五	一.三九	一.三九	〇.二九	一.〇二	五.一九	一五.一三
番薯紅色種	七五.二一	一.三五	一.三一	〇.二六	〇.九二	五.八二	一五.一三

	水分	灰分	蛋白質	纖維	脂肪	糖分	澱粉	通計
胡蘿蔔	八七、〇	一、〇	一、二	四、三	〇、二	四、五	一、八	一〇〇、
葱	九一、〇	〇、五	一、五	二、〇	〇、二	〇、〇	四、八	一〇〇、
韭	八七、七	〇、九	二、七	一、一	〇、二	〇、四	七、〇	一〇〇、

上所列表、就日本書中錄出、其名與中國所譯西書、小有同異、除蛋白質糖質相同外、其澱粉、即小粉也、其脂肪、即流油定油也、其纖維、即木紋質與哥路登質也、其所云水炭酸質、即炭輕養也、日本謂養氣爲酸、水則輕養化合之物、言水則輕氣在其中矣、

依上表觀之、穀菽類之水分灰分、其相差皆不甚多、而小粉質、則穀類常多於菽類。菽類蛋白質、則菽類多於穀類、且穀類之麥粟蕎麥等、其蛋白質、尚多於米或倍、或三之二焉。蛋白質乃食物中生肉之質、人生所必不可少者也、貧苦之人、

不能常得肉食特有植物之含蛋白質者補之講求植物之各質得不爲農家要事乎。

植物內質下

前所言植物內雜質之所含其元質皆生物質也取植物而燒之生物質化爲烟氣而其不化者爲灰質灰質所以不化者以其元質爲死物質也植物內之生物質如炭、輕、養、淡、常得之於空氣其灰內之死物質如鉀、鈉、鈣、鎂、等則僅得之於泥土故植物之榮悴每視泥土之肥瘠爲變遷不明植物之元質不知其宜於何種土也英人華靈吞有審定每畝（英一畝約中國六畝一分）植物乾質淡氣灰質磅數表、（每磅約中國十二兩）最便考覽、今刪去數種錄列如左、

植物名與每畝量數	原物	乾質	灰質	淡氣	硫礦	鉀養	鈉養	鈣養	鎂養	燐酸	綠氣	矽養
小麥實	一千八百	一千五百三十	三〇、	三三、	二、七	九、三	〇、六	一、	三。六	一四、二	〇、一	〇、六

日上而耕。所以保適宜之地濕也。雜草滋生。爲害實大。太古之世。僅以火焚而去之。器械既精。耘耡遂易。春耕遲可免草患。秋耕早可利用腐草以肥田。誠良法也。

耙地第二

耕後必當用耙。所以散塊去草也。諺云。耕三耙六。耕欲其深。耙欲其細。今人多知耕深。不知耙細之爲功。夫不耙則土粗不實。生苗立根。不着實土。不耐旱。以致有懸死等病。耙則土細而實。立根在細實土中。自然耐旱。不生諸病。春間耙地。磏地俱宜早。以地未開通。耙必淺。磏不實。耙深則乾深故宜淺太寔則不[illegible]澁不蓄實大抵有磏宜磏。無塊宜耙也。

祖同謹案。雜草滋蔓地上者易除。或以鐮刈之。或以手絕之。或以耙鋤等仆之。在地下之根莖。自由蔓生。較爲難圖。非以耙縱横耕鋤。使之斷截。不爲功。故曰。耕後必當用耙。耕欲其深者。風化作用深及地下。土中養分。因之而富。耙欲其細者。分坼土壤。使成細粒。養分易於分解。作物之根得自由滋蔓。吸收多量養分。耕與耙利實相等也。倘耕而不耙。則土塊不易碎。作物之根。不易敷暢。故生苗立根。不着實土。土粒大而疏。則水分不易保存。故曰不耐旱。至於礫土中石礫甚多。非碾不能碎。故曰有磊宜碾無塊宜耙。耙地碾地宜早者。石礫土塊既碎之後。必受水分空氣之影響。始能分解有用之養分。供植物之吸收。過遲雖碾之使碎。耙之使細。亦無益也。

蓄種第三

凡種必當揀用母大子肥。世所悉知。秋成登場。揀各種之穗大而粟穎寔者。於各淨場晒乾。碾搓成粒。將秕簸去。用極乾穀糠拌勻。於烈日之下。每月攤晒。陰夜則收。一直晒到種時。令受陽氣足。

則皆從引伸之義而釋之矣
又案宇字本義今用者尙多詩豳風七月在宇攷工記輪人爲蓋上欲尊而宇欲卑左氏傳在君之宇下皆用宇字本義爲文宙字本義用者鮮矣

春

春古作萅說文萅推也从日艸屯屯亦聲段注日艸屯者得時艸生也屯象艸木之初生今字作春案春之義甚廣廣雅釋言釋名釋天皆釋春爲蠢（廣雅釋言春蠢也釋名釋天春蠢也萬物蠢然而生也）尙書大傳周禮目錄皆釋春爲出（尙書大傳春出也周禮目錄春者出生萬物）案蠢者動貌風俗通祀典曰春者蠢也蠢蠢搖動也禮記鄉飲酒義春之爲言蠢也注蠢動生之貌也出者出生意獨斷上曰春爲少陽其氣始出生養御覽時序部三亦引尙書大傳曰春出也物之出也依上各說蓋春者天地之生氣物得氣而生於春就其生動之貌言則曰蠢就其發生之象言則曰出詞異而意尙無別又案春秋繁露春者天

地之和也。白虎通五行木王即謂之春。其釋春也以氣言。論衡無形曰形爲春。其釋春也以形言。漢書郊祀志上春者歲之始也。後漢班彪傳注春者四時之始。其釋春也以歲序言。禮記中庸注木神則仁。疏東方者春太元。元數東方爲春。其釋春也以方位言。又春秋繁露陰陽義曰春喜氣也。天辨在人曰春。愛志也。是又就涉於人事者釋春。故月令之行慶施惠必於孟春。周禮之令會男女必於仲春。春之義誠廣矣大矣。而溯其形聲及會意之始。（段注謂萅字形聲兼會意）則不從春而從萅。而其義始明。

又案天地之生氣陽氣皆曰春。十月嫌於無陽。特稱小春。酒之總稱亦曰春。（與稱春酒異。詩七月爲此春酒。謂春釀冬熟之酒也。）宋璟愛民。人稱有脚陽春。（老子亦曰衆人熙熙。如登春臺。）

秋

秋、秋古作龝。說文秋、禾穀熟也。从禾龝省聲。（七由切）段注其時萬物皆老而莫貴於禾穀。故从禾。言禾復言穀。賅百物也。案白虎通五行金王即謂之秋。春秋繁露。秋者少陰之選。又秋者天之平也。此皆以陰陽五行之氣釋秋也。而秋之義則爲揫。爲遒。案揫亦作愁。禮記鄉飲酒義。秋之爲言愁也。注。愁讀曰揫。爾雅釋詁注。揫。斂也。管子四時。其時曰秋。注。謂時物成熟揫斂之。是愁揫各字古字假借。秋之言愁。卽秋之言揫也。又案遒與揫義亦略同。說文假注說文辵部遒字說曰。遒。迫也。周禮目錄曰。秋。遒也。釋名釋天曰。秋。緧也。緧迫品物使時成也。獨斷上曰。秋屆氏趣民收斂。觀上數義。皆謂遒爲迫。而用以釋秋者。蓋秋之爲時。品物成熟之時。卽人功收斂之時。而値其時而迫之。成熟收斂者則秋也。故秋之義亦爲遒。然未盡也。遒之云者。有迫促意。實亦有總聚意。故義與揫亦略同。詩長發篇。百祿是遒。說文手部引之曰。百祿是揫。是遒。揫字通。卽義通。秋之言揫。又不啻秋之言遒也。揫遒兩字義明。而秋字義自明。

又案秋亦訓時文選右啓此寧子商歌之秋謂商歌之時也又百穀各以其初生爲春熟爲秋月令孟夏麥秋至謂麥熟時至也又法駕亦稱秋駕呂覽博志注秋駕御法也文選魏都賦備法駕理秋御法秋對文注引獨斷曰天子有法駕又引莊子夜夢受秋駕於其師司馬彪注秋駕法駕也是秋御秋駕皆言御之有法也而天子出御必合法故天子之駕稱法駕又轉爲秋駕又秋秋飛貌荀子解蔽鳳凰秋秋注猶蹌蹌也

冬

說文冬四時盡也从仌（古文冰字說文冬收仌部冬末二點乃古仌字也）从舟（古文終字見說文糸部冬上半夂乃古舟字也）案白虎通五行冬之爲言終也禮記鄉飲酒義冬之爲言中也依此二說則冬有終中兩義蓋所謂終者就物之成言之也釋名釋天冬終也物終成也蔡邕月令章句冬終也萬物於是終也兩說皆言終并言成大氐天地之生物以成爲終氣以閉爲終水以凝爲終冬之言終四序至

譯稿

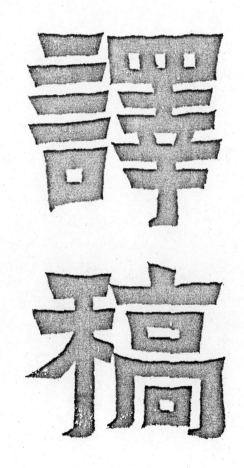

政府指定此種私立學校及寄宿舍。無異於國立學校之預備科。教會向不帮助公共之教育。但教書採用教員。決不違背公例。完全服從國家之意思。中學校教授宗教。惟以經典史爲限。不涉於他偏。法國之中學校實與大學本同一之精神而行之者。總而言之。拿破崙既死。拿破崙之政治既已推翻。而精神之生存如故也。

三 英國大學　　吳鼎昌

英國大學。向以牛津劍橋兩校著稱。兩校均由教會學校𠞰始。迄今尚極力保守原始之性質。其初該校教職員。非國教徒不得充當。非國教徒之子弟不得入學。其一切組織。亦有特別性質。兩校均由多數之考類齒(Col·lege 類似書院)集合而成。考類齒之大者有學生六七百人。小者不滿二十人。小者不曰考類齒。而曰耗爾。(Hole 類似私塾)牛津所屬考類齒二十二。耗爾三。劍橋所屬考類齒十七。

耗爾。一簡言之。即集合許多之私塾。而成一大學耳。所屬各校。各有專欵。在校肄業者。必住宿衣食其中。師弟同在食堂共食。同在禮拜堂祈禱。衣帽制度。彼此相同。夜時子時以後。無特別事故。不許出校。其規則之嚴肅。較之德國大學學生之自由。決然相反也。

大學爲公認自治團體之一種。最富有自治精神。程度所至。並有警察權。及裁判權。太學總長爲名譽職。總長之下。有副總長。有監察學生風紀之巡查。大學以內。每開國會。得選出國會議員一名。在校學生。有肄業生畢業生之別。畢業生成績最優者。得選爲特待校友。Fel'low 復得從特待校友中選出馬斯特。Master 充考類齒之學長。特待校友中。擔任校內庶務訓育教授者。稱爲助教。Tutor 或講師。Lecturere 年給津貼二千元至三千元。舊例充斯職者。以國教徒爲限。使任職終其身。近日非國教徒亦得充選。特待校友。均給津貼。名曰 Fel'lowship 金額少則三百元多至一千二百元。此外又有特別待遇。名曰 Scholsrip。因有名譽關係。學生家道充裕亦給之。兩校學生得以上兩項津貼者。約占全部四分之一。學生在校內出入多半乘馬車自行車。即非家道充裕者亦然。蓋校風如此。馬斯特之入款最巨。有一年收入三萬元者。助教以下之入款亦多。尙有由學生直接餽送者。其名目有種種。因此等金錢之關係。遂使兩校釀成可厭之景象。

考類齒所教授者。止於大概之教育。若專門學科。均在特別教室教授。以表明大學之本體。是皆因有宗教之限制。不得不然。因而優良之教授亦大不易覯。政府久已注意。屢屢勸令改革。近年漸漸破除限制。非國教徒之學者亦得主持講座。但教職員有宗教關係者。則俸額多。否則甚少。仍不得其平也。兩大學之財產素稱雄厚。自古代以來。上自皇王諸侯。下自教主富翁。時時捐助巨款已積至數萬萬元。牛津所屬各校歲入約四百二十萬元。劍橋所屬歲入約三百四十萬元。其中由基本財產利息所得者居十之八九。由學費收下者僅十之一二。近年地價低落。入款漸減。大學因力謀擴充。需費甚巨。財政頗形困難。以上所謂四百二十萬元三百四十萬元之入款。皆兩大學所屬各校之入款。其中屬于大學者。僅八九分之一。故各屬校經濟有餘。而大學則時覺困難。然政府視大學為公認之社團法人。視其各屬校為下級社團法人。下級富而不顧上級之貧。甚非獎學之道。故屢勸各屬校以其入款撥出幾成。歸大學支用。乃日久迄未實行。直至十九世紀。始以法律強制各屬校。以其每年入款撥歸主校。計撥入牛津者。年約三百萬元。撥入劍橋者。年約二百五十萬元。合各屬校之財產。統名為大學共通基本金。于是大學始臻鞏固矣。

大學教授之待遇。近已大改。講座亦日增。昔日講座僅有古典數學歷史宗教各科。近則增法律醫學自然學宗教學倫理學及各種語言學等科。大學體裁。稍稍具備。但研究專門學科。仍遠遜於德國。故教育之程度。殊屬低淺。

學生入學之資格。有考試與免試二種。凡公立中學校優等生曾受特別待遇者。皆毋庸考試。即得入學。其考試者。科目亦僅以古典與數學為限。程度與德國中學第八學年相當。又肄業學生之中。有過去人 Passman 及榮譽人 Honourman 兩種。過去人肄業三年後。得文學士稱號。或不得者。往往回家經營事業。亦有坐吃家產者。榮譽人乃有志研究學術之學生。肄業四年後。始得應學士考試。肄業三年者。僅學普通學科。即可肄業。四年者。其準備學科甚多。考試亦甚難。英國大學。本以養成常識教育人物為主。而養成有高深學識之學者。亦其目的之一。稱號文學士之上。有文碩士。凡已得學士。再肄業三年。即不經考試。亦能得此稱號。碩士之上。有博士。乃為表彰名譽而設。與德國之博士之性質不同。非可以考試必得者。博士有神學法學哲學音樂數種。音樂博士為他國所無之例。

以上兩大學。既由多數之考類齒之集合而成。而考類齒互有長短。參差不齊。且用費甚巨。頗有妨大學之發展。但英國人特有紳衿Jentlman之氣質。確能於考類齒中養成其學校之訓育。足稱有効。考類齒之學費。每年自二千元至四千元。貧乏之子弟。往往不得入學。直無異於貴族學校。近年入學者日多。各考類齒不能容。乃特設公寓。外國學生。多居于此。待校內寄宿舍出缺。方能補入。但校內能容寄宿之人數。較外宿者僅得一半。故近年學生之風紀。此等考類齒之組織。本英國歷史上所傳流。他國不能學。即學之。亦決無良好之成績。近年英人頗有倡議。仿照德國辦法。設立大學。蓋不滿意於該兩大學之組織者也。

之職權。議會及「他立表那」之議員。其任期皆爲五年。每年改選五分之一。其選舉。依一定之候補者名簿爲之。選出候補者之方法。蓋用村縣國之三重選舉。其法。先於各村。在所有年滿二十一歲以上住居本村一年以上之男子中。互選十分之一。作爲村名簿。次於各縣。在其縣所有村名簿所載者中。互選其十分之一。作爲縣名簿。再將全國之縣名簿所載者。以同一之方法。作爲國之候補者名簿。此候補者名簿。有永久之效力。惟於有缺員時。每三年一補充之。蓋國會制度。雖尙保存。而其權限已微弱至極。且非直接由國民選出。則國民之輿論。絲毫之影響。不能及于政治也明矣。

此憲法亦經國民之總投票。殆以全國一致通過之。於千八百年二月七日（一共和八年「布流比屋士」十八日）之國民決議。布告其承認。蓋此憲法理論上固亦以國民主權爲根據。而謂政府一切權力。槪本諸國民之委任也。

第五 第一帝政憲法

顧此「康秀路」政府之憲法。亦未能長久繼續。以拿波崙之實力益大。遂因增加其權力。未幾而加數次之脩改。即於千八百二年。以八月二日（共和十年「迭米多路」十四日）之國民決議。定拿波崙爲終身第一「康秀路」。并依是年八月四日之元老院令（Senatus consulte）於憲法加二三條之修正。對立法議會及「他立表那」之權限。愈益收縮之。迨至千八百四年。遂以五月十八日（共和十二年「非羅列阿路」二十八日）元老院令之承認。及十一月六日（共和十三年「布流末路」十五日）國民之決議。竟變共和爲世襲之帝政。決定拿波崙及其子孫永爲法國之皇帝矣。此重要之元老院令由百四十二條而成。係政府提案。元老院殆無討論而通過之者也。是爲「第一帝政憲法」

第一帝政憲法。不過徒有憲法之外形。其實全無限制之專制政治而已。

第六　路易十八之欽定憲法

第一帝政憲法繼續十年。然其繼續即仗以拿波崙之武力耳。千八百十四年。拿波崙既爲聯軍所破。其年三月三十一日。聯軍入巴黎。帝政之基盡覆。四月一日。元老院著手假政府之組織。三日。議決廢拿波崙之帝位。同時宣言奪其子孫之世襲權。

是後假政府迎路易十八爲王。法國遂再立於「布爾本」王朝之下。是謂「王政復古時代」。路易十八之即王位也。舊帝政時代之元老院。先議決一種以國民主權爲基礎之憲法案。迫新王用之。而路易十八棄此草案。自定新憲法。於其入巴黎之前。以千八百十四年六月四日。布告此「欽定憲法」(Charte Constitutionelle)焉。

此憲法與前數次之憲法。全異其基礎。前之憲法。大抵以國民主權爲基礎。思想雖帝政政府之憲法。尚必經國民之承認。良以皇帝之權力。亦純本之國民委任者也。反之此憲法。則以君主主權爲基礎。其視憲法殆爲主權者之君主所特許于國民者。故其於憲法之名稱。不用從來 (Constitution) 之名。而特名爲 (Charte Constitutionelle) 蓋即「受特許之憲法」之意也。千七百九十一年之第一次憲法。取民主主義之歐洲大陸諸國。已用爲憲法之模範。此次之憲法。又於取君主主義諸國。與以絕大之影響矣。後此而成之君主主義各國憲法。無一不在此憲法影響之下者。

此憲法大都以英國憲法爲模範。立法議會以貴族院 (Chambre des piars) 及衆議院 (Chambre des deputes diparlements) 二院爲之。法律經議會之協贊。君主裁可之。其發案權唯屬之君主。貴族院以世襲之議員及君主所任命之終身議員組織之。衆議院以限制財產資格。由各縣直接選舉選出之議員組織之其議會與政府之關係。亦棄美國極端權力分立主義。不禁國務大臣之為議會議員。且開始承認國王解散衆議院之權。此憲法於千八百十五年。拿波崙再興。史家所謂「百日時代」一時中絕外。前後十六年間繼續其效力。至使之失其效力者。則千八百三十年所謂七月革命是也。

第七　一八三〇年之憲法

路易十八之欽定憲法。雖以君主主權為主義。而於民選議會。大臣責任等制度。固猶認近世立憲國之主要原則。使在善良政府之下。則平和國政之進行。似尚可期。及路易十八後。其弟遐爾第十。及位濫用政府之權力。遂致國民之反抗。即所謂一八三零年之七月革命。再見憲法之顛覆矣。先是政府以修改選舉法。謀在衆議院維持政府黨之多數。顧其事未能奏效。是歲之總選舉。自由黨終於大勝。政府乃不待其開會。逕解散之。並以勅令停止出版之自由。再修改選舉法。此權力濫用之結果。遂至革命於巴黎。法王「查理」第十以千八百三十年八月二日。不得已而退位。同時議會自行集會。議決修正憲法。而此次改定憲法。由於「倭爾康」公「路易腓力布」之承認。其承認之條件。即以「路易腓力布」為法國國王。是為一八三〇年八月七日之憲法。(Charte Constitutionnelle)此憲法雖再宣言棄君主主權主義。取國民主權主義。而除此點外。與一八一四年之憲法無大差異。惟於與議會兩院以法律發案權等點。視前憲法差近民主主義而已。然此憲法亦未能長久繼續。迨至「基素」內閣。不但于衆議院之選舉法。拒絕普通選舉制之採用。並于以能力資格代財產資格之選舉權要件。亦拒絕之。遂再致巴黎之革命。「路易腓力布」於千八百四十八年二月二十四日。不得已而退位。

演說

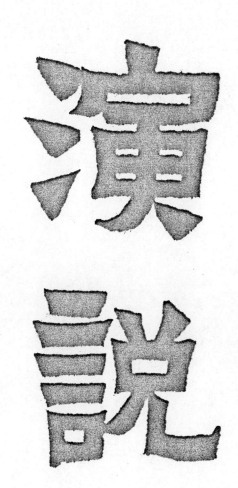

中西社會問題之差異及其原因

（在四存學會內經濟研究會講演）

郁嶷

余於講演之先。宜就本題用語略加解釋。近世學者詁社會二字之意義曰。凡二個以上之生物。相聚營共同生活者。皆社會也。本此意義。是不獨人類有社會。即彼下等動物中、如蟻之結隊謀食。蜂之成羣釀蜜。亦一社會也。凡在此社會中發生之問題。皆社會問題也。故社會二字。自廣義解釋之。包羅甚大。即不計下等動物。而以人類社會言之。如道德、宗教、風俗、習慣、教育、經濟、法律、政治、等問題。皆屬社會問題之範圍。然本題所謂社會問題。則非如此廣汎。乃指經濟問題中之勞工問題而言。亦即無產階級生活艱難之問題也。蓋輓近各國社會上發生之問題。以勞工問題爲最多。影響既鉅。解決尤難。其範圍雖不足以概社會問題之全體。其重要實爲其他社會問題所莫逮。故學者苟論社會問題。無不聯想及於勞工問題。久而久之。勞工問題與社會問題。遂若不可分矣。

泰西學者嘗持社會主義。以爲解决社會問題之具。大戰終局。其說益倡。潮流鼓蕩。彌綸大地。吾國學子。漸染日衆。以爲泰西之社會問題。既羣主張用社會主義解决之。則中國之社會問題。何獨不然。觀於近來吾國之言論界。漸爲此思想所盤據可明也。然余嘗謂制度原無美惡。適時爲宜。井田制度。爲三代良法。而後世終不能復者。時不可也。參茸所以爲人。而有時殺人。砒霜所以殺人而有時爲人者。病不同也。社會主義考之理論。固極正大。而措之實用。能否奏效。須視其社會情形以斷之。泰西之社會情形。以社會主義解决之。或可奏效而中國社會情形。揆諸泰西。差異既甚。解决之法。自難强同。故余於社會主義理論上。并不反對。然欲施之今日之中國。實期期以爲不可。欲明此理。宜就中西社會問題之差異研究之。此余今日提出本題講演之意也。

中西社會問題之差異略有三端。一、泰西社會問題之發生由於勞工受資本家之虐待生活不能健全迫而爲同盟罷工。中國則除農業外幷無勞工僅有兵匪與遊民耳。其源皆起於無職業坐食分利以爲社會之巨患與泰西勞工因有職業而求生活改良者大異。二、泰西社會問題不在生產不足而在分配不均。孔子所謂不患寡而患不均者是也。中國則由於生產不足。三、泰西勞資階級截然分立貧富懸殊莫由溝通。中國則勞工與資本家之界限不甚顯明。地位接近情感尙洽傾軋不易。職此之故在泰西解決社會問題之法可用社會主義而中國不能也。試更申論之社會主義者嘗謂人生之基本權利有三一、生存權。二、勞動權。三、勞動全收權。蓋天之生人品類雖或萬殊而社會不可不與以生存之機會則一也。既生存矣即應勞動自食其力不可爲坐食分利之人而勞動之結果尤應由勞動者完全享受之彼不勞而優游者不得分杯羨也。然考之實際。勞工勤劬終日。尙不免凍餒。資本家優游卒歲。反齧肥曳輕。以勞工血汗之所得。供資本家無藝之揮霍。相形見絀。怨讟叢集。社會不安。緣茲以起。此泰西社會問題所由發生也。欲圖解決。惟有舉生產分配之權。歸之勞工階級。凡欲生存者。皆需勞動。凡勞動者。皆享受全利。而不勞坐食之資本家。則舉其財權。公之有衆。强其勞動。無使僥利。以人人所生產者。分配於人人。俾全社會悉爲勞工。而資本家無存留餘地焉。故泰西社會主義。苟實行。實足以增進勞工之幸福。而社會問題。得以解決也。還顧我國。則大不然。資本家誠爲坐食分利之人。而兵匪游民。又何嘗非分利坐食者。以生產分配之權。操諸資本家之手。固不足以謀社會之幸福。然轉以奉之兵匪游民。旣不足折服資本家。而社會之不安。恐較今日爲益甚也。斯豈謀國者所忍出乎。此社會主義不能解決中國今日之社會問題者。一也。泰西各國。因工業發達。生產銳增。輓近已有過庶之弊。（余曩曾撰生產過庶論一文詳論之）即其生產之供給。已遠過於人民之需要。自理論言之。其人民之生活。宜甚寬裕。而實際不然者。則生產之大部。爲少數資本家所壟斷。而分配不均。有以致之也。若行社會主義。以產業歸國有而均配於人民。實足以救多數勞工之困苦。然在中國。工業幼稚。生產不足。仰給外貨。莫由自立。而外貨則操諸外國資本家之手。既非吾力所能攘爲國有。又不能舍而勿用。是行社會主義之結果。內國資本家之壓制雖去。而外國資本家之壓制益甚。拒狼引虎。非第無補。而又招害。事有必至。無可倖免。德之馬克斯。英之羅素。皆社會主義之泰斗也。然均謂此主義之實行。宜在工業發達生產充裕之國。其故可深長思矣。此社會主義不能解決中國今日之社會問題者二也。社會主義之實行。必先之以階級戰爭。即勞資兩級相隔彌甚。相爭彌烈。最後由勞工階級。一舉而征服資本家。而社會主義實現矣。泰西勞資階級相距既遠。相爭自烈。試觀近頃。同盟罷工之風潮。雲集霧合。蟬聯不絕。魚爛瓦裂。至於極端。惟收產業爲國有。實行社會主義。以彌爭端耳。中國既無大資本家。復無眞勞動者。素封浪子。恣性揮霍。貧可立待。隴野窮黎。勤苦操作。旋致富厚。而貧富階級固非確定也。夫人人有進於資本家之機會。即人人少排斥資本家之決心。而階級戰爭不易發生矣。此社會主義不能解決中國今日之社會問題者三也

夫中西社會問題。何以有如此差異耶。考其原因。略有二種。一爲自然之原因。即中西經濟發達之情形不同也。中國自神農氏以耒耜之利教天下。即已進於農業時代。經濟發達。考之上古。固大地萬國所莫逮也。然前哲雖有開創之功。而後嗣毫無闡揚之能。數千年來。故轍相尋。訖於今日。仍未脫離農業時代。泰西各國。進於農業時代。雖遠在中國之後。而近世已一躍而躋於農工商時

代。蓋自十八世紀工業革命以還。泰西各國物質文明極端進步。經濟發達。一日千里。向者僅以工爲農之副業。而從事小規模之經營。經此劇變。大改舊觀。工業之地點。由家庭而工廠。工業之方法。由手工而機械。生產之額數。由預定而投機。際斯時也。欲爲工廠之廠主。而操生產分配之權。非大資本家無能爲役。中小資本家。則因競爭失敗。屏息斂跡。淪爲勞工。而萬劫不復矣。由是資本集中。貧富懸殊。勞資水火。鴻溝劃然。馴致今日之現象。此實經濟發達自然之趨勢使然。非人力所能左右也。中國今日之經濟情形。既尚局於農業時代。自無大工業之可言。即不容大資本家之存在。且社會舊習。猶然未除。家庭工業徧於各地。徒弟制度。尚自盛行。勞資之間。以主從之關係。爲情感之聯屬。與泰西勞資結合由於雇傭關係而成對抗之勢者。尤大不侔也。

一爲人爲之原因。即中西法制之不同也。中國法制。常獎勵分割。禁止兼併。秦西洋制則獎勵兼併。禁止分割。試舉例證之。三代井田之法。土田公有。分配平均。兼併不起。貧富不生。固無論矣。自秦廢井田。私權發生。自由買賣。兼併盛行。遂爲儒者所詬病。後世至謂井田不復。仁政不行。此等思想。影響於中國法制者甚巨。當漢盛世。董江都以儒者之雄。倡爲限田之法。欲損有餘以贍不足。而杜豪强之壟斷。救民生之疲敝。師丹孔光因之。限民田不得過三十頃。期盡三年。而犯者沒入官。至荀悅則欲乘大亂之後。土曠人稀。一舉而復井田。即不能悉備井田之法。宜以口數占田。爲之立限。人得耕種。不得買賣。以贍貧弱。以防兼併。二氏之說。雖未實行。然後世帝王。則嘗引爲立法之根據矣。故王莽篡漢。下令國中。更名天下田曰王田。不得賣買。其男口不過八。而田滿一井者。分餘田與九族鄉黨。犯令法至死。後魏文帝納李安世之議。更立均田法。太和九年。下詔均給天下人田。諸男夫十五以上。受露田四十畝。婦人二十畝。人年及課則受田。老免及身沒則還田。又令有盈者無受不還。不足者受種如法。盈者得賣其盈。不足者得買所不足。不得賣其分。亦不得買過所足。卽令其從便買賣。以合均給之數。違此則法所不許也。唐承其制。亦計口分田以防兼併。凡丁男滿十八以上每人授田八十畝。死亡則國家沒收之。曰口分田。其餘老者篤疾廢疾者四十畝。寡妻妾道士僧尼各三十畝。而官戶各授百姓口分田之半。凡此均欲人人得一定之土地。以爲養生之具。而又禁止超過其度。以杜豪强之兼併也。至私人遺產。久行分配繼承法。素封之家。遺產巨萬。嗣胤繁多。分配承受。不待轉瞬。遂成衰落矣。此獎勵分割之明證也。然泰西法制則適與相反。除法國及其他拿破侖法典實施之國外。其餘諸國法制。皆獎勵兼併。禁止分割。而在英德奧三國。尤見其然。英國古來有一種無遺言繼承法之施行。凡無遺言繼承之時。土地所有權。全部之繼承權。歸諸長子一人。卽有遺言繼承時。長子亦常得特別之恩惠。德國及奧大利。自十四世紀以來。有所謂世襲財產制度。即因私人之意志。以其財產之一部或全部。認爲其家族世襲之財產。使爲法定繼承之子孫。永不出賣或讓與他人之謂也。國法則認許此私人之意志而保護之。考此制度所由起。蓋爲維貴族而設者。即在今日。浴其澤者。亦以貴族爲多。凡德奧兩國大農之大部分。類由此制度而發達也。其次在德國之一部及奧國之疾若耳地方。又有所謂一子繼承法者。此法律、凡土地所有者之繼承人。但限於一人。如係二人以上時。僅許其一人得繼承之。而他之繼承人。則使繼承該土地之繼承人。予以相當賠償。即以繼承農場三分之一。爲農場繼承人之先取得分。其餘三分之二。則由農場繼承人及其同胞平等定其繼承分。繼承人僅對此繼承分。負担賠償額。德國中行此法者頗多。凡行此法之地。其繼承人之形式雖有種種。然對於土地繼承人。與以不可分割繼承之特權則一致也。夫在世襲財產制度下之繼承人。對於繼承之財產。但能收其滋息。不能出賣讓與。而當繼承之時。又僅許一子繼承。是其子孫雖極不肖。而所有財產。終無減少之虞。子孫苟賢。則有增加之勢。歷時久遠。自日趨富厚矣。然則泰西大資本家。由此法制保護獎勵而成者。固甚衆矣。余嘗謂泰西多田連阡陌世襲罔替之大地主。中國則少三代繼盛之世家。推尋其故。並非厚於自然之趨勢。而法制不同。有以致之也。

夫自然之原因。所以使工商之大資本家不生於中國也。人爲之原因。所以使農業之大資本家不生於中國也。而連年兵燹。田荒不治。遊民兵匪。比肩國內。亦無勞工之可言。然則中國今日社會之不安。實由政治之不良。與泰西各國由於勞資兩級之衝突者。情勢既異。解決之法。自不能強同矣。

演說　吳傳綺

今日有暇講學洵是盛事到會諸君子有學問見識百倍於余者余本無演講之理惟以文會友就正有道雖欲自安固陋有所不敢竊以爲天道二字人人以爲迂腐以近來新學解之却有可以研究之處天訓自然天道者自然之路可共由者也西人所謂自由即天之謂君子無入而不自得即自由之眞諦率性而行乃眞自由非放縱肆恣之謂也李二曲言人之一身皆天也目之視耳之聽手之執持足之運奔孰爲之哉自然而然莫非天也天何言哉四時行焉百物生焉生機在在流貫自由之至矣天無心以生物爲心即西學所謂人道主義孔孟言仁仁者人也聖人代天行道行自然之道也爲天地立心本自然之心也吾謂四存之學只存一天顏李學說與今日新學要旨先後一揆所關非尠偶舉天道便覺新而又新其他言論能見其大故能通今不於實用外別涉荒幻此顏李之學所以在今日必須亟亟講論之故也先覺倡道皆隨時補

救如不談時務而空言玄理譬如人現在患病不求藥方治病只談古方治病之妙豈不大謬近來人心知有利不知有義以講學爲迂事衆少年摭拾歐西唾餘持決不可行之說以爲新奇炫惑斯世盲從者多誠僞之辨聖狂之機皆置之腦後言之可爲浩歎人禽之別別於天之全不全禽能自由祇能一端如犬知義雉知禮之類人則不然自由之界甚寬特不可誤以自恣爲自由耳自恣則眼耳鼻舌身意六根用事一若持兵權者之自恣所爲有一合於天道乎常人本是聖人聖人亦是常人自棄其天便是常人故今日以天道立論學期於有用事求其可行以副諸君子孟晉之雅意懿德同好諒不以鄙言爲河漢

說勤

李見荃

國何以有强弱家何以有盛衰勤與惰之分耳周公之誥成王曰君子所其無逸爲天子言也欒書訓楚人之箴曰民生在勤爲庶人言也吾學會也請以士

言士爲四民之首自待甚高關係於國家甚重勤則三民受其福一勞力一勞心也不勤則三民受其累一生利一分利也三民之利或以日計或以月計其收效速且非操作不爲功故常勤士立德立功立言本非計利即以利論窮通聽之天毀譽聽之人其效可知不可知而所業又無止境無窮期厭倦易生故多惰方其少也童心未化於損者之三樂多不自持況一年之中假期常居其半非天資卓越志趣不凡鮮不荒於嬉者所幸年富力強可發憤于將來耳未幾而少者壯矣則以爲辦事之時非求學之時爲投筆之班超不爲下帷之董子未幾而壯者老矣則以爲養安之時非勞動之時爲原壤之放曠不爲衞武之箴警弗爲胡獲弗慮胡成碌碌無所短長而不能不爲衣食計或智取或力爭天下遂囂然而不靜昔之士患其少今之士患其多非多也多而不勤轉不如三民之自食其力也然則如之何而可曰士之遜於三民遜其勤耳非手足

耳目之不若也爲今之計欲爲三民之領袖先取法于三民農夫克敏無休息也士之日就月將似之百工居肆無旁騖也士之專心致志似之良賈深藏無滿價也士之有若無實若虛謀之彼勤于謀食此勤于謀道積土成山積水成川不才者可變爲才才者且成爲大材矣且勤有勤之樂焉案無留牘則人忽遽而我從容戶樞不朽則人柔脆而我强健達而在上以勤學者勤政而叢脞無憂卽窮而在下及敎四方有益于當時有聞于後世可免流氓之誚其得失爲何如也一家之人勤而一家治一國之人勤而一國治鄙人亦國民之一謹貢芻言與諸君共勉之

藝文

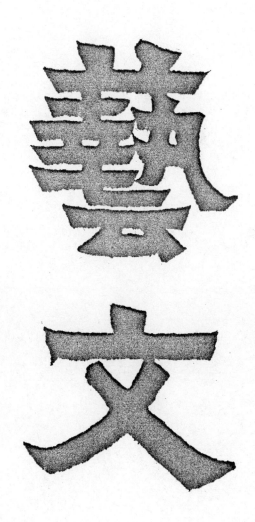

春秋吳論

吳廷燮

吳王夫差棲越於會稽。破齊於艾陵。克魯於東陽。伐陳而楚懼。次鄖而郯莒服。於是會鄫以圖霸。會橐皋以尋盟。藩衛侯之舍。荐邾子以棘。戰無不勝。攻無不取。提兵鳴鼓以刼伯主於黃池。晉人震駭。董褐請盟。天子致伯。諸侯入貢。可謂無敵於天下。然勾踐以廣運百里之地。六千君子之卒。起而犄之。師潰於泓上。封辱於甬東。身死國滅。爲天下笑者。何也。且夫三江五湖之地。非不廣也。發陽朱方。善道鍾離之隘。非不險也。闕溝以通沂濟。遷蔡以實州來。非不明地勢也。用徐承以襲齊。用叔輒以謀魯。非不精兵略也。白常赤常之陣。如火如荼之衆。兵非不多也。王孫雒之辨。慶忌之勇。國非無人也。而卒亡於越者。豈眞天命乎。或曰夫椒之戰。天以越賜吳矣。而夫差貪諸郢之幣。忘陘邑之仇。惑其甘言。信爲無患。備空於內。兵勞於外。故勾踐得合上下之力。用二十年生聚教訓之謀。

而後以吳爲沼。夫差所以亡。蓋失計於越也。嗚呼。是蓋謂夫差滅越。卽可無事也。以當日事勢按之。即使用子胥之諫。拒伯嚭之請。沼會稽。擒勾踐。係蠡種。虜地至於勾無。吳亦未必不亡也。何以言其然也。哀元年楚子西論夫差曰。視民如仇而用之日新。又曰。次有臺榭陂池。宿有妃嬙嬪御。夫以介在蠻夷之國。而殘暴驕淫如此。識者固有以決矣。故姑蘇之盛。雖晉欒虒祁。楚成章華。不是過也。執邾子。囚景伯。寵宰嚭。殺伍員。是其勇而無禮。剛愎不仁也。嗣位十年。伐陳攻越。北撼齊魯。西脅周晉。戰無虛日。是其好兵不戢也。衛入獻錦。申叔乞糧。是其驟下無法也。夫春秋之季。楚靈滅陳蔡。遷許賴。求鼎於周。求田於鄭。以五帥伐吳。天下無敢攖其鋒者。可謂强矣。然四族叛。史牌入。而身亡。智伯瑤擒顏庚。折陳恒。圍趙無恤於晉陽。可謂强矣。然孟談說韓魏。怒而國亡。二君於當世亦雄傑也。然不旋踵而亡者。形民之力。無醉飽之心也。夫差以不稔之歲。露師數千里。亟戰於外。民心固已搖矣。卽幸而滅越。安知四方諸侯。無伺隙而斃之者乎。安知國內臣庶。無鼓衆而叛之者乎。夫恃德者昌。恃力者亡。吳之廢興。豈關於越之存滅也。雖然。此非盡夫差之咎也。吳之先君。亦有責焉。自巫臣教壽夢以乘車射御。困楚。於是吳君臣益講肄武事。鄧廖宜穀之獲。長岸豫章之捷。雞父鵲岸之戰。巢邑鍾離之滅。或誤之以長鬣。或犯之以罪人。或乘其無備。或擊其惰歸。或據要隘以爭。或聯與國爲援。謀爲之謠。出沒之奇。誠足以雄視東海。薦食上國。然巢隕諸樊。闔戕餘祭。以國君之貴。斃於一夫者。尙力而不尙德也。若夫光始强大。比於諸華。文物聲明。將自同於先王。而又食不二味。居不重席。親巡寡孤。勤恤卒乘。宜若可以有爲。然子胥以復仇雪恥爲急。不及如夷吾輔桓之修內政爲敖。佐莊之擇令典也。以亟肄多方謀楚。不及示勤王伐原之義。救隣恤難之仁也。重以蔡昭蓄憤。楚瓦不仁。柏舉大別。五戰入郢。勾吳之威震於天下。然而棠谿之奔。公壻之敗。於越之入。姑浮之擊。懿親內叛。大軍外挫。國都被襲。元首重傷。藉非闔廬治國有道。委任得人。則麋鹿之游。亦豈待夫差乎。且夫春秋之義。親親爲重。故楚之公孫公子。世爲令尹司馬。而宋之戴武桓族。鄭之罕駟豐族。更執國柄。誠以公室雖弱而枝葉繁盛。則世臣夾輔。猶可爲國也。吳自闔閭猜忌王僚。既弒而掩餘燭庸皆委命於楚。即夫槩建入郢之功。亦不獲血食於吳。故笠澤之潰。無與同敵。向使闔廬慕諸夏之義。廣植宗親子弟於外。則夫差雖亡。亦必有如子西之保脾洩。莊伯之分曲沃。收餘燼以中興者。何致遂斬泰伯之祀哉。嗚呼。負人徒之衆。恃甲兵之强。見威於敵。而不虞肘腋之患。足以覆邦者。固非僅一夫差。凡後之有國者。其鑒之哉。

觀小道說一

齊樹楷

古聖所目爲小道。尤爲近日科學家鄙棄者。曰星卜日者堪輿。以其詭言吉凶。

茫無可考也。然吾嘗究心生理學物理學心理學者之說。竊疑天地間與人相感通者。必實有一物焉能使人百變不離。假物以明之。如指南針末之磁。無時不指其磁極。因妄謂人亦有極。非道學家主靜立人極之空論可強同也。既思磁者。發電之物也。人身者。電氣所流行者也。其不流者。發為骨中之燐。而醫者且以燐醫腦及所謂神經者。則燐或亦磁之用歟。燐電皆磁出。是磁者。即天地間與人感通之物。而人陰受其驅遣。身所依之宮室。身所出之祖父墳墓。得磁電之善為流通。則人受其福。否則禍敗至。為之說者。特未徵實耳。抑豈非生學家之精義。為物理心理之可證者耶。奚事駁斥。為存說於此。俟實驗家定之。

觀小道說二

齊樹楷

道無大小。非莊生齊物之說也。惟其時之適而已。古之時。國家言者盛。儒以修己治人為幟志。合此者學。為大學。道為大道。醫卜星相者流。任其行之社會。廣生路而已。于治無與也。人日多。人事日繁。聚集于勞心之途。爭之不足。且傾側擾攘而未有已。於是聖人設爲安命之說以息之。猶恐其未入彀中也。則又有趨吉避凶造命諸法。凡以靖人心而免其爭以致敗傷。而用心苦矣。國家說衰。社會者起而代之。舉事之舊者。一洗而使之去。夫小道者聖人所以安社會者也。社會昭明。此應特爲標揭。以旌其功。以平此相攻相取相感不相得之倫。顧一洗去之。或亦未之思歟。社會者曰。此家族獨立人自競爭時。與爲扶翼相濟之物也。吾方合世界爲一家。奚事此私己者爲。果若是。則小道亦無可觀。雖然。烏託之邦。何日至邪。

建平縣知事文公祠堂碑

常埥璋

民國十年一月、建平士民、爲已故縣知事文公建祠落成、具狀走京師、屬埥璋爲文以紀、狀曰、建平地居塞外、設縣治未久、蒙漢雜居、迨文公來、乃始草昧開而文化進也。惜乎天不假年、三稔而公卒、然而治本既立、今且不墮而益興、公之惠豈有既哉、公姓高氏、諱文俊、先世爲清朝勳舊、今占籍京兆大興、沿用滿洲慣例以名爲氏、故世稱文公、前清光緒二十九年。以知縣需次熱河、始權赤峯、既補授灤平、考績殿最、宣統二年、大府以建平歲饑多盜、移公來治、公至亟請帑爲賑、又募錢糴粟、設粥廠、錢不足則傾廉俸以濟、又益之以稱貸、於是閭境無逃亡、其治盜也、以整飭警察爲本。縣境周二千餘里、畫分十六區、區設警士若干、董以區長、而自總其成、復設巡警教練所、以教警士、仍有不給、輔之以保衛團、於是力行緝捕、數入盜巢、擒巨魁、塞外故多鬍匪出沒、於時建平獨無患、逾年歲大熟、縣人於是飽煖而安居矣、公乃亟謀教育、汲汲以興學爲先務、朞年之間、增建學校六十、皆備基金、以贏利爲歲用。縣城高等小學校規模尤備、至今塞上列縣稱模範校也、辛壬之交、國體變更、外蒙古獨立、內蒙各旗不能無少動、𣁋匪乘之而起、鄰縣開魯失守、建平岌岌、公調和蒙漢、設蒙漢聯合會、百端譬解、多方聯絡、全境獲安、既而毅軍北征、道出建平、公率縣紳治辦供張、軍資以給、而人民無擾、今都統姜公極稱其才、而公遽遘疾以卒、時民國二年一月、卒之日、縣人巷哭、今逾九年、猶追懷德政而流涕也、於是醵金購地建祠、歲時展祭、用寄懷思、祠經始於某年幾月、閱幾月而落成、享殿五間、東西廡各幾間、門廡幾間、鑴石於額、曰文公祠、狀所言如此、堉璋與公子繼敏交二十年、知公最悉、公始以副榜赴吏部謁選、爲直隸州州判、分發直隸、爲旗兵學營漢文教習、叙勞晉知縣、旋借補深州直隸州州判、代理安平縣知縣、時值庚子拳匪滋亂、外兵入京、盜賊蜂起、教民復張、公威惠兼施、政績大著、既以親喪去官、迻應調赴熱河、歷任赤峯灤平、而終於建平也、公生平爲政、嚴而不苛、寬而不弛、勤以應事、廉以飭躬、勞不自伐、居無怨尤、古所謂循吏者、庶幾其近之歟、嗟乎。今日民生凋敝極矣。其端皆由於吏治之不良。顧安得如公者。徧全國二千數百縣相與圖治也乎。民國十年五月饒陽常堉璋撰。

中秋夜劉際唐世丈簡招同鄉諸子及葆光聚飲時坐客趙君次原新拜安徽教育廳長之命行止未決　　李葆光

山拔萬古青。泉餉百川潔。盪迴起涼飆。蕭落作秋節。我時倦坐衙。兼旬臥不出。檐棗變青紅。菊苞展成纈。無心追俗歡。荒徑日蕭瑟。迢迢早鴻來。栩栩春思活。所喜接衆英。況有杯中物。風輪輾銀飛。漆桶揭高月。排闥酒滃香。促坐魚橫雪。燈燼飲益酣。露使堦甎滑。起顧一愴然。地是古俠窟。荊高昔醉謌。悲筑酸心骨。樊子挾奇寃。頭斷齒猶切。血花秦廷飛。王迹燕台滅。太子甯弗賢。田生節尤烈。無計招國魂。空植衝冠髮。天運幾循環。八表又騷屑。主人學五車。衆客皆秀發。淑世會有時。一鳴天下徹。望古難繼蹤。行今難比轍。龍眠有至人。招我授丹訣。

長嘯凌雲顛。永與古今別。

陳可園先生像贊　吳傳綺

嶷然貌古。泰山北斗。名顯迹光。精神抖擻。一代逸民。千秋道友。風雲氣鬱。日月身負。師道特立。命世希有。實副孝廉。量克寬受。慧炬照迷。清流澄垢。白下一塵。東皋數畝。纖鉅廣搜。本末悉剖。霜穎詞鋒。雲扃翰藪。各志垂鑑。大筆揮帚。萬卷續著。一字不苟。卓能成家。必傳於後。文振頹綱。詩維絕紐。老蔡醲朱。昔稱矇瞍。觀日倚欄。望星憑牖。水往泛波。陸還凌阜。杯螯歆賓。林鶴眠叟。奕世流芳。前修無忸。滄溟弗竭。嵩岱弗朽。

談叢

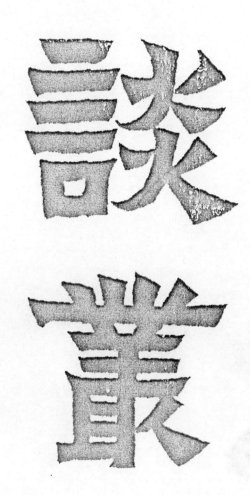

泰山遊記

張縉璜

余少讀書家塾足跡不出里巷地無高山大川以激發其志氣然偶於塾內疊石鑿池植花種樹雖小小結構皆若有林泉間意年十一隨侍先大人宦游秦中過龍門出褒斜度崤函瞻華嶽俯灞滻之清流覽中南之積雪於是始知天地間雄直瑰琦之氣其菁英所磅礴發而爲怪怪奇奇如是惜時尚幼又勞勞車馬間未獲登臨眺望以攬其勝則於山川之狀態亦不過略觀大意等諸過眼烟雲而已稍長從事帖括役役於功名由秦返豫而燕而遼而鄂而皖而滬雖道長半生以奔走衣食故亦未遑爲遊歷計也後承乏荊關榷務住山中者四年可以飽我游興矣顧濯濯者半屬童山令人一覽而盡且迭遭匪亂草木皆兵每値顚沛流離覺山石獷頑之氣不堪入目心隨境遷不其然乎庚申春僑寓京師王子仲英黃子哲甫邀余爲泰山之遊余以瑣事羈身恐不暇偕往

也三月二十一日王子持刺來堅相約且卜明日啓行余躊躇再四因議院歲費累月不發而囊中所儲又被友人借貸大半幾有催租敗興之勢翌日王子親來敦促立命治裝適値賓客絡繹匆匆出門忘携行囊比及車站始覺與王子輾然而笑回取則迫於時間王子謂無煩顧慮因代購車票有頃家人將囊來遂欣然登車晚七鐘到津寓法界中國旅館盥畢偕訪哲甫於河工局不遇歸黃君旋亦來寓遂約定次日同赴濟南

二十三日早黃君來棧膳畢十一鐘赴老龍頭站上火車再駛往新站十二鐘開行是日晴而多風飛沙揚塵悶熱殊甚路過靑縣南皮轄境暨滄州德州一帶赤地彌望麥苗絕少間有種者然亢旱日久亦蔫萎難望有秋蓋自去歲七月不雨迄今九閱月矣每至站貧民多隔柵欄乞錢號呼聒耳悽不忍聞未知膺民社之責者能思所以安集之否遠望綠樹村邊叢帆高懸中流蕩漾時隱

時現因憶少時朝考北上由道口乘運河船即出此途第曩者泛棹鼓枻閲月乃至京師今則汽笛一鳴日踔千里回思前塵苦樂大相懸殊而因時運之推移念世變之滄桑磨牛重踐轉瞬三十餘年已成老翁又不禁感慨係之矣晚八鐘過黃河橋見鵲山矗其北華不注峙其南黃流直瀉千里橫貫其中雖夜色微茫辨認不眞而於星霧瀰漫之中臨流眺望固已氣象千萬也有頃至濟南車站住三馬路金臺旅舘飲食頗佳招待亦甚周到晚飯無事至萃賣場散步遙聞笙歌鼎沸相與登樓品茗小座暢談移時歸因東省有千佛山大明湖諸勝議小作勾留竭一日之力以暢游興云

二十四日九鐘早起僱人力車遊千佛山山在南門外六里許以山巔鑿佛像大小多尊故名或謂千佛即仙祓二字訛音取祓除不祥之意蓋地接省會上巳游人於焉禊飲因以名之耳車至山麓石子犖犖确礐殊不易行另易二人

肩輿稍上已見磴道盤空輿夫拾級以登卒橫行作郭索狀半山石坊題曰齊州點煙遙望山頂林木葱蒨古剎上出雲霄綠樹紅墻掩映峯坳盤陟三四折乃抵寺院雛僧烹茗以進闢軒臨風俯瞰歷城雉堞環繞煙樹萬家歷歷在目北望黃河蜿蜒如帶華鵲二山屹峙左右亦天然一形勝也周歷禪院於山根得龍泉洞洞曲而黝左有積潭深碧莫測遊人率於此取飲下第一級便覺石氣陰森不寒而慄王子復由右下行數武已窮奥窔洞故不甚深邃也尋至後院石壁上多鐫詩句掃蘚讀之頗多佳者仲英從寺僧乞紙筆浼哲甫讀授余錄之一題係道光庚子七月同湯樂民許熙亭挈林岱宇黃蓮卿二甥頤兒淳兒雨中憩千佛寺福州楊慶琛題詩云芋火燒殘茶夢蘇香禪能證木樨無地盤岱路生雲易天寫秋容潑墨粗草木知恩還長養雲煙過眼已糢糊相逢難得元暉筆貌出僧房話雨圖又臘日過千佛寺云我不驚寒豈畏風拓開北牖

附錄

四存中學校讀經方法

一讀經簡易法

李九華

易經擇讀

彖辭　如乾元亨利貞之類、每卦一節、

爻辭　如初九潛龍勿用之類、乾坤二卦七節、

餘均六節、

象辭　如天行健君子以自強不息之類、每卦一節、

文言　惟乾坤二卦有之、

說卦第十一章

此外彖傳象傳繫辭說卦序卦雜卦等傳均附於後如有資性優越者可

以並讀否亦得窺本經全璧、

詩經擇讀
（風）全讀
（雅）擇讀　小雅擇讀三分之二、大雅擇讀四分之一、
（頌）除周頌酌一章爲舞勺之用外、餘均從略、
論語全讀　今已於補習班講授論語傳註、
孟子全讀、
左傳擇讀　今已於中學班講授王崑繩先生所著之左傳文法（一名文章練要）、春秋之義精深、中學學生讀之不易領悟、今擬擇春秋之有傳者講讀之、餘概從緩、
禮記擇讀
禮記原有節本、茲再爲簡節、列篇目於下、

曲禮上下　檀弓上下　月令　禮運　禮器　內則

少儀　學記　樂記　祭義　坊記

表記　儒行　冠義　昏義　鄉飲酒義

射義

書經緩讀　書以道政事。中校學生可暫從緩。

一讀經誦習法

經既讀矣。而不能舉其辭。舉其辭矣。而不能通其意。通其意矣。而不能用之於文。施之於事。雖讀如不讀也。是故誦讀與實習二者不可偏廢。

(甲)誦讀

中學學科既繁。經學文義又復古奧。於繁難科學之間益以古奧之經義。微論通曉實難。即僅責學生以熟讀。亦非易事。惟本校招取學生多係家學有淵源者。平日既嘗讀經。入學後於自習時間。或課外酌定時間。溫習之。自易爲力。其入校以前未嘗讀經者。則責令於星期誦讀之。精益求精。熟益求熟。總期各班學生。均有經書之根柢。

(乙)實習

記憶一事。責之於幼童尚易。責之於年長學生則較難。惟顏李之學。本重實行。顏先生云。讀得書來。口會說。筆會作。都不濟事。須是身上行出方算。學李先生云。讀書不解。不如反而力行。行一言。解一言。觀此則知行習之於領解。可收全效。既能領解。則具有條理。記憶亦不甚難。今擬於習禮習樂習語言習灑掃進退等事時。即將經學之有關係者。擇宜提及。使收貫通融會之效。庶通經可以致用。而治經亦倍有興味也。

一讀經便記法

易用以卜筮隨舉其詞　嘗見普通人家於牙牌靈數一書所列詩占多能舉其詞。以用之之時多也。導學生以卜筮亦記之之法。

詩用以作樂　現在各班均有唱歌。間以詩經譜入之。不但易於感人。且可便於記憶。

論語一書。節短易記。無妨用強記法。隨講隨讀。亦不甚費腦力。

孟子有文法。歸入國文科講讀之。

左傳亦有文法。歸入國文科擇讀之。

禮記如曲禮少儀。用以學習。坊記表記。用以講貫。隨學隨講。均可以舉其詞。俾免遺忘。如檀弓禮運禮器學記樂記儒行各篇冠昏祭鄉飲射各義均歸國文講讀之。如月令。則分歸農學講讀之。

一讀經分年法

一左傳事蹟繁博。文辭爛然。實爲文字之祖。今擬於中學班各學年中按國文擇講之。庶執筆爲文。可免枯窘之弊。而才識亦可與之俱進。

一詩經內興觀群怨之旨。最易動人。且音韵鏗鏘。易於上口。擬於中學班第一學年及第二學年上學期內擇講之。以符古人童年誦詩之旨。

一古人二十始學禮。則非徒誦讀而已。今擬於中學班第二學年下學期及第三學年。擇講之。兼資實習。

一易經文字古奧。義蘊宏深。今擬於中學班第四學年擇講之。以觀其變而窮其理。

一論語孟子須熟記全文。全擬於補習班講讀之。其有未入補習逕入中學者。則責令於星期日補讀之。

四存學會第一年會務報告要略

查本會由嚴修趙衡異諸君四十六人發起當經張君鳳臺王君達率同齊君樹楷孫君松齡李君學鈞謝君宗陶担任籌備先與王軍統懷慶等商明撥定府右街太僕寺舊署官房作爲本會及學校地址並與王君樹枏等釐訂學會簡章十二章三十四條由發起人延訪志同道合之士介紹入會者二百餘人一面請准　公府撥助開辦經費分別經營逐漸就緒爰於九年六月二十七日即陰歷五月十二日開成立大會蒙大總統派馬秘書吉樟代致訓詞當經推舉張君鳳臺爲正會長趙君衡爲副會長李君學鈞爲總務主任幹事惟是成立未久初則値逢直皖戰爭旋則張會長出長河南會務因以停滯嗣復召集全體大會推定李君見荃爲名譽會長代理會長更補推王君達王君瑚爲副會長謝君宗陶接充總務主任幹事遂乃賡續辦理首將應用章則擬訂齊備繼將執行機關組織完全內而會務功課編輯講演諸端外而學校農圃各事同時積極進行不遺餘力數月以來幸已辦有端倪其入會人員亦與日俱增現共有會員六百五十人値茲週年紀念之期用特撮要分項報告於次

(一)訂定詳則專則　查原定簡章僅舉概要施行之際有待補充因於發起人會公推起草員十二人草擬詳則九章四十三條舉凡事實所必需而爲簡章所不備者例如

職員之權限校場之監督功課之範圍日記之適用編輯之程序會期之時期奬戒之標準均經一一訂入特行召集大會審議通過此外各部份辦事及管理手續不能於詳則規定者於詳則中訂明另訂專則並經總務處先後擬訂交由評議會議決施行計有總務處辦事專則十五條評議會議事專則十條四存月刊編輯專則八條附編輯處規則七條講演專則九條管理書籍保存室專則十條附閱覽書報處規則十條管理休息室專則八條附游藝社規則八條管理接待室專則六條又設立分會專則十一條現已彙齊刻印以便檢閱

（二）設立評議會　査簡章內僅設有總務處以執行會務至關於建議討論各事則未有明定機關如必遇事召集大會手續繁重不易施行故特於詳則第四條載明設立評議會置評議員十六人舉凡重要會務不在大會期內均先由評議會議決等語當經全體大會推定評議員十六人備補五人於九年十月三十一日召集成立嗣即照章於每月第二星期日舉行常會一次遇有必需隨時特開臨時會計至今共開常臨各會十二次議決議案三十件歷次均備有會議錄及議決報告書由臨時主席核明蓋章送交總務處商承　會長分別辦理茲將評議員姓名附後

林紓　齊振林　張家駿　孫松齡　李良辰　李搢榮　孫雄　呂慰曾

步其誥 朱寶仁 袁世釗 吳闓生 盧 嶽 陳任中 賀葆眞 吳傳綺 續補

(三)完成內部組織

(甲)會監 查本會除已聘請趙爾巽周樹模嚴修王樹枏柯劭忞諸君爲名譽會長外按照簡章尙有會監之設曾經常會議定分爲事務會監學術會監二種當先推出吳君炳湘王君懷慶袁君乃寬王君達四人監司事務嗣因吳君炳湘辭職王君達轉任副會長遂又另推殷君鴻壽孫君振家接充後以功課實行復經評議會推定趙君衡雲君書吳君闓生林君紓四人監司學術

(乙)總務處 查總務主任幹事因李君學鈞在汴發生職務辭職改爲名譽主任幹事由謝君宗陶接充另推張君紹績吳君觀光爲副主任幹事處內計分文牘會計庶務印刷四組以齊君慶蒂李君瀚清張君銘西王君學伊謝君綺爲文牘幹事張君紹績李君鴻鈞爲會計幹事李君士坊呂君同甲馬君銓蘅君煥湘爲庶務幹事王君世鈞李君壯聲爲印刷幹事遵照辦事專則所訂職掌隨時秉承會長主任幹事分別辦理另由各幹事每日二人輪班値日專司招待接洽事宜

(丙)書籍保存室 查本會於書籍保存室內附設閱覽書報處凡閱書者均須掣用調閱書証由總務處指定文牘幹事張銘西司其管理所有書籍均係漢文而西文

者尙爾計第一批購書二千元第二批購四部叢刊全部並與成達學校商定借書辦法可以隨時調閱至於報類則以學報雜志爲多日報僅中西各二份

(丁)休息接待各室　查本會於休息室側另設游藝社暫置游藝物品二種一爲古琴古劍投壺弓矢圍相棊拳術簫笛之類二爲網球踢球藍球啞鈴風琴之類凡會員均可入社但須交入社費一元常年費二元與休息室一併由總務處指定幹事李鴻鈞呂同甲司其管理至於接待室內並擬附設本會書報出版部現正在籌畫之中

(四)組織講演會　查本會設有講演堂一座經評議會議決講演專則九條計分定期臨時二種定期講演由會員之認定講演者担任於每月十五日舉行臨時講演由本會延請中外名宿來會演講隨時通知會員知照當首由會長於本會會員內請定十三人充任講員一面函知全體會員請即推舉或自認講演計公推出者四人自願担任者三人遂於四月二十四日舉行首次講演蒙

大總統特派傅君嶽棻蒞會代表宣講會員講演者爲李會長李君九華孫君松齡吳君傳綺四人嗣於五月十五日復開定期講演一次講演者爲李會長齊君樹楷吳君傳綺吳君觀光四人此次本月十五日定期講演因與週年紀念會期接近乃合併辦

理兹將講演員姓名附後

柯劭忞　孫雄　林紓　孫松齡　鄧毓怡　吳廷燮　吳傳綺　雲書

李景濂　齊樹楷　吳觀光　常堉璋　陳詒紱　步其誥　武錫珏　張縉績

林炳華　劉敬方　張國楲　史寶安

（五）實行講習功課

（甲）研究會　查功課門類按照詳則定爲文學武學政學藝學四類當經擬具認習功課表式函請全體會員將願認功課門類自行塡明答復共函覆到會者三百餘人所認功課約可分十有餘門爰依照詳則所訂研究會之規定分別組織每會先推籌備主任一人用資促進即由各該主任召集同會人員商議辦法各自擬定規約另行舉定正式學長計現已成立者有經學文學武學史學法政經濟法律醫學英文等九研究會尚擬組織者有教育名學工學化學農學美術等六研究會其成立各會規約均已由評議會審查功課亦間有於學長以外另請主講者會期則一星期或二星期舉行一次不等並由本會代各該會各訂專門學報雜誌二份以資參考

（乙）日記　查本會日記種類詳則定爲記學課治事勘察身心所學心得四種當已

擬定格式記心得者單用一本餘三項可同用一本關於體例及登記方法訂有日記規約十條由會製贈每會員一本以便應用至於互質方法並經評議會議決辦法四條不外由會員自行糾合素相熟習彼此互質如欲以所作日記提出研究會及閱書室供衆批評或錄送編輯處擇登月刊者均聽其便亦已函請會員查照自本年一月實行

(六)編輯學報書籍　查本會設有編輯處由編輯員自訂規則七條以資循守其編輯員數共由會員推出者二十七人分別担任編輯並有學術會監四人司其鑒定至編輯事務除學校講義歸各教員自編送會審核外計分爲二種

(甲)月刊　查月刊編輯專則八條係評議編輯聯席會議擬訂內容共分顏李學論說專著譯稿講演藝文談叢附錄八門由各編輯員自行認定門類按期送稿每月發行一回自本年四月起印行第一期五月份第二期亦已出版其第一期係屬送閱所有京內外各機關及中學以上各校均已寄贈自第二期即收價出售每册二角半年六册一元一角全年十二册二元郵費在外除各大書坊代爲寄售外經評議會議決凡本會會員皆應每人訂閱全年一份以資提倡

(乙)叢書　查本會叢書擬分爲三種顏李遺著爲甲種會員著作爲乙種會員譯述

爲丙種現經評議會議決先將顏李遺著從事整理刊行顏李全書發售預約以價廉爲主期易普遍購閱己推定齊振林齊樹楷賀葆眞步其誥四君担任籌備矣

編輯員姓名如下

李景濂　常堉璋　吳廷燮　武錫珏　鄧毓怡　步其誥　陳詒紱　賀葆眞

呂澄秋　金之錚　李九華　李鍾魯　張彬　齊樹楷　孫雄　齊汝襄

徐廷瑚　劉登瀛　齊振林　燕樹棠　呂咸　吳鼎昌　林紓　吳闓生

高步瀛　張果侯　劉培極

（七）經費開支　查本會開辦經費共用銀三千元經常經費每月三百元全年計三千六百元又本年以印行月刊設立研究齋遊藝社栽植樹木等事共又用臨時費二千五百元三項共九千一百元再各處捐助本會欵項計吳君宜常捐二千元吳會監炳湘捐五千元王副會長達捐一千五百元殷會監鴻壽捐一千元王會監懷慶捐一千元張會長鳳台捐一千元共一萬一千五百元除學校修講堂用八千元外餘供購買書籍等用

（八）設立學校　查本會於會址東偏附設四存中學聘齊君樹楷爲其校長李君九華爲教務主任訂定學則十二章四十八條以尙實學尙實習尙實行爲之校訓以修身

經學國文外國語歷史地理數學農學博物理化法制經濟圖畫手工唱歌體操爲之課程先設三班中學二班補習一班計兩次招生得一百三十八人於本年一月七日開校上課校內一切詳細規則並已由該校分別擬訂印有專本

(九)設立農場　查本會前面有隙地八畝餘承市政公所撥給本會爲農圃之用由李會長見荃兼任該處場長訂有農事試驗場管理專則十四條將地劃分兩區一爲會員試驗一供學生試驗所有農事各法期於中西參用試驗有得載登月刊歲終並將成績品陳列參觀

(十)設立分會　查本會張會長鳳台出長河南即在開封籌設分會一處孫會員松齡親赴山西與該省洗心社接洽於太原亦設分會一處又齊會員樹楷糾合直隸同志就天津私立法政學校擬設分會一處不久亦可成立

中華民國十年七月壹日初版發行

第四期

編輯者　四存學會編輯處　北京西城府右街　電話西局二四〇八

發行者　四存學會　北京西城府右街　電話西局二四〇八

印刷所　武學總社　北京東城南兵馬司　電話東局一二三三

總發行所　四存學會出版部　北京西城府右街　電話西局二四〇八

分售處　四存學會各分會　國內各大書坊

中華郵務局特准掛號認爲新聞紙類

報費務請先惠凡價在一元以上均不收郵票

本月刊價目

期限	本數	價目
一月	一本	二角
半年	六本	一元一角
全年	十二本	二元

郵費

區域	本數	郵費
本京	一本	一分
	六本	六分
	十二本	一角二分
各省	一本	二分
	六本	一角二分
	十二本	二角四分
外國	一本	八分
	六本	四角八分
	十二本	九角六分

廣告價目

篇幅	期限	價目
全幅	全年	四十八元
	半年	二十四元
半幅	全年	二十四元
	半年	十二元
四分之一	全年	十二元
	半年	六元

廣告概用白紙黑字登載在一年以上者價可從廉